（教育部人文社会科学重点研究基地四川大学南亚研究所资助）
（四川大学985工程“当代南亚与国际问题”创新基地经费资助）
（2008年国家哲学社会科学基金项目资助，批准号：08BWW016）

印度文论史 上

भारतीयकाव्यशास्त्र का आलोचनात्मक इतिहास

A HISTORY OF INDIAN LITERARY CRITICISM

尹锡南 著

巴蜀书社

图书在版编目(CIP)数据

印度文论史(上、下册) / 尹锡南著. —成都:巴蜀书社,2015.5

ISBN 978-7-5531-0520-8

Ⅰ.①印…　Ⅱ.①尹…　Ⅲ.①文学批评史—印度
Ⅳ.①I351.06

中国版本图书馆 CIP 数据核字(2015)第 068869 号

印度文论史　(上、下册)

尹锡南　著

责任编辑	张照华
出　　版	巴蜀书社 成都市槐树街 2 号　邮编:610031 总编室电话:(028)86259397
网　　址	www.bsbook.com
发　　行	巴蜀书社 发行科电话:(028)86259422　　86259423
经　　销	新华书店
印　　刷	成都翔川印务有限公司
版　　次	2015 年 5 月第 1 版
印　　次	2015 年 5 月第 1 次印刷
成品尺寸	210mm×148mm
印　　张	37.75
字　　数	1150 千
书　　号	ISBN 978-7-5531-0520-8
定　　价	300.00 元(上、下册)

本书献给
印度师尊D. S. 米什拉先生

Dedicated to

Dr. Dayashanker Mishra(1946-), my Guru and retired Professor of English at Sardar Patel University, Vallabh Vidyanagar, Gurajat, India, under whose feet I took the first lesson of Sanskrit, the Language of God, but for whose tender care and solicitude and fruitful guidance I could have made no progress in Sanskrit poetics and Indian literary criticism since 2004.

目 录

上 册

绪 论……………………………………………………… 001
第一节 研究概况…………………………………………… 004
第二节 印度文论的文化基础……………………………… 008
第三节 印度文论的发展轨迹……………………………… 022

第一章 印度文论的萌芽和先声（前15世纪至7世纪） ……… 047
第一节 文化经典中的文论萌芽…………………………… 049
第二节 婆罗多的《舞论》（前5世纪至5世纪）………… 056
一、戏剧起源论……………………………………………… 058
二、戏剧情味论……………………………………………… 063
三、戏剧类型论……………………………………………… 069
四、戏剧情节论……………………………………………… 072
五、戏剧角色论……………………………………………… 076
六、戏剧语言论……………………………………………… 081
七、戏剧风格论……………………………………………… 087
八、戏剧效果论……………………………………………… 089
九、戏剧表演论……………………………………………… 092
十、《舞论》的地位和影响………………………………… 098
第三节 朵伽比亚尔的《朵伽比亚姆》（前5世纪至2世纪）… 102
一、《朵伽比亚姆》成型的文化背景……………………… 102

二、《朵伽比亚姆》的文学理论…………………………………… 105
三、《朵伽比亚姆》与《舞论》的简略比较…………………… 113
第四节　埃哲布的《画像量度经》（1至2世纪）…………… 119
第五节　佛典语言哲学与宗教美学管窥……………………… 121

第二章　梵语诗学独立发展的早期阶段（7世纪至9世纪中叶）… 135
第一节　概述…………………………………………………… 136
第二节　婆摩诃的《诗庄严论》（7世纪）…………………… 138
第三节　檀丁的《诗镜》（7世纪）…………………………… 148
第四节　伐摩那的《诗庄严经》（8世纪）…………………… 156
第五节　优婆吒的《摄庄严论》（8世纪）…………………… 164
第六节　楼陀罗吒的《诗庄严论》（9世纪中叶）…………… 173
一、别具一格的庄严论体系…………………………………… 173
二、引人注目的味论思想……………………………………… 185
三、其他方面的相关思考……………………………………… 193
第七节　伐致诃利的《句词论》（7世纪）…………………… 196
第八节　跋底的《跋底的诗》（6至7世纪）………………… 206
第九节　《火神往世书》的文论观（7至12世纪）…………… 208
第十节　《毗湿奴法上往世书》的文论和绘画论（7至12世纪）…220
一、内容简介…………………………………………………… 220
二、诗论和戏剧论……………………………………………… 223
三、"画经"与画味论…………………………………………… 228
第十一节　戒云的《妙语庄严》（7世纪）…………………… 232

第三章　梵语诗学的丰富和发展（9世纪中叶至13世纪）…… 235
第一节　概述…………………………………………………… 236
第二节　欢增的《韵光》（9世纪）…………………………… 242
第三节　王顶（9至10世纪）………………………………… 251

第四节　楼陀罗跋吒的《艳情吉祥痣》（约10世纪）……… 256
第五节　新护的《舞论注》和《韵光注》（10至11世纪）… 264
第六节　恭多迦（10至11世纪）……………………………… 275
第七节　胜财（10世纪）……………………………………… 284
第八节　沙揭罗南丁的《剧相宝库》（10或13世纪）……… 291
第九节　安主的《合适论》、《诗人的颈饰》和《绝妙诗律》（11世纪）……………………………… 298
第十节　摩希摩跋吒的《韵辩》（11世纪）………………… 305
第十一节　波阇的《辩才天女的颈饰》和《艳情光》（11世纪）…313
一、《辩才天女的颈饰》……………………………………… 313
二、《艳情光》………………………………………………… 322
第十二节　曼摩吒的《诗光》（11世纪）…………………… 326
第十三节　鲁耶迦的《庄严论精华》（12世纪）…………… 331
第十四节　雪月的《诗教》（12世纪）……………………… 337
第十五节　罗摩月和德月的《舞镜》（12世纪）…………… 341
第十六节　伐格薄吒的《伐格薄吒庄严论》（12世纪）…… 346
第十七节　娑婆迦罗蜜多罗的《庄严宝藏》（12至13世纪）… 350
第十八节　沙罗达多那耶的《情光》（12至13世纪）……… 354
第十九节　小楼陀罗跋吒的《味花蕾》（13世纪）………… 358
第二十节　阿摩罗旃陀罗的《诗如意藤注疏》（13世纪）… 363
第二十一节　僧伽罗吉多的《智庄严论》（13世纪）……… 367

第四章　印度中世纪文论发展概况（13世纪至19世纪中叶）… 371
第一节　概述…………………………………………………… 372
第二节　维底亚达罗的《项链》（13至14世纪）…………… 388
第三节　维底亚那特的《波罗多波楼陀罗名誉装饰》（13至14世纪）… 392
第四节　胜天的《月光》（13至14世纪）…………………… 397
第五节　小伐格薄吒的《诗教》（13至14世纪）…………… 402

第六节　代吠希婆罗的《诗人如意藤》（13至14世纪）······ 406
第七节　毗首那特的《文镜》（14世纪）························ 411
第八节　维希吠希婆罗·格维旃陀罗的《魅力月光》（14世纪）··· 419
第九节　辛格普波罗的《味海月》（14世纪）·················· 428
第十节　甘露喜的《摄庄严论》（14世纪）···················· 434
第十一节　般努达多的《味花簇》、《味河》和《庄严吉祥痣》（15世纪）························ 437
一、《味花簇》·· 438
二、《味河》·· 443
三、《庄严吉祥痣》·································· 449
第十二节　鲁波·高斯瓦明的《虔诚味甘露海》、《鲜艳青玉》和《剧月》（15至16世纪）················ 450
一、《虔诚味甘露海》······························ 452
二、《鲜艳青玉》···································· 461
三、《剧月》·· 466
第十三节　阿伯耶·底克希多的《莲喜》和《画诗探》（16世纪）··· 468
一、《莲喜》·· 469
二、《画诗探》·· 476
第十四节　格维格尔纳布罗的《庄严宝》（16世纪）·········· 480
第十五节　盖瑟沃·密湿罗的《庄严顶》（16世纪）·········· 487
第十六节　世主的《味海》（17世纪）·························· 492
第十七节　后世主时代的梵语诗学著述························ 503
一、梵语诗学著述概况······························ 503
二、代表性诗学著作简介··························· 509
（1）摩图苏多纳·格文德拉的《味月光》（17世纪）··· 513
（2）王顶珠·底克希多的《诗镜》（17世纪）　········· 514
（3）地天·苏克拉的《味魅力》（17世纪）　··········· 516

（4）四臂的《味如意树》（17世纪）…………………… 516
（5）罗摩难陀波提·特里波蒂的《味命论》（17世纪
下半叶）……………………………………………… 517
（6）寂南者婆·跋吒迦利亚的《诗魅力》（17至18世纪）……518
（7）维希吠希婆罗的《庄严宝》、《味月光》和《庄严
珠串》等（17至18世纪）…………………………… 519
（8）诃利普拉萨德·摩图罗的《诗光》（17至18世纪）… 521
（9）克里希那苏迪的《诗月》(18世纪)………………… 521
（10）戈古罗纳塔·麦提罗的《味大海》(18世纪)…… 522
（11）波罗代吠的《诗宝》和《文月光》(18世纪)…… 523
（12）纳拉辛哈·格维的《南阇王名誉装饰》(18世纪)… 524
（13）维底亚罗摩的《味湖》(18世纪)………………… 525
（14）阿娑达罗的《智喜》与《三河》(18世纪)……… 526
（15）代吠商羯罗·波罗悉多的《庄严宝石》(18世纪)…… 527
（16）文尼达多的《味宝石》和《庄严花簇》(18世纪)…… 528
（17）札格纳特·密湿罗的《味如意树》(18世纪)…… 529
（18）克迦罗摩·迦丁的《味探》(18世纪)…………… 529
（19）希沃罗摩·特里波蒂的《味宝缨络》(18世纪)… 530
（20）阿吉逾多罗耶的《文萃》（文学精华）（19世纪
上半叶）…………………………………………… 531
（21）克里希那沃图塔的《曼陀罗花蜜占布》（19世纪末
至20世纪初）……………………………………… 531
（22）克里希那的《庄严宝饰》（19世纪末至20世纪初）… 532
三、其他诗学著作……………………………………… 533
第十八节　艺术理论著作简介………………………… 540
一、那罗达的《乐歌蜜》（7至11世纪）……………… 543
二、南迪盖希婆罗的《表演镜》（5至13世纪）……… 545

三、神弓天的《音乐宝藏》（13世纪）………………………… 548
四、格维吒坷罗伐拉蒂·扎格底迦摩罗的《乐歌顶饰宝》（13世纪）…………………………………………………………… 551
五、阿输迦摩罗的《舞章》（14世纪）………………………… 552
六、伐迦那查利耶·苏达伽罗娑的《乐歌奥义书精选》（14世纪）…………………………………………………………… 554
七、般多利迦·韦陀罗的《舞蹈考》（16至17世纪）…… 555
八、室利罡陀的《味月光》（16至17世纪）…………………… 558
九、普罗娑达摩·密湿罗的《乐歌那罗延》（17世纪）… 560
十、波罗蜜希婆罗的《维那琴相》（18世纪）……………… 563
十一、匿名学者的《维那琴篇》（17世纪）………………… 564
第十九节　印度方言文论的萌芽………………………………… 565
一、方言文论萌芽的几个特点………………………………… 565
二、方言文论萌芽概况…………………………………………… 569
三、格谢沃达斯：中世纪方言文论的代表……………………… 575
第二十节　印度文论对中国藏族、蒙古族文论的影响……… 578

Contents

Vol.1

Preface

Chapter One The Beginning of Ancient Indian Poetics(1500 B.C. ~7 00A.D.)

Part One The Archetypes of Some Theoretical Discourses in Some Cultural Canons

Part Two Bharata's *Nāṭyaśāstra*(500B.C. ~ 500A.D.)

Part Three Tolkāppiyar's *Tolkāppiyam*(500B.C. ~ 200 A.D.)

Part Four *Citralakṣaṇa* (100 ~ 200A.D.)

Part Five The Linguistic Philosophy and Religious Aesthetics in the Buddhist Canons

Chapter Two The Early Stage of Sanskrit Poetics(700 ~ 900)

Part One General Introduction

Part Two Bhāmaha's *Kāvyālaṅkāra*(700A.D.)

Part Three Daṇḍin's *Kāvyādarśa*(700A.D.)

Part Four Vāmana's *Kāvyālaṅkārasūtra* (800A.D.)

Part Five Udbhaṭa's *Kāvyālaṅkārasaṅgrahah* (800 A.D.)

Part Six Rudraṭa's *Kāvyālaṅkāra*(900A.D.)

Part Seven Bhartṛhari's *Vākyapadīya* (700A.D.)

Part Eight Bhaṭṭi's *Bhaṭṭikāvya*(600 ~ 700A.D.)

Part Nine *Agnipurāṇa*(700 ~ 1200A.D.)

Part Ten *Viṣṇudharmottarapurāṇa* (300 ~ 900A.D.)

Part Eleven Śilāmegha's *Suabhāsalaṅkara* (700A.D.)

Chapter Three The Development of Sanskrit Poetics (900 ~ 1300 A.D.)

Part One General Introduction

Part Two Ānandavardhana's *Dhvanyāloka* (900A.D.)

Part Three Rājaśekhara's *Kāvyamīmāmsā*(900 ~ 1000A.D.)

Part Four Rudrabhaṭṭa's *Śṛṅgāratilaka* (1000A.D.)

Part Five Abhinavagupta's *Abhinavabhāratī* and *Dhvanyālokalocana* (1000 ~ 1100A.D.)

Part Six Kuntaka's *Vakroktijīvitam* (1000 ~ 1100A.D.)

Part Seven Dhanañjaya's *Daśarūpaka* (1000A.D.)

Part Eight Sāgaranandin's *Nāṭakalakṣanaratnakośa* (1000 or 1300A.D.)

Part Nine Kṣemendra's *Aucityavicāracarcā*, *Kavikaṇṭhābharaṇa* and *Suvṛttatilaka* (1100A.D.)

Part Ten Mahimabhaṭṭa's *Vyaktiviveka* (1100A.D.)

Part Eleven Bhoja's *Sarasvatīkaṇṭhābharaṇa* and *Śṛṅgāraprakāśa* (1100A.D.)

Part Twelve Mammaṭa's *Kāvyaprakāśa* (1100 ~ 1200A.D.)

Part Thirteen Ruyyaka's *Alaṅkārasarvasva* (1200A.D.)

Part Fourteen Hemacandra's *Kāvyānuśāsanam* (1088 ~ 1272A.D.)

Part Fifteen Rāmacandra and Guṇacandra's *Nāṭyadarpaṇa* (1200A.D.)

Part Sixteen Vāgbhaṭa's *Vāgbhaṭālaṅkāra* (1200A.D.)

Part Seventeen Śobhākaramitra's *Alaṅkāraratnākara* (1200A.D.)

Part Eighteen Śāradātanaya's *Bhāvaprakāśa* (1200A.D.)

Part Nineteen Rudrabhaṭṭa's *Rasakalikā*(1200A.D.)

Part Twenty Amaracandra's *Kāvyakalpalatāvṛttih* (1200A.D.)

Part Twenty-first Saṅgharakkhita's *Subodhālaṅkara* (1200A.D.)

Chapter Four Literary Criticism in Medieval India(1300 ~ 1857 A.D.)

Part One General Introduction

Part Two Vidyādhara's *Ekāvalī* (1200 ~ 1300A.D.)

Part Three Vidyānātha's *Pratāparudrayaśobhūṣaṇa* (1200 ~ 1300A.D.)

Part Four Jayadeva's *Candrāloka* (1200 ~ 1300A.D.)

Part Five Vāgbhaṭa's *Kāvyānuśāsanam* (1200 ~ 1300A.D.)

Part Six Deveśvara's *Kavikalpalatā*(1200 ~ 1300A.D.)

Part Seven Viśvanātha's *Sāhityadarpaṇa* (1300 ~ 1400A.D.)

Part Eight Viśveśvara Kavicandra's *Camatkāracandrikā* (1400A.D.)

Part Nine Śiṅgabhūpāla's *Rasārṇavasudhākara* (1400A.D.)

Part Ten Amṛtānanda's *Alaṅkārasaṅgraha* (1400A.D.)

Part Eleven Bhānudatta's *Rasamañjarī*, *Rasataraṅgiṇī* and *Alaṅkāratilaka* (1600A.D.)

Part Twelve Rūpa Gosvāmin's *Bhaktirasāmṛtasindhu*, *Ujjvalanīlamaṇi* and *Nāṭakacandrikā*(1600A.D.)

Part Thirteen Appaya Dīkṣita's *Kuvalayānanda* and *Citramīmāṃsā* (1700A.D.)

Part Fourteen Kavikarṇapura's *Alaṅkārakaustubha* (1700A.D.)

Part Fifteen Keśava Miśra's *Alaṅkāraśekhara* (1700A.D.)

Part Sixteen Jagannātha's *Rasagangādhara* and *Citramīmāmsākhaṇḍana* (1700A.D.)

Part Seventeen Post-Jagannātha Alaṅkāraśāstra and the Minor Alaṅkārikās

Part Eighteen Some Important Sanskrit Treatises on Dance and Music(500 ~ 1700A.D.)

1. Nārada's *Saṅgītamakaranda* (600 ~ 1000A.D.)
2. Nandikeśvara's *Abhinayadarpaṇa* (500 ~ 1200A.D.)
3. Śārṅgadeva's *Saṅgītaratnākara* (1200A.D.)
4. Kavicakravarti Jagadekamalla's *Saṅgītacūḍāmaṇi* (1200A.D.)
5. Aśokamalla's *Nṛtyādhyāya* (1300A.D.)

6. Vācanācārya Sudhākalaśa's *Saṅgītopaniṣat-sāroddhāra* (1300A.D.)

7. Paṇḍarīka Viṭṭhala's *Nartananirṇaya* (1500A.D.)

8. Śrīkaṇṭha's *Rasakaumudī (*1500A.D.)

9. Puroṣottama Miśra's *Saṅgītanārāyaṇa* (1600A.D.)

10. Parameśvara's *Vīṇālakṣaṇa* (1700A.D.)

11. *Vīṇāprapāṭhaka* (1600A.D.)

Part Nineteen The Beginning of Literary Criticism in 14 Bhaṣa Languages

Part Twenty The Influences of Daṇḍin's *Kāvyādarśa* on Tibetan and Mongolian Poetics

绪 论

尽管存在某些争议，但在目前中国和印度文论界，对于“文论”和“诗学”两个概念的互换已基本形成共识。西方的诗学概念已经为印度和中国学者所接纳。中国学者可以称中国文论为中国诗学，印度学者则称古典梵语文学理论为अलङ्कारशास्त्र（Alaṅkāraśāstra）或Sanskrit poetics（梵语诗学）。在印度学者看来，Alaṅkāraśāstra是关于梵语文学理论批评的一门学问（the science of literary criticism in Sanskrit）。[①]

就文论的概念而言，西方学者的英语表述是literary theory，但有时也用literary criticism来指代这一术语。按照当下惯例，literary criticism 似可译为“文学评论”、“文学批评”、“文学理论批评”或“文学批评理论”。中国学者也常常以文艺学来称呼文学理论（当然还有以“文学理论批评”或“文学批评理论”为题的著作），文艺学和西方的“诗学”（poetics）概念一样，包括了戏剧学理论。罗根泽曾以文学批评涵盖文学理论。他说：“文学批评包括文学裁判、批评理论及文学理论三大部分，文学裁判的职责是批评过去文学，文学理论的职责是指导未来文学，批评理论的职责是

①Ramavarapu Sarat Babu, *A Critical Study of the Prataparudriya,* Vasakhapatnam: SPAA Offset Colour Prints, 1994, p. 6. 本书的中文和外文脚注，除少数例外，第二次出现时一般不保留出版地点或年代等信息。

指导文学裁判。所以文学裁判和文学理论对文学的关系是直接的，批评理论对文学的关系是间接的。”[①]他还说：“西洋的文学批评偏于文学裁判及批评理论，中国的文学批评偏于文学理论。”[②]这些思想自然存在值得商榷之处，但也在一定程度上说明了文论概念的复杂性。

从印度学者的著述来看，“印度文论”的概念也可以Indian literary theory、Indian literary criticism或Indian aesthetics来表述。例如，当代印度学者G.N.德维（G.N.Devy）的印度文论选著作题为*Indian Literary Criticism: Theory and Interpretation*（《印度文学批评：理论与阐释》）。[③]这说明，印度学者心目中的“文学批评”（Literary Criticism）或“文学评论”大致等于文学理论（literary theory）或文学理论批评、文学批评理论。“按说，文学理论和文学批评是有区别的，前者侧重于文学原理、原则或规律，后者侧重于文学考证、鉴赏或评论。但长期以来，这两个概念常常混用。与此相关的另一组术语是文艺理论、文艺批评或文艺学。‘文艺’一词可作两解：一是文学的艺术，二是文学和艺术。现在流行的是后一解。这样，文艺理论研究的对象应该包括文学、戏剧、音乐、舞蹈、绘画、雕塑、建筑和工艺美术等等。而在实际运用中，常有以大称小的现象，名为文艺理论，实为文学理论。”[④]由于学界这种约定俗成的用法，本书并不刻意区分印度文学理论、印度文学批评或印度文艺理论等概念。换句话说，印度文论既指印度文学理论，也指印度文学批评（或印度文学批评理论、印度文学理论批评），还指包括戏剧、电影、音乐、舞蹈和绘画等艺术门类的相关理论。

---

①罗根泽：《中国文学批评史》（一），上海古籍出版社，1984年，第10页。

②罗根泽：《中国文学批评史》（一），第13页。

③G.N.Devy, ed. *Indian Literary Criticism: Theory and Interpretation,* Hyderabad: Orient Longman, 2002.

④黄宝生：《印度古典诗学》，“序言”，北京大学出版社，2000年，第3—4页。本书对梵语诗学、戏剧学的相关介绍和论述，主要参考该书相关内容。

它还涵盖了印度美学的一些重要范畴和领域。这样，印度文论成为一种广义的概念。为统一起见，本书论及印度文学理论时，多采纳“印度文论”而非“印度诗学”这一术语。

第一节　研究概况

众所周知，在古代文明世界，中国、希腊和印度分别独立创造了自成体系且别具一格的文学理论或文艺理论，它们成为世界文论或东西方文艺理论的三大源头。①“文艺理论在世界上主要有三大体系，中国、欧洲和印度。印度文艺理论风格迥异，宏富深邃。”②印度文学理论的发展演变是东方文论发展史的一个缩影。印度古典文论的核心即梵语诗学在世界古代文论发展史上独树一帜。与梵语文学、宗教、哲学等方面的经典一样，梵语诗学著述也异常丰富。一位坎纳达语学者指出：“尽管《味海》的作者是梵语诗学最后一位大家，传统的梵语诗学著述迄今仍未停止……在这一领域里，以各种方式撰写著作的作者数量有千人之多（如果我们将注疏者也算在内）。我们不清楚有多少人未留名便销声匿迹。此外，这种数量只是就以梵语著述的人而言。我们并未将那些倚重梵语诗学著作而以俗语和其他许多区域性语言撰写的大量著作计算在内。”③梵语诗学是世界文论的瑰宝，它对中世纪印度直至当代印度的文论发展有着不可磨灭的影响。印度历来重视梵语诗学，是其珍视民族遗产、尊重传统文化的心理折射。当代印度文论界的百花齐放、百家争鸣是世界文论互动发展的必然结果，也是殖民与后殖民时期东西方文化冲突与融合的自然产物。

---

①黄宝生：《印度古典诗学》，“序言”，第1页。

②郁龙余、孟昭毅主编：《东方文学史》，北京大学出版社，2001，第141页。

③T.N.Sreekantaiyya, *Indian Poetics*, trans. by N.Balasubrahmanya, New Delhi: Sahitya Akademi, 2001, p. 100.

对印度文学理论发展进行历史追踪，将为开展全球化语境中的比较诗学研究提供便利，还会丰富东方文学史、世界文学发展史的研究内容。这一研究，还可以揭示东方文论发展的历史原貌以及东西方文学互动的独特规律，进而为研究中国文学理论发展史和探索中国特色的文学批评模式提供有效的参照。

在探索印度文学理论发展史方面，印度学者已经走过了近一个世纪的历程。就英语著作而言，20世纪20年代，印度学者S.K.代（S.K.De，1890～1968）和P.V.迦奈（P.V.Kane，1880～？）几乎同时出版《梵语诗学史》，对印度文学理论或曰印度诗学的源头即梵语诗学进行历史而系统地梳理。①代的著作篇幅更长。1976年，著名学者纳根德罗（Nagendra，1915.03.19～1999.10.26）主编并出版《印度文学理论批评》一书，对除梵语外的14种印度区域性语言或曰地方性语言如印地语、泰米尔语、孟加拉语和马拉提语等的文学理论发展轨迹进行探索。②1998年，M.S.斯瓦米（M.Sivakumara Swamy）出版《后世主时代的庄严论》，对18至19世纪出现的83种梵语诗学著作进行简介。③他还对这些著作的基本特征和历史价值进行了探索。2002年，G.N.德维出版《印度文学批评：理论与阐释》一书，选编范围涵盖婆罗多《舞论》至当代印度文论家的著作，涉及梵语、泰米尔语、波斯语、阿拉伯语、英语、印地语、马拉提语和孟加拉语等各语种的文本。这是一种视野广阔的尝试，使人们对印度文论语种繁多和内容丰富的特色有了直观的印象。2007年，A.K.室利沃思陀沃（Anand Kumar Srivastava）出版《晚期梵

①S.K.De, *History of Sanskrit Poetics*, Vol. I & Vol. II, Calcutta: Firma K.L.Mukhopadhyay, 1960. P.V.Kane, *History of Sanskrit Poetics*, Delhi: Motilal Banarsidass, 1971.

②Nagendra, ed. *Literary Criticism in India,* Nauchandi and Meerut: Sarita Prakashan, 1976.

③M.Sivakumara Swamy, *Post-Jagannātha Alaṅkāraśāstra*, Delhi: Rashtriya Sanskrit Sansthan, 1998, pp. 9-67.

语诗学家》一书，详略不一地介绍了17世纪末至19世纪末的135位梵语诗学家、71位梵语诗学注疏家的著作和五种佚名诗学著作，并重点介绍了10位当代梵语诗学家。[①]此外，1964年，纳根德罗再版了印地语著作《梵语诗学流变》，对婆罗多、婆摩诃、檀丁至世主的18位梵语诗学家和格谢沃达斯等25位印地语文论家及其著述进行了解析。该书具有史论结合的特色，并附录每位文论家的代表作片段。[②]2007年，梵语文学、诗学研究权威、贝纳勒斯印度教大学荣誉退休教授勒沃普拉萨德·德维威迪（Rewāprasāda Dwivedī, 1935～）出版了500多页的印地语著作《梵语诗学批评史》，对公元前3世纪至21世纪初（到2005年为止）的梵语诗学发展演变进行探索。[③]该著介绍了52位古代梵语诗学家和17位20世纪梵语诗学家及其代表作。

就西方学界而言，1972年，渥德尔（A.K.Warder）出版《印度古典文学》第1卷。该书涉及印度古代文论发展史的梳理，它后来在印度修订再版。[④]1977年，美国学者埃德温·格洛（Edwin Gerow）出版《印度诗学》，对梵语诗学进行了史论结合的探索。格洛在书中认为，前述代和迦奈的两部梵语诗学史互为补充。代的著作更为关注各派文学理论如味、庄严等在诗学文本中的历史演变，而迦奈则关注梵语诗学史上许多复杂但却尚无定论的理论命题。"没有这两种诗学史的帮助，任何有关梵语诗学的严肃探索将无法展开。"[⑤]该书具有很多新意和创见，可视为20世纪中后期西

---

①Anand Kumar Srivastava, *Later Sanskrit Rhetoricians*, Delhi: Eastern Book Linkers, 2007.

②Nagendra, *Bharatiya Kavyashastra Ki Parampara*, New Delhi: Neshanal Publishing House, 1964.

③Rewāprasāda Dwivedī, *Sanskrit Kāvyaśāstra kā Ālocanātmaka Itihāsa*, Varanasi: Kalidasa Samsthana, 2007.

④A.K.Warder, *Indian Kāvya Literature*, Vol. 1, *Literary Criticism*, Delhi: Motilal Banarsidass, 1989.

⑤Edwin Gerow, *Indian Poetics*, Wiesbaden: Otto Harrassowitz, 1977, p. 218.

方梵学界在该领域的代表作之一。

20世纪60年代至今的半个世纪里，中国学者对梵语诗学理论进行了译介和研究。例如，金克木出版了《梵语文学史》（1964年）和《古代印度文艺理论文选》（1980年，译著）。其间，他还在1965年为《古典文艺理论译丛》第十辑选译了三种梵语诗学名著即《舞论》、《诗境》和《文镜》的重要章节。2000年，黄宝生撰文评价金克木在梵语诗学译介方面的开创之功："由这五篇译文（即《古代印度文艺理论文选》）以及金先生撰写的引言，中国学术界才得以初步认识印度古代文艺理论的风貌。万事开头难，金先生在这五篇译文中确定了梵语诗学一些基本术语的译名，并在引言中介绍梵语诗学的一些基本著作及其批评原理，为梵语诗学研究指点了门径。我后来正是沿着金先生指点的门径，深入探索梵语诗学宝藏，写出了一部《印度古典诗学》。"[①]黄宝生先在《印度古代文学》（1988年）中专章介绍了梵语文学理论，后又出版了《印度古典诗学》（1993年初版）和《梵语诗学论著汇编》（2008年，译著）等，这些著作使他成为20世纪以来中国梵语诗学研究的杰出代表。1996年，由季羡林任名誉主编、曹顺庆任主编、全国各地多位通晓东方语言的专家参与翻译的《东方文论选》出版，就印度文论部分而言，该书选译了几部梵语诗学名著，译者主要是金克木和黄宝生等。除此之外，刘安武、山蕴、刘建、唐仁虎、倪培耕、郁龙余、侯传文等学者对印地语文论、孟加拉语文论、乌尔都语文论等进行过翻译或研究，如唐仁虎和刘安武翻译的《普列姆昌德论文学》（1987年）、倪培耕等译《泰戈尔论文学》（1988年）、倪培耕的《印度味论诗学》（1997年）等。有的学者以梵语诗学或孟加拉语文论的中文翻译为基础，并结合印地语和英文资料进行研究，出版了相关著作，如郁龙余等的《中国印度诗学比较》（2006年）

①黄宝生：《梵学论集》，北京：中国社会科学出版社，2013年，第276页。

和侯传文的《话语转型与诗学对话：泰戈尔诗学比较研究》（2010年）等。迄今为止，限于各种复杂因素，国内学界对于印度文论的历史发展和演变还未作过全面而系统的梳理。总之，相对于中国古代文论、西方古典诗学的研究，中国学界对于以梵语诗学为核心的印度文论发展演变的探索尚未达到理想水平。因此，本书将在国内外现有研究成果的基础上，尝试对印度文论史进行初步探索。

第二节　印度文论的文化基础

作为世界文论的重要组成部分，以梵语诗学为核心的印度古代文论和中国古典文论、西方古典诗学都产生在一定的文化土壤之中，是各自文化母体的产儿。独特的文化土壤决定了印度文论的特质。例如，有的学者认为，梵语诗学多宗教色彩，兼重逻辑分析和直觉感悟，重体系建构，派别众多，喜欢旧瓶装新酒，以注疏之名行创新之实。[①]因此，在探索印度文论的萌芽之前，有必要从语言、文学和宗教哲学等视角出发，对印度古典文论赖以生存繁衍的文化土壤进行一番打量。

一

文学是语言的艺术，文学理论即诗学自然与语言修辞结下不解之缘。梵语诗学也不例外。实际上，许多著名的梵语诗学家正是因为对语言问题的深入思考才完成其诗学理论建树。例如婆摩诃、檀丁、欢增等人便是突出的例子。印度声明学（语法学）为“五明”（声明、工巧明、医方明、因明、内明）之首，被誉为“学问之源”。梵语语法学深深地影响了梵语诗学的产生和发展。

①郁龙余等著:《中国印度诗学比较》，北京: 昆仑出版社，2006年，第5页。

印度古代的语言学成就在古代世界独树一帜。西方学者对此也大加赞叹。梵语诗学与梵语语言学（语法学）密切相关。印度学者认为："在前婆摩诃时期，梵语语法学是诗学的一个组成部分。"[①]印度语言学发达，梵语语法理论家对于语言的探讨，特别是对于语言和意义关系的探讨和争论，奠定了梵语诗学的基础。波你尼（Pāṇīni）的《八章书》（*Aṣṭādhyāyī*）奠定了梵语语法学的基础。波你尼语法体系内涵十分丰富，不同于现代功能语法和实用语法。它是一个完整的体系，拥有自己的术语、符号和概念范畴。"波你尼语法体系实际上还是一个哲学体系。"[②]波你尼规定的词格、词性、词数和复合词乃至连声规则被后世学者继承，也在很多梵语诗学著述中有所反映。在他之后，公元前2世纪的波颠阇利（Patañjali）著有疏解和阐释《八章书》的《大疏》（*Mahābhāṣya*）。"《大疏》不仅是一部重要的梵语语法经典，也开创了印度后来流行的经疏文体。"[③]这种经疏体也为8世纪后的梵语诗学家如伐摩那等所采纳。这是语法学对梵语诗学的重要影响之一。

波颠阇利接过波你尼的语言探索旗帜，继续思考语言问题。他指出，表达意义是词的唯一目的。波颠阇利提出著名的常声（Sphoṭa）说，常声说直接启迪了梵语诗学韵论的产生。常声说在7世纪著名的语法学家伐致呵利那里得到了长足的发展。深受吠陀语言神圣论的影响，伐致呵利在他的《句词论》中，推崇语言，将语言的本质等同于梵，提出音梵（śabdabrahman，或译"声梵"、"词梵"）的概念，并将语言与世界的创造联系起来加以理解。例如，他在《句词论》开篇写道："无始、无终和不灭的梵，词

---

①V.M.Kulkarni, *Studies in Sanskrit Sāhitya-śāstra*, Patan: B.L.Institute of Indology, 1983, p. 122.

②段晴：《波你尼语法入门》，"绪论"，北京大学出版社，2001年，第3、5、7页。

③黄宝生：《梵学论集》，第262页。

（音）的本质转化为各种对象（义），创造世界。”[①]伐致呵利还依据“梵我同一”的观念指出：“语言是说话者的内在自我，人们称它为伟大的如意神牛。谁通晓语言，就能达到至高灵魂（梵）；掌握语言活动本质，就能享有梵甘露。”[②]

梵语语言学家的思想直接影响了梵语诗学理论的产生和发展。以语言学家最关心的音义（言意）关系为例，自“梵语文学理论批评之父”[③]婆罗多到17世纪最重要的梵语诗学家世主，几乎每一位论者都给予高度重视。可以说，对言意问题的关注构成梵语诗学发展的一条清晰线索。就庄严论而言，对于叠声、比喻、夸张、奇想等修辞法的分析是题中应有之义。对于曲语论来说，对于词性、词格、词数的艺术运用是主要议题。就韵论而言，它整个体系的建立主要依赖语言学支撑。欢增等诗学家为韵论巧妙地注入了新鲜的语言学血液。印度学者认为：“我们的语法学家的观察很了不起，但我们的文学批评家的思考的确更为出色。”[④]梵语诗学家受惠于语言学是有目共睹的。例如，婆摩诃认为：“一个人如果不能渡过深不可测的语法之海，他就无法自由地运用词宝。想要写诗，就应该努力学习语法。依傍他人写诗，有什么乐趣？”（VI.3-4）[⑤]檀丁则将语言的重要性推到无以复加的地步：“完全是蒙受学者们规范的和其他语言的恩惠，世上的一切交往得以存在。如果不是称之为词的光芒始终照耀，这三界将完全陷入盲目的黑暗。”（I.3-4）[⑥]这不禁使人想起伐致呵利的“词梵”说。毗首那特在《文镜》

①转引自黄宝生：《梵学论集》，第266页。

②转引自黄宝生：《梵学论集》，第267页。

③A.Sankaran, *Some Aspects of Literary Criticism in Sanskrit of the Theories of Rasa and Dhvani,* Delhi: Oriental Books Reprint Corporation, 1973, p. 17.

④Tarapad Chakrabarti, *Indian Aesthetics and Sciences of Language*, Calcutta: Sanskrit Pustak Bhandar, 1971, p. 149.

⑤黄宝生译：《梵语诗学论著汇编》（上册），北京：昆仑出版社，2008年，第146页。

⑥黄宝生译：《梵语诗学论著汇编》（上册），第153页。

里写道:“句子是具有关联性、期望性和邻近性的词的组合。”(II.1)[①]这简直就是对伐致呵利《句词论》探讨句义和词义的话的重复。王顶的“诗原人”(Kāvyapuruṣa)概念同样没有脱离语言与诗学的紧密联系。世主对诗歌的定义没有超出音义或言意关系的范畴。他说:“诗是赋予令人愉悦的意义的语词。”[②]世主之后不断出现的梵语诗学论著,对于语言问题的关注一如既往。总起来看,深受梵语语言学影响的诗学流派包括庄严论、风格论、曲语论、韵论、合适论等。解析一部梵语诗学发展史,某种程度上就是观察语言学对诗学进行渗透的历史。

二

作为独立发展的文学理论体系,梵语诗学与梵语文学传统有着千丝万缕的联系。事实上,很多梵语诗学家正是通过对前人及同时代文学作品的批评研究,有的还通过自己的文学创作实践,从而完成诗学话语建构。因此,有必要对梵语文学与梵语诗学的微妙联系进行简略考察。

印度古代文学是世界古代文学的重要组成部分。季羡林主编的《印度古代文学史》将近代以前的印度文学划分为五个时期:吠陀时期、史诗时期、古典梵语文学时期、各地方语言文学兴起时期和虔诚文学时期。[③]其中,前三个时期文学属于广义的梵语文学时期。金克木的《梵语文学史》将梵语文学也分为三个时期,即《吠陀本集》时代、史诗时代和古典文学时代。[④]印度现存最早的文献就是四部吠陀本集,其中最古老的是《梨俱吠陀》,另外三部

①黄宝生译:《梵语诗学论著汇编》(下册),第818页。
②Jagannātha, *Rasagaṅgādhara*, Delhi: Motilal Banarsidass, 1983, p. 4.
③季羡林主编:《印度古代文学史》,北京大学出版社,1991年。
④金克木:《梵竺庐集甲:梵语文学史》,南昌:江西教育出版社,1999年。

是《娑摩吠陀》、《夜柔吠陀》和《阿达婆吠陀》。这四部吠陀主要是诗体，约产生于公元前1500到前1000年左右，使用的是吠陀梵语。四大吠陀中，《犁俱吠陀》的宗教哲学和文学价值最高，常为后世印度学者引用。正是在《梨俱吠陀》中，印度文论的萌芽得以出现。一般所说的吠陀文献，还包括阐述这四部吠陀的各种梵书、森林书和奥义书，这后三类著作主要是散文体，约产生于公元前1000—前400年，使用的是由吠陀语演变而来的古梵语。还有一类与吠陀文献密切相关的著作，统称“吠陀支”。它们共分六支即礼仪学、语言学、语法学、词源学、诗律学和天文学，其中的礼仪学分为天启经、家庭经和法经，统称劫波经。此后，公元前4世纪到4世纪的史诗时期出现了印度两大史诗即《摩诃婆罗多》和《罗摩衍那》。两大史诗不仅为后来的印度各阶层人士视为宗教圣经和生活指南，也为古代梵语诗学家所尊崇。他们的诗学著述多引用《摩诃婆罗多》与《罗摩衍那》。很多梵语作家都从两大史诗中搜寻创作题材或灵感。1世纪到公元12世纪为古典梵语文学时期。这一时期里，产生了往事书文学、佛教文学、耆那教文学、俗语文学、古典梵语诗歌、梵语戏剧和梵语小说、故事文学。其中，对梵语诗学发展有不同程度影响的主要是梵语诗人、戏剧家迦梨陀娑（约4、5世纪）和薄婆菩提（约7、8世纪）等人的梵语诗歌、梵语戏剧等。古典梵语文学以后是印度的地方语言文学时期（10世纪到15世纪），各种方言文学如印地语文学、孟加拉语文学等迅速得到发展。15世纪开始，印度出现了虔诚文学，格比尔达斯、杜勒西达斯等是其中的杰出代表。虔诚文学是中世纪各个地方语言中出现的一种普遍的文学现象。它的创作动力主要来自对大神毗湿奴的化身——黑天的崇拜。“一般说来，虔诚文学被认为是13世纪前后到17世纪前后印度文学的主流。”[①]虔诚文学思潮直接影响了梵语诗学发展后期虔

①季羡林主编：《印度古代文学史》，第449页。此处介绍参考该书相关内容。

诚味论的产生。

值得一提的是，一些著名梵语作家如迦梨陀娑和薄婆菩提等人，在创作中引用了产生于公元前后的梵语戏剧学《舞论》的关键术语。这是否暗示那一时期文学创作和文学理论已经开始了良性互动？例如，生活在婆罗多之后的迦梨陀娑在戏剧《优哩婆湿》里写了这样一个情节：在幕后，使者催人叫优哩婆湿出场时说："婆罗多牟尼编了一出戏，戏里蕴涵着八种味。"①地位仅次于迦梨陀娑的薄婆菩提在著名的心理剧《后罗摩传》中，也提到了两种味即悲悯味（karuṇa rasa）和奇异味（adbuta rasa）。②这些例子说明，《舞论》中的味论已经为古典梵语文学家所熟悉。味论成为他们的创作动力和指南。

梵语诗学家欢增为了构建自己的韵论体系，他将大史诗引为正面榜样："韵的性质是所有优秀诗人的作品奥秘，极其可爱。但以往哪怕思维最精密的诗学家也没有加以揭示。然而在《罗摩衍那》和《摩诃婆罗多》等等作品中可以看到它的成功运用。"（I.1注疏）③欢增在《韵光》中论述味时，引用了《罗摩衍那》第一篇中双鸟被猎人射杀的情节。这是一种对经典的正面利用。欢增还引用梵语诗人和戏剧家的作品片断，如引用迦梨陀娑的《云使》、《优哩婆湿》、《沙恭达罗》和《鸠摩罗出世》中的诗句来解释自己的韵论观。恭多迦阐释曲语论时，引用了很多梵语文学作品如《七百咏》、《罗怙世系》、《野人和阿周那》、《童护伏诛记》、《鸠摩罗出世》、《后罗摩传》、《指环印》等的片断。例如，在论述

①Kālidāsa, *Vikramorvaśīyam*, Bombay: Booksellers Publishing Co., 1959, p. 57. 季羡林译为："大圣婆罗多写的那一出戏，具备着诗的八种情绪。"参见迦梨陀娑：《优哩婆湿》，季羡林译，北京：人民文学出版社，1962年，第31页。正文和注释中均将梵文"Rasa"译为"情绪"，现通译"味"。

②Bhavabhuti, *Uttararāmācarita*, Delhi: Chaukhamba Sanskrit Pratishthan, 2002, pp. 96, 172.

③黄宝生译：《梵语诗学论著汇编》（上册），第234页。

三种风格时，恭多迦以众多前辈作品为依据："摩由罗阇、曼吉罗等人的诗呈现柔美和绚丽的混合，应该认为是适中风格。而迦梨陀娑和全军等人的诗呈现天然的柔美，应该认为是柔美风格。"（I.52注疏）[①]

梵语诗学有一种非常独特的"诗病说"，它包含在庄严论与风格论中。诗病与诗德相对应。在曼摩吒等人看来，诗病还可以向诗德转化，这体现了梵语诗学家的辩证思维。在论述诗病中的音病时，曼摩吒引用迦梨陀娑的诗句以为例证。如"后缀不一致"的音病时，曼摩吒引用的例子来自迦梨陀娑的著名长诗《鸠摩罗出世》（VI.94）："他们问候雪山，然后见到持戟的湿婆神，/向他报告任务完成，经他同意，升空离去。"（VII.245）[②]论述音病"同义词不一致"时，他引用婆罗维的长诗《野人和阿周那》中的句子。毗首那特论述诗病"词的位置不当"时，所举例子来自迦梨陀娑的名诗《罗怙世系》。

还有一种特殊情况，一些梵语诗学家本人兼事文学创作，他们往往利用自己的作品解说文论思想。例如，梵语诗学家欢增是位著名诗人和哲学家，他曾著有哲学著作《真谛光》、诗歌《女神百咏》和《阿周那传》。丰富的创作实践、渊博的学识使他的诗学建树达到一个崭新的高度。他在《韵光》里谈到"整部作品成为味等等的暗示者的第二种方式"时这样举例："例如，迦梨陀娑的作品，以及沙尔婆塞纳创作的《诃利胜利记》，还有我的《阿周那传》。诗人创作作品时，应该全神贯注，致力于味。"（III.14注疏）[③]这说明，欢增的诗歌创作为他的韵论阐发带来了锦上添花的效果。安主在《合适论》中论述"真理的合适"时，以自己宣扬

①黄宝生译：《梵语诗学论著汇编》（上册），第555—556页。
②黄宝生译：《梵语诗学论著汇编》（下册），第694页。
③黄宝生译：《梵语诗学论著汇编》（上册），第290页。

“业报论”的诗为正例，而将摩伽宣扬“知识无用论”的诗作为反例。世主多才多艺，著有诗歌《美女游戏》、《世界装饰》和《生命装饰》等。他在诗学名著《味海》中利用自创诗歌作为例句。世主在该书序诗中写道：“我亲自创作合适的例举/不采用别人现存的诗句/麝香鹿自己能产生麝香/怎会考虑借用花的芬芳？”[①]欢增、安主和世主等人用自己别具一格的“麝香”为梵语诗学增添了很多“花的芬芳”。

三

和中国文明相比，印度文明和西方文明都属宗教发达的两大文明。宗教对其政治、经济、文化的发展皆产生了巨大的影响。哲学是一个民族或一种文明真正成熟的标志。中国、印度和西方皆有历史悠久、辉煌灿烂的哲学思想。不管他们自己承认与否，文学创作反映了作家的哲学世界观。文学理论也与哲学有着千丝万缕的联系。“要了解一个时代或一个民族，我们必须了解它的哲学。”[②]有的学者认为，在古代印度，宗教与哲学关系密切，很难离开印度宗教讲哲学，所谓印度哲学也多为宗教派别中表述的哲学思想。“印度的宗教具有很强的思辨性，而印度的哲学大多带有宗教色彩。”[③]如果存在一种所谓的“印度思想”，那是对印度民族独特思维方式和宇宙人生观的总结。印度思想的特点之一是多神教基础上的泛神论，印度美学与宗教哲学有着千丝万缕的联系。[④]

古印度宗教在印度河文明时期就已经存在。印度河文明的时间

---

①转引自黄宝生：《印度古典诗学》，北京大学出版社，2000年，第242页。

②罗素：《西方哲学史》（上卷），何兆武、李约瑟译，北京：商务印书馆，2006年，第12页。

③姚卫群：《印度宗教哲学概论》，北京大学出版社，2006年，第8页。

④邱紫华：《印度古典美学》，武汉：华中师范大学出版社，2006年，第2、19页。

范围大致在公元前2500年到前1750年左右。此后雅利安人进入印度，带来了新的文明。他们崇奉被视为天启的圣典吠陀（Veda）。吠陀是印度现存最古老的宗教历史文献。所谓吠陀时期大约在公元前1500年到前800年左右。四大吠陀本集中的《犁俱吠陀》包含了很多宗教哲学因子，也有很多的文学和诗学因素。吠陀时期，印度影响最大的宗教——婆罗门教已经产生，它有三大纲领即吠陀天启、祭祀万能和婆罗门至上。印度宗教哲学最初产生在奥义书里。在奥义书里，出现了印度哲学的一些基本观点，出现了相对成型的哲学理论，但这些哲学理论大多与宗教思想相混淆。奥义书可以被视为印度宗教哲学产生的真正起点，或说是印度后世宗教哲学的源头。奥义书时期的范围大约在公元前800年到前500年间。奥义书宗教哲学的主要内容是关于"梵我同一"的理论和轮回解脱的理论，其中某些原理和西方的新柏拉图主义哲学观念非常近似。公元前6世纪到前2世纪为印度的"史诗时期"。当时的印度思想界，出现了一股很强的新思潮，被称为"沙门思潮"，它主要指当时出现的反婆罗门教或非婆罗门教思想。新思潮种类很多，但后来得到持久发展并对印度后世产生重要影响的是佛教、耆那教和顺世论三个派别。例如，印度学者在分析味论发展的历史时认为："可能正是佛教和耆那教的缘故使得'平静'（śānta）成为第九种味。"[①]佛教是在批判和吸收改造婆罗门教的基础上形成的。早期佛教强调缘起的理论，认为事物是因缘和合的，否定有一个不变的实体如梵的存在，主张无常。这是它与婆罗门教的主要区别。耆那教和早期佛教的观念接近，也讲究轮回解脱，不信奉婆罗门教主张的梵。梵语诗学家雪月便是一位耆那教学者。公元前2世纪至4世纪，印度婆罗门教哲学经过长期发展，终于形成了六个主要哲学派别，即数论派、

①V.Raghavan, *The Number of Rasas*, Synopsis, Madras: The Adyar Library and Research Centre, 1940.

瑜伽派、胜论派、正理派、弥曼差派和吠檀多派哲学。它们属于印度思想史上占主导地位的婆罗门教系统，都承认吠陀权威，被称为正统派哲学，以与佛教、耆那教等“异流三派”相区别。六派正统哲学和奥义书一样，成为梵语诗学家们常常引经据典的思想源头。公元4世纪到9世纪，婆罗门教逐步演化为印度教。至8、9世纪，著名的吠檀多派思想家商羯罗（Śaṅkara）对婆罗门教进行大力改造，奠定了印度教理论基础。印度教虽然还存在多神崇拜，但主神崇拜已明显占据主导地位，主要有所谓“三大主神”即梵天、毗湿奴、湿婆。后来在宗教崇拜方面形成了所谓三大教派即毗湿奴派、湿婆派和性力派。这些崇拜一直延续到印度近代。[①]印度教哲学思想对于梵语诗学的影响非常深厚。一个有趣的现象是，一些梵语诗学家不仅属于某个教派，还是宗教哲学家，这和柏拉图、普罗提诺等人的情况近似。例如，将味论引向梵语诗学高峰的新护便是如此。出生于克什米尔的新护不仅是最杰出的梵语诗学家，也是一位伟大的哲学家。“在他所信奉的克什米尔湿婆教中，他的话在所有哲学问题上都被视为权威。据说，新护是在完成他的主要哲学著述后，才撰写他的诗学论著。”[②]这说明新护等人的诗学理论必然受其宗教哲学思想的影响。

印度丰富的宗教哲学资源对梵语语言学和梵语诗学的影响非同小可。这还得回到宗教神话中寻找答案。在《梨俱吠陀》里，语言（Vāc）是一位女神即后来的娑罗私婆蒂（也称辩才女神或辩才天女），通过她，人们得以了解知识。她为神所创造。在奥义书中，她与生主（Prajāpati）即梵天交欢，创造万物，后又复归于生主。在《薄伽梵往世书》中，她是梵天美丽绝伦的女儿。梵天看上她，

①此处相关介绍，参阅姚卫群：《印度宗教哲学概论》，第3—7页。

②J.L.Masson & M.V.Patwardhan, *Śāntarasa and Abhinavagupta' s Philosophy of Aesthetics*, Poona: Bhandarkar Oriental Research Institute, 1969, p. 24.

与之生子。“作为梵天妻子和智慧女神，娑罗私婆蒂可能代表的是创造万物必需的力量和智慧的统一体。”[①]很多梵语诗学著作均向这位语言女神表示礼敬。如檀丁写道：“确实，想要获得名声，就应该始终不倦侍奉辩才女神。”（I.105）[②]恭多迦写道：“向化身语言的娑罗私婆蒂女神致敬。她执掌文艺，如此可爱迷人。这是诗美的成因，本书的论题。”（I.1注疏）[③]曼摩吒和毗首那特都向这位辩才女神（辩才天女）亦即语言女神或曰文艺女神祈祷，如毗首那特在《文镜》的开头写道：“但愿美似秋月的语言女神驱除我心中的黑暗，始终照亮一切事义。”（I.1）[④]王顶在《诗探》中描写“诗原人”诞生的生动情节，其实也是对语言女神的婉颂。除了辩才女神外，梵天、毗湿奴、湿婆和群主（象头神或曰象鼻神）等也是梵语诗学家礼赞膜拜的对象。如婆罗多在《舞论》的开头这样祈祷：“向祖宗（梵天）和大自在天（湿婆）两位大神鞠躬致敬，我现在开始讲述梵天阐明的舞蹈。”（I.1）[⑤]欢增在《韵光》开头则歌颂毗湿奴。这些赞美的言辞充分体现了梵语诗学家尊神的共同姿态。

有的学者指出，婆罗门教和佛教对待灵魂不朽的不同态度，使梵语诗学分成两派。梵语诗学早期代表人物婆摩诃和檀丁属于受佛教影响的一派，而稍后的伐摩那、欢增、王顶、胜财、安主和曼摩吒等人属于受印度教影响的一派。[⑥]其中的道理在于，在婆摩诃和檀丁那里，味只是一种庄严而已，而不是诗歌的灵魂。只有到了伐

①John Dowson, *A Classical Dictionary of Hindu Mythology and Religion, Geography, History, and Literature,* London: Routledge, 1953, p. 330.

②黄宝生译：《梵语诗学论著汇编》（上册），第163页。

③黄宝生译：《梵语诗学论著汇编》（上册），第500页。

④黄宝生译：《梵语诗学论著汇编》（下册），第811页。

⑤黄宝生译：《梵语诗学论著汇编》（上册），第35页。

⑥Mool Chand Shastri, *Buddhistic Contribution to Sanskrit Poetics*, Delhi: Parimal Publications, 1986, p. 22.

摩那这里，才开始出现诗歌灵魂（Ātman）（可以视为“梵”的代名词）一说：“风格为诗之灵魂。”（I.1.6）[①]后来，欢增、安主、曼摩吒等人也接受了“诗魂说”，尽管他们关于何为“诗魂”存在很大分歧。对很多梵语诗学家而言：“更常见的是，声音和意义被视为组成诗歌的身体，诗歌的灵魂是味。”[②]这便是以身体和灵魂解说文学作品。只有放在印度宗教哲学背景下来考察，这种独特的文论观才能得到合理解释。再就婆摩诃而言，据说他接受了佛教因明学代表陈那以及世亲的影响。他在《诗庄严论》第五章中专门讨论因明和文学理论的关系，例如：“有（存在）等等产生于量。量分为现量和比量。两者涉及个别性和普遍性。”（V.5）[③]这说明他的确受到佛教逻辑学（因明学）的影响。当然，婆摩诃不是机械地接受佛教影响，他拒绝接受佛教界定言意关系的遮诠论（apoha vāda）。对婆摩诃来说，应给事物以积极的意义，而不应该利用消极排除法来确定其实质。“这种拒绝姿态间接地证明了婆摩诃深谙佛教逻辑，也显示了他具有独立思考的精神。”[④]

公元前800年到前500年间出现的奥义书丰富多彩，其主要内容是关于“梵我同一”和轮回解脱的理论。由于很多梵语诗学家都是印度教徒，他们对于奥义书感到非常亲切，因此在诗学著述中加以吸收利用。如波阇认为味是超越对常情的沉思而进入心中的品尝。所谓心中的品尝就是达到高潮的各种情转变成喜爱，返回自爱、自尊或艳情。因此，他认为自爱、自尊或艳情是唯一的味。他对味的

①Vāmana, *Kāvyālaṅkāra-sūtra*, Varanasi: Chowkhamba Sanskrit Series Office, 1971, p. 14.

②K.Krishnamoorthy, *Indian Literary Theories: A Reappraisal*, Delhi: Meharchand Lachhmandas, 1985, p. 135.

③黄宝生译：《梵语诗学论著汇编》（上册），第140页。

④Sweta Prajapati, *Influence of Nyaya Philosophy on Sanskrit Poetics*, Delhi: Paramamitra Prakashan, 1998, p. 203.

独特思考受到奥义书哲学的影响。[1]

就古代印度所谓“六派哲学”如数论派、正理派、瑜伽派、弥曼差派哲学等而言，梵语诗学家们也直接或间接地受其影响。[2]例如，欢增在涉及正理哲学以外，还提到弥曼差派哲学。欢增还模仿一些哲学著作的论辩体。例如，欢增在论述“诗的灵魂是韵”的观点时，先引出庄严论者和曲语论者及其他人关于诗的不同观点，再以这样的语气开始阐释：“既然存在这样一些不同意见，为了让知音们内心喜悦，我们便讲述它的性质。”（I.1注疏）[3]论辩体可见于新护、恭多迦等人的著作中。新护的味论学说浸透了数论哲学、正理哲学和瑜伽哲学的思想因子。如他在《舞论注》中说：“艺术感知要求依据直观的感知或形象的感觉。正如《正理经疏》中所说：‘一切知识依靠感觉。’”[4]这说明，哲学思想成为梵语诗学话语建构的出发点。

梵的概念在印度还具有非常鲜明的宗教意味，如奥义书曰：“大梵是智识/亦是阿难陀/乃为布施人/最后之归迹/亦属安立者/而能知彼者。”[5]自婆罗多的《舞论》到世主的《味海》，以戏剧和诗歌创作追求梵我合一、自我解脱的终极关怀，成为众多诗学家的论述重点。婆罗多将“梵”的典型化身梵天视为戏剧的创造者，这便充分表达了他对“梵”的高度重视：“就这样，灵魂高尚的梵天创造了与吠陀和副吠陀密切相关的、具有娱乐性质的戏剧吠陀。”（I.18）[6]与梵合一意味着灵魂的“欢喜”（ānanda），戏剧和诗歌的创作和欣赏也是朝向这一境界努力的体现。因此，胜财在

①参阅黄宝生：《印度古典诗学》，第325—327页。

②关于古代印度六派哲学或曰“六师”思想的概况，参阅姚卫群：《印度宗教哲学概论》，第51—106页。

③黄宝生译：《梵语诗学论著汇编》（上册），第234页。

④黄宝生译：《梵语诗学论著汇编》（上册），第488页。

⑤徐梵澄译：《五十奥义书》，北京：中国社会科学出版社，1995年，第593页。

⑥黄宝生译：《梵语诗学论著汇编》（上册），第37页。

《十色》里说：“品尝是通过接触作品内容而产生的自我喜悦。”（IV.52）[①]新护说：“味被展示后，以一种不同于经验、回忆等等的方式被品尝。这种品尝与人性中的喜、忧和暗接触，含有流动、展开和扩大的形态。而由于喜占优势，充满光明和欢喜，表现为知觉憩息，类似品尝至高的梵。”[②]在这里，品尝味成为追求梵我一如这一超越境界的宗教美学实践。

梵语语法学和宗教哲学等讲究形式分析和体系建构，这一点对梵语诗学家的影响也非常明显。如婆罗多的《舞论》便是明显的例子。洋洋36章建构了一个宏伟的古代戏剧学理论大厦。全书涉及戏剧起源、戏剧表演中的语言、舞蹈、音乐、形体、妆饰、戏剧风格、类型、情节、戏剧角色和戏剧成功的评判标准等，仿佛是戏剧学百科全书，令后人叹为观止。在论述每一个方面时，婆罗多都要条分缕析地加以详细地分类解说，显示了形式分析的长处。此后的梵语诗学也继承了这一特点，有的还把它推向了畸形的极致，如庄严和韵的数目经过不断的分类，分别达到了令人惊讶的120多种和10455种。再看两个具体的例子。毗首那特在《文镜》中论述诗时先进行分类：“诗又按照可看的和可听的分成两类。其中可看的是表演的。”（VI.1）[③]然后，他延续婆罗多和胜财的做法，将表演分为四类，再将戏剧分为“十色”，再分出十八种“次色”。欢增在《韵光》中对韵的详细分类也是如此。这体现了梵语诗学重形式分析的特点。婆摩诃和檀丁的庄严论、伐摩那的风格论、恭多迦的曲语论、安主的合适论、欢增的韵论等无不取法婆罗多的体系建构和形式分析，实际上也是取法宗教哲学传统。用现代的眼光看，梵语诗学的形式分析和体系建构自然是利弊兼有。过分琐碎的分类和

①黄宝生译：《梵语诗学论著汇编》（上册），第464页。
②黄宝生译：《梵语诗学论著汇编》（上册），第482页。
③黄宝生译：《梵语诗学论著汇编》（下册），第930页。

过分庞杂的体系自然有弊，但合理的诗学分类和体系构建对于文学理论的批评运用却是必不可少。

与梵语语法学、因明逻辑、宗教哲学对梵语诗学深刻持久的影响不同，对于中国古代汉语文论产生深远影响的是儒家和道家思想。到了后来，来自印度的佛教思想也逐渐以变异后的形态参与到古代汉语文论思想建构的过程中。“儒家和道家的文艺思想成为影响最大最深远的两派，分别从文艺的外部规律和内部规律两方面，为后来两千多年文学理论批评的发展奠定了基础。”①用另一位当代学者的话说，是儒道两家的文论思想在“冲突的悖立中最终走向了互补的整合”，从而建构了中国文论的整体。“儒家诗学在批评中追寻一种道德伦理的深度，道家诗学在批评中执求一种审美体验的深度。”②

第三节　印度文论的发展轨迹

印度文学理论经历了萌芽期（公元前16世纪到公元初）、古典梵语诗学（公元初至13世纪）、中世纪文论（13世纪至19世纪中叶）、近现代文论（19世纪中叶至1947年印度独立）和当代文论（印度独立以来）等几个发展阶段。包括梵语戏剧学在内的广义的梵语诗学是世界文论三大源头之一，它对印度近现代和当代文论发展具有深远的影响。中世纪时，印度各种方言文论直接继承梵语诗学，并得以顺利萌芽。有的文论家如般努达多和鲁波·高斯瓦明等人大力阐发虔诚味论，形成了后期梵语诗学的鲜明特色。印度文学理论在其近现代发展过程中，既没有完全脱离梵语诗学传统，也受

①张少康：《中国文学理论批评史》（上），北京大学出版社，2005年，第10页。
②杨乃乔：《悖立与整合：东方儒道诗学与西方诗学的本体论、语言论比较》，北京：文化艺术出版社，1998年，第708页。

到西方文论的深刻影响。当代多元发展的印度文论更是深受西方文论的影响。这一时期，印度学者在比较文学理论、后殖民批评、翻译研究、女性主义文学研究、达利特文学批评、电影和戏剧研究等方面都有许多建树。一些海外印度文论家如斯皮瓦克、霍米·巴巴等在西方传播带有印度文化色彩的后殖民理论和文化翻译论，产生了广泛而深刻的世界影响。以上诸多复杂现象构成了印度文论史的基本研究内容。

一

印度古代梵语文学历史悠久，大致可以分为三个时期，即吠陀时期（公元前15世纪至公元前4世纪）、史诗时期（公元前4世纪至4世纪）和古典梵语文学时期（1至12世纪）。[①]漫长的两千多年间，印度产生了印欧语系最古老的诗歌总集《梨俱吠陀》、宏伟的两大史诗、丰富的神话传说、寓言故事、精美的抒情诗、叙事诗、戏剧和小说。在这片广袤肥沃的文学土壤上，印度古代文学理论得以萌芽。[②]

事实上，经过漫长的历史发展，古代印度形成了世界上独树一帜的梵语文学理论即梵语诗学体系。它有自己的一套批评概念或术语，如味（रस，rasa）、情（भाव，bhāva）、韵（ध्वनि，dhvani）、庄严（अलङ्कार，alaṅkāra）、音庄严（शब्दालङ्कार，śabdālaṅkāra）、义庄严（अर्थालङ्कार，arthālaṅkāra）、诗德（गुण，guṇa）、诗病（दोष，doṣa）、风格（रीति，rīti）、曲语（वक्रोक्ति，vakrokti）、合适（औचित्य，aucitya）、魅力或惊喜（चमत्कार，camatkāra）、“诗人学”（कविशिक्षा，Kaviśikṣā）、表示者或能指（वाचक，vācaka）、

①该分期法参见季羡林主编:《印度古代文学史》,第1、41、163页。
②此处介绍也可参阅黄宝生:《梵学论集》,第277页。

表示义或所指（वाच्य，vācya）、音义结合（शब्दार्थौ，śabdārthau）和文学（साहित्य，sāhitya）等。印度古代文论至今还闪耀着夺目的理论光辉和潜藏着宝贵的批评运用价值。

追溯印度文论的萌芽，必须检视印度最古老的经典文献、大约产生于公元前1500—前1000年的《梨俱吠陀》。史诗《罗摩衍那》也孕育着一些文论种子，其他一些文化经典也是如此。

广义的梵语诗学包括古典梵语戏剧学和梵语诗学。梵语戏剧学产生在前，它主要探讨戏剧表演艺术，其中也包括语言表演艺术，因此含有诗学成分。梵语诗学中诗的概念一般指广义的诗，即纯文学或美文学，有别于宗教经典、历史和论著。诗分为韵文体（叙事诗和各种短诗）、散文体（传说和小说）和韵散混合体（戏剧和占布）。尽管如此，梵语诗学研究中的主要对象是诗歌（包括戏剧中的诗歌）。因此，一般的梵语诗学著作不涉及梵语戏剧学，只有毗首那特的《文镜》例外。“梵语戏剧学和梵语诗学是印度古代文学理论在发展过程中自然形成的学术分工。”[①]

M.C.夏斯特里将梵语诗学发展分为三个阶段，即从婆摩诃到楼陀罗吒的前韵论时期（600—900A.D.）、欢增到曼摩吒的韵论时期（900—1200A.D.）和鲁耶迦到世主的后韵论时期（1200—1700A.D.）。[②]这一划分遮蔽了梵语诗学的源头即《舞论》。因此，同为印度学者的苏曼·潘德的划分更加合理。他将梵语诗学的发展划分为四个阶段，即从《舞论》的出现到婆摩诃的形成阶段，从婆摩诃到欢增的创造阶段，从欢增到曼摩吒的阐释阶段以及曼摩吒到世主的保守阶段。[③]这种划分的好处在于，第一阶段的模糊划

①此处介绍参阅黄宝生：《梵学论集》，第283页。

②Mool Chand Shastri, *Buddhistic Contribution to Sanskrit Poetics*, Delhi: Parimal Publications, 1986, p. 11.

③R.C.Dwivedi, ed. *Principles of Literary Criticism in Sanskrit*, Delhi: Motilal Baranarsidass, 1969, p. 190.

分可以将婆罗多的《舞论》包括在内。需要指出的是，印度学者也承认，限于古代史料缺乏等复杂因素，要确定某些梵语诗学家的生卒年很难。历史证据的不足，给确认梵语诗学发展演变的历史轨迹带来了不小的挑战。有时，只能通过梵语诗学著作的某些年代记载或引文信息，来确认文本与文本间的先后顺序或某位诗学家的大致生活年代。①有的学者将印度古典文论分为创立期（文论滥觞至《舞论》问世）、发展期（公元初的《舞论》到11世纪新护的《舞论注》）与阐释期（新护到17世纪的世主）等三个发展阶段，并将17世纪至19世纪中叶的两百多年视为孕育印度近代新文艺理论的“相对的‘空白期’”。这一说有些道理，值得参考。②下面按照苏曼·潘德的划分对广义上的梵语诗学发展演变和繁荣衰落作一简介。

先看梵语诗学的形成阶段。在这一阶段，最重要的著作是公元前后出现的婆罗多的《舞论》。《舞论》的原始形式产生于公元前后不久，而现存形式大约定型于4至5世纪左右。它是早期梵语戏剧实践经验的理论总结，是一部印度古代的戏剧工作者实用手册。它把戏剧作为一门综合艺术来对待，以戏剧表演为中心，涉及与此有关的所有论题。作为戏剧学著作，《舞论》的基本内容虽然是总结戏剧表演理论、为戏剧表演制定规则，但实际上它的很多论述却成为后来梵语诗学的种子和胚胎。《舞论》里关于情味、诗相、庄严、诗德、诗病的论述，成为后来梵语诗学的雏形，只有诗相后来被淘汰。③《舞论》可谓名副其实的梵语诗学之源，这与亚里士多德《诗学》之于西方诗学的深远影响有些类似。④现代学者很难

---

①Sujit Mukherjee, ed. *The Idea of an Indian Literature: A Book of Readings,* Mysore: Central Institute of Indian Languages, 1981, p. 2.

②郁龙余、孟昭毅主编：《东方文学史》，第141—142页。

③此处介绍参阅黄宝生：《印度古典诗学》，第35—37页。

④参阅拙著：《梵语诗学与西方诗学比较研究》，成都：巴蜀书社，2010年，第146—157页。

在婆罗多到婆摩诃的几百年中寻觅到现存的梵语诗学著作。20世纪以来，虽有不少学者致力于考证或破解这一段时期有无诗学著述的历史之谜，但它却依然是至今无法破解或实证的学术难题。原因无它，皆与相应历史文献严重缺乏或记载不详有关。

在考察梵语诗学的源头——《舞论》时，不可忽视几乎与之同时产生的泰米尔语文论。泰米尔族人是古代达罗毗荼人的后裔。泰米尔语属于达罗毗荼语系中最古老、最丰富、组织最严密的语言，也是印度最古老最富有生命力的语言之一。公元前5世纪至公元2世纪，是泰米尔语文学史的第一个时期，称作桑伽姆时期。晚期，桑伽姆文学出现了一些泰米尔语法书，这里面以《朵伽比亚姆》最为著名，它是现存最古老的泰米尔语法书。作者朵伽比亚尔生平不详。从内容上看，《朵伽比亚姆》不是一般意义上的语法书，它包括了文学创作的各个方面，如文学修辞和诗歌格律等等方面的问题。因此，称它为泰米尔文学理论的开山之作应不为过。①大体说来，《朵伽比亚姆》包含了梵语诗学中的庄严论、“诗人学”、味论和韵论等因素。“《朵伽比亚姆》总结了古代泰米尔语言文学的规律和法则，使之规范化和系统化，成为后世泰米尔语言文学发展的指南，其影响是十分深远的。”②由于国内学界尚未翻译《朵伽比亚姆》或对它进行专题研究，也由于印度学者对该书的评价众说纷纭，使得人们难以清晰界定印度古代文学理论的外延。梵学界比较流行的这一观点似乎值得商榷：“印度古代文学理论包含梵语戏剧学和梵语诗学两个分支。”③事实上，通过前述G.N.德维于2002年编选和出版的《印度文学批评：理论与阐释》一书便可发现，所谓“印度古代文学理论”的内涵和外延尚需印度国内外学界仔细斟酌。

---

①关于《朵伽比亚姆》的基本内容，参阅季羡林主编：《印度古代文学史》，第142—145页。

②季羡林主编：《印度古代文学史》，第143页。

③黄宝生：《梵学论集》，第283页。

在梵语诗学滥觞期，也出现了一些论及语言哲学或宗教美学的印度佛典。这些著作包括1世纪的《维摩诘经》、3世纪的《中论》（龙树）和《入楞伽经》、5至6世纪左右的《集量论》（陈那）等。[①]《中论》为代表的中观派思想和《集量论》等揭示的遮诠论等，成为中国古代美学、宗教和文艺理论的印度之源的重要组成部分。因此，本书将对部分印度佛典的相关思想进行简介。这将拓展印度文论的概念范畴和印度文论史的考察视野。

在这一时期，印度还出现了一些艺术美学著作，其中以大约定型于公元1、2世纪的《画像量度经》等为代表。它们是印度古典文艺理论的重要组成部分。

接下来是从婆摩诃到欢增、即从7世纪到10世纪左右共300多年的梵语诗学创造性阶段。生活于7世纪的婆摩诃的《诗庄严论》是印度现存最早的独立的诗学著作，它的出现标志着有别于梵语戏剧学的梵语诗学正式产生。《诗庄严论》和稍晚出现的檀丁的《诗境》都引述了前人的诗学观点，这说明，梵语诗学论著的实际存在或许早于7世纪，但大约不会早于公元5、6世纪。[②]

之所以称7世纪到10世纪为梵语诗学的创造阶段，是因为这一时期里产生了梵语诗学的几个重要流派及其著作。它们包括以婆摩诃、檀丁、优婆吒、楼陀罗吒等为代表的庄严派，著作分别为《诗庄严论》、《诗境》、《摄庄严论》和《诗庄严论》，主要论述词语的运用，相当于修辞学著述；以檀丁和伐摩那为代表的风格派，著作分别是《诗境》和《诗庄严经》，主要从诗德角度论述语言风格；欢增为代表的韵论派，著作为《韵光》，主要论述语言的暗示功能即“言外之意”；王顶的《诗探》阐述“诗人学”，探讨诗人

---

①Rajnish Kumar Mishra, *Buddhist Theory of Meaning and Literary Analysis*, New Delhi: D.K.Printworld Ltd., 2008, pp. 1-47, 87-140.

②此处介绍，参阅黄宝生：《印度古典诗学》，第217页。

的修养、作诗法则等等。这些人的著作体现了梵语诗学在创造阶段里充满活力的一面。无论是庄严论、风格论，还是韵论和“诗人学”，都充满着原创意识，自然也就具有重要的创新价值。这一阶段还出现了胜财对《舞论》的简写本，即戏剧学著作《十色》。产生很早但却于7至12世纪左右成书的《火神往世书》和《毗湿奴法上往世书》中也含有戏剧学论述，但它们和《十色》一样，基本上都对《舞论》亦步亦趋，没有什么创新，这反映了梵语戏剧学在梵语诗学锐意创新背景下的保守和落寞。不过，通观这两部往世书的诗学成分，仍有一些值得关注的地方，而《毗湿奴法上往世书》中的画论部分更是值得重视。它们为后世诗学家和学者们一再引用和关注，说明其自有价值。

公元7世纪出现了著名的语言哲学家伐致呵利。他的代表作《句词论》既是对梵语语法学的阐释，多有创见。伐致呵利提出的一些理论成为欢增等梵语诗学家的理论基础。伐致呵利的语言哲学是梵语诗学发展的一根必不可少的链条。另外，公元7世纪至11世纪之间出现的一些佛典，也程度不一地表述了印度古代的语言哲学或宗教美学观，这包括法称的《释量论》、寂护的《摄真实论》和宝称的《离论证论》等。那罗达为后世留下了最早的梵语艺术学著作之一《乐歌蜜》，它大约成书于7—11世纪。

在10世纪到13世纪的几百年里，梵语诗学进入所谓阐释阶段。这一时期出现了一些以前辈学者的著作或某个原理为基础，进行文论建构的诗学家。这包括新护，其《舞论注》阐释婆罗多在《舞论》中提出的味论，从而取得了味论诗学的最高成就。新护的《韵光注》则阐释前辈学者欢增的韵论，也提出了一些新观点；10世纪左右出现的楼陀罗跋吒《艳情吉祥痣》虽存诸多疑点，但其为后来的梵语诗学家和当代学者一再引用，说明它的艳情味论自有特色；13世纪一位同名的楼陀罗跋吒的《味魅力》也有值得注意的地方；恭多迦则在《曲语生命论》里发展庄严论，以古已有之的曲语思想为线索，创立自成体系、别具一格的曲语论；安主与恭多迦一样，也是以古已有之的合适概念为支点，创立了自成体系的合适论；摩希摩跋吒则以反驳姿态阐释欢增的《韵光》，企图以所谓推理论代替韵；波阇则以《艳情光》和《辩才天女的颈饰》对前人的诗学观进行阐释；曼摩吒则以教科书性质的《诗光》，对以往的梵语诗学成果进行全面总结；耆那教学者雪月著有《诗教》，另两位同名的耆那教学者伐格薄吒留给后世的著作分别是伐格薄吒《庄严论》和伐格薄吒《诗教》，这三部书都无多少理论创新，只是对前人成果进行解释；阿利辛赫和阿摩罗旃陀罗师生俩著有《诗如意藤》，阐释“诗人学”思想，但其范围和内容未能超越王顶的著作，缺乏创新；匿名学者于12世纪撰写的《诗人如意藤辩》和13至14世纪的代吠希婆罗所著《诗人如意藤》也大抵如此；鲁耶迦的《庄严论精华》着重论述无韵的诗和几十种庄严，其观点对后世学者有一定的影响；13世纪的佛教学者僧伽罗吉多著有《智庄严论》，该书直接催生了泰国古典文论的萌芽。这一时期出现的梵语戏剧学著作包括沙揭罗南丁的《剧相宝库》、罗摩月和德月合著的《舞镜》、沙罗达多那耶的《情光》等，它们主要依照《舞论》，缺乏创新。从这一时期的梵语诗学和戏剧学著述情况来看，虽然有一些新意甚至是重大的创新，如新护的味论和恭多迦的曲语论等，但大部分著作都是对前人的阐发解释，属于自己独创性理论的含量和比重开始下降。越到后来，越是如此。这体现梵语诗学开始出现创造力减退的迹象。接下来便是后文将要谈到的保守阶段。

二

论者认为，印度文论包括梵语诗学、中世纪诗学和现代诗学，前二者属于古代诗学范畴。“梵语诗学的大致时限是公元初至12世纪，中世纪诗学的时限是12世纪至19世纪。”[①]在借鉴这位学者观点的基础上，以虔诚味论在13世纪的兴起为标志，笔者把13世纪到19世纪中叶视为印度文论发展的中世纪时期。梵语诗学在12世纪左右的衰落，开始进入创造力明显疲软的几百年保守期，这与当时印度社会文化的急剧变化有关。梵语诗学发展出现衰落，这里存在很多原因。其中，很多梵语诗学家一味引经据典、尊崇前人，这影响了他们诗学创新的动力。其次，社会思想的变化和地方语言文学的兴起，也给梵语诗学的发展带来了负面影响。随着德里苏丹王朝和莫卧儿帝国在印度统治的建立，伊斯兰文化向印度文化渗透，加上各方言文学如印地语、孟加拉语文学的兴起，梵语和梵语文学逐渐失去了独尊地位，梵语诗学赖以繁衍的文化土壤越来越贫瘠。这些复杂因素最终导致梵语诗学发展趋于衰落。当然，考虑到中世纪时期梵语虔诚味论的流行，也不能简单地认为这一时期的梵语诗学发展已经完全停滞。

以语言因素为例。大约在10世纪前后，印度大多数地区语言发展趋向定型。这是一个漫长的发展历程。雅利安人进入印度以后，在不同地区形成不同的俗语。又经过很多年，由于和当地原住民的广泛接触，各种俗语又有变化，逐渐形成不同地区的地方语言。这主要包括印地语（7世纪后字体演变成与梵语字体相似的天城体）、旁遮普语、奥里萨语、古吉拉特语、马拉提语、孟加拉语等，其中印地语使用范围较广。同样的过程也发生在南印度。顺便指出，德里苏丹和莫卧儿帝国期间，波斯文论、阿拉伯文论和乌尔都语文论也成为印度文论百花园中的一朵。其中，前二者成为一些方言文学理论的组成部分。各种地方语言的形成催生了地方语言文学的产生，这加快了梵语文学的衰落速度。梵语文学的边缘化，不可避免地导致梵语诗学创造力的进一步减退。尽管梵语文学和梵语

①黄宝生：《印度古典诗学》，“序言”，第3页。

诗学的创作仍然存在，但只是作为印度中世纪文学和文论的一个分支而已，它再也无力回复到欢增时代的繁荣局面。

印度中世纪方言文论直接继承梵语诗学，一方面大量翻译和改编梵语诗学著作，另一方面大力阐发虔诚味论，尤其是以艳情为象征的虔诚味论。这说明，印度中世纪文论虽然是以各种方言而非梵语作为书写载体，是一种复数而非单数的印度文论，但它毕竟没有斩断与梵语诗学传统的联系，它在某种程度上保留了单数的特性。这从一个侧面印证了印度历代文论家尊重文化遗产的学术立场。在印度中世纪文论中，可以发现印地语文论、马拉提语文论、孟加拉语文论、波斯语文论和乌尔都语文论等多语种文论，它们折射了印度社会和文化格局的错综复杂、纷繁万千。以印地语文论为例。在印度印地语文学史上，格谢沃达斯是“第一个文学理论家”。[①]他继承了梵语诗学传统，写出了中世纪印地语文论代表作《诗人所爱》。这部著作对后来印地语诗歌的发展产生了很大的影响。

作为中世纪文论的重要组成部分，梵语诗学并没有退出历史舞台，相反，它还在很多诗学家那里得到了稳步的发展，曼摩吒、毗首那特和世主等人的著述便是例子。经过阐释阶段以后，梵语诗学进入了前述所谓的保守阶段，即进入500余年墨守成规的衰退期。由于曼摩吒《诗光》的影响，一些诗学家开始模仿他的体例进行综合性诗学阐释，如维底亚达罗的《项链》、维底亚那特的《波罗多波楼陀罗名誉装饰》、格维格尔纳布罗的《庄严宝》和毗首那特的《文镜》等。这些人的著作大都缺乏创新，论述的内容多是依据前人。这一时期的诗学著作还有胜天的《月光》、维希吠希婆罗·格维旃陀罗的《魅力月光》、般努达多的《味花簇》和《味河》、盖瑟沃·密湿罗的《庄严顶》和阿伯耶·底克希多的《莲喜》、《画诗探》、鲁波·高斯瓦明的《虔诚味甘露海》和《鲜艳青玉》等。

---

①刘安武：《印度印地语文学史》，北京：人民文学出版社，1987年，第159页。

戏剧学方面有辛格普波罗的《味海月》、鲁波·高斯瓦明的《剧月》等，他们都依据或模仿《舞论》、《十色》等进行著述。虽然总体上缺乏创新，上述一些著作仍有值得一提的地方，如毗首那特的《文镜》以味为标准定义诗歌；维底亚那特的《波罗多波楼陀罗名誉装饰》论及文学作品各个要素的有机融合；胜天的《月光》论述了长期以来被诗学家们淘汰的诗相；般努达多的《味河》谈论味的三种分类和颇有特色的艳情味论；鲁波·高斯瓦明的《虔诚味甘露海》和《鲜艳青玉》创造性地涉及虔诚味论；底克希多的《莲喜》是梵语诗学中论列庄严数目最多的一部著作；格维旃陀罗的《魅力月光》首次以魅力（camatkāra）为标准衡量诗歌艺术，将诗分成三类。[①]

在这一阶段，梵语诗学还出现了一部综合性著作，这就是世主的《味海》。著名梵语诗学史研究专家S.K.代认为："世主的《味海》是梵语诗学的最后一部杰作。"[②]P.V.迦奈认为，《味海》是一部标准的诗学著作。"在诗学领域，《味海》仅次于《韵光》和《诗光》。"[③]迦奈的结论是："世主是梵语诗学最后一位大家。"[④]还有人认为，在梵语诗学漫长的发展历史上，世主最后姗姗来迟。"世主之后，积极大胆、充满独立精神的一代梵语诗学家终于谢幕了。"[⑤]黄宝生则认为，世主是"梵语诗学史上最后一位重要的理论家。他的《味海》标志着梵语诗学的终结"。[⑥]

现代学者一般都将世主的《味海》视为梵语诗学终结的标志。

---

①Visvesvarakavicandra, *Camatkāracndrika*, Waltair: Andhra University, 1969, p. 2, pp. 55-58.

②S.K.De, *History of Sanskrit Poetics,* Vol. 2, Calcutta: Firma K. L. Mukhopadhyay, 1960, p. 252.

③P. V. Kane, *History of Sanskrit Poetics,* Delhi: Motilal Banarsidass, 1971, p. 321.

④P. V. Kane, *History of Sanskrit Poetics,* p. 325.

⑤K.Krishnamoorthy, *The Dhvanyaloka and Its Critics*, Delhi: Bharatiya Vidya Prakashan, 1968, p. 304.

⑥黄宝生:《梵学论集》, 第295页。

因为，即便世主之后还出现了很多梵语诗学著作，但它们在著作规模与学术深度方面，都无法与《味海》相比拟。不过，也有学者指出：“一般认为，梵语诗歌止于世主，《味海》是最后一部诗学巨著。（应该承认，这两种夸张的说法都对后来的作者极为不公。）不应该设想，梵语诗学在17世纪后已经寿终正寝。它今天仍在发展之中。”[①]总之，追溯梵语诗学或印度诗学的发展历史，不能放弃对那些二流甚至三流著作的打量，甚至还必须将梵语诗学的近代和现代变异性发展纳入研究视野。实际上，印度学者也正是这样做的。

印度学者M.S.斯瓦米的研究表明，从现有资料来看，后世主时代，即18和19世纪里，印度一共出现了80到85部左右梵语诗学著作。这些著作中，有30部已经出版，另外一些以手稿形式保存着。在这80多部著作中，25部是全面论述梵语诗学的综合性著作，其余的则涉及一到两个领域，如庄严、味、画诗等，大部分都只论述庄严问题。斯瓦米介绍了其中83部著作，他认为，这些著作的共同特征是，对曼摩吒以后的诗学观点进行嫁接，受到世主和底克希多诗学论战的启迪而在语法等领域进一步展开论争，同时对世主和底克希多的论争进行评价和阐释。斯瓦米的结论是：“这一时期的诗学家的贡献在于对各个诗学概念进行阐释，而不是传播新的诗歌理论。”[②]这一评价可谓十分恰当。

梵语诗学经过漫长的历史发展，已经形成了世界上独树一帜的文学理论体系。“就梵语诗学的最终成就而言，可以说，庄严论和风格论探讨了文学的语言美，味论探讨了文学的感情美，韵论探讨了文学的意蕴美。这是文艺学的三个基本问题。因此，梵语诗学这

---

①R.Ganesh, *Alamkaarashaastra*, Trans. by M.C.Prakash, Bengaluru: Bharatiya Vidya Bhavan, 2010, p. 66. 该书是泰卢固语版原著的英译。

②M.Sivakumara Swamy, *Post-Jagannatha Alankarasastra*, Delhi: Rashtriya Sanskrit Sansthan, 1998, pp. 66-67.

宗丰富的遗产值得我们重视。如果我们将它放在世界文学理论的范围内进行比较研究，就更能发现和利用它的价值。”[①]这就说明，梵语诗学的重要美学价值无法否认，其自成体系的诗学思想，自有重要的当代学术研究价值。

13世纪至18世纪的几百年中，先后出现了一些关于戏剧表演、音乐、舞蹈等方面的梵语著作，它们也可归入艺术学或广义文艺学的范畴。这些著作包括：南迪盖希婆罗大约于5至13世纪成书的《表演镜》，阿输迦摩罗大约于14世纪成书的《舞章》，室利罡陀大约于1575年成书的《味月光》，普罗娑达摩·密湿罗于17世纪成书的《乐歌那罗延》，等等。

综上所述，印度中世纪文论首先是一种复数意义上的文学理论。梵语诗学和各种地方语言文论在印度中世纪漫长的700年间同时存在，这是世界文论发展史上引人瞩目的现象。在这一复数文论体系中，枝繁叶茂、历史悠久的梵语诗学延续着自己的生命轨迹。同时，各方言文论越来越根深叶茂，茁壮成长。这种奇特的中世纪文论发展格局对于现当代印度文论发展具有深远的影响。

印度中世纪文论发展时期，还出现了梵语诗学的国际辐射现象，这就是梵语诗学对中国西藏地区和蒙古地区的少数民族文论的奠基性影响。同时，巴利语文论和梵语诗学还在泰国和越南等东南亚国家传播开来。例如，泰国的修辞学理论最初受到巴利语《胜庄严》的影响，对泰国诗学影响最大的印度文论著作是巴利文的《妙觉庄严》即前述《智庄严论》。《妙觉庄严》脱胎自七世纪时的梵语诗学庄严论，主要涉及庄严、诗德和味等三个诗学范畴。这间接显示了梵语诗学通过巴利文载体对泰国诗学发生的文化影响。[②]梵

①黄宝生:《梵学论集》，第297页。

②参阅裴晓睿:《印度诗学对泰国诗学和文学的影响》，载《南亚研究》，2007年第2期。

语诗学的国际辐射也应该被视为印度古代文学理论外向型发展的一个重要组成部分。

三

1857年印度民族大起义失败后，英国正式确立了对印度的殖民统治。英国此前为强化殖民统治进行的英语教育不断显示出它所期望的效益。部分印度知识精英接受了英语教育后，思想上急剧变化，这便影响到他们对待自己文化的态度。在东西文化交汇的时代背景下，印度近现代文论正式启航。换句话说，随着印度与西方的文化互动逐渐加深，印度近现代文论（主要是印度各方言文论）的发展从此进入一个新的发展阶段即现代转型的阶段。从印度学者的著述来看，这里的"近现代文论"其实也可以modern literary theory（现代文论）或modern literary criticism（现代文学批评或现代文学理论批评）来称呼。

从时间上算，印度现代文论将近一个世纪。在这段时间里，印度文论界有识之士首先领略了东西文化交融的时代风气，在文论著述方面融汇东西，创立了自己的思想体系。这方面以泰戈尔和室利·奥罗宾多二人最为典型。泰戈尔和奥罗宾多两人不仅是印度现代文学巨匠，也是卓有建树的文学理论家。他们的心灵受到印度古典文化和西方文化的双重洗礼，因此，他们以孟加拉语和英语为载体撰写的文学理论体现了东西合璧的文化特色，这和同一时期王国维融汇中西的文论话语建构有些相似。他们的文论建树均体现了东方国家的智者在现代文论转换期的敏感意识。值得注意的是，梵语诗学因子没有在泰戈尔等印度学者那里销声匿迹。相反，泰戈尔明显地受到了梵语诗学的深刻影响，他不仅利用味论研究印度和西方文学，还在文论著述中自觉维护梵语诗学的尊严。他对梵语诗学味论的关注就是明显的例子。泰戈尔的文论思想是印度现代文论的最大成就之一。他以梵语诗学味论阐释东西方文学更是印度文论界的一个典范。

奥罗宾多的文论集《未来诗歌》提出了“未来诗歌”的设想。这是一种建立在精神进化论基础上的文学理论。奥罗宾多还以此理论为基础，对英语诗歌进行了独具特色的阐释。《未来诗歌》体现了奥罗宾多强烈的个人色彩，但因为他的“未来诗歌论”带有神秘的宗教美学色彩，其对西方文学的评价便存在诸多问题。“未来诗歌论”是一种旨在捍卫印度文化价值的民族主义色彩浓厚的理论，也体现了奥罗宾多在殖民时期抵抗西方话语霸权的文化策略。奥罗宾多的这一策略要回到当时的历史语境才能真正得以理解。

与此相似，面对西方学者对印度美学和文艺理论的诸多误解，从1919年至20世纪50年代即印度独立初期的近三十年里，著名学者M.希利亚南相继撰写了《印度美学》、《味和韵》与《艺术体验》等论文，对印度传统美学和梵语诗学等进行了现代阐释。他的这些论文于1954年结集为《艺术体验》出版。该书颇受当代印度学者重视。

就印度各方言文学理论而言，也继续涌现出一批代表性人物，如著名印地语小说家普列姆昌德的文论著述便是一例。印地语文论家拉默金德尔·修格尔、帕勒登杜（又译“婆罗登杜”）和马拉提语文论家B.S.玛德卡尔（又译“帕尔·悉达拉姆·穆尔德克尔”）的相关著述值得重视。拉贾·拉奥、R.K.纳拉扬等人对印度英语文学的产生作出了有力地辩护。这为印度英语文学的顺利发展扫清了某些障碍。

梵语诗学名著如《舞论》等的发掘、翻译和研究，两部梵语诗学史的出版、拉克凡等人的梵语诗学研究，这一切构成了1947年独立以前印度现代文论发展的有机组成部分。1947年印度独立以前，梵语诗学家S.K.代和P.V.迦奈几乎同时出版《梵语诗学史》，对博大精深的梵语诗学进行历史梳理。V.拉克凡等学者先后出版《味的数量》和《梵语诗学一些概念研究》等梵语诗学研究著作。S.K.夏斯特里出版了颇受后人关注的《梵语诗学中的主流与支流》。这一切显示了梵语诗学在现代印度人心目中的崇高地位。这种学术举措将极大地影响当代印度的梵语诗学译介、研究和批评运用。

这一时期还出现了A.K.库马拉斯瓦米和阿·泰戈尔等人的艺术美学著述。N.戈宾纳特阐释戏剧艺术的《表演光》于1946年首版，后于1957年再版。

四

1947年，印度独立，印度文论自此进入当代时期。与印度现代文论的发展轨迹相似，印度当代文论也是在西方文论影响下不断地向前发展的。这不可避免地影响到它的内容和实质。不过，一些学者在吸纳西方文论精华的时候，并未拜倒在西方的“石榴裙”下，而是采取为我所用的“拿来主义”方针，建构带有印度色彩的文论思想。这和泰戈尔、奥罗宾多等人的建构姿态有些相似。

作为珍贵的世界文化遗产，梵语诗学乃至泰米尔语诗学受到当代印度学者的高度重视，他们的相关译介、研究和文本阐释，构成了当代印度文论发展的重要内容。印度独立以后，梵语诗学受到学者们一如既往的重视，迄今为止，相关研究成果不断涌现，K.克里希那穆尔提、勒沃普拉萨德·德维威迪和R.穆克吉等人的著作值得关注。少数学者以梵语写作并出版自己的研究成果。这方面以B.夏尔玛、勒沃普拉萨德·德维威迪和拉塔瓦拉巴·特里波提等为典型。在梵语诗学研究热潮的推波助澜中，纳根德罗不仅编写了一本实用的梵语诗学辞典，还主编了由各地方语言文学专家撰写的里程碑式著作《印度文学理论批评》，对孟加拉语、印地语、泰米尔语等十四种方言文学的理论发展进行历史分析。G.N.德维于2002年主编并出版了《印度文学批评：理论与阐释》。他在书中编选了自古至今28位印度文论家的文论片断。正如前述，20世纪以来，P.V.迦奈、S.K.代和勒沃普拉萨德·德维威迪等印度学者在梵语诗学史、印地语文学批评史等分语种文论史的研究方面取得了长足进展。特别值得关注的是，当代印度学者围绕梵语诗学进行了两种极为重要的学术探索，即梵语诗学与西方诗学比较研究和梵语诗学的现代批评运用。印度学者的梵语诗学批评运用与一些中国学者在世纪之交提倡的所谓“汉语批评”有异曲同工之妙，但它却比中国同行的理论呼吁和批评实践早了至少十几年。梵语诗学在中国和西方的翻译研究乃至跨文化批评运用也值得考察。这是梵语诗学在当代语境下的世界传播，也是印度传统文化软实力无形无影但却有声有色的柔性展示。

当代印度文论界出现了一些新的发展动向。首先是对西方比较文学理论和实践在印度文化语境中如何挪用的探讨。一些学者如阿米亚·德武、S.K.达斯等人提倡建立比较文学的印度学派。他们响亮地提出了“比较印度文学”（Comparative Indian Literature）的口号，目的是要使比较文学这一西来学科适应印度的第三世界后殖民地社会现实。他们欲借“比较印度文学”这一理论和方法来达到书写一部单数和复数合二为一的印度文学史的宏伟目标。印度学者的比较文学理论新探索为世界比较文学理论增添了新的内容。

印度文论家在翻译研究与理论阐释方面也有不俗的表现。两位印度女学者即特迦斯薇妮·妮南贾娜和加亚特里·C.斯皮瓦克的文化翻译论引人注目。她们的翻译理论其实是糅合了后殖民理论和女性主义等杂质的文化翻译理论，其理论为西方学界所知，也为中国学者熟知。其他一些印度学者如苏吉特·穆克吉、苏坎多·乔杜里、哈利西·特里维迪等的翻译理论也值得关注。印度学者在泰戈尔自译现象、印度文学的内部互译和符际翻译等领域皆有论述。

印度学者的后殖民批评与理论阐释举世瞩目。这以阿贾兹·艾哈默德和阿西斯·南迪等人为代表，但加亚特里·C.斯皮瓦克、霍米·巴巴、萨尔曼·拉什迪等海外印度文论家、作家的后殖民理论更为世人所知。作为典型的殖民地与后殖民地，印度向世界推出几位著述颇丰的后殖民文论家，似乎早在情理之中。长期以来，印度政府并不忌讳给与海外印度人双重国籍的优惠。在这种背景下，斯皮瓦克等人至今还保留着印度国籍。斯皮瓦克、霍米·巴巴和萨尔曼·拉什迪等海外印度学者、作家的后殖民理论，可以视为当代印度文论的有机组成部分。斯皮瓦克和拉纳吉特·古哈、帕尔塔·查特吉等印度海内外学者组成的“庶民学派”的思想值得关注。严格说来，他们的后殖民思想并非文学理论，而是跨学科色彩丰富的“文化诗学”。

此外，印度学者在印度文学史、印度英语文学史、女性主义文学研究、达利特文学批评、电影和戏剧研究等各个方面都有著述。例如，在印度文学史研究方面，S.K.达斯的两卷本《印度文学史》、纳根德罗主编的《印度文学》和K.M.乔治主编的《比较印度文学》等具有相当的代表性。在英语文学史研究方面，K.S.室利尼瓦斯、C.D.纳拉辛哈和M.K.奈克等人的著述具有代表性。米拉克西·穆克吉等人的印度英语文学研究值得注意。印度学者对于西方最新的文学理论往往能及时地作出反应，这使他们对西方文论的评述和研究也非常及时。当代印度学者与西方文论界的紧密联系，使得印度文论界能及时地向西方学界传播“印度之声”。

当然，印度学界这种放眼看世界的积极趋势并没有限制它在方言文学批评和理论阐释方面的造诣。相反，以几位印地语“阴影派”文论家和其他印地语文论家如纳根德罗、纳姆沃尔·辛格、泰米尔语文论家A.K.罗摩奴阇、古吉拉特语文论家乌玛商卡尔·乔希等为代表的印度语言文论家，以各自的著述不断充实着当代印度文论的宝库。这些学者中的很多人还同时进行英语著述，这使他们的声音向更为广阔的批评空间传播。

五

总体上看，和西方古典文论、现代诗学相比，印度古代文论在对作品之外的社会历史维度、对文本或作者与世界的联系方面，态度和立场存在着很大的差别。印度学者认为，形成这一差异的原因是，印度古代诗学家只关注语言修辞和艺术心理，而基本忽略了文学的社会功能。他们反复强调诗是达到人生四目标或人生四要（puruṣārtha，即正法、利益、爱欲和解脱）的个人手段。“相反，在西方诗学里，文学的社会功能和认知价值是一个核心的重要问题。”①此言可谓一语中的。例如，婆摩诃对文学的功能是这样解释的：“优秀的文学作品使人通晓正法、利益、爱欲、解脱和技艺，也使人获得快乐和名声。”（I.2）②这里的“正法、利益、爱欲、解脱”是印度教信奉的人生四目标。只有极少数梵语诗学家婉转地涉及作品思想与内容真实性的问题。婆摩诃在论述“违反正理”的诗病时，举了梵语故事集《故事海》中优填王的故事为例，质疑优填王孤身一人进入森林，杀得对方落花流水。正如论者所言，婆摩诃此处的质疑显示出一种对文学作品的内容进行评价的思想趋向。“印度古代叙事作品普遍带有传奇色彩，这与印度古代宗教和神话发达有关。婆摩诃对优填王故事的批评显示出一种难能可贵的现实主义思想萌芽。可惜，这一点没有引起后来的梵语诗学家充分重视。同时，对作品思想内容进行具体评价的批评方法也没有在后来的梵语诗学家中获得充分发展。”③这是梵语诗学和西方诗学发展历程中的显著差异。柏拉图不许诗人进入城邦即“理想

①Suresh Dhayagude, *Western and Indian Poetics: A Comparative Study,* Pune: Bhandarkar Oriental Research Institute, 1981, p. 191.

②黄宝生译：《梵语诗学论著汇编》（上册），第113页。

③黄宝生：《印度古典诗学》，第253页。

国”，这意味着是以文学的社会教育功能衡量诗人。亚里士多德也强调文学对社会的教化功能。贺拉斯寓教于乐的理论其实是对柏拉图和亚氏理论的有机融合。到了后来，西方马克思主义文论更是强调文学的社会功能，意识形态色彩非常明显。20世纪中后期的女性主义文论或曰女权主义文论、新历史主义批评和后殖民批评更是走到了极端，将作品视为意识形态载体而非文学审美的客体。正是这一点，使历史悠久的梵语诗学和西方诗学产生了明显差异。

梵语诗学对文学文本的内部研究过于痴迷，对文学的外部研究关注不够。不过，客观地看，梵语诗学还对观众或读者的审美感受做过精深的研究，对于作者的创作能力和技巧等也给予关注。这说明，梵语诗学在文本、作者、读者和世界这四个维度上，基本上涉猎了三个维度的问题，其中只是研究程度的深浅而已。和梵语诗学对语言问题持续千年的关注相比较，西方诗学对语言的关注似乎稍逊一筹。20世纪西方诗学对文学语言问题的高度重视，恰好说明了梵语诗学家重视语言探索的先见之明。当然，梵语诗学的短处也直接导致了它后来在某种程度上的衰落。

论者指出，梵语诗学味论、韵论和庄严论者往往喜欢将一些公式化或教条式的文论原理视为“诗歌创作的决定性因素”，在此前提下，他们常常将本应丰富多彩的文学理论简化为“类似于逻辑学的一种刻板教条（a formal discipline）”。[①]梵语诗学与西方现代诗学的另一个差异在于，前者基本缺乏现代意义上的文学批评。高度复杂而抽象的理论思辨与非常贫乏的文本批评形成鲜明对比：“正是这种批评实践的缺席，使得梵语诗学与作为整体的西方诗学反差强烈：西方诗学倾向于批评实践和试验而非理论思考。”[②]这种观

①Ram Chandra Prasad, *Literary Criticism in Hindi,* Nauchandi and Meerut: Sarita Prakashan, 1976, p. 15.

②Ram Chandra Prasad, *Literary Criticism in Hindi,* p. 16.

察有其正确而客观的一面，但也不乏值得商榷之处。

似乎遵循上述思维逻辑，有的学者指出："在西方，文学批评（Literary criticism）是与诗学（Poetics）同时发展起来的，但在印度，庄严论（Alaṅkāraśāstra）却为诗探（Kāvyamīmāmsā）所包孕，文学批评没有像西方那样发展为一门独立的学问。这不是说在印度诗学中完全缺乏文学批评的成分，而是说诗学中确实存在文学批评，但其成分非常有限且处于萌芽状态。印度诗学委身于这样一些问题的讨论：何为诗？诗之成因为何？诗之功用为何？诗如何感染知音读者？"[①]在解析印度古典诗学为何缺乏文学批评时，印度学者指出，这主要有以下几方面的原因：首先，梵语文学与文化传统对开展文学批评的限制不能忽视，由于能读能写梵文的属于少数精英，文学作品受众面窄小，对于文学批评的需求不大；其次，很多梵语诗学家大多以自创诗歌为乐，不喜采用前人作品，这也限制了文学批评的展开；古典诗学家往往将两行诗（即一个输洛迦或曰一颂）视为一个诗篇，不重视整个诗篇或作品的分析，这与西方诗学家重视作品整体的综合分析不同；对于读者来说，诗等文学作品具有神圣的宗教意味，有时读诗便是一种类似于瑜伽修习的宗教仪式，这自然限制了读者的批评意识；梵语诗学家并非完全缺乏批评成分，如"诗病"说和"诗德"说，但他们更为关注诗的本质与欣赏体验，关注诗人如何创作优秀作品，这无疑也不利于开展文学批评。"假如对诗的探索加入了文学批评的因素，文学的本来面貌将会焕然一新。这并非无稽之谈。"[②]

近现代时期，由于与西方文学理论的互动交流加快，印度文论开始容纳西来的积极元素，因此产生了很多新的变化。这是印度现

①M.S.Kushwaha, ed. *New Perspectives on Indian Poetics,* Lucknow: Argo Publishing House, 1991, p. 102.

②M.S.Kushwaha, ed. *New Perspectives on Indian Poetics,* pp. 102-109.

代文论转型的题中应有之义。其中，关注文学外部研究、关注文本的整体考察遂成为印度近现代文论的大势所趋。越到后来，这种转型的趋势越明显。同时，一些西方现代学者接触到梵语语法学、梵语诗学味论、韵论后，为之倾倒。他们也在不断地研究或吸收印度文论中的精华思想，为己所用，丰富西方文学理论。①

以上是对印度文论发展史的简单梳理。从下文第一章开始，将依次对印度文论史上的重要、次要人物及其著述进行介绍，对重要的文论思潮或文艺美学命题进行探索，同时将对印度文论的发展脉络和规律进行梳理。

六

本书的重点之一是揭示梵语诗学的产生发展及其对印度中世纪文论、近现代文论和当代文论的深远影响。从时间上讲，印度文论包括广义上的古典梵语诗学、泰米尔语文论萌芽、印度中世纪文论、印度近现代文论和当代印度文论。在各个阶段的具体考察中，将不同程度地涉及梵语戏剧学和音乐、舞蹈、绘画等方面的艺术理论。从地域上讲，本书还将印度次大陆之外的几位文论家如13世纪的斯里兰卡佛教徒、巴利语学者僧伽罗吉多和20世纪初的斯里兰卡学者A.K.库马拉斯瓦米等纳入考查范围，这与印度学者的思路基本一致。僧伽罗吉多等人的文论著述浸透了印度文化的因子，视其为印度文论的有机成分似不为过。为体现印度古代文论的发展特色，本书还将介绍部分重要的梵语语言学和宗教美学著述，因为它们曾经不同程度地向文学理论渗透，并对中国古代文学理论发展影响至深。文学发展和文论的发展演变一样，既是纵向的延伸，也有横向

①关于梵语诗学与西方诗学发展的比较，参阅拙著《梵语诗学与西方诗学比较研究》，第98—118页。

的联系。因此，本书有意识地运用比较文学研究方法，在对印度文论史进行历史探寻和美学考察之外，还考察梵语诗学对世界古代文论话语建构的影响，具体说，就是考察印度古代文论在历史上产生过的国际辐射，即梵语诗学如何向中国西藏、蒙古地区及泰国等东南亚国家传播并影响其文论建构的历史现象。

本书采取理论探讨与历史梳理相结合的方式进行研究。事实上，本书还是偏重于史的梳理而非论的发挥，这主要是因为印度文论史内容异常庞杂。一部文论史跨越几千年，必然要处理众多的论者和复杂的文本，必然要求对很多重要的论者、论著和文学现象进行深入细致的全面研究，但对个人著述来说，显然是异常艰难，其中的原因自不待言。这方面的不足和缺憾只能留待相关的后续研究来弥补。本书还采取历史综述与文论家专题介绍相结合的方式，以体现宏观探察与微观研究的旨趣。就内容丰富、作者众多、评价不一的印度现当代文论而言，笔者也采取了较为灵活的方式，或以文论家为线索，或以文论思潮为主题，对其进行考察和分析。印度文论博大精深，笔者在写作中往往有所思、有所得，因此，尝试在历史学视角下考察梵语诗学的变迁，在比较文学视野中定位印度文论的世界文学原坐标，在文化人类学心态中印证古典文论的现代价值。自然，这种跨学科探索只是一种初步尝试，也需继续追踪思考。

笔者在学习梵语诗学和撰写本书过程中，极大地受惠于黄宝生先生的《印度古典诗学》凡译文（引文）皆附录原文或原出处的做法（如该书2000版第139页的XXII.66和II.95）。本书大量涉及印度古典文论（主要是梵语诗学）的引用，为读者查阅和核对原文方便起见，每一处引文（包括引用《梵语诗学论著汇编》的译文）也尽可能附录该章（该节）该颂的序号，如XIV.18或I.6.55等。重要的梵语、印地语、英语等外文术语均附原文。为对照起见，少数术语有重复。某些梵语诗学著作的重要原理或概念还配以天城体，以方便欲深入研究的读者核对原文并得出自己或许更为恰当而合理的结论。除了某些例外，为尊重学界前辈劳动成果及读者阅读方便起见，本书关于印度文论著作、概念或一些文论家姓名的翻译，大体上尽可能遵从前人译法，如印地语文论家拉默金德尔·修格尔、帕勒登杜等，梵语诗学家婆罗多、新护、世主等，文论概念中的味论、韵论、合适论、虔诚味、法式文学、法式派等便是如此。书后的"大事年表"只是一个尝试，其中也涉及某些中国学者、西方学者翻译和研究印度文论的代表性成果。由于某些重要的文论著作尚无中译文，本书附录了十一种梵语诗学、语法学著作及一种英语著作的片段选译，以配合读者理解相关论述。考虑到国内印地语学者众多，印地语文论是当代印度文论的重要组成部分，因此依据英文译出相关的一些信息，以供参考。限于自身水平，笔者深知这些译文并非标准，只是聊胜于无，提供一种参考而已。

本书主要采用梵语诗学著作和英文著述，再结合中国学者迄今为止发表或出版的相关成果，对印度古代文论发展史进行初步探讨。至于印地语、孟加拉语、马拉提语、古吉拉特语、泰米尔语、泰卢固语、坎纳达语和乌尔都语等方面相关资料的挖掘和分析、运用，限于笔者缺乏解读能力，只能寄望于国内其他相关领域的学者在不久的将来有所突破。换句话说，限于各种复杂因素，本书只能借助相关的英语文献，将关于印地语、孟加拉语、马拉提语等各种印度现代语言文论发展轨迹的介绍大致延伸到20世纪70至80年代左右。期待不久能有学者在直接阅读印地语、孟加拉语、马拉提语、泰米尔语、乌尔都语、古吉拉特语、泰卢固语、坎纳达语、马拉雅兰语和旁遮普语等印度语言写成的文献基础上，全面梳理印度近现代各种语言的文论发展史，也期待未来能有学者对20世纪末至今的印地语、孟加拉语和马拉提语等各种印度语言的文论发展最新动向进行介绍。

这不能不说是本书的缺陷所在，但也恰恰是印度文论史充满冒险与神秘的学术魅力所在。

第一章

印度文论的萌芽和先声

（前15世纪至7世纪）

印度文论发展史非常漫长，因此，要对其进行系统的学术梳理，必须对其源头即长达1000多年的文论萌芽进行简略分析。印度文论的萌芽潜藏在最古老的文化经典《梨俱吠陀》中，其后，印度大史诗、特别是《罗摩衍那》也体现了一定的文论萌芽意识。从世界范围看，公元前3世纪至公元2世纪的500年时间，大约相当于中国两汉、罗马共和国晚期与罗马帝国前期、印度孔雀帝国与贵霜王国时期，其中中国与罗马帝国的文学理论著作数量与水平大致持平。《舞论》的出现是这一时期的一大亮点，但总体而言，东西方文学理论成就不是很高。自公元3世纪至6世纪，中国文论进入繁荣时期，而西方文论与印度文论（至少是现存可见的文论著述）进入了沉寂状态。[①]古典梵语诗学的奠基者是公元初左右产生、公元4至5世纪定型的婆罗多《舞论》。《舞论》的基本内容是总结戏剧表演理论、为戏剧表演制定规则，但它的很多论述却成为后来梵语诗学的种子和胚胎。《舞论》里关于情味、诗相、庄严、诗德、诗病的论述，成为后来梵语诗学的雏形。论者指出，婆罗多开启了与古希腊、古罗马文论及中国古代文论比肩而立的一个重要文论支脉，为丰富世界文论思想作出了重要贡献。《舞论》不仅堪称印度文论

①参阅曹顺庆主编：《中外文论史》（第二卷），成都：巴蜀书社，2012年，第707—712页。

的丰碑，也是“世界文论史上继古希腊与中国先秦文论之后的第二个高峰”。[①]《舞论》不但是印度最早的、最系统的文论著作，也是世界古代文论著作中堪与亚里士多德《诗学》和刘勰《文心雕龙》相媲美的“最杰出的文论专著。《舞论》的产生，标志着世界文论的第二个高峰的到来”。[②]不过，就印度古代文论发展而言，如果以《舞论》为它的第一个高峰的话，它的第二个高峰要等几百年后亦即7世纪的婆摩诃与檀丁开始进行庄严论和风格论著述才算正式到来。

这一时期左右，印度南方出现了泰米尔语著作《朵伽比亚姆》。它也可视为达罗毗荼文化的重要经典之一。从内容上看，《朵伽比亚姆》不是一般意义上的语法书，它包括了文学创作的各个方面，如文学修辞和诗歌格律等等方面的问题。大体说来，《朵伽比亚姆》包含了类似梵语诗学庄严论、“诗人学”、味论和韵论等因素。《朵伽比亚姆》和《舞论》是印度文论滥觞期的“双子星”，它们形成了“双峰并峙”的景观，一起成为印度古代文论的先声。这一时期还出现了一些论及语言哲学或宗教美学的佛典，也出现了《画像量度经》等艺术美学著作。

第一节　文化经典中的文论萌芽

考察印度古典文论萌芽，先得对印度古代文学中“诗”（काव्य，kāvya）的概念略加辨析。在梵语中，表示诗的词语很多，如kāvya、kavitā、padya、kāvyaprabandha、kāvyabandha等等。[③]在印度古代，诗是文学或美文学（fine literature）的通称，诗大致相

①曹顺庆主编：《中外文论史》（第一卷），成都：巴蜀书社，2012年，第82页。
②曹顺庆主编：《中外文论史》（第二卷），第708页。
③Vaman Shivram Apte, *The Student's English-Sanskrit Dictionary,* Delhi: Motilal Banarsidass Publishers, 2002, p. 348.

当于文学，这和古希腊的情况基本相似。印度古代文学历史悠久，在此基础上，“诗”的概念得以成型，这为印度古代文论得以萌芽创造了前提。

吠陀文学是印度古代文学的源头。吠陀有四部本集：《梨俱吠陀》、《娑摩吠陀》、《夜柔吠陀》和《阿达婆吠陀》。它们是婆罗门祭司为了适应祭祀仪式的需要进行编订的。吠陀诗人通常被称作“仙人”（ṛṣi）。这些仙人创作的颂诗常常表露出一种超凡的视觉体验，与神相通，受神启悟。因此，吠陀文献常常把仙人创作颂诗说成是“看见”颂诗，同时把吠陀颂诗称作“耳闻”或“天启”（śruti或śruta）。吠陀诗人即仙人们崇拜语言（वाच，Vāk），将语言尊称为女神。[①]《梨俱吠陀》中说：众神祭司亦即吠陀神祇之一毗诃跋提（Bṛhaspati）为万事万物命名，使Vāk 即语言女神发出了第一声。语言女神与仙人紧紧相随，并赐予仙人智慧。[②]这些神话传奇对尊崇经典的梵语诗学家的语言观、诗学观产生了极为深远的影响。

《梨俱吠陀》全称《梨俱吠陀本集》。《吠陀本集》是印度最古老的文化经典，而《梨俱吠陀》又是其中最早的一种。作为文化渊源，它在印度享有至高无上的地位。[③]《梨俱吠陀》是印欧语系最古老的诗歌总集。它总计10卷，共有1028首诗。“梨俱”的意思是诗节，而“吠陀”的意思是知识。与后文将要谈到的婆罗多和朵伽比亚尔一样，《梨俱吠陀》的作者身份也不易确定，因为这些诗歌几乎都是印度上古初民的“集体创作”。总体来看，《梨俱吠

①参阅黄宝生：《梵学论集》，第278页。

②Ralph T.H.Griffith, Trans. *The Hymns of the Ṛgveda,* Delhi: Motilal Banarsidass, 1986, p. 584. 关于语言女神的来历，也可参见：John Dowson, *A Classical Dictionary of Hindu Mythology and Religion, Geography, History, and Literature,* pp. 329-330.

③刘建、朱明忠、葛维钧：《印度文明》，北京：中国社会科学出版社，2004年，第229页。

陀》的诗歌缺乏诗人个性。就内容而言，《梨俱吠陀》除了反映自然现象和社会生活的诗歌外，还包括很多颂神诗和一些世俗诗、格言诗、谜语诗、哲学诗、巫术诗和对话诗。对话诗是后来的梵语史诗和戏剧的滥觞。《梨俱吠陀》为后来的史诗和古典梵语诗歌的发展奠定了基础。①

在《梨俱吠陀》中，印度古典文论的萌芽得以产生。例如，《梨俱吠陀》中关于苏摩酒的一首诗这样写道："我是诗人，父亲是医生，/母亲忙推磨，/大家都像牛一样/为幸福而辛勤。/苏摩酒啊！快为因陀罗（神）流出来。"②《梨俱吠陀》开卷赞颂火神（Agni）后歌颂风神（Vāyu）："来吧，优美的风神，这是献给您的苏摩酒。"③《梨俱吠陀》还写道："我们畅饮苏摩酒，从而达到永恒。"④这里的"苏摩"（Soma）是一种植物。苏摩还是一位受人崇拜的酒神。《娑摩吠陀》称颂苏摩甜蜜甘醇，赠与智慧，使人欢悦，庄严知根，净化灵魂，受人崇拜。⑤《夜柔吠陀》也称颂苏摩是最好的祭祀之物，它对人体有益，净化人的灵魂。⑥这既是对酒神的崇敬，也是对一种特殊的植物汁液加工品即苏摩酒的颂歌。吠陀文献中的苏摩也可以理解为汁液、水、味和奶等，它与后来的梵语诗学味论似乎存在着某种微妙的联系。

印度学者在探索印度古典文论的源头时，将眼光投向了《梨俱吠陀》。孟买大学梵语系教授麦因卡（T.G.Mainkar）于1977年出

---

①参阅季羡林主编：《印度古代文学史》，第8—24页。

②转引自金克木：《梵竺庐集乙：天竺诗文》，南昌：江西教育出版社，1999年，第17页。

③Ralph T.H.Griffith, Trans. *The Hymns of the Ṛgveda,* Delhi: Motilal Banarsidass, 1986, p. 1.

④Ralph T.H.Griffith, Trans. *The Hymns of the Ṛgveda,* p. 435.

⑤Devi Chand, ed. & trans. *The Sāmaveda,* New Delhi: Munshiram Manoharlal Publishers, 1981, pp. 107, 135.

⑥Devi Chand, ed. & trans. *The Yajurveda,* New Delhi: Munshiram Manoharlal Publishers, 1980, p. 236.

版《古典诗学的〈梨俱吠陀〉基础》便是一例。他根据对《梨俱吠陀》的研读发现，吠陀诗人发自内心地表达对所崇拜的神灵的虔诚。他们将神灵视为可以倾诉自己心声的爱人。他们祈求神灵的庇佑。后来的婆罗多、婆摩诃、檀丁、曼摩吒、恭多迦等梵语诗学家在著述开头总要赞美神灵，这种文化仪式似乎可以回溯到《梨俱吠陀》产生的时代。麦因卡发现，吠陀诗人已经具有一种蒙胧的诗学观："当吠陀诗人们将诗歌创作比拟于木匠或纺织工的技艺时，可以说，他们正在提出一种诗歌的'技术论'……只是到了后来，'美学理论'才在迅速发展中扎下根来，而'技术论'淡出视野。在这种情况下，人们可以联想到柏拉图和亚里士多德的诗歌'技艺论'。"[①]麦因卡还发现，吠陀诗人们不断地提到"味"（rasa），此即后来在奥义书和梵语诗学中不断出现的"味"的前身。婆罗多在《舞论》中提到的八种味中的悲悯（karuṇa）、英勇（vira）、暴戾（rudra）和厌恶（bibhatsa）等名称，均已在《梨俱吠陀》里出现。庄严（alaṅkāra）、诗德（guṇa）、诗病（doṣa）、风格（rīti）和曲语（vakrokti）等概念均已在《梨俱吠陀》中隐约可辨。麦因卡因此断言，后来的古典诗学家应该感激吠陀诗人们的独特贡献。"创作《梨俱吠陀》的诗人们显示出无比自由的心态和创造力。由于创造了很多的诗学理论，他们昭示着后来古典诗学的许多基本原理。因此，这是古典诗学的《梨俱吠陀》基础。"[②]

另一位印度学者夏斯特里（P.S.Sastri）也对《梨俱吠陀》的文论萌芽进行探索。他的著作《〈梨俱吠陀〉中的美学》共分十八章，其中第六章标题为"戏剧理论"，第十三章为"《梨俱吠陀》的修辞"，第十五至十七章为"理论以及味和韵的论述"、"《梨

①T.G.Mainkar, *The Rigvedic Foundations of Classical Poetics,* New Delhi: Ajanta Publications, 1977, p. 17.

②T.G.Mainkar, *The Rigvedic Foundations of Classical Poetics,* p. 70.

俱吠陀》的诗学精神”和“美的哲学”。在夏斯特里看来，《梨俱吠陀》蕴藏着丰富的文论资源。与麦因卡一样，他也发现，吠陀诗人有了味和韵的概念，他们的创作饱含各种情味。他还发现，《梨俱吠陀》的一些颂诗蕴涵了梵语戏剧学的胚胎。他认为，一些诗歌中出现了戏剧冲突，但这和希腊悲剧的冲突模式不同。吠陀的戏剧冲突以调和收场，不像希腊悲剧以悲剧毁灭结尾。比如，从阎摩和妹妹阎蜜的戏剧性冲突中可以看出，这是不同观点的冲突，不是善恶势力之间的冲突。“对《梨俱吠陀》的戏剧家来说，给我们留下人生意义上的悲剧显然是不完美的。”①

论者指出，印度古人并不将吠陀颂诗视为诗，而是视其为婆罗门教亦即印度教前身的至高经典，即“天启经”。用作吠陀颂诗的梵文词是मंत्र（mantra），意思是“赞颂”、“祷词”或“经咒”。吠陀颂诗有时也被称为阐陀（chandas），意思是“韵律”或“韵文”。“后来在梵语中指称诗的kāvya一词，在吠陀诗集中并非指称诗，而是指称智慧或灵感。吠陀诗集中的文学功能依附宗教功能。在整个吠陀时期，文学尚未成为一种独立的意识表现形态。因此，文学理论思辨也不可能提到日程上来。”②这便是印度古代文学理论起源较晚的重要因素。到了史诗时期，出现了享誉后世的两大史诗，其中的《罗摩衍那》被称为“最初的诗”（ādikāvya）。它们采用简易的“输洛迦体”诗律。这时的“诗”（kāvya）已经成为文学意义上的诗了。此时，梵语文学从史诗时期步入古典梵语文学时期，梵语文学已经不再完全依附于宗教而存在，梵语文学家开始以个人的名义进行独立的创作。“从总体上说，古典梵语文学已经与宗教文献相分离，成为一种独立发展的意识表现形态。”③

①P.S.Sastri, *Rigvedic Aesthetics*, New Delhi: Bharatiya Vidya Prakashan, 1988, p. 122.

②黄宝生:《梵学论集》, 第278页。

③黄宝生:《梵学论集》, 第279页。

梵语文学的这一独立姿态，必然引起梵语学者对它的性质和特征进行思考和总结，梵语诗学随即产生。

印度两大史诗中蕴涵着丰富的文论萌芽，如史诗象征观念、史诗叙事模式、独特的比喻方式、万物有情思想等。①大史诗《罗摩衍那》的某些篇章包孕着丰富的文学理论意识。说它是印度文论的又一株萌芽未尝不可。该书《童年篇》第二章这样叙述道：一天，蚁垤仙人在森林里看见一对麻鹬正在交欢。忽然，一个尼沙陀（猎人）射中了雄麻鹬。雄麻鹬坠地翻滚，满身鲜血，雌麻鹬凄惨悲鸣。蚁垤仙人心生悲悯，安慰雌麻鹬，谴责尼沙陀。他有感而发：

你永远不会，尼沙陀！
享盛名获得善果；
一双麻鹬耽乐交欢，
你竟杀死其中一个。②

说完后，蚁垤仙人自己也感到惊讶，反复琢磨自己究竟说了什么。最后，他意识到自己说出的是诗。接着，他禁不住悲悯之情，作了另一首悼念麻鹬的诗。他告诉自己的徒弟，他的话都是诗，音节均等，可以配上笛子，曼声歌咏。因为这诗产生于自己心中的悲伤（śoka），他便命名为श्लोक（śloka，输洛迦）。

一些人认为，《罗摩衍那》的这个传说是梵语诗学味论的胚胎或原型。悲悯味是主味。欢增在《韵光》里曾经引用这一典故言说自己的诗学观。他写道：“诗的灵魂就是这种意义。正是这样，古代最初的诗人由一对麻鹬的分离引起悲伤，化成一首偈颂……正是

①参阅邱紫华：《东方美学史》（下卷），北京：商务印书馆，2003年，第747—768页。后文论述参考该书相关内容。

②转引自黄宝生：《印度古典诗学》，第299页。

这样，最初的诗人蚁垤目睹麻鹬失去亲密伴侣而痛苦悲鸣，心生悲伤，化成一首偈颂。而悲伤正是悲悯味的常情。”（I.5及注疏）[①]欢增对大史诗的引用借鉴，表明它可视为梵语诗学味论的萌芽。

蚁垤仙人吟诵了两句诗后，大梵天便命令他来编写《罗摩衍那》。随后，蚁垤仙人的徒弟们朗诵第二首输洛迦，他们惊奇地发现，蚁垤仙人由于抒发心中的悲痛，诗得以产生。而蚁垤本人在这种吟诵创作的过程中，思想得以净化。他决意创作《罗摩衍那》。据此，有的学者认为：“《罗摩衍那》的《童年篇》这样精细和准确地描写了两首小诗和整部史诗的创作过程，很明显地表达了它的作者对创作过程的认识，从而表达了一定的文学理论思想。”[②]实际上，这种对创作过程的朦胧认识也是一种萌芽状态的文论意识。

除了《梨俱吠陀》和《罗摩衍那》等文学与文化经典外，还有不少的印度经典蕴含着文论萌芽。例如，在吠陀时代晚期亦即公元前7世纪左右出现的《奥义书》中，“味”这个词也用作哲学意义上的本质或精华。例如，《歌者奥义书》说：“万物的精华是地，地的精华是水，水的精华是植物，植物的精华是人，人的精华是语言，语言的精华是梨俱，梨俱的精华是娑摩，娑摩的精华是歌唱。”[③]而《泰帝利耶奥义书》说：“语言和思想不能到达而从那里返回，如果知道梵的欢喜，他就无所畏惧。”[④]“味”被视为哲学意义上的概念，这似乎预示着新护等人的主观味论有了思想的来源。“梵的欢喜”更是新护味论有别于婆罗多味论的宗教哲学基础所在。这些黏合在宗教美学思想中的文论萌芽的出现，预示着作为印度文论先声之作的梵语戏剧学巨著《舞论》的诞生为期不远。

---

①黄宝生译：《梵语诗学论著汇编》（上册），第236页。

②吴文辉：《〈罗摩衍那·童年篇〉的文学理论思想》，季羡林主编：《印度文学研究集刊》（第二辑），上海译文出版社，1986年，第66页。

③黄宝生译：《奥义书》，北京：商务印书馆，2010年，第125页。

④黄宝生译：《奥义书》，第240页。

第二节　婆罗多的《舞论》
（前5世纪至5世纪）

梵语戏剧学著作《舞论》（नाट्यशास्त्र，*Nāṭyaśāstra*）的作者婆罗多（भरत，Bharata）完全可以称为“梵语文学理论批评之父”。[①]他被后世尊称为婆罗多牟尼（भरतमुनि，Bharatamuni）。मुनि（muni）是“圣人”或“仙人”的意思，类似于中国先秦称“子”，如称孔丘为孔子。论者指出：“《舞论》（戏曲学）是现存的古代印度最早的、系统的文艺理论著作。”[②]关于《舞论》成型的时间，学术界历来争执不已，无法达成共识。有学者总结各家观点后认为，它大约产生于公元前6世纪至公元6世纪之间，或许可以将其成型时间大致确定为基督纪元之初。[③]婆罗多生平不详，现代学者对婆罗多是否真实人物仍持怀疑态度。因为“婆罗多”（Bharata）一词在《舞论》中有“演员”的含意，《舞论》原名很可能是भरतशास्त्र（Bharataśāstra即《演员论》）。这样，“婆罗多”可能是泛指演员，而非专指某个特定的人。人们最后在《舞论》形成定本之时，以神话传说的方式将婆罗多确定为《舞论》的作者。尽管婆罗多不一定是该书的真实作者，但我们仍得以他来指称《舞论》的作者。婆罗多起码可以视为《舞论》作者的代号。[④]

《舞论》或译《戏剧论》或《戏曲学》，नाट्य（Nāṭya）一词兼有舞蹈和戏剧的意思。《舞论》所言之舞并不是单纯的舞蹈，

---

①A.Sankaran, *Some Aspects of Literary Criticism in Sanskrit of the Theories of Rasa and Dhvani*, p. 17.

②金克木：《金克木集》（第七卷），北京：三联书店，2011年，第277页。

③Bharatamuni, *Nāṭyaśāstra*, Vol.1, eds. by R.S.Ragar and K.L.Joshi, “Introduction,” Delhi: Parimal Publications, 2003, p.18.

④参阅黄宝生：《印度古典诗学》，第35页。本节对《舞论》的全面介绍主要参考该书相关内容；同时参阅曹顺庆主编：《中外文论史》（第二卷），第948—1040页。

与中国传统的戏曲表演有些相似或者说与西方的歌剧有些相似。《舞论》全书约5500节诗和部分散文，约合汉语20多万字，可谓规模宏大。仅字数而言，《舞论》已大大超过亚里士多德的《诗学》，其论述的全面、细致也超过了亚氏之著。在公元前后不久就已经产生如此规模的戏剧学著作，在世界戏剧史上是绝无仅有的。"《舞论》的作者似乎是借鉴现有的不同领域的经论，旨在为舞台监督（sūtradhāra）撰写一部实用手册……因此，《舞论》在某种程度上似乎是出自多人之手的著作，原著也存在一些篡改者（interpolator），他们后来对它进行了增补和改动。"①《舞论》是早期梵语戏剧实践经验的理论总结。它自觉地把戏剧作为一门综合艺术对待，以戏剧表演为中心，涉及与此有关的所有论题。以现代的眼光看，《舞论》的理论总结带有浓厚的经验主义色彩，它热衷于形式主义的繁琐分析和归类。"然而，这正是印度古代戏剧学的特色，注重戏剧艺术的具体经验和演出工作的实用需要。因此，《舞论》也可以说是一部印度古代的戏剧工作者实用手册。"②

《舞论》全书各章大致内容如下：第一章讲述戏剧起源的神话传说。第二章讲述剧场的建造、形状和结构。第三章讲述剧场建成后，要举行祭祀仪式，祭拜各方天神。第四章论述戏剧表演中的舞蹈。第五章论述戏剧演出前的准备工作和序幕。第六章和第七章论述"味"和"情"，从文学理论意义上说，这是《舞论》最重要的两章。《舞论》把戏剧表演分为四大类：形体、语言、妆饰和真情。第八章至第十三章论述各种形体表演，如手、胸、腰、脚、头、眼等的动作。第十四章论述戏剧表演法。第十五章至十九章论述语言表演。第二十章论述戏剧类型。第二十一章论述戏剧情节。

①Bharatamuni, *Nāṭyaśāstra*, Vol.1, ed. by Manomohan Ghosh, "Introduction," Varanasi: Chowkhamba Sanskrit Series Office, 2009, XXVII

②本段参阅黄宝生:《印度古典诗学》，第35—37页。

第二十二章论述戏剧风格。第二十三章论述妆饰和道具。第二十四章论述语言、形体和真情表演。第二十五章论述男女爱情活动的表现形态。第二十六章论述各种景物和情态的特殊表演方法。第二十七章论述戏剧演出成功的标准，包括观众的反应和评判演技的方法。第二十八章至第三十三章论述戏剧表演中的音乐，如弦乐、管乐、鼓乐和歌曲。第三十四章论述角色，包括男女主角的分类和各种配角。第三十五章论述剧团和角色的分配。第三十六章讲述戏剧从天国下凡人间的神话传说。从以上内容看，《舞论》的确是世界古代文论名著中论述戏剧艺术最为全面的一部。该书可谓“体大而虑周”，完全堪称“世界古代文论史上最伟大的著作”。①下面对《舞论》的主要内容进行简介。

一、戏剧起源论

《舞论》虽是戏剧学论著，但与《摩诃婆罗多》的叙事模式类似。《舞论》第一章《舞论起源》以作者“我”引出叙述者婆罗多，再由婆罗多讲述戏剧起源，并演绎出一系列的戏剧原理和表演规则，最后一章即第三十六章再由婆罗多讲述戏剧如何下凡人间并广为流传的大结局。这种类似框架故事的叙事结构体现了印度文化经典的传统特色。

且看《舞论》第一章开头的叙述：“向祖宗（梵天）和大自在天（湿婆）两位大神鞠躬致敬，我现在开始讲述梵天阐明的舞论。从前，有一次，在学习间隙的时间，恪守誓愿、精通戏剧的婆罗多完成祈祷，他的儿子们围在身边。以阿底梨耶为首的牟尼，灵魂高尚，已经调伏感官和智慧。他们走近婆罗多，问道：‘您已经编撰了与吠陀相称的戏剧吠陀，婆罗门啊！它是怎样产生的？它是为谁

①曹顺庆主编：《中外文论史》（第二卷），第953页。

编撰的？它有多少部分？规模多大？怎样使用？请您如实讲述这一切。’”（I.1-5）[①]

婆罗多因此开始对阿底梨耶等牟尼讲述这种“戏剧吠陀”或曰“第五吠陀”的诞生过程：“你们身心纯洁，凝思静虑，请听梵天怎样创造戏剧吠陀！”第一、第七摩奴时期都已过去，人类历史到达三分时代（世界由创造到毁灭须经历圆满、三分、二分和迦利时代等四个时期）。因陀罗（帝释天）为首的众天神对梵天说：“我们希望有一种既能看又能听的娱乐。首陀罗种姓不能听取吠陀经典，因此请创造另一种适合所有种姓的第五吠陀。”（I.11-12）[②]梵天答应后，开始运用瑜伽，回忆四吠陀，苦心构思，创造了一种以四吠陀和六吠陀支（礼仪学、语言学、语法学、词源学、诗律学和天文学）为来源的“戏剧吠陀”。“他从《梨俱吠陀》中撷取吟诵，从《娑摩吠陀》中撷取歌唱，从《夜柔吠陀》中撷取表演，从《阿达婆吠陀》中撷取情味。就这样，灵魂高尚的梵天创造了与吠陀和副吠陀密切相关的、具有娱乐性质的戏剧吠陀。”（I.17-18）[③]创造了戏剧后，梵天让天王因陀罗寻觅传播戏剧到人间的众天神，但因陀罗认为，众天神不适宜表演戏剧，只有牟尼们善于表演和记忆戏剧。《舞论》此时以故事主人公婆罗多的语气叙述道：“莲花生（梵天）听了帝释天（因陀罗）的话，对我说道：‘纯洁的人啊！你和一百个儿子成为戏剧家吧！’我遵命向祖宗（梵天）学习戏剧吠陀，并如实教会儿子们正确运用。”（I.24-25）[④]

婆罗多开始教导儿子们表演雄辩、崇高和刚烈等三种风格的戏剧。不过，湿婆大神所跳的艳美风格的舞蹈必须由女性完成，为

---

①黄宝生译：《梵语诗学论著汇编》（上册），第35页。
②黄宝生译：《梵语诗学论著汇编》（上册），第36页。
③黄宝生译：《梵语诗学论著汇编》（上册），第36—37页。
④黄宝生译：《梵语诗学论著汇编》（上册），第37页。

此，梵天用思想创造出精通戏剧妆饰的众天女，交给婆罗多差遣。完成戏剧排练后，婆罗多带领自己的表演队伍来到梵天面前，献词完毕，开始演出，模仿天神打败恶魔，以梵天为首的众天神对演出表示满意。梵天为首的众天神因此向婆罗多的剧团提供各式捐助。接下来，戏剧表演提迭和檀那婆等恶魔的失败场景。这引起了恶魔们的不满，他们扰乱婆罗多剧团的表演，但被天王因陀罗以名为"粉碎"的一面旗帜所治服。为了治服新的捣乱者，保护戏剧免遭毁灭，梵天命令工巧天建造一座具有特色的剧场，还安排众天神保护剧场和剧团成员，如赠送戏剧语言的语言女神娑罗私婆蒂保护女主角，"唵"音保护丑角，湿婆保护其他角色，而梵天亲自守护舞台中央。

如此这般安排后，梵天还好言好语地安抚众提迭（恶魔）。他虽为安抚，实为说明戏剧的模仿功能，这也是印度古典文论中的模仿伦。梵天告诉提迭们说：他创造的戏剧按照实际情况构想他们和大神们的幸运和不幸。"戏剧再现三界的一切情况……具有各种感情，以各种境遇为核心，我创造的这种戏剧模仿世界的活动。依据上、中、下三种人的行为，这种戏剧将产生有益的教训"。（I.104-110）[①]梵天接下来还安抚提迭们说："这种戏剧将提供人世教训。知识、技术、学问和技艺，方法和行为，无不见于这种戏剧中。一切经论、技艺和各种行为都囊括在这种戏剧中，因此，我才创造它。你们不应该对众天神发怒。因为在这种戏剧中，规定模仿七大洲……模仿世界上天神、仙人、帝王和家主们的行为，这便叫做戏剧。"（I.113-118）[②]安抚完提迭们后，梵天又对众天神和婆罗多说，在剧场里，必须按照戏剧规则进行祭供。不祭供舞台，就不能进行戏剧表演。

①黄宝生译：《梵语诗学论著汇编》（上册），第42页。
②黄宝生译：《梵语诗学论著汇编》（上册），第43页。

以上是《舞论》第一章对戏剧起源的叙述。从中不难推断，印度古代的戏剧表演产生很早，戏剧文学发达，学者们对戏剧表演及其规则非常重视。婆罗多和因陀罗等将戏剧称为“戏剧吠陀”和“第五吠陀”正好说明，带有神圣色彩的戏剧文学在古代印度备受推崇，戏剧表演者和剧作家地位可观。梵天等天神对戏剧的保护也是同样的道理。梵天的戏剧模仿论则以神话传说的形式展现了印度古代戏剧家或文论家的原始模仿论。这是可与亚里士多德《诗学》中的模仿论进行比较的文论思想。所谓“模仿三界”既包含了梵语戏剧的宗教神性，也暗示了梵语戏剧的现实主义色彩。戏剧将提供“人世教训”并赠予观众“知识、技术、学问和技艺”，显然是对戏剧亦即文学功能的一种阐释。

如果记住《舞论》第一章所说的“戏剧吠陀”是在梵天、湿婆等众天神所在的天国表演的话，我们对《舞论》最后一章讲述“戏剧下凡”到人间大地的故事便丝毫不会感到惊奇。这显示婆罗多努力向大众推广戏剧的美好心愿，也似乎意味着戏剧文学必然从宫廷和学者们的“阳春白雪”演变为普通人等皆能欣赏的“下里巴人”。换句话说，一段神话传奇中蕴含的仍然是婆罗多为代表的印度古代文论家的文学思想，神圣符号的深处潜藏着理性而世俗的文学主张。

在该书第三十六章开头，牟尼们听完婆罗多关于“戏剧吠陀”诞生及其相关原理、规则的叙述后，继续请教戏剧如何从天国下凡人间的问题。婆罗多告诉他们，虽然他设计了演出前的准备工作，用颂诗赞美和敬拜天神，祭供天神，但沉醉于戏剧吠陀的儿子们却在带有戏谑嘲弄风格的表演中不小心得罪了众仙人。众仙人认为他们的戏剧作品粗俗、邪恶，不值得赞扬。众仙人为此诅咒婆罗多的儿子们在内的所有演员将成为首陀罗，其家族和后代也成为首陀罗而侍奉他人。众天神获悉婆罗多儿子们受仙人诅咒后，精神沮丧，往众仙人那里打听情况。众仙人说，戏剧虽然不会毁灭，但他们的诅咒必将实现。婆罗多对沮丧的众天神说，他不会任由戏剧毁灭的，他恳请众天神将戏剧转交天女们表演，然后再举行赎罪仪式。

在此危难之际，一位名叫友邻的国王为问题的解决带来了转机。友邻王请求婆罗多将戏剧传播到大地上。一旦戏剧上演，众仙人的诅咒将失去效力。于是，婆罗多吩咐儿子们即众婆罗门与友邻王合作，前往友邻王所在的尘世大地表演戏剧，实践梵天宣示的戏剧规则。“然后，众婆罗门前往大地，在友邻王的宫中，多次按照规则，安排妇女们演出。在那里，我的儿子们与人间女子生育儿子，创作各种戏剧作品。他们生育儿子，按照规则搬演戏剧，然后，得到梵天的允许，又返回天国。就这样，由于那个诅咒，戏剧得以流传大地。这个婆罗多（演员）家族也将闻名于世。”（XXXVI.67-70）①

在《舞论》最后一章的结尾处，婆罗多对自己这部旨在提供“娱乐指南”的戏剧学著作的神圣功能进行总结，同时也表达了对“戏剧吠陀”或曰“第五吠陀”永远传承于世的美好祝愿：“这部经典（舞论）用于增进人类的智慧。它包含三界的行为，成为一切经典的典范。它出自梵天之口，充满吉祥。它纯洁，优美，净化人心，涤除罪恶。谁专心聆听梵天宣讲的这部经典，演出和观看戏剧，他就会达到通晓吠陀者、举行祭祀者和乐善好施者同样的目的。在一切王法中，它被称为伟大的功果；在一切布施中，它被尊为圣洁的布施……人们认真观赏音乐和戏剧，能达到与婆罗门仙人相同的神圣目的。”（XXXVI.72-78）②

至此，婆罗多对戏剧起源和下凡人间的叙述圆满完成。从该书三十六章的整个结构来看，这种将戏剧原理和规则论述包含在内的框架结构，浑然一体而又天衣无缝，典型地体现了印度传统的叙事特色。

①黄宝生译：《梵语诗学论著汇编》（上册），第109页。
②黄宝生译：《梵语诗学论著汇编》（上册），第110页。

二、戏剧情味论

婆罗多《舞论》之所以在印度乃至在世界文论史上占有崇高的位置，不仅在于他对梵语戏剧学的详细论述，更重要的是他对情味理论的深刻探讨。“在梵语文学理论发展史上，《舞论》的最大贡献是突出了味论”。[①]情味论作为《舞论》中的最重要内容，对印度文论产生了巨大而深远的影响。它涉及到情、味及二者关系的论述。

《舞论》第六章涉及到对味的阐发。味论是婆罗多戏剧学的理论支柱。他的一个核心思想亦即整部《舞论》的压轴性观点是：

विभावानुभावव्यभिचारिसंयोगाद्रसनिष्पत्तिः

（情由、情态和不定情的结合产生味）（VI.31注疏）[②]

这便是味的定义亦即味产生的程序。他认为，任何词语的意义都不能脱离味。就戏剧的味而言，可以分为八种，即艳情、滑稽、悲悯、暴戾、英勇、恐惧、奇异和厌恶味。味的词义是可以品尝的。婆罗多认为，正如各种原料和调料的混合产生味，各种情的结合也产生味。思想正常者享用配有各种调料的食物，品尝到味就心满意足。同样的道理，思维正常者观赏具有形体语言和真情的艺术表演，品尝到常情也感到心满意足。因此，可以断定，婆罗多的味是指戏剧艺术的感情效应，即观众在观赏过程中体验的审美快感。[③]“味”（**रस**，rasa）的涵义可以解释为“植物的汁液、体

---

①黄宝生译：《梵语诗学论著汇编》（上册），第13页。

②Bharatamuni, *Nāṭyaśāstra*, Vol. 1, ed. by Manomohan Ghosh, Varanasi: Chowkhamba Sanskrit Series Office, 2009, p. 82.

③黄宝生：《印度古典诗学》，第41页。

液、事物的精华”等。[1]婆罗多的过人之处在于将其创造性地运用于戏剧原理的阐释之中。

在对味进行归类时，婆罗多典型地体现了印度古典文论的形式分析特色。他将味分为八种，即**शृङ्गाररस**（śṛṅgāra rasa，艳情味）、**करुणरस**（karuṇa rasa，悲悯味）、**विररस**（vira rasa，英勇味）、**रुद्ररस**（rudra rasa，暴戾味）、**बीभत्सरस**（bībhatsa rasa，厌恶味）、**हास्यरस**（hāsya rasa，滑稽味）、**भयानकरस**（bhayānaka rasa，恐怖味）和**अद्भुतरस**（adbhuta rasa，奇异味）等八味，并给这八种味指出了“来源”、“颜色”和“天神”：“现在我们叙述这些味的来源、颜色、天神和例证。这些味来源于另外四种味，即艳情、暴戾、英勇和厌恶。”（VI.39）[2]在婆罗多看来，滑稽出于艳情，悲悯之味由暴戾生，奇异出于英勇，恐怖来自厌恶。模仿艳情便叫做滑稽，暴戾的行为结果就是悲悯之味，英勇的行为称为奇异，显出厌恶之处则是恐怖。这样，婆罗多就把八种味分为两组，即原生味和次生味。就八种味的颜色来看，艳情是绿色，滑稽是白色，悲悯是灰色，暴戾是红色，英勇是橙色，恐怖是黑色，厌恶是蓝色，奇异是黄色。八种味的护佑天神分别是：艳情之神毗湿奴，滑稽之神波罗摩特，暴戾之神楼陀罗，悲悯之神阎摩，厌恶之神湿婆，恐怖之神时神（死神），英勇之神因陀罗，奇异之神大梵天。

婆罗多详细论述了八种味的不同特征。他首先论述艳情味。这种对“艳情”的崇尚，充分体现了印度文化特色。因为，印度教人生四目标之一就是欲（kāma）。这一姿态预示了以后的印度文论家大多高度重视艳情味的审美旨趣。婆罗多认为，艳情味产生于常情爱，它以男女为因，以美丽少女为本。它有两个基础：会合与分

①M. Monier Williams, *A Sanskrit English Dictionary,* Delhi: Motilal Banarsidass Publishers, 2002, p. 869.

②黄宝生译：《梵语诗学论著汇编》（上册），第46页。

离。换句话说，它分为会合艳情味（सम्भोगशृङ्गार，sambhogaśṛṅgāra）与分离艳情味（विप्रलम्भशृङ्गार，vipralambhaśṛṅgāra）两类。它们应当用眼的灵活、眉的挑动、媚眼或疲倦、忧虑、疯狂等情态来表演。以后的文论家如楼陀罗吒和胜财等人将艳情味分为三类或四类等，扩大了艳情味所涵盖的艺术表现范畴。

其次是滑稽味。它以常情笑为特征，它产生于不合适的服饰、莽撞、贪婪等情由，用挤眼、瞪眼、流汗等情态来表演。它的不定情是懒惰、贪睡、梦、失眠等。滑稽味分为依据自己和依据他人而产生的两类。悲悯味起于常情悲，产生于灾难、与所爱的人分离、丧失财富等情由，用流泪、哭泣、叹息、昏倒等不定情来表演。悲悯味分为正义受挫、失去财富和悲伤引起的三类。暴戾味以常情怒为特征，产生于愤怒、抢劫、责骂、侮辱等情由，用红眼、流汗、皱眉等情态来表演。它的不定情是勇敢、激动、鲁莽等。英勇味以常情勇为特征。它产生于镇静、谋略等情由，用刚强、精明等情态来表演。它的不定情是满意、傲慢、凶猛等。婆罗多认为存在布施、正义和战斗等三类英勇味。恐怖味以常情惧为特征。它产生于怪异的声音、耳闻目睹亲人被杀或被囚等情由，用手足颤抖、失声等情态表演。它的不定情是瘫痪、流汗、口吃、颤抖等。婆罗多将恐怖味分为出于佯装、出于犯罪和出于惊吓等三类。厌恶味以常情厌为特征。它产生于令人讨厌的事物等情由，用恶心、呕吐等情态来表演。它的不定情是癫狂、激动、生病和死亡等。婆罗多将厌恶味分为激动的、纯洁的和反感的三类。奇异味以常情惊为特征。它产生于看见神灵、出现神奇事迹等情由，用睁大眼睛、目不转睛、手舞足蹈等情态来表演。它的不定情是瘫软、流泪、汗毛竖起、昏厥等。婆罗多将奇异味分成神奇的和喜悦的两类。[①]

再看婆罗多对与“味”密切相关的“情”（भाव，bhāva）的论

①本段介绍参阅黄宝生:《印度古典诗学》，第44—49页。

述。《舞论》第七章这样定义“情”：“使人感受到具有语言、形体和真情的艺术作品的意义，这些是情。情是原因和手段，与促成、熏染和造成同义。”（VII.1）①婆罗多还指出：“意义通过情由、情态以及语言、形体和真情表演而获得，它被称为情。通过语言、形体和脸色以及真情表演，传达诗人心中的感情，它被称为情。促成与各种表演相联系的味，因此，它们被戏剧家称为情。”（VII.1-3）②因为“情”把具有语言、形体和内心表演的诗的意义去影响、感染、注入观众、读者、听众等，所以将之称为“情”（使存在）。由此可见，《舞论》中“情”的原义是指艺术的创作和表演，以诗人、演员之情调动起读者、观众之情，这一传达过程中的内容即是“情”。它主要指的是情感，同时也兼有“情景”、“情调”等含义。

婆罗多依据一些次生概念，对“情”继续进行阐释。这些概念包括स्थायिभाव（sthāyibhāva，常情）、विभाव（vibhāva，情由）、अनुभाव（anubhāva，情态）、व्यभिचारिभाव（vyabhicāribhāva或संचारिभाव，sañcāribhāva，不定情）和सात्त्विक（sāttvika，真情）。他没有给常情下定义，只是举出了八种常情即रति（rati，爱）、हास（hāsa，笑）、शोक（śoka，悲）、क्रोध（krodha，怒）、उत्साह（utsāha，勇）、भय（bhaya，惧）、जुगुप्सा（jugupsā，厌）和विस्मय（vismaya，惊）。在他看来，情由的意思是认知。“情由、原因、缘由和理由是同义词。语言、形体和真情表演依靠它而展现，因此，它是情由。识别和认知是同义词。这里，有一首输洛迦诗：依靠语言和形体表演识别许多意义，因此，它被称为情由。”（VII.4）③具体地说，情由是指戏剧中的有关场景和人物。情由还

①黄宝生译:《梵语诗学论著汇编》(上册),第52页。
②黄宝生译:《梵语诗学论著汇编》(上册),第52页。
③黄宝生译:《梵语诗学论著汇编》(上册),第52-53页。

可分为所缘（ālambana）和引发（uddīpana）两类，前者是基本情由，指剧中人物，后者是辅助情由，指剧中的时空背景。婆罗多对情态的解释是："何以为情态？回答是：让人感受到产生各种意义的语言、形体和真情表演。"（VII.5）①换句话说，情态是剧中人物感情的外在表现。

关于不定情，婆罗多解释道："有人问：何以为不定情（vyabhicāribhāva）？回答是：vi和abhi是两个前缀。字根cara的意思是行走。因此，不定情的意思是带着与语言、形体和真情有关的各种东西走向味。"（VII.28）②可以说，不定情是指随时变化的感情，用以辅佐或强化常情。婆罗多认为，不定情有三十三种，它们包括：忧郁（nirveda）、虚弱（glāni）、疑虑（saṅkā）、妒忌（asūyā）、醉意（mada）、疲倦（śrama）、懒散（ālasya）、沮丧（dainya）、忧虑（cintā）、慌乱（moha）、回忆（smṛ）、满意（dhṛti）、羞愧（vrīḍa）、暴躁（capalatā）、喜悦（harṣa）、激动（āvega）、痴呆（jaḍatā）、傲慢（garva）、绝望（viṣāda）、焦灼（autsukya）、入眠（nidrā）、癫狂（apasmāra）、做梦（supta）、觉醒（nibodha）、愤慨（amarṣa）、佯装（avahittha）、凶猛（ugratā）、自信（mati）、生病（vyādhi）、疯狂（unmāda）、死亡（maraṇa）、惧怕（trāsa）、思索（vitarka）。

除上述三十三种不定情外，还有八种真情，包括出汗（sveda）、瘫软（stambha）、颤抖（kampa，又写作vepathu）、流泪（asra）、变色（vaivarṇya）、汗毛竖起（romāñca）、变声（svarasāda）、昏厥（pralaya）。关于真情，婆罗多的解释是，真性（sattva）产生于内心，戏剧艺术要求真性，由幸福或痛苦引起

①黄宝生译：《梵语诗学论著汇编》（上册），第53页。
②黄宝生译：《梵语诗学论著汇编》（上册），第56页。

的感情应该如实表现，达到所要求的真性，便称之为真情。整体来看，婆罗多对情的归类和分析并非十分严密。如三十三种不定情中，有的属于情态。婆罗多总结道："其中，八种常情，三十三种不定情，八种真情，这样，应该知道作为艺术作品中表现味的原因的情共有四十九种。味产生于这些情与共同性质的结合。"（VII.7）①婆罗多将心灵世界的丰富情感进行如此细致的归纳分类，看似合理，实则难免有机械、呆板和繁琐之嫌，而这正是"印度文论的一大特征"。②

以上论述了"味"与"情"，那么，味与情的关系如何呢？

婆罗多提出了一个重要问题："是情产生于味，还是味产生于情？"他的理解是，味产生于情，而非相反。婆罗多说："无情不成味，无味不成情，两者在表演中互相促成。正如调料和药草的结合不成其为美味，情和味互相促使对方产生。正如树产生于种子，花果产生于树，味是一切之根，情确立其中。"（VI.36-38）③虽然情和味互相促进，互为因果，但是，"味是一切之根"显示了味的特殊重要性。从婆罗多关于味的定义和《舞论》第六章论味、第七章论情的顺序来看，味论是主要的，情论是次要的，换句话说，情论是为味论服务的，味论是他关注的核心。"味论是婆罗多戏剧学的理论核心。"④

婆罗多味论在印度文论发展史上具有非常重要的地位。戏剧味论在后世诗学家那里充分地得以发展，使其成为梵语诗学流派中显赫的一支。味论也是当代印度学者进行文学批评的有力工具。从世界文论视野出发，味论还具有非常丰富的比较诗学研究价值。⑤

①黄宝生译：《梵语诗学论著汇编》（上册），第53页。
②曹顺庆主编：《中外文论史》（第二卷），第968页。
③黄宝生译：《梵语诗学论著汇编》（上册），第46页。
④黄宝生：《印度古典诗学》，第41页。
⑤参阅拙著：《梵语诗学与西方诗学比较研究》，第126—131、232—272页。

三、戏剧类型论

《舞论》第二十章具体论述戏剧类型。[①]婆罗多将戏剧分为十类，即所谓“十色”（दशरूपक，Daśarūpaka）。在表示戏剧的意义上，“色”（रूप，rūpa）与rūpaka、naṭya同义。“色”在梵语中含有形式、形象、外貌和颜色的意思，泛指一切可见事物。婆罗多认为戏剧是视听艺术，因此准确地把握了戏剧和诗歌的重要区别。婆罗多所说的十种戏剧类型分别是：传说剧（Nāṭaka）、创造剧（Prakaraṇa）、神魔剧（Samavakāra）、掠女剧（Īhāmṛga）、争斗剧（Ḍima）、纷争剧（Vyāyoga）、感伤剧（Utsṛṣṭikāṅka）、笑剧（Prahasaṇa）、独白剧（Bhāṇa）和街道剧（Vīthī）。他是依据戏剧风格进行分类的。之后，其他梵语文论家基本上沿袭婆罗多的戏剧类型划分，但大多数人增加了戏剧类型的数量。

传说剧一词的梵语原文是Nāṭaka，汉译佛经中音译为“那吒迦”。此词也用作梵语戏剧的通称，可以直接译为“戏剧”。作为“十色”之一，它可意译为“传说剧”，因其以著名传说为题材。传说剧是印度古典梵语戏剧的主要类型，如迦梨陀娑的《沙恭达罗》、薄婆菩提的《后罗摩传》等。婆罗多规定，传说剧由五幕至十幕组成，以著名的传说为情节，以著名的高尚人物为主角。它描写受到神灵庇护的王公贵族的事迹，与威严、财富和欢乐等有关。

创造剧也是古典梵语戏剧的主要类型，如首陀罗迦的《小泥车》和薄婆菩提的《茉莉和青春》等。婆罗多认为，创造剧由五幕至十幕组成。诗人运用自己的智慧，创造情节。它描写婆罗门、商人、大臣、祭司、侍臣和商队主的事迹。主要表现宫廷之外的人

①此处对戏剧类型的介绍，参阅黄宝生：《印度古典诗学》，第67—78页；同时参阅曹顺庆主编：《中外文论史》（第二卷），第970—977页。

物。主角不是高贵人物。

神魔剧由三幕组成。它以天神和阿修罗为题材，主角著名而高尚。它表现三种激动、三种欺骗和三种艳情。剧中共有十二个角色。神魔剧并不流行。

掠女剧与男性天神有关，他们为天女而战斗。情节可信，结构紧凑。剧中男性傲慢。作品的构成以女性的忿怒为基础。它以天女为女主角。掠女剧幕数不限，并不流行。

争斗剧由四幕组成。情节著名，主角著名而高尚。争斗剧更强调和突出争斗的情节和效果。它表现许多人物之间的纷争。剧中有天神、阿修罗、罗刹、精灵、药叉、蛇和人。角色为十六个。它主要体现崇高和刚烈风格。

纷争剧是独幕剧。主角著名。剧中有少量女角色。它表现一天的事情。它像神魔剧一样，有许多男角色，但规模较小，因为只有一幕。主角不是天神，而是王仙。剧中含有战斗、格斗、摩擦和冲突。

感伤剧的男性角色是人，而不是天神。以悲悯味为主。在激烈的战斗结束后，充满妇女的哀泣和悲伤的语言。它含有各种困惑迷乱的动作，而结局成功圆满。剧中体现雄辩风格，而缺少崇高、刚烈和艳美风格。

笑剧分为纯粹的笑剧和混合的笑剧两类。纯粹笑剧含有尊敬的苦行僧和有学问的婆罗门之间的可笑争论以及“低等人”的可笑言词。混合笑剧角色有妓女、侍从、阉人、无赖、食客和荡妇，外貌、衣着和动作不文雅。笑剧是比较流行的古典梵语戏剧类型。

独白剧是独幕剧，只有一个角色，分成两类。一类是角色讲述自己的事情，另一类是角色讲述别人的事情。角色是无赖或食客，表现各种境遇，含有许多动作。独白剧也是比较流行的古典梵语戏剧。

街道剧是独幕剧，有两个或一个角色，与“上等”、“中等”或“下等”人物有关。它表现所有的味，含有十三种分支，体现雄辩风格。十三种分支是梵语戏剧序幕通用的戏剧技巧，它包括：妙解（udghātyaka）、联系（avalagitam）、跳动（avaspanditam）、叉题（asatpralāpa）、恭维（prapañca）、谜语（nālikā）、巧答（vākkelī）、强化（adhibala）、哄骗（chala）、谐谑（vyāhāra）、乱比（mṛdavam）、三重（trigata）、紊乱（gaṇḍa）。

值得注意的是，在《舞论》第三十五章中，婆罗多还把上述十种戏剧一分为二：文戏和武戏。他指出：“戏剧演出分为两类：文戏和武戏，依托各种情和味。传说剧、创造剧、独白剧、街道剧和感伤剧，这些戏剧称为文戏，依托人间生活……男角色多，女角色少，具有崇高风格和刚烈风格，这样的戏剧称为武戏。争斗据、神魔剧、纷争剧和掠女剧，行家们将这些戏剧称为武戏。”（XXXV.30-35）[①]这种分类与戏剧风格有关。

在西方文论史上，《诗学》最早涉及戏剧的分类。亚里士多德把戏剧分为悲剧和喜剧两种。戏剧二分法就此形成。亚氏还进一步将悲剧分为复杂剧、苦难剧、性格剧和以冥土为背景的剧作等四种类型，但其二分法的核心地位未变。西方古典戏剧理论家大都遵循亚氏分类法。狄德罗时代，西方理论家开始拓展亚氏分类法，提出“严肃戏剧”或“正剧”的概念。《舞论》将戏剧分为十类，称之“十色”。胜财等人对戏剧类型的划分一再扩展。这与西方古典文论家的姿态形成对比。

中国古典戏剧理论家在戏剧类型的划分上则是另外一种姿态。吕天成在《曲品》中说：“杂剧北音，传奇南调。杂剧折惟四，唱止一人；传奇折数多，唱必匀派……传奇既盛，杂剧寝衰，北里之管弦播而不远。”何良俊在《曲论》里也说：“金、元人呼北戏为

①黄宝生译：《梵语诗学论著汇编》（上册），第103页。

杂剧，南戏为戏文。”明代王骥德在《曲律》中说：“剧之与戏，南北故自异体，北戏仅一人唱，南戏则各唱。一人唱则意可舒展，而有才者得尽其舂容之致；各人唱则格有所拘，律有所限，即有才者，不能恣肆于三尺之外也。”[①]中国古典戏剧自元杂剧而下800多年，发展为一套程式化的表演体制。各家论述的杂剧与传奇似乎可视为中国式的古典戏剧分类法，它与亚里士多德的二分法、婆罗多的十分法不同。中国理论家按照时间先后、地域特征和演出风格等划分戏剧（戏曲）。明清传奇是由早于元代杂剧而形成的宋元南戏发展而来，它和元代杂剧一样采用曲牌联套的音乐体制，文词创作学习元代杂剧，以元杂剧语言风貌为“本色”，形成不同于元剧的另外一番面貌。[②]

四、戏剧情节论

《舞论》第二十一章论述戏剧情节。情节是戏剧的重要因素。“情节”（itivṛtta）一词，意思是“如此发生”或vastu，意谓“本事”。婆罗多从不同的视角论述戏剧情节。[③]

婆罗多首先把戏剧情节分为主要情节（ādhikārika）和次要情节（prāsaṅgika，胜财称之为anusaṅgika）。婆罗多指出：“剧作家尽心竭力，主要遵循规则，努力获得成果。与成果相连的情节是主要情节。以辅助他人为目的情节，则被称作次要情节。”（XXI.4-5）[④]

其次，婆罗多提出了情节发展的五阶段论。情节发展的五

①郭绍虞主编：《中国历代文论选》（三），上海古籍出版社，2003年，第180页。

②谭帆、陆炜：《中国古典戏剧理论史》，上海：华东师范大学出版社，2005年，第269页。

③此处对戏剧情节论的介绍，参阅黄宝生：《印度古典诗学》，第79—105页；同时参阅曹顺庆主编：《中外文论史》（第二卷），第984—991页。

④黄宝生译：《梵语诗学论著汇编》（上册），第83页。

个阶段（avasthāna）是：开始（ārambha）、努力（prayatna）、希望（prāptisambhava）、肯定（niyataphalaprāpti）和成功（phalayoga）。开始是“渴望获得重大成果，与种子有关”。努力是“追求成果，尚未见到成果，渴望至极”。希望是“凭借情态，愿望的成果初见端倪”。肯定是“凭借情态，发现成果肯定能获得”。成功是“最终见到行动的结果圆满实现”。“这是渴望成果者从事一切活动依次经历的五个阶段。这些性质不同的阶段放在一起，互相配合，获得成功。”（XXI.9-16）[①]

婆罗多还提出情节的五原素说。五个原素（arthaprakṛti）分别是：种子（bīja）、油滴（bindu）、插话（pratākā）、小插话（prakarī）和结局（kārya）。种子是“在开始时少量播撒，然后多方扩展，最终结出果实”。油滴则是“在有关目标断裂时，予以维系，直至作品结束”。插话是“次要情节，为主要情节服务，但仍像主要情节一样处理”。小插话是“其结果仅仅为主要情节服务，本身没有连续性”。结局是“作出种种努力，达到主要情节的目的”。（XXI.23-27）[②]这五种“情节原素”是指获得成果的手段。其中，种子、油滴和结局为所有戏剧所必需，插话和小插话则视具体情况而定。婆罗多还提出“插话暗示”（patākāsthānaka）的概念：“正在思考某事，偶然之间，联系到与此事相似的另一事，这是插话暗示。”（XXI.31）[③]他还将插话暗示分为四种类型。

婆罗多还提出情节的五关节说。这五个关节（sandhi）分别是：开头（mukha）、展现（pratimukha）、胎藏（garbha）、停顿（vimarśa）和结束（nirvahaṇa）。所谓开头是“种子产生，各种对象和味产生”。展现是“开头安置的种子得以展露，但时现时

①黄宝生译：《梵语诗学论著汇编》（上册），第83—84页。
②黄宝生译：《梵语诗学论著汇编》（上册），第84页。
③黄宝生译：《梵语诗学论著汇编》（上册），第84页。

隐”。胎藏是“种子发芽，成功或不成功，继续追求”。停顿是“在胎藏中发芽的种子因某种诱惑或纠缠而停顿”。结束是“开头等等关节中的对象与种子聚合，达到结果”。（XXI.39-43）[①]各部分的关节活动应该“根据各自的性质，依次支持各种关节分支”。（XXI.52）[②]婆罗多认为，一般情况下，戏剧作品应该含有全部关节。由于特殊原因，关节也可不全。

婆罗多认为，关节含有六十四种分支即关节分支（sandhyaṅga）和二十一种关节因素（sandhyantara）。婆罗多的划分和规定非常细致，但亦非常繁琐和复杂。大致而言，关节分支相对稳定，而关节因素则较为灵活。在婆罗多的叙述中，开头关节含有十二种分支，展现、胎藏和停顿关节各含有十三种分支，结束关节含有十四种分支，实际上共六十五种分支。

从婆罗多对关节分支和关节因素的论述看，他试图把情节结构分解成最小的独立单位。实际上，由于婆罗多对情节的分解过于细微，有些特定关节的分支也可以出现在其他关节里。

戏剧的五个阶段、五种原素与五个关节是否可以对应，婆罗多对此未作说明。后期梵语文论家一般将情节的五个阶段和五个关节进行对应。

《舞论》第二十章中规定了十种戏剧的幕数，从独幕至十幕不等。婆罗多指出：“一幕表演发生在一天之内的事件，以种子为主，保证必要的事件不受阻碍。聪明的戏剧家有时可以在一幕中安排许多事件，同时保证必要的事件不受阻碍。上场的所有角色按照剧情和味，完成与种子有关的剧情后下场。”（XX.24-26）[③]婆罗多还认为：“戏剧作品的结局应该像牛尾末端，一切高尚的情境应

①黄宝生译：《梵语诗学论著汇编》（上册），第85页。
②黄宝生译：《梵语诗学论著汇编》（上册），第85页。
③黄宝生译：《梵语诗学论著汇编》（上册），第76页。

该现在结尾。”（XX.46）[①]后期梵语戏剧学家对“牛尾”这个比喻作了发挥，但见解不一。

婆罗多认为有些不宜在幕中直接表现的事件可以通过插曲提示。他提到“引入”（praveśaka）和“支柱”（viṣkambhaka）两种插曲。《舞论》第二十一章还提到鸡冠（cūlikā）、转化（aṅkāvatāra）和幕头（aṅkamukha）等另外三种插曲。这五种插曲形式统称为五种“剧情提示方式”（arthopakṣepaka）。后期梵语戏剧学家普遍确认五种插曲形式。

在现存梵语剧本的开头，一般都有献诗（nāndī）和序幕（prastāvanā）。《舞论》第五章论述演出前的准备工作（pūrvaraṅga），其中包括献诗和序幕。演出前的准备工作包括安放乐器、乐师入座、开始练唱和调试乐器等十九项。

对戏剧情节重要性的强调，是东西方戏剧理论的共同特点，但它们之间也存在一些思想差异。

亚里士多德在《诗学》第六章中认为，悲剧必须包括情节、性格、言语、思想、戏景和唱段等六个组成部分。他说，情节或曰事件的组合是成分中最重要的，因为悲剧模仿的不是人，而是行动和生活。情节是悲剧的目的。悲剧中最能打动人心的成分是属于情节的部分，即突转和发现。“情节是悲剧的根本，用形象的话来说，是悲剧的灵魂。”[②]婆罗多说：“情节据称是作品的身体，分成五个关节。”（XXI.1）[③]亚氏格外推崇悲剧，且认为情节是悲剧的根本和目的，情节是悲剧的灵魂。婆罗多对情节的看法暗示着他与亚氏在这一问题上的本质差别。在婆罗多这里，情节是戏剧的身体，味乃戏剧灵魂。换句话说，对于亚氏而言，情节第一，对于婆罗多而

①黄宝生译：《梵语诗学论著汇编》（上册），第77页。
②亚里士多德：《诗学》，陈中梅译，北京：商务印书馆，2002年，第65页。
③黄宝生译：《梵语诗学论著汇编》（上册），第83页。

言，味是第一位的东西。

在情节的具体分析上，二人的做法值得注意。亚氏与婆罗多对情节都有多种划分。两相比较，婆罗多的情节划分更为复杂。《诗学》第十一章认为，突转（peripeteia）、发现（anagnorisis）与苦难（pathos）构成了情节的三个成分。有人认为，在亚氏那里，戏剧家首先是情节的制造者。亚氏的简单划分为形形色色的行动、人物、动机和事件的出现提供了数不胜数的机会。而在婆罗多和胜财那里，情节必须“描画一个预先设定的弧线——一切都是既定的。”从开始到努力，到希望和失望，再到不确定和确定，最后抵达成功。[①]这深刻地反映了处于两种文明圈里的戏剧理论家的思想分野。

李渔等人也强调戏剧情节的重要性，但他们同时强调戏剧情节的传奇性质。如李渔认为，有奇事，方有奇文。孔尚任也认为，事不奇则不传。李渔的表述显得简略，他只以“立主脑”和“减头绪”等为题进行阐释。这与亚里士多德对情节的论述不同，更与婆罗多的情节论拉开极大的差距。这似乎与李渔等人更重视戏剧题材要义而相对轻视戏剧技巧有关。

五、戏剧角色论

婆罗多在《舞论》第三十四章中专论角色。[②]该书第三十五章论角色的分配。婆罗多将人物角色分为上中下三等，而且还分性别论述。

婆罗多根据人的品质，将角色一分为三，并依性别一分为二。

①M.S.Kushwaha, ed. *Dramatic Theory and Practice Indian and Western,* Delhi: Creative Books, 2000, p. 25.

②此处对戏剧角色的介绍，主要参考黄宝生：《印度古典诗学》，第109—118页；同时参阅曹顺庆主编：《中外文论史》（第二卷），第992—995页。

就男角而言，上等人物的性格特征是："控制感官，富有智慧，精通各种技艺，谦恭有礼，庇护弱者，熟悉各种经典，稳重，仁慈，坚定，乐善好施。"而男性中等人物的性格特征是："精通世俗行为，熟悉各种技艺和经典，具有智慧和甜蜜。"男性下等人物的性格特征是："言语粗鲁，品德恶劣，本性卑贱，智力低下，动辄发怒，伤害他人，背叛朋友，造谣污蔑，傲慢无礼，忘恩负义，游手好闲，贪图女色，喜爱争吵，阴险狡猾，作恶多端，夺人财物。"就女性角色而言，上等人物的性格特征是："性情温柔，不轻浮，面带微笑，不刻薄，善于听取德者之言，含羞，文雅，甜蜜，天生美貌和美德，稳重，坚定。"女性中等人物具有上述品质，但不突出，不充分，同时有少量缺点。女性下等人物的性格特征是"与男性下等人物相同"。（XXXIV.2-12）[①]婆罗多把阉人、国舅、侍女和丑角等称为混合类角色，并入下等人物。

婆罗多又将上等和中等的男主角分为四类：坚定而傲慢、坚定而多情、坚定而高尚、坚定而平静。他还规定天神应该坚定而傲慢，国王应该坚定而多情，将帅和大臣应该坚定而高尚，婆罗门和商人应该坚定而平静。婆罗多将女主角分成女神、王后、淑女和妓女或女艺人四类。女神和王后的特征是坚定、优美、高尚和文静。淑女的特征是高尚和文雅。妓女或女艺人的特征是高尚和优美。

《舞论》第二十四章提到了男主角的八种基本品质（真情）：光辉（śobhā）、活力（vilāsa）、温顺（mādhurya）、坚定（sthairya）、深沉（gāmbhīrya）、轻快（lalita）、崇高（audārya）、威严（tejas）。（XXIV.32-38）

《舞论》第二十四章还提到了青年女性的二十种"庄严"即美的特征。他认为这些女性美是产生戏剧情味的基础。（XXIV.4）这些"庄严"分成肢体产生的美、天性产生的美和自发产生的美。

①参阅黄宝生译：《梵语诗学论著汇编》（上册），第98—99页。

其中，三种肢体产生的美是：感情（bhāva）、激情（hāva）、欲情（helā）。（XXIV.8-11）十种天性产生的美是：游戏（līlā）、娇态（vilāsa）、淡妆（vicchitti）、慌乱（vibhrama）、兴奋（kilakiñcita）、怀恋（moṭṭāyita）、佯怒（kuṭṭamita）、冷淡（bibboka）、妩媚（lalita）、羞怯（Vihṛta）。（XXIV.14-25）七种自发产生的美是：光艳（śobhā）、魅力（kānti）、热烈（dīpti）、柔顺（mādhurya）、坚定（dhairya）、自信（prāgalbhya）、高尚（audārya）。（XXIV.25-29）

《舞论》第二十四章又依据爱情状态将女主角分成八类：1. 即将与爱人欢聚享乐，女主角高兴地打扮自己；2. 爱人忙于各种事务，不能回来，女主角感到苦恼；3. 女主角具有可爱的品质，爱人迷上甜蜜的欢情，留在她身边；4. 由于吵嘴或妒忌，爱人不回来，女主角感到恼恨；5. 爱人迷上别的女人，不如约前来，女主角感到苦恼；6. 女主角派遣使者，约好时间，爱人仍托故不来；7. 爱人身负重任，远在他方，女主角披头散发；8. 女主角出于强烈的爱情，克服羞怯而去寻找爱人。（XXIV.205-212）①

《舞论》第二十四章还对女性未能如愿的爱情作了描述。婆罗多将这种以死亡为悲惨结局的爱情分成十个阶段：1. 渴望（abhilāsa）；2. 忧虑（cintā）；3. 回忆（anusmṛti）；4. 赞美（guṇakīrtana）；5. 烦恼（udvega）；6. 悲叹（vilāpa）；7. 疯癫（unmāda）；8. 生病（vyādhi）；9. 痴呆（jaḍatā）；10. 死亡（maraṇa）。婆罗多对女主人公在每个阶段的具体表现和女主角如何表演都做了详细说明。例如，在第一阶段即"渴望"中，女主人公怀抱希望，急于见到自己的心上人。在这个阶段，女主角应该表演不时走出家门、站在心上人能望见的路上、显示爱慕的姿态。在第二个阶段即"忧虑"中，女主人公不断询问使女怎样才能获得心

①参阅黄宝生：《印度古典诗学》，第114—115页。

上人的青睐。在这个阶段，女主角应该表演眼睛半闭，抚摸臂钏和腰带等。在最后一个阶段即“死亡”中，女主人公的死亡应该避免直接表演。（XXIV.163-187）[①]

以上关于青年女性的二十种“庄严”、女主角的八种爱情状态和女性以死亡为结局的十个爱情阶段，在后来很多梵语诗学著作、特别是论述艳情味的著作如楼陀罗跋吒的《艳情吉祥痣》中，都有相似的描述。由此可见，《舞论》对于女主角的描述极大地影响了后世梵语诗学家，也影响了印地语、孟加拉语等印度语言的中世纪文论萌芽和发展。部分学者以当代女性主义立场观察《舞论》，认为婆罗多对男女主角的描述或规定，带有男权中心主义的痕迹。事实上，《舞论》第二十四与二十五章中的相关论述说明（参见本书附录二），婆罗多强调尊重女性的情感和生理需求，这是对男权中心思想的解构。

除了男女主角外，《舞论》还论述了配角，包括丑角、女使、国王随从等等。婆罗多将丑角分成四类，分别辅助天神、国王、大臣和婆罗门。女使在表现艳情味方面也很重要。

论者指出，婆罗多对男主角的性格分析主要适用于社会上层和中层人物，如国王、王子、大臣、婆罗门和商人。他对女主角的性格心理和外貌的描述，又侧重于艳情味。“这些规则在很大程度上限制了梵语戏剧向现实生活的深度和广度开掘。”[②]

婆罗多要求根据演员的素质、步姿、语言、形体和动作分配角色。例如，扮演天神的演员应该体型完美，声音悦耳。扮演国王或王子的演员应该五官端正，肢体完美，聪明睿智，沉着坚定。如果剧中人物本身具有多臂、多头、怪脸或兽面，那演员就应该使用泥土、木材、树胶或兽皮制作的模具和面具。

---

①参阅黄宝生:《印度古典诗学》，第115—116页。
②黄宝生:《印度古典诗学》，第116页。

婆罗多还指出，演员在进入戏剧舞台前，应该化装，用颜料和装饰品掩盖自己的本色。这样，“犹如一个生命抛弃自己的身躯，进入另一个身躯，演员心中记着‘我是那个人物’，用语言、形体、步姿和动作表演那个人物的情态”。（XXXV.13-14）[①]因此，少年演员可以扮演老年角色，老年演员也可扮演少年角色，这称作“离色”（virūpa）。男演员可以扮演女角色，女演员也可以扮演男角色，这称作“随色”（rūpānusāriṇī）。男演员扮演情况和年龄相仿的男角色，女演员扮演情况和年龄相仿的女角色，则称作“顺色”（anurūpa）。[②]

关于角色的划分，亚里士多德与婆罗多既同且异。亚氏提到三种类型的角色，即“比我们好”、“比我们差”和“等同于我们”的人。戏剧主要模仿其中第二类角色，悲剧主要模仿第一类角色。亚氏对三类角色没有进一步地解说。婆罗多则依据人品将剧中男女人物分为上、中、下三等，并对男性和女性三等角色分类解说。亚氏对女主角及其品格避而不谈，也几乎不涉及次要角色的作用。这反映了印度理论家形式主义倾向显著的特色。对于李渔等人来说，角色的划分无外乎生、旦、净、丑、外、末等几种类别。李渔说：“科诨二字，不止为花面而设，通场角色，皆不可少。生旦有生旦之科诨，外末有外末之科诨。净丑之科诨，则其分内事也。然为净丑之科诨易，为生旦外末之科诨难。”[③]与婆罗多的规定相似，中国古典戏剧理论对生旦净丑等角色的表演规定也非常严格。

---

①转引自黄宝生：《印度古典诗学》，第144页。

②参阅黄宝生：《印度古典诗学》，第144页。

③秦学人、侯作卿编：《中国古典编剧理论资料汇编》，北京：中国戏剧出版社，1984年，第261—262页。

六、戏剧语言论

婆罗多将戏剧表演分为语言、形体、真情和装饰四类。《舞论》第十五至十九章论述戏剧语言。[①]其中第十七章所论述的诗相、诗病和诗德，对此后的梵语诗学产生了深远的影响。

在《舞论》第十五章中，婆罗多指出："应该对语言下功夫，因为语言是戏剧的身体。形体、妆饰和真情都展示语句的意义。在这世上，语言构成经典，确立经典。因此，没有比语言更高的存在，它是一切的根由。"（XV.2-3）[②]在《舞论》第十七章中，婆罗多不但介绍了梵语的语音和词态，并且着重介绍了梵语诗律。当然，从印度文论发展史的角度看，其最有影响和价值的还在于诗相、庄严、诗病和诗德论。后来的梵语诗学家普遍运用庄严、诗病和诗德三种概念，但使用诗相概念者为数甚少。婆罗多本人并未区分诗相、庄严和诗德，这让后世学者对诗相概念莫衷一是。

婆罗多列出三十六种"诗相"（lakṣaṇa）如下：装饰（bhūṣaṇa）、紧凑（akṣarasaṅghata）、优美（śobhā）、例举（udāharaṇa）、原因（hetu）、疑惑（saṃśaya）、喻证（dṛṣṭānta）、发现（prāpti）、想象（abhiprāya）、例证（nidarśana）、解释（nirukta）、成功（siddhi）、特殊（viśeṣaṇa）、反讽（guṇātipāta）、突出（atiśaya）、相似（tulyatarka）、集句（padoccaya）、描写（dṛṣṭa或diṣṭa）、点示（upadiṣṭa）、考虑（vicāra）、逆转（viparyaya）、失误（bhraṃśa）、调停（anunaya）、花蔓（mālā）、殷勤（dākṣiṇya）、谴责（garhaṇa）、推测（arthāpatti）、成就（prasiddhi）、提问（pṛcchā）、同样

①此处对戏剧语言的介绍，参考黄宝生：《印度古典诗学》，第119—131页；同时参阅曹顺庆主编：《中外文论史》（第二卷），第995—998页。

②转引自黄宝生：《印度古典诗学》，第119页。

（sārūpya）、意愿（manoratha）、机智（leṣa）、激动（kṣobha）、称颂（guṇakīrttana）、自明（anuktasiddhi）、赞词（priyokti）。可以看出，诗相主要是指诗（尤其是戏剧中的诗）的各种特殊表达方式，大体属于庄严即修辞格。

所谓“庄严”（alaṅkāra）即修辞方式。婆罗多论述了四种庄严，即：明喻、隐喻、明灯、迭声。婆罗多牟尼给明喻（upamā）下的定义是：“依据性质或形态相似，与某物相比。（XVII.44）[①]婆罗多牟尼将明喻分为一个与另一个相比、多个与一个相比、一个与多个相比、多个与多个相比等情况。他又将明喻分成五类，即：赞美、责备、想象、相似、部分相似。

婆罗多给隐喻（rūpaka）下的定义是：“观察形象，依据可比的性质，与各种事物相连。”或者是：“自己构思的形象，部分特征相同，产生部分相似性。”（XVII.57-58）[②]

婆罗多给“明灯”（dīpaka）下的定义是：“合在一句中，处于各种关系的词语共同明亮，这称为明灯。”（XVII.60）[③]关于“叠声”（yamaka），婆罗多的定义是：“音步头部等等位置的音组重复。”（XVII.62）[④]他按照一节诗中四个音步之间音组重复方式，将其分成十类。最后一类叠声在后来的梵语诗学中归入谐音（anuprāsa）。

婆罗多还提出十种诗病（doṣa）和十种诗德（guṇa）。中国古代“声病”说集中在声律方面的“四声八病”，而婆罗多主要从修辞角度讨论诗病。婆罗多的十种诗病是：意义晦涩（gūḍhārtha）、意义累赘（arthāntara）、缺乏意义（arthahīna）、意义受损（bhinnārtha）、意义重复（ekārtha）、

①黄宝生译：《梵语诗学论著汇编》（上册），第70页。
②黄宝生译：《梵语诗学论著汇编》（上册），第71页。
③黄宝生译：《梵语诗学论著汇编》（上册），第72页。
④黄宝生译：《梵语诗学论著汇编》（上册），第72页。

意义臃肿（abhiplutārtha）、违反正理（nyāyādapeta）、诗律失调（viṣama）、缺乏连声（visandhi）、用词不当（śabdacyuta）。（XVII.89-94）所谓“诗德”与“诗病”相反，它是合格或精彩的语言表达。婆罗多的十种“诗德”如下：紧密（śliṣṭa）、清晰（prasāda）、同一（samatā）、三昧（samādhi）、甜蜜（mādhurya）、壮丽（ojas）、柔和（saukumārya）、易解（arthavyakti）、高尚（udātta或udāra）和美好（kānti）。（XVII.97-107）

此外，婆罗多还要求庄严、诗德应与各种味相配合，以获得最佳艺术效果。剧作家根据味的需要，选择使用庄严、诗德和诗律。例如，英勇味、暴戾味和奇异味的诗作应以短音节为主，并使用明喻和隐喻。厌恶味和悲悯味应该以长元音为主。这样才可达到最佳戏剧效果：“词音和词义柔和优美，不晦涩，智者和民众都能理解，配有舞蹈，以各种味开路，合理安排关节，这样的戏剧适宜向世间观众演出。”（XVII.123）[①]

《舞论》第十五和十六章介绍梵语的语音和词态，然后着重介绍梵语诗律。梵语诗歌一般每节分成两行，每行两个音步（pāda）。梵语诗律分成波哩多（vṛtta）和阇底（jāti）两大类：前者是音节有规则的组合，后者是音节瞬间有规则的组合。关于波哩多诗律，婆罗多具体介绍了每音步六音节至二十六音节的诗律。婆罗多介绍的阿利耶（āryā）诗律属于阇底诗律，分成五种。

《舞论》第十八章对戏剧人物使用的语言种类作了明确的分工。按照婆罗多的说法，梵语戏剧有四类语言：天王使用的超凡语（atibhāṣā）、国王的阿利耶语（āryabhāṣā）、四个种姓的种姓语（jātibhāṣā，它又分为梵语和俗语）和各种禽兽使用的兽语（yonyantarībhāṣā）。婆罗多还对各种角色使用梵语或俗语的情况

①黄宝生译：《梵语诗学论著汇编》（上册），第74页。

进行了详细说明。

婆罗多规定四类男主角使用梵语。出于特殊需要，也可以使用俗语。如果醉心权位而发疯或陷入贫困而失常，即使是上等人物，也使用俗语。乔装改扮者、苦行者、比丘和江湖骗子使用俗语。儿童、妇女和林伽信徒等也使用俗语。出家人、仙人、婆罗门等使用梵语。王后、妓女和女艺人在适当的情况下，也可以使用梵语。

婆罗多规定梵语戏剧主要使用七种俗语（或方言）。后宫侍卫使用摩揭陀语（Māgadhī）。主角身处困境，为保护自己，也可使用摩揭陀语。侍从、王子和商主使用半摩揭陀语（Ardhamāgadhī）。丑角等使用东部语（Prācya）。歹徒使用阿槃提语（Āvantī）。女主角使用修罗塞纳语（Śaurasenī）。士兵使用南部语（Dākṣiṇātya）。北部克沙人使用跛赫利语（Bāhlīkā）。

七种俗语之外，还存在其他语言，如国舅和塞种人使用舍迦罗语（Śākārī），布尔迦沙等贱民使用旃陀罗语（Cāṇḍālī），猎人等使用舍巴罗语（Śābarī），生活在象、马、羊、牛或骆驼产地的人使用阿毗罗语（Ābhīrī）或舍巴罗语，森林居民使用达罗毗荼语（Drāviḍī），狱卒和马夫等使用奥德罗语（Odrī）。

《舞论》第十九章按照地位、身份或职业，对戏剧人物互相之间的称呼方式也作了具体规定。例如，对灵魂崇高的大仙及其妻子、天神、苦行者和学问家的称呼是“世尊”（bhagavan），对婆罗门称“贤士”（ārya），对国王称“大王”（mahārāja）。对教师称“老师”（āchārya）。妻子称丈夫为“贤人”（āryaputra）。丈夫称妻子为“女贤”（āryā）。

婆罗多还指导剧作家如何为剧中人物取名。例如，婆罗门和刹帝利的名字应以“护”（śarman）或“铠”（varman）结尾。商人的名字应该以“授”（datta）结尾。妓女的名字应该以“赐”（dattā）、“友”（mitrā）或“军”（senā）结尾。

关于台词的吟诵（pāṭhya，念诵或朗诵）方式，婆罗多也作了具体规定。他指出吟诵有七种音调、三种音域、四种声调、两种语调、六种庄严和六种分支。

七种音调（svara）是：具六（ṣaḍja）、神仙（ṛṣabha）、持地（gandhāra）、中令（madhyama）、第五（pañcama）、明意（dhaivata）、近闻（niṣāda）。其中，中令和第五用于滑稽味和艳情味，具六和神仙用于英勇味、暴戾味和奇异味，持地和近闻用于悲悯味，明意用于厌恶味和恐怖味。

三种音域（sthāna）是头部、喉部和胸部，分别发出高音、中音和低音。

四种声调（varṇa）是：高调（udātta）、低调（anudātta）、降调（svarita）、抖调（kampita）。其中，降调和高调用于滑稽味和艳情味，高调和抖调用于英勇味、暴戾味和奇异味，低调、降调和抖调用于悲悯味、厌恶味和恐怖味。

两种语调（kāku）是有期待和无期待。句子的意思没有充分表达，称作有期待。句子的意思已经充分表达，称作无期待。

六种庄严（alaṅkāra，即吟诵庄严）是：高声（ucca）、更高声（dīpta）、低声（mandra）、更低声（nīca）、快声（druta）和慢声（vilambita）。

六种分支（aṅga，即吟诵分支）是：间断（viccheda）、充实（arpaṇa）、句断（visarga）、连续（anubandha）、明亮（dīpana）、平息（praśamana）。

吟诵的节奏（laya）分为快速、中速和慢速。中速用于滑稽味和艳情味，慢速用于悲悯味，快速用于英勇味、暴戾味、奇异味、厌恶味和恐怖味。吟诵中的停顿（virāma）应该按照意义，而不必按照诗律。

《舞论》第二十六章还提到几种特殊的语言表演方式：空谈、独白、密谈和私语。空谈（ākāśavacana）是向远处的或看不见的人说话，回答各种问题。独白（ātmagata）是出于狂喜等独自说话，表白内心感情。密谈（apavārita）是谈论秘密。私语（janāntika）是对某人说话，站在旁边的人听不见。[①]

在戏剧语言论述方面，东西方理论家各不相同。亚里士多德认为，语言（或称言语）这门学问与演说技巧有关，属于别的艺术，不是诗艺和戏剧研究的范畴，他不打算多谈。[②]婆罗多认为："应该对语言下功夫，因为语言是戏剧的身体。形体、妆饰和真情都展示语句的意义。在这世上，语言构成经典，确立经典。因此，没有比语言更高的存在，它是一切的根由。"（XV.2-3）[③]为此，《舞论》第十七章论述诗相、庄严、诗德和诗病。这为后来的梵语诗学发展打下了坚实基础。婆罗多对戏剧语言的这种高度关注，在《诗学》中很难见到。当然，亚氏也在某种程度上违背了自己不愿多谈语言的初衷。《诗学》第十九到二十二章对奇异词、隐喻词、外来词、延伸词等的用法作了说明。不过，亚氏并没有把语言与戏剧表演联系起来。

李渔要求角色的语言符合其社会身份，如"生"与"旦"的语言要与"净"和"丑"的极为粗俗的语言区别开来。他说："极粗极俗之语，未尝不入填词，但宜从角色起见……即使生为仆从，旦作梅香，亦须择言而发，不与净丑同声。以生旦有生旦之体，净丑有净丑之腔故也。"[④]李渔的这一主张与婆罗多不谋而合。例如，婆罗多规定四类男主角和出家人等使用高雅的梵语，而比丘、骗子、儿童、妇女等使用俗语。

①参阅黄宝生:《印度古典诗学》，第131—132页。
②亚里士多德:《诗学》，陈中梅译，第140页。
③转引自黄宝生:《印度古典诗学》，第119页。
④秦学人、侯作卿编:《中国古典编剧理论资料汇编》，第251—252页。

七、戏剧风格论

与戏剧分类相关的是婆罗多的戏剧风格论。[①]他十分重视戏剧风格：“相传风格是一切作品之母，十色的创作源自这些风格。”（XX.4）[②]“风格”的梵文为vṛtti，本义是活动或活动方式。vṛtti既可从广义上理解为人类活动及活动方式，也可从狭义上理解为戏剧表演特色或风格。

《舞论》第二十二章将戏剧风格分为四种：雄辩（bhāratī）、崇高（sāttvatī）、艳美（kaiśikī）和刚烈（ārabhatī），并认为传说剧和创造剧体现所有四种风格，而其他八种戏剧类型缺乏艳美风格。婆罗多为四种戏剧风格提供了神话起源，使其风格说带有浓厚的宗教神话色彩：“雄辩风格来自《梨俱吠陀》，崇高风格来自《夜柔吠陀》，艳美风格来自《娑摩吠陀》，刚烈风格来自《阿达婆吠陀》。”（XXII.24）[③]

婆罗多认为，雄辩风格以语言为主，由男角而非女角运用，使用梵语，由以自己的名字作为称呼的演员运用。依据这个定义，雄辩风格似乎主要体现在戏剧的序幕部分。[④]他将雄辩风格区分为赞誉（prarocanā）、序幕（āmukha或prastāvanā）、街道剧和笑剧四类。婆罗多将序幕又分为妙解（udghātyaka）、故事开始（kathodghāta）、特殊表演（prayogātiśaya）、伺机进入（pravṛttaka）和联系（avalagitam）等五个分支。（XXII.26-30）

崇高风格充满喜悦，抑止悲伤，含有语言和形体表演，语言和

---

①此处关于戏剧风格的介绍，参考黄宝生：《印度古典诗学》，第132—140页；同时参阅曹顺庆主编：《中外文论史》（第二卷），第977—984页。

②黄宝生译：《梵语诗学论著汇编》（上册），第75页。

③黄宝生译：《梵语诗学论著汇编》（上册），第90页。

④黄宝生：《印度古典诗学》，第133页。

行动充满真性。它适合英勇味、奇异味和暴戾味，很少用于悲悯味和艳情味，角色主要是高傲的、互相对抗的人物。崇高风格分为四类：挑战（utthāpaka）、转变（parivartaka）、交谈（saṃlāpaka）和破裂（saṅghātaka）。（XXII.38-41）

婆罗多认为，艳美风格的戏剧是打扮优美，特别迷人，与妇女有关，含有许多歌舞，各种行动导致爱的享受。艳美风格分成四类：欢情（narma）、欢情的迸发（narmasphurja）、欢情的展露（narmasphoṭa）和欢情的隐藏（narmagarbha）。（XXII.47-48）

婆罗多认为，刚烈风格主要具有刚烈的性质，含有许多欺诈、虚伪和不实之辞，含有跌倒、跳起、跨越、幻术、咒术和各种格斗。他将刚烈风格分成四类即紧凑（saṅkṣiptaka）、失落（avapāta）、发生（vastūtthāpana）和冲突（sampheṭa）。（XXII.56-59）

"味"是戏剧表演的核心问题，因此，婆罗多对味与风格的关系也予以关注："艳美风格用于艳情味和滑稽味，崇高风格用于英勇味、暴戾味和奇异味，刚烈风格用于恐惧味、厌恶味和暴戾味，雄辩风格用于悲悯味和奇异味。"（XXII.65-66）①

《舞论》第十四章还提到地方风格（pravṛtti）。所谓地方风格或地方色彩是指不同地区特有的服装、语言、习俗和职业。（XIV.36以下）他认为，地区很多，但可以根据某些突出的共同特征，将地方风格归纳为四种：南方、阿槃底、奥达罗摩揭陀和般遮罗。其中，南方（即南印度）风格具有丰富的舞蹈、歌曲和乐器，主要运用艳美风格，表演机灵、甜蜜和妩媚。阿槃底（即西印度）风格主要运用崇高风格和艳美风格。般遮罗（即北印度）风格主要运用崇高风格和刚烈风格，缺少歌曲，具有武戏的动作和步姿。②

---

①黄宝生译：《梵语诗学论著汇编》（上册），第93页。
②参阅黄宝生：《印度古典诗学》，第140页。

婆罗多对奥达罗摩揭陀风格没有进行说明。

《舞论》第十四章还将戏剧表演分为文戏（sukumāra，本义为“柔美的”）和武戏（āviddha，本义为“攻击的”）两类，这也是戏剧的两种表演风格。其中，武戏含有攻击性的动作，以劈、砍等为特征，有幻术和咒术表演，运用道具，男角多，女角少，具有崇高和刚烈风格。争斗剧、神魔剧、纷争剧和掠女剧属于武戏。文戏则以柔美为特征，表演世俗人物。传说剧、创造剧、独白剧、街道剧和感伤剧属于文戏。（XIV.58-62）婆罗多没有说明文戏属于什么风格。[①]

八、戏剧效果论

《舞论》第二十七章探讨戏剧演出成功的标准和如何定义理想观众。[②]婆罗多将戏剧的成功分成所谓“人的成功”和“神的成功”两类。“应该知道戏剧的成功产生于语言、真情和形体表演，依靠各种情和味，分成神的成功和人的成功两类。”（XXVII.2）[③]判断的标准是各种真情在观众那里引起的语言反应和情感反应。

所谓“人的成功”包括十种具体表现：1. 微笑，指演员运用双关语逗趣，观众微笑；2. 半笑，指演员笑容隐晦，语言含蓄，观众领会而笑；3. 大笑，指丑角插科打诨使观众大笑；4. 叫好，指观众为演员的美言妙语而叫好；5. 惊叹，指观众欣赏戏剧表演中的奇妙之事或体验喜悦之情而惊叹不已；6. 悲叹，戏剧情节悲悯，观众含泪叹息；7. 哄然，指戏剧表演令人惊奇，观众哄然；8. 汗毛竖起，指观众充满好奇心，汗毛竖起；9. 起身，指看到戏剧表演中的战

①关于“武戏”和“文戏”，参阅黄宝生：《印度古典诗学》，第139—140页。

②此处关于戏剧效果的介绍，主要参考黄宝生：《印度古典诗学》，第176—178页。

③黄宝生译：《梵语诗学论著汇编》（上册），第93页。

斗、厮杀等情状，观众晃头摇肩，含泪喘息；10. 赠物，指观众抛给衣服和指环。（XXVII.4-14）

所谓“神的成功”也可理解为非凡的成功亦即卓越的表演，它有两种具体表现：1. 演员充分表达真情和各种情态；2. 剧场座无虚席，无声无息，一切正常。（XXVII.16-17）

在婆罗多看来，妨碍戏剧表演成功的因素主要来自天意、敌人和演员自身等三个方面。婆罗多认为，戏剧表演“既不可能完美无瑕，也不可能一无是处。因此，对其中的缺点不应苛求”。（XXVII.47）①他告诫演员要认真处理语言、形体、化妆、味、情、歌曲、器乐等各方面的问题。

《舞论》中对“理想观众”的定义是：品行端正，出身纯正，性格沉稳，博学多知，珍惜名誉，热爱正义，公正不倚，年龄成熟，头脑聪明，心地纯洁，平等待人，精通戏剧艺术、器乐、化妆、方言俗语、各种技艺、四种表演方式、词汇、诗律和各种经典，要敏锐地领会戏剧中的各种情味。（XXVII.50-53）婆罗多还写道：“相传戏剧观众应该感官不混乱，心地纯洁，善于判断，明辨是非，充满爱心。”（XXVII.54）②

婆罗多辩证而客观地认为，“理想观众”必须具有的这些特征不可能集中在一人身上，因为知识无涯，生命有限。不同层次、性别和年龄的观众欣赏趣味也不尽一致：“青年爱看爱情，智者爱看教义，财迷爱看追逐财富，清净之人爱看解脱，守戒之人爱看戒律，勇士爱看厌恶味、暴戾味、战斗和厮杀，老人一向爱看宗教故事和往世书传说，妇女、儿童和俗众始终爱看滑稽味和妆饰。善于模仿剧中角色情态的观众应该被认为是优异的观众。”

①黄宝生译:《梵语诗学论著汇编》(上册),第95页。
②黄宝生译:《梵语诗学论著汇编》(上册),第96页。

（XXVII.59-62）[①]

婆罗多认为，如果对演员的演技亦即戏剧表演的效果产生意见分歧，应该请各种专家共同评判。“行家们应该懂得吟诵、角色、味、歌唱、器乐和妆饰。”（XXVII.80）[②]这个专家评判组的成员亦即所谓“行家们”包括下列人员：祭司、舞蹈家、诗律家、语法家、国王、弓箭手、画家、妓女、乐师和王侍。“相传这些是十位评判员，由他们观看演出，指出优缺点。”（XXVII.68）[③]婆罗多的这些规定即使在今天看来，也仍然具有一定的现实指导意义。当今时代的电视节目，常常举办各种形式的竞赛性歌舞表演，这就需要主办方挑选合格而尽职的裁判组。婆罗多此处的专家组亦即“行家们”几乎囊括了各个领域的行家，值得注意的是将妓女和王侍等也包括在内。这种接纳草根阶层参与艺术评判的开放心态值得今人借鉴。

婆罗多规定，如果演员比赛评奖，评判组成员应该坐在离舞台既不远也不近（约十二腕尺）的位子，专心观看，秉公评判，由秘书协助记下表演者的优点和缺点。最后，请国王将奖金或奖旗授予优秀演员。如果两位演员同样优秀，由国王决定谁获奖。如果国王对两位演员同样欣赏，可以同时获奖。（XXVII.74-79）这种评判体系和当今各种歌舞竞赛或体育比赛的裁判体系有些近似。

婆罗多还对戏剧演出的时间作了具体的规定。他说：“戏剧家们应该知道各种最佳演出时间。相传戏剧演出分为日场和夜场。”（XXVII.85）[④]如有恩主要求，则可打破常规，随时随地进行表演。这些规定表现了婆罗多戏剧论的某种灵活性。

关于戏剧表演的成功标准，婆罗多的结论是：“应该知道，和

①黄宝生译：《梵语诗学论著汇编》（上册），第96页。
②黄宝生译：《梵语诗学论著汇编》（上册），第97页。
③黄宝生译：《梵语诗学论著汇编》（上册），第96页。
④黄宝生译：《梵语诗学论著汇编》（上册），第97页。

谐、美观和演员的出色表演是三大优点。聪明，活泼、漂亮，熟悉音乐节拍，通晓味和情，年龄适当，有好奇心，执着，坚定，能歌善舞，不怯场，有勇气，这些是对演员的要求。优美的器乐，优美的歌曲，优美的吟诵，各种动作符合经典规定，优美的妆饰，优美的花环和服装，出色的油彩化装，所有这一切和谐一致，戏剧家们认为这是庄严（美）。”（XXVII.96-101）①从这些规定来看，婆罗多重视成分复杂的观众的修养问题，重视演员的表达技巧，但更为强调各种戏剧成分或表演因素的综合效果。这充分体现了戏剧作为综合性艺术的特点，也展现了婆罗多宽广的视野。

九、戏剧表演论

除上述各种戏剧因素和效果评判外，《舞论》还涉及舞台演出或戏剧表演的相关技艺，其中包括剧场的建造、剧团人员组成、表演化装和道具、演员各个部位的形体表演、戏剧音乐和舞蹈等方面，内容丰富，分析细致。

《舞论》第二章论述剧场的建造。婆罗多指出，剧场按规模分成大型、中型和小型三种，按结构分成矩形、方形和三角形三种。这样，共有九种剧场。婆罗多认为，大型剧场是为天神建造，中型剧场为国王而建，小型剧场为百姓而建。

剧场内部分为后台（nepathyagṛha，即化妆室）、舞台和观众席等三部分。后舞台（raṅgasīrṣa，直译为舞台之首）位于这两个门之间，是乐队的坐席。前舞台（raṅgapīṭha，直译为舞台之座）是正式的舞台，供演员表演之用。在前舞台两侧还有两个侧房（mattavāraṇī）。

婆罗多在论述剧场时，没有提及幕布（paṭa）问题。这似乎说

①黄宝生译：《梵语诗学论著汇编》（上册），第98页。

明，不存在现代剧场那种设在舞台前沿的幕布。[①]

《舞论》第三十章涉及剧团成员的组成问题。婆罗多提到的剧团成员有：舞台监督（sūtradhāra）、助理监督（pāripārśivaka）、剧作家或导演（nāṭyakāra）、男演员、女演员（naṭī）、主要演员、丑角演员、乐师（taurika和kuśīlava）、衣冠师（mukuṭaka）、金匠（ābharaṇakṛt）、花匠（mālyakṛt）、服装师（veṣakara）、画师（citrakara）、染匠（rajaka）、工匠（kāruka）。[②]

《舞论》第十四章提出了戏剧表演的世间法（lokadharma）和戏剧法（nāṭyadharma）理论。所谓世间法是指“单纯的、不变形的、按照自然形态的本色表演，依据世间的职业和行为、妇女和男人，缺乏优美的形体动作”。戏剧法则指戏剧表演中有“大量的感情行为和感情语言，有优美的形体表演，有舞蹈的特征，有音调和庄严”。（XIV.70-73）[③]以优美的形体动作或步态跳舞、行走，以形体动作暗示地域或场景，这些都是戏剧法。婆罗多强调戏剧应常用戏剧法，如缺少形体表演等戏剧法，戏剧就不成其为戏剧。婆罗多将戏剧表演（abhinaya）分为语言（vācīka）、形体（āṅgika）、真情（sāttvika）和妆饰（āhārya）四大类，每类表演都体现戏剧法。妆饰表演（āhāryābhinaya）按梵语也可译为“外部表演”。也就是说，语言、形体和真情的表演属于人体自身的内部表演。[④]

《舞论》第二十三章论述妆饰表演。婆罗多将妆饰（nepathya）分成四类：模型（pusta）、服饰（alaṅkāra）、化装（aṅgaracanā）和活物（sañjīva）。模型即道具，有山、车、飞车、盾牌、铠甲、旗帜和树等，分为三种。服饰包括花环、装饰品和服装。

---

①以上关于剧场建造的介绍，参阅黄宝生：《印度古典诗学》，第141—143页。
②以上关于剧团的介绍，参阅黄宝生：《印度古典诗学》，第143—144页。
③黄宝生：《印度古典诗学》，第145页。
④黄宝生：《印度古典诗学》，第145页。

化装是用油彩涂身。油彩和服装是戏剧法。演员正是“在油彩和服装的掩盖下，表演别人的情态”。（XXIII.83-84）①活物分为三种：无足动物，如蛇类；两足动物，如鸟类；四足动物，如家畜和野兽。

综上所述，婆罗多所谓的妆饰表演（或外部表演）是化装（服饰和油彩）和道具（模型和活物）。在梵语戏剧中，没有用作背景的画面布景。剧中的背景主要依靠角色用语言描绘。舞台上的景物，也可以用语言和形体动作暗示，而省略道具。婆罗多还对舞台上的“地域区分”（kakṣayāvibhāga）作了规定。这就是用行走的方法暗示舞台上的各种区域。②

《舞论》第六、七章论述味和情时，对八种常情、三十三种不定情和八种真情的形体动作作了一般的规定。该书第八至第十三章对各种形体动作进行了更加细致地描述。婆罗多将形体动作分为肢体、面部和姿势三类。肢体包括手、胸、胁、腹、腰、大腿、小腿和脚。面部包括头、眼光、眼珠、眼睑、眉、鼻、颊、唇、颏和颈。姿势包括站姿、步姿、坐姿和睡姿。由此可见，梵语戏剧形体表演的确具有程式化的色彩。③

先看看形体表演中的面部动作。按照婆罗多的描述，头的动作有十三种；眼光（dṛṣṭi）有三十六种（其中包括八种味眼光、八种常情眼光及二十种不定情眼光）；眼珠的动作分为圆转、斜转等九种；眼睑的动作分为张开、合拢等九种；眉的动作有七种；鼻的动作有六种；颊的动作有六种；唇的动作有六种；颏的动作有七种，与唇、舌和齿相关；颈的动作有九种。婆罗多还按观看方式将眼光分为正视、斜视、凝视等八种。

---

①黄宝生：《印度古典诗学》，第147页。
②以上关于化装和道具的介绍，参阅黄宝生：《印度古典诗学》，第145—148页。
③下边关于各种形体表演的介绍，参阅黄宝生：《印度古典诗学》，第148—172页。

再看看形体表演中的各种肢体动作。首先是非常复杂但却重要的手势表演。手的动作分成单手和双手两类。单手动作有二十四种：1. 旗帜（patāka）；2. 三旗（tripatāka）；3. 剪刀（kartarīmukha）；4. 半月（ardhacandra）；5. 蜷曲（arāla）；6. 鹦鹉嘴śukatuṇḍa）；7. 拳头（muṣṭi）；8. 顶峰（śikhara）；9. 劫毕陀果（kapittha）；10. 半握（kaṭakāmukha）；11. 针尖（sūcīmukha）；12. 莲花萼（padmakoṣa）；13. 蛇头（sarpaśiras）；14. 鹿头（mṛgaśīrṣa）；15. 甘古罗（kāṅgula）；16. 阿罗波摩（alapadmaka）；17. 聪明（catura）；18. 蜜蜂（bhramara）；19. 天鹅嘴（haṃsavaktra）；20. 天鹅翼（haṃsapakṣa）；21. 钳子（sandaṃśa）；22. 花蕾（mukula）；23. 蜘蛛（ūrnaṇābha）；24. 鸡冠（tāmracūḍā）。

双手的表演动作有十三种：1. 合掌（añjali）；2. 鸽子（kapota）；3. 螃蟹（karkaṭa）；4. 万字（svastika）；5. 双半握（kaṭakāvardhamānaka）；6. 怀抱（utsaṅga）；7. 尼奢陀（niṣadha）；8. 秋千（dola）；9. 花堆（puṣpapuṭa）；10. 鲨鱼（makara）；11. 象牙（gajadanta）；12. 双鹦鹉嘴（avahittha）；13. 筏驮摩那（vardhamāna）。

以上单手或双手的表演通常不是孤立的，而是与眼睛、眉毛和面颊等其他形体动作相结合的。此外，婆罗多还描述了二十七种舞蹈手势（nṛttahasta，一说二十九种）。婆罗多指出："聪明的演员应该记住手势的形状、动作、象征和类别，自己加以选择，用于表演。在戏剧中，没有什么事物或意义，不能用手势表演。我已经说明许多手势表示什么。还有其他种种含有意义的常用手势，可以依据味、情和动作的需要加以采用。"（IX.152-154）①

肢体表演中胸的动作有五种；胁的动作有三种；腹的动作有三

①转引自黄宝生：《印度古典诗学》，第166页。

种；腰的动作有五种；股（大腿）的动作有五种；胫（小腿）的动作有五种；足的动作有五种。

婆罗多进而论述综合性形体动作。他将以足为主，与大腿、小腿、腰和手互相配合的形体动作通称为“所行”（cārī）。同时，“所行”也专指以单足为主的形体动作。以双足为主的形体动作则称作“所为”（karaṇa）。几个“所为”组成一个“片段”（khaṇḍa）。三、四个“片段”组成一个“圆环”（maṇḍa1a）。婆罗多描述了十六种着地“所行”动作、十六种凌空“所行”动作、十种着地“圆环”动作和十种凌空“圆环”动作。此外，站姿有六种；坐姿有八种；躺姿有六种。

婆罗多对步姿也作了充分论述。“显然，眼光、手势和步姿是最能传达情态的形体动作。”[①]婆罗多将表现艳情味等八种味的步姿分成七种。婆罗多还描述了商人、大臣、丑角等各种人物在各种场合的步姿。

婆罗多明白自己不能穷尽剧中人物和场合的步姿，因此说：“凡是我没有提到的步姿，可以从人世间获取。”（XIII.157）[②]这一思路也适用于其他形体动作，符合婆罗多关于戏剧模仿现实的基本立场。“应该说，在婆罗多论述的各种形体表演动作中，也存在他所谓的‘戏剧法’和‘世间法’。‘世间法’的形体动作接近现实生活形态，而‘戏剧法’的形体动作是对现实生活形态的提炼、夸张、变形或抽象。”尽管婆罗多在理论上更重视“戏剧法”，但在具体论述形体动作时，没有重点突出“戏剧法”，而陷入了烦琐哲学。[③]

最后看看婆罗多对戏剧音乐和舞蹈的相关说明。梵语戏剧中的

①黄宝生:《印度古典诗学》,第169页。
②转引自黄宝生:《印度古典诗学》,第171页。
③黄宝生:《印度古典诗学》,第171—172页。

音乐分为器乐和声乐。婆罗多说："戏剧家运用各种声乐、器乐和戏剧表演，应该如同挥舞火把，构成火圈。"（XXVIII.7）[①]

器乐分成弦乐、管乐、铙钹和鼓乐，主要用于为歌唱、舞蹈或形体动作伴奏。声乐统称为"达鲁瓦"（dhruvā），按使用情况分五种：1. 上场歌；2. 下场歌；3. 变速歌；4. 安抚歌；5. 填补歌。

婆罗多对各种歌曲的诗律及其速度和节拍的运用都作了规定。例如，快速的歌曲适宜表达暴戾味、英勇味和恐怖味，用于惊奇、喜悦和激动等。

歌词一般使用俗语，内容常常借助比喻，具有象征性。例如，天神和国王的喻体是月亮、火、太阳和风。天神的喻体适用于国王。而国王的喻体如蛇、象、狮、公牛，不适用于天神。

婆罗多认为："女性嗓音天生甜蜜，适合歌曲；男性嗓音天生高昂，适合朗诵。"（XXXII.465）[②]因此，歌曲主要由女歌手演唱。婆罗多要求歌手正值青春年华，嗓音甜润，精通速度和节拍。

按照婆罗多的描述，在戏剧演出前，要用歌曲赞颂天神。演出过程中，各个关节（开头、展现、胎藏、停顿和结束）都有相应的、表达味和情的歌曲。

赞颂天神时，伴有器乐和舞蹈。在演出中，也在合适的场合插入舞蹈。婆罗多指出："舞蹈并不含有某种意义，但它产生美。世上之人大多自发喜欢舞蹈，称赞舞蹈，认为它代表吉祥，在结婚、生孩子和迎新郎等等喜庆日子，增添喜悦。"（IV.260-263）[③]

婆罗多描述了一百零八种舞蹈基本动作（karaṇa）、三十二种舞蹈形体动作（aṅgahāra）以及足、腰、手和颈的转动方式（recaka）。他对戏剧演出中何时表演舞蹈做了具体规定。他还规

①转引自黄宝生：《印度古典诗学》，第172页。
②转引自黄宝生：《印度古典诗学》，第173页。
③转引自黄宝生：《印度古典诗学》，第174页。

定颂神的舞蹈采用湿婆的刚舞，而表现男女爱情的舞蹈采用湿婆配偶即雪山神女波哩婆提的柔舞。

婆罗多在“十色”之外还提到十二种“柔舞支”（lāsyāṅga）。“柔舞支”的概念有些模糊，造成后人理解不一。胜财在《十色》中确认十种柔舞支，并将其视为独白剧的分支。新护认为它们也用于其他戏剧类型。印度现代学者有的认为这是一种以单人柔舞为主的独幕剧，有的认为这是戏剧表演中的柔舞成分。

论者指出：“器乐、歌曲和舞蹈是梵语戏剧艺术的有机组成部分。至于它们在戏剧演出中所占的比重，看来是有弹性的，取决于剧团的表演风格。”[①]总之，婆罗多对戏剧音乐、舞蹈等的描述，对于后世梵语戏剧学家的著述、对于印度古代至当代戏剧表演艺术的传承和发达，产生了奠基性的影响，其艺术美学价值和延续印度传统文化的历史作用，无论怎样评价都不为过。[②]

十、《舞论》的地位和影响

《舞论》虽然是对戏剧表演进行实践指导和理论总结的文论巨著，但却深刻地影响到此后的印度文论史，婆罗多论及的若干问题成为印度传统文论的基点。此后的梵语诗学家乃至很多现当代印度文论家，都在婆罗多的思想体系中受益匪浅。

婆罗多提出味论以后，梵语诗人和戏剧家普遍接受味的概念。例如，梵语诗人、戏剧家迦梨陀娑在戏剧中提到了婆罗多的八种味，并借剧中人物之口说：“众人口味不同，而戏剧是他们的主要娱乐。从戏剧中，观众看到产生于三德的、充满各种味的世间行

①黄宝生：《印度古典诗学》，第175页。

②以上关于戏剧音乐和舞蹈的介绍，参阅黄宝生：《印度古典诗学》，第172—175页。

为。”[①]梵语戏剧家薄婆菩提和小说家波那也在作品中提到味。这些关于味的描述，可视为婆罗多味论的特殊运用。作为印度古典文论的代表作，《舞论》的重要价值不止于此。

和亚里士多德《诗学》一样，《舞论》在世界文论发展史上占有重要的位置：“婆罗多的《舞论》和亚里士多德的《诗学》各自在印度与西方世界被奉为戏剧理论的最高成就。”[②]当代印度学者编选印度文论或撰写印度文论史，几乎无一例外地将《舞论》放在第一位。与《诗学》对西方文论的持久影响一样，自诞生之日起，《舞论》就注定要对印度文学理论发展起着一种万流之源的作用。“迄今为止，多少个世纪以来，《舞论》已经在印度的不同地方、尼泊尔和中国西藏等地传播，并有不同的转抄本。”[③]这说明，《舞论》也是一部产生了国际影响的古代戏剧学著作。

婆罗多的戏剧情味论进入梵语诗学领域后，在欢增、新护、波阇、世主等人的著述中得到了继承和发扬，甚至在纳根德罗等当代印度文论家的著述中也得到了穿越千年的思想回应。味论对当代印度戏剧理论的影响有迹可寻，例如：“真正的印度民族戏剧必须拥有自己的位置，它是这样一种纯粹的印度戏剧，其表演目的是在观众中唤起味。”[④]《舞论》影响着当代印度的戏剧和歌舞表演。当代印度电影虽然情节缓慢，但歌舞表演却赏心悦目，这与古代的《舞论》存在直接或间接的联系。

《舞论》与梵语诗学的关系仿佛梵语与印度各种现代语言的母女关系一样。梵语诗学是在《舞论》的襁褓中长大成熟的。通过胜财、宇主等人的总结和再阐释，《舞论》成为印度戏剧理论的源

---

①转引自黄宝生：《印度古典诗学》，第299页。

②M.S.Kushwaha, ed. *Dramatic Theory and Practice Indian and Western,* p. 45.

③Kapila Vatsyayan, *Bharata: The Nāṭyaśāstra,* New Delhi: Sahitya Akademi, 1996, p. 164.

④Chandra Bhan Gupta, *The Indian Theatre: Its Origin and Development up to the Present Day,* Delhi: Motilal Banarsidass, 1954, p. 176.

头。梵语诗学的几大流派如味论派、庄严派、合适派、风格派等无一例外均与《舞论》有关。味论是婆罗多戏剧学体系的一大支柱。艳情味、英勇味等本来是戏剧学术语，后来却成为新护、欢增、波阇等人诗学体系大厦的基石。庄严论、合适论、风格论等也是直接从《舞论》中相关理论衍生而来。可以说，与《诗学》之于西方诗学理论一样，没有《舞论》的戏剧学理论土壤，梵语诗学的种子就无处扎根，也就无从盛开味和庄严的五彩花朵。例如，有人认为，恭多迦曲语论中的两个关键词即自性（svabhāvokti）和曲语（vakrokti）也来自于《舞论》的启迪："表演法因此成为一切艺术的基本原则，它的两个方面即世间法和戏剧法互相补充。自性和曲语就分别从这两个概念发展而来。"①

值得一提的是，婆罗多所开创的戏剧味论后来还进入绘画和音乐等艺术领域，显示了味论的普遍运用价值和无比旺盛的生命力。例如，大约成书于7至12世纪的《毗湿奴法上往世书》的第35至43章"画经"，其中的第43章以味论画，实为别开生面的"画味"论。该章开头便提出九种画味："艳情味、滑稽味、悲悯味、英勇味、暴戾味、恐惧味、厌恶味、奇异味和平静味，这些被称为九种画味（nava citrarasa）。"（XLIII.1）②"画经"中的第41和43章还将《舞论》论及的诗德和诗病巧妙地转化为八种"画德"（citraguṇa）和八种"画病"（citradoṣa）。例如，第43章对画德的叙述是："构图均匀，比例均衡，运用垂线，柔美可爱，细致微妙，生动逼真，略之有法，增之有度，这些被称为画德。"（XLIII.17-20）③诗德、诗病和诗相等概念还进入音乐论

①Radha Vallabh Tripathi, *Lectures on the Nāṭyaśāstra,* Pune: University of Poona, 1991, p. 21.

②Parul Dave Mukherji, ed. and trans. *The Citrasūtra of Viṣṇudharmottarapurāṇa,* New Delhi: Indira Gandhi National Centre for the Arts, 2001, p. 240.

③Parul Dave Mukherji, ed. and trans. *The Citrasūtra of Viṣṇudharmottarapurāṇa,* p. 246.

中。例如，室利罡陀大约写于1575年的《味月光》说："有悖世事，违反经典，与时不合，意义庸俗，缺乏艺术，应该摒弃的重复冗余，这些就是乐病（gītadoṣa）。"（III.150）[①]可见，他将戏剧或文学理论运用到音乐领域。17世纪的普罗娑达摩·密湿罗在其《乐歌那罗延》中，提出了乐德（gītaguṇa）、乐病、歌手相（gāyakalakṣaṇa）和歌手病（gāyakadoṣa）等概念。

后世诗学家对《舞论》进行了不断的阐释和发挥。就数目而言，《舞论》涉及八个味。"婆罗多首先将味与戏剧联系起来加以讨论。味论后来还进入了诗歌领域……婆罗多将味视为戏剧的灵魂，认为没有味一切不可能产生。从那时起，味就成为一切有价值的梵语文学的试金石。"[②]大约在7世纪以前，梵语戏剧学家和诗学家都遵循婆罗多的"八味说"。从8世纪开始，诗学家们先后又提出平静味、慈爱味、虔诚味和贪欲味等。欢增的韵论吸收和发展了婆罗多的味论。韵论的出现极大地丰富了梵语诗学。婆罗多味论在当代印度诗学中的发展，说明了它具有无比强大的生命力。《舞论》中按照地域和戏剧表演特征论述了两种风格体系，这分别在后来的檀丁和伐摩那的风格论及恭多迦的曲语论中得到发展。婆罗多的"合适"思想则由安主发展为体系完善的合适论。《舞论》中的庄严只有明喻、隐喻、明灯和叠声四种，7世纪的婆摩诃发将其展为39种，16世纪的阿伯耶·底克希多则将义庄严发展为120多种。婆罗多的诗德和诗病数目后来也不断增加。

《舞论》虽然对梵语诗学的发展具有至关重要的影响，遗憾的是，它的戏剧理论本身却未能如《诗学》的戏剧理论那样，在后世得到应有的发扬光大。胜财虽为戏剧理论家，但其《十色》不仅连

---

①Śrīkaṇṭha, *Rasakaumudī,* ed. by A.N.Jani, Baroda: Oriental Institute, 1963, p. 56.

②Manjul Gupta, *A Study of Abhinnavabhāratī on Bharata's Nāṭyaśāstra and Avaloka on Dhanañjaya's Daśarūpaka,* New Delhi: Gian Publishing House, 1987, p. 215.

书名、甚至连基本内容都是遵循《舞论》。新护虽然为《舞论》进行注疏，但他只关注诗学理论的建树。“非常令人惊讶的是，新护只是更多地关注对婆罗多的《舞论》进行理论解释，而非拓展他的戏剧理论。”①

第三节　朵伽比亚尔的《朵伽比亚姆》
（前5世纪至2世纪）

与语种繁多的印度文学一样，印度文学理论也是复杂的。“印度文学理论批评是多种语言交织而成的一部传奇，其中的泰米尔语文论和梵语诗学一样重要，因为泰米尔语是坎纳达语、泰卢固语和马拉雅兰语等三种语言的母语。因此，《朵伽比亚姆》在印度文论史上占有一种特殊的地位。”②因此，此处对古代泰米尔语文论的典范之作《朵伽比亚姆》进行简略介绍，以期对印度古代文学理论的萌芽和发展有一个比较全面的认识。

一、《朵伽比亚姆》成型的文化背景

一般认为，达罗毗荼人是印度早期的土著民族。公元前1500年左右，雅利安人侵入印度，征服了达罗毗荼人。在与土著民族的长期共处和交往中，雅利安文化和达罗毗荼文化经历了一个相互冲突、融合而又相互影响的过程。“婆罗门教就是这两种文化相互融合的产物。”③后来，达罗毗荼人逐渐向南迁移，现在的南印度人很多被视为达罗毗荼人的后代。泰米尔族人是古代达罗毗荼人的

①Angraj Chaudhary, *Comparative Aesthetics: East and West,* New Delhi: Eastern Book Linkers, 1991, p. 264.

②G.N.Devy, ed. *Indian Literary Criticism*: *Theory and Interpretation,* p. 346.

③刘建、朱明忠、葛维钧:《印度文明》, 第82页。

后裔。泰米尔语是泰米尔人使用的语言，属于达罗毗荼语系中最古老、最丰富、组织最严密的语言，也是印度最古老和最富有生命力的语言之一。“泰米尔”一词的含义有“甜蜜”的意思，表示它是一种优美悦耳的语言。①

公元前5世纪至公元2世纪，是泰米尔语文学史上的第一个时期，称作桑伽姆时期。桑伽姆时期是泰米尔语文学史上的黄金时期，也是泰米尔语文学的光辉起点。“桑伽姆”是古代泰米尔诗人和学者的文学组织。桑伽姆时期曾经涌现出很多的泰米尔诗人和学者。这一时期，出现了《八卷诗集》和《十卷长歌》两部泰米尔诗歌总集，奠定了印度泰米尔古典诗歌的基础，对后世泰米尔语文学影响极大。桑伽姆诗歌属于古典泰米尔语格律诗，注重诗歌的韵律。这些诗律大致可分三种，即阿哈瓦尔、巴里和格利。按照泰米尔文学传统，桑伽姆诗歌大致可分两类：一为阿哈姆主题，即爱情诗；二为普拉姆主题，即非爱情诗。②著名坎纳达语和泰米尔语学者、当代印度海外文学批评家A.K.罗摩奴阇认为：“阿哈姆（Aham）和普拉姆（Puṛam）是古代含义丰富的词汇。要理解它们，必须深入了解泰米尔语诗学和泰米尔文化的精髓……正如我们所见到的那样，在古典诗歌中，阿哈姆指爱情诗，而普拉姆则指所有其他类型的诗歌，它通常描写战争、风俗信仰和社会生活。普拉姆是古代泰米尔语的公共题材诗歌，歌颂国王的骁勇与辉煌，哀悼英雄的牺牲，同情诗人的贫寒。挽歌、赞美诗、谴责及描述战争和悲剧性事件的诗都是普拉姆型诗歌。”③

桑伽姆时期大量出现的泰米尔语诗歌，为泰米尔文学理论的萌芽打下了坚实基础。在泰米尔语文学发达的基础上，出

①季羡林主编：《印度古代文学史》，第141页。后文介绍多参考该书相关内容。
②参阅季羡林主编：《印度古代文学史》，第141—145页。
③G.N.Devy, ed. *Indian Literary Criticism: Theory and Interpretation*, pp. 346-347.

现了一些泰米尔语法书，其中以朵伽比亚尔（Tolkāppiyar，又写作Tholkāppiyar）的《朵伽比亚姆》（*Tolkāppiyam*，又写作*Tholkāppiyam*或*Tolkāpiyam*）最为著名，它是现存最古老的泰米尔语法书。“值得注意的是，《朵伽比亚姆》是一种生活的规范，也是文学的基本原理（grammar of literature，或译“文学启蒙书”、“文学初阶”、“文学指南”）。”[①]Tolkāppiyam（Tholkāppiyam）意为“古书”。Tol意为“古代的”，而kāppiyam意为“保护”。这就是说，朵伽比亚尔讲述语法，意在“保护语言的纯洁性”。[②]“朵伽比亚姆”应该是该书原名，它可以理解为“保存古老文化遗产的一本书。”[③]在有的学者看来，朵伽比亚尔只是历史传说中的一个名字，并非真实的人名。“他的身份的历史真实性和文化内涵堪比梵语文学传统中的毗耶娑”。[④]换句话说，朵伽比亚尔和《舞论》的作者婆罗多一样，只是一个神圣的文化符号而已，但这并不影响我们将其视为某个具体的文论家。关于朵伽比亚尔的生平，迄今尚无定论。有人揣测，他或许比撰写《八章书》的波你尼更为年长。“因此，人们发现，朵伽比亚尔生活的年代非常久远，在公元前10世纪至前6世纪之间，或许在公元前7世纪。”[⑤]当然，这种推测只是一家之言。

---

①S.Ilakkuvanar, *Tholkappiyam in English with Critical Studies,* Madurai: Kurai Neri Publishing House, 1963, p. 433. 此处的grammar一词可释义为：语法（学）、文法（学）、（艺术、科学、技术等的）基本原理、入门书，等等。参见《新英汉词典》（增补本），上海译文出版社，2004年，第544页。

②J.M.Somasundaram Pillai, *A History of Tamil Literature,* Madras: Azhahu Printers, 1968, p. 50.

③S.Ilakkuvanar, *Tholkappiyam in English with Critical Studies,* p. 1.

④G.N.Devy, ed. *Indian Literary Criticism: Theory and Interpretation,* p. 15.

⑤S.Ilakkuvanar, *Tholkappiyam in English with Critical Studies,* p. 11.

二、《朵伽比亚姆》的文学理论

《朵伽比亚姆》共分三卷，每卷再分九章，因此，全书共计二十七章。其中，第一卷483颂，第二卷463颂，第三卷625颂，共计1571颂。根据考证，第三卷第三章第95颂、第四章第144颂、第八章第480至484颂、第九章第625至639颂、第648至665颂为后世学者窜入的伪文（共计40颂）。这样，全书的原始内容为1531颂。此外，第一卷中的57颂、第二卷中的72颂和第三卷中的158颂即总计287颂的文字表明，它们引用了朵伽比亚尔的前辈作者的观点。①这似乎说明，《朵伽比亚姆》之前存在泰米尔语文论的萌芽，而它只是迄今为止所能见到的最早的泰米尔文论与语法著作。

《朵伽比亚姆》第一卷为《正字篇》（Eluthu，又写作Eluththu），主要讲述泰米尔语的字形、拼写和发音规则。该卷九章内容如下：解说泰米尔语字母的文法规则（Nun marapu）、解释字母组合的词法规则（Moli marapu）、发音规则（Pirappiyal）、连声规则（Punariyal）、音变规则（Thokai marapu）、格的变化（Urupiyal）、词干以元音结尾的音素变化（Uyir mayankiyal）、词干以辅音结尾的音素变化（Pulli mayankiyal）、词干以短元音u结尾的音素变化（Kurriyalukarappunariyal）。

第二卷《词源篇》（Sol）讲述泰米尔语的构词法、词类以及词语在句中的变格规则等。该卷九章内容如下：句子的构成（Kilaviyakkam）、（八种）词格（Verrumai Iyal）、词格变化（Verrumai mayankiyal）、呼格（Vilimarapu）、名词（Peyar Iyal）、动词（Vinai Iyal）、词素（Idai Iyal）、词义（Uri Iyal）、时态等其他构词法（Ecca Iyal）。

---

①S.Ilakkuvanar, *Tholkappiyam in English with Critical Studies,* pp. 15, 256-263.

第三卷《主题篇》（Porul）主要论述描写题材、感情、诗人修养、诗律等文学基本原理，这是书中最重要的部分。该卷九章内容如下：爱情诗（Ahaththinai Iyal）、非爱情诗（Puratthinai Iyal）、暗恋（Kalavu Iyal）、婚恋（Karpu Iyal）、主题（Porul Iyal）、感情（Meyppattu Iyal）、明喻（Uvama Iyal）、诗律（Seyyul Iyal）、表示动植物的词语惯用法（Marapu Iyal）。

根据泰米尔语学者的解释，Porul主要表达文学创作的主题等涵义。例如："《主题篇》讨论文学的主题与形式。这里的泰米尔词汇Porul意指'生活要旨'。"（The book on Porul deals with the themes and forms of literature. The Tamil word Porul here means 'that which is important in life'）。[①]在比较文学主题学视角下进行观察，主题、母题与题材大有深意可究。就主题与母题而言，在中文中，由于受英汉辞典译文的影响，人们对motive和theme一般不作区分，因此对表示"母题"的前者和表示"主题"的后者的差异不求甚解。从国际比较文学界的情况看，学者们倾向于把主题视为抽象的，而母题是具体的，主题具有一定的主观性，而母题则具有较多的客观性，且上升到问题的高度。主题是母题的具体体现，而母题则是潜在的主题，是主题赖以生长的基础。每一部作品都有自己的独特主题，但其蕴含的母题却非常有限，如生死爱恨、聚散离合或战争杀戮等。题材则通常指可以构成一个完整的故事或情节的素材。[②]由此看来，《朵伽比亚姆》第三卷论述的爱情与战争是两个重要的母题。不过，从印度学者的上述引文看，他显然也是将爱情与战争视为两大主题，因为他视其为theme而非motive。笔者遵从这种习惯，将Porul视为主题而非母题。

---

①S.Ilakkuvanar, *Tholkappiyam in English with Critical Studies,* p. 13.

②参阅陈惇、孙景尧、谢天振主编：《比较文学》，北京：高等教育出版社，1997年，第117—119页。

从《朵伽比亚姆》的论述来看，“主题”即Porul是一个非常独特的文论范畴或话语体系。“主题”有广义和狭义之分，广义是指该书论述的文学基本原理，狭义是指文学创作的题材、对象或素材。如上所述，泰米尔语文学的“主题”分为两类，即爱情主题阿哈姆和非爱情主题普拉姆。从第三卷的论述来看，涉及爱情主题的包括第一、三、四、五共四章，其他各章也不同程度地与此有关。这说明，以爱情为主题的诗歌在泰米尔语古典文学中占有无可争议的重要地位。

《朵伽比亚姆》第三卷第一章论述阿哈姆即爱情诗的一般描写规则。该章开头便说，爱情诗所描写的爱共分七类：单相思（Kaikkilai）、相聚（Kurinji）、别离（Palai）、（女性的）思念（Mullai）、（男女间的）怄气（Marutham）、（女性的）憔悴（Neythal）和（男性的）畸恋（Perundhinai）。[①]在阿哈姆中，这七类爱还可分为三类，即单相思、真爱（Aindhinai）和畸恋。男性的假爱包括四种，即骑在帕尔米亚树干做成的木马上、爱上年老色衰的女人、贪色、强奸。[②]真爱即指前述的相聚（punarthal）、别离（pirithal）、思念（irutthal）、怄气（irangal）和憔悴（udal）等五种情形，并且，这五种情形又与五种不同地区的习俗（thinai）相对应，还与印度的六季（春、热、雨、秋、冬、寒）以及一天的六个时辰相对应。不同地区的风俗必须为每一种真爱的描写服务。不同地区的风俗再分为十四类，即天神、上等人、下等人、鸟、野兽、城镇、水、花、树木、食物、鼓、琴、音调和职业等。换句话说，这些爱情诗对有关的时令、地域等背景都有相

①S.Ilakkuvanar, *Tholkappiyam in English with Critical Studies,* pp. 153, 497.

②S.Ilakkuvanar, *Tholkappiyam in English with Critical Studies,* p. 161. “骑在帕尔米亚树干做成的木马上”指男子爱上某个女子而无法遂愿，便采取近似自残以博女方父母同情开恩的一种方式求爱。相关解释参见：S. Ilakkuvanar, *Tholkappiyam in English with Critical Studies,* pp. 407-408.

应的描写，以恰如其分、细致入微地表现男女之间的悲欢离合和喜怒哀乐。此外，阿哈姆题材的诗歌还有一个特殊的规定："在阿哈姆的描写人的五种爱情题材中，不会提及具体的人名。普拉姆题材中提到的具体人名，在阿哈姆题材中会部分出现，但不会直接提及。"[①]有人指出，描写爱情的阿哈姆是"实实在在的心理散文，它涉及各种爱和情感，乃至各种琐事插曲。阿哈姆描写恋人间的关系和后来圣徒们向神奉献的类似恋情的虔诚"。[②]阿哈姆描写的爱情内涵丰富，还体现了人神之间的亲密关系，这就突破了婆罗多对艳情味的论述范畴。"阿哈姆也体现了人和神之间的关系，这种关系被隐喻为恋人之间爱的结合，人和神的结合为世俗的婚姻所表述……她与神的紧密结合和永恒的欢喜就是解脱"。[③]这里所谓的人神之恋，其实契合了16世纪梵语诗学家鲁波·高斯瓦明在《虔诚味甘露海》和《鲜艳青玉》中着力论述的虔诚味。

第三卷第三章共50颂，主要论及暗恋亦即不为大庭广众所知晓的男女之恋的大致特征和相关描写规则。朵伽比亚尔认为，前述五种真爱与法、利、欲紧密相关，其中的相聚本质上属于吠陀时期的八种婚姻形态之一，即乾达婆（Gandharva）式自由恋爱。[④]在论及暗恋中男女双方的表现时，朵伽比亚尔写道："眼神促使双方走到一起。诗人们说：如果他们之间暗送秋波，这就会出现爱恋的征兆。高贵和勇敢是男性的特征。诗人们说，胆怯、羞涩和朴素主要属于女性的特征。据说，爱恋中出现的下述特征非常自然：渴望、焦灼、痛苦、抚慰、打破羞涩、怀疑他人知悉两人隐情、产生对方

①S.Ilakkuvanar, *Tholkappiyam in English with Critical Studies,* pp. 161-162.

②J.M.Somasundaram Pillai, *A History of Tamil Literature,* p. 59.

③J.M.Somasundaram Pillai, *A History of Tamil Literature,* p. 60.

④S.Ilakkuvanar, *Tholkappiyam in English with Critical Studies,* p. 175. 关于乾达婆婚姻的介绍，参见黄心川主编：《南亚大辞典》，成都：四川人民出版社，1998年，第132—133页。

移情别恋的幻觉、宽恕、昏厥和死亡。”①朵伽比亚尔还对暗恋中双方的其他表现形态做了阐述。最后，他指出了暗恋的两种结局：“婚姻分为两种：别人知悉暗恋后的结合和别人知道恋情前的结合。”②

第三卷第四章描述婚恋的相关规则。该章开头写道：“据说，贞洁（Karpu）便是未婚夫将获得某些人赠予的未婚妻，而那些人有权利通过普通的仪式这么做。即使没有人同意，新郎和新娘也会以私奔的方式结合。”③接下来，该章对妻子如何在丈夫面前恪尽职守亦即如何忠于丈夫作了极为详尽地描叙，还对女伴和男傧的情态、丈夫的表现等作了说明。例如，该章认为，暗恋和婚恋都不会少了流言蜚语，而流言蜚语则使双方情感更为炽烈。丈夫的欢爱本能同样催生双方的激情。④在论及妻子的贞洁时，作者的描叙是：“常言道，妻子的职责是保护丈夫的名声，她得尊重小妾，后者被视为她儿子的养母，而妾的面子也是她自己的面子，因为，丈夫的命令是经典中流传下来的。丈夫们不会把妻子带到军营。在阿哈姆之外的诗歌里，这条规则对于女性并不适用。”⑤

第三卷第五章《题材篇》继续讲述爱情描写的各种规范，涉及未婚妻、新娘、妻子、女伴、新郎和丈夫等各种角色的表现方式。朵伽比亚尔在开头写道：“诗人们说，尽管词语具有习惯表达之外的涵义，那层涵义仍属于它。音节不变，词语的形状就不变。”⑥他还说：“文学创作必须遵循传统，因为传承时代的圣人之言令人喜爱。”⑦这说明，作者对言义关系和文学创作的借鉴有了一些

①S.Ilakkuvanar, *Tholkappiyam in English with Critical Studies*, p. 176.
②S.Ilakkuvanar, *Tholkappiyam in English with Critical Studies*, p. 188.
③S.Ilakkuvanar, *Tholkappiyam in English with Critical Studies*, p. 189.
④S.Ilakkuvanar, *Tholkappiyam in English with Critical Studies*, p. 197.
⑤S.Ilakkuvanar, *Tholkappiyam in English with Critical Studies*, p. 199.
⑥S.Ilakkuvanar, *Tholkappiyam in English with Critical Studies*, p. 203.
⑦S.Ilakkuvanar, *Tholkappiyam in English with Critical Studies*, p. 207.

初步的思考。作者最后写道："学者们说，相似、胆怯、丰盈、贞洁、发育、美丽、娇柔、羞涩、机敏、痛苦、思恋和欢乐，这都是些只能意会却无法瞧见的抽象概念。在天上和大海咆哮的尘世间，人们无时无刻都能感知这些美德。"①

第三卷第二章讲述普拉姆即非爱情题材诗歌的特征和描写惯例。与阿哈姆即爱情诗分为七类相似，战争题材的非爱情诗也分七种，它们按照七种不同象征意义的花卉名称进行划分：苇芝（Vetci）象征掠夺，万吉（Vanji）象征进攻，乌里奈（Ulinai）象征围城，东柏（Thumbai）象征交战，瓦海（Vahai）象征胜利，甘吉（Kanji）象征守城，巴丹（Padan）象征凯旋。其中，苇芝对应于阿哈姆中的相聚（Kurinji），它有十四种描写法；万吉对应于阿哈姆中的思念（Mullai），有十三种表现形态；乌里奈对应于阿哈姆中的怄气（Marutham），有二十种表现形态；东柏对应于阿哈姆中的憔悴（Neythal），有二十种表现情态；瓦海对应于阿哈姆中的别离（Palai），有十八种表现情态；甘吉对应于阿哈姆中的畸恋（Perundhinai），有二十种表现情态；而巴丹对应于阿哈姆中的单相思（Kaikkilai），有二十六种表现方式。之所以出现这七种一一对应的表现方式，是因为阿哈姆和普拉姆在时令和地域的选择上出现重合，如描写象征进攻的万吉与阿哈姆中的别离时，都须描写冬季，描写对象都以森林为背景。为国王唱赞歌，为赞赏年轻勇士而戴着脚镯跳舞，为纪念为国捐躯的勇士们而树立石碑并镌刻名字等二十一种表现情态，都见于七种普拉姆诗歌的描述中。②"如果说阿哈姆着力表现爱，普拉姆描写的所有行为都是维持家族的必需，都体现了爱。不过，七种普拉姆中的五种，主要表达战争主题。自古以来，在所有国家，爱情与战争都是生活中的一体两面。它们都

---

①S.Ilakkuvanar, *Tholkappiyam in English with Critical Studies*, p. 212.
②S.Ilakkuvanar, *Tholkappiyam in English with Critical Studies*, pp. 164-165.

需要胆略与勇气。哪里有爱情，哪里便有战争；哪里有战争，哪里便有爱情。这二者如影随形。古代的泰米尔纳杜也不例外。即使在今天，生活中的这一体二面仍然是文学主题。”①

人类复杂的感情世界历来是中外文论家关注的重点。朵伽比亚尔也不例外。他在第三卷第六章《感情》中论述了文学作品所描绘的感情（Meyppattu），并将之分为八种，即啼（alukai）、笑（nakai）、憎（ilivaral）、惊（marutkai）、恐（accam）、勇（perumitam）、嗔（vekuli）、乐（uvakai），而婆罗多则将情味分为八种，即艳情、滑稽、悲悯、暴戾、英勇、恐怖、厌恶、奇异，这两组概念有很多一致或相似的地方。由于每种感情皆有四种类似《舞论》的情由，情感的表现形态便达到三十二种。具体说来，啼（alukai）的情由是卑贱、损失、受苦和贫穷；笑（nakai）的情由是羞辱、年轻、愚痴和机敏；憎（ilivaral）的情由是衰老、疾病、痛苦和衰弱；惊（marutkai）的情由是新颖、庞大、细微和变化；恐（accam）的情由是害怕、野兽、盗贼和国王；勇（perumitam）的情由是教养、无畏、名誉和奉献；嗔（vekuli）的情由是断肢、阴谋、伤害和诽谤；乐（uvakai）的情由是财富、知识、性爱和游戏赌博。②朵伽比亚尔还叙述了欢爱的六种阶段，每一阶段中的恋爱男女又分为四种表现形态。

在涉及修辞的第三卷第七章《明喻》中，朵伽比亚尔写道：“业、果、体、色，这是以不同方式进行比较的四个基础……人们说，美、善、爱和力可以视为比较的四种品质。若加上劣，则为五种品质……本体和喻体必须相似。”③该章主要讨论喻词、明喻及其种类、比喻规则等问题。朵伽比亚尔认为本体应该优于喻体，应

①S.Ilakkuvanar, *Tholkappiyam in English with Critical Studies*, pp. 450-451.
②S.Ilakkuvanar, *Tholkappiyam in English with Critical Studies*, pp. 213-214.
③S.Ilakkuvanar, *Tholkappiyam in English with Critical Studies*, p. 218.

该避免连续使用明喻，某些喻词的运用须得表达八种感情，运用喻词应遵循传统，等等。他不提倡在诗歌创作中运用夸张手法。一位学者在分析《感情》与《明喻》的论述顺序时指出："朵伽比亚尔用了一章论述明喻及其种类。将该章放在《感情》一章之后，似乎暗示朵伽比亚尔重视味论（Rasa theory），而修辞的地位次之。"[①]从论述多寡和编排次序看，这一说法不无道理。此外，与梵语诗学洋洋大观的庄严论相比，此处只论明喻，篇幅自然是不成比例，但若考虑到几乎同时出现的《舞论》只论述四种庄严，则又似属正常之举。这表明了印度古代文论早期发展的真实形态。

在第三卷第八章《诗律》中，朵伽比亚尔指出，诗歌由三十四种因素构成，其中包括八种诗律。它们分别是：时间的统一、字母属性、音节种类、音步、诗行、连声、技法、音调、韵律、魅力、语调、局限、才华、理想、词类、听众、地点、时令、效果、感情、余韵、意图、主题、题材、连接、旋律。另外八种诗律是：安迈（ammai）、阿拉库（alaku）、通脉（thonmai）、陀拉（thol）、维隆图（virunthu）、义彦逋（iyaipu）、逋岚（pulan）、伊莱逋（ilaipu）。[②]朵伽比亚尔在该章中指出了七大文类：诗歌（Pattu）、散文（Urai）、系列论文（Nul）、箴言（Vaymoli）、谜语（Pisi）、讽喻作品（Angatham）、格言（Muthu Sol）。[③]诗歌和散文均被分为四类。谜语和讽喻作品均被分为两类。在该章最后，朵伽比亚尔对作家创作自由度的论述表现出某种灵活性："在创作中，智者应该不受约束，在前述描述规则中选取合适的规则。"[④]

---

①P.Tirugnanasambandhan, *The Concepts of Alamkara Sastra in Tamil,* Madras: The Samskrit Academy, 1977, p. 27.

②S.Ilakkuvanar, *Tholkappiyam in English with Critical Studies,* p. 223.

③S.Ilakkuvanar, *Tholkappiyam in English with Critical Studies,* p. 231.

④S.Ilakkuvanar, *Tholkappiyam in English with Critical Studies,* p. 248.

在第三卷第九章即最后一章中，朵伽比亚尔对如何描写各种人、动物和植物进行了详细说明。这些描叙规则同样近似于梵语诗学中的“诗人学”。

以上便是《朵伽比亚姆》论述文学基本原则的大致内容。

三、《朵伽比亚姆》与《舞论》的简略比较

综上所述，《朵伽比亚姆》不是一般意义上的语法书，它包括了文学创作的各个方面，这以其第三卷为主。例如，第六章《感情》论述文学作品中的感情。第七章《明喻》讲文学修辞中的比喻手法。第八章《诗律》讲文类亦即诗歌的体裁、结构和韵律，即作诗法。因此，大体说来，《朵伽比亚姆》包含了近似梵语诗学庄严论、“诗人学”、味论和韵论等的原理。“《朵伽比亚姆》总结了古代泰米尔语言文学的规律和法则，使之规范化和系统化，成为后世泰米尔语言和文学发展的指南，其影响十分深远。”[①]换句话说，朵伽比亚尔可以视为泰米尔语文论之父。遗憾的是，《朵伽比亚姆》所代表的文论传统在朵伽比亚尔之后未能有效地延续和传播。和波斯语传统文论一样，泰米尔语文论在印度文化语境中的传播状况耐人寻味。[②]这与梵语诗学在后来得到继续传播形成强烈反差。当然，在印度中世纪和近现代时期，泰米尔语学者们也有一些文论著述，但未延续《朵伽比亚姆》的传统，而是深受梵语诗学的浸染。“中世纪时期的注疏者们按照梵语诗学原理解释《朵伽比亚姆》的许多经文。”[③]

①季羡林主编：《印度古代文学史》，第143页。

②Ragini Ramachandra, ed. *Literary and Cultural Explorations at Dhvanyloka,* Mysore: Dhvanyaloka Publication, 2007, p. 306.

③K.Meenakshi, *Literary Criticism in Tamil and Sanskrit,* Chennai: International Institute of Tamil Studies, 1999, p. 2.

泰国文学和诗学研究专家裴晓睿的研究表明：1672年出现的泰国第一部语言学和诗学著作《金达玛尼》（*Jindamani*，亦可意译为《如意宝》）在语法、修辞、诗律和文类等论述上有可能借鉴了《朵伽比亚姆》，因为两书在内容和结构上“颇有异曲同工之妙”，且泰国古代与南印度的文化交流非常频繁，泰国语言中至今还保留着一些泰米尔语词汇。裴晓睿说：“由此推断，被泰国人视为泰民族第一部语法学和诗学教科书的《金达玛尼》，有可能也是借鉴了印度诗学著作的结果。”①

朵伽比亚尔与婆罗多的著作都是在梵语诗学独立发展之前产生的，那么，这二者的文论思想建构有无相似之处？答案是肯定的。首先，二人都生活在印度文化氛围中，他们在论述时精细入微的条分缕析，反映出印度文论的形式主义色彩以及潜藏其间的印度思维特征、印度文化背景。例如，婆罗多则将味分为八种，而朵伽比亚尔将文学作品所描写的感情分为八种。在朵伽比亚尔看来，每种感情都产生于四种类似于情由的因素。“但是，我们不能将这类因素局限于四个。它们只能视为描述性而非穷究其理的方法。印度的智者有一种对数目的迷恋。这只是为了帮助记忆和方便学习而已。”②作为文论家，二人更主要的相似还在文论话语的构建上。例如，就语言修辞来说，朵伽比亚尔和婆罗多都提到明喻，前者用的是uvamai，婆罗多用的是upamā。婆罗多重视味论，rasa是他的文论关键词，朵伽比亚尔亦不例外，他类似于“味”的泰米尔词语是“感情”（meyppatu）。朵伽比亚尔叙述了男女欢爱的六个阶段，每一阶段中的恋爱男女又分为四种表现形态。他还描叙了其他一些涉及男欢女爱的规范。他还写道：“除非眼耳具有很好的鉴别

①参阅曹顺庆主编：《中外文论史》（第四卷），成都：巴蜀书社，2012年，第3388—3389页。

②P.Tirugnanasambandhan, *The Concepts of Alamkara Sastra in Tamil,* pp. 6-7.

能力，否则，人们很难欣赏这些感情的复杂内涵。”①

当然，由于婆罗门教、印度教文化与南方泰米尔文化分属不同体系，再加上朵伽比亚尔和婆罗多论述的对象不同，他们的文论观必然存在一些差异。首先，朵伽比亚尔论述的是以爱情诗和非爱情诗为内容的诗歌，而婆罗多论述的是戏剧文学，论述重心的不同必然影响两人的话语建构。朵伽比亚尔将阿哈姆和普拉姆等两类诗视为文学的全部，而婆罗多则关注戏剧。即使同样提到明喻，朵伽比亚尔将它分为两类，但并不把它视为诗庄严即修辞方式的一种。就暗示性的韵而言，朵伽比亚尔使用了两个术语，即Ullurai uvamam（间接韵）和iraicci（韵）。他把韵的使用局限于表示欢聚的爱情诗中，而后来的梵语诗学家欢增的韵在适用范围上更广，不局限于某一类诗。与婆罗多在《舞论》中对八种味和三十三种不定情的详细分析不同，《朵伽比亚姆》没有对八种感情及其派生而出的三十二类感情进行详细说明。很难说《朵伽比亚姆》的八种感情与《舞论》中的八种味或八种常情是否存在一一对应的关系。“朵伽比亚尔的八种感情与《舞论》中八种味的排列顺序不同。朵伽比亚尔的经文没有说明他为何如此排列八种感情的理由。”②《舞论》中论述味的顺序为：艳情、滑稽、悲悯、暴戾、英勇、恐怖、厌恶、奇异，而《朵伽比亚姆》对感情的排序是：笑（nakai）、啼（alukai）、憎（ilivaral）、惊（marutkai）、恐（accam）、勇（perumitam）、嗔（vekuli）、乐（uvakai）。由此可见，被婆罗多视为戏剧表演中首要情感因素的艳情味，在《朵伽比亚姆》中居然成了“垫脚石”。这似乎与两部文论著作所论及的对象（戏剧和诗歌）不同有关，也或许与两种文化体系的潜在影响有关。这似乎是一个值得深入探讨的问题。在论及上述问题时，另一位印度学者

①S.Ilakkuvanar, *Tholkappiyam in English with Critical Studies,* p. 217.
②K.Meenakshi, *Literary Criticism in Tamil and Sanskrit,* p. 37.

的观点拓宽了人们的观察视野："尽管《舞论》的几种味和《朵伽比亚姆》的几种感情的基础和内涵不同，这两种排序体现了相当程度的相似性……因此，即使存在不一致的情形，这两组概念也并非尽善尽美。这些感情或味表明，一般情感的具体数量即使没有定数，也可以在文化的共性中得以确认。"[①]

就每一种大体上对应的味或感情而言，《舞论》和《朵伽比亚姆》的论述不尽一致。如关于笑或滑稽味、勇或英勇味的论述便是如此，而朵伽比亚尔没有论及类似于平静味的概念也引起了学者们的注意。原因大概是，他关注的多是"普通人的口头语和描述那些在尘世中如鱼得水的男男女女的诗性语言，他不关注如何描述那些追求解脱的人"。[②]虽说只是文论著述，但《朵伽比亚姆》的这种俗世性不禁令人想起中国古代最早的诗歌总集《诗经》的描述姿态和世俗主题。在乐或艳情味的论述方面，朵伽比亚尔和婆罗多的处理不尽相同。朵伽比亚尔在阿哈姆中论述男女之爱时禁止在诗中点出主人公的名字，而婆罗多并非如此刻板。朵伽比亚尔认为，诗中描写的爱分两个阶段，即婚前的暗恋（kalavu）和婚后的爱情（karpu），并且，爱情描写还必须契合不同地区的习俗（thinai）。虽然婆罗多重视艳情味，但是他与朵伽比亚尔对"乐"的处理不同。这是因为："经过婚前时期和婚后时期，男女逐步走向他们爱的最后阶段，这种程式化的依据地区习俗的爱情描写，在梵语文学中是根本没有的。"[③]两种独立发展且在后来互相交融的文化体系对两位印度古代文论家的话语建构产生了影响。因此，两位文论家思想体系的同中有异是可以理解的："引入地区习俗的概念是泰米尔文学的独特传统……与《朵伽比亚姆》论述暗恋

---

①Krishna Rayan, *Sahitya, a Theory for Indian Critical Practice,* New Delhi: Sterling Publishers, 1991, pp. 22-23.

②P.Tirugnanasambandhan, *The Concepts of Alamkara Sastra in Tamil,* p. 8.

③K.Meenakshi, *Literary Criticism in Tamil and Sanskrit,* p. 99.

和婚恋不同，梵语诗学关注男女之爱时并不区分它是聚合还是分离。”①

正是因为悠久古老的达罗毗荼文化的客观存在，《朵伽比亚姆》所代表的泰米尔文论相对于梵语文论体系的独立性问题被一些印度学者加以探讨。有的学者强调《朵伽比亚姆》的原创性不容置疑：“《朵伽比亚姆》是一部关注泰米尔语言和文学的著作。泰米尔语与梵语截然不同。因此，泰米尔语有何必要借用梵语呢？我们发现，在泰米尔语发展后期，借用梵文的那些词汇主要是那些表达哲学、科学和宗教的抽象概念。但是，《朵伽比亚姆》论述的主题完全只与泰米尔人的天才有关，梵语在其观念表达上并无用武之地。”②尼赫鲁大学梵语和泰米尔语教授K.米拉克西认为：“一些现代学者认为，《朵伽比亚姆》体现了婆罗多《舞论》的情味论所给予的影响。当我们仔细研读《朵伽比亚姆》后就会非常清楚，二者之间并无借鉴关系……当我们察觉到它们之间的大量差异时，《舞论》对《朵伽比亚姆》的影响问题也就无从说起。”③米拉克西还引用别人的观点说：“既然婆罗多和朵伽比亚尔都曾提到前人著作，那就不好说哪种文化传统借鉴了另一种文化传统。”④

关于朵伽比亚尔所代表的泰米尔文论独立性问题，印度部分梵语诗学研究者持否定态度。有人认为，泰米尔语文论中属于自己的成分少得可怜，大都借鉴了梵语诗学的基本原理。⑤泰米尔文论是否独立存在的问题，牵涉到印度复杂的政治和民族问题，草率的结论似乎应该避免。《朵伽比亚姆》的存在至少说明，包括泰米尔文论和梵语诗学在内的印度文论遗产是非常丰富的。

---

①K.Meenakshi, *Literary Criticism in Tamil and Sanskrit,* p. 118.

②S.Ilakkuvanar, *Tholkappiyam in English with Critical Studies,* p. 379.

③K.Meenakshi, *Literary Criticism in Tamil and Sanskrit,* p. 2.

④K.Meenakshi, *Literary Criticism in Tamil and Sanskrit,* p. 125.

⑤参阅拙文：《中印对话：梵语诗学、比较诗学及其它》，载《思想战线》，2006年第1期。

从东西方文学理论史和印度文论史的发展演变来看，《朵伽比亚姆》的重要价值和特殊地位不容否认。第三卷第一章《爱情诗》中写道：“诗人们说，诗歌的创作题材包含了想象虚构的题材和来自日常生活的现实题材，它们以迦利（kali）和波利波多尔（paripadal）为诗律（特别适合描述爱情的状态）。”[①]据此，印度学者认为：朵伽比亚尔也强调文学创作必须以现实生活为基础，它不只是想象的产物。文学与现实生活息息相关。这说明，朵伽比亚尔显示了“非凡的批评意识”。[②]正是因为这种卓越的批评才能，朵伽比亚尔的理论建树拥有了超越时代和地域的普遍意义。A. K. 罗摩奴阇等当代学者将《朵伽比亚姆》的文论思想用来阐释东西方诗歌，便是对泰米尔古代文论重要价值的首肯。[③]倘若将朵伽比亚尔的文学理论放在范围更为广大的东西方文论视野中进行比较，学者们自会得出更有意义的结论。

从世界文明发展史或印度文明演化史来看，《朵伽比亚姆》的历史价值或文化学意义更是不容轻视。“借助于《朵伽比亚姆》，可以了解泰米尔语、泰米尔文学和泰米尔纳杜在基督纪元时期的状况。在所有方面，《朵伽比亚姆》都是泰米尔纳杜历史上的一座里程碑。朵伽比亚尔似乎不仅是一位语法家，还是一位诗人、语言学家、哲人、史家和社会学家。”[④]如对该书进行语言学探索、哲学考察、历史考古、社会学分析或文化人类学探幽，定会得出一些颇具新意的结论。

---

①S.Ilakkuvanar, *Tholkappiyam in English with Critical Studies,* p. 161.

②S.Ilakkuvanar, *Tholkappiyam in English with Critical Studies,* p. 409.

③A.K.Ramanujan, “Form in Classical Tamil Poetry,”Vinay Dharwadker ed. *The Collected Essays of A.K.Ramanujan,* New Delhi: Oxford University Press, 1999, pp. 197-218.

④S.Ilakkuvanar, *Tholkappiyam in English with Critical Studies,* p. 20.

第四节　埃哲布的《画像量度经》
（1至2世纪）

大约在公元初左右形成的埃哲布的《画像量度经》（चित्रलक्षण, *Citralakṣaṇa*）又译《梵天尺度》、《梵天定书》、《绘画的特点》），是印度最早的艺术美学经典之一。作者埃哲布生平不详。

《画像量度经》是对以往积累资料的总结，其主要理论很有可能是数百年内逐渐形成的，在公元1、2世纪之间得到了最后整理。该著原本没有保存下来，流传下来的是它的藏文译本，但在印度的某些作品中，至今还能看到引自《画像量度经》原本的段落。该书大约在9到11世纪传入西藏，藏译者是堪布达玛达热和扎巴江参。

《画像量度经》主要以转轮王为例，讲述画像的量度。全书用诗体写成，分三章。该书的开头和梵语诗学著作一样，也向各种神灵致敬。第一章题为《求画》，其中讲述了大地上如何产生第一幅画的神话传说。大意是，一位婆罗门来见国王赤降王，哀求他找死神阎王要回自己死去的儿子。然而，阎王拒绝了赤降王的请求，于是国王和阎王开战。梵天此时出面斡旋调停。他嘱咐国王将婆罗门儿子的像画出来。“梵天依像索此儿，给与生命还了阳。梵志意外见此情，叹为稀有欢无量。”[①]阎王和国王、婆罗门三方也和好如初。梵天还对国王说：“我以此言赐尔王，此画乃是第一张。绘形成像你开创，我封你为‘绘画王’。”[②]梵天还答应国王请求，传授画艺：“绘画最极秘密处，我愿给你细传讲……画像位居艺术首，所有事业它最上。赤降国王今日你，祈求绘画与度量。你所祈

①曹顺庆主编：《东方文论选》，文国根译，成都：四川人民出版社，1996年，第376页。

②曹顺庆主编：《东方文论选》，文国根译，第378页。

求此一切，我愿全部与你讲。”[①]

梵天传授画艺的这种神话传说，与《舞论》第一章讲述梵天创造“第五吠陀”即戏剧的情节几乎如出一辙。这显示了印度传统经典在叙事模式上的“文化自觉”。按照《舞论》的叙述，因陀罗（帝释天）为首的众天神对梵天说：“我们希望有一种既能看又能听的娱乐。首陀罗种姓不能听取吠陀经典，因此请创造另一种适合所有种姓的第五吠陀。”（I.11-12）[②]梵天遂创造一种以四吠陀和六吠陀支为来源的“戏剧吠陀”。接下来，《舞论》作者婆罗多的叙述是：“我遵命向祖宗（梵天）学习戏剧吠陀，并如实教会儿子们正确运用。”（I.25）[③]

第二章《供画》讲赤降国王给一位叫素丹的求教者讲述创世神梵天创作第一幅画的用途，还涉及民众们开始用各种神像来进行宗教祭祀。梵天造像是为了使人间众生及天神们各司其职，此等像应该日日供奉。这和《舞论》论述戏剧起源时所说的戏剧表演必须祭供基本相似。

第三章《量度》以素丹向国王转述梵天绘画秘诀的方式，讲述如何以各种精确的比例塑造人、国王、天神和其他有生物。例如，在讲到塑造转轮王的画像时，素丹说：“转轮圣王身高度，用其自身手指量，共有一百零八指，他人手指用不上……转轮圣王他面部，尺度几多我再讲。面部三分额、鼻、颚，每一部分四指量。”[④]末了素丹还说：“我按梵天所指数，尽力给你说全部。这些典籍确实多，其中理法更繁富。一般浅智短见人，未及听闻就却步。有关男女尺度论，就有一万二千部。梵天本身就曾讲，绘画理法五大部。只关人像诸理法，这些论著也五部。如果全部给你讲，

①曹顺庆主编：《东方文论选》，文国根译，第379页。
②黄宝生译：《梵语诗学论著汇编》（上册），第36页。
③黄宝生译：《梵语诗学论著汇编》（上册），第37页。
④曹顺庆主编：《东方文论选》，文国根译，第384页。

实在是个大数目。因此对于大王你，怎能全部来讲述。”[①]

综上所述，作为一种实用的绘画指南，《画像量度经》对印度古代艺术发展作出了积极的贡献。与《舞论》和《朵伽比亚姆》一样，它也具有丰富的历史文献价值。

第五节 佛典语言哲学与宗教美学管窥

对于很多中国学者而言，提到印度的美学或宗教哲学，首先想到的便是佛教，这与佛教思想对中国文化巨大而悠久的历史影响密不可分。[②]例如，有的学者探讨东方美学史时，以足够的篇幅探讨了印度佛教原典、佛教文学、佛教艺术中蕴含的美学思想。[③]他认为，印度古典的情味美学也存在于佛教思想中："佛教所言的'色、声、香、味、触'这'五尘'中也有味境。"[④]佛教的哲学和美学思想主要蕴含在"戒、定、慧"三学的"慧学"之中。正是佛教的"心有色空"，尤其是大乘佛教的"一切皆空"思想，决定了"佛教思想体系对美和艺术的根本观念，决定了佛教审美观念所具有的唯心主义色彩"。[⑤]有的学者则集中笔力探讨印度佛教言意观、心性论和空论等的中国化历程及其对中国古代文论言意观、诗法论和创作论等的影响，将印度佛教与中国文学理论的发展演变联系在一起。[⑥]还有一些学者探讨了佛经语言学对古代汉语的影响即所谓"佛教混合汉语"的独特现象。他们认为，真正搞好佛教汉语

①曹顺庆主编:《东方文论选》，文国根译，第396页。

②关于这方面的详细信息，可参阅薛克翘:《佛教与中国文化》，北京:昆仑出版社，2006年。薛克翘:《中国印度文化交流史》，北京:昆仑出版社，2008年。

③参阅邱紫华:《东方美学史》(下卷)，第788—881页；邱紫华:《印度古典美学》，第116—179页。

④邱紫华:《东方美学史》(下卷)，第923页。

⑤邱紫华:《印度古典美学》，第116、127页。

⑥参阅欧宗启:《印度佛教思想的中国化与中国古代文论的建构》，南宁:广西民族出版社，2008年。

研究，“要靠中国真正具有跨语言和跨文化背景的新一代汉语史学者”。[①]

总之，上述研究开拓了人们的视野，使人们对印度佛教所引发的中印古代跨文化交流有了比较清晰的认识。一种比较特殊的情况是，还有一些学者将印度美学或文学理论与佛教美学、佛教哲学等而视之，从而自动遮蔽了对印度美学、文学理论的准确认识。这自然与佛教思想对中国学者的巨大吸引力有关，也与梵语诗学虽有很多译介但却并未为相关学者深入了解有关。不过，总体来看，印度佛教（而非中国佛教）原典中蕴含的某些语言哲学或宗教美学观的确对中国文学理论的历史发展做出过巨大贡献，如欲考察印度古代文论对中国古代文化的全方位影响，将其纳入考察视野未尝不可，因为这是对印度古代文论范畴的广义拓展。

换个角度看，道理也是如此。有的印度学者认为：“佛教各派提出的哲学观念也和其他宗教思想一样，极大地影响了梵语诗学。”[②]还有人认为，婆罗门教和佛教对待灵魂不朽的不同态度，使梵语诗学分成受佛教影响和受印度教影响的两派。[③]这说明，佛教思想与印度古代文论也存在着千丝万缕的联系。事实上，公元前6世纪到前2世纪为印度的“史诗时期”。这也是梵语戏剧学著作《舞论》和泰米尔语著作《朵伽比亚姆》产生并逐渐成型的时期。当时的印度思想界出现了一股很强的新思潮，它被称为“沙门思潮”，佛教便是其中的一个分支。印度学者在分析梵语诗学味论的发展历史时认为：“可能正是佛教和耆那教的缘故使得‘平静’（śānta）成为

①万金川：《佛典研究的语言学转向：佛经语言学论集》，“序一：《从佛典研究的语言学转向谈佛教汉语研究的任务》（朱庆之）”，台北：正观出版社，2005年。

②Sangharakkhita, *Bauddhālaṅkāraśāstra,* “Introduction,”by B.M.Avasthi, Delhi: Lalbahadur Sastra Kendriya Sanskrit Vidyapitha, 1973.

③Mool Chand Shastri, *Buddhistic Contribution to Sanskrit Poetics,* p. 22.

第九种味。”[①]由此来看，对于印度佛教相关重要原典进行粗略考察，对全面认识梵语诗学发展史具有重要的意义。篇幅所限，这里仅以公元1世纪左右的《维摩诘经》（*Vimalakīrtinirdeśa*，也译《维摩诘所说经》）、3世纪的龙树《中论》（*Madhyamakaśāstra*）、3世纪的《入楞伽经》（*Saddharmalaṅkāvatārasūtram*）和公元5至6世纪左右的陈那《集量论》（*Pramānasamucaya*）等几部代表性经典的某些核心思想为例略作说明。

大约在公元前1世纪左右，大乘佛教在印度兴起。大乘佛教的兴起是佛教内部出现的一次较大的变革，它的学说与以往的佛教存在差异。佛教史上因此出现了大小乘佛教并行发展的局面。大乘佛教开始形成的重要标志是出现了一批大乘经。《维摩诘经》便是其中之一。这些大乘经的出现时间不一，大致从公元前1世纪至公元2世纪左右，具体时间很难确定。这一期的大乘佛教可以视为初期大乘佛教，而大乘佛教中的派别之分则是稍晚的事。[②]

《维摩诘经》是一部重要的很有特色的早期大乘佛经。“它富有思想创造性和艺术想象力，思辨恢宏深邃，议论机智诙谐，叙事生动活泼，堪称佛经中的一部佳构杰作。”[③]早在公元2世纪，该经便已传入中国。该经在中国前后共有七种译本，其中包括吴支谦《维摩诘经》二卷、西晋竺法护《维摩诘所说法门经》一卷、后秦鸠摩罗什《维摩诘所说经》三卷和唐玄奘《说无垢称经》六卷。这七种译本现存三种，即支谦、鸠摩罗什和玄奘的译本。《维摩诘经》中极有特色之处是关于大乘“菩萨行”和“不二法门”的论述，这些论述贯穿着大乘佛教的中道观。关于不二法门的论

①V.Raghavan, *The Number of Rasas*, “Synopsis,” Madras: The Adyar Library and Research Centre, 1940.

②参阅姚卫群：《佛学概论》，北京：宗教文化出版社，2006年，第36—40页。

③黄宝生译注：《梵汉对勘维摩诘所说经》，“导言”，北京：中国社会科学出版社，2012年，第1页。

述，其实质在于否定一般的言语概念能正确反映事物真实面貌的观念，认为“默然无语”之类的“无有文字语言”才能“真入不二法门”。[①]印度佛典的语言哲学观，通过汉译佛经的中介后，必然对中国古代文论产生潜移默化的影响。

事实上，《维摩诘经》对于“不二法门”（advayadharmamukha）的论述，可以视为佛教语言哲学观的经典表述之一。一言以蔽之：“也可以说，超越可说和不可说，也就是不二法门。”[②]例如，鸠摩罗什所译该经中写道：

> 如是诸菩萨各各说已，问文殊师利：“何等是菩萨入不二法门？”文殊师利曰：“如我意者，于一切法无言无说，无示无识，离诸问答，是为入不二法门。”于是文殊师利问维摩诘：“我等各自说已，仁者当说何等是菩萨入不二法门？”时维摩诘默然无言。文殊师利叹曰：“善哉！善哉！乃至无有文字、语言，是真入不二法门。”[③]

印度佛教思想影响中国古代文论具有间接性的特点。“境由心造，而境本身又是虚空的，这两点可以说是印度佛教境观念中的最基本的观念，也是对中国意境理论的形成影响最大的两个方面。不过，这种影响不是直接的，而是经由中国佛教学者的中国化阐发这个中介之后才产生的。”[④]鸠摩罗什所译《维摩诘所说经》中便有一些文字，表达了这种唯识论色彩浓厚的宗教美学思想：

> 尔时文殊师利问维摩诘言：“菩萨云何观于众生？”维摩

①姚卫群：《佛学概论》，第52—53页。
②黄宝生译注：《梵汉对勘维摩诘所说经》，“导言”，第13页。
③黄宝生译注：《梵汉对勘维摩诘所说经》，第272—273页。
④欧宗启：《印度佛教思想的中国化与中国古代文论的建构》，第64页。

> 诘言:“譬如幻师,见所幻人,菩萨观众生为若此。如智者见水中月,如镜中见其面像,如热时焰,如呼声响,如空中云,如水聚沫,如水上泡,如芭蕉坚,如电久住,如第五大,如第六阴,如第七情,如十三入,如十九界,菩萨观众生为若此。”①

上述水中月、镜中像等诗性意象所表达的宗教美学观,无比形象地阐释了印度佛典的深邃一面。它与赛义德和斯皮瓦克等当代学者的后殖民理论一样,经过中译文的媒介之后,开始了漫长的“理论飘移”,最终扎根于中国古代哲学、美学和文论思想的沃土之中。

“《维摩诘所说经》中的‘不二’思想与龙树中观论相通。”②龙树通常被视为大乘佛教中观派的创始人。以龙树为代表的中观派吸收了《维摩诘经》等前期佛典的思想精华,是印度佛教史上倡导大乘“中道”思想的核心力量。中观派的主要理论包括中道思想、缘起性空说、“八不”说、“二谛”说(真谛和俗谛)和实相涅槃说等。③这些思想对中国古代宗教(中国佛教)、哲学、美学、文学理论等产生了重要影响。龙树的《中论》开头第一、二颂典型地体现了该派的中道思想:

> अनिरोधमनुत्पादमनुच्छेदमशाश्वतम् ।
> अनेकार्थमनानामर्थमनागममनिर्गमम् १॥
> यः प्रतीत्यसमुत्पादं प्रपञ्चोपशमं शिवम् ।

①黄宝生译注:《梵汉对勘维摩诘所说经》,第194页。
②黄宝生译注:《梵汉对勘维摩诘所说经》,“导言”,第15页。
③参阅姚卫群:《佛学概论》,第62—71页。

देशया मास संबुद्धस्तं वन्दे वदतां वरम् २॥[1]

不生亦不灭，不常亦不断，

不一亦不异，不来亦不出。

能说是因缘，善灭诸戏论，

我稽首礼佛，诸说中第一。[2]

这种“八不”之说表明了所谓的“中道”，因而这两个概念也常常合称为“八不中道”。中观派通过这种“八不”’之说更有条理地表明了“‘性空假有’的思想，更明确地阐述‘无分别’的观念，更鲜明地突出‘中道’的原则，从而在这方面推动了大乘佛教的发展”。[3]

就《中论》而言，表示“性空假有”思想的莫过于其《观四谛品》中的一段话，其中包含了著名的“三是偈”：

यः प्रतीत्यसमुत्पादः शून्यतां तां प्रचक्ष्महे ।

सा प्रज्ञप्तिरुपादाय प्रतिपत्सैव मध्यमा ॥

अप्रतीत्य समुत्पन्नो धर्मः कश्चिन्न विद्यते ।

यस्मात्तस्मादशून्यो हि धर्मः कश्चिन्न विद्यते ॥[4]

因缘生法，我说即是无，

亦为是假名，亦是中道义。

未曾有一法，不从因缘生，

是故一切法，无不是空者。[5]

---

①Nāgārjuna, *Madhyamakaśāstra,* ed. by P.L.Vaidya, Darbhanga: Post-graduate Studies and Research in Sanskrit Learning, 1987, p. 4.

②龙树：《中论》，鸠摩罗什译，《大正新修大藏经》第三十册 No. 1564，中华电子佛典协会（CBETA）：http: //www. cbeta. org/result/normal/T30/1564_001. htm.

③姚卫群：《佛学概论》，第68页。

④Nāgārjuna, *Madhyamakaśāstra,* ed. by P.L.Vaidya, pp. 245-246.

⑤龙树：《中论》，鸠摩罗什译，出处同前。

这段话中所蕴含的宗教美学思想，其实也可视为佛教语言哲学观的一种“假名”（प्रज्ञप्ति，prajñapti）。因缘和合而生万物（法），事物故无自性。梵语语言哲学家伐致诃利在《句词论》中所阐释的“音梵”论，与此观念形成了强烈反差。这也是一些印度学者在思考梵语诗学“自性”说和诗之灵魂说时，不可避免地联系到佛典美学和语言哲学的基本原因。就龙树而言，他在佛教史上第一次提出“假名”的概念，为唯识论的言意观指明了发展方向。“龙树的学说有立有破，但主要的还是破……龙树在这里指出了方向，也提出了问题，这就是人们在思想上怎样运用概念的问题。”①龙树的一些核心思想已经内化为中国古代美学、文学理论的有机成分。

就中国古代宗教美学和文学理论而言，公元3世纪左右出现的印度梵文佛典《楞伽经》（又称《大乘入楞伽经》或《入楞伽经》等）所发挥的影响作用不可低估。“《入楞伽经》传入中国后，不仅成为唯识宗的重要经典，而且催生了禅宗。禅宗可以说是印度佛教在中国获得创造性转化的典范。”②撰写中国古代思想史、禅宗美学史、中国佛教美学史或中国古代文论史，如不涉及《楞伽经》的只言片语，大约是很罕见的。以禅宗为例。事实上，菩提流支和求那跋陀罗等各自译出的《楞伽经》，对中国禅宗影响甚大。其中，求那跋陀罗译出的四卷本《楞伽经》（公元443年译出）影响尤为广泛。据《续高僧传》记载，达磨曾以四卷本《楞伽经》教授慧可，但后者对此做了很多自由的过度阐释。慧可的门徒依样画葫芦，虽随时随地携带此经，但却不重语言，不拘泥于文字，只重

①吕澂：《印度佛学源流略讲》，上海人民出版社，2005年，第103—104页。

②黄宝生译注：《梵汉对勘入楞伽经》，“导言，”北京：中国社会科学出版社，2011年，第13页。

领悟观想。“所以他们的传授着重口说，不重文记。这样，就独成一派，被称为‘楞伽师’。”[①]由此可以得出如下结论：“这些事实都可以说明原始的禅宗思想是怎样的和四卷本《楞伽》密切相关的。”[②]

且看《楞伽经》中的一些相关片段：

何故不能分别？以意识因境界起，取色形相，是故离能分别，亦离所分别……楞伽王！能如是见，名为正见，若他见者，名分别见，由分别故，取着于二。“楞伽王！譬如有人于水镜中自见其像，于灯月中自见其影，于山谷中自闻其响，便生分别而起取著，此亦如是，法与非法唯是分别。”[③]

“大慧！菩萨摩诃萨善知心、意、意识、五法、自性、二无我相已……诸法如幻、如梦如影、如镜中像、如水中月……。”[④]

“复次，大慧！无生者，自体不生而非不生，除住三昧，是名无生。大慧！无自性者，以无生故密意而说。大慧！一切法无自性，以刹那不住故，见后变异故，是名无自性。”[⑤]

大慧！此空、无生、无自性、无二相，悉入一切诸佛所说修多罗中，佛所说经皆有是义。大慧！诸修多罗随顺一切众生心说，而非真实在于言中，譬如阳焰诳惑诸兽，令生水想，而实无水。众经所说亦复如是。随诸愚夫自所分别令生欢喜，非皆显示圣智证处真实之法。大慧！应随顺义，莫著言说。[⑥]

---

①吕澂：《中国佛学源流略讲》，北京：中华书局，2008年，第143—145页。
②吕澂：《中国佛学源流略讲》，第306页。
③黄宝生译注：《梵汉对勘入楞伽经》，第36—37页。
④黄宝生译注：《梵汉对勘入楞伽经》，第155—156页。
⑤黄宝生译注：《梵汉对勘入楞伽经》，第162页。
⑥黄宝生译注：《梵汉对勘入楞伽经》，第165页。

上述有关《楞伽经》的引文所包含的言意观或认识论，对于以禅宗美学为代表的中国古代美学、文学理论的形成和发展所起的历史作用自不待言。在有的学者看来，禅宗大师对“禅”（ध्यान，dhyāna）的领悟和把握，是靠般若（प्रज्ञा，prajñā）体验。参禅者如要自在解脱，须起“般若观照”之心。所谓般若观照，乃是超越主客二分的一种观察模式，是基于本能自性的直觉认识，是将能指和所指融于自心的体悟。禅的本质在于那种非理性的、不可思议的微妙。“禅绝名理”意味着无名相无言说，超越一切思维和概念方可出现。“而禅体验的本质特征就在于‘非思量’，它以非理性超越理性，以神秘的直觉超越逻辑的思辨，以体悟超越推理，以审美之思超越理性之思。它极富超越性，而‘超越’一词是禅宗大师惯常使用的概念与范畴……正因如此，禅体验才闪现出生命智慧之火、审美智慧之光，而成为一种审美体验。”[①]如果再对照上述引文中的词句如“言说则变异，真实离文字”、“当依于义，莫著言说”或“镜中像、水中月”，我们对于禅宗美学印度来源的理解会更为真切，且对中国古代文论的禅味之源的认识更为清晰。从一个更大的范围来说，古代中印文化的心灵交流可以这样表述：“理解了印度奥义书哲学和大乘佛教以及中国老庄哲学的语言思想，对中国禅宗‘教外别传，不立文字，直指人心，见性成佛’的宗旨及其说禅方式也就不难理解了。”[②]看一看学者们最喜引用的宋代严羽《沧浪诗话·诗辨》中的一段文字，印度佛典向中国古代文论渗透的痕迹显露无疑：

禅家者流，乘有小大，宗有南北，道有邪正；具正法眼者，

①参阅皮朝纲：《禅宗美学思想的嬗变轨迹》，成都：电子科技大学出版社，2003年，第2—3页。同时可参阅张节末：《禅宗美学》，北京大学出版社，2007年；祁志祥：《中国佛教美学史》，北京大学出版社，2010年。

②黄宝生：《梵学论集》，第269页。

是谓第一义。若声闻、辟支果，皆非正也。论诗如论禅：汉、魏、晋等作与盛唐之诗，则第一义也。大历以还之诗，则已落第二义矣。晚唐之诗，则声闻、辟支果也。学汉、魏、晋与盛唐诗者，临济下也。学大历以还之诗者，曹洞下也。大抵禅道惟在妙悟，诗道亦在妙悟。且孟襄阳学力下韩退之远甚，而其诗独出退之之上者，一味妙悟故也。惟悟乃为当行，乃为本色。然悟有浅深，有分限之悟，有透彻之悟，有但得一知半解之悟……夫诗有别材，非关书也；诗有别趣，非关理也。而古人未尝不读书、不穷理。所谓不涉理路、不落言筌者，上也。诗者，吟咏情性也。盛唐诸人惟在兴趣，羚羊挂角，无迹可求。故其妙处透彻玲珑，不可凑泊，如空中之音，相中之色，水中之月，镜中之象，言有尽而意无穷。近代诸公乃作奇特解会，遂以文字为诗，以议论为诗，以才学为诗。以是为诗，夫岂不工，终非古人之诗也。盖于一唱三叹之音，有所歉焉。[①]

有的学者认为，一般情况下，原生态的印度佛教思想，很难被中国古代文论家所汲取。他们所汲取的大多是经过中国化阐释了的佛教思想。这是因为，这种过程能够缩短文论家与梵文佛典或汉译佛典的思想距离、审美间距，使其理解起来比较容易。“可见，中国化原则是中国古代文论家汲取印度佛教思想建构文论的首要原则。”[②]或许，这对我们观察或探索严羽等人如何以禅道入诗论有所裨益。不过，若能一直回溯严羽等人的印度佛典之源，必将使人不断地有所发现、有所启迪。

对于早期梵语诗学而言，陈那（公元5至6世纪在世）的名字不

①郭绍虞主编：《中国历代文论选》（二），上海古籍出版社，2003年，第423—424页。

②欧宗启：《印度佛教思想的中国化与中国古代文论的建构》，第248—249页。

得不提一下。他的因明学和遮诠论，尤其值得注意。陈那除了提出有相唯识的学说之外，还从因明的角度进行独立的发挥。他打破了瑜伽行派谈因明只重立破的局限，并将之“贯穿到佛学的全体，成功了一种佛家的认识论，即‘量论’。”[①]陈那对当时印度各派的量论进行了甄别和简化。他认为，现量、比量、声量、喻量、义准和随生等六类量中，只有现量和比量有意义，其余各类，不能独立，只可隶属于比量，而比量又出现于现量。“因此，他简别的结果，肯定了现、比二量……同时，他对概念的构成也有特殊的说法，认为概念都不是从正面表示意义，而是通过否定一方承认另一方的方法，所谓‘遮诠’构成的……由否定一方（遮）来表示另一方（诠）。这种遮诠说，也是陈那量论的一个特点。”[②]印度学者这样评价陈那：“我们知道，佛教认识论始于陈那。他被视为印度思想史在中世纪时期的逻辑学创始人。”[③]由此来看，陈那被学界视为新因明奠基人是恰当的。陈那的代表作是《因明正理门论》和《集量论》。他一方面批判继承了传统正理论在内的古因明，一方面发展、创立了新因明。“新因明的确立标志着佛教逻辑发展的高级阶段。这个阶段持续了约200年——开始于陈那（约公元425年），而结束于法称（约公元625年）。”[④]陈那将当时流行的类比推理五支论式改造为演绎推理的三支论式。这是因明学发展史上的重大突破。“陈那创造性地和成功地把旧因明改造为新因明，使因明理论臻于完整化和科学化，成为一门具有印度特色的逻辑科学和思维科学。”[⑤]

---

①吕澂：《印度佛学源流略讲》，第190页。

②吕澂：《印度佛学源流略讲》，第191页。

③Rajnish Kumar Mishra, *Buddhist Theory of Meaning and Literary Analysis,* p. 92.

④巫白慧主编：《东方著名哲学家评传》（印度卷），济南：山东人民出版社，2000年，第316页。

⑤巫白慧主编：《东方著名哲学家评传》（印度卷），第319、336页。

印度佛典的语言哲学在此后一些佛教学者如7世纪法称（Dharmakīrti）的《释量论》（*Pramānavārttika*）、8世纪寂护（Śāntarakṣita或Śāntirakṣita）的《摄真实论》（*Tattvasaṅgraha*）和11世纪宝称（Ratnakīrti）的《离论证论》（*Apohasiddhih*）等著作中，继续得到发展。当然，这一发展的核心之一是遮诠论，而它又与因明学的发展密不可分。[①]就遮诠而言，它始用于唯识学派，其后为佛教各派所通用，华严宗称其为"遮情"（表诠则为"表德"）。因明学中的遮诠及其表诠，既包括判断（遮诠是否定判断，表诠是肯定判断），又包括概念（遮诠与表诠是矛盾概念）。陈那和法称认为，表诠中同时包含了遮诠的功能，这是因明的一大特色。[②]如唐初高僧神泰所撰《因明正理门论述记》曰："名言但诠共相……如言'青'，遮'非青'、'黄'等，方能显彼'青'之共相。若不遮'黄'等，唤'青'，'黄'即应来。故一切名言，欲取其法，要遮馀诠此，无有不遮而诠法也。"[③]

陈那与法称等人所确立和发展的新因明，对于梵语诗学家婆摩诃等人产生过影响。例如，婆摩诃在其诗学著作中说："有（存在）等等产生于量。量分为现量和比量。两者涉及个别性和普遍

---

①Rajnish Kumar Mishra, *Buddhist Theory of Meaning and Literary Analysis,* pp. 87-139.

②杜继文、黄明信主编：《佛教小辞典》，上海辞书出版社，2001年，第378—379页。

③转引自杜继文、黄明信主编：《佛教小辞典》，第379页。《因明正理门论述记》（以下简称《述记》）是对玄奘评讲陈那《因明正理门论》所作的记录和阐述。《述记》在唐以后长期失传，日本保存有残本三卷，清末随其他佛典回归中土。1923年由南京支那内学院印行，文字上作了校勘。《述记》残本三卷包括"引言"和"本论"两部分。引言部分解释"因明"、"正理门论"和"因"的涵义。本论部分解释《因明正理门论》的主要内容"能立"和"似能立"，解释到"似能立"中的"似喻"部分，只提到"倒合"、"倒离"两种似喻，以下内容便缺失。总之，《述记》是汉传因明的重要著作。《述记》对许多重要的因明理论作了阐发，对本论的写作背景、理论的古今沿革作了交代，对文字上的难点作了疏通，对许多实例作了讲解——参见郑伟宏：《神泰〈因明正理门论述记〉评介》，见中国佛教协会网站：http: //www. chinabuddhism. com. cn/yj/2012-10-15/1608. html.

性。”（V.5）[①]很明显，这是对陈那新因明核心概念的认可与发挥。下面几句论述更是将婆摩诃是否佛教徒的历史之谜摆在了当代梵学界的眼前：“因此，你们所谓永恒的词的构想是虚妄的，真正地说，那是现量（感觉）和比量（推理）。任凭‘常声’（sphoṭa）论者赌咒发誓，他们的说法也不可取，正如哪个有头脑的人会相信空中花？……那种永恒不变者（‘常声’）被说成是另一种声音。无知的人以为约定俗成的意义是至高的意义。”（V.11-14）[②]不过，婆摩诃接下来的几颂否认了陈那和法称等人的遮诠论，这似乎又对其佛教徒身份的确认设置了某种障碍。首先，他点出了陈那等人的遮诠论（अपोहवाद，apohavāda），提到了अपोह（apoha，遮诠）一词：

> अन्यापोहेन शब्दोऽर्थमाहेत्यन्ये प्रचक्षते ।
> अन्यापोहश्च नामान्यपदार्थापाकृतिः किल ॥[③]
> 另一些人认为一个词通过排除其他而确定意义。
> 所谓排除其他就是排除其他的词义。（V.16）[④]

婆摩诃还认为：“如果牛这个词在排除其他中获得意义，那就要寻找另一个词，用以表达牛的意义。词能产生认知意义的果实，但一个词不能产生两种结果。对于你们，一个词怎么能产生否定和肯定两种认识结果？只要听到牛这个词，就能获得牛的观念。正是有这个词在先，才能排除其他不是牛的词义。”（V.17-19）[⑤]通过这种驳斥和论辩，婆摩诃似乎与佛教遮诠论拉开了距离。

---

①黄宝生译：《梵语诗学论著汇编》（上册），第140页。
②黄宝生译：《梵语诗学论著汇编》（上册），第147页。
③Bhāmaha, *Kāvyālaṅkāra*, Delhi: Motilal Banarsidass Publishers, 1970, p. 116.
④黄宝生译：《梵语诗学论著汇编》（上册），第147页。
⑤黄宝生译：《梵语诗学论著汇编》（上册），第147—148页。

印度学者的最新研究成果表明，寂护的《摄真实论》和宝称的《离论证论》等佛教经典均对婆摩诃关于遮诠论的驳斥进行了有力的反诘，以维持佛教遮诠论的合法性。这可视为印度佛典与梵语诗学名著的积极互动。寂护还引用了上述婆摩诃著作中的四颂（即“另一些人……不是牛的词义”）以说明问题。印度学者的结论是：“因此，佛教学者的立场是正确的。但是，我们必须在另一点上认可婆摩诃，这便是他的一个精彩表述：अर्थज्ञानफलाः शब्दा（词能产生认知意义的果实）。这或许是诗学史和语言理论中最精彩的表达。意义理论恰恰就是关注对象或真实的认知问题。这个表述蕴含着浓厚的诗学色彩和深厚的语言洞察力，它显示了诗学家婆摩诃的卓越之处。”①

综上所述，寂护等人与婆摩诃的思想互动，说明印度佛典对梵语诗学的发展起过积极的历史促进作用。“佛教的言意论本质上是一种认识论。”②正是这种印度佛典中的认识论，促使婆摩诃在诗学意义上思考文学语言如何表达的千古命题。这也是常说常新的语言哲学命题或历史之谜，就如同婆摩诃、檀丁等人是否真正的佛教徒或佛家学者一样令人困惑。

---

①Rajnish Kumar Mishra, *Buddhist Theory of Meaning and Literary Analysis*, pp. 128-129.

②Rajnish Kumar Mishra, *Buddhist Theory of Meaning and Literary Analysis*, p. 139.

第二章

梵语诗学独立发展的早期阶段

（7世纪至9世纪中叶）

第一节　概述

论者认为，现存最早的两部梵语诗学著作产生于公元7世纪，但它们都引用了前人的诗学观点，这说明梵语诗学著作的实际存在可能早于7世纪。根据现有文献资料判断，在公元初的几个世纪内，梵语诗学是作为戏剧学和语法学的附庸而发展的。梵语语法学早在吠陀时期就已经出现，在梵语语法研究中，必然会涉及修辞方式，如波你尼的《八章书》和跋底的语法著作均涉及修辞。“因此，最早脱离戏剧学和语法学而独立出现的梵语诗学著作估计也不会早于5、6世纪。”[①]印度学者S.K.代也持相近观点。他说：“我们虽不能断言，但却可以这样揣测，作为一种独立的技术性原理，庄严论（即梵语诗学）是从基督纪元之初产生的，并可能在公元5至6世纪发展成为比较完备的形式。”[②]因此，在目前缺乏更新资料和证据的前提下，把现存最早诗学著作产生的公元7世纪定为梵语诗学独立形成的开端，是比较恰当的。

公元7至9世纪相当于中国的隋唐时期。这一时期的印度文学仍

①此处及后文介绍参阅黄宝生：《梵学论集》，第280页。

②S.K.De, *History of Sanskrit Poetics,* Vol. I, Calcutta: Firma K.L.Mukhopadhyay, 1960, p. 17.

属于古典梵语文学时期。梵语戏剧、抒情诗、叙事诗和小说等纯文学形式都产生于这一时期。这些纯文学形式在梵语中统称为काव्य（kāvya，诗），其中的戏剧又被称为दृश्यकाव्य（dṛśyakāvya，可看的诗），其他的纯文学形式则是श्रयकाव्य（śrayakāvya，可听的诗）。这一时期属于梵语诗学彻底摆脱梵语戏剧学附庸地位而独立发展的早期阶段。在梵语文学发达的基础上，这一时期的印度出现了一系列梵语诗学著作，涌现了婆摩诃、檀丁、伐摩那、优婆吒、楼陀罗吒等几位备受当代学者关注的诗学家和跋底、伐致呵利等不同程度涉及修辞或语言哲学的语法学家。公元7世纪出现了著名语言哲学家伐致呵利的代表作《句词论》，它不仅丰富了重在探讨文学语言的早期梵语诗学，也为后起的韵论诗学埋下了伏笔。婆摩诃、优婆吒和楼陀罗吒三人主要探讨庄严即语言修辞方式，形成梵语诗学第一个流派庄严论派。这里的“庄严”本意是装饰、修饰，沿用汉译佛经译法，可以译为“庄严”。狭义是指比喻、双关等修辞方式，广义指装饰诗或形成诗美的因素。就“庄严论”而言，它也有狭义和广义之分。广义是指梵语诗学，狭义是指以婆摩诃为代表的庄严论派。檀丁既重视庄严，也重视诗德和风格。后来，伐摩那进一步认为风格是诗的灵魂。他俩形成梵语诗学的第二个流派即风格论派。“风格”一词在檀丁那里是मार्ग（mārga，道路）或वर्त्म（vartman，方式），伐摩那则使用रीति（rīti，方式或式样）表示“风格”。伐摩那的रीति后来成为梵语诗学中“风格”的通称。

大体看来，梵语诗学独立发展的早期阶段大约是两个多世纪。在此阶段，由婆罗多所确立的一些重要文论概念如रस（rasa，味）、अलङ्कार（alaṅkāra，庄严）、गुण（guṇa，诗德）、दोष（doṣa，诗病）等得到继续发挥。风格的概念经过檀丁和伐摩那二人的演变，最终以后者的रीति定型。婆摩诃首先提出शब्दालङ्कार（śabdālaṅkāra，音庄严）和अर्थालङ्कार（arthālaṅkāra，义庄严）等两个概念，他还最先提出了वक्रोक्ति（vakrokti，曲语）的概念，此一概念将由10至11世纪的恭多迦发展成为完备的理论体系；而楼陀罗吒则明确地以औचित्य（aucitya，合适）为《舞论》中已经萌芽的文学思想命名，此一概念将由11世纪的安主发展为完备的理论体系。楼陀罗吒除了接续婆摩诃庄严论的思想血脉外，还对婆罗多的戏剧味论进行诗学意义上的转轨和演化。他还系统地发展和论述了婆摩诃首次区分的音庄严和义庄严两个概念，从而极大地拓宽了庄严论的论述空间，为后世梵语诗学庄严论提供了系统的范例。婆摩诃的शब्दार्थौ（śabdārthau，音义结合）则为梵语诗学的“文学”（साहित्य，sāhitya）观念奠定了语言基础。这说明，梵语诗学发展的早期阶段，文学理论在修辞论和风格论方面得到了系统的发展，在审美情感论（约略等于现代意义上的文艺心理学）等方面也得到了初步的探索，从而为下一阶段的文论发展打下了坚实的基础。

在梵语诗学独立发展的早期阶段，出现了两部兼有诗学成分的往世书。这就是《火神往世书》和《毗湿奴法上往世书》。《火神往世书》第336到346章论述梵语诗学和戏剧学。《毗湿奴法上往世书》的一些章节也是如此。两部往世书中蕴含着丰富的诗学成分，有的常常为后世诗学家所征引。此二书产生很早但定型很晚，其历史文献和诗学价值不容忽视。

此外，7世纪左右的斯里兰卡还出现了古代僧伽罗语中的唯一一部诗学著作，这就是戒云对檀丁《诗镜》进行改写和编译的《妙语庄严》。由于它体现了梵语诗学最早的传播动态，此处破例将其纳入本章的考察范畴。

第二节 婆摩诃的《诗庄严论》
（7世纪）

正如前述，早期梵语诗学的发展受惠于梵语戏剧学和语言学的发达。梵语语言学探讨如何正确地运用音和义，这给诗学家们很大启发。他们探讨如何正确地装饰语音及其意义，取得优美的文学效果。在此基础上，梵语诗学的第一个流派庄严论就此产生。

婆摩诃(भामह, Bhāmaha)的《诗庄严论》(काव्यालङ्कार, *Kāvyālaṅkāra*)是现存最早的梵语诗学著作。该著已译为中文。“婆摩诃被认为是梵语诗学庄严论派最早的捍卫者。对于他的生平事迹，我们却一无所知。”①一般认为，婆摩诃生活在7世纪。婆摩诃的《诗庄严经》分为六章；第一章相当于文学总论，论述诗的功能、性质和类别；第二、三章论述各种庄严即修辞方式；第四、五章论述各种诗病；第六章论述词汇的选择。婆摩诃在书中对文学的基本原理进行了初步的思考，并以庄严为出发点，建构起自己的文论体系。这也可视为梵语诗学独立发展阶段的第一个较为完备的思想体系。②

在《诗庄严论》第一章中，婆摩诃给诗下了一个定义：

> शब्दार्थौ सहितौ काव्यं。③
> 诗是音和义的结合。（I. 16）④

这是梵语诗学史上关于诗即戏剧文学以外的纯文学或美文学的第一个定义。尽管这个定义显得过于宽泛，没有抓住诗的本质，但却显示出婆摩诃受梵语语言学影响之深。婆摩诃的这一定义必须与他对音庄严（修饰词音的手法）和义庄严（修饰词义的手法）的论述联系起来理解。他认为，“庄严”（अलङ्कार）是曲折的表达方式，这是诗的语言与普通语言的区别。他说：“我们希望的语言修辞是词音和词义的曲折表达。”（I.36）⑤

---

①P.V.Kane, *History of Sanskrit Poetics,* p. 83.

②本节关于婆摩诃的介绍，主要参考黄宝生：《印度古典诗学》，第242—273页；同时参阅曹顺庆主编：《中外文论史》（第三卷），第2009—2024页。

③Bhāmaha, *Kāvyālaṅkāra*, p. 6.

④黄宝生译：《梵语诗学论著汇编》（上册），第114页。

⑤黄宝生译：《梵语诗学论著汇编》（上册），第116页。

关于诗的功能，婆摩诃认为："优秀的文学作品使人通晓正法、利益、爱欲、解脱和技艺，也使人获得快乐和名声。"（I.2）[①]这就涉及印度传统确立的人生四大目的。法是社会规则，利是物质财富，欲是感官享受，解脱是摆脱生死轮回。快乐与作者和读者有关，而名声只与作者相关。婆摩诃强调说："那些优秀作家即使已经升入天国，他们完美无瑕的作品依然存在……因此，智者如果盼望自己的名声与坚实的大地共存，他就应该努力掌握诗的要义。"（I.6-8）[②]这种文学功能说与中国古代文论家所言有点近似："盖文章，经国之大业，不朽之盛事。"[③]再如："形同草木之脆，名逾金石之坚，是以君子处世，树德建言。"[④]婆摩诃提出的文学功能说，显示他看清了文学作品与一般经论的差别，进而视文学作品高于经论："智力迟钝的人，也能在老师指导下学习经论；而诗只能产生于天资聪明的人。"（I.5）[⑤]他还打比方说："如果掺入甜蜜的诗味，经论也便于使用，正如人们先舔舔蜜汁，然后喝下苦涩的药汤。"（V.3）[⑥]婆摩诃关于文学功能的看法得到了后世梵语诗学家的认可。

婆摩诃认为，经论可以通过学习掌握，而诗则要求天赋才能。当然，除了天赋才能，诗还需要后天学习。此处的"经论"，指包括语法修辞学在内的理性知识形态。婆摩诃指出："写诗的人应该思考词音、词义、诗律、传说故事、世界、方法和技巧。"（I.9）[⑦]这些都应通过研究别人的作品而实现。这样，婆摩诃就把

---

①黄宝生译：《梵语诗学论著汇编》（上册），第113页。

②黄宝生译：《梵语诗学论著汇编》（上册），第113页。

③曹丕：《典论·论文》，郭绍虞主编：《中国历代文论选》（1），上海古籍出版社，2001年，第159页。

④刘勰：《文心雕龙·序志第五十》，郭绍虞主编：《中国历代文论选》（1），第452页。

⑤黄宝生译：《梵语诗学论著汇编》（上册），第113页。

⑥黄宝生译：《梵语诗学论著汇编》（上册），第140页。

⑦黄宝生译：《梵语诗学论著汇编》（上册），第113页。

诗即文学创作视为一种需要先天禀赋和后天努力而成就的事情。这里，婆摩诃已经撒播了后世梵语诗学家建构的“诗人学”思想种子。

婆摩诃根据不同的标准对文学作品（诗）进行分类。按诗律运用与否，作品分为散文体（gadya）和韵文体（padya）；按所用语言，分为梵语文学、俗语（prākṛt）文学和阿波布郎舍语（apabhranśa）文学；按题材，作品分成叙述天神事迹、虚构故事情节、与技巧有关和与经论有关等四类；按体裁，作品分成分章的大诗（sargabandha）即叙事诗、表演的诗即戏剧（abhineyārthan）、传记（ākhyāyikā）、故事（kāthā）和单节的诗即短诗（anibaddhan）等五类。这些对作品（诗）的不同分类显示，婆摩诃所谓的“诗”囊括了用梵语写成的所有文字形式。

婆摩诃在《诗庄严论》第二、三章中，以160颂专论庄严，显示了他对庄严的高度重视。他共论述了三十九种庄严，其中的谐音和叠声属于音庄严，另外三十七种属于义庄严。按照婆摩诃的解释，这些庄严及其内涵分别是：①

1. 谐音（anuprāsa）：重复使用相同的字母。（II.5）

2. 叠声（yamaka）：重复使用同音异义的音组，它还包括隐语。它分成头叠声、腹尾叠声、音步叠声、连珠叠声和四音步叠声等五类。（II.9-17）

3. 隐喻（rūpaka）：依据相似性，用喻体描绘本体的性质。它分成全体隐喻和部分隐喻两类。（II.21-22）

4. 明灯（dīpaka）：指诗中某个词语为各句共用，犹如一盏明灯照亮所有事物。按共用词语出现在诗中的部位，可将其具体分为

①以下对39种庄严的中文解释，不再一一加注。参阅黄宝生：《印度古典诗学》，第253—266页；也可参阅黄宝生译：《梵语诗学论著汇编》（上册），第118—134页。具体例子参见上述两书。其中，对偶喻、补证、天助、佯赞和矛盾等五种庄严是《梵语诗学论著汇编》的新译法，此处将其对应的前一译法在括号里分别做了说明。

头部明灯、腹部明灯和尾部明灯等三种。（II.25-26）

5. 明喻（upamā）：本体和喻体在地点、时间和功能等方面不同，但有某种相似性。明喻用如、像等喻词表达两个不同事物的相似性。（II.30）

6. 类比（prativastūpamā，或译“对偶喻”）：将相似的事情并列，即使不使用如、像等喻词，相似性也显而易见。（II.34）

7. 略去（ākṣepa）：表面上略去要说的话，而实际上想要强调。它分成“将说”和“已说”两种。（II.67）

8. 补证（arthāntaranyāsa，也译为“补充”）：说了一种意义，再说另一种意义，以补充前一种意义。（II.71）

9. 较喻（vyatireka）：通过喻体显示本体优异。（II.75）

10. 藏因（vibhāvanā）：不说原因，只说产生的结果，但不难理解。（II.77）

11. 合说（samāsokti）：在讲述一种意义时，通过共同的特征表达另一种意义，形成意义的叠合。（II.79）

12. 夸张（atiśayokti）：超越日常经验的语言表述。（II.81）

13. 罗列（yathāsaṅkhya）：依次展示许多独立的、不同的事物。（II.89）

14. 奇想（utprekṣā）：有某种相似性，但与性质和功能无关，因此主旨不在相似性，而与夸张相关。（II.91）

15. 自性（svabhāva）：如实描写。（II.93）

16. 有情（preyas）：婆摩诃对此没有定义，只举了一个例子。（III.5）

17. 有味（rasavat）：明显地展示艳情味等等。（III.6）

18. 有勇（ūrjasvi）：婆摩诃对此没有定义，只举了一个例子。（III.7）

19. 迂回（paryāyokta）：用另一种方式表达。（III.8）

20. 天助（samāhita，也译为“神助”）：婆摩诃对这种庄严没

有界定，只是提供了一个例子。（III.10）

21. 高贵（uddāta）：婆摩诃对这种庄严没有界定，只是提供了一个例子。（III.11）

22. 双关（śleṣa）：本体的本质由喻体的性质、功能和名称体现。婆摩诃解释说，这个定义也适用于隐喻，但隐喻要求同时描写喻体和本体。（III.14-15）

23. 否定（apahnuti）：由于否定真实存在的事物，其中的比喻有点隐蔽。（III.21）

24. 殊说（viśeṣokti）：失去某种性质，依然保持另一种性质，以显示其特殊（或优异）。（III.23）

25. 矛盾（virodha，也译为“对立”）：叙述事物的一种性质或功能与另一种性质或功能对立，以显示其特殊或优异性。（III.25）

26. 等同（tulyayogitā）：即使地位较低，但表明性质相同，所作所为相同。（III.27）

27. 间接（aprastutapraśaṃsā）：称述本文中没有提及的事物。（III.29）

28. 佯赞（vyājastuti，也译为“褒贬”）：褒扬伟大的品质，并试图指出某种相似性，但实际上是贬抑。（III.31）

29. 例证（nidarśanā）：通过某种特殊行为，教诲某种意义，不使用如、像等词。（III.33）

30. 相似隐喻（upamārūpaka）：用喻体体现本体的性质，说明二者之间存在相似性。（III.35）

31. 互喻（upameyopamā）：喻体和本体互相交换。（III.37）

32. 共说（sahokti）：用一句话讲述同时发生的两件事情。（III.39）

33. 交换（parivṛtti）：放弃某物而获得另一特殊之物，并且含有补充。（III.41）

34. 疑问（sasandeha）：描述本体和喻体的异同，以疑问的方式达到赞美的目的。（III.43）

35. 自比（ananvaya）：以本体为喻体，表明无与伦比。（III.45）

36. 部分奇想（utprekṣāvayava）：含有双关、某种程度的奇想和隐喻。（III.47）后来的诗学家一般将其归入奇想庄严或混合庄严。

37. 混合（saṃsṛṣṭsi）：含有多种庄严，如同珠宝项链串。（III.49）

38. 生动（bhāvika）：指整个作品的性质，生动地表现过去和未来的事物。（III.53）

39. 祝愿（āśīs）：运用在不伤害友情的言语中。（III.55）除檀丁外，其他诗学家一般不认可这一庄严。

婆摩诃上述的很多庄严如隐喻、夸张等，类似于今天所说的修辞手法，但他的一些庄严也显示出模糊的色彩，其中的不确定性表明庄严论的确处于早期的不成熟阶段。

婆摩诃进一步阐释自己的庄严论。他认为，没有产生曲折效果的语言表达方式即他所谓“曲语”，不能算作庄严。诗歌语言或文学作品语言的魅力在于“词义和词音的曲折表达”。（I.36）[①]婆摩诃庄严论的核心是，诗是经过装饰的词音和词义的有机结合。诗人通过义庄严即词音修辞方式和义庄严即词义修辞方式的曲折表达，将普通语言转化为诗性语言，从而体现诗的本义。[②]庄严论以探讨语言美为己任。婆摩诃接过前辈如婆罗多等人的旗帜，不断开拓创新，分析归纳了许多种庄严，为梵语诗学早期的独立发展打下了坚实的基础。“但是，将诗美因素主要局限于修辞方式，这就决定了

①黄宝生译：《梵语诗学论著汇编》（上册），第116页。

②曹顺庆主编：《中外文论史》（第三卷），第2020页。

他的庄严论是一种很不完备的诗学理论。”[①]

婆摩诃也论及诗的风格（रीति，rīti）问题。他不同意某些人所持的维达巴风格高于高德风格的观点。他认为，区分风格优劣和评判其高下没有意义。可见，风格论在婆摩诃这里没有市场可言。他没有像其他人那样，将风格和诗德联系起来论述。婆摩诃把诗德（गुण，guṇa）仅仅视为修饰诗的手段之一，纳入庄严的范畴。他提到三种诗德：甜蜜（mādhurya）、清晰（prasāda）和壮丽（ojas）。他没有具体论述三种诗德，但从其强调诗不应使用过多复合词来看，他还是倾向于较少使用复合词的甜蜜和清晰两种诗德。

婆摩诃也以相当篇幅论述诗病（दोष，doṣa）。doṣa在梵语中的原义是错误或缺点，汉译佛经一般译作“过失”。婆罗多在《舞论》第17章论述戏剧语言表演时提到了10种诗病，它们是：意义晦涩、意义累赘、缺乏意义、意义受损、意义重复、意义臃肿、违反正理、诗律失调、缺乏连声和用词不当。这些诗病概念对婆摩诃等后来的梵语诗学家影响很大。他们不仅采纳了这些术语，连释义也大体遵循着婆罗多的思想痕迹。婆摩诃自然也不例外。他在《诗庄严论》第一章中论述了十种诗病：（I.37-53）[②]

1. 费解（neyārtha）：词语的意义须由智者苦苦辨析方可明白。这类语言表述不遵循语言规则，似乎随心所欲。

2. 难解（kliṣṭa）：意义受阻。婆摩诃对这种诗病没有提供例举。

3. 歧义（anyārtha）：背离原义。

4. 模糊（avācaka）：字面义的表达含混不清，无法理解。

---

①参阅黄宝生：《印度古典诗学》，第250页。

②以下对20种诗病和7种喻病的中文解释，不再一一加注。参阅黄宝生：《印度古典诗学》，第266—273页；也可分别参阅黄宝生译：《梵语诗学论著汇编》（上册），第116—117、134—143、122—124页。具体例子参见上述两书。

5. 悖谬（ayukti）：例如，诗人将云、风、月亮、蜜蜂、鸽子、天鹅和鹦鹉等不会说话或说不清话的作为信使来描写。婆摩诃还补充说，如果出于渴望而像疯人一样说话，似乎也可纳入描写范畴。

6. 晦涩（gūḍaśabda）：词义晦涩难解。

7. 难听（śrutiduṣṭa）：婆摩诃对这种诗病没有界定，只是列举了一些难听的词语，如粪、尿、精液、呕吐、强暴、射出、排泄、柔软、挤压和卵生等。

8. 庸俗（arthaduṣṭa）：说出后会引起听者污秽想法的一些词语。

9. 组合不当（kalpanāduṣṭa）：两个词组合后，产生不合适的词义。

10. 刺耳（śrutikaṣṭa）：婆摩诃认为，ajih1adat和gaṇḍa等是刺耳的、不受智者欢迎的词音。他还辩证地指出，由于处在特定的位置，本来难听的词也会好听。

婆摩诃在《诗庄严论》第四章中，又论述了十种诗病：（IV.1-2）

1. 意义不全（apārtha）：缺乏完整的意义。

2. 意义矛盾（vyartha）：由于前后抵牾而产生矛盾，意义受阻。

3. 意义重复（ekārtha）：意义互相之间没有差别。这种诗病分成词音重复和词义重复两类。

4. 含有疑义（sasaṃśaya）：提到共同的性质，没有表明不同的特点，无法确认事物，这叫做疑惑。产生这种情况的话语叫做含有疑义。

5. 次序颠倒（apakrama）：违背修饰词与被修饰词的正常次序。

6. 用词不当（śabdahīna）：违背波你尼等语法学家的规则。

7. 停顿失当（yatibhraṣṭa）：不符合诗律中的语言停顿规则。

8. 诗律失调（bhinnavṛtta）：长短音节安置不当，或缺或多。

9. 缺乏连声（visandhi）：婆摩诃没有解释，只给出例诗。这似乎指梵语诗中词与词连接时字母音变不合规则的问题。

10. 违反地点（deśavirodhi）、时间（kālavirodhi）、技艺（kalāvirodhi）、人世经验（lokavirodhi）、正理（nyāyavirodhi）、经典（āgamavirodhi）：描述时与事物不符是违反地点；描述不合季节是违反时间；违背有关技艺规则是违反技艺；不合世俗情状是违反人世经验；违背正理即经论、人生三大目的论和治国论是违反正理；违背经典即法论及其规定的人世准则是违反经典。

在《诗庄严论》第二章论述比喻时，婆摩诃还附带论述了七种喻病：（II.39）

1. 不足（hīnatā）：指喻体不足。

2. 不可能（asambhava）：指喻体不可能。

3. 词性不同（liṅgabheda）：指喻体和本体词性不一致。

4. 词数不同（vacobheda）：指喻体和本体词数不一致。

5. 不相称（viparyaya）：指喻体与本体性质不相称，或低于本体，或高于本体。

6. 过量（adhikatva）：指喻体过量。

7. 不相似（asadṛśatā）：指喻体和本体不相似。

如果说各种庄严是构成诗的魅力的因素，诗病就是对魅力的破坏。运用庄严和避免诗病，是诗歌创作的两个有机方面。婆摩诃说："正如花匠懂得怎样制作优美的花环，选择芳香的奇葩，剔除常见的野花，知道这朵花缀在这里，那朵花缀在那里，从而鲜艳夺目，在写诗时，也应该精心安排词语。"（I.59）[①]这表明他重视

①黄宝生译：《梵语诗学论著汇编》(上册)，第118页。

修辞，同时也十分注重修辞不当的问题。他所罗列的七种喻病对比喻的运用有着重要的指导价值。婆摩诃主要是从语法、修辞、逻辑（因明）和思想内容等角度来论述诗病的。但遗憾的是，此后的梵语诗学家罕见从作品思想内容入手进行诗学论述。

从梵语诗学发展史来看，婆摩诃是一个承前启后的关键人物。他既接续了婆罗多以来的诗学探索血脉，又为梵语诗学第一个流派即庄严论派奠定了坚实的基础。婆摩诃的很多理论话语，特别是其论述的很多种庄严在后来的梵语诗学家那里都能看到清晰的影响痕迹。

第三节　檀丁的《诗镜》

（7世纪）

现存最早的梵语诗学论著除了《诗庄严论》以外，还有一部就是《诗镜》（काव्यदर्श，*Kāvyādarśa*）。该著已由金克木和黄宝生等先后译为中文。《诗镜》作者署名檀丁（दण्डी，Daṇḍin），一般认为他就是古典梵语小说《十王子传》的作者，他的在世年代大约在7世纪下半叶，稍晚于婆摩诃。关于两人孰先孰后的问题，学术界众说纷纭。上个世纪20年代，印度学者迦奈在他的《梵语诗学史》中，用30多页的篇幅展示了各家的观点和大量的证据，进行了详细的论证。他认为，婆摩诃的诗学著述大约在公元700年之后，而檀丁的著述则大约在公元660—680年之间，因此，檀丁不可能评价过婆摩诃的《诗庄严经》。檀丁应为婆摩诃的前辈学者之一。[①]另外一位印度学者S.K.代的观点与此相反。他认为，檀丁熟悉婆摩诃的著作，应生活在婆摩诃之后。[②]当代著名梵语诗学研究者、贝纳

①P.V.Kane, *History of Sanskrit Poetics,* pp. 102-133.

②S.K.De, *History of Sanskrit Poetics,* Vol. I, pp. 65-67.

勒斯印度教大学荣誉退休教授勒沃普拉萨德·德维威迪于2007年出版印地语著作《梵语诗学批评史》，对公元前3世纪至2005年间的梵语诗学发展演变进行探索。该著在论述梵语诗学家及其著作时，将婆罗多排在第一位，而将檀丁和婆摩诃分别排在第二、第三位，第四位是伐摩那。作者认为，檀丁的《诗镜》大约产生于公元650年，而婆摩诃的著作则为公元700年。①

13世纪，《诗镜》传入中国西藏，后经藏族地区流入中国蒙古地区，对中国的藏族文学理论和蒙古族文学理论形成产生了重要影响。它还被译为英语、德语等，在印度国内外多次出版。1890年，波特林克将它译为德语。可以说，这是最早产生世界影响的梵语诗学著作之一。

《诗镜》共三章，660颂，与《诗庄严论》一样，可视为印度早期文论的代表作。檀丁用大量篇幅论述了庄严和诗病问题，但与婆摩诃不同的是，他同时较全面地论述了风格（rīti）和诗德（guṇa），成为第一部风格论著作，开启了梵语诗学风格论的新方向。因此，檀丁既是“庄严论的重要阐释者，又是风格论的开创者”。②

先看看檀丁的语言观。《诗镜》的开篇怀着虔敬的心情称颂语言：“完全是蒙受学者们规范的和其他的语言的恩惠，世上的一切交往得以存在。如果不是称之为词的光芒始终照耀，这三界将完全

①关于檀丁和婆摩诃的相关介绍，分别参见：Rewāprasāda Dwivedī, *Sanskrit Kāvyaśāstra kā Ālocanātmaka Itihāsa*, Varanasi: Kalidasa Samsthana, 2007, pp. 55-72, 75-83. 顺便需要说明的是，2011年12月15日，笔者在贝纳勒斯印度教大学附近拜访德维威迪教授时，他还举出很多例子，说明檀丁为何比婆摩诃年长。印度国内关于檀丁和婆摩诃谁年长，历来意见不一，但多数学者认为婆摩诃的著作出现得更早。这方面的问题值得进一步探讨。

②黄宝生：《印度古典诗学》，第219页。本节关于檀丁的介绍，主要参考黄宝生：《印度古典诗学》，第279—291页；同时参阅曹顺庆主编：《中外文论史》（第三卷），第2024—2040页。

陷入盲目的黑暗。”（I.3-4）[①]诗由于借助语言，便有了超越时空的神奇力量，而这一力量的有效发挥，依赖于语言的正确运用。

檀丁认为，前人制定了各种语言风格的创作规则。接着，他这样写道：

> तैः शरीरञ्च काव्यानामलङ्काराश्च दर्शिताः ।
> शरीरं तावदिष्टार्थव्यवच्छिन्ना पदवली ॥（I. 10）[②]
>
> 他们指出诗的身体和装饰。身体是传达愿望意义的特殊的词的组合。[③]

这说明，檀丁同意前人观点，即诗由身体和装饰亦即形体和庄严所构成。काव्यानामलङ्कार即为“诗的庄严”之意。因此，前半句也可译为“他们指出了诗的形体和庄严”。“传达愿望意义的特殊的词的组合”即为诗的身体或形体，其实是指文学作品的语言组成，而“诗的庄严”则意味着文学作品必须以语言的美化、修辞的运用为基础。这似乎意味着檀丁对诗亦即纯文学的定义或本质比婆摩诃的认识更为明确。

在上边这句话里，檀丁引述了“诗的身体”（काव्यशरीर，kāvya-śarīra）的概念，这可以视为伐摩那首创的诗魂说的前兆。后来许多梵语诗学家关于孰为诗之身体、孰为诗之灵魂的争论，究其源头，似乎应回溯到7世纪檀丁的《诗镜》而非8世纪下半叶的伐摩那著作中。

关于诗的分类、风格和诗德，檀丁与婆摩诃的看法大同小异。檀丁认为，诗有三种形体：诗体、散文体、韵散混合体（मिश्र，即

①黄宝生译：《梵语诗学论著汇编》（上册），第153页。此处“规范的语言”指梵语，“其他的语言”指方言俗语。

②Daṇḍin, *Kāvyādarśa*, ed. by K.Ray & S.Jain, Delhi: Oriental Book Centre, 2004, p. 7.

③黄宝生译：《梵语诗学论著汇编》（上册），第154页。

戏剧和占布）。婆摩诃按体裁把诗分成分章的大诗（即叙事诗）、表演的诗（即戏剧）、传记、故事和单节诗（即短诗）等五类，但檀丁取消了第五类单节诗。这是因为："单节诗、组诗、库藏诗和结集诗，这些分类没有提及，因为可以视为分章诗的组成部分。"（I.13）①檀丁在传记和故事的认识上，与婆摩诃存在一些分歧。传记和故事只是同一体裁的两种名称罢了，并无实质性区别。

檀丁说："天生的想象力，渊博而纯洁的学问，不倦的实践，这些是诗的成功原因。"（I.103）②他认为，诗人即使缺乏想象力，依靠学习和努力，侍奉语言女神，就会获得成功。和婆摩诃的相关论述一样，檀丁的这些话实际上奠定了"诗人学"探讨诗人创作成因的基础，触及了诗人修养的主要方面。

庄严论也在《诗镜》中占有重要地位。对庄严的阐述占了《诗镜》的大部分篇幅。檀丁在第一章中论述了谐音，在第二章中论述了三十五种义庄严，第三章中论述了另外三种音庄严。他将其中的夸张称为"最优秀的庄严"。（III.214）③檀丁论述的三十九种庄严如下：④

1. 音庄严：谐音、叠声、图案（citra）、隐语（prahelikā）。

2. 义庄严：自性、明喻、隐喻、明灯、重复（āvṛtti）、略去、补证、较喻、藏因、合说、夸张、奇想、原因（hetu）、微妙（sūkṣama）、掩饰（leśa）、罗列、有情、有味、有勇、迂回、天助、高贵、否定、双关、殊说、等同、矛盾、间接、佯赞、例证、共说、交换、祝愿、混合、生动。

与婆摩诃相比，檀丁提出的庄严种类大体一致，但他对许多庄

①黄宝生译:《梵语诗学论著汇编》(上册),第154页。
②黄宝生译:《梵语诗学论著汇编》(上册),第163页。
③黄宝生译:《梵语诗学论著汇编》(上册),第185页。
④檀丁对三十九种庄严的解释和举例,参阅黄宝生:《印度古典诗学》,第279—282页;黄宝生译:《梵语诗学论著汇编》(上册),第163—221页。此处所引某些庄严的定义和解释参见上述两书。

严如明喻、隐喻、明灯、略去、补证、较喻、合说、否定、双关、殊说等的定义、分类和解释更为细致。例如：婆摩诃将明喻分为有限的几种，而檀丁则将之分为令人惊叹的三十二种；婆摩诃将隐喻分为全体隐喻和部分隐喻两类，而檀丁则分为二十一种；婆摩诃将略去分为将说和已说两种，而檀丁将其按照所略去事物的差别分为过去略去、现在略去、未来略去、属性略去、主体略去等二十四种，而这还不是他心目中的全部种类。由此可见，檀丁的庄严论更为细致和复杂，其对中国藏族文学理论形成所产生的历史影响也更值得学界关注。如不对檀丁庄严论进行深入剖析和分类研究、阐释，对藏族文学理论的研究必将受到某种限制。

在音庄严中，婆摩诃只指出谐音和叠声两种，而檀丁论述了谐音、叠声、图案（citra）和隐语（prahelikā）四种。图案是指将音节排列为某种格式或图形。檀丁列举了牛尿、半旋和全旋等三种图案。（III.78-80）隐语是在游戏、娱乐、集会中，或在当众与知心好友商议某事时，或为了迷惑他人，而使用的一种隐话。（III.97）檀丁列举了聚合隐语、蒙蔽隐语和晦涩隐语等十六种隐语的例子。

在义庄严中，原因（hetu）、微妙（sūkṣama）和掩饰（leśa）三种庄严为婆摩诃所否定，而檀丁依然加以确认。他认为："原因、微妙和掩饰是最优秀的语言修辞。原因分成所作因和令知因两种。这两类又分成许多种。"（II.235）[1]其中，通过姿势或动作暗示意义，是微妙。（II.260）以某种借口掩盖事情出现的破绽，是掩饰。（II.265）檀丁还提到一种新的庄严即重复（āvṛtti），这是指词音、词义或音义二者在共用词位置上的重复。（II.116）

婆摩诃在《诗庄严论》中提及的三十九种庄严中，有四 种没有给出定义，而檀丁的《诗镜》则为之给出了定义，并分别举例

①黄宝生译：《梵语诗学论著汇编》（上册），第186页。

说明。具体的定义是：1. 有情：令人愉快的陈述。（II.275）2. 有勇：高傲。（II.275）3. 天助（神助）：刚刚开始做某件事，遇到好运，获得意外帮助。（II.298）4. 高贵：心灵或物质财富的无比伟大。（II. 300）

檀丁在《诗镜》第三章论述十种诗病。这十种诗病的名称和定义与婆摩诃在《诗庄严论》第四章论述的十种诗病一致。所不同的是，檀丁在论述每种诗病时，几乎都指出其例外的情况，即在什么情况下这一诗病不是诗病，反而成为庄严或诗德，显示了他的诗学观点“富有辨证的灵活性”。①

再看看檀丁的风格论。檀丁不仅重视庄严和诗病，也重视诗德。而且，根据现有资料，他是第一个将诗德视为风格基础的梵语诗学家。这就使他区别于婆摩诃等其他庄严论者，成为风格论的开创者。“风格”一词在檀丁那里是मार्ग（mārga，道路）或वर्त्म（vartman，方式）。

檀丁风格论的特点是：他始终将诗德与风格联系起来进行论述。他将风格分为两种：“有许多语言风格，互相有细微差别。这里，描述其中明显不同的维达巴风格和高德风格。”（I.40）②维达巴（Vidarbha）和高德（Gauḍa）是古代印度的地名，前者在南方，后者在东方。檀丁有时也称前者为南方派，后者为东方派。他的诗德主要指诗的语言特色或风格因素，但又被纳入广义的修辞方式（即广义的庄严）。不同的诗德对应于不同的风格。他把风格和诗德联系起来，认为诗德是区分风格的主要因素。他从音韵和意义表达的角度，列举了十种诗德：紧密、清晰、同一、甜蜜、柔和、易解、高尚、壮丽、美好、三昧。“相传这十种诗德是维达巴风格

①黄宝生:《印度古典诗学》,第283页。
②黄宝生译:《梵语诗学论著汇编》(上册),第156—157页。

的生命，而高德风格通常显示出与它们相反。”（I.41-42）[①]檀丁的十种诗德概念完全来自婆罗多《舞论》，但在论述的顺序上略有差异。这里对檀丁的十种诗德进行简略地释义：[②]

1. 紧密（śleṣa）：诗句的语音不松弛。松弛是指诗句中大量使用不送气音（即梵语每组辅音中的第一和第三种以及鼻音和半元音）。（I.43）

2. 清晰（prasāda）：使用常见的词义，易于理解，不使用冷僻词或生造词。（I.45）

3. 同一（samatā）：词音组合前后一贯。词音分成柔音、刚音和中音（即柔刚混合）三类。（I.47）

4. 甜蜜（mādhurya）：语言和内容有味。（I.51）檀丁这里所说的味是泛指甜蜜有味，而不是梵语诗学中的情味。语言有味的表现是谐音，内容有味的表现是不俚俗。他要求避免使用粗俗的词汇或因词与词之间的连接而另外产生粗俗的词义。

5. 柔和（sukumāratā）：大量使用柔音。如果全部使用柔音，则造成松弛之病。所以，柔和是以柔音为主。（I.69）

6. 易解（arthavyakti）：意义无须推究。（I.73）

7. 高尚（udāratva）：吟诵某些诗句，领会到某种杰出品德。诗的风格以这种诗德为支柱。（I.76）

8. 壮丽（ojas）：含有丰富的复合词。檀丁说这是散文的生命。（I.80）

9. 美好（kānti）：不超越人世范围，人人喜爱。檀丁说这常见于谈话和赞语中。（I.88）

10. 三昧（samādhi）：不超越人世界限，一种事物的性质被赋

①黄宝生译：《梵语诗学论著汇编》（上册），第157页。

②此处对檀丁十种诗德的解释，参阅黄宝生：《印度古典诗学》，第286—289页；黄宝生译：《梵语诗学论著汇编》（上册），第157—163页。

予另一事物。檀丁还说，吐、喷、呕等词只有用作第二义时才优美，否则就落入俚俗。（I.93-95）无论是将一事物的性质或功能转移到另一事物，还是使用词的另一层涵义，实质上是运用隐喻修辞法。檀丁将此种诗德视为所有诗人赖以维生的“诗之精髓”。（I.100）

从檀丁论述的上述十种诗德看，紧密、同一和柔和属于词音范畴，甜蜜兼有词音和词义，其他各种则属于词义范畴。“由此可见，檀丁所谓的风格是诗的语言风格，由音韵和意义表达这两方面的特征构成。檀丁认为这十种诗德是维达巴风格的特征。其中，易解、高尚和三昧与高德风格是共同的。甜蜜、壮丽和美好与高德风格基本一致，只是甜蜜中的谐音方式、壮丽中的复合词使用程度和美好中的夸张程度有所差别。紧密、清晰、同一和柔和则与高德风格相反。因此，大体上说，维达巴风格是一种清晰、柔和、优美的语言风格，而高德风格是一种繁缛、热烈、富丽的语言风格。”[①]

檀丁的诗学思考显然比庄严论更深一步。他认为各种修辞方式是诗的共同特点，所以他用诗德来说明风格这种客观存在的文学现象。他认为，除了自己论述的维达巴和高德风格外，诗的风格还有很多种。他说：“至于个别诗人之间的风格区分就难以细说了。甘蔗、牛奶、糖浆的甜味迥然相异，甚至辩才女神也不能说清它们的区别。”（I.101-102）[②]因此，如果把维达巴和高德风格视为地区性客观风格的话，不难看出，檀丁敏锐地意识到具体诗人主观风格的复杂性。只是，他没有就此展开论述罢了。这项工作要等几个世纪后的恭多迦来完成了。的确，辨别和品评风格是文学批评中一项较有难度的工作，需要具有格外细腻和灵敏的语言艺术感受力。

---

①黄宝生：《印度古典诗学》，第290页。

②黄宝生译：《梵语诗学论著汇编》（上册），第163页。

檀丁在诗学风格论方面做出了重大的开创性贡献。[①]他的工作旨在把梵语诗学从庄严论生硬的语言修辞分析导向对诗性艺术的审美鉴赏，将诗学探索引向一个新的深度和维度。

综上所述，檀丁《诗镜》和婆摩诃《诗庄严论》是梵语诗学迄今所能见到的最早出现的两部重要经典。它们的论述各有千秋，都对梵语诗学的后续发展做出了巨大的历史贡献。不过，比较而言，婆摩诃著作的历史影响主要集中在促进印度古典诗学的发展上，而檀丁的《诗镜》除了对梵语诗学施加历史影响外，还对外部世界的文学理论产生了影响，因此，更具有比较文学或比较诗学的研究价值。换个角度看，檀丁对三十九种庄严中的很多种进行令人惊叹的条分缕析，继承了印度传统的形式主义分析色彩，这也为后来的庄严论著作昭示了一个方向，而对这一做法的历史影响如何进行评判，显然也是值得重视的一个问题。

第四节　伐摩那的《诗庄严经》
（8世纪）

檀丁开创的风格论，在伐摩那（वामन，Vāmana）于8世纪下半叶写成的著作《诗庄严经》（काव्यालङ्कारसूत्र，Kāvyālaṅkārasūtra）中得到发扬光大。“在檀丁的追随者中，伐摩那在风格论的发展史上享有最崇高的地位。”[②]他的《诗庄严经》采用经疏体，共分五章，分别论述诗的身体（相当于诗歌总论）、诗病、诗德、庄严和应用。伐摩那提出了十种诗德，并将每一种诗德分为音德和义德。他论述了三种风格即维达巴、高德和般遮罗风格。伐摩那是风格论

①以上介绍参阅黄宝生：《印度古典诗学》，第286—291页。

②Dharmendra Kumar Gupta, *A Critical Study of Daṇḍin and His Works,* Delhi: Meharchand Lachhmandas, 1970, p. 140.

体系的完成者。他以风格为核心，建构了自己的诗学体系。[①]他的经疏体著述方式深受前人影响，也可视为梵语诗学著述的一种新体例，后世诗学家也多采纳这种体例。

伐摩那在《诗庄严经》第一章中对自己的诗学观作了阐释。他的论述涉及诗的本质和定义："诗的确应该通过庄严来理解。所谓诗就是被诗德和庄严所修饰的音和义。"（I.1.1注疏）[②]他还写道：सौदर्यमलङ्कारहः（庄严就是美。）（I.1.2注疏）[③]他还认为："美来自于诗病、诗德和庄严的取舍。美确实就是庄严。它来自无诗病和有诗德。这是诗人应有的成就。"（I.1.3及注疏）[④]这说明，伐摩那没有脱离婆摩诃的庄严论传统来理解诗的本质。伐摩那明确提出，美是庄严，这是世界古代美学史上令人耳目一新的概念，也为印度美学史增添了一份宝贵的精神财富。当然，伐摩那关于诗的定义仍然没有突破婆摩诃的模式，他们都是围绕音和义做文章。

关于诗亦即纯文学的功能，伐摩那的观点和婆摩诃大同小异。伐摩那认为："优秀的诗带有或隐或现的目的，令人愉悦，使人知名。好诗明显的好处是使人快乐，它还暗中助长诗人的名声。"（I.1.5及注疏）[⑤]与婆摩诃不同的是，伐摩那没有把诗和人生四目的相联系。

在梵语诗学家中，伐摩那是最早对诗人进行分类的人。他按照禀赋和才能，将诗人分为两类。他说："诗人分成两类：食欲不振型和草食型。"（I.2.1）[⑥]他依照"有无鉴别能力"对诗人

---

①本节关于伐摩那的介绍，参考黄宝生：《印度古典诗学》，第291—297页。本节的一些译文也参考该书相关译文。

②Vāmana, *Kāvyālaṅkāra-sūtra*, Varanasi: Chowkhamba Sanskrit Series Office, 1971, p. 3.

③Vāmana, *Kāvyālaṅkāra-sūtra*, p. 6.

④Vāmana, *Kāvyālaṅkāra-sūtra*, p. 8.

⑤Vāmana, *Kāvyālaṅkāra-sūtra*, p. 9.

⑥Vāmana, *Kāvyālaṅkāra-sūtra*, p. 12.

分类。在伐摩那看来，前一类诗人即食欲不振型（arocakī）天资聪颖，可接受教诲，因为他具有敏锐的鉴别能力。相反，草食型（satṛṇābhyavahārī）诗人却不是这样。“相反的意思是，草食型诗人不能接受教诲。他们没有区分判断的天赋，因为他们这种天生的禀性不能根除。”（I.2.2-3及注疏）[①]伐摩那对天赋稍差的诗人的观点与檀丁不同。

与婆摩诃相比，伐摩那对诗的分类自有特点。伐摩那先把诗分为两类：“诗包括散文体和韵文体。”（I.3.21）[②]他所理解的诗包括散文体诗（散文）和韵文体诗（狭义的诗）。他认为，散文分为वृत्तगन्धि（芳香诗律型）、चूर्णम्（花粉型）和उत्कलिकाप्रायम्（花蕾型）等三类。就芳香诗律型散文而言，它包含着部分韵文体诗。花粉型散文没有绵延的复合词、所用词语甜美可爱、柔和舒缓。花蕾型散文与花粉型散文相反，具有绵延悠长的复合词。根据诗律不同，韵文体诗分很多种。诗又可分为单节诗（短诗，即抒情诗）和分章的诗（大诗，即叙事诗）。“大诗是以短诗为基础写成的，这好比先编好花环，才能编织花冠。短诗就像极微的火星那样难以发出耀眼的光芒。”（I.3.28-29）[③]

伐摩那有一个被后人认可的观点：सन्दर्भेषु दशरूपकं श्रेयः（所有的诗中，十色最为优美。）（I.3.30）[④]“十色”是指《舞论》中划分的十种戏剧。不仅如此，他还认为，短诗等其他体裁都源自十色：दशरूपकस्यैव हीदं सर्वं विलसितम्（一切诗都产生于十色。）（I.3.31-32）[⑤]这说明，伐摩那推崇戏剧。

伐摩那还对诗的成功因素进行具体说明。他说：“诗的成功因

①Vāmana, *Kāvyālaṅkāra-sūtra*, p. 13.
②Vāmana, *Kāvyālaṅkāra-sūtra*, p. 37.
③Vāmana, *Kāvyālaṅkāra-sūtra*, pp. 40-41.
④Vāmana, *Kāvyālaṅkāra-sūtra*, p. 41.
⑤Vāmana, *Kāvyālaṅkāra-sūtra*, p. 42.

素包括世界、知识和其他各种因素。”（I.3.1）[①]世界是指世间众生之轮回运转。就知识而言，门类很多。“庄严论以语法、词典、诗律学、艺术、爱经和刑杖论为前提性知识。”（I.3.3）[②]这是因为，诗的创作以语法为前提。诗人应该借助词典确定该词含义。诗律学可以消除创作时遇到的诗律方面的困惑。学习艺术经论可以认识艺术真谛。艺术指音乐、舞蹈、绘画等，不懂艺术真谛，就不能熟练地创作艺术作品。“应该了解讲述爱的方式的《爱经》，因为，爱的方式是很多诗的创作主题。”（I.3.4-8及注疏）[③]从刑杖论还可领悟情节的复杂性。伐摩那认为：“诗的成因还包括应该认识的内容、创作练习、请教长者、字斟句酌、想象和专注。”（I.3.11）[④]他说：“想像是诗的种子。诗的种子是人前世带来的卓越的潜印象（संस्कार，saṃskāra），因此，缺少了它，诗就不可能完成。即使完成了，这种诗也自然会受人嘲笑。”（I.3.16注疏）[⑤]这里的“想象”即प्रतिभा（pratibhā）又可译为“才能”。伐摩那似乎可视为王顶之前论述“诗人学”最为全面的梵语诗学家。

印度学者认为：“就著作为人所知的诗学家而言，伐摩那首次最有力地发展了风格概念，给予它应有的地位。他也是已知诗学家中最早向我们阐释诗德和风格的人。”[⑥]伐摩那在《诗庄严经》中确定了诗德和庄严在诗艺中的地位和功能。他说：“诗德是组成诗美的要素，而庄严是强化诗美的因素。”（III.1.1-2）[⑦]他还强调说：“诗德是永恒不变的。缺乏诗德，无法产生诗美。”（III.1.3注

---

①Vāmana, *Kāvyālaṅkāra-sūtra*, p. 27.

②Vāmana, *Kāvyālaṅkāra-sūtra*, p. 28.

③Vāmana, *Kāvyālaṅkāra-sūtra*, p. 32.

④Vāmana, *Kāvyālaṅkāra-sūtra*, p. 33.

⑤Vāmana, *Kāvyālaṅkāra-sūtra*, p. 35.

⑥P.C.Lahiri, *Concepts of Rīti and Guṇa in Sanskrit Poetics in Their Historical Development,* Delhi: V. K. Publishing House, 1987, p. 85.

⑦Vāmana, *Kāvyālaṅkāra-sūtra*, pp. 82-83.

疏）[1]这就是说，庄严是暂时的，诗德的生命力更为持久，唯有具备诗德才具备诗美。这说明，伐摩那虽然提出庄严是美的命题，但实际上更为倚重诗德。这是构建和完善风格论的基础。伐摩那之所以倚重诗德，是因为他视庄严为转瞬即逝的身体一般，而诗德因与风格相联系，则不是这样。他和檀丁一样，也提出十种诗德，但不同的是，他进一步将每种诗德分成音德和义德，这样就成为二十种诗德。他的十种音德是：壮丽、清晰、紧密、同一、三昧、甜蜜、柔和、高尚、易解、美好。伐摩那论述的十种义德名称和顺序与音德完全相同。虽然伐摩那和檀丁的诗德名称相同，但他对十种诗德的阐释与檀丁有很多出入。他把诗德分为音德和义德两个系列，更扩大了两人之间的差异。虽然，伐摩那为了机械呆板地凑足两套诗德的数量，在音德和某些义德论述上显得牵强含混，但是，他敏锐地意识到诗德由音韵和意义表述两个方面的特征构成，这是一个进步。

伐摩那在梵语诗学史上第一个提出诗的灵魂说。从此，梵语诗学史翻开崭新一页。很多诗学家沿着他的足迹向前迈进，不断提出新的诗魂说，并展开激烈的辩论，这极大地丰富了梵语诗学的内容。关于诗魂说的理论构想，伐摩那这样写道（下边的第六至八句足以说明伐摩那的经疏体风格）：

रीतिरात्मा काव्यस्य ॥ ६ ॥
रीतिर्नामेयमात्मा काव्यस्य । शरीरस्येवेति वाक्यशेषः ॥
किं पुनरियं रीतिरित्याहं
विशिष्टा पदरचना रीतिः ॥ ७ ॥
विशेषवती पदानां रचना रीतिः
कोऽसौ विशेष त्याहं

①Vāmana, *Kāvyālaṅkāra-sūtra*, p. 84.

विशेषो गुणात्मा ॥ ८ ॥（I.2.6–8及注疏）

风格是诗的灵魂。

所谓风格是指诗的灵魂。风格之于诗，恰如灵魂之于身体。

什么是风格？

风格是指特殊方式的词语组合。

特殊的词语组合就是风格。

什么是特殊的词语组合？

特殊的词语组合是诗德之灵魂。①

这就是说，诗的灵魂（आत्मं）是风格，而风格的灵魂是诗德。

伐摩那在婆摩诃和檀丁论述的维达巴和高德风格基础上，增加了第三种即北方的般遮罗风格（pāñcālī）。南方的维达巴风格具有壮丽、清晰等所有诗德。东方的高德风格具有壮丽和美好诗德，它具有长复合词且发音刺耳，缺乏甜蜜和柔和两种诗德。般遮罗风格具有甜蜜与柔和两种诗德。它缺乏壮丽和美好诗德，词语发音适中入耳，平坦舒缓。“诗以这三种风格为基础，就像画以线条为基础。”（I.2.14）②伐摩那的诗德观也有高下之分。他欣赏的是维达巴风格。“在维达巴风格中，可以完美地品味描写对象的诗德。”（I.2.20-21）③

在伐摩那看来，诗德是风格的灵魂，而与诗德相反的灵魂是诗病。因此，他要求诗人力戒诗病，避免损害诗德。与处理诗德相似，他把诗病也分为音病和义病。他还将音病分为词病和句病，将义病分为词义病和句义病。词病有五种：不合语法、刺耳、俚俗、使用经论术语和滥用垫衬虚词。词义病有五种：僻义、费解、

---

①Vāmana, *Kāvyālaṅkāra-sūtra*, pp. 14-15.

②Vāmana, *Kāvyālaṅkāra-sūtra*, p. 21.

③Vāmana, *Kāvyālaṅkāra-sūtra*, p. 24.

晦涩、粗俗和难解。句病三种：诗律失调、停顿失当和连声失当。句义病六种：意义不全、意义重复、含有疑义、悖谬、次序颠倒和违反地点、时间、人世经验、技艺和经典。伐摩那还论述了六种喻病：喻体不足、喻体过量、词性不同、词数不同、喻体不相似和喻体不可能。伐摩那的诗病分类和界定要比婆摩诃和檀丁更加系统化。后来的梵语诗学家基本上沿袭和继承他的诗病分类体系。

伐摩那的风格论以诗德为基础，但他没有忽略庄严这一重要的诗学因素。他说："美来自诗病、诗德和庄严的取舍。这是庄严论的灵魂所在。只有通晓庄严论，才能避免诗病，而吸纳诗德和庄严。"（I.1.3-4及注疏）[①]在《诗庄严经》第四章中，伐摩那专论庄严。他提出的庄严数目少于婆摩诃和檀丁，只有三十一种。其中音庄严有谐音和叠声两种，另外二十九种义庄严依次分别是：明喻、类比、合说、间接、否定、隐喻、双关、曲语、奇想、夸张、疑问、矛盾、藏因、互喻、渐进、交换、明灯、重复、例证、补证、较喻、殊说、佯赞、委婉、等同、略去、共说、天助、混合等。伐摩那摒弃了婆摩诃采纳的很多种庄严，如罗列、自性、有情、有味、有勇、迂回、高贵、相似隐喻、部分奇想、生动、祝愿等。

伐摩那的义庄严论很有特色，他以比喻为准绳贯穿一切义庄严。这在梵语诗学家中是罕见的。这对后来的楼陀罗吒建立的庄严论体系似乎有所启发。他说："类比等等组成了复杂的比喻。"（IV.3.2）[②]"类比等等"就是指类比、合说等上述二十几种义庄严。这表明，他把比喻当作所有义庄严的基础。他对某些庄严的界定很独特，并排除了与比较无关的一些庄严。

伐摩那新增三种庄严，即增加了曲语（vakrokti）、渐进

①Vāmana, *Kāvyālaṅkāra-sūtra*, p. 9.
②Vāmana, *Kāvyālaṅkāra-sūtra*, p. 157.

（krama）和委婉（vyājokti, māyokti）。他将婆摩诃与檀丁的广义修辞学意义上的曲语改造为一种具体的义庄严："描写对象的特征来自相似性，这是曲语。"（IV.3.8）①关于渐进，他说："当多个喻体和本体之间依次联系时，这是渐进。"他为此举例说："她甜美的声音、笑颜和眼睛盖过了琵琶声、素馨花和莲花。"（IV.3.15及注疏）②关于委婉，伐摩那的解说是："当假的被说得形同真实时，这是委婉。"（IV.3.25）③

综上所述，作为婆摩诃、檀丁与欢增、新护等人之间承上启下的代表人物，伐摩那不负时代使命。他在继承檀丁风格论思想的基础上，大胆创新，建构了一个完备的风格论体系，并在诗的本质、诗的分类、诗人类型、诗人学思想、诗德和庄严等各个方面留下了自己独特的思考痕迹。从此，风格论在梵语诗学中占据了不可或缺的一席。缺少了对《诗庄严经》的相关研究，便无法全面而深刻地揭示梵语诗学风格论的神秘面纱。论者指出，伐摩那虽然比庄严论者前进了一步，对风格进行了理论思考和总结，但他对文学审美因素的思考，和庄严论者一样，还停留在语言形式的层面，未能更进一步揭示文学审美的奥秘所在。他对诗德的分类有刻板的痕迹，对三种风格高下的评判不尽如人意。"尽管如此，伐摩那首次提出'诗的灵魂'这一概念，却能启迪后来的梵语诗学家探索语言艺术中更深层次的审美因素。"④关于伐摩那，印度学者认为，他对诗的定义还存在模糊的缺陷，但他是印度古代诗学家中以经疏体（sūtra-vṛtti-style）写作的第一人，他的著作构思慎密，结构严谨，他对诗美的定义引人注目，他是谈论诗人文学修养基本品质的第一

①Vāmana, *Kāvyālaṅkāra-sūtra*, p. 164.
②Vāmana, *Kāvyālaṅkāra-sūtra*, p. 173.
③Vāmana, *Kāvyālaṅkāra-sūtra*, p. 181.
④参阅黄宝生：《印度古典诗学》，第296页。

人，是“古代印度第一位明确论及‘诗的灵魂’的诗学家”。[①]

伐摩那开创性地提出诗之灵魂说，使得有的印度学者相信，此前没有提出灵魂说的婆摩诃和檀丁很可能是佛教徒或受佛教影响的人。众所周知，佛教反对婆罗门教和印度教所信奉的至高无上的梵，不相信世间存在永恒不变的灵魂。“婆摩诃是佛教哲学的信徒……诗之灵魂说在《诗镜》里的缺席，表明檀丁要么是佛教徒，要么是受佛教观点影响的非佛教徒。”[②]他们对曲语和自性（svabhāvokti）的接受也是例证。关于檀丁和婆摩诃是否佛教徒或佛教学者的这一点，正如前述，可以视为一个待解的学术之谜，但其在不同程度上接受佛教思想的影响或熟悉佛教的某些学说并加以发挥，应该是可以达成某种学术共识的历史事实。

第五节　优婆吒的《摄庄严论》
（8世纪）

优婆吒（उद्भट，Udbhaṭa）的《摄庄严论》（काव्यालङ्कारसंग्रहः，*Kāvyālaṅkārasaṅgrahah*），又称《摄庄严精华论》（काव्यालङ्कारसारसंग्रहः，*Kāvyālaṅkārasārasaṅgraha*）。它和楼陀罗吒的《诗庄严经》是婆摩诃之后的两部庄严论代表作。此二人与婆摩诃一道组成早期梵语诗学的庄严论派。他们的著述是梵语诗学独立发展早期阶段的重要象征。有人认为，优婆吒和婆摩诃、欢增、新护、鲁耶迦、曼摩吒等一道组成了梵语诗学史上的克什米尔派（Kashmirian school），而檀丁和伐摩那、波阇、伐格薄吒等人组成了梵语诗学中的维达巴派（Vaidaibha school）。两派之间的思想差异主要表现在关于诗德和

---

①W.K.Lele, *A Critical Study of Vāmana's Kāvyālaṅkārasūtrāṇi*, Varanasi: Chowkhamba Sanskrit Series Office, 2005, pp. 158-159.

②Mool Chand Shastri, *Buddhistic Contribution to Sanskrit Poetics*, p. 23.

风格等的认识上。如果承认这一点，就不会再纠缠于檀丁和婆摩诃谁更年长的问题了，因为二人之间的诗学分歧体现了两大诗学流派的立场分野。①

优婆吒是8世纪下半叶人。他大概来自梵语诗学家辈出的克什米尔。他的《摄庄严论》有六章，专论庄严即修辞方式，并在婆摩诃《诗庄严论》基础上略加增删，被后世梵语诗学家视为一部简明的梵语诗歌修辞手册而倍受重视。②优婆吒无疑是“整个克什米尔派的庄严论体系中非常重要的作家。包括欢增、新护、鲁耶迦和曼摩吒在内的所有作者都尊敬地提起过他。他应该是自创了一种理论非常独特的思想流派”。③当然，梵语诗学史专家P.V.迦奈通过研究发现，由于优婆吒曾经为婆摩诃的著作进行疏解，这使得他俩的一些庄严如略去、藏因、夸张、罗列、迂回、否定、矛盾、间接、共说、疑问和自比等的阐释非常相似，而其他一些庄严如谐音、奇想、有味和生动等的解释也有类似情形。④

不过，总体来看，优婆吒的庄严论确有一些独到之处。他的一些庄严要么是婆摩诃没有提到的，要么是与婆摩诃的阐释界定不同。例如，优婆吒对婆摩诃的谐音一分为三：若干字母重复使用一次的智者谐音、一个或若干字母重复使用多次的风格谐音和重复使用一个或若干单词的罗德谐音。优婆吒还把婆摩诃一分为二的双关（音双关和义双关）一分为三进行阐释。这一姿态对后来的楼陀罗吒不无启迪。优婆吒提出的庄严计四十一种，具体如下：

1．音庄严：智者谐音（chekānuprāsa）、风格谐音（vṛttyanuprāsa）、罗德谐音（lāṭānuprāsa）。

---

①Udbhaṭa, *Kāvyālaṅkārasārasaṅgraha*, “Introduction,”Poona: Bhandarkar Oriental Research Institute, 1925, pp. 20-21.

②本节关于优婆吒的介绍，参考黄宝生：《印度古典诗学》，第274—275页。本节的一些译文也参考该书的相关译文。

③Udbhaṭa, *Kāvyālaṅkārasārasaṅgraha*, “Introduction,”Poona, 1925, p. 23.

④P.V.Kane, *History of Sanskrit Poetics,* p. 134.

2. 义庄严：隐喻、明灯、明喻、类比、略去、补证、较喻、藏因、合说、夸张、罗列、奇想、自性、有情、有味、有勇、迂回、天助、高贵、双关、否定、殊说、矛盾、等同、间接、佯赞、例证、互喻、共说、交换、疑问、自比、混合、生动、貌似重复（punaruktavadābhāsa）、结合（saṅkara，也译“音义混合”）、诗因（kāvyahetu，也称kāvyaliṅga即诗相）、诗喻（kāvyadṛṣṭānta，也称dṛṣṭānta即喻证）。

优婆吒的上述庄严基本上沿袭婆摩诃的名类，并对有些庄严如“生动”（bhāvika）作了增删。不过，优婆吒对不少庄严的界定和分析比婆摩诃更严密和细致。因此，他的庄严论对后来的梵语诗学产生了重要影响，也赢得了欢增、新护、鲁耶迦和曼摩吒等“克什米尔派”诗学家的敬重。

具体说来，优婆吒删去了婆摩诃提出的叠声、相似隐喻、部分奇想和祝愿等四种庄严，但又增添貌似重复（punaruktavadābhāsa）、结合（saṅkara）、诗因（kāvyahetu或kāvyaliṅga）和诗喻（kāvyadṛṣṭānta或dṛṣṭānta）等四种庄严。优婆吒新增的几种庄严如下：

1. 貌似重复：“词的形状有区别，词的含义似乎没有区别。”①意思是，诗中有些词形不同的词，初看似乎词义相同，实际上不同。这样便在似与不似之间形成一种奇妙而朦胧的艺术美。例如：

> ततत: प्रभृति नि:सङ्गो नागकुञ्जरकृत्तिभृत् ।
> शितिकण्ठ: कालगलत्सतीशोकानल व्यथ: ॥ ②（I.4）
> 那时以来，青项身披优质象皮，无所执着，
> 光阴流转，忍受着失去萨蒂的忧伤之火。

①Udbhaṭa, *Kāvyālaṅkārasārasaṅgraha*, Delhi: Vidyanidhi Prakashan, 2001, p. 2.
②Udbhaṭa, *Kāvyālaṅkārasārasaṅgraha*, Delhi, 2001, p. 4.

青项是大神湿婆的称号。सती（萨蒂）是湿婆的妻子，她因父亲歧视湿婆而自焚。在这首诗的梵语原文中，कुञ्जर（优质）是多义词，一般先读作“象”，这样就与诗中的नाग（象）词义重复。कालगल（光阴流转）初看仿佛也是“青项”的意思，这样就与诗中的शितिकण्ठ（青项）词义重复。实际上，这些词义并不重复。[①]这便形成一种婉曲的表达效果。

2. 结合：是指诗中混合使用音庄严和义庄严。事实上，优婆吒也在某种程度上接纳了婆摩诃的संसृष्टि（混合庄严）。他在《摄庄严论》里写道：“在一个（句子或词语）中，彼此独立的两种或多种庄严汇聚一处，这被称为संसृष्टि（混合）。”（VI.9）[②]不过，婆摩诃和檀丁提出的混合庄严似乎并未包括音庄严，而优婆吒此处则将音庄严纳入混合庄严的考查范围。这便形成了音庄严和义庄严混合的效果。梵语诗学注疏家因度罗阇（इन्दुराज，Indurāja）在他为《摄庄严精华论》所作的“简注”（लघुवृत्ति）中说：优婆吒实际上提出了四种类型的“结合”庄严（संकर）：

संकरः। स च चतुर्विधः संदेहशब्दार्थवत्स्थलङ्कारैकशब्दाभिधानानुग्राह्यानुग्राहकभेदेन[③]（V.11）

事实上，优婆吒的四种“结合”大意是：

संदेहसंकर（貌似结合）：“提到了不止一种庄严，但它们却不能同时使用，既没有可取之处，但也没有逻辑上的毛病，这是一种结合”；

①此处的译文和释义均参见黄宝生：《印度古典诗学》，第274页。

②Udbhaṭa, *Kāvyālaṅkārasārasaṅgraha*, Poona, 1925, p. 78. 也可参阅Udbhata, *Kāvyālaṅkārasārasaṅgraha*, 2001, p138.

③Udbhaṭa, *Kāvyālaṅkārasārasaṅgraha*, Poona, 1925, p. 67.

शब्दार्थवर्त्यलंकारसंकर（音义结合）："音庄严和义庄严出现在一个句子中（或诗中）"；

एकशब्दाभिधानसंकर（一词串联型音义结合）："两个庄严出现在句中的同一个地方（但以इव等词语串联之）"；

अङ्गाङ्गिभावसंकर（相当于अनुग्राह्यानुग्राहकसंकर，互惠结合）："几个庄严并不彼此孤立存在，而是互为增辉。这也是一种结合。"（V.11-13）[①]

回过头来再看看婆摩诃对混合庄严的相关阐释："含有多种庄严，像串联而成的珠宝项链，叫做混合……依此推理，可以举出其他的混合庄严。我能向聪明的人讲述多多少少！"（III.49-52）[②]但他只是笼统地提了一下संसृष्टि（混合）而未作细分。与之相比，檀丁的做法进了一步。他说："各种庄严的混合称为混合庄严。其中的庄严或有主次，或互相平等，应该知道混合庄严有这两类。"（II.359-360）[③]他还为此各举一例加以说明。檀丁以两个词即संसृष्टि和संङ्कीर्ण来表述混合庄严。[④]比较而言，优婆吒将檀丁的二分法变为四分法，并对檀丁的अङ्गाङ्गिभाव（庄严或有主次）的说法进行了革新，还首次提出"貌似结合"的概念，对这一庄严的有效性亦即音义庄严混用的限度或边界进行深入思考，这些做法的确是对婆摩诃与檀丁的超越。

11世纪的曼摩吒在《诗光》中对优婆吒等前人有所借鉴，也有所超越。曼摩吒对"混合"庄严的解释是："这些庄严各自独立存在，这是混合。以上描述的这些庄严，互不依赖，同时在一处存在，或在词音中，或在词义中，或在这两者中。多种庄严并存一

---

①Udbhaṭa, *Kāvyālaṅkārasārasaṅgraha*, Poona, 1925, pp. 67-71, 134-138. 也可参阅Udbhaṭa, *Kāvyālaṅkārasārasaṅgraha*, Delhi, 2001, pp. 120-126; Udbhata, *Kāvyālaṅkārasārasaṅgraha*, ed. by K.S.Ramaswami Sastri Siromani, Baroda: Oriental Institute, 1931, pp. 45-47.

②黄宝生译：《梵语诗学论著汇编》（上册），第133—134页。

③黄宝生译：《梵语诗学论著汇编》（上册），第201页。

④Daṇḍin, *Kāvyādarśa*, Delhi, 2004, pp. 210-211.

处，这是混合。”（X.139及注疏）[①]这就是说，混合庄严包含了音庄严混合、义庄严混合和音义庄严混合等三种。曼摩吒对“结合”庄严的解释是：“这些庄严不互相独立，存在主次关系，这是结合。这些庄严没有取得自主地位，互相存在辅助和被辅助的关系。依据这种互相配合的性质，称作结合。”（X.140及注疏）[②]“结合”既指两种及两种以上义庄严的结合，也指两种以上的义庄严的结合。由此可见，《摄庄严论》更受后世梵语诗学家的重视绝非偶然。“优婆吒对庄严论影响深远。他遮蔽了婆摩诃的光芒，也许因为他名气太大，婆摩诃的作品只能作为背景，直到一些年过去才见天日……优婆吒是庄严论派最有力的代表人物。他的名字与梵语诗学的一些原理紧密相连。”[③]

3. 诗因（诗相）：“一旦听说某事，就会回忆或体味另外的事。这种产生效果的原因被称为诗相。”（VI.14）[④]

优婆吒给诗因所举的例子是：“你的肢体的娇艳光彩有些减弱，佩戴的首饰显得突出，令我焦灼。”正因为肢体的光彩减弱，才使佩戴在肢体上的首饰显得突出。[⑤]

4. 诗喻：“不使用यथा（如同）、इव（像）等表示譬喻的词，清晰生动地表现与心中表达对象相似的事物，智者称这种庄严为दृष्टान्त（喻证）。”（VI.16）[⑥]这一句的原文如下：

इष्टस्यार्थस्य विस्पष टप्रतिबिम्बनिदर्शनम् ।

---

①黄宝生译：《梵语诗学论著汇编》（下册），第795页。

②黄宝生译：《梵语诗学论著汇编》（下册），第796页。

③P.V.Kane, *History of Sanskrit Poetics,* pp. 135-136.

④Udbhaṭa, *Kāvyālaṅkārasārasaṅgraha*, Delhi, 2001, p. 142.

⑤此处的译文和释义均参见黄宝生：《印度古典诗学》，第275页。

⑥Udbhaṭa, *Kāvyālaṅkārasārasaṅgraha*, Delhi, 2001, p. 147.

यथेवादिपदैः शून्यं बुधैर्दृष्टान्त उच्यते ॥ ८ ॥（७५）（VI. 8）[①]

优婆吒为此所举的例子是："你还絮叨什么，赶快走吧，去找丈夫!条条大河奔腾，不见大海，怎会止步?"在这首诗中，用大河比喻妇女，用大海比喻丈夫，用大河奔向大海比喻女子寻找丈夫。所谓"诗喻"中的"喻"是借用印度逻辑术语，意思是"例证"。因此，这首诗也可以说是以大河奔向大海为例，论证女子寻找丈夫。这种庄严可视为现代修辞中的"借喻"。[②]

需要说明的是，优婆吒的"诗喻"或"喻证"其实也有所本。例如，在婆摩诃的《诗庄严论》第三章中，所谓的"例证（nidarśanā）"庄严便存在近似于"诗喻"的因素："通过某种特殊行为，教诲某种意义，不使用如、像等词，叫做例证。"（III.33）[③]两相对照可以发现，优婆吒似乎对"例证"进行了重大的革新。这至少说明，与后面将要谈到的楼陀罗吒一样，优婆吒也是一个承上启下的关键人物。

毋容置疑，优婆吒是第一次使用दृष्टान्त（诗喻）这一术语的诗学家，此后几乎所有的梵语诗学家都接纳了这一庄严，并借用优婆吒此句中的प्रतिबिम्ब（表现、反映）和दृष्टान्त（喻证、诗喻）一词。例如，11世纪的曼摩吒在《诗光》中提到了这两个词："喻证是所有方面得到反映。所有方面是共同性等等。喻证是依据所见，得出结论。"（X.102）[④]这分明可见优婆吒著作具有深远的历史影响。为两相对照以求发明起见，特录曼摩吒该句的原文如下：

दृष्टान्तः पुनरेतेषां सर्वेषां प्रतिबिम्बनम् ॥（१६）

---

①Udbhaṭa, *Kāvyālaṅkārasārasaṅgraha*, Poona, 1925, p. 84. 参阅：*Kāvyālaṅkārasārasaṅgraha*, 2001, p147.

②此处的译文和释义均参见黄宝生：《印度古典诗学》，第275页。

③黄宝生译：《梵语诗学论著汇编》（上册），第131页。

④黄宝生译：《梵语诗学论著汇编》（下册），第763页。

एतेषां साधारणधर्मादीनाम् दृष्टऽन्तः निश्चयो यत्र स दृष्टान्तः（X.102）[①]

优婆吒在诗学意义上运用并适度发展了婆罗多的戏剧味论。他对“有味”庄严的界定更为细致：“有味庄严是以味词、常情、不定情、情由和情态为基础，清晰地展现艳情等味。”（IV.3）[②]此处表示“味词”的词语是स्वशब्द，它指直接表现味的词，如艳情、悲悯等等。这一点后来遭到更强调词的暗示作用的韵论派的反对。优婆吒还应用味论，对“天助”作出完全不同于婆摩诃和檀丁的界定：“（诗中描写的）味、情、类味、类情的活动归于平息，其他情态也了无踪影，这就是天助。”（IV.7）[③]这样，在庄严派内部就有了两种不同意味的“天助”：“由此，形成名同实异的两种庄严。我们可以将优婆吒界定的这种庄严的名称，另外译作‘平息’。”[④]从这句话看，优婆吒似乎也是最早提出रसाभास（rasābhāsa，类味）和भावाभास（bhāvābhāsa，类情）的梵语诗学家。

优婆吒还在婆罗多的八种味之外，假托别人提出了第九种味：平静味。他说：“艳情味、滑稽味、悲悯味、暴戾味、英勇味、恐惧味、厌恶味、奇异味和平静味，这是传说的九种味。”（IV.4）[⑤]优婆吒是最早提出平静味的梵语诗学家。虽然这样，优婆吒的立足点还是庄严论而非味论。

优婆吒曾经为婆摩诃的《诗庄严论》进行阐释，这便是所谓的《婆摩诃疏解》（भामहविवरण，*Bhāmahavivaraṇa*）。梵语诗学史专家P.V.迦奈推测说：“《婆摩诃疏解》似乎是一部更为复杂的著

①Mammaṭa, *Kāvyaprakāśa*, ed. & trans. by A.B.Gajendragadkar, Bombay: Popular Prakashan, 1970, p. 65.

②Udbhaṭa, *Kāvyālaṅkārasārasaṅgraha*, 2001, p. 90. 从上下文语境看，此句中的अभिनय（表演姿态）一词应译为“情态”而非“姿态”。

③Udbhaṭa, *Kāvyālaṅkārasārasaṅgraha*, 2001, p. 97.

④黄宝生：《印度古典诗学》，第303页。

⑤Udbhaṭa, *Kāvyālaṅkārasārasaṅgraha*, 2001, p. 90.

作，或许正如书名所示，《摄庄严精华论》只是它的浓缩。”[①]欢增、新护和雪月等“克什米尔派”诗学家都曾经提及或引用这部著作。学界一般认为该书已经失传。不过，意大利梵文学者R.约奥里（Raniero Gnoli）于1962年在罗马以英文出版了《婆摩诃〈诗庄严论〉之优婆吒疏解》一书，试图揭开这一千古尘封之谜。

根据约奥里的介绍，1960年，他们接到了时任巴基斯坦考古所主任F. A.Khan博士送来的一些梵文贝叶手抄本残片，这些残片大约可以追溯至9至11世纪之间。通过仔细考察和释读，约奥里判断这些抄本残片与久已失传的优婆吒《婆摩诃疏解》和迦梨陀娑《罗怙世系》有关。但是，当代印度著名梵语诗学研究者V.拉克凡（V.Raghvan）在认真检视了这些残片后，否认了约奥里的判断。1961年10月中旬，在第21届全印东方学研讨会上，拉克凡在发言中认为："但是，仔细研读这些残篇后，我发现，不能将之视为优婆吒的著作。”[②]拉克凡拿出了自己的一些根据进行否认。约奥里不为所动，仍然坚持自己当初的判断，并继续对之进行深入研读和校勘。他认为："这一发现的重要性不仅在于它牵涉到优婆吒失传的《婆摩诃疏解》，还牵涉到理解婆摩诃本人的著作，因为这一抄本使我们可以修订其中的某些错误。”[③]

---

①P.V.Kane, *History of Sanskrit Poetics,* p.134.

②Ganiero Gnoli, *Udbhaṭa's Commentary on the Kāvyālaṅkāra of Bhāmaha,* "Introduction,"Roma: Istituto Italiano Per il Medio ed Estremo Oriente, 1962, XVII. 笔者于2011年12月8日在印度国际大学图书馆复印该书时，因故未能获得全本，此处介绍从略。

③Ganiero Gnoli, *Udbhaṭa's Commentary on the Kāvyālaṅkāra of Bhāmaha,* "Introduction,"XXXIX.

第六节 楼陀罗吒的《诗庄严论》

（9世纪中叶）

楼陀罗吒（रुद्रट，Rudraṭa）所著《诗庄严论》（काव्यालङ्कार，*Kāvyālaṅkāra*）与婆摩诃的诗学著作同名。梵语诗学家约从9世纪末和10世纪初开始提及或引用楼陀罗吒的著作，由此推断他可能是9世纪中叶人。楼陀罗吒的《诗庄严论》共分16章。第1章是文学总论亦即论述诗的功用和诗人的修养等。第2章论述风格和语言。第2章后面部分至第5章论述音庄严。第6章论述音病。第7至第10章论述义庄严。第11章论述义病和喻病。第12至第15章论述包括平静味和亲爱味在内的10种味。第16章论述文类。庄严和诗病是庄严论的核心话语，楼陀罗吒围绕这两个关键词建构自己的诗学体系。总体来看，他对庄严和诗病的论述更为系统深入，同时还试图将婆罗多的味论纳入自己的庄严论体系，显示了梵语诗学的风头开始从庄严论转向味论。“楼陀罗吒是第一位成功的体系建构者。”[①]楼陀罗吒代表了这一时期梵语诗学的过渡趋势。

一、别具一格的庄严论体系

毋容置疑，各种音庄严和义庄严是楼陀罗吒《诗庄严论》的第一个论述重点，它们在《诗庄严论》中占了近八章的篇幅。精确而科学地计算楼陀罗吒庄严的数目自然不是一件容易的事，因为他在书中构造了梵语诗学史上第一个别致而复杂的庄严论或曰修辞论体系。事实上，他提出的义庄严比婆摩诃和优婆吒多了三十多种，达到六十六种。如果再加上他所论述的五种音庄严，楼陀罗吒的庄严

①Edwin Gerow, *Indian Poetics*, p. 239.

总数达到了七十一种。考虑到楼陀罗吒论及的六十六种义庄严中有八种是分头论述即重复归类的，他实际论及的义庄严应该是五十八种。即使如此，这也是早期梵语诗学中庄严的最高数目。具体种类如下：

1. 音庄严：

曲语（vakrokti）、双关（śleṣa）、图案（citra）、谐音（anuprāsa）、叠声（yamaka）。

2. 义庄严：

共说（sahokti）、聚集（samuccaya）、自性（jāti，即婆摩诃所谓svabhāva或svabhāvokti）、罗列（yathāsaṅkhya）、暗示（bhāva）、连续（paryāya）、不相配（viṣama）、推理（anumāna）、明灯（dīpaka）、有意味（parikara）、交换（parivṛtti）、排除（parisamkhyā）、原因（hetu）、原因花环（kāraṇamālā）、较喻（vyatireka）、互相（anyonya）、回答（uttara）、递进（sāra）、微妙（sūkṣama）、掩饰（leśa）、机会（avasara）、淹没（mīlita）、连珠（ekāvalī）（以上为本事类庄严二十三种）；明喻（upamā）、奇想（utprekṣā）、隐喻（rūpaka）、否定（apahnuti）、疑惑（samśaya）、合说（samāsokti）、解悟（mata）、回答（uttara）、间接（anyokti，即婆摩诃所谓aprastutapraśaṃsā）、反喻（pratīpa）、补证（arthāntaranyāsa）、一致（ubhayanyāsa）、混淆（bhrāntimān）、略去（ākṣepa）、敌对（pratiyanīka）、诗喻（dṛṣṭānta亦即优婆吒所谓kāvyadṛṣṭānta）、前提（pūrva）、共说（sahokti）、聚集（samuccaya）、同一（sāmya）、回想（smaraṇa）（以上为比喻类庄严二十一种）；前提（pūrva）、独特（viśeṣa）、奇想（utprekṣā）、藏因（vibhāvanā）、借用（tadguṇa）、增益（adhika）、矛盾（virodha）、不相配（viṣama）、分离（asaṅgati）、隐含（pihita）、相违（vyāghāta）、自足

（ahetu）（以上为夸张类庄严十二种）；非异（aviśeṣa）、矛盾（virodha）、增益（adhika）、曲语（vakra，似同于伐摩那的vakrokti）、委婉（vyāja，似同于伐摩那的vyājokti）、常见词双关（ukti）、非常双关（asambhava）、部分双关（avayava）、真谛（tattva）、貌似对立（virodhābhāsa）（以上为双关类庄严十种）。

楼陀罗吒所论述的庄严中，有八种义庄严同时属于两个门类：共说、聚集、回答、奇想、前提、增益、矛盾、不相配。另外，曲语被同时视为音庄严和义庄严。楼陀罗吒舍弃了婆摩诃的很多种庄严，如类比、夸张、有情、有味、有勇、神助、高贵、间接、褒贬、例证、相似隐喻、自比、部分奇想、混合和祝愿等，同时他又保留了婆摩诃、檀丁、伐摩那、优婆吒等人论述过的一些庄严。他还用jāti和anyokti来表达婆摩诃的自性（svabhāva）和间接（aprastutapraśaṃsā）。楼陀罗吒熟悉上述四人的理论，他“从檀丁那儿继承了本事庄严（vāstava），从伐摩那那里汲取了比喻，从婆摩诃那里领悟了夸张，从优婆吒那儿学习了双关”。[①]楼陀罗吒将婆摩诃和檀丁等早期诗学四子的思想精华尽收眼底，融为一体，从而推陈出新，一鸣惊人。因此，说他是早期梵语诗学庄严论的集大成者，应不为过。

从上边的介绍来看，在具体阐述庄严时，楼陀罗吒把庄严分成音庄严和义庄严两大类、七十一种，进而又将音庄严分成五种：曲语、双关、图案、谐音和叠声；他将义庄严分成四类、六十六种：本事类（含二十三种庄严）、比喻类（二十一种）、夸张类（十二种）和双关类（十种）。他说：“本事类、比喻类、夸张类和双关类，这些就是种类不同的义庄严，再也没有其他的义庄严了。”

①K.Leela Prakash, *Rudrata's Kavyalankara: An Estimate,* Delhi: Indu Prakashan, 1999, p. 92.

（VII.9）[1]论者指出，站在现代的立场看，某种程度上，楼陀罗吒的义庄严四分法包含了高低贵贱的级差意识。也就是说，本事类庄严是最低的基础等级的庄严，而比喻类庄严则将描述对象送上了审美的较高台阶，夸张类庄严则属第三或最高层次的修辞，因为能否运用这种庄严与作家的天才有无、天赋大小有关。双关类庄严更是如此，它能赋予"每一层次的庄严以独特的美"。[2]

就音庄严来看，婆摩诃只论述两种，即谐音和叠声，檀丁论述了四种，即谐音、叠声、隐语和图案，其中图案分牛尿、半旋和全旋三种，而楼陀罗吒的音庄严则删去了檀丁的隐语，论述了上述五种，他新增双关和曲语两种音庄严。这显示了他的锐意创新。具体说来，楼陀罗吒的五类音庄严如下：曲语两种：双关曲语和语调曲语。谐音分五种：甜美、强烈、粗糙、可爱和微妙。双关包括字母、词语、词性、方言、类方言、原质、缘由、语尾变化、话语、比喻和集汇等十一种。图案包括车轮、剑刃、棍杵、弓箭、箭矢、枪尖、犁铧、马车、马、象、顺时针、逆时针、半旋、大鼓、全旋等十五种。叠声也非常复杂，包括头部叠声、腹部叠声、尾翼叠声、头腹尾叠声、弯曲叠声等很多种。以曲语为例。楼陀罗吒将之分为双关曲语和语调曲语两类。所谓双关曲语是指某人说出的话，被另一人按照话中含有的双关成分做出了不同的解释。所谓语调曲语是指由于说话人的语调发生改变，如肯定句变为疑问句，整个句子的意思就会发生某种变化。（II.14-16）[3]

值得一提的是，楼陀罗吒音庄严中的十五种图案，很多是独创的（或至少是此前的诗学著作如《诗镜》中所未见的），其中有的为后世诗学家所直接采用，这显示了楼陀罗吒音庄严具有深远的影

---

①Rudraṭa, *Kāvyālaṅkāra*, Varanasi: Chaukhamba Vidyabhawan, 1966, p. 190.

②K.Leela Prakash, *Rudrata's Kavyalankara: An Estimate,* pp. 100-101.

③Rudraṭa, *Kāvyālaṅkāra*, 1966, pp. 38-40.

响。例如，11世纪的曼摩吒在《诗光》第8章论述音庄严时，不仅一开头便采纳了楼陀罗吒的双关曲语和语调曲语，还直接借用了后者的一些图案。

其一是楼陀罗吒的鼓图案（murajabandha）：①

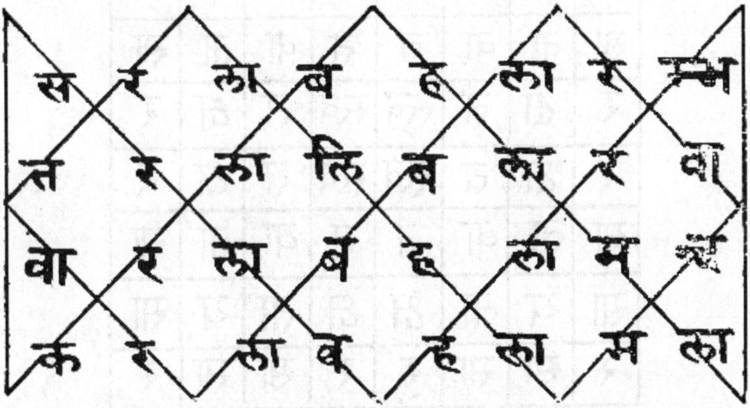

सरलाबहलारम्भतरलालिबलारव ।
वारलाबहलामन्दकरला बहलामला ॥ १९ ॥ ②

成群的黑蜂抖动翅膀，忙忙碌碌，营营嗡嗡，

天鹅随处可见，国王勤勉，黑半月依然明亮。（X.85注疏）③

①该图案（画诗）见：Rudraṭa, *Kāvyālaṅkāra,* Delhi: Parimal Publications, 1990, p. 139.

②Rudraṭa, *Kāvyālaṅkāra*, 1966, p. 136.

③黄宝生译：《梵语诗学论著汇编》（下册），第741—742页。

其二是全旋图案（sarvatobhadra bandha）：[①]

र	सा	सा	र	र	सा	सा	र
सा	य	ता	क्ष	क्ष	ता	य	सा
सा	ता	वा	त	त	वा	ता	सा
र	क्ष	त	स्त्व	स्त्व	त	क्ष	र
र	क्ष	त	स्त्व	स्त्व	त	क्ष	र
सा	ता	वा	त	त	वा	ता	सा
सा	य	ता	क्ष	क्ष	ता	य	सा
र	सा	सा	र	र	सा	सा	र

रसा साररसा सार सायताक्ष क्षतायसा।
सातावात तवातासा रक्षतस्त्वस्त्वतक्षर॥ २०॥ [②]

大地之精华！大眼者！欢乐者！坚定者！
增益者！但愿大地消除罪恶，摆脱灾害！（X.85注疏）[③]

楼陀罗吒的义庄严中，有三十六种是新增的，这包括：本事类庄严的聚集、不相配、暗示、连续、推理、有意味、排除、原因花环、互相、回答、递进、机会、淹没、连珠等十四种；比喻类庄严

①该图案（画诗）见：Rudraṭa, *Kāvyālaṅkāra,* 1990, p. 140.
②Rudraṭa, *Kāvyālaṅkāra*, 1966, p. 136.
③黄宝生译：《梵语诗学论著汇编》（下册），第743页。

的疑惑、解悟、反喻、一致、混淆、敌对、前提、同一、回想等九种；夸张类庄严的独特、借用、增益、分离、隐含、相违和自足等七种；双关类庄严的非异、常见词双关、非常双关、部分双关、真谛和貌似对立等六种。如果再加上楼陀罗吒新增的两种音庄严，他新增的庄严总数达到三十八种。这几乎等于婆摩诃整套的庄严数目，由此可见楼陀罗吒锐意创新的意识。这种意识在古代印度的梵语诗学家中并不多见。

接下来以前边引用的《诗庄严论》（1966年版）为例，看看楼陀罗吒新增的一些义庄严的大致内涵：

1. 聚集（samuccaya）：（本事类聚集）如果一件事或另一件事带来同样的痛苦、欢乐，这便是聚集，它分好的聚集、坏的聚集和不好不坏的聚集三种；（VII.19-28）（比喻类聚集）不用iva（如同）等喻词，几个不同的对象作为本体和喻体聚在一起，这是聚集。（VIII.103-104）

2. 暗示（bhāva）：当一个动作暗示人的意图，或通过一个缘由将之与某事偶然地联系起来，这便是暗示。如果一句话除了表达本来的意思外，还能表达程度相似的另一层善意或恶意，这也是暗示。（VII.39-40）这是楼陀罗吒独创但未得到任何一位后世诗学家认可的庄严。

3. 连续（paryāya）：描述的一个事物产生另一个相似的事物，这是一种连续；一物现于多地或多物现于一地，使人或喜或忧，这是又一种连续。（VII.42-44）

4. 不相配（viṣama）：（本事类不相配）将并无事实联系的或不可能同时出现的两个对象视为有联系的进行描写；（VII.47）（比喻类不相配）原因的性质和行为分别与结果的性质和行为相对立。（IX.45）

5. 推理（anumāna）：叙述证据（sādhaka）和间接得出的受证（sādhya，即推论）。（VII.56-58）

6. 有意味（parikara）：利用合适的暗含深意的形容词描述事物，这是有意味。它分为主题意味（dravya）、性质意味（guṇa）、行为意味（karma）和地位意味（jāti）。（VII.72）

7. 排除（parisamkhyā）：不论是否提问，肯定某一事物的性质、行为、地位和特征（名相）等等，排斥另一种相似的事物。（VII.79）

8. 原因花环（kāraṇamālā）：所有前面描述的事物含义依次成为后面事物含义的来源。（VII.84）

9. 互相（anyonya）：通过同一行为的描述，行为者与行为对象之间的本质与特征得以清晰地表达。（VII.91）

10. 回答（uttara）：（本事类回答）听到答语就能推断出前边的问话，或听到问题也能做出回答；（比喻类回答）理解其他问题的本质后，用相同的行为方式来回答。（VII.93）

11. 递进（sāra）：描述对象逐步集中，直至顶点。（VII.96）

12. 机会（avasara）：表述富有情味和暗示、形成词语的另一层含义，使词语的表示义缺失。（VII.103）这一庄严近似于婆摩诃和檀丁所谓"崇高"庄严，后来为曼摩吒所借用。

13. 淹没（mīlita）：由于某种恒常的或偶然的共同特征，喜怒哀乐等被其他东西所淹没。（VII.106）

14. 连珠（ekāvalī）：描述的事物之间，依据后边事物的特征确认或否认前边的事物。（VII.109）

15. 疑惑（samśaya）：描述的一个对象与多个对象之间存在诸多相似性，因此，确认起来存在诸多困惑，这是疑惑。（VIII.59）婆摩诃和伐摩那已部分地涉及这一庄严。他们使用的名称是sasandeha（疑问），但楼陀罗吒首次给以系统而全面的分析。曼摩吒、鲁耶迦和毗首那特等人都采纳楼陀罗吒的分析模式。

16. 解悟（mata）：喻体有目的被作者所表述，本体的特征得以成功地表现，这是解悟。（VIII.69）这是楼陀罗吒独创但未得到任何一位后世诗学家认可的庄严。

17. 反喻（pratīpa）：或出于认同赞赏本体，或出于贬义降低喻体，将喻体等同为本体。（VIII.76）

18. 一致（ubhayanyāsa）：抛弃本体和喻体的差异，视其为相同的事物进行描述。（VIII.85）

19. 混淆（bhrāntimān）：见到与另一物相似的描述对象，将之视为另一物。（VIII.87）

20. 敌对（pratiyanīka）：想要表达喻体优于本体，就描述与喻体相对立的事物以显示出优势。（VIII.92）

21. 前提（pūrva）：（比喻类前提）本体和喻体极为相似，出现的顺序似乎相反，喻体被刻画为先于本体出现；（VIII.97）（夸张类前提）着力描写前边产生的事物，后面的事物也得以清晰地描述。（IX.3）

22. 同一（sāmya）：利用喻体的行为描述本体，使本体和喻体产生相似性。（VIII.105）

23. 回想（smaraṇa）：看见一种相似的事物，就回忆起曾经体验过的另外一种事物。（VIII.109）

24. 独特（viśeṣa）：没有一般的载体，所载之物依然存在，这是第一种独特；同一种事物以同一种形式在多处同时出现，这是第二种独特；做某事而完成另一件不可能以同一方式完成的事情，这是第三种独特。（IX.5-9）

25. 借用（tadguṇa）：一物与另一相关物接触，它们之间的特征差异不再显示，这是第一种借用；一个事物接触另一个性质更为强烈的事物，采纳了后者的性质，这是另一种借用。（IX.22-24）

26. 增益（adhika）：（夸张类增益）出于同一个原因，两个彼此对立的事物，或两个行为相反的动作得以产生，这是第一种增益；尽管容纳者很大，被容纳者很小，但也被夸大，这是第二种增益；（IX.26-28）（双关类增益）不同的句子各有特色、互相竞

争，可以得出另外的涵义。（X. 7）

27. 分离（asaṅgati）：原因和结果在描述中同时出现在完全不同的地方。（IX.48）

28. 隐含（pihita）：描写过度，尽管清晰，同一处出现的一个事物盖过了另一事物的性质。（IX.50）这是楼陀罗吒独创但未得到任何一位后世诗学家认可的庄严。

29. 相违（vyāghāta）：即使未加阻挠，原因却没有产生结果。（IX.52）

30. 自足（ahetu）：即使产生变化的原因有力，事物因其自身性质稳固而未能发生变化。（IX.54）这是楼陀罗吒独创但未得到任何一位后世诗学家认可的庄严。

31. 非异（aviśeṣa）：一个词的特征不明显，但也能感受到它的其他涵义。（X.3）

32. 常见词双关（ukti）：为表达另一种意思，大量使用普通而又为人所知的词语。（X.14）

33. 非常双关（asambhava）：从熟悉的语言表达中得出超乎寻常的、不可思议的特殊含义。（X.16）

34. 部分双关（avayava）：从部分重要事物的许多特点，感知其另外的涵义。（X.18）

35. 真谛（tattva）：给前边提到的词语增添新的含义，从而得出其他的表示义。（X.20）

36. 貌似对立（virodhābhāsa）：一个词存在两种不同的含义，但却当做没有对立含义的一个词来理解。（X.22）

楼陀罗吒四分法给名目繁多的庄严提供了科学系统的结构。“楼陀罗吒是第一个试图给庄严进行科学分类的人，他依据一些明确的原理如本事、比喻、夸张和双关进行分类。”①还有学者指出：

①P.V.Kane, *History of Sanskrit Poetics,* p. 152.

“在印度诗学的庄严发展或演化史上，楼陀罗吒不仅在时间上占据着核心的位置，还以恰当的主题对各种庄严进行归类，从而确立了一种流行的、更为持久的科学分类法。”[①]楼陀罗吒分类法的直接受益者包括12世纪著有《庄严论精华》的鲁耶迦、13至14世纪之间著有《项链》的维底亚达罗、17世纪著有《味海》的世主等诗学家。例如，《项链》从七个角度对七十二种义庄严进行分类，《味海》将七十一种义庄严分为八类进行考察。

不过，楼陀罗吒和伐摩那一样，也犯有形式主义过头的毛病。他为了凑足数目，有时把一些义庄严进行重复归类。例如，他把“共说”、“聚集”和“回答”同时归入本事类和比喻类，“奇想”和“前提”同时归入比喻类和夸张类，把“增益”和“对立”同时归入双关类和夸张类，把“不相配”同时归入本事类和夸张类，这就是说，有八种义庄严是重复论述的，当然，其分属不同类别的同一庄严的两种含义还是有所区别的。

综上所述，楼陀罗吒的庄严分类虽然显得更为系统，但也显得更加繁琐机械。后期梵语诗学家、特别是一些庄严论者如鲁耶迦、胜天和底克希多等人论述庄严的种类和内涵时，均未偏离楼陀罗吒庄严论体系，他们在楼陀罗吒庄严论的基础上推陈出新。曼摩吒和毗首那特等喜欢建立综合性诗学体系者也不例外。他们论述的很多庄严与楼陀罗吒的庄严名称相同，如借用、聚集、增益、连珠、原因花环等。例如，曼摩吒就是如此，他在《诗光》第一章中写道：“暗示义不像这样，即暗示义居于次要地位的诗，是中品诗。不像这样指暗示义没有胜过表示义。例如：这位村中青年手持新鲜的无忧花束，少女一再朝他望去，脸色变得阴暗。”（I.5及注疏）[②]曼摩吒此处用来解说中品诗的诗歌就来自楼陀罗吒解说“暗示”庄严

①K.Leela Prakash, *Rudrata's Kavyalankara: An Estimate,* p. 91.
②黄宝生译:《梵语诗学论著汇编》(下册), 第602页。

的例子。（VII.41）[①]因此，这样的结论似乎有些道理："作为预先昭示韵论精华的第一位古典文论家，楼陀罗吒值得赞赏。尽管他只在某种程度上被视为精彩韵论的最早先驱和前辈，但其功绩无论怎样赞颂都不为过。"[②]印度学者通过研究得出结论：楼陀罗吒在《诗庄严论》中新增的三十多种义庄严中，有二十三种为后来的诗学家所接受。它们是：1. 推理、2. 互相、3. 增益、4. 分离、5. 回答、6. 连珠、7. 原因花环、8. 借用、9. 有意味、10. 排除、11. 连续、12. 反喻、13. 敌对、14. 混淆、15. 淹没、16. 曲语、17. 独特、18. 不相配、19. 相违、20. 聚集、21. 同一、22. 递进、23. 回想。[③]与之相反，波阇在其著作中新增了二十九种庄严，但大多无人认可。

后期梵语诗学家不仅接受楼陀罗吒新增的二十多种庄严，有的还借鉴他对庄严的四分法，这充分显示了楼陀罗吒对后来诗学家的深刻影响，在某些方面，他对后人的影响甚至超过了婆摩诃和檀丁。有的学者认为："后来的梵语诗学家依旧更倾向于接受优婆吒的庄严论。"[④]如对楼陀罗吒之于后世诗学家的影响进行深入考察，这一说法似乎值得商榷。楼陀罗吒和伐摩那、优婆吒一样，是联接早期与中后期梵语诗学的坚实桥梁之一。因此，要客观书写一部梵语诗学史，楼陀罗吒的地位必须重估，这在目前的印度和世界梵学界没有得到足够重视。

①Rudraṭa, *Kāvyālaṅkāra*, 1966, p. 208.

②K.Leela Prakash, *Rudrata's Kavyalankara: An Estimate,* p. 107.

③K.Leela Prakash, *Rudrata's Kavyalankara: An Estimate,* p. 93.

④黄宝生：《印度古典诗学》，第276页。本节关于楼陀罗吒的介绍，参考该书第221、276—277页。

二、引人注目的味论思想

楼陀罗吒关于味的论述体现了婆罗多味论对庄严论者的深刻影响，也反映了楼陀罗吒顺应古典诗学发展潮流的智慧。婆摩诃认为，大诗表现人世真相，含有各种味。他意识到味的存在，但只是将“有味”列为庄严之一。檀丁、伐摩那和优婆吒对味的有关论述非常有限。楼陀罗吒则明显不同，他在《诗庄严论》中以四章论“味”，内容占全书四分之一的篇幅。这分明显示了他对味的重视。“楼陀罗吒的《诗庄严论》和楼陀罗跋吒的《艳情吉祥痣》标志梵语诗学主流由庄严论向味论转折。”[①]作为早期庄严论的集大成者，楼陀罗吒的味论引人注目，值得深入探讨。

正如前述，楼陀罗吒味论的第一个显著特色是，它代表了印度古典文论早期的一种转向和过渡趋势。“在梵语诗学史上，楼陀罗吒第一次大胆地偏离了早期常规。他设专章论述味，因为在其先进的观念中，和一位女子的整体美一样，味也有一种自然而全面的‘本质特征’（sahajā guṇa）。必须将味和美化诗的肢体的因素区分开来，诗的身体由语音和意义构成。”[②]在印度古典文论家中，婆摩诃是最早将文学作品和人生四大目的联系起来进行论述的诗学家之一。他说：“优秀的文学作品使人通晓正法、利益、爱欲、解脱和技艺，也使人获得快乐和名声。”（I.2）[③]楼陀罗吒在此基础上更进一步。他将认识人生四要与诗人的情味创作相提并论：“世上存在法、利、欲、解脱这人生四大目的，诗人应该结合味把它们组织到作品中进行表达。”（XVI.1）[④]不仅如此，他还将读者

①黄宝生：《印度古典诗学》，第303页。
②K.Leela Prakash, *Rudrata's Kavyalankara: An Estimate,* p. 166.
③黄宝生译：《梵语诗学论著汇编》（上册），第113页。
④Rudraṭa, *Kāvyālaṅkāra*, 1966, p. 413.

的审美能力或鉴赏情趣与人生四要、诗人创作等重要因素联系起来，这是对味论的范畴拓展。他写道："心中充满情味的人，确实害怕那些乏味的经论。他们能轻松愉快地通过诗认识人生四要。因此，诗人应该努力创作饱含情味的诗，否则，人们还会陷入对经论的恐惧之中。（XII.1-2）"①此处的"充满情味的人"即सरसानाम्被注疏家解释为श्रृङ्गारादिप्रियाणाम्（喜爱艳情等味的人）。②其实，它还可以解释为情味丰富者（rasika）、知晓情味者（rasajña）和知音（sahṛdaya）等新的概念。这些概念曾经在或许比楼陀罗吒稍微年幼的诗学家欢增的著作中出现。"因此，可以认为楼陀罗吒是最先提出知音读者（proper reader）概念的人。"③

楼陀罗吒味论的第二个特色是，他提出了第十种味即प्रेयोरस（preyorasa，亲爱味）。在婆罗多八味说和优婆吒九味说的基础上，楼陀罗吒提出："艳情味、英勇味、悲悯味、厌恶味、恐惧味、奇异味、滑稽味、暴戾味、平静味和亲爱味，这些全部应该视为味。"（XII.3）④在《诗庄严论》第15章中，楼陀罗吒具体介绍了亲爱味的相关特征："亲爱味以爱（sneha）为原质（常情），它的主角态度友好，恪守戒律，品性高贵。"（XV.17）⑤亲爱味的情由是同胞、伴侣和亲友等。亲爱味的情态是喜悦的泪水、温柔而幸福的目光等等。

楼陀罗吒味论的第三个特色是，他在某些地方大胆地发展了婆罗多的味论。例如，他认为，除了常情外，其他的不定情得到充分发展，也能成为味。这就是说，楼陀罗吒在继承婆罗多味论精华的同时，还打破了他的某些思想藩篱，因为婆罗多有关真情、不定

①Rudraṭa, *Kāvyālaṅkāra*, 1966, p. 372.

②Rudraṭa, *Kāvyālaṅkāra*, 1966, p. 372.

③K.Leela Prakash, *Rudrata's Kavyalankara: An Estimate,* p. 165. proper reader似乎还可译为"知音"、"理想读者"或"合格读者"等。

④Rudraṭa, *Kāvyālaṅkāra*, 1966, p. 373.

⑤Rudraṭa, *Kāvyālaṅkāra*, 1966, p. 373.

情等的规定存在一些机械或模糊之处。事《舞论》第16章末尾处写道："戏剧演员应该知道那些真情依靠各种表演用于一切味……演员应该通过大量的真情表演为主的味，不定情只是用来辅助为主的味。"（XVI.117-121）①不过，问题依然存在，这也为楼陀罗吒的创新提供了机遇。"如果情由、情态与不定情的结合缺乏常情的核心，或他们的结合伴随流泪、出汗等等真情的表现但无常情的孕育，我们对此该做何判断？在这一点上，婆罗多《舞论》语焉不详。在梵语诗学史上，楼陀罗吒第一次澄清了这个问题并提供了答案。"②楼陀罗吒假托前人明确地宣称："老师们说，即使是忧郁等等不定情，也能像甜蜜的艳情味等等一样被人品尝，从而成为味。"（XII.4）③

楼陀罗吒味论的第四个特色，也是其味论的精华部分在于其承先启后且颇多创新的艳情味论。事实上，正如前述，在提到十种味的名称时，楼陀罗吒继承了婆罗多的传统，将艳情味放在首位。他几乎以第12至14章即整整三章的篇幅论述艳情味。关于艳情味的定义和类别，他说："艳情味具有男女之间的欢爱，以紫色为特征，来自于常情爱，它分会合艳情味与分离艳情味两种。会合艳情味来自于男女之间的相聚，分离艳情味来自于他们之间的别离，这两种艳情味又分为隐秘（pracchanna）的和公开（prakāśa）的两类。"（XII.5-6）④

楼陀罗吒先论述艳情味所涉及的各类角色即男主角、女主角、配角（包括使者、伴友和丑角）。这是其稍后论述的会合与分离艳情味的基础。

在楼陀罗吒看来，男主角具有高贵吉祥、骁勇威猛等十六种特

①黄宝生译:《梵语诗学论著汇编》(上册)，第68页。
②K.Leela Prakash, *Rudrata's Kavyalankara: An Estimate,* p. 167.
③Rudraṭa, *Kāvyālaṅkāra*, 1966, p. 374.
④Rudraṭa, *Kāvyālaṅkāra*, 1966, p. 375.

征。男主角分成四类：忠贞（anukūla）、谦恭（dakṣiṇa）、欺骗（śaṭha）和无耻（dhṛṣṭa）。忠贞是指男主角爱心坚定，不移情别恋。谦恭是指男主角即使爱上另一个漂亮女子，也不放弃对旧爱的情谊。欺骗指男主角曲意逢迎爱人，并隐瞒自己的变心。无耻指男主角已经对恋人变心，鲁莽而不以为耻地责骂对方，甚至向其花言巧语地显示新欢在自己身上留下的抓痕。这种关于男主角的四分法后来为胜财的《十色》所采纳。

配角（anunāyaka）分为三类：使者（piṭhamarda）、伴友（viṭa）和丑角（vidūṣaka）。伴友（narmasiciva）虔诚、谨慎、巧妙、正直、热情、健谈、善解人意、随顺。丑角多是充当玩偶，他提供的笑料来自形体、服装和语言。

女主角有自己的女子（ātmiyā 或svakīyā，该角表演妻子）、别人的女子（anyāsaktā或parakīyā）和公共的女子（sarvāsaktā或sāmānya或veśya，该角表演妓女）等三类。这种三分法后来也为胜财所认可。自己的女子又分为无经验的（mugdhā）、稍有经验的（madhyā）和有经验的（pragalbhā）三类。无经验的女主角是指刚结婚的年轻女子（新娘）。稍有经验的女主角春情荡漾，魅力十足，而有经验的女主角精于欢爱。有经验的和稍有经验的女子又分为稳重的（dhīrā）、不稳重的（adhīrā）和稍为稳重的（madhyā）三类。稍有经验和有经验的女主角又分为年长（jyeṣṭhā）和年轻的（kaniṣṭhā）两类。诗中无经验的女主角是另外一类。别人的女子分为已婚妇女（ūḍhā）和未婚少女（kanyā）两类。妓女精通情爱。妓女在和客人交往中假作情意绵绵，诱惑对方耗尽钱财。所有女主角还可分为赴约的（abhīsārikā）和妒忌的（khaṇḍita）两类。自己的女子又分为丈夫在家（svādhīnapatikā）和丈夫外出（proṣitapatikā）的两类。女主角要么和仆从或女友一道赴约，要么独自赴约。“如此，已经讲述了男主角及其上中下三等恋人的全部特征。心中充满情味的诗人只要不违反上述规则，定能创作出理想

的美好诗篇。”（XII.47）①

该书第13章专论会合艳情味。楼陀罗吒先给艳情味下定义：“如果男女主角彼此之间情投意合，在花园里愉快地对视、谈话或嬉戏等等，所有这些就是会合艳情味。”（XIII.1）②在会合艳情味中，女主角表现出与地点、时间相一致的仁慈、恩爱和温柔等全部姿态。为取悦伴友，他们还以甜言蜜语和合适的（ucita）的优美姿态表演欢爱中的游戏动作。然而，他们不能表演某些不雅的私密行为。在讲述恋爱男女表演的合适性问题后，楼陀罗吒还讲述了作为新婚妻子（navoḍhā）的女主角的种种表演姿态。他规定，新娘羞涩，新郎应该在语言和动作方面温柔体贴，否则会破坏艳情味。楼陀罗吒指出：“优秀诗人应该敏锐地观察三界中互相联系的生灵本性，思考爱的真谛。只有在诗中如此描述这一切，诗人才能获得纯洁的美名。”（XIII.17）③

第14章专论分离艳情味。楼陀罗吒对此进行分类：

> अथ विप्रलम्भनामा श्रृङ्गारोऽयं चतुर्विधो भवति ।
> प्रथमानुरागमानप्रवासकरुणात्मकत्वेन ॥ १ ॥
>
> 这样，分离艳情味分为四类，它们分别以初恋、傲慢、远行和苦恋为特征。（XIV. 1）④

所谓“初恋的（prathamānuraga）分离艳情味”是指男女主角一见钟情，但却始终无法结合。他们将要经历《舞论》第24章所描绘的以死亡为结局的爱情十阶段：渴望、忧虑、回忆、赞美、

①Rudraṭa, *Kāvyālaṅkāra*, 1966, p. 387.

②Rudraṭa, *Kāvyālaṅkāra*, 1966, p. 388.

③Rudraṭa, *Kāvyālaṅkāra*, 1966, p. 392.

④Rudraṭa, *Kāvyālaṅkāra*, 1966, p. 394. 笔者以为，为强调悲悯味与艳情味之间的复杂关系，此处的“苦恋的分离艳情味”（参见《梵语诗学论著汇编》下册第883页），似乎也可译为“悲悯的分离艳情味”。

烦恼、悲叹、疯癫、生病、痴呆和死亡。[1]这说明，楼陀罗吒所谓的初恋的分离艳情味大约相当于婆罗多论述的女性未能如愿的爱情。楼陀罗吒认为，诗人只有以合适的方式描写爱情，才能获得艺术美，知音读者才会满意。男主角应该避免任何形式的绯闻。这种文学伦理学思考后来在欢增的《韵光》中也可见到。所谓“傲慢的（māna）分离艳情味”是指女主角发现爱人与其他女子有染，表现出的愤怒和嫉妒。这时，爱人应该以以下六种方式平息女主角的怒气：安慰、馈赠礼物、分裂、赔礼道歉、冷淡和转移话题。这六种涉及“傲慢的分离艳情味”的表演方式在一个世纪后即10世纪的胜财《十色》第四章中出现。[2]这是否意味着胜财对前辈学者楼陀罗吒的借鉴？所谓“远行的（pravāsa）分离艳情味”是指男主角将要远游，或已经远行而将在某个特定的季节与时辰回家，这期间的爱情与此类味有关。

所谓“苦恋的（karuṇa）分离艳情味”是指一对恋人中的一方死去而引起另一方的悲恸之情。这种分离艳情味并不见于胜财等人的著作中。楼陀罗吒著作的注疏家纳弥娑图（Namisādhu）认为，有些诗学家将分离艳情味归入悲悯味中，但楼陀罗吒却反对这么做，因为这两者差别很大。纳弥娑图为此解释道：

> शुद्धे हि करुणे श्रृङ्गारस्पर्श एव न विद्यते।
> करुणविप्रलम्भस्तु श्रृङ्गार एव॥
> 纯粹的悲悯味没有一丝艳情味，苦恋的分离艳情味却正是艳情味。（XIV.1）[3]

---

①参阅黄宝生：《印度古典诗学》，第115页。
②参阅黄宝生译：《梵语诗学论著汇编》（上册），第465页。
③Rudraṭa, *Kāvyālaṅkāra*, 1966, p. 394.

为了说明楼陀罗吒所谓“苦恋的分离艳情味”的有效性或存在合法性，当代印度学者举出迦梨陀娑的名著《鸠摩罗出世》第四章中的一句诗为例。这句诗描写爱神的妻子罗蒂哀悼和绝望地呼唤被大神湿婆第三只眼所喷出的火烧为灰烬的丈夫：

> प्रतिपद्य मनोहरं वपुः पुनरप्यादिश तावदुत्थितः ।
> रतिदूतिपदेषु कोकिलां मधुरालापनिसर्गपण्डिताम् [①]
> 恢复你的可爱形体，站起身来，再次指定
> 天生擅长甜蜜交谈的雌杜鹃，担任爱的使者。（IV.16）[②]

这句诗将罗蒂对已经化为灰烬但却印在心底的丈夫的深情表露无遗，虽为悲悯场景中的心声，但的确又将一种特殊的分离艳情味亦即瞬间便经历生离死别之痛后的刻骨思念生动地传达给读者。这种复杂的情感体验有时很难以某种术语概括，楼陀罗吒的睿智在于，他拓展了艳情味的表现领域，以适应阐释复杂情感的需要。

楼陀罗吒最先将艳情味与各种语言风格的描写联系起来。他还将男女间缺乏共鸣的单相思称为“类艳情味”（śṛṅgārābhāsa）。（XIV.36）[③]如果说优婆吒是首位提出“类味”和“类情”概念的诗学家，那么，楼陀罗吒是“第一位具体谈论类艳情味并予以阐释的人”。[④]楼陀罗吒的贡献影响了欢增、新护、波阇等人的味论思考。

论者指出，楼陀罗吒似乎还帮助印度古典文论家们解决了一个理论上的难题，即类味或类艳情味是否合法或是否关乎文学美的问题。从他的思路可以看出，文学中的爱不等于生活中的爱。用现代

---

①M.R.Kale, ed. *Kumārasambhava of Kālidāsa,* Delhi: Motilal Banarsidass Publishers, 2004, K p. 61.

②黄宝生编著:《梵语文学读本》, 北京: 中国社会科学出版社, 2010年, 第484页。

③Rudraṭa, *Kāvyālaṅkāra*, 1966, p. 404.

④K.Leela Prakash, *Rudrata's Kavyalankara: An Estimate,* p. 179.

的语言来说，诗中描写味是理想主义风格，描写类味或类艳情味则是现实主义路数。[①]楼陀罗吒及其著作的注疏者在论述类味和类艳情味的过程中，还贯彻了合适的原则。“这些思想后来成了欢增的文学理论基础。”[②]

第15章论述艳情味之外的其他九味。亲爱味已如前述，下边对其他八味的论述做一简介。

楼陀罗吒认为，英勇味以常情勇为特征。它分成战斗、正法和布施等三类英勇味。悲悯味以常情悲为特征，具有流泪、悲伤、悲泣等情态。厌恶味以常情厌为特征，情由是看到、听到或谈论令人不快的东西，情态是反胃和反感等。恐怖味以常情惧为特征。表现恐怖味的主角是下等人、妇女和儿童。恐怖味表现为出汗、口吃等情态。奇异味以常情惊为本质。情由是不可思议的事，情态是睁大眼睛、流泪等。滑稽味以笑为特征。情由是自己或他人怪异的肢体、服装或行为等。一般而言，它主要与妇女、下等人和儿童有关。暴戾味以常情怒为特征。暴戾味的主角行为残忍、暴躁。平静味以正确认识（samyagjñāna）为特征，情由是正确认识外界事物，摒弃情欲。楼陀罗吒强调味在文学创作中的重要性：“诗的各个部分被精心编织，它充满情味令人愉悦，因此，为使所有诗篇受人喜爱，诗人应认真思考如何正确地把握这些味。”（XV.21）[③]

综上所述，楼陀罗吒在戏剧味论向诗味论或纯文学味论过渡方面做出了历史性贡献。他的很多思考具有丰富的理论价值，对此后梵语诗学味论的进一步发展也不无启示。总之，比之婆摩诃等前辈诗学家，楼陀罗吒对味的阐发更进了一步。不过，更加重要且更有新意的味论还得由新护等人来完成。

---

①K.Leela Prakash, *Rudrata's Kavyalankara: An Estimate,* p. 184.
②K.Leela Prakash, *Rudrata's Kavyalankara: An Estimate,* p. 185.
③Rudraṭa, *Kāvyālaṅkāra*, 1966, p. 412.

三、其他方面的相关思考

楼陀罗吒对诗即文学的功能的看法与婆摩诃没有什么差异。在他看来，诗能给诗人带来财富，消除灾难，无比吉祥；诗能给诗人昭示重要的正法，获得最高的人生意义。楼陀罗吒和婆摩诃、伐摩那一样，也对诗的成因进行了探索。他认为，诗人应通晓好的行为仪轨和知识门径。能力、学问与实践这三者仍然是楼陀罗吒关注的核心。他把能力分为天生的和后天习得的两种，前者更为优秀，后者来自于学问："吠陀颂诗、语法、技艺、世俗规范、词语、词义的认识，能分辨是否在诗中使用它们，这就是全部学问。"（I.18）[①]他认为，世上没有什么不与诗人无关，因此，诗人应该勤奋地掌握一切知识，通晓世上学问，向优秀诗人请教，并坚持练习写作。

楼陀罗吒没有过多论及前辈诗学家伐摩那的风格论。他在不同的地方分别提到了四种风格，即般遮罗、罗德、高德和维达巴四种风格。[②]他在伐摩那三种风格的基础上，增加了罗德（lāṭa）风格。他依据复合词多寡而非诗德论述风格。他从句义表达的角度论及诗德，认为句子中的词语如有优美、清晰、细密等特点，就是词德。

在梵语诗学史上，楼陀罗吒首次把味和风格相联系，把风格视为营造诗歌情味的重要因素。他写道："维达巴和般遮罗风格应合适地运用在亲爱味、悲悯味、恐怖味和奇异味中，而罗德和高德风格则应合适地运用在暴戾味中。"（XV.20）[③]这一句中出现了औचित्य即"合适"一词。楼陀罗吒是第一位明确使用"合适"

①Rudraṭa, *Kāvyālaṅkāra*, 1966, p. 12.
②Rudraṭa, *Kāvyālaṅkāra*, 1966, pp. 21, 405.
③Rudraṭa, *Kāvyālaṅkāra*, 1966, p. 411.

（aucitya）这一诗学概念的梵语诗学家。他在《诗庄严论》第2章第36颂和第3章第59颂分别论述谐音和叠声庄严时，要求诗人根据作品内容，准确地把握合适运用的原则。第15章再次强调合适的原则，这表明他对合适原理的高度重视。这对以后的安主构建较为完备的合适论体系不无启迪。

楼陀罗吒也论述了诗病问题。他在《诗庄严论》第2章中，论述了用词不足、词义重复等六种诗病，并把诗病分为音病和义病两类。第6章专论分为词病和句病的九种音病。第9章专论不合逻辑、词义冷僻等九种义病，这一章还附带论述了四种喻病。在论述诗病时，楼陀罗吒继承了檀丁的辩证法，认为叙述者在进行必要模仿的情况下出现的几乎所有诗病，都可视为转化的诗德。

楼陀罗吒在《诗庄严论》最后一章即第16章中论述了文类。他认为："诗（kāvya）、故事（kathā）和传记（ākhyāyikā）等作品可分两类：想象诗（utpādyakāvya）和非虚构诗（anutpādyakāvya）。这两类诗各自可分为大诗（mahākāvya）和小诗（laghukāvya）。"（XVI.2）[①]这种分类法在婆摩诃和檀丁那里是没有的。

在楼陀罗吒看来，想象诗的题材和人物来自诗人的想象，而在非虚构诗中，题材和人物角色全都取自历史传说和往世书等。这也说明，楼陀罗吒所谓的"非虚构诗"其实在本质上还是一种"想象诗"，因为历史传说和往世书往往也是空灵奇妙的想象产物。由此可见，楼陀罗吒将文学作品视为虚构与非虚构作品，的确是对古典文类学的重要贡献，但这种姿态仍旧有别于现代意义的文类二分。

客观地看，自楼陀罗吒的《诗庄严论》问世以后，具有繁琐形式主义色彩的庄严论虽然还在缓慢地发展，但是其创新成分逐渐减少已成定局，除了世主等极少数人外，再也不能产生更多的具有创见的庄严论者，相反，味论和韵论在9世纪后获得普遍关注。这是

---

①Rudraṭa, *Kāvyālaṅkāra*, 1966, p. 413.

梵语诗学发展的必然规律，这也符合文学理论发展的一般规律。因为，庄严论一味关注语言问题，忽视作者与读者的审美情感，它让位于味论和韵论是历史的必然。

回过头来全面审视楼陀罗吒及其学说，他对整个梵语诗学史的贡献有必要重新评估。“楼陀罗吒特别重视味论，为欢增及其杰出的追随者们创造了一种思想基础，使其强调味韵论或情感暗示论的重要性。”[①]事实上，楼陀罗吒的一些新观点对于后世诗学家的启迪引人注目。例如，他提出的味合适论、“暗示”庄严等对欢增构建自成体系的韵论存在深刻的影响。他提出的许多新庄严为后世诗学家所采纳。波阇、曼摩吒、毗首那特、鲁耶迦、维底亚达罗和世主等人便是借鉴或继承楼陀罗吒庄严论的典型例子。楼陀罗吒的味论对胜财和毗首那特等后世诗学家的影响，在迄今为止的梵语诗学探讨中尚未得到足够的重视。楼陀罗吒味论的历史影响，略举一例便可说明。

前边说过，楼陀罗吒在论述分离艳情味时，将之一分为四：

> अथ विप्रलम्भनामा श्रृङ्गारोऽयं चतुर्विधो भवति ।
> प्रथमानुरागमानप्रवासकरुणात्मकत्वेन ॥ १ ॥
>
> 这样，分离艳情味分为四类，它们分别以初恋、傲慢、远行和苦恋为特征。（XIV. 1）[②]

再看看500年后即14世纪的毗首那特在《文镜》中写下的相似句子：

---

①Tapasvi Nandi, *Sahṛdayāloka: Thought-currents in Indian Literary Criticism,* Vol. 1, Part 1, Ahmedabad: L. D. Institute of Indology, 2005, pp. 38-39.

②Rudraṭa, *Kāvyālaṅkāra*, 1966, p. 394.

स च पूर्वरागमानप्रवासकरुणात्मकश्चतुर्धा स्यात् ①

它又分成初恋、傲慢、远行和苦恋四种。（III. 187）②

这里的“它”指分离艳情味。

印度学者指出：“只有当我们深入了解楼陀罗吒对后世论者的影响后，才能认识他的卓越成就。欢增、王顶、鲁耶迦、曼摩吒、雪月、毗首那特和世主，也就是说，几乎所有重要的梵语诗学家都在其著述中借鉴了楼陀罗吒的著作。楼陀罗吒是一位先驱人物（father figure），在每一位诗学家阐释、划分和描述各种庄严时提供灵感。他的味合适论（rasaucitya）在许多诗学家心目中占据着卓越的位置。总之，在理解古典梵语文学的所有方面，他始终是我们的最佳向导。”③

第七节 伐致诃利的《句词论》

（7世纪）

吠陀时代后期产生了“六吠陀支”，其中的语音学、语法学和词源学构成了印度古代语言学的基础。现存最早的词源学著作是公元前5世纪耶斯迦的《尼录多》。耶斯迦把词分为名词、动词、不变词和介词四类，他确认一切名词源自动词。公元前4世纪左右，波你尼写成了著名的梵语语法著作《八章书》，又称《波你尼经》，为此后的古典梵语奠定了基础。公元前2世纪波颠阇利的《大疏》是对《波你尼经》亦即《八章书》的疏解，它还开创了印

①Viśvanātha, *Sāhityadarpaṇa*, New Delhi: Panini, 1982, p. 170.
②黄宝生译：《梵语诗学论著汇编》（下册），第883页。
③K.Leela Prakash, *Rudrata's Kavyalankara: An Estimate,* p. 200.

度后来流行的注疏体或经疏文体。[①]前述的伐摩那是梵语诗学家中最早采用这种经疏体探讨文学的人。此后，很多诗学家如欢增、安主、曼摩吒和毗首那特等人都在诗学著述时采用经疏体。

如果说波你尼是利用语法规则来研究梵语结构，而波颠阇利是在注解波你尼语法体系时开始涉及语言哲学，那么，“正是在《句词论》中，对于语法哲学的阐释和讨论才首次得以充分地进行”。[②]《句词论》（वाक्यपदीय，*Vākyapadīya*）是梵语语言哲学家伐致呵利（भर्तृहरि，Bhartṛhari）的名著。伐致呵利大约生活在公元7世纪。义净曾在《南海寄归内法传》（卷四）中介绍了他的《句词论》。“次有《薄迦论》，颂有七百，释有七千，亦是伐致呵利所造，叙圣教量及比量义。”[③]此处的《薄迦论》当指《句词论》。《句词论》似乎可以视为《八章书》之后的第四部梵语语法经典。伐致诃利超越了他的前辈，在语法学家中第一个尝试构建“独立的哲学流派”。[④]伐致呵利关注的重点虽然是语言，但其理论却对梵语诗学产生了深刻影响。伐致呵利和婆摩诃、檀丁等注重语言修辞的庄严论者大约生活在同一时代，语言探索与文论话语建构之间应该不无关联。后来的欢增更是在波颠阇利和伐致呵利等人的语言哲学基础上，创立了梵语诗学中影响极大的韵论。按现代眼光看，语言哲学是文学理论体系建构的基础之一，如似受梵语语言学影响的瑞士语言学家索绪尔，便深刻地影响了俄国形式主义和英美新批评文论。索绪尔语言哲学给西方现代文论发展带来了深刻的影响。因此，索绪尔与西方现代文论的发展关系密切。伐致呵利对古代印度

①参阅刘建、朱明忠、葛维钧：《印度文明》，第224页；黄宝生：《梵学论集》，第260—262页。本节对《句词论》的介绍，多处参考黄宝生该书相关部分的论述和译文。

②Bhartṛhari, *Vākyapadīya*, “Introduction,”by K. Raghavan Pillai, Delhi: Motilal Banarsidass, 1971, XI.

③义净：《南海寄归内法传》，王邦维校注，北京：中华书局，1995年，第203页。

④Gayatri Rath, *Linguistic Philosophy in Vakyapadiya,* “Preface,”Delhi: Bharatiya Vidya Prakashan, 2000, IX.

文论发展的影响与此情形类似。因此，下面对伐致呵利的语言哲学思想作点简单介绍。

伐致呵利的《句词论》分为三章。第一部分是《梵论篇》（Brahmakāṇḍa），主要论述शब्दब्रह्म（śabdabrahman，词梵或音梵），涉及स्पोट（spoṭa，常声）和ध्वनि（dhvani，韵）等关于语言哲学的形而上思考。第二部分是《句论篇》（Vākyakāṇḍa），主要论述句子及其意义的内在本质。第三章为《杂论篇》（Prakīrṇa），又称《词论篇》（Padakāṇḍa），主要关注词语。现代学者认为，《梵论篇》和《句论篇》便足以构成整个《句词论》的体系。《杂论篇》的来源尚存在复杂问题。[①]

先看看伐致呵利的“词梵”或曰“音梵”、“声梵”说。这也是伐致诃利语言哲学的集中体现，它也是印度古典语言哲学的精华所在。自从吠陀时代开始，“词梵”即语音或语言至上理念已然形成。《梨俱吠陀》将语言称为वाच（Vāk，语言）或“生主”（Prajāpati），语言被拟人化为梵，四方世界从语言亦即梵产生的海水中摄取万物。在《夜柔吠陀》中，语言又被视为其卓越的性力，并拟人化为“语主”（Vācaspati）。梵书时代，语言被视为生主的另一半。通过语言，生主创造世界万物。到了奥义书时代，语言万能的观点更加深入人心。[②]在这种背景下，伐致呵利词梵说的来源可以得到合理的解释。

伐致呵利开篇点题：“词（शब्द，语音或语言）实质上是无始无终的永不湮灭的梵，它转化为各种事物（अर्थ，意义），世界因此得以创造。”（I.1）[③]此句中的梵文词अर्थ（artha）可以理解为“事物”或“财富”，又有“意义”的意思。黄宝生据此认为：“伐致

①Bhartṛhari, *Vākyapadīya*, “Introduction,”by K. Raghavan Pillai, XVI.

②此处对语言的介绍，参见：Bhartṛhari, *Vākyapadīya*, “Introduction,”by K.Raghavan Pillai, XI.

③Bhartṛhari, *Vākyapadīya*, Delhi: Motilal Banarsidass, 1971. p. 1.

诃利将梵与语言的本质等同，既可说梵是语言的本质，也可说梵以语言为本质。梵是世界的本原。由此，他也将语言与世界的创造等同。伐致诃利的这一说法与《新约·约翰福音》异曲同工：'太初有道，道与神同在，道就是神。'"[①]伐致呵利还认为："作为至高精华的词梵，无影无形，它转化为纯洁光芒，照亮黑暗世界。崇拜词梵者已经超越了语言所体现的活动与形式，也超越了光明与黑暗。"（I.18-20）[②]这一思想几乎可视为檀丁语言神圣观的原型。例如，《诗镜》开头便说："完全是蒙受学者们规范的和其他的语言的恩惠，世上的一切交往得以存在。如果不是称之为词的光芒始终照耀，这三界将完全陷入盲目的黑暗。"[③]

伐致诃利明确地以吠陀为文化支点阐述自己的语言神圣观。他说："由独一无二的词所展示的真实而神圣的知识，在吠陀中乃为神圣的唵音（ॐ，Om）。这种知识与所有派别的思想并不矛盾。"（I.9）[④]稍后，他还写道："精通吠陀者知道，词语创造了世界。正是通过吠陀，世界才首先被语言转化而成。"（I.120）[⑤]伐致呵利认为，世界的神力来自于词的神力。世上人们的行为由词即语言来决定。即使一个孩子也知晓这种行为，因为这是前世语言的种子所为。"在这个世界上，没有语言，就没有认知理解。似乎由于和语言相联系，一切智慧大放异彩。如果否认语言是认识的坚实基础，智慧之光就不会闪耀。有了语言，才有思考……只有经过了语言的薰习，所有生命才有思想。"（I.123-125）[⑥]综上所述，伐致呵利特别推崇语言，将语言视为梵的化身。"谁通晓语言，就能达到至高灵魂（梵）；掌握语言活动本质，就能享有梵甘

①黄宝生：《梵学论集》，第266页。
②Bhartṛhari, *Vākyapadīya*, 1971. p. 4.
③黄宝生译：《梵语诗学论著汇编》（上册），第153页。
④Bhartṛhari, *Vākyapadīya*, 1971. p. 2.
⑤Bhartṛhari, *Vākyapadīya*, 1971. p. 27.
⑥Bhartṛhari, *Vākyapadīya*, 1971. p. 28.

露。”（I.132）[①]由此，伐致呵利还强调语法的重要性。他说：“智者说，语法是梵的紧邻，它是苦行中最高的苦行，它是吠陀的第一分支。”（I.11）[②]在他看来，没有语法，便没有世上一切学问或知识：“语法指点解脱的门径和治疗语病及净化一切知识的方法。正如词类是一切事物（意义）的起源，语法这门学问是世上一切学问的基础。语法是通往解脱的第一步梯级，也是渴望解脱者坦荡的王家大道。”（I.13-16）[③]

“常声”说和“韵”论是波颠阇利首先提出的。“语言常声论试图解释词语潜在的神秘力量。伐致诃利认为，‘常声’是一种不可分割的整体。”[④]不过，一般认为，常声说的源头是波你尼的《八章书》第六章第一节第123颂：

> अवङ् स्पोटायनस्य
>
> 根据常声派的观点。[⑤]

关于常声，波颠阇利举例说明：一旦我们说出गौह्（gauh，牛）这个词，脑子里就浮现出牛的具体形象，即具有颈垂肉、角、蹄和尾的形象。他认为词本身是原本存在的，恒定不变，不可分割。词本身原就存在，恒定不变，但由声音来展现。他把这种词本身称作“常声”，即通过声音体现的原来就有的词。波颠阇利在《大疏》中写道：

---

①Bhartṛhari, *Vākyapadīya*, 1971. p. 30. 此处采用黄宝生译文，见黄宝生：《梵学论集》，第267页。此节凡未注明译文出处者皆系拙译。

②Bhartṛhari, *Vākyapadīya*, 1971. pp. 2-3.

③Bhartṛhari, *Vākyapadīya*, 1971. p. 3.

④Rama Nair, *Indian Theories of Language: A Literary Approach,* Hyderabad: Cauvery Publications, 1990, p. 70.

⑤Pāṇini, *Aṣṭādhyāyī,* Trans. by Srisa Chandra Vasu, Vol. 2, Delhi: Motilal Banarsidass, 1977, p. 1095.

अथवा प्रतीतपदार्थको लोके ध्वनिः शब्द इत्युच्यत

换句话说，शब्द（词）就是发音的ध्वनि（韵），世上万物由此产生。①

换句话说，गौह्即gauh这个词原本存在，但它是通过连续发出ग्（g）、औ（au）和ह्（h）三个音素展示的。其中，任何一个单独的音素不能形成“牛”的词义，ग्、औ和ह्三个音素也不可能同时发出。只有依次发音至最后一个音素时，才能结合保留在印象中的前两个音素，形成牛的词义。这种展现原本存在的词的发音就是“韵”。

波颠阇利的常声说与韵论在伐致呵利的《句词论》中得到详细论述。在伐致呵利看来，正如词梵亦即梵产生和呈现世界万物，“常声”产生和展现语音和意义。“常声”代表语音或语言的终极存在，原本完整而浑然一体。“据此，常声便是符号。它呈现的音和义便是能指（即音响形象）和所指（即概念）……常声便是大音，即不可得闻之音，也就是语言的绝对真实。”②伐致诃利写道：“因此，词语不可能不以字母的形式存在，句子也不可能不以字母和词的形式组成。正如字母不能再分，词语中不分字母。无论如何，任何人也不能把词从句子中分离出去。”（I.72-73）③更准确地表达常声说的还是其下述观点：词语或语音既非前世也非来世的存在物，但它却以先后发声的形式而产生。打一个比方：水的常声似波，因而催生了浪，波浪反过来又加剧了常声的运动。

①K.V.Abhyankar and Jayadev Mohanlal Shukla, eds. *Patañjali's Vyākaraṇa-Mahābhāṣya, Āhnikas 1-3 with English Translation and Notes,* Poona: Bhandarkar Oriental Research Institute, 1975, p. 7. 由于अर्थ还有“意义”的意思，因此，这句似乎还可译为“……世界万物的意义由韵产生”。

②黄宝生：《梵学论集》，第266页。

③Bhartṛhari, *Vākyapadīya*, 1971. p. 15.

“常声和词的连续发音关系便是如此。”（I.49）[①]这就是说，在认知过程中，认知与认知对象可以同时察觉。“同样，在词中也可发现词本身及其对象（词义）。这个鸡蛋一样存在的‘词’（常声）转化为各种形式，以语音逐个部分地展现自己。一种形象是另外形象的化身，它先作为整体的对象被感知，然后被描绘在画布上。可以发现，理解词的三个步骤也是如此。说话人的思想先集中在词上。同样，听众也先关注词，以理解词义。作为辅助意义的表达者一旦表达了意义，便实现了目的，它就不再被人感知。”（I.50-54）[②]伐致呵利的这些论述，其实与他的语言层次说有关系。他把语言的表现形式分成微妙、中介和粗糙三种形式。他说：“语法是语言卓越的最高基础。语言真实（常声）通过语言的粗糙（vaikharī）、中介（madhyamā）和微妙（paśyantī）等三种形式进行展示，这是三个不同的阶段。”（I.143）[③]微妙形式是语言的绝对真实，音和义浑然一体。中介形式是微妙形式的展现，通过思想把握。粗糙形式是中介形式的进一步展现，即通过人体内的气流运动转化为声音。波颠阇利称之为“韵”。伐致呵利进一步区分，将中介形式称为“原韵”（prākṛtadhvani），将粗糙形式称为“变韵”（vaikṛtadhvani）。“原韵”是内部思想的呈现，“变韵”是外在的声音展现。[④]正如伐致呵利所言：“正如引火木上的光是另一种光的原因，思想中的词是闻听到的词音的原因。思想中思考的词在先，进入某种对象（意义）在后，依靠发音（韵）把握。”（I.49）[⑤]

伐致呵利在论述时常常把“常声”与“韵”结合起来，以体现

①Bhartṛhari, *Vākyapadīya*, 1971. p. 10.

②Bhartṛhari, *Vākyapadīya*, 1971. p. 11.

③Bhartṛhari, *Vākyapadīya*, 1971. p. 32.

④此处对三种语言形式的介绍，参阅黄宝生：《印度古典诗学》，第331—332页。

⑤Bhartṛhari, *Vākyapadīya*, 1971. p. 10. 此处采用黄宝生译文，见黄宝生：《梵学论集》，第266页。

二者互为表里的亲密关系。在有的学者看来，伐致诃利是从听者与说者的两个视角来论述“常声”与“韵”的因果关系的：“从说者的角度看，常声是产生韵的原因，而韵则是常声所引发的结果；从听者的角度说，韵是常声的原因，因为韵使常声得以显现。交流不是单纯的听音亦非纯粹的发音。”①关于韵的领悟以及韵和常声的复杂关系，伐致诃利转述了几种不同的观点：“某些人认为，无须把韵和常声分开来理解韵。有的人说韵是不可理喻的，另一些人则想当然地认为，韵是自我呈现的。”（I.81）②关于常声和韵的微妙联系，伐致诃利还详细地进行了说明：“有的人认为，常声是由许多不同的词音所展示的共性，这些不同的词音形成展示常声的韵。正如光展现物体，由词音形成的韵因此展示没有变化的常声。常声被展示并不意味着它绝对属于不永恒的事物。永恒的共性也被视为由其固有的具体词音所揭示。世界上的生灵都与地点、时间等等因素相联系。即使地点和时间产生了变化，展示常声的词音（韵）和常声的关系并无变化。”（I.93-96）③伐致诃利还引用别人的观点对韵的表现特征和产生流程进行描述：“各种感官的融合与分离产生了常声，而韵就是展现常声的词音。不管词音是短是长，常声不随时间而产生变化。源自常声的词音则有长短之分。好比打量灯火的微光，韵也只能远远地聆听，但钟声等等却清晰可辨。”（I.102-104）④

印度古代语言哲学非常重视语言和意义的关系，伐致呵利当然没有例外。他借用别人的话说道：“大仙们把词语、意义和它们之间的关系当作永恒不变的东西进行论述。”（I.23）⑤婆摩诃、恭多

①Manjulika Ghosh and Bhaswati Bhattacharya Chakrabarti, eds. *Sabdapramana in Indian Philosophy,* New Delhi: Northern Book Centre, 2006, p. 147.

②Bhartṛhari, *Vākyapadīya*, 1971. p. 18.

③Bhartṛhari, *Vākyapadīya*, 1971. p. 21.

④Bhartṛhari, *Vākyapadīya*, 1971. pp. 22-23.

⑤Bhartṛhari, *Vākyapadīya*, 1971. p. 5.

迦等梵语诗学家先后受到这种音义结合观的深刻影响，以至于他们对诗的定义大多围绕音义结合这一命题入手。

在句子是否可以细分的问题上，语言哲学家中存在两派不同的思想观点。一派是整体论者，主张句子是自足的整体，词和语音与句子不可分离。这一派又分为几种对立观点。另外一派是多元论者，主张语音是自足整体，词是语音的组合，句子是词的叠加而已。这派又分为三种不同观点。这两派的观点都与对常声和韵的理解有关。伐致呵利在第一部分即《梵论篇》中分别介绍了两派的几种不同观点。第二部分即《句论篇》是探讨句义理论的重点。伐致呵利在开头即指出，关于何为句子，理论家们众说纷纭：句子是动词；句子是词的紧密结合；句子是紧密结合的词形成的世界；句子是单纯的发音而不可细分；句子是词的先后组合；句子是第一个词；句子是彼此具有期望（akāṅkṣā）关系的一些词，等等。[①]然后，伐致呵利引用弥曼差派和正理派哲学家的句义理论加以论述。这一部分的论述充分体现了伐致呵利作为语言哲学家的深厚功力和渊博学识。他的论述涉及了句子常声说、词语和意义之关系、词义与句义关系等复杂问题。例如："一切词义本质上都和句义相连。一个自足的句义与词义的本质类似。"（II.324）[②]值得一提的是，伐致呵利记录了语法学家和弥曼差派哲学家之间的分歧，触及到句义说中的"期望"、"关联"和"邻近"原则。[③]曼摩吒等后世梵语诗学家曾在著作中引用之。伐致呵利有时还利用巧妙的比喻来解说艰涩的语言哲学问题。例如，他以水和海市蜃楼、蛇与绳来解说词义问题。[④]

伐致呵利的理论对于印度古代语言哲学和梵语诗学影响深刻。

①Bhartṛhari, *Vākyapadīya*, 1971. p. 36.
②Bhartṛhari, *Vākyapadīya*, 1971. p. 110.
③Bhartṛhari, *Vākyapadīya*, 1971. pp. 113-117.
④Bhartṛhari, *Vākyapadīya*, 1971. p. 102.

有学者指出："伐致诃利在他的《句词论》之'梵论篇'中提出了'音不二论'（śabdāvaita，śabdavivartavāda），这是前商羯罗时期的不二论。"①常声论（sphoṭvāda）影响了梵语诗学家新护等人信奉的克什米尔湿婆派哲学。还有论者指出："常声论并非伐致诃利的原创，但不可否认的是，正是他将之视为语言学的基本概念，后来，语法家们成功地发展了这种理论。"②事实上，当代世界梵学界对于伐致诃利的语言学成就已有高度的认识。1992年1月，首届伐致诃利国际学术研讨会在印度的普纳大学召开；2003年12月，在新德里的印度国际中心举办了题为"伐致诃利：语言、理论与现实"的国际学术研讨会。这两次会议吸引了世界各地的梵学专家，但似乎没有中国学者参与。两次会议的论文集均已结集出版，为印度国内外梵学界提供了非常宝贵的参考资料。③伐致诃利在印度文论发展史上的地位，应该得到足够的认识。某些当代印度学者在主编印度文论选时，把他论述"词梵"的《句词论》片段选入，其名次只在婆罗多和朵伽比亚尔之后，位居第三。④这充分体现了印度学者对伐致呵利语言哲学的高度重视，同时从另一个侧面证明，把伐致呵利视为一个索绪尔似的文论家未尝不可。这非但不会贬低他们的价值，反而是承认和感激他们对东西方文学理论发展所做出的杰出的历史贡献。

---

①Madhava Krishna Sarma, *Panini, Katyayana and Patanjali,* Delhi: Shri Lal Bahadur Shastri Rashtriya Sanskrit Vidyapeeth, 1968, pp. 152-153.

②Gayatri Rath, *Linguistic Philosophy in Vakyapadiya,* p. 92.

③关于这两次会议探讨的大致内容，参见：Saroja Bhate and Johannes Bronkhorst, eds. *Bhartrhari: Philosopher and Grammarian*（Proceedings of the First International Conference on Bhartrhari）, Delhi: Motilal Banarsidass Publishers, 1997; Mithilesh Chaturvedi, ed. *Bhartrhari: Language, Thought and Reality*（Preceedings of the International Seminar, Delhi, December 12-14, 2003）, Delhi: Motilal Banarsidass Publishers, 2009.

④G.N.Devy, ed. *Indian Literary Criticism*. pp. 20-25.

第八节　跋底的《跋底的诗》

（6至7世纪）

跋底（भट्टि，Bhaṭṭi）大约生活在6至7世纪之间。他的生平所知有限，甚至有人误将他和语法学家伐致呵利视为同一人。他的传世之作是取材于《罗摩衍那》的叙事诗兼语法著作《跋底的诗》（भट्टिकाव्य，*Bhaṭṭikāvya*）。该书有些类似于前述泰米尔语著作《朵伽比亚姆》的体例和宗旨。该书又名《罗摩传》（रामचरित，*Rāmacarita*）、《罗波那伏诛》（रावणवध，*Rāvaṇavadha*）或《罗摩的诗》（रामकाव्य，*Rāmakāvya*）。该书有一箭双雕的目的，既借罗摩故事抒发诗人的宗教情怀，又借机介绍和阐释波你尼梵文语法规则。全诗共有22章，分为四部分。第1到第4章为《杂篇》（*Prakīrṇa kāṇḍa*），介绍各种语法规则；第5到9章为《主要规则篇》（*Adhikāra kāṇḍa*），介绍主要语法规则；第10到13章为《清净篇》（*Prasanna kāṇḍa*），介绍各种修辞方式，但各颂诗又兼顾诗德和味的展示。其中，第10章描述各种庄严，第11章涉及甜蜜诗德，第12章涉及生动诗德，第13章涉及各种方言风格的差异。第14章到22章《动词语尾变化篇》（*Tiṅanta kāṇḍa*），介绍各种语气和时态。综上所述，该书独具特色，具有十分重要的诗学研究价值。在书中，跋底不仅显示出渊博的语法知识，还淋漓尽致地展现自己的诗才。例如，第3章第22颂典型地体现了悲悯味：

国王的妻子们大声哭泣，
撕扯头发，捶打自己身躯，
扔掉装饰品，还跌倒在地，

她们甚至摔坏了自己手饰。（III.22）[1]

跋底在梵语文学中开创了一种特殊的体裁即“经论大诗”（शास्त्रकाव्य，śāstrakāvya）。从艺术上看，该作完全符合“大诗”的体制，但由于它同时还是一部语法修辞著作，读者必须具备一定的语法修辞理论方可开卷有益。跋底宣称说：“对于有语法眼光的人，这部著作犹如一盏明灯，如果缺乏语法修养，那就像盲人手中的明镜。”[2]这里不涉及跋底诗歌所关注或影射的其他问题，仅对诗中描写的各种庄严进行分辨。

具体说来，跋底在该著第10章中，以诗歌的形式集中描述和演示了下述三十多种庄严：1. 谐音（X.1）、2. 叠声（X.2-22）、3. 明灯（X.23-25）、4. 隐喻（X.26-30）、5. 明喻（X.31-36）、6. 补证（X.37）、7. 略去（X.38-39）、8. 较喻（X.40）、9. 藏因（X.41）、10. 合说（X.42）、11. 夸张（X.43）、12. 罗列（X.44）、13. 奇想（X.45）、14. 部分奇想（X.70）、15. 自性（vārtā，X.46）、16. 有情（X.47）、17. 有味（X.48）、18. 有勇（X.49）、19. 迂回（X.50）、20. 天助（X.51）、21. 高贵（X.52-54）、22. 双关（X.55-57）、23. 否定（X.58）、24. 殊说（X.59）、25. 佯赞（X.60）、26. 相似隐喻（X.61）、27. 等同（X.62）、28. 例证（X.63）、29. 矛盾（X.64）、30. 互喻（X.65）、31. 共说（X.66）、32. 混合（X.67, 71）、33. 疑问（X.68）、34. 自比（X.69）、35. 祝愿（X.72）、36. 不相配（X.72）、37. 排除（X.73）等等。有的学者认为，跋底提到的夸张等庄严也可视为自性。

跋底在介绍各种庄严即修辞方式时，与婆摩诃、檀丁显然有区

①Bhaṭṭi, *Bhaṭṭi-Kāvyam,* Delhi: Motilal Banarsidass, 1982, p. 23.

②此处介绍及译文，参见黄宝生：《印度古典诗学》，第207页。

别。①他与婆摩诃论述庄严的次序不同，还把婆摩诃摒弃的自性、原因等等视为庄严。跋底摒弃了婆摩诃的间接和檀丁所欣赏的掩饰、微妙等庄严。他的庄严采纳了婆摩诃和檀丁没有提到的“巧妙”（nipuṇa）。他还以21颂详细阐释婆摩诃轻描淡写的叠声，这似乎显示出他对叠声这一庄严的偏爱。

在对跋底描述的各种庄严进行分析后，梵语诗学史专家迦奈认为：“从这些情况来看，很清楚，跋底既不追随婆摩诃，也不遵循檀丁，而是从婆摩诃与檀丁之前的著作中截取例子。”②这也说明，在婆罗多与婆摩诃、檀丁之间，很可能存在现已失传的梵语诗学著作。期待未来印度与世界梵学界、考古学界会给人们带来惊喜。

第九节　《火神往世书》的文论观
（7至12世纪）

往世书是印度古代神话传说集，共有大小往世书各十八部。往世书产生年代很早，但最后成书大约在7世纪至12世纪左右。因此，《火神往世书》（अग्निपुराण，*Agnipurāṇa*）的成书年代说法不一。关于该书中的庄严论亦即诗学部分，有的学者认为：“很可能，《火神往世书》中的庄严论部分是在9世纪中叶后编撰而成的。”③《火神往世书》是十八部大往世书之一，大约有11500颂。“无论从哪个方面看，《火神往世书》都不是原创性著作，它只是一种百科全书式的编纂罢了。”④《火神往世书》第336到346章论述梵语诗学和戏剧学。（不过，在《火神往世书》的某些版本中，

①Bhaṭṭi, *Bhaṭṭi-Kāvyam,* “Introduction”, Delhi: Motilal Banarsidass, 1982, XXXII-XXXVI.

②P.V.Kane, *History of Sanskrit Poetics,* p. 73.

③Suresh Mohan Bhattacharyya, ed. & trans. *The Alaṅkāra Section of the Agnipuraṇa,* Calcutta: Firma KLM Private Ltd, 1976, p. 128.

④P.V.Kane, *History of Sanskrit Poetics,* p. 9.

第337到347章论述梵语诗学和戏剧学。）①《火神往世书》的文论思想曾经对后来的梵语诗学家产生过影响。例如，14世纪的毗首那特在《文镜》中明确地提到了《火神往世书》："还有，《火神往世书》中也说到诗的优异：'在这世上，人身难得，知识更难得；同样，诗人难得，诗才更难得。'还说：'戏剧是实现人生三要的手段。'"（I.2注疏）②鉴于此，下面对《火神往世书》的文论部分进行简介。

《火神往世书》第336章主要论述诗的定义和体裁。第337章论述戏剧类型、情节原素和情节关节。第338章论述味、常情、情由、情态、不定情和男女主角，还确认包括平静味在内的九种味。第339章论述四种风格。第340至341章论述舞蹈和语言形体等四类戏剧表演手段。第342到344章论述音庄严、义庄严和音义庄严。第345到346章论述诗德和诗病。《火神往世书》关于味、庄严、风格和诗德的一些特殊见解，与11世纪诗学家波阇的见解有些相似。由于学界迄今难以就《火神往世书》的成书年代、特别是其中的庄严论部分何时定型达成具体的共识，因此暂时无法裁断谁是文论观影响的受益者。

与婆摩诃、楼陀罗吒等人的著作一样，《火神往世书》的庄严论开头部分也大致属于诗歌总论性质。具体地说，该书庄严论部分第1章主要论述诗的定义和体裁。③作者首先从语言因素入手界定诗即纯文学的特征："现在我将讲述诗与戏剧中的庄严。一般认为，发音的音素（dhvanivarṇa）、单词（pada）和句子（vākya）

---

①Pushpendra Kumar, ed. *The Agni Mahāpurāṇam, Vol. 2,* Delhi: Eastern Book Linkers, 2006, pp. 869-897. 再如: *Agnipurāṇa,* Bombay: Anand Ashran Press,（1879）1957.

②黄宝生译:《梵语诗学论著汇编》(下册), 第812页。

③这部分的内容, 亦可参见: Manmatha Nath Dutt Shastri, *Agnipurāṇa: A Prose English Translation*, Vol. 2, Varanasi: Chowkhamba Sanskrit Series Office, 1967, pp. 1237-1239.

是语言作品（vāṅmaya）中的三种成分。这三种成分也存在于经论和历史传说中。经论和历史传说以词语（śabda）为重。诗以词语的意涵（abhidhā，表示义）为重。这是诗与经论和历史传说二者的区别。”（CCCXXXVI.1—2）①这其实是对诗歌为代表的文学作品与经论为代表的非文学作品的差异进行区分。由此，作者还得出一种类似于伐摩那“天才说”的结论：“人生在世，生命难得，而知识更难获取。诗性（kavitva）难得，而作诗的天才（śakti）更难具备。学问（vyutpatti）难得，而真知灼见（viveka）尤为难具。”（CCCXXXVI.3）②这就是说，熟练地掌握语言奥秘并具备过人表达力的作者，才是真正意义上的诗人。诗的特征、来源和功用则以短短的几句话作了交代：“诗中闪耀庄严，有诗德、无诗病。诗来源于吠陀天启或俗世生活。诗天生助人成功，使人喜悦。（CCCXXXVI.6-7）”③关于诗的分类，作者写道：“梵语是天神们的语言，人们使用三种俗语。诗有散文体、韵文体和混合体三种。词的连接不分音步，这是散文体。散文体诗分为花粉型（cūrṇaka）、花蕾型（utkalikā）和诗律连声型（vṛttasandhi）三类。”（CCCXXXVI.7-8）④这里分明可见檀丁和伐摩那的思想印迹。

作者主要依据檀丁《诗镜》的有关论述，对三类诗的特征和分类进行介绍。他把散文体诗分为传记、故事、小故事（khaṇḍakathā）、大故事（parikathā）和短故事（kathānikā）等五

①Suresh Mohan Bhattacharyya, ed. & trans. *The Alaṅkāra Section of the Agni-puraṇa,* p. 137.

②Suresh Mohan Bhattacharyya, ed. & trans. *The Alaṅkāra Section of the Agni-puraṇa,* p. 137.

③Suresh Mohan Bhattacharyya, ed. & trans. *The Alaṅkāra Section of the Agni-puraṇa,* p. 137.

④Suresh Mohan Bhattacharyya, ed. & trans. *The Alaṅkāra Section of the Agni-puraṇa,* pp. 137-138.

类。他认为，在散文体诗中，主角称颂家族世系，描写劫女、战斗、分离和失败。由主角或他人讲述的那些优美篇章应该视为传记。重新讲述往事，这是故事。不分章节，或结局在叙述的最后出现，这是另一种故事。故事若采用四个音步（catuṣpadī，四句颂），这是小故事。小故事和大故事含有悲悯味和四种分离艳情味。短故事以恐怖味开始，故事中间以悲悯味取胜，最后是奇异味。韵文体诗分为大诗（mahākāvya）、结集诗（kalāpa）、完整诗（paryābandha）、精选诗（viśeṣaka）、组诗（kulaka）、单节诗（muktaka，短诗）和库藏诗（koṣa）。大诗是分章的作品，用梵语写成。大诗依据历史传说、奇异故事或其他真实事件进行创作。它描述谋略、遣使、进军、战斗和胜利。单节诗比较详尽地描述故事的不同片段。结集诗先在故事的每一章中称颂主角，最后再强烈谴责反角。大诗人（mahākavi）在大诗中应该努力而生动地描写季节、月亮和树林等时令气候和自然景观，描写男欢女爱和各位大神，描写各种情味、风格和诗德。作者强调了情味对于文学创作的重要性："尽管风格等修饰性成份非常重要，但只有味才是诗的生命。味贯穿诗的每一部分。"（CCCXXXVI.29）①作者在这一章的末尾解释了混合体诗的特征："所谓混合体诗指各种诗，它分两类：可听的诗和表演的诗。混合体诗使用所有语言。"（CCCXXXVI.33）②

《火神往世书》第337至341章主要依据婆罗多《舞论》，对戏剧学理论和表演实践进行了介绍。第337章高度肯定了戏剧的功能："戏剧是实现人生三要（trivargasādhana）的方式。"

---

①Suresh Mohan Bhattacharyya, ed. & trans. *The Alaṅkāra Section of the Agnipurāṇa,* p. 141.

②Suresh Mohan Bhattacharyya, ed. & trans. *The Alaṅkāra Section of the Agnipurāṇa,* p. 142.

（CCCXXXVII.7）[①]具体说来，这几章主要论及戏剧类型、戏剧情节、情节关节、味、情、男女主角、戏剧风格、舞蹈和戏剧表演等诸多重要方面。

就戏剧类型而言，《火神往世书》持“二十七色”之说（即二十七种戏剧）。它所提到的这些戏剧包含了婆罗多的十色和毗首那特提到的十七种“次色”（uparūpaka）：“人们认为，戏剧包括传说剧、创造剧、争斗剧、掠女剧、神魔剧、笑剧、纷争剧、独白剧、街道剧、感伤剧（Aṅka）、多吒迦（Toṭaka）、那底迦（Nāṭikā）、萨吒迦（Sāṭaka）、希尔波迦（Śilpaka）、迦尔纳艾迦（Karṇā-eka）、杜尔摩利迦（Durmallikā）、波罗斯他那（Prasthāna）、跋尼迦（Bhāṇikā）、跋尼（Bhāṇi）、戈希底（Goṣṭhī）、诃利舍迦（Hallīśaka）、迦维耶（Kāvya）、希利迦迪多（Śrīgadita）、那迪耶罗萨迦（Nāṭya-rāsaka）、罗萨迦（Rāsaka）、乌罗比耶迦（Ullopyaka）、波勒刹那（Prekṣaṇa）等二十七种。这些戏剧具有一般的和具体的特征，一般的特征涉及所有戏剧，而具体的特征表现在特定的戏剧中。”（CCCXXXVII.1-4）[②]此处论述戏剧的一般特征和具体特征，在梵语诗学史上似乎是第一次。此处以Aṅka代替了表示感伤剧的Utsṛṣṭikāṅka，后来的毗首那特在《文镜》中提到感伤剧时沿用了Aṅka这一名称。除了少数几种戏剧外，《文镜》在介绍二十八种戏剧类型时似乎基本沿用了《火神往世书》所提及的上述戏剧名称，它以多罗吒迦（Troṭaka）、诃利舍（Hallīśo）、乌拉毕耶（Ullāpya）和波伦迦那（Preṅkhaṇa）分别取代了《火神往世书》

---

①Suresh Mohan Bhattacharyya, ed. & trans. *The Alaṅkāra Section of the Agni-puraṇa,* p. 143. 由于该句中出现的karaṇa一词可表“方式”与“原因”，此句亦可译为“戏剧是人生三要得以实现的成因”。

②Suresh Mohan Bhattacharyya, ed. & trans. *The Alaṅkāra Section of the Agni-puraṇa,* p. 143. 此处所谓“一般特征”似指戏剧表演的时间、地点、味、情、情由、情态、舞台表演等，而“具体特征”似指单个戏剧的一幕幕场景等。

中提到的Toṭaka、Hallīśaka、Ullopyaka和Prekṣaṇa等几种剧名。《文镜》中提到的桑拉波迦（Sanlāpaka）、维拉希迦（vilāsikā）和波罗迦罗尼（Prekaraṇī）不见于《火神往世书》（波罗迦罗尼似来自于罗摩月和德月的《舞镜》），而《火神往世书》提及的迦尔纳艾迦（Karṇā-eka）和跋尼（Bhāṇi）则不为《文镜》所载。[①]

《火神往世书》在论述戏剧情节时，基本遵循《舞论》，但有时也表现出一些重要的差异。例如，《舞论》将情节分为主要情节和次要情节，而《火神往世书》虽然也持二分法，但却将之分为固定的（siddha）和想象的（utprekṣita）两类情节："情节被称为戏剧和其他作品的身体。据说，情节分为固定的情节和想象的情节两类。固定的情节见于经典，想象的情节由诗人创造。"（CCCXXXVII.16）[②]《舞论》将序幕分为五支，而《火神往世书》将之简化为伺机进入、故事开始和特殊表演等三支，并视其为种子的组成部分。《火神往世书》遵循婆罗多的情节五原素说：种子、油滴、插话、小插话、结局。它也遵循婆罗多的情节发展五阶段说；开始、努力、希望、肯定、成功。它还遵循婆罗多的情节五关节说：开头、展现、胎藏、停顿、结束。

《火神往世书》的第338章至关重要，因为它在梵语诗学史上首次尝试提出一种特殊的味论即宗教性的艳情味论。该章开头便说："在吠檀多中，至高无上的梵不可毁灭，永恒如斯，无生而又威严。它是有意识的、光彩熠熠的自在天。梵的本性是欢喜（ānanda）。梵的欢喜有时得以表现，这种表现被叫做意识（caitanya）、魅力（camatkāra）和味（rasa）。梵的欢喜首先表现为自我意识（ahaṅkāra，即自爱），由自爱而产生自

①Viśvanātha, *Sāhityadarpaṇa*, New Delhi: Panini, 1982, p. 273.

②Suresh Mohan Bhattacharyya, ed. & trans. *The Alaṅkāra Section of the Agnipuraṇa,* p. 145.

尊（abhimāna），三界因此得以圆满。常情爱（rati）产生于自尊，它与不定情等等结合而达到成熟状态，遂被称为艳情味。”（CCCXXXVIII.1-4）[①]这种联系吠檀多哲学的艳情味对后来的味论诗学发展影响很大，这也使波阇与此类似的艳情味论格外受人关注。该章接着介绍了婆罗多认可的另外七种味和楼陀罗吒所认可的平静味。

该章还介绍了八种真情和三十二种不定情，它删除了婆罗多认可的入眠、做梦和死亡等三种不定情，但同时增加了一种不定情即平静（śama）。该章介绍男女主角的类型大致依据《舞论》或《十色》，但在论及十二种所谓“女主角的情由”时，提及如下概念：感情、激情、欲情、光艳、魅力、热烈、柔顺、坚定、自信、高尚、执著和稳重。事实上，这十二种“女主角的情由”只是依据婆罗多《舞论》第24章论述青年女性二十种庄严亦即女性的二十种内在美和形体美所改造而成，但后三种“情由”即高尚、执著和稳重不见于婆罗多的二十种庄严之中。《火神往世书》还依据《舞论》第24章的相关叙述，提出了十二种“语言表演方式”（vāgyukti，vāgārambha）：交谈（ālāpa）、高声（pralāpa）、悲叹（vilāpa）、絮叨（anulāpa）、问答（samlāpa）、遁词（apalāpa）、暗示（samdeśa）、解释（nirdeśa）、点明（atideśa）、迂回（apadeśa）、提示（upadeśa）、陈述（vyapadeśaka）。《火神往世书》认为，这十二种语言表演旨在助人理解戏剧，被视为智慧的体现，它们包含语言风格（rīti）、表演风格（vṛtti）、地方风格（pravṛtti）等三种类型。这样的风格论，在此前的婆罗多、檀丁、伐摩那和楼陀罗吒等人那里是罕见的。就语言风格而言，该书指出：“语言风格是通晓语言知识，分为般遮罗、高德、维达巴和罗

---

①Suresh Mohan Bhattacharyya, ed. & trans. *The Alaṅkāra Section of the Agnipuraṇa,* p. 147.

德等四种风格。”（CCCXXXIX.1）[①]

该书第339章还依据婆罗多在《舞论》第22章里的规定，将戏剧表演风格分为四种：雄辩、崇高、艳美和刚烈，其论述大同小异，如认为刚烈风格含有欺诈、幻术和格斗等等，分成三类即紧凑、失落、发生。《舞论》论及的第四类刚烈风格即冲突在此被省略。

该书第340章具体介绍各种形体表演方式（śarīrārambha）。它认为，形体表演是肢体和各个部位的具体活动方式，而前者即肢体表演一般由女性承担，包括十二种方式：游戏（līlā）、娇态（vilāsa）、淡妆（vicchitti）、慌乱（vibhrama）、兴奋（ki1akiñcita）、怀恋（moṭṭāyita）、佯怒（kuṭṭamita）、冷淡（bibboka）、妩媚（1a1ita）、羞怯（Vihṛta）、戏弄（krīḍita）、谐谑（keli）。其实，这些源自于婆罗多和胜财所认可的女性的十种“天性产生的美”，不过，《火神往世书》加上了两种表演方式即戏弄和谐谑。接下来，《火神往世书》依据《舞论》，具体介绍了身体各个部位的动作方式：头部动作十三种，眉的动作七种，味眼光（八种）、常情眼光（八种）和不定情眼光（二十种）等三类共三十六种，眼珠的动作九种，鼻的动作六种，呼吸的动作九种，唇的动作六种，颏的动作七种，颊的动作六种，颈的动作九种，单手动作二十四种，胸的动作五种，腹的动作三种，胁的动作三种，胫（小腿）的动作五种。值得注意的是，该书未提及腰和股（大腿）的动作各五种。《舞论》中提及足的动作五种，而该书却认为足的动作有多种。该书也未提及《舞论》所介绍的综合形体动作和坐姿、站姿、躺姿、步姿。

《火神往世书》第341章开头提及戏剧表演的四类表演方式即

①Suresh Mohan Bhattacharyya, ed. & trans. *The Alaṅkāra Section of the Agnipuraṇa,* p. 154.

真情（sattva）、语言（vāk）、形体（aṅga）和妆饰（āharaṇa）表演，但其论述重点还在真情和语言。该书认为，由自尊（abhimāna）孕育的味等等如果缺乏，所有的戏剧表演将会索然无味。“据说，艳情味分为会合艳情味与分离艳情味两种，这两种艳情味还可分为隐秘的和公开的两类。分离艳情味可分为初恋、傲慢、远离和悲悯四类。”（CCCXL.4-5）①这种艳情味分类法来源于楼陀罗吒《诗庄严论》的原创思想：“这两种艳情味又分为隐秘的和公开的两类。”（XII.6）②楼陀罗吒还将分离艳情味分为上述四类，这不仅影响了《火神往世书》此处的论述，还影响了毗首那特等人。《火神往世书》接着简略地介绍了滑稽味、悲悯味、暴戾味、英勇味、恐怖味和厌恶味等六类，但省略了此前提到的奇异味和平静味。

该书从341章第16颂开始至第344章，分别介绍三类共二十五种庄严（实际为二十六种）。该书对这三类别具一格的庄严这样介绍道：“美化诗的因素被称作庄严，它们包含音庄严、义庄严和音义庄严三类。”（CCCXL.16）③这种庄严三分法在梵语诗学史上罕见。“关于《火神往世书》坚持的三分法来源，我们一无所知。《火神往世书》所遵循的这种传统似乎与婆罗多、婆摩诃、檀丁、伐摩那、优婆吒和楼陀罗吒所遵循的传统有异，但却影响了波阇、曼摩吒、维迪亚那特、波罗迦萨沃尔娑等人，他们认可第三类庄严。不过，所有这些人在三类不同庄严的数目和名称上意见相左。”④《火神往世书》论述的九种音庄严中，大部分前所

①Suresh Mohan Bhattacharyya, ed. & trans. *The Alaṅkāra Section of the Agni-puraṇa,* p. 158.

②Rudrata, *Kāvyālaṅkāra*, Varanasi: Chaukhamba Vidyabhawan, 1966, p. 375.

③Suresh Mohan Bhattacharyya, ed. & trans. *The Alaṅkāra Section of the Agni-puraṇa,* p. 159.

④Suresh Mohan Bhattacharyya, ed. & trans. *The Alaṅkāra Section of the Agni-puraṇa,* p. 59.

未见，它们是：拟声（chāyā）、法印（mudrā）、妙语（ukti）、结合（yukti）、连缀（gumphanā）、问答（vākovākya）、谐音（anuprāsa）、图案（citra）、涩语（duṣkara）。奇怪的是，在论述九种音庄严时，该书还插入了对叠声的介绍，这样，音庄严的实际数目达到了十种。看来，该书似乎汲取和借鉴了不同于婆罗多的另一类文论传统。

该书第342章共60颂专门介绍谐音（包含叠声）、图案和涩语三种音庄严，足见作者对此三者之高度重视。

该书第343章介绍了八种义庄严：自性（svarūpa）、相似（sādṛśya）、奇想、夸张、藏因、矛盾、原因、相配（sama）。其中，自性的名称不同于婆摩诃、檀丁和楼陀罗吒等人的命名。自性包括天生的和偶然的两类。相似则包括明喻、隐喻、共说和补证四类。夸张分可能的和不可能的两类。关于曼摩吒《诗光》中介绍的相配，该书未作说明。由此可见，该书论及的义庄严分类明显地受到了楼陀罗吒的影响。

第344章论述了六种音义庄严："音义庄严同时美化音和义这两者，这就好比佩戴的项链使女子的乳房和颈项同时显得优美。很明显，音义庄严包括称颂（praśasti）、优美（kānti）、合适（aucitya）、简洁（saṃkṣepa）、一致（yāvadarthatā）、明晰（abhivyakti）。"（CCCCXLIV.1-2）[①]其中，关于明晰的分类引人注目。《火神往世书》认为，明晰这一音义庄严可以分为自明（śruti）和略去（ākṣepa）两类，而自明还可按照正理论和弥曼差派思想进行细分。该书明确表示，略去就是韵（dhvani），间接（aprastutastotra）、合说（samāsokti）、否定（apahnuti）、迂回（paryāyokta）等都可以视为合格的韵。将略去和间接等婆摩诃心

①Suresh Mohan Bhattacharyya, ed. & trans. *The Alaṅkāra Section of the Agni-puraṇa,* p. 173.

目中的义庄严视为韵，这的确有些令人匪夷所思。或许，该书的确是遵循或借鉴了迄今无人所知的另一种梵语诗学著作。

《火神往世书》第345章论述音德、义德和音义诗德等三类诗德，这也是梵语诗学史上最早出现的诗德三分法。该章开头便说："尽管有庄严，但缺乏诗德的诗并不令人愉悦；身体不优美，女子身上的项链显得格外沉重。不能说诗德仅仅是句子中没有诗病，紧密等诗德和意义晦涩等诗病相互区别。使诗显得格外优美的是诗德，它分为一般诗德和特殊诗德两类。"（CCCXLV.1-3）[①]这种将诗德分为一般的和特殊的两类的做法，也是前所未有的。具体说来，《火神往世书》论及七种音德（实际论述中还提到壮丽）即：紧密（śleṣa）、流畅（lālitya）、沉郁（gāmbhīrya）、柔和（saukumārya）、高尚（udāratā，audārya）、纯洁（sati）、合适（yaugikī）。它所论述的六种义德是：宁静（mādhurya）、亲证（samvidhāna）、轻柔（komalatva）、高尚（udāratā）、繁复（prauḍhi）、同一（sāmayikatva，似同于婆罗多的samatā）。它还论述了六种音义诗德：清晰（prasāda）、美好（saubhāgya，似同于婆罗多的kānti）、罗列（yathāsaṃkhya，这是婆摩诃提到的一种庄严）、赞美（praśastatā）、成熟（pāka）、热情（rāga）。该章并未提及婆罗多的三昧（samādhi）和易解（arthavyakti）两种诗德。

《火神往世书》第346章论述7类诗病。它将音病分为违反语法（asādhutva）和意义不明（aprayuktatva）两种，再将前者分为庸俗等五种，将后者分为意义晦涩等三种。该章接着将义病分为缺乏动词、缺乏词格、缺乏连声、意义重复和连接混乱等五种一般义病和十一种特殊义病。所谓特殊义病是指可以在某种条件下转化为诗德的诗病，如在动词可以省略的情况下，缺乏动词便不成为诗病；在

①Suresh Mohan Bhattacharyya, ed. & trans. *The Alaṅkāra Section of the Agni-puraṇa,* p. 175.

可以暗示词格的前提下，缺乏词格也不成其为诗病；在刺耳难听的句子中，缺乏连声也不成为诗病。这种诗病转化观其实可以追溯到檀丁等人的著作中。该章后半部分论及一些诗人学因素，它似乎对后来的王顶写作《诗探》时产生过影响。该章以一句话富含宗教哲理的话结束该书的庄严论部分：

> विष्णुः सर्गादिहेतुः स शब्दालंकाररूपवान्।
> अपरा च परा विद्या तां ज्ञात्वा मुच्यते भवात् ॥३७
>
> 毗湿奴是各类造化之因，他是语言和庄严（修辞）的化身。既有上知，也有下知，通晓知识便可获得解脱。（CCCXLVI.37）①

《剃发奥义书》中这样写道：“他回答说：‘知梵者们说应该知道两种知识：上知和下知。’（tasmai sa hovāca: dve vidye veditavye iti ha sma yad brahmavido vadanti, parā caivāparā ca）‘其中，下知是梨俱吠陀、夜柔吠陀、娑摩吠陀和阿达婆吠陀、语音学、礼仪学、语法学、词源学、诗律学和天文学。然后，是上知。依靠它，认识不灭者。’”②之所以存在“上知”（paravidyā）与“下知”（aparavidyā）之分，这与奥义书崇尚知识和追求梵我一如的旨趣有关。它将四吠陀和六吠陀支归入下知，而将对梵的认知视为上知。上知与下知之分，其实与《疑问奥义书》中提出的上梵和下梵概念有关。上梵与下梵又与《大森林奥义书》的有形梵和无形梵的概念相通。无形的梵相当于上梵，是真实中的真实。③上知与下知、上梵与下梵的概念对后来的吠檀多派哲学大师商羯罗

①Suresh Mohan Bhattacharyya, ed. & trans. *The Alaṅkāra Section of the Agni-puraṇa,* p. 181.

②黄宝生译：《奥义书》，北京：商务印书馆，2010年，第294—295页。此处译文中所附梵语原文参见：S.Radhakrishnan, ed. *The Principal Upaniṣads,* New Delhi: Harper Collins Publishers India, 1999, p. 672.

③此处介绍，参见黄宝生译：《奥义书》，“导言”，第9页。

（788～820）影响极大，直接影响了他的思想体系建构。[①]这种理念对梵语诗学不无影响，自然将《火神往世书》的庄严论包裹了一层玄学色彩。

综上所述，《火神往世书》的确是一部编撰之作，且有的论述查无来源，这为后人研究该书的庄严论带来了不小的挑战。论者指出，该书庄严论部分有的没有特色，有的则缺乏鉴别力，不加分析地沿用前人的观点。“尽管《火神往世书》并不刻意构建一种新的思想体系，也不提出什么新的理论，但它却有自己的一些独特之处，它的某些引人注目的特点，有时还区别于传统诗学流派的一些观点。这种与传统的偏离，可能是受到现已失传于我们的截然不同的诗学传统加诸于往世书的影响，这一诗学传统似乎也为波阇为首的一些后期梵语诗学家所利用。”[②]《火神往世书》的一些独到之处如将戏剧学纳入诗学范畴论述、并无先例的庄严三分法、提到韵论并将其与某些庄严挂钩、与波阇“剪不断理还乱”的复杂关系等，使得当代学者无法忽视它的历史价值和美学、诗学意义。

第十节　《毗湿奴法上往世书》的文论和绘画论
（7至12世纪）

一、内容简介

根据印度学者的研究，大部分大往世书和小往世书都不同程度地涉及建筑、雕塑、绘画、舞蹈和音乐等等艺术方面的问题，如《梵转往世书》、《林伽往世书》、《侏儒往世书》、《野猪往世

①关于这一点，参阅姚卫群：《印度宗教哲学概论》，第101—102页。

②Suresh Mohan Bhattacharyya, ed. & trans. *The Alaṅkāra Section of the Agni-puraṇa,* p. 107.

书》、《梵天往世书》、《诃利世系往世书》、《迦利往世书》、《湿婆往世书》等十多部往世书便是如此，但只有其中的八部比较系统而详细地论述过艺术方面的问题。“然而，所有这些往世书都没有像《毗湿奴法上往世书》那样处理艺术主题。它的第三篇专论艺术。它的论述全面而系统，人们可称之为古代印度的一部艺术专著。”①1913年，《毗湿奴法上往世书》（विष्णुधर्मोत्तरपुराण，*Viṣṇudharmottarapurāṇa*）首次在孟买出版。1924年，该书中的绘画论部分由加尔各答大学的一位美术教授（Stella Kramrisch）英译出版。关于此书，金克木指出：“论述画理的最早的现存文献是《毗湿奴最上法往世书》（即《毗湿奴法上往世书》）中的一部分。这书年代不明，可能是8世纪左右。这部分文献称为《画经》。其中明白说出画与舞的一致关系：‘如无舞论，画论难明。’”②1948年，印度学者P.沙哈（Priyabala Shah）开始着手研究该书的艺术和诗学部分即第三篇的全部内容，1951年，她以相关研究成果获得孟买大学授予的博士学位。她于1958、1961年先后出版了校勘和研究该书第三篇的两卷本英文著作。该英文版两卷本于1994年和1998年先后再版。这使该书第三篇的具体内容与文献、理论价值为不懂梵文但却熟悉英语的学者们所了解。

《毗湿奴法上往世书》（下简称《毗湿奴》）是十八部小往世书之一。P.沙哈认为，该书大约在公元450年至650年间定型，也不完全排除该书产生于公元3世纪的可能。③另一位学者认为，该书的“画经”大约产生于公元500至900年之间。④《毗湿奴》全书共分

①Priyabala Shah, ed. *Viṣṇudharmottarapurāṇa, Third Khanda*（Vol. 1: Text, Critical Notes etc.）, “Introduction,”Vadodara: Oriental Institute, 1994, XVIII-XIX.

②金克木：《梵竺庐集丙：梵佛探》，南昌：江西教育出版社，1999年，第139页。

③Priyabala Shah, ed. *Viṣṇudharmottarapurāṇa, Third Khanda*（Vol. 1: Text, Critical Notes etc.）, “Introduction,”XXVI.

④Parul Dave Mukherji, ed. and trans. *The Citrasūtra of Viṣṇudharmottarapurāṇa*, “Introduction,”XXI.

三篇。涉及梵语诗学和戏剧学的是该书第三篇。该书第三篇以婆罗门仙人摩罗根德耶（Mārkaṇḍeya）指点学艺心切的金刚王（Vajra）为由，切入相关内容的介绍。具体说来，第三篇第1至16章大致涉及文论（含诗律学等）、语法学、词源学等方面的内容，其中，第1章为引子，第2章和第7章分别介绍梵语和俗语语法，第3章论述二十一种诗律（比《舞论》论及的诗律少了五种），第4章论述不同句子的特征，第5至6章涉及论辩等问题，第8至9章介绍词源学知识，第14章论述十八种庄严，第15章相当于诗歌总论，涉及诗和经论、历史传说之间的差异等重要议题。第16章论述隐语庄严。第三篇第17至34章主要依据《舞论》，大致涉及戏剧学基本原理。其中，第17章论述戏剧类型和女主角等。第18和19章论述配合九种味的歌曲和音乐。第20至29章论述戏剧、舞蹈及形体等四种表演手段。第30到31章分别论述九种味和四十九种情。值得注意的是，《毗湿奴》还有一部分内容涉及绘画论，此即与《舞论》中著名的“味经”（Rasasūtra）相对应的“画经”（Citrasūtra），它包括第三篇第35至43章共九章内容。金克木认为，“画经”论述画与舞的一致关系：“若无舞论，画论难明。”这部分内容是印度“论述画理的最早的现存文献”。[①]不过，根据前边的分析来看，埃哲布的《画像量度经》出现更早。第三篇第44至85章介绍如何制作梵天、毗湿奴、火神、财神、风神等的宗教性塑像的问题。第86至118章介绍如何建造神庙及其相关问题。综上所述，《毗湿奴》第三篇主要涉及文论（诗学）、戏剧学、音乐学、舞蹈学、绘画学、雕塑学、建筑学等诸方面的话题。它是印度古典美学的代表作之一，称得上古代印度不太多见的艺术理论百科全书。限于本书篇幅和论述主题，下边只对《毗湿奴》的诗论、戏剧论和绘画论部分进行简介，其他部分除极少数重要议题外，其具体内容则略而不论。

①金克木：《略论印度美学思想》，曹顺庆主编：《东方文论选》，第64页。

二、诗论和戏剧论

《毗湿奴》第2章以仙人摩罗根德耶之口说出了艺术触类旁通的道理。当金刚王急切地请求传授制造神像的技法时，摩罗根德耶答复说：不懂得“画经”的人，无法知晓塑像的特征。当金刚王请求传授画经时，摩罗根德耶明确地告诉他：“国王啊！不了解舞论（nṛttaśāstra），就不能正确地理解画经，因为绘画和舞蹈都是表现这个世界的。”（II.4）[①]这便是“若无舞论，画论难明”的意思。此句中蕴含的艺术模仿论值得注意，这与《舞论》中提出的戏剧模仿三界有些类似。当金刚王请求仙人传授舞论的精髓时，摩罗根德耶则说，不了解器乐（ātodya），就很难通晓舞蹈艺术。当金刚王请求传授器乐秘诀时，摩罗根德耶说，不懂得声乐（gīta，即歌曲）便不能理解器乐，因为根据惯例，懂得如何运用乐论（gītaśāstra）的人将通晓一切。然后，摩罗根德耶将声乐（歌曲）分为梵语、俗语和阿波布朗舍语等三类，并从声乐必须诵读且分为散文体和韵文体的角度切入第3章的诗律范畴。摩罗根德耶的叙述“呈现了不同艺术相互联系的一种传统思想。自雕塑开始，我们被一步步地引向绘画、舞蹈、器乐与声乐。声乐涵盖文学作品……因此，摩罗根德耶论述的这种艺术间相互联系和必须循序渐进地学习各门艺术的传统，保存了古代印度文明富有活力的一种特色”。[②]

《毗湿奴》对十九种庄严（包括隐语）的介绍主要集中在第14和16章里。在前一章中，摩罗根德耶依次介绍了十八种庄严：谐音、叠声、隐喻、较喻、双关、奇想、补证、暗示（upanyāsa）、藏

---

①Priyabala Shah, ed. *Viṣṇudharmottarapurāṇa, Third Khanda*（Vol. 1: Text, Critical Notes etc.）, p. 3.

②Priyabala Shah, *Viṣṇudharmottarapurāṇa, Third Khanda*（Vol. 2: Introduction, etc.）, Vadodara: Oriental Institute, 1998, pp. 4-5.

因、夸张、自性、罗列、殊说、矛盾、佯赞、例证、明喻、自比。暗示这一庄严的名称不见于婆摩诃与檀丁的庄严名目。摩罗根德耶的定义是："叙述某事时，另一物被称述。国王啊！这便叫做暗示庄严。"（XIV.9）①由于摩罗根德耶对所有十八种庄严没有举例说明，因此无法准确判断其具体含义，它大约近似于婆摩诃提到的迂回或共说。其他十七种庄严大多依据婆摩诃或檀丁的论述，但比之更显简略甚或粗糙、肤浅。例如，摩罗根德耶对双关的定义是："一个词语具有两到三层涵义，这便叫做双关。"（XIV.6）②婆摩诃与檀丁等人对双关进行分类的做法，在此仅为简单的一句定义所替代。其他庄严的定义也基本如此。由此可见，庄严在《毗湿奴》中并非论述的重点，这与《火神往世书》用近四章的篇幅介绍二十五种庄严形成反差。这似乎与前者重点介绍戏剧学和画论有关。

婆摩诃并不重视隐语，将其视为谐音的一种，而檀丁重视它，并进行详细的分类论述。摩罗根德耶遵循檀丁，在第16章里用了整整十五颂讲述隐语庄严。他把隐语细分为二十四种，比檀丁的十六种隐语多出了八种。檀丁认为："在游戏、娱乐和集会中，或当众与知心朋友商议，或为了迷惑他人，使用隐语。"（III.97）③在摩罗根德耶看来，有些隐语产生于诗病，有些隐语则相互联系，但隐语须得以一到两颂诗来表述，多颂诗表述隐语则不合适。他还规定，隐语中不能出现隐晦色情的信息。他介绍了下述二十四种隐语：1. 聚合隐语（samātratā，檀丁称作samāhitā）、2. 蒙蔽隐语（vanditā或vañcitā）、3. 乱序隐语（vikrāntagopitā，檀丁称作vyutkrāntā）、4. 晦涩隐语（muṣitā，檀丁称作pramuṣitā）、5. 暗含隐语（parihāsikā）、

①Priyabala Shah, ed. *Viṣṇudharmottarapurāṇa, Third Khanda*（Vol. 1: Text, Critical Notes etc.）, p. 31.

②Priyabala Shah, ed. *Viṣṇudharmottarapurāṇa, Third Khanda*（Vol. 1: Text, Critical Notes etc.）, p. 31.

③黄宝生译：《梵语诗学论著汇编》（上册），第218页。

6. 相似隐语（samānarūpā）、7. 生硬隐语（paruṣā）、8. 数字隐语（saṃkhyātā）、9. 乔装隐语（kalpitā，檀丁称作prakalpitā）、10. 多义隐语（nāmāntaritā）、11. 掩盖隐语（nibhṛtā）、12. 同音隐语（samāna śabdā）、13. 困惑隐语（vyāmūḍh，檀丁称作samūḍhā或 sambhūḍhā）、14. 诗律隐语（gūḍhā）、15. 单隐蔽隐语（ekacchannā）、16. 双隐蔽隐语（ubhayacchannā）、17. 混合隐语（saṅkīrṇā）、18. 联想隐语（arthakārī）、19. 单词隐语（vyabhicāriṇī）、20. 连声隐语（naṣṭārthā）、21. 字母隐语（naṣṭākṣarā）、22. 音素隐语（anyārthatā）、23. 时态隐语（arthadā）、24. 种子隐语（leśā）。在这些隐语中，十五种隐语为檀丁所认可，只是某些隐语的名称略微不同而已。这些相同的隐语是：聚合隐语、蒙蔽隐语、乱序隐语、晦涩隐语、相似隐语、生硬隐语、数字隐语、乔装隐语、多义隐语、掩盖隐语、同音隐语、困惑隐语、单隐蔽隐语、双隐蔽隐语、混合隐语。檀丁的十六种隐语中，只有第十三种隐语即串联隐语（parihārikā）类似于摩罗根德耶的第五种隐语即暗含隐语，但二者之间仍然存在差异。后者的诗律隐语（gūḍhā）曾为楼陀罗吒提及，但檀丁并未提到它。因此，摩罗根德耶提到的新隐语有八种：联想隐语、单词隐语、连声隐语、字母隐语、音素隐语、时态隐语、种子隐语。印度学者认为，从上述介绍来看，《毗湿奴》中的这些隐语与《诗镜》中的隐语既有相似之处，又存在某些差异。这说明，二者都从现已失传的同一种前人著述中各取所需。“相当奇怪的是，《毗湿奴》在草率马虎地处理一些重要议题时，却用整整一章的篇幅介绍隐语。这似乎说明，在它成书的年代里，隐语被视为非常重要而值得专章讨论。因此，如何思考隐语在我们文学文化中的地位，是一件有趣的事。”①

①Priyabala Shah, *Viṣṇudharmottarapurāṇa, Third Khanda*（Vol. 2: Introduction, etc.）, p. 22.

关于诗与经论、历史传说的区别，摩罗根德耶指出：“经论教导正法、利益、爱欲和解脱，而描述前人成功地实践正法、追求利益、满足爱欲、达到解脱则叫做历史传说，与教诲无关的则是诗。国王啊！诗描述个人的行动，而大诗（nibaddha）描叙主角与反面人物（pratināyaka）。”（XV.1-2）[①]这种区别法与婆摩诃等人有所不同，如诗的功能、诗与大诗的区别便是例子。关于大诗即分章诗的特征，摩罗根德耶还详细地进行了说明。例如，大诗描写行军、遣使、战斗和主人公的最后胜利，描写主人公带着肉身升天，大诗分散文体和韵文体，语言清晰，表现艳情味至平静味等九种味，等等。与众不同的是，《毗湿奴》提及主人公可以升天，这在其他诗学著作中是罕见的。《毗湿奴》偶尔提及诗病，但没有提到诗德。这似乎说明，摩罗根德耶更为看重庄严（包括隐语）、诗与大诗等，他所依据的诗学传统要早于婆摩诃、檀丁和《火神往世书》的作者所遵循的文论经典。[②]

第17章介绍了十二种戏剧。这些戏剧包含了婆罗多归纳的全部“十色”，另外还加上了两类，一是被婆罗多称为“那底迦”但未列入胜财所谓的“十色”的戏剧，这是传说剧和创造剧的混合品种，另外一类是罗摩月和德月提到的新创造剧亦即《文镜》中提到的第十六种“次色”波罗迦罗尼（Prakaraṇī）。不过，该章第111至112颂还指出，那底迦可以归入传说剧，而新创造剧可以归入创造剧，因此，摩罗根德耶实际只认可婆罗多的十种戏剧。该章提到了开头、展现、胎藏、停顿和结束等五种情节关节，女主角的八种爱情状态，还指导剧作家给剧中人物取名字。摩罗根德耶认为，剧作家应该努力创作充满情味的戏剧，因为味是戏剧的灵魂所在。所

①Priyabala Shah, ed. *Viṣṇudharmottarapurāṇa, Third Khanda* (Vol. 1: Text, Critical Notes etc.), p. 33.

②Priyabala Shah, *Viṣṇudharmottarapurāṇa, Third Khanda* (Vol. 2: Introduction, etc.), p. 25.

有十二种戏剧应该展现纯熟技艺，体现社会习俗，教导正法、利益与爱欲。综上所述，这些内容显然是对《舞论》等的借鉴或改写。

第30到31章分别论述九种味和四十九种情，可以分别称为“味章”（rasādhyāya）和“情章”（bhāvādhyāya），其叙述基本依据《舞论》，并无多少新意，但也表现出一些差异。例如，摩罗根德耶认可艳情味至平静味的九种味，并为每种味选配与《舞论》类似的颜色和保护神（平静味没有保护神）。摩罗根德耶先对平静味如何从常情中产生进行介绍，再介绍滑稽味、艳情味等的产生。艳情味被分为会合与分离两类。九种味被摩罗根德耶视为特殊类型的常情：“许多情（bhāva）的结合形成了味，应视其为味常情（rasasthāyī），其他的情是不定情。”（XXXI.53-54）①摩罗根德耶遵循《舞论》的叙述顺序，介绍了三十四种不定情：忧郁、虚弱、疑虑、妒忌、醉意、疲倦、懒散、沮丧、忧虑、慌乱、回忆、满意、欢快（krīḍā）、羞愧、暴躁、喜悦、激动、痴呆、傲慢、绝望、焦灼、入眠、癫狂、做梦、觉醒、愤慨、佯装、凶猛、自信、生病、疯狂、死亡、惧怕、思索。其中的“欢快”是多出的一种不定情，此处还以sandeha和bodha（vibodha）分别代替了婆罗多表示“思索”的vitarka和表示“觉醒”的nibodha。摩罗根德耶还对艳情味等进行分类，例如：“艳情味有语言艳情味、妆饰艳情味和行为艳情味三类，滑稽味和暴戾味则分为形体的和妆饰的两类。悲悯味分为失去正法、失去财富和失去亲人等三类。”（XXXI.54-55）②英勇味分为战斗（yuddha）、慈悲（dayā）和布施（dāna）等三类，恐怖味则分为出于佯装、出于受惊和出于犯罪等三类。在第29章中，摩罗根德耶还将暴戾味分为与形体、自性和妆饰有关的三

①Priyabala Shah, ed. *Viṣṇudharmottarapurāṇa, Third Khanda*（*Vol. 1: Text, Critical Notes etc.*）, pp. 108-109.

②Priyabala Shah, ed. *Viṣṇudharmottarapurāṇa, Third Khanda*（*Vol. 1: Text, Critical Notes etc.*）, p. 109.

类。他略去了奇异味和厌恶味的分类。综上所述，摩罗根德耶对味的分类主要依据《舞论》，但也有不同的地方，如对艳情味和暴戾味的三分法不见于后者，对英勇味的三分法遵循胜财而非婆罗多，因为胜财以慈悲英勇味取代了婆罗多的正义英勇味。①

三、“画经”与画味论

从印度艺术理论发展史来看，《毗湿奴》第三篇第35至43章共九章的内容值得一提，因其专论绘画，它便是与《舞论》中著名的“味经”（Rasasūtra）相对应的“画经”（Citrasūtra）。迄今为止，曾有多人对其进行校注和翻译，足见学界人士对其高度重视。

《毗湿奴》第三篇第35章亦即“画经”第一部分主要讲述绘画的起源、绘画与舞蹈的区别、关于五类人的画像量度等等。此处讲述了一个有关绘画起源和“画经”来由的神话传说。它有别于公元初左右埃哲布《画像量度经》所叙述的绘画起源故事。按照摩罗根德耶的叙述，仙人那罗延为了迷惑前来引诱他的一位仙女，用芒果汁在地上画了一位美女。然后，从画中走出一位绝色天女，她便是优哩婆湿（Urvaśī）。看到优哩婆湿后，天女自愧不如，主动退场。仙人因此创作了一幅完美的画。接着，他向天宫的建筑师宇业（Viśvakarmā）传授了自己的画艺。这个传奇故事说明，绘画的原理来自绘画实践，而建筑师宇业学习画艺说明，早期绘画、雕塑与建筑关系密切。讲述完绘画的起源后，摩罗根德耶接着叙述绘画、雕塑与舞蹈的关系。他说：“与舞蹈一样，绘画也是对三界的模仿（trailokyānukṛti）。”（XXXV.5）②因此，舞蹈表演中的眼光、情

①关于各种味的分类，参阅黄宝生：《印度古典诗学》，第44—49页。

②Parul Dave Mukherji, ed. and trans. *The Citrasūtra of Viṣṇudharmottarapurāṇa*, p. 2.

感、姿态和手势等也适合在绘画中进行表现。不同的是，舞蹈中不关注的量度和比例对于绘画来说至关重要。这是因为，比例和量度与绘画、雕塑等涉及表现空间的形象艺术有关，而韵律则对音乐和舞蹈等时间艺术非常重要。①

第36章亦即“画经”第二部分主要涉及人体各个部位的比例和量度。第37章亦即“画经”第三部分讲述五类女性画像的量度及头发、眼睛的比例问题。第38章亦即“画经”第四部分名为“塑像特征”（Pratimālakṣaṇa），主要论及如何雕塑或塑造神像的问题。这说明，“画经”一词即Citrasūtra中的citra，既表示绘画，也引申而表示雕塑或塑像（Pratimā）。第39章亦即“画经”第五部分论及九种地方和三种基于不同量度的画像等。第40章亦即“画经”第六部分论及各种各样的绘画技法及如何融合技法的问题。第41章亦即“画经”第七部分涉及四类绘画、三类笔法、必须避免的绘画缺陷、四条必须遵守的绘画原理和创作优秀画作的一些建议。这是非常重要的一章。该章开头便对绘画进行分类：“绘画分为四类：写实画（satya）、乡村画（daiśika）、城镇画（nāgara）、混合画（miśra）。”（XLI.1）②写实画便是指画作与其描摹的世界相似。乡村画具有地方风格，城镇画自然有别于这一风格，且二者的线条勾勒各有差异。顾名思义，混合画则具有前三类画作的混合特征。该章还提出显然是借鉴了诗德和诗病的概念即“画德”（citraguṇa）和“画病”（citradoṣa），对画的线条、比例、技法等进行评判。画德和画病将在最后一章再次论及。第42章亦即“画经”第八部分论述国王、仙人、乾达婆、不同女性等各种姓、阶层人士以及时令季节、山岳、森林和庙宇等绘画中表现的主题或对象。这些内容有些近似于“诗人学”，称其

①Priyabala Shah, *Viṣṇudharmottarapurāṇa, Third Khanda*（Vol. 2: Introduction, etc.）, pp. 104-105.

②Parul Dave Mukherji, ed. and trans. *The Citrasūtra of Viṣṇudharmottarapurāṇa*, p. 158.

为“画师学”应不为过。在该章末尾，摩罗根德耶说：“应该说一说此前讲过的味和情，与舞蹈有关的论述在绘画中也同样适用。”（XLII.82）[①]此处提及的与舞蹈相关的论述涉及情味。摩罗根德耶接着还按照绘画素材的干枯或润湿程度，将绘画分为上中下三等，其中，上等是润湿，中等是干枯，下等是不干不润。他认为，好的绘画应该虑及时令、地域、年代和人物体态等因素，否则，便是失败之作。因此，一幅由优秀艺术家创作的绘画，人物形象栩栩如生，优美动人，充满情味，使人大饱眼福。通过这样的论述，摩罗根德耶巧妙地将主题过渡到至为重要的画味论。

第43章亦即“画经”最后部分最有诗学色彩，因其典型地体现了文学艺术触类旁通的道理，也呼应了摩罗根德耶在《毗湿奴》一书开头所表达的思想原理。这一章以味论画亦即以味论切入画论，实为印度文艺理论的典范之作。这种似曾相识的画味论值得中国学者关注。

摩罗根德耶在该章开头便提出九种画味（按梵文（nava citrarasa）的原义也可解释为“新画味”）：“艳情味、滑稽味、悲悯味、英勇味、暴戾味、恐惧味、厌恶味、奇异味和平静味，这些被称为九种画味。”（XLIII.1）[②]接着，他对每一种画味或曰绘画味均做了较为细致的说明，如绘画艳情味的特征是：“在艳情味中，应该用柔和而优美的线条描摹人物精致的服装和妆饰，显示其美丽可爱，风情万种。”（XLIII.2）[③]滑稽味描述侏儒、驼背或手脚畸形的人物，悲悯味描述人物乞讨、恋人分离、天灾人祸等，暴戾味描述人物的粗暴、愤怒和武器盔甲等，英勇味描述人物勇敢和高傲的表情等，恐惧味描述邪恶的表情及杀戮、死亡等，厌恶味描述火葬场

---

①Parul Dave Mukherji, ed. and trans. *The Citrasūtra of Viṣṇudharmottarapurāṇa*, p. 158.

②Parul Dave Mukherji, ed. and trans. *The Citrasūtra of Viṣṇudharmottarapurāṇa*, p. 240.

③Parul Dave Mukherji, ed. and trans. *The Citrasūtra of Viṣṇudharmottarapurāṇa*, p. 240.

等，奇异味描述汗毛竖起、眼睛睁大和出汗等，平静味描述苦行者沉思入定等场景。可见，摩罗根德耶基本上依据《舞论》介绍各种画味。

对于这九种画味的具体运用，摩罗根德耶做了严格的规定，例如，在屋中，应描摹表现艳情味、滑稽味和平静味的画，但不能描摹其他各类画味。在神庙和王宫里，所有画味都可以表现。在摩罗根德耶看来，战场、火葬场、悲剧、死亡、疼痛折磨和缺牙的大象等被视为不吉利，不适宜在房间中以绘画形式进行描摹，但可以在王宫的议事大厅或神庙里进行表现。只有金翅鸟和猴子等吉祥物可以画在房间里。在自己的房间里，也不能描摹自己的画像。

在本章中，摩罗根德耶再次论及此前在第41章中提到的画德和画病。他对八种画德和八种画病的特征的叙述是："线条纤弱，线条粗厚，细节模糊，下巴过长，嘴唇过大，眼睛过宽，线条歪曲，色彩失配，这些被称为画病。构图均匀，比例均衡，运用垂线，柔美可爱，细致微妙，生动逼真，略之有法，增之有度，这些被称为画德。"（XLIII.17-20）①中国古代绘画论中也有"画病"说。例如，唐末五代的荆浩提出画有"有形之病"和"无形之病"的二病说。"有形之病是局部的细节上的缺陷，无形之病涉及到神似、形似及笔墨各方面，关系到作者的艺术修养和审美观，是贯穿整个画面上的问题，是无法修改的。无形之病实际上指画的格调。后世对于画格续有发挥，病的名目更多了，也许是荆浩的影响所致。"②再如，宋代的郭若虚提出了用笔三病说：版、刻、结。它们分别指笔力迟钝致使描画物象缺乏立体感；运笔迟疑致使线条生出棱角；运笔不流畅。③由上所述可以发现，中印古代绘画论存在颇多可比之处。

---

①Parul Dave Mukherji, ed. and trans. *The Citrasūtra of Viṣṇudharmottarapurāṇa*, p. 246.

②葛路：《中国古代绘画理论发展史》，上海人民美术出版社，1982年，第68页。

③葛路：《中国古代绘画理论发展史》，第76—77页。

在对画师应该遵循的技法原则和必须避免的失误等进行较为细致地介绍后，摩罗根德耶以这样几句言简意赅而又发人深思的话结束了《毗湿奴》一书的“画经”部分：“大地之主啊！那些没有提到的东西可以从舞蹈中领悟。人主啊！舞蹈中没有说透的也可联系绘画进行理解。一切艺术中，绘画最优，它指导人们践行正法、利益、爱欲和解脱。”（XLIII.36-39）①这段话既再次强调了舞蹈艺术与绘画艺术触类旁通的道理，又强调了艺术与人生四要的密切关系，还对绘画艺术的重要位置给予罕见的高度评价。

综上所述，和《火神往世书》相关部分比较，《毗湿奴》中的庄严论部分与绘画论部分的确颇有特色。摩罗根德耶的隐语论、绘画起源论、画味论、画德说、画病说、绘画功能说等等，都是值得研究的印度古典文艺学资源。

第十一节　戒云的《妙语庄严》
（7世纪）

论者指出，印度和斯里兰卡的友好关系至少可以追溯到公元前3世纪左右。阿育王曾经派自己的儿子和女儿带着礼物出使当时的斯里兰卡，给那里的国王送去了礼物。从语言上讲，僧伽罗语与印地语、古吉拉特语、马拉提语、孟加拉语等有着亲密的联系。“僧伽罗语保存着现代印度语言中已经失传或早已过时不用的有趣词汇。”②从这个角度看，古代斯里兰卡学者以僧伽罗语或巴利语写作或改编梵语诗学著作，似乎是水到渠成的事情。无论其理论价值

①Parul Dave Mukherji, ed. and trans. *The Citrasūtra of Viṣṇudharmottarapurāṇa*, p. 254.

②Lokesh Chandra, *Sanskrit as the Transcreative Dimension of the Languages and Thought Systems of Europe and Asia*, New Delhi: Rashtriya Sanskrit Sansthan, 2012, pp. 23-24.

和创新因素有多少，这都是印度古代文论话语走向世界的典型例子。这种古代文明世界的“理论飘移”也是佛教文化之外的印度文化软实力“和平征服”世界的又一个成功典范。

公元7世纪，斯里兰卡佛教学者戒云（शिलामेघ，Śilāmegha或称戒云军即शिलामेघसेन，Śilāmeghasena）著有对檀丁《诗镜》进行改写和编译的僧伽罗语诗学著作《妙语庄严》（*Suabhāsalaṅkara*），全书分三章，共400颂，与檀丁的著作相似，该书只有经文（正文），无注疏。当代印度学者将其译为梵文后题为स्वभाषालङ्कार（*Svabhāṣālaṅkāra*）。“《妙语庄严》是一本很薄的著作，包含了檀丁《诗镜》的半数经文，很明显，它是以《诗镜》为基础的。《妙语庄严》只有极少数经文是原创的，绝大多数经文可以视为对《诗镜》经文的直接翻译，其余部分与《诗镜》也相差无几。很难发现两者论述的原理有何根本差异。”①尽管《妙语庄严》是对《诗镜》的改写和编译，但其历史文献价值不可忽视。毋庸置疑，它体现了梵语诗学发展初期的外向传播趋势。

《妙语庄严》基本按照《诗镜》的顺序介绍诗学原理。戒云在第一章中介绍诗的功用、特征、分类和成因等，这使该章成为诗歌总论。戒云在开头即引用檀丁《诗镜》第一章的第一、第三颂（I.1-3）：“愿四面神（梵天）面庞莲花丛中的雌天鹅，全身洁白的辩才女神，永远在我的心湖中娱乐……完全是蒙受学者们规范的和其他的语言的恩惠，世上的一切交往得以存在。”（I.1-3）②同样，对诗的特征和类别等的介绍，戒云也直接引述檀丁的话（I.8-11）：“不通晓经典怎么分辨诗德和诗病？盲人怎么有能力分辨

---

①Saṅgharakkhita, *Bauddhālaṅkāraśāstra,* “Introduction,”Part 1, Delhi: Lalbahadur Sastra Kendriya Sanskrit Vidyapitha, 1973, XI.

②Saṅgharakkhita, *Bauddhālaṅkāraśāstra,* Part 2, Delhi: Lalbahadur Sastra Kendriya Sanskrit Vidyapitha, 1973, p. 1. 译文见黄宝生译：《梵语诗学论著汇编》（上册），第153页。前一数字表示该颂在《诗镜》中的位置，后边的数字表示该译文在《妙语庄严》中的位置。下同。

颜色？……他们指出诗的身体和装饰。身体是传达愿望意义的特殊的词的组合。它分成诗体、散文体和混合体。一节诗有四个音步。诗律分成波哩多和阇底两类。”（I.9-12）[①]对于诗德、风格等的相关介绍，戒云也基本依照《诗镜》的相关内容进行编译和改写。

戒云在《妙语庄严》第二章专论义庄严，这也和檀丁的方法一致。戒云在该章开头引述檀丁的话（II.1）："人们说，庄严（修辞）形成诗美的特征。但它们至今没有细致分类，有谁能说清它们的全部？”（II.68）[②]在这一章中，除了《诗镜》提到的谐音、叠声、图案、隐语等四种音庄严和“祝愿”这一义庄严外，戒云囊括了檀丁所论及的其他所有义庄严，其论述也大致依照《诗镜》，只是排序有所不同而已。具体说来，戒云介绍的三十三种义庄严如下：1. 自性、2. 明喻、3. 隐喻、4. 明灯、5. 重复、6. 略去、7. 补证、8. 较喻、9. 藏因、10. 合说、11. 奇想、12. 原因、13. 微妙、14. 掩饰、15. 罗列、16. 有情、17. 有味、18. 有勇 、19. 迂回、20. 天助、21. 高贵、22. 否定、23. 双关、24. 殊说、25. 等同、26. 矛盾、27. 间接、28. 佯赞、29. 例证、30. 共说、31. 交换、32. 混合、33. 生动。

戒云在《妙语庄严》第三章中介绍了叠声的分类，檀丁所论述的几种诗病，诗歌意义的分类和言义关系问题。他的介绍也大致依据檀丁的相关思想。戒云似乎只认可檀丁四种音庄严中的一种即叠声。

综上所述，戒云的《妙语庄严》基本没有什么创见，只是对檀丁诗学观的改写或编译。虽然如此，其历史文化价值仍然存在，因为这种基本没有变异的思想继承，对于印度古典文论原汁原味的外向传播起着至关重要的作用。从这个意义上说，将戒云的僧伽罗语版《妙语庄严》视为公元7世纪梵语诗学的特殊组成部分，似乎并无不妥。

①Saṅgharakkhita, *Bauddhālaṅkāraśāstra,* Part 2, p. 3. 译文见黄宝生译：《梵语诗学论著汇编》（上册），第154页。

②Saṅgharakkhita, *Bauddhālaṅkāraśāstra,* Part 2, p. 15. 黄宝生译：《梵语诗学论著汇编》（上册），第163页。

第三章

梵语诗学的丰富和发展

（9世纪中叶至13世纪）

第一节　概述

论者指出，从世界范围看，公元7世纪至13世纪的几百年时间，仍属世界文论发展的不平衡期。这段时间大约相当于欧洲中世纪晚期或中国的隋唐五代、两宋时期，也是印度历史开始进入剧烈动荡的时期。这一时期，以梵语诗学为主体的印度文论和中国文论繁荣兴旺，达到了各自的发展高峰。“与欧洲文论的衰落形成鲜明对比的是，亚洲文论在此一时期迎来了它的黄金时期。在前几个世纪，亚洲文论的代表主要是指中国而言，而这一时期，除中国文论继续向前发展以外，亚洲其他国家的文论也如雨后春笋般成长起来，那就是印度、阿拉伯、日本、波斯等国家文论的兴起并在某种程度上达到了其国家文论史上的最高峰。”①

虽然经历了孔雀王朝（公元前4世纪到公元前2世纪）和笈多王朝（公元4世纪到6世纪）等短暂的统一，印度古代史大部分时间感受着外族入侵和内部分裂的痛苦。纵观9至13世纪的印度史，内部纷争战乱和外族穆斯林入侵是这一时期的两大主题，如北印的内部混战、突厥人阿巴提真和苏丹马茂德等先后侵略印度等便是明显的

①曹顺庆主编：《中外文论史》（第三卷），第1960页。

例子。[①]

9至13世纪，梵语文学还在继续发展，但却呈现出不同的面貌。这一时期，梵语戏剧逐渐僵化衰微。题材方面，一味依赖史诗传说，热衷表现宫廷艳史。人物性格塑造因袭固有模式。忽视戏剧特点，利用戏剧图解宗教哲学观念。梵语戏剧衰微期的代表作家是诗学家王顶等人。这一时期，与梵语戏剧的发展情形略微不同的是，古典梵语诗歌在继续发展，但受形式主义风尚影响比较严重，如施展文字技巧和堆砌知识学问等。檀丁在7世纪提到的“占布”（चम्पू, campū），采用韵散杂糅的形式，是古典梵语小说和叙事诗的混合体。现存最早的“占布”产生于10世纪。这类作品的题材和手法大多陈陈相因，缺乏创造性。梵语和梵语文学的主导地位开始衰落。

有意思的是，在社会政治大动荡和梵语文学衰落的背景下，梵语诗学却出现了新的发展高峰。7世纪到9世纪中叶是梵语诗学发展的早期阶段，它以庄严论和风格论为核心。楼陀罗吒的《诗庄严论》在重点论述庄严的同时，兼顾味论，这预示着梵语诗学新的发展阶段即将到来。这便是以欢增和新护等为代表的味论、韵论诗学。“就现存的书面资料而言，作为一种古典诗歌或文学的词力，暗示义（韵）优于表示义和转示义，这是由欢增首先鼓吹和确立的。”[②]欢增创立的韵论没有贬低味论，相反，他极为重视味论，在韵论体系中给味论以核心地位。在他之后，新护以对婆罗多《舞论》和欢增《韵光》的阐释深化了味论和韵论。如果说欢增是诗学韵论的卓越创造者，新护则是诗学味论的卓越总结者。前者将语言学韵论和庄严论、味论、合适论等有机地融合，

---

①关于9至12世纪印度文艺发展和外族入侵，参阅林承节：《印度史》，北京：人民出版社，2006年，第116—122页。

②Tapasvi Nandi, *Sahṛdayāloka: Thought-currents in Indian Literary Criticism*, Vol. 1, Part 2, p. 576.

改造为博大丰富而又具有当代启示意义和批评运用价值的文学理论体系，后者则将此前的戏剧味论与诗歌味论融为一体，孕育出超越时代地域的普遍适用的理论体系。他们二人的诗学建树代表了后婆罗多时代梵语诗学的最高水平，成为梵语诗学发展史上最耀眼的"双子星"。有的学者认为："梵语诗学中具有重要意义且影响深远的概念有三个：首先且最重要的便是已经讨论过的味经（Rasasūtra），它的地位相当于诗学理论领域中的爱因斯坦原理……第二个重要概念是韵（dhvani）……第三个了不起的概念是普遍化（sādhāraṇīkaraṇa），它是对诗歌情感和诗歌世界高度概括而又普遍适用的领悟。"[①]客观来看，味论之所以能够摆脱婆罗多时代和婆摩诃到楼陀罗吒时期依附于戏剧学或庄严论的从属地位，这与梵语戏剧文学的不断衰落和诗学理论自觉化的不断深入密不可分。换句话说，梵语文学的衰落和梵语诗学的勃兴形成了强烈的反差。造成这一现象的原因似乎可以这样理解：只有当戏剧、诗歌和小说等文类的发展高峰期过后，对其进行理性系统的观察思考和深入的理论总结才有可能。没有一段合理的时间距离，要对文学现象进行规律性总结是不太现实的。

欢增到新护，再到11世纪的波阇和12世纪的鲁耶迦，梵语诗学基本上走的是一条不断超越前人的创新路径。这以恭多迦、安主、王顶、波阇和鲁耶迦等人最为典型。恭多迦、安主、王顶等三人各自以集大成者的面目出现，构建了曲语论、合适论与"诗人学"的话语体系；波阇则以《艳情光》和《辩才天女的颈饰》对前人的诗学观进行再阐释，但其泛庄严论立场引人注目，他在味论上有一定的创新；鲁耶迦的《庄严论精华》着重论述无韵的诗和81种庄严，其观点对后世学者有一定的影响；娑婆迦罗蜜多罗的《庄严宝藏》

①Umashankar Joshi, *Indian Literature: Personal Encounters,* Calcutta: Papyrus, 1988, pp. 18-19.

显然是对鲁耶迦《庄严论精华》的驳斥，其观点新颖，影响了后来的世主等人。毋庸讳言，欢增的韵论、新护的味论、恭多迦的曲语论、安主的合适论、王顶的“诗人学”、波阇的泛庄严论和唯一艳情论、鲁耶迦的庄严论无一例外，都是在前辈或同时代诗学家的理论基础上进行总结和创新。他们依据前人的某一理论支点，构建自己的概念体系，从而推陈出新，有所建树。不过，这种形式的著述使得晚期梵语诗学缺乏坚实的创新动力。这在摩希摩跋吒的《韵辨》和雪月的《诗教》中不同程度地得到体现。《韵辨》以反对韵论的立场大胆出击，但并未建立新的诗学体系。雪月基本上只是将前人的文论话语教科书化。再如，12至13世纪之间（一说为13至14世纪之间）出现的一部味论著作即阿罗罗阇（Allarāja）的《味宝灯》（*Rasaratnapradīpikā*）也大体如此。该著六章，基本是引述或改写婆罗多与胜财等人的戏剧味论。由于作者语言浅显，很适合初学者使用。“作者的主要目的显然是提供一种理解味论的小册子。”[1]自然，作为传播传统文论思想的一种手段，这一姿态无可厚非。

这一时期，除了10世纪的胜财的《十色》外，还出现了10世纪的沙揭罗南丁的《剧相宝库》、12世纪的罗摩月和德月合著的《舞镜》、12至13世纪的沙罗达多那耶的《情光》等梵语戏剧学著作，但它们的论述主要依照《舞论》，创新因素较少。波阇的《艳情光》和雪月的《诗教》等不同程度地论述了戏剧学基本原理。沙揭罗南丁、胜财、罗摩月、德月、沙罗达多那耶和小楼陀罗跋吒等人基本上是改写婆罗多的戏剧学说，间杂一些修正。总之，这一时期的戏剧学著作基本上依据前人，缺乏大胆创新的意识。这和同一时期梵语诗学总体上锐意创新形成强烈反差。这似乎与这一时期梵语

①Allarāja, *Rasaratnapradīpikā*, ed. by R.N.Dandekar, “Introduction,”Bombay: Bharatiya Vidya Bhavan, 1945, p. 8.

戏剧不断衰落有关。

这一时期，还有一种非常值得关注的现象，即综合性诗学体系的建构开始受到关注。这以曼摩吒为典型代表。曼摩吒是韵论派，但他却以韵论为核心，全面总结和论述诗学问题。总体上来看，曼摩吒的《诗光》虽然接近教科书性质，但也不时闪现出力图创新的思想火花。他的著述为后世兴起的一系列综合性诗学著作树立了标尺。总体来看，曼摩吒和鲁耶迦一样，是梵语诗学发展中后期的典型代表。如果说曼摩吒开启了综合性诗学体系建构的时代新潮，那么，鲁耶迦延续了优婆吒与楼陀罗吒式传统，为后来专论庄严的胜天和底克希多等人提供了可资借鉴的优秀范本。鲁耶迦和曼摩吒是梵语诗学中后期的过渡型人物。

另外还有两种著述值得注意：楼陀罗跋吒在《艳情吉祥痣》中，着力论述艳情味论。13世纪的斯里兰卡佛教学者僧伽罗吉多著有《智庄严论》，该书直接催生了泰国古典文论的萌芽。为了考察梵语诗学的发展全貌，本书破例将该书纳入研究范畴。此外，大约成书于7—11世纪的那罗达的《乐歌蜜》是这一时期少见的艺术论著之一。《乐歌蜜》将在下一章集中介绍梵语艺术学论著时涉及。①

最后，这一时期出现的一种现象值得关注，这便是印度文化传统中的注疏解经式体例亦即经疏体迅速渗透到梵语诗学著述中。8世纪时，伐摩对自己著作《诗庄严经》中的每一条经文均进行注疏和阐释，这一做法在后来逐渐演变为阐释和疏解他人诗学著述的新潮且成效显著。例如，新护的《舞论注》和《韵光注》是最典型和最有成效的例子。1148年，佚名作者完成的《如意藤辩》（*kalpalatāviveka*）也是典型一例。该书与《舞论注》、《韵光

---

①Nārada, *Saṅgītamakaranda,* ed. by M.R.Telang, Baroda: Maharaja Gaekwad, 1920.

注》不同，因为它单独流传却未附录原文，只是转引部分原文。大约在1136年，位于今天古吉拉特邦的帕坦（Patan）的一个小王国的宰相安波普拉萨德（Ambāprasāda）完成了诗学著述并为之疏解，这便是分为五章的《如意藤》（*kalpalatā*）及其注疏《如意藤新解》（*kalpalatāpallava*）。根据学者的考证，安波普拉萨德的《如意藤》及其注疏早已失传。从流传至今且于1968年左右首次整理出版的《如意藤辩》来看，《如意藤》及其原始注疏主要论述诗病、诗德和庄严等三大主题，涉及词病、句病、义病、味病、诗德、音庄严、义庄严和明喻病等内容。安波普拉萨德遵循曼摩吒，其庄严观近似波阇且时有创新。佚名作者为其疏解的《如意藤辩》显示了他的博学睿智，该书广泛引用或借鉴欢增、新护、波阇、婆摩诃、楼陀罗吒、伐摩那和曼摩吒的观点。"因此，《如意藤辩》非常有用，尽管它有借用，且其原著实际上尚未发现。"[①]可以说，《如意藤辩》等疏解式著述为梵语诗学的发展和流传做出了自己的贡献。

综上所述，从9世纪下半叶至12、13世纪的梵语诗学和戏剧学发展来看，它们虽然有一些新意甚至是重大的创新如欢增韵论、新护味论和恭多迦曲语论等，但也有部分著作是对前人的阐发解释，属于自己独创性理论的含量和比重开始下降。越到后来，越是如此。这体现梵语诗学开始出现创造力减退的迹象。例如，耆那教学者雪月著有《诗教》，另两位同名伐格薄吒的耆那教学者留给后世的著作分别是《伐格薄吒庄严论》和《诗教》，这三部书的理论创新程度不高，基本上只是对前人成果进行阐释和改写；阿利辛赫和阿摩罗旃陀罗师生俩著有《诗如意藤》，后由阿摩罗旃陀罗为该书

---

①Anonymous Author, *kalpalatāviveka,* "Introduction," by P.R.Vora, Ahmedabad: Lalbhai Dalpatbhai Bharatiya Sanskriti Vidyamandira, 1968, pp. 1-168. 该书未标注出版年份, 但根据"序言"写于1968年4月15日判断, 它大约出版于同一年。

注疏即《诗如意藤注疏》，它继续阐释“诗人学”思想，其论述范围和内容与王顶《诗探》不同；前述匿名学者的《如意藤辩》和13至14世纪的代吠希婆罗所著《诗人如意藤》也大抵如此。

第二节　欢增的《韵光》

（9世纪）

欢增（आनन्दवर्धन，Ānandavardhana）是克什米尔王朝阿槃底跋摩国王（855—884年在位）时期的著名诗人和学者。他有诗歌、宗教哲学方面的著作问世，但是，他的诗学名著《韵光》（ध्वन्यालोक，*Dhvanyāloka*）最具代表性。《韵光》现存抄本几乎都题作《诗光》（काव्यालोक，*Kāvyāloka*）或《知音光》（सहृदयालोक，*Sahṛdayāloka*），只有晚出的材料才将欢增的这部著作称作《韵光》。《韵光》全书共四章，通篇采用诗体正文和散文注疏的形式。在书中，欢增经常采用正反双方论辩的形式展开破中有立的论述。

传统的语法家对词音和词义及其关系的研究，成为欢增韵论的理论基础。“欢增明确地声称，他从语法学家那里继承了韵的概念。他似乎吸纳了伐致诃利的语言哲学思想。在伐致诃利常声论和天才说（pratibhā，或译为才能、能力）基础上，他建立了韵论的完美结构。”①公元前2世纪的梵语语法家波颠阇利提出“常声”（स्फोट，sphoṭa，直译为“绽开”或“呈现”）说。他认为，通过声音展示的原本存在的词就是常声，展示这种词的各个音素的连续发音便被称作“韵”（ध्वनि，dhvani）。梵语ध्वनि一词源于动词词根√ dhvan（ध्वं，发音、发声）。这一发音过程形成了词义。而

①Ajodhya Nath Hota, *Sphota, Pratibha and Dhvani,* Delhi: Eastern Book Linkers, 2006, p. 150.

7世纪的语法家伐致呵利认为，语言具有微妙、中介和粗糙三种形式。微妙形式是语言的绝对真实，中介形式是微妙形式的展示，属于精神领域，而粗糙形式是进一步展示，属于物质领域。语言的微妙形式通过人体内的气流运动，经由中介形式和粗糙形式转化为声音。总之，波颠阇利和伐致呵利认为常声即词本身不同于词音。常声是一种不可分割的整体，是词的真正意义所在。它通过音素间前后相继的发音过程呈现。以这种方式展示常声的词音就是“韵”。这种语言学的韵论直接启发了梵语诗学韵论。梵语诗学家将诗中具有暗示作用的词音和词义也称为韵。以欢增为卓越代表的韵论派的独特贡献是揭示出词的暗示功能和暗示义，并以此作为他们的理论基石。传统的梵语语法家和哲学家确认词的两种基本功能，即表示义（अभिधा，abhidhā）和转示义（लक्षणा，lakṣaṇā），而欢增等则发现，词还有第三种功能即暗示，由此产生第三种意义即暗示义（व्यंजना，vyañjanā）或暗含义。[①]这是诗的最大魅力所在，是韵产生的美学秘密。

有学者指出，由上述三种词力（śabdaśakti）或词功能（śabdavyāpāra或śabdavṛtti）产生了三对关涉词语及其涵义的概念:“相应地，词语有表示者（vācakā，或译“能指”）、转示者（lakṣaka）、暗示者（vyañjaka），而词义则分别有表示义（vācya，或译“所指”）、转示义（lakṣya）和暗示义（vyañgya）。我们还发现有人提起所谓真义（tātparyavṛtti）的第四种词功能，但由于它的涵义与句子相关，或曰与特定句子中所有词语的涵义相联系，而不是与单个的词语相关，诗学家们（ālamkārikas）一般不专门将其归入词的几种功能中。”[②]

①参阅黄宝生:《印度古典诗学》，第331—335页。本节对欢增韵论的介绍主要依据该书相关内容。

②Tapasvi S. Nandi, *The Origin and Development of the Theory of Rasa and Dhvani in Sanskrit Poetics,* p. 67.

欢增在《韵光》第一章中阐释有关韵的基本理论，论述韵的基本纲领。他在开篇即秉承前人观点，指出诗的灵魂是韵。这说明，韵论的萌芽在欢增以前就存在了。事实也是如此。例如，楼陀罗吒论述的庄严中有一种“暗示”（bhāva），它是指一个动作暗示人的意图，或通过一个缘由将之与某事偶然地联系起来。如果一句话除了表达本来的意思外，还能表达程度相似的另一层善意或恶意，这也是暗示。（VII.38-40）[①]接下来，欢增还具体说明了关于“韵”的种种反对意见。欢增还通过实例说明，诗歌的意义并不是字面义所能穷尽的；字面义并不是诗的真义，暗示义才是诗的灵魂所在。在欢增看来，字面义和暗示义是语言不可分割的两方面，正如一张纸的两面。索绪尔语言学中的能指和所指似乎与此不无关联，因为他本人便是一位梵文学家，且以研究梵语语言学的论文获得博士学位。

欢增认为，韵的性质是所有优秀诗人的作品奥秘，而韵的原理却没有得到诗学家们的揭示。他对韵的定义是：“若诗中的词义或词音将自己的意义作为附属而暗示那种暗含义，智者称这一类诗为韵。”（I.13）[②]按照他的观点，具有暗示性，能显示用其他表达方式不能显示的魅力，这样的词才配得上韵的境界。似乎是模仿伐摩那的灵魂说，他把诗的灵魂与韵论联系起来：“受到知音赞赏的意义被确定为诗的灵魂。相传它分成两种，称为表示义和领会义。”（I.2）[③]他说，大诗人的语言中，存在领会义。“正像女人的美被单独看到，超越肢体的所有各个部分，这种领会义确实是另一种不同的东西，成为知音眼中的甘露。”（I.4注疏）[④]这里的领会义其实就是暗示义即韵。“这种领会义依靠表示义的力量

①Rudrata, *Kāvyālaṅkāra*,1966, pp. 206-208.
②黄宝生译:《梵语诗学论著汇编》(上册), 第238页。
③黄宝生译:《梵语诗学论著汇编》(上册), 第234页。
④黄宝生译:《梵语诗学论著汇编》(上册), 第234页。

提示，分成本事庄严和味等等各种类别，这在后面会说明。在所有这些类别中，它都不同于表示义。”（I.4注疏）这里，欢增把领会义即韵明确地分成三个等级，即本事韵（vastudhvani）、庄严韵（alaṅkāradhvani）和味韵（rasadhvani）三类，其中，第三类韵即味韵最为重要。这是因为，在欢增看来，诗的灵魂就是与情味体验相关的领会义。他说：“第三类以味等等为特征的，显然依靠表示义的力量提示……实际上，味等等从不通过它们的名称表达。即使它们的名称出现，对它们的领会也主要依靠特殊的情由等等的描述……如果在一首诗中，只有艳情等等这样的名称，而缺乏情由等等的描述，那就一点也领会不到味。味的领会与味的名称无干，只能通过特殊的情由等等。只有味的名称，无从领会。”（I.4注疏）[①]

欢增还以《罗摩衍那》中猎人射杀鸟儿而引发悲悯味的著名颂诗来说明领会义即韵与味的有机联系。他认为：“虽然领会义还有其他类别（即本事韵和庄严韵），但都可以依据味和情的方式理解，因为它们是最主要的领会义。大诗人的语言女神流淌出美味的意义和内容，闪耀着特殊的想象力，非凡而清晰。”（I.5-6）[②]由这种味韵观出发，他认为，只有迦梨陀娑等少数几个诗人才配得上大诗人的称号。欢增认为，味通过诗中具体描述的情由来暗示，而不是由艳情、悲悯等味的名称（也就是优婆吒所谓的“味词”）直接表达。这便自然而巧妙地融合了味论与韵论的精华。这使味论迄今为止的地位得以大大提高，为稍后的新护、波阇等人继续深入探讨味论做好了铺垫。

在第一章中，欢增还对韵和除了味之外的其他诗学要素的关系打了一个非常形象的比方：“韵是一种肢体完整的特殊的诗。它的

①黄宝生译：《梵语诗学论著汇编》（上册），第236页。
②黄宝生译：《梵语诗学论著汇编》（上册），第236—237页。

肢体是庄严、诗德和谐音方式，这在后面会说明。”（I.13注疏）[①]欢增在这里明显地超越了伐摩那和楼陀罗吒，这显示梵语诗学发展新阶段已经到来。在他心目中，庄严论和风格论已经处于从属地位。

在对韵的基本原理进行详细说明的基础上，欢增指出：“一般地说，韵分成两类：非旨在表示义，旨在依靠表示义暗示另一义。”（I.13注疏）[②]在第二章中，欢增对这两大类韵进一步分类，并一一举例说明。第一大类即非旨在表示义分成表示义转化为另一义和表示义完全丧失两类。第二大类分成暗示过程不明显即味韵和暗示过程明显即本事韵和庄严韵。他所论述的味韵又涉及情韵、类味韵、类情韵、情的平息升起、并存与混合等，而暗示过程明显的本事韵与庄严韵又从词音、词义等角度进行说明。[③]他还认为，韵通过与以韵为辅、庄严和自己的分类，或结合，或混合，呈现许多不同类型。“这样，谁能数清韵的大小分类？我们指出的只是方向。”（III.44）[④]这显示了欢增韵论极为繁琐的一面。

在这一章中，欢增还论述了诗德与庄严的区别，并从味和韵的角度对诗德的性质作出新的解释。他说：“诗德依附那种表现为味等等的主要意义，如同勇敢等等。而庄严依附表现为表示义和表示者的那些肢体，如同手镯等等。”（I.6注疏）[⑤]关于庄严，他说：“庄严是味的魅力因素，如同外表的装饰美化人体。”（I.17注疏）[⑥]他要求诗人始终记住，庄严是产生诗味的辅助因素，不要过分热衷于庄严的使用。（I.18-19）欢增还将味韵与一些本身带有味的因素的修辞方式作了区分。

---

①黄宝生译：《梵语诗学论著汇编》（上册），第241—242页。
②此处论及的具体分类和说明，参见黄宝生：《印度古典诗学》，第342—351页。
③黄宝生译：《梵语诗学论著汇编》（上册），第242页。
④黄宝生译：《梵语诗学论著汇编》（上册），第338页。
⑤黄宝生译：《梵语诗学论著汇编》（上册），第250页。
⑥黄宝生译：《梵语诗学论著汇编》（上册），第255页。

在第二章中，欢增从所暗示者即暗示对象如庄严和味等角度论韵，而在第三章中，他则从暗示者即词语和句子等角度论述韵。在欢增看来，所有的韵都可以用词、词语组合、句子篇章等来暗示，而味韵还可以通过音素、词形变化和词语组合方式暗示。他还具体论述了三种词语组合方式及其与诗德的关系。欢增在这一章中，还以韵为准绳，对诗进行分类。他把诗（文学）分为三类，即韵诗（dhvani kāvya）、以韵为辅的诗（guṇībhūtavyaṅgaya kāvya）和画诗（citra kāvya）。所谓韵诗是指暗示义为主、表示义为辅的诗。以韵为辅的诗是指表示义为主、暗示义为辅的诗，画诗是指缺乏暗示义的诗。在韵诗中，欢增更为重视以味为韵的诗。他对画诗持贬低立场。他说："另一类诗，缺乏味和情等等含义，缺乏展示特殊的暗示义的能力，仅仅依靠表示义和表示者的奇妙，仿佛是画，称作画诗。严格地说，那不是诗，而是诗的模仿品。"（III.42注疏）[①]两类画诗包括煞费苦心的谐音等音画诗，也包括不涉及暗示义，以句义为主，缺乏情味含义的义画诗。客观地说，欢增从韵论派立场论诗，把韵视为评判文学作品优劣的唯一尺度，虽然有其合理的一面，但是也有些矫枉过正的趋势。因为，把一切画诗排除在优秀作品的范畴之外，似乎有些不太合理。正因如此，后世的某些诗学家如底克希多等人，对欢增的画诗论立场进行抨击，以维护画诗应有的地位。不过，从印度古典文论发展角度看，欢增最早对诗即文学作品进行分类，这种文学品第论影响了后来的诗学家。他们如曼摩吒、底克希多和世主等人沿着欢增的道路继续探索和争鸣。这就使文学理论的探讨内容更加丰富。

在第三章中，欢增论述了有碍于味充分展现的各种情况。他认为，为了充分展现味，优秀诗人应该努力避免各种味的障碍如纳入对立味的情由或行为不合适等等。欢增还认为："尽管作品中通常

①黄宝生译：《梵语诗学论著汇编》（上册），第332页。

含有各种味，追求卓越的诗人应该确立一种主味。”（III.21）[①]无论与主味对立或不对立的味，都不应当得到充分描写，这样就不会成为障碍。欢增在论述词语组合方式时，涉及到一个重要的问题即合适（aucitya）。某种程度上，他的味论也是围绕合适而展开的，是一种不折不扣的味合适论（rasaucitya）。比如，他说，常情的合适源自人物性格的合适。无论用于表演与否，作品都不能描写上等人物和上等女主人公粗俗的会合艳情，就像不能描写自己的父母会合艳情那样。在这个问题上，甚至大诗人也会犯错。“简而言之，诗人应该遵循婆罗多等人的规则，或者观摩大诗人的作品，或者凭借自己的想象力，专心致志，竭尽全力避免情由等等不合适……如果诗人在这方面疏忽大意而失足，就会被人认为缺乏学养。”（III.14注疏）[②]

在第三章中，欢增还涉及到词语暗示功能和逻辑推理之间的联系问题。他把对立观点一一列出，然后进行辩驳。他的结论是：说暗示性是推理中的“相”，或者说韵等于逻辑思维中的推理，是不对的。他似乎提前反驳了后来向韵论发难的摩希摩跋吒。

在《韵光》最后一章里，欢增论述韵的运用原则。他认为，诗人只要掌握味和韵的原理，发挥自己的创造才能，即使是古已有之的题材，也能推陈出新，写出新意。他说：“如果与味和情等等结合，注意保持合适性，并利用时间和地点的不同，这里不把其他那些能力有限的诗人考虑在内。即使一百万个语主一齐努力，诗的内容也不会耗尽。如同世界的原初物质。”（IV.9-10）[③]他还论述了艺术继承与创新的关系。他说，诗的内容只要具有独立的自我，即使借鉴前人的作品，也会魅力无穷。他认为：“优秀的诗人

---

①黄宝生译:《梵语诗学论著汇编》(上册),第303页。
②黄宝生译:《梵语诗学论著汇编》(上册),第290页。
③黄宝生译:《梵语诗学论著汇编》(上册),第352页。

不愿意借用别人的东西，语言女神会按照他的意愿提供内容。”（IV.17）[①]这是因为，优秀诗人依靠前生积累的功德和不倦实践，老练成熟，不需要使用别人的内容，也不需要特别费力。这是大诗人成功的奥秘所在。从欢增这里的论述可以看出，他对于诗人成功的三要素即能力、学问和实践，基本上等同看待。当然，仔细分析还会发现，他似乎有点强调诗人天生的能力。

总之，欢增创立的韵论可以简单地归纳为韵是诗的灵魂，味是诗的精髓。庄严属于诗的外在美，而韵和味属于诗的内在美。韵和味取代了文学语言和非文学语言之间的本质区别。“韵论以韵和味为内核，以庄严、诗德和风格为辅助成分，构成了一个较为完善的梵语诗学体系。”[②]欢增的这一体系比之婆摩诃、檀丁、伐摩那甚至楼陀罗吒，都要更加完备。这是因为：“依据韵论，文学批评理论中的味、庄严、诗德和风格诸概念各得其所。”[③]

当然，欢增独具特色的韵论体系不仅是在与不同的思想流派对话和交锋的过程中产生的，也在欢增之后经受了其他诗学家的一次次冲击。就反对韵论的人而言，摩希摩跋吒、恭多迦、胜财和波阇等人是其中的一些典型代表。[④]但是，通过一次次的思想对话或激烈交锋，韵论体系的价值反而为越来越多的诗学家所认识，它在晚期梵语诗学家心中的地位也变得越来越重要。

就欢增而言，他在梵语诗学发展史中无疑是一个承前启后的里程碑式人物，而《韵光》也无疑是古典诗学的一座丰碑，其光焰甚至超过了许多西方古典诗学名著。西方学者评价说：“在我们西方古典（希腊和拉丁）文学批评传统中，没有什么与欢增和新护以宏

---

①黄宝生译：《梵语诗学论著汇编》（上册），第354页。

②黄宝生：《印度古典诗学》，第224页。

③K.Krishnamoorthy, *Studies in Indian Aesthetics and Criticism*, Mysore: Mysore Printing and Publishing House, 1979, p. 92.

④关于反对韵论者的具体情况，参见：Tapasvi S.Nandi, *The Origin and Development of the Theory of Rasa and Dhvani in Sanskrit Poetics,* pp. 278-333.

阔视野构想的味和韵相媲美的理论。”[①]就印度文论发展而言，欢增的贡献是巨大的。另一位西方学者认为：“《韵光》为戏剧诗提供了智慧而严肃的辩护，填平了古典文论与中世纪文论之间的鸿沟，结束了前者，而成为中世纪文论思想的基础。”[②]印度学者认为：“欢增关于意义理论的发展也可视为思想理论或文明进步的一个标志。”[③]还有学者认为，欢增的韵论是对印度文论发展史所做出的卓越的开创性贡献。《韵光》是梵语诗学史上的里程碑巨著。它将古典文论分为新旧两派。“它标志着旧的文论学派的结束，催生了风格、理论和方法都是全新的现代文论学派。”[④]

有学者认为，欢增的《韵光》也有明显的局限性，因为它还没有完全突破语言为核心的文学形式论。韵论仍然没有真正超越形式主义分析，进而上升到对文学作品内容进行整体分析的更高境界和水平。欢增对于韵的条分缕析没有摆脱印度古代宗教哲学一以贯之的繁琐倾向。[⑤]当然，如将韵论放入历史语境进行观照，我们会发现，这是印度古代文化传统的特色或优势所在。因此，韵论的历史价值和现代批评运用价值必须采取历史而辩证的态度进行考察。

---

①Edwin Gerow, *Indian Poetics*, p. 258.

②Daniel H.H.Ingalls, Jeffrey Moussaieff Masson, and M.V.Patwardhan, Trans. The *Dhvanyāloka of Ānandavardhana with the Locana of Abhinavagupta*, Massachusetts: Harvard University Press, 1990, p. 38.

③Sharda Swaroop, *The Role of Dhvani in Sanskrit Poetics*, Moradabad: Braj Ashram, 1984, p. 109.

④K.Krishnamoorthy, *The Dhvanyāloka and Its Critics,* Delhi: Bharatiya Vidya Prakashan, 1968, p. 216.

⑤曹顺庆主编:《中外文论史》(第三卷),第2085页。本节介绍参阅该卷第2071—2085页。

第三节　王顶
（9至10世纪）

王顶（राजशेखर，Rājaśekhara）生活在9至10世纪，他是一位戏剧家，著有梵语和俗语戏剧多种。他的《诗探》（काव्यमीमांसा, *Kāvyamīmāmsā*）属于梵语诗学中的“诗人学”（कविशिक्षा, Kaviśikṣā）著作。这类著作不是探讨诗学理论，而是阐述诗人应该具备那些修养和知识，为文学创作提供参考和实用指南。但在实际论述中，王顶的视野已经突破了纯粹的“诗人学”视野，论述的范围也涉及很多一般的文学基本原理。“诗人学”著作还有安主的《诗人的颈饰》、阿利辛赫和阿摩罗旃陀罗的《诗如意藤》和代吠希婆罗的《诗人如意藤》等。王顶的《诗探》是“诗人学”的典型之作。①

《诗探》分十八章，分别讲述诗学起源和“诗原人”（काव्यपुरुष，kāvyapuruṣa）诞生的神话传说、作品分类、诗人必备条件、诗人类型、词句功能、语言风格、诗的主题、诗人行为规范、创作借鉴、习惯用语、地理概况和六季景观等各个方面的内容。与往世书相似的是，王顶的探讨具有浓厚的宗教神话色彩。

《诗探》第一章讲述诗学的起源神话传说：大神湿婆亲自把诗学传授给六十四位门徒。诗原人是其中最受器重的学生。生主请他将诗学传播人间。于是，他向十七位学生传授十八门诗学知识。此后，这十七位学生分别写成专著，流布人间，例如，娑诃斯罗刹论诗人的奥秘，乌格底迦尔伯论语言，苏婆尔纳那伯论风格，奥波迦衍那论比喻，波罗谢罗论夸张，婆罗多论戏剧，南迪盖希婆罗论味，提舍纳论诗病，乌波曼瑜论诗德。这些著述中，只有婆罗多论戏剧的（《舞论》）为真实存在，其他都无案可考。王顶用这则神

①本节对《诗探》的介绍主要参考黄宝生：《印度古典诗学》，第391—398页。

话传说旨在说明，梵语诗学是天启经论，具有神圣的价值。

王顶将语言作品分成诗（काव्य）和经论（शास्त्र）两大类。经论又分成天启的和凡人的。天启的经论包括四种吠陀，四种副吠陀（史传吠陀、军事吠陀、音乐吠陀和医学吠陀），六种吠陀支（语音学、礼仪学、语法学、词源学、诗律学和天文学）。王顶将诗学（庄严论）列为第七吠陀支。凡人的经论包括往世书、哲学、弥曼差和法论。他认为，诗是第十五种知识基础，所有知识的共同基础。“诗含有散文、韵文、诗人技法和有益的教训。各种经论都追随诗。”①这分明是鼓吹提高文学作品的地位。王顶还认为，文学知识指有关音和义相结合的知识。它包括六十四种副知识。王顶把文学知识（साहित्यविद्या，sāhityavidyā，也可译为“文学理论”或“诗学”）与音义结合放在一起进行思考，有着极为重要的理论价值。有的学者认为：“音义结合（sāhitya）的概念来自于语法，早在王顶时期它就成为一个诗学概念。从目前所知来看，《诗探》是最早将sāhitya和sāhityavidyā视为诗和诗学的著作。”②

《诗探》第三章讲述“诗原人”诞生的神话传说：辩才女神亦即语言女神（或曰文艺女神、辩才天女）希望得到儿子，在雪山顶上修炼苦行。大梵天满心欢喜，为她创造了一个儿子，这就是“诗原人”。他匍匐在母亲脚下出口成诗，这可视为梵语诗学的一句名言，诗中包含了伐致诃利语言哲学观的精华即语言创造世界万物的印度传统理念：

> यदेतद्वाङ्मयं विश्वमर्थमूर्त्त्या विवर्त्तते ।
> सोऽस्मि काव्यपुमानम्ब पादौ वन्देय तावकौ ॥③

①黄宝生译：《梵语诗学论著汇编》（上册），第360页。

②V.Raghavan, *Bhoja's Śṛṅgāraprakaśā*, Madras: Punarvasu, 1963, p. 87.

③Rājaśekhara, *Kāvyamīmāṃsā*, Baroda: Oriental Institute, 1934, p. 6.

世界一切由语言构成，展现事物形象，

我是诗原人，妈妈啊，向你行触足礼。①

辩才女神向儿子说道："音和义是你的身体，梵语是你的嘴，俗语是你的双臂，阿波布朗舍语是你的双股，毕舍遮语是你的双脚，混合语是你的胸脯。你有同一、清晰、甜蜜、崇高和壮丽的品质（诗德）。你的语言富有表现力，以味为灵魂，以韵律为汗毛，以问答、隐语等等为游戏，以谐音、比喻等等为装饰（庄严）。"②王顶这里的叙述实际上综合了自婆罗多以来各家关于诗学话语的核心观点。他的巧妙之处是，以人体比喻的形式将各种诗学概念的地位和功用展现出来。后来，高利女神（大神湿婆的妻子）将"文论新娘"（साहित्यवधू，sāhityavadhū）许配给诗原人。辩才女神和高利女神嘱咐他俩共同居住在诗人心中。这里隐含着王顶对诗人的要求：诗人既要具备语言表达能力，又要掌握文学理论知识。

檀丁和楼陀罗吒等认为，诗人成功的因素是想象力（才能）、学问和实践。王顶认为人的智力（buddhi）有三种：记忆、思想和智慧。它们既可以是天赋的，也可以通过学习经典获得。诗人必须具备这三种智力。王顶还列举了其他人对这个问题的看法，王顶提到，夏摩提婆认为沉思冥想（samādhi，三昧或禅定）是诗歌创作成功的首要因素，而曼迦罗认为实践是创作成功的首要因素。王顶则认为沉思冥想是诗人的内在努力，实践是外在努力，这两者共同照亮"能力"（śakti，亦可译为"天才"）。王顶认为："能力（天才）是诗的唯一原因。能力不同于想象力和学问。能力是行动者，想象力和学问是行动。有能力，则有想象力和学问。想象力照

①黄宝生译：《梵语诗学论著汇编》（上册），第363页。
②黄宝生译：《梵语诗学论著汇编》（上册），第363页。

亮诗人心中积聚的词音、词义、修辞技巧和表达方式等等。”[①]这说明，“能力”亦即天才相当于一种整体的艺术能力，它高于“想象力”即才能（pratibhā）。这种能力是王顶高度推崇的东西。能力赋予诗人想象力，即使身处人间，也能看到天国仙境。想象力又分为创作想象力和批评想象力两种。前者适合诗人，它又可分为天生的、获得的和学会的三类。“这三种想象力也就形成三种诗人：天生的诗人、实践的诗人和学会的诗人。”[②]批评想象力适合批评家。前人把批评家分为有鉴别力的食欲不振型和缺乏鉴别力的食草型两类，王顶在此基础上增加了掩人之德的妒忌型和千里挑一、知味识义的追求真理型两类。从整个梵语诗学发展史来看，王顶对文学批评家的四种分类具有格外重要的价值。他进一步拓展了梵语诗学的论述范畴。

王顶将诗人分为经论诗人、文学诗人和双重诗人三大类。经论诗人又分成三类。文学诗人分成八类：编排诗人、词音诗人、词义诗人、庄严诗人、妙语诗人、情味诗人、风格诗人和经义诗人。王顶也把文学诗人的这八种类型视为八种特色。他认为，具备其中两三种特色的诗人是低等诗人，具备五种左右的是中等诗人，具备所有八种特色的才是大诗人。

王顶还讲述了诗人的十种形态：习作诗人、内心诗人、托名诗人、随从诗人、胶着诗人、大诗人、诗王、入魔诗人、无间诗人、移神诗人。王顶心目中的诗人比现在所谓文学意义上的诗人要宽泛得多，似乎包含一切用语言创作的人。

---

①Rājaśekhara, *Kāvyamīmāṃsā*, Baroda: Oriental Institute, 1934, p. 11. 此处译文参考黄宝生译：《梵语诗学论著汇编》（上册），第369页。黄宝生先生对于该句某些梵文关键词的翻译存在前后不一致之处：他在2000年再版的《印度古典诗学》第393页中，把śakti译为“能力”，把pratibhā译为“才能”（想象力），而在2008年出版的《梵语诗学论著汇编》（上册）第369页中，把śakti译为“才能”，把pratibhā译为“想象力”。笔者此处对照梵文原著并参考黄先生2008年译著译出。

②黄宝生译：《梵语诗学论著汇编》（上册），第371页。

王顶遵循伐摩那的观点，确认三种主要的语言风格，维达巴（南方）风格、高德（东方）风格和般遮罗（西北）风格。他还提出期待和非期待两种语调风格，语调风格指说话或吟诵的特殊语调能转达说话者的特殊意图。

王顶指出，诗的主题来源包括：吠陀经典、法论、历史传说、往世书、弥漫差、正理论、佛教、顺世论、耆那教、湿婆教、利论、戏剧论、欲论等。他说："诗学得益于一切经典。应该关心这些和其他知识，以提高学养。"[①]诗的题材可分为天国，天国和人间，人间，地下，人间和地下，天国和地下，天国、人间和地下等七种。这就是说，诗的描写对象是无限的。王顶的归纳基本上符合印度古代文学的创作实践，这也与印度的宗教哲学背景有关。

关于诗人的行为规范，王顶作了详细地论述。例如，诗人应该通晓语法、字典、诗律和修辞，熟悉六十四种技艺。诗人必须保持思想、语言和身体的纯洁。王顶心目中的诗人品德高尚，彬彬有礼，生活节制而规律，这与中国古人要求诗人修德养气的观点一致。他还对组织诗会的国王作了一些规定。"如果国王是诗人，应该组织诗人集会。国王是诗人，整个世界都会是诗人。"[②]王顶在论述中还体现出男女平等的思想："女性像男性那样，也能成为诗人。天赋潜藏在心中，不分男女。"[③]

关于词音和词义的借用即文学借鉴问题，王顶有一些独到的看法。王顶以诗人的独创性为基准，将借用分成可取的和不可取两类。如果借用前人作品中含有双关或其他创造性技巧的词语，是不可取的。借用同样的词语而赋予新意，这是可取的。同样，在意义借用中，如果新作与原作相比，原作的诗意更动人，则借用是失败

①黄宝生译：《梵语诗学论著汇编》（上册），第387页。
②黄宝生译：《梵语诗学论著汇编》（上册），第407页。
③黄宝生译：《梵语诗学论著汇编》（上册），第407页。

的。如果新作的诗意更动人，则借用是成功的。王顶认为："没有不偷的诗人，没有不偷的商人，善于掩盖，不受指责，便是成功者……只要音和义的表达富有创意，推陈出新，便可称作是大诗人。"①这说明，王顶赞成合理的文学借鉴。但他同时也指出，将别人的文学作品据为已有，则是明显的过错。王顶的文学借鉴论，不仅在古代，即使在当代文学创作中，都有不可忽视的现实意义。

王顶综合前辈以及当代各家之长，加上自己的一些独创观念，建立了梵语诗学史上第一个完备的"诗人学"体系。由于他的贡献，"诗人学"不仅为当代和后世的印度文学创作提供了指南，也为印度文学理论大厦添加了一块无比坚实的基石。②

第四节　楼陀罗跋吒的《艳情吉祥痣》
（约10世纪）

大约生活在10世纪的楼陀罗跋吒（रुद्रभट्ट，Rudrabhaṭṭa）著有《艳情吉祥痣》（शृङ्गारतिलक，*Śṛṅgāratilaka*），他将婆罗多的戏剧味论运用于诗学领域，但其重点却在艳情味领域。"楼陀罗吒的《诗庄严论》和楼陀罗跋吒的《艳情吉祥痣》标志梵语诗学主流由庄严论向味论转折。"③该书分为三章，共366颂，分别论述了味、情、艳情味等各味、男女主角和四种风格等。该书有很多地方的论述与楼陀罗吒的《诗庄严论》相似，有的学者怀疑它的作者楼陀罗跋吒和楼陀罗吒是同一人，如西方的印度学家皮舍尔（R.Pischel）便是其中的一员。他在1886年出版自己编订的《艳情吉祥痣》，他在英文"引言"中持此观点。

①黄宝生译：《梵语诗学论著汇编》（上册），第418页。

②本节相关介绍，同时参阅曹顺庆主编：《中外文论史》（第三卷），第2064—2070页。

③黄宝生：《印度古典诗学》，第303页。

19世纪末至20世纪初，其他一些西方学者如韦伯（Weber）、奥弗莱彻特（Aufrecht）和布勒（Bühler）皆持与皮舍尔相同的观点，但其他一些西方学者如皮特森（Peterson）和雅可比（Jacobi）则持相反立场，某些印度学者如杜尔迦普拉萨德（Durgaprasada）和特里维迪（Trivedi）也持不同作者说。[①]雅可比于1888年撰文详细说明了他的观点。他经过审慎的核对后认为："楼陀罗吒显然是诗学方面有独创性的一位先生（teacher），而楼陀罗跋吒作为其经论（指楼陀罗吒的《诗庄严论》）的阐释者，与普通人并无差异，充其量只是一个有独创性的诗人而已。"[②]梵语诗学史研究专家S.K.代认为，就一些相同的诗学主题而言，楼陀罗吒《诗庄严论》和楼陀罗跋吒《艳情吉祥痣》即使在细节上的描述也大体相似，这也使得一些学者"将两部著作误为一人之作。但是，在表面的相似之下，两部著作显出多处差异，这就形成了关于两部著作各有其主的基本设想"。[③]代举出他的一些例证加以说明：楼陀罗跋吒详细描述了女主角的八种爱情状态，而楼陀罗吒只提到四种；前者对妓女的描述较为详细，而后者则以两颂文字轻描淡写之；前者论述传统九味，而后者在九味基础上增加了第十种味即亲爱味；前者论及婆罗多提到的四种戏剧风格如艳美风格等，而后者没有提到它们；前者较为细致地论及情（I.10-19），而后者只以一句话轻描淡写之（XII.4）；前者似乎乐于论述第三类女主角即妓女（I.120-130），而后者只以谴责性的语气简略提及（XII.39-40）；前者详细说明了初恋的十种状态亦即婆罗多所谓无法遂愿的十种爱情阶段（II.6-30），而后者对此也是轻描淡写（XIV.4-5）；前者认为，轻微的傲慢的分离艳情味与时间（kāla）、地点（deśa）和

①参见：S.K.De, *History of Sanskrit Poetics,* Vol. I, pp. 85-87.
②S.K.De, *History of Sanskrit Poetics,* Vol. I, p. 87.
③S.K.De, *History of Sanskrit Poetics,* Vol. I, p. 87.

环境（prasaṅga）有关，而后者认为应加入第四个因素即相关的人物（pātra）（II.53）（XIV.18）等等。[①]P.V.迦奈和S.K.代、雅可比的观点相同，均持不同作者说。[②]当代印度的梵语诗学研究者基本上也持不同作者说。因此，《艳情吉祥痣》的作者问题似乎已经解决，但由于相关的古代信息较为缺乏，一些更为深入的结论还有待探讨。

《艳情吉祥痣》第一章共166颂，主要论及味的重要性、各种情、男主角、配角和女主角。作者在开头向舞王湿婆礼敬后，开始论述味的重要性。他毫不讳言自己对婆罗多等前辈及其戏剧味论的诗学借鉴："婆罗多等人已经充分地论述了戏剧（nāṭya）中味的地位（rasasthitih，或译为"味的本质"），我将说明味在诗中的地位（本质）。"（I.5）[③]楼陀罗跋吒紧接着说明自己对味的高度重视：

> यामिनीवेन्दुना मुा नारीव रमणं विना ।
> लक्ष्मीरिव ऋते त्यागान्नो वाणी भाति नीरसा ॥ ६ ॥
> 没有味的作品缺乏光彩，恰如黑夜没有月亮，
> 犹如女子缺少爱人，也如吉祥女神不施恩惠。（I.6）[④]

此处的"作品"即वाणी（vāṇī）可译为梵语诗学意义上的"诗"，还可表示语言、语言女神、文艺女神、辩才天女或辩才女

①S.K.De, *History of Sanskrit Poetics,* Vol. I, pp. 87-88.

②P.V.Kane, *History of Sanskrit Poetics,* p. 158.

③R.Pischel ed. *Rudraṭa's Śṛṅgāratilaka and Ruyyaka's Sahṛdayalīlā with Hindi Introduction and Translation by Kapildeo Pandeya,* Varanasi: Prachya Prakashan, 1968, p. 2. 相关原文可同时参见：Rudrabhaṭṭa, *Śṛṅgāratilaka,* in *Kāvyamālā,* Vol. III, Mumbai: Nirṇaya Sāgar Prakashan, 1899, p. 112. 下同。

④R.Pischel ed. *Rudraṭa's Śṛṅgāratilaka and Ruyyaka's Sahṛdayalīlā,* 1968, p. 2. 另一种译法是："无味的诗歌犹如没有月亮的夜晚，缺乏魅力的女人，不施恩惠的吉祥女神。"参见黄宝生：《印度古典诗学》，第303页。

神，这似乎意味着楼陀罗跋吒也强调文学创作的语言必须与审美情味相结合的基本原理。它使我们非常自然地想起刘勰在《文心雕龙》“情采篇”中说过的话：“繁采寡情，味之必厌。”①这体现了中印古代诗学家的心灵契合。由于楼陀罗吒此后的论述重点将转向艳情味，此处的रमण（ramaṇa）一词似乎另有暗示，因为该词还含有“丈夫”、“神爱”、“欢爱”（性爱）、“娱乐”或“嬉戏”之意。

楼陀罗跋吒认可九种味、九种常情、三十三种不定情、八种真情，这显示他的确是遵循婆罗多、胜财的观点，他并未提到楼陀罗吒论及的亲爱味。他说：“艳情、滑稽、悲悯、暴戾、英勇、恐惧、厌恶、奇异、平静，这些被视为九种味。爱、笑、悲、怒、勇、惧、厌、惊和静被称为常情。忧郁、虚弱、疑虑、妒忌、醉意、疲倦、懒散、沮丧、忧虑、慌乱、回忆、满意、羞愧、暴躁、喜悦、激动、痴呆、傲慢、绝望、焦灼、入眠、癫狂、做梦、觉醒、愤慨、佯装、凶猛、自信、生病、疯狂、死亡、惧怕、思索，这些被称为三十三种不定情，它们趋向味的属性。瘫软、出汗、汗毛竖起、变声、颤抖、变色、流泪、昏厥，这些叫做八种真情。”（I.9-15）②楼陀罗跋吒在这一段话中，分别以smṛti（回忆）、svapna（做梦）、avabodha（觉醒）、vepathu（颤抖）、aśru（流泪）、svarabhaṅga（变声）代替婆罗多所用的smṛ、supta、nibodha、kampa、asra、svarasāda。除此之外，他对八种真情的排列顺序与婆罗多、胜财略有区别。

楼陀罗跋吒接下来便开始集中笔力论述艳情味。他说：“艳美、刚烈、崇高和雄辩四种风格，是不同状态的味的特征。从正法中获得利益，从利益中获得爱欲，从爱欲中产生愉快的果实，从美

①郭绍虞主编：《中国历代文论选》(一)，第274页。

②R.Pischel ed. *Rudraṭa's Śṛṅgāratilaka and Ruyyaka's Sahṛdayalīlā*, 1968, pp. 3-4.

好的味中，男主角品尝到更美好的艳情。常情爱产生恋情，男女间具有各种表现艳情的姿态。艳情味分会合与分离两种。会合艳情味是男女相聚，分离艳情味是他们的别离，这两种艳情味又分为隐秘（pracchanna）的和公开（prakāśa）的两类。”（I.19-22）①从这里的论述来看，楼陀罗跋吒与楼陀罗吒的观点基本一致，两人都将艳情味分为会合与分离两类，再各自分为隐秘的和公开的两类。

关于各类角色的论述，楼陀罗跋吒基本上遵从楼陀罗吒《诗庄严论》的顺序。和楼陀罗吒一样，他先论及忠贞、谦恭、欺骗和无耻等四类男主角，再论使者、伴友和丑角等三类配角，接着详细地论述女主角。

楼陀罗跋吒先为女主角分类：“女主角有自己的女子、别人的女子和公共的女子即妓女（sāmānyavanitā），又分为有技艺的（kalā）、无技艺的（akalā）和粗通技艺的（apakuśalā）三类。”（I.46）②这种加入了有无技艺的女主角三分法与楼陀罗吒略有差异。与楼陀罗吒相似，楼陀罗跋吒接下来将自己的女子分为无经验的、稍有经验的和有经验的三类。无经验的女主角是指刚结婚的年轻女子（新娘）。楼陀罗跋吒对新娘的论述较为细致，然后将有经验的和稍有经验的女子又分为稳重的、不稳重的和稍为稳重的三类，并进行更为细致的论述。楼陀罗跋吒花了很多笔墨论述楼陀罗吒或胜财均轻描淡写或一笔带过的妓女，这似乎暗示当时已经出现了艳情文学的一种特殊风尚。楼陀罗跋吒指出，妓女也能产生真正的爱，这与楼陀罗吒的观点略有不同。楼陀罗跋吒认为，将自己的女子、别人的女子和妓女各自的亚种进行综合，女主角可以细分为三百八十四种。（I.154-155）③后世诗学家如辛格普波罗在

①R.Pischel ed. *Rudraṭa's Śṛṅgāratilaka and Ruyyaka's Sahṛdayalīlā,* 1968, p. 5.
②R.Pischel ed. *Rudraṭa's Śṛṅgāratilaka and Ruyyaka's Sahṛdayalīlā,* 1968, p. 11.
③R.Pischel ed. *Rudraṭa's Śṛṅgāratilaka and Ruyyaka's Sahṛdayalīlā,* 1968, p. 40.

《味海月》中也认可了类似的女主角类型划分法。（I.158-159）[①]在这一章最后，楼陀罗跋吒论及女主角的八种爱情状态："前边依次提到的女主角又分为八种状态：丈夫顺从（svādhīnapatikā）、在分离中期待（utkā）、在家中做好准备（vāsakasajjikā）、吵架分离（abhisandhitā）、受到冷落（vipralabdhā）、受到错待（khaṇḍitā）、追求情人（abhisārikā）、丈夫出门在外（proṣitapreyasī）。"（I.131-132）[②]与此相反，楼陀罗吒只提到女主角的四种爱情状态：追求情人、受到错待、丈夫顺从、丈夫出门在外。（不过，有的楼陀罗吒《诗庄严论》抄本载有女主角八种爱情状态的描述，但被某些学者视为后人窜入的内容而不予认可。[③]）楼陀罗跋吒还对八种状态均做了描述，最后还对妓女寻找爱人的状态做了补充。楼陀罗跋吒对八种爱情状态的描述，在14世纪的毗首那特《文镜》中还可见到深刻的影响痕迹。例如，楼陀罗跋吒对丈夫顺从的描述是："具有各种娇媚姿态，丈夫无法舍弃她的欢情，离不开她，这是丈夫顺从。"（I.133）[④]毗首那特的描述是："具有各种娇媚姿态，爱人迷上了她的欢情，不离开她的身边，这是丈夫顺从。"（III.74）[⑤]当然，若联系楼陀罗吒《诗庄严论》和胜财《十色》中的相关描述，我们便会遇到一些小小的困惑，这便是，毗首那特依据的究竟是楼陀罗跋吒还是胜财的论述？

第二章共115颂，专论四类分离艳情味。楼陀罗跋吒的四分法和楼陀罗吒的如出一辙："分离艳情味分为四类：初恋、傲慢、

---

①Śiṅgabhūpāla, *Rasārṇavasudhākara,* ed. by T.Venkatacharya, Madras: The Adyar Library and Research Centre, 1979, p. 63.

②R.Pischel ed. *Rudraṭa's Śṛṅgāratilaka and Ruyyaka's Sahṛdayalīlā,* 1968, p. 34.

③Rudraṭa, *Kāvyālaṅkāra,* Varanasi: Chaukhamba Vidyabhawan, 1966, pp. 382-385. 同时参见：K.Leela Prakash, *Rudrata's Kavyalankara: An Estimate,* p. 170.

④R.Pischel ed. *Rudraṭa's Śṛṅgāratilaka and Ruyyaka's Sahṛdayalīlā,* 1968, p. 34.

⑤黄宝生译：《梵语诗学论著汇编》（下册），第853—854页。

远行、苦恋。”（II.1）[①]楼陀罗跋吒对初恋的解释是：“一对男女仅仅一见，彼此间产生浓烈爱情，但却无法结合，这便是初恋（pūrvānurāga）。”（II.2）[②]楼陀罗吒对初恋的定义是：“男女主角一见钟情，爱意浓浓，但却无法相聚，这种状态便是初恋（prathamānurāga）。”（XIV.2）[③]由此可见二人在此观点上的相似，唯一的不同是二人用来表达“初恋”的词语有别。在具体论述初恋时，楼陀罗跋吒提到了它的十种阶段或曰初恋的十种表现状态，这与婆罗多《舞论》第二十四章描述的女性未能如愿的十个爱情阶段相同，也和胜财所谓失恋艳情味的十种状态完全一致，它们是：1. 渴望、2. 忧虑、3. 回忆、4. 赞美、5. 烦恼、6. 悲叹、7. 疯癫、8. 生病、9. 痴呆、10. 死亡。这里顺便指出一个问题，这便是楼陀罗吒和楼陀罗跋吒所谓的“初恋”与胜财的“失恋”的关系。胜财认为：“艳情味分成失恋（ayoga）、分离（viprayoga）和会合（sambhoga）三种。失恋艳情味是一对青年心心相印、互相爱慕，但由于隶属他人或命运作梗，不能结合。”（IV.58-59）[④]由此可见，楼陀罗吒的“初恋”和胜财的“失恋”基本上是一回事，不同的是，前者是四种分离艳情味中的一种，后者是三种艳情味的一种。显然，后者的外延更广，尽管二者的内涵基本相似。正因如此，似乎可以得出这样的结论：毗首那特将分离艳情味一分为四来源于楼陀罗吒（或楼陀罗跋吒）。

第三章最短，只有85颂。它先依次论述了滑稽味、悲悯味、暴戾味、英勇味、恐惧味、厌恶味、奇异味和平静味等八味，然后再具体介绍艳美风格、刚烈风格、崇高风格和雄辩风格等四种风格。楼陀罗跋吒的主要论述依据似乎来源于《舞论》而非《诗庄

①R.Pischel ed. *Rudraṭa's Śṛṅgāratilaka and Ruyyaka's Sahṛdayalīlā,* 1968, p. 44.

②R.Pischel ed. *Rudraṭa's Śṛṅgāratilaka and Ruyyaka's Sahṛdayalīlā,* 1968, p. 44.

③Rudraṭa, *Kāvyālaṅkāra,* 1966, p. 395.

④黄宝生译：《梵语诗学论著汇编》（上册），第464页。

严论》，因为楼陀罗吒也是大量地借鉴了婆罗多的相关论述。楼陀罗吒在《诗庄严论》中说："滑稽味以笑为本质。它产生于自己或他人不合适的形体、服装、行为等。一般而言，笑依据他人产生。滑稽味大多与妇女、下等人和儿童有关。"（XV.11）[①]滑稽味的笑分上、中、下三等人。楼陀罗跋吒对滑稽味的定义是："不合适的形体、语言、姿态、服装产生滑稽味，它以笑为基础，分为三类。"（III.1）[②]这就是上等、中等和下等人的笑。再看看《舞论》的相关规定："滑稽味以常情笑为特征。它通过不合适的服装或妆饰……等等情由产生……不合适的表情、言语和形体动作，不合适的服装，令人发笑，因此，称为滑稽味。这种味大多见于妇女和下等人。"（VI.49-50）[③]婆罗多将滑稽味的六种笑分为上、中、下三等人。由此可见，楼陀罗跋吒完全因袭楼陀罗吒的说法似乎有些牵强，因为他们的观点的共同来源显然是《舞论》等前人著作。

在第三章末尾，楼陀罗跋吒语重心长地告诉诗人："我创作了这部名为《艳情吉祥痣》的作品，爱意浓浓的诗人们要勤奋学习。重视《艳情吉祥痣》，思考如何熟练地在诗中描述少女，哪一种味的经典必须熟悉，对话中的哪一个庄严必须抛弃。"（III.83-84）[④]这说明，他对自己的这部著作充满信心。事实也是如此。《艳情吉祥痣》作为晚期梵语诗学的重要思想资源之一，在般努达多的《艳情味花簇》和《味河》等著作中得到有效的继承，成为虔诚味论者绕不开的早期标志性著作之一。

---

①Rudraṭa, *Kāvyālaṅkāra*, 1966, p. 409.

②R.Pischel ed. *Rudraṭa's Śṛṅgāratilaka and Ruyyaka's Sahṛdayalīlā*, 1968, p. 69.

③黄宝生译：《梵语诗学论著汇编》（上册），第48页。

④R.Pischel ed. *Rudraṭa's Śṛṅgāratilaka and Ruyyaka's Sahṛdayalīlā*, 1968, pp. 85-86.

第五节　新护的《舞论注》和《韵光注》

（10至11世纪）

新护（अभिनवगुप्त，Abhinavagupta）生活在10到11世纪之间。他出生在克什米尔一个信仰湿婆教的家庭，学识渊博，撰写了四十余部湿婆教宗教哲学著作。P.V.迦奈认为："新护是中世纪印度最著名人物之一。他是一个十分睿智的人，是一位百科全书式的学者。"①另一位学者认为："新护是最伟大的思想家，他第一次将各种印度诗学观念汇聚为一种完备的美学思想。"②新护和欢增一样，在诗学著述中，自觉地融入自己的宗教哲学观，使其韵论和味论沾染了浓厚的宗教气息。新护自己也承认这点："他（指新护）愉快地学习了弥漫差、正理论和语法学等方面的大师们著作后，撰写关于韵的注疏。"③新护的诗学代表作是《舞论注》（अभिनवभारती，*Abhinavabhāratī*）和《韵光注》（काव्यालोकलोचन，*Kāvyālokalocana*，或写作ध्वन्यालोकलोचन，*Dhvanyālokalocana*）。④

---

①P.V.Kane, *History of Sanskrit Poetics,* p. 236.

②K.Krishnamoorthy, ed. *Dhvanyāloka-locana, With an Anonymous Sanskrit Commentary,* Chapter First, "Introduction," Delhi: Meharchand Lachhmandas, 1988.

③Daniel H.H.Ingalls, Jeffrey Moussaieff Masson, and M. V. Patwardhan, Trans. The *Dhvanyāloka of Ānandavardhana with the Locana of Abhinavagupta*, p. 726.

④印度与西方学者习惯将《舞论注》和《韵光注》称为单独的著作，他们在著作中往往将其单列，笔者也长期信奉这一点，并曾多方努力搜求，但终无斩获。2011年11月底，笔者在印度普纳大学附近著名的德干学院词典编辑部考察时发现，《舞论注》和《韵光注》并不存在单独印刷的梵文版，因为，《舞论注》和《韵光注》的梵文版一般是将婆罗多、欢增的著作与新护的注疏同时刊印，印度学者往往并不刻意区分，而在引述新护的注疏时，将这种包含婆罗多或欢增的正文和新护注疏的合印版称之为《舞论注》或《韵光注》。当然，印地语和其他印度地方语言如古吉拉特语等的确存在单独注解《舞论注》或《韵光注》的情形，其成果出版时便成了单独的梵文版，但却夹杂了注解、其他语言的译文等信息。笔者在印度收集资料期间注意到，已故德里大学著名印地语学者、梵语诗学研究专家纳根德罗和已故古吉拉特语学者T. S. 南迪便单独注解或翻译过《舞论注》与《韵光注》中的全部或部分内容。

新护之前是庄严论、风格论、味论和韵论等并存的时代，由于他的出现，印度古典味论首次得到完美的系统总结。他可视为“味论的集大成者”。[①]

有人指出：“完整的《舞论注》单卷本迄今尚未发现。”[②]《舞论注》是对婆罗多戏剧学著作《舞论》的注释，这也是一种创造性阐释。其中最重要的部分是对婆罗多关于味的著名定义（味产生于情由、情态和不定情的结合）的长篇注释。婆罗多的定义被新护称为“味经”。新护围绕这个定义，逐一介绍了跋吒·洛罗吒等人的观点，最后提出自己的诗学主张。这可以视为对婆罗多味论进行创新阐释的“味经注”。新护的味论思想以《舞论注》为代表，其中又以他对《舞论》第六章即婆罗多味论的阐释最为典型。[③]

新护先就跋吒·洛罗吒（Bhaṭṭa Lollaṭa）、商古迦（Śaṅkuka）和

①黄宝生：《印度古典诗学》，第304页。

②Bharatamuni, *Nāṭyaśāstra*, Vol.1, ed. by Pushpendra Kumar, “Introduction,” New Delhi: New Bharatiya Book Corporation, 2006, XXIII. 顺便需要指出的是，《印度古典诗学》（2000年版）也将《舞论注》视为单本著作。该书认为：“可惜，现存的《舞论注》抄本既不完整，传写讹误又很严重。印度国内外一些著名的梵文学者先后对其中一些重要章节作了校刊（勘？）。格维（R. Kavi）的《舞论注》全编本第一卷出版于一九二六年，直至一九六四年才出齐全书四卷。”该页脚注中还说：“笔者没有掌握《舞论注》格维全编本。”——此处引文参见：《印度古典诗学》，北京大学出版社，2000年，第38页。K.S.R.夏斯特里（K.S. Ramaswami Sastri）曾对M.R.格维（M. Ramakrishna Kavi）于1926年出版的《舞论》第一版重新进行精校，并在此基础上出版了《舞论》第二版。1956年，夏斯特里在《舞论》第二版“序言”中指出：The first edition of *Nātyaśāstra* Vol.1（Chps. 1-7), by Shri M.R.Kavi, based on 40 manuscripts of the South and North India and published as G.O.S.No. 36(Baroda, 1926 A.D.)——此处引文参见：Bharatamuni, *Nāṭyaśāstra*, Vol.1, eds. by M. Ramakrishna Kavi and K.S. Ramaswami Sastri, “Preface to the Second Edition,” Baroda: Oriental Institute, 1980, p.6. 根据笔者掌握的夏斯特里依据格维底本所编《舞论》第一卷第二版（1980年）来看，该卷所载内容为《舞论》第一至七章，其中只有第六章附录了新护的注疏即《舞论注》，其他各章只有婆罗多的经文。笔者未掌握《舞论》该卷1956年版原文，不清楚它是否附录了新护对第一至七章的全部注疏。该卷同时保留了格维于1926年11月为《舞论》第一版面世而写的“序言”。综上所述，所谓格维的《舞论注》全编本第一至四卷（1926年至1964年出齐），似乎应指《舞论》和《舞论注》合二为一的第一至四卷。

③本节对新护味论的介绍，主要参阅黄宝生：《印度古典诗学》，第304—325页；同时参阅曹顺庆主编：《中外文论史》（第三卷），第2541—2549页。

跋吒·那耶迦（Bhaṭa Nāyaka）等人的观点进行评述。这三位作者的著作均已失传。印度学者将这三人的味论分别称为“强化展示论”（utpatti-upaciti-vāda）、“模仿推断论”（anukṛti-anumiti-vāda）、“品尝体悟论”（bhukti-vāda）。[①]根据新护介绍，洛罗吒认为，味是由情由、情态和不定情强化的常情，存在于角色和演员之中。商古迦不同意这一观点。他认为味产生于演员对角色的常情的模仿。观众依据演员表演的情由、情态和不定情，推断出角色的常情，由此品尝到味。商古迦的观点受到新护的老师跋托·道多（Bhaṭṭa Tauta）的批评。实际上，商古迦试图遵循婆罗多的观点，努力用模仿论阐明戏剧艺术表演和欣赏的奥秘。而道多实际上是赞同感情普遍化（sādhāraṇīkaraṇa，bhāvanā，bhāvakatva）原理，所以竭力揭示模仿论的理论弱点。在道多看来，戏剧不是对非特定事物的模仿。演员没有模仿的想法。演员只是通过他的技艺、他对自己的情由的回忆和由精神活动（感情）普遍化引起的心理感应或精神呼应，表演相应的情态，吟诵伴有合适语调的诗歌。感情普遍化的理论后来在那耶迦、特别是新护那里得到充分的发挥。

新护的老师跋托·道多对戏剧模仿（anukāra）论的反对，也深刻影响了新护的戏剧模仿观。新护认为，戏剧是一种特殊的认知对象。“总之，戏剧是一种以认知为核心的表现，一种具有想象色彩的感知。鉴于这种感知方式，它的形态不是模仿。如果认为它追随基本的世俗生活，在这种意义上说它是模仿，也没有错。如果实质一致，那只是用词不同罢了。”[②]新护此处对戏剧本质的认识，带有强烈的个人色彩，那就是，以潜印象和普遍化理论为起点，解释戏剧。难能可贵的是，新护实际上还是认可了戏剧对现实生活的摹

---

①Tapasvi Nandi, *Sahṛdayāloka: Thought-currents in Indian Literary Criticism*, Vol. 1, Part 3, pp. 1493, 1503, 1523.

②黄宝生译：《梵语诗学论著汇编》（上册），第475页。

写功能。这与婆罗多的戏剧模仿论大同小异。这体现了新护对戏剧本质全面而深刻的思考。

那耶迦将味的实现分为三个阶段。第一阶段，戏剧或诗歌文本提供原始意义。第二阶段，戏剧的表演或诗歌的魅力吸引观众或读者步入艺术境界，由此，作品的情由、情态和不定情获得普遍化，味得以体现。第三阶段，观众或读者品尝到味。那耶迦将诗歌和戏剧中的语言功能分成表示、展示和品尝三个层次。味是由展示功能展示的。味被展示后，以一种不同于直接经验、回忆等等的方式被品尝。这种品尝与人性中的喜、忧、暗接触，含有展开、流动和扩大的形态。而由于喜占优势，充满光明和欢喜，表现为知觉憩息，类似品尝至高的梵。那耶迦的味论具有创造性。其贡献主要在于对感情普遍化原理的发挥阐释。在那耶迦这里，以品尝味为旨趣的审美经验类似以领悟“梵”为旨趣的宗教神秘体验。这对新护影响深刻。味论开始摆脱婆罗多时期的客观朴素性，而进入主观神秘的阐释阶段。

新护批判性地继承和超越了那耶迦。他接受了那耶迦的情味普遍化原理，但同时又声称这种普遍化来自韵。新护还在味论的另一个方面持超越姿态。“数论派认为，味的体验带来欢乐和痛苦，新护抛弃了这一观点，因为他相信，对味的体验完全是快乐的，没有一丝一毫的痛苦。”①

新护对那耶迦的观点提出异议。新护认为，如果说味的感知是品尝，含有流动、展开和扩大的形态，那么，即使如此，也不可能只含有这三种形态。既然味含有多种形态，以味的品尝味为核心的感知也应该如此。而且，喜、忧和闇三德的构成方式也是无限多样的，有时一种德占主导地位，有时另一种德占主导地位。因此，味

①Y.S.Walimbe, *Abhinavagupta on Indian Aesthetics,* “Introduction” , Delhi: Ajanta Publications, 1980.

的品尝决不能限定为三种。

新护指出，味是艺术作品的意义。这是一种超越文字的感知。“一个具有鉴赏能力的读者在读诗时，也会产生另一种超越文字的感知。”[①]新护认为，这种艺术感知是通过演员等等各种艺术手段抚育的。其中，真实存在的和诗中提供的时空等等有限原因相互抵消，完全消失，为感情的普遍化铺平道路。这样，由于所有观众的感知是一致的，味便得到了充分的孕育。新护说：“所有观众的心理意识中都有各种没有起始的潜印象。正是这种潜印象的一致性，形成感知的一致性。”[②]新护此处提及的潜印象（vāsanā）接近于现代学者荣格的“原型”理论。在此基础上，新护将不受阻碍的艺术感知称作“惊喜”（camatkāra，或译“魅力”）这种感知完全以品尝为特征，令人喜爱。它不以特殊的时空为前提，因而适合品尝。它不是世俗的，也不虚妄，也不是不可名状的，也不是附加的。就它不受时空限制而言，也可以说它具有强化的性质。就它追随情而言，也可以说它具有模仿的性质。总而言之，味就是情，一种以品尝为特征、完全摆脱障碍的感知对象。

新护接着指出了味的七种障碍，并分别予以说明。新护接着论述味的性质。他认为，在观众的思想中，将一种意义引向以超俗的、无障碍的知觉为特征的品尝领域。这种意义就是味。味的唯一本质是可尝性。它不是超越品尝的独立存在。新护总结道：“味的品尝以超俗的‘惊喜’为特征，不同于回忆、推理以及任何日常的自我知觉……这种品尝产生于超俗的情由、情态和不定情的结合。”另外，这种品尝不同于感觉（现量）、推理（比量）、言词证据（声量或圣言量）和类比（喻量）等感知的喜怒哀乐，也不同于一般的瑜伽行者独自感知他人的思想，也不同于高级瑜伽行者完

①黄宝生译：《梵语诗学论著汇编》（上册），第484页。
②黄宝生译：《梵语诗学论著汇编》（上册），第485页。

全摆脱外界事物的影响，纯粹体验自我的欢愉。“味的品尝既不完全执著自我，也不完全执著他人。观众是沉入自己的常情潜印象。这些潜印象是通过情由、情态和不定情的普遍化而被唤醒的，因此，不会出现障碍。”[①]换句话来说，通过潜印象机制和普遍化途径，观众或读者体验到常情，也就是品尝到味。味源于常情，又不同于常情。常情有快乐痛苦，而味是永远欢愉的，因为味是超越世俗束缚的审美体验。

新护在《舞论注》里还提出一些重要的观点，如类艳情味在内的各种类味产生滑稽味，在婆罗多八味基础上确认第九种味即平静味，反对另外再提出慈爱味、贪婪味和虔诚味等，都在一定程度上突破了婆罗多的机械观点。

论者认为，新护对艺术审美奥秘的探索是深刻的，并具有深刻的现代意义。他认识到，艺术审美是有着自身特殊规律的人类心智行为。一方面，艺术本身是一种运用想象力的精神创造活动，另一方面，艺术虽然描写的是特殊的人物和故事，但它必须以此传达普遍化的知觉，从而唤起欣赏者的情感共鸣。新护的味论揭示了艺术创作中特殊和普遍的辨证关系，也揭示了艺术欣赏的心理根源。“艺术作品以激发观众（或读者）心中的基本感情为指归。作品中情由、情态和不定情的特殊性，必须寓于普遍性。唯有这样，才能在观众（或读者）中产生普遍的和久远的感情效应。”[②]总之，新护味论承先启后，是梵语诗学的经典理论，是印度古典味论的代表性成就之一。新护味论对印度美学和梵语诗学的发展影响巨大。新护之后，梵语诗学家大多采纳新护的味论。

有学者指出：“在印度诗学中，味论和庄严论是构成其理论体系的两大主要支柱，庄严论从审美形式的角度对文学进行观照，味

①黄宝生译：《梵语诗学论著汇编》（上册），第492页。
②黄宝生：《印度古典诗学》，第322、325页。

论则着眼于审美内容，强调文学作品的深厚内涵以及给读者带来的审美愉悦……味论的确是极为富有印度文化特征的诗学范畴，不理解它就无法准确理解印度诗学的精髓与要旨。”[①]可以说，理解印度古典文论必须深入梵语诗学，而理解梵语诗学则无法绕开味论，理解味论则意味着深入探索新护在疏解《舞论》和《韵光》的过程中承先启后的阐释。

从比较诗学角度看，新护味论中的普遍化（sādhāraṇīkaraṇa）原理蕴含着无比丰富的研究价值。对于梵语诗学和西方诗学的情感论来说，最有比较价值的在于那耶迦和新护等人提出的“普遍化”原理。“普遍化是印度美学的原创性观念。”[②]那耶迦最先阐释“普遍化”原理。在发展这一原理的新护看来，味就是情，一种以品尝为特征的、完全摆脱障碍的感知对象。新护使用了佛教的“遮诠”（apoha）法阐释味体验的本质，其实就是对味的普遍化原理的论述进行铺垫。这涉及一个关键词即“潜印象”（vāsanā，samskāra）。以戏剧欣赏为例：“由于观众自身具有爱的潜印象，观众的自我也介入这种爱。这样，观众不是以与己无关的态度感知这种爱……因此，艳情味是经过普遍化而成为持续或单一的知觉对象的常情爱。常情的普遍化依靠情由、情态和不定情。”[③]在新护看来，观众或读者沉迷于自己的常情潜印象，而潜印象又是通过情由等的普遍化而被唤醒的。这便是新护味论普遍化原理的核心。

印度学者指出，西方没有哪种文论观能完全涵盖普遍化味论。普遍化过程一般分两步。首先是作品表达情感活动的艺术内容由特殊变为一般，其次是欣赏者摆脱自己现实的具体情感关系，采取一种使个性消解的审美态度。只有这两个过程一并实行，作家在作品

---

①曹顺庆主编：《中外文论史》（第三卷），第2541页。
②Angraj Chaudhary, *Comparative Aesthetics: East and West*, p. 56.
③黄宝生译：《梵语诗学论著汇编》（上册），第493页。

中表现的情感内容才能成为读者或观众的品尝之味。显然，前一个过程是传播过程，后一个是接受过程。传播与接受问题历来受到印度与西方文论家的重视。“印度普遍论包含了这两方面的内容，但西方还没有哪个理论能包含这两个过程，它们往往侧重于某一个方面。”①

从审美接受的角度看，味论普遍化原理在德国古典美学家康德那里也能发现相似的思想痕迹。康德认为，美感不等于一般快感，美在性质上也不等于一般的愉快。此即美的非功利（利害）性实质，它与味的普遍化原理近似。“审美判断既然在主体意识中不涉及任何利害计较，就必然要求对一切人都有效。这种普遍性并不靠对象，这就是说，审美判断所要求的普遍性是主观的。”②康德给美下了一个新护式的定义：“美是不涉及概念而普遍地使人愉快的。”③不过，康德更多地站在唯心主义哲学体系上分析审美普遍性原理，新护则时刻没有忘记味的普遍化与“梵”的体验的宗教关系。

新护味论中的普遍化原理还可与巴娄（Edward Ballough）的“审美距离”说（aesthetic distance）、李普斯（Theodor Lipps）的“移情”说（Einfühlung）、T.S.艾略特的“非个性化”理论、恩斯特·卡西尔和苏珊·朗格师徒二人的的情感符号论进行比较，新护的“潜印象”概念可以和荣格的“原型”论（arche-type）进行对读。④

新护的《韵光注》是对欢增《韵光》的注解，它对韵论和味论

①倪培耕：《印度味论诗学》，桂林：漓江出版社，1997年，第245页。此处论述参阅该书相关内容。

②朱光潜：《西方美学史》（下卷），人民文学出版社，1993年，第362页。

③朱光潜：《西方美学史》（下卷），第365页。

④此处关于普遍化原理与西方诗学比较的介绍，参阅黄宝生：《梵学论集》，第85—89页。关于新护味论在内的梵语诗学味论与西方诗学原理比较，有兴趣的读者也可参阅拙著：《梵语诗学与西方诗学比较研究》，第221—272页。

均作了深刻的阐发。新护对《韵光》非常推崇，他认为："我们肯定不能说《韵光》的写作目的已经落空。因此，它因满足知音而赢得的名声经得起考验。"①与《舞论注》一样，《韵光注》也在原著基础上提出了许多新的创见。

欢增对韵的定义是:

यत्रार्थः शब्दो वा तमर्थमुपसर्जनीकृतस्वार्थौ ।

व्यङ्क्तः काव्यविशेषः स ध्वनिरिति सूरिभिः कथितः ॥१३॥ ②

若诗中的词义或词音将自己的意义作为附属而暗示那种暗含义，智者称这一类诗为韵。（I.13）③

由此看来，韵是指具有暗含义的诗篇，但也可以视为诗中起暗示作用的因素和所暗示的意义。新护在注疏该颂时指出：

स इति । अर्थो वा शब्दो वा, व्यापारो वा । अर्थोऽपि वाच्यो वा ध्वनतीति, शब्दोऽप्येवम् ।

व्यङ्ग्यो वा ध्वन्यत इति व्यापारो वा शब्दार्थयोर्ध्वननमिति। कारिकया तु प्राधान्येन समुदाय

एव काव्यरूपो मुख्यतया ध्वनिरिति प्रतिपादितम्

所谓韵是指暗示的词义、词音、暗示功能。词义指韵（dhvani）这一表达暗示（dhvanati）的词的表示义（vācya），或指被暗示（dhvanyate）的那种暗含义（vyaṅgaya）。功能指词音或词义的暗示作用（dhvanana）。

①Daniel H.H.Ingalls, Jeffrey Moussaieff Masson, and M.V.Patwardhan, Trans. The *Dhvanyāloka of Ānandavardhana with the Locana of Abhinavagupta*, p. 725.

②Anandavardhana, *Dhvanyāloka, With the Locana & Balapriya Commentaries by Abhinavagupta and Ramasaraka,* Varanasi: Chaukhambha Sanskrit Sansthan, 2009, p. 103.

③黄宝生译:《梵语诗学论著汇编》(上册)，第238页。

不过，这一颂（kārikā）主要说明韵为整个诗篇的暗示。[①]

这段著述似乎有些拗口且晦涩难解，但联系新护在为欢增接下来的一颂即《韵光》第一章第十四句经文前半句所做的注疏时，一切问题便迎刃而解。欢增的这句话是："由于词形不同，这种韵不能等同于转示（bhakti）。这种韵即上面所说的韵（ayamuktaprakāro dhvani）……"（I.14）[②]新护对"上面所说的韵"的疏解以对韵的五种含义的明确阐释开头：

उक्तप्रकार इति पञ्चस्वर्थेषु योज्यम् शब्दे, अथे, व्यापारे, व्यङ्ग्ये, समुदाये, च।

"上面所说的韵"指韵的五种含义：暗示的词音、暗示的词义、暗示功能、暗示义、整个诗篇的暗示。[③]

黄宝生认为，新护对韵的内涵的理解是符合韵论派的理论实际的。归根结底，韵的实质是词、句子和诗篇的暗示功能和由此产生的暗示义。[④]

欢增在《韵光》中将韵视为诗的灵魂，并将韵分成本事韵、庄严韵和味韵。在这三类韵中，欢增更为重视味韵。而新护不同，他将味视为诗的灵魂，并将本事韵和庄严韵最终归结为味韵。在新护看来，诗中的本事韵和庄严韵总是或多或少与味相结合。灵魂是

①Anandavardhana, *Dhvanyāloka, With the Locana & Balapriya Commentaries by Abhinavagupta and Ramasaraka,* pp. 105-106. 亦可参见：K.Krishnamoorthy, ed. *Dhvanyāloka-locana, With an Anonymous Sanskrit Commentary,* Chapter First, p. 45.

②黄宝生译：《梵语诗学论著汇编》（上册），第243页。

③Anandavardhana, *Dhvanyāloka, With the Locana & Balapriya Commentaries by Abhinavagupta and Ramasaraka,* p. 141. 亦可参见：K.Krishnamoorthy, ed. *Dhvanyāloka-locana, With an Anonymous Sanskrit Commentary,* Chapter First, Delhi: Meharchand Lachhmandas, 1988, p. 67.

④黄宝生：《印度古典诗学》，第336页。

相对于身体而言，因此，味韵与优美的音和义不可分离。也就是说，诗是味韵（灵魂）与装饰有诗德和庄严的音和义（身体）的结合。①可以说，新护对味论的重视比之欢增有过之而无不及。这自然说明，新护是一个坚定的味论拥护者。

关于诗即文学作品的功能，新护引用了婆摩诃的观点："优秀的文学作品使人通晓正法、利益、爱欲、解脱和技艺，也使人获得快乐和名声。"②不过，在新护看来，名声和快乐这二者中，快乐更为重要。他认为，吠陀的教诲犹如主人，历史传说的教诲犹如朋友，唯独诗的教诲犹如爱人，因此，欢喜（ānanda，即审美愉悦）是诗的主要特征，也是诗最重要的功能。他说："正因如此，欢喜才被说成是主要目的。即使教导人生四要，最主要的成果也是欢喜。"③新护的这种思想和他在《舞论注》中对味的论述是一致的。这与他超越数论哲学苦乐观的宗教哲学立场有关。新护对吠陀经典、历史传说和文学作品的区分或认识，可以视为对《毗湿奴法上往世书》的观点的一种超越和发展："经论教导正法、利益、爱欲和解脱，而描述前人成功地实践正法、追求利益、满足爱欲、达到解脱则叫做历史传说，与教诲无关的则是诗。"（XV.1-2）④

此外，新护还就韵的类别、诗的分类、庄严和风格在韵论中的地位以及韵论与创作之间的关系等问题，对欢增的《韵光》作了很多新的阐发和理论提炼，进一步丰富了梵语诗学。

从上述不同角度分析可以发现，新护的卓越地位甚至超过了楼陀罗吒之于早期庄严论和恭多迦之于曲语论、安主之于合适论的重要性，他是梵语诗学"克什米尔派"的杰出代表人物。当代印度学

---

①参见黄宝生：《印度古典诗学》，第227页。

②黄宝生译：《梵语诗学论著汇编》（上册），第113页。

③K.Krishnamoorthy, ed. *Dhvanyāloka-locana, With an Anonymous Sanskrit Commentary,* Chapter First, p. 17.

④Priyabala Shah, ed. *Viṣṇudharmottarapurāṇa, Third Khanda*（*Vol. 1: Text, Critical Notes etc.*）, Vadodara: Oriental Institute, 1994, p. 33.

者对新护推崇备至，研究他的著作和论文不计其数。这一点还助长了部分西方学者对新护的研究热情。印度学者认为，新护是“梵语诗学中最伟大的名字……新护不仅是印度而且也是世界最伟大的思想家之一”。[①]新护味论是“我们能够想象的最包罗万象的文艺理论，它经得起当今世界文学的检验”。[②]K.C.潘迪认为，与其说新护是一位文学批评家，不如说是一位哲学家。“无论是数量还是重要性，新护在湿婆教哲学方面的贡献都要远远超过他在诗学方面的贡献。”[③]尼赫鲁大学退休教授K.卡布尔则认为：“新护是卓越的哲学家、美学家和文学理论家。可以说，他通晓所有传统的学问，并将其精华浓缩在著作中。他所产生的影响被证明是世世代代的理论基石。”[④]

第六节　恭多迦
（10至11世纪）

恭多迦（कुन्तक，Kuntaka）生活在10世纪左右。他的代表作是《曲语生命论》（वक्रोक्तिजीवितं，*Vakroktijīvitam*）。他是梵语诗学曲语论的代表人物。[⑤]

“曲语”的梵文是वक्रोक्ति（vakrokti），它由表示“曲折”的वक्र（vakra）和表示“语言”的उक्ति（ukti）两个单词按连声规则组合而成。一般将这个词英译为indirect speech、crooked speech和 quaint

①Umashankar Joshi, *Indian Literature: Personal Encounters,* Calcutta: Papyrus, 1988, p. 19.

②Tapasvi Nandi, *Sahṛdayāloka: Thought-currents in Indian Literary Criticism,* Vol. 1, Part 3, p. 1590.

③Kanti Chandra Pandey, *Abhinavagupta: A Historical and Philosophical Study,* "Introduction,"Varanasi: Chowkhamba Sanskrit Series Office, 1963.

④Makarand Paranjape and Sunthar Visuvalingam, eds. *Abhinavagupta: Reconsiderations,* New Delhi: Samvad India Foundation, 2006, p. 144.

⑤本节论述主要参考黄宝生：《印度古典诗学》，第371—378页。

speech等。曲语这一概念最早由婆摩诃提出。他认为，一切文学作品都应该有曲折的表达方式。他将曲语视为一切庄严（即修辞手法）的共同特征。后来，檀丁在《诗镜》中采纳了这一批评概念，将曲语用作除自性庄严外一切庄严的总称。檀丁说："所有语言作品的表达方式分成自性和曲语两大类。双关通常能增添曲语表达的魅力。"（II.363）[①]这就是说，三十九种庄严在檀丁那里被分为自性和曲语两种类型。自性和曲语互相对立，曲语是除了自性以外的一切庄严的总称。此后，曲语在梵语诗学家中没有受到重视。在伐摩那的《诗庄严经》中，曲语成了一种特定的义庄严名称。在楼陀罗吒的《诗庄严论》中，曲语成了一种特定的音庄严名称。

作为对韵论的反拨，恭多迦创造性地发掘庄严论中久已有之的曲语概念，推陈出新，构建了自成体系的曲语论。恭多迦以庄严论继承者面目出现而又力求有所突破创新，显示了他革命性的一面。曲语论对婆摩诃庄严论体系的继承显示，恭多迦是一位新时代的庄严论者，或曰新庄严论者。恭多迦的理论出发点是庄严论。他有时也将曲语称作"庄严"。但这种"庄严"是广义的，并不局限于庄严论中的音庄严和义庄严。他把"庄严"这个批评概念改造成涵盖面更广的"曲语"。他试图用曲语这一批评概念囊括和统摄庄严、诗德、风格、味和韵等所有文学因素。梵语诗学专家代认为："在梵语文学史上，恭多迦更多地以曲语生命论的阐释者而知名，而这又受益于他的《曲语生命论》，之所以如此命名，乃是因为它的核心理论即'曲语'是诗的灵魂或本质。"[②]

《曲语生命论》的第一章是总论，论述曲语的基本原理，包括恭多迦独具特色的风格论，后三章具体论述六种曲语，即音素曲折性（varṇa vakratā，包括谐音和叠声等音庄严）、词干曲折性

①黄宝生译：《梵语诗学论著汇编》（上），第202页。
②S.K.De, *History of Sanskrit Poetics*, Vol. I, p. 127.

（pada vakratā，包括对惯用词、同义词、复合词、词根、词性等的特殊运用）、词缀曲折性（pratyāya vakratā，指时态、词格、词性 、词数、人称和不变词等的特殊运用）、句子曲折性（vākya vakratā，指比喻、夸张等产生特殊意义效果的义庄严）、章节曲折性（prakaraṇa vakratā，指产生曲折动人效果的章节或插曲）和作品曲折性（prabandha vakratā，指创造性地改编原始故事）。

恭多迦在《曲语生命论》第一章中提出曲语论的基本原理。他首先说明，之所以还要提供一部“前所未有的诗庄严论”，目的是使作品达到产生非凡魅力的奇妙性。这说明，恭多迦写作目的之一是创造性地发展早已有之的庄严论。关于诗的目的功用，他说：“诗作是实现正法等等的手段，采取优美的方式，令出身高贵的人们内心喜悦。诗人熟悉好诗，能知世间行为之美，新鲜而合适。对于知音们，诗中的甘露味带来阵阵内心惊喜，甚至超越品尝人生四要的果实。”（I.3-5）[1]恭多迦给诗下的定义是：

> शब्दार्थौ सहितौ वक्रकविव्यापारशालिनि ।
> बन्धे व्यवस्थितौ काव्यं तद्विदाह्लादकारिणि ॥ ७ ॥ [2]
>
> 诗是在词句组合中安排音和义的结合，体现诗人的曲折表达能力，令知音喜悦。诗是音和义，即表示者和表示义两者的结合。（I.7）[3]

此处的“音”（表示者）是能指的言词，“义”（表示义）是所指的意义。音义结合就是能指和所指的结合。恭多迦认为诗是这两者的完美结合，既不能言词动听，意义贫乏，也不能意义充实，

①黄宝生译:《梵语诗学论著汇编》(上)，第501—502页。

②Kuntaka, *Vakroktijīvita*, ed., by K. Krishnamoorthy, Dharwad: Karnatak University, 1977, p. 6.

③黄宝生译:《梵语诗学论著汇编》(上)，第503页。

言辞平淡。论者指出："这是恭多迦第一次明确提出的著名概念：'结合'（sāhitya），即诗中形式和内容（语言和意义）独一无二的不可分割的整体。"[①]恭多迦继承了婆摩诃和欢增等的音义结合观，强调了音义（语言意义）即表示者和表示义二者间（能指和所指）的不可分离，这是印度文学理论的一个亮点，它具有非常现代的比较诗学价值，堪与索绪尔语言观至俄国形式主义、英美新批评乃至德里达解构主义等进行比较分析。[②]进而，恭多迦认为音和义的结合必须具有取悦读者的曲折效果。"（音和义）两者的结合带来美。那是一种不多不少而可爱迷人的境界……因此，音和义两者各自凭借自己的全部优势，令知音喜悦，互相竞争，熠熠生辉。"（I.17及注疏）[③]上述定义中，"体现诗人的曲折表达"，按照梵语原文वक्रकविव्यापारशालिनि（vakrakavivyāpāraśālini）也可译为"体现曲折的诗人活动"。"诗人活动"即诗人的创造想象活动。恭多迦的定义既继承了婆摩诃等人的庄严论立场，又体现出他对读者和诗人两个维度的格外关注。这更加接近文学的本质功能。恭多迦还解释说，诗是需要装饰的音和义，而这种装饰手段或过程就是曲语，一切庄严都是曲语的不同表现。曲语不同于经论等等通常的音和义的结合。"音和义都是被修饰者。它们的修饰者称作'曲语'，即机智巧妙的表达方式……曲语是奇妙的表达方式，有别于通常的表达方式。"（I.10及注疏）[④]恭多迦还认为，句子的艺术组合富有成效的话，能增进"所指和能指的吉祥和优美"，这是一种特殊的愉悦，"超越能指、所指和曲语这三者，令知音喜悦"。（I.23）[⑤]也

①K.Krishnamoorthy, *Studies in Indian Aesthetics and Criticism*, Mysore: Mysore Printing and Publishing House, 1979, p. 192.

②关于曲语论与西方诗学的比较，参阅黄宝生：《梵学论集》，第81—85页。相关内容，有兴趣的读者也可参阅拙著：《梵语诗学与西方诗学比较研究》，第331—370页。

③黄宝生译：《梵语诗学论著汇编》（上），第518—519页。

④黄宝生译：《梵语诗学论著汇编》（上），第515页。

⑤黄宝生译：《梵语诗学论著汇编》（上），第532页。

就是说，诗人的文字表达不同于科学著作和日常语言。这一观点，同俄国形式主义是极为相近的，他们都看到了文学语言的独特性，正是文学语言的曲折表达，才增强了陌生化效果，给读者带来审美快乐。

《曲语生命论》的核心内容是论述各种曲语。恭多迦将体现诗人创作技巧的曲语视为诗的生命。他将曲语分为六类进行论述，即音素曲折、词干曲折、词缀曲折（语法曲折）、句子曲折、章节曲折和作品曲折。他说："诗人的曲折表达能力分为六类。每一类又分成许多种，每种都具有各自的美。"（I.18）[①]

音素曲折，是指谐音和叠声等等产生声音效果的修辞手法，也就是庄严论中的音庄严。与此同时，恭多迦又强调在运用音庄严时，要注意合适性、清晰性和悦耳性。

词干曲折是恭多迦带有独创特色的批评概念。它是指惯用词、同义词、转义词、修饰词、委婉词、复合词、不变词、词性、动词和词根等等的特殊运用。例如，委婉词曲语的定义是："为了精彩表达，表述对象以某个代词等等来进行掩饰，这就是委婉词曲语。"（II.16）[②]在婆罗维的《野人和阿周那》第十三章中，野人避免使用"死亡"一词，而说"那头野兽会对你（即阿周那）怎样，那就难说"。这就是委婉词的曲折性。动词曲语是："故意将一个未完成的动作当作已完成的来描述，这就是动词曲语。"（II.20）[③]而词性曲语更为复杂有趣："两个词性不同的词表达同一对象，产生一种诗美，这是词性曲语。在别的词性可以使用的情况下，为产生诗美而使用阴性词，因为即使是女人名字也让人神清气爽。尽管别的词性可用，但为了恰如其分地表达并产生诗美，而使

①黄宝生译：《梵语诗学论著汇编》（上），第520页。
②Kuntaka, *Vakroktijīvita*, ed., by K.Krishnamoorthy, p. 98.
③Kuntaka, *Vakroktijīvita*, ed., by K.Krishnamoorthy, p. 104.

用特定的词性，这是另一种词性曲语。”（II.21-23）[①]

词缀曲折亦即语法曲折，是指时态、词格、词数、人称、语态和前后缀等等的特殊运用，也就是语法变化的曲折性。其中，时态曲语是：“时间恰到好处的运用而产生绝妙诗美，这是时态曲语。”（II.26）[②]词格曲语是：“为了产生某种曲折的表达之美，在八个词格中，选取一个最好的词格使用，以集中体现某词的引申含义，这种对格的交换使用可以视为词格曲语。”（II.27-28）[③]词数曲语是：“诗人为体现诗美而在词的单、双、复数之间进行变化，智者称其为词数曲语。”（II.29）[④]人称曲语是：“对有的人称弃而不用，而使用别的人称，这应被视为人称曲语。”（II.30）[⑤]语态曲语是：“为了体现诗美，诗人在动词的主动语态和中间语态二者间选择一个更合适的来使用，这是动词语态曲语。”（II.31）[⑥]前后缀曲语是：“放弃常用后缀而代之以别的后缀以强化某种诗美，这是一种前后缀曲语。前缀和不变词在诗中用来说明各种味应是诗的唯一生命，这是另一类前后缀曲语。”（II.32-33）[⑦]恭多迦提倡在诗作中综合利用各种词缀曲语即语法曲语，增强作品的艺术表现力。

句子曲折，是指比喻和夸张等等产生特殊意义效果的修辞手法，也就是庄严论中的义庄严。恭多迦认为：“特别自然的描写以及关于词的曲折表达产生的美，是一种涉及到描写对象的句子曲语。另一种句子曲语来自于诗人天生的善巧通达或后天习得技能，

①Kuntaka, *Vakroktijīvita*, ed., by K.Krishnamoorthy, pp. 105-106.
②Kuntaka, *Vakroktijīvita*, ed., by K.Krishnamoorthy, p. 113.
③Kuntaka, *Vakroktijīvita*, ed., by K.Krishnamoorthy, p. 115.
④Kuntaka, *Vakroktijīvita*, ed., by K.Krishnamoorthy, p. 116.
⑤Kuntaka, *Vakroktijīvita*, ed., by K.Krishnamoorthy, p. 118.
⑥Kuntaka, *Vakroktijīvita*, ed., by K.Krishnamoorthy, p. 118.
⑦Kuntaka, *Vakroktijīvita*, ed., by K.Krishnamoorthy, pp. 119-120.

它带来一种超凡脱俗的新奇之美。”（III.）①他认为传统确认的义庄严中，有些缺乏魅力，有些可以合并。他最终确认十八种义庄严：明灯、隐喻、间接、迂回、褒贬、奇想、夸张、明喻、双关、较喻、共说、诗喻、补充、略去、藏固、疑问、否定和混合。恭多迦对传统的义庄严分类提出了一些独到的见解。他认为“自性”本身是诗的内容，不是修辞方式，而是修辞对象，因此不能算作庄严。同样，“有味”以及其他含有味的庄严也不是修辞方式，而是修饰的对象。恭多迦说：“现在我们考察‘有味’庄严的本质，它是一切庄严的生命，也是诗的精华所在。‘有味’庄严如同味那样发挥作用，它和味一样使知音喜悦。”（III.15-16）②换句话说，味是诗中独立发展的成分，诗人发挥想象力，运用种种曲折表达方式，达到味的效果。

产生曲折动人效果的故事插曲或人物描写，就是恭多迦所指的章节曲折。恭多迦认为，在改编作品时可以改变原始故事中的插曲和细节，也可以发明新的插曲和细节，以求故事情节更生动，人物性格更统一。

所谓作品曲折是指在原始故事的基础上，对之加以创造性的改编。恭多迦认为，《摩诃婆罗多》和《罗摩衍那》这两大史诗的主味是平静味，而在改编作品中可以改变成英勇味。在改编作品时，可以对原始故事进行压缩或扩充，或者对内容进行新的整合，部分内容可以成为整体内容，次要情节可以成为主要情节，人物可以创新，结局可以改变。同时，整篇作品的曲折性自然也包含上述五种曲折性。

恭多迦也承认诗歌艺术中味的存在。他在阐述句子曲折性时，专门探讨了“有味”庄严：“‘有味’不是庄严。它不能修饰为自

①Kuntaka, *Vakroktijīvita*, ed., by K.Krishnamoorthy, pp. 125-129.
②Kuntaka, *Vakroktijīvita*, ed., by K.Krishnamoorthy, pp. 164-165.

己所修饰的其他对象，况且，‘有味’这个词的字面意思也自相矛盾。”（III.11）[①]“有味”是诗人创造的一种曲语，其魅力在于以曲折的方式传达味。恭多迦还指出，作者对原始故事素材有权增删和改编，以适合自己作品所要传达的味。一篇作品中有一个主要的味，其他次要的味都应该强化这个主味。无助于味的原始故事成分可以删去；有助于味的故事成分，即使不见于原始故事，也可以添入。恭多迦强调，诗人的作品生命力不在于故事本身，而在于源源不断的味。

恭多迦不赞成按照地区特征命名风格，因为如果那样，势必会导致承认无数种风格。他也不赞成将风格分成上、中、下等。他认为风格分类应该依据诗人的“本性”，依据他们在才能、素养和实践方面的不同特点。这近似于刘勰的主张：“故辞理庸俊，莫能翻其才；风趣刚柔，宁或改其气；事义浅深，未闻乖其学；体式雅正，鲜有反其习：各师其心，其异如面”。[②]恭多迦从诗德和曲语角度出发，详细论述了三种风格：“作为诗人创作方式的成因，有三种道路（风格）：柔美、绚丽和兼有两种的适中。”（I.24）[③]柔美的风格是指诗人不借重修辞技巧，而凭藉自己的天赋才能，充分展现事物的天然本色。读者享受到不可言喻的美感，犹如面对梵天圆满的创造，浑然天成，不露斧痕。绚丽的风格是指作品借重技巧。“绚丽风格的奇妙性正是运用这些富有非凡魅力的庄严，从而展现诗句的曲折性。”（I.42注疏）[④]前一种风格主要凭借诗人的天赋才能，绚丽风格更需要诗人后天的素养和实践。恭多迦认为后者难度较大，他把这种风格的写作比喻为在刀锋上行走。适中的风格介乎柔美和绚丽之间，是两种风格的混合。在这里，诗人的天赋

①Kuntaka, *Vakroktijīvita*, ed., by K.Krishnamoorthy, p. 144.
②郭绍虞主编:《中国历代文论选》(第一册), 第243页。
③黄宝生译:《梵语诗学论著汇编》(上), 第533页。
④黄宝生译:《梵语诗学论著汇编》(上), 第547页。

才能和后天技巧同样发挥作用，两种风格的魅力互相竞争，满足读者的各种口味。柔美和绚丽两种风格各有四种名称相同的诗德：甜蜜、清晰、优美和崇高。具体到每种风格，它们的内涵有所不同。除了这四种诗德外，还有三种风格通用的两种诗德：合适和吉祥。合适是指正确描写事物，表现为用语恰当得体。吉祥是指诗人充分发挥创作才能，产生动人的艺术魅力。

综上所述，正如有的学者所言，恭多迦是一位极有创新精神的梵语诗学家。本质上，韵论是在味论基础上的创造性发展，而曲语论是在庄严论基础上的创造性发展。韵论以韵和味为核心，统摄一切文学因素，而曲语论以曲语为标准，贯穿一切文学因素。不过，曲语论问世后，在梵语诗学界没有引起足够的重视，它的影响远远赶不上韵论。在整个后期梵语诗学中，占据主流地位的始终是韵论和味论。[①]S.K.代认为，恭多迦“发动了一场猛烈却短命的造反运动，想利用一种颇有创意的方式调和新旧观念，回归庄严论立场”。不幸的是，和摩希摩跋吒的推理论一样，恭多迦的曲语论没有得到后来理论家们的认可。“面对被人广泛接受的欢增等人的韵论，恭多迦想复兴和发展婆摩诃的旧理论，他显然是在为一场注定失败的事业而奋斗。”[②]然而，从现代批评的眼光看，恭多迦强调诗人作为创作主体的重要性，强调创作风格与作家自身的关系，这是很有价值的。恭多迦认为文学的魅力在于曲语，而曲语的根源在于诗人的创作想象活动。在梵语诗学史上，庄严论和风格论重视文学的修辞和风格，味论和韵论重视文学的感情和读者的接受，而恭多迦注意到了诗人创作主体的重要性。这应该说是恭多迦对梵语诗学的独特贡献。[③]一位当代批评家高度赞赏恭多迦的创新意识：

---

①参阅黄宝生：《印度古典诗学》，第377—378页。

②Kuntaka, *Vakroktijīvita*, “Introduction,”ed., by Sushil Kumar De, Calcutta: Firma K.L.Mukhopadhyay, 1961, XLVII.

③黄宝生：《印度古典诗学》，第378页。

"恭多迦也许不是欢增那么伟大的一位哲学家，也许不是婆摩诃那么优秀的一位逻辑学家，也许不是摩希摩跋吒那么积极的一位论辩家，但作为一位真正意义上的文学批评家，他无可匹敌。他是具有真正文学鉴赏力的敏锐的批评家。"①这位论者还认为："恭多迦在强调读者敏锐的文学鉴赏力方面无出其右，他常常把他们称作知音。"②对于曲语论集大成者来说，这些评价是非常恰当的。

第七节 胜财

（10世纪）

胜财（धनंजय，Dhanañjaya）生活在10世纪。他的《十色》（दशरूपक，*Daśarūpaka*）是梵语戏剧学中的重要著作。"十色"指的是十种梵语戏剧类型。胜财的著作依据《舞论》写成，可以说是《舞论》的简写本。全书共分为四章，分别论述情节、角色和语言、序幕和戏剧语言、情味等。胜财侧重于论述剧作法，删除了《舞论》中有关音乐、舞蹈和表演程式的大量内容。虽然大部分论述与《舞论》一致，但与《舞论》相比，《十色》简明扼要、条理清晰。因此，十世纪后，胜财的著作比婆罗多要流行得多。但这种简明也给理解带来了困难，因此，通行的《十色》大多附有达尼迦（Dhanika）的《十色注》（*Daśarūpakāvaloka*）。

胜财在《十色》的第一章虽然主要是论述戏剧情节，但在该章的开头，他还是对戏剧的一般特征作了概述。与亚里士多德推崇戏剧表达的"净化"效果不同的是，胜财把"欢喜"定为戏剧的基调，他认为，戏剧浸透着欢喜，而智慧浅薄的人获得的只是历史

①Kuntaka, *Vakroktijīvita*, "Introduction,"ed., by K.Krishnamoorthy, 1977, XXXVI

②Kuntaka, *Vakroktijīvita*, "Introduction,"ed., by K.Krishnamoorthy, 1977, XXXVIII

传说一类的知识。同时，他继承婆罗多的观点，指出了戏剧与现实生活的密切关系。他说："戏剧是模仿各种情况，由于它的可见性，被称作'色'（rūpa）。由于它的展现性，被称作'有色的'（rūpaka）。它分为十种，以味为基础。"（I.7-10）[①]同婆罗多一样，胜财也把戏剧分为十种，即：传说剧、创造剧、独白剧、笑剧、争斗剧、纷争剧、神魔剧、街道剧、感伤剧和掠女剧。谈到戏剧的分类标准时，胜财指出："戏剧分类的依据是情节、角色和味。"（I.16）[②]这句话可以看作是对全书内容的一个暗示，接下来，胜财详细论述了情节、角色、情与味等各个方面。

胜财对戏剧情节的论述，涉及到情节的分类、情节的元素、情节的发展阶段、剧情的提示方式等诸多方面的内容。对于情节的分类，除了按照人物活动的意义大小分为主要情节和次要情节外，胜财还按照内容的不同即"按照传说的、创造的和混合的三种区别"把情节分为三类，其中"传说的"是历史传说等等，"创造的"是诗人的想象，"混合的"是这两者的混合。按照观众领悟剧情的不同途径，情节又可分作两类："一切戏剧情节分成两类：一类应该通过提示，一类应该通过看和听。"（I.113）[③]戏剧中无味的和不适宜表演的情节采用提示方式，而甜蜜和高尚的味和情采用观看方式。从情节分类来看，胜财突破了婆罗多的论述范畴。胜财也论述了戏剧情节的五种元素，它们是种子、油滴、插话、小插话和结局等。但其论述非常简略。他依据《舞论》的观点，也论述了戏剧中人物行动的五个阶段和五种情节关节。胜财说："五种情节元素，伴随着五个发展阶段，分别产生开头等等五个关节。"（I.34）[④]当初婆罗多论述情节元素、情节阶段和情节关节时，并未说明三者

①黄宝生译：《梵语诗学论著汇编》（上册），第441页。
②黄宝生译：《梵语诗学论著汇编》（上册），第442页。
③黄宝生译：《梵语诗学论著汇编》（上册），第446页。
④黄宝生译：《梵语诗学论著汇编》（上册），第443页。

之间的相互关系。因此，胜财这里对三者之间的关系的论述，实际上弥补了婆罗多的论述缺陷，推进了梵语戏剧理论的发展。由于五个关节与五个情节元素和发展阶段息息相关，各个关节又有若干分支。婆罗多论述了六十五种关节分支，而胜财在论述胎藏关节的分支时比婆罗多少了一种，是为六十四种。胜财对婆罗多提出的二十一种关节因素弃而不论。他认为，这些关节因素可以纳入庄严或情味中："以装饰为首的三十六种诗相和以抚慰为首的二十一种关节因素，也都包含在这些情及其修辞之中。"（IV.89）[①]在论述情节时，胜财的论述还涉及戏剧法、剧情提示方式等重要问题。依据《舞论》，胜财对戏剧情节的探讨更为简洁，对剧作家来说，这种论述在一定程度上为他们提供了操作上的方便。

胜财把戏剧主要角色分作男主角和女主角两类，每类都分上中下三等。男主角应该具有的基本素质是：有教养，甜蜜，慷慨，聪明，威严，精通经典，恪守正法等等。男主角又可分成多情、平静、高尚和傲慢四类。男性角色除了主角外，还有插话主角、清客、丑角和作为主角对立面的反面角色。这些人物的安排主要是为了衬托男主角的高大与完美。高大完美的男主角具有源自本性的八种优异品质：光辉、活力、温顺、深沉、坚定、威严、轻快和高尚。有意思的是，胜财对女主角的分类与婆罗多明显不同。婆罗多将女主角分成女神、王后、淑女和妓女或女艺人四类。胜财则认为："女主角有三类：自己的女子、他人的女子、公共的女子，各有各的品德。"（II.24）[②]自己的女子即妻子守戒、正直，分为无经验、稍有经验和有经验三类。其中，后两类又可分别分为年长和年轻两类，这样，共有十二类女主角。他人的女子分成已婚女子和未婚少女。前者不能用于主味，后者的爱情可以随意安排各种味。

①黄宝生译：《梵语诗学论著汇编》（上册），第467页。
②黄宝生译：《梵语诗学论著汇编》（上册），第449页。

“公共的女子是妓女，精通技艺，大胆，狡猾……除了笑剧，在表现神圣的国王的戏剧中，妓女不应该受到爱恋。”（II.33-35）[①]显然，这里所谈论的女主角作为男主角的附属而存在，反映出印度古代社会的男权中心观对戏剧学的深刻影响。上述女主角有八种状态。胜财还提到女仆、女工、奶姐妹等各种女使者。他还论述了青年女性的二十种“天赋之美”。这包括感情、激情和欲情等三种肢体产生的美、光艳、魅力、热烈、柔顺、自信、高尚和坚定等七种自发产生的美以及十种天性产生的美：游戏、娇态、淡妆、慌乱、兴奋、怀恋、佯怒、冷淡、妩媚和羞怯。这二十种美各有自身的内涵。胜财对女主角的论述突破了婆罗多的论述范畴，大大地丰富了戏剧学的内容。

胜财还根据主角的行动论述四种不同的戏剧风格，即艳美风格、崇高风格、刚烈风格和雄辩风格。这四种风格又用于不同的味。艳美风格用于艳情味，崇高风格用于英勇味，刚烈风格用于暴戾味和厌恶味，雄辩风格则可用于所有的味。这些观点和婆罗多的风格论没有本质差异。胜财没有详细论述婆罗多的地方风格。他只认为，地方风格以地区、语言、行为和服饰为特征。

在论述戏剧人物所使用的语言时，胜财说：“除了婆罗多或湿婆大神之外，谁能详尽无遗地说出与十种主角密切相关的姿态、品质、语言和性情？”（II.105）[②]这说明，他在戏剧语言上的看法基本遵循前贤。在他看来，首先，语言有等级之分，不同等级的人操用不同的语种。上等人和虔诚的人使用梵语，妇女和下等人使用俗语，一般是修罗塞纳语，毕舍遮人和低贱的人使用毕舍遮语和摩揭陀语。其次，语言有长幼尊卑的分别，不同身份的人面对不同的对象使用不同的称呼。这种观点同中国古代的戏剧理论相似。中国古

①黄宝生译：《梵语诗学论著汇编》（上册），第450页。
②黄宝生译：《梵语诗学论著汇编》（上册），第454页。

代戏剧（戏曲）也强调人物语言与身份的般配。

胜财在论述十种戏剧类型时，涉及到各种戏剧的情节组织、角色配置等多方面内容。他明显地推崇传说剧的核心地位："首先讲述传说剧，因为它是一切戏剧的原型，能表现一切味，具备所有的戏剧特征。"（III.1）[①]胜财认为，情节是著名的传说，主角是王仙或天神，传说剧以英勇味或艳情味为主，结局是奇异味。舞台上不表现长途旅行、杀戮、战斗或王国的失陷、用餐、沐浴、交欢等等场面。无论如何不能直接表现主角的死亡。胜财的这些论述和婆罗多对传说剧的看法基本相似。胜财还对笑剧、创造剧等其他剧中的特征和要求作了一一说明。他还详细论述了为婆罗多忽略的所谓"次色"那底迦："这里也说明那底迦的特征，以确定这种混合型的戏剧。那底迦的情节依据创造剧，主角依据传说剧，是著名的国王，坚定而多情。它以艳情味为主。"（III.46-47）[②]那底迦虽然在婆罗多那里没有得到重视，但它实际上是一种早已存在的戏剧类型。它是一种比较流行的古典梵语戏剧，主要表现宫廷的风流韵事，是宫廷喜剧，如戒日王的《妙容传》、《璎珞传》和王顶的《雕像》等。胜财对那底迦的论述，弥补了《舞论》的一个不足之处。因此，实际上，胜财论述的戏剧达到了十一种。

《十色》的第四章也就是最后一章，重点论述了戏剧中的情与味的各自类型以及二者之间的密切关系。胜财这样定义味："通过情由、情态、真情和不定情，常情产生甜美性，这被称作味。"（IV.1）[③]这个定义和婆罗多关于味的定义有些差别，因为他在味的产生前提中加入了不定情的因素。这应该视为对婆罗多理论的积极发展。胜财还认为，情由通过对情的认知而孕育情，它分为所缘

①黄宝生译：《梵语诗学论著汇编》（上册），第454页。
②黄宝生译：《梵语诗学论著汇编》（上册），第457页。
③黄宝生译：《梵语诗学论著汇编》（上册），第460页。

情由和引发情由两种。情态表示情的变化。情态和情两者是因果关系。情具有快乐和痛苦等情态，是对这些情态的感知。真情虽然属于情态，但其自成一类，因其产生于真性。真性是对情态的感知。不定情依据特殊的情况出没在常情前，犹如大海中的波浪。常情是美味的源泉，它不受与它一致或不一致的情的侵扰，而是使其他的情与自己协调一致，通常有爱、勇、厌、怒、笑、惊、惧和悲等具体形式。他说："情的发展往往缺乏味，因此要考虑八种常情。"（IV.45）[①]胜财依据婆罗多的分类，逐一介绍了八种真情、八种常情和三十三种不定情即四十九种情。

关于味的品尝，胜财认为，味虽然与戏剧本身有关，但更主要取决于戏剧读者即观众的感知。"味是出于有鉴赏力的观众的品尝和态度，不是出于被模仿的角色的行为性，也不是出于作品的意图性……观众依靠自己努力，通过阿周那等等角色品尝，犹如游戏的儿童通过泥象等等玩具品尝。也不排除演员通过感知作品内容而品尝。"（IV.47-50）[②]观众的品尝是通过感知作品内容而产生的自我愉悦，这种自我愉悦依据对不同味的品尝而产生不同的心理反应，依次分成心的萌发、展开、激动和震动四类。对艳情味、英勇味等各种味的品尝均是如此。胜财据此定义味："作品中的句义表现月光、忧郁、汗毛竖起等等，展示情由、不定情和情态，常情由此而供观众品尝，被称作味。"（IV.54）[③]他认为，这一定义同时适用于味和情，因为它们的情由一致，没有分别。

胜财对各种味的论述以艳情味为主。他说："爱以欢愉为本质。一对青年相互爱悦，有可爱的地点、技艺、时间、服装和享乐等等，有甜蜜的形体动作。这种令人愉快的爱构成艳情味。"

①黄宝生译：《梵语诗学论著汇编》（上册），第463页。
②黄宝生译：《梵语诗学论著汇编》（上册），第463页。
③黄宝生译：《梵语诗学论著汇编》（上册），第464页。

（IV.56）[①]四十九种情只要运用巧妙，都可促进艳情味的发展。婆罗多把艳情味分为分离和会合两种，而胜财突破了这种二分法。他说："艳情味分成失恋、分离和会合三种。失恋艳情味是一对青年心心相印，互相爱慕，但由于隶属他人或命运作梗，不能结合。"（IV.58-59）[②]胜财增加的第三种艳情味拓展了戏剧表现的空间。他把这种基本上相当于楼陀罗吒、楼陀罗跋吒和毗首那特等人所谓的"初恋"的失恋艳情味分为逐渐发展的十个阶段，即渴望、忧虑、回忆、赞美、烦恼、悲叹、疯癫、发烧、痴呆和死亡。他对失恋艳情味似乎有些偏重，放在首位进行论述。他还认为，分离艳情味是一对恋人分离，又分为傲慢的分离和远行的分离二类，傲慢的分离还可分为妒忌和亲昵两种。会合艳情味是指情投意合的一对男女愉快地对视和抚摸等等。

胜财对奇异味、恐怖味和悲悯味等各种味的论述非常简略。他没有提及虔诚味等等。他说："这里没有提及友爱、虔诚等等情和狩猎、赌博等等味，因为它们明显包含在喜悦和勇敢之中。"（IV.88）[③]胜财认可八种味，这与婆罗多一致。对于在他之前已经有人提出的平静味，胜财的心态有些矛盾。他说，有些人想增加平静味，但它在戏剧中没有获得充分发展。他依然坚持八种常情和八种味。不过，他在稍后论述味的品尝时，认为诗歌中可以表现平静味，似乎又在某种程度上承认了平静味的存在："平静味产生于满意等等，因而以满意等等为核心。"（IV.53）[④]

综上所述，胜财对戏剧的许多范畴，如情节、角色、语言、类型以及情与味等都做了充分的论述或总结。胜财毫不讳言，写作《十色》的目的之一是为当时的戏剧家们提供创作指南。他说：

---

①黄宝生译：《梵语诗学论著汇编》（上册），第464页。
②黄宝生译：《梵语诗学论著汇编》（上册），第464页。
③黄宝生译：《梵语诗学论著汇编》（上册），第467页。
④黄宝生译：《梵语诗学论著汇编》（上册），第464页。

“这样，确定了十色的种种规则，考虑了情节，研究了诗人的作品，就可以运用修辞，运用雄辩和柔美的语句以及清晰和舒展的诗律，不太费力地创作作品。”（III.65）[①]这显示，他和王顶、安主、楼陀罗跋吒等人一样，都关注文学理论对文学创作的指导意义。从另外一个角度看，胜财处于10世纪，正值梵语诗学的发展创新期，他受时代风气的熏染，没有止步于婆罗多的戏剧学大厦前，而是继续前行，力图有所突破、有所建树。他对艳情味的分析等等便佐证了这点。不过，受制于改写《舞论》的这一姿态，胜财和欢增、新护、恭多迦等人的创新相比，差距非常明显。

第八节　沙揭罗南丁的《剧相宝库》
（10或13世纪）

沙揭罗南丁（सागरनन्दिं，Sāgaranandin）著有《剧相宝库》（नाटकलक्षणरत्नकोश，*Nāṭakalakṣanaratnakośa*），他大约生活于10世纪，但也有人认为是13世纪。如前一说成立的话，他应属与胜财同时代的学者。他的戏剧学著作《剧相宝库》的抄本是1922年由法国东方学家S.列维在尼泊尔发现的，后于1937年在英国编订出版。这部著作由372颂经文（正文）和若干注疏组成，它和《十色》一样，侧重于戏剧创作，但论述范围宽于后者。[②]按照先后顺序，该书论述了如下内容：戏剧类型、戏剧情节、戏剧风格、男主角、包含十种诗德在内的三十六种诗相、戏剧庄严（nāṭyālaṅkāra）、味、情、女主角、传说剧之外的各类戏剧。从这些内容看，《剧相宝库》中的“剧相”应指戏剧的各种特征。进一步说，便是对戏剧各个构成要素的阐释。

①黄宝生译:《梵语诗学论著汇编》(上册)，第459页。
②关于《剧相宝库》的相关介绍，参见黄宝生:《印度古典诗学》，第39页。

沙揭罗南丁在该书开头向高利女神礼敬，并称颂诗给诗人带来名声等美好果实，然后开始介绍诗（即纯文学和戏剧）的类别："智者将诗分为可以聆听和可以表演的两类。可以聆听的诗包括单节诗（muktaka）、组诗（kulaka）、库藏诗（kośa）和分章的大诗（sargabaddha）。表演的诗分为传说剧、创造剧、笑剧、感伤剧（aṅka）、纷争剧、独白剧、神魔剧、街道剧、争斗剧和掠女剧。我将依次讲述戏剧的特征。"（II.注疏）①沙揭罗南丁接受了婆罗多的戏剧十分法（排列戏剧的位置不同而已），并有机地融合了婆摩诃和檀丁等人对诗的分类。

在论述戏剧特征时，他先以传说剧为代表，概括所有"十色"的一般特征。这和婆罗多、胜财的做法大相径庭。他说："戏剧（Nāṭya）实现正法等等（人生四要），祛除一切痛苦。传说剧（Nāṭaka）描述仙人们的行为举止。《梨俱吠陀》中有吟诵，《娑摩吠陀》中有歌唱，《夜柔吠陀》中有表演，《阿达婆吠陀》中有情味。知识、技艺、学问和艺术，行为和方法，无不见于这种传说剧中。传说剧充满情味，充满快乐，具有高尚的语言，描述伟人的行为事迹，有庄严。智者通晓戏剧，也能熟练地勤修解脱之道，不再迷恋世间万物。"（III-VII）②《舞论》中认为知识和技艺等见于戏剧，而此处则说它们见于传说剧中。这种较为特殊的论述方式在接下来关于传说剧特征的叙述中仍然可见："传说剧模仿世界上天神、家主、国王和仙人从前的事迹。以著名的传说为情节，以著名的高尚人物为主角，描写受到神灵庇护的王仙家族的事迹，与种种威严、财富和欢乐等等有关，由幕和插曲组成，这就是传说剧。国王的行为产生于幸福或痛苦，表现为各种情味，这叫做传说

①Sāgaranandin, *Nāṭakalakṣaṇaratnakośa,* ed. by S.B.Shukla, Varanasi: Chowkhamba Sanskrit Series Office, 1972, p. 2.

②Sāgaranandin, *Nāṭakalakṣaṇaratnakośa,* pp. 3-4.

剧。”（VIII-XI）[①]

关于情节，沙揭罗南丁的论述也主要依据《舞论》。他先区分主要情节（ādhikārika）和次要情节（prāsaṅgika），再依次论及五种提示方式。他未采纳胜财表示次要情节的anusaṅgika。他接着介绍五种剧情提示方式和五种情节关节（开头、展现、胎藏、停顿和结束）。在介绍五种情节关节时，他分别介绍了十二种开头关节分支、十三种展现关节分支、十三种胎藏关节分支、十三种停顿关节分支和十五种结束关节分支。这样，他的六十六种关节分支比婆罗多的六十五种多出一种，即多出了一种结束关节分支。此外，他对某些关节分支的命名也不同于婆罗多。沙揭罗南丁论述的关节因素和四种“插话暗示”与婆罗多基本相同。

和婆罗多一样，沙揭罗南丁也按照相同顺序，论述了四种戏剧风格，即雄辩、崇高、艳美和刚烈。沙揭罗南丁大多依据婆罗多进行论述。他照搬婆罗多对雄辩风格的定义：“以语言为主，由男角而不由女角运用，使用梵语，由以自己的名称作为称呼的演员（bharata）运用，这称为雄辩风格。”（XXII.25）[②]在论述每种风格运用哪些味时，他这样引述婆罗多的话：“雄辩风格有英勇味、奇异味和滑稽味，崇高风格称颂奇异味、英勇味和暴戾味，艳美风格有艳情味、滑稽味和悲悯味，刚烈风格显示恐惧味和暴戾味。”（CXI）[③]根据另一版本，婆罗多的观点却是：“艳美风格用于艳情味和滑稽味，崇高风格用于英勇味、暴戾味和奇异味，刚烈风格用于恐怖味、厌恶味和暴戾味，雄辩风格用于悲悯味和奇异味。”（XXII.65-66）[④]

---

①Sāgaranandin, *Nāṭakalakṣaṇaratnakośa,* p. 5. 此处采用黄宝生译文，见黄宝生译：《梵语诗学论著汇编》（上），第43、75页。依据原文有少量文字改动。

②黄宝生译：《梵语诗学论著汇编》（上），第90—91页。

③Sāgaranandin, *Nāṭakalakṣanaratnakośa,*pp. 106-107.

④黄宝生译：《梵语诗学论著汇编》（上），第93页。沙揭罗南丁前一处引述的是《舞论》第二十二章第63颂，应来自该书的另一版本。

除雄辩风格外，沙揭罗南丁对其他风格的定义、阐释与婆罗多并无太大出入。婆罗多将雄辩风格分为赞誉、序幕、街道剧和笑剧四类，再将序幕分为妙解、故事开始、特殊表演、伺机进入和联系等五个分支。沙揭罗南丁先将雄辩风格分为赞誉（prarocanā）、献诗（nāndī）、演出前的准备工作（pūrvaraṅga）、舞台监督（sūtradhāra）、赞颂因陀罗的“粉碎”旗（jarjarastuti）、敬拜四方（digvandanā）和序幕（prastāvanā）等七类，再将序幕分为妙解、联系、故事开始、特殊表演和伺机进入等五个分支。虽然说两人对雄辩风格的分类不同，但沙揭罗南丁基本上还是以婆罗多的规定为范本。例如，他增添的一类或曰一个表演环节，即赞颂因陀罗保护剧场、象征胜利的旗帜“粉碎”（jarjara）便来自《舞论》的相关描述。婆罗多在《舞论》第一章论述戏剧起源时说：帝释天即因陀罗向演员们赠送自己的胜利旗帜。当阿修罗们捣乱剧场时，因陀罗用此旗打击他们。“他（因陀罗）用这面名为‘粉碎’（jarjara）的旗帜粉碎他们的身体……它能粉碎所有的戏剧捣乱者，因此，以后就称它为‘粉碎’。”（I.72-74）①

在论述四种戏剧风格之后，沙揭罗南丁接着提及男主角的八种品质。与后边详细论述女主角相比，他对男主角的论述可谓轻描淡写。这似乎也是《舞论》所开启的印度古典戏剧学传统，它对此后的戏剧学论著，特别是对梵语诗学发展后期的艳情味或虔诚味论产生了重要影响。

接下来是沙揭罗南丁对几种戏剧表演的论述。婆罗多将戏剧表演分为语言表演（vācīka）、形体表演（āṅgika）、真情表演（sāttvika）和妆饰表演（āhārya）等四类。沙揭罗南丁则将之分为吟诵表演（vākya）、阐发表演（sūcā）、情感表演（aṅkura）、肢体表演（śākhā）和客观表演（nivṛtyaṅkura）等五类，这显然是继

①黄宝生译:《梵语诗学论著汇编》(上)，第40页。

承和借鉴了《舞论》第二十四章将形体表演分为六类的方法。沙揭罗南丁对情感表演的定义是："在叙述中以他人的语言进行说明，观众心中由此想起人物形象，这叫情感表演。"（CXLIII）[1] 他对客观表演的定义是："某人在别人的表演中回忆起从前的经历，这是客观表演。"（CXLIV）[2]

沙揭罗南丁论述的三十六种诗相的名称和排序与《舞论》相同，他对每种诗相的解释也直接引述《舞论》的相关内容。这些诗相是：装饰、紧凑、优美、例举、原因、疑惑、喻证、发现、想象、例证、解释、成功、特殊、反讽、突出、相似、集句、描写、点示、考虑、逆转、失误、调停、花蔓、殷勤、谴责、推测、成就、提问、同样、意愿、机智、激动、称颂、自明、赞词。不同的是，沙揭罗南丁将婆罗多的十种"诗德"即紧密、清晰、同一、三昧、甜蜜、壮丽、柔和、易解、高尚和美好全部归入第一种诗相即"装饰"（bhūṣaṇa）里进行阐释（只是排序有差异而已）。

沙揭罗南丁论述的三十四种戏剧庄严完全不同于《舞论》，因为后者只提到明喻、隐喻、明灯和叠声等四种庄严，而这四种均不见于前者的三十四种庄严中。具体说来，沙揭罗南丁提到的三十四种庄严名称如下：1. 祝愿（āśīs）、2. 呼唤（ākranda）、3. 自尊（abhimāna）、4. 虚构（kapaṭa）、5. 欺骗（yāñcā）、6. 激励（pravartana）、7. 爱慕（spṛhā）、8. 激动（kṣopha）、9. 殊义（arthaviśeṣaṇa）、10. 诱惑（protsāhana）、11. 仪轨（nīti）、12. 叙述（ākhyāna）、13. 传达（visarpa）、14. 描述（ullekha）、15. 激奋（uttejana）、16. 告知（nivedana）、17. 责难（parivāda）、18. 确认（upapatti）、19. 排除（parihāra）、20. 专一（udyama）、21. 依托（āśraya）、22. 推理（yukti）、23. 随

①Sāgaranandin, *Nāṭakalakṣanaratnakośa,* ed. by S.B.Shukla, p. 144.
②Sāgaranandin, *Nāṭakalakṣanaratnakośa,* ed. by S.B.Shukla, p. 145.

顺（anuvṛtti）、24. 友好（sāhāyya）、25. 嫉妒（akṣamā）、26. 喜悦（praharṣa）、27. 后悔（paścāttāpa）、28. 盼望（āśansā）、29. 自爱（ahaṅkāra）、30. 执著（adhyavasāya）、31. 赞美（utkīrtana）、32. 傲慢（garva）、33. 模仿（guṇānuvāda）。沙揭罗南丁论及的这些戏剧庄严主要以8世纪婆吒·那罗延（Bhaṭṭa Nārāyaṇa）创作的梵语戏剧《结髻记》（*Venīsamhāra*）中的人物对话、场景等为例证，间杂来自梵语戏剧《沙恭达罗》的例子。这说明，沙揭罗南丁所谓的戏剧庄严的确与戏剧有关。他提到的一些庄严如祝愿、仪轨、描述、排除、推理等或见于婆摩诃的庄严中，或见于其他诗学家的庄严目录中。婆摩诃之外的其他诗学家是否受到他的影响值得思考。

沙揭罗南丁接下来论及味和情。他提到的八种味、三十三种不定情和八种真情和《舞论》完全一致，其具体说明也基本相似。

沙揭罗南丁论述的女主角与《舞论》有相似之处。他首先引述了婆罗多规定的女主角自发产生的美即七种本质特征（sahāja guṇa）：光艳、魅力、热烈、柔顺、坚定、自信、高尚。关于姿态美（ceṣṭālaṅkāra）即女主角表演的形态特征，沙揭罗南丁共提出了十六种，比婆罗多多出了三种。具体说来，沙揭罗南丁的十六种姿态美是：游戏、娇态、淡妆、慌乱、兴奋、怀恋、佯怒、冷淡、妩媚、羞怯、激情、欲情、烦躁、痴迷、迷醉、痛苦。由此可见，沙揭罗南丁的十六种姿态美囊括了婆罗多指出的三种肢体产生的美中的两种，即激情（hāva）和欲情（helā），还包括了婆罗多所谓十种天性产生的美，即游戏、娇态、淡妆、慌乱、兴奋、怀恋、佯怒、冷淡、妩媚、羞怯。婆罗多提到的十三种天性美和肢体美中，唯一被沙揭罗南丁排除的是感情（bhāva），后者还增加了四种新的姿态美即烦躁（vikṣepa）、痴迷（maugdhya）、迷醉（mada）、痛苦（tapana）。

婆罗多对女性未能如愿的爱情作了描述。他将这种以死亡为悲惨结局的爱情分成十个阶段，沙揭罗南丁在书中直接继承了这些术语：渴望、忧虑、回忆、赞美、烦恼、悲叹、疯癫、生病、痴呆、死亡。接着，他将楼陀罗跋吒和胜财二人均认可的女主角八种爱情状态视为划分女主角种类的依据。楼陀罗跋吒曾经写道："前边依次提到的女主角又分为八种状态：丈夫顺从、在分离中期待（utkā）、在家中做好准备、吵架分离（abhisandhitā）、受到冷落、受到错待、追求情人、丈夫出门在外（proṣitapreyasī）。"（I.131-132）[①]沙揭罗南丁则将这一顺序改为：在家中做好准备、在分离中期待（virahotkaṇṭhitā）、受到错待、受到冷落、吵架分离（kalahāntaritā）、丈夫出门在外（proṣitabhartakā）、丈夫顺从、追求情人。由于迄今无法判断《剧相宝库》的具体产生年代，因此无法判断究竟是沙揭罗南丁接受楼陀罗跋吒或胜财的影响，抑或是这二人接受了沙揭罗南丁的影响。

沙揭罗南丁在《剧相宝库》的最后论述了二十五种戏剧。如加上开头论及的传说剧，便是二十六种，其中包含了婆罗多和胜财认可的"十色"，另外十六种为"次色"。在具体论述中，沙揭罗南丁表现出了与婆罗多的一些差异，例如，他将独白剧分解为十支，而婆罗多论述此剧时并无分支。他还将街道剧分为十四支而非婆罗多的十三支。具体说来，沙揭罗南丁先后提及如下二十六种戏剧（加上开头已经提到的传说剧）：1. 传说剧、2. 那底迦、3. 多罗吒迦（Troṭaka）、4. 创造剧、5. 纷争剧、6. 感伤剧、7. 争斗剧、8. 神魔剧、9. 掠女剧、10. 独白剧、11. 笑剧、12. 街道剧、13. 戈希底（Goṣṭhī）、14. 希尔波迦（Śilpaka）、15. 波罗斯他那（Prasthāna）、16. 迦维耶（Kāvya）、17. 诃利舍迦（Hallīśaka）、18. 希利迦迪多（Śrīgadita）、19. 跋尼迦（Bhāṇikā）、20. 跋尼（Bhāṇī）、21. 杜尔摩利迦（Durmallikā）、22. 波勒刹那迦（Prekṣaṇaka）、23. 萨吒迦（Sāṭṭaka）、24. 罗萨迦

①R.Pischel ed. *Rudraṭa's Śṛṅgāratilaka and Ruyyaka's Sahṛdayalīlā,* 1968, p. 34.

（Rāsaka）、25. 那迪耶罗萨迦（Nāṭya-rāsaka）、26. 乌洛比耶迦（Ullapyaka）。

沙揭罗南丁提到的感伤剧（Aṅka）就是《舞论》中的“十色”之一感伤剧（Utsṛṣṭikāṅka）。沙揭罗南丁上述十六种“次色”中的多罗吒迦（Troṭaka）、波勒刹那迦（Prekṣaṇaka）、萨吒迦（Sāṭṭaka）、乌洛比耶迦（Ullapyaka）似乎分别对应于《火神往世书》的“十七次色”中的多吒迦（Toṭaka）、波勒刹那（Prekṣaṇa）、萨吒迦（Sāṭaka）、乌罗比耶迦（Ullopyaka）。《火神往世书》中的一种“次色”即迦尔纳艾迦（Karṇā-eka）是沙揭罗南丁《剧相宝库》中唯一没有提到的剧种。这种或纵向或横向的比较似乎会给尝试考察印度戏剧发展史和梵语戏剧理论史的学者带来一些有趣的信息。

综上所述，沙揭罗南丁的《剧相宝库》虽然是对《舞论》的继承，但也不时体现出一些差异。这种差异恰恰是研究印度戏剧发展史和梵语戏剧学的关键所在。沙揭罗南丁对婆摩诃等人诗学观的继承也值得注意。总之，对于迄今国内学界了解很少的《剧相宝库》而言，其研究价值不可过分低估。

第九节　安主的《合适论》、《诗人的颈饰》和《绝妙诗律》

（11世纪）

在梵语诗学中，合适（औचित्य，aucitya）这一诗学概念最先萌芽在婆罗多的《舞论》里。婆罗多在论述戏剧中的语言、动作、音乐和妆饰时，强调要适合有关的味和情。在《诗镜》中，檀丁关于诗病在一定条件下可以转化为诗德的论述，也隐含着“合适”的诗学因子。然而，首先明确使用“合适”这一诗学术语的是《诗庄严论》的作者楼陀罗吒。作为一项重要的诗学批评原则，“合适”首先出现在欢增的《韵光》中。他主要是从味的角度论述合适的问题。新护在《韵光注》中强调“合适”的重要性，并指出“合适”以味和韵为前提。恭多迦将“合适”视为各种风格共同具备的两种诗德之一。他说：“词的合适也就是曲折性，分成多种……因为句子以合适的表达为生命，其中任何一处出现不合适，都无法令知音喜悦。”（I.57注疏）[①]恭多迦将合适与他那涵盖一切的曲语联系起来。

安主（क्षेमेन्द्र，Kṣemendra）是新护的学生。他生活在11世纪，是克什米尔王朝的宫廷诗人，文学作品有《婆罗多花簇》、《罗摩衍那花簇》等，其传世的诗学代表作有《合适论》（औचित्यविचारचर्चा, *Aucityavicāracarcā*）、《诗人的颈饰》（कविकण्ठाभरण, *Kavikaṇṭhābharaṇa*）和诗律学著作《绝妙诗律》（सुवृत्ततिलक, *Suvṛttatilaka*）。安主充分发展欢增和新护的“合适”思想，将它提高到“诗的生命”即相当于“诗魂”的地位。他说：“合适是形成审美体验的魅力之因，是味的生命。如用心观察也难以发现合适这一诗的生命，那么，诗中再多的庄严和不胜枚举的诗德有何意义？庄严不过只是庄严，诗德也只是诗德而已。合适是有味之诗坚固的生命根基。”（I.III-V）[②]在他看来，庄严运用得恰到好处才是真正的庄严。诗德总是在合适之际才是真正的诗德。[③]

安主在《合适论》中罗列了二十七种诗的构成因素：“他们认为，合适是诗的身体的命脉，它理应体现在构成诗的因素中。这些因素包括：词、句、文义、诗德、庄严、味、动词、词格、词性、词数、形容词、前缀、不变词、时态、地点、家族、誓愿、真理、

---

①黄宝生译：《梵语诗学论著汇编》（上册），第559页。

②Kṣemendra, *Aucityavicāracarcā,* Varanasi: The Chowkhamba Vidyabhawan, 1964, pp. 2-4.

③本节论述主要参考黄宝生：《印度古典诗学》，第385—391页。一些引文也参考该书相关译文。

气质、动机、本性、句义、创作才能、年纪、思想、称号和祝福，等等。”（VIII-X）[①]全书的内容就是依据这二十七种诗的因素，从正反两方面举例说明何谓合适，何谓不合适。显然，安主为了强调合适是诗的生命，试图表明这一批评原则能运用于诗的一切因素。其实，以上罗列的种种诗歌因素并非同等重要。下面略举几例说明。

词的合适："妙语因有合适的词而动人心魄，犹如花容月貌的女子额头点上麝香吉祥痣，或黑肤美女额头点上白檀香吉祥痣。就像在额头点上一颗吉祥痣，其他部位也光彩照人，全身因而妩媚动人。诗中含有一个合适的词，其他词语熠熠生辉，全诗格外迷人。”（XI及注疏）[②]

庄严和诗德的合适："庄严运用得恰到好处才是真正的庄严。诗德总是在不偏离合适之际才是真正的诗德。庄严如在合适的地方运用，就能起到美化修饰的作用，否则，它就不配称作庄严。同样，诗德如在合适的场合使用，就是极佳的诗德，否则它就只是诗病而已。”（VI及注疏）[③]

思想的合适："诗因思想的合适表述而引人入胜，正如明白知识真理的智者的学问使人敬畏。”（XXXVII）[④]

称号的合适："人物的称号符合诗中描写的事迹，诗德诗病便一目了然，这好比符合某人行为的称号反映了他的优缺点。”（XXXVIII）[⑤]他认为迦梨陀娑的《优哩婆湿》第二幕第六首诗中，主人公将爱神称作"有五支箭者"是合适的，因为，这位主人公已经被爱神的箭射中，陷入情网。他认为迦梨陀娑的《鸠摩罗

①Kṣemendra, *Aucityavicāracarcā*, 1964, p. 9.
②Kṣemendra, *Aucityavicāracarcā*, 1964, p. 11.
③Kṣemendra, *Aucityavicāracarcā*, 1964, p. 7.
④Kṣemendra, *Aucityavicāracarcā*, 1964, p. 193.
⑤Kṣemendra, *Aucityavicāracarcā*, 1964, p. 197.

出世》第三章第七十二首诗中，用“薄婆”（意思是“给予生命者”）代称大神湿婆不合适，因为此刻湿婆正在用自己第三只眼中喷出的火焰，将爱神焚为灰烬。在此语境中，应该选用湿婆的另一个称号“诃罗”（即“取走生命者”）才合适。

安主在《合适论》中以较多篇幅论述味的合适。他推崇味在文学作品中的重要地位：“合适而迷人的味充满所有人的心灵，犹如春天里无忧花惹人相思。”（XVI）[①]有学者指出：“非常清楚，安主的《合适论》显示，它比欢增和恭多迦对味的处理是一大进步。”[②]安主关于味的论点，与欢增等韵论派基本一致。他认为：“正如巧厨调配甜辣等味获得一种令人惊叹的味，艳情等味的融合，也会产生一种奇妙怡人的诗味。”（XVII）[③]他的这些观点，与欢增强调正确把握味与味之间的对立关系没有多少差异。安主还认为，直接表示感情的词汇不能传达味。诗人必须着力刻画情由、情态和不定情。诗中描写的情由、情态和不定情应该适合所要传达的主味，否则有碍于味的产生。他还论述了混合味中的主味和辅助味的关系问题。这些论述都和欢增等人相去不远。

安主将合适视为诗的生命，并企图将它具体运用在所有重要的或琐细的诗歌因素上。总体上看，韵论比合适论更加完善合理。合适论实际上是诗歌因素关系论，因为某种单独的因素无所谓合适不合适。韵论确立味和韵是诗歌艺术审美的核心，这样，诗歌中各种因素的合适不合适都是相对味和韵而言。合适只是达到艺术目的或提高艺术魅力的艺术手段。事实上，安主在论述中也不自觉地流露出这种思想倾向。“尽管如此，安主提出合适论批评原则，强调艺

---

①Kṣemendra, *Aucityavicāracarcā*, 1964, p. 45.

②Suryakanta, *Kṣemendra Studies, Together with an English translation of his Kavikaṇṭhābharaṇa, Aucityavicāracarcā and Suvṛttatilaka,* Poona: Oriental Book Agency, 1954, p. 73.

③Kṣemendra, *Aucityavicāracarcā*, 1964, p. 71.

术创作中至关重要的和谐和分寸感，对梵语诗学作出了自己的贡献。”[①]如果从当代比较诗学角度看，安主为代表的合适论也具有重要的研究价值。但是，迦奈认为：“他对梵语诗学的贡献微乎其微。他并未给梵语诗学带来什么令人欣慰的影响。”[②]事实上，这般评价对于安主来说并非公道。

关于合适论的地位和价值，有的学者说：“合适的确是风格的重要组成部分。”[③]还有学者认为：“味的概念、韵和合适的概念是梵语文学批评理论的三个主要阶段。它们是梵语诗学家对所有时代美学理论的宝贵贡献，也体现了它们的理论思想的最高阶段。”在他看来，庄严、风格和曲语等另外三个重要概念只关注诗的外部形式，而味、韵和合适却试图论及诗的核心和内部的东西。“味、韵和合适相互关联，最终看来，它们不过是同一基本理论中的三个方面而已……因此，在味、韵和合适的范围内，才能把握理解整个梵语美学理论。”[④]关于合适论的重要地位，有的学者态度明确：“合适论原理对所有文学批评标准是一个革命。它在本质上极其实用。论者只要看看什么地方不合适，就能明确地指出作品的缺陷所在。从这种意义上说，合适论比起纯粹主观的味论更加实用。”[⑤]拉克凡认为，味、韵和合适等三个基本原理是梵语诗学的杰出贡献。“合适论是一个广泛的原理，其他一切原理围绕它而产生。合适论批评原则被味论等其他原则所遵循。”[⑥]

安主在《诗人的颈饰》中论及“诗人学”原理。虽然没有王顶

---

①黄宝生：《印度古典诗学》，第391页。

②P.V.Kane, *History of Sanskrit Poetics,* p. 264.

③Angraj Chaudhary, *Comparative Aesthetics: East and West,* p. 186.

④G.Vijayavardhana, *Outlines of Sanskrit Poetics,* Varanasi: Chowkhamba Sanskrit Series Office, 1970, pp. 148-149.

⑤Suryakanta, *Kṣemendra Studies, Together with an EnglishTranslation of his Kavikaṇṭhābharaṇa, Aucityavicāracarcā and Suvṛttatilaka,* p. 78.

⑥V.Raghavan, *Studies on Some Concepts of the Alaṅkāra Śāstra*, Madras: The Adyar Library, 1942, p. 255.

的《诗探》议题广泛，但是，该书还是涉及了文学创作的一些重要方面。安主在该书开头说道："不会作诗者获得诗才，教导掌握语言的诗人，获得教诲后在诗中增添魅力，区分诗的优劣，最后全面掌握诗艺，这些就是本书五章讲述的内容。"（I.3-4）①换句话说，安主在书中主要论及创作才能、诗人的素质、诗艺魅力、诗的优劣和诗人的知识面等五个方面的问题。

安主认为，诗的创作才能来自于两个方面："接下来教导不会作诗者如何获得诗才。首先是神助，其次是个人努力。"（I.5注疏）②他把学习作诗的人分成三类："学习作诗的人分为三类：略加努力就能作诗者，艰苦努力方能作诗者和根本不会作诗者。"（I.14注疏）③这说明，只有少数人有幸获得诗歌创作才能。安主在论述诗人素质时，谈到了几种不同的创作类型。他规定，诗人素质包括下列事项：祭祀辩才女神和群主（象头神）、学习别人的作品、学习往世书、睿智博学、喜好独处，等等。安主认为，诗必须具有艺术魅力，否则不成其为诗。他把艺术魅力分为十种："十种诗的魅力是：天然的可爱、酝酿的魅力、通篇魅力、部分魅力、词的魅力、意义魅力、词义魅力、庄严魅力、味的魅力和名人传奇的魅力等。"（III.2注疏）④在论述区分诗的优劣时，安主主要论及了词、义和味的纯洁等三种诗的优点，以及词、义和味的不纯洁等三种缺陷。他告诫诗人说，为了成为"诗人之王"，必须善于区分上中下三类诗人及其作品。"如同国王为一统天下而区分不同的种姓和职业，诗人应该区分上中下三等诗作。"（IV.2）⑤在论述诗人的知识面时，安主为诗人们开出了一张内容丰富的"知识清

---

①Paṇḍit Durgāprasāda & Kāśīnāth Pāṇḍurang Parab, ed. *Kāvyamālā,* Part IV, Bombay: Nirṇaya Sāgar Press, 1937, p. 149.

②Paṇḍit Durgāprasāda & Kāśīnāth Pāṇḍurang Parab, ed. *Kāvyamālā,* Part IV, p. 149.

③Paṇḍit Durgāprasāda & Kāśīnāth Pāṇḍurang Parab, ed. *Kāvyamālā,* Part IV, p. 150.

④Paṇḍit Durgāprasāda & Kāśīnāth Pāṇḍurang Parab, ed. *Kāvyamālā,* Part IV, p. 157.

⑤Paṇḍit Durgāprasāda & Kāśīnāth Pāṇḍurang Parab, ed. *Kāvyamālā,* Part IV, p. 162.

单”：“通晓下述事项是成为诗人之王的标志：逻辑、语法、婆罗多戏剧学、政事论、欲经、《摩诃婆罗多》、《罗摩衍那》、解脱术、灵魂术、炼金术、金药学、天文学、箭术、通晓象马人的吉祥符、赌术、魔术、巫术和其他各种技艺。”（V.1注疏）①

安主的《绝妙诗律》在梵语诗学发展史中具有非常独特的价值。它是诗歌创作中一个重要方面的技术性总结，也是诗人学的有机组成部分。“安主的《绝妙诗律》体现了他在诗律方面具有很高的独创性。”②全书共分三章。第一章选取了二十七种最流行的诗律，并以自己和迦梨陀娑等人的诗句为例进行逐句阐发。例如，阿奴湿图朴（anuṣṭupa）诗律的特征是：“所有音步中的第五个音节是短的，第二个和第四个音步中的第七个音节是短的，所有音步第六个音节是长的。由于不同的组合变化，阿奴湿图跋诗律的种类不可计数。”（I.14-15）③这种诗律悦耳动听，大史诗《摩诃婆罗多》中的绝大多数颂诗采用这一诗律。第二章解说了普通诗律的优点与缺点，并结合第一章的诗律进行阐释。第三章讲述如何在描写特定对象时选取合适的诗律。这反映了安主一以贯之的合适论思想对其诗律学的渗透。安主认为，以一种诗律创作，是诗人才能不足的表现。他提倡诗人以几种诗律创作。在他看来，选用恰当的诗律、缺乏诗病、充满诗德的诗流光溢彩。安主还对语言作品进行分类：“智者认为，语言作品分为四种形式：经论（śāstra）、诗（kāvya）、经论诗（śāstrakāvya）和诗学（kāvyaśāstra）。”（III.2）④总之，安主的《绝妙诗律》既探讨了诗歌创作技艺的一个重要方面，又突破了这个范围，上升到一般的诗学理论高度。

---

①Paṇḍit Durgāprasāda & Kāśīnāth Pāṇḍurang Parab, ed. *Kāvyamālā*, Part IV, p. 163.

②Kṣemendra, *Suvṛttatilaka,* “Introduction,” ed., by Rabindra Kumar Panda, Delhi: Paramamitra Prakashan, 1998, p. 10.

③Kṣemendra, *Suvṛttatilaka,* ed. by Rabindra Kumar Panda, p. 28.

④Kṣemendra, *Suvṛttatilaka,* ed. by Rabindra Kumar Panda, p. 79.

第十节　摩希摩跋吒的《韵辨》
（11世纪）

欢增的韵论自问世之后，不断有诗学家提出异议。这包括跋吒·那耶迦的《心镜》、穆古罗跋吒的《表示功能原论》等。恭多迦试图用曲语论取代韵论。然而，最重要的批评韵论的著作是《韵辨》（**व्यक्तिविवेक**，*Vyaktiviveka*），这部著作不仅对韵论提出了许多质疑，而且欲建新说，试图以推理论取代韵论。[①]

《韵辨》的作者是大约生活在11世纪左右的摩希摩跋吒（**महिमभट्ट**，*Mahimabhaṭṭa*）。摩希摩跋吒的《韵辨》采用经疏体，共分三章。其中，第一章主要反驳韵论，欲以自己的"推理"取而代之。这是全书的重点。

摩希摩跋吒在书的开头就点出他对韵论的批驳姿态："向至尊无上的辩才女神致敬！为了说明一切韵都包含在推理中，我创作了《韵辨》。"（I.1）[②]他同时还不忘自嘲一番道："不管我赞成还是批评韵论者的观点，都可以增加我的知名度，因为与杰出人士交锋使我更显得重要。"（I.3）[③]摩希摩跋吒对韵论的批驳首先是从韵论派关于韵的定义开始的。他先引用欢增的定义，然后依据自己的推理得出结论："经过分析，这种韵恰好属于推理而非别的什么。"（I.6注疏）[④]摩希摩跋吒还认为："词语并不包含自身表示功能之外的其他功能所产生的意义，因此，它不可能将自己的意义作

①本节论述主要参考黄宝生：《印度古典诗学》，第378—385页。引文也多处参考该书相关译文。

②Mahimabhaṭṭa, *Vyaktiviveka*, Benares: The Chaokhamba Sanskrit Series Office, 1936, p. 1.

③Mahimabhaṭṭa, *Vyaktiviveka*, p. 9.

④Mahimabhaṭṭa, *Vyaktiviveka*, p. 4.

为附属而暗示别的意义。”（I.7注疏）[①]此处将欢增对韵的定义和摩希摩跋吒对此定义的指暇一并列出。

欢增对韵的定义是：

> यत्रार्थः शब्दो वा तमर्थमुपसर्जनीकृतस्वार्थौ।
> व्यङ्क्तः काव्यविशेषः स ध्वनिरिति सूरिभिः कथितः ॥१३॥ [②]
>
> 若诗中的词义或词音将自己的意义作为附属而暗示那种暗含义，智者称这一类诗为韵。（I.13）[③]

摩希摩跋吒将欢增关于韵的定义所包含的“十个缺陷”罗列如下：

> अर्थस्य विशिष्टत्वं, शब्दः सविशेषणस्तदः पुंस्त्वम्, ।
> द्विवचनवाशब्दौ च, व्यङ्ध्विनिनाम, काव्यवैशिष्ट्यम् ॥ २३ ॥
> वचनञ्च कथनकर्तुः, कथिता ध्वनिलक्ष्मणीति दश दोषा ।
> ये त्वन्ये तद्भेदप्रभेदलक्षणगता न ते गणिताः ॥२४॥
>
> 特殊的意义、词、特殊的词义、代词tad用作阳性、双数词的运用、va的运用、暗示义的名称、韵的名称、所谓特殊的诗、讲述者一词，这些是韵的特征的十个缺陷。其他损害韵及其分类的特征的缺陷，此处不再论述。（I.23–24）[④]

印度学者R.穆克吉认为，摩希摩跋吒此处对欢增关于韵的定义的发难可以这样理解：1. 不应该提起为upasarjanīkṛtasva（将自己作为附属）所修饰的artha；2. 不应该提起为upasarjanīkṛtārtha

①Mahimabhaṭṭa, *Vyaktiviveka*, p. 16.

②Anandavardhana, *Dhvanyāloka, With the Locana & Balapriya Commentaries by Abhinavagupta and Ramasaraka,* 2009, p. 103.

③黄宝生译：《梵语诗学论著汇编》（上册），第238页。

④Mahimabhaṭṭa, *Vyaktiviveka*, p. 110.

（作为附属义）所修饰的śabda；3. 不应该提到修饰词upasarjanīkṛtasvārthau（将自己的意义作为附属）；4. 将中性指示代词tad用作阳性；5. 动词vyaṅktah不该使用双数；6. 不该使用不变词va（或者）；7. 假设韵（abhivyakti）能取代诗中的暗含义而词（śabda）和义（artha）是一个整体的暗示单元（vyañjaka units）；8. dhvani既然等于kāvya（整个诗篇），再提它是多此一举；9. 提到viśeṣi一词是多此一举；10. 提到sūribhih（智者们说，阳性名词复数第三格即具格，相当于表示被动语态的词格）也是多此一举。①

事实上，摩希摩跋吒是从词的功能问题入手对韵论加以批评的，欢增韵论只是他借以发挥的合适目标而已。在韵论派看来，词有三种功能，即：表示、转示和暗示。而摩希摩跋吒认为词只有一种表示功能。一个单词所传达的意义始终只能是表示义。而由单词组成的句子的意义有两种：一种是表示义，另一种是推理义。推理义又分成三种：本事、庄严和味。"上面论述了本事、庄严和味等三种推理义。其中，在本事和庄严中，词是推理的基础。"（I.40）②本事和庄严也可以直接传达，而味只能通过推理。推理义又分成两类：直接推理和间接推理。总之，摩希摩跋吒只承认词有表示功能，而将转示和暗示功能纳入推理之中。他认为表示功能之外的其他功能均属于意义的范畴，不属于词本身。他打比方说，火有燃烧功能和照明功能，这两种功能既互相独立，又不分先后。而按照韵论派的主张，词的表示、转示和暗示三种功能既不互相独立，又分先后，即转示和暗示功能发生在表示功能之后。摩希摩跋吒据此认为，转示和暗示功能不属于词本身，而是推理。他说："能指和所指的含义基本上不可理喻，这是因为，韵在推理以内难

①Ramaranjan Mukherji, ed. *Vyaktiviveka of Rājānaka Mahimabhaṭṭa*, "Introduction,"Kolkata: Sanskrit Pustak Bhandar, 2005, XXXV.

②Mahimabhaṭṭa, *Vyaktiviveka*, p. 113.

以形成暗示……将韵当作推理来认识更为妥当。”（III.29注疏）[①]

摩希摩跋吒认为词的转示功能是推理的一种类型，隶属于表示功能。例如，韵论派常举“恒河上的茅屋”（गङ्गायां घोषः gaṅgāyām ghoṣah）这个例子来说明词的暗示功能即韵。摩希摩跋吒认为，由于“恒河”一词的表示义不适用，于是依据恒河和恒河岸接近以及恒河岸上能建茅屋等前提，推理出“恒河岸上的茅屋”的意思。也就是说，这个短语中的“恒河”一词被理解为“恒河岸”是通过推理，而不是“恒河”一词本身具有转示“恒河岸”的功能。摩希摩跋吒认为句义也是通过推理获得的。

摩希摩跋吒还认为，曲语论也可以归入推理的范畴加以理解。他的基本前提是，词语表示义和暗示义之间的关系就是逻辑推理中的“相”和“有相”之间的推理关系，暗示义即韵便属于推理所得的意义范畴，而来自于词语含义曲折化之后的曲语自然也不例外。他说：“既然表示者与表示义没有区别，曲折表述便不复存在。因此，曲语为何不可与韵一道，归入推理的范畴加以理解？”（I.73）[②]

摩希摩跋吒把韵论派的“韵”（即暗示义）的观念概括为：韵是指与暗示者同时产生的、真实存在或非真实存在的暗示对象，其中无须回想暗示对象与暗示者的关系。他进而解释说：非真实的暗示对象只有一类，例如，阳光折射而产生彩虹。真实存在的暗示对象有三类，其中只有第三类适用于暗示义，而那不过是推理而已。换言之，从表示义获知暗示义不可能不意识到这两者之间存在必然联系，即不可能不回想暗示对象和暗示者的关系。对暗示义的认知也不可能与对表示义的认知同时发生，而是像从烟认知火那样存在着一种先后次序。因此，它只能是推理。

①Mahimabhaṭṭa, *Vyaktiviveka*, p. 510.
②Mahimabhaṭṭa, *Vyaktiviveka*, p. 144.

从烟推知火是印度古代逻辑推理（“比量”）的常用例举。正理派逻辑学家采用的是五支（宗、因、喻、合、结）推理论式。后来，佛教逻辑学家陈那将五支推理论式简化为三支（宗、因、喻）推理论式。无论是“五支”或“三支”，这种逻辑推理的要义，是通过认知与某种事物有必然联系（相随）的某种标志（相），认知某种事物（有相）。摩希摩跋吒认为表示义和暗示义之间的关系就是这种“相”和“有相”之间的推理关系，暗示义实际上是推理义。由此看来，以推理论来替代韵论的诗学主张，有着深厚的哲学背景。

摩希摩跋吒推理论的核心是以推理取代暗示即韵。除此之外，他与韵论派并无重大理论分歧。他跟韵论派一样，也承认味是诗的灵魂。他说：“就味等等是诗的灵魂而言，并没有不同意见。我们的分歧在味的称呼上。如果味不叫做韵，彼此也就没有分歧。”（I.26）[①]他还说：“我们只是不赞成暗示是韵的生命的说法，而不涉及其他问题。因为双方在其他问题上是一致的。”（III.33）[②]他还认为：“即使真有以韵为辅的诗，并如人所愿特别有魅力，把它尊为韵毫无意义。因此，韵不能成为诗之灵魂，依赖没有生命的韵，诗怎能优美动人？”（I.96）[③]韵论派认为通过暗示获得的意义更有魅力，他认为通过推理获得的意义更有魅力。韵论派将暗示义分为本事、庄严和味三类，他也将推理义分为这三类。

《韵辨》第二章论述两种不合适，即情由、情态和不定情运用不合适的内在不合适，以及忽视表达重点、用语不统一、词序不规则、词语重复和重要遗漏等五类语法修辞方面的外在不合适。摩希摩跋吒认为：“这里，确实存在人们说的两种不合适，一个以词为

①Mahimabhaṭṭa, *Vyaktiviveka*, p. 111.
②Mahimabhaṭṭa, *Vyaktiviveka*, p. 511.
③Mahimabhaṭṭa, *Vyaktiviveka*, p. 170.

对象，一个以意义为对象。”（II）[1]这说明，内在不合适与意义即情味有关，外在不合适与词即语法修辞有关。他在书中花了很大篇幅重点论述外在不合适。例如下边这首诗旨在说明外在不合适中的“词语重复”：

浓发似嫩绿新芽，阳光驱散了黑暗，
莲花眼含苞欲放，月儿似与夜嘴亲吻。（II.38注疏）[2]

此处的诗中，“月儿似与夜嘴亲吻”（cumbatīva rajanīmukham śaśī）属于词语重复运用。因为，cumbati（即动词“亲吻”）的宾语有两个即rajanā（名词“夜”）和mukha（即名词“嘴”），犯了词语重复的毛病，mukha应该去掉。

《韵辩》第三章以《韵光》中引用过的四十首诗为例，说明欢增的韵实际上是摩希摩跋吒自己所推崇的“推理”（अनुमान，anumāna）。摩希摩跋吒是在具体批驳韵论派的主张和例证时逐步提出推理论的，这便是他和欢增等人所采取的随破随立的诗学策略。

在梵语诗学史上，推理论由来已久，摩希摩跋吒并不是首倡者。欢增在《韵光》第一章和第三章中就已分别对推理论进行评述和批驳。欢增论述词语暗示功能和逻辑推理之间的关系时指出：说暗示性是推理中的“相”（liṅga），理解暗示义就是理解推理中的“有相”（liṅgi），这是不对的。暗示者不同于推理中的相。总而言之，适用于推理领域的词的暗示性不同于韵。“在诗的领域，逻辑中的真理和谬误对于暗示义的认知不适用。用其他认知手段考察暗示功能会成为笑柄。因此，不能说所有一切对暗示义的认知就是

①Mahimabhaṭṭa, *Vyaktiviveka*, p. 179.
②Mahimabhaṭṭa, *Vyaktiviveka*, p. 353.

对‘有相’的认知。”（III.33注疏）[①]欢增这里的论述似乎提前反驳了后来企图以推理论取代韵论的摩希摩跋吒。欢增还写道：“因此，倾心韵论的人满怀激动，理所当然，其他人不应该怀着莫名的妒忌，指责他们的智慧受到污染。这样，已经驳斥韵不存在论者。韵确实存在。”（I.13注疏）[②]

当然，摩希摩跋吒在书中集中探讨推理问题，仍然是有意义的。因为，推理问题实际上涉及文学理论中的形象思维和逻辑思维问题。形象思维和逻辑思维都可以通过语言文字表达，但在表达方式上是不同的。印度古代逻辑推理的表达方式是“五支”论式或“三支”论式。这种推理论式很难直接套用在文学创作和欣赏上。实际上，推理论者也不会这样读诗。正因如此，摩希摩跋吒将这种有别于通常的“五支”或”三支”论式的特殊推理方式称作“诗推理”（kāvyānumiti）。自然．我们不必绝对排除读者在诗歌欣赏中含有推理因素，尤其是简化了的推理因素。应该说，除了比较费解的诗歌之外，读者欣赏过程中的推理因素是不自觉的，不占主导地位。读者凭借诗人提供的意象和自己的直觉经验，很快就能领悟诗中的暗含义。读者从诗中获得的艺术美感主要来自诗中以味为主的感性内容及其巧妙的暗示手段，而不是纯理性的推理。再者，文学作品服从的是审美规律而非逻辑规范，它追求复义含混而非精确入微，文学作品的多义性与逻辑学中的缜密精确并不完全相容。[③]

显然，与诗歌推理论相比，韵论更符合文学的本质和特征。摩希摩跋吒的推理论在梵语诗学史上没有实质性的影响。因为韵论的观念深入人心，摩希摩跋吒在后期梵浯诗学家中没有获得支持者。现存唯一一部《韵辨》注释是12世纪鲁耶迦未完成的《韵辨注》，

①黄宝生译：《梵语诗学论著汇编》（上册），第322页。
②黄宝生译：《梵语诗学论著汇编》（上册），第242页。
③此处论述参阅黄宝生：《印度古典诗学》，第383—384页。

而注释者的观点也是批驳推理论的。14世纪的毗首那特也认为："推理不能唤醒暗示的味等等；由于原因不可靠，对味等等的认知也不是回忆。"（V.4）①

不过，推理论对于韵论的挑战丰富了梵语诗学探讨的内容，这一点应该给予充分的肯定。因此，20世纪早期两部同时出现的《梵语诗学史》都给摩希摩跋吒留下了论述的空间。迦奈高度评价摩希摩跋吒的《韵辨》："他的著作是诗学文献巨著之一，值得人们把它从毫无道理的被遗忘的命运中拯救出来。他的著作充满出色的论辩，展示了睿智博学、逻辑缜密、批评严谨和洞见深刻的一面。"②当代印度学者认为："如果说《韵光》的伟大在于它发现了暗示义的重要性，那么，《韵辨》的伟大在于，它首次尝试理解我们获得暗示义的程序背后的心理逻辑。"③这位学者还说："《韵辨》是揭示诗歌欣赏背后的逻辑的重要尝试。它肯定读者参与欣赏的必要性。"④

总之，摩希摩跋吒继承前人的思想路径，将逻辑领域的抽象思维与文学领域的形象思维相结合，开拓了文学理论的新视野。从历史角度看，古代东西方文明世界均存在文学形象思维与哲学、逻辑抽象思维各自为阵或交相辉映的情况。再从当代比较诗学意义上说，文学理论与哲学思辨、逻辑推理之间的关系，不仅是印度古典文论思考过的历史命题，也是其他古代文论家不同程度涉猎过的重要论题。因此，摩希摩跋吒运用推理说对韵论进行辩驳、质疑的历史意义值得继续探索，他的著作也值得我们在新时代的语境中译介和研究。

---

①黄宝生译：《梵语诗学论著汇编》（下册），第926页。

②P.V.Kane, *History of Sanskrit Poetics,* p. 254.

③C.Rajendra, *A Study of Mahimabhatta's Vyaktiviveka,* Calicut: University of Calicut, 1991, p. 197.

④C.Rajendra, *A Study of Mahimabhatta's Vyaktiviveka,* p. 202.

第十一节　波阇的《辩才天女的颈饰》和《艳情光》

（11世纪）

11世纪的梵语诗学家中，波阇（भोज，Bhoja）是一位引人瞩目的人物。他是古代南印度达罗地区的国王，博学多才，归在他名下的各类学术著作达八十余种。他的两部诗学代表作是《辩才天女的颈饰》（सरस्वतीकण्ठाभरण，*Sarasvatīkaṇṭhābharaṇa*，也可译为《辩才女神的颈饰》）和《艳情光》（शृङ्गारप्रकाश，*Śṛṅgāraprakāśa*）。

一、《辩才天女的颈饰》

《辩才天女的颈饰》论述词病、句病、句义病各十六种，音德、义德和特殊诗德（在一定条件下可以转化为诗德的诗病）各二十四种，音庄严、义庄严和音义庄严各二十四种，六种归入音庄严的风格，味、情、男女主角等。该书的唯一艳情味论属波阇的独创。波阇的《辩才天女的颈饰》一书在梵语诗学领域占有独特的位置。“诗病、诗德、庄严和味在书中具有根本重要的意义，它们也都得到了更为具体和详细的论述。所有观点引用的诗例使得波阇的思考正确而又富有价值。到那时为止，《辩才天女的颈饰》是第一部横跨梵语和俗语文学领域的诗学论著（treatise on Alankāra），在一部诗学著作中提供了数量最多的诗例。”①

关于诗的一般特征，波阇继承婆摩诃等人的观点，认为诗是音和义的结合，这种结合有十二种情形。其中四种是诗的结合，即无病、有德、有庄严和有味的音义结合，其他八种音义结合是语

①Bhoja, *Sarasvatī-Kaṇṭhābharaṇa*, “Introduction,”Varanasi: Baranas Hindu University, 1979, V.

法的结合。“波阇的‘音义结合’（sāhitya）观含义很广。在《艳情光》中，他吸纳了自婆摩诃到欢增、胜财和达尼迦的庄严论者的所有理论。”[①]波阇在《辩才天女的颈饰》（下称《颈饰》）第一章开头便贯彻了这种带有浓厚泛论色彩的诗学理念：“我们向语言女神（vāgdevī）致敬！她的四个居所为音素（dhvani）、字母（varṇa）、词语（pada）和句子（vākya），她以微妙（sūkṣamā）显示自身。诗人所作的诗无诗病，有诗德，有庄严，有味，他会获得名声和快乐。诗人之王应在诗中避免词病、句病和句义病各十六种，我们将首先讲述诗病。”（I.1-3）[②]语言女神指娑罗私婆蒂亦即辩才天女。他还说：“前边说过（指《颈饰》第五章第十一颂）：‘各种庄严的混合和各种有味的语言……’之所以说‘庄严的混合’是指，各种庄严包含了诗德和味，因为诗德和味都是产生诗美的修饰成分。”（V.169注疏）[③]波阇的诗学出发点是广义的庄严论，即认为诗德、庄严、风格和味都是装饰诗的庄严因素。拉克凡认为，波阇的庄严论与恭多迦的曲语论相似。因为，恭多迦大大地发展了曲语的概念，波阇同样视庄严为无所不包的诗学话语。拉克凡揶揄道：“正如恭多迦称其著作为《曲语生命论》，波阇实在应该把他的著作《艳情光》称为《庄严光》（Alaṅkāraprakāśa）。”[④]

诗病是《颈饰》最先论述的对象，可见波阇对其高度重视。他将其分为三类，并指出：“熟悉词病、句病、句义病，避免这些诗病，这样的诗人适合作诗。”（I.53）[⑤]《火神往世书》对诗病持两

---

①Tapasvi Nandi, *Sahṛdayāloka: Thought-currents in Indian Literary Criticism*, Vol. 1, Part 1, p. 62.

②Bhoja, *Sarasvatī-Kaṇṭhābharaṇam*, Vol. 1, New Delhi: Indira Gandhi National Centre for the Arts, 2009, p. 2.

③Bhoja, *Sarasvatī-Kaṇṭhābharaṇam*, Vol. 3, New Delhi: Indira Gandhi National Centre for the Arts, 2009, p. 1158.

④V. Raghavan, *Bhoja's Śṛṅgāraprakāśa*, Madras: Punarvasu, 1963, p. 417.

⑤Bhoja, *Sarasvatī-Kaṇṭhābharaṇam*, Vol. 1, p. 52.

分法，即音病和义病，但又将义病分为五种一般义病和十一种特殊义病。所谓特殊义病是指可以在某种条件下转化为诗德的诗病，这种辩证转化观可以追溯到檀丁那里。

关于诗德，《颈饰》认为："即使有庄严，缺乏诗德，诗也不悦耳中听。对于有诗德的诗和有庄严的诗而言，有诗德的诗更重要。诗人们一致认可，诗德有三类：外部诗德、内部诗德，特殊诗德。外部诗德即音德，内部诗德即义德，特殊诗德为何不是可转化为诗德的诗病？"（I.54-56）①波阇还认为，如同肢体优美的女子，有合适诗德的诗令人愉悦。如再添加庄严，诗更优美耐读。（I.152）②与此相对，《火神往世书》将诗德分为音德、义德和音义诗德等三类。

《火神往世书》持庄严三分法，它介绍三类共二十五种庄严（实际为二十六种）。该书认为："美化诗的因素被称作庄严，它们包含音庄严、义庄严和音义庄严三类。"（CCCXL.16）③印度学者认为："关于《火神往世书》坚持的三分法来源，我们一无所知。《火神往世书》所遵循的这种传统似乎与婆罗多、婆摩诃、檀丁、伐摩那、优婆吒和楼陀罗吒所遵循的传统有异，但却影响了波阇、曼摩吒、维底亚那特、波罗迦萨沃尔娑等人认可第三类庄严。不过，所有这些人在三类不同庄严的数目和名称上意见相左。"④与《火神往世书》相似，波阇也持庄严三分法。他在《颈饰》第二章开头指出："大诗人将外部庄严、内部庄严和内外庄严分别叫做音庄严、义庄严和音义庄严。诗人们通晓学问（vyutpatti），成功

---

①Bhoja, *Sarasvatī-Kaṇṭhābharaṇam*, Vol. 1, p. 52.

②Bhoja, *Sarasvatī-Kaṇṭhābharaṇam*, Vol. 1, p. 146.

③Suresh Mohan Bhattacharyya, ed. & trans. *The Alaṅkāra Section of the Agnipuraṇa,* p. 159.

④Suresh Mohan Bhattacharyya, ed. & trans. *The Alaṅkāra Section of the Agnipuraṇa,* p. 59.

地装饰诗中的词语，智者们将语言等等称为音庄严。”（II.1-3）①虽持三分法，但与《火神往世书》相比，波阇的庄严数目更多，具体名称也相去甚远。

具体说来，波阇论及的二十四种音庄严如下：1. 语言（jāti）、2. 文体风格（gati）、3. 语言风格（rīti）、4. 表演风格（vṛtti）、5. 拟声（chāyā）、6. 诗印（mudrā，暗示）、7. 警句（ukti）、8. 妙语（yukti）、9. 戏说（bhaṇiti）、10. 复沓（gumphanā）、11. 联系（śayyā）、12. 吟诵（paṭhiti）、13. 叠声（yamaka）、14. 双关（śleṣa）、15. 谐音（anuprāsa）、16. 图案（citra）、17. 对话（vākovākya）、18. 隐语（prahelikā）、19. 谜语（gūḍha）、20. 问答（praśnottara）、21. 学问（adhyeya）、22. 耳闻（śravya）、23. 情景（prekṣya）、24. 表演（abhinīti，abhineya）。（II.3-4）②

值得注意的是，语言风格（rīti）包括维达巴、般遮罗、高德、阿槃底、罗德和摩揭陀六种，它们居然被包含在音庄严中进行论述。包括肢体、真情、妆饰、语言等六种内容的表演（abhinaya）也属于音庄严的一种。其他如包括梵语、俗语等各个语种在内的语言，包括韵文、散文在内的文体风格和包括艳美、崇高在内的四种表演风格等，均被视为音庄严，这充分体现了波阇的泛庄严立场。

波阇的二十四种义庄严包括：1. 自性（jāti）、2. 藏因（vibhāvanā）、3. 原因（hetu）、4. 自足（ahetu）、5. 微妙（sūkṣama）、6. 回答（uttara）、7. 矛盾（virodha）、8. 起因（sambhava）、9. 互相（anyonya）、10. 交换（parivṛtti）、11. 例证（nidarśanā）、12. 较喻（bheda，即婆摩诃的vyatireka）、13. 天

①Bhoja, *Sarasvatī-Kaṇṭhābharaṇam*, Vol. 2, New Delhi: Indira Gandhi National Centre for the Arts, 2009, p. 468.

②Bhoja, *Sarasvatī-Kaṇṭhābharaṇam*, Vol. 1, p. 148.

助（samāhita）、14. 混淆（bhrānti）、15. 存疑（vitarka，近似于婆摩诃的sasandeha）、16. 淹没（mīlita）、17. 回忆（smṛti，smaraṇa）、18. 有情（bhāva）、19. 现量（pratyakṣa）、20. 比量（anumāna，推理）、21. 圣言量（āptavacana）、22. 喻量（upamāna）、23. 推测（arthāpatti）、24. 证据不足（abhāva）。（III. 2-3）①

波阇对自己叙述的义庄严似乎充满信心："前边已经论述的二十四种义庄严，是诗的知音心灵喜悦的原因。"（III.55）②就二十四种义庄严而言，波阇从楼陀罗吒处借用了七个：自足、回答、互相、淹没、混淆和回想，而自性、藏因、原因、微妙、矛盾、交换、有情、例证和天助可以追溯到婆摩诃与檀丁那里。此外，存疑（vitarka）来自于婆罗多论述的三十三种不定情之一即"思索"。波阇新增的义庄严包括起因（sambhava）和六个因明概念：现量（pratyakṣa）、比量（anumāna，推理）、圣言量（āptavacana，āgama）、喻量（upamāna，类比）、推测（arthāpatti，自明）、证据不足（abhāva）。波阇对这二十四种义庄严的例举分析显示出很多有趣的特点。③他把起因几乎等同于比量，但从其例举和分析来看，所因又近乎于奇想。有的义庄严如自性（jāti，svabhāvokti）、较喻（bheda，vyatireka）和存疑（vitarka，sandeha）只是换了一个词汇来表达原有的含义罢了。"起因"后来被16世纪的阿伯耶·底克希多所采纳，成为他所论述的120多种庄严中的一种。

波阇的音义庄严（ubhayālaṅkāra）同样分为二十四种，它们包括：

---

①Bhoja, *Sarasvatī-Kaṇṭhābharaṇam*, Vol. 2, p. 468.
②Bhoja, *Sarasvatī-Kaṇṭhābharaṇam*, Vol. 2, p. 584.
③参见：V.Raghavan, *Bhoja's Śṛṅgāraprakāśa*, p. 397.

1. 明喻（upamā）、2. 隐喻（rūpaka）、3. 同一（sāmya）、4. 疑惑（samśayokti）、5. 否定（apahnuti）、6. 三昧（samādhyukti）、7. 合说（samāsokti）、8. 奇想（utprekṣā）、9. 间接（aprastutastuti）、10. 掩饰（leśa）、11. 等同（tulyayogitā）、12. 聚集（samuccaya）、13. 共说（sahokti）、14. 补证（arthāntaranyāsa）、15. 略去（ākṣepa）、16. 有意味（pariṣkṛti，parikara）、17. 殊说（viśeṣa，viśeṣokti）、18. 明灯（dīpaka）、19. 渐进（krama）、20. 迂回（paryāya）、21. 突出（atiśaya，近似于婆摩诃的"夸张"）、22. 双关（śleṣa）、23. 生动（bhāvika）、24. 混合（saṃsṛṣṭsi）。（IV.2-4）[①]

波阇的二十四种音义庄严中，只有"三昧"（samādhyukti）是他的独创。这些音义庄严也体现出很多特点，比如，"同一"（sāmya）在楼陀罗吒的比喻类庄严中很不起眼，但波阇扩大了它的运用范畴，明喻和隐喻之外的其他比喻庄严都与它发生联系。波阇的"生动"与婆摩诃和檀丁的"生动"差别很大。[②]波阇的"突出"和"推测"等来自于《舞论》所论述的三十六种诗相。

波阇后来在《艳情光》中专门用了一章篇幅，依据《颈饰》来论述上述三类庄严，但其观点变化不大。（X.1注疏）[③]

波阇虽有所创新，但其繁琐的形式分析达到了梵语诗学的极致。他把诗病分为词病、句病和句义病三类，每类各十六种；诗德分成音德、义德和特殊诗德三类，每类各二十四种；庄严也分为三类，即各二十四种音庄严、义庄严和音义庄严。为了达到整齐划一的效果，他不惜削足适履，如把戏剧表演和文体等归入音庄严中，这使他的庄严体系显得十分呆板。这是波阇泛庄严思想所导致的必

---

①Bhoja, *Sarasvatī-Kaṇṭhābharaṇam*, Vol. 2, p. 586.

②参见：V.Raghavan, *Bhoja's Śṛṅgāraprakāśa*, p. 399.

③Bhoja, *Śṛṅgāraprakāśa*, Vol. 1, New Delhi: Indira Gandhi National Centre for the Arts, 2007, p. 539.

然结果。

波阇的泛论思想不仅体现在他对于庄严的处理上，也体现在他的味论即泛艳情味思想中。

《颈饰》第五章论及戏剧与情味等主题。有趣的是，波阇论述的味的特征或有味因素（rasānvayavibhūtayas）居然也是二十四种。第五章先是提出它们的名称和简短定义，再对其一一进行详细阐释。他在该章开头部分说："1. 情（bhāva）、2. 情由（janma）、3. 情态（anubandha）、4. 味的产生（niṣpatti）、5. 味的依托（puṣṭi）、6. 情的混合（saṅkara）、7. 味阻（hrāsa）、8. 类味（ābhāsa）、9. 味的平息（śama，praśama）、10. 障碍（śeṣa）、11. 种类（viśeṣa）、12. 因素汇集（paripoṣa）、13. 分离艳情味（vipralambha）、14. 会合艳情味（sambhoga）、15. 行为姿态（ceṣṭā）、16. 追求情人（pariṣṭi）、17. 解说分离艳情（nirukti）、18. 种种场景（prakīrṇa）、19. 喜爱（premāṇa）、20. 喜爱的（十二个）阶段（premapuṣṭi）、21. 男女主角的特征（nāyikānāyakaguṇa）、22. 喜爱的成因（premabhaktipāka）、23. 形成庄严的各因素混合（nānālaṅkārasamsṛṣṭiprakāra）、24. 味语（rasokti）。这些是二十四种有味的因素，熟悉它们本质的人可以作诗。"（V.9-12）[①]在这二十四种有味因素中，情包含了常情、真情和不定情，分离艳情味包含了初恋、傲慢、远行和苦恋等四种，而喜爱的阶段将婆罗多规定的女主角十个爱情阶段扩展为十二个。通过上述介绍可以看出，波阇的二十四种有味因素或味的二十四种特征，其实也是一种带有某种随意性的综合论述。

不过，从《颈饰》第五章的相关论述看，波阇非常重视味在诗中的地位。他说："作品中有曲语（vakrokti）、味语（rasokti）和自性语（svabhāvokti），这三者中，味语产生普遍的魅力

①Bhoja, *Sarasvatī-Kaṇṭhābharaṇam*, Vol. 3, pp. 904-906.

（sarvānugrāhiṇī）。”（V.8）[①]此后，他在《艳情光》中还写道：“无病、有德、有庄严的诗的身体如同女子的身体，只有情味才会使这二者（指诗和女子）显得格外美丽。”（XI.1）[②]他还在《颈饰》和《艳情光》里先后说过同样的话：“大诗人不遗余力描述的对象（vastu）充满情味，有时带有庄严。心中情味荡漾，写来轻松自如，这种庄严光彩照人。如描述对象时心中没有情味等等，诗人就不要创作这类只有庄严的作品。”（V.173-175）[③]这不由得使人想起《文心雕龙》中的话：“繁采寡情，味之必厌。”[④]

新护之后，诗学家们普遍认同九种味。波阇在《颈饰》中除了认同前人提到的平静味和亲爱味（preya rasa）之外，还另辟蹊径，增加了两种味，即崇高味（udātta rasa）和傲慢味（uddhata rasa）。崇高味和傲慢味分别以执著真谛和骄傲为常情。

在各种味中，波阇似乎格外欣赏艳情味。他在分析会合艳情味和形体姿态时说：“没有分离，恋人之间就没有相聚的甜蜜，因为衣服等待染色时，色彩更加鲜艳。”（V.52）[⑤]波阇的艳情味区别于婆罗多到新护的味论，有极强的个人色彩和丰富的宗教色泽。他在《颈饰》第五章中探讨味时，提出了梵语诗学发展史上独一无二的唯一艳情论即自爱、自尊或艳情论。他说：“诗达到可爱的境地，在于有味相伴。味被称作自爱、自尊或艳情。它在人的内在自我中，产生于前生的经验积累。它是自我各种性质的唯一根源。如果诗人充满艳情，诗中的世界便有味；如果诗人缺少艳情，诗中的世界就乏味。”（V.1-3）[⑥]婆阇对味的看法受到新护和欢增等人的

①Bhoja, *Sarasvatī-Kaṇṭhābharaṇam*, Vol. 3, p. 904.

②Bhoja, *Śṛṅgāraprakāśa*, Vol. 1, p. 613.

③Bhoja, *Sarasvatī-Kaṇṭhābharaṇam*, Vol. 3, p. 1190.

④郭绍虞主编：《中国历代文论选》(一)，第274页。

⑤Bhoja, *Sarasvatī-Kaṇṭhābharaṇam*, Vol. 3, p. 916.

⑥Bhoja, *Sarasvatī-Kaṇṭhābharaṇam*, Vol. 3, p. 904. 采用黄宝生译文，见《印度古典诗学》，第325—326页。

影响。仔细分析还可发现，他的味论独具特色。所谓“自爱、自尊或艳情”（अभिमानोऽहङ्कारः शृङ्गार，abhimānohaṅkārah śṛṅgāra）就是他的唯一艳情论的基础。

婆阇所谓的“自爱、自尊或艳情”实际上是指原始的味。“自爱”（ahaṅkāra）也就是自我意识。“自尊”（abhimāna）也就是自觉。这里的“艳情”（śṛṅgāra）不是通常所说的艳情味，而是广义的味。婆阇在具体论述中，对艳情味的意义界定也是前后不一的，有时将艳情说成是自爱的一种性质，有时说成是自爱的一种类型，有时等同于自爱。婆阇将味的运动方式分为三个阶段。第一阶段，自爱作为原始的味，潜伏在人心中。这种自爱是与生俱来的，由前生的经验积累而成。第二阶段，自爱与外界对象发生接触，便表现为自尊。这时，自爱呈现为各种情。这些情，由于情由、情态和不定情的结合而达到高潮。这些达到高潮的情，被称为各种味，也就是通常所说的艳情味、滑稽味和英勇味等等。第三阶段，各种情在达到高潮之后，转变成喜爱（preman），返回原始的味即自爱。三个阶段完成一个循环。

按照婆阇的观点，“自爱、自尊或艳情”是最高意义的味。它原本潜伏在观众（或读者）心中，艺术作品中的情由、情态和不定情触动自爱，激起自爱中的情。婆阇认为，通常所说的各种味就是达到高潮的各种情。而且，他认为达到高潮的各种情不限于通常所说的常情，任何情（包括不定情和真情）都能成为常情。当某种情成为常情时，其他的情（包括常情）便成为不定情。因此，婆阇实际上认为通常所说的味应该是无数的。

婆阇还认为，通常所说的各种味实质上不是味，只是出于习惯（或礼貌）才称作味。因为在上述第二阶段，即使爱、笑、怒等等常情达到高潮，它们仍然处在观众（或读者）的沉思领域。而味是超越对常情的沉思而进入心中的品尝。所谓心中的品尝就是达到高潮的各种情转变成喜爱，返回自爱、自尊或艳情。因此，婆阇实际上认为自爱、自尊或艳情是唯一的味。波阇把味的范畴无限扩大，这便直接导致他断言各种味非味的结论。拉克凡评价道："波阇从泛味论（all-rasas）的极端走向另一个极端。他说：这些味都不应该称作味，它们只是习惯性地称作味。真正的味只有一个。"[①]这就是唯一艳情味论或曰泛艳情味论。

婆阇对味的这种独特思考受到奥义书的影响。奥义书哲学将"自我"视为最高存在。如《广林奥义书》认为，不是因为爱一切东西而一切东西可爱，是因为爱"自我"而一切东西显得可爱。婆阇也正是这样，将"自爱"（或曰自我意识）视为味的起源和归宿，使文学味论转化到哲学思辨。[②]

二、《艳情光》

波阇高度重视包罗万象的艳情味，干脆把自己的诗学著作命名为《艳情光》。1918年，印度学者在马德拉斯发现《艳情光》，经过艰苦卓绝而又十分漫长的整理编订，他们于1955到1974年间先后分四卷出齐该著。"波阇的《艳情光》是篇幅最大的梵语美学著作。它几乎详细论述了所有的诗歌创作原理，同时还揭示了梵语语法的一切秘密……因此，《艳情光》带有梵语文学理论批评百科全书的色彩。"[③]《艳情光》是迄今为止所知规模最大的梵语诗学著作，共三十六章，是对《辩才天女的颈饰》的改编和扩充，但又增添了不少的新内容。这两部诗学著作的特点是综合前人的观点进行阐发，虽亦遭人诟病，但其中不乏波阇自己的独创。它与《曲语生命论》等一起，体现了梵语诗学发展创新期的积极风貌。

---

①V.Raghavan, *Bhoja's Śṛṅgāraprakāśa*, p. 461.

②以上对波阇唯一艳情论的分析，参阅黄宝生：《印度古典诗学》，第325—327页。

③Bhoja, *Śṛṅgāraprakāśa*, Vol. 1, "Preface", by S.K.Dwivedi.

在《艳情光》中，波阇用了一半篇幅即第十八到三十六章探讨艳情味。其中，第十八到二十一章按照法、利、欲、解脱即人生四要的顺序论述四种艳情味，第二十二到三十六章论述分离和会合艳情味。将艳情味与人生目的联系起来，这是婆罗多以来的传统。《舞论》在论述神魔剧时说："三种艳情的内容分别与行为有关，分成法、利和欲三种。"（XX.76）[①]按照正法获得利益，实施苦行，这是法艳情；男女结合，以种种方式求取财富，这是利艳情；男女欢爱，产生快乐，这是欲艳情。胜财也赞成这一观点。波阇艳情味论的独特处不仅在于他对前人简略谈到的三艳情逐一分章进行详细分析，还在于他提出了第四种艳情味即解脱艳情味。波阇在《艳情光》第二十一章开头指出："体验到至高幸福就是解脱。"（XXI.1）接着，他以诗句阐释解脱艳情味："常常仿佛不经意间破除恶业，净心修习换来成熟的知识。人们通过苦修获得成熟智慧，让那梵的喜悦之美大放光明。"（XXI.1注疏）[②]

一般说来，艳情味与人生三要即法利欲的结合可以理解，但与断除欲念、越出轮回尘世的解脱相联系，实在有些令人费解。不过，考虑到波阇心目中的艳情味本来是一种过渡到宗教哲学意义的味，那么，它与解脱的联系也并非怪诞。相反，解脱的宗教境界所昭示的至高喜悦恰恰是波阇艳情味的终极目的。这和曾经备受争议的平静味最终在味的谱系中赢得一席之地的道理一脉相通。虽然如此，但波阇采取婆罗多的方法，以男女相爱的方式论述四种艳情味，亦即神圣的人生四要。这就带来一个问题："波阇既在高雅意义上、也在低俗层面使用'艳情'这个词。"[③]拉克凡说："波阇实在应该有两个称呼，一个用来命名高级的'艳情'，一个称呼低级

①黄宝生译：《梵语诗学论著汇编》（上册），第79页。

②Bhoja, *Śṛṅgāraprakāśa*, Vol. 3, Mysore: Coronation Press, 1969, p. 761.

③V.Raghavan, *Bhoja's Śṛṅgāraprakāśa*, p. 456.

的‘艳情’。”①

波阇在《艳情光》第十一章论述味时，谈到了两种诗即可以观看和可以聆听的作品，合计四十九种诗（波阇在书中声称可以聆听的诗为二十四种，但其列举了二十五种）。这是波阇繁琐机械的诗学风格在其文体学思想上的渗透。具体说来，可以观看的诗指用于表演的戏剧，包括胜财的“十色”和其他十四种“次色”，次色中包含了那底迦（nāṭikā）和沙吒迦（saṭṭaka），沙吒迦是一种俗语戏剧。这二十四种戏剧的名目如下（其中前十种为婆罗多和胜财所认可的“十色”，后十四种为“次色”）：

1. 传说剧、2. 创造剧、3. 纷争剧、4. 掠女剧、5. 神魔剧、6. 争斗剧、7. 感伤剧、8. 独白剧、9. 笑剧、10. 街道剧、11. 那底迦（Nāṭikā）、12. 萨吒迦（Sāṭṭaka）、13. 希利迦迪多（Śrīgadita）、14. 杜尔摩利迦（Durmallikā）、15. 波罗斯他那（Prasthāna）、16. 迦维耶（Kāvya）、17. 跋罗迦（Bhāṇaka）、18. 跋尼迦（Bhāṇikā）、19. 戈希底（Goṣṭhī）、20. 诃利舍迦（Hallīśaka）、21. 那尔多那迦（Nartanaka）、22. 波勒刹那迦（Prekṣaṇaka）、23. 那迪耶（Nāṭya）、24. 罗萨迦（Rāsaka）。②

波阇的二十四种戏剧和沙揭罗南丁的二十六种戏剧名称大体相似，只有跋罗迦（Bhāṇaka）、那迪耶（Nāṭya）和那尔多那迦（Nartanaka）不见于后者的《剧相宝库》。

波阇紧接着提到的二十四种（实际为二十五种）可以聆听但却不能用于表演的诗如下：

1. 传记（Ākhyāyikā）、2. 插话（Upākhyāna）、3. 叙事诗（Ākhyāna）、4. 明语（Nidarśana）、5. 隐语（Pravahlikā）、6. 曼图藜迦诗（Mandhullikā）、7. 宝川诗（Maṇikulyā）、8. 故事

①V.Raghavan, *Bhoja's Śṛṅgāraprakāśa*, p. 483.
②Bhoja, *Śṛṅgāraprakāśa*, Vol. 2, 1963, p. 461.

（Kathā）、9. 长故事（Parikathā）、10. 短故事（Khaṇḍakathā）、11. 小故事（Upakathā）、12. 大故事（Bṛhatkathā）、13. 占布（Campū）、14. 篇目诗（Parvabandha）、15. 章节诗（Kāṇḍabandha）、16. 分章大诗（Sargabandha）、17. 文诗（Āśvāsabandha）、18. 连载诗（Sandhibandha）、19. 武诗（Avaskandhabandha）、20. 诗论（Kāvyaśāstra）、21. 经论诗（Śāstrakāvya）、22. 库藏诗（Koṣa）、23. 合集诗（Saṅgāta）、24. 结集诗（Saṁhitā）、25. 文学论（Sāhityaprakāśa）。①由此可见，波阇的这类可以聆听的诗范围广泛，因其包含了文学理论著述。如欲深入研究印度古代文类，波阇的这二十五种可以聆听的诗和前述二十四种戏剧似乎不容忽视。对于研究东西方比较诗学（古典文类学比较）的人来讲，这个道理同样适用。

在《艳情光》第十二章中，波阇专门论述戏剧。这在当时普遍忽视戏剧理论的梵语诗学家中不太多见。

令人费解的是，波阇在两部著作中均没有论述当时流行的韵论。波阇当时可能没有接触到只流传于克什米尔地区的韵论。随着曼摩吒《诗光》的流行，韵论才流传到印度其他地区。

论者指出，波阇与欢增以来的诗学传统并不相符，他似乎更多地推崇包罗万象的《火神往世书》而非当时被认可的诗学权威。《艳情光》是“最后一部往世书，并可能是曼摩吒真正的百科全书式著述的先驱”。②代认为，《艳情光》与《火神往世书》的一些内容相似。代推测说：“这并不是说，波阇直接沿用《火神往世书》，或后者援引前者。很可能是二者共同利用了一种迄今未知的文献。”③总之，波阇独尊艳情味论的诗学姿态对于当时孟加拉地

①Bhoja, *Śṛṅgāraprakāśa*, Vol. 2, Mysore: Coronation Press, 1963, p. 461.
②Edwin Gerow, *Indian Poetics*, p. 271.
③S.K.De, *History of Sanskrit Poetics,* Vol. II, p. 207.

区度诚味论的兴起产生过积极的影响，其中的道理非常明显。在梵语诗学后期发展过程中，波阇的诗学建树产生的深刻影响不可低估。另外，从比较诗学角度看，波阇的泛艳情味论与弗洛伊德原欲论等具有比较研究的重要意义。[①]

第十二节　曼摩吒的《诗光》
（11世纪）

曼摩吒（मम्मट，Mammaṭa）生活在11至12世纪之间。他的诗学代表作是《诗光》（काव्यप्रकाश，*Kāvyaprakāśa*）。曼摩吒还著有专门探讨词语功能的《词功能考》（शब्दव्यापारविचार，*Śabdavyāpāravicāra*）。[②]从曼摩吒的名字及其称号来看，他可能和欢增、恭多迦、摩希摩跋吒、安主和鲁耶迦等著名诗学家一样，来自克什米尔。他们的诗学建树使克什米尔一度成为古代印度的诗学中心。论者指出，曼摩吒的《诗光》是“印度诗学中最有影响力的著作，它标志着《韵光》出现以来近两个世纪里不确定时期的结束”。[③]它总结性地阐释了韵论，开启了系统阐发文学理论的新模式。

《诗光》以韵论为核心，对以往的梵语诗学成果进行全面总结。该书共分十章，采用经疏体，分别论述诗的一般特征、词功能、上中下三品诗、味和情、韵、诗病、风格、诗德和庄严等几乎全部的诗学命题。作为教科书般的综合性诗学著作，《诗光》内容全面，结构严密，叙述简明，例举丰富，为后人了解梵语诗学全貌

①参阅拙著：《梵语诗学与西方诗学比较研究》，第257—264页。
②Mammaṭa, *Śabdavyāpāravicāra*, Varanasi: Chowkhamba Vidyabhawan, 1974.
③Edwin Gerow, *Indian Poetics*, p. 271.

提供了方便，也为后人撰写同类著作提供了范本。①

《诗光》第一章论述诗的定义、功能、成因和分类。曼摩吒给诗下的定义为："音和义无病，有德，有时无庄严。"（I.4）②这里综合了庄严论和风格论中关于诗的定义。曼摩吒在论述庄严与诗的关系时认为，如果诗中没有味，那么庄严成为唯一的语言魅力。这说明味也不是诗和非诗的界限。曼摩吒实际上是采用庄严论派公认的诗的定义：诗是音和义的结合，无诗病，有诗德，有庄严。只是他将"有庄严"改为"有时无庄严"。他认为，诗的音和义一般都有庄严，但有时即使缺乏明显的庄严，也不妨碍诗的特征。作为韵论派的代表，曼摩吒给诗下的定义中没有涉及韵和味，不免令人困惑。但曼摩吒这样下定义有一定道理。因为作为诗（即文学）的定义，应该具有"尽可能大的涵盖面"。③

关于诗的功能，曼摩吒说："诗是为了成名，获利，知事，禳灾，顷刻获得至福，像情人那样提供忠告。"（I.2）④这和婆摩诃等人的看法没有太大区别。欢增将诗分成韵诗、以韵为辅的诗和无韵的诗三类，曼摩吒则更加明确地将之分别称为上品诗、中品诗和下品诗。他说："暗示义胜过表示义，这是上品诗，智者们称为韵。暗示义不像这样，即暗示义居于次要地位的诗，是中品诗。有音画和表示义画而无暗示义，是下品诗。"（I.4-5）⑤可以看出，曼摩吒紧随欢增的诗歌品第论。

关于诗的成因亦即诗人的修养，曼摩吒说："才能，通过观察世界、学习经典和诗歌等等而获得的学养，在诗歌专家指导下进行

①此处对曼摩吒《诗光》的介绍，主要参考《印度古典诗学》，第399—408页；同时参阅曹顺庆主编：《中外文论史》（第三卷），第2593—2599页。

②黄宝生译：《梵语诗学论著汇编》（下册），第600页。

③黄宝生：《印度古典诗学》，第401页。

④黄宝生译：《梵语诗学论著汇编》（下册），第599—600页。

⑤黄宝生译：《梵语诗学论著汇编》（下册），第601—602页。

的实践，这三者是诗产生的原因。”（I.3）[①]曼摩吒解释道，才能是特殊的天赋，是诗艺的种子。没有它，无法创作。才能、学养和创作实践三者结合起来，诗的创作才能成功。

曼摩吒所论述的音和义的三重功能指表示、转示和暗示。这是韵论的理论依据。他在《词功能考》中说过：“与表示义、转示义相联系的暗示义被称为韵。”[②]由于音和义或曰词语的三重功能，意义分为表示义、转示义和暗示义三种。而且，这三种意义都可以具有暗示性。曼摩吒列举了意义通过说话者、说话对象、语调、句子、表示义、别人在场、境况、地点和时间等等的特殊性而产生的暗示性。

曼摩吒是韵论派的追随者，他认可韵和味为诗的灵魂，将诗病、诗德和庄严视为诗的属性。他认为必须首先阐明“具有属性者”（即诗本身），然后才能讨论诗的有关属性。这样，《诗光》第四至第六章分别论述韵诗、以韵为辅的诗和无韵的诗。在第一章中，曼摩吒已经借别人的观点阐释了韵的特征：“他们把能暗示处于主要地位的‘常声’状态的暗示义的词称为‘韵’。后来，其他人按照他们的理论，把能胜过表示义而显示暗含义的音和义称为‘韵’。”（I.4注疏）[③]在第五章中，曼摩吒将以韵为辅的诗分成八类：不隐含、附属于其他、用于完善表示义、含混、可疑的突出、同样突出、音调的暗示和不突出。他对这八类诗一一进行说明。实际上，曼摩吒举例说明的以韵为辅的诗和韵诗之间的界限并非泾渭分明。同时，他明确地把韵诗称为上品诗，而将以韵为辅的诗称作中品诗，也未必完全符合文学创作与读者的审美鉴赏活动。曼摩吒的分类有机械呆板的痕迹，不一定符合文学创作规律和审美

①黄宝生译：《梵语诗学论著汇编》（下册），第600页。
②Mammaṭa, *Śabdavyāpāravicāra*, Varanasi: Chowkhamba Vidyabhawan, 1974, p. 33.
③黄宝生译：《梵语诗学论著汇编》（下册），第601页。

经验。这是他和波阇等很多梵语诗学家具有的共性。

在论述韵诗中的味韵时，曼摩吒全面介绍了婆罗多、洛罗吒、商古迦、那耶迦和新护的味论。他认同八种味。“关于味和味的产生的所有原理，曼摩吒均遵循新护的论述。”①

欢增注重从味的角度考虑诗病。曼摩吒遵循欢增的思路，对诗病作了进一步的界定：“诗病是对主要意义的损害。味和味所依托的表示义是主要意义。词等等与这两者有关，因此，诗病也与它们有关。”（VII.49）②因此，他把诗病分成词病、句病、义病和味病等几种。词病有十六种，如刺耳、违反语法、不合惯例等等。句病有二十一种，如音素不协调、连声失当、韵律失调等等。义病有二十三种，如不贴切、晦涩、庸俗等等。

曼摩吒对词病、句病和义病的归纳总结，依据的是庄严论和风格论的诗病说，并作了适当的调整和补充。而且，他像檀丁一样，没有将这些诗病绝对化。他指出，在一定条件下，诗病不成为诗病，或转变成诗德。例如，如果意义明确，“缺乏原因”不成为诗病。凡是出于模仿，都不算诗病。（VII.59）在双关修辞中，“不合惯例”或”使用僻义”不成为诗病。描写底层人物说话，“俚俗”成为诗德。人物情绪激动时，“用词不足”或“用词过量”成为诗德。（VII.59注疏）

欢增在《韵光》中将味病称作味的障碍。曼摩吒归纳了十种味病：第一，直接使用不定情、味或常情的名称。第二，情态或情由不明。第三，情由、情态或不定情与味矛盾。第四，反复加强。这是指感情已经得到充分表达，依然重复描写。第五，不合时宜。第六，突然中止。第七，喧宾夺主。第八，忽略主要因素。第九，违

①Tapasvi Nandi, *Sahṛdayāloka: Thought-currents in Indian Literary Criticism*, Vol. 1, Part 3, p. 1595.

②黄宝生译：《梵语诗学论著汇编》（下册），第665页。

背人物性格。第十，描写离题。（VII.60-62）

曼摩吒认可欢增的观点，即除了不合适，别无其他危害味的原因；味的最大奥秘在于遵守合适原则。同时，曼摩吒像欢增一样，没有将味病绝对化。他指出在四种情况下，这些味病不成为味病。例如，如果某种不定情的情态也能暗示其他不定情，那么，直接使用这种不定情的名称，不成为味病。（VII.63）

关于诗德和庄严的区别，曼摩吒认为："诗德是主要者味的属性，犹如勇气等等是灵魂的属性，有强化的作用和稳定的状态。有时，谐音和比喻等等庄严如同项链等等，通过构成部分辅助其中存在的味。"（VIII.66-67）①这说明，诗德在诗中的地位更为重要。曼摩吒也将传统的十种诗德归纳为甜蜜、壮丽和清晰三种，并作出比欢增更具体的说明。

曼摩吒遵循欢增的观点，认为庄严通过修饰音和义辅助味，正如项链等等通过装饰身体美化灵魂。但庄严并不是味的必需。如果诗中无味，那么庄严只起美化言词的作用。而有时即使诗中有味，庄严也不一定对味起辅助作用。尽管庄严在韵论中居于附属地位，曼摩吒仍然用了较多的篇幅，依据庄严论派的研究成果，全面介绍各种音庄严和义庄严共六十四种。具体说来，曼摩吒提到的音庄严有五种：曲语、谐音、叠声、双关和图案。其中，曲语视为音庄严，是对楼陀罗吒的模仿。曼摩吒认为："通过双关或语调，一种意义变成另一种意义，这是曲语，分为两种。"（IX.78）②两种曲语是指双关曲语和语调曲语。曼摩吒提到的义庄严是对此前各家谈论的义庄严的综合。他的五十九种义庄严包括：明喻、自比、隐喻、否定、双关、合说、例证、间接、夸张、类比、喻证、明灯、花环明灯、等同、较喻、略去、藏因、殊说、罗列、补证、矛盾、

①黄宝生译：《梵语诗学论著汇编》（下册），第723页。
②黄宝生译：《梵语诗学论著汇编》（下册），第730页。

自性、佯赞、共说、没有、交换、生动、诗因、迂回、高贵、聚集、连续、推理、有意味、借口、排除、原因花环、互相、回答、微妙、递进、分离、神助、相配、不相配、增益、敌对、淹没、连珠、回想、混淆、反喻、同一、独特、借用、不借用、相违、混合、结合。这些义庄严基本上来自婆摩诃、檀丁、伐摩那、楼陀罗吒等人论述的庄严。不借用（atadguṇa）和没有（vinokti）似乎是曼摩吒新增的两种义庄严。

综上所述，除了戏剧原理之外，《诗光》几乎涉及梵语诗学的全部理论范畴。曼摩吒主要对前人的诗学观点进行梳理综合，有时还在前人论述的基础上，加以完善和发挥，体现出一定的创造意识。曼摩吒的《诗光》是对梵语诗学前所未有的成功总结，这使它成为一部标准的梵语诗学教科书。S.K.代在1923年初版、1960年再版的《梵语诗学史》中说："在梵语诗学著作中，几乎没有哪一部像《诗光》受到如此众多的评价。就梵语文献而言，人们将在各种报告、书目和期刊杂志上发现，该书拥有不下于七十种不同的注疏和评注。"[①]曼摩吒的历史贡献还在于，通过《诗光》，把克什米尔诗学家的理论贡献传播到范围更为广阔的印度各地。

第十三节 鲁耶迦的《庄严论精华》
（12世纪）

鲁耶迦（रुय्यक，Ruyyaka）生活在十二世纪。和曼摩吒一样，他不仅是克什米尔人，也同样受到欢增韵论的深刻影响。鲁耶迦的诗学代表作是《庄严论精华》（अलङ्कारसर्वस्व，*Alaṅkārasarvasva*）。一般认为，鲁耶迦的其他诗学著作如《文探》和《庄严花簇》、《剧探》等均已失传。不过，1934年，印度学者K.S.夏

①S.K.De, *History of Sanskrit Poetics,* Vol. I, p. 156.

斯特里整理出版了佚名作者的诗学著作《文探》（साहित्यमीमांसा, *Sāhityamīmāmsā*）。夏斯特里考证后认为，该书作者大约生活于11世纪之后，但根据13世纪的维底亚那特引述《文探》这一点推断，该书作者大约生活在12世纪。这部著作的作者声称，其导师为鲁耶迦，或许该书的确与鲁耶迦有某种不解之缘。[①]该书论述范围包括词功能、维达巴风格等语言风格和艳情味、英勇味、滑稽味等诗味。

鲁耶迦的《庄严论精华》专门论述庄严。从某种意义上说，这是自欢增时代以来不折不扣的第一本狭义的梵语诗学庄严论。因为，它基本上剔除了庄严以外的诗学命题，只集中论述各种庄严。他在书中论述了八十一种庄严。他对一些庄严的内涵和性质所作的辨析比前人更加精密，为后来的诗学家如毗首那特、维底亚达罗、维底亚那特和阿伯耶·底克希多等采用。因此，有人评价说："鲁耶迦的著作是关于各种庄严的标准论述，后来绝大多数庄严论者都追随他。"[②]自《诗庄严精华》问世后，先后有四位注疏者为其进行阐释，这增加了这部著作的流行程度。这部著作后来还出现了泰卢固语和马拉雅兰姆语两种印度地方语言版本。

鲁耶迦论述的音庄严有六种，义庄严七十五种。他的庄严来自几乎所有此前的诗学著作。他对婆摩诃、檀丁、伐摩那、优婆吒、楼陀罗吒和曼摩吒等人论述的庄严进行"去粗取精"，形成了自己的庄严论体系。他所论述的六种音庄严分别是：貌似重复、智者谐音、风格谐音、罗德谐音、叠声和图案。他的七十五种义庄严按照论述的先后顺序分别是：明喻、自比、互喻、回想、隐喻、转化、

①Anonymous Author, *Sāhityamīmāmsā,* ed. by Sambasiva Sastri, "Introduction," Trivandrum: Anantasayana Sanskrit Granthavali, 1934. 笔者于2011年9月27日在古吉拉特大学图书馆查询资料时意外地发现了该书。

②Ruyyaka, *Alaṅkāra-sarvasva*, "Introduction,"Delhi: Meharchand Lachhmandas, 1965, p. 53.

疑问、混淆、多样、否定、奇想、夸张、等同、明灯、类比、诗喻、例证、较喻、共说、没有、合说、有意味、双关、间接、补充、迂回、佯赞、略去、矛盾（对立）、藏因、殊说、夸张、分离、不相配、相配、奇妙、增益、互相、独特、相违、原因花环、连珠、花环明灯、递进、诗因（诗相）、推理、罗列、连续、交换、排除、自明（推断）、选择、聚集、三昧、反喻、淹没、同一、借用、不借用、回答、微妙、借口、曲语、自性、生动、高贵、有味、有情、有勇、神助、情的升起、情的并存、情的混合、混合和结合。

鲁耶迦的庄严分类有些不同寻常。例如，他把谐音一分为三，还把夸张一分为二。这样来看的话，他的庄严种类实际上应是七十八种。他定义的第一种夸张是："超越日常经验的事物，这是夸张。"（22）[①]他定义的第二种夸张是："结果和原因的叙述次序同时颠倒，这是夸张。"（43）[②]鲁耶迦把夸张的两种不同情形分开论述，这和楼陀罗吒对庄严的归类有些相似。后来，毗首那特克服了这一局限。他把各种夸张手法集中起来进行论述："达到同一，这称作夸张。它分成五种：将不同说成相同，或将有联系说成无联系，或与这两者相反，或因果次序颠倒。"（X.46-47）[③]

鲁耶迦对庄严的论述还有这样一些特点。他把明喻分为三类，把隐喻分成八类。他在梵语诗学史上首次把互喻分为二类进行论述。他还首次把否定分为三类。他对奇想、较喻、双关、藏因和有味等庄严的论述很有特色，值得关注。鲁耶迦在某种程度上接受并改造了楼陀罗吒关于庄严的四分法。他对一些庄严的分类论述显示了韵论派及吠檀多哲学的深刻影响。具体说来，楼陀罗吒以本

①Ruyyaka, *Alaṅkāra-sarvasva*, p. 80.
②Ruyyaka, *Alaṅkāra-sarvasva*, p. 159.
③黄宝生译：《梵语诗学论著汇编》（下册），第1096页。

事、比喻、夸张和双关等为准绳，统摄六十多种庄严，鲁耶迦推陈出新，将他所论述的七十多种庄严分为相似类（Aupamya）、矛盾类（Virodha）、顶真类（Śṛṅkhalā）、因明类（Nyāya）、暗示类（Gūḍhārthapratīti）、混合类（Samsṛṣṭi）和结合类（Saṅkara）等七大类。

鲁耶迦并没有完全照搬前人的庄严分类和论述，他还创造了几个新的庄严。他所增加的第一种庄严是"转化"（pariṇāma）。他的定义是："对本体进行喻体性利用，这是转化。"（16）接着，他在注疏中阐释道："对本体的利用在隐喻中进行。这只与对本体施加的影响有关。的确，所谓转化是依靠本体的特性进行恰当的比拟，诗人按照喻体的面貌对本体进行转化。"（16注疏）[1]他为此举例说明：

> 于是，为达目的，骏马和曲意逢迎的甜言蜜语，
> 被极为虔诚地献给了国王，作为最初觐见的礼物。[2]

转化这种庄严后来被十四世纪的毗首那特所采纳。他在《文镜》中这样阐释道："适应主题内容，被叠加者（喻体）具有对象（主体）的性质，这是转化。它分成两种：词格相同和词格不同。"（X.34-35）他为此举例说明：

> 我从远处归来，她以微笑为礼物，
> 在玩骰子时，以紧紧拥抱为赌注。（X.35注疏）[3]

①Ruyyaka, *Alaṅkāra-sarvasva*, pp. 50-51.
②Ruyyaka, *Alaṅkāra-sarvasva*, p. 55.
③黄宝生译：《梵语诗学论著汇编》（下册），第1083页。

鲁耶迦增加的另外一种庄严是"多样"（ullekha）。他的定义是："即使同一个对象，也有不止一种理解，这是多样。"（19）他的注疏是："一个对象，由于多种角度的描述，有了不同的理解，这是多样（异喻）。"（19注疏）[①]他举例说明之："语言中是老师，心中是湿婆，名誉中是阿周那。"[②]当然，沙揭罗南丁论述的三十四种戏剧庄严中的第十四种"描述"（ullekha），似乎可以视为鲁耶迦所谓"多样"的前身。

毗首那特也认可"多样"这种庄严。他在《文镜》里阐释道："有时由于视角的多样性，有时由于对象特征的多样性，同一事物被描写成多种，这是多样。"（X.37）为此，他举例说明：

这位大神在牧女眼中是情人，
老人眼中儿童，众神眼中主人，
在虔诚的信徒眼中是那罗延，
而在那些瑜伽行者眼中是梵。（X.37注疏）[③]

鲁耶迦增加的第三种庄严是"奇妙"（vicitra）。他解释说："诗中的描述目的在于产生与字面含义相反的意思，这是奇妙……例如：黝黑的多罗树如秋月泛白。"（47）[④]

毗首那特认可这一庄严并举例说明："做事追求向往的成果，而适得其反，这是奇妙。例如：

为求高升而俯伏，为求活命而丧命，

①Ruyyaka, *Alaṅkāra-sarvasva*, pp. 58-59.
②Ruyyaka, *Alaṅkāra-sarvasva*, p. 61.
③黄宝生译：《梵语诗学论著汇编》（下册），第1086页。
④Ruyyaka, *Alaṅkāra-sarvasva*, pp. 163-164.

为求快乐而受苦，愚蠢莫过于侍从。（X.72及注疏）[1]

鲁耶迦增加的第四种庄严是“选择”（vikalpa）。他的定义是：“相同程度的对立，这是选择。”（64）他的例子是：

与青莲争辉的眼睛深情注视爱人
欲获得利益的身体专著禅思入定。
美好诱人宝藏，吉祥眼睛和身体，
愿你们俩带来无比的安宁寂静。[2]

毗首那特认可这一庄严并举例说明：“两个事物同样有力，形成对立，具有魅力，这是选择。例如：

你们低下头，或者挽开弓；以我的命令
作为耳饰，或者将弓弦挽至耳边。”（X.84及注疏）[3]

这里，低下头和挽开弓分别表示和平与战争，二者不可能同时存在，而形成对立。两者同样有力，仿佛互相竞争，其中暗含对比而增加诗句的魅力。

综合上述，鲁耶迦从前人的庄严论中吸取资源，再行加工，构建了自己的庄严论体系。他没有匍匐在婆摩诃、檀丁、楼陀罗吒、波阇和曼摩吒等人的脚下，而是力求有所突破和创新。鲁耶迦认为，庄严与日常语言的区别在于它含有词音和词义的特殊魅力（vicchitti），而这一魅力来自于诗人的想象力。诗人的创作想象

①黄宝生译：《梵语诗学论著汇编》（下册），第1128页。
②Ruyyaka, *Alaṅkāra-sarvasva*, pp. 183-184.
③黄宝生译：《梵语诗学论著汇编》（下册），第1136页。

力是无限的，因此，庄严的魅力也是无穷的。这可看出他受恭多迦的影响之深。①他把这一思想和韵论派的某些主张糅合进自己的庄严论中，从而形成自己颇有特色的庄严论。因此，代认为："尽管他借鉴了优婆吒和恭多迦的思想，他也不能被直接归属于庄严论派。"②

总体来看，鲁耶迦和曼摩吒、恭多迦、安主、王顶等人一样，是梵语诗学发展中后期的典型代表。他们的共同特点是，在综合前人基础上进行程度不一的创新。如果说曼摩吒开启了综合性诗学体系建构的时代新潮，那么，鲁耶迦延续了中断已久的优婆吒式传统，为后来的胜天和底克希多等人开启了专门论述庄严的一扇大门，或提供了一个可资借鉴的范本。如果说楼陀罗吒是梵语诗学独立发展早期阶段承上启下的关键人物，那么，鲁耶迦和曼摩吒是梵语诗学中后期的过渡型人物，他们在某种程度上影响了中世纪梵语诗学的发展面貌。

第十四节　雪月的《诗教》
（12世纪）

雪月（हेमचन्द्र，Hemacandra，1088—1172）是十二世纪的耆那教学者。他学识渊博，著作涉及哲学、语法、叙事诗和诗学等领域。迦奈认为："雪月是耆那教群星中最灿烂的一颗。他是一位多产作家，涉及许多研究领域。"③雪月的诗学代表作是《诗教》（काव्यानुशासनम्，*Kāvyānuśāsanam*）。作为一部近似于《诗光》的教科书式著作，《诗教》在一定程度上预示和体现了晚期梵语诗学

①参阅黄宝生：《印度古典诗学》，第234页。
②S.K.De, *History of Sanskrit Poetics,* Vol. II, p. 234.
③P.V.Kane, *History of Sanskrit Poetics,* p. 289.

发展的一些基本特点。

《诗教》遵循曼摩吒的综合性诗学模式，全面论述了梵语诗学的主要领域。该书共分八章，分别论述诗的一般特征、词义功能、味、诗德、诗病、庄严、男女主角和诗的分类等内容。雪月的观点缺乏原创性，主要来自婆罗多、欢增、王顶、新护、恭多迦和曼摩吒等人的观点。

雪月关于诗的定义基本依据庄严论对诗的理解。他说："诗是无诗病、有诗德、有庄严的音义结合。"（1.11）[①]他把诗的功能归结为："诗让人欢喜，成就名声，像情人那样提供忠告。"（1.3）[②]这和曼摩吒等人的观点几乎如出一辙。

雪月把诗病分为味病、词病、句病、词句病和义病等五类来论述。他还认为，诗德有甜蜜、壮丽和清晰等三种。他把诗德和味联系起来论述。他说："甜蜜是艳情味感人的原因。平静味、悲悯味和分离艳情味中的甜蜜尤其丰富。"（IV.2及注疏）[③]雪月还认为："英勇、厌恶和暴戾等味逐次从低到高成为壮丽的动人原因……清晰是所有味丰富的原因。"（IV.5-7）[④]

雪月对韵的定义是："区别于原义（表示义）而获得暗示义，这是韵。"（I.19）[⑤]他还这样定义味："情由、情态和不定情的结合展示常情，这是味。"（II.1）[⑥]他认可包括平静味在内的九种味，这和欢增等人的观点一致。

雪月论述了六种音庄严：谐音、叠声、图案、双关、曲语和貌

①Hemachandra, *Kāvyānuśāsana with Alaṅkāracūḍāmaṇi and Viveka*, Patan: Hemchandracharya North Gujarat University, 2007, p. 5; Hemachandra, *Kāvyānuśāsana*, Bombay: Nirṇaya Sāgar Press, 1934, p. 19.

②Hemachandra, *Kāvyānuśāsana*, 2007, p. 3; 1934, p. 3.

③Hemachandra, *Kāvyānuśāsana,* 2007, p. 98; 1934, p. 241.

④Hemachandra, *Kāvyānuśāsana,* 2007, p. 99; 1934, p. 242-243.

⑤Hemachandra, *Kāvyānuśāsana,* 2007, p. 10; 1934, p. 30.

⑥Hemachandra, *Kāvyānuśāsana,* 2007, p. 26; 1934, p. 67.

似重复。他论述的二十九种义庄严分别是：明喻、奇想、隐喻、例证、明灯、异说、迂回、夸张、略去、矛盾、共说、合说、自性、佯赞、双关、较喻、补充、疑问、否定、交换、推理（比量）、回想、混淆、不相配、相配、聚集、排除、原因花环、结合。他大大地简化了当时已经膨胀的庄严数目。他对这些庄严的界定基本上依据前人，并无创新之处。

雪月认为，男主角分四类：坚定而高尚、坚定而多情、坚定而平静和坚定而傲慢。这和婆罗多的观点一致。他把女主角分为自己的、他人的和公共的三类，这和胜财的观点一致。雪月对男女主角的其他相关论述基本遵循婆罗多和胜财的观点。

在论述诗的分类时，雪月说："诗包括可观看的和可听闻的。可以观看的诗又分为吟诵的和歌唱的。吟诵的诗包括十二类：传说剧、创造剧、那底迦、神魔剧、掠女剧、争斗剧、纷争剧、感伤剧、笑剧、独白剧、街道剧和沙吒迦。"（VIII.1-3）①他还说："可听的诗包括大诗、传记、故事、占布和短诗。"（VIII.5）②他的可观看的诗是指戏剧。吟诵诗（pāṭhya）指表演的戏剧，而歌唱的诗（geyakāvya）指歌剧，亦即次色。顺便说一下，geya在汉译佛经中大致有八种译法：歌，诗，祇夜，诗歌经、重颂、重说、应颂、祇夜经。③雪月在婆罗多的十色之外增加了那底迦和俗语剧沙吒迦（saṭṭaka）两种。这和波阇对戏剧的分类是一致的。雪月认为，沙吒迦的特征是："不用插入幕间提示，只用一种既非俗语也非梵语的语言叙述，与那底迦相似，这是沙吒迦。"（VIII.3注疏）④沙吒迦是新护首先提出的俗语剧种，波阇认可了这一剧种。

①Hemachandra, *Kāvyānuśāsana*, 2007, p. 163; 1934, p. 379.
②Hemachandra, *Kāvyānuśāsana*, 2007, p. 167; 1934, p. 395.
③参阅陈明：《汉译佛经中的偈颂与赞颂简要辨析》，载《南亚研究》，2007年第2期，第52页。
④Hemachandra, *Kāvyānuśāsana*, 2007, p. 166; 1934, p. 390.

此处雪月对沙吒迦的说明，其实就是沿用波阇在《艳情光》第十一章中的相关解释。这说明，俗语戏剧在当时开始得到理论家们的重视。

雪月的歌剧（geyapreksā）即次色分为十二类，其中包括新护在《舞论》中提到的九种次色中的部分剧种。雪月提到的歌剧是：东必迦（Ḍombikā）、薄那（Bhāṇa）、波罗斯他那（Prasthāna）、辛迦（Śinga）、跋尼迦（Bhāṇikā）、波来罗那（Preraṇa）、罗摩格里多（Rāmākrīda）、诃利舍迦（Hallīśaka）、罗萨迦（Rāsaka）、戈希底（Goṣṭhī）、希利迦迪多（Śrīgadita）、音乐剧（Rāgakāvya）。（VIII.4）[①]雪月此处的辛迦（Śinga）实为沙揭罗南丁提到的辛格迦（Śingaka）。雪月似乎对波阇的十二类次色进行了筛选，保留八种，增加了四种。[②]他对十二类次色逐一进行说明。例如，他认为，国王以语言掩饰内心情欲，行为举止温和适度，这是东必迦。令人捧腹却蕴含谜意，这是波来罗那。有六十四对舞伴，女演员众多，有各种舞蹈旋律，节奏温柔而有力，这是罗萨迦。一位高种姓女子当着众多女友的面，演唱丈夫的功过，这是希利迦迪多。音乐剧的定义是："运用各种不同的旋律（laya）和曲调（rāga），充满各种情味，故事易于表演，这是音乐剧。"（VIII.4注疏）[③]从这一定义来看，此前和此后一些诗学家提到的迦维耶（kāvya）似乎是音乐剧的化身。此外，某些次色中的舞蹈和音乐成份比之十色有过之而无不及。这是印度古代戏剧艺术的有机组成部分。

雪月关于各种次色的论述，对于研究印度古代戏剧有着很高的文献价值。推而广之，雪月的《诗教》在某种程度上也可作如是

①Hemachandra, *Kāvyānuśāsana,* 2007, p. 166; 1934, p. 391.

②关于波阇的十二种次色，参见：Bhoja, *Śṛṅgāraprakāśa*, Vol. 2,Mysore: Coronation Press, 1963, p. 461. 另参阅：V. Raghavan, *Bhoja's Śṛṅgāraprakāśa*, p. 546.

③Hemachandra, *Kāvyānuśāsana,* 2007, p.167; 1934, p. 394.

观。这就可以理解，为何几乎所有的梵语诗学史著述都给雪月留下了一席之地。

对于雪月的诗学建树，学界一般持否认姿态。例如，有人认为，与雪月的其他著述一样，《诗光》“展示了作者百科全书式的博学，但在诗学上几乎没有什么原创性贡献”。①也有学者认为：“把《诗教》视为由于沿用而缺乏独创的编纂很不正确。”②古吉拉特已故著名梵语诗学研究者T.S.南迪（Tapasvi S.Nandi）认为：“在曼摩吒的追随者中，雪月愉快地向古吉拉特传播克什米尔派的文学理论批评传统。”③南迪还认为，雪月对欢增、新护和曼摩吒为代表的克什米尔派诗学观和胜财、达尼迦、波阇为代表的南方马尔瓦地区诗学传统兼收并蓄，形成了古代印度诗学地区传播之间的一道桥梁。“在许多论题上，雪月从比较的角度审慎地形成不偏不倚的判断，这是他身为文学理论批评家的巨大成就。”④全面而历史地考察，南迪对雪月的判断虽难免个人偏好之嫌，但也不乏合理的因素。

第十五节　罗摩月和德月的《舞镜》

（12世纪）

在波阇和雪月之后，出现了几部梵语戏剧学著作，罗摩月（चरामचन्द्र，Rāmacandra）和德月（गुणचन्द्र，Guṇacandra）于12世纪合著的《舞镜》（नाट्यदर्पण，*Nāṭyadarpaṇa*）以及沙罗达多那

①S.K.De, *History of Sanskrit Poetics,* Vol. I, p. 190.

②A.M.Upadhyay, *The Kāvyānuśāsana of Āchārya Hemachandra: A Critical Study,* Ahmedabad: Darshan Printers, 1987, p. 473.

③Tapasvi Nandi, *Sahṛdayāloka: Thought-currents in Indian Literary Criticism,* Vol. 1, Part 1, p. 91. 由于南迪的某些著作标明其姓名为Tapasvi S.Nandi 而非Tapasvi Nandi，为统一起见，本书译为T.S.南迪而非T.南迪。

④Hemachandra, *Kāvyānuśāsana,* “Introduction,”2007, pp. 145-146.

耶（सारदातनय，Sāradātanaya）写于12到13世纪左右的《情光》（भावप्रकाश，*Bhāvaprakāśa*）便是例子。

12世纪，罗摩月和德月合著的《舞镜》是印度古代流传至今并常被人引用的为数不多的梵语戏剧学著作之一。《舞镜》这个书名就隐含了对婆罗多《舞论》的尊重和借鉴之意。该书第一部分是经疏体，共分四章。第一、二章论述戏剧类型，第三章论述戏剧风格、情味和表演，最后一章论述戏剧的共同特征。该书第二部分是对第一部分的详细阐释。

《舞镜》的开头写道："依托十二色行走于世上坚固的正道，我们获得耆那教永恒的人生四义之果。观赏了大诗人的作品和各种戏剧以后，我们来描述自己关于戏剧特征的观点。同时将论述庄严的柔美之途、故事等等的通衢险径，以及戏剧中味的朵朵浪花。"（I.1-3）[①]这基本上概括了该书论述的主要内容。这句话说明两位作者应该是耆那教学者，同时也透露了作者的戏剧类型观：他们认可十二色即十二种戏剧类型。

罗摩月和德月把戏剧也称为"表演的诗"（abhineyasya kāvya）。他们认可的十二种戏剧，除了婆罗多和胜财论述的"十色"外，还包括婆罗多和胜财提到但并未正式承认的那底迦，另外一种则是婆罗多和胜财没有提到的次创造剧（prakaraṇī）。他们对那底迦的描述是："那底迦为四幕，有许多女性角色，有国王和王后。表现对象是虚构的，以艳美风格为主，以前述创造剧和传说剧为基础。有女仆、女主角、王后等四类女演员。那底迦中，由于王后的行为，国王与女主人公的幽会被阻止。不过，还有别的歌舞娱乐，王后提防着国王。王后老练，女主角单纯，二人都遵循正法。

①Rāmacandra & Guṇacandra, *Nāṭyadarpaṇa*, ed. by T.G.Upreti, Delhi: Parimal Publications, 1986, p. 1.

这类剧也表现愤怒、平静、冲突、情欲和欺骗等等。”（II.5-7）①关于次创造剧，他们说：“次创造剧与那底迦相类似，不过它以创造剧的特征为主。”（II.8）②那底迦是传奇剧和创造剧的混合体，但以传说剧的成分为主。次创造剧也是传说剧和创造剧的混合体，但创造剧的因素占优。罗摩月和德月对各色戏剧的论述和婆罗多等的论述大致相近。他们对传说剧的论述最为详细。传说剧的定义是：“讲述国王的事迹和法利欲善果，设计了十幕，并有关节和神圣的关节分支，这是传说剧。”（I. 5）③

罗摩月和德月在论述戏剧情节的各种要素时，基本遵循婆罗多和胜财的观点。他们俩也论述了主要情节和次要情节、五种剧情提示方式、五种情节原素、情节发展的五个阶段、五个情节关节等，并按照开头、展现、胎藏、停顿和结束等顺序对情节关节逐一论述。但是，两位作者在论述十二种开头关节分支时，舍弃了其中三种。在论述展现关节的十三个分支时，两位作者认为最后五种关节分支不一定必须出现。这体现了作者对于前人观点的灵活处理姿态。

罗摩月和德月遵循婆罗多的观点，也认可四种戏剧风格：“有四种戏剧风格，但在别的匠人那儿，却剔除了艳美风格，只剩三种风格。”（I.4）④

他们对味的定义与婆罗多似有差别：“依靠情由、情态和不定情结合，激发常情，自我体验到的痛苦欢乐就是味。”（III.7）⑤他们与欢增一样，认可平静味在内的九种味。他们对于艳情味的分析是：“会合与分离艳情味是众多味中第一味。它可分为傲慢、远

①Rāmacandra & Guṇacandra, *Nāṭyadarpaṇa*, pp. 76-78.
②Rāmacandra & Guṇacandra, *Nāṭyadarpaṇa*, p. 78.
③Rāmacandra & Guṇacandra, *Nāṭyadarpaṇa*, p. 8.
④Rāmacandra & Guṇacandra, *Nāṭyadarpaṇa*, p. 8.
⑤Rāmacandra & Guṇacandra, *Nāṭyadarpaṇa*, p. 106.

行、诅咒、渴望和离开五类。”（III.10）[①]这和胜财的观点有些微妙的差异。

关于婆罗多提出、胜财却没有论述的戏剧表演，罗摩月和德月认为：“各种表演包含着味，各种情可以视为戏剧的产物。”（III.49注疏）[②]他们俩认可婆罗多提出的四种真情，即语言、肢体、真情和妆饰表演。他们认为：“语言表演是以模仿语言来模仿情感。肢体表演是以肢体的行为和姿态来表达情味。真情表演是表达变声等等情态。妆饰表演是模仿色彩等等表现外在事物的形貌特征。”（III.50-51）[③]

婆罗多依据人性品质把男女主角分为上中下三等。罗摩月和德月接受了他的观点，他们的论述和婆罗多大体一致。男性三等人物的特征是：“男性上等人物控制感官，乐善好施，精通各种世间经典，稳重坚定，熟悉正理论。中等人物具有中等品性。下等人物邪恶低贱。”（IV.4）[④]女性三等人物的特征是：“女性上等人物含羞温柔，坚定稳重，面带微笑，不轻浮，出身高贵，聪慧伶俐，柔情似水。女性中等人物具有男性中等人物的品性。女性下等人物则是天神也无法驯服。”（IV.6）[⑤]他们对戏剧中男性主角拥有的四种不同品性的论述与婆罗多的观点稍有差别，因为婆罗多并未明确规定国王具有所有四种品质。他们说：“男主角有哪些类型呢？天生坚定而傲慢，将帅大臣坚定而高尚，商人和婆罗门坚定而平静，国王却表现出包括坚定而多情在内的四种品质。”（I.7）[⑥]罗摩月和德月赞同胜财的观点，把女主角分为自己的、他人的和公共的三类，自己的即妻子又分为没有经验的、稍有经验的和有经验的三

①Rāmacandra & Guṇacandra, *Nāṭyadarpaṇa*, p. 120.
②Rāmacandra & Guṇacandra, *Nāṭyadarpaṇa*, p. 148.
③Rāmacandra & Guṇacandra, *Nāṭyadarpaṇa*, pp. 149-150.
④Rāmacandra & Guṇacandra, *Nāṭyadarpaṇa*, p. 154.
⑤Rāmacandra & Guṇacandra, *Nāṭyadarpaṇa*, p. 155.
⑥Rāmacandra & Guṇacandra, *Nāṭyadarpaṇa*, p. 10.

类。他们借鉴婆罗多、胜财等人的论述，按照爱情的状态把自己的女子（妻子）分为八种可以表演的情形：丈夫出门在外、受到冷落、受到错待、吵架分离、在分离中期待、在家中做好准备、丈夫顺从、追求情人。（IV.23-26）①他们还依据胜财的观点，论述了年轻女子三种肢体产生的美、十种天性产生的美和七种自发产生的美。他们还论述了反面角色、丑角等。最后，他们还论述了各种角色的称呼和他们使用的语言。

综上所述，罗摩月和德月基本上依据婆罗多和胜财等人的观点，对梵语戏剧学进行了一次比较全面的总结。他们的论述语言简洁，观点鲜明，适合作为戏剧实践的参考指南。他们在少数地方突破了前人的观点。照理说，《舞镜》对后世戏剧学家和梵语诗学研究者应该具有一定的影响，但此后的毗首那特和世主等人似乎已经遗忘了《舞镜》。“很难说这是否源于某种派别的偏见或其他原因。”②不管怎样，考虑到《舞镜》在12世纪梵语戏剧和戏剧学理论不断衰落的前提下进行理论总结，保护和延续戏剧理论的优秀传统，该书的文献价值和历史贡献值得肯定。世主之后的一些梵语诗学著述引述该书，当代学者研究梵语诗学时一般没有绕开它，这些例证就是很好的说明。例如，印度学者B.N.夏尔玛认为，《舞镜》中认为悲悯味和暴戾味等给人带来痛苦体验是错误的，因为艺术体验没有痛苦，只有愉悦。“在我们看来，品尝快乐是第一位的，这就是我们所谓的诗学体验。”③

①Rāmacandra & Guṇacandra, *Nāṭyadarpaṇa*, pp. 160-161.

②K.H.Trivedi, *Nāṭyadarpaṇa of Rāmacandra & Guṇacandra: A Critical Study,* Ahmedabad: L.D.Institute of Indology, 1966, p. 290.

③Brahmanand Sharma, *Rasalocana,* Ajmer: Pracya Vidya Pratishthan, 1985, p. 62-63.

第十六节　伐格薄吒的《伐格薄吒庄严论》

（12世纪）

公元9至13世纪，印度出现了一些通俗的诗学著作，它们的大概旨在普及诗学原理，其观点、体例基本上沿用前人著述。这些著作虽然并无多少理论建树，但在传承古典文明精华和传播梵语诗学方面做出了自己的贡献。在这方面，12世纪的耆那教学者伐格薄吒（वाग्भट，Vāgbhaṭa）所著《伐格薄吒庄严论》（वाग्भटालङ्कार，*Vāgbhaṭālaṅkāra*）便是一例。P.V.迦奈认为，伐格薄吒大约生活于12世纪上半叶，其诗学著作写于1125至1143年间。[①]为了与另外一位生活在13到14世纪之间的耆那教学者即著有《诗教》的伐格薄吒相区别，本书将12世纪的伐格薄吒称为伐格薄吒，将生活于13至14世纪的伐格薄吒称为小伐格薄吒。

伐格薄吒的《伐格薄吒庄严论》分五章，第一章27颂，主要论述诗的特征、成因、诗人规范等问题，相当于诗歌总论或诗学总论；第二章29颂，论及语言、文体、诗病（词病、句病和义病）等；第三章17颂，论述十种诗德；第四章最长，共154颂，主要涉及庄严（四种音庄严和三十五种义庄严）和风格（维达巴和高德）；第五章32颂，论及九种味和男女主角。有的学者对该书进行全面分析后认为，它具有七个方面的特点，其庄严论和味论尤其出彩，例诗也非常不错。“该著因而不属平庸之作……所有的例证均出自作者笔下，这也说明了他的博学和诗歌创作才能。”[②]

伐格薄吒对诗的特征作了这样的说明：“为了获得美名，诗人

①P.V.Kane, *History of Sanskrit Poetics,* p. 287.

②Jñānapramodagaṇi, *Jñānapramodikā: A Commentary on Vāgbhaṭālaṅkāra,* “Introduction,”Ahmedabad: L.D.Institute of Indology, 1987.

们创作的诗融合了精妙的词语和含义，以诗德和庄严作修饰，风格鲜明，充满情味。”（I.2）[①]为了创作优秀诗篇，诗人必须做好三方面的准备，这就涉及檀丁、伐摩那和王顶等前辈诗学家一再提及的天赋才能或想象力（pratibhā）、创作练习（abhyāsa）和学问知识（vyutpatti）等三大诗歌或曰文学的成因。檀丁说：“天生的想象力，渊博而纯洁的学问，不倦的实践，这些是诗的成功原因。”（I.103）[②]伐格薄吒的思路与此相似，他说：“诗人首先谈论的是，想象力（才能）是诗的成因，而学问是诗的装饰（特色），练习则使诗作丰富多彩。”（I.3）[③]接着，他对三大诗歌成因一一阐释。他告诫诗人在作诗时，要拜师学艺，只有虚心接受指导，他的才能才会得以孕育，他的诗篇才会光彩夺目。他还对试图尽快成长的诗人提出了其他一些切合实际的有益建议。

在第二章开头，伐格薄吒对创作语言进行分类：“梵语、俗语、阿波布朗舍语，毕舍遮语，这四种语言形成了诗的身体。梵语是天神的语言，由声明论（śabdaśāstra）进行规范，俗语有多种，或自梵语派生，或与梵语相似，或来自地方等等。”（II.1-2）[④]这里的“声明论”显然是指波你尼《八章书》等梵语语法经典。伐格薄吒的思想也有所本，如檀丁说过：“梵语是天神的语言，由大仙们阐释。俗语有多种：从梵语派生的，与梵语相似的，地方的。”（I.33）[⑤]伐格薄吒对作品的分类与檀丁等人相去不远，他说：“作品分为有诗律的和无诗律的两类。诗体是第一种即有诗律的作品，无诗律的作品是散文体和混合体。”（II.4）[⑥]

在讲述了词病、句病和句义病后，伐格薄吒在第三章讲述了

①Jñānapramodagaṇi, *Jñānapramodikā: A Commentary on Vāgbhaṭālaṅkāra*, p. 3.
②黄宝生译:《梵语诗学论著汇编》(上册), 第163页。
③Jñānapramodagaṇi, *Jñānapramodikā: A Commentary on Vāgbhaṭālaṅkāra*, p. 4.
④Jñānapramodagaṇi, *Jñānapramodikā: A Commentary on Vāgbhaṭālaṅkāra*, p. 17.
⑤黄宝生译:《梵语诗学论著汇编》(上册), 第156页。
⑥Jñānapramodagaṇi, *Jñānapramodikā: A Commentary on Vāgbhaṭālaṅkāra*, p. 18.

十种诗德："尽管音和义没有诗病，如无诗德，诗仍不值称道。诗德使诗具有力量，我们将阐明这些诗德：高尚、同一、美好、易解、清晰、三昧、紧密、壮丽、甜蜜、柔和。"（III.1-2）①这十种诗德和婆罗多《舞论》中提到的完全一致，只是某些诗德的名称和排序略有差异而已。

第四章开头即点明庄严的重要性："即使没有诗病，有诗德，语言如没有庄严，也如同女子的身体缺乏光彩，我们将讲述庄严。"（IV.1-2）②伐格薄吒接下来论述了图案、曲语、谐音、叠声等四种音庄严。曲语被分为音调曲语和双关曲语。这和楼陀罗吒近似。

按照论述的先后顺序，伐格薄吒提到的三十五种义庄严如下：1. 自性、2. 明喻、3. 奇想、4. 隐喻、5. 类比、6. 混淆、7. 略去、8. 疑惑、9. 诗喻、10. 较喻、11. 等同、12. 补证、13. 合说、14. 藏因、15. 明灯、16. 原因、17. 迂回、18. 天助、19. 交换、20. 罗列、21. 不相配、22. 共说、23. 矛盾、24. 递进、25. 双关、26. 聚集、27. 间接、28. 连珠、29. 推理、30. 发问、31. 问答、32. 回答、33. 借口（vyakta）、34. 谜语（gūḍha）、35. 结合。在讲述了维达巴风格和高德风格后，伐格薄吒结束了本章内容。

第五章仍然仿照前几章独具特色的诱导式句子开头，这似乎说明，该书的确是当时为普及梵语诗学原理而写的通俗读物而已。这种循循善诱的方法恰好能够吸引读者或初学作诗者的兴趣。且看伐格薄吒既遵循《舞论》又不落俗套的开头："没有放盐，煮得很好的食物也无法品尝。同样的道理，诗中无味如何品味？我们将讲述各种味。情由、情态、真情和不定情的结合，常情得到激发，这就

①Jñānapramodagaṇi, *Jñānapramodikā: A Commentary on Vāgbhaṭālaṅkāra*, p. 28.
②Jñānapramodagaṇi, *Jñānapramodikā: A Commentary on Vāgbhaṭālaṅkāra*, p. 33.

是味。”（V.1-2）①他认可并一一介绍了婆罗多在《舞论》中谈到的八种味及平静味共九种味。他对艳情味的分类带有一定的道德色彩，这在梵语诗学味论史上似乎是非常独特的：“妻子（jāyā）和丈夫（pati）两人之间产生的爱（rati）叫做艳情味。它分为会合与分离两类。智者说，丈夫和妻子的艳情味有会合与分离两类，又分成隐秘的和公开的两种。”（V.4-5）②与胜财的《十色》一样，伐格薄吒将男主角分为谦恭、忠贞、无耻和欺骗等四类。值得注意的是，伐格薄吒将女主角分为四类，这一四分法不同于胜财和楼陀罗吒、楼陀罗跋吒等人的三分法。“未婚少女（anūḍhā），自己的女子（妻子），别人的女子（他人的妻子）和公共的女子（妓女），妻子属于想践行正法、利益和爱欲等人生三要的人，而其他三类属于只享受爱欲的人。由于魅力迷人，未婚女子被爱人视为自己的女子（妻子），因此，她便是少女，正如豆扇陀国王所迷恋的沙恭达罗。”（V.10-11）③不过，对分离艳情味的四分法显示，伐格薄吒与楼陀罗吒和楼陀罗跋吒、波阇等人的一致之处更多：“初恋、傲慢、远行和苦恋，是四类分离艳情味，其中每一种分离艳情味要比前一种更为优美。”（V.16）④

综上所述，伐格薄吒的通俗诗学著作并未深入探讨全部重要论题，而是删繁就简地介绍一些最主要的诗学话语，以实现普及大众或教诲作诗者的愿望。该著具有自己的一些特色，这使得它能够历经数百年流传至今。或许正因如此，1681年，亦即该著问世近600年后，一位耆那教学者阇那波罗摩达迦尼（Jñānapramodagaṇi）为此书进行疏解，并将其注疏命名为《智喜》（ज्ञानप्रमोदिका，*Jñāpramodikā*）。这或许是此书得以流传后世并为后来的一些诗学家所引述或参考的重

①Jñānapramodagaṇi, *Jñānapramodikā: A Commentary on Vāgbhaṭālaṅkāra,* p. 89.
②Jñānapramodagaṇi, *Jñānapramodikā: A Commentary on Vāgbhaṭālaṅkāra,* p. 93.
③Jñānapramodagaṇi, *Jñānapramodikā: A Commentary on Vāgbhaṭālaṅkāra,* p. 98.
④Jñānapramodagaṇi, *Jñānapramodikā: A Commentary on Vāgbhaṭālaṅkāra,* p. 98.

要因素之一。[①]这和前述佚名作者所作《如意藤辩》有些类似。

第十七节　娑婆迦罗蜜多罗的《庄严宝藏》

（12至13世纪）

在梵语诗学发展史上，出现了许多著名的注疏家。他们虽然只是为前人诗学著作进行疏解，但却表现出或多或少的创新趋势，有的甚至以注疏前人著作为名，努力践行创新之道，并终成一代名家，如新护就是其中的杰出代表。其他注疏家如注疏优婆吒《摄庄严论》的波罗提诃伦度罗阇（Pratīhārendurāja）、疏解楼陀罗吒《诗庄严论》的纳弥娑图（Namisādhu）、疏解鲁耶迦《诗庄严精华论》的迦叶纳塔（Jayaratha）和明法轮（Vidyācakravartin）、疏解曼摩吒《诗光》的戈文达·塔库尔（Govinda Thakkur）也属此类人物。[②]

在所有论述庄严的著作中，鲁耶迦的《诗庄严精华论》引人瞩目，也受到了毗首那特、阿伯耶·底克希多、维底亚那特、维底亚达罗等诗学家的高度重视，也拥有迦叶纳塔、明法轮、娑穆德罗般塔（Samudrabandha）和阿罗迦（Alaka）等四位注疏家的疏解。其中，前三人注疏流传至今。在这三人的疏解中，迦叶纳塔的注疏方式独特，有时还体现出与鲁耶迦观点的某些歧异。迦叶纳塔的注疏之所以重要，还在于他辩驳娑婆迦罗蜜多罗对鲁耶迦的质疑以维护鲁耶迦观点的立场。尽管迦叶纳塔并未提到娑婆迦罗蜜多罗（Śobhākaramitra，下简称娑婆）的名字，后者也未在著作中提到鲁耶迦的名字，但仍可清晰地发现他的批评矛头针对的是鲁耶迦的

①笔者所参考的正是这一版本，它由伐格薄吒经文附加其注疏即《智喜》构成。

②G.Parthasaradhy Rao, *Alaṅkāraratnākara of Śobhākaramitra: A Study,* New Delhi: Mittal Publications, 1992, p. 1.

庄严论。由此可见，娑婆生活在鲁耶迦之后，但在迦叶纳塔之前，时间大约是12世纪末13世纪初。娑婆也可能是与迦叶纳塔同时代的长者。“娑婆也是一位不平凡的人物。即便接受权威的韵论，他也会毫不迟疑地质疑最权威的韵论家的某些观点。”①有的学者认为：“娑婆在梵语诗学领域占有独特的位置。他的观点显示出相当的独立性。只要他认为传统观点不合理的话，就会大胆地进行抨击。”②这种姿态使他受到了世主等诗学家的重视，世主本人在著作中对其引述达十一次之多，虽然多半是对其观点予以批驳。

娑婆著有《庄严宝藏》（*Alaṅkāraratnākara*）一书。该书与鲁耶迦《庄严论精华》一样，只是集中论述庄严。娑婆论述了六种音庄严和一百零六种义庄严，总数达到一百一十一种。具体说来，他所论述的庄严如下：

六种音庄严：

1. 貌似重复、2. 叠声、3. 智者谐音（chekānuprsa）、4. 风格谐音（vṛttyanuprāsa）、5. 罗德谐音（lāṭānuprāsa）、6. 图案。

一百零五种义庄严：

1. 明喻、2. 虚构明喻、3. 无比、4. 自比、5. 互喻、6. 例举、7. 相似、8. 等同、9. 明灯、10. 类比、11. 诗喻、12. 例证、13. 回想、14. 断念、15. 执著、16. 较喻、17. 反喻、18. 变化、19. 隐喻、20. 近似、21. 转化、22. 否定、23. 疑问、24. 存疑、25. 奇想、26. 混淆、27. 多样、28. 虚构、29. 臆断、30. 夸张、31. 间接、32. 佯赞、33. 敌对、34. 没有、35. 共说、36. 合说、37. 双关、38. 有意味、39. 迂回、40. 确认、41. 略去、42. 貌似禁忌、43. 貌似疑问、44. 貌似选择、45. 矛盾、46. 藏因、47. 殊说、48. 分离、

①G.Parthasaradhy Rao, *Alaṅkāraratnākara of Śobhākaramitra: A Study,* p. 2.

②Śobhākaramitra, *Alaṅkāraratnākara,* “Introduction,”Poona: Oriental Book Agency, 1942, XII.

49. 互相、50. 逆转、51. 奇特、52. 不相配、53. 相配、54. 奇妙、55. 独特、56. 相违、57. 无能、58. 褒贬互换、59. 等效、60. 过甚、61. 同步、62. 忽视、63. 重视、64. 模拟、65. 阻碍、66. 拒绝、67. 三昧、68. 补证、69. 普遍、70. 推理、71. 原因、72. 意外、73. 推测、74. 仪轨、75. 限定、76. 排除、77. 复原、78. 法式、79. 机遇、80. 选择、81. 聚集、82. 交换、83. 连续、84. 渐进、85. 递增、86. 递减、87. 突出、88. 连锁（śṛṅkhalā，包含原因花环、连珠、花环明灯和递进等四种庄严）、89. 借用、90. 淹没、91. 辨别、92. 复义、93. 显现、94. 谜语、95. 微妙、96. 委婉、97. 曲语、98. 自性、99. 生动、100. 高贵、101. 有味、102. 有情、103. 有勇、104. 装饰、105. 结合。

考察上述一百一十一种庄严的名目和涵义可以发现这样几个特点。第一、娑婆在前人基础上提出了一些新的庄严。有的学者认为他提出了四十五种新的义庄严，其中有约四十种是新的概念，其他的属于新术语替换旧概念。例如，存疑（vitarka）其实来自于婆摩诃等人提出的“疑问”。[1]不过，仔细分析后发现，娑婆提出的一些新庄严大约只有不到四十种，且其中一些庄严的确来自他对前人论述的某些义庄严的拆分组合。这些义庄严是：

1. 虚构明喻（kalpitopamā）、2. 无比（asama）、3. 例举（udāharaṇa）、4. 相似（pratimā）、5. 断念（viroda）、6. 执著（vyāsaṅga）、7. 变化（vaidharmya）、8. 近似（abheda）、9. 虚构（pratibhā）、10. 臆断（kriyātipatti）、11. 貌似禁忌（vidhyābhāsa）、12. 貌似疑问（sandehābhāsa）、13. 貌似选择（vikalpābhāsa）、14. 逆转（viparyaya）15. 奇特（acintyam）、16. 无能（aśakya）、17. 褒贬互换（vyatyāsa）、18. 等效（samatā）、19. 过甚（udreka）、20. 同步（tulya）、21. 忽视（anādara）、22. 重视（ādara）、23. 模拟（anukṛti）、24. 阻碍

[1] G.Parthasaradhy Rao, *Alaṅkāraratnākara of Śobhākaramitra: A Study*, p. 334.

（pratyūha）、25. 拒绝（pratyādeśa）、26. 意外（āpatti）、27. 限定（niyama）、28. 复原（pratiprasava）、29. 法式（tantra）、30. 机遇（prasaṅga）、31. 递增（vardhamnaka）、32. 递减（avaroha）、33. 连锁（śṛṅkhalā）、34. 辨别（viveka）、35. 复义（parabhāga）、36. 显现（udbheda）、37. 装饰（alaṅkāra）。

第二，娑婆论述的某些庄严来自婆罗多《舞论》中提到的三十六种诗相，如突出（atiśaya）、逆转（viparyaya）、推测（arthāpatti）等。这和波阇在《辩才天女的颈饰》中的做法一致。这说明，《舞论》中的诗相的确已经被后人有机地吸收，并转化为庄严。

第三，娑婆的庄严论的确具有很多匪夷所思之处，而这恰恰体现了他的创新意识。“尽管娑婆的观点有时显得异想天开（fantastic），但其观点本身却蕴含着原创的思想种子。或许人们最终不赞同这些观点，但却无法视而不见。他对‘装饰’、‘混合’（saṃsṛṣṭsi）与‘结合’所持的观点相当新颖。”[①]此处所谓“相当新颖”的观点是指，娑婆否认混合庄严的存在，并认为每种庄严都有主要的和派生的涵义，只有传达派生涵义的庄严才可以称为“结合”。娑婆对所谓“装饰”的定义更是出人意料。他说：“这些庄严的主要涵义就是装饰。前边已经描述过的所有庄严的主要涵义就是装饰（alaṅkāra）。”（110及注疏）[②]娑婆这种对待庄严的立场，近似于恭多迦的思想姿态，其中暗含对鲁耶迦等人关于庄严诗与画诗（citra）区别的辩驳。

印度学者这样评价娑婆迦罗蜜多罗：“一位著名的英国议员的话对评价娑婆迦罗蜜多罗相当合适。他似乎早已说过：‘你们可以

①G.Parthasaradhy Rao, *Alaṅkāraratnākara of Śobhākaramitra: A Study,* p. 317.
②Śobhākaramitra, *Alaṅkāraratnākara,* Poona: Oriental Book Agency, 1942, p. 192.

不赞同我，但却无法忽视我的观点。’”[①]的确如此。纵观整个梵语诗学发展史，像娑婆这样立场鲜明到近乎偏激的诗学家不在少数，波阇、恭多迦和后来的世主等便是这类人物。不论其理论是否经得起历史检验，但他们与众不同的思考的确值得后人关注。遗憾的是，在笔者有限的视野里，整个20世纪，除了1942年和1998年先后出版了《庄严宝藏》编订本和一部相关研究著作外，印度国内外梵学界对于该书的翻译和介绍显得非常冷清。如果纵向考察娑婆对婆罗多、波阇、鲁耶迦、曼摩吒等人的继承与“反动”，并考察世主等人对娑婆理论和立场的过滤与接受，我们就会发现，与楼陀罗吒的《诗庄严论》、楼陀罗跋吒的《艳情吉祥痣》和般努达多的《庄严吉祥痣》等著作一样，《庄严宝藏》也是非常重要的“诗学中转站”或曰“理论二传手”，其中还存在很多值得梵学界深度发掘、耐心整理的“诗学宝藏”。

第十八节　沙罗达多那耶的《情光》
（12至13世纪）

沙罗达多那耶（शारदातनय，Śāradātanaya）生活于12至13世纪之间，著有借鉴前人却又泽被后世的戏剧学著作《情光》（भावप्रकाश，*Bhāvaprakāśa*）。从该书2008年版的具体内容来看，它分十章，先后论述情、味、男女主角特征和类型、戏剧特征和类型等戏剧范畴，兼涉词功能、韵、诗的特征等诗学范畴，其观点多依据前人，但其关于情和味的论述时有新见。《情光》与当时绝大多数诗学、戏剧学著作不同的地方在于，它以“情”而非人们普遍重视的“味”来统摄全书的论述主题。这也预示着该书倾向于讨论戏剧情味，它对戏剧语言、戏剧情节、戏剧风格、表演规则、音乐

①G.Parthasaradhy Rao, *Alaṅkāraratnākara of Śobhākaramitra: A Study*, p. 335.

舞蹈等问题的探讨则相对弱化。

《情光》第一、二章主要讲述情的定义、类型或构成要素（情由、情态和常情等）。沙罗达多那耶在第一章对情进行定义和分类。他说："有情（bhūti）产生情感（bhāvana），词义（padārtha）或行为真实在人的心中产生变异，这便是情（bhāva）。它被分为情由、情态、常情、不定情和真情五类。"（I.12-13）①除情态外，沙罗达多那耶对情由、常情、真情和不定情的阐释与婆罗多基本相似，如他认为，真情有八种，不定情有三十三种。不过，与婆罗多将情态视为语言、形体和真情的外在表演略有不同，沙罗达多那耶将情态分为四类："情态分真情（manas）、语言（vāk）、形体（kāya）和风格（buddhi）四类。情态中的真情表演是感情（bhāva）为首的十种女性美，语言表演有十二种且以谈话（ālāpa）为首，形体表演是以游戏（līlā）为首的十种女性美，而风格表演是指语言风格（rīti）、表演风格（vṛtti）和地方风格（pravṛtti）。"（I.36-37）②此处所谓以感情为首的十种女性美似指婆罗多在《舞论》第十四章中提到的三种肢体美和七种自发产生的美，以游戏为首的十种美似指婆罗多该章中提到的十种天性美。

沙罗达多那耶在《情光》第三章中认可婆罗多的八种味，并对各种味进行了分类。该书第四章至第六章则集中论述以男女主角为中心的各种艳情味。沙罗达多那耶在第四章开头对艳情味的特征做了说明。他认为，对味的品尝就是获得快乐。"品尝正是艳情味的特征。品尝（bhoga）、体味（upabhoga）和会合（sambhoga）等词语是同义词……体味可以品尝的对象便叫做品尝。体味只与地点和时间相关。践行爱欲是会合，爱欲是男女之间的快乐。"

①Śāradātanaya, *Bhāvaprakāśa,* Varanasi: Chaukhamba Surbharati Prakashan, 2008, p. 5.

②Śāradātanaya, *Bhāvaprakāśa*, pp. 8-9.

（III.1-3）[①]沙罗达多那耶遵循胜财的思路，将艳情味分为三类："艳情味分为分离艳情味、失恋艳情味和会合艳情味三类。"（III.27）[②]和胜财的著作一样，《情光》中的失恋艳情味也分为十个阶段。关于男女主角的类型和女主角的八种爱情状态，沙罗达多那耶的论述和胜财、楼陀罗跋吒基本相似。

婆罗多曾以情味为依据，将戏剧表演中的眼光（dṛṣṭi）先分为三类共三十六种（味眼光八种，常情眼光八种，不定情眼光二十种），再按照观看方式将眼光分为正视、斜视、凝视和瞥视等八种，将眼珠的动作分为圆转、斜转和下沉等九种，将眼睑的动作分为张开、合拢、睁大、收缩等九种。这样，戏剧表演中共使用六十四种眼光。与婆罗多不同，沙罗达多那耶虽然也论述了同样数量的眼光，但是，他将这些与各种味的表演相关的眼光，悉数归于涉及情、味和不定情的艳情味表演状态。他在第五章中说："与艳情味相关的眼光变化很多。何时成为情的依托（bhāvāśrayā），也就同时成为味的依托。"（V.82）[③]

沙罗达多那耶在第六章中论及类艳情味等各种类味、平静味的特征、会合艳情味的种类及其特征、词功能及曼摩吒的韵论观等重要问题。新护的类味论对沙罗达多那耶似乎产生了影响。新护认为，模仿艳情味便产生类艳情味，而非真正的艳情味。类情由、类情态和类不定情激起虚妄的常情爱，由此产生类艳情味。新护以魔王罗波那追求悉多为例对此进行说明。新护认为，不仅类艳情味，其他各种类味最终产生的是滑稽味。[④]沙罗达多那耶认为："艳情味被滑稽味所覆盖，这便成为类艳情味。滑稽味与厌恶味混合，这称为类滑稽味。英勇味与恐惧味粘连，这便是类英勇味。厌恶味和悲

①Śāradātanaya, *Bhāvaprakāśa*, p. 107.
②Śāradātanaya, *Bhāvaprakāśa*, p. 118.
③Śāradātanaya, *Bhāvaprakāśa*, p. 167.
④黄宝生:《印度古典诗学》, 第64页。

悯味并列，这叫类奇异味。暴戾味中粘连了悲哀和恐惧，这是类暴戾味。滑稽味和艳情味所装饰的悲悯味，叫做类悲悯味。混合了奇异味与艳情味后的厌恶味，叫做类厌恶味。暴戾味与英勇味相连，这是类恐惧味。”（VI.12）①此处对八种类味的这种描述性规定虽不乏新意，但却仍然露出波阇式的机械和勉强痕迹。沙罗达多那耶还对类味的其他特征进行了说明。

沙罗达多那耶在《情光》第七章和最后一章即第十章分别论述戏剧特征、戏剧表演中的各种规范、舞蹈、音乐和服装等，其论述大多依据婆罗多和胜财等人的相关规定。在第八、第九两章中，他分别论述了“十色”和二十种“次色”。就现存梵语戏剧学著作而言，沙罗达多那耶提到的“次色”数量似乎是最多的一种。他对色和次色的区别的解说比较独特：“在三十种戏剧中，十色以味为灵魂，二十种次色以情为灵魂。这些戏剧大多能随处可见。这三十种戏剧及其特征将一一阐明。”（VIII.3）②沙罗达多那耶在第八章开头列举了三十种戏剧的名称，在第九章开头再次列举了其中的二十种“次色”名称。这三十种戏剧名称如下（其中前十种为婆罗多和胜财一致认可的“十色”）：

1. 传说剧、2. 创造剧、3. 独白剧、4. 笑剧、5. 争斗剧、6. 纷争剧、7. 神魔剧、8. 街道剧、9. 感伤剧、10. 掠女剧、11. 多吒迦（Toṭaka）、12. 那底迦、13. 戈希底（Goṣṭhī）、14. 萨拉跋（Sallāpa）、15. 希尔波迦（Śilpaka）、16. 东必迦（Ḍombikā）、17. 希利迦迪多（Śrīgadita）、18. 跋尼（Bhāṇī）、19. 波罗斯他那（Prasthāna）、20. 迦维耶（Kāvya）、21. 波勒刹迦（Prekṣaka）、22. 萨吒迦（Sāṭṭaka）、23. 那迪耶罗萨迦（Nāṭya-rāsaka）、24. 洛萨迦（Lāsaka）、25. 乌洛比耶迦（Ullopyaka）、26. 诃利舍迦（Hallīśaka）、27. 杜尔

①Śāradātanaya, *Bhāvaprakāśa,* p. 188.
②Śāradātanaya, *Bhāvaprakāśa,* p. 321.

摩利迦（Durmallikā）、28. 摩利迦（mallikā）、29. 迦尔波瓦璃（kalpavallī）、30. 波利贾多迦（parijātaka）。（VIII.3）、（IX.2）①

上述三十种戏剧中，大部分见于沙揭罗南丁和波阇等人的著述。波勒刹迦和洛萨迦似乎分别是波阇和雪月等人提到的剧种波勒刹那迦（Prekṣaṇaka）和罗萨迦（Rāsaka）。沙罗达多那耶提到的另外四种戏剧似乎不见于前人的著述，这四种戏剧是：萨拉跋、摩利迦、迦尔波瓦璃、波利贾多迦。

综上所述，沙罗达多那耶的《情光》和《剧相宝库》等戏剧学著作一样，尽管主要依据前人的观点或规范进行阐释和发挥，但也有一些值得关注的地方。相比而言，《情光》的内容更加丰富，篇幅更长，论述的力度更强，值得学者们以各种方式进行探索和阐释。

第十九节　小楼陀罗跋吒的《味花蕾》（13世纪）

小楼陀罗跋吒（रुद्रभट्ट，Rudrabhaṭṭa）是13世纪的梵语诗学家。为了与此前论述过的10世纪的楼陀罗跋吒相区别，故称其为小楼陀罗跋吒。他的代表作是专论味的《味花蕾》（रसकलिका，*Rasakalikā*）。这部著作在代和迦奈各自的《梵语诗学史》中没有专门介绍，但其价值却不可忽视。②

作为一部味论诗学著作，《味花蕾》主要围绕味这个主题而展开多方面论述。它采用经疏体形式。它的主要内容包括：论述传统认可的九种味、男女主角的分类、男主角艳情味的四种特征、女主

①Śāradātanaya, *Bhāvaprakāśa,* pp. 321, 374.

②代将该书视为作者未确定者而未论述。参见 S.K.De, *History of Sanskrit Poetics,* Vol. I, p. 318.

角艳情味的八种特征、常情、情由、情态、不定情和真情、类味等等。该书的论述基本上依据婆罗多、胜财和波阇等前人的观点，但在一些核心概念上体现了作者的独特见解。

婆罗多和胜财均把上等和中等男主角分为四类，即坚定而傲慢、坚定而多情、坚定而高尚和坚定而平静。小楼陀罗跋吒接受了这一观点，他在论述时一一举诗例加以说明。胜财还按照对待女性的态度，将男主角分成四类，即谦恭型、欺骗型、无耻型和忠贞型。小楼陀罗跋吒也接受了这种分类并予以解说。不仅如此，他对男主角即“艳情男主角”（śṛṅgāranāyaka）进行说明，并按照自己的想法将其分为四类：“艳情男主角分为优雅的、精通技艺的、有魅力的和情感忠贞的四类。”（15）[①]优雅的艳情男主角是指男主角与爱人相会时，眼睛、眉毛、嘴和四肢都表现出一种非常优雅的姿态。精通技艺的、有魅力的和情感忠贞的男主角顾名思义便可理解。小楼陀罗跋吒对每一种都予以解说。“艳情男主角”的四种分类是一个创新。这就是说，从婆罗多到胜财、再到小楼陀罗跋吒，对于男主角的四分法，从一种变成了二种和三种。

小楼陀罗跋吒接受了胜财关于女主角的三分法，即自己的女子（妻子）、他人的女子和公共的女子（妓女）。他对自己的女子做了一个新的表述：“自己的女子在庆典中寻找情人，便成为他人的女子。”（23）[②]这对胜财的三分法是一个有益的补充，也是一个符合现实与艺术表演的理论修正。以往的戏剧理论家如胜财把女主角分为前述三类，再把自己的女子分为三类，每类还可分为稳重、稍微稳重和不稳重的。诸如此类的分类令人费解。楼陀罗跋吒对女主角的分类似乎更加清楚。他首先认可自己的、他人的和公共的女

①Rudrabhaṭṭa, *Rasakalikā,* Madras: The Adyar Library and Research Centre, 1988, p. 10.

②Rudrabhaṭṭa, *Rasakalikā,* p. 15.

子这种三分法。然后，他把他人的女子分为未婚少女和已婚妇女。他特别指出，公共的女子只有有经验的一类。接着，他规定另外两种女主角即自己的和他人的女子均分为没有经验的、稍微有经验和有经验的三类。他说："稍微有经验的和有经验的女子按照表现愤怒的神态，分为稳重的、不稳重的和言词粗鲁的三类。"（34）[①]这种三分法比之胜财对女主角的分类要更为合适。小楼陀罗跋吒对有无经验或稳重与否乃至言词粗鲁的女子的阐释，都带有鲜明的个性色彩。

小楼陀罗跋吒更有新意的地方还在于，他借鉴并发展了婆罗多和胜财关于失恋艳情味十个发展阶段的理论。他以树来自于种子发芽来比喻味的产生或体验："如同树木，先有种子，然后发芽，长出新叶，逐渐成熟长大，味也是经过'一见钟情'等不同阶段得以体现的。"（122）[②]然后，他把失恋艳情味分为十二个逐渐发展的阶段：一见钟情、牵挂、渴慕、赞美、辗转失眠、憔悴消瘦、无精打采、不顾羞耻、生病发烧、疯疯癫癫、痴呆晕眩和离开人世。其中，一见钟情和牵挂是种子阶段，而渴慕和赞美是发芽阶段，辗转失眠、憔悴消瘦和无精打采是长出新叶的阶段，不顾羞耻和生病发烧是茁壮成长阶段，疯疯癫癫、痴呆晕眩和离开人世当然就是生命的最后凋零。可以说，他的十二分法更加符合艺术表演实践和人类情感体验。小楼陀罗跋吒的这种分析发展了婆罗多和胜财的观点。如胜财认为，失恋艳情味是一对青年心心相印，互相爱慕，但却因为命运不济而难以结合。它有十个阶段："最初是渴望，然后是忧虑、回忆、赞美、烦恼、悲叹、疯癫、发烧、痴呆和死亡。这些是依次发展的不幸阶段。"（IV.60）[③]小楼陀罗跋吒还在某种程度

---

①Rudrabhaṭṭa, *Rasakalikā*, p. 19.
②Rudrabhaṭṭa, *Rasakalikā*, p. 66.
③黄宝生译：《梵语诗学论著汇编》（上册），第464页。

上借鉴了波阇在《辩才天女的颈饰》中对于失恋艳情味不同阶段的分类。对于分离艳情味，小楼陀罗跋吒的分类与楼陀罗吒、楼陀罗跋吒、曼摩吒和波阇等人观点相似。他说："分离艳情味有四种：初恋、傲慢、远行和苦恋。"（141）[①]胜财把分离艳情味分为傲慢而分离和远行而分离两种，其中的傲慢而分离又分为亲昵的和妒忌的两类。另外，小楼陀罗跋吒还把会合艳情味也分为四种：前世姻缘而生的、来自傲慢的、来自远行的和因为害怕死亡而会合的。这说明，他扩大了分离艳情味和会合艳情味的包容范畴，同时也自然拓展了它们的表演范畴，从而更加适合丰富多彩的人类情感的艺术表演。

在逐一论述九种味时，小楼陀罗跋吒还首次把厌恶味分为两类，即世俗的厌恶味和无动于衷的厌恶味。前一种厌恶味指看见世俗的蛆虫、血肉和呕吐物等等的心理感受。"第二种厌恶味指的是受到训诫，对于世俗的东西无动于衷，并反复地体验那些令人厌恶的事物。"（184）[②]在论述平静味时，他也有创新。他说："平静味有四类：无欲无念、改过自新、心满意足和亲证梵界。"（187）[③]这些观点都表明，他尝试拓展味论的理论边界和丰富其艺术表现力，以适应文学发展的需要，表达更加丰富的人类情感体验。

在论述引发情由（uddīpanavibhāva）时，小楼陀罗跋吒对婆罗多简略论述的这一重要概念进行分类阐释。他说："引发情由分四类：所缘人物的特征、活动、装饰和环境。"（58）[④]其中，所缘物（即诗歌或剧中人物的特征）指人的美貌、青春荡漾和魅力迷人等；人物活动主要指情感体验和情感表现两类；装饰指花环、楼台、项链、美酒、涂膏、香料、沐浴、欢爱划痕、脸上吻痕等，而环境指升起的月儿、闪电、杜鹃鸣声、蜜蜂的嗡嗡声、森林、爽心

①Rudrabhaṭṭa, *Rasakalikā*, p. 75.
②Rudrabhaṭṭa, *Rasakalikā*, p. 95.
③Rudrabhaṭṭa, *Rasakalikā*, p. 96.
④Rudrabhaṭṭa, *Rasakalikā*, p. 32.

悦目的房子、六季景观、清泉、音乐歌声、花环树叶和与少女交谈等等。他把引发情由大致分为四类，进一步明确了它的大致范围，有利于梵语诗学的理论总结，对戏剧和诗歌创作、对艺术表演都有更加具体的指导作用。

小楼陀罗吒最早提出了第十种味即亲爱味（preyas rasa）。他认为，友爱味（preman rasa）和亲爱味并无差异，这两种味应视为同一种味。因此，他以友爱味取代了亲爱味。小楼陀罗跋吒似乎受到了数论派哲学的影响。他倾向于接受这样一种观点，即味在世俗层面上可以是痛苦的心理感受，但在超验的形而上层面，味是一种灵魂的欢喜。因此，他说："甚至悲悯味等等可以接受。因为，对体验者来说，味既苦且乐。这两种味均可接受。因此，味带来苦乐……通过积极或消极的方式，恰当合适地体验来自他人的味，产生无上欢喜。这与味的体验息息相关。因此，可以说，所有味的体验均是可爱迷人。"（201注疏）①小楼陀罗跋吒大约是梵语诗学家中最早明确讨论味的积极效应和负面效果的人。这里出现的"迷人魅力"（ramaṇīya）意指味的魅力，似乎预示着17世纪世主将会以它来表达诗的特征。

本质上，小楼陀罗跋吒的味论很大程度上受到了前人如婆罗多、胜财、欢增、波阇等人的影响。但是，他对前人的观点并未因循守旧，而是在力所能及的范围内进行革新，如同恭多迦和安主，以旧瓶装新酒的方式进行话语创造。另一方面，小楼陀罗跋吒对后人也曾产生过影响。例如，维底亚那特、般努达多、辛格普波罗那、毗首那特、阿克巴·沙哈和甘露喜等人都从《味花蕾》中吸取诗学营养。但因为不清楚小楼陀罗跋吒的真实身份，他们中的很多人不明白自己引用或借鉴的究竟是谁的著作。

---

①Rudrabhaṭṭa, *Rasakalikā,* p. 102.

第二十节　阿摩罗旃陀罗的《诗如意藤注疏》
（13世纪）

13世纪的耆那教白衣派（Śvetāmbara sect）隐士（苦行者）、学者阿摩罗旃陀罗（अमरचन्द्र यति, Amaracandra Yati）与其导师阿利辛赫（अरिसिंह, Arisimha）著有《诗如意藤》（काव्यकल्पलता, *Kāvyakalpalatā*），也名《诗人的奥秘》（कवितारहस्य, *Kavitārahasya*）。按照阿摩罗旃陀罗在书中的叙述，阿利辛赫先完成部分经文，再由自己补充余下部分的经文。然后，阿摩罗旃陀罗还为全书进行注疏，这些疏解被称为《芳香》（परिमल, *Parimala*），全书题为《诗人学注疏》（कविसिक्षावृत्ति, *Kavisikṣāvṛtti*）。该注疏后来又产生了另外一种关于它的注疏，题为《花蜜》（मकरन्द, *Makaranda*），为其注疏的人是17世纪的苏跋维迦耶迦尼（Śubhavijayagaṇi）。

《诗如意藤注疏》较为流行，它曾于1902、1931年间出版过两次，其马拉提语译文出版得更早。1997年，位于古吉拉特的L. D. 印度学研究所整理再版该书，并首次附录了17世纪苏跋维迦耶迦尼的注疏《花蜜》。关于《诗如意藤》的作者身份问题，印度学者认为："不过，认可阿摩罗旃陀罗的声明和《诗如意藤》经文的两位作者身份，或许较为明智。然而，迄今为止，没有证据识别哪部分经文是阿利辛赫所撰，哪部分经文属于阿摩罗旃陀罗。现在一般习惯将这些经文和注疏视为阿摩罗旃陀罗所著。现存的该书文献大多带有注疏。一旦阿摩罗旃陀罗对其进行注疏，他显然开始觉得需要完善和进一步阐释这部书，以便其论述较为全面。"[1]从目前所见的版本看，流传于世的阿摩罗旃陀罗注疏本题为《诗如意藤注疏》而非《诗如意藤》。因此，本书将其视为阿摩罗旃陀罗所著。

---

①Amaracandrayati, *Kāvyakalpalatāvṛttih with Two Commentaries: Parimala and Makaranda,* "Introduction,"Ahmedabad: L.D.Institute of Indology, 1997, p. 4.

看来，古代耆那教诗学家似乎喜欢以“如意藤”（kalpalatā）为题进行注疏，因为，前述的安波普拉萨德的著作题为《如意藤》，而为其注疏的著作为《如意藤辩》，另外一些学者还著有《诗人如意藤》等诗学著作。

从内容看，《诗如意藤注疏》是一部与王顶《诗探》有些类似的“诗人学”著作，它共分四章（pratāna），每一章再分为几节（stabaka）。全书共798颂。第一章是“诗律魔力”（Chanda: siddhipratāna），分为五节，共113颂，依次介绍各种诗律的运用，同义词或近义词的运用，语言运用，描写的规则和惯例如怎样描写国王、大臣、王子、军队、战斗、狩猎、城市、村庄、花园和湖泊等。例如，在第一章第五节的开头，阿摩罗旃陀罗写道：“接下来讲述各种描写的对象，大诗人在大诗等等作品中描写它们：国王、大臣、祭司、王后、王子、将军、地方、村落、城镇、湖泊、大海、河流、花园、山岳、森林和静修院，等等。”（I.5.45）[①]他对作家如何描述每一种事物或主题进行了较为详细的论述。

《诗如意藤注疏》第二章题为“词语魔力”（Śabdasiddhipratāna），分为四节，共206颂，依次介绍词语的惯用义、词源、谐音、词语的表示义、转示义和暗示义等。作者对词功能的三分法显然来自欢增和曼摩吒等人的观点。“词语分为表示词（mukhya）、转示词（lākṣaṇika）和暗示词（vyañjaka）三类。表示词是指词语的原义，它的功能就是表示义（abhidhā）。转示词是指转示意义所依托的词语，它的功能便是转示义（लक्षणा，lakṣaṇā）。所谓暗示词是指暗示意义的词语，它的功能便是暗含义（व्यंजना，vyañjanā）。”（II.4.175）[②]

第三章是“双关魔力”（Śleṣasiddhipratāna），分为五节，共

①Amaracandrayati, *Kāvyakalpalatāvṛttih,* p. 41.
②Amaracandrayati, *Kāvyakalpalatāvṛttih,* p. 77.

189颂，依次介绍双关的起源、全部描述、例句描述、惊奇的仪轨（adbhutavidhi）、画诗（图案）戏论（citraprapañca）。作者在开头写道，音素、字母等等所产生的双关，在所描写的对象上“产生了种种含义”。（III.1.2）[①]所谓惊奇仪轨是指与阴性有关的语尾用在一些相关的词语中，由此产生惊奇的艺术效果。所谓图案是指动词、字母、音步等所装饰的四种画诗。

第四章是“意义魔力“（arthasiddhipratāna），分为七节，共290颂，依次介绍明喻、隐喻和奇想等庄严亦即修辞技巧的运用规则，描写的完美，字母意义的形成，动词意义的形成，各种主题或写作素材的描写范例，数词解说，复合词的构造。该章对庄严的介绍主要集中在明喻和隐喻上。对于数词运用的解说很有特色。阿摩罗旃陀罗一一介绍了哪些词语或描写对象适用于哪一个具体的数目。例如，他认为，四这个数目适合用来描述《梨俱吠陀》等四大吠陀、东西南北四方位或四个种姓即婆罗门、刹帝利、吠舍和首陀罗。（IV.6.258-260）[②]

论者认为，从阿摩罗旃陀罗的经文和注疏来看，他通晓当时的梵语诗学。他对印度传统历史文化、宗教神话等领悟很深。他的诗学品味很高，其心目中的理想诗人是迦梨陀娑、毗耶娑等。由于集诗人、学者、哲学家于一身，他的相关阐释清晰流畅，客观审慎，论题集中。他是一个优秀的词汇编撰者，他对诗歌双关的论述独具特色。“阿摩罗旃陀罗的智慧充分有力地丰富了梵语诗学中被人忽略或被人轻视的领域。令人欣慰的是，至少在目前所见的这本著作中，阿摩罗旃陀罗没有涉及婆罗多至世主均探讨过的范围广泛、已成惯例的诗学命题……即使是安主、王顶、戒月智者、代吠希婆罗和盖瑟沃·密湿罗等人部分地探讨过这些命题，但和目前这本书

①Amaracandrayati, *Kāvyakalpalatāvṛttih*, p. 88.
②Amaracandrayati, *Kāvyakalpalatāvṛttih*, p. 223.

（指《诗如意藤注疏》）相比，没有哪部书更为充分而全面地论述过‘诗人学’主题。”[①]这种论断自然有其偏爱的成分，但至少也在一定程度上较为合理地肯定了阿摩罗旃陀罗的诗学贡献及其著作的历史地位。客观地看，曲语论集大成者恭多迦所论述的音素曲折、词干曲折、词缀曲折的某些因素，与阿摩罗旃陀罗书中的一些论题存在交叉或重合之处。如从这一角度进行比较，自会得出一些新的结论。

综上所述，阿摩罗旃陀罗的《诗如意藤注疏》虽然也曾程度不一地论及词功能和谐音、双关、明喻、隐语等各种修辞手法等一般诗学命题，但其重点显然在于介绍诗人的创作规范即诗律运用、词性、词格、数词、描写主题等。他对味、韵、风格、合适、曲语、诗德等兴趣不大，基本没有探讨或完全略而不论。这一处理方式和此前的王顶《诗探》、安主的《诗人的颈饰》等显然不同。因此，印度学者评价说："在传统所认可的著作中，我们还没有见到过哪部书对这些主题和问题进行如此详细的讨论。因此，这部著作自有其独创性，或许没有任何作者更为详细、更好地讨论过这些主题，即便是《诗人学》（कविशिक्षा, *Kaviśikṣā*）的作者戒月智者（विनय चन्द्र सूरि，Vinaya Candra Sūri）也是如此。因此，阿摩罗旃陀罗隐士的著作既丰富了一般意义上的知识，也实实在在地增添了梵语诗学的智慧财富。”[②]由此可见，S.K.代对“诗人学”价值的认识不够充分，他对王顶和阿摩罗旃陀罗等人的“诗人学”的总体评判值得商榷："这些诗人学著述没有论及一般诗学主题的原理、教义和定义，它们主要是指导诗人创作的指南，其首要目标是启发和教诲诗人掌握创作技艺。”[③]

①Amaracandrayati, *Kāvyakalpalatāvṛttih*, pp. 11-12.
②Amaracandrayati, *Kāvyakalpalatāvṛttih*, p. 2.
③S.K.De, *History of Sanskrit Poetics,* Vol. II, p. 283.

第二十一节　僧伽罗吉多的《智庄严论》

（13世纪）

13世纪的斯里兰卡佛教学者僧伽罗吉多（संघरक्खित, Saṅgharakkhita）著有巴利语诗学著作《妙觉庄严》（*Subodhālaṅkara*），全书共有371颂，与婆摩诃和檀丁的著作相似，该书只有经文即正文，无注疏。当代印度学者将其经文转写为梵文后题为《智庄严论》（बौद्धालङ्कारशास्त्र, *Bauddhālaṅkāraśāstra*）。“在整个巴利语文学史上，我们只能发现一位诗学著作的作者名字，他是僧伽罗吉多大师。”① 事实上，佛教发展史上产生过很多巴利语佛教诗歌，也出现过一些巴利语语法著作，其中三个学派包含了声律论。宗教特性使然，探讨文学创作的诗学著述为数不多。“僧伽罗吉多（Samgharakkhita，约13世纪）著有巴利语诗律学著作《诗律论》（*Vuttodaya*）和修辞学著作《妙觉庄严论》（*Subodhālaṅkara*）。”②

《智庄严论》的原文分五章，第一章为诗歌总论。僧伽罗吉多对诗的定义与婆摩诃、檀丁等人的古典定义基本一致。他说：“诗（bandha）是音和义的结合，无诗病。诗分诗体、散文体和混合体三类。”（I.8）③该章还论及作品分类、词功能、合适等诸多重要方面。

《智庄严论》第二章讲述诗病。第三章讲述十种诗德：“没有诗病就形成诗德。诗德修饰词语，我将阐明这些诗德：清晰、壮丽、甜蜜、同一、柔和、紧密、高尚、美好、易解、三昧。作品有诗德，诗人心中喜悦，获得永恒而纯洁无暇的美名。”

①Saṅgharakkhita, *Bauddhālaṅkāraśāstra,* “Introduction,”Part 1, Delhi: Lalbahadur Sastra Kendriya Sanskrit Vidyapitha, 1973, II.

②相关内容可参阅郭良鋆：《佛陀和原始佛教思想》，北京：中国社会科学出版社，1997年，第17—18页。

③Saṅgharakkhita, *Bauddhālaṅkāraśāstra,* Part 1, p. 3.

（III.117-119）[①]

《智庄严论》第四章介绍三十四种义庄严，但未涉及音庄严。檀丁曾经在《诗镜》中将庄严分为两类。“所有语言作品（vāṅmayam）的表达方式分成自性和曲语两类。双关通常能增添曲语表达的魅力。”（II.363）[②]也就是说，除自性外，其他庄严即修辞方式皆归入曲语类庄严。与此思路完全一致，僧伽罗吉多在书中写道：“庄严分为自性和曲语两类。第一类即自性是描写各种情况下的事物形象。”（IV.166）[③]

僧伽罗吉多介绍的三十四种庄严的具体阐释和《诗镜》基本一致，只是部分庄严的巴利语名称略有差异而已。它们的具体名称如下（括号里的前一单词是巴利语庄严的名称，后一个则是其对应的梵语名称）：

1. 夸张（atisaya或atiśayokti）、2. 明喻（upamā）、3. 隐喻（rūpaka）、4. 重复（āvutti或āvṛtti）、5. 明灯（dīpaka）、6. 略去（ākkhepa或ākṣepa）、7. 补证（atthantaranyāsa或arthāntaranyāsa）、8. 较喻（vyatireka）、9. 藏因（vibhāvanā）、10. 原因（hetu）、11. 罗列（saṅkhyānan-yathāsaṅkhya-kama或yathāsaṅkhya）、12. 有情（piyatara或priyatara、preyas）、13. 合说（samāsavutti或samāsokti）、14. 奇想（parikampanā或utprekṣā）、15. 天助（samāhita）、16. 迂回（pariyāyavutti或paryāyokta）、17. 佯赞（vyājavaṇṇana或vyājastuti）、18. 殊说（visesa或viśeṣokti）、19. 有勇（rūlhāhaṅkāra或ūrjasvi）、20. 双关（slesa或śleṣa）、21. 等同（tulyayogitā）、22. 例证（nidassana或nidarśanā）、23. 高贵（mahattattham或udātta）、24.（vañ-

①Saṅgharakkhita, *Bauddhālaṅkāraśāstra,* Part 1, p. 42.
②黄宝生译：《梵语诗学论著汇编》（上册），第202页。
③Saṅgharakkhita, *Bauddhālaṅkāraśāstra,* Part 1, p. 58.

canā或vakrokti）、25. 间接（appakatatthuti或aprastutapraśaṃsā）、26. 连珠（ekāvalī）、27. 互相（añcamañca或anyonya）、28. 共说（sahavutti或sahokti）、29. 矛盾（virodhitā或virodha）、30. 交换（parivutti或parivṛtti）、31. 混淆（bhrama或bhrāntimān）、32. 生动（bhāva）、33. 混合（mitsa或saṃsṛṣtsi）、34. 祝愿（āsīs或āśīs）。

《智庄严论》第五章亦即最后一章专门论味。僧伽罗吉多主要介绍了从常情、不定情、情由、情态和艳情味到平静味的九种味。他的论述基本依照婆罗多和胜财等人的观点。例如，他对常情的介绍是："爱、笑、悲、怒、勇、惧、厌、惊、平静，这是九种常情。"（V.344）①他对味产生的程序描述和艳情味的分类效法婆罗多和胜财："情由、情态和不定情的结合产生味。艳情味分失恋、分离和会合三类。"（V.359）②在该书的最后一颂中，与新护《舞论注》中否认平静味常情的多样化相反，僧伽罗吉多这样定义平静味的特征："悲悯、布施和欢喜等等，是平静味的三种常情。情由、情态等等的结合，催生了平静味。"（V.371）③

有的学者认为，僧伽罗吉多完全照搬檀丁《诗镜》的相关原理。不过，事实并非如此。另有学者认为，僧伽罗吉多与檀丁论述的庄严在种类和排序方面均有差异，如僧伽罗吉多提到的某些庄严并非来自檀丁的《诗镜》，他也并未论及檀丁提到的四种音庄严即谐音、叠声、图案和隐语；二人对诗病和诗德的某些看法也存在差异，在诗病的三分法上，僧伽罗吉多与婆摩诃和檀丁区别明显，与伐摩那也有差异；僧伽罗吉多的第五章专论味，而檀丁只是一带而过，其重点在于风格和庄严。即使在同一种庄严的论述上，两人仍然存在某些差

①Saṅgharakkhita, *Bauddhālaṅkāraśāstra,* Part 1, p. 119.
②Saṅgharakkhita, *Bauddhālaṅkāraśāstra,* Part 1, p. 124.
③Saṅgharakkhita, *Bauddhālaṅkāraśāstra,* Part 1, p. 128.

异。[①]例如，檀丁对夸张的解释是：“旨在以超越世间限度（lokottara）的方法描写某种特征，这是夸张，堪称最优秀的庄严。”（II. 214）[②]僧伽罗吉多对夸张的定义和分类却有所区别（引文为巴利语）：

> पकासका विसेसस्स सियातिसयवुत्ति या।
> लोकातिक्कन्त विसया लोकिया' ति च सा द्विधा॥ १७४॥
>
> 对于特征的表现，就是夸张。夸张分为描写超越世间的对象和世间对象两种。（IV.174）[③]

这里出现的两个词即लोकातिक्कन्त（超越世间的）和लोकिया（世间的）明确无误地显示，僧伽罗吉多对檀丁的“夸张”说进行了改造。

综上所述，僧伽罗吉多的巴利语著作《智庄严论》是对梵语诗学庄严论、特别是对《诗镜》为代表的庄严论的改写与适度发挥。《智庄严论》是一部重要的诗学著作，它不仅对印度古典诗学的跨国传播起到了良好的示范作用，也对保存印度文明的传统精华做出了自己的贡献。该书问世以后，出现了大约四种关于它的注疏，其中两种为斯里兰卡佛教徒所撰，字体为缅甸语转写的巴利文。1948年，一位名叫阿耶宛娑（Ayyavamsa）的佛教徒以孟加拉语翻译的《智庄严论》在加尔各答出版。历史上，《智庄严论》还对泰国古典文论的萌芽和发展起到了重要的奠基作用，这一点将在后边谈到。这些都说明了该书的重要价值。

①Saṅgharakkhita, *Bauddhālaṅkāraśāstra,* “Introduction,”Part 1, IV-VIII. 该学者认为，僧伽罗吉多从《火神往世书》或波阇的《辩才天女的颈饰》中引述了某些不见于《诗镜》的义庄严，事实上，根据笔者前边的介绍和考证，似乎可以得出这样的结论：僧伽罗吉多提到的混淆（bhrāntimān）、连珠（ekāvalī）和互相（anyonya）等义庄严来自于檀丁之后、波阇之前的楼陀罗吒的《诗庄严论》。

②黄宝生译：《梵语诗学论著汇编》（上册），第184—185页。

③Saṅgharakkhita, *Bauddhālaṅkāraśāstra*, Part 1, p. 61. 此处根据该页该颂的相应梵文转写体译出其义。

第四章

印度中世纪文论发展概况

（13世纪至19世纪中叶）

第一节　概述

“中世纪”一词，最早出现于文艺复兴时期。它是16世纪意大利学者比昂多等人提出的概念。他们把希腊、罗马古典文化衰落至文艺复兴这一段时间，称之为“中间的世纪”，即“中世纪”。中世纪的概念，从18世纪起便被西方学术界长期沿用下来。“中世纪史的分期在欧洲，基本上是以15世纪末、16世纪初新航路的开辟为断限。”[①]有的甚至算到1640年英国资产阶级革命为止。如果从公元476年西罗马帝国灭亡算起，欧洲中世纪的延续时间是1200年左右。

若以欧洲的中世纪界定模式来套用印度，显然是不对的。原因当然是多方面的。有些学者认为，印度文明数千年的发展历程大致分为三个阶段：史前至公元10世纪为古代文明阶段，公元10世纪至17世纪为中世纪时期，17世纪至今为近现代文明阶段。[②]也有学者指出，印度中世纪指“穆斯林进入印度次大陆起至莫卧儿王朝灭亡这一历史时期，大约自公元8世纪至18世纪”。[③]另一方面，从印度

①刘明翰主编：《世界史·中世纪史》，北京：人民出版社，1996年，第10页。
②刘建、朱明忠、葛维钧：《印度文明》，第22页。
③张嘉妹：《印度中世纪宗教文化的特点及启示》，载《南亚研究》，2013年第2期，第124页。

文论发展史来看，它包括古典梵语诗学、中世纪文论（诗学）和近现代文论等发展阶段，前二者属于印度古代文论范畴。有的学者指出："梵语诗学的大致时限是公元初至12世纪，中世纪诗学的时限是12世纪至19世纪。"①《印度文化史》的一位作者将印度中世纪定为13至17世纪。②这说明，学术界界定的印度中世纪文论的时间范畴与印度中世纪史的时间跨度存在某些不一致。这大概是因为，一些学者把10世纪左右穆斯林入侵印度作为中世纪开端，而另一些学者则把12世纪左右梵语文学走向衰落、梵语诗学创造乏力作为印度中世纪文论的开端，这是有道理的。本章在借鉴这些学者观点的基础上，以虔诚味论在13世纪的兴起为标志，把13世纪到19世纪中叶视为印度文论发展的中世纪时期。

先看看印度中世纪时期世界文论格局的发展状况。在欧洲，14至16世纪左右，文艺复兴使基督教的神学文化转为世俗的人文文化。论者指出，与西方文艺复兴浪潮相呼应，中国明代也产生了一股强烈的思想反叛浪潮。以李贽和公安三袁为代表。强调所谓"童心"与"性灵"，这些思潮是对僵化儒学的一种"反动"，促进了中国古代文论的发展。大约与此同时，印度出现了影响深远的思想反叛浪潮即虔信派运动。虔信运动在某种程度上挑战了婆罗门种姓的特权地位，因为它强调消除种姓歧视，人人都有虔诚敬神的权利。在此背景下兴起的虔诚文学首先出现在印度各地方语言中。"虔诚文学的兴起加速了梵语的衰亡过程。这种状况与欧洲文艺复兴时期打破拉丁文一统天下，倡导俗语，以及中国明代白话文学的发达，是同一时代的类似现象，具有非常强的可比性。"③17至19世纪是东西文化现代转型的时期。17至19世纪的西方文论彻底完成

①黄宝生：《印度古典诗学》"序言"，第3页。

②A.L.巴沙姆主编：《印度文化史》，闵光沛等译，北京：商务印书馆，1999年，第389页。

③曹顺庆主编：《中外文论史》（第四卷），第3012页。

了从古典主义向浪漫主义与现实主义的历史转型。同一时期，中国文论的现代转型似乎具有一种悲剧的色彩。“总之，17至19世纪是中国古代文论最后一个活的存在形态，与此一时期的结束相伴生的中国文论的近、现代转型，要比西方文论的现代性转向更具革命性。如果说西方文论的转向真正是一种文论由自身因素决定的转向的话，那么，中国此次文论的转型就更应该理解为由中国文化自身的历史性的巨大断裂所产生的结果。”①总之，17至19世纪的东方文学理论发展有一些共性，这可以一句话进行概括：“古典的文论或诗学形态在此期都走到了夕阳晚照的关头，并同时出现历史拐点，发生了向现代文论或诗学的转向。”②

再看看中世纪印度的社会和文化发展概况。印度古代长期的政治分裂为外族入侵创造了良机。西北边境的穆斯林是第一批尝试者。他们对印度本土进行一连串的侵略，给印度社会带来了极其深远的影响。10世纪末叶开始，穆斯林入侵已经开始。公元1000年，苏丹马茂德首次进攻印度，拉开了穆斯林大规模入侵印度的序幕。他所向披靡，给印度社会造成了巨大灾难。新的入侵者是廓尔王国的穆罕默德。他在1175年第一次入侵印度。1206年，穆斯林艾伯克被穆罕默德任命为印度总督，后又被授以苏丹称号。艾伯克被认为是突厥人在印度统治的真正建立者，也是长达300多年的德里苏丹国的第一代君主。1526年，来自蒙古的巴卑尔在帕尼帕特战役打败德里苏丹王朝的军队，结束了德里苏丹在印度320年的统治历史。他在印度开创的穆斯林帝国便被称为“莫卧儿帝国”（阿拉伯语或波斯语的“蒙古”帝国）。莫卧儿帝国时期，印度见证了一系列西方的入侵者。1857年印度民族大起义后，莫卧儿帝国寿终正寝。英国直接统治印度的英属印度时期正式开始。印度历史进入近现代阶段。

---

①曹顺庆主编:《中外文论史》(第四卷)，第3029页。

②此段相关介绍，参阅曹顺庆主编:《中外文论史》(第四卷)，第3001—3033页。

论者指出，中世纪时期，印度社会发生了巨大变化。由于德里苏丹和莫卧儿帝国的统治者均是推行伊斯兰教的穆斯林，印度本土宗教变化明显。伊斯兰教苏非派在印传播，佛教走向衰亡，印度教经历了商羯罗的改革开始进入复兴阶段，锡克教产生。各种宗教处于活跃、动荡和剧烈变革的时期。商羯罗宗教改革以后，印度教掀起了一场声势浩大、时间久长、涵盖整个南亚地区的宗教改革运动，这就是印度教虔信派运动（Bhakti Movement，也译虔诚派运动或帕克底运动）。“中世纪，印度教的主流发展几乎可以与帕克蒂运动划等号。”[①]这一运动是从11世纪开始的，但其源头却在7世纪左右泰米尔地区的虔信思想。虔信派运动的特点是，宗教崇拜的中心已从主神崇拜转移到对其化身的崇拜，尤其是对毗湿奴大神的两个化身即黑天和罗摩的崇拜。[②]这些崇拜形成了几个黑天流派，如南印度迈索尔地区的摩陀伐派、印度东部的尼巴迦派、北部和西部的瓦拉巴派、孟加拉地区的阇多尼耶派和北部印地语地区的罗摩派等等。其中，阇多尼耶派是虔信运动最有影响的教派之一，罗摩派是印度教中信徒最多、影响最大的一支。虔信运动对于中世纪文学和文论均产生过重要影响，如梵语诗学晚期的虔诚味论便是这一运动的直接产物。

有趣的是，印度教内部的虔信运动和伊斯兰教内的苏非派思想客观上起着相互呼应的作用。有学者指出，把虔诚派和进入印度的苏非派教义进行比较，就会发现很多相似点。例如，苏非派主张宽容，反对等级差别和各种社会偏见，虔诚派主张在神灵前人人平等，没有种姓差异和性别歧视。苏非派称只有通过爱，才可获得神智，达到至高精神境界即人主合一，而虔诚派信奉虔诚敬神、

---

①张嘉妹：《印度中世纪宗教文化的特点及启示》，载《南亚研究》，2013年第2期，第129页。

②参阅刘建、朱明忠、葛维钧：《印度文明》，第399页。

爱神、献身于神，方可获得解脱，实现与神合一的最高目标。“苏非派认为对人类的爱和对真主的爱同样重要，没有爱人之心就不可能有爱主之举；虔诚派主张对神的爱与对人类的爱是一致的。苏非派不注重宗教的外在仪式，重视内心的虔诚与修炼；虔诚派认为求得解脱的途径不在宗教仪式，而是要有对神的虔诚和执著的爱……因此可以说，15世纪北印度虔诚派运动的发展与苏非派息息相关。”[①]还有学者指出：“神爱学说是苏非神秘主义极为重要的一个理论，它认为人只有把自己完全淹没于对真主的神秘之爱中，物我皆忘，灵魂才能得以跨越肉体的屏障，达到爱者（指人）—爱—被爱者（指真主）三者和谐完美的统一。其经文依据是《古兰经》5：119：‘真主喜悦他们，他们也喜悦他。’”[②]由此可见，如欲深究梵语诗学虔诚味论，还得思考苏非派“神爱学说”与其发生的历史关联。

梵语古典文学在12世纪后趋于衰落，各种地方语言文学代之而起。大约在10世纪前后，印度大多数地区语言发展趋向定型。各种俗语不断演变，最后形成了不同地区的地方语言。这主要包括西北部的印地语（7世纪后字体演变成与梵语字体相似的天城体）、旁遮普语、乌尔都语、克什米尔语和信德语，东部的奥里萨语、孟加拉语和阿萨姆语，中部的马拉提语和古吉拉特语，这是所谓的雅利安语系的各种语言。其中印地语使用范围较广。此外，还有印度南部的达罗毗荼语系的泰米尔语、泰卢固语、卡纳尔语和马拉雅拉姆语。以上十四种语言除泰米尔语和乌尔都语外，产生的时间大致相同，即公元前10世纪左右。各种地方语言的形成催生了地方语言文

---

①参阅唐孟生：《印度苏非派及其历史作用》，北京：经济日报出版社，2002年，第220—221页。关于苏非派与印度文学、文化的历史关联，可参阅唐孟生、薛克翘、姜景奎、（印度）Rakesh Vats：《印度中世纪宗教文学》（下卷），北京：昆仑出版社，2011年，第4—323页。

②穆宏燕：《波斯古典诗学研究》，北京：昆仑出版社，2011年，第113页。

学的产生和发展，如孟加拉语文学、乌尔都语文学、印地语文学、马拉提语文学、泰米尔语文学等等。这加快了梵语文学的衰落速度。毋庸置疑，各地方语言文学在形式和内容方面继承了梵语文学传统。早期的地方语言文学一般是从10世纪到15世纪，中期的文学从16世纪到19世纪中叶，此后进入近现代文学阶段。

中世纪印度社会的巨大变化（如虔信派运动）和地方语言的兴起给印度文学以深刻影响。其中一个典型例子是虔诚文学的产生发展。虔诚文学是中世纪印度各地方语言中（乌尔都语文学例外）出现的一种普遍的文学现象。“一般认为，虔诚文学被认为是13世纪前后到17世纪前后印度文学的主流。”[①]17世纪到19世纪，随着西方侵入和西方文明传播，虔诚文学开始走向衰落。虔诚文学时期，在印地语文学、孟加拉语文学、马拉提语文学等方言文学中，产生了大量虔诚文学作品，它们以诗歌为主，主要是歌颂毗湿奴大神的化身黑天和罗摩等，表达强烈的宗教情感。这方面的代表作家包括印地语诗人苏尔达斯、杜勒西达斯、孟加拉语诗人钱迪达斯和马拉提语诗人埃格拉特等。

语言、社会和宗教方面的巨大变化给中世纪印度文论以深刻的影响。梵语文学的边缘化，导致梵语诗学趋于衰落。尽管梵语文学和梵语诗学的创作仍然存在，但只是作为印度中世纪文学和文论的一个分支而已，它再也无力回复到婆罗多到欢增时代的繁荣局面。另一方面，各种地方语言文学的兴起催生了各种方言文学理论。当然，不可否认，印度中世纪各种方言文学的文论直接继承梵语诗学。地方语言文学的文论家们一方面大量翻译和改编梵语诗学著作，另一方面大力阐发虔诚味论，尤其是以艳情为象征的虔诚味论。当代学者纳根德罗认为，中世纪印度文学理论和批评实践缺乏

①季羡林主编：《印度古代文学史》，第449页。此处对印度中世纪语言、文学发展的介绍，参考该书相关内容。

一贯性。它可以分为三个部分来概括："对流行的梵语诗学著作进行翻译，改编梵语诗学，阐发虔诚味论。"①这说明，梵语诗学仍然是印度地方语言文论的重要组成部分。正因如此，纳根德罗还坦率地指出："操印度地方语言的中世纪文论家对印度诗学几乎没有什么原创性贡献。"②顺便指出，外来入侵者统治印度的德里苏丹和莫卧儿帝国期间，波斯语文论、乌尔都语文论也成为印度文论百花园中的一朵。这说明，印度中世纪文论虽然是以各种方言而非梵语作为书写载体，是一种复数而非单数的印度文论，但是，它毕竟没有偏离梵语诗学传统。

梵语诗学在12世纪左右的衰落，开始进入创造力明显衰退的几百年保守期。作为中世纪文论的重要组成部分，梵语诗学著述并没有退出历史舞台，这由毗首那特和世主等人的著述可以看出。某种程度上，中世纪印度的几百年时间里，能为当代学者认可的经典文论，多半还是梵语诗学著作，如毗首那特的《文镜》和世主的《味海》等便是此类著作。

具体说来，中世纪时期，出现了几部梵语戏剧学著作，如14世纪的辛格普波罗著有《味海月》，全书共三章，分别论述男女主角、剧相、戏剧风格、情和味及戏剧类型和情节等等。《味海月》基本上依据婆罗多和胜财等人著作编写而成。15到16世纪之际，鲁波·高斯瓦明依据《舞论》和《味海月》编写了《剧月》，该书共分八章，分别论述戏剧一般特征、主角、戏剧结构、情节、插曲、幕场、戏剧语言和风格等等。这些戏剧学著述大多依据前人，没有多少自己的创见。高斯瓦明还著有虔诚味论的两部梵语诗学代表作即《虔诚味甘露海》和《鲜艳青玉》。

---

①Nagendra, *Emotive Basis of Literatures,* Delhi: B.R.Publishing Corporation, 1986, p. 122.

②Nagendra, *Emotive Basis of Literatures,* p. 124.

中世纪梵语诗学除了少数著作、特别是虔诚味著作以外，大多数著述缺乏创见，人云亦云，总体质量下滑。具体说来，这一时期的梵语诗学著作有如下几类。

首先是一些通俗的诗学著作，它们的目的大概是普及诗学原理，客观上起到了传承印度古典文明精华的作用。例如，生活于13到14世纪之间的胜天著有《月光》，这也是一部重要的通俗著作，论述诗的定义、诗病、诗相、诗德、情味、庄严和风格等等。16世纪，阿伯耶·底克希多著有《莲喜》，它对胜天《月光》第五章论述的庄严进行详尽阐释，这是一部鲁耶迦式著作。底克希多还著有未完成的论述庄严的著作《画诗探》和论述词功能的《功能疏》。

生活在13到14世纪之间的耆那教学者小伐格薄吒著有《诗教》，与雪月的著作同名。这也是一部通俗的诗学著作。与此类似的是另一位耆那教学者、15世纪的阿吉陀瑟那（Ajitasena），他著有《庄严如意宝》（*Alaṅkāracintāmaṇi*）一书。该书分五章，分别论述"诗人学"原理、四十余种画诗或图案、四种音庄严、义庄严、味、风格、词功能、诗德、诗病和男女主角等。这本书的特色是："书中随处使用耆那教的专门术语。婆罗多备受赞颂。论述情态和对话时提到了耆那教的羯磨原则。这一切给详尽论述常见诗学主题的本书赋予了一种耆那教的氛围。"[①]此外，纳伦德罗波罗跋·苏里（Narendraprabha Sūri）的《庄严大海》（*Alaṅkāramahodadhi*）也是此类著述中的一种。"就古吉拉特对梵语诗学发展的贡献而言，雪月的《诗教》、摩利迦耶旃陀罗的《摄诗光》和纳伦德罗波罗跋·苏里的《庄严大海》特别值得重视。"[②]《庄严大海》成书于1225至1226年左右。该书分八章，主

①Ajitasena, *Alaṅkāracintāmaṇi,* "General Editorial,"New Delhi: Bharatiya Jnanapitha Publication, 1973.

②Vinayacandrasūri, *Kāvyaśikṣā,* "Introduction,"by Hariprasad G.Shastri, Ahmedabad: Bharatiya Sanskriti Vidyamandir, 1964, p. 15.

要依据前人著作，分别论述诗歌特征、功用、成因、类别等、词功能、味论、以韵为辅的诗、诗病、诗德、谐音、叠声、双关和曲语等四种音庄严、夸张到混合的六十九种义庄严。①

13至14世纪也是“诗人学”继续发展的时期。在这方面，古吉拉特占有先天之利。耆那教学者喜谈诗人学原理，这似乎是梵语诗学发展史上的一个定律。“已知最早的诗人学著作是学者迦叶曼伽罗（Jayamaṅgala）的《诗人学》（*Kāviśikṣā*），他似乎生活于希达罗阇·迦叶辛格统治时期（1094-1143）的古吉拉特。”②代吠希婆罗著有《诗人如意藤》，体例和内容与阿摩罗旃陀罗的《诗如意藤》一致，显然是后者的改写本。13世纪还出现了另一位耆那教学者即律月智者（Vinayacandrasūri）的《诗人学》（*Kāvyaśikṣā*），该书从雪月《诗教》和阿摩罗旃陀罗《诗如意藤注疏》等前人著述中吸纳学养。该书分六章，分别介绍诗歌功用和诗律，动词运用、数词运用、人神和动植物等描写规则，多义词，味论。对于那些想在文学创作方面有所造诣者而言，该书由于论述清晰而全面，不失为一种颇有启迪意义的“珍贵指南”。③

13世纪后，印度还出现了许多以曼摩吒的《诗光》为范本的诗学著作，如维底亚达罗的《项链》、维底亚那特的《波罗多波楼陀罗名誉装饰》、14世纪毗首那特的《文镜》、14世纪后半叶的甘露喜所著《摄庄严论》、16世纪格维格尔纳布罗的《庄严宝》、16世纪的盖瑟沃·密湿罗所著《庄严顶》、17世纪的世主的《味海》等便是如此。

《诗光》的流行使其成为梵语诗学发展史上受到疏解最多的著作之一。例如，14世纪的钱迪达斯（Chaṇḍī Dāsa）著有《诗

①Narendraprabha Sūri, *Alaṅkāramahodadhi,* ed. by Lalchandra Bhagawandas Gandhi, Baroda: Oriental Insitiute, 1942.

②Vinayacandrasūri, *Kāvyaśikṣā,* “Introduction,”by Hariprasad G.Shastri, p. 16.

③Vinayacandrasūri, *Kāvyaśikṣā,* “Introduction,”by Hariprasad G.Shastri, p. 20.

光疏解》（*Kāvyaprakāśadīpikā*），对《诗光》的基本原理进行疏解和阐发。[①]当然，也有一些著作是基于批驳曼摩吒观点而写的。例如，16世纪下半叶的室利瓦磋娑澜迦纳（Srivatsalāñchana Bhaṭṭācārya）著有分为七章的《诗甘露》（*Kāvyāmṛtam*）一书，他在基本遵循曼摩吒诗学观的同时，还对其某些重要原理进行批评，进而提出自己的见解，体现了宝贵的独立意识。[②]1587至1666年在世的学者西迪钱德拉迦利（Siddhicandragaṇi）著有《驳诗光》（*Kāvyaprakāśakhaṇḍana*），他在吸纳《诗甘露》精华的基础上，对曼摩吒《诗光》的六十多处观点进行批驳。[③]这种批判姿态似乎是印度人自古以来爱好论辩的最佳诠释。

同理，维底亚达罗《项链》的著述体例影响了维底亚那特的《波罗多波楼陀罗名誉装饰》。“维底亚达罗开创了这一传统。《项链》成为维底亚那特《波罗多波楼陀罗名誉装饰》的范本。”[④]可以说，这两本书、特别是维底亚那特的书催生了后世诸多类似的歌颂恩主的“名誉装饰体”或曰“赞颂体”诗学著作。例如，那罗幸赫的《南奢王名誉装饰》（*Naṅjarājayaśobhūṣaṇ*）和代吠商羯罗·跋吒的《庄严宝石》（*Alaṅkāramañjūṣā*）等便是如此。1569年，一位耆那教学者、诗人阿克巴·萨赫（Akbara Sāhi）仿照《波罗多波楼陀罗名誉装饰》的著述体例，写成《艳情镜》（*Śṛṅgāradarpaṇa*）一书。他在论述艳情味的同时，以大量例诗赞颂当时的统治者阿克巴大帝（1562至1605年统治印度）。K.M.潘

①Chaṇḍī Dāsa, *Kāvyaprakāśadīpikā,* ed. by shivaprasad Bhattacarya, Varanasi: Sansar Press, 1965.

②Srivatsalāñchana Bhaṭṭācārya, *Kāvyāmṛtam,* Tirupati: Sri Venkateswara University, 1971.

③Siddhicandragaṇi, *Kāvyaprakāśakhaṇḍana,* ed. by Rasikalal Chotalal Parikh, Bombay: Bharatiya Vidya Bhavan, 1953.

④Savitri Gupta, *Comparative and Critical Study of Ekāvalī,* Delhi: Eastern Book Linkers, 1992, p. 9.

尼迦认为，这一举动具有两方面的历史意义，因其既与耆那教信仰有关，也从一个侧面说明阿克巴大帝对梵语文学的热爱和保护。①再如，耶阇斯沃纳·底克希多（Yajñeśwara Dīkṣita）写于17世纪的《庄严罗怙子》（*Alaṅkārarāghava*）便是赞颂恩主的诗学著作。因其仿效《波罗多波楼陀罗名誉装饰》的著述体例，《庄严罗怙子》属于“名誉装饰体”即“赞颂体文学”（Yaśobhūṣaṇ literature）。②

值得注意的是，16世纪初，印度出现了或许是梵语诗学史上最早的一部专论诗病的著作即克迦难陀·戈温德拉（Gaṅgānanda Kavīndra）的《诗荼迦女》（*Kāvyaḍākinī*）。作者以五章的篇幅论述了诗病定义和分类、音病、词病、句病、义病和味病。作者的论述借鉴了檀丁的辩证诗病观。例如，该书最后一句是：“不过，在模仿的情况下，一切诗病都不成其为诗病。”（V.18）③

13世纪还出现了一部俗语写成的诗学著作即无名氏著《庄严镜》（*Alaṅkāradappaṇa*），它的主要依据是婆摩诃与楼陀罗吒各自的《诗庄严论》。这也是流传至今的唯一一部论述梵语诗学庄严的俗语诗学著作。“就《庄严镜》论述的许多庄严而言，存在进行比较和历史评析的空间，但这需要进行独立的研究。”④巴利语和俗语、僧伽罗语中先后出现梵语诗学著作的改编本，这说明印度古代文论的传播形式的确是复杂多样的。这也证明了梵语诗学在古代文明世界具有无可替代的独特魅力。具体说来，《庄严镜》论述了四十二种庄严。按照该书论述的顺序，这些庄严的具体名称如下：

---

①Akbara Sāhi, *Śṛṅgāradarpaṇa,* “Foreword,”Bikaner: Anup Sanskrit Library, 1944.

②V.Abhirama Sundaram, *Alaṅkārarāghava of Yajñeśwara Dīkṣita: A Study*（*Alaṅkāraprakaraṇa only*）, Chennai: Ramakrishna Mission Vivekananda College, 2001, p. 4.

③Gaṅgānanda Kavīndra, *Kāvyaḍākinī,* ed. by Jagannath Sastri Hoshing, Benares: Sarasvati Bhavana, 1924, p. 59. 荼迦女是印度宗教神话中一种吞食人肉的女鬼。

④Ajñātakartṛka, *Alaṅkāradappaṇa,* “Introduction,”ed. by H.C.Bhayani, Ahmedabad: L.D.Institute of Indology, 1999, p. 5.

1. 明喻、2. 隐喻、3. 明灯、4. 隐晦（rodha）、5. 音步谐音（padānuprāsa）、6. 突出、7. 独特、8. 略去、9. 自性、10. 较喻、11. 连续、12. 有味（rasita）、13. 罗列、14. 天助、15. 矛盾、16. 疑问、17. 藏因、18. 暗示、19. 补证、20. 有意味（anyaparikara）、21. 共说、22. 有勇、23. 否定、24. 有情、25. 高贵、26. 交换、27. 回答、28. 双关、29. 徉赞（vyapadeśastuti）、30. 合说（samayogitā）、31. 间接、32. 推理、33. 生动（ādarśa）、34. 奇想、35. 混合、36. 祝愿、37. 相似隐喻、38. 例证、39. 部分奇想、40. 显现（udbheda）、41. 委婉（valita，近似于vyājokti）、42. 叠声。

上述庄严中，除了第五种即音步谐音和最后一种即叠声外，其他都是义庄严。其中，生动、有意味、合说、徉赞和有味等义庄严显然是对前人庄严的异称，而隐晦和委婉似乎不见于前人和后世诗学著作所载。此外，显现与娑婆迦罗蜜多罗论述的第九十三种义庄严相同，小伐格薄吒、胜天和阿伯耶·底克希多等人也论述过此种庄严。

14世纪下半叶，印度还出现了一部关于俗语和阿波布朗舍语的诗律学著作即无名氏著作《诗人镜》（*kavidarpaṇa*），这反映出当时印度文学发展的多元化趋向。[①]它无疑具有历史文献与诗学研究的双重价值，还可从一个侧面观察梵语诗学的历史发展。

中世纪时期，虔诚味论是梵语诗学中极为重要的一个组成部分，是中世纪梵语诗学的最大收获之一，也是最有宗教特色的印度诗学话语。如果没有虔诚味论的产生和发展，印度中世纪梵语诗学的确会显得黯淡无光。S.K.代和P.V.迦奈的《梵语诗学史》并未将虔诚味论视为一个独立的诗学流派进行介绍，而在勒沃普拉萨德·德

①Anonymous Author, *Kavidarpaṇa,* Jodhpur: Rajasthan Oriental Research Institute, 1962.

维威迪的《梵语诗学批评史》中，虔诚味论被列为专章进行论述，这说明了它的重要性得到了当代学者的认可。一般认为，虔诚味论的代表人物包括14世纪的维希吠希婆罗·格维旃陀罗、15世纪的般努达多和15至16世纪的鲁波·高斯瓦明等。德维威迪的观点与此不同。除了鲁波·高斯瓦明外，他所介绍的还虔诚味论者包括摩图苏多纳·萨拉斯瓦蒂（Madhusūdana Sarasvatī，1650～？）的《吉祥薄伽梵虔诚味正道》（*Śrībhagavadbhaktirasāyana*）、耆婆·高斯瓦明（Jīva Gosvāmī，1600～？）的《目光疏》（*Locanarocanīṭīkā*）、斯瓦米·伽罗波特利（Svāmī Karapātrī，1940～）的《虔诚味海月》（*Bhaktirasārṇava*）等三人。例如，摩图苏多纳的著作分为三章，分别论述虔诚味的情由、情态、常情和不定情等等，还涉及滑稽味等其他各味，并论及超凡味和普通味等等。他在书中写道，克里希那（薄伽梵）的美德和音容笑貌仿佛迅疾的河流向四面八方奔涌，大神向世人的心灵深处传播“虔诚味的神力”。①

当然，虔诚味论的黄金时期也有很多综合性著作产生，例如，又名宇主（विश्वनाथ，Viśvanātha）的宇主天（विश्वनाथदेव，Viśvanāthadeva）于1592年在瓦拉纳西写成《文学甘露海》（साहित्यसुधासिन्धु，*Sāhityasudhāsindhu*）一书，对梵语诗学各个方面进行论述。该书共分八章，分别论述诗的定义、目的和分类、表示义和转示义、韵的分类和情味、以韵为辅的诗和画诗、诗病、诗德和风格及成熟、音庄严、义庄严。该书深受曼摩吒《诗光》的影响，也受到波阇、摩希摩跋吒和钱迪达斯等人的影响。该书对曼摩吒等前人的韵论和庄严论表现出扬弃的批判性继承姿态，显示出一定的创新意识。宇主天似乎可以“跻身于梵语诗学卓越先

---

①*Madhusūdana Sarasvatī, Śrībhagavadbhaktirasāyana*, Varanasi: Chaukhamba Vidyàbhavan, 1998, p.30.

驱的行列之中”。[①]此外，菩迦罗阇（Puñjarāja，约1475～1520）的《生觉诗庄严》（*Śiśuprabodhakāvyālaṅkāra*）也涉及味论之外的许多重要主题。该书分八章，分别论述诗的本质特征、音病、诗病、句义病、音德、义德、音庄严、义庄严。[②]再如，生活于16世纪的达摩苏里（Dharmasūri）著有《文宝》（*Sāhityaratnākara*）一书。[③]该书第一章为诗歌总论；第二、三、四章分别论述词的表示义、转示义和暗示义（韵）；第五章论述诗德；而第六、七章论述音庄严和义庄严；第八章论述诗病；第九章论述文类、诗歌品级、维达巴等语言风格、艳美风格等戏剧表演风格；第十章详细介绍味论。有人评价说：“《文宝》是论述颇为详尽且博闻多识的梵语诗学著作。”[④]此言确不为过。1564（或1583）年，波罗跋伽罗·跋吒（Prabhākara Bhaṭṭa）写成《味灯》（*Rasapradīpa*），以三章的篇幅介绍了诗的定义、味论和韵论等，并对魅力说和味的重要地位进行了深入阐释。这些思想对于后来的世主《味海》产生了一定的影响。[⑤]这四个例子充分说明，虔诚味论时期的诗学著述呈现多元发展的格局与良好态势。

根据有的学者研究，后世主时代，即17世纪晚期至18、19世纪里，印度一共出现了八十到八十五部左右梵语诗学著作。（当然，这种数量统计只是一家之言，其他学者的统计要多于这一数字。）这些著作的共同特征是，对曼摩吒以后的诗学观进行嫁接。它们基

---

①Viśvanāthadeva, *Sāhityasudhāsindhu,* ed. by Ram Pratap, “Editorial,”Delhi: Bharatiya Vidya Prakashan, 1978, II.

②Puñjarāja, *Śiśuprabodhakāvyālaṅkāra,* ed. by B.L.Shanbhogue, Baroda: Oriental Institute, 1965.

③Dharmasūri, *Sāhityaratnākara,* Part 1: Taraṅgā 1-5, ed. by K.Rajanna Sastry, Hyderrabad: Sanskrit Academy of Osmania University, 1972; Part 2: Taraṅgā 6-7, 1974; Part 3: Taraṅgā 8-10, 1981.

④Dharmasūri, *Sāhityaratnākara,* Part 1, “Preface,”1972.

⑤Prabhākara Bhaṭṭa, *Rasapradīpa,* “Introduction,”by Narayana Sastri Khiste, Benares: Sarasvati Bhavana, 1925, p. 6.

本上没有什么重要的创新点。不过，这些著作具有一定的历史文献价值，对于研究印度古典文论的发展规律和保存印度传统文化精华起着不可替代的作用。

11世纪至18世纪的几百年中，印度先后出现了一些关于戏剧表演、音乐、舞蹈等方面的梵语著作，它们也可归入艺术学或广义文艺学范畴。例如：南迪盖希婆罗大约于5至13世纪成书的《表演镜》（*Abhinayadarpaṇa*），神弓天于13世纪所著《音乐宝藏》（*Saṅgītaratnākara*），阿输迦摩罗大约于14世纪成书的《舞章》（*Nṛtyādhyāya*），伐迦那查利耶·苏达伽罗娑大约于14世纪成书的《乐歌奥义书精选》（*Saṅgītopaniṣat-sāroddhāra*），室利毘陀于16世纪成书的《味月光》（*Rasakaumudī*），普罗娑达摩·密湿罗于17世纪成书的《乐歌那罗延》（*Saṅgītanārāyaṇa*），波罗蜜希婆罗大约于1750年左右成书的《维那琴相》，等等。为了使读者对这些著作有一个总体的印象，本章打破时间限制，将这些分属不同时期的艺术学著作进行集中介绍。

印度中世纪文论发展时期，还出现了梵语诗学的国际辐射现象，这就是梵语诗学对中国西藏地区、蒙古地区文论的奠基性影响。以巴利语改写的梵语诗学著作还在泰国等东南亚地区的国家传播开来。换句话说，印度古典文论对中国少数民族地区文学创作和诗学建构产生影响的同时，还对某些与印度历史文化联系紧密的东南亚国家的文学理论和创作产生了潜移默化的影响。这进一步扩大了印度文论的国际辐射范围。根据国内学者研究成果来看，在古代东南亚地区，泰国文论受印度古典文论影响最为典型。①

①关于印度古代文论影响泰国文学理论的详细介绍，有兴趣的读者可以参阅裴晓睿：《印度诗学对泰国诗学和文学的影响》，载《南亚研究》，2007年第2期，第73—78页。该文亦见曹顺庆主编：《中外文论史》（第四卷），第3383—3403页。裴晓睿教授在此领域的开拓性贡献值得称赞。期待这一非常重要且引人入胜的领域能有更多的研究成果问世。

历史上，泰国文学同东南亚其他国家一样，与印度文学有着千丝万缕的联系。印度文学和文论对泰国文学和文论产生了重大影响。然而，最初在泰国产生影响的印度文论却是斯里兰卡的巴利语文论著作。在缅甸、老挝等其他东南亚国家也是如此。泰国的修辞学理论最初受到巴利语《胜庄严》（*Jinālaṅkāra*）的影响。对泰国诗学影响最大的印度文论著作是巴利文的《智庄严》，这便是本书第三章提到的13世纪斯里兰卡佛教学者僧伽罗吉多所著巴利语诗学著作《妙觉庄严》（*Subodhālaṅkara*）。这部著作脱胎自7世纪的梵语诗学庄严论，内容涉及庄严、诗德和味三个部分。裴晓睿指出，从印度诗学传入泰国的历史来看，无论哪一种梵语诗学理论都没有能够以完整的文字文本传入泰国。泰国古典文学鉴赏所依据的文学理论，只是经过巴利文转述的梵语庄严论和味论等诗学理论的核心原理。这些原理在泰国被部分接受，按照泰国人的文学传统逐步发展并初步成型。进入近现代以来，梵语诗学经典不断被介绍到泰国，人们对梵语诗学有了较为全面的了解。①

根据裴晓睿的研究可以明白，学术界至今没有发现梵语诗学著作在古代直接传入泰国并被接受的证据。巴利语庄严论是泰国庄严论的滥觞。《智庄严》传入泰国之初是作为学习上座部佛教经典的工具书来用的，它的内容与檀丁的《诗镜》非常接近。《智庄严》在锡兰（斯里兰卡）和缅甸也非常流行。在缅甸，这部著作叫做《庄严手册》。总体来看，印度古典文论中的几个核心原理即诗德、庄严、味虽已传入泰国，但庄严和诗德的影响比较有限，最有影响力的当属味论。这和中国西藏地区只接受梵语诗学庄严论形成强烈反差。其中原因值得深入探索。在长期的文学创作和鉴赏实践中，泰国人逐步总结出适合泰国诗学的味论四种。即：惊艳味、调

①裴晓睿：《印度诗学对泰国诗学和文学的影响》，载《南亚研究》，2007年第2期，第73—78页。

情味、嗔怨味、悲哀味。裴晓睿据此认为，梵语诗学味论是以一种被分解的形态介入泰国诗学领域的，在跨文化传播中产生变异。[①]这一情形和《诗镜》在藏族文论中产生文化变异相似。这也不难理解，为何泰国的四种味论以及相关阐释与梵语诗学明显不同。这是比较文学影响研究的重要课题。“客观地说，要准确清晰地描绘印度的罗摩故事在东南亚地区的传播路线是十分困难的。”[②]与此相似，深入研究印度古典文论对泰国在内的东南亚国家文论建构的历史影响，并非易事。其中原因非常复杂。

第二节 维底亚达罗的《项链》
（13至14世纪）

维底亚达罗（विद्याधर, Vidyādhara）生活在13至14世纪之间。也有学者认为，他生活在12到13世纪之间。他著有《项链》（एकावली, *Ekāvalī*）。这是一部仿效曼摩吒《诗光》的综合性诗学著作，共分八章，分别论述诗的定义、词的三种功能、韵诗、以韵为辅的诗、诗德、风格、诗病、庄严等。该书效仿曼摩吒的论述方式，主要以欢增的韵论为论述的基础，并把戏剧学理论排除在论述范畴以外。和《诗光》相似，《项链》也由三部分组成，即正文、著述和例句，几乎所有例句都来自维底亚达罗本人的创作。他的主要观点基本上来自欢增、新护、曼摩吒和鲁耶迦等人，没有什么原创性可言。可以说，维底亚达罗的著作是中世纪时期梵语诗学创造乏力的一个例子。

关于诗的功用，维底亚达罗遵循婆摩诃和曼摩吒的观点认为，它能给诗人带来旷世美名和无尽财富，祛除痛苦焦虑，带来愉快的

①以上相关介绍，主要参考裴晓睿：《印度诗学对泰国诗学和文学的影响》，载《南亚研究》，2007年第2期，第73—78页。

②张玉安、裴晓睿：《印度的罗摩故事与东南亚文学》，北京：昆仑出版社，2005年，第56页。

情味体验和心灵平静。（I.9）[①]关于诗的定义，维底亚达罗认为："作诗的人就是诗人，诗人的羯磨（karma）便是诗。"（I.10）[②]这种定义虽然模糊，但也以特殊的方式界定了诗的范围。维底亚达罗还继承檀丁、楼陀罗吒和曼摩吒等人的思想，将想象力（能力或曰才能、天才）、学问（学养或知识）和练习（创作实践）视为诗歌的三大成因。（I.12）[③]

在论及诗的特征时，维底亚达罗结合韵论认为："智者说，诗以音和义为身体，以韵为灵魂……诗是音和义结合的身体。身体怎会没有灵魂？韵就是诗的灵魂。"（I.13及注疏）[④]这个定义十分明确地表达了作者的韵论派立场。他还写道："人们认为，以韵为本质的诗呈现美，获取音和义的优点后，韵（暗示义）随之产生。"（I.6）[⑤]由此可见，维底亚达罗是韵论的坚定拥护者，他在书中对反对韵论的人进行了驳斥。"维底亚达罗是鲁耶迦之后唯一一位捍卫韵论的人。"[⑥]

关于诗德，维底亚达罗只承认甜蜜、壮丽和清晰三种音德。他没有论述义德。

关于诗病，维底亚达罗紧随曼摩吒的观点，很简略地论述了六种。曼摩吒论述的味病，他没有涉及。

关于风格，维底亚达罗接受三种，即维达巴、高德和般遮罗风格。他和波阇一样，认为其他三种风格阿槃底、罗德和摩揭陀风格可以分别包含在上述三种风格的范畴里。

维底亚达罗论述了貌似重复、谐音、叠声、图案、重复

---

①Vidyādhara, *Ekāvalī*, Delhi: Bharatiya Book Corporation, 1981, p. 16.
②Vidyādhara, *Ekāvalī*, 1981, p. 17.
③Vidyādhara, *Ekāvalī*, 1981, p. 18.
④Vidyādhara, *Ekāvalī*, 1981, p. 21.
⑤Vidyādhara, *Ekāvalī*, 1981, p. 14.
⑥Savitri Gupta, *Comparative and Critical Study of Ekāvalī*, Delhi: Eastern Book Linkers, 1992, p. 189.

（paunaruktya）等五种音庄严。在论述义庄严时，他遵循楼陀罗吒和鲁耶迦的模式，从七个角度对七十二种庄严进行分类论述。

第一类庄严二十九种，均以相似性（sādṛśya）为基础，包括：明喻、互喻、自比、回想、隐喻、转化、疑问、混淆、多样、否定、奇想、夸张、等同、明灯、类比、诗喻、例证、较喻、共说、没有、合说、有意味、新鲜意味、双关、间接、补充、迂回、佯赞、略去。其中，新鲜意味（parikarāṅkura）是鲁耶迦等人没有论述过的。与他同时代的胜天论述过这一庄严。或许，维底亚达罗转引自胜天。

第二类庄严十二种，以差异性（virodha）为基础，包括：矛盾（对立）、藏因、殊说、夸张、分离、不相配、相配、奇妙、增益、互相、独特、相违。

第三类庄严四种，以连贯性（śṛṅkhalā）为基础，包括原因花环、连珠、花环明灯、递进。

第四类庄严以逻辑推理（tarkanyāya）为主，包括诗因（诗相）和推理（比量）两种。

第五类的九种庄严以句子推理（vākyanyāya）为主，包括罗列、连续、交换、排除、自明（推断）、选择、聚集、轻巧和三昧。这里的轻巧（tatkara）大抵是维底亚达罗添加的。他解释道："由于出现了其他相关因素，事情便显得轻而易举。"他还举例说明：

> 你的王后天生丽质，心灵高尚，
> 国王啊！你这勇敢的人中之狮！
> 具有五种可爱的魅力，相伴的
> 杜鹃鸟儿又怎么会不婉转啼鸣？（VIII.59及注疏）[①]

---

①Vidyādhara, *Ekāvalī*, 1981, p. 331.

第六类庄严八种，以惯用语（lokanyāya）为基础，包括敌对、反喻、淹没、同一、借用、不借用、回答和问答。其中，问答大抵是维底亚达罗从波阇那里引用的。

第七类庄严以暗含义（guḍhārtha）为基础，也有八种，即微妙、借口、曲语、自性、生动、高贵、混合和结合。

维底亚达罗的庄严论体系呈现出这样几个特点：第一，效仿楼陀罗吒和鲁耶迦等人的庄严分类法；其次，分类不精确，很多地方存在机械划分的痕迹；第三，有的分类依据不足以涵盖其中所有庄严的特征；第四，他将鲁耶迦认可的与情味相关的庄严全部删除，如有味、有情、情的升起、情的并存和情的混合等没有包括进去。

维底亚达罗认可十种，即艳情味、英勇味、悲悯味、奇异味、滑稽味、暴戾味、厌恶味、慈爱味、恐怖味和平静味。[①]他对各种味的论述基本上依据婆罗多和胜财等人的观点。

维底亚达罗还依据欢增和曼摩吒等人的观点，对词的三种功能、对韵诗等韵论派关心的问题进行了阐述。

总之，维底亚达罗的论著没有为梵语诗学提供多少新的创见。他只是把欢增、曼摩吒和鲁耶迦等人的观点拿来系统地进行编撰，大抵是为进入梵语诗学的初学者提供新的指南罢了。“《项链》的主要优点在于它高度的系统性，它在某种程度上因为摩利纳塔的注疏而得名。”[②]摩利纳塔（Malllinātha）是印度中世纪著名的注疏家，他还曾经为鲁耶迦等人的著作进行注疏。

不过，维底亚达罗的《项链》也有其独特之处，因为他以在书中赞颂自己恩主即乌特伽罗国王那罗幸赫的优秀诗作开创了一种新的诗学著述风格，这便是所谓“名誉装饰体”（yaśobhūśaṇa type）

①Vidyādhara, *Ekāvalī*, 1981, p. 95.
②Edwin Gerow, *Indian Poetics*, p. 280.

或曰赞颂体。“维底亚达罗开创了这一传统。《项链》成为维底亚那特《波罗多波楼陀罗名誉装饰》的范本。与维底亚达罗相似，维底亚那特也在自己创作的所有例诗中，赞美自己的恩主波罗多波楼陀罗。”①其他一些著作如那罗幸赫的《南奢王名誉装饰》和代吠商羯罗·跋吒的《庄严宝石》等诗学著作都遵循了这种赞颂体风格。这显示，维底亚达罗的著作确有特色。或许正因如此，部分重要诗学家如阿伯耶·底克希多和世主等常常引述《项链》。

第三节　维底亚那特的《波罗多波楼陀罗名誉装饰》（13至14世纪）

生活于13至14世纪的维底亚那特（विद्यानाथ，Vidyānātha）著有《波罗多波楼陀罗名誉装饰》（प्रतापरुद्रयशोभूशण，*Pratāparudrayaśobhūśaṇa*）。维底亚那特在书中仿照维底亚达罗的赞颂体，自创全部诗例，赞颂自己的恩主即特伦甘纳国王波罗多波楼陀罗。该书分九章，分别论述男女主角、诗的性质和分类、戏剧、味、诗病、诗德、音庄严、义庄严、混合庄严（音义庄严）。其中，维底亚那特的诗德论依据波阇观点，庄严论依据鲁耶迦的观点，戏剧论依据胜财等人的观点，味论依据婆罗多、胜财、新护和楼陀罗跋吒等人的观点。该书曾由欧洲梵文学家P.S.费里奥扎（Pierre Sylvain Filliozat）译为法语出版，传播到欧洲。大体上，维底亚那特遵循的是曼摩吒式综合性诗学体系。印度学者认为：“在曼摩吒的追随者中，维底亚那特和维底亚达罗与众不同，因其开创了一种统称为‘名誉装饰体’（yaśobhūśaṇa type）的庄严论著述新体裁。可以说，维底亚那特的《波罗多波楼陀罗名誉装饰》名声更响，在印度南方尤其如此。维底亚那特的著作以《诗光》为范本，但他为自己

①Savitri Gupta, *Comparative and Critical Study of Ekāvalī*, p. 9.

的诗学概念提供合适例证时，却走了一条新的路径。他提供例证时，自创诗歌甚或短剧。”①

关于诗的功能，维底亚那特基本沿用曼摩吒的思想。例如，《诗光》中说：“诗是为了成名，获利，知事，禳灾，顷刻获得至福，像情人那样提供忠告……吠陀等经典如同主人，以词为主；往世书等历史传说如同朋友，以意义为主。诗与它们不同，具有使词和意义依附于味的功能。它是诗人的工作。诗人擅长非凡的描绘，像情人那样以有味的方式进行劝导。”（I.2及注疏）②维底亚那特的观点与此相似：“吠陀的教诲如同主人，以永恒的词音为主；往世书的言辞意义丰富，如同知己称心如意；如同情人情味丰富，吉祥的诗能禳灾等等。诗人应擅长非凡的描绘，使智者喜悦。”（I.8）③

关于诗的定义，维底亚那特继承了婆摩诃和曼摩吒等人的思维。他说：“通晓诗的智者认为，诗是音和义的结合，有诗德和庄严，无诗病，它分诗体、散文体和混合体。”（II.1）④维底亚那特还以十分形象的语言叙述了诗的各种要素及其特征和功能，其中有的还运用了双关的修辞法：“音和义的结合叫做诗的身体，而韵则是诗的灵魂。明喻等庄严如同项链等装饰品，紧密等诗德犹如勇猛等品质。各种风格（rīti）如同自性（svabhāva），使灵魂更显高尚。各种词的组合方式（vṛtti）犹如诗律（vṛtti），使每个词流光溢彩。如同脚（pada）惬意地安居卧具（śayyā），这是词语（pada）的妥帖（śayyā）。各种味的体验如同烹饪（pāka），这是成熟（pāka）。这些带有世俗特色的令人愉悦的全部要素，就是完

①Ramavarapu Sarat Babu, *A Critical Study of the Prataparudriya,* 1994, p. 2.

②黄宝生译：《梵语诗学论著汇编》（下册），第599—600页。

③Vidyānātha, *Pratāparudrayaśobhūṣaṇa,* Madras: The Sanskrit Education Society, 1979, p. 4.

④Vidyānātha, *Pratāparudrayaśobhūṣaṇa,* 1979, p. 30.

美的诗。”（II.2-5）[①]这种对诗的各种要素及其特征的综合分析，在以后的诗学家那里仍然还能见到。它将所有诗歌要素或文学基因都艺术地梳理了一遍，从而达到了揭示诗美独特性与洞察文学艺术审美奥秘的重要目的。

关于男女主人公的分类，维底亚那特遵循胜财和楼陀罗跋吒等人。例如，他将男主角分为忠贞、谦恭、欺骗和无耻四类，将女主角分为无经验的、稍有经验的和有经验的三类，再按爱情状态将其分为八类：丈夫顺从（svādhīnapatikā）、在家中做好准备（vāsakasajjikā）、在分离中期待（virahotkaṇṭhitā）、受到冷落（vipralabdhā）、受到错待（khaṇḍitā）、吵架分离（kalahāntaritā）、丈夫出门在外（proṣitabhartṛkā）、追求情人（abhisārikā）。（I.47-48）[②]

维底亚那特还论述了男女主角的各种特征或品质。在此过程中，他假托赞美波罗多波楼陀罗王的机会阐述了自己的观点：“出身高贵、光彩照人、仪态万千、崇高、威严、智慧、恪守正法等等，波罗多波楼陀罗王的这些特征（guṇa），以往的哪一部权威经典曾经论及？”（I.11-12）[③]其实，这句话暗含深意，因为，在此之前，维底亚那特便指出：“以表达情味为主，有音和义，具有诗德、庄严、词语组合与风格，以经论为标准，这是诗歌创作的途径。即使这种创作方式在以前的作品中得到了很好的表现，与其相应的主人公却未得到重点描写。应该以吉祥美好的颂诗（śloka）描述他的事迹，但以往哪部作品中曾经有过这种赞美？作品虽然汗牛充栋，但它们的美名和荣耀在于描写主人公的品质（guṇa），这是表现对象的根本所在。”（I.4-7）[④]由此可见，维底亚那特高度重

①Vidyānātha, *Pratāparudrayaśobhūśaṇa,* 1979, p. 30.
②Vidyānātha, *Pratāparudrayaśobhūśaṇa,* 1979, p. 20.
③Vidyānātha, *Pratāparudrayaśobhūśaṇa,* 1979, p. 7.
④Vidyānātha, *Pratāparudrayaśobhūśaṇa,* 1979, p. 3.

视在诗歌或文学作品描写理想的主人公，这是作为一个整体的作品的命脉所在。因此，赞颂波罗多波楼陀罗王的品德，只是维底亚那特宣扬自己理论的一个机会。他进而指出，犹如理想人物在戏剧中的表演一样，经论也因为塑造了自在天的形象而受人喜爱。《摩诃婆罗多》因为描写克里希那之类重要人物的伟业而成为精彩史诗，《奥义书》因为谈论和塑造了大梵而力压其他文类，即使是哲学中的前弥曼差经论也因论述正法而受人称道，因正法是表现理想人物的典型特征。

综上所述，维底亚那特对诗歌特征和男女主角、主人公即理想人物等方面的论述说明他对梵语诗学的理论发展“做出了重要贡献。尽管他对男女主角的分类界说在梵语诗学著作中随处可见，但在那些著作中，并未如此强调文学作品选择理想人物（ideal nàyaka）的重要性”。[①]

维底亚那特遵循胜财，论述了传统认可的十色，而未涉及沙罗达多那耶和波阇等人论及的其他次色。他具体介绍了戏剧的各种情节和情节关节，并举例说明。

在论述味时，维底亚那特遵循新护，认可艳情味至平静味的传统九味。他说：“情由、情态、真情和不定情的结合，使常情焕发光彩，这就是味。”（IV.1）[②]这是对胜财等味论观的继承与适度发挥。维底亚那特还对情由、情态、不定情、真情、艳情姿态即女主角几种美的特征、会合艳情味、四种分离艳情味、类味和味的混合等进行了介绍。总体来看，维底亚那特的味论观与新护略有出入。[③]

关于诗病，维底亚那特将其分为词病、句病、义病等三类进行

---

①Ramavarapu Sarat Babu, *A Critical Study of the Prataparudriya,* p. 5.
②Vidyānātha, *Pratāparudrayaśobhūṣaṇa,* 1979, p. 155.
③Ramavarapu Sarat Babu, *A Critical Study of the Prataparudriya,* p. 68.

论述。他对诗德的介绍依据波阇的相关分类和论述。

关于庄严，维底亚那特基本遵循鲁耶迦的庄严体系进行介绍。按照先后顺序，维底亚那特介绍了谐音、叠声、貌似重复和图案等四类音庄严，并涉及具体的八个亚种：智者谐音、风格谐音、叠声、貌似重复、罗德谐音、莲花图案、车轮图案、蛇形图案。

维底亚那特介绍了六十八种义庄严，按照先后顺序，它们分别是：1. 明喻、2. 自比、3. 互喻、4. 回想、5. 隐喻、6. 转化、7. 疑问、8. 混淆、9. 多样、10. 否定、11. 奇想、12. 夸张、13. 共说、14. 没有、15. 合说、16. 曲语、17. 自性、18. 委婉、19. 淹没、20. 同一、21. 借用、22. 不借用、23. 矛盾、24. 独特、25. 增益、26. 藏因、27. 殊说、28. 分离、29. 奇妙、30. 互相、31. 不相配、32. 相配、33. 等同、34. 明灯、35. 类比、36. 诗喻、37. 例证、38. 较喻、39. 双关、40. 有意味、41. 略去、42. 佯赞、43. 间接、44. 迂回、45. 反喻、46. 推理、47. 诗因（诗相）、48. 补证、49. 罗列、50. 自明（推断）、51. 排除、52. 回答、53. 选择、54. 聚集、55. 三昧、56. 生动、57. 敌对、58. 相违、59. 连续、60. 微妙、61. 高贵、62. 交换、63. 原因花环、64. 连珠、65. 花环明灯、66. 递进、67. 混合（包括音庄严混合、义庄严混合与音义庄严混合三类）、68. 结合（分四类）。

由上可见，维底亚那特采纳了鲁耶迦的绝大部分庄严，只是剔除了后者所认可的有味、有情、有勇、天助、情的升起、情的并存、情的混合等几种较为特殊的义庄严。不过，这些特殊义庄严已经被他放入味论部分进行论述。他只增加了委婉和敌对两种义庄严。

综上所述，维底亚那特对梵语诗学和戏剧学理论进行了较为全面的阐释，并在前人基础上，进行了某些新的思考。这些思考虽未达到恭多迦或波阇的独创性高度，但却展示了他较为新颖的阐释方法。这或许是他被后人一度遗忘，但其著作仍得以流传至今且为后世学者不断引述的重要因素之一。注疏家对于该著的疏解也是该书流传至今的另一要素。总之，当代学者对该书的评价基本上是合适的："正如已经谈过的那样，《波罗多波楼陀罗名誉装饰》是一本入门教材（prakaraṇa text），它清晰地介绍了梵语诗学（Alaṅkāra-śāstra）中的所有主题。它特别适合初学者，清楚地介绍了所有重要概念。"[①]根据著名学者V.拉克凡的研究，《波罗多波楼陀罗名誉装饰》在印度南方曾经非常流行。1868至1888年间，该书以泰卢固语出版了四次。"在安德拉成型的梵语诗学著作中，《波罗多波楼陀罗名誉装饰》因其出现时间更早和论述完美而优于其他同类著述。"[②]这些同样产于安德拉一带的诗学著作包括《魅力月光》、《味海月》、《摄庄严论》、《文学如意宝》和《文学宝藏》等，其中有的书将在后边谈到。

第四节　胜天的《月光》

（13至14世纪）

生活在13至14世纪之间的胜天（जयदेव，Jayadeva）著有《月光》（चन्द्रालोक，*Candrāloka*），这是一部重要的教科书性质的通俗著作。胜天以正文加注疏的形式进行写作，大抵意在普及梵语诗学基本原理。胜天基本遵循婆罗多等前辈的诗学观进行著述。《月光》共十章，分别论述了诗的特征、诗病、诗相、诗德、情味、风格、暗示义、韵诗分类和词的功能等等。其中，第五章论述庄严，占了全书一半的篇幅。这显示，庄严在胜天那里占有重要的位置。

胜天对诗的特征和诗病的看法，基本上依据前人的观点。他在解说诗病时认为，诗中的魅力如遭诗病侵入，音和义就会出现模

①Ramavarapu Sarat Babu, *A Critical Study of the Prataparudriya,* p. 205.

②Vidyānātha, *Pratāparudrayaśobhūṣaṇa,* "Introduction,"1979, p. 1.

糊。这说明，他认可前人的音病和义病概念。

胜天论述的诗德有十种，包括紧密、三昧、柔和、高尚、清晰、甜蜜、易解、美好、同一和壮丽等。这和檀丁论述的十种诗德完全一致。

关于婆罗多论及的诗相（lakṣaṇa），胜天说明了十种，但只有部分名称如优美和成功等来自《舞论》提到的三十六种诗相。胜天论述的诗相包括优美（śobhā）、意图（abhimāna）、原因（hetu）、阻止（pratiṣedha）、解释（nirukta）、虚拟（mithyādhyavasiti）、成功（siddhi）、合适（yukti）、结果（kārya）和伟大（bhūri）。其中，“合适”这一诗相在波阇那里是二十四种音庄严之一。胜天对每种诗相进行定义后再举例说明，例如意图：“意图是指思考那些不可能变成现实的奇怪事物。如：假如月亮能如太阳般炽热，假如太阳能在夜间升起。”（III.3）[①]再如解释：“解释指说明‘真理’（satyam）并非名副其实。例如：国王啊！您这样做的确是犯错啊！”（III.6）[②]再如虚拟：“原因和结果都不真实，这就是虚拟。例如：月光编织线条，天空负载花环。”（III.7）[③]在婆罗多那里，诗相和庄严的区别界限并不清楚。二者大体上可以混用。某些诗相已经被融入庄严之中。从胜天的论述、例举来看，诗相和庄严相去不远。婆罗多以后，罕见诗学家们论述诗相。胜天在中世纪即婆罗多以后1000年里再次论述诗相，这对保存传统文论有着积极的意义。后来，底克希多在《莲喜》中把胜天的某些诗相如阻止、解释、虚拟和合适等视为义庄严进行论述。

胜天把庄严视为装饰诗的外部因素。他在论述诗相时提到庄

①Jayadeva, *Candrāloka,* Varanasi: Chaukhamba Surbharati Prakashan, 2006, p. 56; Jayadeva, *Candrāloka,* Varanasi: Motilal Banarsidass, 1966, p. 76.

②Jayadeva, *Candrāloka,* 2006, p. 57; 1966, p. 78

③Jayadeva, *Candrāloka,* 2006, p. 58; 1966, p. 79.

严："敏锐的知音才会欣赏女人的吉祥痣，不同的庄严装饰诗的语言身体。"（IV.11）[①]在第五章开头则说："依赖音和义的成功完美，连珠等庄严引人入胜。"（V.1）[②]他所论述的庄严体系是婆摩诃以来数量最为庞大的一套。有的学者认为他提到了一百零八种庄严，但如具体统计起来，还不止这个数量，因为他把很多音庄严或义庄严一分再分，使得他的庄严总数达到一百二十种。

具体说来，胜天论述的音庄严包括谐音、貌似重复、叠声和图案等四种，但他把谐音又再分为智者谐音、风格谐音、罗德谐音、展现谐音（spuṭānuprāsa）和意义谐音（arthānuprāsa）等五种。其中，后两种谐音不见于前人，大抵是胜天增加的。这样，他的音庄严就达到八种之多。

最能体现胜天的庄严特色的还数他的义庄严。按照论述次序，他提到的一百一十二种义庄严（有的义庄严是再次分类形成的）包括：明喻、自比、互喻、反喻、可爱明喻、集束明喻、完全明喻、隐喻、限定隐喻、相似隐喻、类似隐喻、多变隐喻、转化、多样、否定、完全否定、迷惑否定、巧妙否定、虚假否定、奇想、暗示奇想、回想、混淆、疑问、淹没、同一、展现、推理（比量）、自明（推断）、诗相（诗因）、有意味、新鲜意味、同时夸张、极度夸张、灵活夸张、联合夸张、分别夸张、隐喻夸张、极言、想象、喜悦、失望、等同、明灯、重复明灯、类比、诗喻、例证、较喻、共说、没有、合说、部分双关（不拆词双关）、意义双关（拆词双关）、间接、补充、普遍、迂回、佯赞、略去、隐晦略去、矛盾、貌似对立、不可能、藏因、殊说、分离、不相配、相配、奇妙、增益、互相、独特、相违、原因花环、连珠、花环明灯、递进、微妙递进、排列、连续、交换、排除、选择、聚集、三昧、敌对、反

①Jayadeva, *Candrāloka,* 2006, p. 70; 1966, p. 95.
②Jayadeva, *Candrāloka,* 2006, p. 73; 1966, p. 98.

喻、光彩、借用、前提（先例）、不借用、一致、轻视、问答、隐含、借口、曲语、自性、生动、传神、高贵、浮夸、有味、有情、有勇、天助、情的升起、情的并存、情的混合、混合、结合。

以上这些义庄严中，有很多属于一分再分的亚种，还有一些种类或亚种是胜天新增的。由此可见，如果将上述八种音庄严与一百一十二种义庄严相加的话，胜天介绍的庄严总数便达到了创纪录的一百二十种。这里举例说明胜天增加的一些义庄严或其亚种。

展现（unmīlita）："哪里体现了事物的独特性，就应被视为展现。例如：如果说月亮可以显示特征，那么它也可分别出莲花和脸庞。"（V.35）①

新鲜意味（parikarāṅkura）："叙述中关于对象有深意的描写，就是新鲜意味。例如：馈赠人生四大目的的神是四臂者（指毗湿奴）。"（V.40）②

极言（prauḍhokti）："极言指把不可能出现的事物当作可能出现的进行描写。例如：阎牟那河漫过了堤岸，越过了黑色的树顶。"（V.47）③

想象（sambhāvana）："如果真实再现某种想象中的事物，这是想象。例如：假如水晶瓶流出的洁净的水变为珍珠，这就是你那蔓藤鲜花般的美名。"（V.48）④

喜悦（praharṣaṇa）："轻易获得渴望得到的东西，这是喜悦。例如：只要灯一点亮，太阳就升起。"（V.49）⑤

失望（viṣādana）："与心愿相违，不能获得想要的东西，这是失望。例如：灯刚一点亮，却就灭了。"（V.50）⑥

①Jayadeva, *Candrāloka,* 2006, p. 102; 1966, p. 137.
②Jayadeva, *Candrāloka,* 2006, p. 107; 1966, p. 143.
③Jayadeva, *Candrāloka,* 2006, p. 113; 1966, p. 150.
④Jayadeva, *Candrāloka,* 2006, p. 113; 1966, p. 151.
⑤Jayadeva, *Candrāloka,* 2006, p. 114; 1966, p. 152.
⑥Jayadeva, *Candrāloka,* 2006, p. 115; 1966, p. 153.

普遍（vikasvara）：“某种特征就是普遍适用的特征，这是普遍。例如：就像山难以撼动一样，伟人也是难以战胜的。”（V. 69）[①]

光彩（ullāsa）：“缺点在某处被当作一种美德来描写，这是光彩。例如：财富的不幸不会困扰智士贤人。”（V.101）[②]

一致（anuguṇa）：“用邻近其他事物增强前边提到事物的自身性质，这是一致。例如：耳朵的蓝再加上眼睛的青。”（V.106）[③]

轻视（avajñā）：“如果事物的优点通过不合适的缺点来描述，这是轻视。例如：如果莲花谢了，月光又怎不憔悴呢？”（V.107）[④]

传神（bhvikacchavi）：“超越身体外形的描述再现就是传神。例如：你亲眼看见了住在她心中的爱神。”（V.114）[⑤]

浮夸（atyukti）：“对某人勇敢威严等等不可思议的虚假描写，就是浮夸。例如：“国王啊！只要你施舍，你就会成为乞丐们的如意树。”（V.116）[⑥]

胜天非常推崇味在文学欣赏中的核心地位：“只有在光彩照人的味被合适地品尝之处，才是文学的精华所在。”（I.3）[⑦]他在论述情和味时，主要依据婆罗多和胜财等人的观点。他认为：“观看戏剧或欣赏诗歌时，情由等等得到展现，身体体验到不止一种常情，这叫做味。”（VI.3）[⑧]他承认平静味在内的九种味，并一一解说。他把艳情味分为分离和会合两类。他还说：“所缘和引发本质上是情由的两种原因。它们也是情态、情和不定情产生的原

①Jayadeva, *Candrāloka,* 2006, p. 134; 1966, p. 177.
②Jayadeva, *Candrāloka,* 2006, p. 165; 1966, p. 215.
③Jayadeva, *Candrāloka,* 2006, p. 170; 1966, p. 221.
④Jayadeva, *Candrāloka,* 2006, p. 171; 1966, p. 222.
⑤Jayadeva, *Candrāloka,* 2006, p. 179; 1966, p. 232.
⑥Jayadeva, *Candrāloka,* 2006, p. 181; 1966, p. 234.
⑦Jayadeva, *Candrāloka,* 2006, p. 5; 1966, p. 4.
⑧Jayadeva, *Candrāloka,* 2006, p. 201; 1966, p. 254.

因。”（VI.1）[①]他对悲悯味的理解是：“与爱人分别掉下眼泪、感到疲倦等等，逐一展现情由、情态和不定情，这是基于常情悲的悲悯味。”（VI.7）[②]

胜天承认四种风格即般遮罗、罗德、高德和维达巴风格。他还按照韵论派的观点论述了词的三种功能、韵诗和韵的分类等等重要问题。他把韵分为10404种。（VII.12）[③]他在论述表示义时认为：“种类、性质、行为、本事、概念和例证，这些被智者称为六种表示义。”（X.2）[④]

综上所述，胜天的《月光》是一部教科书性质的普及类读物。他在具体论述庄严、诗相等命题时，大体上遵循前人的观点，但也偶有一些自己的发挥。他对《庄严》的总结性介绍和对诗相等概念的阐发，为保存梵语诗学精华作出了自己的贡献。他的著作当时很流行，至少有三位学者为《月光》作过注释。之后，阿伯耶·底克希多接过胜天介绍庄严的大旗，继续前进，写出了至今仍有实用价值且具教科书性质的《莲喜》。总之，胜天的历史贡献值得肯定。

第五节　小伐格薄吒的《诗教》

（13至14世纪）

小伐格薄吒（वाग्भट，Vāgbhaṭa）生活于13至14世纪，他的诗学著作与雪月的《诗教》同名，因此又名《伐格薄吒诗教》。这也是一部通俗的诗学著述，分为五章，其观点几乎全部来自婆罗多、檀丁、胜财、曼摩吒等前人的诗学著作。第一章为诗歌总论，涉及诗的功用、成因、文类等问题；第二章论述词病、句病、义病、诗德

①Jayadeva, *Candrāloka,* 2006, p. 199; 1966, p. 251.
②Jayadeva, *Candrāloka,* 2006, p. 206; 1966, p. 264.
③Jayadeva, *Candrāloka,* 2006, p. 129; 1966, p. 303.
④Jayadeva, *Candrāloka,* 2006, p. 257; 1966, p. 351.

和风格；第三章论及六十三种义庄严；第四章论及七种音庄严；第五章论述男女主角、九种味和味病。

关于诗的定义和分类，小伐格薄吒没有偏离传统思想。他说："诗是音和义的结合，无诗病，有诗德，大部分有庄严。诗分诗体、散文体和混合体三类。"（I）[①]关于三类诗的具体细分，小伐格薄吒又进行了较为详尽的说明。例如，他认为，散文体和诗体的结合，就是混合体，而混合体诗在婆罗多和胜财认可的十色表演中得以运用。小伐格薄吒还论及歌剧（geya）、故事和占卜等文类。他在介绍歌剧时，将之视为"次色"，并介绍了十一种作为次色的剧种：1. 东必迦（Ḍombikā）、2. 独白剧（Bhāṇa）、3. 波罗斯他那（Prasthāna）、4. 跋尼迦（Bhāṇikā）、5. 波来罗那（Preraṇa）、6. 辛格迦（Śingaka）、7. 罗摩格里多（Rāmākrīda）、8. 诃利舍迦（Hallīśaka）、9. 希利迦迪多（Śrīgadita）、10. 罗萨迦（Rāsaka）、11. 戈希底（Goṣṭhī）。此处的"独白剧"既归入十色，又被视为次色。

小伐格薄吒在《诗教》开头对诗的目的或功用进行说明，显然来自《诗光》等前人著述。例如，曼摩吒在《诗光》中认为：

काव्यं यशसेऽर्थकृते व्यवहारविदे शिवेतरक्षतये।
सद्यः परिनिर्वृतये कान्तासम्मिततयोपदेशयुजे ॥२॥ [②]

诗是为了成名，获利，知事，禳灾，顷刻获得至福，像情人那样提供忠告。（I.2）[③]

①Vāgbhaṭa, *Kāvyānuśāsana*, ed. by Pandit Sivadatta and Kasinath Pandurang Parab, Bombay: Tukaram Javaji, 1915, pp. 14-15.

②Mammaṭa, *Kāvyaprakāśa*, Varanasi: Chowkhamba Sanskrit Series Office, 1973, p. 9.

③黄宝生译：《梵语诗学论著汇编》（下册），第599—600页。

完全秉承这一思路，小伐格薄吒这样写道：

काव्यम् प्रमोदायानर्थपरिहाराय व्यवहारज्ञानाय
त्रिवर्गफललाभाय कान्तातुल्यतयोपदेशाय कीर्तये च।

诗是获得欢喜，袪除灾祸，通晓世事真谛，获得人生三要之果，像情人那样给予诱导，并博取美名。（I.2注疏）①

对于诗的成因，小伐格薄吒的观点与檀丁和曼摩吒如出一辙。他说："学问，实践，纯洁的想象力，这些是诗的成因。"（I.2注疏）②在这三种诗的成因中，学问和实践得到了详细的阐释。

关于诗病和诗德，小伐格薄吒遵循波阇等人的思维，先论诗病，后论诗德。他先后论述了词病十六种，句病十四种，义病十四种。他的论述带有檀丁和波阇等人的辩证特色。例如，他认为："语言学规范和诗律学规范等的特色被抛弃，这是无相（nirlakṣaṇa）。在模仿的情况下，它不属诗病。"（II）③小伐格薄吒论述的十种诗德完全出自《舞论》，只是顺序有些差别：美好、柔和、紧密、易解、三昧、同一、高尚、甜蜜、壮丽、清晰。

关于风格，小伐格薄吒论述了维达巴、高德、般遮罗等三种。

在《诗教》第三章，小伐格薄吒将庄严先分为音庄严和义庄严两类。然后，和一般的诗学家不同，他先论述六十三种义庄严，再论述七种音庄严。这和他前边先论诗病、后论诗德的做法一样，暗示了他对诗病和义庄严的相对重视。具体说来，小伐格薄吒论述了七十种庄严。具体情况如下。

七种音庄严：

---

①Vāgbhaṭa, *Kāvyānuśāsana*, 1915, p. 2.
②Vāgbhaṭa, *Kāvyānuśāsana*, 1915, p. 2.
③Vāgbhaṭa, *Kāvyānuśāsana*, 1915, pp. 19-20.

1. 图案、2. 双关、3. 谐音、4. 曲语、5. 妙语（yukti）、6. 叠声、7. 貌似重复。

六十三种义庄严：

1. 自性、2. 明喻、3. 奇想、4. 隐喻、5. 明灯、6. 婉曲（anyokti）、7. 合说、8. 间接、9. 迂回、10. 夸张、11. 共说、12. 略去、13. 矛盾、14. 补证、15. 佯赞、16. 较喻、17. 疑问、18. 否定、19. 交换、20. 推理、21. 回想、22. 混淆、23. 不相配、24. 相配、25. 聚集、26. 另类连续（anya）、27. 相宜（apara）、28. 排除、29. 原因花环、30. 例证、31. 连珠、32. 罗列、33. 有意味、34. 高贵、35. 天助、36. 藏因、37. 互相、38. 淹没、39. 独特、40. 前提、41. 原因、42. 递进、43. 微妙、44. 掩饰、45. 反喻、46. 隐含、47. 相违、48. 分离、49. 自足、50. 双关、51. 解悟、52. 回答、53. 一致、54. 暗示、55. 连续（paryāya）、56. 委婉（vyāja）、57. 增益、58. 敌对、59. 自比、60. 借用、61. 不借用、62. 结合、63. 祝愿。

由上可见，曼摩吒的庄严大多来自于前人的相关论述。当然，他的少数庄严是对前人论述的庄严的改造。例如，曼摩吒对连续（paryāya）的定义是："一件事物连续在多处出现，这是连续……还有一种连续与此相反。多种事物连续在一处出现或被造成出现。"（X.117）[①]小伐格薄吒显然是将这种名为连续的义庄严一分为二，因为他的六十三种义庄严中，既有连续，又有另类连续。他说："在作品中，一处表现多种事物，这是另类连续（anya）。"（III）[②]曼摩吒认为，性质与行为二者结合得天衣无缝，相得益彰，便是相配（sama）。小伐格薄吒将之一分为二，他在论述相配后，再论述类似于这种庄严的另一"相宜"："性质和行为完全一

①黄宝生译：《梵语诗学论著汇编》（下册），第778页。

②Vāgbhaṭa, *Kāvyānuśāsana*, 1915, p. 41.

致，这是相宜（apara）。”（III）[1]

小伐格薄吒《诗教》第五章论述味。他认可新护认可的艳情味至平静味等九种味，并按照婆罗多的方法，将艳情味分为会合与分离两类。然后，按照胜财的思维，将分离艳情味分为傲慢的分离和远行的分离两类。在对其他八种味的特征、真情、类味、类情和味病等进行论述后，小伐格薄吒对男主角的品质特征、女主角的三种类型及其细分、使者、信使和丑角等各种配角进行了介绍。小伐格薄吒的介绍基本依据婆罗多和胜财。例如，在论及女主角的十种爱情状态时，他依据的是婆罗多对女性未能如愿的爱情亦即以死亡为悲惨结局的爱情十阶段的描叙：渴望、忧虑、回忆、赞美、烦恼、悲叹、疯癫、发烧、痴呆和死亡。（V）[2]十阶段爱情实际上是胜财所谓女主角的“失恋”（ayoga）在戏剧中的各种表演形态，大体等于楼陀罗吒、楼陀罗跋吒和毗首那特等人所谓“初恋”的各种艳情表现。

综上所述，小伐格薄吒的《诗教》和雪月的《诗教》基本相似，都是对前人诗学观的阐释，虽无多少理论创新，但对保存和传播梵语诗学精华做出了自己的贡献。

第六节　代吠希婆罗的《诗人如意藤》
（13至14世纪）

13至14世纪的诗学家代吠希婆罗（देवेश्वर，Deveśvara）撰有介绍“诗人学”的著作《诗人如意藤》（कविकल्पलता，*kavikalpalatā*），体例和内容与阿摩罗旃陀罗的《诗如意藤注疏》有一些相似或相同

①Vāgbhaṭa, *Kāvyānuśāsana*, 1915, p. 41.
②Vāgbhaṭa, *Kāvyānuśāsana*, 1915, p. 64.

之处。代吠希婆罗的著作“显然是后者的改写本”。[①]代吠希婆罗生平不详，他似乎生活在阿摩罗旃陀罗以后的时期，或许与后者是同时代人。代吠希婆罗的《诗人如意藤》显然是“诗人学”谱系上晚近形成却也必不可少的一根链条。虽然后世学者对于《诗人如意藤》评价不一，但和雪月《诗教》、小伐格薄吒《诗教》等梵语诗学著作一样，它的主要价值还在于以别样的方式为当代世界保存了印度文明的传统精华和珍贵的文化密码。

《诗人如意藤》与《诗如意藤注疏》一样，全书分为四章，每一章（stabaka）又分为若干节（kusuma）。具体说来，《诗人如意藤》第一章是近似于介绍音庄严的“词音篇“（Śabda），分为四节，依次介绍各种诗律的运用、同义词或近义词的运用、语言运用、描写规则和惯例、谐音的运用。

该书第二章是“双关篇”（Śleṣa），分为五节，依次介绍双关例句、描述对象的规则、各种主题的描写范例、数词的运用规则、词语惯用义的描述规则。

该书第三章是“描述篇”（kathā），分为六节，依次介绍如何描述国王、赞美恒河、赞颂毗湿奴大神等神灵、称颂婆罗门祭司、描写湖泊山川等自然景观，描写乐师。

该书第四章即最后一章为近似于介绍各种义庄严的“词义篇”（artha），分为七节，依次介绍词语意义和功能的形成、词语的惊奇魅力、图案诗、词义的相似、隐喻等修辞法、形成复合词的方法、复合词的构造。

从内容来看，代吠希婆罗的《诗人如意藤》与阿摩罗旃陀罗的《诗如意藤注疏》存在许多一致之处。例如，代吠希婆罗《诗人如意藤》的两章标题即第一章“词音篇”、第四章“词义篇”分别与《诗如意藤注疏》的第二章“词语魔力”和第四章“意义魔力”相

①黄宝生：《印度古典诗学》，第236页。

同。此外，在《诗人如意藤》总计二十二节内容中，有十节的标题和《诗如意藤注疏》相似，如《诗人如意藤》第一章第一、二、三、四节分别对应于后者第一章的第二、三、五节和第二章第三节；《诗人如意藤》第二章第一、二、三、四、五节分别对应于后者第三章第三节，第四章第二、五、六节和第二章第一节，《诗人如意藤》第四章第二、三、七节分别对应于后者后者第三章第四、五节和第四章第七节。①

根据贝泰的研究，代吠希婆罗的著作中有很多例句和论述见于《阿摩罗旃陀罗》的著作。正因如此，S.K.代认为："代吠希婆罗在论述主题和谋篇布局上非常近似阿利辛赫和阿摩罗旃陀罗的著作，很容易明白，他大量地沿用前人著作。"②不过，在贝泰看来，代吠希婆罗与阿摩罗旃陀罗著作之间的复杂渊源还可以从另外一个角度进行解释。他指出："尽管承认代的部分观点是正确的，但也必须声明，代吠希婆罗也在十二个论题上做出了自己有目共睹的贡献，在那些主题的论述中，他没有过多地借鉴阿摩罗旃陀罗。两部著作中的相似成分，或许是代吠希婆罗沿用了阿摩罗旃陀罗的例诗，抑或是他们两人都拥有对我们而言现已失传的相同文献。即便如此，代吠希婆罗显然的确知悉阿摩罗旃陀罗的著作，但又绝对没有盲从。这一点可由他的著作中的不同论题和相当独立且有智慧的论述得以证实。这至少在某种程度上说明，代吠希婆罗拥有自己独立的观点。"③

---

①Amaracandrayati, *Kāvyakalpalatāvṛttih*, 1997, pp. 18-23. 笔者于2011年9月26日在古吉拉特大学图书馆收集资料时见到了《诗人如意藤》的1923年版，但它和笔者同时发现的楼陀罗跋吒《艳情吉祥痣》（1899年版）一样，已残缺不全，笔者至2012年2月底从班加罗尔离印回国前也未能收集到《诗人如意藤》的完整版本，因此，只能根据当代印度学者R.S.贝泰为《诗如意藤注疏》一书所撰英文"引言"中提供的相关信息进行介绍。笔者祈望将来有学者收集该书完整版本并做更为准确和详细地介绍和研究。

②S.K.De, *History of Sanskrit Poetics,* Vol. I, p. 259.

③Amaracandrayati, *Kāvyakalpalatāvṛttih*, 1997, p. 20.

代吠希婆罗在《诗人如意藤》开头认为，心灵深处充满想象力的诗人，将以自己的独特风格进行创作，而那些缺乏想象力或创作天赋的人仅凭机巧智慧便能创作优秀诗篇的情况相当罕见。因此，为了指导这两类人的创作实践，他决定不畏艰难进行著述。他承认，自己在写作中参考了数不清的前人的“诗人学”著作，也借鉴了很多优秀诗人的作品。代吠希婆罗将作诗者分为两类，其写作目的在于为这两类人提供创作指南。在对自己的诗学观进行总结时，代吠希婆罗认为，他写此书并不是为自己博取功名，而是满足那些有志于创作诗歌和获得更大成就的真正知音。如果认真研读自己的《诗人如意藤》并接受其中的教诲，诗人们创作的诗篇定会语言甜美，魅力无穷，受人欢迎和敬重。如果诗人们笔下的音和义如同如意神牛（kāmadhenu）有力而又甜美，语言悦耳动听，他们的“诗甘露”必将征服参加文会的智者心灵。因此，优秀诗人应该学习《诗人如意藤》，在各个方面提高诗歌创作的质量，他们应该明白，诗歌之外皆为腐朽。每一位诗人都应该努力创作，以达到神奇不朽而又独一无二的至高境界：解脱。①

代吠希婆罗著作还有其他一些值得注意的地方。例如，在《诗人如意藤》第二章第三节的描写主题探讨中，他的某些例诗与《诗如意藤注疏》相同，但其论述更为系统和深入，涉及六个主题，对于诗人创作应该掌握的知识进行了更为全面地归纳和叙述。为论述天界、虚空界、地界、地狱、身体相貌、公园湖泊等的描述方法，他还自创诗歌进行示范。②这些例诗有的成为17世纪苏跋维迦耶迦尼为阿摩罗旃陀罗的著作而作的注疏即《花蜜》的思想源头。第二章第四节关于数词描写的叙述，句子虽然简短，但却凝炼有力，

---

①参阅：Amaracandrayati, *Kāvyakalpalatāvṛttih*, 1997, pp. 20-21.

②参阅：Deveśvara, *kavikalpalatā,* ed. by Pandit Sarat Candra Sastri, Calcutta: The Asiastic Society of Bengal, 1923, pp. 103-109.

切中肯綮。[1]例如：चत्वारि वेदब्रह्मास्यवर्णाब्धिहरिबाहवः（四可以用来描写四部吠陀本集、婆罗门为首的四种姓、东西南北四海、毗湿奴大神的四臂）（II.4.3）[2]《诗人如意藤》第三章共六节论述如何描写国王、恒河、大神、婆罗门祭司和湖泊山川时，代吠希婆罗为此创作的例诗堪为初学写诗者的范本。[3]例如，代吠希婆罗在该章的开头即写道："接着是国王的形象，恒河的赞美，薄伽梵和那罗的辩论，湖水等的描摹，乐师的描写，等等，这些在接下来的六节中一一讲述。我将极为简练地论及这些虚构的甘露似的故事诗。故事诗中存在欲求与断念的困惑愚痴，它便分为两类：无漏无欲的故事诗和克制贪欲的故事诗。"（III.1.1-3）[4]

贝泰在对代吠希婆罗的相关论述进行研究后认为："恒河等描写主题也得到了很好的探讨，它们为如何表现恒河等的特征提供了许多可资借鉴的方法，诗人甚至可以在自己的创作中直接利用这些诗句。所有主题的探讨可以视为整本书中的精华所在，也是代吠希婆罗对诗人学命题的相当卓越的贡献。我们也想再次强调一点：代吠希婆罗表面上看取自阿摩罗旃陀罗的许多经文（kārikās），自然还有例诗，或许来自他们俩均利用过的同一著作。"[5]由此可见，虽然并无多少理论创新，并对前人著述进行大量的借鉴和沿用，《诗人如意藤》仍然有其可取之处，这似乎是该书得以流传后世的因素之一，同时也是研究梵语诗学发展史绕不开它的原因，其历史文献价值不言而喻。

---

①参阅：Deveśvara, *kavikalpalatā,* 1923, pp. 110-121.
②Deveśvara, *kavikalpalatā,* 1923, p. 111.
③参阅：Deveśvara, *kavikalpalatā,* 1923, pp. 130-190.
④Deveśvara, *kavikalpalatā,* 1923, p. 130.
⑤Amaracandrayati, *Kāvyakalpalatāvṛttih,* 1997, p. 22.

第七节　毗首那特的《文镜》
（14世纪）

毗首那特（विश्वनाथ，Viśvanātha，或意译为“宇主”），大约生活于14世纪。他是诗人和戏剧家，有“诗人之王”的称号，但其作品均已失传。作为文学理论家，毗首那特著有《文镜》（*Sāhityadarpaṇa*），还曾为前辈诗学家曼摩吒的《诗光》作注，题为《诗光镜》（काव्यप्रकाशदर्पण，*Kāvyaprakāśadarpaṇa*）。例如，曼摩吒曾经指出：“诗人的语言（女神）胜过一切，她的创造摆脱命运束缚，惟独由愉悦构成，无须依靠其他，含有九味而甜蜜。”（I.1）①毗首那特对此疏解道：“九味是指艳情味到平静味的各种味。知音品尝九味而心中愉悦。诗人的语言创造自由无碍，胜过一切，比梵天产生的意义（artha，或译‘财富’）更为丰富。”②印度学者特里伯蒂（G.C.Tripathi）认为，毗首那特身为诗人、学者和批评家，是最有资格的《诗光》注疏家。“因为毗首那特自己写过综合性诗学著作，他是评价《诗光》这样一部在当时享有盛名的研究著作的不二人选。在我看来，《诗光》是因为《文镜》对它的评价而引起重视的，曼摩吒应该为得到毗首那特这样的作者的评价而倍感荣幸。”③

毗首那特的《文镜》深受《诗光》影响。同样是综合性诗学著作，《诗光》以韵论为核心，而《文镜》以味论为核心。关于诗德、诗病和庄严，二者的基本观点一致。不同的是，《文镜》论述戏剧学和风格，而《诗光》却没有论述它们。毗首那特以味论为

①黄宝生译：《梵语诗学论著汇编》（下册），第599页。

②Viśvanatha, *Kāvyaprakāśadarpaṇa,* ed. by Goparaju Rama, Allahabad: Manju Prakashan, 1979, p. 2.

③Viśvanatha, *Kāvyaprakāśadarpaṇa,* "Foreword,"1979.

理论出发点，试图全面总结梵语诗学和梵语戏剧学。《文镜》分十章，分别论述诗的一般特征、词的功能和句义、味和情、诗的分类、诗病、诗德、风格和庄严等所有主要的文论话语。该书还介绍了戏剧学原理。这在当时的梵语诗学著作中是不多见的。①

《文镜》第一章论述诗的特征亦即诗的定义。作者继承了前人的观点，认为慧根很浅的人也可以轻松愉快地从诗中获得“人生四要的果实”，即法、利、欲和解脱。智慧成熟的人，也乐意通过诗实现人生目的，这是因为：“倘若苦药能治好的病，白糖也能治好，有哪个病人不认为吃白糖更好呢？”（I.2注疏）②毗首那特从分析批判前人的观点入手论诗的特征。他举出曼摩吒、恭多迦、伐摩那、欢增、波阇、摩希摩跋吒等人对诗的特征的论述，并一一加以辩驳否定，然后提出自己的看法亦即诗的定义：

> वाक्यं रसात्मकं काव्यम् ③
> 诗是以味为灵魂的句子。（I.3）

毗首那特解释说：“味是灵魂，是精华，赋予诗以生命。缺少了它，也就被认为没有诗性。”（I.3注疏）④毗首那特改变了传统的以“音和义的结合”给诗下定义的方式。这是因为，他是味论的继承者和发挥者，必然以味论思想观察和看待诗的特性。有学者认为，这一定义可有不同理解：一是带味的句子，即味存在于句子之中；二是句子具有激起味的能力。从毗首那特的整个文论思想来看，这个定义的含义应属于后者，但从句子逻辑意义看，应属前

①此处对毗首那特和《文镜》的介绍，主要参考《印度古典诗学》，第238、327—329、408—411页。同时参阅曹顺庆主编：《中外文论史》（第四卷），第3314—3328页。

②黄宝生译：《梵语诗学论著汇编》（下册），第812页。

③Viśvanātha, *Sāhityadarpaṇa*, New Delhi: Panini, 1982, p. 21.

④黄宝生译：《梵语诗学论著汇编》（下册），第816页。

者。[①]

围绕上述关于诗的定义，毗首那特还认为："诗病是味的削弱者。诗德、庄严和风格是味的增强者。"（I.3）[②]这样，味而非庄严或韵成为毗首那特关注的焦点。他在第三章开头即给出味的产生程序："由情由、情态和不定情展示的爱等等常情，在知音们那里达到味性。"（III.1）[③]这是对新护味论的继承和发展，因为新护认为鉴赏者心中要先有"味"，才能赏识创作者赋予作品的"味"。他还认为："味、情、类味、类情、情的平息、情的升起、情的并存和情的混合，由于能品尝，这些都是味。"（III.259-260）[④]毗首那特认可十种味，即婆罗多的八种味加上平静味和慈爱味。他认为："由于明显具有魅力，人们确认慈爱味。它的常情是父母慈爱，所缘情由是儿子等等，引发情由是他们的姿态动作、学问、勇气和仁慈等等。情态是搂抱、触摸身体、亲吻额头、凝视、汗毛竖起和喜悦的泪水等等。不定情是担忧、喜悦和骄傲等等。颜色是莲花花心色，天神是世界母亲。"（III.251-254）[⑤]毗首那特还仿照婆罗多《舞论》的模式，确定慈爱味的颜色是莲心色，保护神是世界母亲即母亲女神。毗首那特之前，慈爱味不太为人关注。此后，它逐渐为人认可。毗首那特还论述了不同的味之间的对立情形，如厌恶味和艳情味的对立。毗首那特还论述了艳情味、平静味等各种味在艺术实践中的不合适情形，意在为文学创作把脉。他说："行为不合适，成为类味和类情。"（III.262）[⑥]

奥义书中有"得味者欢喜"之说，欢喜（आनन्द，ānanda）后来成为宗教哲学概念。新护将欢喜引进梵语诗学领域。他认为文学

①倪培耕：《印度味论诗学》，桂林：漓江出版社，1997年，第207页。
②黄宝生译：《梵语诗学论著汇编》（下册），第817页。
③黄宝生译：《梵语诗学论著汇编》（下册），第831—832页。
④黄宝生译：《梵语诗学论著汇编》（下册），第898页。
⑤黄宝生译：《梵语诗学论著汇编》（下册），第897页。
⑥黄宝生译：《梵语诗学论著汇编》（下册），第900页。

审美同宗教修行的最高境界一致，都是要人神合一，这种境界便是欢喜。[①]新护的思考深刻地影响了后来的味论者。因此，毗首那特对味的品尝的描述是：“由于充满善性，味完整而不可分割，自我启明，由欢喜和意识构成，摒绝与其他感知对象的接触，与梵的品尝是异父兄弟，以超俗的惊喜为生命，与品尝本身没有区别。它被知音们品尝，犹如自己品尝自己。”（III.2-3）[②]毗首那特在这里吸收了那耶迦的观点：在品尝味时，人性中的喜德压倒忧德与闇德，充满光明与欢喜。这样，味的品尝不同于世俗品尝，而类似对梵的亲证体悟。毗首那特认为味实质上是品尝本身，而不是某种被品尝之物。他说：“味不是认知对象，因为味的存在与感知不可分离……味不是永恒的，因为它在感知之前并不存在，在不被感知的时候也不存在。”（III.20-21）[③]在新护味论基础上，毗首那特对味的品尝即审美愉悦继续进行阐发。悲伤、厌恶和恐惧等等常情在日常生活中是痛苦的或不愉快的，为什么读者品尝作品的悲悯味、厌恶味和恐怖味会获得欢喜呢？毗首那特解释说：“即使在悲悯等等味中，也产生愉快。在这里，知音们的感受是唯一的准则。如果这些味中有任何痛苦，谁也不会欣赏它们。如果这样，《罗摩衍那》等等作品成了痛苦的根源。由于与世俗相关，成为悲喜等等的原因。世俗中产生的悲喜等等是世俗的。而由于与诗相关，成为超俗的情由。从这一切中产生愉快，有什么害处？”（III.4-8）[④]毗首那特认为味具有快乐本质。他已经认识到审美的非功利性原理。后来的西方美学家康德等人也认识到这一点。

毗首那特也从读者接受的角度进行味论阐释。他认为，只有在前生和今生积累心理潜印象（vāsanā，samskāra）的人才能品尝

①曹顺庆主编：《中外文论史》（第四卷），第3321页。
②黄宝生译：《梵语诗学论著汇编》（下册），第832页。
③黄宝生译：《梵语诗学论著汇编》（下册），第837—838页。
④黄宝生译：《梵语诗学论著汇编》（下册），第833—834页。

到味。也就是说，读者在鉴赏中之所以能够获得味的欢喜，是由于鉴赏者自己原来具有的同类感情。他解释说："没有爱等等的潜印象，就不会产生味的品尝。今生和前生的潜印象是味的品尝原因……情由等等具有一种名为普遍化的功能。由于它的力量，知音感到自己与跃过大海等等的人物没有区别……爱等等也是那样，依靠普遍化感知。"（III.9-12）[①]在这里，他继承了新护等人的普遍化（sādhāranīkaraṇa）思想。他分析说：关于罗摩的诗歌中罗摩和悉多的爱等等常情怎么会唤醒读者的爱等等常情呢？这是由于情由等等的普遍化作用。作品中的情由具有普遍性，因而是具有超越性的。由于这种普遍化的力量，读者甚至与具有超人力量的神猴哈奴曼达到同一。由此，哈奴曼跃过大海等等的超人行动也能唤醒读者心中的常情"勇"。读者正是通过这种普遍化方式感知爱等等常情，既不把它们看作是别人的，也不把它们看作是自己的，由此品尝到味。否则，读者陷入日常经验方式，就不能品尝到味。西方现代文论家T.S.艾略特的"非个性化"理论与梵语诗学的普遍化原理有相通之处。推而广之，梵语诗学味论与西方文论相关思想，存在很多可以比较之处，如情由论和艾略特"客观对应物"、味论普遍化原则与康德的非功利论、新护的潜印象原理与荣格的原型论、波阇的唯一艳情论和弗洛伊德的原欲说，等等。[②]

总之，毗首那特认为味是超俗的，只被具有心理潜印象的读者品尝，不同于日常生活中的经验对象。艺术作品中普遍化的情由、情态和不定情唤醒读者心中潜伏的常情。被唤醒的常情转化成味，为读者所品尝。因此，味实质上就是品尝（即品尝读者自己心中的常情潜印象）本身。毗首那特主要依据新护的观点，将其味论加以

①黄宝生译：《梵语诗学论著汇编》（下册），第834—835页。
②参阅拙文：《梵语味论诗学和西方诗学比较》，载《人文杂志》，2009年第3期。

条理化，使其更为清晰易解。[①]

在论述味的时候，毗首那特涉及到了戏剧学基本原理。他基本上依据婆罗多和胜财的基本观点，如两种情由、四种男主角和三种女主角的分类等等，但他也不时添加一些自己的见解，并且，他的某些分类更为详细或繁琐。

与自己关于诗的定义一致，毗首那特将诗分成韵诗和以韵为辅的诗两类，前者是诗中暗示义胜过表示义，即暗示的味占优，是上品诗；后者是诗中暗示的味占次要地位。毗首那特《文镜》不同于欢增《韵光》为代表的韵论派，不是以韵为标准，而是以味作为衡量诗的唯一标准，因此排除了韵论派承认的第三类诗，即所谓画诗，认为这类画诗中缺乏暗示义，也就缺乏可以品尝的味。

就词的几种功能而言，毗首那特和欢增、曼摩吒等人基本一致，但在韵论的某些地方还存在重大分歧。如他认为，韵有五千三百五十五种而非曼摩吒的一万多种。他否认韵是诗的灵魂。他还否认韵论派提出的本事韵和庄严韵，只承认第三种韵即味韵。这是由他的味论派立场决定的。毗首那特认为，诗病是味的削弱因素，分为词病、词素病、句病、义病和味病五类。毗首那特接受韵论派的观点，确认甜蜜、壮丽和清晰三种诗德，并认为它们是味的属性。他还论述了诗病转化为诗德的各种情况。他虽不同意伐摩那“风格是诗的灵魂”的观点，但他不象欢增和曼摩吒那样将风格归入诗德或庄严，而将其视为一种独立的诗的因素。他将风格分为维达巴、高德、般遮罗和罗德四种。

《文镜》第六章专论戏剧。毗首那特依据婆罗多和胜财等人的戏剧学基本原理进行阐释，延续了梵语戏剧学传统。他再次对诗分类，把诗分为可看的和可听的两类，认为可看的是可以用来表演的戏剧即“色”。他先逐一论述了婆罗多和胜财均认可的十色，然后

---

①黄宝生：《印度古典诗学》，第327页。

再在波阇等人的基础上，逐一论述十八种次色即次要戏剧。他在论述戏剧以后，还第三次对诗进行分类。他把诗分为传说诗、章回诗、库藏诗（诗集）、散文、故事、传记、占布和混合使用多种语言的迦伦跋迦。

和曼摩吒一样，毗首那特也在著作的最后分两章论述音庄严和义庄严，共计九十四种。他说："庄严是音和义的不固定的属性，美化音和义，辅助味等等，如同手镯等等。"（X.1）[①]他论述音庄严包括貌似重复、智者谐音、风格谐音、悦耳谐音、尾部谐音、罗德谐音、叠声、双关曲语、语调曲语、通语、因素双关、词缀双关、词性双关、词干双关、词双关、词格双关、词数双关、语言双关和图案等十九种。他所论述的七十五种义庄严具体名称如下：明喻、自比、互喻、回想、隐喻、转化、疑问、混淆、多样、否定、确认、奇想、夸张、等同、明灯、类比、喻证、例证、较喻、共说、没有、合说、有意味、双关、间接、佯赞、迂回、补证、诗相、推理、原因、随顺、略去、藏因、殊说、矛盾、分离、不相配、相配、奇妙、互相、独特、相违、原因花环、花环明灯、连珠、递进、罗列、连续、交换、排除、回答、推断、选择、聚集、天助、反喻、淹没、同一、借用、不借用、微妙、借口、自性、生动、高贵、有味、有情、有勇、情的平息、情的升起、情的并存、情的混合、混合、结合。

毗首那特增加了谐音和双关的亚种，同时增添了几种不见于楼陀罗吒、曼摩吒、鲁耶迦或胜天等人著作的庄严。这些新增庄严包括：通语（bhāṣāsama）："一些词组成的句子，按照各种语言读来都相同，这是通语。"（X.10）[②]确认（niścaya）："否定某一物，确认原物，这是确认。这种庄严名为确认。另一物指被叠加者（喻

①黄宝生译：《梵语诗学论著汇编》（下册），第1054页。
②黄宝生译：《梵语诗学论著汇编》（下册），第1059页。

体）。例如我的这首诗：这是脸庞，不是莲花；这是眼睛，不是青莲，蜜蜂啊！你在眼睛美丽的女郎面前飞来飞去，浪费时间。“（X.39及注疏）[①]随顺（anukūla）：“如果不随顺变成随顺，这是随顺。例如：一旦你发怒，便给他留下指甲伤痕，用双臂绳索勒紧他脖子，细腰女啊！”（X.64及注疏）[②]

综上所述，毗首那特的《文镜》是一部以味论为核心的综合性文论著作，区别于此前曼摩吒以韵论统摄全书基调的《诗光》。毗首那特提出“诗是以味为灵魂的句子”来概括文学的本质，这是对传统味论的继承与发展。他还发挥了新护“喜以解味”的传统思想，并确认了平静味和慈爱味，使得后世文论家对此逐步达成共识。总之，《文镜》是印度古代文学理论的一次成功总结，是自曼摩吒《诗光》以后最为完备的一部梵语诗学综合性著作。由于《文镜》兼论诗和戏剧，探讨梵语文学理论的各方面问题，是对古代文论的全面梳理和总结，自问世后便成为印度学者学习古典文论的标准读本，它的影响广泛而深远。[③]毗首那特对整理和保存梵语诗学传统精华作出了重要的历史贡献。有人认为，毗首那特的《文镜》是“印度诗学中第二部最著名的著作”。[④]不过，客观地说，从诗学原创角度来看，在梵语诗学家的灿烂星群中，毗首那特不是最亮的一颗。“在欢增、曼摩吒和世主的耀眼光芒中，他显得黯淡无光。”[⑤]

---

①黄宝生译：《梵语诗学论著汇编》（下册），第1088页。

②黄宝生译：《梵语诗学论著汇编》（下册），第1121页。

③以上介绍参阅曹顺庆主编：《中外文论史》（第四卷），第3319—3327页。同时参阅倪培耕：《印度味论诗学》，第80—83、207页。

④Edwin Gerow, *Indian Poetics*, p. 281.

⑤P.V.Kane, *History of Sanskrit Poetics,* p. 303.

第八节　维希吠希婆罗·格维旃陀罗的《魅力月光》（14世纪）

维希吠希婆罗·格维旃陀罗（विश्वेश्वर कविचन्द्र，Viśveśvara Kavicandra）生活在14世纪，他的诗学代表作是《魅力月光》（चमत्कारचन्द्रिका，*Camatkāracandrikā*），有的学者认为它可能写于1387年。该书共分八章，分别论述词和词病、句和句病、义和义病、作品分类、诗德、风格、词语组合方式、味和庄严等诗学命题。这是十四世纪梵语诗学著作中颇有特色的一部。有人评价说："格维旃陀罗的诗定义和诗分类具有相当的原创性。他与世主的诗分类并无本质差异。他的魅力分类预示着世主的相关观点。他是最早引用《奥义书》经典论证味的存在的人。"①在梵语诗学发展史上，格维旃陀罗第一次以魅力（चमत्कार，camatkāra，也可译为"惊喜"）作为标准评价诗艺。他对诗的定义，他对文学本质特征的看法都与此相关。

格维旃陀罗对诗的定义是："通晓诗的智者认为，诗是魅力十足的语言和意义。"（I.11）②魅力（惊喜）不是格维旃陀罗的首创。这个诗学概念是新护在注解婆罗多味论时首次使用的。新护在《舞论注》中说："这种不受阻碍的感知是惊喜。它产生的生理反应，如颤抖和汗毛竖起等等，也就是惊喜……也可以说，这种惊喜是不厌倦和不间断地沉浸在享受中。或者说，是沉浸在奇妙享受的颤动中的享受者的惊喜。它也是一种具有直接经验性质的精神活动，如自我亲证、想象或回忆，但不以通常的方式呈现。"③魅力

①Viśveśvara Kavicandra, *Camatkāracandrikā,* "Introduction,"by P.Sriramamurti, Waltair: Andhra University, 1969, LX.

②Viśveśvara Kavicandra, *Camatkāracandrikā,* p. 2.

③黄宝生译:《梵语诗学论著汇编》(上册), 第485—486页。

这一词汇实际上已经成为审美愉悦即欢喜的代名词，但它强调文学作品给人的“奇妙享受”，因此，译为“惊喜”同样合适。

格维旃陀罗认为：“前辈们的教诲一般都精深微妙，追随他们的今人可以超越既有的典范。”（I.47）①这暗示他必将努力超越前人，创建自己的一家之言即魅力说。格维旃陀罗认为，导致诗产生魅力（惊喜）的因素包括诗德、风格（vṛtti）、味、词语组合方式（rīti）、成熟（pāka）、妥帖（śāyya）和庄严等七种。值得注意的是，他将维底亚那特表示风格（vṛtti）和词语组合方式（rīti）的两个梵文词进行了互换。他在《魅力月光》开头即说：“语言意义的身体光彩照人，以味为生命，诗德闪耀，风格和词语组合方式感人至深。走向妥帖与完美，各种有味的庄严明艳动人，到处不见诗病踪影。少女一般的诗性灵魂高洁，遍体散发成熟气息。”（I.2）②这几句话巧妙地把七种魅力因素都囊括在一起。不仅如此，格维旃陀罗还直截了当地点出他的核心观点：“诗的目的在于教导人们遵守仪轨，这一教导魅力十足，让人印象深刻，颇受启迪。诗德、风格、味、词语组合方式、妥帖、成熟与庄严，这些魅力因素使智者心中充满欢喜。智者说诗德等七种因素是诗的魅力之源。它们的共同特征在于让诗句优美动人。”（I.6-7）③他还把魅力和诗人的创作活动联系起来：“诗人的所为，目的在于不断追求世俗的成就，他以此亲身体验魅力。”（V.34）④

格维旃陀罗提到的七种魅力因素基本上涵盖了重要的梵语诗学命题，如诗德、庄严、味等等。他对另外几种魅力因素的含义分别进行说明。例如，词语组合方式：“词语组合方式（rīti）指词如何组合。辩士说，rīti来自表示运动的词根rīṅ。词特殊的组合与

①Viśveśvara Kavicandra, *Camatkāracandrikā,* p. 7.
②Viśveśvara Kavicandra, *Camatkāracandrikā,* p. 1.
③Viśveśvara Kavicandra, *Camatkāracandrikā,* p. 2.
④Viśveśvara Kavicandra, *Camatkāracandrikā,* p. 96.

排列就是所谓词语组合方式。它包括四种：无复合词、中等复合词、长复合词及混合类复合词。”（IV.27-28）[①]欢增认为，词语组合方式分为无复合词、中等复合词和长复合词三类。格维旃陀罗只不过对此作了一些调整罢了。格维旃陀罗所谓风格（vṛtti）来自于《舞论》中的四种戏剧表演风格。他对此进行扩充改编，变为一般文学意义上的六种风格。他对此一一说明：“艳美风格指词义柔和。刚烈风格指音和义成熟完美。雄辩风格指意义柔和间杂完美。崇高风格指意义成熟完美兼带柔和。中等艳美风格指意义柔和并希望兼有完美。中等刚烈风格指意义完美但并不十分柔和。”（IV.32-37）[②]所谓成熟是指：“成熟指对作品中语言的成熟完美的充分品味。根据复合词它分为柔和和刺耳两类。”（IV.38）[③]所谓妥帖是指：“妥帖指诗中词语互换也彼此合适。诗中不同地方可用不同词语。”（IV.39）[④]由此可以发现，格维旃陀罗所谓风格、词语组合方式、妥帖、成熟乃至诗德和庄严等六种魅力因素均指向作品的语言。作品魅力几乎就是语言魅力的代名词而已。放在梵语诗学的历史语境和理论逻辑中观察，这种语言魅力说又是十分自然和妥帖的。追本溯源的话，“成熟”是伐摩那在8世纪时提出的诗学概念：“诗中的词语运用得当，其他词语无以替代，娴熟运用词语者称其为成熟。”（I.3.15注疏）[⑤]后来，王顶也谈到了成熟这个概念。维底亚那特的《波罗多波楼陀罗名誉装饰》在论述诗歌要素的有机融合时涉及成熟和妥帖。格维旃陀罗似乎继承了前人的思想，他强调七种魅力因素的完美配合给诗即文学作品带来的审美效应。他说：“七臂一体的诗如同王朝帝国闪耀光芒。七种因素因此指点

①Viśveśvara Kavicandra, *Camatkāracandrikā*, p. 72.
②Viśveśvara Kavicandra, *Camatkāracandrikā*, pp75-77.
③Viśveśvara Kavicandra, *Camatkāracandrikā*, p. 77.
④Viśveśvara Kavicandra, *Camatkāracandrikā*, p. 79.
⑤Vāmana, *Kāvyālaṅkāra-sūtra*, 1971, p. 34.

迷津，我的智慧带来欣喜。”（I.9）①“七臂一体”意指七种魅力因素的综合运用。这其实也是对维底亚那特诗歌观的一种延伸性发展。毋庸置疑，波阇的诗学观对格维旃陀罗影响很大。后者在论述妥帖、成熟和庄严等诗歌要素时，创造性地继承了波阇的思想。②

格维旃陀罗所谓七种魅力因素包括了味。这是其中唯一涉及情感的非语言因素。他将味视为诗的灵魂或生命活力（rasamayaprāṇā）。格维旃陀罗似乎接受了楼陀罗跋吒在《艳情吉祥痣》中的某些思想，他说：“即使有诗德和庄严等等，如果缺乏情味，诗就如同夫妇之间没有爱情（anurāga），怎能使人诵读随喜（anumodate）？”（V.10）③这个句子中还包含了艳情双关，因为以夫妻间的灵肉交融之乐比拟和戏说情味之显，是非常形象的。他还说：“仿佛亲证魅力四射、品尝那种超凡脱俗的东西，这就是味。诗有味就魅力十足，诗人也获得美名。经典中说味与梵并无二致，只有幸运者才能品尝到味……若不造福于世，岂有八个化身（指象征八种味的八位天神）。”（V.1-4）④欢增等人重视味之于文学创作和欣赏的重要意义，格维旃陀罗继承了这一思想。他认为：“诗人全神贯注于诗的创作，心中浮想联翩，语言光彩照人。愿曲语（庄严）永恒！愿自性（诗德）长存！而我认为，只有诗中语言充满情味方可诱人。”（V.8-9）⑤在各种味中，格维旃陀罗尤其推崇艳情味，他打比方说：“酸甜苦辣等味道中，甜受所有人推崇。滑稽味等各种味中，艳情味应该是柔和的味王。”（V.6）⑥这种对艳情味的格外推崇，与当时一些诗学家对虔诚味的高度重视有

①Viśveśvara Kavicandra, *Camatkāracandrikā,* p. 2.

②Pandiri Sarasvati Mohan, *The Camatkāracandrikā of Viśveśvara Kavicandra: Critical Edition and Study,* Part 1, Delhi: Meharchand Lachhmandas, 1972, pp. 160-162.

③Viśveśvara Kavicandra, *Camatkāracandrikā,* p. 82.

④Viśveśvara Kavicandra, *Camatkāracandrikā,* p. 81.

⑤Viśveśvara Kavicandra, *Camatkāracandrikā,* p. 82.

⑥Viśveśvara Kavicandra, *Camatkāracandrikā,* p. 81.

关，也与虔诚文学的发展密不可分。虔诚味论的一个重要内容是推崇文学作品中呈现的有关毗湿奴等大神的艳情味，因此，格维旃陀罗把艳情味视为“味王”（rasarāja）有着深刻的时代背景和宗教哲学基础。

格维旃陀罗遵循婆罗多等人的传统味论，有时还有一些微小的调整，例如，他说：“两种情由（所缘和引发）、情态、真情和不定情，这四者的结合产生人们所称道的吉祥的味。”（V.18）①他对类味的理解和婆罗多等人差距不大：“所缘情由不合适，但事物依然清晰呈现，如味的事物明显可辨，人称类味。”（V.24）②

格维旃陀罗在论述中，还把印度自古以来的语言神圣观与味的刻画等等联系起来。这在梵语诗学家中绝无仅有，使人想起大乘佛经《方广大庄严经》（*lalitavistara*，唐代地婆诃罗译，西晋竺法护译为《普曜经》）中将每个字母与宗教哲学理念进行对应的艺术描写。③这说明，梵语诗学著作和佛教文本虽然大体上属于不同宗教派别的经典，但其同样属于印度文化土壤的产物这一事实却赋予它们某种共性。这种共性放在中国文明、西方文明与印度文明的大格局中进行打量，又会体现出它独特的印度属性。格维旃陀罗说：“语言就是音，语言的变化就是义，它被视为吉祥（śiva）。语言被分为依次相连的三层：字母、词和句子，从अ（a）直到最后的ह（ha），它们被称作根本文字。”（I.11-12）④他还认为：“这些字母可以用来描述味等等，它们如在诗的开头使用，都是神的化身。它们会成为诗人吉祥或不幸的赐予者，或是诗人的听众读者，如a会赐予诗人亲切友谊，或许也会成为诗人障碍。आ（ā）使诗人高

①Viśveśvara Kavicandra, *Camatkāracandrikā,* p. 85.

②Viśveśvara Kavicandra, *Camatkāracandrikā,* p. 88.

③参阅：Shridhar Tripathi, ed. *Lalitavistara,* Darbhanga: The MIthila Institute of Post-graduate Studies and Research, 1987, pp. 98-99.

④Viśveśvara Kavicandra, *Camatkāracandrikā,* p. 2.

兴，但在不合适处会令人愤怒。इ（i）、ई（ī）、उ（u）和ऊ（ū）等四个字母却会使诗人心满意足。”（I.18-20）[①]在《方广大庄严经》中的第十品《示书品》（*Lipiśālāsamdarśana parivarta*）中，佛与一万童子同唱每个字母的情形是：“同学字母，唱阿字时，出一切诸行无常声。唱长阿字时，出自利利他声。”[②]两相对照，《魅力月光》和佛经可谓颇得异曲同工之妙。

印度学者P.S.莫汉通过研究发现：“在印度文学中，以一个吉祥字母或一个单词开始创作是一种悠久的传统……根据密教的说法，从अ（a）到क्ष（kṣa）的字母都是吉祥的，每一个字母都有某种内在的价值或神力。”[③]在格维旃陀罗所继承的泰卢固语文化传统中，一些诗学家和诗律作者相信，某些字母的神秘内涵可以暗示某些新的思想概念。在泰卢固语文化传统中，包括अ（a）在内的十六个元音和क（ka）为首的五个喉音、च（ca）为首的五个腭音和ट（ṭa）为首的五个顶音等十五个辅音，被视为专属婆罗门种姓的吉祥音，त（ta）为首的五个齿音、प（pa）为首的五个唇音、र（ra）和व（va）等两个半元音则属于刹帝利种姓的吉祥音，य（ya）和ल（la）等两个半元音、श（śa）、ष（ṣa）和s（sa）等三个咝音以及气音ह（ha）属于吠舍种姓的吉祥音，而最低等级的首陀罗种姓只有如下几个吉祥音：त्च（tca）、त्ज（tja）、र（ra）和ल（la）。[④]虽然说梵语诗学著作中并无如此传统，但泰卢固语地区的独特文化积淀使得这种吉祥音概念渗透到了格维旃陀罗的《魅力月光》中。由此可见，研读这部诗学著作，同时也是对印度文化的一次考古或

---

①Viśveśvara Kavicandra, *Camatkāracandrikā,* p. 3.

②Shridhar Tripathi, ed. *Lalitavistara,* p. 98. 译文转引自王邦维：《佛传神话中的“字书”》，张玉安主编：《东方研究》，北京：经济日报出版社，2008年，第92页。

③Pandiri Sarasvati Mohan, *The Camatkāracandrikā of Viśveśvara Kavicandra: Critical Edition and Study,* Part 1, pp. 71-72.

④Pandiri Sarasvati Mohan, *The Camatkāracandrikā of Viśveśvara Kavicandra: Critical Edition and Study,* Part 1, pp. 76-77.

解码。

格维旃陀罗还依据自己的魅力说，结合韵论派的基本观念，对文学作品进行分类。他说："精通词义者认为，诗以词和义为身体，它分为三类，即有魅力的、更有魅力的和最有魅力的诗。我将举例对此进行探讨。人们说，当作品旨在音的优美，这是有魅力的诗……以句子的优美为旨趣，这被视为更有魅力的诗……智者把以韵为辅的诗也归入这类。此处以韵为辅的诗被分为八种情形。"（III.36-39）①他还说："以暗示义的优美为旨归，这被视为最有魅力的诗。"（III.40）②换句话说，格维旃陀罗把欢增的以音庄严为主的音画诗称为有魅力的诗，把以义庄严为主的和以韵为辅的义画诗称为更有魅力的诗，把以暗示义为主的诗称为最有魅力的诗。这种不同于毗首那特二分法的诗歌三品说其实就是欢增诗歌品级论的翻版。这与此后世主的诗歌品级四分说具有一定的联系。格维旃陀罗赞同韵论派基本原理，例如，他说："暗示与词、义或转示义相关。暗示义在本事、庄严、味和情等等上得以体现。"（III.1）③

格维旃陀罗对于诗即文学作品的分类相对简单。他先把诗分为两类："可看的诗分为三类：诗体、散文体和混合体。它也可以分为色和次色两类……可听的诗分为占布和次占布两类。"（III.48-49）④他还认为："诗体、散文体和混合体被视为三类文体的话，无诗律的混合体在智者心中也属于诗体。"⑤（III.41）

关于诗德，波阇认为："诗人们一致认可，诗德有三类：外部诗德、内部诗德，特殊诗德。外部诗德即音德，内部诗德即义德，特殊诗德为何不是可转化为诗德的诗病？"（I.55-56）⑥音德、义

①Viśveśvara Kavicandra, *Camatkāracandrikā,* pp. 54-55.
②Viśveśvara Kavicandra, *Camatkāracandrikā,* p. 58.
③Viśveśvara Kavicandra, *Camatkāracandrikā,* p. 40.
④Viśveśvara Kavicandra, *Camatkāracandrikā,* pp. 59-60.
⑤Viśveśvara Kavicandra, *Camatkāracandrikā,* p. 59.
⑥Bhoja, *Sarasvatī-Kaṇṭhābharaṇam*, Vol. 1, 2009, p. 52.

德和特殊诗德各有二十四种。格维旃陀罗在论述诗德时，基本遵循波阇的诗德说。对于诗德的反面诗病，格维旃陀罗的观点非常鲜明："只要出现一处诗病，诗人的努力就付之东流。我们又怎能助长诗病这种天生的恶力？"（I.52）①

关于庄严，格维旃陀罗认为："人们认为，如同手饰等等装饰全身，装饰诗的身体的庄严共有十一种。庄严分三类：音庄严、义庄严和音义庄严。"（VI.1）②格维旃陀罗基本遵循波阇的庄严论体系。他对庄严的释义追随波阇的观点。在论述十一种音庄严和二十种义庄严时，格维旃陀罗分别舍弃了波阇的十三种音庄严和四种推理义庄严，但全部采纳波阇的二十四种音义庄严，只是少数庄严的名称略有差异，排序略有不同而已。这样，格维旃陀罗共论述了五十五种波阇版庄严。

格维旃陀罗论及的十一种音庄严包括：

1. 拟声（chāyā）、2. 诗印（mudrā，暗示）、3. 妙语（yukti）、4. 双关（śleṣa）、5. 谐音（anuprāsa）、6. 复沓（gumphanā）、7. 图案（citra）、8. 叠声（yamaka）、9. 对话（vākovākya）、10. 谜语（gūḍha）、11. 问答（praśnottara）。

格维旃陀罗论及的二十种义庄严包括：

1. 自性、2. 藏因、3. 原因、4. 自足、5. 微妙、6. 回答、7. 矛盾、8. 起因、9. 互相、10. 交换、11. 例证、12. 较喻（bheda，即婆摩诃的vyatireka）、13. 天助、14. 混淆、15. 存疑（vitarka）、16. 淹没、17. 回忆（回想）、18. 有情（bhāva）、19. 自明（arthāpatti，推断）、20. 比量（anumāna，推理）。

格维旃陀罗论及的二十四种音义庄严包括：

1. 明喻、2. 隐喻、3. 同一、4. 疑惑（samśayokti）、5. 否定、

①Viśveśvara Kavicandra, *Camatkāracandrikā*, p. 7.
②Viśveśvara Kavicandra, *Camatkāracandrikā*, p. 98.

6. 三昧（samādhyukti）、7. 合说、8. 奇想、9. 间接、10. 等同、11. 掩饰、12. 共说、13. 聚集、14. 略去、15. 补证、16. 殊说、17. 有意味、18. 明灯、19. 渐进、20. 迂回、21. 夸张、22. 双关、23. 生动（bhāvanā）、24. 混合。

综上所述，格维旃陀罗以魅力说统摄诗即文学作品的基本特征，这与恭多迦以曲语观照文学创作的特性、与安主以合适洞察文学创作的规律有异曲同工之妙。他的魅力说对世主的文论观似乎有直接启发。欢增、新护、恭多迦、安主、摩希摩跋吒和曼摩吒等所在的克什米尔曾经因其杰出的诗学建树而名垂印度文论青史，格维旃陀罗所在的安德拉邦也由于梵语诗学家人才辈出而被后人称为"印度南方的克什米尔"。[①]格维旃陀罗和世主等人堪称"印度南方的克什米尔"的杰出代表。历史地看，格维旃陀罗的《魅力月光》对后世影响较小，只有世主的魅力说曾经受到他的影响。《魅力月光》的影响在当时似乎没有超出现在的安德拉邦泰卢固语地区。但是，格维旃陀罗没有简单地因袭前人，而是将此前的各种诗学要素有机地融入自己的魅力说，他还别具一格地将字母神力论或魔力说引入诗学论述中。客观而公正的结论应该是："作为诗学家，格维旃陀罗为梵语诗学做出了某种原创性贡献，他在晚期梵语诗学家中地位显赫。"[②]作为虔诚味论的先行者之一，《魅力月光》论述的"魅力"，似乎带有几许浓厚而艳情的宗教哲学气息。这预示着印度中世纪时期的虔诚味论必将迎来更多的经典阐释者。

---

①Viśveśvara Kavicandra, *Camatkāracandrikā,* "Introduction,"by P.Sriramamurti, Waltair: Andhra University, 1969, XVII.

②Pandiri Sarasvati Mohan, *The Camatkāracandrikā of Viśveśvara Kavicandra: Critical Edition and Study,* Part 1, p. 174.

第九节 辛格普波罗的《味海月》

（14世纪）

辛格普波罗（शिङ्गभूपाल，Śiṅgabhūpāla）生活于14世纪，著有颇具特色的《味海月》（रसार्णवसुधाकर，*Rasārṇavasudhākara*）一书。有的学者认为："《味海月》是一部优秀的梵语戏剧学著作。"①该书主要依据婆罗多《舞论》、胜财《十色》、波阇《艳情光》、沙罗达多那耶《情光》、楼陀罗跋吒《艳情吉祥痣》等著作编写而成。

大体上，《味海月》正文内容由三部分组成：经文、散文体疏解和例诗。其中，部分例诗引自《沙恭达罗》、《摩罗维迦和火友王》、《六季杂咏》、《罗怙世系》、《鸠摩罗出世》、《茉莉和青春》、《大雄传》、《后罗摩传》、《野人与阿周那》、《觉月升起》、《小罗摩衍那》、《尼奢陀王传》和《偷情五十咏》（*Caurapañcāśikā*）等传世的梵语文学经典，部分例诗引自现已失传的文学作品，也有一些来自辛格普波罗的自创。辛格普波罗在书中提到了波你尼、婆罗多和楼陀罗吒等十位前辈的名字，还提到了各类著作共五十八部的书名。②全书分为三章。第一章论述戏剧起源、男女主角及其品质、戏剧风格、真情。第二章论述不定情、常情、味、类味。第三章论述十色、情节、"剧相"（bhūṣaṇa）、表演语言（nirdeśaparibhāṣā）、戏剧人物称呼语（nāmaparibhāṣā）。

《味海月》的开头是对湿婆大神和雪山神女这对神圣配偶的赞

---

①Śiṅgabhūpāla, *Rasārṇavasudhākara,* "Introduction," by T.Venkatacharya, Madras: Tha Adyar Library and Research Centre, 1979, LIII.

②具体内容参见：K.Vijayan, *Rasārṇavasudhākara: A Study,* Trivandrum: Aatira Publications, 1981, pp. 32-33.

美，然后，辛格普波罗赞美语言女神。接着，他依据婆罗多《舞论》的相关记载，追溯戏剧的神圣起源，对梵天创造戏剧这一“第五吠陀”的传说进行叙述。在描述梵天赐予婆罗多“戏剧吠陀”（nāṭyaveda）的场景时，他写道：“尊者啊！我们想要一种圣典（吠陀）。它可以听闻，可以观看，令人愉悦，导向正法和荣誉，展示一切技艺。它是至高无上的第五部圣典（吠陀），可以教导所有种姓。他向梵天如此这般地请求传授所有知识。因此，从这些知识精华中，戏剧吠陀得以创造。为了教授这种吠陀，生主（梵天）对婆罗多大师说道：‘你要和儿子们一道，想法阐释这部吠陀。’婆罗多和儿子们一道，就此开始疏解这部经典。”（I.46-49）①这一疏解和阐释的成果便是《舞论》。这种叙述，显然是遵循婆罗多的思路，也说明了辛格普波罗立意阐发前人经典的初衷。

关于戏剧的要素和特征，辛格普波罗说：“在观众面前表演真情等等，男主角在演员中成为智慧的灵魂，这是戏剧。情由、情态、真情和不定情的结合，孕育了味。味是戏剧的生命，我将论述味。（I.57-58）”②从这里的话可以看出，辛格普波罗为何要将自己的著作命名为《味海月》。他将味视为戏剧表演的生命或曰灵魂，这在此前的戏剧学家中并不多见。

辛格普波罗借着介绍所缘情由的契机，适时地带出了男女主角的话题。他将男主角分为上中下三等，其中，上等男主角具有十五种品质或特征，这一点区别于婆罗多和胜财，后二人只论及八种品质。辛格普波罗认为，中等男主角具有上等男主角的大部分品质，而大量缺乏这些品质的属于下等男主角。与婆罗多相似，辛格普波罗也将男主角分为坚定而高尚、坚定而平静、坚定而多情、坚定而傲慢等四类。与婆罗多、胜财不同，辛格普波罗还按照对待爱情

①Śiṅgabhūpāla, *Rasārṇavasudhākara,* p. 18.
②Śiṅgabhūpāla, *Rasārṇavasudhākara,* p. 20.

的态度，将男主角分为丈夫（pati）、情人（upapati）和嫖客（vaiśika）等三类，这和沙罗达多那耶的《情光》类似。丈夫又分为忠贞、欺骗、无耻和谦恭等四类，嫖客分为优秀、平庸和下贱等三类，情人则无分类。

关于使者、伴友、仆人和丑角，辛格普波罗只是一带而过，并未详细讨论。他的论述重心显然是在男女主角上。

关于女主角，辛格普波罗的分类和胜财一致，都将其分为自己的女子、别人的女子和妓女三类。其中，自己的女子即妻子分为十三类，别人的女子分为未婚男少女和已婚女子两类，妓女分为有爱情的（raktā）和无爱情的（viraktā）两类。与楼陀罗吒、楼陀罗跋吒、胜财和沙罗达多那耶等人相同，辛格普波罗也按照女主角的爱情状态，将上述三类女主角先后统一分为八类：丈夫出门在外、在家中做好准备、在分离中期待、受到错待、吵架分离、追求情人、受到冷落、丈夫顺从。辛格普波罗还将三类女主角分为上中下三等。他将女配角分为使者、伴友、女仆等十一类，这在此前的戏剧学论述中不太多见。

在介绍引发情由时，辛格普波罗将其分为外形特征（包括年轻、优美、可爱、漂亮等七类）、行为姿态、装饰（又分为服饰、妆饰、花环和香油四类）和背景（指月亮、河流、音乐、房间等表演场景）等四类。

在介绍思想、语言、形体和真情等四种情态的表演时，辛格普波罗遵循婆罗多和胜财的论述，介绍了青年女性即女主角二十种美的特征。他将婆罗多论述的男主角八种特征放在此处进行介绍。他对语言情态表演的论述与婆罗多等人不同。他还将三类风格视为情态中的真情表演进行论述。第一类包括柔和、刚劲和适中等三种语言风格；第二类是表演风格，包括艳美、刚烈、崇高和雄辩等四类；第三类是地方风格，涉及语言、行为和服饰等三个方面。

在介绍完八种婆罗多的真情后，辛格普波罗立即进入下一章的论述。他首先介绍了婆罗多的三十三种不定情和八种常情。值得注意的是，他将常情爱（rati）先分为一见钟情、渴望、会合、傲慢、幻念、沉思和疑虑等七类，再将其分为喜爱、傲慢、温柔、亲爱、热恋和爱情等六类。他将勇分为两类，将怒分为三类，对其他五种常情未予分类解说。

辛格普波罗认可婆罗多的八种味，拒斥当时大多数人认可的平静味。他和当时大多数诗学家一样，先介绍艳情味。他将其分为分离和会合两类，再按照楼陀罗吒和楼陀罗跋吒、毗首那特等人的做法，将分离艳情味分为初恋、傲慢、远行和苦恋的四类。他还按照胜财对失恋的阐释，将分离艳情味中的第一类即初恋的表演形态分为以女主角死亡为结局的十个爱情阶段。他将傲慢的分离艳情味分为合理的（sahetu）和荒唐的（nirhetu）两类，将远行的分离艳情味分为行为导致的、慌乱引起的和诅咒（śāpa）造成的三类，但对苦恋的分离艳情味没有分类阐释。辛格普波罗将会合艳情味分为四类：亲密的、混合的、圆满的和强烈的。

辛格普波罗将滑稽味分为涉及别人的笑和涉及自己的笑两类，而前者又分为微笑、大笑、狂笑等六类。他将英勇味分为正义、战斗和布施三类。对于另外的五种味，他未予评述。在该章结尾处，辛格普波罗谈到了类味。他认为，当次味被当做主味而浓墨重彩地进行刻画，而主味显得黯淡无光时，这种效果便是类味。他以《情光》中的相关论述为例进行说明。

值得注意的是，在论及类艳情味时，辛格普波罗指出了四种具体情形："就艳情味而言，它还包括单相思（arāga）、多角恋（anekarāga）、动物恋（tiryagrāga）和糊涂恋（mlleccharāga）四种。"（II.265注疏）[1]其中，单相思指类似于罗波那垂涎悉多的美色欲据为己有但遭拒绝等不合理、不合法的情感诉求，多角恋指一

---

①Śiṅgabhūpāla, *Rasārṇavasudhākara,* p. 293.

个男子爱上多个女子或一个女子爱上多名男子，动物恋是指飞禽走兽或昆虫之间的爱，而糊涂恋是指缺乏鉴赏力的爱。

《味海月》第三章开头即引出《舞论》对十色的介绍，表明作者认可传说剧等十种传统戏剧。该章介绍完十色的名称后，马上转入对戏剧情节的详细介绍。辛格普波罗认为："情节是作品的身体，分为三类：著名的（khyāta）情节、虚构的（kalpya）情节、混合的（saṅkīrṇa）情节。罗摩的故事等等是著名的情节。诗人仅凭想象创造的情节是虚构情节，如《茉莉和青春》便是如此。混合情节皆有上述二者的成分，如描写罗婆和罗怙的言辞和愿望。"（III.6-7）①这些观点是对婆罗多情节说的继承与适度发挥。

辛格普波罗还介绍了五种情节原素、情节的四种插话暗示、五种情节关节，并具体介绍了情节关节中的开头关节十二支、展现关节十三支、胎藏关节十二支、停顿关节十三支和结束关节十四支，以及关节因素二十一支。他的论述和婆罗多、胜财的著作大体一致。或许出于简略的目的，辛格普波罗省略了婆罗多的情节关节五阶段说（avasthāna）：开始、努力、希望、肯定、成功。

婆罗多在《舞论》第十七章论述戏剧中的语言表演时提到了三十六种诗相（लक्षण，lakṣaṇa）。辛格普波罗完全采纳，并将之称为भूषण（bhūṣaṇa，剧相），按照与《舞论》相关内容不太一致的顺序逐一介绍。他说："正是情节关节和关节支的紧密结合，戏剧才得以成型。本事（vastu）得到装饰，就是三十六种剧相，戏剧的身体因而鲜艳动人。"（III.97-98）②辛格普波罗还认为："很多的诗德、庄严和语言，这是剧相。"（III.102）③诗相的概念一直困扰着后世诗学家或戏剧学家，因为婆罗多的论述语焉不详。10世纪

①Śiṅgabhūpāla, *Rasārṇavasudhākara,* p. 303.
②Śiṅgabhūpāla, *Rasārṇavasudhākara,* p. 366.
③Śiṅgabhūpāla, *Rasārṇavasudhākara,* p. 367.

时的沙揭罗南丁的《剧相宝库》这一标题，首次明确地提出了“剧相”（nāṭakalakṣaṇa）的概念。辛格普波罗此处以bhūṣaṇa一词代指婆罗多的诗相，并非其独创，但他的阐释却说明，诗相和剧相的概念正在发生演变。

辛格普波罗在介绍三十六种剧相后，还介绍了各种戏剧语言的规则。他列举了梵语、俗语、修罗塞纳语、摩揭陀语和阿波布朗舍语的使用规则，还就戏剧表演语言（nirdeśaparibhāṣā）和戏剧人物的各种称呼语（nāmaparibhāṣā）进行简介。

综上所述，辛格普波罗的《味海月》具有这样一些特色：它运用浅显易懂的语言阐释和论述戏剧原理和规则，每一个定义都有例举，且例子易解，全书的解说力求简洁，剔除冗余，避免啰嗦。[①]“系统、准确而又简洁地论述主题是辛格普波罗对梵语戏剧学所做出的最大贡献。”[②]该书只论十色，而未论数量众多的次色，就是明显的证据。辛格普波罗虽然是新瓶装老酒，但他的著作自有一些特点。例如，他对类艳情味的四分法便是如此。总体来看，辛格普波罗的理论创新甚微，他更多是继承或简化婆罗多等前辈学者的核心观点，并以简洁的语言进行适度阐发。他在论述情态、地方风格、类味、关节因素等方面还存在诸多不足之处。考虑到他的创作初衷，这些遗憾似乎又是可以理解的：“《味海月》是详细了解戏剧学的简易参考书。它是最简洁地论述戏剧学的实用著作。印度南方的诗学家们意识到这一点，我们发现该书常常被人引用。”[③]这就是说，简洁易懂而又系统准确，成为《味海月》影响南印度梵语诗学家、戏剧学家的重要因素。

---

①K.Vijayan, *Rasārṇavasudhākara: A Study,* p. 30.
②K.Vijayan, *Rasārṇavasudhākara: A Study,* p. 202.
③K.Vijayan, *Rasārṇavasudhākara: A Study,* p. 210.

第十节 甘露喜的《摄庄严论》
（14世纪）

14世纪后半叶的印度教隐士甘露喜（Amṛtānanda Yogin）著有《摄庄严论》（काव्यालङ्कारसंग्रह, *Alaṅkārasaṅgraha*）。该书分十一章，先后论述诗的定义和成因、句词功能、味、戏剧类型、庄严、诗病、诗德、情节关节分支、风格、次色、戏剧庄严、赞辞类作品特征等。V.克里希那查利耶认为："该书可以视为曼摩吒《诗光》到毗首那特《文镜》之间的一座桥梁。"[①]这大抵是指该书论述范围包括了戏剧学。1887年，该书第一至五章在加尔各答面世。早在1879年，便有该书不太完整的版本以英译本形式问世。1949年，两位印度学者编校的《摄庄严论》在马德拉斯出版，这是该书完整版首次得以面世，为研究梵语诗学发展史提供了宝贵的资料。

甘露喜的诗学观没有脱离婆摩诃和檀丁以来的传统。他认为："大仙们说，那些由诗人创作的有意义、有诗德、有庄严和无诗病的就是诗。"（I.11）[②]关于诗的分类，他在檀丁的基础上进行了适度的发挥："诗体、散文体、混合体，这叫做三种诗。有诗律的是诗体，许多句子的集合（vākyakadambaka）散文体。以诗体和散文体为灵魂的是混合体，它叫做戏剧等等。"（I.12-13）[③]甘露喜把诗人分为七种类型：活泼型、晓畅型、意义型、雕琢型、柔顺型、审慎型和装饰型。他还对诗的成因做了阐释："通晓诗的人讲述作诗能力形成的原因。思考语音、诗律、词汇等方面的经典，观察世

①Amṛtānandayogin, *Alaṅkārasaṅgraha,* "Preface,"Madras: The Adyar Library, 1949, V.

②Amṛtānandayogin, *Alaṅkārasaṅgraha,* p. 2.

③Amṛtānandayogin, *Alaṅkārasaṅgraha,* p. 2. 此句似有双关，其中的"许多句子的集合"也可译为"柯昙婆花般的句子"。

界，熟谙诗人学，这是诗的三大成因。”（II.6-7）[①]

甘露喜还强调语言的重要：“在语言等方面深入思考，这是诗人成功的原因。在这方面成就显著者叫做诗人。”（II.1）[②]这和檀丁等人强调语法的重要性相似。甘露喜将句子的意义分为四层：“据说，诗人在句子中获得的意义有四层：表示义、转示义、以韵为辅、韵。”（II.10）[③]这和欢增的韵论观同中有异。甘露喜对句子的四层意义分别进行了阐述。

甘露喜认可艳情味到平静味的传统九味。他这样论述味的形成：“如同新鲜酥油经过加工得以成熟，人们说，情由、情态和不定情等等在诗中经过提炼，也会产生味。在观看优秀戏剧的过程中，味就此形成。情由、情态、真情和不定情，听众和观众感受到这一切，味就此激发。”（III.6-7）[④]甘露喜论述了九种味的特征。他依据婆罗多而非胜财的做法，将艳情味分为分离与会合两类。

在第四章中，甘露喜重点论述了男主角和女主角的分类和各自特征，还提到了使者、伴友、丑角和反角。他先按照婆罗多的做法，将男主角分为坚定而高尚、坚定而平静、坚定而多情、坚定而傲慢等四类，再按照胜财的观点，将其分为忠贞、欺骗、无耻和谦恭等四类，还按照其他标准对其进行更为详细地分类。他按照婆罗多的规定，还论及男主角的八种基本品质（guṇa）。他和胜财一样，将女主角分为自己的女子（svīyā）、别人的女子（anyā）和妓女（sādhāraṇā），不同的只是表示妓女的名称而已。甘露喜认可并介绍了《舞论》对青年女性三类二十种美的特征的论述。

甘露喜的庄严观很有特色，近似一种泛庄严论，但又与波阇的泛庄严立场相距甚远。他先在第五章中将婆罗多的十种诗德、波阇

①Amṛtānandayogin, *Alaṅkārasaṅgraha,* pp. 6-7.
②Amṛtānandayogin, *Alaṅkārasaṅgraha,* p. 6.
③Amṛtānandayogin, *Alaṅkārasaṅgraha,* p. 7.
④Amṛtānandayogin, *Alaṅkārasaṅgraha,* pp. 10-11.

等人认可的维达巴、高德、般遮罗和罗德等四种语言风格、婆摩诃和楼陀罗吒等人认可的三十五种义庄严和八种与因明逻辑有关的量庄严（prmāṇālaṅkāra）全部视为庄严进行介绍，还在第十章中将婆罗多三十六种诗相的三十种视为戏剧庄严（nāṭyālaṅkāra）进行介绍。除了胜天，当时的诗学家一般未再论及诗相，甘露喜的复古立场可见一斑。具体说来，他的三十六种义庄严和八种量庄严共四十三种庄严如下：

1. 自性、2. 明喻、3. 隐喻、4. 明灯、5. 重复、6. 略去、7. 补证、8. 较喻、9. 藏因、10. 合说、11. 夸张、12. 奇想、13. 原因、14. 微妙、15. 掩饰（lava，相当于檀丁的leśa）、16. 渐进、17. 有情、18. 有味、19. 有勇、20. 迂回、21. 天助、22. 高贵、23. 否定、24. 双关、25. 殊说、26. 等同、27. 矛盾、28. 间接、29. 佯赞、30. 例证、31. 共说、32. 交换、33. 祝愿、34. 曲语、35. 结合、36. 现量（pratyakṣa）、37. 比量（anumāna，推理）、38. 圣言量（āgama）、39. 喻量（upamāna，比较）、40. 自明（arthāpatti，推断）、41. 证据不足（abhāva）、42. 起因（sambhava）、43. 口传（aitihya）。

甘露喜的戏剧论主要基于婆罗多和胜财的相关论述。他认可雄辩、崇高、刚烈和艳美等四种传统的戏剧表演风格，对戏剧主要情节等进行了介绍。他认可婆罗多和胜财的十色，还依据沙罗达多那耶和波阇等人的观点，论及其他十六种次色：1. 传说剧（Nāṭaka）、2. 萨吒迦（Sāṭṭaka）、3. 多罗吒迦（Troṭaka）、4. 波勒刹那迦（Prekṣaṇaka）、5. 戈希底（Goṣṭhī）、6. 跋尼迦（Bhāṇikā）、7. 桑罗波（Sanlāpa）、8. 波罗斯他那（Prasthāna）、9. 迦维耶（Kāvya）、10. 诃利舍迦（Hallīsaka）、11. 罗萨迦（Rāsaka）、12. 希利迦迪多（Śrīgadita）、13. 洛萨迦（Lāsaka）、14. 杜尔摩利迦（Durmallikā）、15. 那迪耶罗萨迦（Nāṭya-rāsaka）、16. 乌洛比耶（Ullāpya）。这十六种次色中，除了“桑罗波”似乎未见于前人著述外，其他次色均见于前人著述。

《摄庄严论》最后一章主要介绍了类似于图案诗但又带有独具特色的赞辞类作品（cāṭuprabandha）的写作技巧。这些内容在此前和此后的梵语诗学著作中罕见。

C.K.拉贾认为，《摄庄严论》的价值在于，它保存了现存诗学著作没有记载的某些理论。“甘露喜保存了一种传统，现存著作中没有哪一部能发现完全与此相似的传统。因此，该书对于梵语诗学研究者来说非常重要。”①该书对于研究梵语诗学在中世纪时期的发展流变，的确具有不可替代的学术意义和文献价值。

第十一节　般努达多的《味花簇》、《味河》和《庄严吉祥痣》
（15世纪）

般努达多（Bhānudatta）生活在15世纪，他的诗学著作包括《味花簇》（रसमञ्जरी, *Rasamañjarī*）、《味河》（रसतरङ्गिणी, *Rasataraṅgiṇī*）、《庄严吉祥痣》（अलङ्कारतिलक, *Alaṅkāratilaka*）、《味波利质多树》（रसपारिजात, *Rasapārijāta*）和《艳情灯》（शृङ्गारदीपिका, *Śṛṅgāradīpikā*）等，其中后两种著作似已失传。他还著有两部文学作品。从印度中世纪虔诚味论的发展来看，般努达多无疑是一个承上启下的关键人物，他的《味花簇》在16和17世纪出现了至少十七种注疏，便是一个很好的例证。②

①Amṛtānandayogin, *Alaṅkārasaṅgraha,* “Introduction,”XXXVI.

②十七种注疏的详情，参阅：Bhānudatta, *Rasamañjarī*, “Introduction,”Aligarh: Viveka Publications, 1981, XXXII-XXXV.

一、《味花簇》

《味花簇》是般努达多的代表作之一，某种程度上体现了他受虔信派运动影响的味论思想。这部著作主要依据婆罗多、胜财、楼陀罗跋吒等前人观点，论述男女主角和两类艳情味、以及失恋艳情味的十个阶段。该书没有分章。从整个内容来看，该书以一半篇幅对女主角进行分门别类的阐释。般努达多与婆罗多和胜财不同，他先论述女主角，再论述男主角。另外，婆罗多和胜财对男女主角的论述基本上平分笔墨，而般努达多主要论述女主角，对男主角的论述显得非常简略。婆罗多认为，艳情味“以男女为原因，以美丽的少女为本源”。（VI.45注疏）①般努达多对女主角的详细分析，似乎也印证了婆罗多的观点。

不过，如果联系印度宗教传统和文化经典，般努达多以女性情感为起点和重点论述艳情味，其实早有所本。印度学者的研究表明，《梨俱吠陀》中已经出现不同女性形象及其情感的描述，而迦梨陀娑笔下的女性人物所体现的复杂情感更是如此。这些文学经典对女性情感的描述，成为后世梵语诗学家轮番论述艳情味和虔诚味的重要思想资源。（当然，这也成为当代女性主义批评家相关思考的重要依据之一，后文将涉及这点。）例如，《舞论》第二十四章依据爱情状态将女主角分为八类，这些类型的女性形象如丈夫顺从、在家中做好准备、在分离中期待、受到冷落、受到错待、吵架分离、丈夫出门在外和追求情人等等，均可在上述文学经典中找到线索和源头。②婆罗多之后，自胜财至毗首那特、辛格普波罗，凡论及女主角的爱情状态，鲜有不从《舞论》者。楼陀罗跋吒的《艳

①黄宝生译：《梵语诗学论著汇编》（上册），第47页。
②Bhānudatta, *Rasamañjarī*, “Introduction,”1981, XVII-XX.

情吉祥痣》更是成为般努达多等人可资利用的思想动力和美学资源。另一方面，印度教对女性力量的崇拜，产生了后来的性力派，女性形象无形中得到某种程度的升华，而虔诚味论的主角除了毗湿奴大神以外，罗陀等诸多女性形象也不可或缺。这些女性如缺席“表演”的话，诗学家们的文学理论思考或宗教美学演绎将成为“无米之炊”。由此可见，般努达多在《味花簇》中专论女性为主的艳情味，似乎是水到渠成之事，而他的承上启下也是自然之举。般努达多的特色在于，他以《味花簇》为切入点，将女主角（nāyikā）的分类研究发展为一个“独立的知识和探索领域。这是般努达多对梵语诗学最卓越的贡献”。[①]

般努达多在《味花簇》的开头说明了他的写作目的：“为了阐释说明智者心中爱的蜜汁产生的原因，吉祥的般努达多创作了这部《味花簇》。在各种味中，艳情味最为重要，因此，本书论述作为所缘情由的女主角。”（2及注疏）[②]这些话透露出虔信派运动对于般努达多的微妙影响，同时也暗示了论述的主要对象是女主角。例如，般努达多在论述各种女主角时，特别描述了“黑天的情人”的艳情状态：

> 恋人那一双美丽的眼睛，日莲和青莲怎能比拟？
> 太阳和月亮啊不要露面，只任那黑暗满世界飘溢！（80）[③]

般努达多依照婆罗多和胜财的分析模式，首先对女主角进行分类。他说：“女主角分为三类：自己的、他人的和公共的。忠于自

①Bhānudatta, *Rasamañjarī*, “Introduction,”1981, XXVI.

②Bhānudatta, *Rasamañjarī*, Varanasi: Sampurnanand Sanskrit University, 1991, pp. 6-7.

③Bhānudatta, *Rasamañjarī*, 1991, p. 177.

己丈夫的女主角就是妻子。即使他对别人抱有好感，但因为她意在忠于丈夫，绝不会成为他人的情人。”（2注疏）[1]般努达多同时认为，作为妻子，女主角必须服从兄长，遵守戒律，正直诚实，宽厚包容。他还认为：“妻子也分为三类：无经验的、稍有经验的和有经验的。无经验的指初解风情的年轻女子，她可以分为愚昧的和聪明的两类。进而，无经验的妻子又可分为羞怯而含情脉脉的新媳妇，她也是谨小慎微的忠贞的新媳妇。她含羞迷人，发怒时温柔，渴望得到新的装饰。”（3注疏）[2]对于稍有经验的妻子，般努达多的描述是：“稍有经验的妻子春情荡漾，但一般都含羞知耻。这类女子一般都特别谦卑殷勤，是尤其忠诚的新媳妇。在丈夫犯错时，稳重的女子以含蓄委婉的语言责备他，不稳重的女子以激烈的言辞批评他。”（8注疏）[3]般努达多对于有经验的妻子的描述，和胜财的论述基本一致。他说：“精通于和丈夫进行欢爱游戏，这是有经验的妻子。在荡妇或娼妓那里，不可能存在对丈夫的欢爱之情。有经验的妻子在与丈夫交欢的喜悦中失去知觉。”（9注疏）[4]胜财把有经验的和稍有经验的妻子分为稳重、稍为稳重和不稳重等三类，般努达多完全遵循这一分析模式。他说：“稍有经验的和有经验的妻子根据思想状况又各自分为三类：稳重、不稳重和稍为稳重者。稳重者以含蓄言辞表达愤怒，不稳重者以直白语言发泄怒气，稍为稳重者以比较含蓄的语言来表达愤怒。”（11注疏）[5]稳重的妻子又可分为年长的和年轻的两类。

般努达多对于他人的女子的分类也依照胜财的模式。他说：“不对别的男子萌生爱意，这是他人的女子。他人的女子分为已婚

---

①Bhānudatta, *Rasamañjarī*, 1991, p. 9.

②Bhānudatta, *Rasamañjarī*, 1991, pp. 13-14.

③Bhānudatta, *Rasamañjarī*, 1991, p. 27.

④Bhānudatta, *Rasamañjarī*, 1991, p. 32.

⑤Bhānudatta, *Rasamañjarī*, 1991, p. 39.

女子和未婚少女二类。未婚少女依赖父母等等亲人，她们都想得到保护。”（20注疏）[①]他还认为：“已婚女子包括保守型、魅力型、聪慧型、风流型、后悔型和喜悦型等等。”（21注疏）[②]他对公共的女子即妓女的描述与胜财也相去不远。这样，按照般努达多的分类，女主角达到了十六种之多。

《舞论》第二十四章依据爱情状态将女主角分为八类，它们是：丈夫顺从、在家中做好准备、在分离中期待、受到冷落、受到错待、吵架分离、丈夫出门在外、追求情人。般努达多据此认为，这八种爱情状态再与前述十六种女主角相搭配，就会有三百多种类型的女主角：“这一百二十八类女主角再以上等、中等和下等来计算，就有三百八十四种女主角。”（38注疏）[③]这其实是对楼陀罗跋吒《艳情吉祥痣》相关观点的直接引述。不仅如此，般努达多还试图把婆罗多对女主角的分类融入胜财和自己对女主角的分析模式中。婆罗多曾经把女主角分为女神、淑女、王后和妓女（或女艺人、艺妓）等四类。般努达多剔除了婆罗多提出的第四种女主角即妓女，把前三种女主角与自己的三百八十四种女主角进行综合归类。他说：“将上述三百八十四种女主角与女神、淑女和王后等三类进行搭配，共有一千一百五十二种女主角。”（38注疏）[④]般努达多对女主角的这种典型而繁琐的形式分析，比他的前辈楼陀罗跋吒有过之而无不及，但与婆摩诃和鲁耶迦等对庄严的分类、欢增和曼摩吒对韵的分类、恭多迦对曲语的分类相似，因其基本思路保持一致。般努达多对女主角的千分法，可以说是迄今为止东西方文艺理论家中关于女主角或曰女性形象最丰富、最详细、最繁琐的分类。

①Bhānudatta, *Rasamañjarī*, 1991, p. 64.
②Bhānudatta, *Rasamañjarī*, 1991, p. 71.
③Bhānudatta, *Rasamañjarī*, 1991, p. 110.
④Bhānudatta, *Rasamañjarī*, 1991, p. 112.

般努达多对男主角的分类相对简单。他说："为了说明两类艳情味，男主角也在这里进行阐释。男主角分三种：丈夫、情人和嫖客。按照仪式成婚者是丈夫。"（100）①般努达多在论述中有机地融合了婆罗多和胜财的分类模式。因此，他认为，丈夫分谦恭、机智、忠贞和欺骗四类。情人也按照同样的方式分为谦恭、机智、忠贞和欺骗四类。"喜欢与老练的妓女寻欢作乐者是嫖客。"（106）②嫖客分上中下三等。般努达多对男主角的分类与婆罗多和胜财明显不同。婆罗多依照性格特征对男主角分类，胜财依照对待女性的态度对男主角进行界定，而般努达多则依照男性的社会身份对男主角分类说明。这可视为般努达多论述中的特色。

般努达多在书中对男主角还有另外一种三分法。他说："因陀罗等天神、摩豆族人等凡人和黑天等半神半人者是另外一种三分法。"（38注疏）③

在《味花簇》的最后部分，般努达多论述婆罗多提出的两种艳情味。他说："来自于常情爱的艳情味分为分离艳情味和会合艳情味两类。"（122）④般努达多与胜财明显不同。胜财把分离艳情味分为傲慢的分离和远行的分离二类，并把失恋艳情味分为渴望到死亡十个阶段。般努达多则把分离艳情味分为十个阶段："分离艳情味包含十个阶段：渴望、忧虑、回忆、赞美、烦恼、悲叹、疯癫、生病、痴呆和死亡。"（124）⑤他还认为："二人分别的三种表现手段是做梦、画像和目睹。"（134）⑥从这些叙述来看，般努达多基本上依据的是婆罗多《舞论》。对于分离艳情味的十个阶段，般努达多逐一进行举例说明。

---

①Bhānudatta, *Rasamañjarī*, 1991, p. 210.
②Bhānudatta, *Rasamañjarī*, 1991, p. 220.
③Bhānudatta, *Rasamañjarī*, 1991, p. 112.
④Bhānudatta, *Rasamañjarī*, 1991, p. 242.
⑤Bhānudatta, *Rasamañjarī*, 1991, p. 250.
⑥Bhānudatta, *Rasamañjarī*, 1991, p. 263.

般努达多在《味花簇》的最后再次说明他的创作宗旨："朵朵味花有无比可爱的甜蜜汁液，出于理解，我衷心祝愿诗人们获得味花耳饰！群主是众诗人的庄严至宝，浊浪翻滚的恒河是解脱之处。般努达多精心创作了诗篇，辩才天女的教诲如同波利神树之花竞相绽放。"（137-138）[①]

综合上述，般努达多在《味花簇》中论述的范围局限于男女主角和两种艳情味，但却在某些地方突破了婆罗多和胜财等人的观点，给中世纪梵语诗学增添了新的内容。"作为一部蕴含美学和社会文化价值的著作，《味花簇》阐释了男男女女的思想和行为本质。它曾对印度中世纪文学产生了意义深远的影响。"[②]般努达多对艳情味的格外关注既是对婆罗多、胜财、楼陀罗跋吒和波阇等人味论思想的继承，也折射了印度教虔信运动的时代风气，还预示着此后将出现更多的虔诚味论著述。

二、《味河》

般努达多的《味河》共分八章，比《味花簇》的论题更为宽泛，但仍然没有超出情味论的范畴。某种程度上，两书的论题显然互有差异，《味河》是对《味花簇》的有机补充。按照先后顺序，《味河》第一章论述八种常情，第二至五章分别论述情由、情态、不定情和真情。这五章并非全书最为重要的部分。般努达多基本依据婆罗多《舞论》进行论述，但他将被婆罗多视为街道剧十三支之一的哄骗（chala）视为不定情，这就使其论述的不定情数目达到三十四种，比婆罗多和胜财的三十三种不定情多出了一种。

《味河》的核心部分应属于后半部分的三章内容，其中，第六

①Bhānudatta, *Rasamañjarī*, 1991, p. 266.
②Bhānudatta, *Rasamañjarī*, "Introduction," 1981, XXXVI.

章专论艳情味，涉及艳情味的两种分类法，也涉及四种被否认的味。第七章论述艳情味以外的传统八味（加上平静味）和般努达多自己新增加的虚幻味，这使他的味达到十种。第八章介绍三十六种情味眼光、味的混合、味病、味合适、类味，还对味进行第三次分类。由此可见，般努达多的味论几乎囊括了前人论及的所有相关主题。

在第六章中，般努达多先将味（实际上是艳情味）分为两类即世俗味和超凡味。这是他对味的第一种分类法。他说："味分为两类：世俗味（laukikarasa）和超凡味（alaukikarasa）。世俗味产生于与世俗相关的事物，而超凡味产生于非同一般的相关事物……超凡味分三类：来自于梦境、来自于思想之主、来自于配角（aupanāyika）。来自于配角的超凡味产生于诗和戏剧中的词义魅力（padārthacamatkāra），这是另外两种欢喜（ānanda）。"（VI.1前疏解）①般努达多的这种味论观影响了一个世纪后的虔诚味论诗学家格维·格尔纳布罗。后者把味分为三种。他说："味可以分为平常味、超凡味和类味三类。平常味与茉莉、春天等世俗事物有关，超凡味与吉祥的克里希那和罗陀等等有关，类味来自于不合适的味。类味又分为成功的、虚假的和失败的三种。"（V.72）②

般努达多还遵循婆罗多的做法，将艳情味分为分离艳情味和会合艳情味两类，这是他对味的第二种分类。他同时还介绍了《舞论》中提到的青年女性的十种天性美和一种肢体美即激情（hāva），省略了另外九种女性美。胜财将分离艳情味分为傲慢的分离和远行的分离两类。他说："分离艳情味是一对深深相爱的人

---

①Bhānudatta, *Rasataraṅgiṇī,* ed. by Devdutt Kaoshik, Munshiram Manoharlal Publishers, 1974, p. 105.

②Kavi Karṇapura, *Alaṅkārakaustubha*, ed., by R.S.Nagar, Delhi: Parimal Publications, 1981, p. 131.

分离。它分成傲慢的分离和远行的分离两种。傲慢又分成亲昵和妒忌两种。”（IV.65）[①]和楼陀罗吒一样，楼陀罗跋吒对分离艳情味则取四分法：“分离艳情味分为四类：初恋、傲慢、远行、苦恋。”（II.1）[②]在介绍分离艳情味时，般努达多并未遵循上述几人的做法，他将分离艳情味分为五类：“分离艳情味分为五类：天各一方无法团聚、由于接受老师的教诲而无法团聚、爱意浓浓却无法团聚、妒忌而分离、遭到诅咒而分离。”（VI.18注疏）[③]

般努达多确认婆罗多认可的传统八味，他说：“艳情味、滑稽味、悲悯味、暴戾味、英勇味、恐惧味、厌恶味和奇异味，这是戏剧中的八种味。”（VI.2）[④]般努达多对该句的疏解典型地表达了他的虔诚味论思想，反映了当时对至高无上的毗湿奴大神的崇拜风气。他说：“毗湿奴是一切神灵之首，他也是艳情味的保护神，因此成为所有向往和崇拜的对象，也是作为首味的艳情味的象征（upanyāsa）。”（VI.2注疏）[⑤]

般努达多还在第六章中提到他并不认可的另外四种味：慈爱味（vātsalya rasa）、贪婪味（lauly rasa）、虔诚味（bhakti rasa）和企求味（kārpaṇya rasa），它们分别以心软（ārdratā）、贪欲（abhilāṣā）、信仰（śraddhā）和愿望（spṛhā）为常情。般努达多认为，这四种味的常情无一例外都是爱（rati），但却表现为其他味的不定情。因此，慈爱味中的常情——“心软”表现为悲悯味的不定情，虔诚味中的常情——“信仰”表现为平静味的不定情，贪婪味的常情——“贪欲”和企求味中的常情——“愿望”均表现为滑稽味的不定情。循着这种思维逻辑，般努达多断然否认了慈爱味

①黄宝生译：《梵语诗学论著汇编》（上册），第465页。
②R. Pischel ed. *Rudraṭa's Śṛṅgāratilaka and Ruyyaka's Sahṛdayalīlā*, 1968, p. 44.
③Bhānudatta, *Rasataraṅgiṇī*, 1974, p. 122.
④Bhānudatta, *Rasataraṅgiṇī*, 1974, p. 107.
⑤Bhānudatta, *Rasataraṅgiṇī*, 1974, p. 107.

等上述四味存在的合理性。他说："慈爱味、贪婪味、虔诚味、企求味，怎能成为味！设若心软、贪欲、信仰和愿望的常情都缺乏真性（sattva），它们的不定情就以常情爱为灵魂。如果这样的话，这些不定情究竟属于哪些味？事实上，慈爱味的不定情属于悲悯味，贪婪味的不定情属于滑稽味，虔诚味的不定情属于平静味，而企求味的不定情属于滑稽味。"（VI.2注疏）①

般努达多的上述思维有些僵化，但他的思想源头还得追溯到新护的味论观中。跋吒·洛罗吒认为味的数目是依据戏剧实践而确定，他坚持味的数量不定说。新护的观点与此相反，他只确认九种味，反对另外增加仁爱味、贪婪味和虔诚味等等。他认为以心软为常情的仁爱味不能成立。因为仁爱是亲密，它全部消融在爱和勇等等常情中。例如，父母对孩子的慈爱，青年人之间的友爱，罗什曼那对兄长的情谊，都消融在常情爱中。儿子对长辈的敬爱也是如此。以贪欲为常情的贪婪味也应该否定，因为它消融在笑、爱或其他常情中。虔诚味也是如此。有的学者对此表示质疑："无论如何，新护的这种合并归类有些牵强附会。因为有多少种感情和确认哪几种感情为戏剧中的主要感情是两回事。例如，艳情味的常情爱是指男女情爱，毕竟不同于慈爱、友爱、兄弟情谊或敬爱。观众只能从罗摩和悉多的爱情中品尝到艳情味，而不能从十车王对罗摩的慈爱、罗摩和须羯哩婆的友爱、罗摩和罗什曼那的兄弟情谊或罗摩对十车王的敬爱中品尝到艳情味。因此，完全可以承认慈爱等等感情的独立存在，无须对它们强行兼并。至于它们是否属于戏剧中主要的情和味，则是另一回事。"②由此可知，遵循新护、死守经典的思想立场，造成了般努达多的思维僵化，使其断然否认真实展现

①Bhānudatta, *Rasataraṅgiṇī,* 1974, p. 108.

②此处对新护和般努达多的味论分析，参阅黄宝生：《印度古典诗学》，第65—66页。

人类丰富情感表现的慈爱味等存在的合理性和可能性。

在传统的八味之外，般努达多还认可平静味，并在第七章的结尾进行介绍。在介绍平静味前，他还提到一种新味即虚幻味（māyā rasa），其常情是妄知（mithyājñāna）即错误的认识、虚幻的认知。这说明，般努达多将虚幻味视为高于平静味的一种新味。他对虚幻味的定义是："诸相（lakṣaṇa）的认识形成邪识妄知（mithyājñāna）和熏习谬见（vāsanā），这是虚幻味。虚幻味的常情是妄知，情由是世俗享受所产生的正法与非法，情态是儿子、妻子、胜利和王权等等。"（VII.27注疏）[①] 在此之前，般努达多还将这种虚幻味与平静味进行区分。他说："思维活动（cittavṛtti）分两种：认识理解（pravṛtti）和心如止水（nivṛtti）。心如止水就是平静味，而认识理解便是虚幻味，也是一种虚妄幻像（pratibhā）。"（VII.27注疏）[②]从晚期梵语诗学发展史看，般努达多提出的虚幻味没有获得其他诗学家的认可。毋庸置疑，般努达多是梵语诗学家中涉及味的数目最多的人之一。

《味河》最后一章的开头部分介绍八种味眼光、八种常情眼光和二十种不定情眼光。这三十六种情味眼光（dṛṣṭi）实际上全部来自《舞论》介绍的形体表演中的一类。[③]般努达多的相关介绍未作发挥。

在介绍味的混合时，般努达多味病的问题。例如，他遵循婆罗多和欢增等人的思路说："味与味之间也会相互对立，正如婆罗多所言，艳情味与厌恶味，英勇味与恐惧味，暴戾味与奇异味，滑稽味与悲悯味，它们的混合会产生对立。"（VIII.8）[④]由此，般努达多引述欢增和安主等人的观点，论述了味合适的问题。

---

①Bhānudatta, *Rasataraṅgiṇī,* 1974, p. 146.
②Bhānudatta, *Rasataraṅgiṇī,* 1974, p. 145.
③关于三十六种情味眼光的介绍，参见黄宝生：《印度古典诗学》，第149—152页。
④Bhānudatta, *Rasataraṅgiṇī,* 1974, p. 162.

般努达多认为，罗波那对悉多的畸形欲望是类味，那种常情也并非真正的爱。并且，一个主角同时拥有多个恋爱对象，这种爱就是类爱（ratirābhāsa），其所产生的味自然便是类味。但是，这一规律也有例外。例如，牧童黑天身为主角，却被众多牧女同时爱上，这种描写产生的甜蜜艳情味破例地不属于类味。（VIII.20注疏）[①]这是因为，黑天是大神毗湿奴的化身，他的可爱得到世人一致认可，不会激起读者或听众的反感。

般努达多对味的第三种分类见于该章最后部分。他说："味分三类：多味（abhimukha）、无味（vimukha）、乏味（paramukha）。情、情由、情态以韵（vyakti）的方式进行描述，这是多味。情、情由和情态的描述难以品味，这是无味。乏味的情形有两种：以庄严描述为主（alaṅkāramukha）和以情的描述为主（bhāvamukha）。以庄严描述为主，指庄严的描述太多，读者心中因此厌烦，这便是乏味；以情的描述为主，指情感描述太盛，读者心中因此厌倦，这便是乏味。"（VIII.23注疏）[②]般努达多的这种关于味的三分法，显然受到了欢增韵论的深刻影响。

综上所述，《味河》论述了情味的各个重要因素，涉及到前人几乎所有重要的议题。般努达多在论述中大体依据婆罗多、胜财、楼陀罗跋吒、欢增、新护和安主等人，但又偶有自己的一些创见。虽然总体上看，《味河》没有超出前人的规范，但它在《味花簇》之外，从新的角度阐释虔诚味论，从而为后世诗学家提供了某些规范。自然，《味河》也应视为般努达多的代表作之一，从某个角度看，其重要意义甚至超过了《味花簇》。从这个意义上说，般努达多和楼陀罗吒、楼陀罗跋吒等人一样，也是各自时代中承上启下的关键人物之一。

---

①Bhānudatta, *Rasataraṅgiṇī,* 1974, p. 172.

②Bhānudatta, *Rasataraṅgiṇī,* 1974, p. 175.

三、《庄严吉祥痣》

最后，再简单说说般努达多传世的第三部诗学著作《庄严吉祥痣》。它分五章，主要论述诗的性质、分类、风格、诗病、诗德和庄严。该书确认味是诗的灵魂。般努达多介绍的庄严共七十七种。[①]

《庄严吉祥痣》第四章介绍曼摩吒论及的六种音庄严。般努达多将音庄严称为具有“欺骗性”的“诱惑因素”。他在该章开头写道：“接下来讲述庄严。庄严是诱惑力（aupādhika）增强的原因。诱惑因素（upādhi）在哪里？它们都有哪些？《诗光》曾经论及过六种：曲语、谐音、叠声、双关、图案和貌似重复。”[②]

《庄严吉祥痣》第五章介绍了七十一种义庄严。他在开头先集中列举这些义庄严的名称，然后再逐一进行定义和解说。他的定义基本依据前人，例如自性：“如实描写产生魅力（camatkāri svarūpanirvacana），这是自性。”[③]具体说来，这些义庄严的名称如下：

1. 自性、2. 明喻、3. 交换、4. 自比、5. 例证、6. 诗喻、7. 类比、8. 等同、9. 隐喻、10. 奇想、11. 否定、12. 重复、13. 殊说、14. 补证、15. 较喻、16. 藏因、17. 微妙、18. 渐进、19. 合说、20. 分离、21. 原因、22. 夸张、23. 没有、24. 共说、25. 佯赞、26. 佯贬、27. 聚集、28. 高贵、29. 连续、30. 迂回、31. 貌似对立、32. 有味、33. 有勇、34. 间接、35. 有情、36. 推理、37. 原因花

①笔者竭尽全力搜寻《庄严吉祥痣》，仍未掌握该著完整版本，故以2011年11月底本人在普纳的班达卡尔东方研究所所见其后两章略作说明。

②G.V.Devasthali, ed. *Alaṅkāratilaka of Bhānudatta,* Reprinted from the Journal of the Bombay Branch Royal Asiastic Society, N.S., Vols. 24-25, 1948-1949, p. 93.

③G.V.Devasthali, ed. *Alaṅkāratilaka of Bhānudatta,* p. 98.

环、38. 有意味、39. 委婉、40. 排除、41. 递进、42. 三昧、43. 相配、44. 不相配、45. 增益、46. 淹没、47. 反喻、48. 回想、49. 混淆、50. 疑惑（saṃśaya）、51. 疑问、52. 连珠、53. 同一、54. 独特、55. 诗因、56. 相违、57. 矛盾、58. 生动、59. 交换、60. 互相、61. 回答、62. 敌对、63. 借用、64. 不借用、65. 多义（bhaṅgī）、66. 略去、67. 明灯、68. 花环明灯、69. 结合、70. 混合、71. 祝愿。

般努达多的义庄严基本上依据前人，没有什么大的变化。但是，他以parivṛtti同时指代互喻和交换两种庄严，这是以前罕见的。他提出多义（bhaṅgī）这一庄严，这是此前少见的一种义庄严。他的一些义庄严概念与此前诗学家所使用的名称相比略有不同，如间接（aprastutastotra）、疑问（anadhyavasāya，同sasandeha）、佯贬（nindāstuti，同vyājanindā）等等。

综上所述，般努达多的诗学建树在15世纪的梵语诗学家中是独特的，他不仅对艳情味论或虔诚味论有较深的探索，也对庄严论有所总结。迄今为止，印度国内外对于般努达多及其著作的英译和研究，尚存在诸多空白，但放在历史长河中考量，这对他是不公平的。期待未来学界能够对其著述有所译介和探索。

第十二节　鲁波·高斯瓦明的《虔诚味甘露海》、《鲜艳青玉》和《剧月》

（15至16世纪）

鲁波·高斯瓦明（रूप गोस्वामिं，Rūpa Gosvāmin，1490～1563）生活在15至16世纪的孟加拉地区，这是孟加拉虔信运动勃兴的时代。他是诗人、剧作家和诗学家。他先后创作了十七部文学作品和诗学著作，其中五部戏剧和两部诗学著作、一部戏剧学著作非常重要。除了根据《舞论》和《味海月》编写戏剧学论著《剧月》

（नाटकचन्द्रिका，*Nāṭakacandrikā*）外，他还先后创作了两部独具特色的诗学著作，即创造性地将味论用来阐释毗湿奴教徒虔诚情感的《虔诚味甘露海》（भक्तिरसामृतसिन्धु，*Bhaktirasāmṛtasindhu*）和《鲜艳青玉》（उज्ज्वलनीलमणि，*Ujjvalanīlamaṇi*）。其中，《虔诚味甘露海》写于1541年。可以说，高斯瓦明是印度中世纪虔诚味论的第一人，也是梵语诗学后期的最杰出代表之一，他的两部虔诚味论著也是该派著作中的翘楚之作。

高斯瓦明的虔诚味论有着深刻的时代背景、文学基础和宗教哲学内涵。[①]12世纪的著名诗人胜天（Jayadeva），是古典梵语文学时期最后一位重要的抒情诗人。他的抒情长诗《牧童歌》（*Gītagovinda*）是歌颂大神毗湿奴化身之一牧童黑天和牧女罗陀的人神之恋的著名代表作。这部长诗问世后，恰逢中世纪虔信派运动蓬勃发展。从此，这首艳情诗被视为颂扬毗湿奴的大胜的虔信诗，流传印度各地。模仿之作层出不穷，形成一种叫做“歌体”的诗体。这种诗大多是赞颂黑天和罗陀的爱情，还有一些是歌颂同为毗湿奴化身之一的罗摩和妻子悉多或湿婆大神与雪山神女的爱情。这些沾染虔信运动的宗教性质的诗歌对于中世纪梵语诗学影响巨大。16世纪，印度孟加拉和奥里萨地区兴起阇多尼耶（Caitanya）开创的虔信运动。“在这些活动中，孟加拉的毗湿奴信徒最值关注，因为他们以极强的魔力激发了一种新的虔信崇拜体系。孟加拉毗湿奴派因此产生。”[②]阇多尼耶派崇拜黑天及其情人罗陀，认为罗陀象征着人类的灵魂，黑天象征着神的灵魂，黑天与罗陀的爱情体现出人神之爱。高斯瓦明还曾经拜会过阇多尼耶本人，这使前者获益匪

---

①关于虔诚派或曰帕克蒂运动的历史发展，也可参阅薛克翘、唐孟生、姜景奎、（印度）Rakesh Vats：《印度中世纪宗教文学》（上卷），北京：昆仑出版社，2011年，第43—70页。

②Rita Banerjee, *The Bhaktirasamrtasindhu: A Critical Study,* Varanasi: Ashhutosh Prakashan Sansthan, 2008, p. 1.

浅。论者指出，阇多尼耶派是中世纪印度虔信运动中最有影响的教派之一。他们强调对神的虔信敬爱比之传统的苦行、行善和冥思更为重要。他们深信，只有虔诚爱神，才能达到解脱。信徒的虔诚分为五个阶段：一是清净阶段，抑制情感私欲，内心纯洁清净；二是服役阶段，对神的情感加深，发誓奴仆般服务于神；三是友爱阶段，不再视黑天大神为主人，而视其为朋友，产生人神间挚友情感；四是孝敬阶段，把黑天视为父母，产生孝敬心理；五是甜蜜阶段，人对神的爱达到最高水平，犹如罗陀对黑天的热恋一样。阇多尼耶派的信徒们把实现这种最高类型的爱作为毕生追求的目标。这是因为："这种爱象征着人与神之间的互爱，人与神的最终结合。"①例如，身为毗湿奴教徒的高斯瓦明在《鲜艳青玉》中对黑天的描述充满人神互爱的亲切："因为你闪闪发光的新云形象和无比神圣的美妙宝藏，三界的妇女才拥有吉祥和喜悦！"（I.4）②

下边先对《虔诚味甘露海》的基本内容和主要观点进行简略介绍。

一、《虔诚味甘露海》

从《虔诚味甘露海》精心设计的谋篇布局来看，它仿佛是一个由各种味汇流而成的大海，其旨趣在于系统地阐发信徒对克里希那大神（毗湿奴）的热爱。与此相应，高斯瓦明按照东南西北的方位将全书逐次分为四章（vibhāga），每章再分为四到五节（laharī），暗示各种味从四面八方追波逐浪地一齐涌向甜蜜而美妙的虔诚味海。因此，美国梵文学家D.L.哈伯曼（David

---

①刘建、朱明忠、葛维钧：《印度文明》，第402页。此处介绍参考该书相关内容。

②Rupagosvamin, *Ujjvalanīlamaṇi*, ed. by M.P.Durgaprasad, Bombay: Nirṇaya Sāgar Press,（1854）1932, p. 7.

L.Haberman）认为："对鲁波·高斯瓦明而言，只有一种味即虔诚味，它成为最高的宗教体验。这种真实而唯一的味须得同经典的世俗味区别开来，因其被理解为一种超凡味，甚至是带有神性的味。"[①]尽管印度以克里希那为原型所进行的毗湿奴崇拜由来已久，但《虔诚味甘露海》所论述的这种宗教美学思想或宗教文艺观，在虔信运动的特殊时期展示了别具一格的新面貌。德国学者将之称为"富有感染力的克里希那帕克蒂"或曰"激动人心的克里希那崇拜"（emotional Kṛṣṇa bhakti）。[②]

该书第一章为虔诚味总论。第二章按照婆罗多等人的传统规范，依次介绍情由、情态、真情、不定情和常情。第三章介绍平静味、侍奉味、友爱味、慈爱味和甜蜜味等五种主要虔诚味。第四章探讨艳情味之外的被视为次要虔诚味的婆罗多七味，然后以讨论味合适、类味和味病等主题结束全书。由此可见，高斯瓦明在书中试图建构一个前所未有的完美的理论体系，而十二种虔诚味是其思想体系的重要支点。这是他区别于此前和此后虔诚味论家的重要一点。该书的结构还凸显了新因明学的影响，精心阐释，分类详细。高斯瓦明既从《舞论》、《文镜》和《味海月》等涉及味论的著作中汲取前人的诗学资源，也从很多往世书中选取例证，但《薄伽梵往世书》无疑是其最重要的思想资源。"事实上，在许多方面，或至少就美学层面而言，可将《虔诚味甘露海》视为《薄伽梵往世书》的一种注疏进行解读。"[③]

《虔诚味甘露海》第一章分为四节，分别论述虔诚味的一般特征、三种虔诚的大致特征。

①Rūpa Gosvāmin, *Bhaktirasāmṛtasindhu,* "Introduction," New Delhi: Indira Gandhi National Centre for the Arts, 2003, LI.

②Friedhelm Hardy, *Viraha Bhakti: The Early History of Krsna Devotion in South India,* New Delhi: Oxford University Press, 1983, p. 10.

③Rūpa Gosvāmin, *Bhaktirasāmṛtasindhu,* "Introduction,"2003, XLIX.

高斯瓦明在《虔诚味甘露海》开头第一颂写道：

अखिलरसामृतमूर्तिः प्रसृमररुचिरुद्धतारकापालिः।
कलितश्यामा ललितो राधाप्रेयान् विधुर्जयति ॥（१）

罗陀的伴侣，月亮魅力无穷！他是所有味甘露的化身。

他的神圣光彩使群星更加璀璨夺目，使黑夜更加优美迷人。（I.1.1）

月亮（vidhu）是毗湿奴大神的称号之一。这一颂献诗还有第二种解读，恰好蕴含了特殊艳情味即甜蜜虔诚味色彩："罗陀的最爱，克里希那战无不胜！他是所有味甘露的化身，他的非凡魅力征服了牧女多娜迦和波莉的心，使思雅玛和罗妮塔春心荡漾。"（I.1.1）[①]

从第一颂可以看出，高斯瓦明心目中的虔诚味就是借用人神合一这种既世俗寻常又超凡卓绝的独特方式，表述他潜藏在宗教符号深处的美学思维。以往的诗学家在诗歌总论中，总是先论诗歌或文学作品的定义、目的、功用、成因、分类等，而高斯瓦明并未面面俱到地论及上述问题，只是集中论述虔诚味给虔诚信徒带来的心灵愉悦。这似乎婉转地表述了他的文学功能说，即优美而亲切的宗教性作品可以满足人们心灵深处的归属感。

高斯瓦明把品尝虔诚味看成是超越人生四要的终极目标。他说："心灵深处只要涌起一丝对大神的爱（rati），人生四要就完全只是稻草（tṛṇa）而已。"（I.1.33）[②]正所谓"心涌一丝神之爱，人生四要若草芥"。他还说："即使梵喜（brahmānanda）无限地扩展弥漫，也无法与虔诚喜海（bhaktisukhāmbhodhi）的极

①Rūpa Gosvāmin, *Bhaktirasāmṛtasindhu*, 2003, p. 2.
②Rūpa Gosvāmin, *Bhaktirasāmṛtasindhu*, 2003, p. 8.

微（paramaṇu）一滴相提并论。”（I.1.38）[①]正所谓“大梵之喜千百万，不及虔诚极微喜”。表示梵我合一的宗教体验的神秘欢喜（ānanda）代替了表示人神合一的近乎世俗性爱的快感之喜（sukha），这是虔诚味论区别于新护味论的一大特色。人生四要的终极目标被跨越人神界限的虔诚味体验所冲淡。换句话说，解脱无意义，人生意义在于此岸，不在彼岸世界，亲近既现实又虚幻的克里希那是对世俗快乐的追求，也是对虔信运动兴起后所激发的宗教新理念的积极建构和亲切认同。本来，新护在《舞论注》中，将虔诚味视为导向平静味的一个要素而非一种独立的味。[②]但是，高斯瓦明的姿态与此恰好相反，他不仅将虔诚味视为独立的味，还将平静味视为虔诚味之一。换句话说，婆摩诃以来的经典味论似乎受到了某种程度的颠覆，这的确反映了虔信运动对文学理论思潮的巨大冲击。

高斯瓦明还认为，虔诚味的品质和喜忧闇三德的属性有所区别。“即使稍微品尝一丝甜蜜的虔诚味，也能知晓它的本质，而仅靠推理（yukti）则不行，因为推理不能很好地领会虔诚味的真谛。”（I.1.45）[③]信徒对克里希那的神圣之爱就是他们品尝最高欢喜的缘由。这种爱特别令人喜悦，总是温暖柔和。

在第一节中，高斯瓦明还将虔诚味赖以升华的心理基础即虔诚（bhakti）一分为三，并对这三种虔诚逐一进行了论述。他说：“虔诚据说分为亲证（sādhana）、热爱（bhāva）和敬爱（prema）三种。”（I.2.1）[④]不过，高斯瓦明的弟弟耆婆·高斯瓦明（Jīva Gosvāmin）在疏解《虔诚味甘露海》时认为，一分为三的虔诚

①Rūpa Gosvāmin, *Bhaktirasāmṛtasindhu,* 2003, p. 10.

②J.L.Masson & M.V.Patwardhan, *Śāntarasa and Abhinavagupta's Philosophy of Aesthetics,* Poona: Bhandarkar Matilal Oriental Research Institute, 1969, p. 139.

③Rūpa Gosvāmin, *Bhaktirasāmṛtasindhu,* 2003, p. 12.

④Rūpa Gosvāmin, *Bhaktirasāmṛtasindhu,* 2003, p. 18.

实际上可以简化为两类：亲证虔诚（sādhana bhakti）和圆成虔诚（sādhya bhakti）。[①]

高斯瓦明所谓第一种虔诚即亲证虔诚（sādhana bhakti）是指，信徒通过具体的行动激发对大神的热爱，其目的是在自己心中孕育一种永恒而完美的感情（nitya-siddha-bhāva）。高斯瓦明此处的理论依据来自《薄伽梵往世书》第七章那罗陀仙人的叙述。高斯瓦明还将亲证虔诚分为两类：仪轨虔诚（vaidhī bhakti）或曰仪轨亲证（vaidhī sādhana）和随喜虔诚（rāgānugā bhakti）或曰随喜亲证（rāgānugāsādhana）。前一种是指按照《薄伽梵往世书》等圣典所描述、规定的仪轨进行修炼，这些仪轨包括六十四式，每一式均配有毗湿奴教经典的例诗进行解说。高斯瓦明声称，最后五式至关重要：虔诚地供奉克里希那神像，诵读《薄伽梵往世书》，亲近克里希那的信徒，念诵克里希那的名字，住在与克里希那传说息息相关的婆罗阇（Vraja）一带。仪轨亲证显然只是通向理想目标的初级阶段，它旨在唤起类似于克里希那众多女友心中的那种热恋之情。这种情感一旦激发，信徒将进入下一个阶段即随喜亲证的阶段。这一阶段里，必须参照那些住在婆罗阇的信徒们的虔信之情进行修炼，这种与克里希那融为一体的神圣情感又被称为亲昵虔诚（rāgātmikā bhakti），它又被分为欲爱虔诚（kāmānugā bhakti）和友爱虔诚（sambandhānugā bhakti）两种，前者以众牧女（gopī）热恋黑天有关，后者指亲友们对黑天的爱。

热爱虔诚（bhāva bhakti）的特点是纯洁微妙，情意绵绵，如同阳光温暖，愉悦人心。它也分为两种："两种方式形成热爱：要么潜心供奉，或者幸运地获得克里希那及其信徒们的恩惠（prasāda）。前一种情况很常见，后一种情形却罕见。"

①Rūpa Gosvāmin, *Bhaktirasāmṛtasindhu,* 2003, p. 86.

（I.3.6）[①]潜心供奉而产生的热爱也分为两种：仪轨热爱和随喜热爱。在论述热爱虔诚时，高斯瓦明还提到两种类爱即虚假或虚妄不实的爱："不过，当愚夫（bāla）惊奇地见到那种涉及克里希那的爱时，智者们只能称它为类爱。类爱有两种：相似（pratibimba）和幻影（chāyā）。"（I.3.44-45）[②]尽管是类爱，但其仍有积极的功能，前者会使人产生心灵愉悦和解脱之喜，后者使人远离痛苦悲哀。

亲爱虔诚（prema bhakti）是指对克里希那的爱温柔丰富，极其强烈，已经达到人神交融、神我不分的亲切状态或神秘的虔诚状态。"亲爱虔诚分为两种：由热爱克里希那而产生，由克里希那特别的神恩而赐予。"（I.4.4）[③]

《虔诚味甘露海》第二章对虔诚味基本特征的介绍，其实相当于对婆罗多情味论基本要素进行虔诚味意义上的宗教对接或内容改造、形式重组。他对虔诚味的产生程序进行了分析："在聆听克里希那故事等的虔信者心中，情由、情态、真情和不定情的结合，形成了一种品尝的状态。这种对克里希那的爱就是常情，它变为虔诚味。"（II.1.5）[④]这种虔诚味的品尝，只能产生于那些无知无觉、潜心修为的真正信徒心中，既与其前世有关，也与其今生有关。高斯瓦明接着对虔诚味的情由、情态、真情和不定情等要素进行分析，他提到了类真情和类不定情的概念。他将虔诚味的不定情分为相依型和独立型两种，将其类不定情也分为对立型和不宜型两种，而不定情分为显现、结合、混合和融合等四个阶段。

根据《虔爱论》的说法，信徒与克里希那的爱有十九种之多，其中最重要的是六种："服侍之爱、友谊之爱、父母对子女之爱、

---

①Rūpa Gosvāmin, *Bhaktirasāmṛtasindhu,* 2003, p. 98.
②Rūpa Gosvāmin, *Bhaktirasāmṛtasindhu,* 2003, p. 108.
③Rūpa Gosvāmin, *Bhaktirasāmṛtasindhu,* 2003, p. 116.
④Rūpa Gosvāmin, *Bhaktirasāmṛtasindhu,* 2003, p. 124.

子女对父母之爱、妻对夫之爱和恋人之爱。”①而按照毗湿奴教阇多尼耶派的虔信理论，虔信者与大神毗湿奴的关系有五种类型：沉思型、奴仆型、朋友型、父母型和情人型。与此相应，梵语诗学中则有五种虔诚味（भक्तिरस，bhaktirasa），其常情分别是：平静（śānta）、侍奉（dāsya，prīti）、友爱（sakhya，preyas）、慈爱（vātsalya）和甜蜜（माधुर्य，mādhurya）。高斯瓦明在第二章的最后部分论述虔诚味的常情时，自然会遵循上述宗教美学思维。他先将平静味、侍奉味、友爱味、慈爱味和甜蜜味等五种虔诚味视为主要虔诚味亦即特殊艳情味的五类表现形态，再将滑稽味至奇异味的传统七味视为次要虔诚味。这样，他的虔诚味总数达到十二个。不过，高斯瓦明也在某处表示，如将五种主要虔诚味视为一种特殊的味即甜蜜艳情味，再加上婆罗多的其他七味，则味的总数仍是八个。至此，梵语诗学中的虔诚味体系得以正式确立。

高斯瓦明将虔诚味的常情分为独立型（svārtha）和依赖型（parārtha）两类。他对五种主要的常情进行说明：“主要虔诚味的常情包括独立和依赖型两类。常情又分为五种：平静（śuddha）、侍奉（prīti）、友爱（sakhya）、慈爱（vātsalya）和喜爱（priyatā）。”（II.5.6）②关于五种主要虔诚味，高斯瓦明指出：“前边说过，常情爱分为主要的爱和次要的爱两类，因此，虔诚味也分为主要虔诚味和次要虔诚味两类。……五种主要虔诚味是平静味、侍奉味、友爱味、慈爱味和甜蜜味。这些味被视为从低到高依次排列。”（II.5.113-115）③这自然说明，甜蜜味是最主要的虔诚味，或曰主要虔诚味中的最优者，它被称为“虔诚味王”（भक्तिरसराज，bhaktirasarāja）。④以往被新护等人认可的平静味成为主要虔诚味中

①参阅邱永辉：《印度教概论》，北京：社会科学文献出版社，2012年，第308页。
②Rūpa Gosvāmin, *Bhaktirasāmṛtasindhu,* 2003, p. 354.
③Rūpa Gosvāmin, *Bhaktirasāmṛtasindhu,* 2003, p. 380.
④S.K.De, *History of Sanskrit Poetics,* Vol. II, p. 267.

的基点味，这其中的道理自然不难理解，因为虔诚味论本身便是对新护等人的经典味论的超越和“反叛”，滑稽味等传统七味成为次要虔诚味，原因也是如此。

高斯瓦明还为五种主要虔诚味和七种次要虔诚味配备了各自的颜色和保护神。他还坚持认为，味的体验应该是愉悦的。所有味的本质都指向快乐。他还呼吁知音们像保护宝库免遭盗贼劫掠一样，悉心维护和珍视心中对克里希那的爱，使其免受弥漫差哲学枯燥思想的侵袭和削弱。（II.5.129-130）①

五种主要虔诚味是《虔诚味甘露海》第三章的论述焦点和核心主题。他依次对从平静味到甜蜜味等各主要虔诚味的定义、情由、情态、不定情、真情和常情等主要因素，进行了详细地说明，并附有关于克里希那的神话例诗以示说明。例如，他对甜蜜味的定义是：“由于情由等等相关因素的结合，甜蜜的爱（madhurā rati）在信徒心中（satān hṛdi）即刻涌起，这就叫甜蜜虔诚味（madhura bhakti rasa）。”（III.5.1）②这种最高形式和最重要的虔诚味的所缘情由是克里希那和追慕他的众多牧女，引发情由则是克里希那的笛声等等，情态包括克里希那和牧女们的微笑、瞥视、凝视等等，真情和不定情按照一些诗集（padyāvalī）的描述来解说，而其常情自然是甜蜜的爱。

高斯瓦明在第四章介绍了滑稽味等其他七种次要虔诚味的特征、情由、情态、真情、不定情和常情等要素。他还论及味合适与不合适的问题。他认为：“味与另一种味亲切友好地搭配，才能被充分品尝。”（IV.8.16）③高斯瓦明为此举出了很多味合适搭配与不协调混合的例子。例如，侍奉味、厌恶味、正法英勇味与平静味

---

①Rūpa Gosvāmin, *Bhaktirasāmṛtasindhu,* 2003, p. 385.
②Rūpa Gosvāmin, *Bhaktirasāmṛtasindhu,* 2003, p. 536.
③Rūpa Gosvāmin, *Bhaktirasāmṛtasindhu,* 2003, p. 618.

的混合运用，就是相互协调、相得益彰的佳例，奇异味与侍奉味、友爱味、慈爱味和甜蜜味的搭配也是如此，然而，当甜蜜味、暴戾味、恐惧味、战斗英勇味与平静味一起运用时，各味之间就会产生不协调的效果。高斯瓦明指出，为了避免在作品描述过程中出现味与味的搭配不合适的情况，必须将两个味中的一个作为次味来描述，或是将不协调、不合适的味作为梦境进行描述，或是利用其他中性或协调的味来调换不协调的味，或是有区别地描写不协调的各味所指向的客观对象与产生路径。（IV.8.63-64）[①]

论及味的混合运用，必然还牵涉到主味和次味的问题。高斯瓦明指出："无论是主要的味还是次要的味，在作品中盖过了所有其他的味，它就是主味。丰富和强化主味且起着不定情作用的味，就是次味。"（IV.8.42）[②]

关于味病，高斯瓦明指出："正如此前所阐释的那样，味的特征中出现缺陷（vikala），知味者就将其称为类味。它们分为三种：近味（uparasa）、拟味（anurasa）、乏味（aparasa），它们依次被视为高级、中级和低级的类味。"（IV.9.1-2）[③]高斯瓦明还分别举例说明。

综上所述，《虔诚味甘露海》结构新颖，立意不凡，论题集中，但视野开阔，的确是梵语诗学虔诚味论的代表作。高斯瓦明可谓该派的杰出旗手，他的著作不仅继往，也将在开来方面发挥重要作用。他的弟弟耆婆·高斯瓦明（Jīva Gosvāmin）为《虔诚味甘露海》进行疏解，这便是著名的《摄玄论》（*Durgamasaṅgamanī*）。其他一些学者也为其著述进行疏解，进一步扩大了高斯瓦明理论的影响。当然，《虔诚味甘露海》的负面因素也不可忽视，因为将文

①Rūpa Gosvāmin, *Bhaktirasāmṛtasindhu,* 2003, p. 632.
②Rūpa Gosvāmin, *Bhaktirasāmṛtasindhu,* 2003, p. 628.
③Rūpa Gosvāmin, *Bhaktirasāmṛtasindhu,* 2003, p. 648.

学理论建构的观察视野完全转入宗教领域，文论家对于文学作品赖以产生的社会和世界必然漠不关心或视而不见。这也正是梵语诗学后期彻底“向内转”而难以获得全面而彻底的理论突破和诗学家们大多缺乏创新动力的根本原因，也是制约印度中世纪文论健康发展的致命“瓶颈”。

二、《鲜艳青玉》

如前所述，甜蜜味的常情是克里希那（黑天）即毗湿奴化身的甜蜜的爱，所缘情由是黑天和他的情人，引发情由是黑天的言行和装饰等等。可以说：“甜蜜味是一种表现为艳情味的虔诚味。”[①] P.V.迦奈认为，高斯瓦明重视本质上属于宗教艳情味的甜蜜虔诚味，他给味论发展带来转机的代表作是《鲜艳青玉》。该书有两个特点：“第一，它专论虔诚味；第二，它引用的诗例均涉及毗湿奴（黑天）、毗湿奴的信徒和他们的情感行为。”[②]

《虔诚味甘露海》论述了五种主要虔诚味，但对甜蜜味及其赖以产生的男女主角论述较少。或许是为了弥补这一缺陷，高斯瓦明接着创作了专论甜蜜味（也叫鲜艳味）的诗学著作《鲜艳青玉》。他在该书开头说：“我在《虔诚味甘露海》里已经简要地论述了各种不同的虔诚味的奥秘，这里接着论述虔诚味王甜蜜味。”（I.2）[③]

《鲜艳青玉》先后论述了甜蜜味即虔诚味的所缘情由黑天和罗陀及其女友的特征，然后再论述各种情由、情态、真情和不定情，

---

①黄宝生：《印度古典诗学》，第66页。

②P.V.Kane, *History of Sanskrit Poetics,* p. 313.

③Rupagosvamin, *Ujjvalanīlamaṇi*, 1932, p. 4. 该书只列出各颂在各章中的排序数，没有列出各章的序号，此处由笔者根据页码等信息自行整理出十六章的位置，然后确定每颂在十六章中的顺序。

还专门论述了艳情味等等。他在例诗中提到了九十六种男主角和三百六十种女主角，但其论述的基点和核心自然还是毗湿奴大神的化身黑天或曰克里希那。关于这种名为甜蜜味的虔诚味，高斯瓦明依照婆罗多的分析模式，对它的情由、情态、真情和不定情等等元素进行分析阐释。这里举例说明。

关于甜蜜味的所缘情由，高斯瓦明认为："它的所缘情由指黑天和他的恋人。"（I.4）[①]他还以毗湿奴教徒的身份赞颂黑天即这种甜蜜味的所缘情由。他说："这种芳香的甜蜜味具有所有美好的特征：强健有力、青春焕发、伶牙俐齿、甜言蜜语。聪明、能干、坚定和机敏是爱人的四种特性。感恩诚实，爱意浓浓，睿智稳重，爱人美名卓著，爱神痴迷箭永葆青春，无上美妙游戏，绝妙悠扬笛声。以上列举的是黑天因此获得美名的艳情特征。"（I.5-7）[②]

关于甜蜜味的引发情由，高斯瓦明认为："引发情由指黑天和他的情人们的言谈、特征、名相、行为、装饰及其友人和中立者。其中，特征包括思想、语言和身体三种。"（X.1-2）[③]其中，身体特征指外表美丽和甜蜜温柔等等。

婆罗多在《舞论》中认为，情态是指观众感受到的、产生各种意义的语言、形体和真情等三类的表演。高斯瓦明不同，他把情态中的真情和形体视为装饰的原因，以装饰取代了形体和真情。关于甜蜜味的情态，高斯瓦明认为："智者认为，情态包括装饰、装饰过的声音和口头语等三种。例如，装饰可如此表述：克里希那真情产生二十种装饰，产生各种奇异的美。感情、激情和欲情是三种已知的天生的形体表现，而七种自然情态是光艳、魅力、热烈、柔顺、自性、高尚和坚定。天性流露的情态有十种：游戏、

---

①Rupagosvamin, *Ujjvalanīlamaṇi*, 1932, p. 5.
②Rupagosvamin, *Ujjvalanīlamaṇi*, 1932, p. 8.
③Rupagosvamin, *Ujjvalanīlamaṇi*, 1932, pp. 264-265.

娇态、淡妆、慌乱、兴奋、怀恋、佯怒、冷淡、妩媚和羞怯。”（XI.1-5）①实际上，高斯瓦明此处所谓三类甜蜜味的情态，就是《舞论》第二十四章中论述的青年女性的二十种庄严（美的特征）。婆罗多认为，这些庄严（女性美）是戏剧中味的依据和来源。它们分为三种肢体产生的美即高斯瓦明的“天生的形体表现”，十种天性产生的美（或会合艳情味中的女方表现的十种姿态）即高斯瓦明所谓十种“天性流露的情态”，以及七种自发产生的美即高斯瓦明所谓七种“自然情态”。高斯瓦明全盘接受了婆罗多的观点及其分类，只是个别地方的论述顺序略有调整而已。这显示婆罗多味论对于中世纪虔诚味论仍然具有深刻的影响。

在高斯瓦明的心目中，婆罗多首创的艳情味就是他的甜蜜味即五种虔诚味中最美的一种。高斯瓦明把这种艳情味也叫做“鲜艳味”（उज्ज्वलरस，ujjvalarasa）。他说：“人们认为，这种鲜艳味分成分离艳情味和会合艳情味两种。”他接着解释道：“分离艳情味指恋人间分离相聚或分离相聚交替的感情体验。渴望、拥抱等等无法实现就是分离艳情味，它是会合艳情味的主要原因。也可以这样说：没有分离艳情味，感情就不能得以丰富和充分发展，就不会获得强烈的会合艳情味。”（XIV.1-3）②在婆罗多和胜财等人的戏剧学著作中，罕见关于分离艳情味和会合艳情味关系的论述。因此，可以断言，高斯瓦明此处对两种艳情味关系的论述，进一步发展了传统戏剧学味论。高斯瓦明还把分离艳情味分为四个阶段：“初恋、傲慢、苦恋和远行，这是已经讲过的分离艳情味的四个阶段。其中，两人出于爱意而相聚，从前的形象声音等等得以亲证，智者称其为初恋。”（XIV.4-5）③将分离艳情味分为四个阶段，这与楼

①Rupagosvamin, *Ujjvalanīlamaṇi*, 1932, p. 299.
②Rupagosvamin, *Ujjvalanīlamaṇi*, 1932, pp. 506-507.
③Rupagosvamin, *Ujjvalanīlamaṇi*, 1932, p. 508.

陀罗吒和楼陀罗跋吒、胜财等人观点近似。

关于会合艳情味，高斯瓦明也有一些不同于婆罗多和胜财的观点。他对会合艳情味的分类似乎不见于前人。高斯瓦明解说道："外貌、拥抱等等合适可爱的手段形成恋人间爽心悦目的会合艳情味。智者把它分为主要的和次要的二类。智者认为，主要的会合艳情味指清醒状态时的四种：心心相印和傲慢的远行等两种依次发展的艳情味，以及简单的和复杂的会合艳情味。恋人间在爱情中由于十分害怕和羞愧等形成简单的主要的会合艳情味。"（XVI.1-4）①对于次要的会合艳情味，高斯瓦明的解释是："黑天在梦中表现的特征形成次要的会合艳情味。梦中表现的次要会合艳情味分为特殊的和普通的两种。"（XVI.21）②

高斯瓦明在论述中涉及波阇的唯一艳情论的关键词。他的解释不同于波阇。他说："自爱、自尊、自负、自恃、嘲笑和傲慢，这被称为六种孤傲。其中，自爱是指轻视他人，只描述自己的优点。自尊是指委婉地表述自己的爱，增添自己的荣誉。"（IX.20-21）③虽然说高斯瓦明的思想与波阇有区别，但总体来看，他和婆罗多之间的思想差异要大于他和波阇的理论分野。他先在《虔诚味甘露海》中将婆罗多的情（bhāva）改造为虔诚形成三阶段中的"热情"，再在《鲜艳青玉》中将其改造为常情爱孕育过程中的最后一环亦即最高意义的爱（mahābhāva）。"这是爱的终极体验和真味的完美实现，它与神圣情感最丰富的'所缘情由'罗陀有关。因此，对高斯瓦明来说，终极体验是一种关于爱的持续发展的宗教美学体验。"④

综上所述，高斯瓦明虔诚味论的确有很多令人耳目一新之处。

①Rupagosvamin, *Ujjvalanīlamaṇi*, 1932, p. 571.
②Rupagosvamin, *Ujjvalanīlamaṇi*, 1932, p. 591.
③Rupagosvamin, *Ujjvalanīlamaṇi*, 1932, pp. 246-247.
④Rūpa Gosvāmin, *Bhaktirasāmṛtasindhu,* "Introduction,"2003, LXVII.

它给中世纪印度文学理论的发展带来了一线生机。“鲁波在宗教意义上运用味这一术语。他对虔诚味的分析遵循古典模式。他的审美分析存在一些基本的差异。”[①]这种差异包括，他对戏剧表演的分析不局限于几个小时，而是延长至人的一生；他的虔诚味体系只吸纳婆罗多的艳情味和新护等认可的平静味等两种古典味；他的味论主要基于一种宗教体验。[②]当代印度学者考察孟加拉地区的古代梵语文化发展史时，将其著作称为“毗湿奴派味论”（Vaiṣṇava Rasaśāstra）。“尽管属于诗学范畴，但和早期的梵语诗学相比，孟加拉毗湿奴派味论著述存在许多差异。”[③]有人评价说，高斯瓦明高度重视艳情味，把它与印度教徒对毗湿奴大神的虔诚崇拜联系起来，从而把宗教情感与戏剧味论、诗学味论联系在一起，给味论带来了一种“全新的转折”：“这种以美学原理阐释宗教神学的非常大胆的做法，事实上阐述了宗教与其伦理世界的全新关系，这些做法史无前例，也是印度美学传统焕发勃勃生机的一个例证。”[④]梵语诗学史专家S.K.代认为，高斯瓦明的两部虔诚味论著作“不仅给古老的传统诗学味论，也给基于毗湿奴崇拜的更悠久的宗教感情带来了转机……高斯瓦明的两本诗学著作，或许可以被视为虔诚味论（Bhaktirasaśāstra）的象征，它们以自己所有的精神、抱负和意象，建构了一种虔诚诗学（Rhetoric of Bhakti）。”[⑤]

---

①Anand Amaladass, *Introduction to Aesthetics,* Chennai: Satya Nilayam Publications, 2000, p. 129.

②Anand Amaladass, *Introduction to Aesthetics,* p. 129.

③Sures Chandra Banerji, *Sanskrit Culture of Bengal,* Delhi: Sharada Publishing House, 2004, p. 316.

④Edwin Gerow, *Indian Poetics*, p. 285.

⑤Sushil Kumar De, *Early History of the Vaisnava Faith and Movement in Bengal from Sanskrit and Bengali Sources,* Calcutta: Firma K.L.Mukhopadhyay, 1961, p. 166.

三、《剧月》

《剧月》是印度中世纪时期为数不多的梵语戏剧学著作，该书主要依据《舞论》和《味海月》等前人著作改写而成。高斯瓦明之所以写作此书，或许与他具有丰富的创作经验有关，而前人的戏剧学著作对其文学创作和理论思考无疑又具有重要的指导意义。相对于高斯瓦明的《虔诚味甘露海》而言，该书价值似乎有点逊色，但其保存和传播梵语戏剧学原理的历史功绩仍然值得肯定。

有学者认为："《剧月》是鲁波·高斯瓦明经验成熟的结果。"①在《虔诚味甘露海》一书的最后，除了注明该书写于1541年外，高斯瓦明还透露了自己即将开始的写作计划："雄辩风格等四种风格是表示味的状态的标志，它们属于普通戏剧的表演风格，我将在《剧相》（*Nāṭakalakṣaṇa*）中论述。"（IV.9.42）②这里的《剧相》显然是指高斯瓦明的戏剧学著作《剧月》。正是有了写作《虔诚味甘露海》的经历，他在《剧月》中贯彻了以虔诚味论的主角即克里希那及其诸多女友为基础和核心阐释戏剧原理的方针。

了解这部独具特色的虔诚味戏剧论著的创作目的和该书大致内容、特色，只需对其开头几颂略作了解即可。

关于《剧月》的写作目的，高斯瓦明在开头两颂写道："对从前的婆罗多牟尼《舞论》和《味海月》进行思考后，我将简略地描述一下戏剧的特征。为保持一致，我不会违背婆罗多牟尼的许多观点，也不会不遵循《文镜》中的大部分论述方法。"（I.1-2）③值

---

①Rūpa Gosvāmin, *Nāṭakacandrikā,* "Introduction,"Varanasi: Chowkhamba Sanskrit Series Office, 1964, p. 10.

②Rūpa Gosvāmin, *Bhaktirasāmṛtasindhu,* 2003, p. 658. 原文为《剧相》而非《剧月》，故按原文译出。

③Rūpa Gosvāmin, *Nāṭakacandrikā,* 1964, p. 1.

得注意的是，该书并没有像胜财、辛格普波罗等人那样，在第一颂里歌颂大神或女神，而是直接提及婆罗多等先贤之名。这似乎说明，毗湿奴崇拜深入人心，而接下来的全部论述无不与之有关。

高斯瓦明以《舞论》的规则为基础，对戏剧的特征进行以虔诚味论为核心的自我阐发："戏剧中有神圣的（divya）、介于神人之间的、普通的等几种男主角，克里希那坚定而高尚，魅力无限。戏剧中以艳情味和英勇味为主，有令人愉快的故事情节。戏剧中有序幕，与情节关节和关节分支保持一致。戏剧有二十一种关节因素，有三十六种剧相（bhūṣaṇa），还有插话暗示和剧情提示方式。戏剧使用各种语言，也有丰富的诗德。戏剧没有诗病，赐予一切欢喜。"（I.3-6）①

关于男主角克里希那大神，高斯瓦明的描述是："通过自己的描述，克里希那等神圣的主角将得以生动地表现。尽管神圣，却表现人的行为姿态；介于神与凡人之间，却具有罗怙的特点；尽管普通，在践行正法、利益等人生四要时，克里希那的特征更加生动。这便是说，一切方式的描写都表现了主人公的品质。描述男主角的优美和崇高，他的形象更有光彩。戏剧中的艳情味最重要。智者已经论述过他人的女子、未婚少女和情人（upapati）的各自特征，我将论述克里希那和牧女（gopī）的特征。"（I.7-10）②

辛格普波罗在《味海月》中认为："情节是作品的身体，分为三类：著名的情节、虚构的情节、混合的情节。"（III.6）③遵循这一方法，高斯瓦明对情节进行阐释："情节分著名的、虚构的、混合的三类。依据经论（śāstra）创作而成的是著名情节，诗人根据想象创作的是虚构情节，它们二者的融合是混合情节。然而，在

①Rūpa Gosvāmin, *Nāṭakacandrikā,* 1964, pp. 1-2.
②Rūpa Gosvāmin, *Nāṭakacandrikā,* 1964, pp. 2-3.
③Śiṅgabhūpāla, *Rasārṇavasudhākara,* 1979, p. 303.

戏剧中，虚构的情节最佳。”（I.12）[①]

在对情节的概念作了阐发后，高斯瓦明接下来以大部分篇幅介绍情节。他先介绍献诗和序幕等演出前的准备工作，并对序幕的五个分支进行解说。然后，他介绍情节发展的五原素说和五阶段说，但其关于情节关节（包括五个关节共六十四分支的详细解说）和二十一个关节因素的介绍最为详细。他还介绍了三十六种剧相（vibhūṣaṇa）亦即婆罗多论述的三十六种“诗相“、两种插话暗示、八种剧情提示方式、梵语和俗语等两种戏剧语言。高斯瓦明最后以介绍雄辩、刚烈、崇高和艳美等四种戏剧风格结束了《剧月》全书的内容。

综上所述，《剧月》存在这样几个特点：它的例诗基本取自高斯瓦明自己创作的一部带有浓厚虔诚味色彩的戏剧，其中描写克里希那及其与牧女嬉戏的诗句屡屡可见，以更好地配合作者表述虔诚味论的立场；该书未论戏剧类型即传统十色和诸多次色，显见作者的意图是暗示自己描述克里希那的这类虔诚味戏剧至高无上、无出其右；全书用了大量篇幅详细地介绍情节，显见高斯瓦明是有机地吸收了婆罗多所谓“情节据称是作品的身体”的经典论断，以最大限度地发挥借介绍情节来刻画、描摹克里希那介于神人之间的光辉形象的目的，从而为艺术地宣传虔诚味论创造更有利的条件。总之，《剧月》作为印度中世纪时期独具特色的梵语戏剧学著作，的确有值得关注的地方。

第十三节　阿伯耶·底克希多的《莲喜》和《画诗探》
（16世纪）

阿伯耶·底克希多（अप्पयदीक्षित，Appaya Dīkṣita）生活在16

①Rūpa Gosvāmin, *Nāṭakacandrikā,* 1964, pp. 4.

世纪。他是南印度泰米尔地区的婆罗门。他著述颇丰，相传著有一百多部作品，但为后人认定的大约只有六十多部。他的诗学代表作包括三部：《莲喜》（कुवलयानन्द, *Kuvalayānanda*）、《画诗探》（चित्रमीमांसा, *Citramīmāṃsā*）和《功能疏》（वृत्तिवार्त्तिक, *vṛttivārttika*）。有的学者认为："《功能疏》、《画诗探》、《莲喜》，或许这才是写作的年代顺序。没有直接证据表明《功能疏》是首先完成的，但可保险地说，《莲喜》是在《画诗探》之后完成的，因为《莲喜》三次提到《画诗探》，并在某些观点上涉及《莲喜》。"①对于中世纪梵语诗学而言，底克希多的《莲喜》和《画诗探》是两部值得一提的著作。他在《莲喜》中对义庄严进行了系统探索。

涉及底克希多韵论观的《功能疏》主要论述词的功能，但只论述了表示功能和转示功能，没有论及暗示功能，可能是一部未完之作，也可能是全书完成后最后一章不幸失传。因为，底克希多在该著开头第一、第二颂中这样写道："表示义、转示义和暗示义（韵），这三者如同诃罗（湿婆）身体上的三只眼睛，保护智者的娑罗私婆蒂（语言女神）利用这三者的功能展现世界。词语功能（vṛtti）有三种：表示义、转示义和暗示义，诗人们用它来表现诗的风格和庄严。"（I.1-2）②这说明，底克希多的初衷绝不止写作现存的两章。

一、《莲喜》

《莲喜》实际上是底克希多对胜天《月光》论述庄严的第五章

①Satyanarayan Chakraborty, *A Study of the Citramimamsa of Appaya Diksita*, "Introduction,"Calcutta: Sanskrit Pustak Bhandar, 1989, XV.

②Appayyadīkṣita, *Vrittivārttikam*, ed. by Vayunandana Pandeya, Varanasi: Sampurnanand Sanskrit Vishvavidyalaya, 1978, p. 1.

的注疏。顾名思义，《莲喜》就是指莲花见到月光而欣喜，这暗示着底克希多对胜天的尊敬。胜天在《月光》中论述的庄严体系是婆摩诃以来数量最为庞大的一套。他把很多音庄严或义庄严一分再分，其庄严总数实际上达到一百二十三种。这使他的庄严数目达到了梵语诗学史之最。

底克希多在《莲喜》的开头道出自己的创作宗旨："为了让年轻人顺利进入庄严领域，我概要性地解释这些美妙的表示者（能指）和表示义（所指）。《月光》中已经出现了表述这些能指和所指的诗颂，这里重新阐释其中大部分庄严。"（4-5）[①]底克希多认为，音庄严缺乏魅力，因此抛开音庄严单论义庄严。从这个角度来说，底克希多是庄严论者中特立独行的人之一。

具体说来，底克希多论述的一百二十三种义庄严包括：

1. 明喻（upamā）、2. 自比（ananvaya）、3. 互喻（upameyopamā）、4. 反喻（pratīpa）、5. 隐喻（rūpaka）、6. 转化（pariṇāma）、7. 多样（ullekha）、8. 回想（smṛti）、9. 混淆（bhrāntimān）、10. 疑问（sasandeha）、11. 否定（apahnuti）、12. 奇想（utprekṣā）、13. 夸张（atiśayokti）、14. 等同（tulyayogitā）、15. 明灯（dīpaka）、16. 重复明灯（āvṛttidīpaka）、17. 类比（prativastūpamā）、18. 诗喻（kāvyadṛṣṭānta）、19. 例证（nidarśanā）、20. 较喻（vyatireka）、21. 共说（sahokti）、22. 没有（vinokti）、23. 合说（samāsokti）、24. 有意味（parikara）、25. 新鲜意味（parikarāṅkura）、26. 双关（śleṣa）、27. 间接（aprastutapraśaṃsā）、28. 微妙称颂（prastutāṅkura）、29. 迂回（paryāyokta）、30. 佯赞（vyājastuti）、31. 佯贬（vyājanindā）、32. 略去（ākṣepa）、33. 貌似对立（virodhābhāsa）、34. 藏因

①Appaya Dīkṣita, *Kuvalayānanda*, Varanasi: The Chowkhamba Vidya Bhawan, 1956, p. 2.

（vibhāvanā）、35. 殊说（viśeṣokti）、36. 非常双关（asambhava）、37. 分离（asaṅgati）、38. 不相配（viṣama）、39. 相配（sama）、40. 奇妙（vicitra）、41. 增益（adhika）、42. 减弱（alpa）、43. 互相（anyonya）、44. 独特（viśeṣa）、45. 相违（vyāghāta）、46. 原因花环（kāraṇamālā）、47. 连珠（ekāvalī）、48. 花环明灯（mālādīpaka）、49. 递进（sāra）、50. 罗列（yathāsaṅkhya）、51. 连续（paryāya）、52. 交换（parivṛtti）、53. 排除（parisamkhyā）、54. 选择（vikalpa）、55. 聚集（samuccaya）、56. 动词明灯（kārkadīpaka）、57. 三昧（samādhyukti）、58. 敌对（pratiyanīka）、59. 自明（推断）（arthāpatti）、60. 诗因（kāvyahetu）、61. 补证（arthāntaranyāsa）、62. 普遍（vikasvara）、63. 极言（prauḍhokti）、64. 想象（sambhāvana）、65. 虚拟（mithyādhyavasiti）、66. 空想（lalita）、67. 喜悦（praharṣaṇa）、68. 失望（viṣādana）、69. 光彩（ullāsa）、70. 轻视（avajñā）、71. 赞许（anujñā）、72、掩饰（leśa）、73. 暗示（mudra）、74. 珠串（ratnāvali）、75. 借用（tadguṇa）、76. 先例（pūrvarūpa）、77. 不借用（atadguṇa）、78. 一致（anugṇua）、79. 淹没（mīlita）、80. 同一（sāmānya）、81. 展现（unmīlita）、82. 独特（viśeṣa）、83. 回答（uttara）、84. 微妙（sūkṣama）、85. 隐含（pihita）、86. 借口（vyājokti）、87. 谜语（gūḍhokti）、88. 直白（vivṛtokti）、89. 妙语（yukti）、90. 拟俗（lokokti）、91. 智言（chekokti）、92. 曲语（vakrokti）、93. 自性（svabhāva）、94. 生动（bhāvika）、95. 高贵（udātta）、96. 浮夸（atyukti）、97. 解释（nirukta）、98. 阻止（pratiṣedha）、99. 仪轨（vidhi）、100. 原因（hetu）、101. 有味（rasavat）、102. 有情（preyas）、103. 有勇（ūrjasvi）、104. 天助（samāhita）、105. 情的升起（bhavodaya）、106. 情的并存（bhavasandhi）、107. 情的混合（bhavaśabala）、108. 现量

（pratyakṣa）、109. 比量（推理）（anumāna）、110. 明喻（upamāna）、111. 圣言量（śabdapramāna）、112. 回想（smṛti）、113. 学问（所闻）（śruti）、114. 自明（推断）（arthāpatti）、115. 不可得（anupalabdhi）、116. 起因（sambhava）、117. 口传（aitihya）、118. 混合（saṃsṛṣṭsi）、119. 主次情结合（aṅgāṅgibhāvasaṅkara）、120. 同优结合（samaprādhāṅgasaṅkara）、121. 疑问结合（sandehasaṅkara）、122. 同义词结合（ekavacanānupraveśasaṅkara）、123. 混合结合（saṅkarasaṅkarālaṅkāra）。

底克希多论述的庄严呈现出这样一些特点。首先，他剔除了胜天的音庄严和极少数义庄严，采纳了胜天认可的大多数义庄严。胜天新增的一些庄严亚种，他基本上未予采纳。他的论述比之胜天更为详细和精当。其次，底克希多将四种义庄严分为不同的范畴或类别进行论述，这样其庄严总数就增加了四种。这四种义庄严是：第一和一百一十种的明喻、第八和一百一十二种的回想、第四十四和八十二种的独特、第五十九和一百一十四种的自明（推断）。这种分类论述名称相同的庄严的方式，显然是继承了9世纪梵语诗学家楼陀罗吒的做法。其次，底克希多对绝大多数庄严的阐释一般都因循传统模式。例如，他对明喻的界定明显带有婆摩诃的论述色彩。底克希多认为："明喻指本体和喻体的相似特征光彩照人。例如：克里希那啊！你的美名如同恒河沐浴的天鹅。（6）"①至于每一颂的论述模式，底克希多显然是因袭胜天的《月光》，他先定义每一种庄严，再接着举例加以说明。或许正是这种简明易解的著述风格，使《莲喜》焕发出得以流传至今的艺术活力。此外，底克希多虽然采纳了婆摩诃、檀丁、楼陀罗吒到波阇、鲁耶迦和胜天等人所论及的义庄严，如波阇的圣言量（śabdapramāna，波阇写

①Appaya Dīkṣita, *Kuvalayānanda*, 1956, p. 2.

作āptavacana或āgama）、诗印（mudra）和妙语（yukti）等等，甚至还把胜天论述的十种诗相中的三种即阻止（pratiṣedha）、解释（nirukta）、虚拟（mithyādhyavasiti）均视为义庄严，但是，他仍然力求自创义庄严。他所论述的新义庄严大致有这样几种：

微妙称颂（prastutāṅkura）："直接对提到的事物进行描述，这是微妙称颂。例如：什么样的大黑蜂呢？它在茉莉花和盖多吉荆棘中出没。"（67）[①]

减弱（alpa）："减弱就是通过对描述对象进行弱化处理达到极其微妙的效果。"（97）[②]

空想（lalita）："对于某个事物不切实际的描述，应该视为空想。例如：他想在水上架起一座桥梁。"（128）[③]

赞许（anujñā）："将有缺点的事物作为优点来表现，这是赞许。例如：愿我们的不幸永远得到湿婆大神称赞！"（137）[④]

谜语（gūḍhokti）："隐晦指描述旨在表达另外一种事物。例如：神牛啊，你走吧！田地的主人从别的田里赶过来了。"（154）[⑤]

直白（vivṛtokti）："直白指诗人揭示秘而不宣的事情。例如，'牛啊，你走开去！田野主人赶来了'等等曲折表达的暗示语言就是这类例子，诗人引述后加以解释。"（155）[⑥]

拟俗（lokokti）："拟俗指模仿世间惯用语。例如：你闭上双眼，忍受了多少个月？"（157）[⑦]

智言（chekokti）："智言指利用习惯用语表达其他含义。例

---

①Appaya Dīkṣita, *Kuvalayānanda*, 1956, p. 115.
②Appaya Dīkṣita, *Kuvalayānanda*, 1956, p. 166.
③Appaya Dīkṣita, *Kuvalayānanda*, 1956, p. 213.
④Appaya Dīkṣita, *Kuvalayānanda*, 1956, p. 227.
⑤Appaya Dīkṣita, *Kuvalayānanda*, 1956, p. 252.
⑥Appaya Dīkṣita, *Kuvalayānanda*, 1956, p. 253.
⑦Appaya Dīkṣita, *Kuvalayānanda*, 1956, p. 257.

如：朋友啊！只有蛇才认得蛇的道路。”（158）①

仪轨（vidhi）："人们把规则的实施叫仪轨。例如：在雨水罕见的炎热季节里，杜鹃不再叫做杜鹃。”（166）②

另外七种义庄严，底克希多并没有逐个给予定义和阐释，只是各举一例加以说明。这些义庄严包括：不可得（anupalabdhi）、口传（aitihya）、主次情结合（aṅgāṅgibhāvasaṅkara）、同优结合（samaprādhāṅgasaṅkara）、疑问结合（sandehasaṅkara）、同义词结合（ekavacanānupraveśasaṅkara）和庄严重复结合（saṅkarasaṅkarālaṅkāra）。

在15世纪的般努达多《庄严吉祥痣》中，有一种义庄严叫佯贬（nindāstuti），这似乎是底克希多提到的佯贬（vyājanindā）的来源。底克希多对佯贬的定义和解说是："利用贬斥语言来描述被贬斥的对象，这是佯贬。例如：毗湿奴啊！在你面前献上一颗人头的人应该受到责备。”（72）③底克希多提到的第八十七种义庄严即谜语（gūḍhokti），似乎来自11世纪的波阇在《辩才天女的颈饰》中提到的第十九种音庄严即谜语（gūḍha）。底克希多论及的很多庄严都存在类似的情形。这显示了他对前辈诗学家的思想继承。

有的学者对底克希多上述庄严进行分析后认为，他所增加的新庄严中，减弱是增益的反义词，空想和例证相似，谜语、直白与韵论有极大关联。“底克希多竭力寻找新的义庄严并加以界定，但他在这一过程中走过了头。他所增加的新的义庄严，大多是从早期诗学家们认可的庄严的分支中发展而来。”④

尽管《莲喜》没有摆脱这样那样的缺陷，但它同样为保存梵语

①Appaya Dīkṣita, *Kuvalayānanda*, 1956, pp. 257-258.

②Appaya Dīkṣita, *Kuvalayānanda*, 1956, p. 265.

③Appaya Dīkṣita, *Kuvalayānanda*, 1956, p. 134.

④Anantalal Gangopadhyay, *Contribution of Appaya Dīkṣita to Indian Poetics*, Calcutta: Sanskrit Pustak Bhandar, 1971, pp. 118-119.

诗学传统精华作出了自己的贡献。它的影响至今可见。为了使艺术学院的学生在攻读学位课程时阅读和领悟这本书，印度学者T. K. R.艾亚尔还特意以英语选译了其中的五十种庄严定义及其例诗。他在“前言”里论述了《莲喜》之所以流传至今的原因：“除了世主的《味海》外，《莲喜》或许是涵盖整个梵语诗学的所有庄严领域的最新著作，这一点就足够解释它的流行。此外，在绝大多数现代印度语言中，《莲喜》被视为最标准的论述庄严的著作，这是它得以流行的又一个因素。”①

从上述角度看，有的学者对《莲喜》所产生的困惑或许迎刃而解。该学者说：“和《画诗探》相比，《莲喜》是一部浅显的著作，完全没有详细的论辩……事实上，我们在《莲喜》中找不到在《画诗探》里发现的新东西……我们纳闷，为什么创作了《画诗探》这么一部知识渊博的著作后，底克希多要转而撰写《莲喜》这么一种浅显的著作。”②正是底克希多热爱梵语文化、自觉保护传统诗学精华的心态，使他做出了这番让后人不太理解的举措。他在该书开头所写的那句话也说明，他是将文明传承的重任放在了自己的肩上。总之，底克希多普及梵语诗学精华的举措是正确的，《莲喜》比《画诗探》更为流行便是对他的最好回报。

南印度的一些学校教授梵语时，尤其喜欢选用《莲喜》为教材。因为，这是一部关于庄严的“标准手册”。它阐释详细，例举合理。“与其说是一本学术著作，不如说它是一本标准的实用手册。”③在西方人编写的《梵英词典》中，也能查询到底克希多论述的很多种庄严，例如他从胜天的诗相中借来的第六十五种义庄严

---

①Appaya Dīkṣita, *Kuvalayānanda* (without Vritti), “Preface,” by T.K.Ramachandra Aiyar, Kalpathi: R. S. Vadhyar & Sons, 1972.

②Satyanarayan Chakraborty, *A Study of the Citramimamsa of Appaya Diksita*, “Introduction,”XVII.

③Edwin Gerow, *Indian Poetics*, p. 286.

“虚拟”。[①]这说明，底克希多的《莲喜》在当代世界仍然有着顽强的生命力。这当然也说明，印度文论的传统精华具有跨越时代地域的普世价值。

二、《画诗探》

底克希多的《画诗探》是一部经疏体的未完之作。这部著作的开头介绍了韵论派对诗的分类法：“诗分三类：韵诗、以韵为辅的诗和画诗。”（I.2）[②]他对韵诗的定义与欢增等韵论派的主旨并无区别：“句子中暗示义占优，这是韵诗。”（I.3）[③]他对以韵为辅的诗的定义也是如此：“诗中的暗示义不占优，这是以韵为辅的诗。”（I.9）[④]

按照欢增的观点，音画诗的魅力在于仅仅依靠音庄严，义画诗则依赖义庄严。他认为，画诗只能作为初学者的练习，诗艺高超者以韵诗创作为主。曼摩吒则更加明确地把画诗称为下品诗。底克希多在《画诗探》中颠覆了欢增和曼摩吒的韵论观。这是他既遵循欢增等人的韵论观又有所超越的例证。他认为：“诗中无暗示义也优美，这是画诗（citrakāvya）。画诗分为三类：音画诗、义画诗和音义画诗。”（I.11）[⑤]换句话说，诗中如果没有暗示义，只采用音庄严或义庄严，同样优美动人。为此，底克希多举例说明：

शब्दत्रिच यथां

①M.Monier Williams, *A Sanskrit-English Dictionary*, Delhi: Motilal Banarsidass Publishers, 2002, p. 296.

②Appaya Dīkṣita, *Citramīmāṃsā*, Varanasi: Chowkhamba Sanskrit Series Office, 1971, p. 8.

③Appaya Dīkṣita, *Citramīmāṃsā*, 1971, p. 13.

④Appaya Dīkṣita, *Citramīmāṃsā*, 1971, p. 23.

⑤Appaya Dīkṣita, *Citramīmāṃsā*, 1971, p. 27.

नवपलाशपलाशवनं पुरः स्फुटपरागपरागतपङ्कजम् ।
मृदुलतान्तलतान्तमलोकयत् स सुरभिं सुरभिं सुमनोभरैः ॥
这是音画诗的例子——
他见春花醇香迷人，波罗阇树新芽再现，
睡莲花儿已然绽放，柔藤那端却已枯黄。（I. 12）①

这首被底克希多归入音画诗的梵文诗以谐音和叠声为主，读来朗朗上口，充满艺术想象，意境优美迷人。例如，诗中的**नव**（新鲜）、**पलाश**（波罗阇树）、**वन**（树木）、**लतान्त**（蔓藤顶端）、**तान्त**（枯萎）、**पराग**（花粉）、**परागत**（饱满）等词语的艺术排列给人优美的音韵享受，而表示“春天”的**सुरभि**和表示“花朵”的**सुरभि**毗邻而立，更是体现了梵语诗中双关庄严的美好意境。底克希多以这首诗为例驳斥了欢增和曼摩吒对画诗的贬低。

底克希多在书中没有论述音画诗，而专门讨论义画诗。他说：“韵诗、以韵为辅的诗和画诗等三类诗，我们已经在某处论及。因为音画诗大多枯燥无味（nīrasa），诗人们并不重视它。此外，人们也觉得，没有必要认真思考音画诗。因此，此处对音画诗部分略而不论，而开始对义画诗进行清晰而详尽的阐释。”（I.15）②实际上，他是借讨论义画诗来对一些重要的义庄严进行阐释。具体说来，现存的《画诗探》只论述了十二种义庄严：明喻、互喻、自比、回想、隐喻、转化、疑问、混淆、多样、否定、奇想和夸张。底克希多在论述第一种义庄严明喻时，涉及二十三种义庄严的名称和例举。这似乎说明，底克希多的初衷是探讨这二十多种义庄严，但因为某种无法知晓的原因，他只论述到第十二种义庄严夸张即告终止。这给梵语诗学史留下一个千古之谜。

①Appaya Dīkṣita, *Citramīmāṃsā*, 1971, p. 28.
②Appaya Dīkṣita, *Citramīmāṃsā*, 1971, p. 30.

底克希多在论述第一种义庄严明喻时说："明喻这个独特的女优（śailūṣī），扮演不同的角色，她在诗的舞台翩翩起舞，感染知音的心灵。"（II.1）①这句话运用双关和拟人的修辞法，形象生动地阐释了明喻的特征和功能。这也显示了身为诗人的底克希多的卓越才华。

在楼陀罗吒的《诗庄严论》中，比喻类庄严包括明喻、奇想、隐喻、否定、疑惑、合说、解悟、回答、异说、反喻、补证、一致、混淆、略去、敌对、诗喻、前提、共说、聚集、同一和回想等二十一种。底克希多则把从明喻（upamā）到双关的二十三种庄严统摄在比喻（upamā）的名义下进行论述。他对这些义庄严举例后说："如同认识梵才能认识这个奇妙的世界（citraviśva），认识比喻才能认识这个画诗的世界（citraviśva）。因此，这里首先阐释比喻及其种类。"（II.2注疏）②此处的句子又语带双关，再次展示了底克希多炉火纯青的诗艺和卓尔不凡的语言才能。下面就是底克希多举例说明二十三种义庄严如何归于比喻类庄严的具体情况：

1、明喻：月亮一样的脸庞。

2、互喻：月亮一样的脸庞，脸庞一样的月亮。

3、自比：脸庞只像脸庞（mukha mukhamiva）。

4、反喻：脸庞一样的月亮（mukhamiva candra）。

5、回想：看见月亮，我回忆起（你的）脸庞。

6、隐喻：脸庞就是月亮（mukhameva candra）。

7、转化：激情因为月亮脸而得以平息。

8、疑问：这是脸庞，还是月亮？

9、混淆：以为（你的脸）是月亮，饮光鸟飞向你的脸。

10、多样：以为（你的脸）是月亮，或以为是莲花，饮光鸟和

①Appaya Dīkṣita, *Citramīmāṃsā*, 1971, p. 33.
②Appaya Dīkṣita, *Citramīmāṃsā*, 1971, p. 35.

蜜蜂爱上你的脸。

11、否定：这是月亮，不是你的脸。

12、奇想：你的脸的确是月亮。

13、夸张：你的脸正是月亮。

14、等同：你的脸（的美丽）盖过了月亮和莲花。

15、明灯：月亮和你的脸喜欢夜晚。

16、类比：我迷上你的脸，饮光鸟恋上月亮。

17、诗喻：天上月亮地上脸（divi candro bhuvi tanmukham）。

18、例证：你的脸拥有月亮的美。

19、较喻：你洁白无暇的脸盖过了月亮。

20、共说：月亮和你的脸在夜里令人喜悦。

21、合说：你的脸因眼珠而美丽，闪烁着微笑光芒。

22、双关：你的脸像莲花（月亮），引起鹿儿喜欢。

23、间接：面对你的脸，月亮黯淡无光。（II.2）[①]

顺便说明一下，印度学者S.K.代认为，上述例子是梵语文学中描写妇女美丽形象的诗句。[②]如这一说成立的话，底克希多显然是一位梵语文学造诣精深的语言大师。不过，也不排除底克希多结合前人佳句再自创例诗以解庄严的可能。

综合上述，底克希多的两部传世之作以庄严、主要是以义庄严为主进行的系统探索，再次丰富了中世纪梵语诗学。特别值得一提的是，他在《画诗探》中的某些大胆探索，引发了比底克希多年轻的著名诗学家世主的挑战。这是晚期梵语诗学发展中的一件大事。有的学者研究发现，底克希多大约活了72岁左右。他晚年居住在印度教圣地瓦拉纳西。他很痛恨那种贪图世俗欢乐的人，而大约与他

---

①Appaya Dīkṣita, *Citramīmāṃsā*, 1971, p. 35. 同时参考：Satyanarayan Chakraborty, *A Study of the Citramimamsa of Appaya Diksita*, pp. 37-38. 参阅黄宝生：《印度古典诗学》，第277—278页。

②S.K.De, *History of Sanskrit Poetics*, Vol. II, pp. 68-69.

同时代的世主则放浪形骸，娶了一个穆斯林出身的小妾，这惹恼了底克希多。他将世主排斥在他所在的圈子外。两人从此结仇。世主后来批驳底克希多的《画诗探》，似乎与此过节不无关联。①

底克希多之后，再无《莲喜》之类的系统且具广泛影响力的狭义庄严论巨制出现。因此，梵语诗学庄严论某种研究趋势，到了底克希多这里，已算告了一个段落。从个人之于文学理论的贡献来观察，似乎可以说，底克希多之于庄严论的中世纪发展，恰如世主之于整个梵语诗学发展史。

第十四节　格维格尔纳布罗的《庄严宝》（16世纪）

格维格尔纳布罗（कविकर्णपुर，Kavikarṇapura，又名Parmananda-dasa Sena，下简称格维）生于1524年。他生活在孟加拉地区。他的名字中的kavi是诗人的意思。他是忠实的毗湿奴教徒，信奉当时流行于孟加拉地区的阇多尼耶虔信学说。他著有诗学著作《庄严宝》（अलङ्कारकौस्तुभ，*Alaṅkārakaustubha*），书名来源于毗湿奴大神胸前佩戴的宝石。这部著作分十章，仿效曼摩吒《诗光》，全面论述了诗的特征、音和义、韵诗、以韵为辅的诗、味和情、诗德、庄严、风格和诗病。该书也体现了作者受虔信派运动影响的思想痕迹。“《庄严宝》是一部详细了解梵语诗学的简易参考书，尽管其作者格维是以自己的独特方式来阐释诗学主题的……《庄严宝》因而成为梵语诗学的里程碑著作，成为诗学研究者的灵感之源。”②格维和此前的高斯瓦明一样，力图把毗湿奴教义与自己的诗学著述有机

①Satyanarayan Chakraborty, *A Study of the Citramimamsa of Appaya Diksita,* “Introduction,”XII.

②A.Girija, *Alankarakaustubha of Kavikarnapura: A Study,* Calcutta: Punthi Pustak, 1991, p. 171.

地结合起来。这使他成为中世纪虔诚味论家中最有影响力的代表人物之一。

格维在第一章开头表达了对毗湿奴的虔敬崇拜后，按照王顶和维底亚那特的做法，以“诗原人”的话语模式把自己关于诗的各种因素的思考表达出来：“音和义是身体，韵是生命，味的确是灵魂。诗德是甜蜜等等品质，庄严是项链等等装饰。风格是完美的肌体轮廓，这就是至高无上的诗原人。若有诗病，那他就会成为跛子聋子等等，不再是正常的人。”（I.1）①从这里的叙述来看，格维遵循的是欢增和曼摩吒等人的观点。韵和味是格维的关注焦点。

格维给出了自己关于诗的定义：“诗是诗人语言创造的结晶。因此，诗人的创造是美妙的。”（I.2）②然后，他对伐摩那、曼摩吒和毗首那特等人关于诗的定义一一给以驳斥。格维把诗视为诗人利用语言进行创造活动的产物，应该说把握了创作主体的重要性。这有点接近恭多迦对诗的定义。

伐摩那在《诗庄严经》中说过：“想像是诗的种子。诗的种子是人前世带来的卓越的潜印象（samskāra），因此，缺少了它，诗就不可能完成。即使完成了，这种诗也自然会受人嘲笑。”（I.3.16注疏）③这里的“想象”即pratibhā又可译为“才能”。这与伐摩那推崇诗人天赋才能的观点一致。格维对伐摩那的“种子说”进行了某种微妙的改造。他说：“有种子的诗人就应视为懂得所有经典。如有天才且充满情味，他是上等诗人。诗人心中有前世带来的优秀种子，诗的品级就会上升。”（I.3-4）④

格维把诗分为四类：“诗分三等：诗中表现了特别明显的韵，

①Kavi Karṇapura, *Alaṅkārakaustubha*, ed. by R.S.Nagar, Delhi: Parimal Publications, 1981, p. 5.

②Kavi Karṇapura, *Alaṅkārakaustubha*, 1981, pp. 7-10.

③Vāmana, *Kāvyālaṅkāra-sūtra*, 1971, p. 35.

④Kavi Karṇapura, *Alaṅkārakaustubha*, 1981, pp. 11-12.

是上品诗；诗中韵不突出，这是中品诗；若诗中缺乏韵，就是下品诗。韵中仍包含众多的韵，或音和义都特别优美，这是最上品诗。”（I.6-7）①格维的分类显示，他是韵论派的坚定支持者。

格维对于诗的目的或功能的阐释沾染了虔信运动的宗教色彩。他认为：“诗人渴望的并非只是获取名声等等善果，他在描述吉祥的克里希那美好游戏时，全神贯注沉浸其中，感受浓烈柔美的欢喜，他品尝无穷无尽的味，这才是最完美的果实。”（I.8）②这里的“美好游戏”指的是克里希那和罗陀的人神欢爱，“欢喜”指的是人神之乐。格维的话强调了宗教虔诚对于文学创作的决定性作用，这是对虔诚味论派关于诗之功能的最佳表达。

在论述音和义时，格尔纳布罗遵循伐致呵利等人的“常声说”，认为人们听到的语言声音是暂时的或虚幻的。क（ka）、प（pa）和म（ma）等等声音是过渡性质的，他们主要是为表达最终意义的常声而短暂存在。格维也遵守欢增的立场，把词的意义分为表示义、转示义和暗示义三层。

在论述韵时，格维始终遵循韵论派立场，他把诗分为三类，并重点探讨了韵诗和以韵为辅的诗。他的论述基本上没有什么创新，只是复述欢增等韵论派的观点而已。他还尽力论述更多种韵。

关于诗德，格维追随曼摩吒的做法，论述甜蜜、壮丽和清晰三种诗德。他认可诗德是味的属性，甜蜜的诗德属于艳情味，令人愉快。清晰的诗德属于所有的味。

关于诗病，格维同样遵循欢增和曼摩吒等韵论派的观点。他对诗病的定义便体现了这一点。他说：“诗病就是对味的削弱损害。”（X.337）③格维把诗病分为音病、义病和味病，义病又分为

①Kavi Karṇapura, *Alaṅkārakaustubha*, 1981, pp. 13-14.
②Kavi Karṇapura, *Alaṅkārakaustubha*, 1981, p. 20.
③Kavi Karṇapura, *Alaṅkārakaustubha*, 1981, p. 357.

词病、部分词病（padāśñ a doṣa）和句病。这样，诗病一共分为五种：词病、部分词病、句病、义病和味病。（X.341）①这种诗病五分法在前人那里是没有过的。格维也遵守欢增等人观点，辩证地看待诗病问题。他还把诗病视为恒常诗病（nitya doṣa）和无常诗病（anitya doṣa）。所谓“无常诗病”就是指在一定前提下不再阻碍味的产生或品尝的味病。这样来看，格维的诗病说虽然遵循韵论派的思想，但是在分类方面做出了一些有益的探索。

格维论述了六种音庄严：曲语、谐音、叠声、双关、图案和貌似重复。他论述义庄严时，遵循曼摩吒的做法，先详细论述明喻，再论述其他各种庄严。他的义庄严和曼摩吒的基本一致。他具体论述了下述六十五种义庄严：明喻、自比、互喻、奇想、疑问、隐喻、花环隐喻、否定、双关、合说、例证、间接、夸张、类比、喻证、明灯、等同、较喻、略去、藏因、殊说、罗列、补证、矛盾、自性、佯赞、共说、没有、交换、生动、诗因、迂回、高贵、聚集、连续、反喻、借口、排除、原因花环、互相、回答、微妙、递进、分离、天助、相配、不相配、增益、敌对、淹没、连珠、回想、混淆、推理（比量）、有意味、同一、独特、借用、不借用、相违、混合、结合。格维还论及曼摩吒没有提到的、婆摩诃认可的四种庄严。他说：“有味、有情、有勇和天助，这些全部叫做味庄严，它们四者都是味的孕育者。”（VIII.321）②因此，格维一共论述了七十一种庄严。

关于风格，格维论述了四种：维达巴、高德、般遮罗和罗德风格。他在论述风格时，还顺带论述了伐摩那和王顶提到的诗的“成熟”问题。“成熟”（pāka）是伐摩那在八世纪时提出的诗学概念：“诗中的词语运用得当，其他词语无以替代，娴熟运用词语

---

①Kavi Karṇapura, *Alaṅkārakaustubha*, 1981, p. 358.
②Kavi Karṇapura, *Alaṅkārakaustubha*, 1981, p. 344.

者称其为成熟。”（I.3.15注疏）[①]格维把“成熟”分为两类：“成熟是风格形成的助手。它分为语词成熟（rasāla pāka）和意义成熟（vārttāku pāka）。（IX.333）”[②]他还认为，语词成熟对于维达巴风格至关重要。

对于《庄严宝》全书而言，最重要的是第五章，即论述各种味的部分。这一章集中体现了虔信派宗教运动对格维诗学观的深刻影响。

格维在这一章开头即引出婆罗多对味产生的程序的说明：情由、情态和不定情的结合产生味。接着他以甘蔗汁成为糖的例子来比喻说明常情爱（rati）逐渐成熟为味的过程。他说：“感官接触对象，有了不同阶段的味。从成熟走向另一种成熟，再走向最后的成熟。如同甘蔗汁从产生到成熟，再从成熟到成为黑糖，继而再最终成为粉砂糖。同样道理，前世的爱变为成熟的情，相亲相爱的情走向成熟的爱，再从亲密无间走向所谓大爱（mahārāga）……与自己感官相接触，就产生了魅力迷人的味。”（V.69-70）[③]

格维认可十二种味。他认可婆罗多确定的八种味，同时还认可平静味、慈爱味、亲爱味和虔诚味等四种味，并逐一进行说明。他把平静味和慈爱味看成是与虔诚味平行而独立的味。这与高斯瓦明把它们视为虔诚味的不同表现的观点是有明显差异的。格维还从另一角度出发，对味进行另一种分类。在这一分类中，格维融入了虔信运动的宗教因素。以往的欢增等人把味看成味和类味两种，格维则把味分为三种。他说：“味可以分为平常味、超凡味和类味三类。平常味与茉莉、春天等世俗事物有关，超凡味与吉祥的克里希那和罗陀等等有关，类味来自于不合适的味。类味又分为成功的、

①Vâmana, *Kāvyālaṅkāra-sūtra*, 1971, p. 34.
②Kavi Kārṇapura, *Alaṅkārakaustubha*, 1981, p. 353.
③Kavi Kārṇapura, *Alaṅkārakaustubha*, 1981, p. 127-129.

虚假的和失败的三种。”（V.72）[①]这里的超凡味（aprākṛta rasa）是相对于平常味（prākṛta rasa）来说的。超凡味的所缘是毗湿奴大神，这就把文学审美的味与宗教体验水乳交融地结合起来。这是格维和高斯瓦明等人的共同特点。格维还把超凡味分为两类：“超凡的味，按照不同的所缘情由又可分成所缘相似和所缘相异两类。”（V.73）[②]

由于推崇涉及毗湿奴大神的超凡味，格维对魅力（camatkāra，惊喜）尤为欣赏。他说：“魅力（惊喜）是味的精华。没有魅力，味不成其为味。因此，奇异味弥漫在所有魅力之中。”（V.72注疏）[③]这似乎说明，品尝超凡味，就是与大神毗湿奴人神合一的最高境界。达到这种宗教境界也就是获得魅力（惊喜）的神奇境地。因此，格维格外欣赏奇异味。这和波阇推崇艳情味颇为一致。婆罗多认为，奇异味产生于常情惊异，它通过看见神灵、实现心愿或出现不可思议的神奇事迹等等情由而产生。胜财也认为奇异味以惊奇为核心，具有非凡的意义。格维继承婆罗多和胜财的味论，从宗教美学视角阐发了奇异味。

在论述慈爱味后，格维开始讨论亲爱味（prema rasa）。他先举了一首描述黑天和罗陀的爱情诗为例，然后解释道：“忧虑是常情，与黑天和罗陀有关。所缘情由是黑天和罗陀，引发情由是二人交欢及其特征。情态是突出的无言之情，不定情是开心等等。不知名的品味者面对黑天和罗陀。所有的味都包含在亲爱味里，亲爱味更为重要。”（V.74注疏）[④]格维似乎认为，归根结底，味只有一种，即亲爱味。这种亲爱味实质上就是高斯瓦明的甜蜜味。“亲爱味就是格维给甜蜜味的命名，甜蜜味指的是克里希那和牧女们之间

---

①Kavi Karṇapura, *Alaṅkārakaustubha*, 1981, p. 131.
②Kavi Karṇapura, *Alaṅkārakaustubha*, 1981, p. 139.
③Kavi Karṇapura, *Alaṅkārakaustubha*, 1981, p. 137.
④Kavi Karṇapura, *Alaṅkārakaustubha*, 1981, p. 148.

的神圣艳情味。”[①]前边曾经说过，按照孟加拉地区毗湿奴教阇多尼耶派的虔信理论，虔信者与大神毗湿奴的关系有五种类型：沉思型、奴仆型、朋友型、父母型和情人型。与此相应，产生了五种虔诚味：平静、侍奉、友爱、慈爱和甜蜜。这最后一种甜蜜味是最主要的虔诚味，被高斯瓦明称为“虔诚味王”。[②]格维欣赏亲爱味，高斯瓦明推崇甜蜜味。究其实质，他们所推崇的味属于两种名称各异、但却内涵相似且同样带有浓厚宗教气息的特殊艳情味，亦即虔诚味。

毋庸置疑，格维是一个坚定的毗湿奴教信徒。他和鲁波·高斯瓦明、耆婆·高斯瓦明、般努达多等人一样，属于毗湿奴教诗学家中的代表人物。“格维最重要的理论就是味的统一性。存在于罗陀和克里希那之间的亲爱味，是唯一的主味，其他味则附属于它。他是一个真正的毗湿奴教作者，通过诗学著作，表达了他对克里希那的忠实虔诚。”[③]

在论述虔诚味时，格维照例引用了一首描写黑天和罗陀之间爱情的诗，然后叙述道：“常情是爱，所缘情由是黑天，引发情由是黑天的话，情态是心理活动，不定情是忧郁等等，神秘的品味者是虔敬的毗湿奴信徒。”（V.74注疏）[④]格维在论述亲爱味和虔诚味时，均提到品尝味的知音，这说明他对品尝这两种宗教味的审美主体十分重视。

格维与婆罗多一样，把艳情味分为分离与会合艳情味两种，然后，按照男女主角、配角、年龄、处境等不同情况进行分析。他走的是胜财和毗首那特等人的老路，并无新意。

①V.Raghavan, *The Number of Rasas*, Madras: The Adyar Library and Research Centre, 1940, p. 145.

②Rupagosvamin, *Ujjvalanīlamaṇi*, 1932, p. 4.

③A.Girija, *Alankārakaustubha of Kavikarnapura: A Study,* pp. 107-108.

④Kavi Karṇapura, *Alaṅkārakaustubha*, 1981, p. 150.

格维与雪月、维底亚达罗和维底亚那特等人一样，均从模仿或借鉴前人的诗学体系入手，试图构建自己的诗学体系。就格维而言，他的诗歌品级四分说，给17世纪的世主以直接启迪。他对中世纪梵语诗学最突出的贡献是其虔诚味论。总之，这样的评价对他是非常恰当的："《庄严宝》虽然依据《诗光》，属于一部衍生性著作，但它到处体现出原创的特质。"①

第十五节　盖瑟沃·密湿罗的《庄严顶》
（16世纪）

16世纪的盖瑟沃·密湿罗（केशव मिश्र, Keśava Miśra）所著《庄严顶》（अलंकारशेखर, *Alaṅkāraśekhara*）基本上也是依照曼摩吒模式进行论述，涉及诗的定义、风格、诗德、庄严、诗病、味、描写技巧、文字技巧、男女主角和味病等等，但没有涉及戏剧。该书1926年校勘本将此书整理为二十二章，而1998年编译本则将其整理为二十五章。

该书第一章为诗歌总论。在该章中，密湿罗对诗的定义及《庄严顶》一书的写作缘由进行了如下解说：

> अलंकारविद्यासूत्रकारो भगवाञ्शौद्धोदनिः परमकारुणिकः
> स्वशास्त्रे प्रवर्तयिष्यन्प्रथमं काव्यस्वरूपमाह
> काव्यं रसादिमद्वाक्यं श्रुतं सुखविशेषकृत्।
> 尊者净饭子，这位大慈悲者，庄严论的经文作者，
> 为了让人们重视自己的经论，首先说明了诗的本质：
> 诗是有味等等的句子，听起来特别令人愉快。（I. 13）②

①Kavi Karṇapura, *Alaṅkārakaustubha*, "Introduction,"1981.
②Keśava Miśra, *Alaṅkāraśekhara,* Bombay: Nirṇaya Sāgar Press, 1926, p. 2.

“有味等等”指诗句中含有情味和庄严等等诗歌要素。此处关于诗的定义，和14世纪毗首那特的观点一致，也预示着下一世纪的世主将在《味海》中提出类似主张，因为，世主对诗的定义便强调其悦耳动听、魅力迷人的一面。此处对诗的定义中并未明确地提及诗德、庄严、风格、诗病等要素，似乎说明密湿罗对味论的格外推崇。

密湿罗此处对诗的定义和相关说明还透露出更为复杂的信息。这是因为，密湿罗以“经文作者”（सूत्रकार，sūtrakāra）一词确切地说明，该书的经文为尊者净饭子即शौद्धोदनि（śauddhodani）所作，密湿罗称其为“大慈悲者”即परमकारुणिक（paramakāruṇika）。这就是说，该书的经文是一位佛教徒所作。这从一个侧面证实，一些印度佛教徒的确加入了梵语诗学著述的行列，遗憾的是，其著作大多失传，我们只能从这些零星的信息中略窥一二。由此可见，密湿罗只是对净饭子的经文逐一撰写疏解，此书也可视为二人合作的成果。

关于诗的功用、目的、成因等，密湿罗主要引述檀丁、曼摩吒等人的观点进行解说。他强调诗给人带来愉悦感的特质，而使人获得名誉、财富等则属于次要的方面。他同意前人的观点，即学养和后天的勤奋练习、聆听优秀诗人教诲，和具备作诗天才一样重要。密湿罗还谈到了梵语、俗语、毕舍遮语和摩揭陀语等四种诗歌语言。

密湿罗根据前人的著述，谈到了高德、维达巴和摩羯陀等三种语言风格。他同意伐摩那等人的观点，即维达巴风格优于其他各种风格，因其含有各种诗德。

在介绍词语功能时，密湿罗引述净饭子的观点，认可表示义、转示义和暗示义（韵）的三种词功能。密湿罗主要依据曼摩吒的相关思想，认为暗示义或韵的独特功能明显区别于词语的表示义、转示义和推理。

关于诗病，密湿罗主要介绍曼摩吒和波阇的理论。关于诗德，他主要以净饭子的近似于波阇的相关思想进行介绍。净饭子对诗德的看法，后来为《文镜》的作者毗首那特所引述。具体说来，该书认可五种音德和四种义德，并论述了八种词病、十二种句病、八种义病和几种特殊诗德即诗病化为诗德的情况。

该书还探讨了八种音庄严，它们是：图案、曲语、谐音、谜语（gūḍha）、双关、隐语、问答、叠声。

密湿罗探讨的义庄严数目似乎是晚期梵语诗学著作中最少的。他声称：明喻和奇想是许多庄严的基础。他只探讨了十四种义庄严，它们是：明喻、隐喻、奇想、合说、否定、天助、自性、矛盾、递进、明灯、共说、分离、殊说、藏因。他的定义和阐释基本依据前人，并未做多少个人的发挥创造，至多不过是对某些地方的词语或排序做些变更罢了，其理论实质完全来自此前的诗学经典。这实际上体现了该书的创作旨趣所在，它显然是为普及梵语诗学精华而作。这和前边提到的高斯瓦明《剧月》的创作，显然有异曲同工之妙。下边略举一例以示说明。

9世纪的楼陀罗吒在《诗庄严论》中首先提出“分离”（asaṅgati）这一义庄严。他说：“原因和结果同时出现在完全不同的地方，这可视为分离。”（IX.48）[①]

11世纪的曼摩吒在《诗光》中这样定义“分离”：“形成原因和结果的两个事物同时出现在完全不同的地方，这是分离。”（X.124）[②]

14世纪的毗首那特在《文镜》中介绍这种名为“分离”的义庄严时说：“结果和原因出现在不同地点，这是分离。”例如：

---

①Rudraṭa, *Kāvyālaṅkāra*, 1966, p. 322.

②黄宝生译：《梵语诗学论著汇编》（下册），第784页。

她年轻，而我们胆小，她是女性，而我们怯懦，
她挺着丰满高耸的双乳，而我们感觉疲乏，
她拖着肥大沉重的双臀，而我们举步维艰，
多么奇怪，别人的缺点却使我们变得无能。（X.68cd）①

密湿罗以anyadeśatva而非楼陀罗吒和毗首那特等人一直沿用的asaṅgati一词命名“分离”，他对这一义庄严的定义是：

प्रयोज्यप्रयोजकयोर्वैयधिकरण्यमन्यदेशत्वम्
行为者和行为对象所处的状态不同，这是分离。（XIII.2）②

再看毗首那特在《文镜》中给这一庄严所下前述定义的原文：

कार्यकारणयोर्भिन्नदेशतायामसंगतिः।③

密湿罗在阐释这一名称看似不同于楼陀罗吒、曼摩吒和毗首那特的著述，意义实则相同的义庄严时，沿用了上述来自于《文镜》的同一首诗。这说明，密湿罗和毗首那特等人论述的庄严应被视为同一庄严即“分离”。从上述所引两句分别来自《庄严顶》和《文镜》的梵文来看，密湿罗定义和阐释这一庄严，基本依据的是毗首那特的相关论述，而毗首那特的思想又要追溯到9世纪的楼陀罗吒那里。

密湿罗还以几章的内容介绍了如何描写男主角、女主角等人物

①黄宝生译：《梵语诗学论著汇编》（下册），第1126页。该例诗引自《阿摩卢百咏》第三十四首。
②Keśava Miśra, *Alaṅkāraśekhara,* 1926, p. 36.
③Viśvanātha, *Sāhityadarpaṇa*, New Delhi: Panini, 1982, p. 592.

和月亮、莲花等自然景观的技巧，还介绍了类似于王顶在《诗探》中讨论的如何描述色彩、数量等等诗学惯例、语言规则的问题。这些内容显然属于“诗人学”的范畴。

《庄严顶》最后三章介绍作为诗歌之魂的要素，即味。密湿罗认为：“据说，味是灵魂。没有灵魂，身体无法活动，缺少情味，诗又何谈感人？”（XX.1）①

该书认可平静味在内的传统九味。密湿罗遵循婆罗多的规范，将艳情味分为会合与分离两种，再将分离艳情味分为四种。他说：“分离艳情味有四种：初恋、傲慢、远行和悲悯。前一种依次比后一种重要。”（XX.11）②

作者将女主角分为四类即未婚少女（anūḍhā）、自己的女子（妻子）、他人的女子和妓女（paṇāṅganā）。与楼陀罗跋吒、胜财、沙罗达多那耶、辛格普波罗等人相同，密湿罗也按照女主角的爱情状态，依次将上述三类女主角统一分为八类：受到错待、在分离中期待（utkaṇṭhitā）、丈夫出门在外、追求情人、吵架分离、在家中做好准备、受到冷落、丈夫顺从。

密湿罗在论述味合适时，引述欢增在《韵光》中的相关思想并认为：“不合适是最大的味病。”（XX.2注疏）③在最后一章，密湿罗还对激发情味的一些要素作了探索。

综上所述，密湿罗的《庄严顶》虽然论题广泛，但和高斯瓦明的《剧月》、底克希多的《莲喜》一样，都是为初学者而写的入门指南，因此语言浅显，可读性强，但缺乏理论深度，也无多少理论原创可言。印度学者B.戈斯瓦米对《庄严顶》的评价是：“在书中，几乎没有什么独特的或非同寻常的诗学理论。不过，人们不能

①Keśava Miśra, *Alaṅkāraśekhara,* 1926, p. 68.
②Keśava Miśra, *Alaṅkāraśekhara,* 1926, p. 71.
③Keśava Miśra, *Alaṅkāraśekhara,* 1926, p. 80.

忘记密湿罗的贡献，他使一位理论家（净饭子）的观点得见天日，否则其理论将永远不为我们所知。”①

最后顺便说说密湿罗著作对《伐格薄吒庄严论》的借鉴问题。印度学者R.S.贝泰通过研究发现，密湿罗依据净饭子的经文而著成的《庄严顶》在论述味时，沿用了《伐格薄吒庄严论》中的某些相关内容。分析这一现象，就必须考察净饭子和伐格薄吒、密湿罗之间的关系。他的结论是，净饭子的著作很可能成型于12世纪上半叶，但现已失传，但其大部分内容已经被密湿罗的著作收录。伐格薄吒也可能在某种程度上，或至少在味论方面受到了净饭子著作的启发。净饭子失传的著作给予密湿罗的《庄严顶》以极大的启迪，后者在书中也说明了这一点。“净饭子和伐格薄吒生活的时代应该很近，并且，净饭子和伐格薄吒论述味的那些相同经文，或许来自于他们所知的同一种著述。”②

第十六节　世主的《味海》

（17世纪）

世主（जगन्नाथ，Jagannātha）是17世纪印度最重要的梵语诗学家，也是整个梵语诗学发展史上最杰出的人物之一。他出生于南印度的一个婆罗门家庭，博学多才。他本人受到德里国王夏赫·贾汗的恩宠，获得“智王”的称号。世主晚景相当凄惨，传说他在念叨自己创作的赞美恒河的诗歌时，与身为穆斯林的情人一道，被恒河淹没而得以解脱。世主著有诗学著作《味海》（रसगङ्गाधर，*Rasagangādhara*）和《驳画诗探》（चीत्रमीमांसाखण्डन，

①Keśava Miśra, *Alaṅkāraśekhara,* “Introduction,”by Bijoya Goswami, Calcutta: Sanskrit Pustak Bhandar, 1998, p. 14.

②Jñānapramodagaṇi, *Jñānapramodikā: A Commentary on Vāgbhaṭālaṅkāra,* “Introduction,”1987, p. 11.

Citramīmāmsākhaṇḍana）。世主也是一位诗人，著有《美女游戏》和《生命装饰》等作品。[①]世主的诗学代表作《味海》是一部艰深的著作："《味海》是一部让人望而生畏的书。世主以经纶家罕见的博学将它写成一部名副其实的经纶。世主在著作中表现出的论辩方法和正理论模式很容易难住一个普通的诗学研究者，几乎每一步的理解都会遇到困难。"[②]

《驳画诗探》是对阿伯耶·底克希多《画诗探》的批驳。世主先对辩驳底克希多的《画诗探》的缘由进行说明，然后依次对底克希多论及的十种庄严进行详细论述和辩驳。这十种庄严依次是：明喻、互喻、自比、回想、隐喻、转化、疑问、混淆、多样、否定。例如，在论述隐喻时，他先引述《画诗探》中的两句原文，再对其进行分析和辩驳。[③]这种论述方法，典型地体现了世主的论辩风格。论者认为，论者认为，《驳画诗探》的产生自有隐情，这便是老年的底克希多和正值壮年的世主之间的个人恩怨。世主与穆斯林女子的通婚不为世人所容，也遭到底克希多等人的排斥。世主为此发愤著书，《驳画诗探》的产生自然与此历史公案有关。[④]当然，也有学者以褒扬的心态，将世主惊世骇俗的恋情与其独创思想相提并论："智王世主是典型的原创者。他不仅在思想理论与审美观点上具有独创性，还在生活方式上首开先河……世主应该被视为自由主义和跨宗教婚姻的第一位思想勇士，这一立场是我们时代迫切需要的。如果我们要作为感情相容的一个民族生活下去，世主就代表

---

①此处对世主《味海》的介绍，主要参考《印度古典诗学》，第329—330、411—415页；同时参考曹顺庆主编：《中外文论史》（第四卷），第4029—4041页。本节引文多参考《印度古典诗学》的相关译文。

②Bijoya Goswami, *A Critique of Alaṅkāras in Rasagaṅgādhara,* Calcutta: Sanskrit Pustak Bhandar, 1986, p. 2.

③Jagannātha, *Citramīmānsākhaṇḍana,* Varanasi: Krishnadasa Akademi, 1973, p. 49.

④Shankarji Jha, *Panditaraja Jagannatha's Rasagangadhara, Part 1,* "Introduction," Chandigarh: Mithila Prakashana, 1998, XIII-XIV.

了商羯罗大师和南印度敬重的罗摩奴阇等古代印度大部分智慧巨人的思想立场。”①

《味海》是一部综合性诗学著作，大约诞生于1641至1650年之间。世主在《味海》的开头写道：“智王世主以意念之船横渡知识海洋，刻意创作了这部名为《味海》的诗学论著。愿《味海》永远流传人间，愿它天生的魅力取悦于一代又一代诗人！”②该著现存不完整的两章。第一章论述诗的定义、诗的分类、味、情和诗德等等，第二章论述韵的分类、表示义、转示义和庄严。他以大量篇幅介绍庄严，但在介绍到第七十一种庄严时，未完中断。这说明该著第二章末尾部分早已残缺。也有学者猜测《味海》原著有五章。《味海》给后人留下了一个个不解之谜。

《味海》表现出的第一个创新在于它对诗的定义。世主提出“令人愉悦的意义”（**रमणीयार्थ**，ramaīṇyārtha）的概念，依次涵盖庄严、诗德、韵和味等诗歌要素或曰文学要素，并以此定义诗（文学）：

> **रमणीयार्थप्रतिपादकः शब्दः काव्यम्**
> 诗是赋予令人愉悦的意义的语词。③

在这个定义中，**रमणीय**（ramaṇīya）一词也可译为“愉悦”、“喜欢”、“快乐”、“快感”、“迷人”、“可爱”、“优美”或“魅力”等。这便暗示，世主的定义浸透了新护以来的味论因子，也显示了他对前辈诗学家的思想继承。

---

①Jñānachandra Tyāgī, *Rasagaṅgādharahṛdaya,* “Preface,”Varanasi: The Chowkhamba Vidyabhawan, 1964, pp. 12-13.

②Jagannātha, *Rasagaṅgādhara*, Delhi: Motilal Banarsidass, 1983, p. 4. 由于笔者掌握的《味海》梵文版未对经文和注疏进行编号排序，此节无法效仿前边相关内容对引文加注具体章节及其详细位置（即属哪一章节和哪一颂）。

③Jagannātha, *Rasagaṅgādhara*, 1983, p. 4.

世主的这一定义大有深意，也很有来历。世主不同意曼摩吒和毗首那特的定义，认为曼摩吒将诗德和庄严纳入诗的定义，势必排斥缺乏庄严或诗德但具有暗示义的作品；而毗首那特将味纳入诗的定义，势必排斥以本事和庄严为主的作品。同时，世主也不同意诗是“音和义的结合”的传统说法。世主阐述自己对诗的定义后说：“可爱性属于产生超俗快感的智慧领域。超俗性是根本的特征。它具有快感，由知觉体验，与魅力同义。这种快感的原因是想象，以持续不断的思考为特征。‘你生了儿子’、‘我要给你钱’。领会这类句义而获得的快感缺乏超俗性。因此，在这类句子中缺乏诗性。诗是传达能产生魅力的、想象领域的意义的言词。”[①]此处的“可爱性”相当于“愉悦”或“魅力”等意思。世主对诗的阐释浸透着味论思想。例如，他还这样说：“诗的本质是产生魅力，这决定了它赋予想象领域令人愉悦的意义。诗的目的在于产生自己的独特魅力，因为诗表达令人愉悦的意义与产生魅力息息相关。”[②]在论述庄严时，他说：“美是给予魅力者。魅力使知音读者内心特别喜悦。”[③]

在世主心目中，美、愉悦和魅力三者是一致的。这和恭多迦用“曲语”、安主以“合适”囊括一切诗美因素有异曲同工之妙。其实，世主以愉悦或魅力泛指诗美也有所本。前边提到的14世纪的维希吠希婆罗·格维旃陀罗在《魅力月光》中已用术语不同但实质相差无几的“魅力”（**चमत्कार**，camatkāra）泛指诗美。世主的愉悦说（魅力说、快感说）与格维旃陀罗的魅力说相似，它显示世主受到了《魅力月光》的影响。

格维旃陀罗依据魅力说，把欢增的以音庄严为主的音画诗称为

①Jagannātha, *Rasagaṅgādhara*, 1983, pp. 4-5. 此处采用黄宝生译文，见《印度古典诗学》，第412页。

②Jagannātha, *Rasagaṅgādhara*, 1983, p. 5.

③Jagannātha, *Rasagaṅgādhara*, 1983, p. 204.

有魅力的诗，把以义庄严为主且以韵为辅的义画诗称为更有魅力的诗，把以暗示义为主的诗称为最有魅力的诗。世主以愉悦为依据，对诗进行品级分类，但他的品级四分说与格维旃陀罗的品级三分说明显地不同。世主以愉悦（魅力、快感）为准则，将诗分成最上品诗、上品诗、中品诗和下品诗四类。第一类即最上品诗是音和义居于附属地位，而暗示义占优，第二类即上品诗是暗示义不占主要地位，第三类即中品诗是表示义的魅力胜过暗示义，下品诗则是："义的魅力为辅，音的魅力为主，这是第四类诗。"①世主在论述下品诗时，提到还有一种最下品诗，即完全缺乏义的魅力，只有音的魅力。他认为诗必须传达"令人愉悦的意义"，因此把这类诗排除在外。世主的最上品诗就是欢增所谓的韵诗，上品诗和中品诗就是欢增所谓的以韵为辅的诗，下品诗和最下品诗就是欢增所谓画诗中的义画诗和音画诗。

大多数梵语诗学家都要涉及诗人的成因，即才能、学问和实践的问题。世主也不例外。檀丁和楼陀罗吒等认为，诗人成功的因素是才能（想象力）、学问和实践。王顶还提出一种高于才能或想象力的"能力"（天才）。世主则把才能或想象力（pratibhā）等同于王顶的能力或天才（śakti），他说："才能（想象力）是成为诗人的唯一因素。"②尽管世主强调才能的特殊地位，但他并不否定学问和实践的重要性。

关于韵的分类，世主遵循韵论派观点，将韵分成"以表示义为根本"和"以转示义为根本"两大类。前者分成味韵、庄严韵和本事韵三类，后者分成"表示义转化成另一义"和"表示义完全失去"两类。这样，就有五类计二十六种韵。世主也特别重视味韵，认为味韵是三种韵中"最可爱"的韵。味韵也包括情韵、类味韵、

①Jagannātha, *Rasagaṅgādhara*, 1983, p. 23.
②Jagannātha, *Rasagaṅgādhara*, 1983, p. 9.

情的平息、情的升起、情的并存和情的混合等。

关于诗德，世主介绍了伐摩那提出的十种音德和十种义德。但他将传统的十种诗德归纳成甜蜜、壮丽和清晰三种诗德。他不同意韵论派将诗德规定为味的属性。他认为这三种诗德分别具有溶化、扩张和遍布的精神功能。它们不仅与味有关，也与词音、词义和词语组合方式有关。世主融合韵论派和风格论派的观点，将诗德视为文学作品中独立存在的魅力因素。

世主认为："庄严是韵即诗之灵魂的魅力赋予者。"①他在《味海》中以大量篇幅详细介绍各种庄严。他确认庄严修饰的对象有五类：暗示的本事、暗示的庄严、暗示的味、表示的本事和表示的庄严。对于一些本身含有暗示因素的庄严，如迂回、间接和自比等修辞方式，他认为既可以从表示义的角度称作庄严，也可以从暗示义的角度称作韵。与韵论派相比，世主更重视庄严本身的魅力。世主在论述庄严时，还对底克希多的《画诗探》进行驳斥。借鉴楼陀罗吒、鲁耶迦和维底亚达罗等人的论述模式，并有机吸纳了娑婆迦罗蜜多罗《庄严宝藏》中的大约十一种义庄严和其他诸多前人著作论述的义庄严，世主论述了七十一种义庄严，它们可以分为以下八类进行考察：

第一类庄严六种，涉及事物特征的异同，它们包括：明喻、互喻、自比、无比、例举和回想。曼摩吒把明喻细分为二十五个亚种，而世主把明喻细分为三十二个亚种，即增加了七个亚种。无比（asama）和例举（udāharaṇa）则是12世纪末13世纪初的诗学家娑婆迦罗蜜多罗在其《庄严宝藏》中首次提到的。关于无比，世主认为："任何方式都无法与之匹敌，这叫无比。"他的例句是："国王啊！你功德圆满，名声遍及三界，被人、魔和智者所称赞。你过去、现

①Jagannātha, *Rasagaṅgādhara*, 1983, p. 204.

在和将来不会遭受灾难。”[①]关于例举，世主认为：“为了轻松愉快地表达共同的含义，利用描述特定事物，使双方的感受得以充分表述，这是例举。”他例举说：“词义尽管有无量优点，但一个缺点会招人非议。如同汁水饱满的大蒜，只因刺鼻气味招人厌恶。”[②]

第二类庄严八种，涉及事物主要方面的相似性，这包括：隐喻、转化、疑问、混淆、多样、否定、奇想、夸张。

第三类庄严十五种，涉及事物之间的差异性，这包括：等同、明灯、类比、诗喻、例证、较喻、共说、没有、合说、有意味、双关、间接、迂回、佯赞、略去。

第四类庄严十一种，涉及事物之间的对立性，这包括：矛盾、藏因、殊说、分离、不相配、相配、奇妙、增益、互相、独特、相违。

第五类庄严四种，涉及多个连续描述的事物，这包括：顶真、原因花环、连珠、递进。其中，顶真（śṛṅkhalā）似乎罕见为此前诗学家所提到。世主的解释是：“当描述的众多事物聚集在一起时，前边的每一个事物都与后边存在联系，或后边的每一个事物与前边产生联系，这就是顶真。”[③]

第六类庄严以推理为主，这包括三种：诗因（诗相）、补充、和推理（比量）

第七类庄严八种，以句子推理为主，包括：罗列、连续、交换、排除、自明（推断）、选择、聚集和三昧。

第八类庄严共十六种，以惯用语为基础，包括敌对、反喻、极言、空想、喜悦、失望、多样、轻视、赞许、谴责（tiraskāra）、掩饰、借用、不借用、淹没、同一和回答。实际上，谴责是赞许（anujñā）这一庄严的反面。底克希多首先提出赞许这一庄严，他

①Jagannātha, *Rasagaṅgādhara*, 1983, pp. 278-279.
②Jagannātha, *Rasagaṅgādhara*, 1983, pp. 281-282.
③Jagannātha, *Rasagaṅgādhara*, 1983, p. 620.

的解释是："将有缺点的事物作为优点来表现，这是赞许。"①世主对自己提出的"谴责"的解释是："当其优点众所周知的某物与某种缺点联系在一起时，这是令人憎恨的谴责。"②

总体来看，世主虽然模仿鲁耶迦等人的论述模式，但他也提出了新的庄严，并对前人提出的一些庄严进行新的阐释。例如，他对间接和递进这两种庄严的阐释就有新意。世主和底克希多一样，没有涉及音庄严，只论述义庄严。

《味海》虽是一部综合性著作，但正如书名所暗示的那样，它的核心之一仍然是味论，该书最重要的理论贡献还在世主对味的分析和阐释。

关于味的种类，世主也像欢增一样，确认包括平静味在内的九种味。这也说明，在后期梵语诗学中，平静味得到普遍承认。世主说："即使那些不承认戏剧中有平静味的人，也不会否认《摩诃婆罗多》等作品中以平静味为主。"③世主本人认为戏剧和诗歌中都能表现平静味，这种味以忧郁为常情。他还认为："平静味的所缘情由是领悟到尘世无常，引发情由是接受吠檀多的教诲、见到苦行林和苦行者等等，平静味的情态是厌弃红尘万物、敌友不辨、无所作为、目视鼻端等等，它的不定情是欢悦、癫狂、忆念和思虑等等。"④世主还以自己创作的诗为例说明这种平静味：

> 马拉雅的山风，盖拉库吒毒药，少女的发髻和毒蛇的顶冠，
>
> 贱民和婆罗门，这一切对我并无区别，我处于至高灵魂中。⑤

---

①Appaya Dīkṣita, *Kuvalayānanda*, 1956, p. 227.
②Jagannātha, *Rasagaṅgādhara*, 1983, p. 687.
③Jagannātha, *Rasagaṅgādhara*, 1983, p. 37.
④Jagannātha, *Rasagaṅgādhara*, 1983, p. 40.
⑤Jagannātha, *Rasagaṅgādhara*, 1983, p. 43.

在中世纪梵语诗学家中，高斯瓦明和格尔纳布罗等人竭力提倡虔诚味，高斯瓦明还把平静味视为虔诚味的亚种，也有人认为虔诚味可以归入平静味。世主的观点有所不同。他认为："虔诚味不能被视为平静味，因为虔诚味以虔诚热爱大神为常情。"①这样，虔诚味的执著感情和平静味的摆脱感情相矛盾。世主在某种程度上承认了虔诚味的独立性，但他不像高斯瓦明等人那样将其视为主味。

世主认可欢增关于味合适的观点：除了不合适，别无其他损害味的原因。味的奥秘在于遵守合适原则。

世主基本上属于新护的主观味论派，但他与新护对味的理解阐释不同。他认为，按照新护的观点，味是爱等等常情，以摆脱障碍的意识为特征。世主则认为："味是意识没有障碍，它以爱等常情为其特征。"②世主试图用吠檀多哲学阐释味。吠檀多哲学主张梵我合一，即鼓吹梵这一宇宙本质与自我意识或自我灵魂同一。世主引用《奥义书》中的话作为理论依据："它是味。谁获得味，谁就充满欢喜。"③这里的"它"是指梵。世主认为，无所障碍的令人喜悦的自我意识就是味。世主还论述了普遍化原理。他反对那耶迦的味论观。

基于吠檀多哲学，世主还认为："诗人在诗中描述情由等等，演员在戏剧中表现情由等等。由于暗示的作用，读者或观众领会到豆扇陀之类男主角对沙恭达罗之类女主角的爱。忘情的读者或观众由于特殊而强烈的想象失误，幻想自己就是豆扇陀，也亲自体味到对沙恭达罗的爱。这如同将一片贝壳视为白银。这种自我意识短暂缺失的不可名状的感觉体验，就是味。"④换句话说，读者和观众

---

①Jagannātha, *Rasagaṅgādhara*, 1983, p. 56.

②Jagannātha, *Rasagaṅgādhara*, 1983, p. 27.

③转引自黄宝生：《印度古典诗学》，第329页。

④Jagannātha, *Rasagaṅgādhara*, 1983, p. 30. 豆扇陀和沙恭达罗是古典梵语作家迦利陀娑的名剧《沙恭达罗》中的男女主人公。

体验到的这种常情爱，既非存在，也非不存在，而是一种不可言状的存在。味就是这种不可言状的常情。

世主根据吠檀多哲学来解释这种现象。吠檀多认为，客观对象都是意识的产物，犹如见绳联想到蛇，现实世界只不过是梵的幻影，梵才是世界的本质。世主举了两个例子，一个例子是贝壳与银子：贝壳在阳光照耀下，使人误将其当做白银。第二个例子是绳与蛇：黑夜里人们见到散在地上的一根绳，产生见到一条蛇的感觉。幻觉中的白银和蛇，处于既非存在又非不存在的状态，但这种状态可以被描绘。同样，读者或观众由于感情谬误，将自己当做豆扇陀，体验对沙恭达罗的爱，产生欢喜的味。[①]

世主的味论观脱胎于新护的主观味论思想。世主虽然试图以吠檀多哲学阐释一种新的味论，但其本质仍然与新护味论相距不远。世主为新护味论增加了吠檀多哲学基础。对此，有人评价道："这种对过去理论的杰出分析和极大的发展，只能由世主这样一位百科全书式的天才人物来完成。"[②]《味海》的确是一部划时代的著作。世主对梵语诗学做出的贡献具有重要的意义。印度学者将其视为梵语诗学家中地位仅次于欢增和新护的重要人物。[③]世主的学说似乎可以用"魅力派"（Ramaṇīyatā school, Camatkāra school）一词来概括。他以"愉悦"或"魅力"为旗帜，将韵论派、庄严派和风格派的相关理论进行了独一无二的"愉快综合"（a happy synthesis）。[④]总体来看，世主的原创性主要体现在这样几个方面：以审美性质而非语言形式的"愉悦"或"魅力"定义诗的本

①此处介绍参阅黄宝生：《印度古典诗学》，第330页。

②N. N. Sharma, *Paṇḍitarāja Jagannātha: The Renowned Sanskrit Poet of Medieval India,* Delhi: Mittal Publications, 1994, p. 104.

③Sri Ramachandrudu, *The Contribution of Paṇḍitarāja Jagannātha to Sanskrit Poetics*, Delhi: New Bharatiya Book Corporation, 2008, p. 484.

④Sri Ramachandrudu, *The Contribution of Paṇḍitarāja Jagannātha to Sanskrit Poetics*, p. 489.

质；诗歌品级的四分法；对有意味、明灯和佯贬等庄严的阐释有新意，并对底克希多和娑婆迦罗蜜多罗的某些阐释进行质疑；提出了遣责（tiraskāra）这一新庄严；以正理论方法为基础采取的辩驳式阐释法；对才能（想象力）的格外推崇；等等。①

从整个印度文学理论发展脉络来看，世主的吠檀多味论极大地丰富了梵语诗学宝库。他继承新护、毗首那特乃至高斯瓦明等人的味论方法，把文学理论思考和宗教哲学思辨巧夺天工地融合在一起，为梵语诗学的多元发展做出了贡献。因此，有的学者甚至采取了几近极端的立场评价世主的著作："《味海》是后韵论时代梵语诗学最后一部杰作。"②S.K.代也认为："世主的《味海》是梵语诗学的最后一部杰作。"③中国学者也认为："日本、朝鲜、越南的古代文论和印度古代诗学在17至19世纪也走向了自己的终结。"④不过，也有学者并不赞同世主《味海》代表梵语诗学"终结"的说法。该学者指出，断言世主一人一著便象征着梵语诗学的"终结"，至少对17世纪之后至20世纪的很多梵语诗学家是不公正的。⑤客观地看，虽然《味海》没有完全终结后人对梵语诗学的探讨兴味，但世主之后缺乏创新意识的各家著述，只能是印度古典文论的余韵而已，当然，这也不能成为印度国内外所谓梵语诗学已经完全退出历史舞台的"终结论"的理由。

---

①Mavelikara Achuthan, *Jagannatha Pandita on Alankaras,* Trivandrum: Swantham Books, 1998, pp. 216-217.

②Chitra P. Shukla, *Treatment of Alaṅkāras in Rasagaṅgādhara,* "Preface,"Vallabh Vidyanagar: Sardar Patel University, 1977.

③S.K.De, *History of Sanskrit Poetics,* Vol. II, p. 252.

④曹顺庆主编：《中外文论史》（第四卷），第3030页。

⑤R.Ganesh, *Alamkaarashaastra,* Bengaluru: Bharatiya Vidya Bhavan, 2010, p. 66.

第十七节　后世主时代的梵语诗学著述

婆罗多《舞论》成型到19世纪中期即中世纪印度文论发展末期，有一千多年的历史。客观地看，世主之后直至19世纪中期，梵语诗学领域罕见有重要影响的文论著作面世。后世主时代的两百年时间里，梵语诗学家们虽然失去了理论创新的动力，但鉴于婆罗多到世主所积累的文学理论遗产非常丰富，一些人仍然潜心钻研梵语诗学，以各种方式与古典诗学进行心灵对话，偶尔还闪现出崭新的智慧火花。这种对话使梵语诗学得以薪火相传，理论精华得以保护和传承。这里先以近年来印度出版的两部学术著作为依据，尝试对17至19世纪即后世主时代梵语诗学发展概况进行挂一漏万的简介。当然，由于古代印度史料缺乏，大多数诗学家的生卒年代难以确认，只能根据相关信息进行推断，因此不排除少数诗学家与世主同代的特殊个案。

一、梵语诗学著述概况

印度学者M. S. 斯瓦米于1998年出版《后世主时代的梵语诗学》，对世主以后的梵语诗学发展概况进行研究。这是印度学界此类著作中的第一部。斯瓦米的研究表明，后世主时代的两个世纪里，印度一共出现了八十到八十五部左右梵语诗学著作。这些著作中，有三十部已经整理出版，其他则是尚未付印的抄本。在这八十多部著作中，二十六部是论述梵语诗学（包括戏剧学）各个方面的综合性著作，其余大部分著作论述庄严，还有一些著作关注味、韵、画诗等。斯瓦米介绍了其中八十三部著作，他认为，这些著作的共同特征是，或对曼摩吒以后的诗学观点进行嫁接，或受到世主和底克希多诗学论战的启迪而在语法等领域进一步展开论争，或对世主和底克希多的论争进行评价和阐释。斯瓦米的结论是："这一时期，诗学家的贡献是对各种诗学概念进行阐释，而不是传播新的诗歌理论。"①

具体说来，斯瓦米介绍的八十三部著作可以分为两类。第一类是综合性著作，计二十六种，它们包括纳拉辛哈·格维著《南阇王名誉装饰》、克里希那苏迪著《诗月》和诃利·普拉萨德著《诗光》等。第二类著作主要以庄严为论述对象，有的论及其他某个专题。这些著作包括维希吠希婆罗著《庄严宝》、代吠商羯罗·波罗悉多著《庄严宝石》、地天·苏克拉著《味魅力》等。

值得注意的是，斯瓦米列举的书目中还包含了六部无名氏著作，它们包括前边提到的俗语著作《庄严镜》（*Alaṅkāradarpaṇa*）和梵语著作《庄严光》（*Alaṅkāraprakāśikā*）、《味辨》（*Rasaviveka*）、《知音味门径》（*Rasikarasāyanam*）、《诗相论》（*Kāvyalakṣaṇavicārah*）和《表示义花环》（表示义和表示者花环）（*Lakṣaṇamālikā* or *Lakṣyalakṣaṇamālikā*）。

在二十六部综合性诗学著作中，纳拉辛哈·格维著《南阇王名誉装饰》和温迦摩提耶（Veṅkāmātya）著《庄严宝镜》（*Alaṅkāramaṇidarpaṇa*）最为重要，因其论述具有一定的深度和广度，涉及的文献非常丰富。

在集中论述庄严的著作中，以下六部因为论述较有深度且讨论了各种庄严之间的关系而显得更加重要：维希吠希婆罗著《庄严宝》、罗斯摩那·格维（Lakṣmaṇakavi）著《吉祥娑诃王庄严》（*Śrīśāhabhūpālaṅkāra*）、代吠商羯罗·波罗悉多著《庄严宝石》、寂南耆婆·跋吒迦利亚著《诗魅力》、吉利蒂·文卡吒迦利亚（Kirīṭi Veṅkaṭācārya）著《庄严宝》（*Alaṅkārakaustubha*）和室

①M.Sivakumara Swamy, *Post-Jagannātha Alaṅkāraśāstra*, New Delhi: Rashtriya Sanskrit Sansthan, 1998, pp. 66-67.

利克里希那·波罗伽罗耶提（Śrīkṛṣṇa Parakālayati，即后文将要提到的K.B.P.斯瓦米）著《庄严宝饰》（*Alaṅkāramaṇihāra*）。

另外，沃罗多里耶（Varadārya）著《奇想花簇》（*Utprekṣāmañjarī*）因为专门详细论述"奇想"庄严的各种分类而独具特色。

在论述味的诗学著作中，以下四部尤为重要：摩图苏多纳·格文德拉著《味月光》、希沃罗摩·特里波蒂著《味宝缨络》、室利娑罗·文卡吒迦利亚（Śrīśaila Veṅkaṭācārya）著《味月光》（*Rasacandrikā*）和纳利辛哈苏迪（Nṛsimhasudhī）著《庄严精妙》（*Alaṅkārasāra*）。

曼摩吒和底克希多曾经分别著有探讨语言问题的语法著作《词功能考》和《功能疏》。受其影响，后世主时代一些诗学家也继续探索词义功能问题，如罗摩跋德拉·底克希多（Rāmabhadradīkṣita）著《词类考》（*Śabdabhedanirūpaṇa*）便是此类著述。

上述著作的共同特点是，在婆罗多至世主的理论基础上，对诗学理论进行疏解、分类或重新阐释。他们的著作涉及诗的特征、诗的功用、词的功能、韵、味、诗德、庄严、风格等。①

关于诗的特征。纳拉辛哈格维强调，诗的语言和意义要与诗人的气质特征相符合。温迦摩提耶在《庄严宝镜》中认为，诗应在音和义结合基础上有机地融入诗人的感情，即味。诗人应该使音和义魅力十足，以魅力彰显诗味。他认为，诗有味比起诗中有德、有庄严或无病要更为关键。有的诗学家还以诗德来凸显诗味的重要性。也有诗学家接受世主对诗的定义，但同时试图调和世主、曼摩吒、维底亚那特等人对诗的定义。

关于诗的功能或目的。关于诗的目的，伐摩那认为："优秀的

①以下对这些著作内容的简略归纳，主要参考：M.Sivakumara Swamy, *Post-Jagannātha Alaṅkāraśāstra*, pp. 71-140.

诗带有或隐或现的目的，令人愉悦，使人知名。好诗明显的好处是使人快乐，它还暗中助长诗人的名声。”（I.1.5及注疏）[①]而曼摩吒认为：“诗是为了成名，获利，知事，禳灾，顷刻获得至福，像情人那样提供忠告。”（I.2）[②]18至19世纪的绝大多数诗学家都接受曼摩吒或伐摩那的相关理论。只有少数人对伐摩那或曼摩吒的观点进行微调。例如，纳拉辛哈·格维在《南阇王名誉装饰》中认为，诗的优点是描述伟人的功德，颂扬国王，实现人生四大目的，给诗人和整个世界带来无尽快乐，等等。（I.8-9及注疏）[③]阿吉逾多罗耶·夏尔玛和罗斯摩那·格维还找出伐摩那或曼摩吒著作中某个词汇或句子，有意地进行“误读”。如阿吉逾多罗耶认为，曼摩吒的诗歌目的说涉及人生四要，即法、利、欲、解脱，这四者皆为诗人而设计，只有“像情人那样提供忠告”是为读者知音而设计。这是对曼摩吒本意的曲解。

关于诗的分类。18至19世纪的绝大多数梵语诗学家都认可欢增对诗的三种分类亦即诗的三种品级：韵诗、以韵为辅的诗和画诗。阿吉逾多罗耶和罗斯摩那·格维接受世主对诗的四分法。罗斯摩那·格维还认可世主排斥在外的第五类诗，即最下品诗——音画诗。阿吉逾多罗耶先把诗分为有味的诗和画诗，再把韵诗和以韵为辅的诗归入有味的诗，分别叫做最上品诗和上品诗，把义画诗和音画诗归入画诗，此即中品诗和下品诗。实际上，他的这种四分法和世主并无太大差异。

关于味的本质、数量和平静味等等。关于味的本质特征，18至19世纪的梵语诗学家众说纷纭。温迦摩提耶认为，味就是常情，而阿吉逾多罗耶和室利娑罗·文卡吒迦利亚则对世主关于味的本质的

---

①Vāmana, *Kāvyālaṅkāra-sūtra*, 1971, p. 9.

②黄宝生译:《梵语诗学论著汇编》(下册), 第599—600页。

③Abhinava Kālidāsa (Narasiṃhakavi), *Naṅjarājayaśobhūṣaṇa,* Baroda: Oriental Institute, 1930, p. 2.

论述进行新的阐发。阿吉逾多罗耶同意世主的观点，即味是摆脱了障碍的意识，但同时强调，味的认识必须符合奥义书的阐述，必须为“知梵者”所接受。室利娑罗则试图把味的品尝与梵的体验区别开来。这一时期，几乎所有梵语诗学家都认可传统的观点，即味是知音（观众）的体验品尝，而非演员或剧中主角。但是，也有少数例外。如身为毗湿奴教徒的力天·明饰（Baladeva Vidyābhūṣaṇa）在《庄严宝》（*Kāvyakaustubha*）中虽然承认观众是味的品尝主体，但他同时从虔诚味论视角出发认为，表现牧女们对黑天（克里希那）的神圣之爱时，因为所缘情由等等是神圣超凡的，那么，主角即牧女也是味的主体品尝者。①

至于味的数量，这一时期的大多数诗学家认可平静味在内的九种味，但有的人也倾向于接受虔诚味、友爱味、慈爱味、侍奉味等虔信色彩浓烈的味。有的人如纳利辛哈苏迪在《庄严精妙》中模仿波阇阐述唯一艳情味。还有人认为，般努达多在《味河》中提出的虚幻味可以归入奇异味。②阿吉逾多罗耶对味的分类值得一提。他按照数论哲学观点，把味分为三类：平静味、艳情味和悲悯味属于喜性（sāttvika）类；滑稽味、奇异味和恐惧味属于忧性（rājas）类；英勇味、厌恶味和暴戾味属于闇性（tāmas）类。③寂南耆婆·跋吒迦利耶和室利娑罗讨论了分离艳情味和悲悯味的区别，室利娑罗进而认为，分离艳情味应该视为独立存在的、与悲悯味平行的味。摩图苏多纳·格文德拉把艳情味看成主味，其他味则为次味。力天·明饰把所缘情由分为对象所缘（viṣayālambana）和主体所缘（aṣrayālambana）。由此看来，这一时期的梵语诗学家基本上接受了新护的味论，并在此基础上进行阐发。他们关于味的思想并非完

①M.Sivakumara Swamy, *Post-Jagannātha Alaṅkāraśāstra*, p. 96.
②M.Sivakumara Swamy, *Post-Jagannātha Alaṅkāraśāstra*, p. 100.
③M.Sivakumara Swamy, *Post-Jagannātha Alaṅkāraśāstra*, pp. 103-104.

全复制早期权威的观点，相反，他们“大量体现了自己的重新思考”。[1]

关于诗德。11世纪的波阇把诗德分成音德、义德和特殊诗德三类，每类各二十四种。这种分类为后来的维底亚那特所采纳。这一时期的梵语诗学家基本上遵循维底亚那特的做法。但是，也有少数诗学家持不同态度。例如，阿吉逾多罗耶和克里希那苏迪就认同曼摩吒的观点，把诗德当作味的属性（rasadharma），而非文字的属性。他们对世主驳斥曼摩吒的诗德观持反对意见。

关于庄严。这一时期绝大多数诗学家都在著述中力求全面论述前人提到的所有庄严。有的人如维希吠希婆罗·潘迪和温迦摩提耶等采用新正理论方法，对庄严进行阐释。他们对世主和底克希多之间的思想分歧表示关切，并对双关、微妙称颂、反喻、否定、互喻、共说、奇想、隐喻、例证、夸张、没有、明灯、等同、佯赞和佯贬等庄严进行重新思考。罗斯摩那·格维和代吠商羯罗·波罗悉多等人的著述是这方面的典型。纳拉辛哈·格维在《南阇王名誉装饰》中，也对各种庄严以及多对庄严如奇想和夸张之间的关系进行分析。

18至19世纪的梵语诗学家还在前人的基础上，对词的功能、风格、成熟、妥帖、韵的分类或诗病等方面的问题进行了探索。“总之，这一时期的诗学家们丰富了梵语诗学，他们以独特的观点和辩证的探讨阐释所有梵语诗学概念以及相关问题。”[2]因此，不能忽视对于后世主时代梵语诗学家的研究，同时也不能断言世主的《味海》标志着梵语诗学的终结。对于这些著述质量参差不齐的诗学家的研究，在印度也是近二十年来的事。这也说明，梵语诗学研究者面前还有很长的路要走。

---

①M.Sivakumara Swamy, *Post-Jagannātha Alaṅkāraśāstra*, p. 105.
②M.Sivakumara Swamy, *Post-Jagannātha Alaṅkāraśāstra*, p. 140.

二、代表性诗学著作简介

2007年亦即M.S.斯瓦米前述著作出版近十年后，印度学者A.K.室利沃思陀沃出版《晚期梵语诗学家》一书。他在书中详略不一地介绍了17世纪末至19世纪末的135位梵语诗学家、71位梵语诗学注疏者和五种佚名诗学著作，并重点介绍了10位当代梵语诗学家。在该书中，他将135位梵语诗学家分为著名学者（eminent Ācāryas）、较为有名的学者（lessknown Ācāryas）和一般学者（minor Ācāryas）等三个层次进行介绍。在他的心目中，二十四位诗学家属于著名学者，其著作已经出版，并因提出某种新的理论在梵语诗学史上占有一席之地；三十九位属于较为有名的学者，其著作虽已出版，但其理论贡献甚微或只关注某个诗学原理；其他七十二人属于不知名的一般学者，其名字只是在梵语诗学史上提到而已，或其著述在各种文献中可以查询。[①]他所介绍的二十四位著名学者的著作如下：

1. 王顶珠·底克希多（Rājacūḍāmaṇi Dīkṣita）著《诗镜》（*Kāvyadarpaṇa*）；

2. 地天·苏克拉（Bhūdeva Śukla）著《味魅力》（*Rasavilāsa*）；

3. 寂南耆婆·跋吒迦利耶（Cirañjīva Bhaṭṭācārya，又名Rāmadeva或Vāmadeva）著《诗魅力》（*Kāvyavilāsa*）；

4. 维希吠希婆罗（Viśveśvara Paṇḍita）著《味月光》（*Rasacandrikā*）、《庄严宝》（*Alaṅkārakaustubha*）、《庄严珠串》（*Alaṅkāramuktāvalī*）、《庄严灯》（*Alaṅkārapradīpa*）、《诗王耳饰》（*Kavīndrakarṇābharaṇa*）等；

---

①Anand Kumar Srivastava, *Later Sanskrit Rhetoricians,* "Introduction,"XVII. 下边的介绍主要参考该书相关内容。

5. 纳拉辛哈·格维（Narasiṃhakavi）著《南阇王名誉装饰》（*Naṅjarājayaśobhūṣaṇa*）；

6. 维底亚罗摩（Kavi Vidyārāma）著《味湖》（*Rasadīrghikā*）；

7. 阿娑达罗（Aśādhara）著《智喜》（*Kovidānanda*）、《三河》（*Triveṇikā*）；

8. 代吠商羯罗·波罗悉多（Devaśaṅkara Purohita）著《庄严宝石》（*Alaṅkāramañjūṣā*）；

9. 文尼达多（Veṇīdatta）著《味宝石》（*Rasakaustubha*）；

10. 外号"摩达迦"（Moḍaka）的阿吉逾多罗耶（Acyutarāya）著《文萃》（*Sāhityasāra*，或译《文学精华》）；

11. 被称为"智者"的克里希那沃图塔（Kṛṣṇāvadhūta Paṇḍita，1835-1909）又名克里希那·格维（Kṛṣṇa Kavi），著有《庄严经》（*Alaṅkārasūtrā*）、《曼陀罗花蜜占布》（*Mandāramarandacampū*）、《新鲜诗论》（*Kāvyanavanītam*）、《摄诗相》（*Kāvyalakṣaṇasaṅgraha*）等；

12. 克里希那（Kṛṣṇa Brahmatantra Parakāla Swamin）著《庄严宝饰》（*Alaṅkāramaṇihāra*）；

13. 宇主天（Viśvanāthadeva）又名宇主（Viśvanātha），著有《文学甘露海》（*Sāhityasudhāsindhu*）；①

14. 罗摩难陀波提·特里波蒂（Rāmānandapati Tripāṭhī）著《味命论》（*Rasikajīvanam*）；

15. 诃利普拉萨德·摩图罗（Hariprasāda Māthura）著《诗光》（*Kāvyāloka*）；

---

①需要说明的是，该学者将宇主天于1592年在瓦拉纳西写成的《文学甘露海》一书视为后世主时代的诗学著作，显然有违史实，有自相矛盾之嫌。故而其所列举的后世主时代著名学者应为二十三位而非二十四位。当代印度学者勒沃普拉萨德·德维威迪著《梵语诗学批评史》也将宇主天视为世主之前的第四十三位古代梵语诗学家进行介绍。笔者因此在本章"概述"中提前简略介绍了宇主天的《文学甘露海》。

16. 札格纳特·密湿罗（Jagannātha Miśra）著《味如意树》（*Rasakalpadruma*）；

17. 克迦罗摩·迦丁（Gaṅgārāma Jaḍin）著《味探》（*Rasamīmāmsā*）；

18. 希沃罗摩·特里波蒂（Śivarāma Tripāṭhin）著《味宝缨络》（*Rasaratnahāra*）；

19. 诃利达娑·悉达多沃吉娑（Haridāsa Siddhāntavāgīśa, 1876 ~ ?）著《诗月光》（*Kāvyakaumudī*），该书写于1920年，1955年在加尔各答出版；[①]

20. 四臂（Caturbhuja）著《味如意树》（*Rasakalpadruma*, 1745）；

21. 克里希那苏迪（Kṛṣṇasudhī）著《诗月》（*Kāvyakalānidhi*）；

22. 戈古罗纳塔·麦提罗（Gokulanātha Maithila）著《味大海》（*Rasamahārṇava*）；

23. 外号“名饰”（Vidyābhūṣaṇa）的波罗代吠（Baladeva）著《庄严宝》（*Kāvyakaustubha*）和《文月光》（*Sāhityakaumudī*）；

24. 被授予“知识海”（Vidyāsāgara）美称的迦驹罗摩·夏斯特里（Chajjūrāma Śāstrī）著《文露滴》（*Sāhityabindu*）。[②]

值得注意的是，上述第一、六、九、十二、十三、十四、十六、十九、二十四位诗学家共九人的著作，没有出现在M. S. 斯瓦米所列举的八十三种诗学著作中。此外，摩图苏多纳·格文德拉所著《味月光》被M.S.斯瓦米视为重要味论著作，但在A.K.室利沃思陀沃的书中被视为较为有名的诗学家的著作。换句话说，就后世主时代的梵语诗学代表性著作而言，两位当代学者的看法并不

①此处提到的二十四种著作，笔者未掌握其中第十九种著作的文本。

②该学者将迦驹罗摩·夏斯特里（Chajjūrāma Śāstrī）著《文露滴》一书视为后世主时代的诗学著作，是正确之举。该书作者生活于20世纪，且该书于1961年首版，故应将其视为印度当代文论著作，此处暂不予介绍。

一致。

M.S.斯瓦米提到的十二部重要诗学著作中，笔者掌握的只有以下七种：一部综合性诗学著作即纳拉辛哈·格维著《南阇王名誉装饰》；四部较有深度的庄严论著作：维希吠希婆罗著《庄严宝》、代吠商羯罗·波罗悉多著《庄严宝石》、寂南耆婆·跋吒迦利耶著《诗魅力》和室利克里希那·波罗伽罗耶提（后文简称为克里希那）所著《庄严宝饰》；两部较为重要的味论著作：摩图苏多纳·格文德拉著《味月光》和希沃罗摩·特里波蒂著《味宝缨络》。

借鉴上述两位学者的做法，这些著作其实大致可以分为综合类、庄严论、味论、韵论等如下四类。第一类为综合论述各个诗学主题的著作，包括纳拉辛哈·格维的《南阇王名誉装饰》、寂南耆婆· 跋吒迦利耶的《诗魅力》等；第二类为庄严论著作，包括维希吠希婆罗的《庄严宝》、代吠商羯罗·波罗悉多的《庄严宝石》等；第三类为味论著作，包括摩图苏多纳·格文德拉的《味月光》、希沃罗摩·特里波蒂的《味宝缨络》等；第四类为韵论著作，包括阿娑达罗著《智喜》等。

接下来，笔者依据手中掌握的资料，综合上述两位印度学者的观点，以诗学家为线索，对被A.K.室利沃思陀沃视为著名学者的上述二十二位诗学家著作（不包括宇主天和迦驹罗摩·夏斯特里两人）与M.S.斯瓦米提到的前述十二种重要著作中的七部进行整合（两人论及的一些重要著作有重合），并视其为后世主时代（除极少数与世主同时代的诗学家外）亦即晚期梵语诗学代表性著作，在此进行非常简略的介绍。①

①下边对二十二位诗学家共二十六种著作的介绍，主要参考：Anand Kumar Srivastava, *Later Sanskrit Rhetoricians*, pp. 1-50.

（1）摩图苏多纳·格文德拉的《味月光》（17世纪）

1591年，印度中世纪时期的著名文论家格谢沃达斯（Kavīndra Keśavadāsa）创作了印地语文论著作《知音喜》（*Rasikapriyā*）。一百多年后的1695年，梵语诗学家摩图苏多纳·格文德拉（मधुसूदन कवीन्द्र，Madhusūdana Kavīndra）完成关于《知音喜》的梵文改写版《味月光》（रसचन्द्रिका，*Rasacandrikā*）。这两种带有浓厚宗教色彩的文论著作受到后人的重视："在解脱艳情味中，格谢沃达斯的《知音喜》和摩图苏多纳的《味月光》占有卓越的地位。"①自然，格谢沃达斯对摩图苏多纳的影响也是十分深刻的。②

毋庸讳言，《味月光》是虔诚味论著作中的一种，与楼陀罗跋吒、波阇和鲁波·高斯瓦明等人的思想有着千丝万缕的联系。该书共分十六章，按照先后顺序，具体论述内容如下：艳情味一般特征、男主角、自己的和他人的女子、罗陀为代表的女主角四种美的特征（表现情态）、克里希那和罗陀等的行为姿态、感情和激情等涉及情由的描述、会合艳情味、初恋的分离艳情味、傲慢的分离艳情味、傲慢的表现、远行的分离艳情味、配角的描述、女伴的表现、滑稽味到平静味其他八味、艳美风格等四种戏剧表演风格、味的一般特征和味病等。

从该书十六章的具体内容来看，摩图苏多纳显然是将论述的笔墨集中在以克里希那和罗陀为表演主角的艳情味或曰虔诚艳情味

①S.N.Ghoshal Sastri, *Rasacandrikā of Madhusūdana Kavīndra and Studies in Divine Aesthetics,* Vol. 1, "Preface,"Santiniketan: Visva Bharati, 1969, p. 12.

②S.N.Ghosal Sastri, *Studies in Divine Aesthetics of the Neo-rasa School,* Santiniketan: Visva Bharati, 1974, pp. 65-68.

上。关于味病、味的特征和戏剧风格等重要命题，只以最后短短两章草草交代。这种谋篇布局分明凸显了作者的虔诚味论立场，因为全书主要围绕克里希那和罗陀等宗教神话人物展开论述。

值得注意的是，《味月光》虽然是对格谢沃达斯《知音喜》的梵文改写，但二书之间存在诸多差异。例如，两位作者对“别人的女子”的解释不同，对常情爱的细分也不尽一致，对女主角爱情状态的理解有异，更为重要的是，摩图苏多纳以毗湿奴教信仰对楼陀罗跋吒等人可谓经典的分离艳情味四分法进行了革命性改造。他在书中只论及初恋、傲慢和远行等三种分离艳情味，而省略了最后一种即“苦恋”般的带有凄凉悲哀色彩的分离艳情味。（XI.1-2）[①] 这是因为，在摩图苏多纳等虔诚的毗湿奴教信徒看来，克里希那和罗陀的神圣结合象征着人与神的永恒合一。这种神圣背景下的分离艳情味，即使真的存在分离，那也只是克里希那和罗陀之间或曰神与人快乐的捉迷藏游戏罢了，绝不可能存在真正意义上的凄凉结局。[②]痛苦体验与虔诚味论所强调的人神合一的超凡愉悦，其间的审美距离无疑是巨大的天文数字。

（2）王顶珠·底克希多的《诗镜》（17世纪）

王顶珠·底克希多（राजचूडामणिदीक्षित，Rājacūḍāmaṇi Dīkṣita）著有《诗镜》（काव्यदर्पण，*Kāvyadarpaṇa*）。底克希多在著作中未透露自己的个人信息，根据相关资料推测，他可能生活在16世纪末或17世纪上半叶，因此，他有可能是世主的同时代人。

---

①S.N.Ghoshal Sastri, *Rasacandrikā of Madhusūdana Kavīndra and Studies in Divine Aesthetics,* Vol. 1, p. 148.

②S.N.Ghoshal Sastri, *Rasacandrikā of Madhusūdana Kavīndra and Studies in Divine Aesthetics,* Vol. 1, “Introduction,”pp. XXXI-XXXIX.

底克希多著述颇丰，共有二十二种面世，其中包括《诗镜》和迄今未出版的《庄严顶珠》（*Alaṅkāracūḍāmaṇi*）等两种诗学著作。《诗镜》的主体仿效《诗光》的著述体例，由经文、疏解和例证等三部分构成。经文和疏解大多借鉴《诗光》，而例证或例诗则基本来自作者自己的创造。《诗镜》全书分六章，共215颂经文。第一章论述诗的定义、特征、功用和文类等，第二、三章分别论述词语和意义并涉及词的三种功能，第四章论述韵和味，第五章论述文类并涉及作品的等级划分，第六章是杂论，涉及音庄严和义庄严。总体来看，该书第四章篇幅最长，约占全书一半内容，这显示作者推崇味论和韵论的立场。

从著述体例到内容、观点，《诗镜》基本依据曼摩吒的《诗光》。例如，在第一章中，底克希多指出："诗人的语言（女神）卓绝不凡，其创造摆脱命运束缚，惟独由愉悦组成，自我独立，九种味新鲜而又甜蜜。诗是为了成名，获取利益，祛除灾难，即刻获得幸福，情人般循循善诱。才能，通过观察世界、学习经典和诗歌等获得的知识，在通晓诗歌者指导下进行创作实践，这三者是诗的成因。"（I.2-4）①这些观点与曼摩吒如出一辙。这显示曼摩吒对底克希多的深刻影响。

总体而言，《诗镜》论及戏剧以外的所有诗学原理，但它基本上缺乏原创性。不过，该书对某些诗学主题、定义的论述、阐释和举例较为浅显，这使该书可读性大为增加。

---

①Rājacūḍāmaṇi Dīkṣita, *Kāvyadarpaṇa,* Delhi: New Bharatiya Book Corporation, 2001, pp. 1-4.

（3）地天·苏克拉的《味魅力》

（17世纪）

地天·苏克拉（भूदेवशुक्ल，Bhūdeva Śukla）是戏剧家、诗人和文论家，但其诗学著作只有《味魅力》（रसविलास，*Rasavilāsa*）传世。[①]他大约生活于17世纪末。他的诗学观并无多少原创性可言，他在《味魅力》中也坦承这一点。《味魅力》大约写于1660至1700年之间，该书主要依据《味海》、《诗光》和《诗灯》等著作写成。

文如其名，《味魅力》主要论述味的各个方面。该书分七章，著述体例仿照《诗光》。第一章论述味的种类（九种）、味的形成、韵与味的关系以及平静味的形成原理；第二章具体论述新护认可的传统九味，并拒斥虔诚味，批评毗首那特的魅力说，反对将魅力视为味的灵魂，认为所有味都显示魅力；第三章论述三十三种不定情、类味、类情和情的本质、产生等问题；第四章论述辅佐情味的诗德，并区分诗德与庄严；第五章论述味病；第六章则论述味病在何种条件下不成为味病；第七章讨论词的三种功能。

（4）四臂的《味如意树》

（17世纪）

四臂（चतुर्भुज，Caturbhuja）生活于17世纪，其诗学代表作是《味如意树》（रसकल्पद्रुम，*Rasakalpadruma*），这是为了取悦莫卧儿帝国热爱梵语文学的精英人物而写的，曲折地体现了那一时期印度文化发展的复杂格局和社会风尚。

---

①Bhūdeva Śukla, *Rasavilasa,* Poona: Poona Oriental Book House, 1952.

《味如意树》正文为1110颂，包括开头的两颂赞美诗、叙述全书结构的27颂和论述各种味的1081颂。书中包括四臂自创的五十首诗歌。该书还引述了一百二十位梵语诗人的作品，其中有的诗人的名字在整个梵语文学史上罕见提起。这显示该书具有珍贵的历史文献价值。①

该书按照艳情味至平静味的顺序，论述了新护认可的传统九味。其中涉及女主角的美的特征、女主角爱情状态的内容较为丰富。该书将艳情味分为普通艳情味、分离艳情味、会合艳情味和混合艳情味四类。该书还论及某些诗人学因素、妙语和某些讥讽性的修辞手法。

（5）罗摩难陀波提·特里波蒂的《味命论》（17世纪下半叶）

罗摩难陀波提·特里波蒂（रामानन्दपति त्रिपाठी，Rāmānandapati Tripāṭhī）生活于17世纪后半叶。他是瓦拉纳西的婆罗门。除了三十四部哲学著述外，他还有其他许多著作问世。《味命论》（रसिकजीवनम्，*Rasikajīvanam*）就是其诗学代表作之一。②

《味命论》典型地体现了印地语“法式诗歌”时期的艳情色彩。全书依据《舞论》和《艳情吉祥痣》等前人经典，集中论述三类女主角及其各种复杂的体态特征。

---

①Caturbhuja Miśra, *Rasakalpadrupa*, Delhi: Eastern Book Linkers, 1991.

②Ramananda Pati Tripathi, *Rasikajīvanam*, Varanasi: Sampurnanand Sanskrit Vishvavidyalaya, 1978.

（6）寂南耆婆·跋吒迦利亚的《诗魅力》
（17至18世纪）

寂南耆婆（चिरञ्जीव भाट्टाचार्य，Cirañjīva Bhaṭṭācārya，又名रामदेव，Rāmadeva或वानदेव，Vāmadeva），大约生活于17世纪末至18世纪初。他出生于孟加拉地区一个显赫的婆罗门家庭，著有多部作品，但《诗魅力》（काव्यविलास，*Kāvyavilāsa*）是其唯一的诗学著作。该书写于1703年。

《诗魅力》分两章。第一章介绍诗的特征、诗的不同定义、成因、功用、新护认可的传统九味。他提到般努达多的虚幻味，但否定之。作者综合曼摩吒和世主的观点，将魅力视为诗的灵魂；第二章主要介绍庄严，作者先介绍明喻、自比等八十九种义庄严，再介绍图案、四类谐音、叠声和貌似重复等四种义庄严；其定义多依据胜天的《月光》，部分定义取自曼摩吒的《诗光》，但每一定义的阐释（疏解）和例诗则来自作者的自创。

印度学者B.纳塔夏尔玛评价《诗魅力》时说："非常简略地扫视一下该书内容后，我们发现，对学习梵语诗学的一般学生而言，这是非常有用的一本书。这或许是很少有其他书以如此浅显易懂的语言阐述味和庄严的缘故。此外，该书另一个不同寻常的优点是，它是由一位自身造诣不凡的诗人撰写的。"①

①Chirañjīva Bhaṭṭāchārya, *Kāvyavilāsa*, "Introduction,"Benares: Sarasvati Bhavana, 1925, p. 5.

（7）维希吠希婆罗的《庄严宝》、《味月光》和《庄严珠串》等
（17至18世纪）

维希吠希婆罗（विश्वेश्वरपण्डित，Viśveśvara Paṇḍita）大约生活于1675至1715年之间。他有二十四部著作面世，其诗学著作包括《味月光》（रसचन्द्रिका，*Rasacandrikā*）、《庄严宝》（अलङ्कारकौस्तुभ, *Alaṅkārakaustubha*）、《庄严珠串》（अलङ्कारमुक्तावली，*Alaṅkāramuktāvalī*）、《庄严灯》（अलङ्कारप्रदीप, *Alaṅkārapradīpa*）、《诗王耳饰》（कवीन्द्रकर्णाभरण，*Kavīndrakarṇābharaṇa*）等。维希吠希婆罗通晓语法和因明，这反映在其诗学著述中。

维希吠希婆罗的代表作当属《庄严宝》。“维希吠希婆罗在文学批评家中占有显赫的地位。因其成熟之作《庄严宝》，他或可视为与曼摩吒、毗首那特、世主和阿伯耶·底克希多齐名的重要批评家。”①《庄严宝》是一部成熟而重要的著作，该书集中论述庄严，并针对世主和阿伯耶·底克希多的相关理论进行分析。该书论述了曼摩吒所认可的六十一种庄严，论述体例从《诗光》，定义简洁，疏解详细。例如，维希吠希婆罗在定义明喻时说：“用一个句子表达不同词语的相似性，这叫明喻。”（I.7）②该书与世主《味海》的写作风格接近，因其运用了新因明论辩方式，其思想体系非常复杂，其理论含量更为丰富。由于上述原因，《庄严宝》和《庄严珠串》、《味月光》等维希吠希婆罗的其他著作一再出版，如

①Anand Kumar Srivastava, *Later Sanskrit Rhetoricians,* p. 10.

②Viśveśvara, *Alaṅkākaustubha,* Delhi: Chaukhamba Sanskrit Pratishthan, 1987, p. 4.

《庄严珠串》于1927、1984、2008年三次出版，而《味月光》于1926、1983、2008年三次出版。

《味月光》主要论述男主角、女主角、词的三种功能、新护认可的传统九味、般努达多提到的虚幻味、类味、韵的分类、分离艳情味、三十三种不定情、八种真情、青年女性的二十种美的特征，等等。维希吠希婆罗主要依据《舞论》进行介绍。该书采取经疏体即经文加注疏的形式写成，语言浅显易解，力避争议。[①]

《庄严珠串》主要是对维希吠希婆罗自己的《庄严宝》进行注疏，仍取经疏体的著述体例。该书依据《庄严宝》，论述六十一种义庄严和"有味"等八种庄严，共涉及六十九种义庄严。全书经文总数不到五十颂，语言浅显，论述简洁。维希吠希婆罗在书的开头坦言，该书是为了洞悉《庄严宝》的奥秘而撰，旨在"帮助学生们轻松理解诗学原理"。（I.2）[②]

《庄严灯》仿效《莲喜》，只论义庄严一百二十种。全书取经疏体方式进行阐释。语言浅显仍旧是维希吠希婆罗的一贯特色。例如，他对"原因"庄严的定义是："原因和结果二者之间没有区别，这叫原因。"（25）[③]该书由M. 戈斯瓦米博士译为印地语并于1987年再版。该书的印地语译文版获得过印度总统奖。

《诗王耳饰》迄今未见出版，它分四章，讨论五十八种神秘术语和画诗。

---

①Viśveśvara, *Rasacandrikā,* Benares: The Chowkhamba Sanskrit Series Office, 1926; Varanasi, 2008.

②Viśveśvara, *Alaṅkāramuktāvalī,* Benares: Vidya Vilas Press, 1927, p. 1; Varanasi: Chaukhambha Prakashan, 2008, p. 1.

③Viśveśvara, *Alaṅkārapradīpa,* Varanasi: Chaukhambha Sanskrit Sansthan, 1987, p. 27.

（8）诃利普拉萨德·摩图罗的《诗光》
（17至18世纪）

诃利普拉萨德·摩图罗（हरिप्रसाद माथुर，Hariprasāda Māthura）生活于17世纪末至18世纪初。他先后于1719、1728年完成两部诗学著作即《诗义壶》（काव्यार्थगुंफ，*Kāvyārthagumpha*）、《诗光》（काव्यलोक，*Kāvyāloka*）。前一书没有分章，讨论了各个诗学主题。相比而言，《诗光》更应被视为摩图罗的代表作。

《诗光》分为七章，先后论述诗的功用、特征、成因和词的三种功能、韵、平静味在内的传统九味、诗病、诗德、五种音庄严（曲语、谐音、叠声、双关、图案）、七十一种义庄严。①摩图罗显然是遵循曼摩吒《诗光》的经文、注疏和例诗等"三部曲"体例进行写作。在摩图罗心目中，曼摩吒的著作即为原创性著作。该书前五章受到了曼摩吒的深刻影响，后二章受到了世主《味海》的影响。摩图罗在书中坦承，他是为了初学者而撰写此书。

（9）克里希那苏迪的《诗月》
（18世纪）

克里希那苏迪（कृष्णसुधी，Kṛṣṇasudhī）生于今安德拉邦地区，后来迁徙到建志（Kanchi）和喀拉拉邦的奎龙（Quilon）生活。他于1855年著成《诗月》（काव्यकलानिधि，*Kāvyakalānidhi*）一书。"《诗月》是梵语诗学中独具特色的一部著作。"②该书由印度梵文学者K.G.黛维编订并于1992年出版。

---

①Hariprasad Mathura, *Kāvyāloka,* Jaipur: Publication Scheme, 1989.

②Kṛṣṇa Sudhi, *Kāvyakalānidhi,* "Foreword,"Waltair: Andhra University, 1992.

《诗月》分为十章。全书共626颂，905首例诗中，有116首是歌颂其恩主即国王K.罗维沃尔玛的。第一章主要依据般努达多的《味花簇》论述男主角和女主角，其论述似乎要优于维底亚那特和辛格普波罗各自的相关论述；第二章介绍诗的定义和分类，还介绍了词语的三种功能。克里希那苏迪对诗的定义和对诗歌成因等的看法综合了维底亚那特等前人的观点，他这样写道："诗是像情人那么提供忠告，并由有味的、以意义为基础的词语构成的句子。才能、学问和技艺被称为诗的成因。"（II.1）①第三章论述词义；第四章篇幅较长，论述韵；第五、六章分别论述以韵为辅的诗、音画诗和义画诗；第七、八章分别论述诗病和诗德。第九、十章分别介绍六种音庄严和五十九种义庄严。

（10）戈古罗纳塔·麦提罗的《味大海》

（18世纪）

戈古罗纳塔·麦提罗（गोकुलनाथ मैथिल，Gokulanātha Maithila）著述颇丰，有三十一部问世，涉及哲学、文学、经典阐释、诗歌、戏剧、语法、天文和星相学等广阔领域。他的诗学著作是《味大海》（रसमहार्णव，*Rasamahārṇava*），P.V.迦奈将此书称为《味海》（रसार्णव，*Rasārṇava*）。他还有关于曼摩吒《诗光》的注疏一种问世。据作者透露，他于1709年写成《味大海》一书。

《味大海》并未论述情味，而是论述词语三种功能中的转示义。②由于作者丰富的知识修养，该书与其说是诗学著作，不如说是一种带有抽象思辨和语法考量的语言哲学著作。

①Kṛṣṇa Sudhi, *Kāvyakalānidhi*, p. 22.

②Gokulanathopadhyaya, *Rasamahārṇava*, Darbhanga: Kameshvara Sinhadarabhanga Sanskrit Visvavidyalaya, 1981.

（11）波罗代吠的《诗宝》和《文月光》
（18世纪）

波罗代吠（बलदेव，Baladeva）外号“名饰”（विद्याभूषण，Vidyābhūṣaṇa），祖籍奥里萨，大约生于18世纪的孟加拉一带。他出生于孟加拉地区一个婆罗门家庭，也可能出生于吠舍种姓的家庭。他是忠实的毗湿奴教信徒，遵循阇多尼耶派的精神宗旨。他有十八种著作问世，其诗学代表作是《诗宝》（काव्यकौस्तुभ，*Kāvyakaustubha*）和疏解曼摩吒《诗光》的《文月光》（साहित्यकौमुदी，*Sāhityakaumudī*）。

《诗宝》包括九章，分别论述诗的功用、词语三功能、味、诗德、风格、诗病、韵的分类、中品诗、音庄严。

《文月光》是对曼摩吒著作经文而非其经文注疏的阐释。“大体说来，《文月光》不是波罗代吠天才的产物，而是曼摩吒和波罗代吠两人天才结合的产物。”①波罗代吠截取曼摩吒的经文，再以自己的话进行疏解。“曼摩吒的经文被说成是‘婆罗多经’（Bharata sūtra），因此他将自己的注疏命名为‘婆罗多经注疏’（*Bharatasūtravṛtti*）。”②《文月光》共十一章，前十章仿照曼摩吒《诗歌》的十章进行疏解，最后一章论述了几种音庄严和多样、突出、原因、奇妙和选择等义庄严。他的例诗多带有敬奉毗湿奴的虔信派色彩，他从许多前人作品中引述诗歌。

①Baladeva Vidyābhūṣaṇa, *Sāhityakaumudī,* “Foreword,”Alahabad: Ganganathapha Kendriya Sanskrit Vidyapith, 1981.

②Anand Kumar Srivastava, *Later Sanskrit Rhetoricians,* p. 50.

（12）纳拉辛哈·格维的《南阇王名誉装饰》
（18世纪）

纳拉辛哈·格维（नरसिंहकवि，Narasiṃhakavi）自称“小迦梨陀娑”（Abhinava Kālidāsa）大约生活于18世纪早期的迈索尔，曾经在朝廷中任要职。他虽自称诗人，但其传世诗作难觅。格维有诗学著作《南阇王名誉装饰》（नञ्जराजयशोभूषण，*Nañjarājayaśobhūṣaṇa*）传世，该书论述体例仿照维底亚那特和维底亚达罗等人的著作，有人称其为梵语诗学“赞颂体”著作中的第四部（其他四部依次是《项链》、《波罗多波楼陀罗名誉装饰》、克里希那·底克希多的《罗怙王颂》和此后的代吠希婆罗的《庄严宝石》）。①

《南阇王名誉装饰》是以歌颂南阇王的形式介绍诗学原理的。全书共分七章。第一章介绍男女主角，尤以三种女主角最为详细；第二章介绍词的三种功能、艳美风格等四种戏剧表演风格、诗的妥帖和成熟标准、三类诗的等级评析；第三章主要介绍以韵为辅的诗，兼涉大诗特征等；第四章传统九味和情等等；第五章论述诗德和诗病。第六章论述十色等戏剧原理。第七章介绍音庄严和义庄严。②由此可见，该书和《文镜》一样，涉及了梵语诗学和戏剧学的所有重要方面。作者虽然遵循维底亚那特的著述体例，但其观点不同，如他只认可维底亚那特的五十一种韵中的三十种。

当代学者对此书的评价不低。有人认为，格维的著作对诗学爱好者而言，极具启迪意义。他虽然没有多少诗学理论的原创性可言，但却有助于诗学传统的延续和发展。“该书的杰出成就在于，

---

①Bhaṭṭa Devaśaṅkara Purohita, *Alaṅkāramañjūṣā,* “Introduction,”Ujjain: Oriental Manuscripts Library, 1940, VII.

②Abhinava Kālidāsa (Narasiṃhakavi), *Nañjarājayaśobhūṣaṇ,* Baroda: Oriental Institute, 1930.

为诗学发展做出了贡献。”①

（13）维底亚罗摩的《味湖》
（18世纪）

维底亚罗摩（कवि विद्याराम，Kavi Vidyārāma）生活于18世纪，他著有诗学著作《味湖》（रसदीर्घिका，*Rasadīrghikā*）。

维底亚罗摩受前人影响较小。他的创作目的是帮助没有基础知识的人掌握基本的诗学原理，因此语言浅显，但又不时透露出一丝原创的气息。他力求将前人复杂而深奥的诗学原理简明化，以求普及和传播传统诗学精华。“因此，维底亚罗摩造就了一条中庸之道（golden mean）。”在印地语“法式诗歌”的流行时代，很多梵语诗学家深受其影响，在著作中对艳情味、特别是其中的女主角进行无以复加的详细论述。维底亚罗摩的著作自然也难免如此。

《味湖》一书分五章。第一章讲述味的定义和特征；第二章论述艳情味、男女主角及其表现特征；第三章介绍包括平静味和虚幻味在内的其他九种味；第四章论述虔诚味、维达巴、摩揭陀、高德和般遮罗等四种语言风格、艳美风格等四种戏剧表演风格；第五章讲述诗的特征、庄严、诗德和诗病。②从论述主题来看，作者显然是偏重味论。

---

①Anand Kumar Srivastava, *Later Sanskrit Rhetoricians,* p. 16.

②Kavi Vidyārāma, *Rasadīrghikā*, Jodhpur: Rajasthan Oriental Research Institute, 1956.

（14）阿娑达罗的《智喜》与《三河》
（18世纪）

阿娑达罗（अशाधर भाट्ट, Aśādhara Bhaṭṭa）大约生活于1720至1790年之间，他出生于古吉拉特的婆罗门家庭。当今的古吉拉特邦很多图书馆都有阿娑达罗的抄本。他共有五部著作问世，其中的《智喜》（कोविदानन्द, *Kovidānanda*）和《三河》（त्रिवेणिका, *Triveṇikā*）是诗学著作。

《智喜》是阿娑达罗最重要的诗学著作，也是他的第一部著作。该书分为三章，分别为51、32、42颂，共125颂，先后论述词的表示义、转示义和暗示义（韵）等三种功能。作者的论述立场基本追随欢增等韵论派。例如，他在书中指出："单单恒河一词，便蕴含了表示义（śakti）、转示义（bhakti）和暗示义（vyakti）。"（III.22）①

《三河》是《智喜》的简化版。《三河》的开头写道："向山王之女的儿子致敬！阿娑达罗完成了《智喜》，辨析了前人的注疏，如同恒河、阎穆那河与萨拉斯瓦蒂河（gūḍhanirbharā）等三河汇聚，表示义、转示义和暗含义也变成三位一体。"（I.1-2）②这里用来表示萨拉斯瓦蒂河的梵文词可谓一语双关。该书第三章写道："阿娑达罗心中涌现纯洁清净的智慧，这部《三河》汇集了《智喜》的本质。"（III.1）③由此可见，该书标题蕴含深意。它暗示，如同恒河、亚穆纳河与萨拉斯瓦蒂河等三河汇流、蔚为壮观，表示义、转示义和暗示义这三者的组合也产生艺术魅力。正如

①Aśādhara, *Kovidānanda*, Delhi: Indu Prakashan, 1978, p. 55.

②*Aśādhara, Triveṇikā*, Delhi: Indu Prakashan, 1978, p.1. 山王之女指波哩婆提，山王之女的儿子指象头神或曰群主。

③*Aśādhara, Triveṇikā*, p.25.

恒河接受其他两条河流的洗礼和涤荡而变得更为神圣、清澈，表示义在转示义和暗示义的作用下也显出超凡的美。

（15）代吠商羯罗·波罗悉多的《庄严宝石》
（18世纪）

代吠商羯罗·波罗悉多（देवशङ्करपुरोहित，Devaśaṅkara Purohita）的真名是代吠商羯罗，他著有《庄严宝石》（अलङ्कारमञ्जूषा，*Alaṅkāramañjūṣā*）。他的名字显示，他生活于古吉拉特一带，时间大约是18世纪下半叶。《庄严宝石》写于1765至1766年之间。“从历史角度看，这本书很重要。”①

正如书名所显示的那样，《庄严宝石》以较为科学的方式专论一百一十五种庄严。他将庄严分为四类：第一至一百零二种为义庄严；第一百零三至一百零六种为量庄严（包括现量、比量、喻量和圣言量）；第一百零七至一百一十三种为韵味庄严（dhvanirūparasavadādyaṅkāra），包括有味、有情、有勇、天助、情的升起、情的并存、情的混合；第一百一十四和一百一十五种为混合与结合庄严。这种四分法在以前的诗学著作中不太多见。

通观全书，代吠商羯罗用来定义和阐释庄严的很多经文、注疏基本依据阿伯耶·底克希多的《莲喜》。很多阐释、引文、例诗均沿用或改写《莲喜》的相关内容。当然，这并不能否定代吠商羯罗在某些地方质疑底克希多观点的事实。但是，代吠商羯罗的著作也体现出一些不足，如某些地方的定义、语法解释等存在问题。不过，考虑到该书主要是针对初学者掌握诗歌修辞而撰，这些不足似

①Anand Kumar Srivastava, *Later Sanskrit Rhetoricians,* p. 25.

乎无伤大雅。[①]该书于1940年在印度南方出版英译本，显示印度学者对其高度重视，或许也与该书的教科书性质有关。

（16）文尼达多的《味宝石》和《庄严花簇》
（18世纪）

文尼达多（वेणीदत्त，Veṇīdatta）生活于18世纪后半叶，他有三部书传世，其诗学著作为《味宝石》（रसकौस्तुभ，*Rasakaustubha*）和《庄严花簇》（अलङ्कारमञ्जरी，*Alaṅkāramañjarī*）。

《味宝石》论述平静味在内的传统九味，但其重点在于论述艳情味，而其核心焦点在于论述女主角的艳情，涉及女主角的分类论述、女伴、女信使。该书还涉及男主角、情、情由、情态、常情、不定情等的论述。文尼达多在书中并未采取世主等人的论辩驳斥法进行论述，他只以经文对诗学命题加以定义和阐释，他的诗作优秀，以克里希那为歌颂对象。[②]他以般努达多的《味花簇》和《味河》作为论述的参照。这显示虔诚味论对文尼达多的深刻影响。

《庄严花簇》与《味宝石》一样，只有经文，而无解释的注疏文字。该书论述了曲语、谐音、叠声和双关等四种音庄严和五十九种义庄严。该书有的地方将《味宝石》中的经文进行阐释和拓展。[③]

---

①Bhaṭṭa Devaśaṅkara Purohita, *Alaṅkāramañjūṣā,* "Introduction,"Ujjain: Oriental Manuscripts Library, 1940, XIV-XX.

②Veṇīdatta, *Rasakaustubha*, ed. by Brahmamitra Avasthi, Delhi: Indu Prakashan, 1978.

③Veṇīdatta, *Alaṅkāramañjarī,* ed. by Kavishekhar Badarinatha Jha, Darbhanga: Mithila Institute, 1961.

（17）札格纳特·密湿罗的《味如意树》
（18世纪）

札格纳特·密湿罗（जगन्नाथमिश्र, Jagannātha Miśra, 1725~1775）生活于18世纪，他的诗学代表作是《味如意树》（रसकल्पद्रुम, *Rasakalpadruma*）。

《味如意树》分为十章，每一章又分为五节。第一章为味论综述；第二至第十章分别论述艳情味至平静味的传统九味，其中，每一章的五节分别论述各种味的情由、情态、不定情、真情和如何结合常情产生该种味的程序。与这一时期其他味论著作相似，密湿罗非常细致地描述女主角各个部位的情味姿态，体现了浓厚的艳情色彩。

全书基本内容为经文，必要时也配有相关的注疏文字加以说明。该书篇幅庞大，其1965年编订本正文共计828页。它的经文和疏解大多来自前人著述如《庄严顶》、《文镜》、《文学宝库》、檀丁《诗镜》、《十色》、《味花簇》、代吠希婆罗《诗人如意藤》、《虔诚味甘露海》和《鲜艳青玉》等。有的则来自前人戏剧、诗歌、妙语格言集或作者自己的作品。密湿罗在书中透露，该书写作目的有三：满足诗学研究者的爱好，收录诗人们的作品，满足诗人们的兴趣爱好。（I.1.5-6）[①]因此，该书也包含了诗人学因素。

（18）克迦罗摩·迦丁的《味探》
（18世纪）

克迦罗摩·迦丁（गङ्गारामजडी，Gaṅgārāma Jaḍin）大约生活于

①Jagannātha Miśra, *Rasakalpadruma,* Bhubaneswar: Orissa Sahitya Akademi, 1965. p. 1.

1719至1794年间。克迦罗摩有六本书问世，但其诗学代表作是《味探》（रसमीमांसा，*Rasamīmāmsā*）。该书可能是应约写作，目的是为初学者提供诗学启蒙教材。

《味探》共有114颂，有的只有经文，有的则参照胜天《月光》的著述体例，对诗学原理进行定义和阐释。全书论述了艳情味至平静味的传统九味，详细论及每种味的常情、情由、情态、不定情、真情、激情等女主角的二十种美的特征或表演情态。①

（19）希沃罗摩·特里波蒂的《味宝缨络》（18世纪）

希沃罗摩·特里波蒂（शिवरामत्रिपाठिं，Śivarāma Tripāṭhin）生活于18世纪，著述颇丰，大约有三十四本著作问世。其诗学代表作是《味宝缨络》（रसरत्नहार，*Rasaratnahāra*）。该书并无多少新意，大抵是为初学者启蒙而写。

《味宝璎珞》正文共101颂，为作者自创，其内容多依据《十色》、《味花簇》，偶尔也体现出毗首那特和伐格薄吒的影响痕迹。作者采取“新瓶装老酒”的方式进行叙述，对传统味论体系进行结构和风格方面的改写。这使该书带有“味宝库”（rasakośa）的色彩。②希沃罗摩在书中详细介绍了艳情味至平静味的传统九味，但以艳情味为主。他的介绍涉及女主角的分类、女伴、女信使、男主角、分离艳情味、女主角的二十种表现情态或曰美的特征、不定情、真情、风格和三十六种情味眼光等。希沃罗摩还提到虔诚味和

①Gaṅgārāma Jaḍī, *Rasamīmāmsā,* Delhi: Lalbahadur Shastri Kendriye Sanskrit Vidyapithan, 1973-1974.

②Anand Kumar Srivastava, *Later Sanskrit Rhetoricians,* p. 42.

慈爱味。（5注疏）[1]

（20）阿吉逾多罗耶的《文萃》（文学精华）（19世纪上半叶）

外号“摩达迦”（मोडक，Moḍaka）的梵语诗学家阿吉逾多罗耶（अच्युतराय，Acyutarāya）生活于19世纪上半叶。他的诗学著作《文萃》（साहित्यसार，*Sāhityasāra*，或译《文学精华》）写于印历1753年即公元1831年。阿吉逾多罗耶在世主之后的诗学家中占有重要的位置，因为他时常驳斥旧论，迭出新见。他被视为传统的诗学家。

阿吉逾多罗耶有多部著作面世，但《文萃》一书最有代表性。该书主体分为十二章，分别论述诗的分类和特征、词的功能、词力、韵和味的分类及不定情特征、表示义和暗示义、诗病、诗德、义庄严、音庄严和“下品诗”（adhamakāvya）的分类、各类女主角、各类男主角、总结。该书共1313颂，与《月光》的著述体例一样，每颂前半段是定义，后半段是例诗。[2]

阿吉逾多罗耶在书中对世主的《味海》进行引述，还有机地吸纳了《诗光》、《韵光》、《辩才天女的颈饰》、《文镜》和《莲喜》等前人经典著作的精华。

（21）克里希那沃图塔的《曼陀罗花蜜占布》（19世纪末至20世纪初）

被称为“智者”的克里希那沃图塔（कृष्णावधूत，Kṛṣṇāvadhūta，

---

①Śivarāma Tripāṭhin, *Rasaratnahāra,* Varanasi: Chaukhamba Amarbharati Prakashan, 1986, p. 6.

②Acyutarāya, *Sāhityasāra,* Bombay: Tukaram Javaji, 1906.

1835-1909）又名克里希那·格维（कृष्णकवि, Kṛṣṇa Kavi）。他著有《曼陀罗花蜜占布》（मन्दारमरन्दचंपू, *Mandāramarandacampū*）、《诗相》（काव्यलक्षण, *Kāvyalakṣaṇa*）、《味光》（रसप्रकाश, *Rasaprakāśa*）等四部诗学著作，其中以第一部最为重要。

《曼陀罗花蜜占布》的论述没有清晰的逻辑，显示作者的目的只是汇总各个诗学主题的基本原理。有的诗学原理定义和阐释与前述的王顶珠·底克希多《诗镜》完全相似，显而易见是对《诗镜》的沿用。

《曼陀罗花蜜占布》全书分为十一章，最后一章篇幅最长，约占全书的五分之二篇幅。具体说来，按照顺序，全书第一至十章先后论述了如下内容：诗律、男主角、双关、叠声和图案、蛇和莲花图案、动词和名词、戏剧、男女主角特征、情和味、庄严和韵。第十一章论述诗律、诗病、诗德、成熟、诗、词义的种类等等。[①]由此可见，该书的论述的确显得缺乏严密的内在逻辑，但这不能否认该书的历史文献价值。

（22）克里希那的《庄严宝饰》
（19世纪末至20世纪初）

克里希那（कृष्णब्रह्मतन्त्र परकालसंयमीन्द्र, Kṛṣṇa Brahmatantra Parakāla Swamin，1839～1916）生活于19世纪至20世纪初。他是一位高产作家，共有六十七种著作问世，其中篇幅庞大的《庄严宝饰》（अलङ्कारमणिहार, *Alaṅkāramaṇihāra*）是其诗学代表作。该书由当时迈索尔的“政府文丛”出版。此书分四卷，前后历三任主编，用时

①Kṛṣṇa Kavi, *Mandāramarandacampū,* Bombay: Nirnaya Sagar Press, 1924.

十二年（即1917年至1929年）方告竣工出齐。[①]无论就其著作篇幅之巨，还是就其编辑时间之长，均可谓20世纪初梵语诗学薪火相传的最佳诠释。

《庄严宝饰》一书共论述了一百二十一种义庄严，还论述了谐音、叠声、貌似重复和图案等四种音庄严。这样，克里希那一共介绍了一百二十五种庄严，比此前论述庄严最多的《莲喜》还多出了两种。通观全书，克里希那介绍了古代和同时代的庄严理论，并区分它们之间的差异，并对其长处和短处进行详细分析。在书中，读者还能发现《莲喜》和《味海》等经典著作对其施加影响的痕迹。

三、其他诗学著作

A.K.室利沃思陀沃在《晚期梵语诗学家》中指出，如不包括注疏前人著作的人，后世主时代较为知名的诗学家有三十九位，其他七十二人属于不知名的一般学者。自然，由于篇幅和资料所限，也由于这一百多位作者的著作质量参差不齐，此处不拟对其加以详细介绍，只以笔者掌握的十分有限的资料为基础，对其中某些著作略加罗列。先以十一位较为有名的诗学家著作为例进行说明。

历史上，安德拉邦地区曾经对保护和繁荣梵语诗学这笔珍贵的人类文化遗产做出了重要的贡献。这一地方曾经出现过一些著名的梵语诗学家。中世纪时期，这里的梵语诗学发展仍然没有止步。例如，耶阇斯沃纳·底克希多（Yajñeśwara Dīkṣita）的著作便是此类成果。他又名耶阇那罗延·底克希多（Yajñanārāyaṇa Dīkṣita），是一位学识渊博的诗学家，通晓语法学、新因明学、弥曼差和吠檀多哲学。他大约生活于1610至1650年左右。他有两种诗学著作问世：《庄严罗

①Krishna Brahmatantra Parakala Swamin, *Alaṅkāramaṇihāra,* part 1, Mysore: Government Branch Press, 1917; part 2, 1921; part 3, 1923; part 4, 1929.

怙子》（*Alaṅkārarāghava*）和《庄严日升》（*Alaṅkārasūryodaya*）。不过，室利沃思陀沃认为，他的诗学成就是褒扬恩主的“赞颂体”著作《庄严宝》（*Alaṅkāraratnākara*），而赞颂其恩主生平事迹的“大诗”是《文宝》（*Sāhityaratnākara*）。①因其仿效维底亚那特的著述体例，《庄严罗怙子》的确属于“名誉装饰体”即“赞颂体文学”（Yaśobhūṣaṇa literature）。②该书分为八章，先后介绍撰书目的、各类男女主角、诗的本质和分类、各类戏剧及其情节等要素、情味论、诗病、诗德、音庄严和义庄严。《庄严罗怙子》遵循欢增的韵论，其庄严论遵循鲁耶迦，但时有新见。由于作者运用了世主等人的新因明论辩法，这给它的解读带来了挑战。③

天授（Kavi Devadatta）大约生于1674年，他著有七十二种作品，但一般认可二十九种出自他手。他的诗学代表作是带有强烈抒情诗色彩的《艳情女》（*Śṛṅgāra Vilāsinī*）。天授在文学创作、诗学、音乐和绘画等方面均造诣不凡，在印地语艳情诗人中占有非常重要的位置。他的《艳情女》主要依据般努达多的《味花簇》，以形象生动的语言诠释了各类女主角的品质特征。虽然该书并无多少理论创新，但仍具有十分重要的诗学价值。这是因为，天授在几百年前便首次综合运用几种印地语诗律（如Dohā, Sorathā, Sawwyā等），撰写梵语诗学著作。④

17世纪的罗摩难陀·塔库洛（Rāmānanda Thakkura）有五种著作，其诗学代表作是《味河》（*Rasataraṅginī*）。该书分七章，以女主角为主要分析对象，分别论述自己的女子、他人的女子、女主

---

①Anand Kumar Srivastava, *Later Sanskrit Rhetoricians,* p. 68.

②V.Abhirama Sundaram, *Alaṅkārarāghava of Yajñeśwara Dīkṣita: A Study*（*Alaṅkāraprakaraṇa only*）, p. 4.

③V.Abhirama Sundaram, *Alaṅkārarāghava of Yajñeśwara Dīkṣita: A Study*（*Alaṅkāraprakaraṇa only*）, pp. 173-176.

④Kavi Devadatta, *Śṛṅgāra Vilāsinī,* ed. by Shiva Shankar Tripathi, “Introduction,” Allahabad: Bharatiya Manisha Sutra, 1983, pp. 37-40.

角的十六种分类、女主角的八种爱情状态（如丈夫在家等等）、女主角的伴友和使者等、男主角等、引发情由。①

17世纪的娑摩罗阇·底克希多（Sāmarāja Dīkṣita）有六种著作问世，其诗学代表作是《艳情甘露波》（*Śṛṅgārāmṛtalaharī*）。该书主要论述男女主角和各种味、特别是艳情味。娑摩罗阇以《十色》为依据，主要论述了艳情味及其相关基本要素。《艳情甘露波》论述的十三个主题分别是：味、味的种类（传统八味）、艳情味的种类、男主角、男配角、男主角的特征、女主角、女主角的爱情状态、女伴、女信使、女主角的特征、女主角的十种爱情阶段、引发情由。②

大约生于1628年的克里希那·跋吒（Kṛṣṇa Bhaṭṭa）可能是世主的同时代人，也可能是稍晚于世主的诗学家。他的诗学著作是探讨词语功能和遣词造句的《功能疏》（*Vṛttidīpikā*）。克里希那批驳了阿伯耶·底克希多在其《功能疏》中提出的某些观点，但并未涉及世主的见解，这说明他有可能是世主的同时代人。克里希那在其书中分十章分别论述了如下主题：表示义、转示义、暗示义、词根、带刺、不变词、复合词、阴性词缀、语尾变化、常声。③如果考察印度语言哲学或语法学发展史，克里希那此书实具参考价值。

戏剧家、诗人兼诗学家的迦摩罗阇·底克希多（Kāmarāja Dīkṣita）生活于17世纪末18世纪初，他有诗学著作残卷《诗月光》（*Kāvyenduprakāśa*）传世。迦摩罗阇的原书似乎有十六章，但现存抄本只残存第十四、十五章。这两章分别论述艳美风格等四种戏剧表演风格、情节关节、关节分支、主要情节、次要情节、十色、

①Rāmānanda Thakkura, *Rasataraṅginī,* Darbhanga: Shree Sudarshan Press, 1961.

②Durga Prasad and Vasudev Laxman Shastri Panashikar, eds. *Kāvyamālā* 14, Bombay: Nirnaya Sagar Press, 1906. pp. 117-151.

③Kṛṣṇa Bhaṭṭa, *Vṛttidīpikā,* Benares: Government Sanskrit College, 1930.

二十种“次色”。[1]从考察梵语戏剧学发展史的角度看，迦摩罗阇这两章残卷无疑具有重要的参考价值。

祖籍迈索尔的薄伽波多纳·文卡吒迦利耶（Bukkapaṭṭaṇa Veṅkaṭācārya）大约生活于1725至1825年间，他的诗学著作是《庄严宝石》（*Alaṅkākaustubha*）。由此书名可见，他是一个虔诚的毗湿奴信徒。该书仿效《莲喜》，但在阐释和疏解时又区别于胜天《月光》和阿伯耶·底克希多《莲喜》共同采纳的前经后疏模式。《庄严宝石》分两部分，第一部分很短，只讨论谐音、貌似重复、叠声、图案等六种庄严，第二部分是全书主体，论述了明喻在内的一百零八种义庄严。[2]

格维·苏卡拉尔（Kavi Sukhalal）又名苏卡拉罗·密湿罗（Sukhalāla Miśra），他于1745年完成《艳情鬘》（*Śṛṅgāramālā*）一书。[3]该书与前述17世纪的娑摩罗阇·底克希多《艳情甘露波》一样，是对艳情味的继续疏解。该书分为三章，分别论述女主角及其各种情态表现、自己的女子和他人的女子的分类、手指和头部等身体部位的表现、神灵和女神的描述。

18世纪的持画（Citradhara）有两种诗学著作即《艳情河》（*Śṛṅgārasāriṇī*）和《英勇河》（*Vīrataraṅgiṇī*）传世。《艳情河》主要依据毗首那特《文镜》的观点写成，也参考了波阇、般努达多、曼摩吒和世主等人的观点。书中主要介绍艳情味的本质特征、常情爱、女主角爱情的十个阶段亦即失恋艳情味的十阶段、傲慢的分离艳情味、女主角和女伴等、男主角和配角等，还介绍了几种义庄严。持画在书中对毗首那特和世主等人的某些观点进行了批驳，

---

①Kāmarāja Dīkṣita, *Kāvyenduprakāśa,* Varanasi: Chowkhamba Sanskrit Series Office, 1966.

②Bukkapaṭṭaṇa Veṅkaṭācārya, *Alaṅkākaustubha,* Tirupati: Rashtriya Sanskrit Vidyapeetha, 2006.

③Sukhalāla Miśra, *Śṛṅgāramālā,* Allahabad: Bharatiya Manisha Sutram, 2001.

显示了独立思考的倾向。[①]《英勇河》主要论述战斗、慈悲、布施和正法等四种英勇味。持画讨论了几种风格，但他只认可维达巴、高德和般遮罗等三种风格，他还论述了诗德。持画引述了伐摩那、曼摩吒、波阇、般努达多、毗首那特和世主等人的观点，但有时也对前人的思想进行批评。[②]

罗怙纳塔·摩奴哈尔（Raghunath Manohar, 1758～1820）著有《诗人宝石》（*Kavikaustubha*）。该书和16世纪克迦难陀·戈温德拉专论诗病的著作《诗荼伽女》（*Kāvyaḍākinī*）同属一类。《诗人宝石》分为句病和词病两章，分别论述了二十三种句病和九种词病。罗怙纳塔在论述这些诗病时，以很多例诗进行阐释，有时甚至以自己诗中的缺陷作为诗病的例证。[③]

1870年，甘地钱德拉·跋吒迦利耶（Kānticandra Bhaṭṭācārya）在加尔各答出版诗学著作《诗灯》（*Kāvyadīpikā*）。该书分为八章，另有一个附录，分别介绍诗歌的功用特征、词功能、诗和味、韵的分类、可听诗和可看诗（戏剧）及戏剧素材、诗病的特征和分类、各类诗德及其特征、各类风格及其特征、庄严的特征和种类、义庄严等等。该书主要引述檀丁《诗镜》、曼摩吒《诗光》和毗首那特《文镜》的观点，还从迦梨陀娑和薄婆菩提等人的文学作品中撷取例证。该书受到学界的重视，迄今为止已经两次再版。[④]

以上是A.K.室利沃思陀沃在《晚期梵语诗学家》中提到的十一位较为有名的学者的著作。他还提及更多的普通学者著作。资料和

---

①Citradhara, *Śṛṅgārasāriṇī,* Darbhanga: Department of Sanskrit, C.M.College, 1965.

②Citradhara, *Vīrataraṅgiṇī,* Darbhanga: Department of Sanskrit, C.M.College, 1965.

③Raghunath Manohar, *Kavikaustubha,* Jodhpur: Rajasthan Oriental Research Institute, 1968.

④Kānticandra Bhaṭṭācārya, *Kāvyadīpikā,* Calcutta: Kavyaprakasha Press, 1870; Kānticandra Bhaṭṭācārya, *Kāvyadīpikā,* Delhi: Motilal Banarasidas, 1974; Kānticandra Bhaṭṭācārya, *Kāvyadīpikā,* Varanasi: Chaukhamba Surabharati Prakashan, 2009.

篇幅所限，此处只能综合考量他与M. S. 斯瓦米各自提到的著作，选取几位学者作为样本进行极其简略的介绍。

就综合性著作而言，大约生活于17世纪晚期的戈文达（Govinda）所著《诗灯》（*Kāvyapradīpa*）是一个例子。该书共分十章，分别论述诗歌特征和上中下三品诗、词语三功能、暗示义、韵和情味的特征及分类、以韵为辅的诗、音画诗和义画诗、诗病、诗德、六种音庄严、六十三种义庄严。①除了戏剧学理论外，《诗灯》几乎涉及了其他所有重要的诗学原理。

就味论而言，18世纪的希沃罗摩·特里波蒂（Śivarāma Tripāṭhin）所著《味宝缨络》（*Rasaratnahāra*）值得一提。该书经文101颂，有文字疏解，论及味论的各个重要主题。希沃罗摩基本以婆罗多和新护等人的味论为基础进行阐释。例如："艳情味、英勇味、悲悯味、奇异味、滑稽味、恐惧味、暴戾味、厌恶味、平静味，这是诗中的九味。男女之间的相互爱恋不断孕育、强烈，这叫做艳情味，它分为会合与分离两类。男女相聚，这是会合艳情味；男女分开，这是分离艳情味。它还分为秘密的和公开的两类。"（5-7）②

就庄严论而言，18世纪末至19世纪初活跃于现今安德拉邦地区的纳利辛哈（Nṛ simhācārya）所著《谬敌庄严光》（*Śaṭhavairivaibhavaprabhākara*）也值一提。该书主论庄严，兼涉味论。该书不分章，共505颂，只论义庄严，每颂配以文字疏解和例诗。该书采纳了维底亚那特的"赞颂体"，以例诗赞颂当时一位杰出的毗湿奴信徒纳摩沃尔。这使该书具有浓厚的虔诚味论色彩。纳利辛哈在论述时仿照阿伯耶·底克希多《莲喜》的前经后疏体，但

①Govinda, *Kāvyapradīpa,* Bombay: Nirnaya Sagar Press, 1933.

②Pandit Durgaprasad and K.P.Parab, eds. *Kāvyamālā,* Vol. 6, Bombay: Nirnaya Sagar Press, 2nd Edition, 1930, p. 120.

又区别于这一体例。纳利辛哈在论述明喻、隐语等庄严时，时有新见，体现出并不盲从底克希多等人的趋势。该书的论述方法也值得关注。“从所有这些角度来衡量，且考虑到它是晚期重要的一部自有特色的著作，《谬敌庄严光》在梵语诗学领域的确占有一个独特的位置。”①

就梵语诗律学而言，多摩多罗·密湿罗（Dāmodara Miśra）又名多摩多罗·夏斯特里（Dāmodara Śāstrī），他在1833年写成《语言装饰》（*Vāṇībhūṣaṇa*）一书，以二十五章的篇幅，专论各种诗律。②杜尔迦娑诃耶（Durgāsahāya，1775～1850）写成《诗律辩》（*Vṛttavivecanam*），对相当流行的四十五种梵语诗律进行详细的阐释和说明。该书旨在为初学者提供写作指南而非严谨的著述，因此没有什么知名度，长期不为人重视。③其实，梵语中的诗律学源远流长。很早的时候即波你尼生活时期，便有一位名叫宾伽罗（Piṅgala）的仙人，创作了为后世瞩目的诗律学经典《阐陀经》（*Chandas Sūtra*），它也属六吠陀支之一。④当代印度学者已经将其译为英文和印地语，并于2008年出版。早在1913年，孟买便出版了古代印度旁遮普一带的婆罗门学者盖达罗跋吒（Pandit Kedārabhaṭṭa）于1444年左右写成的《诗律宝藏》（*Vṛittaratnākara*）。⑤该书主要是对宾伽罗《阐陀经》的改写。一般学者主要通过《诗律宝藏》了解古代诗律学。不过，美国学者苏跋娑·迦卡（Subhash Kak）对此表示质疑：“近几个世纪以来，印度研究诗律、韵律的学者们首先求助于盖达罗跋吒的《诗律宝

---

①C.S.Radhakrishnan, *Śaṭhavairivaibhavaprabhākara: A Critical Edition and Study,* Delhi: Amar Prakashan, 1988, p. 128.

②Dāmodara Miśra (Śāstrī), *Vāṇībhūṣaṇa,* Bombay: Nirnaya Sagar Press, 1903.

③Durgāsahāya, *Vṛttavivecanam,* Hoshiarpur: Vishveshvaranand Institute, 1969.

④Pingala, *Chandasutra,* New Delhi: Gurukula Vridavan Snatak Sodha Sansthan, 2003.

⑤Pandit Kedārabhaṭṭa, *Vṛittaratnākara*, Bombay: Tukaram Javaji, 1913.

藏》。尽管就区分吠陀颂诗的韵律和古典文学的诗律而言，该书已经足够，但对深入理解这一主题并进而分析早期梵书中的传统诗律文献而言，宾伽罗的《阐陀经》仍然具有相当重要的价值。”①

世主以后的几个世纪里，印度出现了许多疏解前人诗学原理的著作。除了对婆罗多、欢增、新护、曼摩吒、毗首那特等人进行疏解外，世主本人和阿伯耶·底克希多等人的著作也被纳入后世学者的疏解范围。②研究梵语诗学发展史，不能忽略考察诸多疏解前人著作的著作，因为这一领域诞生了新护之类的大家。

各种复杂因素使然，还有许多梵语诗学著作的作者之名无案可查。这些人的著作质量自然是参差不齐，但同样都为保存传统诗学精华做出了不同程度的贡献。例如，无名氏的《词宝灯》和《庄严精华花簇》便是例子。③

以上便是对世主以来的两个多世纪里梵语诗学著述一般概况的简略介绍。对于这一领域的综合研究，在印度也是晚近的事。如欲全面深入考察印度文论发展史，必须在全面梳理历史文献和系统整理相关资料的基础上，加强这一领域的翻译和研究。对于印度国内外梵学界或印度学家来说，这一点概莫例外。

第十八节　艺术理论著作简介

印度古代文化经典中早有关于音乐、舞蹈等表演艺术的记载。

①Kapil Deva Dwivedi and Shyam Lal Singh, Trans. *The Prosody of Piṅgala with appreciation of Veidc Mathematics,*"Foreword," Varanasi: Vishwavidyalaya Prakashan, 2008.

②Jaggu Venkatacarya, *Kuvalayānandacandrikācakora, Alaṅkāratattva,* Mysore: University of Mysore, 1943; Jñānachandra Tyāgī, *Rasagaṅgādharahṛdaya,* Varanasi: The Chowkhamba Vidyabhawan, 1964.

③Anonymous Author, *Śabdaratnapradīpa,* Jaipur: Rajasthan Oriental Research Institute, 1956; Anonymous Author, *Alaṅkārasāramañjarī,* Varanasi: Chaukhamba Surbharati Prakashan, 1999.

“印度音乐形式上不同寻常的多样化，或许是世界上任何其他同等大小的区域音乐文化所无法比拟的……除现代发展外，印度音乐主要是基于曲调和节奏，而为西方所知的和声与复调则和印度音乐一点关系也没有。”①关于印度音乐的特征，中国学者认为：“印度音乐具有五个主要的美学特征，即多样化的统一，象征性，大众化与实用性，独特的调式、旋律和强烈的节奏，强烈的装饰性色彩。”②除了人们熟知的《舞论》外，“副吠陀”（upaveda）中附属于《娑摩吠陀》的《乾达婆吠陀》也讨论过音乐（包括声乐和器乐）、舞蹈等艺术表演问题。③与此文化传统相呼应，11世纪至18世纪的几百年中，印度先后出现了一些关于戏剧表演、音乐、舞蹈等方面的梵语著作，它们也可归入艺术理论或广义文艺学范畴。这些著作包括：大约成书于7—11世纪的那罗达（Nārada）的《乐歌蜜》（*Saṅgītamakaranda*）、南迪盖希婆罗（Nandikeśvara）大约于5至13世纪成书的《表演镜》（*Abhinayadarpana*）、格维吒坷罗伐拉蒂·扎格底迦摩罗（Kavicakravarti Jagadekamalla）似乎不晚于13世纪成书的《乐歌顶饰宝》（*Saṅgītacūḍāmaṇi*）、神弓天（Śārṅgadeva）于13世纪所著《音乐宝藏》（*Saṅgītaratnākara*），古吉拉特学者阿输迦摩罗（Aśokamalla）大约于14世纪成书的《舞章》（*Nṛtyādhyāya*）、拉贾斯坦学者瓶耳（Kumbhakarṇa，又名Mahārāṇā Kumbha）于14至15世纪成书的《舞宝库》（*Nṛtyaratnakośa*）④、古吉

①A. L. 巴沙姆主编：《印度文化史》，第311页。

②邱紫华：《印度古典美学》，第332页。关于印度古典音乐的特征，参见该书第332—342页；同时参阅刘建、朱明忠、葛维钧：《印度文明》，第304—307页；A. L. 巴沙姆主编：《印度文化史》，第311—343页；俞人豪、陈自明：《东方音乐文化》，北京：人民音乐出版社，2004年，第162—213页。

③刘建、朱明忠、葛维钧：《印度文明》，第234页。

④Mahārāṇā Kumbha, *Nṛtyaratnakośa*, Jaipur: Rajasthan Oriental Research Institute, 1957. 需要说明的是，自《舞宝库》、《乐歌多摩多罗》至《乐歌教义精粹》等著作，笔者未掌握原著，但依据已有资料补齐相关信息和线索，以供感兴趣的学者收集资料时参考。

拉特学者伐迦那查利耶·苏达伽罗娑（Vācanācārya Sudhākalaśa）大约于14世纪即1324—1350年左右成书的《乐歌奥义书精选》（*Saṅgītopaniṣat-sāroddhāra*）、苏般迦罗（Śubhaṅkara）于15世纪成书的《乐歌多摩多罗》（*Saṅgītadāmodara*）[①]和《手势珠串》（*Hastamuktāvalī*）、古吉拉特学者室利罡陀（Śrīkaṇṭha）大约于1575年成书的《味月光》（*Rasakaumudī*），摩腾迦（Mataṅga）的《广域》（*Bṛhaddeśī*）、迦杜罗·多摩多罗（Catura Dāmodara）于16世纪成书的《乐镜》（*Saṅgītadarpaṇa*）、奥里萨学者普罗娑达摩·密湿罗（Puroṣottama Miśra）于17世纪成书的《乐歌那罗延》（*Saṅgītanārāyaṇa*）、苏克罗潘迪多（Śuklapaṇḍita，又名Vipradāsa）于17世纪成书的《乐歌月》（Saṅgītacandra）、般多利迦·韦陀罗（Puṇḍarīka Viṭṭhala）于17世纪成书的《舞蹈考》（*Nartananirṇaya*）、波罗蜜希婆罗（Parameśvara）大约于1750年左右成书的《维那琴相》（*Vīṇālakṣaṇa*）、匿名学者于17世纪编订的《维那琴篇》（*Vīṇāprapāṭhaka*），等等。另外，资料所限，笔者尚不清楚翼天（Pārśvadeva）所著《乐歌教义精粹》（*Saṅgītasamayasāra*）何时成书。[②]此外，还有一些暂不清楚作者、成书时间的艺术学著作，它们包括：《音乐天生树》（*Saṅgītapārijāta*）、《曲调解悟》（*Rāgavibodha*）、《那罗底示教》（*Nāradīśikṣā*）、《曲调说解》（*Rāganirūpaṇa*）、《集萃》（*Sārasamhitā*），等等。下边依据笔者掌握的有限资料，对其中一些艺术论著进行简介。

---

①Śubhaṅkara, *Saṅgītadāmodara*, Calcutta: Sanskrit College Series, No. 11, 1960.
②Pārśvadeva, *Saṅgītasamayasāra*, Delhi: Kundakundabharati, 1977.

一、那罗达的《乐歌蜜》
（7至11世纪）

那罗达（नारद，Nārada）的《乐歌蜜》（सङ्गीतमकरन्द，*Saṅgītamakaranda*）大约成书于7—11世纪。因为相关文献缺乏，关于那罗达的生平事迹，后世学者无从得知。

《乐歌蜜》分为两章，先论音乐，再论舞蹈等戏剧表演成分。第一章分为四节，分别介绍声音的种类、音乐的身体即声乐本质、旋律、各类器乐的特征；第二章也分为四节，分别介绍戏剧表演的构成要素（剧场、观众、舞台监督、学者、诗人、士兵、歌手、丑角、通晓历史传说者、占星师、医生等）、各种舞蹈的特征、风格、方位和诗律等其他戏剧表演要素、器乐。由于该书原抄本保存质量不好，编校本有的地方出现了空白，这对深入解读该著带来了某些困难。

印度音乐曾经深刻影响了中国古代音乐。“印度乐器品种丰富，主要分为弦鸣乐器、革鸣乐器、体鸣乐器和气鸣乐器四类。其中七弦乐器维那琴、西塔尔琴、双面手鼓等都很有特色，也都具有丰富的表现力。”[①]《乐歌蜜》将乐声分为五类：以手指拨弄维那琴（类似于琵琶或箜篌）产生的乐声（弦鸣乐器）、利用风在乐器上发出乐声（气鸣乐器）、鼓声等皮革产生的乐声（革鸣乐器）、铙钹等金属器乐发出的乐声（体鸣乐器）、人的喉咙发出的乐声（歌声）。这种印度古代的乐声五分法值得注意。此后的很多音乐论著都遵从这一分类。

关于台词的吟诵（念诵）方式，婆罗多提出了七种音调、三种音域、四种声调、两种语调、六种庄严等二十二种。那罗达提到

---

①刘建、朱明忠、葛维钧：《印度文明》，第306页。

二十二种戏剧表演中的声音，这与《舞论》、《音乐宝藏》或《音乐镜》（सङ्गीतदर्पण，*Saṅgītadarpaṇa*）等著作提到的二十二种吟诵方式相去甚远。他还提到《舞论》中谈到的十八种阇底（Jāti）诗律，但却不像《音乐宝藏》那样举例说明。

关于一般译为“拉格”的曲调（rāga），那罗达提出了九十三类，这与其他著作不同。他还将拉格分为阳性、中性与阴性等三类，复又将其分为激越颤动、略微颤动和平缓等三类。其他著作则无此三分法。《乐歌蜜》的相关论述似可视为对拉格最早的规范之一。论者指出，拉格被称为“印度古典音乐的心脏或灵魂……有的民族音乐学家认为，拉格是世界上最丰富、发展得最高的旋律形态”。[①]印度人按照传统习惯把拉格中使用的音分为四种：主音（vadi）、协和音（samvadi）、辅助音（anuvadi）和不协和音（vivadi）。此外还有一种表示音阶开始时的基础音（groand）。各种不同的拉格具有不同的特定旋律。迄今为止，学者们对拉格的含义存在诸多争议。论者的基本的判断是：“拉格不仅是一种旋律的框架，而且还是印度古典音乐中的一种基本结构，它的几个段落是按一定的逻辑关系组成的。”[②]拉格是可以分为印度斯坦音乐和卡纳塔克音乐等两大流派的印度古典音乐体系的显著特征。该词梵文原意“色彩、情绪、着色”等，它特指古典音乐中具有调式意味的曲调框架。拉格由规定的一组五至七个音乐组成。拉格数量约三百个，常用拉格一百个，但基本拉格为六个，为男性曲调，由此六者派生出一些女性曲调，名为拉吉尼，这便是人格化为拉格的妻子。每个基本拉格配有五个拉吉尼，总计三十六个曲调。特定的拉格和拉吉尼只能在特定的季节或时辰演唱，表现新护等梵语诗学家

①俞人豪、陈自明：《东方音乐文化》，第169页。

②参阅俞人豪、陈自明：《东方音乐文化》，第177—179页。关于拉格的详细解说，可参阅该书第169—185页。

认可的九种传统味（情感）。“印度音乐由此形成旋律优美、微妙细腻和变化多端的鲜明特点。”①

介绍歌手的特征时，《乐歌蜜》与《音乐宝藏》存在类似之处，可能是它们共同使用了前人的文献。那罗达提到了十九种维那琴的命名方式。这与其他著作的相关介绍有异。那罗达对剧场和观众等的描述与之不同。他谈到了一百零一种舞蹈节拍，但没有像《音乐宝藏》那样按照风格或方位进行详细阐释。那罗达只以三颂简单地提到三十三种舞蹈表演姿势，而《音乐宝藏》却以整整一章对其进行详细介绍。

有的学者认为：“如同婆罗多的《舞论》，《乐歌蜜》的写作风格相当简洁，但《音乐宝藏》却以极为优雅的梵语写成。《音乐宝藏》的谋篇布局有科学性，这似乎说明，它写于音乐艺术在其所有领域已经达到相当高的一种发展阶段。”②

二、南迪盖希婆罗的《表演镜》（5至13世纪）

南迪盖希婆罗（नन्दिकेश्वर，Nandikeśvara）所著《表演镜》（अभिनयदर्पण，*Abhinayadarpaṇa*）难以确定具体的成书年代。古代史料所限，学者们对南迪盖希婆罗其人其事所知甚微，遂将其视为与《舞论》作者婆罗多一样的传奇人物。有的学者将《表演镜》的成书时间定位于大约5至13世纪之间。该书未分章，共324颂，只有经文，没有注疏和例诗，体现了其作为戏剧表演实用指南的特性。就了解印度古代戏剧发展史而言，光有《舞论》显然不够。由

①此处对拉格的介绍，参阅刘建、朱明忠、葛维钧：《印度文明》，第305页。

②Nārada, *Saṅgītamakaranda,* “Introduction,”Baroda: Maharaja Gaekwad, 1920, V-VIII.

于《表演镜》论述各种表演姿势的方法与《舞论》差异甚多，该书“对于全面了解印度传统艺术必不可少”。①

正如题目所显示的那样，《表演镜》主要论及各种戏剧表演姿势，但它同时又与婆罗多《舞论》有着千丝万缕的联系。例如，与《舞论》一样，《表演镜》开头的颂神诗提到湿婆大神：“我们向代表真情（sāttvika）的湿婆大神致敬！他的形体（āṅgika）象征整个世界，他的语言（vācika）代表一切语言，他的妆饰（āhārya）犹如月亮与星星等。”（1）②婆罗多曾将戏剧表演分为近似人体内部表演的语言（vācika）、形体（āṅgika）、真情（sāttvika）和近似人体外部表演的妆饰（āhārya）等四大类，《表演镜》此处的例行敬辞与此思路完全一致。该书在后边第三十八颂还明确地认可婆罗多的戏剧表演四分法。

接着，南迪盖希婆罗秉承婆罗多《舞论》，对戏剧起源作了简要介绍，他还提到了《乐歌蜜》的作者那罗达。遵循《舞论》和其他著述，南迪盖希婆罗将四类戏剧表演（abhinaya）再分为传说表演（nāṭya）、舞蹈表演（nṛtta）和情味表演（nṛtya）等三类，并对其进行解释和区分：“表现值得尊敬的传说故事是传说表演或曰传说剧（nāṭaka）。表演中不流露感情则是舞蹈表演。表演中暗示情和味则是情味表演，这种表演总是出现在国王的宫廷中。”（15-17）③这种戏剧表演三分法在此前的戏剧学著述中罕见。对于舞蹈表演和情味表演的区分说明，《表演镜》或许参考了一种不同于《舞论》的传统文献。④

南迪盖希婆罗对剧团的舞台监督（相当于导演）、助理监督、

---

①Nandikeśvara, *Abhinayadarpaṇa,* “Introduction,” Calcutta: Firma K.L.Mukhopadhyay, 1957, p. 1.

②Nandikeśvara, *Abhinayadarpaṇa,* p. 81.

③Nandikeśvara, *Abhinayadarpaṇa,* pp. 82-83.

④这一观点参见该书第41页的第15个脚注。Nandikeśvara, *Abhinayadarpaṇa,* p. 41.

剧场特征及其装饰、女演员的特征、小铃铛、敬神和献花等演出前的准备工作、四种戏剧表演的定义和特征等逐一介绍后，利用近两百颂的篇幅介绍肢体、面部和姿势等三个方面的形体表演。南迪盖希婆罗先介绍肢体的表演动作：头部动作九种（《舞论》为十三种），眼光八种（《舞论》为三十六种），颈部动作四种（《舞论》为九种），单手动作三十二种（《舞论》为二十四种），双手动作二十三种（《舞论》为十三种），表演神灵们的动作，表演毗湿奴化身的十种动作，表演不同种姓的动作，表演不同事物关系的动作，舞蹈中手势的一般原则和双手表演的方法，表演天神的九种动作。可以看出，有的肢体动作在《舞论》中没有涉及。

接下来，南迪盖希婆罗还介绍了其他形体表演动作：包含“圆环”动作（maṇḍala）在内的站姿和坐姿十六种，向上跳跃动作（utplavana）五种，凌空飞行动作（bhramarī）七种，“所行”动作（cāri）八种。由此可见，《表演镜》和《舞论》存在明显的差异。按照《舞论》，分为凌空（ākāśika）和着地（bhauma）两类的“圆环”动作共有二十种，而《表演镜》只列举十种，且未分类；在《舞论》中，分为凌空（ākāśagāmī）和着地两类的“所行”动作共三十二种，而《表演镜》只列举八种，且未分类。两书在各套动作的命名上也明显不同。该书最后总结道：“圆环动作，跳跃动作，凌空飞行和所行动作，按照它们之间的关系，其数量和种类不胜枚举。舞蹈表演的规则，除了向经典（Śāstra）、传统和热心智者学习讨教外，别无其他途径。”（322-324）①

通过对《表演镜》和《舞论》的比较研究，印度学者M. 高士指出，《表演镜》的某些段落显示，它可能借鉴了比《舞论》更早的一些著作中的观点。说不定《舞论》也借用甚或拓展了《表演

①Nandikeśvara, *Abhinayadarpaṇa,* Calcutta: Firma K.L.Mukhopadhyay, 1957, p. 125.

镜》中的一些观点。“不过，就目前我们所了解的信息而言，对所谓南迪盖希婆罗的原著或《舞论》更早的版本均不得而知，因此，《表演镜》和《舞论》借鉴同一种原始文献的几率开始变大。”[①]迄今为止，关于《舞论》、《表演镜》产生和最终定型的时间，学界还存有争议，因此，高士五十多年前的一家之言，似乎可以作为探索印度古代戏剧发展史的思考起点。

毋庸讳言，《表演镜》的艺术理论价值和历史文献价值巨大。因此，A.K.库马拉斯瓦米曾将其译为英文，标题是《姿势镜》（The Mirror of Gesture），于1917年、1936年先后在美国马萨诸塞州和纽约出版。M. 高士于1934年出版了关于《表演镜》的另一种英译本，库马拉斯瓦米还曾参考高士译文，对自己的1917年译本进行校改。[②]就国内学界而言，对于该著的翻译、介绍和研究似乎少见，期待未来能有新的起色。

三、神弓天的《音乐宝藏》
（13世纪）

神弓天（शार्ङ्गदेव，Śārṅgadeva）于13世纪所著《音乐宝藏》（सङ्गीतरत्नाकर，*Saṅgītaratnākara*）是印度古典艺术论著中很有影响的一部。它上承婆罗多的《舞论》和摩腾迦的《广域》，下启16世纪室利毘陀的《味月光》等。17世纪世主的梵语诗学著作《味海》也提到过神弓天的这部艺术论著。印度学者瓦赞嫣指出：“从近千年的理论和实践看，《舞论》、《广域》和《音乐宝藏》是印度传统的里程碑式著作。”[③]另一位印度学者指出：“神弓天的

①Nandikeśvara, *Abhinayadarpaṇa,* “Introduction,”pp. 36-37.

②Nandikeśvara, *Abhinayadarpaṇa,* “Preface to the Second Edition”.

③Puṇḍarīka Viṭṭhala, *Nartananirṇaya*, Vol.1, “Foreword,” New Delhi: Indiara Gandhi National Centre for the Arts, 1994, VII.

《音乐宝藏》是一部非常重要的音乐论著……这部著作被视为音乐论（Saṅgītaśāstra）领域的权威书籍，因此常常为后来的音乐论者所征引。它是古代音乐学标志性著作。”[①]该书迄今出现了三种版本，即1879年的加尔各答版、1896至1897年的普纳版和1943至1953年的马德拉斯版。其中，普纳版《音乐宝藏》于2011年在瓦拉纳西的“乔坎伯苏尔婆罗蒂出版社”再版，该书主体内容近千页。该书至少拥有两种权威的疏解。近年来，该书前四章的英译文已分两卷由新德里的国立英迪拉·甘地艺术中心出版。

《音乐宝藏》共分为七章。第一章《声调》再分为八部分，涉及作者世系、全书内容概述的简述，主要论及声调(svara)、声音（nāda）、音域（sthāna）、微分音（śruti）、调式（jāti）、音阶（grāma）、音调(varṇa)、装饰乐句或曰吟诵庄严(alaṅkāra)、音律（gīti）等各方面的基本原理和规则。第二章《曲调辩》又分为两个部分，主要论述一般译为“拉格”的曲调或旋律（rāga），涉及曲调分支、语言分支、效果分支和小分支等四类吟诵分支（aṅga）。第三章《杂论》主要论述作曲家（vāggeyakāra）和歌手（gāyana）的特征，并涉及装饰音（gamaka）、歌声类别、歌手优劣等问题。第四章《作品》论述声乐（gīta）及其优劣，而歌曲又分为近乎于传统音乐的乾闼婆乐（gāndharva）和近似于地方音乐的乐曲（gāna）两类。乾闼婆是印度古代宗教神话中的音乐之神。第五章《体鸣乐器》介绍传统音乐和地方音乐所运用的铙钹（tāla）等等。第六章《器乐》介绍弦鸣乐器（tata）、气鸣乐器（suṣira）、革鸣乐器（avanaddha）和体鸣乐器（ghana）等四种器乐。第七章介绍舞蹈的要素和基本原理、舞蹈的种类和九种味。从这种谋篇布局看，作者显然是将论述的重心放在声乐方面，对于器

①Śārṅgadeva, *Saṅgītaratnākara*, “Introduction,” Varanasi: Chaukhamba Surbharati Prakashan, 2011, IX.

乐和舞蹈的论述显得较弱。

《音乐宝藏》在借鉴摩腾迦《广域》、婆罗多《舞论》和其他艺术论著的同时，也体现出自己的一些特点，如对一些音乐原理的介绍不见于前人。论者指出："对《音乐宝藏》的作者神弓天来说，摩腾迦的《广域》是其早期文献的主要来源，与《广域》相比，后来的《音乐宝藏》具有下述鲜明的特色。"①

略举一例。关于音乐，神弓天的定义和阐释借鉴了《舞论》等著作，体现出鲜明的印度特色。他指出："声乐（gīta）、器乐（vādya）、舞蹈（nṛtta）这三者一道被称为音乐（saṅgīta），音乐又分为传统的（mārga）和地方的（deśī）两类。为梵天所创造，并首先由婆罗多和其他人在湿婆大神面前进行表演，确能赐人至福，这是传统音乐。包含声乐、器乐和舞蹈三者，满足不同地方人们心中的爱好，这是地方音乐。舞蹈由器乐引导，器乐由声乐引领，因此，声乐在音乐中最为重要，先讲述它。"（I.21-24）②这里所谓的"传统音乐"其实是指古典音乐，包含正统、权威之意，且带神圣和神秘色彩，而所谓"地方音乐"似乎可视为对婆罗多《舞论》所谓"地方风格"概念的艺术推衍，它指各个方言区充满现实气息的民间音乐。《舞论》第十四章提到地方风格。地方风格是指不同地区特有的服装、语言、习俗和职业，大致可分为为四种：南方、阿槃底、奥达罗摩揭陀和般遮罗。③

有论者将印度音乐理论发展史分为四个阶段或时期：公元前2000年至公元500年为原创和成型期，公元600年至1200年为拓展扩充期，公元1300年至1750年为调和与重新阐释期，公元1750年至今为研究和阐发期。因此可以得出这样的结论："神弓天在第二个时

①Śārṅgadeva, *Saṅgītaratnākara*, Vol. 2, "Introduction," New Delhi: Munshiram Manoharlal Publishers Pvt. Ltd., 2007, IX.

②Śārṅgadeva, *Saṅgītaratnākara,* 2011, p.6.

③参阅黄宝生:《印度古典诗学》，第140页。

期占据着非常重要的地位。”①

四、格维吒珂罗伐拉蒂·扎格底迦摩罗的《乐歌顶饰宝》（13世纪）

根据学者考证，格维吒珂罗伐拉蒂·扎格底迦摩罗（कविचवर्ति जगदेकमल्ल，Kavicakravarti Jagadekamalla）的《乐歌顶饰宝》（सङ्गीतचूडामणि，*Saṅgītacūḍāmaṇi*）早于《音乐宝藏》，这说明它成书的时间似乎不晚于13世纪。

通观经过当代学者编校后出版的《乐歌顶饰宝》，它未分章，只有经文，无疏解文字。该书共论及三十多个与音乐和音乐创作密切相关的主题，其中包括歌曲的本质特征、乐音的本质和类型、地方音乐与经典音乐的特征、音乐节奏的种类、音乐速度、音调、曲调（拉格）、地方性节拍、作品节拍的特征、各种节拍的分析、七种音调，等等。

《乐歌顶饰宝》的某些论述不同于《舞论》，也不同于后世大部分乐论著作。例如，16世纪室利毘陀的《味月光》和17世纪普罗娑达摩·密湿罗的《乐歌那罗延》均遵循婆罗多《舞论》，将乐音（乐声）分为声乐和器乐单独叙述，而《乐歌顶饰宝》却将二者并而论之：“弦鸣乐器（tata）、革鸣乐器（vitata）、体鸣乐器（ghana）、气鸣乐器（suṣira）和歌声（gāna），这些被称为五种乐音（śabda）。弦鸣乐器来自第三种学问，革鸣乐器来自鼓的演奏，体鸣乐器来自铙钹（tāla）等等，而气鸣乐器来自气息的吹动。后边提到的歌声是第五种乐声……一样的第五种高音艺术

①Śārṅgadeva, *Saṅgītaratnākara*, Vol. 1, “Introduction,” 2007,XXXI-XXXII.

（pañcamahāśabdakalā）。”（1-3）[①]

综上所述，《乐歌顶饰宝》是一本严格意义上的音乐学著作，也是初学音乐者或戏剧音乐从业者的一种实用指南。它记载了印度中世纪时期的很多乐理信息，如能对其进一步发掘整理和译介研究，必将揭示更多的印度中世纪文化密码。

《乐歌顶饰宝》极其珍贵，因为它只有一种马拉雅兰语贝叶经抄本传世，现存古吉拉特邦著名的巴罗达东方研究所。[②]经过一位学者的翻译、整理和编校，该书已于1958年出版。这为保存传统文化做出了贡献，也为研究印度古代艺术理论史提供了宝贵的文献资源。不过，由于原书是孤本传世，年代久远，整理难度很大，很多地方的文字有遗漏或残缺，编校者不得不通过自己的推断补齐遗漏、残缺之处，有的地方则无奈地保持残缺状态，研究者的解读因此充满了挑战。

五、阿输迦摩罗的《舞章》

（14世纪）

阿输迦摩罗（अशोकमल्ल，Aśokamalla）其人其事不为世人所知，著有《舞章》（नृत्याध्याय，*Nṛtyādhyāya*）。他的名字在该书中出现多次，他还自称国王。此书大约于14世纪、最晚不超过15世纪成书。该书篇幅比《表演镜》长得多。经当代学者编校整理后，《舞章》的不完整抄本仍有1611颂经文。[③]

现存《舞章》的残本以介绍形体动作为主。它首先介绍单手

①Kavicakravarti Jagadekamalla, *Saṅgkarītacūḍāmaṇi,* Baroda: Oriental Institute, 1958, pp. 69-70. 由于编校本此处文字留有残缺，故此处无法完整地译出原文意思。

②Kavicakravarti Jagadekamalla, *Saṅgkarītacūḍāmaṇi,* “Foreword”.

③Aśokamalla, *Nṛtyādhyāya,* ed. by Priyabala Shah, Baroda: Oriental Institute, 1963.

表演动作（asamyutahasta）二十四种、双手动作（samyutahasta）十三种、舞蹈手势（nṛttahasta）三十种。除了舞蹈手势比《舞论》略多外，单手和双手动作均与《舞论》介绍的相关名称和数目相同。这无疑说明了《舞论》对《舞章》的深刻影响。

《舞章》接着依次介绍胸的动作、肋的动作、腰的动作各五种，再介绍双脚动作十三种，颈部动作九种，双臂动作十六种，腹部动作四种，背部动作四种，股部动作五种，小腿（胫部）十种，膝部动作七种，拳头动作五种。这些内容有的与《舞论》相同，有的不同。

接下来是对三十六种眼光的介绍，但是该书抄本只残留关于二十种眼光的文字，其余内容缺损。然后介绍的内容依次是：眉的动作七种，眼睑动作九种，眼珠动作九种，脸部表情动作八种，鼻子动作六种，呼吸动作十九种，唇部动作十种，舌头动作六种，牙齿动作八种，面颊动作六种，颏的动作八种，脸部动作六种，脸部色彩四种。在对手指和脚趾等部位动作进行区分后，该书还介绍了三类共四十八种手势。

该书还介绍了表现各种情味且与时令季候相适应的形体动作，然后介绍三十六种不同风格的手势表演和五十五种同样涉及手势的动态表演，然后是对男女演员不同坐姿、躺姿的介绍。最后部分介绍包含“圆环”、“所行”等在内的综合形体动作，并介绍了《舞论》中提到的一百零八种舞蹈基本动作（karaṇa）、三十二种舞蹈形体动作（aṅgahāra）以及足、腰、手和颈的几十种转动方式（recaka）等。

值得注意的是，《舞章》还介绍了三十八种跳跃性的舞蹈基本动作（utplutikaraṇa），这大约是13世纪神弓天的《音乐宝藏》首先设计或增加的舞蹈动作，也可能是受到《表演镜》相关内容的启发而设计的。17世纪时，普罗娑达摩·密湿所著《乐歌那罗延》设计了第三种舞蹈基本动作，此即在结尾处运用的快速移动的迦罗娑式舞蹈基本动作（kalāsakaraṇa）。

综上所述，《舞章》基本依据《舞论》等前人著述，但有一些内容的介绍比后者更为详细。作为传承文明精华的一种手段，《舞章》的重要价值不可忽视。

六、伐迦那查利耶·苏达伽罗娑的《乐歌奥义书精选》（14世纪）

伐迦那查利耶·苏达伽罗娑（वाचनाचार्य सुधाकलश，Vācanācarya Sudhākalaśa）大约于1324—1350年之间写成《乐歌奥义书精选》（सङ्गीतोपनिषत्सारोद्धार，*Saṅgītopaniṣat-sāroddhāra*）。该书又称《乐歌奥义书精华》（सङ्गीतोपनिषत्सार，*Saṅgītopaniṣat-sāra*）或《乐歌精选》（सङ्गीतसारोद्धार，*Saṅgītasāroddhāra*）。事实上，该书是作者对自己篇幅更为庞大、论述更为全面的著作《乐歌奥义书》（सङ्गीतोपनिषत्，*Saṅgītopaniṣat*）进行简化、改写而成的。遗憾的是，《乐歌奥义书》现已失传。根据有的学者研究，苏达伽罗娑是一位学识渊博的古吉拉特耆那教隐士。他的这部著作意义不可小视："因此，很自然可以想到，在苏达伽罗娑的著作中，我们寻觅到关于西印度和中央邦部分地区相当古老的文化传统。他的著作因而成为印度音乐史上重要的里程碑。"①

《乐歌奥义书精选》共分六章。第一章相当于引子，赞颂歌曲并阐释各种方位，还涉及作品、戏剧、器乐等项的简要叙述。第二章介绍各种乐音；第三章讲述曲调和音调等；第四章介绍鼓等四类乐器；第五章介绍三种舞蹈姿势，眼光、眉、唇、等形体动作，坐姿，站姿，躺姿，二十四种单手动作，十三种双手动作和二十七种

①Vācanācārya Sudhākalaśa, *Saṅgītopaniṣat-sāroddhāra,* "Introduction,"Baroda: Oriental Institute, 1961, VIII.

舞蹈手势；第六章介绍《舞论》中提到的一百零八种舞蹈基本动作、三十二种舞蹈形体动作、包含“圆环”、“所行”在内且以足为基础的综合形体动作。该书没有介绍《舞章》中提到的跳跃性舞蹈动作。

《乐歌奥义书精选》对于了解印度古代艺术理论和印度东西部艺术交流史有着非常重要的参考价值。迄今为止，该书已有英译本出版，它为学者们的相关研究提供了便利。①

七、般多利迦·韦陀罗的《舞蹈考》
（16至17世纪）

般多利迦·韦陀罗（पण्डरीकविट्ठल，Paṇḍarīka Viṭṭhala）大约生活于16世纪末17世纪初，是印度中世纪时期著名的音乐家和艺术理论家。他有几种艺术论著存世：《绝妙曲调月升》（*Sadrāgacandrodaya*）、《曲调花簇》（*Rāgamañjarī*）、《曲调蔓》（*Rāgamālā*）、《女使因业光》（*Dūtīkarmaprakāśa*）、《敏觉名蔓》（*Śīghrabodhinīnāmamālā*）、《舞蹈考》。其中，《舞蹈考》（नर्तननिर्णय，*Nartananirṇaya*）一书是韦陀罗艺术理论的代表作。

韦陀罗生活于莫卧儿帝国阿克巴（Akbar，1542～1605）时代南印度的卡纳塔克一带。他精通卡纳塔克音乐、北印度音乐和波斯音乐，也是一位优秀的舞蹈专家。论者推测，与当时很多宫廷艺术家一样，他可能曾经向当时的阿克巴大帝寻求庇护。“他写作《舞蹈考》的目的是取悦阿克巴在音乐和音乐理论方面的爱好……或者

①Vācanācārya Sudhākalaśa, *Saṅgītopaniṣat-sāroddhāra*, ed. & tr. by Allen Miner, New Delhi: Indiara Gandhi National Centre for the Arts, 1998.

是出于后者的要求。这种皇室之邀在那些时候相当普遍。”①

《舞蹈考》开头写道：“持体鸣乐器者，鼓手，歌手，舞者，戏剧等的特征，这些是舞蹈的五种要素。我将按照次序先讲述持体鸣乐器者。”（I.3-4）②论者据此认为，在这五种要素中，舞蹈自然是该书论述的核心主题。体鸣乐器、鼓为代表的革鸣乐器、歌手和戏剧等四者是“舞蹈的决定性因素，《舞蹈考》之书名便由此而来”。③此处所谓“决定性因素”其实也可理解为辅助性成分。该书原著似有五章，但现存抄本只有四章。《舞蹈考》现存四章的大致内容是：第一章260颂，论体鸣乐器表演者。第二章116颂，论鼓乐表演者。第三章578颂，论歌手。韦陀罗将歌手分为独唱型（ekella）、伴唱型（yamala，由一人伴唱）和合唱型（vṛndagāyana，有乐队伴奏）等三类。（III.1-3）④第四章913颂，论舞蹈。全书共计1867颂，其中，第四章论述舞蹈的内容占了近一半篇幅，这也恰当地体现了该书论述的旨趣所在。

具体说来，该书第一章大致介绍体鸣乐器的结构、种类、制作技巧、表演方式、表演姿态等。第二章大致介绍鼓手的类别、鼓手的长处和短处（类似于梵语诗学中的诗德和诗病概念），革鸣乐器的种类、结构和表演技巧，乐队表演技巧等。第三章分为“曲调”和“作品”两部分。第一部分先介绍歌手即演唱者的定义、歌手的长处和短处，再介绍各种曲调或旋律；第二部分主要从语言和音乐两个角度介绍作品即乐曲创作。第四章也分成两部分，先介绍情味表演（nartana），然后介绍舞蹈表演（nṛtta）。关于这两类表演的区别，论者指出：“前者描述情感状态所激发的美感，主题包含模

①Puṇḍarīka Viṭṭhala, *Nartananirṇaya*, Vol.1, “Introduction,” New Delhi: Indiara Gandhi National Centre for the Arts, 1994, p.19.

②Puṇḍarīka Viṭṭhala, *Nartananirṇaya*, Vol.1, p.99.

③Puṇḍarīka Viṭṭhala, *Nartananirṇaya*, Vol.1, “Introduction,” pp.29-30.

④Puṇḍarīka Viṭṭhala, *Nartananirṇaya*, Vol.2, New Delhi: Indiara Gandhi National Centre for the Arts, 1996, p.2.

糊含混的语义或推理；后者描述纯粹来自人的各个肢体通过姿势、动作和造型的审美体验。后者更为自主，倾向于抽象的象征性表达或交流，而前者通过自然的推理义将后者用作自己的表述和传达方式，通过人为的语义替代物，表现一般的用法。因此，情味表演和舞蹈表演各自以语义性和表现性的象征素材为基础。”①

毋庸置疑，韦陀罗的很多论述借鉴了婆罗多、神弓天等前人的著作。论者指出："韦陀罗主要借鉴两大权威即婆罗多和神弓天。他试图（但却徒劳）不承认借鉴神弓天而将自己的著作归功于婆罗多……因此，即便韦陀罗声称他的著作以很多权威为基础，但他主要还是依赖于《舞论》和《音乐宝藏》。”②例如，婆罗多曾经提到八种常情眼光、二十种不定情眼光和八种味眼光等三种眼的表演，韦陀罗也遵从这一姿态进行介绍。（IV.19-24）③南迪盖希婆罗曾遵循《舞论》和其他著述，将四类戏剧表演（abhinaya）分为传说表演（nāṭya）、舞蹈表演（nṛtta）和情味表演（nṛtya）等三类。在《舞蹈考》中，韦陀罗也遵从这一做法，从舞蹈角度论及三种戏剧表演，同时还指出："情味表演和舞蹈表演各自又可分为刚舞（tāṇḍava）和柔舞（lāsya）两类。”（IV.8）④此处的"刚舞"和"柔舞"概念，在《舞论》中早已提及。

关于《舞蹈考》的学术价值，论者指出："因其标准量化，《舞蹈考》是印度音乐史上非常重要的里程碑著作，它的前半部分首次设计了一种科学的弦乐表，其后半部分则为所有可能存在的音阶（mela）制定了系统的数学型图标。《舞蹈考》成熟于印度音乐和舞蹈复兴的沸腾时代，是这一时代的领跑者之一。”⑤在该学者

①Puṇḍarīka Viṭṭhala, *Nartananirṇaya*, Vol.1, "Introduction," p.32.

②Puṇḍarīka Viṭṭhala, *Nartananirṇaya*, Vol.1, "Introduction," p.69.

③Puṇḍarīka Viṭṭhala, *Nartananirṇaya*, Vol.3, New Delhi: Indiara Gandhi National Centre for the Arts, 1998, pp.51-53.

④Puṇḍarīka Viṭṭhala, *Nartananirṇaya*, Vol.3, p.3.

⑤ Puṇḍarīka Viṭṭhala, *Nartananirṇaya*, Vol.1, "Introduction," p.44.

看来，《舞蹈考》与类似著作相比，在章节布局、主题结构和阐释等方面截然不同。它的每一章都包含着相当具有原创性、概念性、描述性的东西。例如，在第一章中，该书首次提出了十三种装饰音即音乐性庄严。即便是大量地借鉴早期权威著作，它也因其深入思考、合理选材、精炼集中等特点而引人瞩目，它运用简洁明了、质朴流畅的文学风格，很少限于论争。①

八、室利罡陀的《味月光》

（16至17世纪）

室利罡陀（श्रीकण्ठ，Śrīkaṇṭha）大约于1575年写成的《味月光》（रसकौमुदी，*Rasakaumudī*）是中世纪时期一部独具特色、名副其实的重要的文艺学著作，因为室利罡陀将音乐论与文学论巧妙地嫁接在一起，这是对《舞论》传统的思想继承。

《味月光》全书分前后两个部分，分别论述音乐和文学，每部分再分五章，共十章。室利罡陀在第一章开头便说明了这种谋篇布局的理由："如果知音们（rasajñā）心中对音乐和文学艺术、国王的统治术感兴趣的话，应该读一读我的《味月光》。权威们常常说'音乐和文学'，因为音乐的地位更加显赫，这种叙说的方式不能随意更改。"（I.6-7）②

室利罡陀将音乐分为经典的（mārga，或曰传统的）与地方的（deśī）两类。前一类是指梵天力荐、婆罗多在湿婆大神面前运用且有助世俗人等最后解脱的音乐，后一种是指不同地方的人们所运用的音乐。在包含舞蹈的戏剧表演（nṛtya）、器乐（vādya）和声乐（gīta）中，声乐即歌曲最优，因为戏剧和舞蹈依赖于器乐表

①Puṇḍarīka Viṭṭhala, *Nartananirṇaya*, Vol.1, "Introduction," pp.62-63.
②Śrīkaṇṭha, *Rasakaumudī*, Baroda: Oriental Institute, 1963, p. 2.

演，而器乐又离不开声乐。因此，室利罡陀先介绍声乐即歌曲。在介绍了梵天、毗湿奴和湿婆等各自对音乐的喜爱和认识后，室利罡陀得出结论："声乐、器乐和戏剧表演，使人获得人生四要之果，因此，毗湿奴格外重视这三者。"（I.21）①婆罗多在《舞论》中对台词的吟诵做了具体的规定，并论及七种音调、三种音域、四种声调、两种语调、六种庄严和六种分支。秉承这一旨趣，《味月光》第一章余下部分介绍了乐音的产生、音调、声调、调式、音阶和吟诵庄严等。

第二章主要介绍曲调或旋律的定义、特征、维那琴和笛子等使用方法等。

第三章介绍歌曲的起源，根本要素（dhātu），吟诵分支，阇底诗律，《喜悦》（*Pramoda*）和《九宝》（*Navaratna*）等二十四种知名作品，维达巴、般遮罗、罗德和高德等四种音乐风格，乐德和乐病等。室利罡陀说："有悖世事，违反经典，与时不合，意义庸俗，缺乏艺术，应该摒弃的重复冗余，这些就是乐病（gītadoṣa）。"（III.150）②可以看出，室利罡陀将戏剧或文学理论驾轻就熟地运用在音乐论述中。

第四章介绍弦鸣乐器（tata）、革鸣乐器（avanadha，也写作ānaddha）、体鸣乐器（ghana）和气鸣乐器（suṣira）等四类器乐，还介绍了音步、诗律等相关内容。

第五章开始介绍戏剧学，主要涉及戏剧和舞蹈的起源、剧场、不同地区女演员的特征、头手足等三十七类各部位的形体表演动作、戏剧舞的分类、一百零八种舞蹈基本动作、三十二种所行动作。室利罡陀未介绍三十二种舞蹈形体动作和包含"圆环"动作的综合形体动作。室利罡陀认可婆罗多的戏剧表演四分法，

①Śrīkaṇṭha, *Rasakaumudī*, p. 3.
②Śrīkaṇṭha, *Rasakaumudī*, p. 56.

但将戏剧舞分为十类，这是此前相关著述中少见的分类："传说舞（nāṭya）、情味舞（nṛtya）、表演舞（nṛtta）、湿婆舞或曰刚舞（tāṇḍava）、柔舞（lāsya），以及维娑摩（viṣama）、维迦多（vikaṭa）和罗怗舞（laghu）等情味舞的三种分支，再加上波罗尼（peraṇi）和恭多逦（gauṇḍalī），这些是十类戏剧舞（nāṭya）。已经说过，具有情味的戏剧表演（abhinaya）分四类：形体、语言、妆饰和真情。"（V. 140-141）①

第六章只有短短五颂文字，引入味论话题，为下一章做准备。

第七章以二十七颂文字介绍了新护认可的传统九味。室利罡陀遵循婆罗多《舞论》，将艳情味分为会合与分离两类（分离艳情味又分为五类），然后再依次简略地介绍每一种味。室利罡陀认为，这些味有助于增强戏剧表演的魅力。

第八章主要介绍增加女演员魅力的十六种外部与内部庄严因素，其中包括沐浴、服饰、项链、耳环、额头吉祥痣、花环、腰带、珠宝佩饰、鼻环、手镯等。

第九章介绍春季等六季的描写规则。第十章介绍国王统治术，认为只有懂得欣赏戏剧舞蹈的国王才会懂得如何治理国家。在书的最后，室利罡陀称颂了自己的著作，并赞颂了自己的恩主即国王的功德及其著述。他将书献给自己崇拜的神灵即克里希那。

九、普罗娑达摩·密湿罗的《乐歌那罗延》
（17世纪）

普罗娑达摩·密湿罗（पुरोषोत्तम मिश्र，Puroṣottama Miśra）生活于17世纪印度东部奥里萨一带。他的艺术学著作是《乐歌那罗延》（सङ्गीतनारायण，*Saṅgītanārāyaṇa*）。关于该书的艺术美学含量和历

①Śrīkaṇṭha, *Rasakaumudī*, p. 103.

史文献价值，印度学者瓦赞嫣（Kapila Vatsyayan）认为："如果说《乐歌奥义书精选》反映了东印度与西印度之间整个充满活力的对话的话，《舞蹈考》则是南印度与北印度之间积极对话的明显例证……《乐歌那罗延》是这种对话积极主动的重要参数。与将其视为东印度地区一颗罕见的珍宝相比，可以考虑将其视为更为宏阔的文化对话场域中的文本。"[①]她还认为："就印度艺术的正统经典和民间传统两派而言，历史上存在着长期而复杂的认知与论辩。《乐歌那罗延》为此提供了一幅图景或一种视角。"[②]《乐歌那罗延》中论述戏剧舞蹈的成分占了一半多篇幅，因此为理解中世纪时期印度东部戏剧和舞蹈艺术的发展演变提供了重要的指南

《乐歌那罗延》共分为四章。第一章主要介绍声乐，共639颂；第二章较为短小，共137颂，按照弦鸣乐器、革鸣乐器、气鸣乐器和体鸣乐器等四类乐器的顺序介绍器乐；第三章介绍戏剧与舞蹈等，共836颂；第四章最短，只有25颂，是一些既成歌词的例举。全书一共为1737颂，比阿输伽摩罗《舞章》现存残本的篇幅还要长。总体来看，无论是论述内容的丰富多彩，还是论述的力度强弱，该书第一章和第三章无疑最为重要。

具体来看，第一章主要介绍音乐的起源、功用、本质特征、分类（正统经典与地方性）、音调、语调、声调等几种台词吟诵的方式、调式（jāti）、音域（sthāna）、音阶（yama）、曲调（拉格）及其分支、与曲调相关的时令和地域等音乐要素。密湿罗在该章最后还提出了乐德（gītaguṇa）、乐病（doṣa）、歌手相（gāyakalakṣaṇa，近似于歌手德即歌手应具有的优秀品质）和歌手病（gāyakadoṣa）的概念，并对其逐一加以阐释。密湿罗

①Puroṣottama Miśra, *Saṅgītanārāyaṇa,* Vol. 1, "Foreword,"New Delhi: Indiara Gandhi National Centre for the Arts, 2009, VI.

②Puroṣottama Miśra, *Saṅgītanārāyaṇa,* Vol. 1, "Foreword,"X.

从三种不同角度出发，对歌手进行分类界定。他先将歌手分为上中下三等，其中，上等歌手具有充满睿智、通晓各种曲调、音色优美、音调纯正和未沾乐病等特点，中等歌手只具备上等歌手的部分品质即乐德，下等歌手虽具某些乐德但却完全为乐病所困扰。（I.621-624）[①]密湿罗还将歌手分为另外五等：师尊（śikṣākāra）、模仿者（anukāra）、情味饱满者（rasika）、取悦听众者（rañjaka）和善于表现者（bhāvaka）。其中，师尊级别的歌手精通歌唱艺术的传授，模仿者模仿其他歌手的演唱方式，情味饱满者在演唱中情味丰富，取悦听众者能利用歌声取悦或感染听众，而善于表现者能充分展现音乐或歌曲本身的魅力。密湿罗还将歌手分为独唱歌手（ekala）、与一人合唱的歌手（yamala）和参与团体合唱的歌手（vṛnda）等三类。（I.625-628）[②]密湿罗将吐词不清、摇头晃脑、声音跑调、牙关紧闭、双眼紧闭、脖颈歪斜、音调过多、音调过少、曲调混淆、肢体颤动、漫不经心、声音乏味、声音刺耳和声音急促等视为“歌手病”的典型特征。（I.629）[③]他的这些规定和解说，对于了解那一时期印度的艺术规范、也对评价当代音乐演出或歌手演唱质量提供了重要参考。

第三章首先讲述“戏剧吠陀”的神话起源，然后区分和阐释一些基本的戏剧和舞蹈概念，再对戏剧演出前的一些准备工作、戏剧人物的命名、各种戏剧角色的特征、演出时间、戏剧语言、头肩手足的那个身体各个部位的形体动作等进行了详细的叙述。该章的论述虽然是基于婆罗多等前人著述的适度发挥，但也不时闪现一些新意，如对经典传统戏剧或曰正统戏剧与地方戏剧或曰民间戏剧、部落口传戏剧等的描述就是如此。正因如此，《乐歌那罗延》迄今

①Puroṣottama Miśra, *Saṅgītanārāyaṇa,* Vol. 1, p. 336.
②Puroṣottama Miśra, *Saṅgītanārāyaṇa,* Vol. 1, p. 338.
③Puroṣottama Miśra, *Saṅgītanārāyaṇa,* Vol. 1, pp. 338-340.

为止的唯一英译者、英属哥伦比亚大学的印裔加拿大学者M.鲍斯（Mandakranta Bose）评价道："作为后婆罗多时代戏剧舞蹈传统的一种阐释，《乐歌那罗延》奉献了关于印度戏剧舞蹈演化的珍贵记录，为我们描摹了全印范围内传统戏剧舞蹈的生动形象。"①

2009年，M.鲍斯英译的两卷本《乐歌那罗延》由位于新德里的英迪拉·甘地国立艺术中心出资出版。这说明，印度传统文化的保护和积极传播迈出了重要的一步，该书英译本的出版也为印度国内外有志于研究印度艺术理论史和印度艺术发展史的学者们提供了极大的便利。

十、波罗蜜希婆罗的《维那琴相》
（18世纪）

波罗蜜希婆罗（**परमेश्वर**，Parameśvara）大约于1750年左右成书的篇幅不长的《维那琴相》（**वीणालक्षण**，*Vīṇālakṣaṇa*）颇有特色。"在梵语文献中，单单讨论维那琴的著述相当罕见……但是，波罗蜜希婆罗的《维那琴相》专论维那琴，它因此成为论述这一主题的独具特色的著作。"②

《维那琴相》共分六章，全部经文一百零六颂，无疏解文字。第一章开头向身为湿婆化身的一位器乐和声乐老师维纳塔纳·达克西罗穆尔提致敬，然后介绍构成维那琴重要功能的七根弓弦，再介绍维那琴的七种音阶即音调（svara）：具六（ṣaḍja）、神仙（ṛṣabha）、持地（gandhāra）、中令（madhyama）、第五（pañcama）、明意（dhaivata）、近闻（niṣāda）。显然，这几种维那琴音调是对《舞论》相关规则的借用。

---

①Puroṣottama Miśra, *Saṅgītanārāyaṇa,* Vol. 1, "Introduction,"XXXVIII.

②Parameśvara, *Vīṇālakṣaṇa,* "Introduction,"Baroda: Oriental Institute, 1959, V.

第二章介绍曲调（rāga）。曲调分为具备七种、六种、五种音调的三类，这三类曲调又可细分为九种曲调。第三章介绍达鲁瓦（dhruva）在内的八种节拍或曰节奏（tāla），每一种节拍又可细分为五种。第四章介绍维那琴的各种演奏指法。第五章介绍十五种重要的混合旋律或曲调。第六章以八种重要的混合曲调为基础，设计了三十五种流行曲调。

总之，《维那琴相》篇幅虽小，却论及维那琴的各个重要方面，是初学者非常有用的入门指南。

十一、匿名学者的《维那琴篇》
（17世纪）

大约产生于17世纪的《维那琴篇》（वीणाप्रपाठक, *Vīṇāprapāṭhaka*）是一部编著，确切时间和编著者已不可考。

该著篇幅短小，分为两章。与《维那琴相》相似，它只有经文，无疏解文字。第一章共三十二颂，介绍维那琴的特征、运用等。第二章共七十五颂，主要介绍各种器乐。①

该书编者透露，他主要依据婆罗多《舞论》和树皮仙（Yājñavalkya）所著《树皮仙圣典》（*Yājñavalkyasmṛti*）的相关内容编著第一章。事实上，他的引述并非来自《舞论》，而是来自前述13世纪出现的神弓天所著《音乐宝藏》。当然，《树皮仙圣典》也是其借用的重要文献之一。

①Anonymous Author, *Vīṇāprapāṭhaka,* "Introduction,"Baroda: Oriental Institute, 1959, XXXIV.

第十九节　印度方言文论的萌芽

梵语诗学集中体现了印度古代文学理论的精华。纳根德罗认为："与西方文学理论批评相区别的印度文学理论批评，几乎可以说是梵语文论的同义词。"[①]另有学者认为，之所以将梵语诗学当作印度文论的代表，是因为梵语诗学是印度自古以来各地流行的文学理论；梵语诗学是印度对世界文学理论的最杰出贡献；梵语诗学代表未受外来理论影响的纯正印度文艺观，而"绝大多数现代印度语言的文学理论大体上是对梵语诗学或西方诗学的重述或改造"。[②]这些话说明了梵语诗学在印度文论史上的核心地位。梵语诗学虽然在中世纪后期渐趋衰落，它对印度各方言文论的发展仍起着决定性作用。与西方诗学交汇融合后的现代印度文学理论，仍主动而积极地接受着梵语诗学的持久影响。所谓"现代印度语言的文学理论"是指印度方言文学（bhāṣā literature）理论。印度可谓古代和当代世界的"语言博物馆"之一，她拥有包括梵语在内的多种语言，但其中十几种地方语言如印地语（印度独立后确定为国语）、孟加拉语和泰米尔语等最有代表性。这些语言大多是梵语的衍生体。探索现代印度各种方言文论的萌芽必须回到中世纪时期。

一、方言文论萌芽的几个特点

中世纪时期，随着梵语文学逐渐衰落，以庄严论、经典味论和

---

①Nagendra, ed. *Criticism in India,* "Preface," p. 1. 本节介绍主要参考该书"序言"第1至14页相关内容。需要说明的是，该书没有写明"Preface"，而是以Nagendra的长篇论文"Literary Criticism in India"取代"序言"，为引用和阅读方便，故改称其为"Preface"。以下皆同。

②Sudhakar Pandey & V.N.Jha, eds. *Glimpses of Ancient Indian Poetics,* Delhi: Indian Books Centre, 1993, pp. 182-183.

虔诚味论等为主要内容的梵语诗学在繁荣几个世纪后，也逐渐失去了创造活力。在此背景下，印度各方言文学逐步兴起。继而，印度各种方言文学理论也渐次萌芽。这些萌芽状态的方言文学理论就是印度中世纪文论的基本内容。“印度是一个拥有十五种独立语言的国度，这些语言中，除了印地语，孟加拉语、马拉提语、古吉拉特语、坎纳达语、马拉雅兰语和泰卢固语等都有着丰富的文学批评传统。”①尽管梵语文学和梵语诗学依然存在，但只能视为印度中世纪文学和文论的一个分支。印度中世纪文论没有拒斥梵语诗学的影响，但不能将它们完全等同于梵语诗学，因为很多印度中世纪文论著作不是用梵语写的。

纳根德罗认为，在中世纪时期，印度文学批评和理论建构并未形成一种持久的传统。中世纪文学批评和理论阐发大致可以分为三个方面的内容：“翻译一些流行的梵语诗学著作；改编梵语诗学和阐发虔诚味论。”②自然，这里的翻译和改编是以印度各种地方语言如印地语和孟加拉语等为媒介进行的。

就中世纪的梵语诗学翻译而言，主要集中在极少数地方语言中，梵语诗学经典中被频繁翻译的是檀丁的《诗镜》、曼摩吒的《诗光》和阿伯耶·底克希多的《莲喜》等。16世纪的摩达沃·格维（Mādhava Kavi）以坎纳达语翻译了《诗镜》，书名改为《摩达沃庄严论》（*Mādhavālaṅkāra*），18世纪的贾因德拉（Jayendra）以坎纳达语翻译了底克希多的《莲喜》。塔利·罗摩（Dhanī Rāma）以印地语翻译了《诗光》片段，但该书现已失传。17世纪里，般努达多的《味花簇》被译为马拉提语。然而，泰卢固语、孟加拉语和古吉拉特语中的梵语诗学译作比较少见。

相对而言，印度各方言区的学者改编梵语诗学经典和阐释梵语

①Nagendra, ed. *Literary Criticism in India,* “Preface,”p. 10.
②Nagendra, ed. *Literary Criticism in India,* “Preface,”p. 11.

诗学精髓的成果更加丰富。个别语种的著述甚至在中世纪以前就出现了。例如，坎纳达语中出现了这样一些著作：9世纪纳利跋东迦（Nripatunga）所著《诗王道》（*Kavirājamārga*）、12世纪纳迦沃尔摩（Nāgavarma）所著《诗光》（*Kāvyāvalokana*）、13世纪格维迦摩（Kavikāma）所著《味辩》（Rasaviveka）和《艳情宝藏》（*Śṛṅgārararatnākara*）、16世纪娑尔沃（Sālva）所著《味宝藏》（*Rasaratnākara*）、17世纪提摩（Timma）所著《新味庄严论》（*Navarasālaṅkāra*）。泰卢固语中也出现了很多类似的著作。东印度各语种也出现了很多类似著作，其中数奥里雅语著述最为丰富。印度中部地区的语言中，马拉提语著作如G.夏斯特里（Gaṅgādhara Shastrī）所著《味波》（*Rasakallola*）是一个例子。

实际上，就梵语诗学的阐释和改编而言，印地语学者的成果最为丰富。1700到1900年的三百年间，出现了大量的印地语文论著作。这些著作对梵语诗学一般原理和各个基本概念都进行了详尽的讨论。这些著作多达一百余部。其中的部分著作讨论梵语诗学基本原理，还有很多著作涉及味论，特别是男女之间的艳情味。同时，还有一百部左右的印地语文论著作专论庄严即语言修辞问题，另有一些学者撰写诗人学著作，为初学者导航指路。上述作品多为印地语诗人所著，他们基本是阐释梵语诗学，谈不上多少重要的理论原创，但在中世纪梵语诗学趋于衰落的背景下，他们的著作为保存梵语诗学精华、接续现代文论血脉作出了重要的历史贡献。在这些印地语诗人兼学者中，格谢沃达斯（Keshavadāsa）、金达摩尼（Chintāmaṇi Tripāṭhi）、K.密湿罗（Kulapati Mishra）、摩迪罗摩（Matirāma）、代吠（Deva）、B.达娑（Bhikhārī Dāsa）、娑摩纳塔（Somanātha）和波罗多波·娑赫（Pratāpasāhi）等人的著述值得一提。

中世纪印度的虔信派运动和虔诚文学的出现，不仅给梵语诗学、也给印度方言文学和文论以深刻影响。中世纪时期，在印地语文学、孟加拉语文学、马拉提语文学等地方语言文学中，产生了大量虔诚文学作品，它们以诗歌为主。虔诚文学的迅速发展使人们相信，诗中情味比韵（语言暗示）更加重要。虔信派诗人排除了韵的位置，而将味置于诗的核心地位。这自然诱导诗学家们尊崇虔诚味、慈爱味等的核心地位。这一趋势不仅推动了虔诚味论的兴盛，也直接引发了几乎各种方言文论中的虔诚味著述热潮。这些著作主要以15到16世纪的梵语诗学家、虔诚味论代表人物鲁波·高斯瓦明的《虔诚味甘露海》和《鲜艳青玉》为写作范本，它们包括：印地语诗人兼学者苏尔达斯（Sūradāsa）所著《文波》（*Sāhityalaharī*，也译《文学之波》）、南多达斯（Nandadāsa）所著印地语版《味花簇》（*Rasamañjarī*）、N.纳迦利达斯（Nehī Nagarīdāsa）所著印地语版《味海悉昙多》（*Siddhānta-dohāvalī*）、K.跋波吉（Kṛṣṇadāsa Bābājī）所著孟加拉语版《虔诚花环》（*Bhaktamāla*）、波林多文达斯（Brindāvandāsa）所著孟加拉语版《毗湿奴薄伽梵》（*Chaitanya Bhāgavata*）、达雅罗摩（dayārāma）所著古吉拉特语版《知音喜》（*Rasikavallabha*），等等。这些著作中，有的是诗歌集，其中含有浓厚的虔诚味论色彩，如苏尔达斯的《文波》。以上趋势说明："艳情味已成为诗的灵魂。因此，印度文学的中世纪时期是味论的黄金期，印地语诗人兼诗学家和其他各种方言文学的绝大多数诗人，利用他们富有创意的论著，在虔诚味论方面作出了巨大的贡献。"①

综上所述，印度方言文学中得到极大发展的虔诚味论，无疑是中世纪印度具有原创因子且值得一提的文学理论。如果没有虔诚味论，印度方言文论的萌芽将缺乏健康的绿色。

①Nagendra, ed. *Literary Criticism in India,* "Preface,"p. 14.

二、方言文论萌芽概况

这里依据刘安武著《印度印地语文学史》相关章节、印度学者纳根德罗和R. C. 普拉萨德（Ram Chandra Prasad）等人的相关研究成果，简单地扫描一番印度中世纪时期十四种地方语言的文论萌芽状况。

1. 阿萨姆语。阿萨姆语学者认为："英属印度时期以前，我们阿萨姆语中没有任何文学批评著作或论文。"[①]换句话说，很难寻觅中世纪阿萨姆语文论萌芽的痕迹。

2. 孟加拉语。虽然孟加拉语文学历史悠久，但它的文论萌芽出现较晚。除了前边提到的孟加拉语诸家以外，值得一提的是被称为"孟加拉语文论之父"的南迦拉尔·般迪约帕迪耶耶（Rangalāl Bandyopādhyāya）。他在1852年的一篇论文《孟加拉诗歌作品》中，回答了英国化的"青年孟加拉派"的挑战。他认为，政治独立与诗歌品级优劣没有直接关系，但是，他承认，并非所有诗歌在所有条件下都能产生。他暗示，尚武民族创作英雄主义诗歌，而生性不尚武的民族创作温柔甜蜜的诗歌。南迦拉尔可以视为连接中世纪与近现代孟加拉语文论的一座桥梁。

3. 古吉拉特语。除了前边提到的达雅罗摩的虔诚味论著作《知音喜》以外，中世纪古吉拉特语文论著作似乎不多。不过，如果将前述音乐、舞蹈、戏剧表演等文艺学著述计算在内的话，古吉拉特学者的贡献还是不容忽视的。

4. 印地语。有的学者把本德（Punda）称为"印地语文学理论批评之父"。[②]关于他的生平和著作，人们所知甚微。格谢沃达斯

①Nagendra, ed. *Literary Criticism in India,* p. 1.
②Nagendra, ed. *Literary Criticism in India,* p. 54.

（Keshavadāsa，1555～1617）是中世纪印地语文论家的杰出代表。他著述颇丰。在他生活的时期，印地语文学进入所谓“法式文学时期”。一段时间里，大批文人受虔信派思潮影响，以黑天和罗陀的爱情为主题进行创作，追求辞藻华丽，比喻新奇，形式主义倾向严重。[①]这一时期里，印地语文论家们将梵语诗学改编与虔诚味论阐释有机地结合在一起。他们的著述也反映了“法式文学”对文学理论的深刻影响，成为中世纪印度方言文学理论的代表。他们可以称为印地语文论的“法式派”（Rīti School）。某些人追随婆摩诃、檀丁和伐摩那，在庄严论上下功夫；有的则追随曼摩吒和毗首那特，偏重于阐发味论。他们的代表性著述包括：格谢沃达斯的《知音喜》（*Rasikapriyā*，或译《知音所爱》）、金达摩尼·特里波蒂（Chintāmaṇi Tripāṭhi）的《诗辩》（*Kāvyaviveka*）和《诗光》（*Kāvyaprakāsha*）、K.密湿罗（Kulapati Mishra）的《味秘》（*Rasarahasya*）、摩迪罗摩（Matirāma）的《味王》（*Rasarāja*）、代吠（Deva）的《味魅力》（*Rasavilāsa*）和《亲爱月光》（*Premchandrikā*）、B.达娑（Bhikhārī Dāsa）的《艳情论》（*Shringāra Nirṇaya*）、娑摩纳塔（Somanātha）的《味甘露宝藏》（*Rasapīyūshanidhi*）和波罗多波·娑希（Pratāpa Sāhi）的《诗魅力》（*Kāvyavilāsa*）等等。这些著作对艳情味格外关注，鉴于“法式文学”对艳情味的偏爱，印地语文论家拉默金德尔·修格尔（Rāmacandra Śukla，1884～1940）遂将这一时期称为“印地语文学的艳情味时代”。[②]上述著作为代表的“法式文学理论批评”的主流从1650年一直延伸到1850年左右。这些著作为保护传统文论做出了贡献。R.C.普拉萨德认为，“法式派”文论家主要遵循曼摩吒，以韵诗为创作旨归。他们的文学批评以梵语诗学原理为准绳，

①此处介绍参阅刘安武:《印度印地语文学史》, 第152页。
②Nagendra, ed. *Literary Criticism in India,* p. 58.

是对梵语文化传统的一种拓展或延伸。1650至1850年的两个世纪产生了印地语文论家的很多著述，它们代表了“印地语文学批评史上不可或缺的、必要的一章，是虔信运动时期文学批评的发展，为该领域在19和20世纪取得成就做好了准备”。①

5. 坎纳达语。坎纳达语的梵语诗学翻译和改编是中世纪印度方言文学中比较突出的。早在9世纪，纳利跋东迦就写出了已知的第一部坎纳达语诗学著作《诗王道》。这部著作带有诗人学色彩。它分为三部分，分别讲述诗病、音庄严和义庄严。10世纪和12世纪，先后出现了两个纳迦沃尔摩（Nāgavarma），他们的代表作分别是《诗律智》（*Chhandombudhi*）和《诗光》（*Kāvyāvalokana*）。13世纪到17世纪，先后出现了几位坎纳达语诗学家，如13世纪的乌达雅迪提耶、13世纪的格维迦摩、16世纪的娑尔沃和17世纪的提摩等。他们的相关著述为坎纳达语近现代文论的起步和发展奠定了良好基础。

6. 克什米尔语。克什米尔地区虽然在历史上对梵语诗学发展做出了重要的贡献，欢增、新护、恭多迦等人是这方面的杰出代表，但是，直到20世纪初，该地区没有出现克什米尔语文论萌芽。

7. 马拉雅兰语。历史上，马拉雅兰语学者受梵语诗学浸淫已久，他们遵循梵语诗学的著述模式，利用马拉雅兰语进行诗学阐发者较少。可以说，马拉雅兰语文论在中世纪里即使有过萌芽，那也只是梵语诗学种子的播撒而已。

8. 马拉提语。从马拉提语文学发端到1857年，几乎没有出现什么马拉提语文论萌芽。例外的是，1818年至1857年间，出现了两部差强人意的文论著作：德西穆卡（Gopāl Hari Deshmukha）的《音庄严论》（*Shabdālankāra*）和罗阇瓦德（Krishṇāashstrī Rājawāde）

---

①Ram Chandra Prasad, *Literary Criticism in Hindi,* Nauchandi and Meerut: Sarita Prakashan, 1976, p. 19.

的《庄严辩》（*Alankāraviveka*），其中，《音庄严论》还采用了一些英文资料，但几乎没有使用梵语术语。可以说，马拉提语文论萌芽较晚。

9. 奥里雅语。奥里雅语文学的起点大约可以追溯到12世纪左右。奥里雅语文论的萌芽是随着诗歌创作而自然出现的。很多诗人在诗歌创作中自然涉及某些文学创作的原理。中世纪时期，两位奥里雅语诗人兼文论家乌本德罗·般迦（Upendra Bhanja）和蒂纳克里希那达娑（Dīnakṛṣṇadāsa）分别著有《五味》（*Rasapanchaka*）和《味波》（*Rasakallola*），他们以阐释梵语诗学的姿态，为奥里雅语文论萌芽增添了活力。当然，独立的奥里雅语文论要等到19世纪才会出现。

10. 旁遮普语。直到20世纪初期，旁遮普语中没有出现文论的萌芽。

11. 信德语。由于过多沉重的历史负担，直到19世纪中期，信德语没有出现文论的萌芽。

12. 泰米尔语。泰米尔语虽然在公元前就出现了语法学兼文论著作《朵伽比亚姆》，但此后将近1000年时光中，再也没有出现多少文论著作。公元2到9世纪，泰米尔文学中，先后出现了很多史诗，如公元2世纪左右出现的《脚镯记》和《玛妮梅格莱》、9世纪耆婆迦（Jīvaka）所著《如意宝》（*Cintāmaṇi*）以及无名氏所著《甘班罗摩衍那》（*Kamba Rāmāyaṇam*）等。大约在11世纪时（一说12世纪），一位信奉佛教的泰米尔藩王佛友（Buddhamitra）写成《维罗克里耶》（*Viracoliyam*）一书，它可视为一部文论著作。泰米尔语史诗的发达，催生了12世纪檀底（Taṇṭi）的《檀底庄严论》（*Taṇṭiyalaṅkāram*）。檀底在这部著作中，对史诗文学的特征做了论述，如他论及了史诗的十个方面：序曲、内容、主角、本质和描述、家庭生活、政治生活、内部结构、外部结构、诗歌情感与表述以及史诗韵律和风格等等。16世纪，K.P.格维拉雅尔（K.P.Kavirayar）所著《摩兰庄严论》（*Maran Aalaṅkāra*）遵循梵语诗学传统，但把檀丁的三十五种庄严发展到一百种。17世纪，V. 德西卡（Vaidyanātha Deśikar）写成《伊拉迦纳维洛迦》（*Ilakkana-vilakkam*）一书，其中的一章遵循《朵伽比亚姆》和檀丁《诗镜》，论述了三十五种义庄严。18世纪，维拉摩穆尼瓦尔（Vīramāmunivar）写成语法著作《托鲁尔维洛迦》（*Tonnūl-vilakkam*），其中一章论及三十种音庄严和三十种义庄严，但他以泰米尔语命名，对梵语诗学庄严进行了适当的移植或嫁接。①12到18世纪，还出现了很多以注疏前人著作为由而阐述自己文论主张的学者，他们也为中世纪泰米尔语文论的萌芽做出了贡献，如12世纪注疏史诗《脚镯记》的阿提亚库纳拉尔（Atiyarkkunallar）和14世纪注疏《朵伽比亚姆》的纳金那基尼亚尔（Naccinārkkiniyar）。②

13. 泰卢固语。由于中世纪时泰卢固语学者阐发梵语诗学名著的积极性很高，泰卢固语文论萌芽由此产生。这方面的例子包括：V.佩多纳（Vinnakoṭa Peddanā）所著《诗庄严顶宝》（*Kāvyālaṅkāra-Cūḍāmaṇi*）、阿南多摩提耶（Anantāmātya）所著《味庄严》（*Rasābharaṇa*）、跋吒穆尔提（Bhaṭṭamūrti）所著《摄诗庄严》（*Kāvyālaṅkārasaṅgraha*）、C.K.佩多纳（Chitra Kavi Peddanā）所著《摄转示义精华》（*Lakṣaṇasārasaṅgraha*）、G.V.格维（Gaṇapavarapu Venkaṭa Kavi）所著《一切转示义吉祥宝》（*Sarvalakṣaṇa-shiromaṇi*）。其中，《摄诗庄严》在泰卢固语地区一度非常流行。

14. 乌尔都语。中世纪时期，乌尔都语没有出现文论萌芽。这一时期，梵语诗学几乎没有对乌尔都语产生过什么影响。

---

①此处介绍参阅：P.Tirugnanasambandhan, *The Concepts of Alamkara Sastra in Tamil,* pp. 14-25.

②参阅：K.M.George, ed. *Comparative Indian literature,* Vol. 2, Trichur: Kerala Sahitya Akademi, 1984, pp. 1124-1127.

由于印度中世纪是印度文明与伊斯兰文明冲突与融合的典型时期，部分定居印度的波斯语学者和阿拉伯语学者及其后裔，也有很多文学批评著作传世。迄今为止，由于存在宗教等复杂而敏感的因素，印度文论界对此领域的探索基本未能展开，但也有少数学者突破了这一局限。例如，前述印度学者G. N. 德维编译的印度文论选本收录了两位中世纪波斯语学者著作的译文片段。14至18世纪，印度出现了几种以波斯语写作的印度文学史著作。其中，波斯语学者阿尔·巴东尼（Al Badāonī）的《塔瓦里克》（*Tawārīkh*）就是一部关于16世纪阿克巴大帝统治时期印度的波斯语诗歌创作史。①1925年，该著英译本在加尔各答出版。比巴东尼更早的一位学者阿米尔·库斯瑙（Amir Khusrau，1253～1325）以波斯语和印地语写作，他的观点带有当今学界提倡的比较文学研究色彩。例如，在论述印度语言文学的丰富和伟大时，阿米尔说："我的第一个观点是，印度四面八方都有无可估量的学问。不幸的是，印度之外的人并不知晓印度的文艺和科学。我的第二个观点是，印度人说不同的语言，而印度之外的人不能说各种印度语言。契丹人（中国人）、蒙古人、土耳其人和阿拉伯人不能说印度语言。就像牧羊人驯服他的绵羊一样，我们能轻松自如地说世界上任何一种语言。我们掌握语言的信心，如同我们征服其他国家的能力，没有哪个国家敢傲视我们。"②阿米尔的思想近乎偏激，但却透露出一种重要的信息，即中世纪时期定居印度次大陆的波斯人、土耳其人或阿拉伯人后裔，将印度语言文学视为己出。这提示印度国内外学界必须重视整理、翻译和研究印度中世纪以来的波斯语学者、阿拉伯语学者的文论著述，因其属于印度文论史的重要组成部分。

---

①其译文片段参见：G.N.Devy, ed. *Indian Literary Criticism: Theory and Interpretation,* pp. 108-133.

②G.N.Devy, ed. *Indian Literary Criticism,* p. 93.

三、格谢沃达斯：中世纪方言文论的代表

上面介绍了中世纪印度文论萌芽的概况。这里简要分析中世纪印地语文论先驱者格谢沃达斯（Keshavadāsa，1555 ~ 1617）的文论思想，以窥中世纪印度方言文论之一隅。

格谢沃达斯是中世纪时期印地语文学承上启下的人物。他是印地语诗人和文学理论家。“在印地语文学史上，他是第一个文学理论家。”[①]他是“法式派”文论的代表人物。格谢沃达斯所处的时代是印度文学史上从虔诚文学向法式文学过渡的时期。他曾经先后写过八部著作，其中包括《知音喜》（1591年）、《诗人喜》（*Kavipriyā*，或译《诗人所爱》，1601年）和《罗摩月光》（*Rāmachandrikā*，或译《罗摩之光》，1601年）等。《知音喜》和《诗人喜》是他的文论代表作。下面参考国内外学者们的相关研究成果，以《知音喜》和《诗人喜》为例做一说明。

在格谢沃达斯以前，印地语文学中虽然有人零星地借用过梵语文学理论，但几乎没有系统的理论著作。格谢沃达斯显然继承和借鉴了梵语诗学、尤其是借鉴了其中的艳情味论，但这是一种带有虔诚味色彩的艳情味。他先后写出了早期印地语文论代表作《知音喜》和《诗人喜》。这些著作对后来印地语诗歌的发展产生了很大的影响。

格谢沃达斯的《知音喜》以介绍带有浓厚虔诚味色彩的艳情味为主题，符合当时文学创作者们的美学旨趣。虽然该著的理论原创成分很少，但是，它仍然成为16、17世纪印度文学创作走向的路标，受到作家们的欢迎。《知音喜》遵循当时虔信派诗歌和宗教哲

①刘安武：《印度印地语文学史》，第159页。本节论述主要参考该书相关内容，同时参阅曹顺庆主编：《中外文论史》（第四卷），第4041—4051页。

学的信条。这在它对男女主角的描述即艳情味的阐释中表现得尤其明显。格谢沃达斯把所有男主角视为克里希那即黑天及其化身，把所有的女主角视为罗陀及其化身，把所有的艳情味均视为克里希那和罗陀之间爱情的表现，一种放之四海而皆准的普世情感。在《知音喜》中，格谢沃达斯尝试对诗进行分类。他认为："正如诗人们知晓的那样，一切诗歌可以分成四种：艳美风格、雄辩风格、刚烈风格和崇高风格。"[①]其中，艳美风格的诗表现柔美的爱情，语言纯朴，意义可爱；雄辩风格的诗表现英勇味和奇异味，令所有知音灵魂喜悦；刚烈风格的诗表达暴戾味、恐怖味和厌恶味，重复歌咏之处甚多，诗中语言充满复义；崇高风格的诗表达奇异味、英勇味和平静味的力度均匀，诗中语言晓畅易懂。看得出，格谢沃达斯把婆罗多《舞论》中论述的四种戏剧风格用来给诗分类和解释诗的风格。在论述诗病时，格谢沃达斯继承了欢增和安主等人的观点，主要从味病角度来思考。他认为："味的冲突、味的缺乏、味的反感、味的对立以及不合适的味，诗人们不应该描写这些不好的味。"[②]综上所述，梵语诗学味论对他的影响无处不在。

《诗人喜》采用诗体，主要论述诗歌的创作形式和修辞技巧，每种论述后面附有诗例。全书共分十六章。第一章说明写作的缘由，主要是启蒙一个有诗才的宫廷歌妓如何写诗。第二章叙述自己的祖先。第三章说明写诗的技巧。作者在第四章中将诗人分为上中下三等。

在第五章至第八章中，作者分别论述四种普通修辞即各种具体的描述技巧，也部分涉及比喻等庄严。其中，第五章论色彩的修辞，认为各种事物皆有一定的颜色，不能混淆。第六章主要介绍各种比喻的运用。第七章涉及描写自然景色的修辞。第八章讨论如何

①G.N.Devy, ed. *Indian Literary Criticism,* p. 101.
②G.N.Devy, ed. *Indian Literary Criticism,* p. 103.

描写国王、王后、王子、出征、战争、游猎等。这是印度古代诗歌中经常描写的内容，属于普通修辞。上述内容带有梵语诗学“诗人学”的色彩。格谢沃达斯将其成功地移植到印地语文论中，这对印地语文学创作无疑具有重要的指导意义。

第九章到第十六章论述三十七种特殊修辞亦即特殊的描述技巧。其中，第九章论述六种修辞，包括如何描写人的外表和内心，如何表现因果关系，如何表现表面看来互相矛盾的事物实际上并不矛盾等等。第十章论述一种特殊修辞手法。第十一章论述十三种修辞，包括如何表示数目和一词多义，如何表示字面义和内涵义，以及各种味的关系及其表现方式，涉及梵语诗学“韵论”和“味论”，是很重要的部分。第十二章论述六种修辞。第十三章论述八种修辞，包括描述各种偶然性及各类隐喻。第十四章专门论述二十三种比喻，有的部分和第六章中论述的类似。第十五、十六章论述文字游戏，用词或音节的排列组合表达不同含义，作者将其分成数十种。这是对梵语诗学音庄严中的图案的借鉴和改造。作者还论述各种谜语诗，这近乎檀丁音庄严中的隐语。先介绍义庄严，再介绍音庄严，这说明格谢沃达斯对义庄严的重视。此外，他将各种庄严分为几类进行介绍，这是对楼陀罗吒、鲁耶迦、世主等人著作的借鉴和发挥。

《诗人喜》第十一章涉及味论。格谢沃达斯认可新护等人的传统九味，但强调“艳情味”的特殊重要性。他认为艳情味、平静味和英勇味是三种主味，其他六种是次味，并依附于前三种味，他甚至还把滑稽味、英勇味、悲悯味、平静味和厌恶味等悉数归入艳情味。有的学者据此认为，格谢沃达斯关于艳情味为主味的思想是对婆阇的继承和发展，但与婆阇的唯一艳情味比较，却带有非常浓厚的世俗情感的意味。[①]如将格谢沃达斯的艳情味论放在印度中世纪

①倪培耕：《印度味论诗学》，第288页。

虔诚味论流行的背景下考察就会发现，他的艳情味论其实是对鲁波·高斯瓦明等前人或同时期味论诗学家的思想回应，高斯瓦明等人将艳情味视为甜蜜味或亲爱味等虔诚味的代名词。格谢沃达斯所强调的艳情味，也是一种人神合一或曰既世俗、亦神圣的特殊艳情味。

综上所述，《诗人喜》涉及庄严论、味论和诗人学等各种重要的诗学主题或原理。客观地看，格谢沃达斯的《诗人喜》等著作基本是对梵语诗学重要思想的重述，并无重要的理论突破。他对庄严或曰修辞格的分析近似于婆摩诃、檀丁、优婆吒和胜天等人，他认为缺乏庄严，再优秀的诗歌也没有魅力，也不会感染读者的心灵。格谢沃达斯似乎接受了檀丁和恭多迦等人的影响，将庄严分为普通庄严与特殊庄严，认为庄严是产生语言叙述的特殊魅力之因。值得注意的是，格谢沃达斯与他之后的一些印地语文论家如J. 辛格（Jasawanta Singh）和摩迪罗摩等人不同，他的庄严论遵从婆摩诃和檀丁、优婆吒等经典的庄严论者，而辛格等人则效法比婆摩诃《诗庄严论》和檀丁《诗镜》的原创性成分低得多的《月光》和《莲喜》等庄严论著作。①

《诗人喜》和《知音喜》对17到19世纪的印地语文学创作产生了影响。与梵语诗学庄严论或艳情味、虔诚味论对于梵语文学创作的复杂影响一样，《诗人喜》等对印地语文学创作的深刻影响，无疑也是一把“双刃剑”。

第二十节　印度文论对中国藏族、蒙古族文论的影响

13到14世纪左右，印度文学理论继续产生国际影响。这主要包括梵语诗学对中国藏族与蒙古族文学理论的影响，以及印度文论通

①Ram Chandra Prasad, *Literary Criticism in Hindi*, pp. 19-20.

过巴利语媒介对泰国文学理论所发挥的奠基性和建构性作用。中国西藏地区因为地理原因，在语言文化和宗教信仰上深受印度佛教与梵语文化的影响。在这种单向度的长期影响过程中，梵语诗学进入中国，开始对藏族文论即中国古代文论的一个分支产生深刻影响。梵语诗学对藏族文论的影响，主要以7世纪檀丁的《诗镜》为代表。

赵康指出："《诗镜》是七个多世纪以来作为指导藏族古典文学创作的一部重要理论著作，是藏族人民学习小五明之一——诗学时采用的基本教材。它被编为藏文大藏经丹珠尔的声明部，标志着它已经被列为藏族的古代经典著作之一。诚然，《诗镜》最初是从印度传入的，但在漫长的历史长河中，经过藏族先辈学者们的翻译、注释、研究、应用和充实，它已经完全和藏族的文化相融合，事实上已经成为具有浓厚藏族色彩的指导本民族文学创作的有力工具。故而我们研究藏族古代文论，不可不研究《诗镜》。"[①]意娜也认为，《诗镜》不仅是藏族传统文化中的一门学问，更是藏族文学创作的指南。"藏族学者对《诗镜》的再写作方式主要有两种：一种是将原文一首不漏地加以注释，还增补注释者本人创作或者选择其他名家的诗例，有的还加入了本人的新见解。这种写法是大部分学者所采用的方法。结果是几百年来逐渐将《诗镜》民族化，形成藏族自己的诗学体系；另一种是作者完全不按《诗镜》的文字和诗例，而集中其理论阐述的部分，用自己的语言，以歌诀的形式进行再创作。这种方式完全将《诗镜》的原型抛开，吸取其理论的精华进行创作，这样将诗例简单化，将《诗镜》完全藏化，理解记忆都

①赵康：《〈诗镜〉与西藏诗学》，载《民族文学研究》，1989年第1期。本节论述多参考该文。

降低了难度，有利于《诗镜》的传播。”[①]两位学者的介绍，将类似于佛教中国化的檀丁《诗镜》中国化历程表述得非常清楚。

根据赵康和佟锦华等学者的考证和研究可以发现，13世纪初，懂得梵文的藏族学者贡呷坚参在其《学者入门》一书中，对檀丁《诗镜》的内容作了大致的介绍和说明。到了13世纪后期，由于八思巴的大力支持，1277年，雄顿·多吉坚赞把《诗镜》全部译为藏文。其后，一些学者开始讲授《诗镜》，还有很多学者纷纷写书对原文加以注释。这极大地促进了《诗镜》所代表的庄严论在藏族知识阶层的流传，培育了他们对梵语诗学理论的亲切感。有的作家以《诗镜》所介绍的众多庄严为依据，进行诗歌创作实践，形成了一个新的诗歌流派。还有的学者或注释《诗镜》或围绕《诗镜》的概念进行理论阐发。例如，17世纪的五世达赖罗桑嘉措写了《诗镜妙音乐歌》，同时代的学者格来纳杰写了《诗疏檀丁意饰》；18世纪的噶玛司徒丹白宁杰写了《藏梵诗镜合璧》，同时代的康珠·登增却吉尼玛写了《诗镜妙音语海》；19世纪的米旁纳杰嘉措写了《诗疏妙音喜海》。这些著作在注释原文的同时，列举了新的诗例，并补充和发展了《诗镜》原文。因此，檀丁《诗镜》不仅为藏族作家的创作指明了道路，也为藏族文论的形成和发展起到了重要的促进作用。

《诗镜》作为外来文化的一个范本，它在进入中国藏族知识阶层时，必然会产生文化过滤乃至文化误读的现象。这种过滤或误读的结果就是《诗镜》中的文学原理将被部分地本土化，以适应在异文化土壤中发新芽、长新枝和结新果。《诗镜》主要是对文学修辞手法（形式）即庄严的详尽探讨，忽视了对于文学表达内容

①意娜：《藏族美学名著〈诗镜〉解读》，载《当代文坛》，2006年第1期。参见“中国民族宗教网”（上网发布日期：2013年3月2日）：http: //www. mzb. com. cn/html/Home/report/377094-1. htm.

的论述。它在传入西藏地区后，萨班·贡呷坚参似乎已经意识到这一问题。檀丁认为，前人制定了各种语言风格的创作规则。“他们指出诗的身体和装饰。身体是传达愿望意义的特殊的词的组合。”（I.10）[①]贡呷坚参把檀丁所说的“身体”解释为“内容”，这自然是有意地曲解檀丁原文，以弥补《诗镜》没有论述文学内容的不足，同时也意在为藏族学者和作家顺利接受梵语诗学原理铺路。这为以后一些藏族诗学家开辟了一条成功的道路。

在《诗镜》流传西藏地区的过程中，学者们对文学形式与内容的关系问题展开讨论。他们一致认为，檀丁把内容归并在语言形式中进行论述是一个缺陷。这种共识使得藏族学者们开始有意识地对檀丁的诗学观进行改造调适，以适应藏族文学创作和文论发展的需要。在这种改造梵语诗学的过程中，本土的藏族文学理论得以丰富。

16世纪初，素咯瓦·洛卓杰波在其关于《诗镜》的著述中，提出了文学作品的内容、形式与修饰（修辞手法）三者之间的关系问题。他说：

以人的躯体、生命和装饰为例证，
总括为四大事的诸内容好比生命，
韵文、散文、合体等形式就像躯体，
意义、字音、隐语等修辞则如装饰。[②]

作者在诗里形象地表达了三者的关系。在这里，内容是生命，形式好比身体，语言修辞即檀丁所谓庄严是身体的装饰物。这种巧

①黄宝生译：《梵语诗学论著汇编》（上册），第154页。
②转引自佟锦华：《藏族文学研究》，北京：中国藏学出版社，1992年，第191—192页。本节论述，参考该书第176—195页的内容。

妙而合适的比喻，体现了文学内容、形式和修辞三者之间的辩证统一关系。这首诗暗示了文学作品内容的重要性，它决定了文学形式和语言修辞。“不言而喻，这对《诗镜》原作者在这个问题上的偏颇，作出了根本性的彻底纠正，对藏族文艺理论的发展作出了自己可贵的贡献。”[①]藏族学者从理论上纠正了檀丁只重文学形式和语言修辞、忽视思想内容表达的偏颇与缺陷。

藏族学者不仅从宏观层面考察《诗镜》的得失，还从微观角度思考檀丁提出的每种庄严，并在吸收利用的基础上，作了若干补充与发展。

单节诗、组诗、库藏诗和结集诗是檀丁提出的四种诗歌分类，但是他未作解释。藏族学者们通过创作实践和思考，对单节诗以外的三种诗的概念进行有别于印度传统诗学观的阐释。这种新的阐释使得中国本土化的梵语诗学原理更能为我们创作所用。檀丁对明喻的定义是：“感受到这样或那样的相似性，这是明喻。”（II.14）[②]这种说明不够精确，因为并非任何两个相似事物都可以构成明喻。18世纪的藏族学者康珠·登增却吉尼玛指出：“喻体与本体应是不能混同的两种事物，而又有相似之点，这才是构成比喻的基本条件。”[③]这就弥补了檀丁论述的不足之处。另外，藏族学者还增加了部分《诗镜》中没有提到的庄严即修辞手法。例如，在“比喻”（即檀丁的upamā，明喻）修辞中，纳雪巴增添了“不一致喻”，素咯瓦增加了“前无喻”。在“否定”修辞中，素咯瓦增添了“确定否定”和“不确定否定”。任崩巴还归纳提出了十一种新的“喻词”。这些增补，不管是否完全可取，但都对檀丁《诗镜》所代表的梵语诗学中国化作出了积极的贡献。

①佟锦华：《藏族文学研究》，第192页。
②黄宝生译：《梵语诗学论著汇编》（上册），第164页。
③转引自佟锦华：《藏族文学研究》，第193页。

此外，《诗镜》中有一些庄严是根据梵语的特殊语言结构和语音实践总结出来的。在实际运用中，藏族学者淘汰了某些不适合藏族语言特点和结构的“清规戒律”，而代之以合适的规律。例如，在《诗镜》第三章中，檀丁论述了几种诗病。其中一种是“诗律失调”：“音节不足或多出，长短音节安置不当，这是诗律失调。这种诗病受到普遍指责。”（III.156）[①]这种音节多寡和长短音位置是相对于梵文诗来说的，而藏文诗只以音节数量不等为诗病，而无长短音问题。梵文中字母的发音分长短音，如元音अ（a，短音）和आ（ā，长音）。檀丁还提到一种诗病“缺乏连声”：“按照自己的意愿，故意不连声，这是缺乏连声。如果按照语法规则不连声，则不是诗病。”（III.159）[②]梵文中的连声指前后两个元音按照语法规则变形而融合，如前边提到的恭多迦的核心概念“曲语”一词，便是如此：“曲语”的梵文是वक्रोक्ति（vakrokti），它由表示“曲折”的वक्र（vakra）和表示“语言”的उक्ति（ukti）两个单词按连声规则组合而成。也就是说，前边的元音अ（a）和后边的元音उ（u）结合，产生了新的元音ओ（o），这个新的元音便天衣无缝地镶嵌在两个单词之间，由此产生一个新的单词“曲语”。檀丁提到的连声便是如此。但是，藏文诗只以诗中词句间的连接词使用不当为诗病。因此，康珠·登增却吉尼玛指出，诗律失调、缺乏连声、失去停顿和用词不当等四种诗病，大多出现在梵文诗中。如果藏文诗或别的语言写成的诗歌中出现类似诗病，应该加以消除。这表明藏族学者的正确立场：“既注意语言的不同特点，避免生搬硬套，又注意其参考价值，灵活运用，集中地反映了藏族学者对待《诗镜》的正确态度。”[③]赵康也认为：“藏文古体诗没有生搬硬套印度诗的诗

①黄宝生译：《梵语诗学论著汇编》（上册），第225页。
②黄宝生译：《梵语诗学论著汇编》（上册），第225页。
③佟锦华：《藏族文学研究》，第194页。

律。它吸收了三种诗的形体，肯定了输洛迦的形式，但坚持了本民族早有的颂体诗的格律。”①

综上所述，《诗镜》的基本原理和规则在中国西藏地区的跨文化旅行过程中，逐渐被吸收、消化，逐渐被中国化。藏族作家积极地学习梵语诗学庄严论的优点，并运用在自己的创作中。藏族学者们则对《诗镜》的原理进行改造，最终使梵语诗学原理产生了文化变异。换句话说，《诗镜》借助藏族文化的完美“嫁接”和顺利“摆渡”，完成了它在中国古代文论一个重要分支中的“理论飘移”。

《诗镜》不仅影响了中国西藏地区的文学创作和文学理论，它还通过藏族文论对中国蒙古地区文论产生过影响。一位蒙古族学者指出：“《诗境论》作为印度诗歌理论的总结，对文学体裁、诗歌修饰、文学风格及语言运用等方面作了详细的论述。随着佛教文化在藏蒙地区的广泛传播，这部著作也受到了蒙藏学者的高度重视，对蒙古族诗歌理论及诗歌创作产生了深远的影响……蒙古族高僧学者们把苦涩难懂的古印度诗歌理论富有创造性地运用在蒙古族诗歌实践上，对蒙古文论和文学创作的发展做出了不可磨灭的贡献。”②从比较文学研究角度看，毋庸讳言，这是一条错综复杂而又妙趣横生的诗学影响链。檀丁《诗镜》所代表的梵语诗学是这一链条的起点。

蒙古民族创造了辉煌的历史和灿烂的文化。在漫长的历史过程中，蒙古族有识之士除了用本民族语言文字进行创作以外，还曾利用汉语、藏语、满语等兄弟民族的语言著书立说，极大地丰富了本民族的书面文化。蒙古文文论、汉文文论、藏文文论是蒙古族文学

①赵康：《〈诗镜〉及其在藏族诗学中的影响》，载《西藏研究》，1983年第3期。本节论述多参考该文。

②娜仁高娃：《〈诗镜论〉对蒙古族诗论的影响》，载《内蒙古师范大学学报》（哲学社会科学版），2003年第3期。

理论的三种重要元素。

论者指出，檀丁的《诗镜》首先传入西藏，它在西藏得到广泛接受和长足的发展之后，随着蒙藏文化关系的日益发展而逐渐在蒙古族文学创作和文学理论领域中产生了影响。一般认为，《诗镜》在蒙古地区的传播始于元朝捌思吉斡节尔班智达时期，因为他在著作里熟练应用了《诗镜》的诸多庄严即修辞手法。实际上，《诗镜》在蒙古地区广泛流传还是从16世纪中叶开始的。3世达赖喇嘛·索朗嘉措来到蒙古地区以后，黄教在蒙古地区迅速发展。蒙藏文化关系随即日益密切，蒙古族学者们全面接受了藏族文化。不久，蒙古族高僧格列坚赞把《诗镜》译成了蒙古文，并收入《丹珠尔》。从16世纪中叶开始，很多蒙古族高僧到西藏各大寺庙学习深造，他们除了用蒙古语写作以外，还用藏文撰写著作，且用木刻版出版书籍，其中有关《诗镜》方面的论著甚多。他们继承蒙古原有的诗学理论，同时吸收梵语诗学和藏族诗学理论精华，建立了本民族的诗学体系。在这方面贡献较大的包括：札雅班智达·郎喀嘉措（1599～1662）、哲布尊丹巴·洛桑丹毕坚赞（1634～1722）、札雅班智达·洛桑赤列（1642～1715）、松巴堪布·益西班觉（1704～1788）、莫日根葛根·洛桑丹毕坚赞（1717～1766）、察哈尔格西·洛桑楚臣（1740～1810）、阿拉善·阿旺丹达（1759～1841）、热津巴·阿旺图丹（约1780～1865）、堪钦·嘉央嘎布（1861～1918）、喀尔喀堪布·阿旺洛桑克珠（1779～1838）等蒙古高僧。蒙古族文学自从进入自觉发展的那天起就与梵语诗学庄严论开始“亲密接触”。与藏族学者当初的做法类似，蒙古族学者们也对檀丁的著作进行注疏改造。如18世纪蒙古族高僧学人松巴堪布对《诗镜》进行多方阐释。察哈尔格西研究《诗镜》的论著给最初涉足《诗镜》的读者提供了通俗易懂的范本。阿旺丹达在《诗镜三品之引喻·智者项饰明点美鬘》一文里对《诗镜》的三章内容依次举例，并借机表达自己的诗学观点。“正因如此，《诗镜论》才不仅成为蒙古族藏文著作的理论依据，而且还成为蒙古族母语创作和翻译创作的理论根据。比如说乌拉特嘎拉丹旺楚克道尔吉在他所著的长诗《忏悔诗》中的一百多行诗，全部用叠字修饰法的尾首双关叠字修饰来押韵，形式和手法非常精彩。”①

综上所述，梵语诗学庄严论通过藏族文论，再影响蒙古族文论，这是印度古代文论的独特魅力所在，也是中世纪东方文学理论跨文化对话的题中之义。书写一部完整的中印文学交流史，如果缺少这斑斓多彩的一章，将是不完美的。

①额尔敦白音：《〈诗镜论〉及蒙古族诗学研究》，资料来源：蒙古学信息网：http://www. surag. net/index. do. 也可参见额尔敦白音：《〈诗镜论〉及蒙古族诗学研究》，载《蒙古学集刊》 2004 年第 1 期。此处对中国蒙古族文论接受《诗镜》影响的介绍，主要参考该文。另参阅娜仁高娃：《〈诗镜论〉对蒙古族诗论的影响》。

（教育部人文社会科学重点研究基地四川大学南亚研究所资助）
（四川大学985工程“当代南亚与国际问题”创新基地经费资助）
（2008年国家哲学社会科学基金项目资助，批准号：08BWW016）

印度文论史 下

भारतीयकाव्यशास्त्र का आलोचनात्मक इतिहास

A HISTORY OF INDIAN LITERARY CRITICISM

尹锡南 著

巴蜀书社

图书在版编目(CIP)数据

印度文论史(上、下册)/尹锡南著.—成都:巴蜀书社,2015.5

ISBN 978-7-5531-0520-8

Ⅰ.①印… Ⅱ.①尹… Ⅲ.①文学批评史—印度
Ⅳ.①I351.06

中国版本图书馆CIP数据核字(2015)第068869号

印度文论史 (上、下册)

尹锡南 著

责任编辑	张照华
出　　版	巴蜀书社 成都市槐树街2号 邮编:610031 总编室电话:(028)86259397
网　　址	www.bsbook.com
发　　行	巴蜀书社 发行科电话:(028)86259422 86259423
经　　销	新华书店
印　　刷	成都翔川印务有限公司
版　　次	2015年5月第1版
印　　次	2015年5月第1次印刷
成品尺寸	210mm×148mm
印　　张	37.75
字　　数	1150千
书　　号	ISBN 978-7-5531-0520-8
定　　价	300.00元(上、下册)

目　录

下　册

第五章　印度近现代文论发展和转型（19世纪中叶至1947年）…　587

第一节　概述……………………………………………………　588

第二节　方言文论发展的三个阶段……………………………　596

第三节　方言文论发展概况……………………………………　601

一、阿萨姆语……………………………………………………　602

二、孟加拉语……………………………………………………　603

三、古吉拉特语…………………………………………………　607

四、坎纳达语……………………………………………………　610

五、克什米尔语…………………………………………………　612

六、马拉雅兰语…………………………………………………　613

七、马拉提语……………………………………………………　615

八、奥里雅语……………………………………………………　620

九、旁遮普语……………………………………………………　621

十、信德语………………………………………………………　623

十一、泰米尔语…………………………………………………　625

十二、泰卢固语…………………………………………………　627

十三、乌尔都语…………………………………………………　629

第四节　印地语文论发展概况…………………………………　634

第五节　梵语诗学著作的译介和研究…………………………　645

一、梵语诗学的印度方言译介和研究…………………………　647

二、梵语诗学的英译和研究……………………………… 651
第六节　罗宾德拉纳特·泰戈尔……………………………… 659
一、泰戈尔文论发展轨迹……………………………… 659
二、文学本质论……………………………… 662
三、文学创作论……………………………… 666
四、文学鉴赏论……………………………… 670
五、比较文学论……………………………… 672
六、泰戈尔文论研究概况……………………………… 676
第七节　奥罗宾多·高士……………………………… 679
一、“精神进化论”要义……………………………… 680
二、“未来诗歌论”要义……………………………… 683
三、“未来诗歌”视阈中的西方文学……………………………… 691
四、奥罗宾多的东西方文学比较……………………………… 696
五、奥罗宾多诗学观的成因与缺陷……………………………… 699
第八节　普列姆昌德……………………………… 701
第九节　V.拉克凡……………………………… 711
第十节　A.K.库马拉斯瓦米……………………………… 717
第十一节　阿·泰戈尔……………………………… 728
第十二节　M.希利亚南　……………………………… 732

第六章　印度当代文论发展新动向（1947年至今）……………………………… 743
第一节　概述……………………………… 744
第二节　方言文论新发展……………………………… 749
一、阿萨姆语……………………………… 749
二、孟加拉语……………………………… 751
三、古吉拉特语……………………………… 753
四、坎纳达语……………………………… 756
五、克什米尔语……………………………… 758

六、马拉雅兰语 …… 759
七、马拉提语 …… 760
八、奥里雅语 …… 763
九、旁遮普语 …… 765
十、信德语 …… 767
十一、泰米尔语 …… 769
十二、泰卢固语 …… 771
十三、乌尔都语 …… 773
第三节　印地语文论新发展 …… 776
第四节　梵语诗学的英译和研究 …… 787
一、梵语诗学著作英译 …… 788
二、梵语诗学研究概况 …… 794
三、当代文论家的梵语著作举例 …… 814
第五节　梵语诗学的批评运用 …… 824
一、梵语诗学批评的发展轨迹 …… 825
二、梵语诗学批评的动因简析 …… 836
三、相关问题及评价 …… 839
第六节　梵语诗学在中国的译介、研究和批评运用 …… 842
一、梵语诗学译介 …… 842
二、梵语诗学研究 …… 846
三、梵语诗学批评在中国 …… 850
第七节　印度文学史研究 …… 852
一、“印度文学”概念辨析 …… 852
二、印度文学史的研究和编著 …… 855
三、S.K.达斯的《印度文学史》简介 …… 862
第八节　比较文学理论和比较诗学研究 …… 865
一、比较文学学科理论探讨 …… 866
二、比较诗学研究 …… 873

第九节　翻译理论与翻译研究…………………………………… 882
一、关于翻译传统和功能等的思考…………………………… 883
二、文化翻译论……………………………………………………… 886
三、泰戈尔自译现象………………………………………………… 889
四、印度文学的内部互译…………………………………………… 891
第十节　后殖民理论…………………………………………………… 894
一、阿贾兹·艾哈默德……………………………………………… 896
二、阿西斯·南迪…………………………………………………… 905
三、萨尔曼·拉什迪………………………………………………… 911
第十一节　印度英语文学研究…………………………………… 916
一、概念辨析…………………………………………………………… 918
二、历史分期…………………………………………………………… 921
三、代表性作家………………………………………………………… 924
四、创作中的核心问题……………………………………………… 926
五、新的研究动向…………………………………………………… 930
第十二节　女性主义文学批评…………………………………… 932
一、时代背景和文化语境…………………………………………… 932
二、女性创作批评举例……………………………………………… 935
三、文学经典的女性解构…………………………………………… 943
四、“门槛定律”与印度中心观……………………………… 949
第十三节　达利特文学批评……………………………………… 959
第十四节　印度电影和戏剧研究………………………………… 969
一、电影研究举例…………………………………………………… 969
二、电影研究的主题分析…………………………………………… 976
三、戏剧研究举例…………………………………………………… 983

余论：印度文论发展对中国的启示…………………………… 993
参考文献……………………………………………………………… 1005

一、中文……1005
（一）著作（含译著）……1005
（二）论文……1013
（三）网络资料……1017
二、梵语（含部分附录英译文的著作）……1017
三、印地语……1034
四、英语……1034
五、工具书……1058

附录一　印度文论史大事年表……1060
附录二　印度文论选译……1069
一、《舞论》第14、24章（婆罗多）……1069
二、《句词论》第1章（伐致呵利）……1099
三、《诗庄严经》第1章（伐摩那）……1112
四、《曲语生命论》第2章（恭多迦）……1123
五、《合适论》（安主）……1125
六、《诗人的颈饰》第1、2章（安主）……1132
七、《火神往世书》（第337章）……1141
八、《画经》（《毗湿奴法上往世书》第43章）……1145
九、《虔诚味甘露海》第2章（鲁波·高斯瓦明）……1148
十、《诗庄严颂》（勒沃普拉萨德·德维威迪）……1151
十一、《印地语文学理论批评》（结语）……1153

后　记……1162
补　记……1182

Contents

Vol.2

Chapter Five The Development and Transformation of Modern Literary Criticism in India (1857 ~ 1947)

Part One General Introduction

Part Two Three Stages of Literary Criticism in 14 Bhaṣa Languages

Part Three Brief Introduction to Literary Criticism in 13 Bhaṣa Languages

Part Four Brief Introduction to Literary Criticism in Hindi

Part Five The Translations of and Researches on Sanskrit Poetic Canons

Part Six Rabindranath Tagore(1861 ~ 1941)

Part Seven Aurobindo Ghose(1872 ~ 1950)

Part Eight Premchand(1880～1936)

Part Nine V.Raghavan(1908 ~ 1979)

Part Ten A.Kentish Coomaraswamy (1877 ~ 1947)

Part Eleven Abanindranath Tagore（1871 ~ 1951）

Part Twelve M.Hiriyanan（1871 ~ 1950）

Chapter Six The New Trends of Contemporary Literary Criticism in India (1947 ~)

Part One General Introduction

Part Two The New Trends of Literary Criticism in 13 Bhaṣa Languages

Part Three Brief Introduction to the New Trends of Literary Criticism in Hindi
Part Four The Translations of and Researches on Sanskrit Poetic Canons
Part Five The Appreciation of the West and East Works in the Light of Sanskrit Poetics
Part Six Sanskrit Poetics in China since 1900
Part Seven The Researches on Indian Literary History
Part Eight The Researches on Comparative Literature and Comparative Poetics
Part Nine Translation Studies
Part Ten Post-colonial Theory
Part Eleven The Researches on Indian English Literature
Part Twelve The Feminist Studies on India English Literature
Part Thirteen The Researches on Dalit Literature in India
Part Fourteen The Researches on India Films and Theatres

Conclusions: The Historical Evolutions of Literary Criticism in India and Its Implications for China

Bibliography

Appendix 1 The Chronological Events of Literary Criticism in India

Appendix 2 Selected Translation of Alaṅkāraśāstra and the Epilogue of *Literary Criticism in Hindi*

(1) *Nāṭyaśāstra* by Bharata (Chapters 14 & 24)
(2) *Vākyapadīya* by Bhartṛhari (Chapter 1)
(3) *Kāvyālaṅkāra-sūtra* by Vāmana (Chapter 1)
(4) *Vakroktijīvita* by Kuntaka (Chapter 2, Karikās Only)
(5) *Aucityavicāracarcā* by Kṣemendra (Karikās Only)
(6) *Kavikaṇṭhābharaṇa* by Kṣemendra (Chapters 1-2)
(7) *Agnipurāṇa* (Chapter 337)
(8) The Citrasūtra of *Viṣṇudharmottarapurāṇa* (Chapter 43)

第五章

印度近现代文论发展和转型

（19世纪中叶至1947年）

第一节 概述

19世纪中叶，印度民族大起义爆发，英国与印度的殖民关系进入新的时期。以此为契机，印度历史进入近现代阶段（“近现代”这一概念有时也是“近代”或“现代”的代名词）。随着与以英国为代表的西方在政治、经济诸方面的联系不断加强，印度与西方的文化互动也逐渐加深，印度文论（主要是印度各方言文论）的发展从此进入一个新的发展阶段即现代转型或曰现代转换、现代转化的阶段。英语为载体的文论著述，成为这一时期印度文论的重要组成部分，泰戈尔、奥罗宾多、A.K.库马拉斯瓦米等人的英文著述便是近现代印度文论的代表性成果。泰戈尔和奥罗宾多等一些重要文论家都是双语著述者，其重要的文论思想常常以两种语言载体问世。这是印度近现代文论发展有别于印度古代、中世纪文论发展的一个重要特点。

关于印度古典文论的现代转型，有的学者指出：“至20世纪初，在新进入的基督教的影响下，印度古典诗学虽然作了拼力的抗争，但最终也走上了沉寂之路，现代印度美学思想与文论在本质上已与古典时代的诗学有了本质上的不同。”[①]正如前述，这种论断

①曹顺庆主编：《中外文论史》（第四卷），第3033页。

自然有绝对化之嫌，因其包含着梵语诗学近现代“终结论”的因子，但也应该承认，它又具有合理的因素，因为印度近现代文论发展的确出现了焕然一新的面貌，这自然会影响其本质的变化。

1757年6月23日，英国在普拉西战役中打败了印度军队，这为英国殖民者征服整个北印度奠定了基础。英国历史学家认为：“一般认为，英国人在印度的历史是从1757年普拉西战役开始的……很明显，对于现代印度社会的政治性变化而言，普拉西战役与1453年东罗马帝国的君士坦丁堡之沦陷之于15世纪欧洲文化界的影响一样重要。”①此后，英国殖民者通过三次迈索尔战争（1767—1799年）等一系列殖民战争，到19世纪中叶，完成了对整个印度的征服，建立了庞大的英印帝国。英国殖民者的残酷剥削，必然激起印度人民的反抗和斗争。1857年爆发的印度民族大起义是这一反抗情绪的总爆发。坚持两年的印度民族大起义虽然最后失败，但它给英国殖民者以空前沉重的打击，有力地推动了印度民族独立运动的发展。1858年8月，英国女王直接统治印度，总督成为女王在印度的直接代表。随着莫卧儿王朝土崩瓦解，英国对印度的殖民统治进入一个新的阶段。英属印度的政治、经济和社会文化发展也随之进入一个新的时期。②英国人在印度殖民统治的建立，给印度社会带来了前所未有的革命性变化。1853年，马克思说：“英国在印度要完成双重使命，一个是破坏性的使命，即消灭旧的亚洲式社会；另一个是建设性的使命，即在亚洲为西方式的社会奠定物质基础。”③英国殖民者在印度采取铺设铁路、推广西式教育、教授英语、放宽新闻限制、社会改革立法以废除萨提制陋习等措施，对印度影

①Percival Spear, *The Oxford History of India,* Delhi: Oxford University Press, 1981, p.446.

②关于英国殖民印度的历程，参阅林承节：《印度史》，第206—276页。

③马克思、恩格斯：《马克思恩格斯选集》（第2卷），北京：人民出版社，1972年，第70页。

响至大。印度学者认为："西方教育的传播，为印度政治觉醒的根源。"[①]值得一提的是，英语教育的引进为西方思想观念在印度的传播提供了媒介。这种西方教育既是部分印度有识之士主动接纳西方思想、呼吸西方文化空气的自觉之举，也是殖民者在印度知识界培养东方代理人的潜在前提。英国殖民者推行英语教育的动机诚如斯言："一般地说，将一个印度人英国化的动机不容置疑：印度人越是英国化，他就会变得越好、越文明。"[②]他们的目的是通过英语教育，在印度进行文化殖民。1835年，英印殖民政府官员麦考莱说："我们现在必须尽最大努力在我们与我们统治的数百万人之间形成一个可以称作翻译的阶级；这样一个阶级的人，在血统和肤色上是印度的，但在兴趣、见解、道德和知识上都是英国的。我们可以放心地让那个阶级去纯化那个国家的方言土语，用从西方名词中借来的科学术语来丰富那些方言，并将其转译成适当的工具以向那里的民众传达知识。"[③]

从积极意义上说，伴随英国的殖民入侵和资本主义生产关系的传入，西方先进的哲学和社会思想如人道主义等传入印度。此后，印度兴起了一场波及全印、时间长达百年之久的社会改革运动，它以19世纪20年代开始的印度教改革运动为先导。由于印度教徒占当时印度总人口的四分之三以上，印度教正统思想是印度意识形态的主流，因此，印度教改革大大促进了印度社会进步与发展。这具体表现在以下几个方面：批评中世纪的神学体系，解放人民思想；破除封建的陈规陋习；推广新式西方教育，传播现代科学文化；打破种姓藩篱，促进社会平等；激发人民爱国热情，为民族主义运动做

①辛哈、班纳吉：《印度通史》（第四册），张若达等译，北京：商务印书馆，1973年，第1033页。

②David Rubin, *After The Raj: British Novels of India Since 1947,* London: University Press of New England, 1986, p.47.

③转引自罗钢、刘象愚主编：《后殖民主义文化理论》，北京：中国社会科学出版社，1999年，第116页。

准备。[1]其中，新式教育亦即以英语教育为核心的西方教育对于印度青年接受西方文化创造了有利条件，这也为近现代印度文论家在著述中自觉吸纳西方现代文论因子做好了铺垫。这一时期，泰戈尔、奥罗宾多及此后的纳根德罗等具代表性的文论家在利用孟加拉语或印地语等印度语言进行文论著述的同时，还采纳殖民者的语言即英语进行著述。这是印度近现代文论发展的重要特征。这与中世纪前的梵语著述和中世纪的梵语与方言著述并存的格局都有区别。

19世纪至20世纪初，西方文论也进入新的发展阶段。19世纪，欧洲最重要的文学思潮是浪漫主义和现实主义。它们各有自己的创作和理论。浪漫主义文论重视作家同作品之间的关系，重视作家的心理因素。现实主义文论则关注社会对文学作品、作家所产生的深刻影响。关注文学与社会关系的马克思文艺理论也出现在这一时期。19世纪后半期到20世纪初期，西方产生了各种新的理论思潮，如左拉的自然主义，波德莱尔的颓废主义，王尔德的唯美主义，叔本华、尼采的悲观主义等。这便构成了近现代西方文论的多元化格局和基础。

论者指出，从19世纪到20世纪，西方文论经历了一个质的变化。如果说，19世纪西方文论突破了古典主义文论的束缚，形成了以浪漫主义（含象征主义）和现实主义（含自然主义）为主流的文学理论，那么，20世纪西方文论则在现当代西方哲学两大思潮（人本主义和科学主义）的冲击下，形成了具有鲜明的反传统倾向的新文论。“20世纪西方文学理论，无论数量还是质量，远远多于或高于此前所有的文论，成为西方20世纪文化格局中重要的组成部分。”[2]按照有些学者的观察，20世纪西方文论在研究重点上发生

①参阅刘建、朱明忠、葛维钧：《印度文明》，第493—498页。

②张首映：《西方二十世纪文论史》，北京大学出版社，1999年，第1页。此处介绍，多参考该文。

了两次重要的历史性转移，第一次是从重点研究作家转移到重点研究作品文本，第二次则是从重点研究文本转移到重点研究读者和接受的问题。现当代西方文论最重要的特征是出现了两个转向，一是“非理性转向”，一是“语言论转向”。所谓“非理性转向”是指非理性主义在文论著述中占了上风。所谓“语言论转向”，是指西方文论著述近似于梵语诗学庄严论的立场姿态，关注文学文本的内部研究，突出了语言的重要地位。①还有论者认为，就整个20世纪西方文论来说，大体上可以分为五个维度进行研究。一是注重作者心理表现研究方面，有表现主义、象征主义、文艺心理学、原型批评等；二是注重作品本体研究方面，主要有俄国形式主义、英美新批评、结构主义符号学、现象学作品本体论研究等；另外，还有注重读者阐释接受的研究，注重文艺的社会文化批判研究和注重思维价值论全面转型的后现代文论思潮等。“这些维度构成了20世纪色彩斑斓的人文话语拓展和多元文论景观，使文学理论研究成为最活跃的文化话语领域。”②毋庸置疑，19世纪到20世纪的西方文学理论成为近现代印度文论放眼看世界的基础和依据。梵语诗学聚焦于文学语言和情感意蕴，明显忽视对作家与社会世界之关系的思考，对于作家、作品、读者（观众）与世界四个维度的各种论述之间显得有些“生态失衡”。西方文化的传入和英语教育的普及，使得印度学术界学习和引介西方文学理论成为一种时髦。西方文论的引介将在很大程度上改变印度近现代文论的面貌和实质。

论者认为：“印度文学的现代化（约开始于19世纪上半叶）是以英语的到来为起始点的。西方文学的各种思潮与体裁催化着印度

①朱立元主编：《当代西方文艺理论》，上海：华东师范大学出版社，1997年，第4—8页。此处介绍，多参考该文。

②胡经之主编：《西方文艺理论名著教程》（下卷），北京大学出版社，2003年，第4—5页。

文学进入20世纪。”[①]西方文学理论对印度文论的影响也是如此。由于印度与以英国为代表的西方在近现代紧密的殖民文化联系，从19世纪中叶到20世纪中叶即1947年印度独立的一百年中，印度各种方言（包括已经为印度知识界普遍熟练掌握的英语）文学理论或文学评论界同时存在几种复杂的动向或趋势。有的人倾向于翻译引介西方古典诗学和近现代西方文论，有的人注重对传统的梵语诗学进行翻译整理，或对梵语诗学原理进行研究，或遵循西方线性进步历史观和西方文论史书写模式而撰写《梵语诗学史》，或亦步亦趋地进行教科书式的传播和阐发，甚或以西方文论阐释梵语诗学，还有人融合印度本土理论与西方文论之长构建新的文论话语，有的人甚至引入西方的比较文学方法进行梵语诗学与西方文论比较研究。由此可见，近现代印度文论不仅包括文学理论的话语嫁接或建构，也包括文学现象或文学文本的评述，还包括比较诗学在印度学界的早期实践。这与梵语诗学早期和中世纪发展阶段聚焦于理论话语的建构或阐释明显不同。

印度近现代文论发展的复杂趋势与印度近现代历史发展息息相关。在民族独立运动高涨的时代背景下，梵语诗学理论作为印度传统文化的一个重要组成部分，必然成为部分尊重传统文化的印度文论家的关注对象。他们对梵语诗学的翻译整理、对梵语诗学的理论重释及比较研究，均可在这一时代框架中得到合理解释。总之，近现代印度文论主要是围绕梵语诗学和西方文论两根支柱而发展起来的。没有这两个文论基础，谈不上印度近现代文论的发展。

有学者认为：“就像1840年中英鸦片战争使中国步入近代一样，1857年印度反英民族大起义也使印度进入到近代时期……1947年更是重大的时间点，是新印度的开始，自然成为印度现代史与当

①石海峻：《20世纪印度文学史》，“前言”，青岛出版社，1998年，第4页。

代史的'界碑'。"[①]1905到1908年间，印度爆发了资产阶级民族革命运动，历史学家因此将1905年视为印度现代史的开端。印度现代史一直延伸到印巴分治的1947年。因此，从时间上来算，印度近现代文论只有不过九十年左右的发展历程。在这段时间里，融合东西而创立诗学体系者以泰戈尔和奥罗宾多·高士二人为典型。泰戈尔和奥罗宾多两人不仅是印度现代文学巨匠，也是卓有建树的文学理论家。他们均有留学英国并浸淫于传统文化精华的双重经历，其文化心灵受到印度古典文化和西方文化的双重洗礼，因此，他们的文学理论也体现了东西合璧的特色，这和同一时期王国维融合中西精华而力求文论创新的姿态有些相似。泰戈尔和王国维"对西方现代美学的吸收与批判是同步的……将外来的美学理论作为内在的参考坐标，力求古今贯通、东西交汇"。[②]泰戈尔不仅利用传统味论研究印度和西方文学，还在文论著述中自觉维护梵语诗学的尊严。泰戈尔的文论思想是印度近现代文论的卓越代表。他以梵语诗学味论阐发东西方文学作品，更是后殖民时期印度文论界的一个典范。奥罗宾多提出了"未来诗歌"的构思，体现了印度知识分子在殖民时期抵抗西方话语霸权的策略。

就印度各方言文学理论而言，除了泰戈尔和奥罗宾多等人外，还陆续出现一些代表性人物。著名印地语小说家普列姆昌德的文论著述便是一例。拉默金德尔·修格尔和杰耶辛格尔·伯勒萨德（Jaya Śankara Prasāda）等人的印地语文论值得关注。其他方言文论也出现了一些代表人物，如马拉提语文论家B.S.玛德卡尔（B.S.Mardhekar）、马拉雅兰语文论家K.伐尔玛（Kerala Varma）和泰米尔语文论家K.N.苏布拉曼尼亚姆（K.N.Subramaniyam）等人。

---

①姜景奎:《印地语戏剧文学》, 北京: 中国对外翻译出版公司, 2002年, 第3页。

②刘朝华:《王国维与泰戈尔美学理论举要比较》, 见唐仁虎、魏丽明等著:《中印文学专题比较研究》, 太原: 北岳文艺出版社, 2007年, 第348页。

拉贾·拉奥、M.R.安纳德和R.K.纳拉扬等人还对印度英语文学的产生作出有力的辩护。这为印度英语文学的顺利发展和不断繁荣扫清了障碍。值得一提的是，近现代印度文论很多是以英语为媒介发表或出版的。原因已如前述。本章虽不拟对印度的英语文论作专题介绍，但在介绍泰戈尔和奥罗宾多等人的文论思想时，实际上就是对印度英语文论的简单介绍。

梵语诗学名著如《舞论》等的发掘、翻译和研究，两部梵语诗学史的出版、V.拉克凡等人的梵语诗学研究，这一切构成了近现代印度文论发展的有机组成部分。1947年印度独立以前，S.K.代和P.V.迦奈几乎同时出版《梵语诗学史》，对历史悠久的梵语诗学进行纵向考察。V.拉克凡等学者先后出版《味的数量》等著作。对于梵语诗学文献的发掘、校勘和编订出版尤其值得关注，甚至连一些不清楚成书时间或不清楚著者姓名的著作都得以整理出版。①这是19至20世纪上半叶印度学界成就斐然的领域，它为当代印度国内外学界的梵语诗学译介、研究打下了坚实的文献基础。这一切显示了梵语诗学在印度学者心目中的崇高地位。

美学或艺术美学方面的著述也值得关注。M.希利亚南相继撰写了《印度美学》、《味和韵》与《艺术体验》等论文，对印度传统美学和梵语诗学等进行了现代阐释。这一时期，还出现了A.K.库马拉斯瓦米和阿·泰戈尔等人的艺术美学著述。前者的英语著作在西方世界引起了反响，为20世纪初西方学者了解印度的艺术奥秘成功地搭起了一座桥梁。这也是对当时某些轻视印度艺术的西方中心论者的驳斥。阿·泰戈尔的画论曾经出现了英文和法文译本，值得关注。和泰戈尔、奥罗宾多等一样，他们的理论著述为后殖民时期很多印度文论家在西方传播印度声音作出了表率。

①例如，该书成书时间不详，但仍得以面世：Sarveśvarācārya, *Sāhityasāra*, Trivandrum: The University Manuscripts Library, 1947.

第二节　方言文论发展的三个阶段

印度学者纳根德罗认为："伴随近代印度和印度文化的出现，印度各种语言的近现代文学理论批评始于19世纪中叶。"[①]他把近现代印度文论发展分为三个阶段：第一个阶段指19世纪中期到20世纪初，第二阶段从20世纪初到30年代，20世纪40到50年代为第三阶段。需要说明的是，纳根德罗等人在论及近现代印度文论时，大多使用literary crircism（文学批评或文学理论批评）这一术语而非literary theory（文学理论）一词。前一个词汇包括了理论阐释和文学评论，涵盖的范围更为广泛。这也符合印度近现代文论发展的实际，即具体的文学评论和抽象的文学理论阐释相结合。因此，下边以"印度文学理论批评"或"印度文学批评"一词来指代或涵盖印度文学理论与印度文学批评、文学评论，同时，也在此意义上使用"文论家"来指代文学评论家或文学理论家。

具体说来，在第一阶段，印度各方言文学都出现了这样一些动向：在各种方言杂志上载文评述新的文类和当代文学新动向，评述新的出版物，评价古典作品，引介西方诗学原理，重估梵语诗学价值，考量西方文化对印度文学的影响，等等。相对而言，因为地处海岸线一带，孟加拉语、马拉提语和马拉雅兰语地区的文学接受西方文学影响更早，文学评论的发展更有优势。19世纪后期，几乎所有印度地方语言的杂志都已出现，这极大地推动了第一阶段文学评论的发展。这些杂志包括印地语的《印地语之灯》（*Hindīpradīpa*）、孟加拉语的《万象集》（*Vividhārtha-saṅgraha*）、泰米尔语的《智慧之光》（*Jñāna-bhānu*）和泰卢固语

---

①Nagendra,ed. *Literary Criticism in India,* "Preface,"p.20. 本节及下两节关于印度方言文论、印地语文论的相关介绍，主要参考该书相关内容，特此说明。

的《如意宝珠》（*Chintāmaṇi*）等。19世纪以来，部分西方学者为印度文学魅力所折服，向西方学界译介印度古典作品及文学理论。同时，很多印度知识分子开始用英语或各方言向印度译介西方文学理论。评论家们开始采用西方文论标准评价文学作品，但也有不少人焦虑地急于确认梵语诗学的现代运用价值。这一时期，印地语、孟加拉语、马拉雅兰语、坎纳达语和马拉提语中开始出现关于莎士比亚戏剧的翻译，还出现了关于莎士比亚和迦梨陀娑戏剧艺术的比较研究，但因为部分学者带着强烈的民族自尊心理，这些早期比较研究的学术价值大打折扣。有的学者还试图把梵语诗学与西方文论结合起来。总之，第一阶段的印度文学评论打破了常规，开辟了新的道路。尽管还有很多不成熟的地方，但是，它为以后的文学评论打下了基础。①

第二阶段为印度文学批评的发展期。那种综合梵语诗学与西方文论优势的文学评论风格已经成型。随着高等教育迅猛发展，印度学者与西方文学的联系更加紧密，散文、小说和诗歌等文学类型得到长足发展，文学评论作为一种普通学科随之发展起来。随着高等教育中地方语言文学逐步得到重视，人们开始重视对方言文学进行评价或阐释。有的学者采纳新的方法和标准，评价印度古典文学或当代作品。这极大地推动了印度文学评论的发展。这一时期的文学评论显得更加成熟。各种方言的评论家采用印度标准评价作品的主味、庄严、诗德和诗病等等。由于熟悉新的批评理论，他们也能用现代术语表述和阐释梵语诗学基本原理。一些热衷于西方文论的方言学者改编西方作品，使用新的西方文论标准评价作品。在讨论作品情味、庄严、诗德、诗病和韵律的同时，他们也探讨诗歌作品中潜在的生活哲学、性格刻画和环境描写等等。“迄今为止，印度和西方的文学批评原理都拥有自己的身

①以上介绍参阅Nagendra,ed. *Literary Criticism in India,* “Preface,” pp.20-23.

份，评论家们把它们视为相似的原理。”[①]因此，一些人试图调和二者，但只有极少数学者在文学批评中做得较好。他们用现代知识来调适印度古典美学观念。因此，第二阶段的文学评论风格趋于成熟。这方面的代表人物包括印地语评论家拉默金德尔·修格尔、孟加拉语评论家普拉莫塔·乔杜里（Pramatha Chaudhurī）、马拉提语评论家N.C.格尔卡（N.C.Kelkar）、古吉拉特语评论家A.S.达鲁瓦（A. Shankara Dhruva, 1869 ~ 1942）、坎纳达语评论家B.M.室利甘提（B.M.Shrīkantiah）、马拉雅兰语评论家A.R.R.伐尔玛（A.R.Rājarāja Varmā）、泰米尔语评论家T.S.K.穆达利亚（T. S. Keshavarāya Mudaliar）和泰卢固语评论家C.R.雷迪（C.R.Reddi）等人。[②]

纳根德罗认为：“无论是质量还是数量，印度文学批评发展第三阶段的确是黄金时期。”[③]19世纪发展起来的民族主义文学，在20世纪初继续得到发展。20世纪20年代，以孟加拉语文学为先声，兴起了波及其他各种方言的浪漫主义文学。“从文化上看，浪漫主义文学运动是印度传统精神主义与泰戈尔‘人的宗教’及室利·奥罗宾多神秘主义美学观相结合的产物。”[④]其后，印度方言文学中出现了现实主义文学和印地语的阴影主义文学。三十年代后期，现实主义文学与进步主义文学合流，成为席卷全印的文学运动。这场文学运动与甘地主义和马克思主义在印度的广泛传播密切相关。五十到八十年代，还出现了在当代印度文坛影响深远的边区文学。上述文学运动均与印度和西方的文学思潮互动有关，印度现代文学的发展必然带有西方文学的影响痕迹。

---

①本段介绍参阅：Nagendra,ed. *Literary Criticism in India,* “Preface,” p.24.

②参阅：Nagendra,ed. *Literary Criticism in India,* “Preface,”pp.23-24.

③Nagendra,ed. *Literary Criticism in India,* “Preface,” p.24.

④石海峻：《20世纪印度文学史》“前言”，第6—7页。此处介绍参考该书相关内容。

印度与西方的文学互动必然影响到文学评论。例如，泰戈尔的唯美主义与王尔德（Oscar Wilde）为代表的西方唯美主义息息相通，他曾经认为，文学就是文学的目的。这与王尔德“为艺术而艺术”的主张类似。泰戈尔的文论观浸透了浪漫主义文论因素。除了泰戈尔以外，很多印度方言文学评论家也深受西方浪漫主义文论和唯美主义思想的影响。这包括印地语文论家南德杜拉利·巴杰帕伊（瓦杰帕伊）（Nand Dulāre Bājpeyī，1906～1967）和赫加利·伯勒萨德·德维威迪（Hazàri Prasàd Dwivedī，1907～1979）、古吉拉特语文论家V.R.特里维迪（V. R. Trivedi）、孟加拉语文论家M.马宗达（Mohit Majumdār）和N.R.雷（Nīhār Ranjan Ray）和马拉提语文论家B.R.丹比（B.R.Tāmbe）等。他们把美视为文学艺术的灵魂，美也是人类精神生活即情感体验的有机部分。他们为唯美主义思想而着迷，鼓吹艺术自由，大量引用王尔德、布拉德雷（A.C.Bradley）和史文朋（Swinburne）等人进行著述。意大利文论家克罗齐的表现主义美学观也受到印度文论家的高度关注。印地语文论家拉默金德尔·修格尔把克罗齐的理论视为恭多迦曲语论的外国版。纳根德罗在其印地语著作《印度诗学引论》（*Bhāratya Kāvyashāstra kī Bhūmīkā*）中，对克罗齐表现主义美学与恭多迦曲语论进行比较，指出了二者各自的优势与弱点。孟加拉语文论家苏伦德拉纳特·达斯古普塔（Surendranātha Dāsgupta）写了评论克罗齐的著作，另一位孟加拉语文论家A.C.古普塔（Atula Chandra Gupta）把克罗齐的美学观与新护的韵论美学进行比较。论者指出，在浪漫主义文论之后，有两股西方思潮波及印度文学评论界。一是弗洛伊德的精神分析理论，二是马克思主义文艺理论。相对来说，后者对印度评论界的影响更胜一筹：“马克思主义对印度的冲击更为广泛有力，几乎在所有印度语言中，都以更为系统的方式进行文学的社会学研究。这一批评流派的基本哲学是辩证唯物主义。他们相信，文学与社会经济状况存在重要的联系。他们以社会价值来取代精神和美学理想。”[①]这种马克思主义的文学批评范式得到了印度社会的政治支持。因此，不同语言的评论家们都不约而同地采用了这种社会学的文学批评模式。这些批评家包括乌尔都语的E.侯赛因（Ehteshām Hussain）、马拉提语的S.穆克提波塔（Sharatchandra Muktibodh）等人。这种马克思主义批评模式也存在严重的局限，它执著于单一的意识形态和政治信念，从而使批评者的眼界受到限制，阻碍了他们对文学作品进行美学分析。[②]关于这一现象，纳根德罗指出：“第三类评论家由这些学者组成，他们从现代心理学、社会学的批评立场出发，重新阐释和评价古典文学理论。尽管他们非常尊崇传统，但仍然相信必须改造我们的古代文艺思想，以使其确实具备现代运用的价值……我们的思维被西方的批评立场和价值观念所深深浸润，现时代的学者只能采纳西方的方法阐释文学。”[③]

1947年独立以后的一段时期，印度民族主义意识高涨，但是，随着年轻一代的知识分子在印巴分治所造成的政治、经济危机前感到幻灭和沮丧，西方文学理论再度俘获了部分学者的心灵。印度文论发展进入风云变幻的后殖民时期。[④]

纳根德罗把印度近现代文学批评分为上述三个发展阶段，再把印度近现代文学理论的阐释建构分为两个时期，即19世纪后半叶为第一个时期，20世纪初至五十年代为第二个时期。在第一个时期里，印度学者主要从梵语诗学来观察和研究文学，偶尔也会加入西方文论的因素；第二个时期里，学者们的眼界已经打开，他们不仅要发现传统文论的价值，并且还想在现代西方的知识视角下对其重新评价。他们的目的不仅是借鉴西方，还希望以此保护印度传统文

①Nagendra,ed. *Literary Criticism in India,* “Preface,”p.29.
②本段介绍参阅：Nagendra,ed. *Literary Criticism in India,* “Preface,” pp.24-30.
③Nagendra,ed. *Literary Criticism in India,* “Preface,” p.34.
④Nagendra,ed. *Literary Criticism in India,* “Preface,”pp.24-34.

学理论。第二时期的印度文论发展可以概括为以下几个方面。首先是翻译梵语诗学著作，其次是用传统方法阐释梵语诗学，再次是从现代美学、心理学和社会学理论入手重新阐释和评价梵语诗学，最后是完全采纳西方的文学理论标准。第三个方面尤为引人注目。印地语文论家拉默金德尔·修格尔、纳根德罗以及孟加拉语文论家泰戈尔等人是这方面的代表人物。他们深信，必须对印度古代文论进行现代转化，以适应现代文学批评的需要。①看得出，印度近现代文学理论批评的发展既与具体的批评实践相互联系，更与古典诗学遗产的自觉继承与转化吸收密不可分。

第三节 方言文论发展概况

与前边的叙述逻辑相应，此处论及的印度方言主要是指印度宪法认可的十多种语言（英语和梵语除外），即阿萨姆语、孟加拉语、古吉拉特语、印地语（印度独立前的方言之一）、坎纳达语、克什米尔语、马拉雅兰语、马拉提语、奥里雅语、旁遮普语、信德语、泰米尔语、泰卢固语和乌尔都语等十四种印度语言。毋庸置疑，正如各个地方语言的复数文学创作构成了近似单数的印度文学，各种地方语言的复数文论也构成了近似单数的印度文学批评理论。这是近现代印度文学和印度文论发展的独特之处。下边对各方言文论发展概况进行简单介绍。需要说明的是，为了叙述的方便，对某些方言文论家著述的介绍延伸到印度独立后一段时期。虽然印地语在印度独立前仍属方言之一，但由于印地语文论最为发达，其相关英文资料较为充实，因此单独介绍。同理，由于各方言文论发

①本段介绍参阅：Nagendra,ed. *Literary Criticism in India,* "Preface," pp.32-34. 实际上，纳根德罗所谓文论建构的两个时期也可并入印度文学批评发展的三个阶段进行思考。原因已如上述。

达程度不一，介绍文字也就多寡不一。[①]

一、阿萨姆语[②]

19世纪末，孟加拉文艺复兴对阿萨姆文学界影响甚巨。米切尔·墨图苏登·杜塔（Michael Madhusudhan Dutta，1824～1873）、班吉姆·钱德拉·查特吉（Bankim Chandra Chatterji，1838～1894）和泰戈尔等孟加拉文学巨匠的作品很快为阿萨姆语读者所熟悉。1889年，一份名为《阇那基》（*Janāki*）的文学期刊出现了，这标志阿萨姆文学的新时期已经到来。阿萨姆语文学批评开始出现。在早期阶段，作家兼评论家的L.贝兹巴鲁（Lakshminath Bezbarua，1868～1938）是一位重要人物。他从自己的创作经验出发，论述诗歌想像的本质和诗歌语言的功能等问题，并提倡文学艺术的自由，呼吁建立一种基于语言文化共同体的民族文学。贝兹巴鲁的这些主张对印度独立以前的阿萨姆文论发展产生了深刻的影响。在他之后，被公认为最重要的阿萨姆语文论家是迦克提（Bāṇikanta Kākati 或称 Vāṇikaṇṭa Kakati，1894～1952）。迦克提既通晓梵语诗学，又熟悉西方文论。他的代表作是《阿萨姆古代文学》（*Purāṇī Asamīyā Sāhitya*）和《文学与爱》（*Sāhitya Arū Prem*）。在迦克提之后，最有名的文论家是D.略迦（Dimbeśvar Neog，1900～1968）。略迦主治文学史，其代表作是1937年出版的《阿萨姆文学史》（*Asamīyā Sāhityar Burañjī*）。他的这部文学史具有很高的价值。略迦不仅关注诗歌戏剧等，还把阿萨姆民间

①本节关于印度各种方言文论发展状况的介绍，主要参考以下该书相关内容：K.M.George, ed.*Comparative Indian literature,* Vol.2, Trichur: Kerala Sahitya Akademi, 1984, pp.1049-1142. 同时适当参考纳根德罗前引书相关内容：Nagendra,ed. *Literary Criticism in India,* pp.1-288.

②关于阿萨姆语文论的介绍，主要参考：K.M.George, ed.*Comparative Indian literature,*Vol.2, pp.1053-1055.

文学也纳入研究视野。他于1945年出版的《阿萨姆语文学引论》（*Asamīyā Sāhityar Burañjīt Bhumuki*）是第一部真正全面的阿萨姆语文学史。“从贝兹巴鲁、迦克提再到略迦，他们勾勒出20世纪40年代前阿萨姆语文学评论的轮廓。”①

这一时期，除了上述三位著名文论家外，其他一些人的名字也值得一提。例如，B.巴鲁阿（Birinchikumār Baruā）阐释克罗齐的美学观，并以阿萨姆语和英语出版过几部阿萨姆语文学史；T.戈斯瓦米（Trailokyanāth Goswāmī）在其论著《文光》（*Sāhityā-lochanā*）中，尝试对梵语诗学与古典、现代西方文论进行综合。T.夏尔玛（Tīrthanāth Śarma）的研究涉及古典阿萨姆文学和梵语诗学庄严论。M.略迦（Maheshwar Neog）的《阿萨姆文学史纲》（*Asamīyā Sāhityar Rūparekhā*）在同类著作中质量上乘。他还出版过一部论文集《现代阿萨姆文学》（*Ādhunik Asamīyā Sāhitya*）。综上所述，阿萨姆语文论的初创阶段主要是以阿萨姆语文学史的书写为主要内容，对于作家及其作品的评述成为重点，关于文学现象的理论思考尚未成为重点。

二、孟加拉语②

在孟加拉语中，文学评论称为“Samālocanā”，这个词语首先出现在1851年出版的论文集《万象集》（*Vividhārtha-saṅgraha*）中。孟加拉语文论始自文学批评。按照某些学者的观点，近现代孟加拉语文论大致可分四个阶段，即1865年之前的前般吉姆·钱德拉·查特吉时期、般吉姆时期（1865—1901）、泰戈尔时期

①K.M.George, ed.*Comparative Indian literature*,Vol.2, p.1054.

②关于孟加拉语文论的介绍，主要参考：K.M.George, ed. *Comparative Indian literature*,Vol.2, pp.1058-1063.

（1901—1941）和后泰戈尔时期。[1]其实，后泰戈尔时期与印度进入后殖民时期的时间基本重合，故后泰戈尔时期的孟加拉语文论大致可以归入印度当代文论发展期。因此，这里主要对般吉姆时期和泰戈尔时期的孟加拉语文论状况做一鸟瞰。

由于孟加拉地区身处东西方文化交汇的前沿地带，一批受过英语教育的知识分子最先感受到西方文学的魅力，他们率先倾听西方的脉搏，并深受感染。这自然影响到他们的文论思想。米切尔·墨图苏登·杜塔1860年写给别人的信中表达了这种倾向："我可不会让《文镜》的作者毗首那特先生的清规戒律缚住手脚。我以欧洲的伟大戏剧家为榜样。这样才能奠定民族戏剧的基础。"[2]孟加拉语文学评论首先是一种比较研究似的评论。学者们习惯在比较梵语文学和欧洲文学的基础上获取判断孟加拉语文学优劣的尺度。这也与当时出现了东方派和西化派的对立思潮有关。在般吉姆时代，文论思想的对立或纷争是一种常态。1872至1892年的二十年中，般吉姆力图协调这些对立或纷争。"他的文学评论可以分为三种基本路径：半古典的分析模式、半浪漫主义的印象式和半宗教伦理的教诲模式……般吉姆希望建立一种科学的、历史的和社会人类学的文学评论模式，从而像泰纳（Taine）那样，建立文学与生活、种族、环境及时间的联系。"[3]在般吉姆看来，文学作品应该朴素、流畅、简洁，也应该蕴含道德意识，因为它为大众服务。他还认为，梵语诗学理论过时了，九种味的划分太过简单，不能包容复杂多变的人类情感，文学创作应扔掉梵语诗学家赐予的"理论拐杖"。般吉姆一方面反对全盘西化，一方面又反对梵语诗学，因此陷入新印度教复兴思潮的泥沼，这对后来的孟加拉语文论界产生了影响。

---

①K.M.George, ed.*Comparative Indian literature,*Vol.2, p.1058.
②K.M.George, ed.*Comparative Indian literature,*Vol.2,p.1059.
③K.M.George, ed.*Comparative Indian literature,*Vol.2,pp.1060-1061.

围绕着般吉姆的观点，产生了两派对立的思想。他们对印度文学或印度作家的看法大相径庭。有的人持世界主义立场，认为莎士比亚笔下的米兰达和黛丝德蒙娜比迦梨陀娑笔下的沙恭达罗塑造得更为出色。另外一派学者即印度教复兴者则批判泰戈尔过于西化、精神上太过国际化，指责他偏离了印度古代传统理论。这两种对立的文学观念，丰富了般吉姆时期的孟加拉语文论。

在般吉姆的同代人中，哈拉普拉萨德·夏斯特里（Haraprasad Shastri）对于文学的看法不循常规。这一时期里，不同学科领域的孟加拉语学者加入到文学理论的讨论或争鸣中。例如，历史学家B.帕尔（Bipinchandra Pal，1858～1932）、J.萨卡尔（Jadunath Sarkar，1870～1955），哲学家苏伦德拉纳特·达斯古普塔（Surendranath Dasgupta）和律师普拉莫塔·乔杜里（Pramatha Chowdhury，1868～1946）等人就是如此。"因此，孟加拉语文学评论成为孟加拉文化知识发展的核心的、不可分割的一部分，它涉及各个生活层面的睿智之士。"①

幸运的是，具有非凡创造才能的作家恰恰也是孟加拉语文学史上最著名的文学批评家。"墨图苏登、班吉姆·钱德拉和泰戈尔是孟加拉原创文学及文学批评的三位转折性巨匠。"②早在1883年，班吉姆·钱德拉就称赞泰戈尔是年轻一代作家中的杰出天才。青年泰戈尔显示出既拥抱西方新古典思想、也倾心于东方的新印度教思潮的姿态。班吉姆·钱德拉的拥护者们把开放自由的西方观念与反爱国主义混为一谈，因此成为一股保守的逆流。班吉姆·钱德拉关于文艺的新古典主义立场对泰戈尔影响甚微。泰戈尔并未对亚里士多德或欢增等东西方诗学家表示偏爱。他同墨图苏登等西化派明显不同。就西方文化而言，英国浪漫主义诗人对艺术和自然的看法，

---

①K.M.George, ed.*Comparative Indian literature*,Vol.2,p.1061.

②K.M.George, ed.*Comparative Indian literature*,Vol.2,p.1061.

以及弗雷泽的《金枝》关于自然与人、季节循环和艺术的关系的看法，对泰戈尔影响很大。“他在看待文学的问题上结合东西，这使他完全有别于前辈。”①

论者指出，作为文学批评家，泰戈尔之于孟加拉文学理论的主要贡献在于，他发现了梵语诗学传统理论之于所有时代的重要价值，也前所未有地发现了民间文学的重要意义。“泰戈尔为孟加拉文学批评理论制定了标准。”②不仅如此，泰戈尔的创作和理论还引起了许多的批评。几乎没有哪位孟加拉评论家没有评述过泰戈尔，孟加拉文学批评似乎应该涵括有关泰戈尔的评论。可以称为泰戈尔评论专家的孟加拉学者有A.查克拉沃迪（Ajitkumar Chakravarti，1886～1918）、P.比斯（Pramathanath Bisi，1901～?）、P.C.森（Prabodh Chandra Sen，1897～?）、A.S.阿尤布、布塔代沃·鲍斯（Buddhadeva Bose，1908～1974）和商卡·高士（Shankha Ghosh，1932～）等人。

泰戈尔的作品及理论引起了诸多争鸣。有的人指责泰戈尔缺乏道德意识，有的指责他语言晦涩难懂。马克思主义文论家对泰戈尔也颇有微词。布塔代沃·鲍斯、S.K.代（Sushil Kumar De）和N.C.乔杜里（Nirad C. Chaudhuri，1897～1999）等人则宣称，泰戈尔时代已经结束。泰戈尔的坚定支持者包括M.C.森（Mohit Chandra Sen，1870～1906）、P.森（Priyanath Sen，1854～1916）、A.查克拉沃迪和普拉莫塔·乔杜里等人。论者认为，关于泰戈尔文论的争鸣构成了泰戈尔时期孟加拉文学批评的重要组成部分。反对也好，支持也好，人们都无法摆脱泰戈尔文论思想的巨大影响。“因此，毫不奇怪，很大程度上，现代孟加

①K.M.George, ed.*Comparative Indian literature*,Vol.2,p.1062.

②K.M.George, ed.*Comparative Indian literature*,Vol.2,p.1062

拉文学批评为泰戈尔创造的文论传统所左右。”①

20世纪20到40年代，在泰戈尔之外，奥罗宾多的神秘美学观值得关注。普拉莫塔·乔杜里发动了一场影响年轻一代的文学运动，鼓励借鉴西方文化，以发展孟加拉语文学。他认为，孟加拉文学必须适应新的社会环境，文学不能太过功利或说教，文学语言应该简洁流畅和生动自然。这一时期，还开始了一股比较文学和比较诗学研究的热潮。A.C.古普塔、S.达斯古普塔和S.K.代等人便是例子。他们对梵语诗学和西方文论都非常熟悉。A.C.古普塔于1926年出版的《诗探》（*Kāvya Jijñāsā*）向孟加拉读者介绍梵语诗学味论，同时就克罗齐和新护的文学理论展开比较。S.达斯古普塔的《诗辩》（*Kāvyabicār*）是一本孟加拉语版比较诗学著作。他的书几乎囊括所有梵语诗学基本理论与从朗吉努斯到I.A.瑞恰兹的西方文论。在该书前言中，乔杜里称赞它为“文学理论的小百科全书”。②达斯古普塔的另一部书《文学引论》（*Sāhitya Paricay*）也是比较研究著作。S.K.代则在书写梵语诗学史的基础上，对梵语诗学展开专题研究。布塔代沃·鲍斯的相关著述颇有特色，他是印度比较文学的早期创始人之一，也是印度独立前后孟加拉地区成为全印比较文学中心的重要“发动机”。

三、古吉拉特语③

古吉拉特语文学批评和理论建构大致可以分为四个阶段：1860至1880年是第一阶段，1880至1920年是第二阶段，1920至1950年是第三阶段，第四阶段属于当代文论发展时期。

---

①Nagendra,ed. *Literary Criticism in India,* p.25.

②K.M.George, ed.*Comparative Indian literature,*Vol.2,p.1063.

③关于古吉拉特语文论的介绍，主要参考：K.M.George, ed.*Comparative Indian literature,*Vol.2, pp.1065-1068.

第一阶段的古吉拉特语文论主要与纳尔马德（1833～1886）和纳瓦尔兰·邦迪耶（1836～1888）两人的相关著述有关。纳尔马德被视为古吉拉特文论的先驱。他把诗歌分为田园诗、教诲诗和描述诗。他的文论思想缺乏深度。“历史地看，纳瓦尔兰是首位古吉拉特文论家。他具有文学批评必需的所有优势，是第一位才华横溢的古吉拉特批评家。”[1]如果说古吉拉特的各种文学体裁受惠于英语文学的话，那么，古吉拉特文学评论是在纳瓦尔兰的影响下成长起来的。纳瓦尔兰并没有刻意探讨抽象的文学理论，而是在评论古吉拉特语作品的论文中表达自己对文学的看法。他论述过现实主义与理想主义、作品中的想象、诗学风格以及音乐和诗歌的关系等问题。他的某些见解具有超前性。

第二阶段可以称作“学者时代”（Pandit Yuga）。这一阶段的代表性文论家包括G.特里波蒂（Govardhanarāma Tripati, 1855～1907）、A.S.达鲁瓦、M.N.德维威迪（Maṇilāl Nabhubhai Dwivedi, 1858～1898）、R.M.尼甘塔（Rāmaṇabhāi Mahipatrāma Nīkaṇṭh, 1868～1928）和B.塔库尔（Balvantarāi Thakore, 1869～1950）等人。这些文论家熟悉东西方文学。作为著名小说家的特里波蒂强调，文学评论者要了解文学创作过程，领悟创作奥秘，并通晓审美愉悦的玄机，以便更好地评价作品。他以梵语戏剧或莎士比亚戏剧为参照，评述古吉拉特语戏剧。德维威迪精通印度古典哲学。他的主要贡献是介绍梵语诗学味论，并倡导诗歌的哲理性。他对西方文化的偏见影响了他对某些受西方影响的古吉拉特作品的评价。与他相反，尼甘塔赞赏浪漫主义文学中的主观抒情。他试图调和印度与西方的文学理论传统。可以说：“尼甘塔的文学评论建立在科学合理的基础上。他在古吉拉特开始了关于诗学基本原

①K.M.George, ed.*Comparative Indian literature*,Vol.2,p.1065.

理的深入讨论。”[①]达鲁瓦试图调和东西文论的精华，而作为诗人兼文论家的塔库尔的贡献主要在诗歌批评方面。他强调诗歌必须以意义的复杂性而非语言的冗长取胜，这影响了新的一代古吉拉特语诗人。他改变了古吉拉特的诗风。塔库尔对于古吉拉特文学的贡献可与墨图苏登对孟加拉文学的贡献相媲美。

20世纪上半叶，出生于古吉拉特的圣雄甘地领导的民族独立运动在古吉拉特乃至全印展开。民族独立运动对于第三阶段即1920年到1950年左右的古吉拉特文学、文论发展产生了深刻的影响。在甘地时期，古吉拉特文学乃至印度文学深受甘地主义和马克思主义的影响，这在文学理论方面也有所反映。文学被视为启迪心智的高尚工具。它的功能是认识真理和美中的善。文学是社会媒介，在人们心目中唤起对美好世界的渴望。文学因此成为一种目的性很明确的艺术，鼓吹崇高理念和美好理想的方式。在第三阶段，著名的古吉拉特语文论家包括下述人物：R.V.帕塔卡（Ramarayan V. Pathak，1887~1955）、毗湿奴普拉萨德·特里维迪（Vishnuprasad Trivedi，1899~?）、V.跋吒（Vishwanath Bhatt，1898~1968）、维迦亚拉·瓦迪亚（Vijayrai Vaidya，1897~1974）、阿南特拉伊·拉沃尔（Anantrai Raval，1912~?）和乌玛商卡尔·乔希（Umashankar Joshi，1911~?），等等。帕塔卡的文论著作包括1939年出版的《诗的神力》（*Kāvyāni Śakti*）和《文学论》（*Sāhitya Vimarśa*）等。他的论述条理清楚，涉及到诗歌的韵律、庄严即修辞和诗歌灵魂等各个方面的问题。毗湿奴普拉萨德、跋吒和维迦亚拉三人为浪漫主义评论家。他们的共同特点是关注文学的风格美，评论大胆，坦诚直率。三人中，毗湿奴普拉萨德对西方文学和文论更为熟悉，他强调对美的感悟和感情的提炼。跋吒的理解和分析更为系统，而维迦亚拉在经营文学杂志上的经验使他在评论时具有新闻人的直觉敏锐。

①Nagendra,ed. *Literary Criticism in India,* p.37.

拉沃尔是当时最系统而全面地评述古吉拉特文学作品的人。乌玛商迦尔·乔希精通西方古典和现代文学，知识渊博，其评论范围广泛。他的文学评论成为现代古吉拉特语文论的重要组成部分。

四、坎纳达语①

坎纳达语学者阿穆尔（G.S.Amur）认为，虽然坎纳达语文学历史悠久，但对文学艺术本质和功能的思考直到19世纪末尚未出现。19世纪以前，坎纳达语学者的主要精力用在翻译梵语诗学著作或吸收西方文学理论上。他因此断言，严格意义上的坎纳达语文论史“仅仅开始于20世纪”。②在坎纳达语学者M.G.克里希那穆尔提看来，20世纪的坎纳达语文论可分三个阶段，即20世纪初到30年代的复兴（navodaya）运动时期，40到50年代的进步（pragatishila）运动时期以及50年代以来的现代主义时期。③阿穆尔在此基础上，增加了第四个时期即20世纪70年代以后的后现代主义时期。

20世纪初期，坎纳达语文学批评的先驱是熟悉西方文学的英语教授B.M.室利坎塔雅（B.M.Srikantaiah, 1884～1946）。1948年，他出版了论文集《坎纳达人民文学精华》（*Kannaḍigarige Olleya Sāhitya*）。他对坎纳达语文学的评价多带个人感情色彩，缺乏严谨的分析。他喜欢把作品孤立起来进行研究。室利坎塔雅还对坎纳达语文学史进行过梳理。他以西方悲剧模式来评价本土文学。他认为，即使坎纳达语文学中缺少希腊式悲剧，但悲剧人物和场景依然存在。这种角色和场景甚至可以“租借”给西方文学。他还认为，坎纳达语古典诗人改写的、来自于大史诗《摩诃婆罗多》的角色罗

①关于坎纳达语文论的介绍，主要参考：K.M.George, ed.*Comparative Indian literature*,Vol.2, pp.1078-1081.

②K.M.George, ed.*Comparative Indian literature*,Vol.2,p.1078.

③Nagendra,ed. *Literary Criticism in India,* p.101.

波那、迦尔纳和难敌就是悲剧人物。虽然室利坎塔雅的文学观值得商榷，但他的确影响了整整一代坎纳达语批评家。

室利坎塔雅的开创性工作由他的一批学生继续进行，这些人包括：A.R.克里希那萨斯特里（A.R.Krishnashastry, 1890 ~ 1968）、T.N.室利坎塔雅（T.N.Srikantaiah, 1906 ~ 1966）、K.V.普塔巴（K.V.Puttappa, 1904 ~ ?）和S.V.朗迦纳（S.V.Ranganna）等人。其中，克里希那萨斯特里学识渊博，既研究梵语诗学也研究坎纳达语文学。他的两部文论著作《梵语戏剧》（*Sanskṛta Nāṭaka*, 1937）和《方言诗人》（*Bhāsa Kavi*, 1933）现已成为了解坎纳达语文学批评的入门书。T.N.室利坎塔雅在梵语诗学和文学上造诣精深。他于1953年出版的《印度诗学》（*Bhāratīya Kāvyamīmāmse*）可读性强，质量上乘。该书已有英译本问世。[①]他在1947年出版的著作《诗歌批评》（*Kāvyasamīkṣe*）中以西方文论阐释迦梨陀娑的戏剧，显示了西方文论对坎纳达语文学批评的深刻影响。K.V.普塔巴身为诗人与小说家，他的重要成就是引导坎纳达语读者正确地欣赏诗歌。S.V.朗迦纳是一位英语教授，他试图以西方原理阐释梵语和坎纳达语文学。他在坎纳达语学者中首先关注文学风格问题。

D.V.恭达巴（D.V.Gundappa, 1889 ~ 1975） 身为作家，写过一些受读者欢迎的理论文章。他受西方文论影响甚重。M.V.艾衍加尔（M.V.Iyengar, 1891 ~ ?）既评述坎纳达语文学，也探讨文学理论。D.R.本德雷（D.R.Bendre,1896 ~ 1981）具有强烈的理论原创意识，不盲从古往今来的文学理论，他著有《文学与批评理论》（*Sāhitya Hāgu Vimarśe*，1937）和《文学研究》（*Sāhityasamśodhana*，1940）。他对梵语诗学有独到的见解，试图以重新阐发味论而使其适应现代文学批评。“假如坎纳达语文学评论能遵循本德雷的话，

---

①T.N.Sreekantaiyya, *Indian Poetics,* trans. by N. Balasubrahmanya, New Delhi: Sahitya Akademi, 2001.

即使接受西方影响，它也能保持自己的印度主体性。”[①]R.S.穆迦尼（ R.S.Mugali, 1906 ~ ?）关注坎纳达语文学史的梳理。K.D.库塔克提（K.D.Kurtakoti，1928 ~ ?）的文学评论主要是在独立以后进行。V.希达拉马雅（V.Seetaramaiah, 1899 ~ 1983）也是如此。

20世纪40到50年代是坎纳达语文学批评的进步运动时期。这一时期，鼓吹新文学价值观的进步运动没有产生什么重要批评家。作家兼评论家A.N.克里希那拉奥（A.N. Krishnarao）为代表的进步人士试图以提倡人道理想主义为文学注入新的哲学因素。这引起了坎纳达语文学的一次转型。进步派有自己的问题意识和理论思考，其中一个关键问题是，印度进步作家如何才能成为革命者，并同时保持印度文化身份。克里希那拉奥认为，印度传统文化中存在人道主义思想的基础，很容易与马克思主义结合起来。进步派反对个人主义，倡导同情、革命、自由和社会主义。虽然进步派文论家的活动时间有限，但的确给文学创作带来了影响。后来的学者对此评价道：“他们拓宽了读者的鉴赏视野，抵消了超验主义和浪漫主义的魔力。最后，他们被自己狭隘的信仰所击败。”[②]

五、克什米尔语[③]

印度学者认为：“严格说来，只有在印度独立后才出现克什米尔语文学评论，作者是那些熟悉英语理论批评和乌尔都语的人。”[④]尽管如此，1936年，克什米尔语杂志上还是出现了第一篇文学评论。作者是南达拉尔·安巴达尔（Nandalal Ambardar,

①K.M.George, ed.*Comparative Indian literature,*Vol.2,p.1080.

②K.M.George, ed.*Comparative Indian literature,*Vol.2,p.1081.

③关于克什米尔语文论的介绍，主要参考：K.M.George, ed.*Comparative Indian literature,*Vol.2, pp.1084-1085.

④K.M.George, ed.*Comparative Indian literature,*Vol.2,p.1084.

1915 ~ ?)，他批评一位克什米尔诗人在其作品中使用太过波斯化的词汇。1944到1945年间，克什米尔地区还举办了几次关于克什米尔诗歌的论坛。不过，真正意义上的克什米尔文学批评还得等到印度独立以后才会出现。另外，虽然克什米尔地区曾经出现过欢增和新护等杰出的梵语诗学家，千年以后，梵语诗学的传统已然中断，这片土地还得等候外来的诗学种子在此播撒和生根发芽。

六、马拉雅兰语①

马拉雅兰语文学批评的出现很大程度上受惠于梵语诗学。古代及中世纪时期，马拉雅兰语学者一直在进行梵语诗学的翻译和介绍。这使他们对味、韵、庄严、诗德和诗病等概念非常熟悉。这一传统对于马拉雅兰语文学批评发展起了良好的铺垫。近现代马拉雅兰语文论可以分为三个阶段来进行观察。第一阶段是K.伐尔玛时期（1890 ~ 1911），第二阶段是20世纪20到30年代的浪漫主义时期，此后到1947年印度独立属现代主义时期。②

第一个时期里，最重要的文学批评家是克拉拉·伐尔玛（Kerala Varma，1845 ~ 1914）。伐尔玛奠定了马拉雅兰语文学评论的基础。C.P.A.梅侬（C.P.Achutha Menon，1863 ~ 1933）与伐尔玛的文学观不尽相似。他不赞成伐尔玛在文学批评中对作者的恭维姿态。梅侬的梵语诗学造诣很深，但他坚持以英文而非马拉雅兰语出版著作。这一时期的另外几位批评家也值得一提，如K.R.皮拉伊（K. Ramakrishna Pillai，1878 ~ 1916）、C.安塔派（C.Anthappai，1862 ~ 1936）和M.库马兰（Murkoth Kumaran，1874 ~ 1941）等。

①关于马拉雅兰语文论的介绍，主要参考：K.M.George, ed.*Comparative Indian literature*,Vol.2, pp.1087-1092.

②K.M.George, ed.*Comparative Indian literature,* Vol.2,pp.1087-1093.

在第二阶段即浪漫主义文学批评时期，比较重要的文学批评家包括A.R.R.伐尔玛（A.R.Raja Varma，1863～1918）、P.K.N.皮拉伊（P.K.Narayana Pillai）、K.M.潘尼迦（K.M. Panikkar，1894～1963）和K.加纳达兰（Kannan Janardanan，1885～1955）等人。近代以来，在马拉雅兰语中，介绍梵语诗学最有名的是1902年由A.R.R.伐尔玛写成的《语言装饰》（*Bhāṣā Bhūṣaṇam*）。该书经受住了时间的考验，直到现在，还被用作马拉雅兰语文论教科书。“伐尔玛以马拉雅兰语进行文学批评的1890到1911年，连接了文学批评的古代时期和浪漫时期。”①承上启下的伐尔玛有很深的梵语诗学造诣，他对于马拉雅兰语文学批评的现代起步起了关键的作用。他认为，马拉雅兰语批评家必须精通印度与西方的文学理论精华，并运用在具体的文学批评中。他自己便是这种主张的实践者。他先后著有《语言装饰》和《文学指南》（*Sāhityasāhyam*，1911）等书，介绍庄严论、味论和韵论等传统文论原理。

在现代主义时期，比较重要的批评家包括M.P.保尔（M.P.Paul，1904～1952）、J.孟达塞利（Joseph Mundassery，1903～1977）、M.R.奈尔（M.R.Nair，1903～1943）、K.马拉尔（Kuttikrishna Marar，1900～1973）、P.U.塔拉康（P.U.Tharakan，1906～?）、K.达摩达兰（K. Damodaran，1912～1976）和K.M.乔治（K.M. George，1914～?）等人。其中，保尔和孟达塞利影响较大。保尔是进步文学的见证人，他接受了马克思主义影响，但同时也受到了柏格森等西方美学家的影响。他的文论著作体现了这一点。J.孟达塞利于1945年出版了比较诗学著作《诗的基础》（*Kāvyapīṭhika*），将婆罗多、欢增、新护与亚里士多德、柯勒律治、I.A.瑞恰兹等东西方诗学家的理论融为一炉。孟达塞利对于当时受进步运动影响的“进步文学”强调文学社会功能的主张很不

①K.M.George, ed.*Comparative Indian literature,* Vol.2,p.1088.

以为然。他提出所谓“形式完美”（rūpabhadrata）的理论与之抗衡。他强调以语言形式的完美而唤起读者的情味体验。保尔对于进步文学的看法与孟达塞利相似。K.M.乔治的代表作是其主编的两卷本《比较印度文学》。

七、马拉提语[①]

马拉提语文学可以分为这样几个时期：从发端到1818年马拉塔帝国衰亡的古代时期；1818到1857年的黑暗时期和此后至今的近现代时期。近现代时期的马拉提语文学分为两个阶段，即1857到1920年的第一阶段和1920到1947年的第二阶段。独立以来为当代马拉提语文学发展阶段。相应地，近现代时期的马拉提语文学批评也可分为两个阶段。

一般而言，与其他地方语言相比，马拉提语文论发展深受梵语诗学影响。这与梵语诗学在马拉提语中得到大量的译介和研究相关。1818年左右，马拉塔帝国衰落后，西方思想开始进入马拉提语地区，从而潜移默化地影响到其文学批评。在第一个阶段，V.齐巴伦那卡（Vishnushastri Chipalunakar，1874 ~ 1920）的系列论文探讨了修辞、情感和诗歌的创作原理等，深刻地影响了后来的马拉提语文学批评家。与他同时代的文论家G.G.阿加卡尔（Gopal Ganesh Agarkar，1856 ~ 1895）探讨了莎士比亚、薄婆菩提和迦梨陀娑等三大戏剧家的异同，还翻译了莎剧《哈姆雷特》并为之作序。他的研究沾染了精神分析的色彩。M.G.德希姆卡（M.G. Deshmukh，1913 ~ 1971） 在1940年出版的《马拉提语文论》（*Marāṭhīce Sāhityaśāstra*）中声称，马拉提语文学理论原本存在。他的说法否定

①关于马拉提语文论的介绍，主要参考：K.M.George, ed.*Comparative Indian literature*,Vol.2, pp.1094-1098.

了梵语诗学对马拉提语文论萌芽和成长的深刻影响，从而引起了极大争议。K.拉贾瓦德（Krishnashastri Rajwade，1820 ~ 1901）致力于向马拉提语文论界引介梵语诗学。整体上看，这一阶段的马拉提语文论界，是梵语诗学与马拉提语文论互动时期，也是马拉提语文论思想与英语文论思想互动时期。这种新旧思想交融、东西文论互动的局面，无疑将为1920到1947年间的现代马拉提语文学批评注入新的活力。

在马拉提语文论发展第二阶段，S.K.柯尔哈特卡（Shripad Krishna Kolhatkar，1871 ~ 1934）是一个重要的人物。他是文论家、小说家和戏剧家。他在文学评论中使用综合东西的方法。他把文学分为知识或曰智慧的文学和权力的文学两类，他称前者为来自于群主或曰象头神（Gaṇapatī）的gāṇapata，他把后者称为来自于辩才天女即语言和智慧女神Sarasvati的sārasvata。他是马拉提语文论家中最早使用故事、情节、风格和角色等西方术语评论作品的人。他的很多著述均涉及文学理论的基本问题。“人们认为他奠定了现代马拉提语文学理论批评的基础。在吸收梵语诗学和西方诗学原理的基础上，他基本形成了自己的美学。”①当然，他的美学观也存在一些问题。由于著述甚丰，N.C.格尔卡（Narsimha Chintaman Kelkar，1872 ~ 1947）被人称为“文学皇帝”（Sāhitya Samrāt）。他有很多独到的文学见解，如涉及文学欣赏的“超验沉思”（savikalpa samādhi）论等。V.M.乔希（Vaman Malhar Joshi，1882 ~ 1943）以宗教哲学视角对“超验沉思”论进行分析，并对文艺鉴赏的很多问题做了探索。N.S.帕德卡（Narayana Sitarama Phadke，1894 ~ 1978）也为王尔德的“为艺术而艺术”论积极辩护。与格尔卡、乔希和帕德卡三人拥护王尔德美学观相反，V.S.坎德卡（V.S.Khandekar，1898 ~ 1976）反对“为艺术而艺术”的美

①K.M.George, ed.*Comparative Indian literature*,Vol.2,p.1096.

学观，转而提倡艺术为生活现实服务，艺术为下层人民服务。他呼吁所有有抱负的作家学习马克思和弗洛伊德文艺理论。

马拉提语文论与马克思主义有不解之缘。这与V.布拉马查理（Vishnubuva Brahmachari，1825～1871）的着力介绍分不开。当时，马拉提语文论家中受马克思主义影响并有所著述者不在少数。1935年，马克思主义文艺批评家L.潘德西（Lalji Pendse，1900～1973）出版了《文学与社会生活》（*Sāhitya āṇi Samāj Jīvan*）。该书认为，艺术和哲学受历史条件制约，艺术为物质状况而决定。他的观点遭到很多人反对。

这一阶段，向马拉提语文论界介绍当代西方英语文论的人，以R.S.瓦林比（R.S.Valimbe，1911～?）等人为代表。S.D.迦夫德卡尔（S.D. Javdekar）则对进步文学进行评点，著有《进步文学》（*Purogāmī Vāṅgmaya*，1941）一书。K.N.沃特维（K.N.Watve）著有《味探》（*Rasavimarśa*，1942）。这一时期，还有很多马拉提语学者加入到文学评论或理论阐释中来。这显示了马拉提语文论界的无比活跃，使其成为孟加拉语和印地语之外最具创造力的方言文论界。

这一时期，还有一些学者对马拉提语当代文学作品进行评价，这以G.迦德吉尔（Gangadhar Gadgil）、B.S.玛德卡尔（B.S.Mardhekar，1909～1951）和S.穆克提波塔（Saratchandra Muktibodha）等三人为代表。被誉为“马拉提语现代诗歌之父”的穆克提波塔的文论引起了后人的关注。他著有《文学的本质》（*Vāṅgmayin Mahātmatā*），探讨艺术家想象力和作品思想内涵等重要问题。这里以B.S.玛德卡尔的一篇论文为例，对马拉提语现代文论家如何接受西方现代文论影响的情况做一说明。

玛德卡尔被视为20世纪初最重要的马拉提语诗人、文论家和印度现代主义先驱之一。他的重要地位主要建立在其关于美学研究与文学理论研究的基础上。“玛德卡尔是现代马拉提语诗歌之父，他也是第一个提出纯粹艺术理论的批评家。”[①]玛德卡尔以马拉提语和英语进行，其论文集《艺术与人》（*Arts and Man*，1938）在其逝世后出版。除此之外，他的著作还包括《文学美二讲义》（*Two Lectures on an Aesthetic of Literature*，1944）和马拉提语著作《美与文学》（*Soundarya āṇi Sāhitya*, 1955）等。他深受西方文论、特别是克罗齐、柯林伍德和I.A.瑞恰兹等人的文论影响，在著述中常常援引西方作家或文论家、思想家的语言或观点。他有自己关于“韵律、比较、均衡”和词语、意义、情感等方面的美学和文学思考。“玛德卡尔的‘美的原则’（Law of Beauty）影响马拉提语文学理论批评达半个世纪，马拉提语中几乎所有涉及文学美的理论探讨都聚焦于玛德卡尔的观点。如果说马拉提语是哲学的一个分支即美学得以发展的少数几种印度语言的话，这要归功于玛德卡尔在这个领域的开疆拓土……玛德卡尔因此成为印度第一位现代主义批评家，其著述因而具有重要的历史意义。”[②]

克罗齐和柯林伍德是表现主义文论的代表人物，他们也受浪漫主义文论思潮的影响，强调艺术表现情感，而重视语义学研究的瑞恰兹则强调诗歌语言是一种以象征符号为基础的情感语言，诗歌语言应该关注情感，诗歌叙述应当与真实情感保持内在的逻辑联系。[③]在论述诗歌美学时，玛德卡尔借鉴了几位西方文论家的观点。他说：“诗歌将语言（words）视为富含情感的意义（emotional meaning）的载体。”[④]他将语言视为诗歌的一种medium（媒介、工具、方法、材料或形式）。在他看来，语言首先具有感性的、表层的音响性（sensational）和表达意图的目的性（intentional）两

---

①K.M.George,ed.*Comparative Indian literature*,Vol.2,p.1099.

②G.N.Devy, ed. *Indian Literary Criticism,* p.164. 此处对玛德卡尔文论观的介绍参阅该书的相关英译。

③参阅朱立元主编：《当代西方文艺理论》，第36、98页。

④G.N.Devy, ed. *Indian Literary Criticism,* p.165.

个维度，而后一个维度即语言的意图或曰涵义又可再分为认知性（cognitive）和感染力（affective）两个层面，分别对应或产生的是思想概念和情感意义。语言的感染力或情感意义还可分为纯粹情感（pure emotion）或曰绝对情感（absolute emotion）与变化情感（contingent emotion）。玛德卡尔将这两类情感分别称为“审美情感”（美学意义上的情感）和“诗性情感”（诗歌创作中产生的情感），后一类情感随个体环境和人类秩序而变化。玛德卡尔还认为，只有当读者理解了语言所沾染的饱含诗意的情感时，语言才成其为诗歌的表达形式或媒介工具。

至此，玛德卡尔将语言至情感的各个因素成功地进行了分解：第一层面：语言=声音+意义；第二层面：意义=思想（意义）+情感（意义）；第三层面：情感=审美（情感）+诗性（情感）。[①]这种分类不禁使人想起婆罗多、檀丁到世主等梵语诗学家的条分缕析，这似乎说明，作为文明传承密码的古代文论对于马拉提语现代文论家的影响没有消失，他们在印度传统文论和西方现代文论的二元影响下进行著述。

玛德卡尔还对诗歌与音乐的区别和相似性做了较为详细的说明。在他看来，音响或声音（sound）在诗歌中完全没有地位，但在音乐中地位重要。声音在诗歌中至多具有承载情感意义的象征价值，而在音乐中却具有“内在的价值”。[②]玛德卡尔进一步分析道：“常见的错误是，正如在诗歌中寻求语言的意义一样，人们在绘画中寻求色彩的意义。但是，正如语言表达意义，颜料只意味着色彩，而色彩并不表达意义。人们所运用的色彩并无所指。没有意义就不存在语言，但不能用任何方式明确地说，没有意义就不存在色

①以上介绍参阅：G.N.Devy, ed. *Indian Literary Criticism,* pp.168-171.

②G.N.Devy, ed. *Indian Literary Criticism,* p.172.

彩。”[①]玛德卡尔在对诗歌与音乐的异同做了详细的分析后得出结论：“正是在此种分析的基础上，人们才可确立美学科学，驳斥那些令人困惑的判断和相互抵触的各种观点。只有发现文学与美术在基本创作过程中的一致性，才可填平文学欣赏和美术鉴赏中的所谓鸿沟，哲学家的机变手腕对此无能为力。”[②]

八、奥里雅语[③]

奥里萨地区第一所大学建立于1944年，而现在的奥里萨邦于1950年成立。19世纪末，随着西方文学的输入，奥里雅语文学受到影响，这也影响到奥里雅语文学理论批评的产生和发展。

19世纪末的奥里雅语文论家中，有的接受传统的梵语诗学，有的接受西方文论新潮，有的阐释自己的观点。杂志上常常登载不同文学观点，这促进了文学批评的繁荣。批评家们在某种程度上引导了作家的创作动向，也左右了读者的欣赏情趣。这为20世纪奥里雅语文学批评打下了基础。这一时期著名的文论家是拉达纳塔·罗易（Radhanatha Roy）。他深受西方思想的影响，但也关注文学发展对本民族的现实意义。他认为：“如果我们需要民族的发展，文学的发展是先决条件。”虽然学习西方的科学技术看来更为迫切必要，但是，这不能以忽视文学发展为前提。“人不仅有头脑，他还有灵魂和心智，这些是文学的基础。没有灵魂和心智的正常发展，人不可能达到完美境界。”[④]为了发展奥里雅语文学，罗易提出如下主张：建立图书馆，收集古书，建立基金以鼓励和支持作家；编

---

①G.N.Devy, ed. *Indian Literary Criticism,* p.174.

②G.N.Devy, ed. *Indian Literary Criticism,* p.176.

③关于奥里雅语文论的介绍，主要参考：K.M.George, ed.*Comparative Indian literature,*Vol.2, pp.1100-1103.

④Nagendra,ed. *Literary Criticism in India,* pp.190-191.

纂奥里雅语文学史，鼓励研究奥里雅语古代文学。他的这些主张虽然合理，但却很难在那个时代全部实现。

20世纪初到30年代左右，是奥里雅语文学的复兴时期。文学出版物的发达，人们对新事物的接受和新观点的涌现，使得文学批评进一步发展起来。批评家们一面珍视本土文化传统，以抵制盲目模仿西方的趋势，一方面提倡运用鲜活的民间语言进行创作。这一时期出现了“乌达卡尔文学协会”（Utkal Sāhitya Samāj）等文学机构。这一时期比较重要的文论家包括G.罗易（Gaurishankar Roy, 1838～1917）、墨图苏登·拉奥（Madhusudhan Rao, 1853～1912）、V.卡尔（Vishwanatha Kar, 1864～1934）、G.夏尔玛（Gopinatha Nanda Sharma, 1869～1924）、N.K.巴尔（Nanda Kishore Bal, 1875～1928）和M.拉塔（Mrutunjoy Rath, 1882～1924）等。此后，奥里雅语文学批评出现了两个动向，一是梳理奥里雅语文学史，二是对奥里雅语文学和印度其他方言文学进行比较研究，维拉耶·米谢尔（Vinaya Mishra）于1934年出版的《奥里雅语文学史》（*Oriya Bhāṣār Itihāsa*）便是一例。整体上看，印度独立以前，相对于马拉提语和印地语文论家而言，奥里雅语文论家在利用西方文论构建新的文论方面，落在了后边。

九、旁遮普语[①]

有学者认为：“直到西方批评理论涌入之前，作为一种独立的文类，文学理论批评在旁遮普语中几乎是不存在的。”[②]还有学者指出：“作为一种自觉的文学行为，接触西方并受其影响的旁遮普

①关于旁遮普语文论的介绍，主要参考：K.M.George, ed.*Comparative Indian literature*,Vol.2, pp.1105-1107.

②Mohindar Pal Kohli, *The Influence of the West on Panjabi Literature,* Bhopal: Lyall Book Depot, 1969, p.189.

文论只是在20世纪初才发展起来。梵语诗学对旁遮普文论没有什么明显的影响。然而，《文镜》曾被译为旁遮普语。”①印度独立前夕，出现过一些比较重要的旁遮普语文学批评家。“巴瓦·布塔·辛哈（Bawa Budh Singh，1878～1931）是真正的奠基人，是旁遮普语现代文论的先驱。”②也就是说，在旁遮普语现代文学发展史上，真正的文学理论思考是从辛哈开始的。他的著作包括《天鹅之食》（1914）和《杜鹃之歌》（1919）等。他强调旁遮普语文学传统的伟大，但其研究局限于中世纪旁遮普语文学。作为旁遮普文学批评的先驱，他在这个领域占有重要的地位。

在辛哈的同时代人中，出现了很多旁遮普语文论家。例如，M.B.库斯特（Maula Bakhsh Kushta, 1876～1955）效仿辛哈，在其论著《旁遮普的珍宝》中，考察了旁遮普诗歌及其发展史。特迦·辛哈（Teja Singh, 1883～1958）先后为当代旁遮普语作家的作品写过二十多篇前言。这些文章结集为《文学论》并于1951年出版。普兰·辛哈（Puran Singh, 1881～1937）在其著作《杂论集》（1929）中论及浪漫主义诗歌。他把诗人看成是连接人与神灵的中介者。他说：“诗人不是我们中的一员，他是神的信使和先知。他是凡人中的神灵……因此，我们最好的诗歌就是诞生凡间的神灵。”③总之，这一期的旁遮普语文论家没有独特的理论框架。

印度独立以前，旁遮普语文学批评领域还出现了一个值得注意的动向，即对旁遮普语文学史的梳理。这方面的先驱是M.S.迪瓦纳（Mohan Singh Diwana, 1889～?）。他深受英国文论家泰纳的文学史观影响，在1933年写成第一部旁遮普语文学史，这为以后的学者撰写类似著作打下了基础。迪瓦纳关注中世纪旁遮普语文学的

---

①K.M.George, ed.*Comparative Indian literature,*Vol.2, p.1105.
②Nagendra,ed. *Literary Criticism in India,* p.203.
③K.M.George, ed.*Comparative Indian literature,*Vol.2, p.1106.

发展，论述客观，但他对旁遮普语现代文学的评价不高。例如，在《旁遮普现代诗歌》（*Ādhunik Puñjābi Kavitā*, 1941）中，他抨击了现代诗人的浪漫主义倾向和宣传行为。戈帕尔·辛格（Gopal Singh, 1919 ~ ?）所著《旁遮普文学史》（*Panjābī Sāhit Dā Itihās*, 1952）则以西方的内容和形式二分法对旁遮普语诗歌进行分类。他还著有体现西方文论影响的《旁遮普浪漫派诗人》（1938）和《文学评论》（1950）。

综上所述，独立以前的旁遮普语文学批评还处在起步阶段。这一时期，很多批评家接受了西方文学思潮的影响。随着进步文学在印度的兴起，很多旁遮普语文论家开始关注文学与社会的联系。旁遮普语学者S.S.塞孔（Sant Singh Sekhon, 1908 ~ ?）首先采纳马克思主义文艺批评模式，旁遮普语文学批评开始脱离情感分析的美学轨道。塞孔在文学评论方面的主要成就还是在印度独立以后取得的。这显示，现代旁遮普语文学理论批评基本上是在西方文论的影响下形成的。①

十、信德语②

在所有印度方言文学中，信德语文学的社会和历史文化背景最为复杂。公元712年至1737年，信德语地区部分地或完全地被阿拉伯人等外族所统治。1843年，它被英国殖民者所吞并。长期受外族统治的历史造成了一种现实：信德语学者的思想为阿拉伯、波斯或英语等外来文化所浸染。1947年后，信德语地区被印度和巴基斯坦分治。

①关于西方文论影响旁遮普语现代文论发展的详细情况，参阅：Mohindar Pal Kohli, *The Influence of the West on Panjabi Literature,* pp.189-211.

②关于信德语文论的介绍，主要参考：K.M.George, ed.*Comparative Indian literature,*Vol.2, pp.1121-1123.

由于特殊而复杂的历史文化背景，信德语地区几乎没有什么原创性的文学理论。客观来看，1947年以前，还存在着信德语文学批评的实践。信德语文学批评的萌芽首先是围绕诗人和诗歌而展开的。1875年，M.F.沙哈（Mohammad Fazil Shah）写出了第一篇信德语诗歌评论。紧随其后的信德语学者M.K.贝格（Mirza Kalich Beg）写了一篇诗人传记，但无多少文学批评的成分。D.L.辛哈（Diwan Lilaram Singh）以英语写出了第一部完整的文学批评著作。其后，系统的文学批评开始于古尔伯科萨尼（Gurbakshani）。独立前夕，西方文论开始影响信德语学者。有的学者思考文学的本质，有的则试图清理信德语文学史。梵语诗学对信德语文论的影响是印度独立以后的事。

“达雅兰·吉杜马尔（Dayaram Gidumal，1857～1927）被视为第一位信德语文学批评家。”[①]1885年，他在一篇论文中，以印度宗教哲学思想为基础，分析了信德语诗人萨米（Sami）受吠檀多思想影响的诗歌。1914至1920年间，他写过三本论述信德语诗歌的小册子，这是现代意义上的文学评论。其他学者如J.帕斯兰（Jethmal Parsram，1886～1948）、古尔伯科萨尼和U.M.达乌波塔（U.M. Daupota）也遵循这一模式，探讨信德语诗歌的优劣。独立前夕，进步文学向信德语文学迅速渗透，进而，信德语文学批评开始接受马克思主义的影响。马克思主义思想向文学批评渗透的趋势一直延续到1962年中印边界冲突爆发。在马克思主义文艺批评方面，B.L.阿扎德（Barkat Ali Azad）的《文学与生活》（1942）和戈宾德·马尔西（Gobind Malhi）的《文学中的进步运动》（1945）是两篇最早的论文。

在文学理论探索方面，印度独立前的信德语学者对此关注不多，但前述的M.F.沙哈在1885年写成了第一部诗歌论著《诗歌之

①K.M.George, ed.*Comparative Indian literature*,Vol.2, p.1122.

思》。印度独立以后，信德语学者将继续进行文论思考。

十一、泰米尔语①

泰米尔语文论以公元前出现的《朵伽比亚姆》为源头。此后一千多年时间里，再无原创的泰米尔文论著作问世。19世纪，泰米尔文论基本仍是一片空白。“现代泰米尔语文学批评出现在20世纪。它受到英语文学和文论的影响，这使一些著名作家参与这一特殊的文学研究中。”②深受西方文论影响的现代泰米尔文学批评包括三个方面的内容：评价文学新作；阐释文学批评基本原理；评述古代和当代文学。

19世纪中期，M.乌帕迪亚耶（Muttuviriya Upadhyaya）按照《朵伽比亚姆》的体裁，写成一部兼带诗学色彩的语法学著作《穆杜维利衍》（*Muttuviriyam*），其中第五章论及叠声和十三种图案（画诗），还论及义庄严和诗病等。12世纪檀底（Taṇṭi）所著《檀底庄严论》（*Taṇṭiyalaṅkāram*）成为20世纪初一位泰米尔语学者的书名来源。T.E.室利尼瓦萨·拉卡沃查利（T.E. Srinivasaraghavachari）著有《檀底庄严论精华》（*Taṇṭiyalaṅkārasāram*）一书。该书分为四章。第一章对曼摩吒《诗光》提出的表示义、转示义、暗示义、上中下三品诗、味和情等基本诗学命题进行补充阐发，并辅以泰米尔语例诗和自创诗作进行说明；第二章论述维达巴和高德两种风格及其诗德；第三章论述谐音、叠声和图案等音庄严；第四章介绍三十五种义庄严，其中包括《檀底庄严论》提到的庄严和其他一些义庄严。该书结尾处介绍

①关于泰米尔语文论的介绍，主要参考：K.M.George, ed.*Comparative Indian literature*,Vol.2, pp.1124-1129.

②Nagendra,ed. *Literary Criticism in India,* p.234.

了檀丁《诗镜》第一章末尾提到的诗歌三大成因即想象力、学问和创作实践。[①]上述二书说明，19世纪至20世纪初，传统文论思想还没有完全脱离学者们的考察视野。

有的学者认为："在泰米尔语文学批评史上，20世纪头三四十年可以称为'新古典主义批评'时期。"[②]这一时期出现了一些重要的文学批评家。例如，M.阿迪卡（Maraimalai Adikal, 1876～1950）融合西方文论，引领着泰米尔文学批评的新潮。T.S.穆达利亚（T. Selvakesavarāya Mudaliar，1864～1921）是现代泰米尔语文学批评的先驱者。"在泰米尔文学批评史上，他占有非常独特的位置。他使得英语文学批评影响了泰米尔语诗歌创作。"[③]他主要探索诗歌的本质，涉及诗歌形式、艺术想象和诗歌风格等问题。他的观点对一些学者影响很大。V.V.S.艾耶尔（V.V.S.Aiyer, 1880～1925）是一位著名学者，精通梵语诗学和西方文论。他利用西方文论阐释本土文学。他在评价泰米尔语文学作品《甘班罗摩衍那》时，称梵语史诗《罗摩衍那》的泰米尔语改编者即12世纪的泰米尔语诗人甘班甚至比荷马、维吉尔和弥尔顿都要优秀。他在著作《〈甘班罗摩衍那〉评述》（*Kamba Rāmāyaṇa Racanai*）中，以racanai一词表达"文学批评"。艾耶尔的文学评论影响了后来的一些学者，如A.S.格纳那桑班达（A.S.Gnanasambandham, 1916～?）写出了两本著作即《甘班的艺术：三个女王》（1954）和《甘班的艺术：两兄弟》（1955），探讨《甘班罗摩衍那》的人物形象塑造。格纳那桑班达还在1948年写过《罗波那的兴衰》（1948）一书，以亚里士多德的悲剧理论探讨罗波那的命运轨迹。在改变一代学者的诗歌鉴赏旨趣和引进新的文学理论批评方面，T.K.C.穆达

①此处介绍参阅：P. Tirugnanasambandhan, *The Concepts of Alamkara Sastra in Tamil,* pp.26-27.

②K.M.George, ed.*Comparative Indian literature,*Vol.2, p.1128.

③Nagendra,ed. *Literary Criticism in India,* p.235.

利亚（T.K. Chidambaranatha Mudaliyar, 1881 ~ 1954）发挥了关键的作用。在利用西方文论阐释泰米尔语文学方面，A.穆图斯万（A. Muthusivan）的《阿育王庇护所》（1947）值得一提。他利用西方悲剧思想阐释泰米尔文学经典。A.S.格纳那桑班达和A.穆图斯万等学者的批评方法均受到T.K.C. 穆达利亚的影响。

从20世纪泰米尔语文学批评来看，泰米尔学者在各个方面均已有过实践。不论是文学理论的阐释，还是以西方文论批评泰米尔文学，甚至是跨越印西文明的比较研究，更丰富的内容将出现在后殖民时期的泰米尔文论界。

十二、泰卢固语[①]

近现代泰卢固语文学批评发端于两个泰卢固语学者即C.P.布朗（C.P.Brown, 1798 ~ 1884）和K.维勒萨林迦（K.Viresalingam, 1848 ~ 1919）。身为基督徒后代的布朗声称："1825年，我发现泰卢固语文学已经寿终正寝。我用了三十年时间使它起死回生。"[②]在使泰卢固文学"起死回生"的过程中，泰卢固语文学批评也受惠良多。

有的学者认为："泰卢固语文学批评主要可以分为四个方面的内容：传统的文学批评、西方化的批评、综合东西以及现代式的批评模式。"[③]另一位学者认为："泰卢固语文学批评可以分为两支：传统批评模式和受西方方法影响的现代批评模式。"[④]他还把泰卢固语文学批评详细分为下述各项，如泰卢固语文学史的梳理、梵语

①关于泰卢固语文论的介绍，主要参考：K.M.George, ed.*Comparative Indian literature*,Vol.2, pp.1131-1135.

②K.M.George, ed.*Comparative Indian literature*,Vol.2, p.1131.

③Nagendra,ed. *Literary Criticism in India,* p.254.

④K.M.George, ed.*Comparative Indian literature*,Vol.2, p1132-1133.

诗学的翻译研究、关于泰卢固语重要作家的研究、对味论的专题研究、关于泰卢固语文学的专题研讨等。

先看看传统文论的翻译和研究。泰卢固语受梵语诗学影响由来已久。到了近代，泰卢固语学者开始接受西方文论的影响。在对梵语和泰卢固语传统经典的研究方面，K.B.夏斯特里（Kasibhatta Brahmayya Sastry，1863～1940）和V.V.夏斯特里（Vedam Venkataraya Sastry，1853～1929）等人是先驱。关于梵语诗学的翻译，也出现了一些成果，如S.S.夏斯特里（S. Suryanarayana Sastry，1897～?）翻译的《摄庄严论》质量很高。不止一位泰卢固语学者全译或节译过欢增的《韵光》，但V.提鲁文嘉拉查尤卢（Vedala Tiruvengalacharyulu，1900～1968）翻译的《韵光》更有特色。他在翻译的同时，还从泰卢固语诗歌中选取例句解说欢增的诗学理论，这使它成为一种改写性质的泰卢固语译作。

在对泰卢固语文学史的梳理方面，K.V.N.拉奥（K.Venkata Narayana Rao）值得一提。他在1928年写成《安德拉文学史》（*Āndhra Vāṅmaya Caritra*）一书，考察15世纪末以前的泰卢固语文学发展史。拉奥还写过另外两种泰卢固语文学史著作。K.拉克希米兰迦南（K.Lakshmiranjanan）撰写了《安德拉文学通史》（*Āndhra Vāṅmaya Caritra Saṅgraha*），论述了从古代到18世纪的泰卢固语文学发展状况。此外，还有其他一些泰卢固语文学史著作陆续涌现。

印度独立前，在对现代文学思潮或作家的研究方面，泰卢固语学者成果不多。值得一提的是，A.乌玛坎塔（Akkiraju Umakantam，1889～1932）在1928年出版著作《当代诗歌》（*Neil Kalapu Kavitvamu*），对当时的泰卢固语浪漫主义诗歌进行严厉批评。

部分泰卢固语学者受西方文论影响，强调作品的情节结构、人物性格刻画和对社会生活的描写。这方面的代表人物是精通英文和泰卢固语的批评家C.R.雷迪（C.R.Reddy, 1880～1950）。雷迪写出了《诗歌本质论》（*Kavitva Tattva Vichāra*）。这是一部开创性的、有影响力的著作。此后，一些泰卢固语学者先后写出类似著作，还有学者对雷迪的观点进行反驳。

在综合东西方文学理论进行文学解读方面，K.罗摩克里希那耶（Korada Ramakrishnayya）是一个代表。他在《〈摩诃婆罗多〉研究》（*Mahbharata Vimarsha*）一书中，运用梵语诗学味论和西方的情节、主题等概念，进行综合比较。这是一种东西文论综合运用的批评实践。

20世纪30年代后，马克思主义文艺批评模式影响了泰卢固语文论界。这方面出现了一些研究成果。

十三、乌尔都语①

有的学者认为："乌尔都语是少数几种拥有自己的批评概念并与梵语、古典阿拉伯语或波斯诗学术语有别的语言，虽然它极大地受惠于后三种语言。"②尽管这样，近现代时期才开始出现严格意义上的乌尔都语文学批评。18世纪末到19世纪初，随着西方教育在印度的逐步发展和推广，乌尔都语地区逐渐感受到西方思想的冲击。1857年印度民族大起义失败后，时局演变和社会文化变革影响到一些乌尔都语文学批评家。

就乌尔都语文学批评家而言，首先应该提到的是阿尔塔夫·侯赛因·哈利（Altaf Husain Hali, 1837～1914），"从历史的观点来看，近代的文学批评始于哈利。哈利最主要的作品是他那有名的《诗歌导言》……哈利当时特别着重阐明诗歌环境问题，可以说

①关于乌尔都语文论的介绍，参考：K.M.George, ed.*Comparative Indian literature*,Vol.2, pp..1137-1140.

②K.M.George, ed.*Comparative Indian literature*,Vol.2, p.1137.

在乌尔都文学史中他第一次详细探讨了这个问题。诗歌环境问题亦即诗与社会的关系……哈利为一个优秀的诗人规定了以下三个必备条件：想象力、对世界的研究与观察、热情奔放。”[①]换句话说，哈利主张，诗歌要描写自然而真实的情感，描写对生活的感受，诗歌必须为社会服务。哈里主要受英国古典主义诗人弥尔顿的影响，他的诗歌理论是乌尔都语文学批评史的一个转折点。他以文学世俗化理论为武器，有力地冲击了保守主义势力，以与艺术想象的虚幻世界抗衡。“从哈利的文学批评可以看出，他确实受西方文学的某些影响。他把西方诗歌和文学批评的某些思想介绍到了乌尔都文学中。尽管如此，他并不崇洋迷外，他的伟大在于他那典型的东方性格同他的思想中东西方传统的平衡与融合……按照伊巴达特·勃赖尔维博士的说法，‘哈利是乌尔都文学的第一个批评家，他提出了比较完整的、系统的文学批评思想。’”[②]

哈里之后的希伯利（Shibli）亦即毛拉那·希伯利·努马尼也是乌尔都语文学批评史上的大家之一。他是乌尔都语文学中特别重视写高质量的考据文章的人。希伯利热爱东方文学，研究阿拉伯和波斯文学使他从对西方的自卑感中解脱出来。和哈利相比，阿拉伯和波斯文学传统对希伯利的影响更大。希伯利的文学观与波斯古典诗学观存在一致之处。《波斯诗歌》和《阿尼斯与德尔比的比较》是集中反映其文学观的代表作。有的人认为希伯利是乌尔都语文学中第一位浪漫主义批评家，他使乌尔都语文学批评带上了浪漫主义色彩。这在一定程度上是正确的。希伯利论述诗歌时强调：“事实上诗只有两个要素：模仿力与想象力。只要具备这两者之一，就可以称为诗。其它的一些优点，如通俗易懂、清晰流畅、结构之美等

①（巴基斯坦）阿布赖司·西迪基：《乌尔都语文学史》，山蕴编译，北京：中国社会科学出版社，1993年，第359页。本节关于近现代乌尔都语文学批评的介绍，主要参考该书相关内容。

②（巴基斯坦）阿布赖司·西迪基：《乌尔都语文学史》，山蕴编译，第361页。

等并不是构成诗歌的基本因素，而是区别好诗与坏诗的标准。”①希伯利也强调了明喻与隐喻的重要性。他认为文字美是诗歌美的必要条件，内容是灵魂，文字是身体。希伯利也强调诗歌的社会功用。他指出：“写出来的诗歌如果只是为了欣赏，那么可以运用夸张的手段，但是作为一种可以对民族的命运产生影响力的有力量的诗，可以使国家发生巨变，可以唤起阿拉伯民族的觉醒的诗，如果不是正确地反映了客观现实的话，那它将发挥不了任何作用。”②

穆罕默德·侯赛因·阿扎德（Muhammad Husain Azad, 1832～1910）最早探索乌尔都语诗歌发展史。他主张诗歌应该具有感染力，诗歌必须描写生活真实，反对在诗歌中运用隐喻和夸张等手法。他主张利用西方思想改进乌尔都语诗歌。他多次强调和哈利相似的思想：诗人可以改变民族和国家的命运。《生命之水》是阿扎德的杰作，但该书也存在缺乏批评的客观性和卖弄才情、炫耀辞藻等诸多遗憾或不足。“这部作品的重要性在于，它是乌尔都文学中摒弃了文学家传略的形式的第一部文学批评史……这本书与其说是文学批评，还不如说是考据，而考据恰恰是毛拉那·阿扎德的薄弱环节。这本书里有许多材料是道听途说得来的……可到目前为止，还没有一本有价值的文学史，能完全取代《生命之水》在文学批评史上的地位。”③

上述三位文学批评家的世俗主义立场基本相似，他们强调文学与社会现实的联系。这体现了西方文学思潮对乌尔都语批评家的深刻影响。“哈利、阿扎德和希伯利之后，开始了乌尔都现代文学批评时期，这个时期的批评家受到西方文学批评的影响。”④例如，

①（巴基斯坦）阿布赖司·西迪基：《乌尔都语文学史》，山蕴编译，第369页。

②（巴基斯坦）阿布赖司·西迪基：《乌尔都语文学史》，山蕴编译，第370页。本段介绍主要参考该书第361—362、367—371页。

③（巴基斯坦）阿布赖司·西迪基：《乌尔都语文学史》，山蕴编译，第363页。

④（巴基斯坦）阿布赖司·西迪基：《乌尔都语文学史》，山蕴编译，第129—130页。

一些乌尔都语作家和批评家接受了西方的浪漫主义思想。阿布杜拉赫曼·比杰努利（Abdur Rahman Bijnori）就是如此，他是浪漫主义批评家的代表，其《伽立布诗歌之美》被誉为比较文学著作典范，该书采取平行研究的方法，对米尔扎·伽立布、哈菲兹与哥德等作家进行东西比较。

可以这样评价哈利等三大家对乌尔都语文学批评所做出的集体贡献："总之，哈利、阿扎德、希伯利是乌尔都近代文学批评的先驱者。与他们同时代的人和他们的学生们把近代文学批评运动向前推进，使之进一步发展，并在这方面做出了显著的贡献。"①在他们之后，此前的文学家个人传略式批评弃之不用，代之以讨论文学的一般原理，人们更加重视具体的文学批评，更加重视研究文学家本人，研究文学家或作品与社会、政治和时代的复杂关联。这的确显示了西方文学思潮对乌尔都语文论家的深刻影响。

哈利等上述三位批评家的诗歌主张也影响到伊克巴尔（Muhammad Iqbal, 1877～1938）和纳兹尔·艾哈默德（Nazir Ahmad）等人的诗歌创作和文艺思想。在有的学者看来，伊克巴尔有着高度的艺术责任感，反对诗人充当艺术的奴仆。伊克巴尔认为："人类的所有艺术都必须服从生活这一最终目标，一切事物的价值都应根据它依从生活的容量确定。高尚的艺术应能唤起我们的意志力并促使我们勇敢地面对生活考验。"②伊克巴尔还在一首题为《诗人》的诗歌中，将眼睛与身体的关系比为诗人与民族的关系，认为"诗人应该像人的眼睛一样，自然传递和表达民族这个躯体的情感和精神"。③这些话显示出伊克巴尔对上述文论家的思想呼应。

---

①（巴基斯坦）阿布赖司·西迪基：《乌尔都语文学史》，山蕴编译，第371页。

②转引自刘曙雄：《穆斯林诗人哲学家伊克巴尔》，北京大学出版社，2006年，第37—38页。

③参阅刘曙雄：《穆斯林诗人哲学家伊克巴尔》，第38页。

在哈利、阿扎德和希伯利等文论三大家之后，乌尔都语文学批评界还出现了很多代表性人物及其著述。例如，纳瓦布·伊姆达德·伊玛姆·阿萨尔（1849～1934）的《揭示真理》（又名《诗苑之春》）、瓦希杜丁·萨利姆（1869～1928）的《学术术语的确定》（1929）、迈赫迪·乌尔阿发迪（1874～1921）的《迈赫迪文集》、前述的阿布杜拉赫曼·皮杰努利的《伽立布诗歌之美》、阿布杜马吉德·德利亚巴迪（1893～？）的《毛拉那·穆罕默德·阿里》、纳亚兹·法塔赫普里（1886～1966）等。①

20世纪初，乌尔都语文论界还出现了两种动向，一是对古代的乌尔都语文学作品进行考证和校订，以保存文学精华；二是开始编写乌尔都语文学发展史。1926年，由马苏德·哈桑·利德威（Masud Hasan Ridhvi）写成《我们的诗歌》（*Hamārī Śāirī*），尝试分析乌尔都语爱情诗。1927年，拉姆·巴布·萨克色纳（Ram Babu Saxena）以英语写成《乌尔都语文学史》（*History of Urdu Literature*）。这是历史上首部乌尔都语文学史，它囊括了诗歌、小说等各类文学体裁。该书后来由人译为乌尔都语出版。

1935年左右，印度次大陆建立了进步作家联盟。此后，进步文学运动、激进主义思想、自由主义思想等文学和社会思潮也影响到乌尔都语文学批评，出现了一些著名的批评家。就进步文学运动而言，其代表性评论家包括萨贾德·什希尔、阿赫德尔·侯赛因·拉库普里等人。他们的相关著述丰富和发展了现代乌尔都语文学批评。

①参阅阿布赖司·西迪基：《乌尔都语文学史》，山蕴编译，第373—396页。

第四节　印地语文论发展概况[①]

大体上可以把1650年到1850年左右的两百年时间视为印地语法式文论时期。随着印度与西方的文化联系进一步加深，“法式文论”与“法式文学”一样，逐渐走入末路。19世纪最后三十年里，印地语文学评论开始出现一些新的变化。一些人接受英语教育后，开始接触西方文论，尝试以西方理论批评印地语文学。有的学者指出：“19世纪最后三十年里，印地语文学批评实践开始了新的转向。这一时期，印地语文论界几乎是决然而然地与法式派以及中世纪文学观、文艺观拉开了差距。现在，印地语批评家们不仅受到古代印度诗学，也受到西方文学经典的启发，开始致力于将其所掌握的英语文学运用在自己的印地语文学批评中，结果便开创了评价印地语文学的新方法，其中包含了现代批评方法的运用。”[②]一言以蔽之，19世纪末是近现代印地语文论发展的起步阶段亦即第一阶段，其特征是打破中世纪法式论或法式派文论家的陈规陋习，勇敢地与之拉开距离，在文学批评中主动积极地借用西方文论话语，从而进入印地语近现代文学批评史上的所谓“帕勒登杜时期”（Bharatendu period）。

一般而言，近代意义上的印地语文学评论始自B.N.乔达里（Badari Narayana Chowdhari）于1879年发表的论文《文学》（*Sāhitya*）和《印地语》（*Hindī Bhāshā*）。不过，在综合利用西方文论与梵语诗学评价戏剧文学方面，帕勒登杜（Bhāratendu Hariścandra，1850～1885）是第一人。帕勒登杜被印地语文论家

①关于印地语文论的介绍，主要参考下述著作相关内容：Ram Chandra Prasad, *Literary Criticism in Hindi*；同时参考：K.M.George, ed.*Comparative Indian literature,* Vol.2, pp.1069-1075.

②Ram Chandra Prasad, *Literary Criticism in Hindi,* p.27.

杰耶辛格尔·伯勒萨德誉为"印地语现实主义文学之父"。[1]他也是"第一个成功地运用了印地语的标准语——克利方言写作的学者"。[2]他可谓近代印地语戏剧文学之父。"印地语能有今天的辉煌、能成为印度文学语言和印度的国语，与帕勒登杜及其周围的作家有直接的关系。"[3]他在1883年出版一本小书《戏剧》（Naṭāka）。在书中，他征引了《十色》、《文镜》和《诗光》等梵语诗学著作以及威尔逊的《印度戏剧》与《戏剧家和小说家》等著作。帕勒登杜声称，文学必须在融合新老传统的基础上发展。他和其他人一道，开创了一个反叛旧传统、拥抱西来思潮的新时代，这也是一个适应现实生活需要的新时代。[4]

在帕勒登杜时代，另外一位著名的文学评论家是P.G.P.阿格尼霍特利（Pandit Ganga Prasad Agnihotri）。他强调，一个优秀的评论家必须具备四个方面的基本素质：熟悉文本、热爱真理、头脑冷静和诗性感悟。

19世纪最后二十年里，还出现了一些涉及梵语诗学的研究著作如S.P.辛哈的《味奥秘》（*Rasarahasya*，1887），P.N.辛哈的《味春》（*Rasakusumākara*，1894）。

19世纪末20世纪初，随着默哈维尔·伯勒萨德·德维威迪（Mahāvīra Prasāda Dwivedī, 1864 ~ 1938）的出现，印地语文论开始进入第二个发展阶段即综合东西方文论进行批评实践的早期阶段（与第三阶段即印度独立后印地语文论综合派的成熟阶段相区别）。"随着帕勒登杜时代的消隐，印地语文学批评理论进入一个新的阶段，其内容和视野都有显著的增加或拓展。因此，20世纪头十年，大致路线已经确立，20世纪大部分时间的文学批评将

①Ram Chandra Prasad, *Literary Criticism in Hindi,* p.35.
②刘安武:《印度印地语文学史》, 第219页。
③姜景奎:《印地语戏剧文学》, 第54页。
④Ram Chandra Prasad, *Literary Criticism in Hindi,* pp.27-28.

在此方针指引下向前发展。”[①]第二阶段里综合东西文论传统的文论家主要包括默哈维尔·伯勒萨德·德维威迪、拉默金德尔·修格尔（Rāmacandra śukla，1884～1940）、人称Miśra Bandhu（米谢尔兄弟）的米谢尔三兄弟（Ganesh Miśra，Syamabihārī Miśra，1873～1947，Sukadevabihārī Miśra，1878～1951）、伯德默·辛赫·夏尔玛（Padma Singh śarmā，1876～1932）、谢尔默·松德尔·达斯（Śyāma Sundara Dāsa）、拉尔·薄伽梵那底纳（Lālā Bhagawanadīna, 1866～1903）和克里希那·比哈利·米谢尔（Kṛṣṇa Bihārī Miśra，1890～1963）等人。

1901年，默哈维尔·伯勒萨德·德维威迪在一篇论文中告诫诗人们要注意读者的阅读兴趣，以轻松愉快的风格引人入胜，使稍受教育的人也能阅读。他为印地语文学中的理想主义开了绿灯。这种理想主义创作风格在后来的一些作家如普列姆昌德（Premchand）、麦提利·萨拉纳·古普塔（Maithilī Śaraṇa Gupta）和哈利奥德（Hariaudha）等人的作品中得到印证。德维威迪代表了新时代的文学评论倾向。此后，随着前述米谢尔三兄弟和其他学者的加入，第二阶段的印地语文学评论更加活跃。

在R.C.普拉萨德看来，20世纪初，印地语文学批评包括五个方面的内容。首先是传统的理论研究，如札格纳特·伯勒萨德·帕努（Jagannath Prasad Bhanu）的《诗歌的太阳》（*Kāvya Prabhākara*，1905）、《诗律精华》（*Chanda Sārāvali*，1917）、《味宝》（*Rasaratnākara*，1919）和《庄严镜》（*Alaṅkāradarpaṇa*，1936）、古拉伯·拉耶（Gulāba Rāi，1888～1963）的《九味》（*Navarasa*，1920）与薄伽梵那底纳的《庄严曼殊颜》（*Alaṅkāra Mañjūṣā*，1916）和《暗示义曼殊颜》（*Vyangyrtha Mañjūṣā*，1927）等等。其次是比较诗学研究，第三种是对印地语文学史和古

①Ram Chandra Prasad, *Literary Criticism in Hindi,* p.57.

代作品的研究，然后是描述性、介绍性的文学评论，最后是阐释性的文学批评。

论者指出，拉默金德尔·修格尔是近现代时期印地语文论发展第二阶段的杰出代表。“我们这个世纪（20世纪）的第二个十年还见证了学术大师拉默金德尔·修格尔批评才华的成熟，他宏阔的视野和渊博的知识盖过了他的同时代人偶尔做出的努力，这确立了他作为那一时代最重要批评家的位置……他吸纳梵语智慧、印地语文学和西方美学中最有价值的东西，结果，他的批评宣言开拓了思考和探索的新途径。”[①]对于修格尔之于印地语文学批评的历史贡献来说，这样的评价是非常合适的：“我们可将他称为印地语文学中第一位伟大的实践批评家（practical critic）。”[②]

论者认为，帕勒登杜在印地语中开创了综合东西方文化传统进行文学评论的先例。“然而，只有到了拉默金德尔·修格尔这里，这种新的综合派才找到最积极的支持者……因此，他可以用新的方法阐释古代文学理论，也可以在综合东西方诗学的基础上赋予味论以新的涵义。”[③]修格尔知识渊博，才华横溢，分析严谨，审慎客观。他既赞赏梵语诗学味论，也欣赏西方的精神分析论。这使他的著述充满了东西文论交融的特点。例如，在1929年初版、1957年再版的《印地语文学史》（*Hindī Sāhitya kā Itihāsa*）一书中，修格尔指出：“文学批评可以采取判断式（judicial）与归纳式（inductive）两种形式。判断式批评旨在检视作者的优劣……归纳式批评却涵括社会影响、政治、群体与文化氛围等诸多其他因素。这的确就是所谓的历史批评，这种形式的批评旨在确立一部作品与其同时代作品的联系，确立作品在现存传统中的地位。细致地审视作家内在动

①Ram Chandra Prasad, *Literary Criticism in Hindi,* p.78.
②Ram Chandra Prasad, *Literary Criticism in Hindi,* p.89.
③K.M.George, ed. *Comparative Indian literature,*Vol.2, p.1074.

机、自传情节及其气质因素，这便成为心理学批评。”①

1920至1940年是修格尔文学批评生涯的黄金时期。他的代表作大多产生于这一时期，其中包括《师尊杜勒西达斯》（*Gosvāmī Tulasīdāsa*, 1923）、《加耶西作品导读》（*Jāyasī Granthāvalī kī Bhūmikā*, 1924）、《〈黑蜂之歌〉精华导读》（*Bhramaragītasāra kī Bhūmīkā*, 1925）、《印地语文学史》（*Hindī Sāhitya kā Itihāsa*, 1929）、《诗歌中的神秘主义》（*Kāvya mem Rahasyavāda*, 1929）、《如意宝珠》（*Cintāmaṇi*，1939～1945，也译“神宝石”）、《苏尔达斯》（*Sūradāsa*, 1943）和《味探》（*Rasamīmāmsā*, 1949）等。究其实，修格尔在印地语文学史上的地位主要来自其著作《印地语文学史》、《味探》和他对杜勒西达斯（1532～1623）、加耶西和苏尔达斯等人的研究。“无疑，他是最杰出的文学批评天才之一。他的《印地语文学史》在印地语文学史上树立了一个典范。”②著名印地语文论家、梵语诗学研究者纳根德罗认为，在群星灿烂的印度现代文论家中，拉默金德尔·修格尔占有重要的位置。他完全尊重传统理论但又不为其所缚。复杂而带有玄学色彩的味论没有阻碍他独立思考的步伐，相反，他对味的阐释充满了自由的意味。“他在心理欲望的范围内阐释味，主要依赖心理学原理而非哲学思想。因此，拉默金德尔·修格尔大师是第一位最杰出的现代印地语批评家，他远远地走在时代前面。”③

印度学者西沃丹·辛赫·觉杭（Śivadāna Singh Cauhāna）这样评价拉默金德尔·修格尔：“修格尔是印地语中作为时代观察者的批评家……他将诗人和他们的作品以及文学的一般倾向放在社会的背景中进行考察，发展了新型的印地语文学批评……他用自己富于

---

①Ram Chandra Prasad, *Literary Criticism in Hindi,* p.79.

②Nagendra, ed. *Literary Criticism in India,* p.76.

③Nagendra, *Literary Criticism in India and Acharya Shukla's Theory of Poetry,* New Delhi: National Publishing House, 1986, p.54.

独创性的才华，最深刻地分析了理论性的批评的各个方面，而且通过自己一系列的新的见解，给予了印地语的文学批评以新的观点和深刻的意义。”[①]修格尔的“诗歌平民主义”和“共鸣”原则值得一提。他非常关注欧洲的现实主义、浪漫主义和社会现实主义等三大文学批评思潮，但反对“为艺术而艺术”的主张，提倡文学创作和文学批评应该贴近现实生活。不过，修格尔对现代印地语文学批评史上著名的“阴影派”持负面看法，这值得关注。总之，修格尔的批评实践和理论建树，对于印地语文学批评意义深远，为发展和丰富印地语文论作出了杰出的贡献。比丹波尔·达特·伯达特沃尔博士高度评价修格尔之于现代印地语文学理论批评的历史贡献：“某种程度上，正是从修格尔大师这里，才能追寻印地语文学新批评的起源。”[②]修格尔“对文学的各个方面进行了理论上的分析，创造了一套完整的文学理论，同时他对杜勒西达斯作了根本性论述，对苏尔达斯和加耶西作了广泛的研究，并用新的手法写了印地语文学的历史”。[③]

在拉默金德尔·修格尔时代及稍后一段时期，这些文学批评家的名字值得关注：古拉伯·拉耶（Gulab Rai）、伯杜默拉尔·本纳拉尔·伯克西（Padumlal Punnalal Bakshi，1894～？）、R.D.米谢尔（Rama Dahina Mishra，1886～1952）、拉默格利生·修格尔（西里穆克）（Ramakrishna Shukla Shilimukha）、维谢沃那特·伯勒萨德·米谢尔（Vishwanatha Prasad Mishra，1906～？）、格利生辛格尔·修格尔（Rama Krishna Shukla）、勒格谢米那拉因·苏堂修（Lakshmi Narayana Sudhanshu，1908～1974）、谢尔默·松德尔·达斯和比丹波尔·达特·伯拉特沃尔（Pitambar Dutta

①刘安武编选：《印度现代文学研究》（印地语文学），刘安武译，北京：中国社会科学出版社，1979年，第201页。

②Ram Chandra Prasad, *Literary Criticism in Hindi,* p.146.

③刘安武编选：《印度现代文学研究》（印地语文学），刘安武译，第202页。

Barathwala，1902 ~？）等等。这些人遵循拉默金德尔·修格尔等人开创的道路，以各自的著述，为发展印地语文学批评做出了贡献。

在遵循拉默金德尔·修格尔的印地语文论家中，古拉伯·拉耶的名字首先必须提到。他认为，印度和西方的文学理论可以互相补充，均可用来阐释文学作品。他的《九味》、《理论和研究》（*Siddhānta aur Adhyayana*，1946）和《诗歌的形式》（*Kāvya ke Rūpa*，1947）等涉及梵语诗学研究。他在《九味》中的味论探索标志着“印地语文学理论批评新方法的开端”。[①]

伯杜默拉尔·本纳拉尔·伯克西曾经担任过文艺杂志《文艺女神》（*Sarasvatī*）和《阴影》（*Chāyā*）的编辑，引导读者大众的审美倾向。他的代表作是《印地语短篇小说》（*Hindī Kahānī Sāhitya*）和《印地语长篇小说》（*Hindī Upanyāsa Sāhitya*）等。他赞赏阴影派文论家的主张，调和东西方文论原理，超越了时代局限。他强调，文学必须反映人民的生活疾苦。

拉默格利生·修格尔关注文学批评的社会功能，认为文学批评家必须了解人类生活本质，认识现实社会。他对普列姆昌德的评价不高，认为他不是艺术家，而是一个宣传家。

R.D.米谢尔的初期评论似乎倾向于印度本土传统。他强调立足本土诗学传统，反对盲从西方文论话语解释文学作品。在《诗光》（*Kāvyāloka*）1944年第二版中，他征引了四十二种梵语作品和二十五种印地语作品，却无一种西方文学作品。他虽然声称印度传统诗学需要进行改造调适，但坚信完全忽视梵语诗学传统、一味模仿西方标准不是明智之举。到了后来，他的文论观开始转变。1947年，他在《诗镜》（*Kāvyadarpaṇa*）中开始征引西方哲学、美学和诗学著作，显示出开明自由的一面。他逐渐走向了立足本土、综合

①Ram Chandra Prasad, *Literary Criticism in Hindi,* p.129.

东西方文论原理的比较诗学新阶段。米谢尔对印地语文学史的分期有特色，赞成进步文学的主张，但对阴影派文论家有误解。

印度学者普拉巴卡拉·摩卡维指出："我向其虔敬鞠躬的三位卓越批评家是学术大师拉默金德尔·修格尔、比丹波尔·达特·伯拉特沃尔博士和学术大师赫加利·伯勒萨德·德维威迪。我曾经认真拜读他们的著作，深为折服……我想说，这三位杰出学者为印地语文学批评的发展潮流指明了真正的方向。这么说并无对其他学者的不敬。"①此处表示"学术大师"的词语ācārya也可译为"教授"、"导师"或"学者"。伯拉特沃尔的特色是注重文本分析，追求科学严谨。他赞赏综合东西方文论阐发作品的方法。伯拉特沃尔的两部文论代表作是《印地语诗歌中的无形虔诚派》（*Hindī Kāvya Kī Nirguṇa Bhakti Dhārā*）和《花蜜》（*Makaranda*）。

维谢沃那特·伯勒萨德·米谢尔是后修格尔时期的重要文论家。虽然对西方文论有过一些研究，但他对修格尔融合东西文论的姿态不以为然。他说："我们的原创文学和文学评论都受到了外国文论著述的卑劣影响。当今的批评家们不再征引婆摩诃、檀丁、恭多迦和其他著名诗学家的传统权威著述，而开始提及柏拉图、亚里士多德、德莱顿和其他西方玄学家和文论家。这种传染病就像其他外国流行病一样正在印度蔓延开来。"②

勒格谢米那拉因·苏堂修则对西方之于印地语文学和文论发展的影响持欢迎态度。他强调作家不要斩断与传统文化的联系，但对那些坚持创作百分之百本土因素的文学的民族沙文主义不屑一顾。他说："所有那些印地语文学曾经直接或间接地接触过的语言都对我们的现代诗歌施加了直接的影响。对我们的文学来说，这种影响

①Ram Chandra Prasad, *Literary Criticism in Hindi,* p.145.
②Nagendra, ed. *Literary Criticism in India,* p.81.

被证明是非常健康的。”[①]苏堂修倾心于19世纪西方浪漫主义文论家，欣赏T.S.艾略特的非个人化理论。他的代表作《诗歌中的表现主义》（*Kāvya mem Abhivyañjanāvāda*，1938）和《生命本质与诗歌理论》（*Jīvana ke Tatva aur Kāvya ke Siddhānta*）便体现了这一点。苏堂修认为诗人在作品中天马行空般的写意式表现，如同梵充满宇宙。梵驭宇宙，诗人驭诗。他不同意拉默金德尔·修格尔的某些观点。他认为表现主义文论观不等于梵语诗学的曲语论，因为表现主义是一种语言的直觉，而曲语论超越了语言修饰，强调语言叙述的引人入胜或出奇制胜。

上述论者的立场和态度说明，在20世纪初期的印地语文学批评界，对于西方文论的影响渗透存在不同的看法。无论如何，西方的因素已经内化为印地语文论的有机成分，这将对后来的印地语文论发展产生深远的影响。

20世纪初期至二十年代，印度文学虽然接受了西方的影响，但其精神实质还属于印度传统的精神主义，这以泰戈尔和印地语“阴影派”诗人杰耶辛格尔·伯勒萨德为典型代表。伯勒萨德“可以被誉之为著名的印地语浪漫主义诗歌流派的奠基诗人。在现代诗人中，伯勒萨德无疑是广泛地受到人民的喜爱”。[②]到了三十年代，进步主义文学兴起，马克思主义文艺批评随之兴起，但到了四十年代，进步主义文学遇到发展的危机，现代主义、神秘主义等文学浮出水面。这以诗歌领域最为典型。随着二战即将结束，印度文学尤其是诗歌，在西方文学主潮的影响下，开始急剧地向内转，诗人们对社会历史问题的关注转向对人的自我的分析与透视。马克思主义、弗洛伊德精神分析论、T.S.艾略特等象征主义诗学观及存在主义均对印度方言文学和文论产生了很大的影响。上述这些文学思潮

①Nagendra,ed. *Literary Criticism in India,* pp.82-83.
②刘安武编选：《印度现代文学研究》（印地语文学），彭正笃译，第305页。

在印地语文学中都有反应，同时也通过印地语文学理论表现出来。

由于后文将介绍普列姆昌德和纳根德罗等人的文论思想，且印地语中的马克思主义文论和精神分析文论的主要成就多产生在独立以后，因此，此处先简单介绍印地语阴影主义文论的代表人物及其著述。

阴影主义（Chāyāvāda，也译“影象主义”）是印地语文学中的浪漫主义和神秘主义。它更直接的影响来自泰戈尔的颂神诗。印度学者更是认为：“诚然，影象主义的崛起有多种辅助原因。其中，罗宾德拉纳特（即泰戈尔）的孟加拉诗歌影响和华兹华斯及雪莱的英文诗歌影响最为主要。”[①]阴影主义和伯勒萨德的主要文学生涯在同一跨度，大约在1918到1937年左右，因此，阴影主义文学也被称为伯勒萨德文学。“阴影”（Chāyā）一词来自梵语，它不仅表示朦胧虚幻的表达方式，也指沉思内省的精神体验。[②]

印地语阴影主义文论又被称为“研讨式批评理论”（workshop criticism）。[③]印地语“阴影派”文论家的几位代表人物是香蒂伯利耶·德维威迪（Shantipriya Dwived，1906 ~ ?）和拉默·古马尔·沃尔马（Ram Kumar Varma，1905 ~ ?）等人。他们的文论著述大多跨越了印度现代和当代史两个时段。他们珍视浪漫主义诗人对自然和美的追求，强调诗歌的美学愉悦功能。香蒂伯利耶·德维威迪著有《诗人与诗歌》（*Kavi aur Kāvya*，1936）等，沃尔马著有《文学批评》（*Sāhitya Samālocanā*, 1929）、《格比尔的神秘主义》（*Kabīr kā Rahasyavāda,* 1930）和《文学论》（*Sāhitya Śāstra*, 1956）等。在《格比尔的阴影主义》中，沃尔马不仅考证格比尔的生活轨迹，还试图探索他作品中的神秘主义、苏非主义

①季羡林主编：《印度文学研究集刊》（第二辑），薛克翘译，上海译文出版社，1986年，第370页。

②参阅石海峻：《20世纪印度文学史》，第50、154—155页。

③Ram Chandra Prasad, *Literary Criticism in Hindi,* p.95.

和“精神婚姻”（spiritual marriage）等宗教玄学式的“阴影主义”因素。除了这两位文论家以外，阴影派主要作家即阴影主义四大诗人均以文论著述形式加入阐释阴影主义的行列。其中，杰耶辛格尔·伯勒萨德（Jaya Shankara Prasad，1889～1937）唯一的文论集《诗歌与艺术》（*Kāvya aur Kāla tathā Anya Nibandha*，1939）。尼拉腊（Nirala，1896～1961）著有《本德和〈嫩芽〉》（*Pant aur Pallava*，1948），其评述风格接近华兹华斯和雪莱等浪漫主义诗人。苏米德拉南登·本德（Sumitra Nandan Pant，1900～1977）的著述主要在独立以后，代表作为《艺术与梵语》（*Kalā aur Samskṛti*，1965）和《再论阴影主义》（*Chāyāvāda kā Punarmūlyāṅkana*，1965）。玛赫黛维·沃尔玛（Mahadevi Varma，1907～1987）也信奉神秘的浪漫主义。她着意于刻画灵魂深处的黑暗一面。除了几部诗集外，她还有《现代诗人》（*Ādhunik Kavi*，1956）等文论著作。

R.C.普拉萨德指出，阴影主义诗歌及其文论思想的一个特点是，它不只是表述“一种现代风格而已。事实上，它意指一种新式的现实体验”。[①]他还认为：“如果说欧洲浪漫主义是法国大革命和政治思潮的诗歌产物，印地语中的阴影主义则是印度精神复兴新潮的一种产物。”[②]不过，阴影主义这一新潮，却受到了拉默金德尔·修格尔的贬斥。他认为，阴影主义是对外来思潮的奴性模仿。因此，上述六位印地语文论家的一个共同任务是，反驳拉默金德尔·修格尔对阴影派诗歌和文论思想的批评。他们从印度民族独立、社会历史、宗教文化（包括虔诚派文学）、印度与西方交流等各个角度为阴影派诗歌和阴影主义进行有力的辩护。香蒂伯利耶·德维威迪更是明确地将阴影主义视为“民族意识的觉醒”：

---

①Ram Chandra Prasad, *Literary Criticism in Hindi*, p.95.
②Ram Chandra Prasad, *Literary Criticism in Hindi*, p.106.

“由于民族觉醒拓展了我们的生活视界，我们便熟悉了各种文化交流的源头，开头是孟加拉语，然后是梵语，接着是大量借鉴英语文化。正是有了阴影主义，克利方言诗歌（Khaḍībolī poetry）才可有其繁荣局面。”①

综上所述，一百年左右的近现代印地语文论主要是在西方文论影响下、结合本土传统发展起来的。它关注更多的并非本土，而是西方舶来的理论，很多人在印度土地上嫁接西方文论以适应文学批评的现实需要。一般认为，与孟加拉语文论家相比较，印地语文论家虽然出现了修格尔和纳根德罗等著名学者，但在创造一种有影响的文论体系上，泰戈尔和奥罗宾多等孟加拉语文论家似乎占了上风。纳根德罗自己也承认这一点：“我们知道，我们的文论家们没有能建立起一套独立的批评价值体系。”②

第五节　梵语诗学著作的译介和研究

纳根德罗把印度近现代文论发展史分为两个时期，即19世纪后半叶为第一个时期，20世纪初至五十年代为第二个时期。在第一个时期，印度学者主要从梵语诗学的角度出发分析和研究文学，西方文论只是文学批评中偶尔采纳的辅助因素；第二个时期里，各地方语言的学者们重视翻译梵语诗学著作、用传统方法阐释、介绍和普及梵语诗学、从西方现代美学等视角出发重新阐释和评价梵语诗学。③以介绍和普及梵语诗学、戏剧学为例，1899年、1924年，印度学者先后出版了两部专为初学者而写的梵语诗学普及教材。这便是C.K.塔尔迦兰伽罗（Chandra Kanta Tarkalankara，1830 ~ 1909）

①Ram Chandra Prasad, *Literary Criticism in Hindi,* p.119.
②Nagendra,ed. *Literary Criticism in India,* p.96.
③Nagendra,ed. *Literary Criticism in India,* “Preface,” p.32.

的《庄严经》（*Alaṅkārasūtra*）和S.夏斯特里（Sītārāma Śāstrī）的《文概》（*Sāhityoddeśa*）。后一书于1980年再版。[①]关于戏剧表演的解说，N.戈宾纳塔（Natanakalanidhi Gopinath）于1946年出版了《表演疏》（*Abhinaya Prakāśikā*），该书于1957年再版。作者在1957年版“前言”中说：“这本书是我1946年出版的《表演新解》（*Abhinayāmkuram*）的修订扩展版，题目则为新设……通过从《表演镜》、《手势灯》（*Hasthalakṣaṇadīpikā*）和《舞论》等优秀范本中选取例诗并辅以英译，我尝试在该书中简略地说明印度舞蹈的基本原理。”[②]该书主要是一般手势（samāna mudra）和混合手势（miśra mudra）的表演集萃，也涉及艳情味到平静味等九种味的表演。此外，还有一些学者继承古代梵语诗学著述的传统，写出了自己具有传播文明精华性质的著作。[③]

虽然印度近现代文论发展与西方文论输入关系极大，但与古典的梵语诗学遗产更是密不可分。前边的相关论述已或多或少地涉及梵语诗学在印度各地方语言中的翻译和研究，此处就梵语诗学在印度近现代文化语境中的翻译、介绍和研究，集中地进行简介。由于印度学者以英语翻译和研究梵语诗学成果丰硕且影响不小，并能更好、更快地为国际学界所接受，从而促进梵语诗学研究的国际化，因此，此节除简单涉及1947年印度独立前各方言地区学者对梵语诗学的译介和阐释外，也扼要介绍印度近现代学者以英语为媒介翻译、介绍和研究梵语诗学的一些代表性成果。

---

①Chandra Kanta Tarkalankara, *Alaṅkārasūtra,* Calcutta: Sanskrit Press, 1899; Sītārāma Śāstrī, *Sāhityoddeśa,* Marwar: P. Shankarlal & Shivanarayan Tiwari, 1980.

②Natanakalanidhi Gopinath, *Abhinaya Prakāśikā,* “Preface,”Madras: Natana Niketan Publications, 1957.

③Narayana Sastri Khiste, *Alaṅkārasāramañjarī,* Benares: Vidya Vilas Press, 1933.

一、梵语诗学的印度方言译介和研究

就十四种印度地方语言的学者而言，翻译、介绍、研究或阐释梵语诗学并程度不一地受其影响，主要包括印地语、孟加拉语、马拉提语、古吉拉特语、坎纳达语、马拉雅兰语、泰米尔语、泰卢固语和奥里雅语等方言地区的学者，其他如乌尔都语、信德语、克什米尔语和旁遮普语等方言地区的学者则很少或基本没有受到梵语诗学的影响。因此，印地语和孟加拉语等各方言地区的学者关于梵语诗学的翻译、介绍、研究阐释的成果比较丰富，而乌尔都语和旁遮普语等地方语言的学者则很少或缺乏这方面的成果。为了叙述的方便，此处对某些方言地区学者关于梵语诗学译介的说明延伸到印度独立后一段时期。①

20世纪初到七十年代为止，印度方言地区的学者开始陆续出版关于梵语诗学著作的方言译本。例如，译为印地语的梵语诗学著作包括《诗镜》、《诗光》（三个译本）、《文镜》（至少两个译本）、《味海》（两个译本）、《韵光》（至少两个译本）、《曲语论》、《诗庄严经》、《十色》、《舞镜》、《诗探》、《莲喜》、《月光》、《舞论》、《舞论注》、《韵光注》、《虔诚味甘露海》以及婆摩诃《诗庄严论》和楼陀罗吒《诗庄严论》等。译为马拉提语的梵语诗学著作包括《舞论》、《韵光》、《表示义注疏》（*Abhidhāvritti-mātrikā*）和楼陀罗吒的《诗庄严论》等。译为古吉拉特语的梵语诗学著作包括《舞论》和《诗光》等。译为孟加拉语的梵语诗学著作包括《韵光》和《味海》等。几乎所有主要的梵语诗学著作都已译为泰卢固语，这些著作包括《舞论》、

①此处相关介绍参考：Nagendra,ed. *Literary Criticism in India,* "Preface," pp.32-36.

《诗镜》、《诗庄严经》、《韵光》、《十色》、《韵辨》、《诗光》、《文镜》、《味海》和《诗探》等。译为坎纳达语的梵语诗学著作包括婆摩诃的《诗庄严论》、《韵光》、《诗光》、《十色》、《合适论》、《文镜》和《月光》等。译为马拉雅兰语的梵语诗学著作包括《舞论》、《韵光》和《文镜》等。译为泰米尔语的梵语诗学著作包括《诗镜》和《莲喜》等。由此可见，印地语、马拉提语、泰卢固语和坎纳达语等方言地区的学者对梵语诗学的翻译热情很高，成果更为丰富。此外，普遍得到各方言地区学者翻译的著作大多是梵语诗学代表作，如《舞论》、《诗镜》、《诗光》、《文镜》、《味海》、《韵光》和《十色》等。这些著作基本上涵盖了梵语诗学各个流派的重要理论。

印地语、孟加拉语和泰卢固语等方言区学者不仅以自己的语言翻译梵语诗学经典，还以某些标准的诗学著作为参考，以浅显易懂的语言译介梵语诗学基本原理。他们一般以教科书性质的《诗光》和《文镜》为参考，偶尔也参考引用《韵光》和《味海》，在介绍庄严时则参考《莲喜》和《月光》。这些学者的目的是给各方言地区不熟悉梵语的学者或诗人介绍梵语诗学基本原理，而不在学术创新。因此，他们使用传统的经疏体例进行介绍。首先是下定义，然后对其中的专门术语进行释义，最后引用诗句进行解说。他们的译介涉及梵语诗学基本原理，如诗的定义、诗的功能和目的、诗的灵魂、词的三大功能、风格、诗德、诗病、庄严即修辞格等。他们的定义要么是依据某种梵语诗学著作，要么是建立在认真研究不同诗学家观点的基础上。他们引用的诗句大多来自现代印度语言文学，有时也译自梵语著作。他们的贡献主要是对味和庄严的数量做些增删而已。

以上述传统方法介绍和探讨梵语诗学的各方言地区学者包括：印地语学者札格纳特·伯勒萨德·帕努、S.K.博达尔（Seth Kanhaiyalal Poddar）、拉尔·薄伽梵那底纳、哈利奥德、B.跋吒（Biharilal Bhatta）和A.D.科迪亚（Arjuna Dasa Kediya）等人；马拉提语学者包括P.S.普拉达拉（Prabhudaji Shivaji Pradhana）、B.K.马科德（B.K.Makode）、R.R.薄伽瓦德（R.R.Bhagawada）、G.S.利勒（G.S.Lele）、和S.B.库拉迦尔尼（S.B.Kulakarni）等人；孟加拉语学者包括J.戈斯瓦米（Jayagopala Goswami）、L.维迪耶尼提（LalmohanVidyanidhi）和S.穆克巴提雅耶（Shachindranatha Mukhopadhyaya）等人；泰卢固语学者包括悉多罗摩耶（Sitaramayya）、拉卡瓦雅伽拉（Raghavayyangara）、拉纳亚纳（Narayana）、夏尔玛（Sharma）、纳卡布沙南（Naghabhushanam）、室利尼瓦萨·查里雅鲁（Shirinivasacharyalu）、纳尔辛赫·拉奥（Narsimhrao）、乌玛甘塔（Umakantam）和拉克西米·甘塔（Laksmikantam）等人；马拉雅兰语学者包括K.马拉尔（Kuttikrishna Marar）和M.S.梅侬（M.S.Menon）等人；古吉拉特语学者包括卡玛拉商卡尔·特里维迪（Kamalashankara Trivedi）和莫汉拉尔·黛维（Mohanlal Dave）等人；坎纳达语学者包括A.R.克里希那夏斯特里（A.R.Krishnashastri）和T.N.室利康提（T.N.Shrikantiah）等人以及泰米尔语学者P.科丹达拉马纳（P Kodandaramana）和M.瓦拉达拉贾纳（M.Varadarajana）等人。

上述学者中的一些人赞赏味论，他们包括印地语学者哈利奥德、马拉提语学者P.S.普拉达拉和B.K.马科德、孟加拉语学者L.维迪耶尼提和S.穆克巴提雅耶、古吉拉特语学者包括卡玛拉商卡尔·特里维迪和莫汉拉尔·黛维、泰卢固语学者拉卡瓦雅伽拉及坎纳达语学者T.N.室利康提等人。这些学者认为，味是诗的灵魂，庄严、诗德和风格等是次要的诗学因素。这种观点与欢增、新护、毗首那特等梵语诗学家保持一致。

一些学者接受了西方文论，他们深信，可以通过西方文论阐释印度文学甚或解读梵语诗学。他们主要采用西方现代心理学、社会学或其他学科的批评术语来阐释印度古典文论基本原理。“尽管也深深敬仰印度诗学传统，他们深信，对印度古代艺术哲学有必要进行重新阐释，以利其真正得以现代运用。”[①]几十年里，一些方言区的学者在这方面成果丰硕，出版了很多著作，并力图构建系统的文学批评理论。在这方面，印地语（印度独立以前）和马拉提语学者走在了前列，孟加拉语学者紧随其后。其中，印地语学者拉默金德尔·修格尔是这种学术研究的领军人物。他在现代西方文化视野中考察和审视梵语诗学，阐释了印度和西方文论中很多令人困惑的方面。他强调文学批评、理论建构与现实生活的联系。纳根德罗对修格尔横跨东西的综合性批评立场表示高度赞赏。在修格尔之外，还有一些方言区学者也持相近的诗学立场，并著书立说，丰富了印度现代文论。这些学者的著述包括泰戈尔的一些论文及S.V.柯特卡尔（S.V.Ketkar）的《马哈拉斯特拉诗歌评论》（*Mahārāshṭrīyānche Kāvya ParīkshaÃa*, 1928）、D.K.柯尔卡尔（D.K.Kelkar）的《诗光》（*Kāvyālochana*, 1931）、德希姆卡（Deshmukh）的《马拉提语文学理论》（*Marāṭhī che Sāhitya Shāstra*, 1941）、K.N.沃特维（K.N.Watwe）的《味论》（*Rasavimarsha*,1942）和G.T.德斯潘德（G.T.Deshpande）的《印度文学理论》（*Bhāratīya Sāhityashāstra*, 1958）。另外，在建立所谓“综合性诗学体系”的过程中，下述学者也做出了自己的贡献，他们包括：孟加拉语学者S.N.达斯古普塔（S.N.Dasgupta）、S.K.达斯古普塔（Sudhir Kumar Dasgupta）、A.C.古普塔（Atula Chandra Gupta）、H.米什拉（Harihar Mishra）、R.穆卡帕迪亚耶（Ramaranjana Mukhopadhyaya）和V.巴塔查利亚（Vishnupada Bhattacharya），古吉拉特语学者A.S.达鲁瓦、R.帕塔卡（Ramanarayana Pathak）、D.R.曼卡达（D.R.Mankad）和R.巴克西（Ramaprasad Baxi）；泰卢固语学者

①Nagendra,ed. *Literary Criticism in India,* “Preface,” p.34.

C.R.雷迪（C.R.Reddi）、P.S.夏斯特里（P.S.Shastri）以及坎纳达语学者T.N.室利甘提（T.N.Shrikantiah）等人。

上述学者转换思路，以西方理论视角阐释和重新评价梵语诗学，尝试建立“综合性诗学体系”，这是印度方言文论发展第三阶段亦即黄金时期的主要成就。正如纳根德罗所总结的那样：“20世纪前半叶，在世主之后已经消失的、认真探索文学艺术本质的文论传统按照现代的方法得以复兴和发展起来。”①不过，也应该看到，在印度方言文论发展第三阶段，有的学者采取以西释印的立场，存在某种全盘西化的趋势，潜藏着深刻的思想危机，这似乎预示着后殖民时期印度文论界必将迎来一种立场的转向，即转为以印释西的诗学路径，从而导致集团性的梵语诗学现代运用和印西双向互释局面。这点将在下一章里论及，此处暂不涉及。

二、梵语诗学的英译和研究

就梵语戏剧学而言，《舞论》和《十色》等代表作在印度独立前没有英文译著面世。这与《舞论》等的文献发掘晚和整理难度大有关。1950年，《舞论》英译本才得以出版。根据该书英译者、奥罗宾多·高士的弟弟M.高斯的（Manomohan Ghosh）的自述，他曾受“皇家亚洲学会”（Royal Asiatic Society）的邀请，在1925年开始接触《舞论》，并于1944年开始英译。②

1865年，印度梵语学者将《文镜》译为英文在加尔各答出版，后于1956年再版。③曼摩吒的《诗光》是非常流行的教科书性质的

①Nagendra,ed. *Literary Criticism in India,* “Preface,” p.36.

②Bharata, *Nāṭyaśāstra*, Trans. by Manomohan Ghosh, “Preface,” Calcutta: The Royal Asiatic Society of Bengal, 1950.

③Viśvanātha, *Sāhityadarpaṇa or The Mirror of Composition*, Trans.by Pramada Dasa Mitra, Calcutta,1875; Banaras: Motilal Banarsi Dass, 1956.

综合性梵语诗学著作。印度学者G.恰（Ganganatha Jha）在1896年出版了英译本《诗光》，1899和1918年分两次出版该书第二版，1925年和1967年再版。[①]1913年，印度学者P.P. 乔希（Pandurang P. Joshi）在孟买出版了《诗光》的英译本。风格论的代表作《诗庄严经》早在1917年出版英译本，1990年再版。[②]檀丁的《诗镜》英译本出现在1924年。[③]1927年，庄严论的代表作、婆摩诃的《诗庄严论》被译为英文出版，后于1970年再版。[④]1939年，孟买学者迦金德拉·迦德卡尔（A.B.Gajendragadkar）在1921至1922年给研究生讲授《诗光》的基础上，出版了包括第一、二、三和十章在内的《诗光》节译本。[⑤]此书在1959和1970年两度再版。此书选译的是《诗光》的精华部分，即论述诗的目的、原因、定义和分类的第一章；论述词的三种功能及其衍生的三种意义即表示义、转示义和暗示义的第二章；论述三种词义的暗示功能的第三章和论述义庄严的第十章。1940年，18世纪代吠商羯罗·波罗悉多所著《庄严宝石》被译为英语出版。[⑥]

此外，M.达塔（Manmathanath Datta）于1903到1904年间，在加尔各答出版了自己英译的两卷本《毗湿奴法上往世书》，其中包含了该书的梵语诗学部分。1947年，印度学者S.M.巴塔查利雅（Suresh Mohan Bhattacharyya）在达卡大学完成了博士论文，此即

①Mammaṭa, *Kāvyaprakāśa*, Trans. by Ganganatha Jha, Varanasi: Bharatiya Vidya Prakashan, 1967.

②Ganganatha Jha,Trans. *Kavyalankara-Sutras of Vamana*, Allahabad, 1917; Delhi, 1990.

③Daṇḍin, Kāvyādarśa, Trans. by S.K.Belvalkar, Poona, 1924.

④Bhamaha, *Kāvyālaṅkāra*, ed.& Trans.by P. N. Sastry, Delhi: Motilal Banarsidass Publishers, 1970.

⑤A.B.Gajendragadkar, Trans. *The Kāvyaprakāśa of Mammaṭa,* Bombay: Popular Prakashan, 1939.

⑥Bhaṭṭa Devaśaṅkara Purohita, *Alaṅkāramañjūṣā,* ed. and Trans.by Sadashiva Lakshmidhara Katre, Ujjain: Oriental Manuscripts Library, 1940.

关于《火神往世书》诗学部分的翻译和研究。印度独立后，该译本在加尔各答出版。①该译本是迄今为止印度国内外学术界研究《火神往世书》诗学观的重要参考书。

综上所述，印度学者在印度独立前的梵语诗学英译虽有一些成果，但还不尽如人意。梵语诗学经典的更多英译，还得由后殖民时期的印度学者来勉力完成。无论如何，《诗庄严论》和《诗镜》等的英译开辟了印度学者翻译本土文化经典的新路径，它为独立后的印度学者进行梵语诗学英译打下了基础。

近现代时期，梵语诗学著作除了印度语言翻译和英文翻译外，还出现了另外一些西方语言的翻译。例如，1890年，德国学者波特林克（O.BOhtlingk）在莱比锡出版了《诗镜》的德文译本。德国学者雅各比（H.Jacobi）翻译过鲁耶迦的《诗庄严精华》。西方学者对于梵语诗学的兴趣在后殖民时期仍然存在，更多的译本和研究著作将出现在西方梵学界。

再看一下以英文发表或出版的梵语诗学研究成果。近现代时期，印度学者致力于梵语诗学研究并以英文著述者较少，其成果数量虽然不及这方面的方言著述，但这并不影响其成果质量。独立以前，以英文发表梵语诗学研究成果者以V.拉克凡（V. Raghvan, 1908 ~ 1979）、S.K.夏斯特里（S.Kuppuswami Sastri，1880 ~ 1943）、S.K.代（Sushil Kumar De，1890 ~ 1968）、P.V.迦奈（P.V.Kane1880 ~ ？）和T.G.麦因卡（T.G.Mainkar）等人为典型。这些学者梵文功底深厚，英文表达流畅。

1926年，A.商伽南（A.Sankaran）出版了《梵语文学批评理论：味论与韵论》（*Some Aspects of Literary Criticism in Sanskrit or the Theories of Rasa and Dhvani*）一书，涉及味论与韵论的历时梳

①Suresh Mohan Bhattacharyya, ed. & Trans. *The Alaṅkāra Section of the Agnipuraṇa,* Calcutta: Firma KLM Private Ltd., 1976.

理，也涉及恭多迦、摩希摩跋吒、波阇、安主等人的味论思想。此书于1973年再版。

生前曾为印度马德拉斯总统学院（Presidency College）梵文教授的S.K.夏斯特里逝世后，其遗作《梵语文学批评理论的主流与支流》（*Highways and Byways of Literary Criticism in Sanskrit*）于1945年出版。这是印度独立前关于梵语诗学研究最重要的代表性成果之一。该书的原型是夏斯特里于1931年为学生授课而准备的讲义稿。他在书中首次提出梵语诗学基本原理模型图，将几个主要诗学流派以两个大小不同的圆圈进行艺术而形象的归纳。夏斯特里认为，就整个梵语诗学体系而言，从庄严论开始，一个理论比另一个理论重要、包孕的内容也更为丰富。庄严、诗德和风格等主要涉及语言风格，组成一个小的三角形，恭多迦的曲语论统而摄之。这就构成了梵语诗学第一个话语圈。味论、韵论和推理论组成第二个大的梵语诗学话语圈，合适论又统而摄之。夏斯特里的意思是："显然，韵、味和推理（unnaya）指的是文学内容亦即艺术化的思想（artistic thought），而诗德、庄严和风格指的是文学形式。"①有的学者对此解释为："无论内容或形式，都需要合适，构成大圆圈。同时，内容比形式重要，内容组成大三角，形式组成小三角。"②

综上所述，夏斯特里以西方的内容和形式概念解析梵语诗学，试图使印度古典诗学切合现代批评语境。例如，他这样写道："每一位艺术家都必须特别重视文学形式与文学内容。那么，何谓文学形式？何谓文学内容？……印度批评家们已经分析了文学形式，他们认为文学形式由音和义构成，由词语及其某种意义构成。普

①V.Raghavan and Nagendra, eds. *An Introduction to Indian Poetics,* Bombay: Macmillan and Company Ltd., 1970, p.26.

②黄宝生译:《梵语诗学论著汇编》(上册), 第28页。

通的词语以某种艺术的方式组合在一起，构成形式，它表达某种观念（idea），这便是句义即字面义（primary sense）。”[①]他继续写道："必须记住，不是这里提到的词语和观念的简单组合，而是艺术性的（artistic）词和义、无病、魅力（presence of brightness）、风格、诗德和庄严构成文学的形式。那么，何为内容？优美的意义，有魅力的意义，就是内容。”[②]夏斯特里还认为，味论不仅是研究印度文学、也是研究欧洲文学的重要批评方法。韵论应被视为梵语文学批评理论的核心原理，是整个梵语诗学体系中的“核心原理”。[③]夏斯特里对于艳情味的理解更是令人耳目一新，因为他剥掉了附着在艳情味上的神秘外衣，可以藉此破除某些学者对艳情或艳情味的误解。他说："味论研究者们知道，艳情味（śṛṅgāra）或曰爱（love）本质上是印度人、印度文化所孕育的一种精神概念。印度所理解的艳情从不包含自我，总是消除自我，坐忘自我。这便是为何能将艳情味提升到与神自由合一的一种仪轨（vehicle）。在艳情味上，人们可以发现某些引人入胜的东西。”[④]由此可见，夏斯特里在20世纪上半叶对梵语诗学的宏观把握和微观分析，的确具有某种“开辟鸿蒙”的味道或色彩。当然，夏斯特里对于梵语诗学的这种解读和阐发姿态值得商榷，它与某些中国学者以内容和形式二分法解析《文心雕龙》的“风骨”说、甚或剖分“文心”与“雕龙”的批评立场非常近似。尽管这样，夏斯特里锐意探索的学术姿态值得肯定。其研究路径显示，殖民时期的印度学者开始对梵语诗学进行综合研究。

1943年，T.G.麦因卡（T.G.Mainkar）向孟买大学提交博士学位论文《婆罗多〈舞论〉中的关节和关节支理论》（*The Theory of the*

①V.Raghavan and Nagendra, eds. *An Introduction to Indian Poetics,* p.24.
②V.Raghavan and Nagendra, eds. *An Introduction to Indian Poetics,*pp.24-25.
③V.Raghavan and Nagendra, eds. *An Introduction to Indian Poetics,*p.27.
④V.Raghavan and Nagendra, eds. *An Introduction to Indian Poetics,*p.35.

Samdhis and the Samdhyangas in Bharata's Natyasaastra）并获得通过。该论文于1978年和1985年分别第二、第三次再版。第三次出版时书名改为《梵语戏剧理论和剧作法》，原来的论文题目作为副标题出现。[①]该文显示印度学者开始关注梵语戏剧学研究。

印度独立后在梵语诗学翻译和研究方面成就斐然的K.克里希那穆尔提于1946年在孟买大学完成博士学位论文，次年即印度独立当年获得博士学位。该博士论文后以《〈韵光〉及其批评家》为题出版。该书既有对韵论的研究，也涉及其他诗学命题，还涉及印西诗学比较研究。[②]

S.K.夏斯特里等人的综合研究趋势更多地体现在20世纪二十年代几乎同时出现的两部梵语诗学史中。S.K.代于1923、1925年先后出版《梵语诗学史》第一、二卷，此书于1960年合为一册再版，近700页。[③]P.V.迦奈在1923年出版《梵语诗学史》。1951年和1971年，迦奈440多页的《梵语诗学史》先后在德里第三、四次再版，并于1987、1994、1998年多次重印，这说明了迦奈的著作更为流行。[④]根据笔者2004至2012年间两次留印期间的观察，迦奈的《梵语诗学史》仍在不断地印刷和销售中，而代的大部头两卷本在印度各地书店中难觅踪影。比较二人的《梵语诗学史》可以看出，两人都以时间先后为序，对主要的诗学家及其著述进行介绍。迦奈在书的第二部分按照诗学流派分类研究，并涉及梵语诗学名称由来等内容的探索，这使他的著作更有特色。代的《梵语诗学史》内容更为庞杂，信息量更为丰富。特别值得一提的是，代对每部重要的诗学著作均作了文献资料梳理，这使后世学者能按图索骥，搜寻相关的

---

①T.G.Mainkar, *Sanskrit Theory of Drama and Dramaturgy*, Delhi: Ajanta Publications, 1985.

②K.Krishnamoorthy, *The Dhvanyaloka and Its Critics,* Delhi: Bharatiya Vidya Prakashan, 1968.

③S.K.De, *History of Sanskrit Poetics,* Vol. I & Vol. II, 1960.

④P.V.Kane, *History of Sanskrit Poetics,* Delhi: Motilal Banarsidass, 1998.

学术资料，进行深入研究。这两部各具特色的梵语诗学史都具有非常重要的学术价值。近八十年来，印度乃至世界梵学界罕见可与比肩的类似英文著作，这也说明梵语诗学史的研究非常复杂和繁难。

19世纪以来，作为梵语诗学翻译和研究的前提，很多印度学者、甚至包括部分西方学者积极投身于梵语诗学著作的整理和出版事业中，这为保存梵语诗学遗产贡献良多。例如，早在1842年，《莲喜》的梵文版就在普拉印刷出版，此后还在马德拉斯、孟买、加尔各答和贝纳勒斯等地出版。这些城市再加上德里等地是迄今为止出版古典梵语文献（包括梵语诗学）最有成绩的地方。19世纪中期到1947年，印度有多种梵语丛书出版，其中就包含了梵语诗学著作。其中，历史最早、声誉卓著的是孟买的《古诗丛刊》（*Kāvyamālā*）系列。例如，1854年，《鲜艳青玉》作为《古诗丛刊》第九十五辑出版，1932年再版。安主的《诗人的颈饰》作为《古诗丛刊》第四辑在1859年出版，1937年第三次再版。1886年，楼陀罗吒的《诗庄严论》作为《古诗丛刊》第二辑出版，1928年第三次再版。贝纳勒斯即瓦腊纳西的《迦尸梵文丛书》（*Kashi Sanskrit Series*）也久负盛名。例如，1928年，《迦尸梵文丛书》出版了婆摩诃的《诗庄严论》。伐摩那的《诗庄严经》作为《迦尸梵文丛书》第209辑在1971年出版。瓦腊纳西的《乔坎伯梵文丛书》（*Chaukhambha Sanskrit Series*）同样成绩斐然，1933年，《合适论》作为其中之一出版。此后，《曲语生命论》等也被加入出版的行列。此外，印度独立前后，位于马哈拉施特拉邦普纳的班达卡尔东方研究所（BORI）和古吉拉特邦的巴罗达东方研究所、阿默达巴德的L.D.印度学研究所等也在梵语诗学、艺术学经典编校和出版方面做出了令人瞩目的成就。例如，巴罗达东方研究所在20世纪初先后编校出版了《舞论》、《诗探》和多种前边介绍过的梵语艺术学著作。上述关于梵语诗学、艺术学著作的编校，大多附有英译文或英文阐释，为学者们、特别是印度以外的梵文学者的研究提供了极大的便利。

除了这些丛书外，还有一些学者举个人之力，编辑出版梵语诗学著作，为保存梵语诗学精华贡献力量，如A.伯鲁阿（Anundoram Barooah）于1884年在加尔各答出版了《辩才天女的颈饰》，该书于1969年在印度阿萨姆一家出版社再版。

除了印度学者外，部分西方学者也加入梵语诗学、戏剧学著作的发掘、整理、校勘和编订出版事业中，为保存和研究阐发梵语经典做出了历史贡献。例如，沙揭罗南丁著《剧相宝库》的抄本是法国东方学家西勒万·列维Sylvain Levi（1863～1935）于1922年在尼泊尔发现的，后来由英国学者狄龙（M.Dillon）编订出版（牛津，1937）。1886年，楼陀罗跋吒著《艳情吉祥痣》和鲁耶迦著《知音喜》（*Sahṛdayalīlā*）首先由德国东方学家皮舍尔（R.Pischel）编订后在欧洲出版。1899年，孟买的《古诗丛刊》（*Kāvyamālā*）将其编为第三卷再版。1968年，印度学者迦比勒迪奥·潘迪耶（Kapildeo Pandeya）以此为底本，将《艳情吉祥痣》全文译为印地语后，第三次出版。《知音喜》仍收入该书。[①]这种欧洲学者参与发掘、校勘、编订和出版梵语诗学、戏剧学经典的善举，的确是值得称道之举。如研究欧洲或西方的印度学、东方学起源与发展，缺少关于西方学者、特别是近现代欧洲学者对发掘、译介、研究梵语诗学、戏剧学经典的介绍，自然是有缺陷的。

印度独立以前，梵语诗学界最有意义的事莫过于《舞论》的发掘和整理出版了。19世纪下半叶，印度陆续发现《舞论》的抄本。1894年，印度学者首次编订出版《舞论》三十七章，是为《古诗丛刊》第四十二辑。1929年，作为《迦尸梵文丛书》第六十辑，另外两位印度学者编订整理的三十六章《舞论》出版。此前，西方学者

---

①Rudrabhaṭṭa, *Śṛṅgāratilaka,* in *Kāvyamālā,* Vol.III, Mumbai, 1899. R.Pischel ed. *Rudraṭa' s Śṛṅgāratilaka and Ruyyaka' s Sahṛdayalīlā*,Varanasi, 1968.

先后校订出版了《舞论》的部分章节。《舞论》在印度与西方的先后整理出版，是梵语诗学（戏剧学）翻译和研究史上的一件大事。它既促进了梵语诗学研究的进一步深入，又提高了梵语诗学的国际知名度。遗憾的是，印度独立以前，中国汉语地区的广大学者对《舞论》和其他梵语诗学著作所知甚微、甚或闻所未闻。这与印度、欧美乃至日本、某些东南亚国家如泰国等地的学界对梵语诗学的关注或了解形成鲜明反差。个中缘由，发人深思。

第六节　罗宾德拉纳特·泰戈尔

罗宾德拉纳特·泰戈尔（Rabindranath Tagore，1861 ~ 1941）于1913年获得诺贝尔文学奖，这是亚洲第一个诺贝尔文学奖。他不仅是一位伟大的诗人、小说家、散文家、戏剧家、画家、音乐家、社会活动家和教育家，还是一位别具特色的文学理论家和宗教哲学家。下边参考国内外学界相关研究成果，对泰戈尔文论思想做一简介。

一、泰戈尔文论发展轨迹

有人认为："在所有印度艺术家中，或许是泰戈尔提出了最全面的美学思想，他也的确有此能耐，因为他是多才多艺的天才诗人、小说家、戏剧家、画家、音乐家、散文家、教育家和哲学家。"[①]东西方宗教哲学思想和文学传统对泰戈尔的文学创作及其理论思考均产生了极大的影响。"印度传统思想主要是通过《奥义书》和中世纪神学宗教运动对泰戈尔产生影响。"[②]后者的影响主

①K.K.Sharma, *Rabindranath Tagore's Aesthetics*, New Delhi: Abhinav Publications, 1988, p.1.

②Vishwanath S. Naravane, *An Introduction to Rabindranath Tagore,* New Delhi: The Macmillan Company, 1977, p.30.

要指孟加拉地区的虔信运动。印度现代宗教哲学家、文学理论家奥罗宾多·高士首肯孟加拉文学传统对泰戈尔的影响："泰戈尔创作天才中最显著的特色是欢喜和新鲜，他因此领悟了毗湿奴诗歌的全部精神实质，并将它转化为某种本质相同而又新颖现代的东西。"[①]这种评价非常中肯，揭示了泰戈尔受惠于传统文化而又刻意创新的一面。不过，也有学者认为，泰戈尔并不是墨图苏登等虔信派诗人的直接继承者。"泰戈尔诗歌完全独具特色。然而他又扎根于自己的土壤。他比任何人都深深浸淫于印度诗歌主流中……他是印度诗人中最有印度色彩但又最有普世性的一位。"[②]这说明，东西方文学与文化传统深刻地影响了泰戈尔文学创作及其理论思考。泰戈尔的宗教哲学思想及其独具特色的文学创作对其文论观的形成和发展施加了重要的影响。

关于泰戈尔文论发展的分期问题，学术界存在不同看法。例如，一位论者指出，泰戈尔文论观经历了三个不同的发展时期：1892至1897年是第一个时期，泰戈尔主要论及感性与理性的关系，强调文学创作的情感因素，论及文学和生活的关系；1898至1911年为第二个时期，泰戈尔论述文学的本质、想象与创作、形式与内容、生活真实与艺术真实的关系等，体现了他继承印度古典诗学和吸纳西方诗学精髓的旨趣和特色；1912至1940年为第三个时期，泰戈尔对文学的目的与功能、文学的审美特性、文学创作的特征等问题进行了深入思考。[③]印度学者纳根德罗则认为，1876至1892年为泰戈尔文论观的第一阶段，1893至1907年为第二阶段，1914至1941

---

①Vivek Ranjan Bhattacharya, *Tagore's Vision of a Global Family*, New Delhi: Enkay Publishers, 1987, pp.33-34.

②Sukumar Sen, *Bengali Literature*, New Delhi: Sahitya Akademi, 1971, p.248.

③参阅唐仁虎等著：《泰戈尔文学作品研究》，北京：昆仑出版社，2003年，第448—450页。其中的泰戈尔文论部分由魏丽明撰写。本节相关论述参考该书第448—533页。

年为第三阶段。[1]还有论者指出，1880至1907年可以视为泰戈尔文论发展的第一阶段，即文论思想的形成时期；1908至1920年为第二阶段，即泰戈尔文论成熟期；1921至1941年为后期阶段，即泰戈尔文论思想的深化期。[2]

在泰戈尔文论发展第一阶段，他第一次全面系统地阐述了自己的文学思想。这便是1907年以《文学》为题汇集出版的论文集，包括《文学的本质》、《文学的材料》、《文学思想家》、《世界文学》、《美感》、《美和文学》、《文学创作》和《历史小说》等重要论文。这些论文代表了泰戈尔第一阶段的文学理论精华，也是印度现代文学理论的重要组成部分。

在泰戈尔文论发展的第二阶段，他荣获诺贝尔文学奖。之后，泰戈尔应邀访问了许多国家，发表了很多演讲。这些演讲涉及宗教哲学和文学理论等许多方面。1912年至1913年在美国哈佛大学等地发表的宗教哲学演讲集，题为《正确地认识人生》（又译《人生的亲证》、《生命的亲证》、《人生的实现》等）。全书共八章，其中，第七章《彻悟美》集中讨论美学问题，因而是全书中最有文学理论色彩的一部分。1916年访美期间，他先后发表了《什么是艺术》、《人格的世界》等演讲，第二年题名为《人格》结集出版。《什么是艺术》是泰戈尔的文论代表作之一。对文学艺术的本质、文学的地位、科学和艺术的关系、东西方艺术的差异等，泰戈尔都进行了认真的思考，提出了深刻独到的见解。

第三阶段是泰戈尔文论深化的时期。他在东西方世界继续发表系列演讲，并撰写了很多涉及文学理论思考的论文。例如，1930年泰戈尔在英国牛津大学发表题为《人的宗教》的系列演讲，在阐释

---

①Nagendra, ed. *Literary Criticism in India,*Nauchandi and Meerut: Sarita Prakashan, 1976, p.23.

②侯传文：《话语转型与诗学对话：泰戈尔诗学比较研究》，北京：中国社会科学出版社，2010年，第18页。本节论述参考该书相关内容。

印度宗教哲学的同时，也涉及许多文论问题。1930年前后，泰戈尔参与孟加拉文坛论争，由此形成又一系列论文，包括《现实》、《诗人的辩白》、《文学》、《事实和真实》、《创作》、《文学的革新》、《文学思想》、《现代诗歌》、《文学的实质》、《文学的意义》等，于1936年以《文学的道路》为题结集出版。

上述著作和论文构成了泰戈尔文论的主要内容。[①]

二、文学本质论

论者指出，泰戈尔在文学创作基础上基本形成了比较完整的具有“主体性特征的诗学体系”，这一诗学体系包括如下内容：“以人格论为核心的文学表现论，以情味论为核心的文学美感论，以韵律论为核心的文学创作论，以欢喜论为核心的文学目的论，以和谐论为核心的审美价值论。”[②]换句话说，泰戈尔文论观与其人格论、情味论、欢喜论、韵律论、和谐论等存在某种微妙而复杂的联系。进一步说，泰戈尔文论体系包含了文学本质论、创作论、鉴赏论等复杂内容。泰戈尔还从比较文学视角论述了文学现象，这在当时的印度文论界具有首创意义。

美国文论家艾布拉姆斯（M.H.Abrams）在1953年出版的《镜与灯》一书中归纳了人们观察和思考文学的四个要素，即作家、作品、世界和读者，由此形成了关于文学本质的各种认识。“可以说，文学是通过文本的中介联系着作者、世界、读者等方面的感性的复杂存在，是一个凝聚着审美经验的语言文本，这就是文学的事实……人们对文学的本质的认识就是立足于这些文学事实基础之上

①以上介绍参阅侯传文：《话语转型与诗学对话：泰戈尔诗学比较研究》，第18—58页。

②侯传文：《话语转型与诗学对话：泰戈尔诗学比较研究》，第12页。

的。”[①]由此可见，所谓文学本质论牵涉到文学各个方面的问题，但为了叙述的方便，似乎也可将四要素中的作家归为文学创作论，将其中的读者纳入文学鉴赏论。如此一来，文学本质论便可集中讨论文学特征、文学起源、文学功能和目的、现实生活和文学真实的关系等方面的问题，它们不同程度地涉及上述四要素中的作品和世界两个维度。

关于文学的特征，泰戈尔将其与独创的“人格”概念联系起来进行论述。他说：“艺术的主旨，也在于表现人格，而不在于表现抽象的与分析性的事情，它必须运用绘画与音乐的语言……因此我们发现，一切抽象的观念，在真正的艺术中都是格格不入的。这些抽象观念如果想让艺术接受，就必须披上人格化的外衣。这就是为什么诗歌力图选择有生命力品质的词汇的缘故。”[②]

“人格”是泰戈尔哲学的重要范畴，也是其重要的文论概念之一。表示这一概念的英语词为personality，泰戈尔赋予其丰富的文学内涵。在泰戈尔看来，情感是人格的核心和基础，也是艺术的本源。在文学中人是主体。“正是人与人交往的本性及其结果，才使得人成为文学的主体，因此，文学的标志和目的只能是作为人的‘我’，绝不是被我看到了的一切外在的事物。”[③]可以看出，泰戈尔对文学特征的认识带有鲜明的时代气息，强调人的核心地位，自然也是对人类情感在文学表现中的地位的高度重视。

泰戈尔的文学人格论还具有人性与神性统一的一面。泰戈尔的“人格”毕竟不是印度宗教的“小我”，他的宗教也是“人的宗教”，是以人格追求为核心的宗教。印度学者认为，泰戈尔的神灵观是积极入世的：“他呈现给我们的是人化的神。鄙视并抛弃世界

---

①阎嘉主编：《文学理论基础》，成都：四川大学出版社，2006年，第2页。

②刘安武、倪培耕、白开元主编：《泰戈尔全集》（第22卷），刘建译，石家庄：河北教育出版社，2000年，第162—163页。

③刘安武、倪培耕、白开元主编：《泰戈尔全集》（第19卷），黄慎译，第272页。

幻灭的观念，高度称颂行动，向宗教灵魂许以圆满的生命。”[①]泰戈尔人神合一的思想受到东西方不同宗教的影响。“在普世之爱的观念中，泰戈尔发现了佛教、毗湿奴教义和基督教的共同基础……在泛爱中，他实现了与神的合一。”[②]还有学者认为，泰戈尔人格论和印度中世纪的虔信运动虽然都追求人神合一的境界，但二者又有本质的区别。虔信派以神为中心，其人神合一是人合于神；泰戈尔人格论中的人神合一是神合于人。“总之，可以说，泰戈尔的人的宗教，就是一种以人为核心、以精神为主旨的宗教。”[③]泰戈尔人格论是对印度传统文化的现代超越，也是对西方浪漫主义文论观的东方回应，还是其对文学特性认识的美学、哲学基础。这也是现代印度文论转型的生动一例。

正如前述，梵语诗学关于“诗”即文学的最早定义，源自语言的声音与其意义的结合。与此不同，泰戈尔把文学定义为语言形式和情感内容的有机融合。他认为，文学应该是“感情和形式的结合”。[④]文学的任务是“使心灵结合，这种结合就是最终目的”。[⑤]这说明，他既是梵语诗学的继承者，又是20世纪初自觉超越经典的理论先驱。

与文学特性相关的是文学的起源问题。关于文学艺术的起源，泰戈尔将其与人的情感“过剩”（surplus）联系起来进行解释。他说，“为艺术而艺术”的观念也源于这种“过剩”：“人有着情感精力的蕴藏，这种精力并不完全用于人的自我生存。这种过剩在艺术创作中寻求发泄的机会，人的文明正在建立在过剩之上。”[⑥]他还

①S.Radhakrishnan, *The Philosophy of Rabindranath Tagore,* Baroda: Good Companions Publishers, 1961, p.3.

②Vishwanath S. Naravane, *An Introduction to Rabindranath Tagore,* p.32.

③刘建:《泰戈尔的宗教思想》,《南亚研究》, 2001年第1期。

④刘安武、倪培耕、白开元主编:《泰戈尔全集》(第22卷), 倪培耕译, 第286页。

⑤刘安武、倪培耕、白开元主编:《泰戈尔全集》(第22卷), 倪培耕译, 第287页。

⑥刘安武、倪培耕、白开元主编:《泰戈尔全集》(第22卷), 刘建译, 第158页。

指出："在我们的心与世界的关系中，哪儿有过剩的因素，哪里就产生艺术。"[①]论者认为，泰戈尔的文艺起源观存在某种局限："泰戈尔认为一切真正的艺术都起源于情感的观点否定了艺术是对现实生活的表现的唯物主义观点，没有在客观世界上去阐明艺术的真正源泉，只是在人的主观意识和精神世界的狭隘范围里去说明艺术的终极根源。"[②]不过，当我们将泰戈尔继承并超越梵语诗学的文学本质论这一事实纳入思考范围就会发现，他的文艺起源观有着历史的进步性，因其契合印度现代诗学转型的时代氛围。

关于文学艺术的功用或目的，泰戈尔指出："艺术的功用，便在于建设人的实在世界——真与美的活生生的世界。"[③]他认为，人类世界的文学艺术都应该着力表现真与美，文艺之神应该成为真实与美的化身，表现真实世界的快乐本质和永恒本质"乃是诗歌和文学的目标……文学要说明的真实就是享受，真实就是永恒"。[④]由此可见，泰戈尔强调了文学的审美功能和认识功能，是对"为艺术而艺术"的思想的回击。"他强调艺术应创造真善美的形象，给读者观众以审美的感受，在文学的理想世界里，人、神和大自然应统一和谐地相处。而创造这样的理想世界才是文学的真正目的。"[⑤]从泰戈尔的文学功能观可以看出，他对梵语诗学一味强调灵魂愉悦的文学功能说进行了有力的补充和革命性的改造，将审美愉悦与认识世界有机地结合起来，从而达到了现代诗学转型的新境界。

论者指出，文学的本质还与现实世界有关，这就是艺术真实与生活真实的关系。泰戈尔将现实生活视为文学创作的源泉和作品

①刘安武、倪培耕、白开元主编：《泰戈尔全集》（第22卷），刘建译，第168页。
②唐仁虎等著：《泰戈尔文学作品研究》，第461页。
③刘安武、倪培耕、白开元主编：《泰戈尔全集》（第22卷），刘建译，第169页。
④刘安武、倪培耕、白开元主编：《泰戈尔全集》（第22卷），倪培耕译，第82—83页。
⑤唐仁虎等著：《泰戈尔文学作品研究》，第500页。

的基础，将文学作品视为作家对现实生活的艺术加工和再创造结晶。“可以说，了解了泰戈尔关于生活真实和艺术真实的关系的全部见解，也就可以更深入地了解泰戈尔的文学思想。”[①]在泰戈尔看来，“自然真实”即现实世界和文学真实差异明显。“正因为如此，文学不完全是自然的镜子……作品的内容似乎比外界虚假，但从本质来说，它比自然更真实。”[②]换句话说，在深受浪漫主义文艺思潮影响的泰戈尔眼中，文学不能成为现实的“复制品”，作家必须发挥自己的艺术创造力和想象力，创造比自然真实更为真实的艺术真实。

三、文学创作论

泰戈尔将作家的创造力发挥和文学的抒情写意功能联系起来。他认识到文学是对客观世界的能动描叙而非自然反射，文学家是对现实生活的艺术加工者。他把作家具有艺术创造力的非凡才能称为“世界人类心灵”。他说：“文学家的这种人性就是创造力，它把作家的个性变成自己的，它使短暂永恒，使片段完整。心灵的工厂建立在世界上面，世界人类心灵工厂建立在心灵之上。文学通过这个途径应运而生。”[③]

泰戈尔受到欧洲浪漫主义文学观的影响，但其“世界人类心灵”的观点似乎与梵语诗学家的天才观有着某种内在的联系。例如，婆摩诃、伐摩那、欢增、王顶和世主等人均强调作家天赋才能的优越性和重要性。欢增指出：“优秀的诗人不愿意借用别人的东西，语言女神会按照他的意愿提供内容。”（IV.17）[④]世主指出：

①参阅唐仁虎等著：《泰戈尔文学作品研究》，第502—515页。
②刘安武、倪培耕、白开元主编：《泰戈尔全集》（第22卷），倪培耕译，第60页。
③刘安武、倪培耕、白开元主编：《泰戈尔全集》（第22卷），倪培耕译，第63页。
④黄宝生译：《梵语诗学论著汇编》（上册），第354页。

“才能（想象力）是成为诗人的唯一因素。”[①]

大体来看，泰戈尔的文学创作论首先涉及两个方面的问题，即作家情感如何表达和语言技巧如何运用，这近乎于欧洲浪漫主义和俄国形式主义所关注的问题，也是梵语诗学味论派和庄严论各自所论述的重点。可以说，泰戈尔抓住了作家创作的两个至关重要的方面

泰戈尔明确指出：“表达才是文学。”[②]此处的“表达”是指作家情感的抒发和表现而言。这显示，泰戈尔深受梵语诗学味论的影响，因为，味论是以人的基本情感为主轴而抽绎的文论体系。他常以味论分析文学，例如，他在谈论比较文学时指出：“一个作家在自己的作品里用自己的感情体验人类的感情，体验整个人类的痛苦，这样他的作品在文学里就占有一定的地位。我们应该如此去理解文学。”[③]他还说：“美的表现不是文学或艺术的主要目的，我国修辞经典（指庄严论亦即梵语诗学）说过有关这方面绝妙的话：‘诗歌是带情味的句子。’”[④]

梵语诗学家不仅重视情味在创作中的重要性，还关注作家如何表达自己的快乐、如何向读者传递审美愉悦的问题。例如，曼摩吒说：“诗人擅长非凡的描绘，像情人那样以有味的方式进行劝导。”（I.2及注疏）[⑤]似乎是回应梵语诗学家的文学愉悦观，泰戈尔说：“印度古代的诗学家坦言相陈：欢喜是文学的灵魂，它与私利无涉。”[⑥]他还指出：“在文学里有着人的畅通无阻、五光十色的巨大游戏世界。我们的经典把创造者说成是游戏家，也就是说，他

①Jagannatha, *Rasagangadhara*, Delhi: Motilal Banarsidass, 1983, p.9.
②刘安武、倪培耕、白开元主编：《泰戈尔全集》（第22卷），倪培耕译，第52页。
③刘安武、倪培耕、白开元主编：《泰戈尔全集》（第22卷），倪培耕译，第96页。
④刘安武、倪培耕、白开元主编：《泰戈尔全集》（第22卷），倪培耕译，第186页。
⑤黄宝生译：《梵语诗学论著汇编》（下册），第599—600页。
⑥Sisir Kumar Das, ed. *The English Writings of Rabindranath Tagore, Vol.2*, New Delhi: Sahitya Akademi, 1996, p.351.

在自己的创作里认识了自己五光十色的情味。”①

泰戈尔常用enjoyment（欢喜、愉悦）等词表达审美快感。在有的学者看来，泰戈尔的“欢喜论”有着深厚的传统文化基础。他的欢喜论超越了古典诗学立场，带有强烈的时代气息。欢喜指的是作者和读者的心灵愉悦。这就是泰戈尔欢喜论的美学逻辑，这与“他的主体性诗学思想体系是一致的”。②

在文学创作的过程中，作家必须表达情感是一回事，而如何表达又是另一回事。这便涉及作家的语言能力和相关技巧等问题。泰戈尔身为作家，必然会以其丰富的创作实践对此加以论述。

泰戈尔指出，作家必须高度重视文学语言和创作技巧的运用。他说：“此外，文学的创作技巧也具有十分重要的意义……文学也应该通过优美的形式来表现自己，它应借助于比喻、韵律和暗示方式来表现，不能像哲学和科学毫无修饰地表现。”③他还进一步指出：“给优美性赋予形象，就要在语言中维护难以表达的特性。文学中难以表达的特性正如女人的美丽和羞涩那样无限，它是不可仿效的，又是比喻所不能限制住的或掩盖住的。”这显示梵语诗学韵论对泰戈尔的深刻影响。欢增指出：“在大诗人的语言里，确实存在另一种东西，即领会义。它显然不同于已知的肢体，正如女人的美……这种领会义确实是另一种不同的东西，成为知音眼中的甘露。”（I.4）④这种领会义近乎暗示义即韵，是文学创作的灵魂所在。他还说：“以展示暗示义为主，这是韵的灵魂。”（II.2）⑤泰戈尔所谓“文学中难以表达的特性”似指欢增高度重视的韵，而其强调文学创作应该运用的“暗示方式”无疑也证明了这点。泰戈尔

①刘安武、倪培耕、白开元主编：《泰戈尔全集》（第22卷），倪培耕译，第185页。
②侯传文：《话语转型与诗学对话：泰戈尔诗学比较研究》，第80页。
③刘安武、倪培耕、白开元主编：《泰戈尔全集》（第22卷），倪培耕译，第49页。
④黄宝生译：《梵语诗学论著汇编》（上册），第234页。
⑤黄宝生译：《梵语诗学论著汇编》（上册），第247页。

指出："在艺术创作里，存在着情味的真实的表达问题，这个问题就是通过有形表达无形的问题，就是通过无形看到被掩藏的有形的问题……真的，这就是创作的本质。"[①]这种思想与欢增强调以暗示方式（韵）表达情味的思路相当一致。

泰戈尔认为，作家为了弥补文学创作中语言表现力的不足之处，应该借助于图画与音乐这两种手段。所谓图画方式是指明喻、暗喻和隐喻等修辞的运用，而音乐方式是指作诗押韵，遣词造句讲究乐感。"所以，图画和音乐是文学的两个主要助手。图画赋予感情以形式，音乐赐予感情以活力，图画恰如身体，音乐犹如生命。"[②]由于高度重视修辞方式在情感表达中的作用，泰戈尔还将文学称为"比喻学"。[③]从这些论述来看，泰戈尔强调情感表达必须与恰当的语言修辞、合适的诗歌韵律相结合，否则会使文学表达失去艺术魅力。

泰戈尔还认为，文学表达的对象不仅包括心灵，还包括非常丰富细腻的人物性格。这些对象也需要借助图画式和音乐式的创作方法。他说："然而，人物性格的刻画也许更为重要。实际上，外界自然和人类性格每时每刻都在人的内心里取得形式和发出乐声，然后，作家通过语言的创作，把它们化为形象的图画和动听的歌儿，这就是文学。"[④]泰戈尔强调刻画人物性格，显然是受到了西方文论的影响。欧洲近现代小说创作发达，这使熟悉欧洲文学的泰戈尔无法忽视新的文类创作在印度面临的紧迫问题，因此提出上述观点。

泰戈尔还指出，文学创作必须考虑读者受众的问题。他说："纯粹为自己写的作品，不能被称为文学……但人们不得不承认，

---

①刘安武、倪培耕、白开元主编：《泰戈尔全集》（第22卷），第228页。
②刘安武、倪培耕、白开元主编：《泰戈尔全集》（第22卷），倪培耕译，第50页。
③刘安武、倪培耕、白开元主编：《泰戈尔全集》（第22卷），倪培耕译，第318页。
④刘安武、倪培耕、白开元主编：《泰戈尔全集》（第22卷），倪培耕译，第51页。

作家创作的首要目标是读者社会。”[①]这种创作观既体现了泰戈尔对梵语诗学经典观念的现代超越，也反映了西方诗学的时代浸润，还说明了他范围广泛的文学创作和颇有成效的社会实践对其文学观的无形渗透。

四、文学鉴赏论

泰戈尔强调，文学艺术的目的不是表现美，而是表达内心的情味。论者据此认为：“可见，在泰戈尔的观念里，文学创作和欣赏的主要目的是寻找情味的东西。”[②]由此可见，泰戈尔的情味论既是一种文学创作论，同时也不同程度地涉及文学鉴赏或审美体验的问题。他的文学创作论与其鉴赏论之间存在微妙而复杂的联系。

总体来看，泰戈尔的读者鉴赏论或审美体验论在内容上弱于其文学创作论，这似乎也与他高度重视作家情感表达的主体性诗学立场不无关联。例如，他说：“文学创作和文学感受的最大敌人便是模模糊糊的观点，因为文学进行着情味形象的创造。不管是什么创作，它的基本点是表达。”[③]换句话说，泰戈尔更多地是关注作家、作品和世界而非读者的审美体验。尽管如此，他在以读者为起点和核心的文学鉴赏或审美体验问题上还是有所论述，有的论述还非常深刻。

1905年，泰戈尔在《历史小说》一文中指出：“我们在历史里将修正诗歌中可能出现的错误。那些只读诗而没有时间读历史的人是不幸的，但有人只读历史，而没有时间读诗，他的命运很可能更加凄惨。”[④]他的意思大约是：历史小说或诗歌等文学作品会给人

①刘安武、倪培耕、白开元主编：《泰戈尔全集》（第22卷），倪培耕译，第52页。
②唐仁虎等著：《泰戈尔文学作品研究》，第475页。
③刘安武、倪培耕、白开元主编：《泰戈尔全集》（第22卷），倪培耕译，第241页。
④刘安武、倪培耕、白开元主编：《泰戈尔全集》（第22卷），倪培耕译，第135页。

以审美愉悦，升华读者的思想境界。

泰戈尔说过：“人也在自己的内心创造着自己，在种种感情和情味里认识自己，人也是游戏家。这种游戏的历史抒写和镂刻在人的文学和艺术里。”[①]这种思想既可视为对作家创造富含情味作品的强调，也是对读者以轻松的“游戏”姿态参与情味体验的说明。正如有的学者所言，泰戈尔并不认为读者是文学作品的消极被动的接受者，相反，他认为读者是“作品意义实现的积极参与者和合作者，读者和作者一样，也是作品意义的‘创造者’。泰戈尔这一观点和现代文学理论所认为的文学作品是由生活、作者、作品和读者共同完成的观点有相似之处”。[②]

泰戈尔在《舞台》一文中写道：“在婆罗多的《舞论》里就有对戏剧舞台的描述，但没有有关舞台布景的叙述，然而这没有特别的坏处。”[③]之所以这么说，是因为泰戈尔充分信任戏剧观众的想象力和审美鉴赏力。他认为，读者阅读文学作品时，内心始终处于审美活动之中。他还以梵语戏剧《沙恭达罗》为例进行说明。他认为，戏剧中的国王豆扇陀躲在大树背后偷听沙恭达罗的女友们谈话的细节安排得很好。“你可以尽情地偷听她们的交谈，尽管在我面前没有真正的大树，我却可以把握住这个生活细节。我具备这个创造力……因为我们没有直接目睹，想通过图画来提供细节，这种添枝加叶的做法是对我们的想象力的极端不信任。”[④]泰戈尔将那些虚假的布景视为阻碍观众想象力的因素。这说明，他既认可迦梨陀娑的艺术创造力，也信任观众的艺术想象力。

亚里士多德与婆罗多是东西方戏剧学领域的先驱人物。“希腊与印度同为文明的摇篮，亚里士多德和婆罗多同为这两大文明最早

①刘安武、倪培耕、白开元主编:《泰戈尔全集》(第22卷),倪培耕译,第185页。
②唐仁虎等著:《泰戈尔文学作品研究》,第486页。
③刘安武、倪培耕、白开元主编:《泰戈尔全集》(第22卷),陈宗荣译,第32页。
④刘安武、倪培耕、白开元主编:《泰戈尔全集》(第22卷),陈宗荣译,第34页。

的戏剧美学理论家。”[①]泰戈尔对这两位戏剧理论家的思想有所了解。例如:“对痛苦的强烈认识也含有快感,因为它以极其深刻的形式提供自我存在的信息。只有无益的怀疑在其中起着阻碍作用。倘若不存在这种怀疑,我就可称痛苦为‘美’。痛苦使我们清醒,不使自己朦胧起来,深沉的痛苦是‘最高的神’,那最高的神存在于悲剧之中,那就是最好的享受。”[②]这似乎是对“净化说”的回应,体现了泰戈尔对西方古典文论自由接纳的姿态。

关于东方文学有无悲剧,学术界历来存在争议。印度学者认为:“从纯粹的美学观点看,正统悲剧的缺失是梵语戏剧本身的悲剧,是一个不可避免的悲剧。”[③]希腊戏剧中的冲突观念“不是印度戏剧的基础”。[④]梵语戏剧也有出色的悲剧意识,但那不是西方意义上的悲剧。“梵语戏剧指向一种不同的目标,指向另一种净化。”[⑤]从泰戈尔关于《暴风雨》和《沙恭达罗》的比较来看,他并未完全认可西方式的悲剧理念。不过,他仍然以拥抱古往今来一切优秀的文明成果的开放姿态接纳悲剧概念。这同样可视为泰戈尔代表现代印度诗学转型的一个例证。因此可以理解,他为何断言深沉的痛苦是存在于悲剧中的“最高的神”’,为何将体验艺术中的痛苦视为“最好的享受”。

五、比较文学论

某种程度上,印度比较文学的现代开端应该从20世纪初泰戈尔

---

①R.L.Singal, *Aristotle and Bharata: A Comparative Study of Their Theories of Drama*, Punjab: Vishveshvaranand Vedic Research Institute, 1977, p.175.

②刘安武、倪培耕、白开元主编:《泰戈尔全集》(第22卷),倪培耕译,第185页。

③G.K.Bhat, *Tragedy and Sanskrit Drama,* Bombay: Popular Prakashan, 1974, p.107.

④Bharat Gupta, *Dramatic Concepts: Greek & Indian, A Study of the Poetics and the Nâṭyaśâstra,* Delhi: D.K.Printworld, 1994, p.214.

⑤M.S.Kushwaha, ed. *Dramatic Theory and Practice Indian and Western,* p.25.

引入比较文学观念开始。2005年3月出版的第七届印度比较文学会议纪念文集《互动》，将泰戈尔于1906年在加尔各答发表比较文学演讲列为印度比较文学发展史的第一项重大事件，将奥罗宾多于1920年发表系列论文《印度文学》列为第三项。

泰戈尔认为，多元发展的人类文明皆有其存在的合理性，这种合理性来自于各种文明的相同基础。贯穿泰戈尔世界文明观的一条主线是，东西方文明必须互相学习，在交流互动中共求发展："我们这个多姿多彩的世界，本来就是多种族共处和融合的产物。人类的进化有赖于种族的流动与交往。"①在这种积极的世界意识支配下，泰戈尔自然会对东西方文学进行比较思考。事实上，泰戈尔具有广博的世界文化视野，具备了进行比较文学研究的有利条件。

论者指出，泰戈尔写于1902年的《沙恭达罗》是"一篇不折不扣的比较文学平行研究的论文"。②在这篇文章中，泰戈尔对莎士比亚的《暴风雨》和迦梨陀娑的《沙恭达罗》进行平行比较。他认为，两部作品有着一定的相同之处，但是，细心的读者很快就会注意到两者在意境上的巨大差异。这种差异主要体现在莎士比亚和迦梨陀娑对戏剧中人与自然关系的艺术处理上："沙恭达罗的美是大自然赋予的，而米兰达的美则受制于外部条件。"③泰戈尔认为："在《沙恭达罗》中，诗人破坏了一个乐园，建立了一个新的乐园……在莎士比亚的剧本中，没有一个具有《沙恭达罗》那种深深的平静和从容不迫。"④这实际上指出了东西文化思维对迦梨陀娑和莎士比亚创作的不同影响。

泰戈尔不仅比较印度与西方文学，还把目光投射到中国文学与西方文学的比较上。他说："与中国诗歌相比，英国诗人的现代诗

①刘安武、倪培耕、白开元主编：《泰戈尔全集》（第19卷），黄慎译，第343页。
②孟昭毅：《泰戈尔与比较文学》，载《南亚研究》，1994年第1期，第74页。
③刘安武、倪培耕、白开元主编：《泰戈尔全集》（第22卷），陈宗荣译，第17页。
④刘安武、倪培耕、白开元主编：《泰戈尔全集》（第22卷），陈宗荣译，第29页。

歌显得不够质朴自然，而且沾有污泥。他们的心似乎以自己的胳膊推撞着读者。这样的诗人看到的和表达的那个世界，犹如断垣残壁，满是尘埃。他们的心今天是不健康的，摇摆不定的，颠倒错乱的。”①

如果说民族文学是比较文学起点的话，总体文学则是比较文学的终极目标。总体文学通过研究世界各个民族的文学规律，归纳文学的普遍规律。对于总体文学，虽然学界历来有所争议，但其蕴含的全球意识或世界文学视野不可忽视。如以这样的标准判断，泰戈尔的一些见解难能可贵。

泰戈尔认为，凡只知道一种文学的人，根本算不得是知道文学。这预示着他必然要从总体文学的角度研究文学。在1907年发表的论文《世界文学》中，他指出："我们的目的是，去掉那些无知和狭隘，从世界文学中观察世界的人。我们要在每一作家的作品里看到整体，要在这种整体里看到整个人类为表现自己所做的努力，现在是立下这样的决心的时候了。”②这种总体文学思想对于当今学界具有重要的启示。

对提倡话语汇通、范畴交错与杂语共生的一些中国学者而言，泰戈尔的相关论述完全称得上“可以攻玉”的“他山之石”。例如，在《世界文学》一文中，泰戈尔向印度学界引介“比较文学”这一西方概念时指出："本文所评论的内容，在英语中称为Comparative literature（比较文学），印度语叫‘世界文学’。”③他以梵语词visva（世界）和sahitya（文学）阐释其内涵。对于西方文论概念的这种阐释表明，奔腾不息的印度文化血脉使泰戈尔自觉地向传统寻求解读西方概念的钥匙。这是一种印度式的杂语共生。

---

①刘安武、倪培耕、白开元主编：《泰戈尔全集》（第22卷），倪培耕译，第262页。
②刘安武、倪培耕、白开元主编：《泰戈尔全集》（第22卷），倪培耕译，第99页。
③刘安武、倪培耕、白开元主编：《泰戈尔全集》（第22卷），倪培耕译，第97页。

泰戈尔还自觉地运用梵语诗学理论评价西方文学。例如，他在论及莎士比亚时指出："莎士比亚以自己的天才力量把我们许多人感受的共同点凝聚在福斯塔夫的性格里，他没有把那些片段的感受硬性地粘合，而是把它们融化在想象的情味里进行加工创作。"[①]他还说："尽管荷马史诗的故事情节是希腊的，但它所包含的诗歌创作的理想是具有普遍意义的。因此，酷爱文学的印度人也从希腊诗歌中汲取了情味。"[②]

泰戈尔的卓越之处不仅在于他以味论分析西方文学，还在于他以此建构自己的文学观念。他在《罗摩衍那》一文中指出："以英雄情味为主的诗，一般被称为'史诗'，这是群众的普遍看法。原因是，在那些主要以英雄情味而自豪的国家和时代里，史诗自然而然以英雄情味为自己首要的味。"[③]他以味论阐发了西方的史诗（epic）概念。他在《历史小说》一文中认为，梵语诗学家只谈到九种基本的味，实际上，在另外许多未确定的味中还可命名一个"历史味"（itihasa rasa），它是史诗的生命。他认为，史诗是包含"英勇味"与"历史味"的结晶体。这是西方文论范畴印度化的典型例证。

作为一个作家，泰戈尔在诗歌、戏剧、小说和散文等领域都有丰硕的成果。更重要的是，他以自己的创作体验为基础，对各种文学体裁都有所思考，并有所理论建树。他论述较多的是诗歌和戏剧，也有许多关于儿童文学的论述。[④]

综上所述，泰戈尔文论融合古今东西，非常丰富，且涉及宗教、哲学、美学、文学、艺术等多个领域，具有十分重要的研究价

①刘安武、倪培耕、白开元主编:《泰戈尔全集》(第22卷)，倪培耕译，第296—297页。

②刘安武、倪培耕、白开元主编:《泰戈尔全集》(第22卷)，倪培耕译，第233页。

③刘安武、倪培耕、白开元主编:《泰戈尔全集》(第22卷)，倪培耕译，第42—43页。此处的"英雄情味"指梵语诗学中的"英勇味"。

④参阅侯传文:《话语转型与诗学对话：泰戈尔诗学比较研究》，第111—148页。

值。他是印度文论现代转型的卓越代表。下边依据有限的资料，对20世纪以来印度和中国学术界关于泰戈尔文论的研究进行简介。

六、泰戈尔文论研究概况

20世纪初，印度国内对泰戈尔并非一味赞扬。相反，有的学者对泰戈尔的文学作品和文学理论进行质疑。关于泰戈尔文论的争鸣构成了泰戈尔时期孟加拉文学批评的重要组成部分。反对也好，支持也好，人们都无法摆脱泰戈尔文论思想的巨大影响。“很大程度上，现代孟加拉文学批评为泰戈尔创造的文论传统所左右。”①

一般而言，对于泰戈尔文论思想的研究，主要出现在泰戈尔辞世及印度独立以后。印度学者论述泰戈尔文论与美学思想的著作包括安纳德的《火山：论泰戈尔美学理论与艺术实践》②和P.J.乔达里的《泰戈尔论文学和美学》等。③关于泰戈尔文学和美学理论的研究，在此前只有学者们零散的论文涉及，以著作形式出现标志着泰戈尔研究的深入。

20世纪80年代起，印度的泰戈尔研究既继承此前的研究成果精华，又受到西方文学研究中文化转向思潮的影响，因此出现了一些新的动向。以英文著述为例，在对泰戈尔哲学和美学思想的研究方面，印度学者继续发掘，取得了一些不俗的成绩。例如，B.K.穆克吉出版了《吠檀多与泰戈尔》，从宗教哲学角度深化泰戈尔研

---

①Nagendra, ed. *Literary Criticism in India,* p.25.

②Mulk Raj Anand, *The Volcano: Some Comments on the Development of Rabindranath Tagore's Aesthetic Theories and Art Practice,* Baroda: Maharaja Sayaji Rao University, 1967.

③Prabas Jiban Chaudhary, *Tagore on Literature and Aesthetics,* Calcutta: Ranbidra Bharati, 1965.

究。[①]K.K.夏尔玛的《泰戈尔的美学思想》[②]和R.S.阿格瓦拉的《泰戈尔的美学意识》则集中探讨泰戈尔的美学思想。[③]S.K.南迪探讨了泰戈尔的艺术美学思想。[④]卡玛利卡·罗易则从存在主义视角探索泰戈尔的艺术论。[⑤]

近年来，印度国际大学英语系教授戈达姆·戈沙尔（Gautam Ghosal，1953～）对泰戈尔与奥罗宾多·高士这两位现代文论家的某些共同思想和美学旨趣进行了别开生面的比较研究。他认为，泰戈尔的声誉并非建立在其世界意识上，本土文化才是其誉满全球的关键所在。"他为新的读者群而致力于发现古印度……正是这种'始终进步'的新的意识，使得他和奥罗宾多产生了联系。"[⑥]戈沙尔还认为："泰戈尔与奥罗宾多似乎都对'现代'、'现代主义'与'现代性'这些术语半信半疑。他们对现代诗歌的态度也未见十分的热情。"[⑦]戈沙尔这种将泰戈尔置于印度文化氛围内的比较研究颇有新意，值得关注。

1924年泰戈尔访华前后，中国学者对于泰戈尔的译介和研究出现了第一次高潮。这一期涉及泰戈尔诗艺与美学观的论文有郑振铎的《太戈尔的艺术观》，张闻天的《太戈尔之诗与哲学观》，王统照的《太戈尔的思想与诗歌的表象》等。闻一多在《时事新报·文学副刊》（1923年12月3日）发表文章《泰戈尔批评》认为，泰戈

---

①B.C.Mukherji, *Vedanta and Tagore,* Delhi: M.D.Publications, 1994.

②K.K.Sharma, *Rabindranath Tagore's Aesthetics*, Delhi: Abhinav Publications, 1988.

③R.S.Agarwala, *Aesthetic Consciousness of Tagore,* Calcutta, 1996.

④S.K.Nandi, *Art and Aesthetics of Rabindranath Tagore,* Calcutta: The Asiatic Society, 1999.

⑤Kamalika Roy, *Tagore's Concept of Art: Essentialism and Freedom,* Delhi: Abhijeet Publications, 2005.

⑥Gautam Ghosal, *The Rainbow Bridge: A Comparative Study of Tagore and Sri Aurobindo,* New Delhi: D.K.Printworl Ltd., 2007, p.61.

⑦Gautam Ghosal, *The Rainbow Bridge,* p.202.

尔诗歌最大的缺陷是没有把握现实，《吉檀迦利》等诗集是祈祷词，没有感情。“印度的思想本是否定生活的，严格地讲，不宜于艺术的发展。”泰戈尔的诗歌之所以伟大，是因为其哲学思想，“论他的艺术实在平庸得很”。[①]闻一多对泰戈尔的评价大体上反映了部分中国知识分子对印度宗教文化的隔膜。总之，20世纪初中国学界的泰戈尔研究只是一种各取所需的感性评价，大多还没有上升到理性客观的学术判断，对于泰戈尔文论的研究也还无法真正展开，其中的主要原因是，泰戈尔的创作尚在进行中，其作品的中译文还非常有限。

20世纪下半叶，特别是世纪之交，随着泰戈尔作品的中文翻译开始增多，关于泰戈尔文论与美学思想的译介和论述也随之增多。首先值得一提的是倪培耕等译《泰戈尔论文学》（上海译文出版社，1988年）。这方面的论文包括：倪培耕的《泰戈尔美学思想管见》（载《外国文学评论》1987年第3期）、孟昭毅的《泰戈尔与比较文学》（载《南亚研究》1994年第1期）、宫静的《泰戈尔和谐的美学观》（载《文艺研究》1998年第3期）、侯传文关于泰戈尔文论思想的系列论文如《论泰戈尔的韵律诗学》（载《外国文学研究》2004年第1期），等等。此外，唐仁虎等著《泰戈尔文学作品研究》（昆仑出版社，2003年）和郁龙余等著《中国印度诗学比较》（昆仑出版社，2006年）均涉及泰戈尔文论的研究或比较研究。其中，侯传文和魏丽明等人的相关探索较为系统。[②]这些相关著述有力地促进了泰戈尔文论研究走向深入。

正是在上述关于泰戈尔文论和美学研究的适宜氛围中，出现了

---

①姜景奎主编：《中国学者论泰戈尔》（上），银川：阳光出版社，2011年，第83—85页。

②例如：魏丽明：《浅论泰戈尔对文学艺术特征的认识》，姜景奎主编：《印度文学研究集刊》，上海译文出版社，2003年，第170—185页；同时参阅唐仁虎等著《泰戈尔文学作品研究》（昆仑出版社，2003年）中的泰戈尔文论观部分（魏丽明执笔）。

该领域的代表性成果即侯传文于2010年出版的《话语转型与诗学对话：泰戈尔诗学比较研究》。该书显示出研究内容的系统性和研究方法的创新性。它的主体部分以比较研究为特色。这种比较研究既跨越了印度古代文明和现代文明的时间维度，也跨越了印度文明与西方文明、印度文明与中国文明的空间维度。其中，又以跨越中印西三大文明的比较诗学研究最具特色。环顾印度、中国和西方学术界，尚未出现如此以系统考察和比较研究相结合的模式探索泰戈尔文论思想的研究著作。因此，该书开拓和深化了传统的泰戈尔研究领域。

第七节　奥罗宾多·高士

奥罗宾多·高士（Aurobindo Ghose，1872～1950）是一位诗人、文学理论家、宗教哲学家和著名的民族独立运动战士。印度学者认为："奥罗宾多、泰戈尔和A.K.库马拉斯瓦米是印度文艺复兴时期三位最有影响的文学批评家。他们拥有渊博的东西方文学和文化传统知识，精通几门语言，并且具有自觉的民族主义意识。"[①]印度当代著名英语文学研究家、文论家C.D.纳拉辛哈认为，奥罗宾多是"现代印度文学理论批评的创始人"[②]。他在20世纪20至30年代的文论著述可以视为创立了"文学理论批评的印度学派"。[③]中国学者指出："在印度现代文学史上，奥罗宾多是仅次于甘地、泰戈尔而具有广泛影响的人物。"[④]奥罗宾多出生于1872年。1877年到1893年，他在英国接受完整的西方教育，并掌握了英语、法语、

①G.N.Devy, *After Amnesia: Tradition and Change in Indian Literary Criticism,* Bombay: Orient Longman, 1992, p.112.

②C.D.Narasimhaiah, *English Studies in India: Widening Horizons,* Delhi: Pencraft International, 2002, p.98.

③C.D.Narasimhaia, *English Studies in India,* p.99.

④石海峻：《20世纪印度文学史》，第21页。

德语、意大利语、希腊语和拉丁语。他酷爱文学和哲学，博览了大量欧洲古典及近现代文学和哲学名著。1893年，他回到印度，学习梵语和孟加拉语，虔诚地转向印度传统文化。他一生著述丰富，涉及宗教、哲学、文学等多个领域，主要英文著作包括《神圣人生论》（*The life divine*）、《人类循环论》（*The human cycle*）、《印度文化基础》（*The foundations of Indian culture*）、《未来诗歌》（*The future poetry*）等。作为著名宗教哲学家和诗人，他的诗作、特别是长篇史诗《莎维德丽》（*Savitri*）及其宗教哲学著作历来为学者们所关注，但其文学理论却未能得到足够的重视和探索。实际上，奥罗宾多对于印度现代文论发展做出了独特的贡献。“奥罗宾多的未来主义文论是对诗歌发展史的一种独特阐释……奥罗宾多的贡献在哲学与诗歌理论方面均体现出来，这很有价值。他是一位天才，可以跻身于群星荟萃的世界最博学的杰出人士之列。”[①]虽然这些评价不乏溢美之辞，但也的确反映了奥罗宾多文论观的不俗之处。近年来，印度学界开始关注奥罗宾多在文学理论方面的造诣，并有不少研究成果问世。近年来，中国学界也开始出现对于奥罗宾多文论观、美学观的研究成果。本节以他的《未来诗歌》为主，对其文论思想进行简介。

一、“精神进化论”要义

了解奥罗宾多的文学理论，必须先对他的宗教哲学思想有个大致了解。他的“未来诗歌”（future poetry）理论就建立在他的宗教哲学体系上。

1910年4月，为躲避英国殖民当局的搜捕，他便移居于印度东

①Amrita Paresh Patel & Jaydipsinh K.Dodiya, eds. *Perspectives on Sri Aurobindo's Poetry,Play and Criticism*, Delhi: Sarup & Sons, 2002, p.124.

南海岸的法属殖民地本地治里。在这里，脱离了激进暴力运动的奥罗宾多隐居40年，一面修习瑜伽，一面著书立说，宣扬“精神进化”，直到1950年病逝。奥罗宾多的哲学体系被称为“精神进化论”或“整体吠檀多”。其根本特点是，一方面继承印度教传统哲学思想即吠檀多不二论，另一方面又吸收了西方现代哲学思想和科学真理。他将东西方哲学进行调和，创立了自己的“精神进化论”体系。“这个体系，一言以蔽之，就是从纯精神出发，由纯精神转化为物质，再由物质转化为纯精神的过程。”①

论者认为，奥罗宾多继承了传统吠檀多不二论的思想，承认梵是宇宙的本源，是世界万物的基础。万物起于梵，也归于梵。梵是无所不在的，它既是超越时空的超自然实体，又是时空中普遍存在的实体。为了区别于商羯罗的“摩耶论”的“不二论”，奥罗宾多将自己的哲学称之为“真实论”的“不二论”。他把世界上的事物归结为三类：物质、生命和心思。物质指一切无生命的现象，如矿物等。生命指一切有生命的现象，如植物和动物等。心思则指人的心理思维活动，即代表人。他认为这三者都是真实的存在，而不是虚幻的。这种思想是对商羯罗的超越。奥罗宾多明确反对商羯罗关于世界是虚幻的观点。他认为，“见蛇为绳”并不能证明世界是虚幻的。在他看来，梵是真实的，物质世界也是实在的。当然，这也就产生了一个问题：梵是超时空的纯存在，而万物却是时空中的存在，二者如何连接和统一呢？为了克服这个矛盾，奥罗宾多提出了“超心思”（overmind，overmental consciousness）的概念，把它当作连接梵与世界万物的媒介物。顾名思义，“超心思”就是一种超越人的心理思维的意识，一种超自然意识。在奥罗宾多的宗教哲学体系中，一方面，梵通过超心思显现为世界万物，另一方面，万

①巫白慧主编：《东方著名哲学家评传》（印度卷），济南：山东人民出版社，2000年，第498页。下文介绍主要参考该书关于奥罗宾多宗教哲学思想的基本内容。

物在超心思所分化的无数“自我意识”的推动下得以进化，最终通过超心思还原于梵。

论者指出，奥罗宾多把宇宙分为本体界和现象界。现象界包括物质、生命和心思。本体界包括梵和超心思。在他看来，本体界和现象界都是“精神”的表现方式。精神的形式有高低层次之分。梵是精神的最高形式，其次往下是超心思、心思、生命和物质。物质被视为精神的最低级愚钝的形式。“梵通过超心思，经心思、生命，下降到物质；物质再按照生命、心思、超心思的顺序还原于梵（神圣的存在）——这就是奥罗宾多所设计的整个世界演化的模式。不难发现，在奥罗宾多的哲学中，世界的演化过程是一个圆圈。梵是演化的起点，也是演化的终点。”①

奥罗宾多还指出，从心思到超心思的进化就是人向“超人”（superman）的转化过程。所谓超人，是指完全摆脱无知的束缚，具有真正智慧、无限力量和至高喜悦的人。这需要进行长期艰苦的瑜伽修炼才能达到。这一过程要经过三个阶段：心灵转化、精神转化和超心思的转化。一旦进化到超心思，就意味着上升到神圣的存在。总之，人转化为超人后，人的肉体、精神和心思也被神圣化了。超人必须用自己的智慧力量去照亮和启迪一切无知的人，把他们变为超人，从而彻底根除人类的无知状态，使整个人类精神化、神圣化，最终在人间显现“神圣人生”（divine life）的最高境界。“神圣人生”是人类的终极命运和理想目标。奥罗宾多提出的“神圣人生”境界必然出现在人间的思想与印度传统观念有所区别。因为，他主张所谓的“彼岸天堂”在现世可以实现，“神圣人生”就是这种美好境界的象征。“奥罗宾多改变了传统吠檀多的方向，否定了灵魂必须上升到不可知的彼岸，而把彼岸的天堂搬到地面上

①巫白慧主编：《东方著名哲学家评传》（印度卷），第508页。

来。”[①]1905到1908年反英高潮失败后，印度人民苦难更加深重。奥罗宾多的这种“神圣人生”论客观上表达了印度人民解除殖民枷锁、企盼幸福天堂降临人间的强烈愿望。

论者认为，奥罗宾多把他的精神进化论搬到了社会领域，创立了自己的社会进化论。他预言，历史发展的最后一个阶段即社会进化的最终目标是“精神时代”或“精神社会”。这种极为美妙的“精神社会”寄托了奥罗宾多的人类大同理想。由此看来，奥罗宾多的精神进化论从个体的人延伸到人类社会。这种精神进化论或社会进化论与19世纪达尔文的自然选择为核心的科学的生物进化论“貌合神离”。正是在这种特殊的进化思想以及瑜伽实践的基础上，奥罗宾多的“未来诗歌”论得以萌芽和开花。“奥罗宾多亲证‘超心思’，并建立一种可以称为‘超心思诗学’的诗学。”[②]值得注意的是，他的史诗《莎维德丽》实际上是他的精神进化论或“超心思诗学”的文学实践。该作主题崇高，诗中真正的背景是宇宙，中心是人的心灵。史诗采用寓言、象征手法，将远古的吠陀智慧和现代科学思想融为一体，寻求现代人的命运和出路。奥罗宾多强调精神的力量。这部杰作“将现代英语诗作为传达吠陀智慧的工具”。[③]

二、“未来诗歌论”要义

1914至1921年间，奥罗宾多在当时尚属葡萄牙殖民地的本地治里主编英文刊物《雅利安》（Arya），发表自己的各种著述。他的文论著作《未来诗歌》最初就是在1917年12月到1920年7月间，以

①巫白慧主编:《东方著名哲学家评传》(印度卷)，第511页。

②Amrita Paresh Patel & Jaydipsinh K.Dodiya, eds. *Perspectives on Sri Aurobindo's Poetry,Play and Criticism*, p.126.

③石海峻:《20世纪印度文学史》，第25页。

三十二期连载的方式陆续发表在该刊的。因此，《未来诗歌》也可以说是一部文论集，但由于写作和发表时间固定，其研究主题集中，分析逻辑比较慎密。奥罗宾多生前曾经对这些发表过的论文进行两次修订：一次是在1920年代末到1930年代初，他修订了其中的十七章；另一次是在1950年即他逝世前夕，他修订增删了二十章。这三十二篇论文一直没有修订完毕，因此，直到奥罗宾多逝世，《未来诗歌》仍然没有出版。它的正式出版是在1953年，即奥罗宾多逝世三年以后。1972和1985年两度再版的《未来诗歌》增添了奥罗宾多关于文学艺术方面的通信。1997年和2000年再版的《未来诗歌》增加了1942年奥罗宾多写的关于诗歌格律的长篇论文及其例诗，但却删除了奥罗宾多关于文艺的通信。

从2000年版《未来诗歌》的内容看，它的主体分两部分。第一部分为奥罗宾多对"未来诗歌"的理论阐释，也包括他对英国诗歌发展史的回顾和评价。第二部分篇幅较小但依然重要，主要是依据"未来诗歌"理论探讨诗歌语言、韵律、诗歌审美功能等问题。总体来看，《未来诗歌》基本上概括了奥罗宾多主要的文论思想。印度学者称《未来诗歌》一书"奠定了未来文学理论批评的基础"。[①]C.D.纳拉辛哈认为，《未来诗歌》体现了东西方文论结合的趋势，它是"我们时代印度文学理论批评最为智慧的表达，是高度体现一个民族、一个国家的著作，它还进一步吸收了其他文化、其他时代的经验，从而昭示着更加光明的未来"。[②]

首先需要明确的是，奥罗宾多的"未来诗歌"主要指诗歌而非其他文学体裁，但是，他在论述诗歌理论时也不时涉及戏剧、小说或散文等体裁。受精神进化论的影响，奥罗宾多明确表示："像

①Ragini Ramachandra, ed. *Literary and Cultural Explorations at Dhvanyloka*, p.304.

②C.D.Narasimhaiah, *English Studies in India: Widening Horizons*, p.112.

人体任一部分一样，诗歌也在进化（evole）之中。”[①]他还认为，“诗歌的进步”（the progress of poetry）是“人类文化心灵进步的一个标志”。[②]“进化”与“进步”等词语影射了奥罗宾多的“诗歌进化论”亦即文学进化论。他的许多论述便渗透了这种“诗歌进化论”。按照奥罗宾多的观点，梵有上升和下降亦即进化和退化的过程。整个宇宙的演化就是梵先以超心思为媒介下降到现象界，然后现象界万物再通过超心思上升为“神圣存在”即梵的过程。进化过程就是物质经过生命、心思、超心思向梵逐渐上升的过程。受这种精神进化论的影响，奥罗宾多在论及诗人的视野亦即诗歌境界（poetic vision）时说：“但是，与其他事物一样，诗歌的境界也必须遵循人类心智进化的规律，它根据时代和环境而上升下降，或高或低。通常，它遵从突然上升再急剧下降的先后顺序。”[③]如果把形而上的诗歌境界比作形而下的物质，那么，它最初是从情感和想象阶段起步，再上升为知性智慧，但只有到了最高的精神启示阶段，诗歌才能完全达到获取最深刻的诗性力量的境界。这自然包含了一个上升的进化程序。在这种理想化的描叙或论述中，“未来诗歌”的面貌开始若隐若现。

奥罗宾多曾经感叹道：“因此，很难预言，未来诗歌究竟是何面貌？”[④]不过，他认为，过去时代的诗人创作已经成就斐然，未来的诗歌似乎有机会致力于拥有一个“更有意识的目标”或曰“更自觉的目标”。这个目标亦即理想的“未来诗歌”就是回归传统的吠陀颂诗（मन्त्र，Mantra，也可译为“祭诗”、“赞歌”、“真言”等）所代表的神圣境界。他把礼赞神灵的吠陀颂诗视为“揭

①Sri Aurobindo, *The future Poetry,* Pondicherry: Sri Aurobindo Ashram, 2000, p.205.

②Sri Aurobindo, *The future Poetry,* 2000, p.268.

③Sri Aurobindo, *The future Poetry,* 2000, p.38.

④Sri Aurobindo, *The future Poetry,* 2000, p.217.

示诗歌意义和情感的最高形式”。他说：“但是，诗歌只有在它表达至高真理和最有力地表达这一真理的韵律及语言时才成其为吠陀颂诗。”[①]这种“至高真理”的旨趣在于人与梵的有效沟通与交流。由此看来，奥罗宾多心目中的未来诗歌典范不在当代，而在远古吠陀时代。表达内心真实的“至高真理”的吠陀天启成为未来诗歌的模仿对象。奥罗宾多在给别人的信中解释了mantra的含义和“超心思”的意趣：“mantra是表达来自超心思灵感或高度灵感的力量与光芒的词语……你必须记住，超心思是一种超人意识，一直或完全能在超心思灵感中创作，意味着至少在人类层面有了一些本质的升华。”[②]为此，奥罗宾多特别强调“精神实现”（spiritual realisation）即梵的亲证或梵我一如在未来诗歌创作中的核心地位。“未来诗歌就应该向这种精神实现敞开视野，勾勒艺术的美，奉献天启般的语言。”[③]这种未来诗歌具有更为宏大的视野，有助于人与神的心灵交流。因此，人的思想感情、行为意识得以升华，灵魂心智得以完善，他将更加真实地洞见自己的本性和世界的意义，这将提升整个人类的神圣潜质和精神价值，宇宙自我的秘密也将得以揭示。“那些在自己生命和文化中完全实现这一切的民族将是迎来黎明的民族，那些完全具备这一境界并讲述天启的诗人，不管他们操何语言、为何种族，都会成为未来诗歌的创造者。”[④]

奥罗宾多之所以规定未来诗歌必须具有上述“神圣潜质”，与身为瑜伽行者的他看重精神修炼和灵魂进化有关。从某种意义上说，他的美学就是一种包裹在神学外衣中的宗教美学。他曾经在《神圣人生论》中写道：“发现最高的美就是发现神……揭示和创

①Sri Aurobindo, *The future Poetry,* 2000, p.218.

②K.S.Srinivasa Iyengar, ed. *Sri Aurobindo: A Centenary Tribute,* Pondicherry: Sri Aurobindo Ashram Press, 1974 , p.157.

③Sri Aurobindo, *The future Poetry,* 2000, p.307.

④Sri Aurobindo, *The future Poetry,* 2000, p.308.

造最高的美就是在我们的灵魂中体现神的生动形象和威力。”①由此，奥罗宾多对诗人的描述也就显得有些特殊。在吠陀梵语和古典梵语中，表示“诗人”的词即कवि（kavi）至少有五种以上的含义，它既指《梨俱吠陀》中的一位睿智的瞎眼仙人，也指《摩诃婆罗多》里一位见识非凡的仙人儿子。而表示“诗”的词काव्य（kāvya）最初是指कवि的儿子。②这些宗教神话典故给奥罗宾多以深刻启示。他认为，具有非凡视野和最高境界是理想的未来诗人的重要天赋。他说：“宏阔视野（vision）是诗人的标志性力量……诗人（kavi）在古人看来就是先知和真理的阐释者。”③vision一词在奥罗宾多那里意味着宏大的视野或境界。杰出的诗人具有洞察和阐释自然与人生的宏阔视野与超凡境界，其诗作富于卓越的启示。依此衡量，奥罗宾多认为：“不管他们之间有着多少差异，荷马、莎士比亚、但丁、义垤和迦梨陀娑均具有这种视野，这是他们之所以伟大的基本特征。”因此，这一类杰出诗人的共同点在于：“诗歌真理的先知和真理语言的倾听者（kavayaḥ satyaśrutaḥ）。”④他说，只有诗人的灵魂才能发现事物，眼睛、心和思维的大脑只是灵魂的运用工具而已。“在这种情况下，我们才能获得真正的好诗。”进一步说，表达精神现实的吠陀颂诗（Mantra）般的诗歌语言只有在满足三个条件的情况下才得以形成：特别优美的音韵格律、极其合适的言义结合以及灵魂对真理认识的最高境界。“所有好诗都来自这三种因素的结合。”⑤奥罗宾多还认为，诗人与哲学家或先知的区别在于，后者讲述语言的真理和神的法则，而诗人则以美的意象或力量

---

①Sri Aurobindo, *The Human Cycle,* 1992, p.135.

②Vettam Mani, *Puranic Encyclopaedia: A Comprehensive Dictionary with Special Reference to the Epic and Puranic Literature,* Delhi: Motilal Banarsidass Publishers Private Limited, 1979, p.402.

③Sri Aurobindo, *The future Poetry,* 2000, p.31.

④Sri Aurobindo, *The future Poetry,* 2000, p.32.

⑤Sri Aurobindo, *The future Poetry,* 2000, p.19.

揭示真理。奥罗宾多对诗人及其诗歌的论述既是他的宗教美学观的反映，也是他对文学创作规律的准确把握，同时也是他的未来诗歌论的重要组成部分。

关于文学的功能，梵语诗学庄严论代表人物婆摩诃认为："优秀的文学作品使人通晓正法、利益、爱欲、解脱和技艺，也使人获得快乐和名声。"（I.2）①不过，在味论派代表人物新护看来，名声和快乐这二者，快乐更为重要。他认为，吠陀的教诲犹如主人，历史传说的教诲犹如朋友，唯独诗的教诲犹如爱人，因此，"欢喜"即审美愉悦是诗歌等文学作品的主要特征，也是其最重要功能。新护说："正因如此，欢喜才被说成是主要目的。即使教导人生四目标，最主要的成果也是欢喜。"②梵语诗学对于文学功能的看法和审美愉悦的重视，在奥罗宾多这里得到继承并有所发展。他认为，富有启示意味并具有洞察力的诗歌应该"表达五种永恒力量的完美和谐：真、美、乐、生命与精神"。③他说，"欢喜"是诗歌愉悦和美的源泉。"欢喜"并非内在情感或外在形式引发的浅层快乐，它是精神层面的"持久快乐"，是一种"精神处于创造和体验之中的纯粹欢喜"。④在他看来，诗中的乐和美"来自极度的欢喜，而非头脑简单的激动和生活琐事中的快乐"。新护和毗首那特等梵语诗学家把味（rasa）视为诗歌的灵魂。但是，在奥罗宾多心里，欢喜才是"诗歌之美的灵魂"。⑤在这里，美即乐，乐即欢喜或审美愉悦。欢喜又与精神灵魂紧密相连。未来诗歌越是表现那种普遍的欢喜，它就越能成为诗歌愉悦和美的源泉，也就越能升华人类生活的境界。

---

①黄宝生译：《梵语诗学论著汇编》（上册），第113页。

②K.Krishnamoorthy, ed.& trans. *Dhvanyāloka-locana, With an Anonymous Sanskrit Commentary, Charpter First,* p.17.

③Sri Aurobindo, *The future Poetry,* 2000, p.222.

④Sri Aurobindo, *The future Poetry,* 2000, p.259.

⑤Sri Aurobindo, *The future Poetry,* 2000, p.263.

奥罗宾多还认为，感受诗的愉悦（poetic delight）的并非知识，也非想象，更非耳朵，而是灵魂。“语言越是直接浸入灵魂深处，就越是好诗。因此，只有增加耳朵等中介的愉悦，并把它转变为灵魂深处的欢喜，诗歌才能算是完成、或是圆满完成了自己的任务。”这种“神圣欢喜”（divine ananda）就是一种精神愉悦，它只能由诗人的灵魂来感受。“当诗人超越了自己作品的人类困境时，他也就成功地向那些准备接受的读者输送了欢喜。这种欢喜不是神圣的嬉乐，而是影响深远的启迪心智的力量。”①就奥罗宾多强调精神愉悦的文论观而言，印度学者的相关论述不少，有的学者甚至将其与泰戈尔诗学观进行比较：“奥罗宾多的真言诗歌论（theory of mantric poetry）将神的声音视为创作纯粹诗歌（true poetry）的一种现实。他还从古代印度诗歌中汲取智慧。泰戈尔和奥罗宾多这两位创作型诗人，时时刻刻不忘本土传统，这种传统将‘愉悦’（enjoyment）视为文学的灵魂。自然，这是一种超脱功利的愉悦（disinterested enjoyment）。”②

由于格外强调文学的精神愉悦功能，奥罗宾多认为，未来的诗歌将会更加注重内在的灵魂动机、象征观念和潜藏深意的语言及行为描写。未来的戏剧、叙事文学和史诗创作也将面临同样的变革。例如，“未来戏剧”（the drama of the future）与以前的浪漫剧或悲剧的区别在于，它不再聚焦生活的实质或场面浩大的人物表演，而是着力表现内心世界的心灵剧。未来的戏剧不再纠结于现实主义或理想主义，它将破除此岸与彼岸、人类与神灵、梦幻与现实的差异。这将带来未来戏剧表演方式的变革。“未来戏剧不再阐释命运或业报轮回（Karma），也不再阐释人类生活简单或复杂的自然困境。它将揭示自为命运的、生活及轮回主宰的灵魂以及灵魂背后的

①Sri Aurobindo, *The future Poetry,* 2000, p.12.

②Gautam Ghosal, *The Rainbow Bridge,* p.65.

宇宙精神的力量和运动。”①奥罗宾多此处论述的心灵剧，实际上近似于神秘象征剧，反映了他受西方现代象征主义文学思想和印度宗教哲学观的双重影响。

当然，由于内心表达的需要，对于未来诗歌而言，新的问题也就接踵而至：“如果我的建议没错的话，未来诗歌应该解决一个关于语言艺术的新问题。这是一种关乎宇宙精神和人类灵魂深处的语言，它不仅是另一种更加完美的视野，还是自我灵魂体验和精神视野的核心语言。”②奥罗宾多认为，绝对理想的语言属于吠陀颂诗。“特别是，在吠陀颂诗中，诗歌获得了完美的表达。”吠陀颂诗是神的语言，带有神的魔力。这种“最高的语言力量”可以是一种“最终趋向完美进化的未来符号，正如趋向完美巅峰的诗歌意识”。③这种诗歌语言观分明是他的精神进化论的产物。奥罗宾多将未来诗歌的理想语言视为“第三种直觉性的、充满启示的力量，或一种光彩熠熠的感人至深、沁人心脾的语言”。④这些论述充分说明奥罗宾多的未来诗歌论带有某种神秘、超验的色彩。他曾说过，一种更加完美的、视野广阔的未来诗歌“不会是一种表达深奥晦涩或远离人间烟火的神秘主义诗歌”。⑤但是，他对未来诗歌的语言设计却颠覆了这一美好的理想。

对于未来诗歌之于人类的积极贡献，奥罗宾多充满信心。这首先来自他对东方文艺之于世界文明积极贡献的肯定。他说，印度和中国、日本等远东国家的艺术和诗歌曾经创造了一种广大而宁静的精神氛围，使人们的灵魂体验得到美妙的平衡，这具有重要的精神价值。因此，奥罗宾多深信，印度土地上催生的未来诗歌“会使人

①Sri Aurobindo, *The future Poetry,* 2000, pp.284-285.
②Sri Aurobindo, *The future Poetry,* 2000, p.302.
③Sri Aurobindo, *The future Poetry,* 2000, p.313.
④Sri Aurobindo, *The future Poetry,* 2000, p.300.
⑤Sri Aurobindo, *The future Poetry,* 2000, p.213.

类心灵得到更加复杂的美学和精神愉悦”，并体现一种“精神的宁静和欢喜”。这种未来诗歌将使“人与自然之间达成一种新的亲密关系”。[①]正是这种未来诗歌理念，使他对诗歌功能的认识和对诗人的要求非同寻常。他说：“用美点染生活只是艺术和诗歌最肤浅的功能，将生活变得特别优雅高贵并十分富于意趣是它们更高的功能，但是，它们的最佳作用在于，诗人成为先知而向人类揭示他的永恒自我、向神灵展现永恒自我。”[②]说到底，这种诗歌的最佳作用还是隶属于奥罗宾多精神进化论上的最高一环。

三、“未来诗歌”视阈中的西方文学

奥罗宾多认为，未来诗歌将更好地表达人类一体的存在意识，给人以精神和生命的愉悦以及更为强健的生命力。未来诗歌会使人类生活变得更加神圣和完美，并消除个人与民族的差异。他说：“未来诗歌的领域将包括真实地表现人们更为宏阔的心理体验。”[③]这种观念不可避免地将奥罗宾多的未来诗歌论导向一种世界主义意识。“奥罗宾多生于孟加拉，但却属于整个印度，甚至属于全人类。在他那里，东方与西方、南方与北方忘记了差异。”[④]他坚信，所有的人类生活是一致的，“新的人类心灵”会不断趋向人类生活的整体一致。未来诗歌会向人们真实充分地展现人类、自然、世界和神的协调一致。他说：“了解自己的国家并不意味轻视、而是拓展我们国家的视野，使其人民获得更大力量。探究其他国家的灵魂是拓宽我们的边界，丰富和美化我们居住的这个地

①Sri Aurobindo, *The future Poetry,* 2000, p.272.
②Sri Aurobindo, *The future Poetry,* 2000, p.274.
③Sri Aurobindo, *The future Poetry,* 2000, p.251.
④K.S.Srinivasa Iyengar, ed. *Sri Aurobindo: A Centenary Tribute,* p.1.

球。”[①]正是在这种世界意识中，奥罗宾多以印度、中国等东方文化为参照，对以英国文学为代表的西方文学进行打量。由于他具有非常渊博的西方文学和文化知识，又深谙印度传统文化精华，他在《未来诗歌》中自觉采纳比较研究法，对西方文学、特别是英国诗歌进行研究，对某些文学现象进行理论思考。

黑格尔在《美学》中说过：“每种艺术作品都属于它的时代和它的民族，各有特殊环境，依存于特殊的历史的和其他的观念和目的。”[②]无独有偶，黑格尔之后的法国学者泰纳（H.A.Taine，1828～1893，又译丹纳）在他的《英国文学史·序言》中宣称，文学创作及其发展决定于三种力量或三个元素：种族、环境和时代。“有助于产生这个基本的道德状态的，是三个不同的根源：种族、环境和时代。”[③]种族或曰民族包含人的先天的、生理的遗传因素，环境指地理因素，时代包含文化因素。奥罗宾多也受到了这种文学观念的影响，他认为：“诗人的作品不仅来自于自己和他所处的时代，还来自于他所属的民族的思想状态。这个民族为他创造了精神、知识和美学传统及环境。”[④]

先就时代而言，奥罗宾多认为，古代人注重人与世界的和谐满足，关注内心的真实，如中国的“道”和印度的“个我”（Atman），或如希腊人，同时关注人类的自然和深沉，并进行认真严肃的思考。“相反的是，现代人并不刻意探究自己的灵魂深处。”他们并不关注人的内心真实与生活的欢乐美好，转而关注生活的效果。由于深陷困境，他们心神不宁，生活失去了和谐宜人的

---

①Sri Aurobindo, *The future Poetry,* 2000, pp.251-252.

②（德）黑格尔：《美学》（第一卷），朱光潜译，北京：商务印书馆，1996年，第19页。

③伍蠡甫、蒋孔阳编：《西方文论选》（下卷），上海译文出版社，1979年，第236页。

④Sri Aurobindo, *The future Poetry,* 2000, p.41.

意趣。“这种差异导致了一种根本性的美学差异。”[①]奥罗宾多此处论述的古今时代差异造成的“美学差异”，其实是对二十世纪初西方文明遭遇信任危机的文化现象的思考。1917到1920年间，奥罗宾多以系列论文构思他的未来诗歌观，其时正值第一次世界大战后期。触目惊心而又变幻莫测的时代风云在他的美学思考中留下了深深的痕迹。关于时代对文学发展的影响，奥罗宾多还有一些思考，如他认为：“在希腊，高度发达的知识主义时代扼杀了诗歌。”[②]他还说，现时代里，文学批评与自然科学大行其道，这对诗歌创作产生了深刻的影响。这种“时代精神”（the spirit of the age）不利于诗歌的健康繁荣。诗人的自然活力与影响力将受到制约。有一些人预测，现代人的诗歌和美学想象力正日益让位于科学化，诗歌不得不衰落而让位于科学。奥罗宾多赞同这一观点。他说：“理性时代”（an age of reason）不会“青睐伟大诗歌的创作。纯粹知识不能创造诗歌……诗歌的确也是真理的阐释者，但它却以内在美的形式出现。”[③]应该说，这些话包含着“真理的颗粒”，它的价值至今仍未贬值。只要看看法兰克福学派的某些学者对资本主义时代文艺发展困境的论述就可以明白这点。

再就种族（民族）与环境对文学的影响而言，奥罗宾多也有很多思考。他以东方文艺为参照，结合对英国诗歌的历史梳理得出结论：中国和日本的诗歌是内心深处的直觉创造，体现了灵魂的欢喜。英国诗人们却没有借助灵魂的力量和境界创造出“潜藏于生活深处的欢喜”。[④]在论及诗歌的语言风格时，他提到了生命风格、情感风格、智慧风格和想象风格等四种依次上升的进化式风格。想象风格是一种高级的理想风格，乔叟、斯宾塞、弥尔顿、济慈和雪

①Sri Aurobindo, *The future Poetry,* 2000, p.258.
②Sri Aurobindo, *The future Poetry,* 2000, p.209.
③Sri Aurobindo, *The future Poetry,* 2000, p.211.
④Sri Aurobindo, *The future Poetry,* 2000, p.265.

莱等英国诗人的语言风格或多或少属于这类。但在奥罗宾多看来，这一风格并非完美。他说："实际上，英国诗歌通常属于这类风格。但是，这类风格也不具备吠陀颂诗那种天启性诗歌语言的最高境界。英国诗歌具有某些天启的因素，但其更高境界被某些更外在的东西所遮蔽。"[①]奥罗宾多对乔叟自近代以来的英国诗歌传统进行了历史研究。在论述布莱克、华兹华斯、拜伦到雪莱和济慈等人为代表的浪漫主义诗歌时，他认为，他们都写出了一些优秀作品，但很多诗作仍未达到相当神圣的精神境界。以最年轻和最有天赋的浪漫主义诗人济慈为例："他进入理想美的神秘庙宇，但却无暇寻找道路进入最神秘的圣殿。在他那里，精神探索戛然而止。"[②]奥罗宾多把从布莱克到济慈的英国浪漫主义诗人称为"黎明时分的诗人"（the poets of the dawn），影射他们的诗歌是英国诗歌"进化"道路上的第一步。他因此戏言道："这个黎明未等来白昼，它仅仅只是一个早晨而已。"[③]稍后，他在专论这批"黎明诗人"时认为，济慈和雪莱的创作能力未得充分发挥，拜伦则远离正道，布莱克孤芳自赏，华兹华斯等人的感性思维使其偏离了诗人无比高贵的先知角色。"这六人都围绕着天启而徘徊，缺失了一些必需之物，自动或被动地裹足不前。人们不得不等待一个敬重其他次要神灵的时代到来。"[④]毋庸讳言，这另外一个时代即维多利亚时代的诗人如罗塞蒂等人似乎也有不少"缺陷"："这些诗人取得了不小成就，但也损失不轻。因为，他们的诗歌具有更加进化的因素，但进化成份越多，失却的东西也就越多。"他们的语言和诗艺更加丰富，但和优秀的印度古典诗歌相比，却"缺失了精神实质和天启的

①Sri Aurobindo, *The future Poetry,* 2000, p.29.
②Sri Aurobindo, *The future Poetry,* 2000, p.106.
③Sri Aurobindo, *The future Poetry,* 2000, p.106.
④Sri Aurobindo, *The future Poetry,* 2000, p.147.

预言性”。[1]上述这种东西对比以分出艺术水准高下的做法，其实是奥罗宾多精神进化论作祟的结果。英语诗歌是世界文学宝库的重要组成部分，虽然它也存在一些问题，但其审美价值经得起时间的考验。本来，具有宝贵的世界意识，奥罗宾多应该得出更多有价值的结论，但他的精神进化论却似乎阻碍了他的步伐。

当然，并非奥罗宾多关于西方文学的所有论述都是负面的。例如，奥罗宾多对莎士比亚和惠特曼等西方作家曾经给以高度评价。当然，这种积极评价的背后，还是他的精神进化论充当了规范和尺度。对于美国现代诗人惠特曼，奥罗宾多大加赞赏。他认为，惠特曼在诗歌创作方法上掀起一场革命。他是民主、自由、人类灵魂、自然界和全人类的先知。“他是一位大诗人。因为自己的力量、境界的不凡、风格的突出、个性与普世性的卓越，他是最杰出诗人中的一员。他的声音是荷马以来最荷马的声音。”[2]奥罗宾多在回顾英国文学传统时认为，作为一位伟大的戏剧诗人，莎士比亚不仅在自己的时代即伊丽莎白时代、也在整个英语文学史上独树一帜。“他的精神气质、创作方法和品格也相当独特。”他与其他英语诗人有着诸多不同：“正是生命精神中纯粹的创造性愉悦（creative Ananda）才成就了莎士比亚。”[3]他认为，在莎士比亚身上，人类性格得以充分发育。“与其他所有诗人不同，莎士比亚在意念中完成了鲁莽的众友仙人的传奇功绩。他的境界力为他创造了一个‘莎士比亚世界’（Shakespearian world）……即使他确有缺点和谬误，这也不能贬低他，因为他的创作风格确实具有一种神圣的力量，使得那些缺点和谬误可以忽略不计。”[4]看得出，莎士比亚的

---

①Sri Aurobindo, *The future Poetry,* 2000, p.149.

②Sri Aurobindo, *The future Poetry,* 2000, p.165.

③Sri Aurobindo, *The future Poetry,* 2000, p.79.

④Sri Aurobindo, *The future Poetry,* 2000, p.80. 众友仙人是印度神话传说中著名的七仙人之一。他与婆罗门争夺如意神牛而互相斗法的故事十分有名，这在《罗摩衍那》和往世书中皆有描述。参见黄心川主编：《南亚大辞典》，第509页。

伟大首先还在于他具有与众不同的宏阔的人类视野。这种视野属于奥罗宾多心目中精神进化的高级境界。奥罗宾多因此认为，作为诗人，莎士比亚通过笔下人物成功地展现了自己，并写出了与个人想象不同的“具有普遍意义的世界”。[①]这个具有普遍意义的世界就是“莎士比亚世界”的核心。

四、奥罗宾多的东西方文学比较

印度比较文学乃是以比较文化研究为先导。近代印度与西方不断碰撞接触，不但催生了印度民族主义和身份认同意识，还促使一部分文化精英在东西文化大框架下进行跨文化比较，比较文学随之产生。在这方面，奥罗宾多与泰戈尔可谓两位真正的先驱。就奥罗宾多而言，其比较文学实践与其精神进化论存在着紧密联系。可以说，他与泰戈尔在印度比较文学发端期的成功实践，为后人提供了足资模仿的范例。奥罗宾多在印度比较文学发展史上应该占有至关重要的一席。他除了在前述《未来诗歌》中涉及比较文学研究外，还在《印度文化基础》等著作中对东西方文学进行比较研究。

奥罗宾多的东西文化观首先建立在一种强烈的民族文化自信基础上。他说：“印度保持自身并遵循自己的准则，就能最好地发展自己并服务于全人类。”[②]他认为，西方的生活方式是刺激生命并将之提升到更高水平，而印度方式则相反，印度人发现内在的精神力量，并用各种方式导引生命，促进生命力。在他看来，印度文明的精神导向导致了印度文化与欧洲文化的根本差异。在论述印度两大史诗时，他说，欣赏篇幅庞大、细节琐碎的印度史诗对于西方读

---

①Sri Aurobindo, *The future Poetry,* 2000, p.118.

②Sri Aurobindo, *The Renaissance in India and Other Essays on Indian Culture,* Pondicherry: Sri Aurobindo Ashram, 2002, p.38.

者而言是漫无头绪、伤脑筋的事，而对于喜欢空间想像和对环境、性格感兴趣的印度读者来说，却是一种宜人的消遣。[①]奥罗宾多有时也跳出印度与西方这种二元对立的思维模式，在世界文明视野中论述东西文化。他说："我们不可能避开现代世界的主流观念和问题。这一现代世界仍然主要指欧洲，由欧洲心智和西方文明所主导的现代世界……但亚洲和印度只有在面对这些问题并给予解决办法后才能声称自己是成功者。这会检验自己的理念精神。"[②]他断言："东方与西方将从相反的两端汇合之，并在人性一致的生活中建立一种共同的世界文化（Common world culture）。"[③]"共同的世界文化"的预言虽然至今还是一个遥远的梦想，但它所包含的人类一体意识却弥足珍贵。

奥罗宾多的比较文学意识和实践建立在他那广袤的东西文化视野基础上。首先，他将目光集中在本土与西方文学的比较上。以梵语戏剧家、诗人迦梨陀娑为例。奥罗宾多认为："迦梨陀娑与弥尔顿、维吉尔一道并列为最优秀的诗人艺术家，且其精神气质比之弥尔顿更为微妙细腻，比之维吉尔，其传达心声更为强劲有力。"[④]在他看来，梵语戏剧形式优美，但由于没有处理重大的生活题材，尚未上升到古希腊戏剧或莎士比亚戏剧的高度。迦梨陀娑的戏剧《沙恭达罗》代表了印度戏剧的最高成就。这是所有文学中最完美和迷人的浪漫剧。它有情味和行动的有趣转折，有细致的精神分析。它的对话和动作靠细致入微的暗示取胜，这与欧洲戏剧的角色化形成强烈反差。[⑤]奥罗宾多还运用自己的批评标准，对心目中顶尖的十一位大诗人进行分类。印度两大史诗的作者瓦尔米基和毗耶

---

①Sri Aurobindo, *The Renaissance in India*, p352.
②Sri Aurobindo, *The Renaissance in India*, p.52.
③Sri Aurobindo, *The Renaissance in India*, p.72.
④Sri Aurobindo, *The Renaissance in India*, p.358.
⑤Sri Aurobindo, *The Renaissance in India*, p.366

娑、荷马、莎士比亚占据金字塔尖四席，中间是但丁、迦犁陀娑、埃斯库罗斯、索福克勒斯、维吉尔和弥尔顿，意外的是，德国大文豪歌德则屈居尾席。这是一种严肃而又不失风趣的比较游戏。从这十一位作家处理重大题材多寡来看，迦犁陀娑次之，其余各位皆与史诗性题材有关，因此，这种游戏性排位只能说体现了奥罗宾多个人喜好，实质上也是他的精神进化论使然。在论述东西方艺术时，他认为，西方艺术家被形式所吸引，而印度艺术家则与此相反，他们关心的是表现无限自我的灵魂。①他还将目光投向中国。他说，中国诗歌是独特的，更能为某些西方人士所欣赏，而印度诗歌是雅利安人或雅利安化的民族的产物，反倒不为某些西方人所理解。②

奥罗宾多多次将中国、日本、古希腊、波斯与英国文学进行比较论述。他预言，“未来诗歌”将融合东西文化精华，并可能首先在东方国家诞生。他似有将自己视为第一位“未来诗人”（future poet）的迹象。他的“未来诗歌”观是其“共同的世界文化”观的艺术折射，也是其独特的宗教、美学、社会思想之结晶。

印度学者认为，奥罗宾多是根据梵语诗歌和现代欧洲文学来形成自己诗学观念的：“我们必须记住，他的诗学观是东方与西方诗歌理论的综合产物。”③奥罗宾多也用“rasa”（味）和“ananda”（欢喜）等诗学概念描述审美快感的本质。他的《未来诗歌》在结构上取法于雪莱的《为诗一辩》征。他与泰戈尔一样，自觉地运用印度文化标准评价西方文学，这可视为后殖民印度梵语诗学批评运用的前奏之一。

---

①Sri Aurobindo, *The Renaissance in India*, p.270.

②Sri Aurobindo, *The Renaissance in India*, p.317.

③Amrita Paresh Patel & Jaydipsinh K.Dodiya, eds. *Perspectives on Sri Aurobindo's Poetry,Play and Criticism*, p.130.

五、奥罗宾多诗学观的成因与缺陷

再简单说说奥罗宾多未来诗歌论的成因与缺陷。考察奥罗宾多的未来诗歌论，还得到他当时发表的另外一些论文中寻找线索。

1918到1919年间，在写作《未来诗歌》中的系列论文时，奥罗宾多为了反驳当时一位欧洲学者威廉·阿切尔（William Archer）对印度文化的蔑视，写成了《印度是否文明》、《印度艺术》和《印度文学》等论文。这些论文中的一部分后来结集出版时取了一个寓意深刻的题目《为印度文化辩护》（*A Defence of Indian Culture*）。奥罗宾多慷慨陈词道："在文学领域和思想领域，印度非常活跃且颇多建树……还有什么东西印度不曾拥有？印度究竟缺少什么？"[①]他认为，一战带给西方文明的危机和欧洲学者对印度文化的无知和轻视，使人们不得不思考这样一个问题："人类未来是否只能建立在理性与科学的基础上？"[②]那位欧洲学者声称，印度艺术是野蛮、丑陋和不成熟的。奥罗宾多对此感慨万分："鸿沟太宽了，难以搭起任何跨文化之桥。"[③]他认识到，忽略印度艺术特点，就会产生误解。"印度的建筑、绘画、雕塑不仅从印度哲学、宗教、瑜伽和文化的精华中汲取创作灵感，还集中体现了它们的内涵。"[④]这使他产生了一种为印度文化辩护的强烈愿望，这和当时在美国正面宣传印度艺术价值的学者A.K.库马拉斯瓦米有些相似。

奥罗宾多在论述自己的精神进化论时，将其延伸到社会思想和文学艺术领域，期望在现实世界实现"神圣人生"境界。"超心思诗学"的最高境界即吠陀颂诗所象征的"未来诗歌"境界也可作如

---

①Sri Aurobindo, *The Renaissance in India*, p.245.
②Sri Aurobindo, *The Renaissance in India*, p.67.
③Sri Aurobindo, *The Renaissance in India*, p.260.
④Sri Aurobindo, *The Renaissance in India*, p.269.

是解。一言以蔽之，他艺术地改造了达尔文的生物进化论，以精神进化论为标准衡量西方文学的“进化”或“衰退”，以印度思想的等级体系对抗某些欧洲学者关于东西方文化的文明与野蛮、进步与落后的二元对立式话语。这是殖民时期东方学者关于文化解殖的尝试。

早在1835年，英属印度的殖民官员麦考莱就说过，英国必须在印度人中培养一个“可以称作翻译的阶级”：“这样一个阶级的人，在血统和肤色上是印度的，但在兴趣、见解、道德和知识上都是英国的。”[①]这一举措的目的是，将印度人的文化心灵英国化或殖民化，以利于更好地推行殖民政策。奥罗宾多以“未来诗歌”体系打量英语诗歌，并为印度文化进行辩护，实质上是对麦考莱等人的“文化拷问”。

如此一来，奥罗宾多的未来诗歌论必然存在一些自相矛盾之处。他憧憬建立一种“共同的世界文化”，期望出现更多表达人性和谐与世界大同的、具有天启境界的“未来诗歌”，以促进东西方文化的平等交流和人类世界的心灵融合，但是，他在具体论述中，从维护印度文化的立场出发，以印度的标尺和典范亦即奥罗宾多式标准衡量并贬低除莎士比亚等少数诗人以外的英国诗歌，这是矫枉过正的表现。换句话说，不管奥罗宾多承认与否，他以印度的等级体系对抗西方的等级体系时，产生了一种新的等级制。他断言英语诗歌缺少神圣天启的精神境界，实际上来自于英语文化传统与吠陀奥义书传统的比较。“奥罗宾多试图将印度学家建立的等级体系颠倒过来，然而，这一体系框架仍然存在。在这一框架中，《未来诗歌》的原则是，未来的英语诗歌必须符合古代印度诗歌传统。”说到底，这是一种“将英国浪漫主义诗歌传统印度化的试验”。[②]这

①转引自罗钢、刘象愚主编：《后殖民主义文化理论》，第116页。
②G.N.Devy, *After Amnesia,* p.114.

种做法体现了奥罗宾多微妙复杂的矛盾心态。这也是殖民地知识分子面对西方文化所遭遇的尴尬，无奈的背后是“剪不断、理还乱”的深厚民族情结。

总体上说，奥罗宾多在殖民时期提出的未来诗歌论有其积极的历史意义和美学价值。他的出发点在于维护印度文化的尊严，消解西方文化的话语霸权。R.K.达斯古普塔因此指出，奥罗宾多的论文为文学批评注入了一种传统的历史意识。“这些文章本质上是关于印度文学的印度式批评。遗憾的是，我们大学的文学院系迄今没有恰当地调整其文学研究，以鼓励开展此类文学批评。”[①]事实上，奥罗宾多呼吁建立一种普遍共同的“世界文化”，而精神进化论意义上的“未来诗歌”便是直达这一理想境界的桥梁。但是，当他以“未来诗歌”的新等级体系矫枉过正地考察或“裁剪”西方文学时，这种与吠陀和奥义书传统相关的印度标尺便显出了笨拙的一面。联系当下某些印度学者提倡以梵语诗学原理阐释西方文学和某些中国学者提倡以中释西的文学批评模式，奥罗宾多的得失可以视为一面有效的镜子。当然，完全放弃东方学者的文化立场而全盘西化，却正中麦考莱之流的下怀。因此，如何保持自己的文化立场，并海纳百川地吸纳世界文化的精华且为我所用，这应该是奥罗宾多给予当代中印学者的深刻启示。[②]

第八节　普列姆昌德

普列姆昌德（Premchand，1880～1936），中国读者最熟悉的印地语和乌尔都语作家。他一生创作了十五部中、长篇小说（包括

①Sujit Mukherjee, ed. *The Idea of an Indian Literature,* Mysore: Central Institute of Indian Languages, 1981, p.194.

②本节关于奥罗宾多文论观的介绍，参阅拙文：《奥罗宾多〈未来诗歌〉解读》，载《外国文学评论》，2010年第4期。

未完两部），约三百篇短篇小说和一百多篇文学评论。1953年，中国开始译介其小说，几十年来，已出版他的小说和文论中译本十余种，但对其文论思想进行专题研究还不太多见。20世纪初到三十年代期间，普列姆昌德以作家身份对很多文学现象发表看法。由于受到马克思主义文艺观的影响，他的一些观点在印地语文论界颇有代表性。这里对他的文学本质论、文学情味论、文学目的论、文学创作论等作一简介。

在论及文学的本质时，普列姆昌德认为："文学不是理智的产物，是心灵的产物。在知识和训诫不能成功之处，文学能赢得胜利。"[①]这和西方古典文论家贺拉斯"寓教于乐"的思想有些相近。他还说："文学的基础是生活……但是，文学的乐趣相比之下则高尚神圣，它的基础是美和真。"[②]这些话说明，文学的本质是建立在生活真实基础上且源自心灵创造的美和真。普列姆昌德认为，佛教徒的《佛本生故事》、犹太教的《旧约》圣经、伊斯兰教的《古兰经》和基督教的《圣经》等宗教经典都是人类故事的结集。这些经典里的故事就是宗教的灵魂。由世界各大宗教的发端和起源，普列姆昌德推衍出文学的本质还是人类普遍情感的表达。他认为，文学本质上还是时代的反映和历史的记录，更是人类情感的永恒记录，是真正的心灵史。因为，文学家常常为自己的国家和所处时代所影响。但他们属于自己的祖国，更属于全人类。"对于人类来说，人是最难解的谜……人类文化之所以能够发展，是因为人类希望理解自己。象心理学和哲学一样，文学也致力于探寻这一真理，区别仅仅在于文学在其中加入了趣味性，使其成为令人感到乐趣的东西。所以心理学和哲学只是学者们的，而文学则是全人

①唐仁虎、刘安武译：《普列姆昌德论文学》，桂林：漓江出版社，1987年，第78页。
②唐仁虎、刘安武译：《普列姆昌德论文学》，第76页。

类。”[1]像美国小说《汤姆叔叔的小屋》对黑人奴隶制的抨击可以打动东西方读者的心。因此可以说：“真正的文学是永远不会衰老的，永远是新鲜的。哲学和科学随着时间的流逝不断发展着；但是，文学是心灵的东西，人的心灵是不变的。”《摩诃婆罗多》和《罗摩衍那》的时代已经过去，但是，这些作品让人常读常新。这是因为：“文学是真正的历史，因为文学中有自己的国家和时代的图画，而空洞的历史中是不可能有的……因为文学是自己的国家与时代的反映。”[2]普列姆昌德还认为，文学是社会理想的表现。任何一个民族最可宝贵的财富就是它的文学理想。永恒的文学不是破坏，而是建设。“文学家应当是理想主义者。情操的陶冶也是很必要的。如果我们的文学家不能达到这个理想的境界，那么就不能指望我们的文学繁荣……文学的复兴是民族的复兴。”[3]普列姆昌德对文学本质的论述渗透着印度民族复兴的美好愿望。这和他作为着力描写下层人民苦难的现实主义小说家的身份倒是非常吻合。

普列姆昌德的文学本质论与文学情味论（某种程度上近似于文学鉴赏论）联系紧密。他说：“文学与感情的关系比与理智的关系更密切。哲学、科学和伦理学依赖于理智，诗歌、长篇小说和散文诗依赖于感情。”[4]他还指出：“文学的基础是感情的美，离开了这一点，一切都不能被称为文学。”[5]所谓“感情的美”实质上就是他的文学情味论基础。普列姆昌德虽然在文论著述中面向西方，但他从来就是扎根于印度的现实土壤和文化传统之中。他对梵语诗学味论推崇备至，常常自觉地运用味论阐释文学主张或进行文本分析。这是他与泰戈尔、奥罗宾多等人的相似之处。他说：“文学的

①唐仁虎、刘安武译：《普列姆昌德论文学》，第124—125页。
②唐仁虎、刘安武译：《普列姆昌德论文学》，第80页。
③唐仁虎、刘安武译：《普列姆昌德论文学》，第83页。
④唐仁虎、刘安武译：《普列姆昌德论文学》，第84页。
⑤唐仁虎、刘安武译：《普列姆昌德论文学》，第87页。

‘情味’据说有九种……文学在每一种情味中发现美……所以我们认为文学中只有一种情味，那就是艳情。从文学的观点看，任何一种情味都不是情味，不含艳情和不美的作品是不能被归入文学的。”①咋一看，这种论断似乎和波阇的唯一艳情味论有点相似，也和鲁波·高斯瓦明对特殊艳情味无比推崇的姿态有点相仿。之所以如此，原因之于，文学表达是以情味酝酿和情味品尝味为基础：“只有思想和哲学基础的书，可以是枯燥的哲学著作，而不会是有趣味的文学……文学一旦失去了趣味，它就从文学的地位跌落下来掉进了宣传的领域。奥斯卡·王尔德或者萧伯纳等的凡是以思想为主的作品，都是无趣味的。我们之所以认为《罗摩衍那》是纯文学，不是因为它充满了思想或哲理，而是因为它字里行间都洋溢着美的情味。”②普列姆昌德与新护和曼摩吒等人不同，他没有对情味进行条分缕析，而是直接运用到具体作品的分析之中。例如，他认为，印地语诗人、戏剧家帕勒登杜在诗歌的九种情味中又加上了四种情味。“诗人帕勒登杜的诗不像剧本那样有创造性，因为在诗歌领域中，各种情味已经没有留下什么需要他创新了，可是他的地位仍然很高。”③他还认为，阿拉伯的《一千零一夜》没有道德说教的意味。“这部书包括了各种情味。但是，占主导地位的是奇异情味，而奇异情味是不容说教存在的。”④

早在1932年，普列姆昌德认为：“实际上，真正的乐趣从美和真中才能得到，而表现和创造这种乐趣则是文学的目的。”⑤1936年4月，普列姆昌德在逝世前的一次文学会议上，发表了题为《文学的目的》的演讲，更加具体地阐述了自己的文学目的论，还对

①唐仁虎、刘安武译:《普列姆昌德论文学》,第76—77页。
②唐仁虎、刘安武译:《普列姆昌德论文学》,第86页。
③唐仁虎、刘安武译:《普列姆昌德论文学》,第25页。
④唐仁虎、刘安武译:《普列姆昌德论文学》,第37页。
⑤唐仁虎、刘安武译:《普列姆昌德论文学》,第76页。

自己的阅读情味说进行修正。他认为，文学如欲产生影响，它必须是反映生活真实的一面镜子。这一观点与西方文学思潮中的批判现实主义非常相近，反映了普列姆昌德对西方文论的积极回应。他说："给文学下的定义很多。但是，我认为最好的定义是'批评生活'。无论它以散文的形式还是以短篇小说的形式出现，或者以诗歌的形式出现，它都应该批评我们的生活，解释我们的生活。"① 按照他的看法，文学是时代的反映，文学兴趣正在急剧改变。文学除了反映男欢女爱、悲欢离合之外，还应该"考虑并解决生活中的问题"。文学应该负担起责任来，培育读者大众健康的兴趣，使其产生精神愉悦和爱美的意识，鼓舞他们战胜困难。"文学是艺术家的精神和谐的表现形式。谐和创造美，而不会毁灭美。文学培育我们忠诚、正直、同情正义与平等的感情……文学使我们的生活变得自然和自由。换言之，文学会使我们的心灵纯洁。这就是文学的主要目的。"②普列姆昌德还把文学创作与变革印度惨淡的社会现实相联系。他认为，只有当作家反抗压迫剥削制度时，才会不满足于纸上谈兵，而会去建立"与美、健康的兴趣、自尊和人性不相抵触的制度"。"文学家的目的不仅仅是装饰文娱晚会和为娱乐准备材料，请不要把文学的水平降低到这等程度。它也不是尾随在爱国思想和政治后面的真理，而是举着火炬走在它们前面的真理。"③普列姆昌德认为，作家是高举社会旗帜前进的战士，生活俭朴而眼光远大。真正的艺术家不可能自私自利地生活。因此，他主张面向广大人民创作："看富翁脸色行事的文学家采用贵族式的创作风格，而面向人民的文学家，则运用人民大众的语言来写作。我们的目的是要在我国创造出一种能够产生并繁荣令人满意的文学的气

①唐仁虎、刘安武译:《普列姆昌德论文学》，第132页。
②唐仁虎、刘安武译:《普列姆昌德论文学》，第136—137页。
③唐仁虎、刘安武译:《普列姆昌德论文学》，第141页。

氛。”[①]普列姆昌德的这些文学主张与他同时代的毛泽东的文艺思想有几分相似。

客观地看，普列姆昌德的文学目的论存在一个转变的过程。早在1925年，他以王尔德“为艺术而艺术”的唯美主义文艺观为基点进行理论推衍：“文学的最高理想是为了艺术才创作文学。谁也不会对‘为艺术而艺术’的理论有异议。以人的本性为基础的文学才能成为有长久生命力的文学……如果为宣传某一社会、政治和宗教的观点而创作文学，那么文学就会从自己崇高的地位跌落下来。这是毫无疑问的。”[②]而到了1936年，他却认为：“文学的倾向不仅不局限于表现唯我主义或个人主义，而且它越来越成为心理学的和社会的。”[③]这说明，时代的发展深刻地影响了普列姆昌德的文学目的论。因为，三十年代后期，现实主义文学与进步主义文学合流，成为席卷全印的文学运动。这场文学运动与甘地主义和马克思主义在印度的广泛传播密切相关。这一运动深刻地触及了普列姆昌德的文学观念。身为印度进步作家协会的领导人，他的文学思想转变是非常自然的。印度学者注意到普列姆昌德文学思想的矛盾之处。他们认为，普列姆昌德的全部作品都在批判“为艺术而艺术”的论点。“普列姆昌德把‘为艺术而艺术’的理论和国家繁荣昌盛的状况联系起来，本身就否定了‘为艺术而艺术’的普遍性……他在思想领域里解决这个矛盾不如在小说创作中解决得那么好……他的现实主义艺术色彩一天比一天更浓，他的文学成了国家和民族的兴起的文学。”[④]这样的评价对普列姆昌德来说基本上合适。

普列姆昌德主要以长篇小说和短篇小说闻名于世，因此，他的

①唐仁虎、刘安武译：《普列姆昌德论文学》，第143—144页。

②唐仁虎、刘安武译：《普列姆昌德论文学》，第45页。

③唐仁虎、刘安武译：《普列姆昌德论文学》，第142页。

④刘安武编选：《印度现代文学研究》（印地语文学），唐仁虎译，第295页。当代印度学者对于普列姆昌德其人、其作的论述非常丰富，有兴趣的读者可参阅刘安武编选的该书相关部分，也可参阅刘安武等学者的其他相关著述。

文学创作论也主要围绕这两种文学体裁而展开。

1922年，他在《长篇小说创作》一文的开头承认长篇小说的西方源头："与受欧洲的其他任何一种文学体裁的影响比较起来，印度人受欧洲的长篇小说的影响更大。长篇小说现在已经成为我们的文学不可分割的组成部分。"①他还说："长篇小说是栽种在印度的一棵西方的树苗。"②在他看来，印度各方言中的长篇小说创作已卓有成效。关于长篇小说创作，普列姆昌德从材料准备、情节组织、人物性格刻画等多个角度进行论述。他认为，长篇小说的主要材料包括观察社会人生、感受体验人物心情、自修学习、直觉、求知和积累思想等等。他把各种各样的情节构思分为六种：一件奇特的事；某一个秘密；心理描写、人物性格的分析与比较；说明生活的感受以及某种社会政治改革。他主张情节简单化与其他因素联合运用，以增强读者的阅读趣味："情节应当简单。情节太乱、太复杂、太冗长，读者看着看着就会厌烦。读者会厌烦地扔掉这样的长篇小说……但是，小说的趣味性并非依赖于某一个方面。如果情节的优美、性格的刻画和事件的奇异等一切都糅合在一起了，那么趣味自然就有了。"③他还说："长篇小说作家有权用曲折的情节使自己的故事吸引人，但条件是每个情节要与真实的故事结构保持密切的关系。"④普列姆昌德对人物的性格刻画相当重视。他说："我以为长篇小说只能是人的性格的图画。阐明人的性格，揭示人的奥秘，是长篇小说的基本内容。"⑤他以性格刻画为基点，把长篇小说作家分为"现实主义阵营"和"理想主义阵营"。前者如实描绘人物性格坏的一面，后者则对之加以艺术的遮蔽修饰。"如果说现

①唐仁虎、刘安武译：《普列姆昌德论文学》，第27页。
②唐仁虎、刘安武译：《普列姆昌德论文学》，第43页。
③唐仁虎、刘安武译：《普列姆昌德论文学》，第34—35页。
④唐仁虎、刘安武译：《普列姆昌德论文学》，第54页。
⑤唐仁虎、刘安武译：《普列姆昌德论文学》，第40页。

实主义使我们睁开双眼，那么理想主义则使我们高升到某个迷人的境地。”二者均有利有弊。“所以，那种把现实主义与理想主义糅合在一起的长篇小说被认为是高级的作品。你可以把它称为‘理想主义者的现实主义’。”[①]普列姆昌德提倡理想主义与现实主义的创作方法齐头并进。他说：“印度古代文学也是赞成理想主义的。我们应该遵循理想的原则。当然也应该加进现实，以便不致离现实太远。”[②]普列姆昌德继续运用这种辩证思维说：“为了把人物刻画成高尚的典范，不必要把他写得完美无缺……为了把人物刻画得栩栩如生，表现他的一些弱点是没有害处的，而且正是这些弱点使这个人物成为人。”[③]关于长篇小说的素材，普列姆昌德认为，它不应该来自书本而应该来自生活。他还认为，在短篇小说或长篇小说中，作家留给读者想象的余地越大就越有趣。长篇小说中的对话越多，作家写得越精练，小说就越优美。普列姆昌德认为，长篇小说比起其他文学体裁更有包容力，它能容纳社会、伦理、科学和古代历史等所有内容。他对长篇小说成功的标志作出了界定。他说，成功的长篇小说作家能在读者心中唤起人物角色所具有的那些情感，使读者和角色之间产生感情共鸣。“能让读者看完以后内心感到振奋，能唤醒读者的善良之心的长篇小说才是成功之作。”[④]由此，他提倡作家沉入艰辛的生活现实，经历人生坎坷，创作出激励人心的阳光之作。

与对长篇小说的看法一样，普列姆昌德也认可短篇小说的西方来源。他说：“我们应该大大方方地承认，象长篇小说一样，短篇小说艺术也是我们从西方学来的——至少今天的成熟形式是从西方

①唐仁虎、刘安武译：《普列姆昌德论文学》，第42页。
②唐仁虎、刘安武译：《普列姆昌德论文学》，第39页。
③唐仁虎、刘安武译：《普列姆昌德论文学》，第43页。
④唐仁虎、刘安武译：《普列姆昌德论文学》，第58页。

学来的。”[①]他也发现，与长篇小说相同，短篇小说有的以情节编织为主，有的以刻画人物性格取胜。他不赞成偏爱刻画人物性格的短篇小说的人的观点。他认识到，相对于长篇小说来说，短篇小说容量有限，它容纳不下几种情味，几个人物的性格和过多的事件。长篇小说有一系列的情节、众多的人物角色，而短篇小说只有一个情节，其他的事件都包含在这个情节里。此外，短篇小说的语言相对而言更为通俗易懂。对于短篇小说的创作原理，普列姆昌德没有进行详尽论述，但他给出了短篇小说成功的标准。他说：“我们希望短篇小说有趣味、新颖，内容也有所发展，同时还要有意义……只有能使人达到娱乐的目的，或者能使人得到精神上的满足的短篇小说，才算得上成功之作。最好的短篇小说是那种以心理的真实为基础创作出来的作品。”[②]

普列姆昌德在论述文学创作时，提到了文学家的自身条件。他说：“对于文学家来说，需要有一颗富有感情的心、优美的写作风格和独特的天才。如果缺少三者中的任何一点，文学家的地位都会下降。无论风格多美，如果文学家心里没有同情，那么他的文学创作就不会有感染力。”[③]普列姆昌德反对滥用文学修辞，提倡朴实的文风。他打比方说：“正如调料多了，食物的味道会减色，食用价值会减少一样，滥用修辞也会损坏文学作品。自然的东西是真的。很不自然的艺术会失去趣味性。”[④]

普列姆昌德还对文学批评之于文学创作的意义做了说明：“批判在文学中的意义是无需赘言的。优秀文学的创作依赖于非常严肃的批评。在欧洲，这个时代被称为批评的时代……而在印地语中，要么根本没有批评，要有也是满纸恶意或者不真实的赞扬，就是说

①唐仁虎、刘安武译：《普列姆昌德论文学》，第126页。
②唐仁虎、刘安武译：《普列姆昌德论文学》，第128。
③唐仁虎、刘安武译：《普列姆昌德论文学》，第145页。
④唐仁虎、刘安武译：《普列姆昌德论文学》，第154。

是表面的、肤浅的没有深度的东西。深入作品之中对作品进行本质的心理学的分析的批评家太少了。”①

普列姆昌德还把文学发展与印度国语认同的目标结合在一起。这体现了普列姆昌德关心现实和印度民族前途的一面。这是对甘地等提倡国语者的积极回应。他说：“文学的觉醒是任何一个民族生气蓬勃的主要标志……我们国家的文学财富应该以国语的形式出现在世界上，而且它应该在世界文学中享有适当的地位。如果我们有勇气出现在世界上，那么有什么必要穿着英语的外衣出现呢？”②他的目标很明确：“我们要创作文学，我们要使印地语成为印度的主要语言，我们要通过印地语播下民族团结的种子。”③站在今天的地平线上看，普列姆昌德的这一思想无疑是非常正确的，但又具有某种悲剧的意味或尴尬的色彩。这是因为，印度文学院每年评选方言文学作品中的大奖，这是对印地语之外的其他重要区域性语言的尊重。维克拉姆·赛特等海外印度作家走红世界的文学作品，基本是以英语为叙事语言。一些批评家还提倡印度各方言区的文学作品进行互译，以消解英语或印地语独占鳌头的优越地位。这种种现象无疑是普列姆昌德难以预见的。尽管如此，他将文学创作与国语认同、民族团结等崇高主题联系在一起，显示了印地语作家、文论家无比高尚的人格与博大的人文关怀。

综上所述，普列姆昌德涉及了文学理论的核心问题，也涉及文学批评的一些重要问题，还涉及文学创作原理的认识。他不仅谈文学，还借机引入现实政治探讨，这使其文论思想具有浓厚的现实主义色彩。这是他的文论观区别于泰戈尔和奥罗宾多等人的显著特征。这是身为现实主义作家的普列姆昌德的本性使然。他与鲁迅等

①唐仁虎、刘安武译：《普列姆昌德论文学》，第60页。
②唐仁虎、刘安武译：《普列姆昌德论文学》，第101页。
③唐仁虎、刘安武译：《普列姆昌德论文学》，第61页。

中国作家的文论思想值得比较。[①]总之，普列姆昌德的文论思想是印地语文论中值得重视的一支。

第九节　V.拉克凡

在现代梵语诗学研究者中，V.拉克凡（V.Raghavan，1908～1979）是最有成就者之一。他的几部著作可以视为20世纪上半叶梵语诗学研究的标志性成果。1974年，印度著名梵语诗学研究专家V.K.查利（V.K.Chari）称赞他是“当今梵语研究领域最杰出的人物，是梵语诗学最权威的拥护者”。[②]2010年辞世的当代著名梵语诗学研究专家南迪（Tapasvi Nandi）在2005年出版的新著中，将V.拉克凡和S.K.代、P.V.迦奈等两位梵语诗学史专家相提并论，还恭敬地称此三子为“现代三大仙”（the great modern ṛṣi-trayī）。[③]V.拉克凡精通梵语、英语和泰米尔语。他是一位诗人、戏剧家和短篇小说家，也是一位睿智的梵语文学和诗学研究者。他曾经是马德拉斯大学梵语系主任，主编过《东方研究学报》（*Journal of Oriental Research*）等杂志。拉克凡的研究生涯虽然从20世纪30年代延伸到70年代，跨越了印度现代与当代史，但由于他关于梵语诗学的研究成果多发表或酝酿在印度独立以前，此处便打破时间限制，对他的几部代表作进行简介。

拉克凡在1940年出版（1967年修订再版）了《味的数量》（*The Number of Rasas*）。作为20世纪最早的一部英语版味论诗学专著，该书共分十个部分，其中前四个部分探讨平静味，第五部分

①参阅唐仁虎：《鲁迅和普列姆昌德的文艺观》，见唐仁虎、魏丽明等著：《中印文学专题比较研究》，第349—369页。

②V.Raghavan, *Sanskrit Drama: Its Aesthetics and Production,* “Foreword,” by K.R.Srinivasa Iyengar, Madras: Paprinpack, 1994.

③Tapasvi Nandi, *Sahṛdayāloka: Thought-currents in Indian Literary Criticism,* Vol.1, Part 1, p.2.

是新护《舞论注》里关于平静味的原文摘录。其他五个部分分别探讨传统九味以外的其它各味、类味、味的苦乐性质、新的不定情、真情以及主味和次味等等。由此可见，拉克凡探讨的重点虽在平静味，但其探讨范围并不局限于此，且其论述很有力度，这充分显示了拉克凡的深厚研究功力。

在论述平静味时，拉克凡首先讨论是谁第一个提出平静味的问题。他认为，佛教经典《美难陀传》和耆那教经典《正修门经》（*Anuyogadvārasūtra*）等可能催生了第九种味即平静味的问世。不过，他也推测，7世纪时由戒日王创作的梵语戏剧《龙喜记》或许是最早涉及平静味的文本。“显然，非常可能的是，正是《龙喜记》在戏剧世界的出现，才使平静味的探讨出现在论述戏剧和庄严的著作中。”[①]拉克凡对平静味是否成为一种味的不同观点进行列举，并就哪种常情（如宁静、精进、厌恶、爱欲、灭寂等）能成为平静味之常情的问题进行探讨。

在对平静味进行详尽讨论后，拉克凡开始一一列举梵语诗学发展史上先后出现的各种味（《舞论》论及的八味除外），它们包括：亲爱味（preyas rasa）、慈爱味（vātsalya rasa）、友爱味（sneha rasa）、清净味（śraddhā rasa）、贪婪味（laulya rasa）、田猎味（mṛgayā rasa）、赌博味（akṣa rasa）、虔诚味（bhakti rasa）、甜蜜味（madhurya rasa）、虚幻味（māyā rasa）、贪婪味（kārpaṇya rasa）、羞耻味（vrīḍanaka rasa）和混合味（citra rasa）等等。

拉克凡认为，波阇的自爱味（ahaṅkāra rasa）系统包含了梵语诗学最大数目的味，因为，唯一艳情味包孕了崇高味和傲慢味等各种味。拉克凡对虔诚味和平静味的关系进行了仔细梳理。在讨论各

---

①V.Raghavan, *The Number of Rasas*, Madras: The Adyar Library and Research Centre, 1940, pp.24-25.

种类味和各种不定情、真情之外，拉克凡还梳理了梵语诗学家关于味的苦乐本质的论述。在讨论主味和次味时，拉克凡提到了《后罗摩传》第三幕结尾中的一句台词："悲悯就是唯一的味。"①据此，他推断这是以悲悯味为主味的例证。拉克凡还认为，新护以平静味为主味，波阇以自爱艳情味或喜爱味（preman rasa）为主味，《火神往世书》以艳情味为主味，而毗首那特亦即《文镜》作者的祖先纳拉亚南则以奇异味为主味。通过这些例子，拉克凡得出结论："味就是味。它没有别名。它只有一种。味如同梵或常声。艳情味、英勇味等的变化和差异完全是虚假的，或者说它们充其量都只是整体中的一部分。"②

1942年，拉克凡出版《梵语诗学概念研究》（*Studies on Some Concepts of the Alaṅkāraśāstra*），此书涉及诗相、庄严、自性、风格、合适、魅力和梵语诗学名称的历史考证等重要命题。他在书中引用了S.K.夏斯特里对梵语诗学基本原理进行总结的直观图，并对它进行阐释。夏斯特里在书中提出了梵语诗学话语模型图，将几个主要诗学流派以两个大小不同的圆圈进行归纳整理。庄严、诗德和风格等主要涉及语言风格，组成一个小的三角形，恭多迦的曲语论统而摄之。这就构成了梵语诗学第一个话语圈。关于第二个话语圈，用拉克凡的话转述就是："接下来，一个更大的诗学三角开始于对诗歌本质味的内涵和诗人如何描述、知音如何品尝它的过程方式的研究。所有这些都在合适论的最大话语圈内得到理解，合适涉及味和诗中所有的东西。所有其他理论都跟随开路先锋合适论发挥作用。如果一首出色诗歌的每一部分真有和谐或美的话，那就是合

①Bhavabhūti, *Uttararāmācarita,* Delhi: Chaukhamba Sanskrit Pratishthan, 2002, p.96.

②V.Raghavan, *The Number of Rasas*, p.208.

适性在发挥作用。”[①]换句话说，味论、韵论和推理论组成第二个大的梵语诗学话语圈，合适论又统而摄之。拉克凡认为，第一个话语圈涉及的庄严、诗德、风格和曲语属于语言层面“形式研究”，而第二个话语圈涉及的味论、韵论、推理和合适则属于文学内在本质的“内容研究”。[②]这种形式和内容二分法的研究模式，显示夏斯特里和拉克凡受到了西方现代文论的深刻影响。这种以西释印的方式并不能避免受人诟病。例如，将合适论视为内容研究、将曲语论视为语言形式研究并不完全合理。因为，合适论也涉及字词的合适运用，曲语论也涉及对故事插曲或整篇作品的改写。尽管这样，拉克凡对夏斯特里话语模型图的现代阐释，丰富了梵语诗学综合研究的内容，拓展了研究的视野和空间。

拉克凡关于梵语诗学名称由来的探讨，也值得重视。通过对历史上出现的各种名称的梳理，他的结论是：“在早期阶段，庄严论（Alaṅkāraśāstra，也可译为“梵语诗学”）叫做‘创作学’（Kriyākalpa）。”[③]而“创作学”这一名称是《欲经》中六十四艺中的一种。[④]

1942年3月16日，在为《梵语诗学概念研究》写的“前言”中，拉克凡提到他关于梵语诗学家波阇的研究著作：“在我的著作《波阇〈艳情光〉》中，我论述了音义结合、语言、诗病、诗德、曲语、庄严、韵和味。”[⑤]该书即《波阇〈艳情光〉》（*Bhoja's Śṛṅgāraprakāśa*）于1963年再版。它厚达九百多页，作者在介绍波阇的巨著《艳情光》时，借机阐发自己的诗学见解，内容涉及整个梵

①V.Raghavan, *Studies on Some Concepts of the Alaṅkāra Śāstra*, Madras: The Adyar Library, 1942, pp.256-257.

②V.Raghavan, *Studies on Some Concepts of the Alaṅkāraśāstra*, p.256.

③V.Raghavan, *Studies on Some Concepts of the Alaṅkāraśāstra*, p.267.

④Vātsyāyana, *Kāmasūtra*, Mumbai: Nirṇaya Sāgara Yastrālaya, 1891, p.33.

⑤V.Raghavan, *Studies on Some Concepts of the Alaṅkāraśāstra*, “Preface”.（笔者在印多方搜寻，仍未见到该书初版，因此，无法断定它的初版年代。）

语诗学体系。可以说，这部体大思精的著作是梵语诗学研究的一座“里程碑”。拉克凡在论述《艳情光》的每一个主题时，都以渊博的学识和开阔的视野将其纳入整个梵语诗学史进行思考。如论述波阇的庄严论时，拉克凡便以婆摩诃、檀丁、楼陀罗吒和恭多迦等人的庄严论为参照，考察每一种庄严的原创、继承或沿用。拉克凡由此得出结论：“正如恭多迦把他的著作叫做《曲语论》，波阇似乎可以把自己的著作（即《艳情光》）叫做《庄严光》。”[①]这一判断基本上符合波阇的泛庄严论立场。在论述波阇的味论时，拉克凡仍然采取上述历史比较法，对其泛味论立场进行理论思考。他认为，波阇的唯一艳情味论有泛味论倾向，但也走向另一个极端，如他否认味的叫法，声称各种味是出于礼节才称其为味。在论述中，拉克凡还表现出求真务实、不惧权威的一面。例如，他对著名梵语诗学家S.K.代在《梵语诗学史》中关于波阇味论的断言进行质疑。[②]

拉克凡还得风气之先，采取比较研究的方法，对波阇味论和弗洛伊德的原欲论进行跨文化研究。他认为：“波阇的自爱艳情可以称为精神分析学中的本我即伊德或里比多。里比多分为本我里比多（ego-libido）和客体里比多（object-libido）……本我里比多或内倾里比多就是波阇的灵魂自愉的自爱。当它向外部客观世界流溢时，就会成为各种形式的自尊。在这种自尊里，同一种本我里比多就是客体里比多。里比多就是包罗各种形式的爱的一般自爱（general ahankāra）。”[③]拉克凡认为，弗洛伊德与波阇理论之间有相通之处，但事实是：“波阇的理论更为透彻，更富哲理色彩，而很少纠缠性欲问题。”[④]弗洛伊德的里比多指涉的是与客体相联

---

①V.Raghavan, *Bhoja's Śṛṅgāraprakāśa*, Madras: Punarvasu, 1963, p.417.
②V.Raghavan, *Bhoja's Śṛṅgāraprakāśa*, p.431.
③V.Raghavan, *Bhoja's Śṛṅgāraprakāśa*, p.503
④V.Raghavan, *Bhoja's Śṛṅgāraprakāśa*, p.503

系的性本能，它包括性爱、自爱、对父母朋友的爱及对具体或抽象的爱。波阇则将各种情（bhāva）视为一种“喜爱”（preman），所有的情和包容各种情的喜爱都是自爱的一种体现。“因此，波阇自爱中的里比多要比弗洛伊德的里比多蕴涵的东西丰富得多。”①

关于梵语诗学和文学研究，拉克凡还有两本论文集值得一提。一本是《新护及其著作》（*Abhinavagupta and His Works*），另外一本是《梵语戏剧美学及创作》（*Sanskrit Drama: Its Aesthetics and Production*）。二书均在拉克凡逝世后出版。前一部是拉克凡于1932到1970年间陆续写出的论文，围绕新护的著作及其文学理论、宗教哲学思想等进行论述。作者在精研原著的基础上，对新护这位诗学家、宗教哲学家的成就做了全面的介绍。拉克凡充分发挥他学识渊博的优势，将新护生平及其诗学著作放在历史语境中进行考证，得出客观而可信的结论，例如：“新护是一位杰出的湿婆派导师，写出了多本关于湿婆教的著作。他的家族很多人都是学者。”②

《梵语戏剧美学及创作》于1993年出版，书中收录文章的撰写时间跨越了20世纪30到70年代。这本论文集回顾了梵语戏剧的发展史，总结了梵语戏剧美学，并论及梵语戏剧的演出方法、古代戏剧舞台建造等问题，还论述了一些地方戏剧。本文集仍然体现了拉克凡不凡的学识和横跨东西文化的研究模式。例如，拉克凡在1933到1934年间发表在《东方研究》杂志上的长文《戏剧法和世间法：婆罗多戏剧的理想主义和现实主义》，以西方文论观照《舞论》的戏剧表演原理。该文收入此文集中。拉克凡在文章里说：“一般说来，戏剧法（Nāṭyadharmī）和世间法（Lokadharmī）则分别意指

①V.Raghavan, *Bhoja's Śṛṅgāraprakāśa*, p.503

②V.Raghavan, *Abhinavagupta and His Works*, Varanasi: Chaukhamba Orientalia, 1981, p.102.

自然世界的本来特征和戏剧表演的特色，它们又分别指代理想主义和现实主义原理。”[①]拉克凡打通古今东西，引入亚里斯多德《诗学》中的戏剧原理和托尔斯泰、奥斯卡·王尔德等其他西方作家或学者的相关理论，并结合《舞论》的相关戏剧原理，对“戏剧法”和“世间法”进行考察，力求给予合理的现代定位。

值得一提的是，拉克凡还在1972年纪念奥罗宾多百年诞辰的学术研讨会上发表演讲《奥罗宾多的美学观》，对奥罗宾多的文论美学观进行解释，分析了梵语诗学和印度宗教哲学对其思想的深刻影响，为奥罗宾多文论进行了现代定位。[②]

综上所述，拉克凡是印度现代史上研究梵语诗学的杰出代表。他的成就为同时代人和后人研究梵语诗学指明了方向。

第十节　A.K.库马拉斯瓦米

在金克木看来，印度美学亦即艺术哲学思想有自己的发展道路，其基本范畴和思维模式也与中国、西方不同。艺术实践先于理论，印度很早就有各种艺术品。然现存文献中真正属于艺术理论的最早著作是《舞论》。另外，《毗湿奴法上往世书》中也涉及画论，但艺术理论与艺术创作之间存在不合拍的情况。另一方面，西方美学历来隶属于哲学，而印度哲学有浓厚的宗教色彩，不发展世俗艺术理论，哲学和美学的结合似不紧密。直到20世纪初，某些西方人还把印度艺术当作古玩，而不认可印度的绘画艺术，因为它不合西方的透视法和解剖学。某些西方学者后来承认了印度艺术，但

①V.Raghavan, *Sanskrit Drama: Its Aesthetics and Production,* Madras: Paprinpack, 1993, p.202.

②K.S.Srinivasa Iyengar, ed. *Sri Aurobindo: A Centenary Tribute,* pp.118-128.

不认为印度存在美学。①在这种背景下，20世纪初，身为美国波士顿美术博物馆（Boston Museum of Fine Arts）馆长的印度学者A. K. 库马拉斯瓦米（A. Kentish Coomaraswamy，1877 ~ 1947）在西方著书立说，宣传印度乃至中国、日本等东方国家的艺术理论，以使更多的西方学者了解印度乃至东方美学。

从1906年起，库马拉斯瓦米在美国开始了长达三十多年的著述，向西方学界宣传印度的艺术和艺术理论。法国著名作家罗曼·罗兰说过："阿南德·库马拉斯瓦米是一位伟大的印度人，他……受欧洲和亚洲文化的熏陶，自然也为它们灿烂辉煌的文明而骄傲，为了人类的利益，他担负起促成东方与西方思想融汇一体的重任。"②库马拉斯瓦米学识渊博，精通英语、法语、德语、梵语、巴利语，还对中国绘画理论和古代哲学颇感兴趣。他在著述中不忘东方学者的立场和学术使命，在殖民时期西方话语占据绝对强势的条件下，为印度、中国等东方艺术进行理论层面的正本清源，为东方艺术及艺术美学争取应有的地位。

库马拉斯瓦米的代表作包括：《中世纪僧伽罗艺术》（*Medieval Sinhalese Art*，1908）、《印度能工巧匠》（*The Indian Craftsman*，1909）、《印度艺术引论》（*Introduction to Indian Art*，1913）、《拉吉普特绘画》（*Rajput Painting*，1916）、《湿婆之舞》（*The Dance of Shiva*，1918）、《吠陀新解》（*A New Approach to the Vedas*，1934）、《佛教象征主义原理》（*Elements of Buddhist Symbolism*，1934）和《艺术本质的变化》（*The Transformation of Nature in Art*，1934）等等。由于目的在于介绍印度的艺术，库马拉斯瓦米常常利用图文并茂的方式，向西方世界直

①金克木：《略论印度的美学思想》，见曹顺庆主编：《东方文论选》，第59—61页。

②P.S.Sastri, *Ananda K. Coomaraswmy,* New Delhi: Arnold Heinemann Publishers, 1974, p.17.

观呈现印度古代雕塑和绘画。如《印度艺术引论》和《湿婆之舞》便是如此。他在书中插入大量印度古代艺术的图片。为了向西方介绍印度的艺术原理，他还翻译过梵语戏剧学著作《舞镜》和艺术论经典《画经》中的部分内容。关于库马拉斯瓦米的艺术论特点，有的学者指出："库马拉斯瓦米的方法是柏拉图式的，因为他讨论的是一种理想的艺术（ideal art），一种实现理想的艺术。"①这里以《印度艺术引论》、《湿婆之舞》和《艺术本质的变化》等为例，对库马拉斯瓦米关于印度艺术（包括绘画和雕塑等）的理论思考作些简介。

关于印度艺术的特点，是库马拉斯瓦米思考的一个重点。他在《印度艺术引论》的"导言"中说，"印度艺术"（art in India）和"现代世界艺术"（art in the modern world）存在差异。"印度艺术是民族经验的表述，它像每天都用的面包一样解决生计。印度艺术一直是产以应求。"②他还认为，印度的绘画和雕塑是能工巧匠们按照传统技艺生产的，这种技艺代代相传。他们从不刻意求新。"印度艺术总有可以理解的含义和明确的目的。"③库马拉斯瓦米在《印度艺术引论》中，从达罗毗荼时代的印度艺术到中世纪的佛教绘画、耆那教绘画等，对其不同特点均给以解说。在论及笈多王朝时期的艺术时，他还把印度文化的历史辐射与亚洲的文化和谐联系起来进行论述："正是印度的影响，亚洲的完美和谐（后来的伊斯兰文化与此隔膜）才得以形成。"④

初版于1918年的《湿婆之舞》正如书名所暗示的那样，主要阐释介绍印度的舞蹈、音乐、雕塑及原始佛教艺术的特点，也涉及印

①P.S.Sastri, *Ananda K. Coomaraswmy,* p.163.

②A.K.Coomaraswamy, *Introduction to Indian Art,* "Introduction," Delhi: Munshiram Manoharlal, 1969.

③A.K.Coomaraswamy, *Introduction to Indian Art,* "Introduction".

④A.K.Coomaraswamy, *Introduction to Indian Art,* p.44.

度的艺术美学观。在印度神话传说中，印度教三大神之一的湿婆是印度舞蹈的始祖，也称印度的舞王（Nataraja）。据说，他会跳108种舞蹈。宇宙就在他的舞蹈之中周而复始地走向毁灭和新生。库马拉斯瓦米认为，湿婆的舞蹈分三种，第一种是喜马拉雅山的黄昏之舞；第二种是人称“荡得舞”亦即“刚舞”（Tandava）的著名舞蹈，十臂的湿婆与女神一起激昂起舞，它表现的是湿婆毁灭世界的闇性一面；第三种是湿婆在宇宙中心大厅上所跳的“纳丹达”（Nadanta）舞。湿婆的舞蹈所承载的宗教文化含义异常丰富。库马拉斯瓦米引经据典予以详细解说。他总结道：“湿婆之舞的基本含义有三重：它首先是湿婆有节奏的表演形象，是圆环所代表的宇宙间所有行动的起源；其次，湿婆之舞旨在把不计其数的人们从幻觉的陷阱中解脱出来；再次，舞蹈的场域奇丹巴拉姆即宇宙的中央就在心中。”[①]库马拉斯瓦米对湿婆之舞的介绍可谓详细之至，揭开了西方人蒙在它头上的神秘面纱。他还澄清了西方人斯密斯（Vincent Smith）对印度雕塑多臂现象的误解。

在对印度艺术观进行历史打量的过程中，库马拉斯瓦米首先追溯到吠陀艺术。他认为，吠陀艺术基本上是实用性的。“吠陀美学本质上属于对技艺的赏识。”[②]在奥义书时期和巴利语佛教时期，求真是一大主题，而美学意识尚不清晰。由于宗教沉思的缘故，瑜伽开始与艺术创作发生联系。“在文学中存在大量的以艺术为瑜伽的情形。”[③]库马拉斯瓦米举的例子是蚁垤仙人创作史诗《罗摩衍那》前的瑜伽沉思活动。他还以克罗齐的表现主义美学和荣格的精神分析论对瑜伽艺术观加以阐释，并以《庄子》中的语言

①A.K.Coomaraswamy, *The Dance of Shiva: Fourteen Indian Essays,* Bombay: Asia Publishing House, 1948, p.93.

②A.K.Coomaraswamy, *The Dance of Shiva: Fourteen Indian Essays,* p.40.

③A.K.Coomaraswamy, *The Dance of Shiva: Fourteen Indian Essays,* p.45.

进行佐证："圣人之心静乎！天地之鑺也，万物之镜也。"①他说："我们已经谈论过的瑜伽，其实对艺术家来说只是一种方式而非目的。"②

库马拉斯瓦米还回顾了佛教对中国和日本艺术的深刻影响。他认为，在所有时代和所有的艺术品中，可以发现一个相似的现象：艺术家总是专注于他的创作主题。只有在以哲学家而非艺术家的身份深入沉思时，我们才发现，一件艺术品美的特质确乎游离于它的主题之外。因此，我们常常忘记，美总是和具体对象有关。"美的理论是哲学家的事，艺术家自顾尽力表现美。"③他还认为，20世纪初，印度美学回归现实主义和享乐主义风格，成为一种描述性、个人化与带有感伤色彩的美学。

库马拉斯瓦米在对印度艺术进行理论观照时，还从梵语诗学原理出发，继续探讨美学问题。他把纯粹的艺术探讨延伸到一般的文艺美学层面。他主要依据《文镜》、《十色》、《诗光》乃至吠陀等文化经典来展开论述。他依据梵语诗学经典，对诗的灵魂、味的产生、味的本质及诗的品级等作了说明。库马拉斯瓦米对知音即理想读者（rasika）的理解是："知音领悟艺术家已经显示其迹象的美。知音并不需要把握艺术家的旨趣，因为每件艺术品都是产生很多种意义的如意神牛（Kāmadhuk, kāmadhenu）。在头脑里开始琢磨艺术品是什么前，他不用思考它是否美就会明了……诗人是天生而非造成的，知音亦然。他们的才能与艺术创造者相比，只是程度不同，没有本质差异。"④这是对知音即读者（观赏者）审美感受力的肯定。库马拉斯瓦米还认为："美没有层次之分……文明人

①张耿光译注：《庄子全译》，贵阳：贵州人民出版社，1992年，第220页。
②A.K.Coomaraswamy, *The Dance of Shiva: Fourteen Indian Essays,* p.46.
③A.K.Coomaraswamy, *The Dance of Shiva: Fourteen Indian Essays,* p.48.
④A.K.Coomaraswamy, *The Dance of Shiva: Fourteen Indian Essays,* p.68.

的艺术并不比野蛮人的艺术更美。”[①]这种观点分明带有解构西方中心主义的思想痕迹，体现了他维护东方艺术尊严的立场。他还认为，美等待人们去发现，这一发现以虔诚的宗教沉思为前提。发现美即是知音读者的心梵合一的过程。这一观点明显受到毗首那特等梵语诗学家的深刻影响。在论及味的普遍化原理时，他对毗首那特和克罗齐的观点进行比较。

1914至1918年，人类历史遭遇空前浩劫的第一次世界大战。西方文明遭遇空前的精神危机。在这种时代背景下，罗曼·罗兰等西方有识之士和泰戈尔、辜鸿铭等东方学者共同提倡以东方文化挽救西方的文明危机。库马拉斯瓦米身处美国，也敏锐地感受到这一强烈的时代气息。他也提倡亚洲和欧洲合作应对共同面对的问题。1916年，他在一篇纪念莎士比亚的论文中写道，他相信，印度可以宗教哲学和生活哲学的智慧贡献于世界文明。他不赞同存在亚洲和欧洲性格的分野。他认为，越是深入探究，越能发现亚欧心灵的一致性。面对世界的躁动不安，他提出自己的解决方案："我们必须祈求这样一个民族，人们以欧洲的精力行事，而以亚洲的冷静思考问题。"[②]他再次以《薄伽梵歌》和《庄子》佐证东方思想的优越。

库马拉斯瓦米由于身处美国，对西方学者或作家眼中的东方镜像洞若观火。他虽然也强调东西方携手合作，但对那种浪漫式的东方主义心态表示不满。他说："正是带着这种浪漫心态，欧洲和美国才这么看待印度……印度思想在很多方面被庸俗化和歪曲，成为模糊的、神秘的、女性化的思想，这使它蒙羞。"[③]为此，库马拉斯瓦米在论述中往往采取主动出击姿态，以民族主义视角论述东方

---

①A.K.Coomaraswamy, *The Dance of Shiva: Fourteen Indian Essays,* p.69.
②A.K.Coomaraswamy, *The Dance of Shiva: Fourteen Indian Essays,* p.154.
③A.K.Coomaraswamy, *The Dance of Shiva: Fourteen Indian Essays,* p.181.

文化和西方思想。例如，他对尼采思想的解说是："权力意志论与独裁无关，它反对专制者的专制或大多数人的专制……它的目标是生命解脱（Jivan-mukta）。这已超越了正邪观念。这一观念也扎根于《薄伽梵歌》中。"[①]他还说："尼采的教导纯粹是一种无欲达摩（niṣkama dharma）。"[②]不仅如此，他还多次引用《庄子》或马鸣的作品阐释尼采的学说。这使尼采思想在东方智慧的观照下焕发出新的生机。

《湿婆之舞》是正面阐释东方艺术的开端。《艺术本质的变化》中的一篇长文《亚洲的艺术理论》（*The theory of art in Asia*）则系统阐释东方艺术美学。这是库马拉斯瓦米正面传播东方美学的又一次努力。他主要以印度和中国的绘画理论为主，并融入日本绘画理论进行阐发。他把中国与日本的艺术理论称为远东的理论，以区别于印度艺术理论。他在文章开头写道："目前，亚洲思想理论几乎不可能不被欧洲歪曲地表述，所谓亚洲艺术的理解大多属于明显的误解。我们在本书中的目的是，把亚洲理论和合理的欧洲理论并置，不是把亚洲理论当作稀奇之物，而是将其当做表现事实和本质真理的理论。"[③]这篇文章与其说是东西美学比较，但从论述内容上看，不如说是中印美学比较。库马拉斯瓦米虽然也涉及印度与西方美学思想的比较，但更多的笔墨却落在中国和印度的绘画理论比较上。他主要是寻找中印古代艺术（绘画）理论的相似点。他认为，从系统性来说，印度艺术理论要比中国更为发达。因为，在中国，艺术理论不是哲学家或文论家提出的，而是画家们的经验总结。这些判断显然并不符合中国艺术理论的历史发展。

中国南齐时的谢赫在其《古画品录》的序中提到了绘画六法：

---

①A.K.Coomaraswamy, *The Dance of Shiva: Fourteen Indian Essays,* pp.158-159.

②A.K.Coomaraswamy, *The Dance of Shiva: Fourteen Indian Essays,* p.159.

③A.K.Coomaraswamy, *The Transformation of Nature in Art,* New York: Dover Publication, 1956, p.4.

“虽画有六法，罕能尽该；而自古及今，各善一节。六法者何？一、气韵生动是也。二、骨法用笔是也。三、应物象形是也。四、随类赋彩是也。五、经营位置是也。六、传移模写是也。惟陆探微、卫协备该之矣。”[①]唐朝的张彦远在其《历代名画记》中的《论画六法》一节的开头便认可了谢赫的绘画六法。绘画六法成为中国古代艺术理论的重要组成部分。与此相应，印度存在传统绘画的“六支”（ṣaḍaṅga）论。它首先出现在《欲经》的注释而非正文里。《欲经》注在说明正文第一章第三节第十六段论及的“六十四艺”时，引了一节诗即一“颂”（śloka）来说明绘画。这一颂可译为：“形别与诸量，情与美相应，似与笔墨分，是谓艺六支。”[②]有的西方学者如英国人布朗（Percy Brown）认为，中国的绘画六法是从印度传来的。作为一位睿智博学的东方学者，库马拉斯瓦米并未盲从西方。他说：“谢赫的绘画六法与印度艺术理论有些相似，但是没有充分理由说明它起源于印度。”[③]库马拉斯瓦米对中国绘画六法非常感兴趣，他以印度绘画六支说、世亲（Vasubandhu）的《俱舍论》（*Abhidharmakośa*）、毗首那特的《文镜》、胜财的《十色》乃至日本传统的能剧艺术等为参照，对气韵生动、以形传神、形似、神似、气等中国术语进行探讨。他还提到中国古代画家吴道子和张僧繇的典故，并以《舞论》相佐证。

谢赫在《古画品录》中提出了评价画作优劣的“六法”：气韵生动、骨法用笔、应物象形、随类赋彩、经营位置、传移模写。“谢赫提出六法，是美术理论的一项新贡献，是前代美术理论的出色继承和发展。”[④]唐代开元年间，张怀瓘作《画断》，将他此前

---

①转引自金克木：《印度文化余论》，北京：学苑出版社，2002年，第92—93页。

②Vātsyāyana, *Kāmasūtra*, Mumbai: Nirṇaya Sāgara Yastrālaya, 1891, p.34. 译文见金克木：《印度文化余论》，第91页。关于印度绘画六支的解说，参见金克木该书相关内容。

③A.K.Coomaraswamy, *The Transformation of Nature in Art*, p.20.

④葛路：《中国古代绘画理论发展史》，上海人民美术出版社，1982年，第29页。

在《书断》中以神、妙、能分书法为三品的方法移植到画作评判上。之后，唐代的朱景玄在《唐朝名画录序》中写道："以张怀瓘《画品断》神、妙、能三品，定其等格……其格外有不拘常法，又有逸品，以表优劣也。"[①]换句话说，他将"逸"品列在神、妙、能三品之上，形成了"逸、神、妙、能"的四品说。库马拉斯瓦米赞赏谢赫的画论和朱景玄的绘画四品说，他以王顶的《诗探》进行印证。王顶把想象力分为两种即创作想象力和批评想象力。他认为："创作想象力适合诗人。它分为三种：天生的、获得的和学会的……这三种想象力也就形成三种诗人：天生的诗人、实践的诗人和学会的诗人。天生的诗人展现前身的潜在印象，具有智慧。实践的诗人通过今生的实践展现语言才能，具有获得的智慧。学会的诗人通过教导和例举学会语言才能，缺少智慧。"[②]库马拉斯瓦米认为，王顶的诗人三品说可以比拟于谢赫的艺术三品说。他说："'天生的'（sahaja,sārasvata）明显地与'神'相对应；'实践的'（āhāryā, ābhyāsika）包含熟练精通之意，对应于'妙'；而'学会的'（aupadeśikā）是指技艺而非习惯，对应于'灵'。"[③]这种以文学理论比拟艺术美学的做法，令人耳目一新。他还认为，朱景玄加上的第四品"逸"具有道家思想痕迹，带有哲学和文学色彩。

关于以中国为代表的东方绘画与西方绘画的区别，库马拉斯瓦米指出，西方绘画是设想画家从窗户或画框中望见被画的对象，而东方画家的描画对象存在于头脑中。因此，二者的表达方式泾渭分明："西方的绘画仿佛是焦点透视而成，并且必须合乎视角原理；而中国风景画的描摹显然是散点透视而成。"[④]既然是论述亚洲艺术，库马拉斯瓦米自然要涉及作为整体的亚洲艺术观。他认为，最

①葛路：《中国古代绘画理论发展史》，第49页。
②黄宝生译：《梵语诗学论著汇编》（上册），第371页。
③A.K.Coomaraswamy, *The Transformation of Nature in Art,* p.19.
④A.K.Coomaraswamy, *The Transformation of Nature in Art,* p.29.

能代表亚洲艺术特色的是中国和日本表达意象或神秘思想的、带有浓厚禅意的绘画。在他看来，禅的本质不容易解释。禅的概念和内涵部分来自印度，部分来自中国道家思想，后来在中国和日本得到发展。他再次以庄子的语言现身说法道："圣人之心静乎！天地之鑭也，万物之镜也。"[①]他还引了《庄子·天道》里轮扁回答齐桓公的话作为禅的注解："不徐不疾，得之于手而应于心，口不能言，有数存焉于其间。臣不能以喻臣之子，臣之子亦不能受之于臣。"[②]

库马拉斯瓦米在《艺术本质的变化》中，还对梵语诗学基本理论如味论、韵论等进行了解说，对一些重要的宗教哲学概念如"现量"（pratyakṣa）、"神秘"（parokṣa）和"印象"（ābhāsa）等进行辨析，也以《薄伽梵歌》为依据，对德国学者艾克哈特（Meister Eckhhart）的艺术理论进行印度式阐发。这承袭了他自己论述尼采思想的模式。他在论述印度古代文学作品如《沙恭达罗》和《小泥车》等时指出，必须从各个角度来欣赏印度艺术，这又首先要具备各种相关的学养，成为智者（paṇḍita）、虔信者（bhakta）、知音（rasika）或师尊（ācārya）等等。[③]这实际上是告诫西方学者，要正确认识东方艺术，必须尊重东方文化，走进东方文化的腹地认识之、理解之。遵循这样的思想逻辑，库马拉斯瓦米明确指出："我们必须把印度文明视为已知世界中迷信成分最少的文明。"[④]

A.K.库马拉斯瓦米还重视介绍来源于《毗湿奴法上往世书》的《画经》，并英译了《画经》中专论绘画类别的第41章。这其中有着令人感慨的历史缘由。"殖民地印度'发现'了《画经》，

①张耿光译注:《庄子全译》，第220页。
②张耿光译注:《庄子全译》，第236页。
③A.K.Coomaraswamy, *The Transformation of Nature in Art,* p.109.
④A.K.Coomaraswamy, *The Transformation of Nature in Art,* p.158.

这是时代的巧合。20世纪头一个25年中，艺术史家们越来越重视是否存在一种本质上属于印度的传统艺术的问题。面对那种盛行一时的直截否认存在印度艺术的殖民主义观念，库马拉斯瓦米顽强地捍卫印度艺术的地位，此时，重要的辩护方式已心中有数。论者指出，库马拉斯瓦米的核心策略便是其关于印度艺术的先验论主张（transcendentalist claim）：印度艺术本质上纯属印度，它的参照物是西方艺术堕落的物质主义。将印度艺术置于西方艺术的对立面，前者被抬升至纯粹而又绝对的地位。针对将印度艺术（工艺）边缘化的欧洲中心论，库马拉斯瓦米有效地建构了一种反话语（counter-discourse）。”①库马拉斯瓦米猛烈地挑战部分西方中心论者对印度艺术乃至对整个东方艺术的蔑视或贬低，他反对那些以希腊、罗马艺术原则来衡量印度艺术的做法，声称印度艺术本质上必须以印度的审美标准来评价，这便将印度艺术从西方审美判断的尺度下解放出来。他的“反话语”带有文化战略的意味或意识形态的解殖色彩，旨在“契合民族主义的理想诉求，对印度艺术从根本上进行重新评价……库马拉斯瓦米翻译《画经》是经过仔细斟酌的，是出于意识形态的考量。这是历史化的行为，已经嵌入民族身份认同诉求的特定殖民语境”。②

总之，库马拉斯瓦米的艺术理论著作或相关翻译成为印度美学或印度艺术理论主动输入西方的最早尝试之一，对当时以及此后的西方学界了解印度艺术起到了导航的作用。他的著述对西方学界产生过影响，其著作在印度和西方不断再版。库马拉斯瓦米也可视为身处西方并借助英语传播理论的斯皮瓦克和霍米·巴巴等当代印裔学者的先驱之一。库马拉斯瓦米在20世纪初东方国家尚处殖民压迫

①Parul Dave Mukherji, ed. and trans. *The Citrasūtra of Viṣṇudharmottarapurāṇa*, “Introduction,” XXII-XXIII.

②Parul Dave Mukherji, ed. and trans. *The Citrasūtra of Viṣṇudharmottarapurāṇa*, “Introduction,” XXXVI-XXXVII.

的惨淡历史背景下，尽其所能，以恰当的方式向西方世界介绍和阐释东方艺术和古典艺术理论，为西方世界正确认识东方艺术、东方文化做出了不朽的贡献。

第十一节 阿·泰戈尔

阿·泰戈尔（Abanindranath Tagore, 1871 ~ 1951）是开创印度现代绘画中所谓孟加拉画派的领袖。他也是大诗人泰戈尔的侄儿，在泰戈尔逝世后继任诗人首创的国际大学校长。金克木说："阿·泰戈尔是本世纪初新旧交替时期的艺术家，他的创作和理论是新的开始，也是旧的结束，是东西方传统画法和画理的印度现代总结。"①此处依据金克木的相关研究成果，对其绘画理论进行简介。

1915年，阿·泰戈尔发表了对印度传统绘画"六支"（ṣaḍaṅga）论的解说，该论有英文版和法文版。这是其艺术美学观的集中体现。印度传统绘画"六支"论用一支歌诀可以概括："形别与诸量，情与美相应，似与笔墨分，是谓艺六支。"②阿·泰戈尔的艺术理论通过对"六支"即绘画六要素的现代阐释表现出来。

首先，关于"形别"（rūpabheda），阿·泰戈尔认为，"形"是视觉和心灵的形象；"别"是差别，例如有生命的和美的形象以及没有生命和美的形象之间的差别。"形别"的意义是，对于人的五种感觉和灵魂或心所给我们的各种现象的分析综合。阿·泰戈尔认为，只有通过人们的内心观照所得的外貌知识才能显出形象的真

---

①金克木：《印度文化余论》，第81—82页。因笔者未掌握阿·泰戈尔艺术论的英文文献，此处关于他的艺术理论介绍，主要依据该书相关内容，其主要观点也来自该文。

②转引自金克木：《印度文化余论》，第52页。

正差异。忽视心的感受只凭眼见，那就不能获得对画理真谛的认识。只有经过心的接触，描画对象才能显出美丑。每一个事物的形体都有其“流支”。“流支”（ruci）的字面意义是美的光彩，又可以理解为“喜乐”。按照他的观点，心的“流支”可以照亮一切形象，获得“形”的真实知识。“实习艺术中的‘形别’就是提高心的发光和收光的能力。不是只用眼而是用‘流支’的光去看、去画，这是规则，即‘形别’的涵义。由‘流支’照明的心是观察和描绘的最好引导者。”①

其次是对“量”（pramāṇa）的认识。阿·泰戈尔认为，量是判断所画对象是否准确的一些规律，由此显出比例、远近和结构等等。他还提出“量心”（pramātṛ caitanya）的概念。他说：“‘量心’是心的衡量工具。它既能量微细与有限，也能量广大与无限。它给我们确切的形状、确切的思想感情表现、确切的物体颜色。”②可以说，“量心”是所感知的物像内外品质之间的桥梁。

接下来，阿·泰戈尔解释“情”（bhāva）。他认为，按照毗湿奴派美学，“情”是人们内心的自然本性由“别情”（vibhāva，也可译为“情由”）导致的变化；而“别情”即“情由”则是人们对于抽象事物内在意义或外在现象的认识。人们的眼睛能看见“形”由“情”引起的外在变化，可是“暗示”（vyaṅgya）即韵却是藏在“情”的外在表现下的，是“情”动于“形”的内在表现或真实意义，是人们所感知的事物的内涵性质，这只能由心去观照和发现体悟。阿·泰戈尔认为，如果心受了“悲悯”之情的影响，春天的艳丽也会产生哀愁。如果此时去画风景，那就会使欢乐的自然界显出悲伤。这是心的“暗示”，而不是眼睛的作用。形象的变化只是“情”的表现。除非用心体悟形象的“暗示”，否则就不会

---

①转引自金克木：《印度文化余论》，第55页。
②转引自金克木：《印度文化余论》，第57页。

画出完美的画。音乐或文学作品如果没有“暗示”，也只能算作下品。阿·泰戈尔此处明显涉及到梵语诗学味论与韵论的基本原理。他说：“印度的‘庄严论’（文学理论）认为只有富于‘暗示’的作品才是上品。音乐、诗歌、绘画都是如此。‘情’是双冠的蛇（眼镜蛇），如果我们只见其一个冠的‘形’，画出来的是一个样子；可是另一个冠却隐藏在‘暗示’之中看不见，而这才是‘情’的细微之‘形’。”①阿·泰戈尔认识到，对于艺术家来说，最感烦恼的问题是，如何使其作品富于“暗示”？他对这个问题的概括是：“我们要能确切地表现而又要能留下很多不确切，还要确定那个不确定，这就是我们要解决的问题。”②在阿·泰戈尔看来，解决这个问题的方案还得求助于梵语诗学韵论。总之，艺术家的才华在于他对暗示手段的娴熟运用。“在艺术中，‘情’的作用是给‘形’以其本来面目，而‘暗示’的作用则是揭露那变动不居的‘形’下面隐藏的‘心’和意义。”③阿·泰戈尔此处的画论，显示了梵语诗学对近现代印度文艺理论家的深刻影响。他对“情”的解释丰富和发展了传统的绘画“六支”理论。

关于“美相应”（lāvaṇyayojana），阿·泰戈尔的理解是，它指将艺术性或优美注入作品里。他认为，“量”限制“形”的量和比例，“美”则限制“情”对“形”的影响，使之不至于过分，使“情”的活动合乎艺术要求。在他看来，“量”如同专制者下的命令，“美”如同母亲用爱抚注入美。“在画或诗或乐曲中，形和色的匀称并没有意义，只有在‘美’（艺术性）注入高贵、美丽和平静之后才有意义。”④

阿·泰戈尔认为，“似”（sādṛśya）是指形态和思想的近似和

①转引自金克木：《印度文化余论》，第60页。
②转引自金克木：《印度文化余论》，第60—61页。
③转引自金克木：《印度文化余论》，第61—62页。
④转引自金克木：《印度文化余论》，第65—66页。

相等。诗歌重神似胜于重形似。绘画的原理相似，因此，真正的“似”是指感情而非形态。他说：“音乐中的‘似’只能是琴音与心中音乐相谐、相合。绘画中的‘似’也只能是线条和色彩符合我们心中的感受。仅仅外貌相似，如同照相或则昆虫拟态以迷惑敌人，那对艺术表现不但无益而且有害。”①中国古代也有形似与神似之说，可与阿·泰戈尔的说法进行比较。

“笔墨分”（varṇikābhaṅga）是指用画笔和颜色进行描绘。“笔墨分”中的“笔墨”（varṇikā）本义指色彩，又指笔，还可指演员的面具和化妆。阿·泰戈尔认为，“形”、“量”和“情”的知识可以由观察或心的认识而来，而“笔墨分”的知识只能由练习运用画笔和颜色而来。“笔墨分”不仅指调色，还包括了解颜色、图形和下笔等等的真实性质和意义。阿·泰戈尔还引用《舞论》中对演员化妆用色的描述和规定来论述“笔墨分”的奥秘所在。他强调作画时笔、墨和心的合作。阿·泰戈尔总结道：“真正调色的不是眼而是心。心决定夜空的颜色是青还是黑。心准确衡量自己的颜色，这些必须也在我们的颜色盒中。捉住不同心情所给予颜色的变化就是知道了‘笔墨分’的秘密。用墨可以表现全部颜色，只要能把我们的心的色调加进墨的黑色中去。那时墨就不仅是黑的了……让女神住在你心里，到海边去，你就会发现黑色消失了。”②从这里的论述来看，阿·泰戈尔的画论与他在绘画实践中受到中国和日本水墨画及西方画法的影响有关。阿·泰戈尔对“笔墨分”的论述有一个特点，即以心作画。金克木评价道：“阿·泰戈尔强调所谓以‘灵魂’入画。用印度传统语言，‘灵魂’即古时所谓‘我’；用现在一般语言，就是要全心全意注入自己的思想和感情。”③

①转引自金克木：《印度文化余论》，第68页。
②转引自金克木：《印度文化余论》，第72页。
③转引自金克木：《印度文化余论》，第77页。

综上所述，作为一个新旧交替时期的艺术家，阿·泰戈尔继承了传统的画论精华，并以梵语诗学基本理论丰富了“六支”画论。他在画论中强调心的作用，暗合了印度宗教虔诚内省的要求。他的画论也有很多新的元素，体现了时代风貌。阿·泰戈尔的绘画论值得关注。他和A.K.库马拉斯瓦米、奥罗宾多、M.希利亚南等人一道，也为向西方知识界传播印度艺术理论、构建印度文明的美好形象做出了自己的贡献。

第十二节　M.希利亚南

印度学者指出：“印度音乐形式上不同寻常的多样化，或许是世界上任何其他同等大小的区域音乐文化所无法比拟的。音乐在印度人民的宗教生活、艺术生活及社会生活中起着极其重要的作用……印度音乐主要是基于曲调和节奏，而为西方所知的和声与复调则和印度音乐一点关系也没有。”[①]虽然这是对印度音乐之于西方音乐的差异的说明，但其思维方式却同样适用于观察印度戏剧、绘画、诗歌乃至印度文论、宗教哲学、美学之于西方对应的艺术门类或文艺理论、美学思想的差异。19世纪至20世纪初，部分西方人士如前述的威廉·阿切尔和鲁斯金（Ruskin）、贝尔伍德（Birdwood）等人对印度文艺作品、印度美学等所知甚少，因此产生了误解，进而导致他们以轻视的眼光或蔑视的心态看待印度文学、艺术或印度文论、美学。奥罗宾多和A.K.库马拉斯瓦米等人写于20世纪初的系列论文或著作便是为了回应西方学者的歪曲或误解，从而向西方阐发真正的印度精神，展示印度文艺的真实魅力。

正是在上述前提和时代背景下，与库马拉斯瓦米和阿·泰戈尔同时代的M.希利亚南（M.Hiriyanan，1871～1950），加入了跨文

①A.L.巴沙姆主编：《印度文化史》，闵光沛等译，第311页。

化对话的行列。希利亚南于1919至1950年左右，先后撰写了《印度美学》、《味和韵》与《艺术体验》等论文（有的论文发表在其辞世以后），对印度传统美学和梵语诗学等进行了现代阐释，以达到与西方对话的目的。美国著名梵文学者、梵语诗学研究专家埃德温·格洛曾经在其《印度诗学》一书中评价道："在我看来，从心理学和文学范畴专论味的最佳著述是M.希利亚南的论文《艺术体验》，该文载于1951年出版的同名论文集中。"[①]这说明，《艺术体验》一书的确达到了作者向西方知识界传播印度美学话语的目的。该书于1954、1978年两次出版后，1996年再版。由此可见，该书与P.V.迦奈的《梵语诗学史》一样，颇受学界的欢迎。希利亚南还著有《印度哲学大纲》（*Outlines of Indian Philosophy*）和《印度哲学精粹》（*Essentials of Indian Philosophy*）等著作。

D.V.恭多帕曾经聆听过M.希利亚南的讲座，并与之过从甚密。在他看来，希利亚南有三大特点：严谨审慎、心地纯洁、低调淡定。希利亚南崇尚少说多做的原则，追求理论创新，且下笔相当谨慎，追求文字质量而非数量多寡。希利亚南对于梵语和英语文学都相当熟悉，这对其思考和论述东西方美学、诗学大有裨益。[②]1996年，印度学者瓦赞嫣（Kapila Vatsyayan）在为《艺术体验》第三版所写的"前言"中认为，希利亚南为年青一代的学者研究印度美学开辟了道路。"几十年来，《艺术体验》是一盏灯，为许多认真研究印度美学的人带来了光明……他是刻意在哲学、美学和生活之间确立联系的第一位先驱者。"[③]

《艺术体验》是一本论文集，共收录十五篇论文（括号中为发表时间），它们包括：《印度美学之一》（1919）、《诗何可期》

---

①Edwin Gerow, *Indian Poetics,* p.246.

②M.Hiriyanna, *Art Experience,* New Delhi: Indira Gandhi National Centre for the Arts, 1997, pp.99-110.

③M.Hiriyanna, *Art Experience,* "Foreword," VI.

（1923）、《艺术沉思》（1946）、《艺术体验之一》（1941）、《艺术体验之二》（作者逝世后，该文于1951年收入为庆祝拉达克里希南诞辰六十周年而编的“比较哲学研究”论文集中）、《印度美学之二》（写作时间不详）、《艺术与道德》（写作时间不详）、《味的数量》（1940）、《有味庄严的问题》（1949）、《味和韵》（1929）、《味的哲学》（1941）、《庄严论的一些概念》（1942）、《梵语诗学》（1944）、《艺术的创作过程及其目的》（1944）、《最初与最后之体验》（1948）。纵观全书内容，两篇《印度美学》和两篇《艺术体验》无疑代表了希利亚南艺术美学的核心观点。以上十五篇文章中，有的在作者生前未曾发表，也不清楚撰于何时，但肯定不会晚于1950年即作者辞世之前。有的文章如《味的数量》、《味和韵》、《味的哲学》和《庄严论的一些概念》等则是为印度学者的梵语诗学研究著作所撰“前言”或“序言”，而《最初与最后之体验》则是为西方学者戈迪斯·麦克格里格（Geddes MacGgegor）所著并于1947年出版的《宗教美学体验》（*Aesthetic Experience in Religion*）一书所写的评论。

美学作为一门独立的科学，是近代社会的产物。德国学者鲍姆加登在1750年首次以Aesthetica为自己的美学著作命名，美学史家将此视为美学诞生的标志。此后，康德到黑格尔的相关美学著述，完成了西方古典美学的历史使命。19世纪中叶以后，西方美学的发展出现了重大的现代转型，到了20世纪，西方美学进一步取得了流派众多、思想活跃的现代形态。美学具有艺术哲学的性质，它与哲学、心理学、艺术学等其他人文科学之间关系紧密。美学研究对象包括客观的审美对象、主观的审美意识、集中体现审美意识的物质形态化的各种艺术门类（包括诗歌、散文、小说等文学作品和戏剧）等三大领域。[①]到希利亚南的20世纪初，由于美学在西方学术界已走过近两个世纪的发展历程，也由于西方的东方学家并未着力向西方知识界介绍梵语诗学、印度绘画、音乐和艺术理论，部分西方知识分子对于印度是否存在艺术、是否有自己独立发展的美学体系或艺术理论表示怀疑，有的干脆在无知的状态下对印度、中国等东方国家的艺术、艺术理论等持否定、蔑视的立场。

希利亚南的《印度美学》（之一）被收入1919年的首届全印东方学会议论文集。在该文开头，他先导出马克斯·穆勒（Max Müller）等西方的东方学家关于印度哲学、印度艺术等方面的误解。穆勒虽然声称古代印度人富于高度发达的哲学思辨天赋，印度是“哲学家的国度”，但同时又断言“印度人的思维中并不存在自然美的概念”。[②]希利亚南认为，这是一种错误的观点，因其缺乏逻辑学、心理学和哲学方面的证据支撑。“对于研究印度古代的学者们来说，这便是一个需花大力气的广阔领域，可以预料的是，获得的成果不仅对印度思想史，而且对普世哲学（Universal Philosophy）也大有裨益。不论如何肤浅，此文的目的便是显示印度人在哲学的一个分支即美学，亦即关于自然美与艺术美的特征的探索方面取得的进步。”[③]“普世哲学”一说也暗示了希利亚南对印度宗教、哲学、美学思想具有普遍适用价值的文化自信。

希利亚南先对印度哲学的特性做了说明。在他看来，印度哲学最显著的特征是强调知识对现实生活的影响，对真理的发现总是与现世生命问题的解决息息相关。“因此，印度哲学与其说是一种思维方式，不如说是一种生活方式。无论是谁思考哲学，他都得在思想上吸纳其真理，并将自己的日常生活与之对接。由于追求这一实

①此处介绍参阅王朝闻主编：《美学概论》，北京：人民出版社，1985年，第1—7页。同时参阅李醒尘：《西方美学史教程》，北京大学出版社，2005年，第2—3页。

②M.Hiriyanna, *Art Experience,* p.1.

③M.Hiriyanna, *Art Experience,* pp.1-2.

用目的，伦理学在印度哲学中占据了非常重要的位置。”[①]这就是说，哲学思辨的真与伦理学的善紧密相关。希利亚南进一步论述印度美学与哲学的关系：“与伦理学相似，美学也依赖于哲学，其主旨也在对生活发挥影响……对这些梵语哲学经典教义加以思考后，我们就会发现，印度美学有着自己的历史，正如人们所设想的那样，其发展历程紧随一般的哲学发展进程。”[②]由此可见，印度哲学、印度美学和伦理学都没有绕开现实生活的这一环。正是在这一点上，希利亚南破除了西方学者加诸于印度哲学思想上的“神秘”光环。

不过，希利亚南接下来对印度美学的思考和“揭秘”又回到了玄学思辨的领域，这也说明他是从主体的审美意识而非客观的审美对象来论述印度哲学或美学的一般特征。在他看来，吠陀经典等远古时代的哲学与超自然现象的思考有关，而奥义书哲学的精髓在于追求生命解脱（jīvanmukti）。在《薄伽梵歌》中，心灵安静与生命之爱是相互和谐的，生命的首要目的不是思想智慧的发展，也不是意志力的增强，而是“情感的孕育”。换句话说，追求生命解脱和孕育艺术情感是印度哲学的两大特征。“在我看来，早期印度哲学的这两个特征，向我们展示了影响艺术理论的重要因素，梵语诗学著作向我们揭示了这一点。”[③]然后，希利亚南从吠檀多哲学的角度论述了审美快感产生的程序，这便是人必须摆脱、超越欲、业等障碍和世俗功利，进入无明状态，感受至高无上、神圣纯洁的灵魂喜悦。这种喜悦只能通过“心灵之眼”（inward eye）进行感知。“真正的美无法用语言表述，也不可客观地感知，它只能意会（realised）而已。”[④]

---

①M.Hiriyanna, *Art Experience,* p.2.
②M.Hiriyanna, *Art Experience,* p.2.
③M.Hiriyanna, *Art Experience,* p.5.
④M.Hiriyanna, *Art Experience,* p.10.

希利亚南还以数论哲学中的三德说（喜忧闇）对审美愉悦或艺术快感进行阐发。他说："在真实的世界中，不沾痛苦的快乐是不存在的，因此，还得从真实世界之外寻觅快乐。毋庸置疑，艺术世界如同自然，但它又经过理想化，因而并不激起我们的个人冲动……头脑中因此形成一种心理平衡，这就自然产生一种愉悦。因此，艺术家的功能就是，将平常世界从我们身边带走，奉献给我们另一个世界，以保持心灵的平静。"①这种审美愉悦说不禁使人想起康德的美学思想："审美趣味是一种不凭任何利害计较而单凭快感或不快感来对一个对象或一种形象显现方式进行判断的能力。这样一种快感的对象就是美的。"②

希利亚南还将吠檀多与数论派哲学的审美观进行比较。他指出，数论哲学是悲观的，因其认为自然万物并不总是美丽的，有时是美丑并存。吠檀多哲学是乐观的，因其认为自然万物都是美丽的，没有什么能够阻碍万物和谐。在此意义上说，圣人是最伟大的艺术家，因为自然万物都令其感到愉悦。拥有发现美的眼睛的艺术家从自然中获得快乐，他使我们发现自己没有见到的美。"在理想主义的吠檀多哲学看来，艺术的心态以哪怕是短暂的自我忘怀为表征；而在现实主义的数论派哲学看来，艺术的心态来自于自然世界拉开距离（escape）。在前者看来，艺术是通向真实的路径，但在后者看来，艺术就是对现实的一种'偏离'（deflection）。吠檀多展示自然之精华，而数论派则塑造某种好于自然的东西。"③希利亚南此处的二元对立式论述，似乎有过于简化之嫌，虽然这些话不失可资参考的因素。

在该文最后，希利亚南画龙点睛道："迄今为止，东方学研究

---

①M.Hiriyanna, *Art Experience,* p.14.

②转引自朱光潜：《西方美学史》（下卷），第361页。

③M.Hiriyanna, *Art Experience,* p.17.

还大体局限于语言、历史和类似领域，但还有其他不能视为教益较少或趣味不多的领域。将来不仅必须在已经探索的领域进行深入研究，还得大量开拓研究领域。”[①]这既是对某些西方知识分子对印度艺术和美学的误解的回应，也是对印度知识界发出的急切呼吁。

《印度美学》（之二）由引言和三个小主题（艺术与自然、艺术体验、艺术与道德）组成，显然是对前一篇论文主题的补充和延伸。该文的开头仍旧以西方的哲学、美学思考引出论述的主题即艺术如何表达自然或艺术美与自然美的关系问题。希利亚南以迦叶纳塔对鲁耶迦《诗庄严精华》的疏解文字入手，指出印度古代美学家创造了自己的意义理论即暗示义理论（韵论）。他在思考艺术美与自然美的关系时，仍以吠檀多和数论哲学的思想分野为基点展开论述。在他看来，艺术体验的两个特征是：无功利性和快乐。“正如理想主义者所思考的那样，由于这些优点，艺术体验被视为与人生终极目标同一。”[②]这种“同一”是指，艺术体验的心灵愉悦与实现人生四要的最高目标即解脱，在本质上同一。这其实是对新护味论的继承和借鉴。

在论及艺术内容与形式时，希利亚南认为，艺术内容来自现实生活，但必须以恰当的方式进行理想化的表达。艺术形式必须服从艺术内容。艺术的真实本质不能以逻辑的眼光来认识。将意义视为诗歌的内容，意味着情感必然是唯一的真实内容。艺术情感必须与意义达成一致。在论及艺术表达的方法时，希利亚南强调艺术家必须采取欢增所代表的韵论派立场，以曲折的方法求得最佳的艺术表达效果。这是因为，艺术情味不可直接传达，唯有求助于暗示义的代名词韵的艺术表达。由此可知，韵是“真正艺术的秘诀”。[③]韵

①M.Hiriyanna, *Art Experience,* p.17.

②M.Hiriyanna, *Art Experience,* p.52.

③M.Hiriyanna, *Art Experience,* p.56.

的展现也是艺术表达过程中的非逻辑思维的必然要求。

在论及艺术与道德的关系时，希利亚南指出，艺术体验与道德判断有差异，但又存在联系，艺术体验必须超越道德认知。他说："这就是说，艺术创造必须对读者（观众）产生道德影响，同时又不使其知晓正在接受影响。"①如不施加道德影响，艺术家就会降格以求，他所创造的艺术次品最终会腐蚀人心，销蚀高尚的理想目标。希利亚南还在另一篇论文《艺术与道德》中，从东西方哲学、伦理学比较的角度出发，引述苏格拉底和奥义书等传统智慧，对艺术如何施加道德影响和真善美的关系如何在艺术表达中进行处理等重要的现实问题进行了有力的思考。②这一姿态反映出希利亚南受西方哲学、伦理学的影响之深，也是他对动荡不安时代里印度社会的价值观处于变革和过渡状态的思想回应。一般认为，重要的思想家必须积极回应重大的时代命题，这在希利亚南身上得到了清晰的印证。

集中体现希利亚南关于审美意识的本质的思考还在《艺术体验》（之一）。该文对艺术体验亦即审美快感的本质特征进行了归纳，有的观点是对上述两篇《印度美学》的重复或补充。希利亚南指出，艺术体验所获得的审美愉悦要高于普通生活或日常生活中的快乐。印度哲学家、特别是吠檀多派哲学家将艺术体验视为生命解脱的理想状态。但是，这二者并不完全相等，因为艺术体验的精神愉悦遇到的某种障碍，不会出现在解脱状态中。艺术体验的快感非常短暂，而解脱之喜则永恒持久。审美主体即获得快感者有时会忘却对同类的道德责任，而追求解脱者不会忘却对同类的责任即人类关怀。"最后，艺术体验的非个性化喜悦（impersonal joy）是

①M.Hiriyanna, *Art Experience,* p.60.
②M.Hiriyanna, *Art Experience,* pp.61-68.

人为地来自外部世界，而理想的解脱状态则自然地发自内心。”①希利亚南这样归纳艺术体验的本质：“同解脱的理想状态一样，艺术体验是一种终极价值，因其别无它求，为己所求。仍类似于解脱的理想状态，艺术体验以独特的愉悦为特征，因此高于普通的快感。”②希利亚南先区分审美体验和宗教解脱的差异，再论证审美愉悦与宗教境界的相似，这显示出他背靠传统的宗教哲学思想解说印度美学观的机变与睿智。由此，他论证了艺术体验的目标即审美愉悦的可操作性，也回答了西方学者对印度美学是否存在的质疑或误解。

希利亚南的《艺术体验》（之二）主要介绍印度的艺术欣赏论，其思想资源是梵语诗学味论、韵论、合适论等。该文第一句便显示出希利亚南借鉴梵语诗学资源的倾向：“印度的艺术理论中，最重要的是味论。”③该文篇幅是前一篇《艺术体验》的三倍多，共分三个部分。第一部分主要介绍味的本质和诗歌欣赏中的艺术快感。希利亚南借鉴曼摩吒《诗光》等梵语诗学著作的观点认为：“艺术欣赏的客观中立（indifference）不仅超越了真实与虚假的区别，也超越了喜爱与憎恨的边界。因其魅力，欣赏对象成为非个人化的东西，它们自身也因此令人愉悦。”④希利亚南还指出，艺术欣赏是积极主动的行为，审美主体的艺术沉思超越自我，使其不计个人利害，摆脱了普通快感的世俗色彩或局限，从而有效地改变了快乐的本质，达到一种类似于“般涅槃”（paranirvṛti）的至高快乐之境。希利亚南还认为，或喜或悲的主题在艺术欣赏中，都能产生精神愉悦。可以看出，这些观点与前述文章的基调并无太大的出入。该文第二、三部分主要以《韵光》的味论、韵论与合适论为基

①M.Hiriyanna, *Art Experience,* p.29.
②M.Hiriyanna, *Art Experience,* p.31.
③M.Hiriyanna, *Art Experience,* p.33.
④M.Hiriyanna, *Art Experience,* p.36.

础，继续论述诗歌欣赏或艺术体验中获得的审美愉悦的本质。希利亚南不仅引述了欧洲诗人弥尔顿等人的观点，还以潜印象论、知音论、诗歌身体与灵魂说等进行印证。他认为，梵语诗学中的“知音”（sahṛdaya）很难译为英文。在对融合韵论、合适论的味论进行多方解说后，希利亚南以意味深长的几个句子结束了全文：“此处的另一观点更加重要，这便是人们发现，有一种诗需要一种更为深入的理解，从而产生超乎寻常所知的一种高级审美体验。我们可以说，正是这一发现，构成了印度对普遍的艺术哲学（the general philosophy of art）的主要贡献之一。”①希利亚南言外之意是，印度美学和梵语诗学也是人类世界和艺术世界的一种“普遍的艺术哲学”，印度艺术、印度美学的世界意义和普遍价值毋庸置疑。

收入该书中的其他一些论文，也从不同视角表述了希利亚南上述观点和立场。这使《艺术体验》一书的针对性更强，从而有力地配合了A.K.库马拉斯瓦米和奥罗宾多、阿·泰戈尔乃至泰戈尔等人向西方传播印度文化软实力的美好意愿，也传达了那一时期印度知识界强烈而清晰的文化自觉意识。这种立场和意识对于当今提倡文化自觉、文化强国甚或“文化输出”、“文化外交”的人来说，对于编织“中国梦”的中国各界人士而言，不无启迪意义。

本书的某些文章，还体现了希利亚南对梵语诗学的深入思考，同样值得关注。例如，他依据恭多迦等梵语诗学家的思路，对“有味庄严”（rasavadalaṅkāra）这一概念进行如下的评述：“认可有味庄严的这种观点，其思想逻辑的后果便是，将有味庄严从诗学范畴彻底排除，因为有味庄严这一概念自相矛盾，它表示被修饰的对象（alaṅkārya）而非一种修辞格（alaṅkāra，庄严）。”②

总之，《艺术体验》充分显示了希利亚南以传统宗教哲学、梵

①M.Hiriyanna, *Art Experience*, p.47.
②M.Hiriyanna, *Art Experience*, p.77.

语诗学、艺术理论为资源，传播印度文化正能量的机智和决心。它也反映了现代印度知识分子对于东西文化交流的一种复杂心态。书中的一些观点看似科学，实则偏激或疏于论证的严密，甚或出现自相矛盾之处，这都反映了希利亚南与奥罗宾多的某种相似的矫枉过正的文化立场。民族主义意识支配下的文化解殖本身便暗藏了某种风险。这也是我们今天面对复杂多变的国际局势时，思考东西文化交流或设计中印文化交流模式应该参考的一个过往案例。

第六章

印度当代文论发展新动向

（1947年至今）

第一节 概述

1947年，在印度反英斗争的强大压力下，英国政府被迫决定把它在印度的权力移交给印度人。当年6月，在新任印度总督蒙巴顿的精心策划下，所谓的“印度独立方案”即“蒙巴顿方案”出笼。这个方案规定，在穆斯林人口占多数的地区实行自治，允许他们成立独立的自治领。按照方案的安排，穆斯林占多数的各省区进行投票，结果是，东孟加拉、西旁遮普、信德、俾路支、西尔赫特和西北边境省都愿意加入巴基斯坦。7月15日，英国国会正式通过了《印度独立法案》，决定将分为印度和巴基斯坦两个独立的自治领。当年8月14日，巴基斯坦自治领成立，8月15日，印度自治领成立。从此，印巴开始分治。分治初期，印度教徒与穆斯林之间的矛盾加剧，引发了史无前例的教派冲突，造成了几十万人死亡和数百万人无家可归的历史大悲剧。英国人“分而治之”的策略和印穆之间的宗教争端，为以后印巴两国的矛盾冲突埋下了祸根。正是出于历史、地理和政治因素的考虑，除了极少数地方外，本章对印度当代文论发展新动向的介绍，只限于在印度自治领基础上发展起来的当代印度的相关学者及其著述。

印度独立以来，虽然还存在教派冲突、种姓制度、贫穷失业等内部问题，但民主体制使它在现代化道路上从未丧失发展活力。20

世纪80年代以来，印度经济发展速度明显加快。进入21世纪以来，印度经济发展进一步加快，国际地位进一步提高。这为印度大国战略奠定了较好的物质基础。印度领导人明确提出，力争使21世纪最初十年成为“印度的十年”，建设一个“新世纪的新印度”。某些印度人士还在讨论印度何时赶超中国的话题，一些印度领导人甚至断言21世纪是印度的世纪。

冷战结束以来，一些知名的国际政治学者不失时机地注意到了印度崛起的态势。美国前国务卿亨利·基辛格在1994年出版的《大外交》一书中说，21世纪的国际体系至少会有六大强权：“美国、欧洲、中国、日本、俄国，可能再加印度。”①首创“文明冲突论”的亨廷顿将印度文明列为当代世界八大文明之一。美国南亚问题专家斯蒂芬·科亨指出：“更确切地说，印度是一个在文化和文明方面颇有影响力、在政治和战略决策方面日趋成熟、具有领导力和正在崛起的国家。”②他们都充分关注到印度崛起的势头之猛。事实上，印度不仅在政治、经济、军事诸方面发掘自己影响世界的潜力，还在印度文化软实力输出方面多有建树。

1947年的政治独立使印度文论的发展进入当代时期。与近现代印度文论的发展情况类似，当代印度文论也是在西方文论的影响下发展起来的。这不可避免地影响到它的内容和实质。20世纪中期以来，西方文论界各种新的思潮此起彼伏，结构主义、解构主义、西方马克思主义文论、新历史主义、后殖民主义、女权主义等等不断地吸引东方文论界的目光。每一种西方文论的出现，都或迟或早会在印度、中国等东方国家引起某种程度的反响。

不过，由于印度文明深厚的文化底蕴和当代印度的快速发展，

①亨利·基辛格：《大外交》，顾淑馨、林添贵译，海口：海南出版社，1998年，第7页。

②斯蒂芬·科亨：《大象和孔雀：解读印度大战略》，刘满贵等译，北京：新华出版社，2002年，第2页。

印度的国际地位不断提高，印度学者的文化自信心不断增强。在这一背景下，一些印度学者在吸纳西方文论精华的同时，并未一味地拜倒在西方的“石榴裙”下，而是采取为我所用的“拿来主义”方针，构建自己独具特色的文论思想。从某个角度看，这其实和泰戈尔、奥罗宾多等人的文论建构姿态相似。克里希那·拉扬（Krishna Rayan）等人的文论思想也带有这种痕迹。

迄今为止，当代印度文论发展史刚刚走过六十多年的道路，在这样一个相对短暂的时间距离里，要对它进行全面而合理的评价，难度很大。因为，很多文学现象还没有达到“尘埃落定”的地步。有的文论观还在争议之中，有的还在不断的充实和修正，这就给探索印度当代文论发展轨迹或客观评价某些文论家造成很大的障碍。因此，关于印度当代文论发展新动向，笔者只在有限的材料基础上，勉力做些简介。本章在写法上与前几章有所区别，除了少数地方外，一般不为某个文论家进行专题介绍。新动向意味着它还处在不断的发展和变化之中，对其评价也只能是一种严格意义上的探索而已，它带有某种试验性色彩。

首先是印度方言文论的新发展，本章仍然将分语种予以简介。印地语在印度独立后已经成为法定的国语，不再是一种印度方言，加上相关信息较为丰富，本章仍设专题简介。

关于梵语诗学乃至泰米尔语文论经典的译介、研究、运用，仍然构成了当代印度文论发展的一个重要侧面。印度独立以后，梵语诗学著作的翻译继续向前推进，梵语诗学研究更加受到重视，迄今为止，相关研究成果不断涌现。部分梵语学者以梵语写作并发表、出版自己的研究成果，这似乎暗示，即使到了21世纪初，梵语诗学仍在顽强地向前发展。有的学者还编写梵语诗学辞典，并主编由各方言文学专家撰写的印度文学批评发展史。有的则以印地语撰写新的印度文论发展史，或编选历代印度文论选。独立以来，印度学者围绕梵语诗学进行了两种极为重要的学术探索，即梵语诗学与西方诗学比较研究、梵语诗学的批评运用。另外，梵语诗学在中国和西方的翻译研究乃至跨文化批评运用也值得注意。

对于印度文学发展的历史梳理，成为后殖民时期印度文论家们关注的一个领域。早在殖民时期，便有一些学者尝试对某些方言文学如阿萨姆语、孟加拉语和马拉提语等方言文学发展史进行梳理。印度独立后，这种趋势更为明显。某些学者还以一种更为宏大的视角考察作为整体的印度文学，其著作涉及各种重要的方言文学，也包括印度英语文学。

其次是对西方的比较文学理论和实践在印度文化语境中如何挪用的探讨。一些著名的比较文学学者如阿米亚·德维（Amiya Dev，1935～）、S.K.达斯（Sisir Kumar Das，1936～2003）等人提倡建立比较文学的印度学派。他们响亮地提出了“比较印度文学”（Comparative Indian Literature）的口号，目的是要使比较文学这一西来的学科适应印度的第三世界后殖民社会现实。他们欲借“比较印度文学”的理论和方法，达到书写一部单、复数合二为一的印度文学史的宏伟目标。印度学者在这方面的论述为世界比较文学理论增添了新的内容。

印度学者的后殖民批评与理论阐释举世瞩目。这以阿贾兹·艾哈默德（Aijaz Ahmad）和阿西斯·南迪（Ashis Nandy）等人为代表，但加亚特里·C.斯皮瓦克、霍米·巴巴、萨尔曼·拉什迪（Salman Rushdie）等海外印度文论家的后殖民批评更为世人所知。斯皮瓦克和拉纳吉特·古哈、帕尔塔·查特吉等印度海内外学者组成的“庶民学派”的思想也值得关注。“庶民学派”相关研究为当代印度文学批评增添了新的动力。限于篇幅，也由于国内学界对斯皮瓦克、霍米·巴巴两人理论的介绍已经非常丰富，本章只介绍除他们之外的三位后殖民批评家的相关理论。国内迄今已有研究“庶民学派”的专著问世，本章对此派理论遂不予置评。

印度文论家在翻译研究与理论阐释方面也有不俗的表现。两位印度女学者即特迦斯薇妮·妮南贾娜（Tejaswini Niranjana）和斯皮瓦克的文化翻译论引人注目。其他一些印度学者如苏吉特·穆克吉、苏坎多·乔杜里、哈利西·特里维迪等的翻译理论也值得关注。印度学者在印度文学的内部互译和符际翻译等领域皆有论述。

此外，印度学者在印度文学史、印度英语文学史、女性主义文学研究、达利特文学批评、电影文学和戏剧文学批评等各个方面都有著述。例如，在印度文学史研究方面，S.K.达斯（S.K.Das，1936～2003）的两卷本《印度文学史》、纳根德罗主编的《印度文学》和K.M.乔治（K.M.George）主编的《比较印度文学》等具有相当的代表性。在英语文学史研究方面，K.S.室利尼瓦斯、C.D.纳拉辛哈和M.K.奈克等人的著述具有代表性。米拉克西·穆克吉等人的印度英语文学研究值得注意。

因为与西方长期的殖民联系，印度学者对于最新的西方文论往往能及时地做出反应，这使他们对西方文论的评述和研究也非常及时。当代印度学者与西方文论界的紧密联系，使得印度文论界能及时地向西方学界传播“印度之声”。

当然，印度学界这种放眼看世界的积极趋势，并没有限制它在方言文学批评和理论阐释方面的造诣。相反，以几位印地语“阴影派”文论家和其他印地语文论家如纳根德罗、纳姆沃尔·辛格（Namvar Singh，或写作Namawara Singh，1927～）、泰米尔语文论家A.K.罗摩奴阇（Attipate Krishnaswami Ramanujan，1929.3.16～1993.7.13）、古吉拉特语文论家苏勒希·乔希（Suresh Joshi）和乌玛商卡尔·乔希（Umasankara Joshi）等为代表的印度方言文论家，以各自的著述不断充实着当代印度文论的宝库。这些学者中的很多人还同时进行英语著述，向更为广阔的空间传播自己的声音。

此外，20世纪以来，学者们关于莎士比亚、歌德等为代表的西方文学研究蔚为大观，成果丰硕，谭中、马尼克、邵宝丽、谈玉妮和狄伯杰等印度学者对于中国文学的研究也产生了很多成果。这方面的大量研究成果，成为印度的世界文学研究的重要组成部分，须得有专题研究进行梳理。篇幅和资料所限，本书暂不予置评。

需要说明的是，从梵语诗学翻译和研究、印度文论史到比较文学、印度英语文学的理论探讨等等，都在印度方言文论界有所反映。他们的相关方言著述，有很多重要的篇什还被译为英语出版。他们中还有很多学者同时使用英语和自己所在地区的方言进行双语式著述。本章和前一章的叙述逻辑相似，先叙述印度各方言文论发展简况，再就梵语诗学译介、研究到后殖民批评等各个方面的问题分别进行简介。

第二节　方言文论新发展

后殖民时期，印度各方言区的文论家或相关领域学者除了英语著述外，很多人还以各自的方言进行著述，这些成果极大地丰富了印度当代文论。接下来仍以印度学者的相关成果为基础，先对十三种主要方言的文论著述进行简要说明，再就印地语文论发展概况进行简介。①

一、阿萨姆语②

印度独立前，阿萨姆语文学在新的时代条件下发生了变化。以诗歌为例，一些阿萨姆语诗人刻意创作散文诗或无韵诗。这与西方

①本节及下一节介绍主要参考以下二书的相关内容：Nagendra, ed. *Literary Criticism in India,* pp.1-288. K.M.George,ed.*Comparative Indian literature,*Vol.2, pp.1054-1142.

②关于阿萨姆语文论的介绍，主要参考：K.M.George, ed.*Comparative Indian literature,*Vol.2, pp.1055-1057.

文学的传入和孟加拉语文学的影响不无关联。在这种情况下，阿萨姆语文论著述也打上了鲜明的时代烙印。

H.巴鲁阿（Hem Barua，1915～1976）主要研究西方文论。他在1950年出版的《现代文学》（*Ādhunik Sāhitya*）一书中，向阿萨姆语读者介绍了欧洲最新的文学理论，这对年轻一代的阿萨姆语作家产生了深刻的影响。

B.杜塔（Bhabananda Dutta，1919～1959）著有《阿萨姆诗歌史》（*Asamīyā Kavitār Kāhini*，1957）和《哲学与思索》（*Dṛṣṭi Arū Darśan*，1959）两书。前一书首次从马克思主义角度揭示阿萨姆语浪漫主义诗歌发展中的社会因素，后一书揭示了宗教哲学与文学创作之间的关系。

20世纪40到50年代，阿萨姆语诗歌创作的题材和风格均发生了很大变化，但探讨这种变化的文论著作却非常罕见。M.博拉（Mahendra Bora）后来编选了阿萨姆语诗集，并出版了著作《阿萨姆语诗歌韵律》（*Asamiyā Kavitār Canda*，1962），对阿萨姆语诗歌进行探讨。

H.戈海因（Hiren Gohain，1939～）写有产生过一定影响的文论著作《文学与真理》（*Sāhityar Satya*，1970）。该书论述了一般的文学原理，还评论了泰戈尔、D.H.劳伦斯和T.S.艾略特等著名作家。该作还体现了马克思主义的影响。戈海因还著有《文学与意识》（*Sāhitya Arū Cetana*，1973）等。

戈海因以外的阿萨姆语文论家还包括B.巴鲁阿（Bhaben Barua，1941～）等。巴鲁阿学识渊博，论述过西方文学及中国、日本的诗歌。

大体上看，20世纪中后期，阿萨姆语文学评论还没有达到完全成熟的状态，缺乏应有的理论深度。

二、孟加拉语[①]

孟加拉语文论具有悠久的传统。印度独立以前的殖民主义时期，孟加拉语文学批评深受印度传统文论与西方文论的双重影响，在对世界文学进行比较研究的基础上，形成了独具特色的世界眼光。泰戈尔和奥罗宾多等人的文论著述便是明显的例子。独立以后，孟加拉语学者沿着这种东西结合的路子向前探索。他们一方面继续吸纳西方文论营养，一方面把它与印度文论传统相结合。“在民族主义高潮消失一段时间后，这种东西结合的趋势至今仍然存在，同时，富有现代主义色彩的孟加拉语文学批评中似乎涌现了新的欧洲化趋势，这一动向虽然尚处初期，但却预示着充满希望的未来。”[②]

前一章介绍近现代孟加拉语文论状况时，已经涉及很多跨越现代和当代时期的文论家，如布塔代沃・鲍斯、A.S.阿尤布和商卡・高士等人。这些学者的著述跨越两个相互联系而又不同的时代，这对他们的文论内容带来了一些影响。鲍斯著有《文学研究》（*Sāhitya Charchā*，1954）和《泰戈尔的小说》（*Rabīndranātha: Kathāsāhitya*）等。

在受马克思主义思想影响的批评家中，S.麦特拉（Sitangsu Maitra）和A.博德尔（Arabinda Podder）、B.森（Bhabani Sen，1909～1972）、N.罗易（Nirendranath Roy，1896～1966）、H.杜特（Hirendranath Dutta，1908～?）和H.穆克吉（Hirendranath Mukherji，1905～?）等人值得一提。这些学者如麦特拉在论述墨图

---

①关于孟加拉语文论的介绍，主要参考：K.M.George, ed.*Comparative Indian literature*,Vol.2, pp.1063-1064.

②Nagendra, ed. *Literary Criticism in India,* p.34.

苏登和班吉姆·钱德拉等孟加拉语作家时，采纳了马克思主义的经济分析模式。

还有一些批评家受到弗洛伊德和荣格的精神分析论的影响。N.C.森古普塔（Naresh Chandra Sengupta）是孟加拉语评论家中进行精神分析批评的代表人物。布塔代沃·鲍斯在《〈摩诃婆罗多〉的故事》（*Mahābhārater Kathā*）中运用精神分析理论研究印度古代大史诗。扎格底舍·巴塔查利雅（Jagadish Bhattacharya）也以此法研究泰戈尔诗歌。

孟加拉语文论家S.C.S.古普塔（Subodh Chandra Sen Gupta）因其关于莎士比亚和萧伯纳的研究而享有国际声望。他编订并翻译过《韵光》及《韵光注》。在《文学导论》（*Sāhityapāther Bhūmikā*）中，他对印度古代文论进行介绍，并有新见。他后来出版的《孟加拉文学评论》（*Bāngalā Samālochanā Parichaya*）是一部梳理孟加拉语文学批评发展史的著作。

除此之外，孟加拉语学者中，还有一些人如S.K.查特吉（Suniti Kumar Chatterji，1890～1977）、阿米亚·德武、斯瓦潘·马宗达等人从事比较文学理论研究和相关批评实践，从而使加尔各答成为印度现当代比较文学理论阐发和批评实践的一大重镇。他们的成果多以英语发表，这将在后文论及。

论者认为，总体上看，相对于文学创作来说，现当代孟加拉语文论显得非常成熟。这是因为，孟加拉语文论自孟加拉现代文学产生之处便已出现，具有悠久的传统。由于身处殖民时代语境，孟加拉文学批评家综合采纳印度与西方文论原理，在对世界文学进行比较研究的基础上，形成了文论研究的世界眼光。泰戈尔和奥罗宾多等人的相关著述便是例子。在孟加拉地区，一些文学杂志聚集了一批诗人和小说家，他们以这些杂志为阵地，发表自己的文论思想，由此形成了一批作家型的文论家。还有一些文学领域以外的非专业人士也加入到文学评论的行列，他们也对孟加拉文论的发展有所贡献。“宗教因素或政治极端势力从未操控孟加拉文学评论界。因此，文学之外的思想从未凌驾于文学的价值判断之上。”[①]

三、古吉拉特语[②]

民族主义运动对古吉拉特语文学和文论的发展产生了深刻的影响。甘地时期，古吉拉特语文学深受甘地主义和马克思主义的影响，这在文论方面有所反映。关于部分学者文论著述的介绍延伸到印度独立以后，这包括甘地时期已经崭露头角的古吉拉特语文论家如R.V.帕塔卡（Ramarayan V. Pathak，1887～1955）、V.跋吒（Vishwanath Bhatt，1898～1968）、V.瓦迪亚（Vijayrai Vaidya，1897～1974）以及两位诗人兼文论家苏达兰姆（Sundaram，1908～?）和乌玛商卡尔·乔希。这是古吉拉特语文论发展的第四阶段即当代发展阶段。帕塔卡等人在印度独立后的文论著述成为第四阶段文论的重要组成部分。

后甘地时代，苏达兰姆以极富创意的精神进行文学评论，他的代表作有《观察》（*Avalokana*，1965）和《文学的思考》（*Sāhityacintan*，1978）。乌玛商卡尔·乔希的论文多发表在其自1947年起主编的《梵语》（*Sanskriti*）月刊上。他精通东西方文学，其论述充满现代意识，成为古吉拉特语现代文论开端的标志。乔希在1990年出版了基于讲演稿的英文论文集《印度文学的观念》（*The Idea of Indian Literature*），集中探讨印度民族文学何以成立的重要问题。这是一部篇幅短小但却意义重大的著作。乔希对西方古典和现代文学均非常了解，他知识渊博，睿智深刻，评论的范围非常广

---

①K.M.George,ed.*Comparative Indian literature,*Vol.2, p.1064.

②关于古吉拉特语文论的介绍，主要参考：K.M.George, ed.*Comparative Indian literature,*Vol.2, pp.1068-1069.

泛。[①]此前，乔希还出版过论文集《印度文学的个人体验》。在书中，他就印度文学研究与印度比较文学的学科建构关系、梵语诗学与印度的民族文化身份、达利特文学、西方悲剧观与梵语诗学悲悯味的区别、甘地对古吉拉特文学发展的重要意义、作家的责任、中世纪印度诗歌等问题进行了探索。乔希在书中透露，他曾经两度访问中国，对中国作家的写作状况进行了调查。他对当时中印文化交流的不理想状况非常担忧，他写道："将印度语言和外国语言作品译为古吉拉特语，这是长期的行为。《战争与和平》已被译为古吉拉特语。近来我发现了川端康成的一部小说译文。没有什么重要的中文作品被译为古吉拉特语，尽管我记得自己第一次为之作序的一本书是有关中国革命的短篇小说集的古吉拉特语译本。"[②]

后甘地时代的古吉拉特文学评论分为两支。一派取传统研究路数，这些文论家包括N.巴迦特（Niranjan Bhagat，1926～?）、J.帕塔卡（Jayant Pathak）和C.N.巴特尔（C.N.Patel）等人。另一派文论家采纳新的研究模式。这以苏勒希·乔希（Suresh Joshi，1921～1986）、苏曼·萨哈（Suman Shah）和C.托比瓦拉（Chandrakant Topiwala）等人为代表。其中，苏勒希·乔希影响甚大。"如果说B.S.玛德卡尔对于马拉提语文学批评有多重要，苏勒希·乔希对于古吉拉特语文学批评也就有多重要。"[③]他受西方形式主义和新批评文论的影响，反对以社会学方法研究文学。他规范了文学评论术语，重新思考了某些文学批评关键词。"他是一个著名的形式主义批评家。他重新研究一些既定的观点和评述，在古吉拉特文学批评领域发动了一场革命。"[④]当然，也应看到，

①Umashankar Joshi, *The Idea of Indian Literature,* New New Delhi: Sahitya Akademi, 1990.

②Umashankar Joshi, *Indian Literature: Personal Encounters,* Calcutta: Papyrus, 1988, p.179.

③G.N.Devy, ed. *Indian Literary Criticism,* p.184.

④K.M.George, ed.*Comparative Indian literature,*Vol.2, p.1069.

乔希早先强调文学内部研究的立场，到了后来产生了某种程度的改变或逆转。他撰写了《论阐释》一文，该文收入1983年出版的马拉提语论文集《精神意识》（*Chintayami Manasa*）中。该文集曾经获得“印度文学院奖”，但乔希自认不够资格而拒领此奖。《论阐释》对形式主义和新批评的文学阐释模式提出了质疑和批评。该文开头写道：“开头提出的问题是：‘阐释’（interpretation）这一术语是否准确？文学概念常常要求精确，然而其涵义须得时间来巩固……在我们的概念中，‘意义’（artha）并非意义，而是‘味’（rasa），因此，阐释意味着对审美过程（或译‘味的产生’）和审美阻碍（或译‘味阻’）的一种分析。我们的阐释究竟何为？意义的认知是否先于阐释？分析语言以理解诗人的语言活动究竟有多重要？”[①]在对比尔兹利、瓦尔特·本雅明、海德格尔、艾兹拉·庞德、博尔赫斯诸人的思想进行分析和思考后，乔希得出了自己的结论。他认为，语言风格分析在诗歌阐释中应该占有独特的地位。有的人认为，此类阐释会造成读者或批评家情感意识的自动丧失，带来“反艺术的理性主义”，审美体验中的直觉会以阐释的名义而被置换。这种对诗歌整体的思想抽绎最终可能导致情感体验或品味能力的弱化、丧失，阐释的过程会变得平庸不堪，因为真诚的艺术体验已经让位于傲慢自负的冷漠分析。乔希的答复是：“这些主张也是极端的。很少有诗歌在一次阅读或聆听中便融入心灵。然而，阐释不能将审美体验降为次品。”[②]

在苏勒希·乔希的追随者中间，萨哈和托比瓦拉两人强调结构主义的批评方法。这些举措显示西方文论对古吉拉特文论家的深刻影响。另外，还有一些学者从哲学或语言学角度研究古吉拉特文学，丰富了文学评论的内容。一些杂志如《梵语》、《文学作品》

---

①G.N.Devy, ed. *Indian Literary Criticism,* pp.184-185.
②G.N.Devy, ed. *Indian Literary Criticism,* p.191.

（*Granth*）和《智慧之光》（*Buddhiprakash*）等也常常登载文学评论，这使古吉拉特文学批评领域充满了活力。

总之，20世纪中后期的古吉拉特文论界，社会学、哲学、美学、实践性和分析性等各种批评方法或模式争奇斗艳，一派繁荣景象。这使古吉拉特文学创作和文学批评在当代印度文坛拥有重要的一席之地。

四、坎纳达语①

1950年以后，坎纳达语文学批评进入所谓“现代时期”（Navya period）。坎纳达语文学评论家V.K.戈卡克（Vinayak Krishna Gokak，1909～?）在1950年指出，当新的传统开始形成时，印度的文艺复兴时期将落下帷幕，而“现代时期”将进入人们的视野。戈卡克所谓的“现代”与自由、和谐等相联系。对他来说，“现代诗歌”（Navya poetry）是一种诗歌技法的实验而非思想变革。在1978年出版的著作《诗歌的复杂性》（*Kavanagalalli Sankirnate*）中，戈卡克对自己以前的立场进行了某种修正。他还出版了英文著作《印度的诗歌概论》（*An Integral View of Poetry: An Indian Perspective*，1975），试图探索一种新的诗歌理论。

坎纳达语现代诗歌的真正代表是G.阿迪迦（Gopalkrishna Adiga，1918～?）。就现代诗歌评论而言，J.R.阿兰塔穆尔提（J.R.Ananthamurthy，1932～）是最有影响的人物。他把英美文论家的新批评原理进行简化。他赞同新批评派的诗歌语言观。他认为，现代诗人们执迷于诗歌语言和技巧，是受制于观念压力的必然反应，并非是一种独立的美学追求。他的著作包括《智慧与环境》

---

①关于坎纳达语文论的介绍，主要参考：K.M.George, ed.*Comparative Indian literature*,Vol.2, pp.1081-1083.

（*Prajne mattu Parisana*，1971）和《语境》（*Sanniveśa*，1974）等。

坎纳达语文学进入“现代时期”后，出现了很多文学评论家，其中比较著名的学者及其著作包括：G.S.西沃鲁德拉帕（G.S.Shivarudrappa）的《东西方文学批评》（*Vimarśeya Pūrva Pascima*，1972）、G.吉拉迪（Govindaraj Giraddi）的《短篇小说新趋势》（*Sannakateya Hosa Olavugalu*，1965）、P.兰科斯（P.Lankesh）的《现代》（*Prastuta*，1970）、G.S.阿穆尔（G.S.Amur）的《文学作品论》（*Kṛtiparikṣe,* 1970）、L.S.S.拉奥（L.S.Sheshagiri Rao）的《小说与普通人》（*KādanbarḺ Sāmānya Manuṣya*，1957）、M.G.克里希那穆尔提（M.G.Krishnamurthi）的《印度现代文学》（*Ādhunika Bhāratīya Sāhitya,* 1970）和G.H.拉雅克（G.H.Nayak）的《当代》（*Samkālina,* 1973）等。G.S.西沃鲁德拉帕主编的文学评论集《实践批评》（*Prāyogika Vimarśe,* 1971）收录了现代派评论家的主要论文。除此之外，还有一些坎纳达语杂志以及几所大学也成为坎纳达语文学批评的主要阵地。

在坎纳达语文学批评“现代时期”进入晚期阶段时，反对的声音开始出现，这就是坎纳达语文学批评的“后现代时期”。这以C.帕蒂尔（Chandrasekhar Patil）等人为代表。现代派评论家受西方文论影响，关注作品而非作者。帕蒂尔等后现代批评家则将文学批评视为意识形态斗争的工具，他们认为现代派的弊端在于，形式主义批评与社会生活没有关联。这实际上反映了帕蒂尔等人受马克思主义文艺思想的深刻影响。

值得一提的是，坎纳达语学者中，有一位著名的梵语诗学翻译家和研究者，这就是前边提到的K.克里希那穆尔提。他的数种梵语诗学英译和研究著作，成为坎纳达语学者对印度古典诗学翻译和研究的标志性成果。后文将论及他的贡献。

评论家指出：“坎纳达语文学批评发展的最显著特点之一是它以西方为准绳……适合坎纳达语文学发展和才能的批评体系还没有

建立起来。”[①]这也是印地语和孟加拉语等其他方言文学批评所不同程度面临的相同问题。这也意味着坎纳达语文学批评还将在不确定因素中向前发展。

五、克什米尔语[②]

1956到1960年左右，马克思主义文艺观开始影响克什米尔语文学批评界。采用马克思主义方法进行文学批评的学者包括R.拉赫（Rahman Rahi）、G.N.费拉克（Ghulam Nabi Firaq）和A.M.丁（Akhtar Mohi~ud Din）等人。他们欲借鉴西方文论思想，建立自己的文学批评体系。R.拉赫于1979年出版《试金石》（*Kahvat*），这是他1961到1978年间所撰文学批评论文的汇集。

从1962到1970年左右，西方文论开始向克什米尔文学批评领域全面渗透。查谟与克什米尔文化研究院（The Cultural Academy of Jammu and Kashmir）出版了一些文学批评专号，学者们在评价克什米尔语作品的同时，刻意引进西方文学批评原理。因此，“表现”、“再现”等西方术语在克什米尔学者笔下不断涌现。A.K.莱赫跋（Autar Krishen Rehbar）在1966年写出了第一部克什米尔语文学史即《克什米尔文学史》（*Kaśiri Adboc Tarikh*）。

克什米尔现代文学批评先驱者包括上面提到的三位学者以及A.卡米尔（Amin Kamil）和H.卡斯米里（Hamidi Kashmiri）。他们开始都是引进以马克思主义文艺观为核心的进步文学理论，后来逐渐扩大视野，在克什米尔地区形成了真正的文学批评圈。

20世纪七十到八十年代以来，克什米尔文学批评领域非常活

---

①K.M.George,ed.*Comparative Indian literature*,Vol.2, p.1083.

②关于克什米尔语文论的介绍，主要参考：K.M.George, ed.*Comparative Indian literature*,Vol.2, pp.1085-1086.

跃。学者们在现代心理学、历史学和复杂的社会背景下考察超自然、人、宇宙和文艺现象。一些克什米尔语杂志登载西方文论的翻译，继续引介西方思想，借以丰富克什米尔语文论。这些被译为克什米尔语的西方文论经典包括朗吉努斯的《论崇高》、贺拉斯的《诗艺》、锡德尼的《为诗一辩》、雪莱的《为诗一辩》和I.A.瑞恰兹的《价值理论》等。

当代克什米尔文学批评领域的重要成就是诗歌批评。“尽管仍处青少年时期，克什米尔语文学批评已经在诗歌评论方面取得了重要进步。”①

六、马拉雅兰语②

1947年以前已经活跃在文学批评领域的文论家如J.孟达塞利、K.马拉尔、K.达摩达兰和K.M.乔治等人在印巴分治以后，仍然活跃在文学批评领域。随着时间的推移，一些年轻知识分子开始进入文学批评领域。他们在文学评论中，常常采纳社会学、心理学、哲学、政治学、人类学、语言学和历史学的基本原理和方法，这使他们的关注焦点偏离了文学文本。可见，西方文论深刻地影响了当代马拉雅兰语文学批评。当然，也有部分学者采取综合西方文论与印度传统诗学的方法，对文学作品进行阐释。

当代马拉雅兰语文学批评领域出现了很多有代表性的人物。S.阿茨科德（Sukumar Azhicode，1926 ~ ?）出版了关于马拉雅兰语文学批评史的著作《马拉雅兰语文学批评》（*Malayāla Sāhitya Vimarśanam*, 1981）。1954到1962年间，他还出版了另外三部文

①K.M.George,ed.*Comparative Indian literature*,Vol.2, p.1086.

②关于马拉雅兰语文论的介绍，主要参考：K.M.George, ed.*Comparative Indian literature*,Vol.2, pp.1092-1093.

学评论著作。M.阿楚堂（M.Achuthan，1930～）和K.M.塔拉坎（K.M.Tharakan，1930～）分别出版了《西方文学观念》（*Pāś-cātya Sāhitya Darśanam*, 1967）和《西方文学基本原理》（*Pāścātya Sāhitya Tatwaśāstram*,1975），详细介绍西方文学与哲学思想。二人同时还对马拉雅兰语诗歌进行评论。M.N.维迦因（M.N.Vijayan，1927～？）和M.里拉瓦提（M.Leelavathy，1927～？）以心理学方法研究马拉雅兰语现代诗歌。N.V.K.瓦里尔（N.V.Krishna Warrier，1916～？）利用结构主义和语言学方法分析诗歌，而P.K.巴拉克里希那（P.K.Balakrishna，1927～？）使用社会学方法研究古典马拉雅兰语小说家C.梅侬（Chandu Menon）的小说。这表明，当代马拉雅兰语文学批评领域出现了"百花齐放、百家争鸣"的局面，但在这种表面繁荣的现象下，也潜藏着西方话语"一统天下"的阴影。如何把西方文论与印度本土传统诗学结合起来，并在文学批评中正确地加以利用，这是当代马拉雅兰语文学批评家应该考虑的问题。

七、马拉提语[①]

与马拉雅兰语文论家的情况相似，一些马拉提语文论家的文学批评活动也跨越了印度现代和当代史的两个阶段。这以G.嘉德吉尔、B.S.玛德卡尔和S.穆克提波塔等人为代表。

嘉德吉尔主要为马拉提语的现代主义文学进行辩护。他撰写了《现代短篇小说的本质》（*Navakathece Svarūp*）和《诗歌的意义》（*Kāvyācā Artha*）等论文，他的论文后来汇编为两本文论集《文学的标准》（*Sāhityāce Khāndaṇḍa*, 1962）和《岩石与水》（*Khadakāṇi Pāṇi*, 1966）。

---

①关于马拉提语文论的介绍，主要参考：K.M.George, ed.*Comparative Indian literature*,Vol.2, pp.1098-1100.

玛德卡尔以马拉提语和英语进行著述，并对马拉提语现代和当代文论产生过影响。他主要从艺术想象和情感体验的角度讨论诗歌与艺术。这足以见出现代西方文论对玛德卡尔的深刻影响。玛德卡尔的理论在马拉提语文论界风行一时，但不久就遭到了一些学者如S.穆克提波塔、P.潘迪耶（Prabhakar Padhye，1909～?）和R.B.帕坦卡（R.B.Patankar）等人的质疑。他们挑战玛德卡尔的基本理论。潘迪耶对玛德卡尔的理论进行了全面而彻底的批判，这体现在他的著作《玛德卡尔论美》（*Mardhe Karanci Soundaryamīmāmsa*，1970）中。

与玛德卡尔和勒格（Rege）一样，穆克提波塔也是创作现代派诗歌的马拉提语诗人。他出版过马拉提语文论著作《创作、美与文学价值》（*Śṛṣṭi, Soundarya āṇi Sāhitya Mūlya*, 1978），该书获得1978至1979年度的印度文学院奖（Sahitya Akademi Award）。他在书中先对玛德卡尔的“韵律论”进行评点，再对梵语诗学味论进行考察。在他看来，文学作品是一个有机整体。由于诗歌语言的美学力量，它成为一个重要的情感体验结构。文学作品各个因素的内在统一来自人性本质的显现。穆克提波塔的“人性”不仅指17到18世纪西方意义上的人性（humanity），还指人的本质。尽管他的理论不无含混之处，但却颇具新意。

20世纪50到70年代，W.L.库尔卡尼（W.L.Kulkarni，1911～?）在文学批评领域占有特殊的地位。他是七十年代最受敬重的马拉提语文学批评家之一。他著述颇丰，对许多重大的理论问题都给予关注，他坚信文学作品的最高目的在于提升人的精神境界。

20世纪80至90年代，被誉为仅次于B.S.玛德卡尔的马拉提语文论家、一流小说家巴尔钱德拉·尼玛德（Bhalchandra Nemade）以其独具特色的文论思想，在马拉提语文论界掀起了波澜。他是一位颇受争议的文论家，他的文论观被称为“地方主义思想”（nativism）。1987年和1991年，他以马拉提语先后出版过两部文论集。1980年，他在西瓦吉大学发表了关于1950至1975年马拉提语小说的演讲，引起争议，该文于1985年以《1950至1975年间的马拉提语小说》为题译为英语并发表在杂志上。“他是目前这一代人中对文学进行程序化的极少数印度批评家之一，他从一种有机演化的视角（an organic view）考察文学和文化史。”[①]通过对近现代马拉提语小说从语言、风格到内容演变的历史考察，尼玛德将其归纳为大致四个类型：包括历史传说、神话、自传和寓言等的影像式小说（Pratikriti-trend novels）、包括各种艳情描写的法式小说（riti-trend novels）、地方性小说（regiona novels）、行动小说（kriti-trend novels）。[②]所谓“行动小说”其实是现实主义小说的代名词而已，它也可视为地方性小说的近义词。尼玛德再通过对1950至1975年马拉提语小说中的达利特文学、女性文学等的分析得出结论：“人们现在可以按照非现实小说、奇幻小说到现实主义小说的排列谱系思考小说。1950年以前没有此种小说谱系。这可视为马拉提语小说数量和质量均有提高的好兆头。”[③]关于这种新出现的“行动小说”的特征，尼玛德指出，它的作家拒绝学院式批评。他们接受现实主义影响，选择崭新的小说题材，剔除非现实的个人化书写，关注社会道德和文化价值，以现实主义关怀“填平个人与社会之间的鸿沟，创造发现社会生活与实践的重要意义的写作技法。他们缔造了新的审美观”。[④]马拉提语小说由此迎来了本土化或地方主义色彩浓厚的阶段，这是这一时期小说创作最有价值的收获。尼玛德还指出，每一代人，每一个文学界，都得有小说家来净化社会思想，而这只有在健康的文学、文化氛围中才可成为现实。因此，他在文章最后对马拉提语文学批评界发出了激烈的批评声：“除非

①G.N.Devy, ed. *Indian Literary Criticism*, p.192.
②G.N.Devy, ed. *Indian Literary Criticism*, p.207.
③G.N.Devy, ed. *Indian Literary Criticism*, p.207.
④G.N.Devy, ed. *Indian Literary Criticism*, p.216.

下一代人革新批评观念，治愈现阶段马拉提语文学批评中的乏味状况，否则，这一状况不太可能发生变化。”①尼玛德的上述观点，似乎可以发现进步文学运动对文学批评施加影响的痕迹。在这种思想氛围中，马拉提语文论界的达利特文学批评的萌芽和发展只是时间早晚的事。

与马拉雅兰语学者一样，当代马拉提语学者也一直受到西方文论的深刻影响。他们或是关注文学形式，或是关注文学表达的内容。西方文学理论家如瑞恰兹、T.S.艾略特、维姆萨特、布鲁克斯、萨特、加缪等人的理论总是在马拉提语文学界及时地得到回应。存在主义、荒诞派戏剧等也成为人们讨论的重点。V.B.帕塔卡（V.B.Pathak）、S.N.般哈提（S.N.Banhatti）和N.G.乔希（N.G.Joshi）等人在利用西方文论探讨文学现象方面值得关注。他们代表了当代马拉提语文学批评的一种趋势。

八、奥里雅语②

20世纪中后期的奥里雅语文学批评由以下几个方面的内容组成：传统批评、奥里雅语文学史、梵语诗学的阐释和西化批评等等。

有些批评家认为，文学批评是对文学作品背后的文化传统进行阐释。按照这一思路进行文学批评的人包括N.达斯（Nilakantha Das，1884～1967）和M.曼辛哈（Mayadhar Mansinha，1906～1973）等人。达斯的著作有《奥里雅文学的发展》（*Oriya Sāhityar Krama Pariṇāma*，1978）和《奥里雅语言文学》（*Oriya Bhāṣā O Sāhitya*）

①G.N.Devy, ed. *Indian Literary Criticism,* p.218.

②关于奥里雅语文论的介绍，主要参考：K.M.George, ed.*Comparative Indian literature,*Vol.2, pp.1103-1104.

等。曼辛哈的著作包括《诗人和诗》（*Kavi O Kavita*，1973）等。由于受到西方文论的影响，这种批评模式产生了主观和客观两个方面的变化。主观是指东西方文学评论方法的冲突，如心理学方法在评价古典梵语作家方面的运用，客观上涉及评价内容的选择问题。这种影响对于奥里雅语文学批评走向深入有着十分积极的意义。

在对奥里雅语文学发展史的梳理过程中，一些学者认识到，这不是对自己的语言文学进行简单的历史考察，还是为现在的文学创作提供指南和借鉴。文学史著作包括B.米什拉（Binayak Mishra）的《奥里雅语文学史》（*Oriya Sāhityār Itihāsa*, 1964）和《现代奥里雅语文学史》（*Ādhunika Oriya Sāhityār Itihāsa*, 1962）、S.N.达斯（Surya Narayan Das）的《奥里雅语文学史》（*Oriya Sāhityār Itihāsa*）、N.沙曼达拉依（N.Samantarai）的《1803至1920年的奥里雅语文学史》（*Oriya Sāhityār Itihāsa from 1803-1920*），曼辛哈的英文著作《奥里雅语文学史》（*History of Oriya Literature*），等等。

这一阶段，对于梵语诗学的研究呈现出新的面貌。一些研究者不再遵从此前的传统模式，而是以新的观点来解释味论、韵论或合适论等。这方面的研究著作包括G.巴尔（Gangadhar Bal）的《文学探索》（*Sāhitya Jigyānsa*, 1971）和G.乌达迦塔（Govind Udgata）的《文学评论》（*Sāhitya Samīkṣaṇa*, 1976）等。

独立以后，按照西方文学批评模式研究文学的奥里雅语批评家产生了一些微妙变化。他们认识到，套用19世纪英国浪漫主义批评家的研究模式分析文学作品显然不够理想。他们向西方形式主义和新批评靠拢，采取将文学作品与作者及其文化传统脱钩的方法进行研究。对他们来说，一部文学作品就是一个值得客观分析的对象。在他们那里，作品成为检测西方文学批评术语的学术道具。不过，这种全盘西化的研究模式在20世纪50年代后开始遭到质疑。一些学者提倡在印度文化传统语境中阐释文学作品，他们试图将现代文学视为有机的成长过程，而非将文学批评视为某种理论的反应。他们试图修正那种西化的研究方法，以利于作品的整体理解。这方面的代表作包括C.贝赫拉（Chintamani Behera）的《诗歌与艺术家》（*Kāvya O Kalākāra*, 1966）和D.达斯（Dasarathi Das）的《现代诗歌与想像研究》（*Ādhunika Kāvya Jigānsā Citrakalpa*）等。

一批奥里雅语作家、特别是一些创作现代诗的诗人也加入文学批评行列。他们从自己的创作经验出发进行文学评论。他们认为，作品只是作家对于生命和死亡的艺术体验和反应，是一定社会和文化传统的产物。这种立场接近于西方浪漫主义文论传统。这方面的代表作包括G.莫汉迪（Gopinath Mohanty）的《艺术的力量》（*Kala Śakti*，1973）和S.莫汉迪（Surendra Mohanty）的《法基尔·莫汉》（*Fakir Mohan*，1972）等。

随着时间的推移，20世纪70年代后，奥里雅语文学批评家出现了明显的民族主义意识，即把奥里雅语文学视为印度文学的一部分。在这种前提下，部分学者开始进行奥里雅语文学与其他印度方言文学之间的比较研究。这种“印度意识”（Indian consciousness）开阔了奥里雅语文学批评家的眼界，使其文论著述增加了一个新的维度。

当代奥里雅语文学批评着意于发掘作者在作品中倾注的审美愉悦，并注意结合印度文化传统进行阐释。这在一定程度上纠正了西化批评模式的某些弊端。

九、旁遮普语①

印度独立以后，旁遮普语文学批评首先在马克思主义文艺批评

①关于旁遮普语文论的介绍，主要参考：K.M.George, ed.*Comparative Indian literature*,Vol.2, pp.1107-1108.

领域结出硕果。这方面的创始人是S.S.塞孔。他是第一位认真关注马克思主义文艺理论的旁遮普批评家。他的代表作有《文学的意义》（*Suigeneris Sāhityarth*, 1957）、《旁遮普名诗人》（*Parsidh Punjabi Kavi*，1960）和《重要诗歌》（*Kāvya Śiromaṇi*, 1964）等。塞孔主要采取历史唯物主义方法进行文学批评，并未受到后来兴起的新马克思主义思想的影响。K.辛哈（Kishan Singh，1911～?）和塞孔相似，主要从历史唯物主义角度出发研究文学，将文学视为客观真实的反映，而忽视了文学文本的内部结构分析。相对而言，塞孔从政治经济角度分析文本，走的是历史相对主义路线，而辛哈关注文学文本的文化层面，走的是历史主观主义路线。

巴基斯坦旁遮普语批评家N.H.赛义德（Najm Hosain Syed，1936～）虽然坚持进步主义传统，但在文学批评中更加关注文学的肌质、范式和结构。这显示旁遮普文学批评在研究方法上的过渡。赛义德的著作包括旁遮普语著作《方向》（*Sedhan*，1967）、《感知》（*Saran*，1974）和英文著作《旁遮普语诗歌的重复范式》（*Recurrent Patterns in Panjabi Poetry*，1968）等。

随着进步文学运动逐渐衰退，塞孔的马克思主义批评模式显得过时，来自西方的新批评方法在旁遮普语文学批评界流行开来。关注文学内部语言结构成为一种时尚。这方面的代表人物是J.S.阿鲁瓦里亚（Jasbir Singh Ahluwalia，1935～），其著作包括《诗歌研究》（*Kāvya Adhyān*, 1959）、《观点》（*Dṛṣṭikon*，1961）和《概观》（*Samdarśan*，1977）等。H.辛哈（Harbans Singh，1918～?）的《旁遮普语文学面面观》（*Aspects of Panjabi Literature*，1961）也是以形式主义和新批评方法分析文本结构的范本。

在当代旁遮普语文学批评家中，H.辛哈（Harbhajan Singh，1920～?）是一位举足轻重的转型期代表。他把旁遮普语文学批评带入了一个新的天地。他的主要论文有《价值与评判》（*Mul te Mūlāṅkan*, 1972）、《语言之外》（*Pargami*，1974）、《肌质与结构》（*Racna te Sanracna*，1977）和《文学的科学》（*Sāhit Vigyān*，1978）等。他的大量论文和翻译使其成为旁遮普语文学批评界的领军人物。为了向旁遮普语文论界介绍西方文论，辛哈广泛涉猎俄国形式主义、索绪尔语言学、布拉格语言学派、法国结构主义、美国新批评和前苏联的语义学派等等。他试图按照旁遮普文学传统来解释结构主义和语义学，以形成本土诗学体系。他对比较文学理论有过探索。他相信，文学虽然是一种社会意识形态的产物，但却也是一种自足的现实存在。批评家应该承认文学文本的自足与依赖是有机的统一。如此看来，辛哈属于文学批评家中的调和折中派。

除了上述研究动向外，还有一种趋势值得关注，这就是一部分学者对旁遮普民间文学进行研究，并多有收获。一些旁遮普语杂志和文学社团以及一些大学也不同程度地加入文学批评实践的行列。这进一步丰富了文学批评的内容。

由此看来，马克思主义和结构主义等西方研究方法基本上主宰了当代旁遮普语文学批评领域。虽然有的学者致力于形成一种适合本土的文学评论体系，但其难度之大可想而知。

十、信德语①

印度独立以后，信德语文学批评开始步入正轨，它主要由四个方面的内容组成：传统的学术批评、进步主义文学批评、理论批评和新批评。

就传统的学术批评而言，主要是采纳波斯诗歌的一些标准对诗歌的修辞韵律等进行文学评论。这方面的批评家包括L.阿齐兹（Lekhrāj Azīz）、K.阿德瓦尼（Kalyān Advānī）、L.H.阿吉瓦尼

①关于信德语文论的介绍，主要参考：K.M.George, ed.*Comparative Indian literature*,Vol.2, pp.1123-1124.

（L.H.Ajwānī）和T.巴桑特（Tīrtha Basant）等。

由于印巴分治使信德语地区一分为二，马克思主义阐释文艺与生活的分析方法在信德语文学批评领域相当流行。这为很多信德语批评家寻找文化归属和身份认同提供了便利。在信德语地区，一段时期内，进步主义和信德语文学几乎成了同义词，而爱情成为诗歌创作中的“反动”主题。批评家们局限于马克思主义研究方法，用它来衡量一切文学作品，其中有代表性的批评家包括乌丹姆（Uttam）和K.巴巴尼（Kirat Babani）等人。乌丹姆以进步主义的社会分析原理研究印度古代文学，认为古代诗人的伟大在于他们的人道主义思想。这种进步主义批评方法以马克思主义文艺观为核心，它在后来遭到一些论者的质疑和挑战而逐渐退潮，并让位于其他的批评方法。

由于梵语诗学未能在信德语文学批评领域产生影响，信德语学者在这方面的研究微乎其微。他们有的人尝试研究波斯语文论和阿拉伯语文论，但其学术质量不高。因此，在对古代文学理论进行批评研究方面，信德语学者的成绩十分不理想。

“新批评”方法在信德语地区有着特殊的含义。它指与传统研究相区别的一种模式或方法。这种研究趋势大约产生于1960年后。一些“新批评”研究者相信，文学虽然是社会环境的产物，但它也是艺术创造的结晶体，包含了作者的情感意识。这些学者在英美新批评派和马克思主义者的立场中间徘徊。H.希沃迦尼（Hīro Shevakānī）和拉尔·布希波（Lāl Pushp）等人是信德语地区的“新批评”干将。

1950年，M.U.马尔卡尼（M.U.Malkani）首次向信德语读者简单介绍了梵语诗学基本原理。1974年，J.K.薄瓦纳尼（J.K.Bhavnani）出版《五宝》（*Pañja Gañja*），向信德语读者介绍了味论、庄严论、文学论和诗律等方面的梵语诗学原理。在诗律部分，薄瓦纳尼还引用英语和波斯诗律，对梵语诗律加以阐释。他们试图向信德语学者引介梵语诗学。

印度学者认为："用政治经济学术语说，我们不得不认为，信德语文学批评处于'不发达状态'。"[①]该学者将信德语文学批评视为"不发达"，并认为这与印巴分治关系极大。这种观点不无道理。信德语文学批评要像孟加拉语、马拉提语等其他方言文学批评一样走向成熟，的确还有很长的路要走。

十一、泰米尔语[②]

印度独立以后，泰米尔语文学批评家T.K.C.穆达利亚的研究模式继续影响一些学者。例如，M.瓦拉达拉绛（M.Varadarajan，1912 ~ 1974）的两部阐释文学理论的书《文学研究》（*Ilakkiya Ārāicci*, 1953）和《文学传统》（*Ilakkiyat Tiran*，1954）就是如此。他在书中基本遵循西方文论介绍文学原理，对于学习文学理论的入门者非常有用。

20世纪中后期，泰米尔文学评论界主要在以下几个方面取得了一些成绩：小说研究、进步文学批评、比较文学研究和泰米尔文学史研究。

19世纪末，随着近代意义上的小说在印度出现，泰米尔语学者P.S.苏布拉马尼亚（P.S.Subramaniya）在一本杂志上发表文章，分析小说的情节、结构、角色塑造和风格。在他之后，很长时间里无人关注小说研究。这一状况在印度独立后得到改观。1957年，K.N.苏布拉马尼亚发表论文《早期泰米尔语小说》（*Mutal Aintu Tamil Nāvalkal*），开始向普通读者介绍小说理论。1959年他又发表

①Nagendra, ed. *Literary Criticism in India,* p.232.

②关于泰米尔语文论的介绍，主要参考：K.M.George, ed.*Comparative Indian literature,*Vol.2, pp.1129-1131.

《批评的艺术》（*Vimaricanak Kalai*）和《文学的思考》（*Ilakkiya Vicāram*），继续探索小说艺术。他的观点混合了王尔德的“为艺术而艺术”论和印度的吠陀哲学观。C.S.切拉波（C.S.Chellappa）的《泰米尔语文学批评》（*Tamilil Ilakkiya Vimaricanam*，1974）和《泰米尔语短篇小说的产生》（*Tamil Cirukatai Pirakkiratu*，1974）也是值得注意的小说研究。R.丹达幽登（R.Dandayudhan，1940～）的《泰米尔语社会小说研究》（*A Study of the Sociological Novels in Tamil*）是首次对泰米尔小说的系统研究。M.罗摩林迦（M.Ramalingam，1939～）的论文《新文学》（*Novel Ilakkiya*，1972）以西方文论为参照，详尽论述了小说理论。1973年，他写出《小说的意义》（*Punaikatai Valam*），以西方文论评价十二部泰米尔语小说。

在进步文学批评方面，K.盖拉萨巴蒂（K.Kailasapati，1933～）、N.瓦拉马玛莱（N.Vanamāmalai）和S.R.马拉伽般图（S.R.Maragabandhu）等人最有代表性。其中，前二人深受马克思主义哲学影响，相信文学作品是特定时代和环境里社会意识形态的产物，他们多从社会内容入手评价文学作品。马拉伽般图在马克思主义批评方法之外，还借鉴了其他西方文论家的思想。他的代表作有《希拉帕提卡兰批评研究》（*A Critical Study of Śilappadhikaram*，1949）和《西兰布的鲜花》（*The Flowers of Silambu*，1963）等。

泰米尔语学者对于比较文学研究非常感兴趣，他们在印度独立以后取得了很多成就。这主要反映在他们对泰米尔语诗歌的比较研究方面。例如，S.V.皮拉伊（S.V.Pillai，1891～1956）的《史诗时代》（*Kāviya Kālam*, 1952）以比较方法研究印度史诗。S.S.塔尼纳亚康（S.S.Taninayakam）的《泰米尔语自然诗》（*Nature Poetry in Tamil*，1953）对泰米尔古典诗歌和梵语、希腊语、拉丁语和英语古典诗歌进行比较研究。塔米拉纳尔（Tamilannal）的《比较文学研究导论》（*Oppilakkiya Arimukam*，1973）向泰米尔语普通读者介绍了比较文学基本原理。

由于泰米尔文学历史悠久，很多学者对泰米尔语文学史的梳理非常着迷。他们撰写的英文版或泰米尔语版泰米尔文学史不断问世。这是泰米尔语学者的一大成就。

说到当代泰米尔语文论家，印度海外学者A.K.罗摩奴阇（A.K.Ramanujan）值得一提。他虽然是主要将坎纳达语和泰米尔语文化经典（包括泰米尔语文论经典《朵伽比亚姆》的选译和改写）译为英语，介绍给美国为代表的西方学术界，但他在译介中也不时透露自己的一些文学观或文化观。例如，他通过对坎纳达语和泰米尔语民间口传文学的研究发现，印度古代文学中存在类似于“俄狄浦斯情结”等乱伦的主题。这无疑是一种典型的文学人类学研究。他的结论是：“在世界神话和民间传说中，到处可见类似于印度人所欣赏的这种俄狄浦斯叙事模式。”[①]这种关于印度文化的人类学考察，其初衷是使印度文化在西方英语世界褪去“神秘”外衣，有助于印度文化软实力“外销”，但其实际效果尚待观察。罗摩奴阇生前所在的芝加哥大学在印度古代文化研究方面多所建树，似与他的相关译介密不可分。

综上所述，泰米尔语文学批评在20世纪中后期取得了很多成就。他们的成果值得研究印度文学史、印度文论史和印度比较文学发展史的学者们关注。

十二、泰卢固语[②]

当代泰卢固语文学批评包括泰卢固语文学史的梳理、传统文论

①A.K.Ramanujan, *The Collected Essays of A.K.Ramanujan,* New Delhi: Oxford University Press, 1999, p.395.

②关于泰卢固语文论的介绍，主要参考：K.M.George, ed.*Comparative Indian literature,*Vol.2, pp.1135-1136.

的翻译研究、泰卢固文学现象或泰卢固语作家的研究以及关于泰卢固语文学的专题研讨等。这些方面的内容均秉承印度独立前的研究传统，但有不同程度的发展和深化。

在对泰卢固语文学史的梳理方面，1949年，K.悉多罗摩雅（Kuruganti Sitaramayya）和P.H.拉奥（Pillalamarri Hanumanta Rao）出版四卷本的《现代安德拉文学的发展道路》（*Navyāndhra Sāhitya Vidhulu*），它对五十年代的泰卢固语作家和批评家影响很大。G.V.悉多帕底（G.V.Sitapati）出版了《泰卢固语文学史》（*History of Telugu Literature*，1968），该书简洁流畅，可读性强。作者对早期泰卢固语文学到现代泰卢固语文学进行了研究，具有很高的学术价值。此外，阿鲁德拉（Arudra）于1965年出版的《安德拉文学大观》（*Samagra Āndhra Sāhitya*）是普及读物，对于文学史的介绍并不全面。

关于印度传统文论的研究，C.G.夏斯特里（C.Ganapati Sastry）在1972年撰写的《论文学美》（*Sāhitya Saundarya Darśanamu*）论述全面，很有价值。作者试图将东西方文论家的观点融为一体炉。S.V.R.拉奥（S.V.R.Rao）的《泰卢固语文学批评》（*Telugulo Sāhityavimarśa*,1974）则对泰卢固语文学批评实绩进行评价，开拓了一个新的方向。此外，还有一些学者对梵语诗学进行翻译和研究，丰富了梵语诗学研究的内容。

在对泰卢固语文学思潮或作家的研究方面，泰卢固语学者在印度独立后取得了更多的成就。有的学者受到了西方文论的深刻影响。例如，V.N.拉奥（V.N.Rao）的《泰卢固语诗歌革新的本质》（*Telugulo KāvitaViplavāla Svarūpam*）认为，文学是社会环境的产物。他以马克思历史唯物观研究泰卢固语文学史。P.S.B.阿帕拉奥（P.S.B.Apparao）的《泰卢固语戏剧发展》（*Telugu Nāṭaka Vikāsamu*, 1967）以西方戏剧学原理论述泰卢固语戏剧史。M.N.夏尔玛（M.N.Sarma）的《泰卢固语小说发展史》（*Telugu Navalā*

Vikāsamu, 1971）和B.K.拉奥（B.K.Rao）的《安德拉小说发展史》（*Āndhra Navalā Pariṇāmam*, 1971）均追溯了19到20世纪七十年代泰卢固语小说发展史。

在泰卢固语文学是否与梵语文学有关的问题上，两位泰卢固语学者展开了论战。这场极富学术意义的论辩成果分别是两本著作，即C.N.拉奥（Chilukuri Narayana Rao，1890～1950）的《泰卢固语言历史》（*The History of Telugu Language*）和G.J.索玛亚基（G.J.Somayaji，1900～?）的《安德拉语言发展史》（*Āndhra bhāṣā Vikāsamu*）。前者认为，泰卢固语来自于梵语，后者反对这一观点，认为泰卢固语是达罗毗荼语的一支。

在比较诗学研究方面，泰卢固语学者G.S.夏尔玛（G.S. Sarma）的著作《诗人军的宣言》（*Kavisena Manifesto*，1978）值得关注。他以渊博的学识对印度古代文论和现代西方诗学进行比较。

由于印刷业的日益发达，很多泰卢固语文学杂志和报纸也登载文学评论。此外，还有一些相关学术研讨会不时举行，进一步丰富了泰卢固语文学批评的内容。

十三、乌尔都语①

20世纪30年代以来，进步文学运动等文学和社会思潮影响到乌尔都语文学批评，出现了一些著名的批评家，如进步文学批评家S.E.侯赛因（Syed Ehtesham Husain, 1912～1972）等人。总体来看，当代乌尔都语文学批评主要围绕马克思主义为核心的进步主义批评（Progressive criticism）和新批评等不同的研究模式而展开。

①关于乌尔都语文论的介绍，主要参考：K.M.George, ed.*Comparative Indian literature*,Vol.2, pp.1141-1142.

就进步主义批评而言，巴基斯坦的A.H.来普利（Akhtar Husain Raipuri, 1910～?）和A.阿里（Ahmad Ali, 1912～?）的著述以及印度的M.戈拉克普里（Majnu Gorakhpuri, 1904～?）的论文《文学与生活》（Adab Aur Zindagi）标志着它的开端。巴基斯坦的两位乌尔都语学者以阶级分析的意识形态模式研究古典文学，将之视为腐朽没落的“封建文学”。他们以阶级分析和社会内涵思考取代了文学作品的审美价值判断。戈拉克普里和S.E.侯赛因等人以更为科学的方法研究文学作品与社会的联系。他们关注社会对文学的影响。进步主义文学批评一直延续了三十年左右，它在印度和巴基斯坦乌尔都语文学批评界几乎占据了统治地位，并产生了进步主义批评奠基人萨迦德·扎希尔（Sajjad Zaheer，1905～1976）、萨达尔·贾弗利（Sardar Jafri，1913～?）和巴基斯坦乌尔都语学者蒙塔兹·侯赛因（Mumtaz Husain，1924～?）等著名批评家。他们将文学批评与更广泛的社会生活及知识领域的科学理解紧密联系，并重视民间文学与民间作家，重视古典文学、特别是中世纪神秘主义诗歌中的社会反叛声音及其对当代文学创作的影响。“进步主义文学批评常常被视为‘庞然大物’，进步主义批评家采取的是同样的研究手段。事实上，进步主义文学批评涵括了带有社会学偏见的批评家和具有清醒的马克思主义阶级分析意识的批评家。”①到了20世纪中后期，随着在国际文论界风行一时的西方新马克思主义思想的传入，考德威尔、乔治·卢卡奇、B.布莱希特、雷蒙德·威廉斯和特里·伊格尔顿等人的思想同样在乌尔都语文学评论中流行。

随着进步主义文学批评的进行，非马克思主义的文艺理论思想如F.R.利维斯和T.S.艾略特等人的现代主义文论观，甚至包括法国颓废主义文艺观都传入乌尔都语文论界，并在文学研究中发挥了作用。1960年左右，新批评方法传入乌尔都语文学评论界，并得到批

①K.M.George,ed.*Comparative Indian literature,*Vol.2, p.1141.

评运用。在现代批评的大旗下，集合了一些乌尔都语文学评论家，他们尝试文本细读和结构分析。卡里姆丁·艾哈默德（Kalimuddin Ahmad）、阿里·艾哈默德·苏鲁尔（Ali Ahmad Suroor，1911～?）和哈桑·阿斯卡里（Hasan Askari，1914～1978）等人是这方面的先行者。

有必要简单地提一下巴基斯坦的乌尔都语文学批评。它对印度的乌尔都语文学批评产生过一定的影响。印巴分治不久，进步主义文学批评在巴基斯坦遭到禁止。巴基斯坦批评家重视分析文学作品中的宗教玄学因素，试图把文学与国家的宗教道德观联系起来，以利于民族团结。这方面的代表人物包括萨利姆·阿赫默德（Salim Ahmad，1944～）、法德赫·默罕默德·马利克（Fateh Mohammad Malik，1936～）和吉拉尼·卡姆兰（Jilani Kamran，1944～）等人。另外，还有一些巴基斯坦学者如瓦兹尔·阿格哈（Vazir Agha，1940～）的《乌尔都诗歌的本质》（*Urdu Sāirī Ka Mizaj*）试图采用西方的原型批评（archetypal criticism）模式，在雅利安原型文化和中国文化模式的参照下，分析阐释乌尔都语诗歌。另一位巴基斯坦学者伊芙特卡·迦尼布（Iftekhar Jalib，1938～）则试图在文学评论中对心理学和社会学等研究方法兼收并蓄。上述学者的研究方法影响了印度的乌尔都语学者。

值得一提的是，1916年生于印度阿格拉、1947年印巴分治后迁居巴基斯坦的乌尔都语文学批评家阿布赖司·西迪基撰写了两部总结乌尔都语文学史的著作即《乌尔都语文学史纲》和《今日乌尔都语文学》。第一部著作先重点介绍1857年以前的乌尔都语古典文学，对于1857年后的乌尔都语近现代文学，该书重点介绍五位杰出作家，最后再对乌尔都语小说、戏剧、故事和文学批评等分门别类地进行简介。第二部著作具体阐述了1857年以来乌尔都语文学发展史。西迪基按照诗歌、长篇小说、短篇小说、戏剧、文学批评、讽刺文学、杂文和论文等门类，对乌尔都语近现代文学做了点面结合的介绍与分析。①这两本书非常流行，是巴基斯坦的乌尔都语文学教材。中国学者山蕴曾将此二书编译为中文，并于1993年出版，印数1000册。这为绝大多数不识乌尔都语的中国读者、学者了解乌尔都语文学发展史创造了极为有利的条件。从印度文论发展史角度看，《今日乌尔都语文学》专列文学批评一章，涉及印度独立以前很多著名的乌尔都语文论家的介绍，这对中国乃至印度学界了解印度独立以前的乌尔都语文学史也大有裨益。

论者指出："在印度的传统文学中，乌尔都语也许是唯一没有完全扎根于梵语诗学概念和方法影响的语言，它始终坚持发展自己的文学批评原理。"②正因如此，乌尔都语批评家们始终坚持把自己的本土意识与东西方乃至中亚的文学批评原理结合起来，以形成自己独特的文学批评概念和体系。在此过程中，柏拉图和亚里士多德诗学的阿拉伯语译著发挥了重要的作用。总之，即使到了20世纪后期，虽然接受了西方文学理论的影响，乌尔都语文学批评仍然保持着自己的特色。与印度其他语言的批评家一样，乌尔都语批评家也感受到了现代思想的冲击，体验到当代世界和文学发展的困境带来的压力。与孟加拉语和泰米尔语等各种印度区域性语言的文学批评家一样，乌尔都语文学批评家将在压力中寻求突破，从而为寻求建构适合本土文学批评的理论体系而不懈努力。

第三节　印地语文论新发展③

印地语"阴影主义"文论大都跨越了现代印度和当代印度两个

①（巴基斯坦）阿布赖司·西迪基：《乌尔都语文学史》，山蕴编译，"前言"，第1—2页。

②K.M.George,ed.*Comparative Indian literature*,Vol.2, p.1142.

③关于印地语文论的介绍，主要参考：Ram Chandra Prasad, *Literary Criticism in Hindi,* pp.154-200；同时参考：K.M.George, ed.*Comparative Indian literature*,Vol.2, pp.1175-1177.

时段。阴影主义文论家们大多取法修格尔式融汇东西的著述方式，越到后来，这种情况越是普遍。如遵循修格尔模式的拉姆达利·辛格（Ramadhari Singh，1905 ~ 1974）的著述便是如此。辛格的代表作包括《诗歌引论》（*Kāvya Ki Bhūmikā*, 1958）和《纯诗探索》（*Śuddha Kavitā ki Khoj*, 1966）等。

正如一位学者所言："正是因为瓦杰帕伊、德维威迪、纳根德罗和德维罗阇等人，20世纪东西方融合的精神才表现得最为清晰。因为他们，印地语文学批评理论达到了成熟期。"①这种融汇东西且渐趋成熟的文学批评，标志着印地语文论发展第三阶段的正式开始，时间在20世纪50至60年代。

R.C.普拉萨德指出："在后修格尔时代，塑造着印地语文学批评外貌且引领其发展方向的三位批评家是学者南德杜拉利·瓦杰帕伊、赫加利·伯勒萨德·德维威迪教授和纳根德罗博士。"②这就是说，此三子乃当代印地语文论发展第三阶段的杰出代表。对此三人的著述有了一些了解，也就相当于鸟瞰了当代印地语文论发展的大致轮廓或走向。

南德杜拉利·瓦杰帕伊（Nandadulāre Vājpeyī，1906 ~ 1967）论述有力，思想自由，充满诗学的洞察力，这使他成为最优秀的印地语文论家之一。他的印地语文学批评代表作是《现代文学》（*Ādhunik Sāhitya*, 1950）、《新文学与新问题》（*Nayā Sāhitya: Naye Praśna*, 1955）、《诗人尼拉腊》（*Kavi Nirālā*, 1965）和《大诗人苏尔达斯》（*Mahākavi Sūradāsa*, 1952）等。早在1945年的著作《印地语文学》中，瓦杰帕伊便指出，批评家的首要任务是研究文艺作品，并愉快地欣赏其中的艺术美。他还利用诺斯罗普·弗莱的原型理论和批评范式言说自己的文论思想。他在对拉默金德

①K.M.George,ed.*Comparative Indian literature*,Vol.2, p.1075.
②Ram Chandra Prasad, *Literary Criticism in Hindi,* p.154.

尔·修格尔的观点进行驳斥时指出："我们的判断永远不要被某些先入为主的条条框框牵着鼻子走。尽管所有的批评法则和原理都有内在的局限，艺术却不会这样。"[①]因此，瓦杰帕伊并不赞成刻板机械地以强调社会因素为基础的马克思主义思想解读微妙复杂而又魅力独具的文艺作品。他在1950年出版的《现代文学》中指出："'文学只有摆脱资本主义社会环境的腐蚀，才值得我们欢迎。'此类马克思主义者的主张实质上是粗暴而又空洞的。"[②]

在瓦杰帕伊看来，真正理解文学作品，必须首先感受诗歌等的情感魅力。他以诗歌研究为例，强调文学批评应该采取多管齐下的综合分析法，即分析诗歌背后潜藏的精神动机和灵魂，分析作品的艺术结构和原创性，研究创作技法，对诗人所处时代进行社会学考察，对诗人的个人生活及其可能加诸于文学作品的影响进行精神分析，研究诗人的哲学、社会和政治观念，研究诗人的生活信条与信念，等等。[③]

瓦杰帕伊认为，在现代文学评论中，可以借鉴梵语诗学味论，但又不可随意神化经典的味论，视其为非凡的理论，以欺骗读者的视听。"他（瓦杰帕伊）认为，诗歌由两个方面组成，一方面是诗人的情感，这是内在的美；另一方面是表达方式，这是外在的形式美。这两者是文学评论的主要方面。他还认为，现代文学批评家应当反对为艺术而艺术的观点，努力探索诗歌精神境界的发展，探索诗人的人格魅力。"[④]

瓦杰帕伊在1955年出版的《新文学与新问题》中回顾了当初伯勒萨德等人的阴影派诗歌对他的感染，他承认自己曾经是伯勒萨德

---

①Ram Chandra Prasad, *Literary Criticism in Hindi,* p.156.

②Ram Chandra Prasad, *Literary Criticism in Hindi,* p.156.

③Ram Chandra Prasad, *Literary Criticism in Hindi,* p.157.

④薛克翘、唐孟生、唐仁虎、姜景奎等著：《印度近现代文学》（下卷），北京：昆仑出版社，2014年，第1195页。关于此处提到的几位印地语文论家，也可参阅该书第1192—1199页的相关介绍。

等人诗歌的阐释者。他对那些将阴影派诗歌等同于虔诚派文学的观点进行了驳斥。他对阴影派进行了有力的辩护，高度赞赏阴影主义文学，称其比中世纪虔诚派诗歌更有魅力或感染力。瓦杰帕伊还对印地语诗歌中的现代进步运动和文学作品中的现代性等问题进行了探索和思考。他还对阿格叶等"七星派"（Tāra Saptaka School）诗人的实验主义姿态进行了批判。

赫加利·伯勒萨德·德维威迪（Hazārī Prasāda Dvivedī，1907～1979）学识渊博，学贯印西，其著作充满自由的人道主义气息。他先后出版过《印地语文学导论》（*Hindī Sāhitya ki Bhūmikā*，1940）、《印地语文学的开端》（*Hindī Sāhitya kā Ādikāla*，1952）、《文学的本质》（*Sāhitya kā marma*, 1952）等印地语文论著作。

德维威迪不仅重视在文学鉴赏中考察印度传统文化，还非常推崇T.S.艾略特的文学观，倡导回到文学传统，以便更好地理解当代文学。德维威迪在1948年的著作中指出："文学史不仅是作家及其作品的成长发展史，也是活生生的人类社会的持续前进和有机演化的一种记录……只有人类最重要。我们考察文学史，因其有助于我们理解生命的流动。"[①]德维威迪似乎接受了欧洲文论家如泰纳等人乃至马克思主义思想的影响，强调对文学作品产生的种族、时代和社会环境等复杂因素进行全面的考察。德维威迪心目中的现代性是指，情感叙事与现代意识关联不大，科学的视角意味着客观而中立的思考，科学是宗教的替代物宏大的社会责任感比聚焦自我世界更为重要。[②]他在1949年的著述中指出，作家不应该长久地龟缩在个人的虚幻世界中，而应该毅然决然地离开象牙塔，以理想主义新视野和新作品承担起改变世界和引领社会风尚的神圣职责。

①Ram Chandra Prasad, *Literary Criticism in Hindi,* p.162.
②Ram Chandra Prasad, *Literary Criticism in Hindi,* p.167.

德维威迪继承了修格尔等人融汇东西、兼收并蓄的开放心态，这使他的文学批评具有自己的特色："德维威迪教授的真正贡献在于，他阐释了一种调和两种极端思想的综合方法……他的批判思想是一种典型的道德意识。"①

有学者指出："纳根德罗在印地语文学批评史上作出的贡献具有特别重要的意义。"②还有人认为："只说纳根德罗博士是我们时代最重要的批评家（the central critic）之一，显然是太过简单……由于深厚的西方文学修养及其对印度文学的特殊兴趣，纳根德罗博士不仅深度关注当代文艺问题，也沉迷于寻求综合东西方传统美学和文学思想。"③纳根德罗不固守某一流派或某一思想，而是打破各种文论观、美学观之间的人为障碍，将其兼收并蓄，已达到为己所用的目的。

纳根德罗的印地语文论著作包括：《纳哲研究》（*Sāketa Eka Adhyayan*，1940）、《思考与认识》（*Vicāra aur Anubhūti*，1944）、《思索与研究》（*Vicāra aur Vivecana*，1949）、《印度诗学导论》（*Bhāratīya Kāvya Śāstra ki Bhūmikā*, 1955年初版，1976年第三版）、《迦马耶尼研究的难题》（*Kāmāyanī ke Adhyayana kī Samasyāyen*，1963）、《味论原理》（*Rasa Siddhānta*, 1964）、《梵语诗学流变》（*Bharatiya Kavyashastra Ki Parampara*，初版时间不详，1964年再版）、《批评家的信念》（*Ālocaka ki Āsthā*,1966）、《诗歌意象》（*Kāvya Bimba*, 1967）、《新思考与新主题》（*Nayi Samīkṣā: Naye Sandarbha*, 1971）、《印地语文学史》（*HindḺ Sāhitya kā Itihāsa*, 1973）、《印度美学导论》（*Bhāratīya Saundarya Śāstra ki Bhūmikā*, 1976）、《神话与文学》

①Ram Chandra Prasad, *Literary Criticism in Hindi,* p.168.
②K.M.George,ed.*Comparative Indian literature,*Vol.2, p.1075.
③Ram Chandra Prasad, *Literary Criticism in Hindi,* pp.168-169.

（*Mithak aur Sāhitya*，1979），等等。

出于对梵语诗学的热爱和推崇，纳根德罗编订过印地语版的《韵光》（1952）、《诗庄严经》（1954）、《曲语生命论》（1955）、《诗光》（1960）等，向印地语文论界介绍梵语诗学经典及其精粹。他还编写过《梵语诗学辞典》（*A Dictionary of Sanskrit Poetics*，1987）。1964年，纳根德罗再版了印地语著作《梵语诗学流变》，对婆罗多、婆摩诃、檀丁至世主的18位梵语诗学家和格谢沃达斯至"阴影派"文论家的25位印地语文论家及其著述进行了解析。该书具有史论结合的特色，并附录每一位文论家的代表作片段。①1960年，纳根德罗出版了关于新护《舞论注》第一、二、六章的印地语注疏《舞论注新解》（*Abhinavabhāratī Sañjīvanabhāṣya*）。②

纳根德罗还出版过英文著作《印度文学理论批评》（*Literary Criticism in India*，1976）、《再论苏尔达斯》（*Sūradāsa: A Revaluation*, 1979）和《文学的感情基础》（*Emotive Basis of Literatures*，1986）等。总体看来，纳根德罗的著述丰富，观点新颖，成就卓著，代表了当代印度印地语和英语文学批评的最高成就。如此看来，纳根德罗不仅应该在印地语文学批评史上享有盛名，在印度当代文学批评史上也是应该特别予以重视的一位。

纳根德罗的著作典型地体现了西方现代文论和印度古典诗学完美融合的趋势。他认为，判断一件文学作品是否优秀要看作家是否将人格融入其间。纳根德罗在东西方诗学比较的基础上认为，西方文论的批评实践更为丰富、历史悠久，而印度传统文论即梵语诗学在这方面相形见拙。因此，他尝试论述一种融汇东西的美学原理。

①Nagendra, *Bharatiya Kavyashastra Ki Parampara,* New Delhi: Neshanal Publishing House, 1964.

②Nagendra, *Abhinavabhāratī Sañjīvanabhāṣya,* Delhi: Delhi University, 1960.

他的文论思想或文学批评带有某些精神分析的色彩。纳根德罗对拉默金德尔·修格尔、T.S.艾略特和阴影派文论家的相关思想等都有自己的独立见解。

纳根德罗认为，中世纪的印地语“法式文学”弊端不少。文学作品的真正功能在于取悦读者，使读者得到审美愉悦。为此，他以很多论文来阐释梵语诗学味论。他的阐释融合了西方现代文论的精髓。1964年出版的《味论原理》是纳根德罗利用精神分析法阐释味论本质的代表作，涉及普遍化原理和净化说等东西方文论思想。（后文论及梵语诗学时将涉及纳根德罗以英语为载体的味论著述等。）纳根德罗在1966年出版的《批评家的信念》一书中强调了诗歌创作中的三大要素即情感、想象力和思想意识，但他认为情感或曰情味孕育最为重要。

纳根德罗生前曾经是德里大学印地语系的优秀教授，作家们的良师诤友，新作者的“伯乐”，也是艾兹拉·庞德一样的时代风尚引领者，他注定获得广泛的认可，“在他那时代留下最深刻的印记”。[①]综上所述，纳根德罗单单以其文论方面的诸多鸿篇巨制，便足以在印地语文论史和现当代印度文论发展史上留下深刻的足迹。

印地语文论家德维罗阇（Devarāja，1917～?）的代表作有《文学的思考》（*Sāhitya Cintā*, 1950）、《现代批评》（*Ādhunika Samīkṣā,* 1954）和《回应》（*Pratikriyāyem*, 1966）等。他对阴影派诗人的评价缺乏客观性，但其他方面的文论思想值得关注。

R.C.普拉萨德认为，后修格尔时代的印地语文学批评存在三个大的支流，一是审美批评，二是精神分析批评，三是深受马克思主义影响的社会学批评。此外，传统的注重历史考查、理论探索和知

---

①Ram Chandra Prasad, *Literary Criticism in Hindi,* p.181.

识分析的批评模式仍未完全退出历史舞台。①

在当代印地语文学批评史上，马克思主义文艺批评即“进步主义”（Pragativāda）批评占有重要的位置。这方面的代表人物包括前边提到的普列姆昌德，还包括西沃丹·辛哈·觉杭（Sivadan Singh Chauhan）、拉默·维拉斯·谢尔马（Rāma Vilāsa Śarmā，1912～?）、普拉卡萨·金德尔·古伯德（Prakasha Chandra Gupta，1908～?）、阿姆利特·拉伊（Amrit Rai）、纳伦德拉·夏尔玛（Narendra Śarmā）和R.拉卡沃（Rangeya Raghava）等人。古伯德将文学当作社会主义思想的传播工具，他出版了《印度新文学》（*Nayā Hindī Sāhitya*, 1939）、《现代印地语文学》（*Ādhunik Hindī Sāhitya*: *Ek Dṛṣti*, 1952）、《印地语文学的民间传统》（*Hindī Sāhitya ki Janavādī Paramparā*, 1953）和《文学之流》（*Sāhitya Dhārā*, 1956）等著作。觉杭等人认为，文学家必须拥有社会良知和道义责任感，文学必须描写社会各阶层人民的生活。“进步主义派”的主要代表之一拉默·维拉斯·谢尔马受到普列汉诺夫和考德威尔等人的马克思主义文艺观的影响，他认为，文学作品是社会生活的记录，但一些现代派作家远离了生活真实。他主张，作家应该以创作加入到反对私有财产者的革命战争中去。他在《自由与民族文学》（*Svādhīnatā aur Rāstrīya Sāhitya*，1956）一书中采纳马克思的社会主义观点，声称文学的价值不是孤立的，而是与环境和时代息息相关。例如，他在论述普列姆昌德时说：“普列姆昌德是灾难深重印度穷苦大众的作家，他的作品是全体被压迫的人们的精神食粮。”②

有的马克思主义批评家认为，印度中世纪诗人是人民的诗人，

---

①Ram Chandra Prasad, *Literary Criticism in Hindi,* p.188.

②刘安武编选：《印度现代文学研究》（印地语文学），唐仁虎译，第226页。此处介绍参考该书相关内容。

唤醒了民族意识。他们关注文艺与被压迫人民如何求得解放的关系的问题，呼吁民众反抗剥削阶级的压迫。他们相信马克思主义有助于印度作家解决现实问题。在这种思维中，有的论者不惜削足适履，以马克思主义思想解释阴影派诗歌，斥责其扼杀了印度与西方文化的差异，称阴影派诗人是“腐朽堕落的作家”。[①]综上所述，马克思主义思想对于印地语文学创作和文学批评起过积极的促进作用，也产生了对其机械套用所导致的某种消极后果。

西沃丹·辛哈·觉杭还以马克思主义观点撰写了印地语文学史《印地语文学的八十年》，该书被刘安武等人编译为中文并于1980年出版，为国内学界了解当代印地语文论提供了极大的便利。

在对印地语文学史的梳理和对阴影主义（影象主义）创作实绩的评价方面，印地语文论家、尼赫鲁大学印地语系荣誉退休教授纳姆沃尔·辛赫（Nāmawara Singh，1927～？）是公认的一位重要人物。他也是一位语言学家。他的文论著述包括《论阴影主义》（*Chāyāvāda*，1955，也译“论影象主义”）、《历史与评论》（*Itihāsa aur Ālocanā*, 1962）、《现代文学的若干趋势》（*Ādhunika Sāhitya ki Pravṛttiyam,* 1964）、《新小说论》（*Kahāni: Nai Kahāni*, 1966）和《诗歌新鉴》（*Kavitā ke Naye Pratimāna*, 1968）等。他主张印地语文学以开放的心态吸纳当代世界文学的创作技法，反对某些阴影主义诗人的无病呻吟和多愁善感。他的《论阴影主义》一书写于1954年，次年出版，1968和1979年两度再版。他对印地语阴影主义诗歌的历史发展、成就和地位作出了全面而较为客观的评价。他认为，阴影主义诗歌在一定程度上反映了印度民族精神的觉醒。阴影主义、神秘主义和浪漫主义无疑有着重要的区别：“神秘主义有一种对未知的求知欲，影象主义（即阴影主义）是表示图象的细

①Ram Chandra Prasad, *Literary Criticism in Hindi,* p.200.

腻，而浪漫主义中则有从旧的清规戒律中解放出来的愿望。”[①]阴影主义是印地语文学传统的一个重要环节，它的产生有着特殊的社会环境和文学背景。其中，泰戈尔的孟加拉语诗歌和华兹华斯、雪莱的浪漫主义英语诗歌对它的影响最为重要。阴影主义除了推动印地语文学的发展，还促进了印地语文学评论的发展。辛赫还认为，客观来看，阴影主义诗歌的积极一面是，它鼓吹仁爱精神，热爱自然与人生，给人美感。“影象主义不是使我们陶醉于诗情而变得消沉，而是使我们翻然醒悟而变得积极。它使我们的思想开阔，认识加深，感情得到净化和升华。”[②]阴影主义诗歌的局限在于，它与普通民众现实生活距离很大，影响范围有限。辛赫说：“世世代代的文学、艺术、文明都是从民众生活中获得永不枯竭的源泉，在民众的生活中产生和发展的。离开了这个源泉，任何文学、艺术、文明都无法生存。影象主义的局限性为后世诗歌同这个永不枯竭的源泉建立联系提供了教训。进步文学就是对这一教训的总结。”[③]辛赫对阴影主义诗歌的评价虽然带有时代的痕迹，但整体上说是正确的。

在运用精神分析原理进行文学批评的印地语学者中，阿格叶耶（Ajñeya，1911～?）是一位代表人物。另一位学者伊拉钱德·乔希（Ilācandra Jośī，1902～?）试图说明马克思主义方法评价文学作品的局限所在，他强调作家的无意识在作品创作过程中的重要作用。他认为，梵语诗人和以后的虔诚派诗人作品中都存在被压抑的性欲。他可以归入精神分析派，但他的批评方法和T.S.艾略特等人更为亲近。伊拉钱德拉·乔希的代表作包括《文学创作》（*Sāhitya Sarjanā*, 1936）、《思辨》（*Vivecana*, 1943）、《分析》（*Viśleṣaṇa*,

①纳姆沃尔·辛赫：《论影象主义》，薛克翘译，季羡林主编：《印度文学研究集刊》（第二辑），上海译文出版社，1986年，第367页。

②季羡林主编：《印度文学研究集刊》（第二辑），薛克翘译，第374页。

③季羡林主编：《印度文学研究集刊》（第二辑），薛克翘译，第375—376页。

1953）、《文学思想》（*Sāhitya Cintana*, 1954）和《观察与检验》（*Dekhā Parakhā*, 1957）等。阿杰勒耶和I.乔希等人代表了印地语文学评论的新趋势。

从语言学和文体学角度进入文学批评领域的印地语学者包括D.伐尔玛（Dhirendra Varma，1897～？）、B.乌帕迪亚耶（Baladeva Upadhyaya，1899～？）、D.D.古普塔（Dina Dayal Gupta，1905～？）、B.米什拉（Bhagiratha Miśra，1915～？）等人。其中，乌帕迪亚耶的《印度文学理论》（*Bhāratīya Sāhityaśāstra*, 1950）和米什拉的《艺术、文学与批评》（*Kalā, Sāhitya aur Samīkṣā*, 1963）较有代表性。L.瓦斯勒耶（Laksmisagara Varshneya，1914～？）和S.拉尔（Shrikrishna Lal，1912～？）两人则喜好搜集、整理文学史资料，以研究印地语文学史。

值得一提的是，1976年，在纳根德罗主编的《印度文学理论批评》一书出版的同时，R.C.普拉萨德的《印地语文学批评》一书出版，这是迄今为止以英语出版的唯一一本带有印地语文论史性质的著作。该书主体内容分为九章，标题分别是：引言、脱离中世纪：帕勒登杜时代、早期的综合传统、阴影派批评家的研讨式批评、修格尔大师时代的著名批评家、成熟阶段的综合传统、心理学与社会人文批评家、新批评观察、结语。该书的核心内容同时浓缩为纳根德罗主编的《印度文学理论批评》一书中关于印地语文学批评的一章。该书自中世纪的格谢尔达斯等印地语文论家开始探索，结构合理，重点突出，述论结合，将几百年来印地语文学批评史的发展脉络和各个时期的代表性人物、标志性著述、核心理论与观点等进行了较为详细的介绍。作者显然具有跨越东西方文学理论的学术视野，其论述力求客观，但有时也体现出鲜明的个人特色。例如，在对中国学者非常熟悉的印地语作家、文学评论家普列姆昌德进行论述时，其判断便不同一般："与马修·阿诺德一样，普列姆昌德与其说是一位批评家，不如说是一位文学宣传家。他也像阿诺德一样，非常简单，非常明确，非常持久地强调，文学是对生活的一种批评。”①

论者指出，整体评价20世纪中后期的印地语文学批评有些困难。原因是：“当代印地语文学批评著作的绝大多数显然是印度古代诗学和西方现代诗学、修辞学的混杂体。”②纳根德罗等人融汇东西的文论著述为印地语文学批评带来了勃勃生机，这是无可置疑的。与近现代阶段的印度文论发展一样，印地语文学批评理论的当代发展也是所有印度方言文论中最为突出的一支，成果也最为丰富，代表性文论家不少。

不过，限于语言和资料等缘故，本书对印地语、孟加拉语、马拉提语等印度语言的文论发展的介绍，大体上只延伸到20世纪七十至八十年代左右。期待不久能有学者在直接阅读印地语、孟加拉语、马拉提语、泰米尔语、乌尔都语、古吉拉特语、泰卢固语、坎纳达语、马拉雅兰语和旁遮普语等印度语言文献基础上，全面梳理印度近现代各种语言的文论发展史（或分别先后写出印地语文论史、孟加拉语文论史、马拉提语文论史、乌尔都语文论史或泰米尔语文论史等），也期待能有学者对20世纪末至今的印地语、孟加拉语和马拉提语等各种印度语言的文论发展最新动向进行介绍。这样，本书的不足之处或巨大的遗憾将得以弥补。

第四节　梵语诗学的英译和研究

毋庸置疑，梵语诗学的翻译、研究和批评运用构成了当代印度文论发展的一个重要侧面。印度独立以后，梵语诗学经典的英译和各种印度语言的翻译一直在不断地进行。这一时期还出现了泰米尔

①Ram Chandra Prasad, *Literary Criticism in Hindi,* p.184.

②K.M.George,ed.*Comparative Indian literature,* Vol.2, p.1077.

文论经典的英译。相对说来，梵语诗学研究更加受到学者的重视，成果也非常丰富。因此，这里仅以梵语诗学的译介和研究为主进行说明。迄今为止，很多翻译著作或研究成果不断涌现，著名的翻译家和研究者包括K.克里希那穆尔提、R.穆克吉和R.C.德维威迪等。部分梵语诗学研究者还以梵语写作并出版自己的研究成果，这是非常有趣也非常重要的一种文化现象。值得注意的是，独立以来，印度学者围绕梵语诗学进行了两种极为重要的学术探索，即梵语诗学与西方诗学比较研究（本章第八节论及）和梵语诗学的现代批评运用（本章第五节论及）。

一、梵语诗学著作英译

印度独立以来，印度学者在梵语戏剧学和诗学的翻译方面成就斐然。由于前边对20世纪梵语诗学在印地语和其他印度现代语言中的译介进行了简介，这里只就印度学者以英语翻译梵语戏剧学及梵语诗学著作的概况进行简介。

印度独立以后，梵语戏剧学论著的翻译结出硕果。1950年，奥罗宾多·高士的弟弟M.高斯独立英译的（Manomohan Ghosh）《舞论》第一章至二十七章出版。[①]这是印度学者第一次将《舞论》译为英文。《舞论》第二十八到三十六章的英译本于1961年出版。1967年，《舞论》第一到二十七章重印。该译本于2006年以三卷本形式在德里再次出版，并由P.库马尔（Pushpendra Kumar）写了引言和全书各章的梗概介绍，以方便现代读者的阅读。大约在上世纪

---

①Bharata, *Nāṭyaśāstra*, Trans. by Manomohan Ghosh, Calcutta: The Royal Asiatic Society of Bengal, 1950.

末，一批印度学者集体英译的《舞论》出版。[①]1998年，印度学者N.P.乌尼（N.P.Unni）出版独自英译的《舞论》全书。[②]2007年，坎纳达语学者A.拉贾查利雅（Adya Rangacharya）的英译版《舞论》出版。[③]据其女儿透露，拉贾查利雅曾经在1984年出版《舞论》的坎纳达语译本，并完成了除音乐部分外的《舞论》英译。他在1984年10月17日逝世后，其女儿补充完成了音乐部分的翻译。因此，2007年版的《舞论》实为父女二人的合译。这样，迄今为止，《舞论》这部梵语诗学的奠基之作就有了至少四个英译本。另外，1953年，泰米尔语学者K.V.夏斯特里（K.Vasudeva Sastri）等三人选译的《舞论》第一卷出版。[④]他们以《舞论》的梵语原文、泰米尔语和英语三语对照的形式进行翻译，内容包括《舞论》里论述戏剧起源的第一章以及情味论部分和形体表演部分。

1962年，胜财阐释《舞论》的戏剧学著作《十色》也由西方学者哈斯翻译出版。[⑤]1969年，《十色》第一章被印度学者译为英语出版。[⑥]

印度独立以前，梵语诗学著作已有多部相继译为英文，如毗首那特的《文镜》（1865年）、曼摩吒的《诗光》（1913年，1939年）、伐摩那的《诗庄严经》（1917年）、檀丁的《诗镜》（1924

---

①Bharata, *Nāṭyaśāstra*, Trans. by a board of scholars, Delhi: Sri Satguru Publications. 该书无出版日期。笔者咨询一位印度学者后获悉，该译本于1986年出版。此一说待核实。

②Bharatamuni, *Nāṭyaśāstra*, ed. & trans.by N. P. Unni, Delhi: Nag Publishers, 1998. 该译本（共四卷）于2014年修订再版。

③Bharatamuni, *Nāṭyaśāstra*, Trans. by Adya Rangacharya, Delhi: Munshiram Manoharlal Publishers, 2007.

④K.Vasudeva Sastri, S.K.M.Row & G.Nagaraja Rao, trans., *Nāṭyaśāstra Saṅgraha* (Vol.1), Tanjore: Saraswati Mahal Library, 1953.

⑤Dhanañjaya, *Daśarūpa*, ed. & trans. by George C.O. Hass, Delhi: Motilal Banarsidass, 1962.

⑥Dhanañjaya, *Daśarūpaka*, with *Avaloka* by Dhanika, Chapter 1, trans. by Jagadguru, Varanasi: Chowkhamba Sanskrit Series Office, 1969.

年）和婆摩诃的《诗庄严论》（1927年）等。它们有的如《诗光》和《诗镜》、《诗庄严经》等还不止一种译本。这些英译本在印度独立以后相继再版，以满足研究者和读者的需要。

印度独立后，梵语诗学著作的翻译得以进一步发展。以英文全译本面世的诗学著作很多，如安主的三部著作即《合适论》、《诗人的颈饰》和《绝妙诗律》被全部译为英文。①欢增《韵光》的英译本在五十年代出版。②该英文译本还于1974和1982年两度出版梵英对照译本，足见它的流行程度。恭多迦的《曲语生命论》也有了高质量的英译本。③跋底介绍语法修辞的著作《跋底的诗》被全部译为英文。④楼陀罗跋吒的《味花蕾》（*Rasakalikā*）被全部英译。⑤王顶的“诗人学”代表作《诗探》也在20世纪初有了英译本。⑥檀丁的《诗镜》有了一个新的梵英对照译本。⑦K.K.拉贾曾经在1948年出版过伐摩那《诗庄严经》前四章的英译本，2005年，该译本再版。⑧盖瑟沃·密湿罗的《庄严顶》于1998年译为英文出版。⑨雪月的《诗教》由著名古吉拉特语学者T.S.南迪译为英语并

①Suryakanta, *Kṣemendra Studies, Together with an English Translation of His Kavikaṇṭhābharaṇa, Aucityavicāracarcā and Suvṛttatilaka,* Poona: Oriental Book Agency, 1954.

②Ānandavardhana, *Dhvanyāloka*, trans. by K.Krishnamoorthy, Poona: Oriental Book Agency, 1955.

③Kuntaka, *Vakroktijīvita*, ed.& trans. by K.Krishnamoorthy, Dharwad: Karnatak University, 1977.

④Bhaṭṭi, *Bhaṭṭi-Kāvyam,* ed. & trans. by M.A.Karandikar and Shailaja Karandikar, Delhi: Motilal Banarsidass, 1982.

⑤Rudrabhaṭṭa, *Rasakalikā,* ed. and trans. by Kalpakam Sankara Narayanan, Madras: The Adyar Library and Research Centre, 1988.

⑥Rājaśekhara, *Kāvyamīmāṃsā,* trans. by Sadhana Pasashar, Delhi: D.K.Printworld, 2000.

⑦Daṇḍin, *Kāvyādarśa*, ed and trans. by K. Ray & S. Jain, Delhi: Oriental Book Centre, 2004.

⑧VĀmana, *Kāvyālaṅkārasūtra-vṛtti,* trans. by K.K.Raja, Chennai: The Kuppuswami Sastri Research Institute, 2005.

⑨Keśava Miśra, *Alaṅkāraśekhara with Sanskri Text, English Translation and Annotation,* trans. by Bijoya Goswami, Calcutta: Sanskrit Pustak Bhandar,1998.

于2007年出版。[①]印度学者英译的波阁《辩才天女的颈饰》于2009年出版了三卷本。[②]鲁波·高斯瓦明的虔诚味论代表作《虔诚味甘露海》有印度和美国学者的两种英译本先后问世，但印度学者只译出了该书四章中的第一章，[③]美国学者则译出了全书。[④]

曾任加尔各答女子学院院长的S.M.巴塔查利雅（Suresh Mohan Bhattacharyya）早在1947年便以研究和翻译《火神往世书》的庄严论部分而获得达卡大学博士学位，此后，在先后三版和九次修改手稿的基础上，他于1976年出版了《〈火神往世书〉中的庄严论》一书。这既是对该书诗学成分的首次集中探索和翻译，也就部分学者对《火神往世书》存在的某些误解进行了解说。

1924年，《毗湿奴法上往世书》中的绘画论部分由加尔各答大学的一位美术教授（*Stella Kramrisch*）英译出版。2004年，该画论部分由印度学者英译出版。[⑤]笔者迄今未见《毗湿奴法上往世书》中的诗学部分译为英文出版。

艺术论著作则有南迪盖瑟沃的《表演镜》被译为英语并于1957年出版。[⑥]此外，2009年，P.密湿罗的《乐歌那罗延》也被全部英译出版。[⑦]

①Hemachandra, *Kāvyānuśāsana with Alaṅkāracūḍāmaṇi and Viveka*, compiled and trans. by Tapasvi S.Nandi, Patan: Hemchandracharya North Gujarat University, 2007.

②Bhoja, *Sarasvatī-Kaṇṭhābharaṇam*, Vol. 1-3, ed. and trans. by Sundari Siddhartha, New Delhi: Indira Gandhi National Centre for the Arts, 2009.

③Rūpa Gosvāmin, *Bhaktirasāmṛtasindhu,* Vol.1, trans. by Tridandi Swami Bhakti Hridaya Bon Maharaj, Vrindaban: Institute of Oriental Philosophy, 1965.

④Rūpa Gosvāmin, *Bhaktirasāmṛtasindhu,* trans. by David L. Haberman, New Delhi: Indira Gandhi National Centre for the Arts, 2003.

⑤Parul Dave Mukherji, ed. and trans. *The Citrasūtra of Viṣṇudharmottarapurāṇa,* New Delhi: Indira Gandhi National Centre for the Arts, 2001, p.244.

⑥Nandikeśvara, *Abhinayadarpaṇa,* ed and trans. by Manomohan Ghosh, Calcutta: Firma K.L. Mukhopadhyay, 1957.

⑦Puroṣottama Miśra, *Saṅgītanārāyaṇa,* Vol.1-2, ed. and trans. by Mandakranta Bose, New Delhi: Indiara Gandhi National Centre for the Arts, 2009.

就选译或节译的梵语诗学著作来说，下面这些值得一提，如新护《舞论注》出现了美国哈佛大学学者和印度学者合作的节选英译本，[①]他的《韵光注》也是如此。[②]后来，《舞论注》的两位英译者还与其他美国学者在1990年出版了《韵光》及《韵光注》的完整英译本。摩希摩跋吒的《韵辨》有部分重要章节被译为英文。[③]《韵辩》第一章被完整地译为英语并于2005年出版。[④]教科书性质的《诗光》出现了新的节译本。[⑤]梵语诗学最后一位大家——世主的巨著《味海》第一章先后两次被译为英文出版。第一个译本出现在1992年。[⑥]第二个译本于2004年出版。[⑦]迄今未见《味海》的全译本出版。阿伯耶·底克希多的《画诗探》于1989年出版，其原型是译者所完成的博士论文。[⑧]阿伯耶·底克希多《莲喜》中的部分经文和例诗被一位南印度学者选译，这是供学生们学习庄严论的教材。[⑨]值得一提的是，波阇的《艳情光》被著名梵语诗学研究专家拉克凡以介绍加阐释的方式推出，[⑩]这使人们更容易理解这部艰深晦涩且篇幅最为庞大的诗学著作。另外，与韵论等关系紧密的梵语

---

①J.L.Masson & M.V.Patwardhan, *Aesthetic Rapture: The Rasadhyaya of the Nāṭyaśāstra,* Vol.1, Poona: Deccan College, 1970.

②Abhinavagupta, *Dhvanyāloka-Locana*, Chapter 1st, trans. by K.Krishnamoorthy, Delhi: Meharchand Lachhmandas Publications, 1988.

③C. Rajendran, *Vyaktiviveka: A Critical Study*, Delhi: New Bharatiya Book Corporation, 2003.

④Ramaranjan Mukherji, trans. *Vyaktiviveka of Rājānaka Mahimabhaṭṭa,* Chapter 1, Kolkata: Sanskrit Pustak Bhandar, 2005.

⑤Mammaṭa, *Kāvyaprakāśa*, trans. by R.C.Dwivedi, Delhi: Motilal Banarsidass, 1977.

⑥Chinmayi Chatterjee, trans. *Rasagangadhara of Panditaraja Jagannatha,* Vol.1, Calcutta: The Asiatic Society, 1992.

⑦Dhananjaya Bhanja, *Rasagaṅgādhara: Text with English Translation and Critical Study,* Delhi: Bharatiya Kala Prakashan, 2004.

⑧Satyanarayan Chakraborty, *A Study of the Citramimamsa of Appaya Diksita,* Calcutta: Sanskrit Pustak Bhandar, 1989.

⑨Appaya Dīkṣita, *Kuvalayānanda*(without Vritti), trans. by T.K. Ramachandra Aiyar, Kalpathi: R.S. Vadhyar & Sons, 1972.

⑩V.Raghavan, *Bhoja's Sṛṅgāra Prakāśa*, Madras: Punarvasu, 1963.

语言学代表作、伐致呵利的《句词论》被译为英语出版。[①]这使印度学者研究梵语诗学和语言学的联系更为方便。

上述一些关于梵语诗学和戏剧学的翻译著作具有一个共同特点，那就是，在翻译的过程中，对翻译的文本进行介绍、阐释，以利于读者的理解和学者的进一步研究。例如，K.克里希那穆尔提在翻译《韵光》、《韵光注》和《曲语生命论》等著作中，便是如此。他的很多阐释介绍本身就是一种严谨的研究。再如中国学者黄宝生于2008年出版的翻译著作《梵语诗学论著汇编》也是如此，他在该书“导言”中用了28页的篇幅介绍了梵语诗学的基本原理和发展历程，以利于中国读者的理解。哈佛大学已故梵文学者英高思在1990年出版的与人合译的《韵光》及《韵光注》的英文版“引言”中，以长达39页的篇幅对欢增和新护及其著作进行了详细的阐释。他认为：“印度的著述风格在西方罕见……从一个大的范围来说，在西方文学批评的经典（希腊罗马）传统中，没有什么能与欢增、新护提出的味（rasa）和韵（dhvani）相对应的概念。”[②]

综上所述，大部分重要的梵语戏剧学或诗学著作都有全译或节译的英语版本，当然还有各种印度地方语言的译本，这就为粗通或不通梵语的众多印度学者认识梵语诗学概貌或研读其精华提供了便利。同时，这些英译本著作很多还流传到西方英语世界，这无形中促进了梵语诗学在西方世界的传播和影响。不过，目前仍有很多重要的梵语诗学著作如优婆吒的《摄庄严论》、楼陀罗吒的《诗庄严论》、波阇的《艳情光》、鲁波·高斯瓦明的《鲜艳青玉》、鲁耶迦的《庄严论精华》、胜天的《月光》、阿伯耶·底克希多的《莲

①Bhartṛhari, *Vākyapadīya*, Trans. by K.Raghavan Pillai, Delhi: Motilal Banarsidass, 1971.

②Daniel H.H.Ingalls, Jeffrey Moussaieff Masson, and M. V. Patwardhan, Trans. *The Dhvanyāloka of Ānandavardhana with the Locana of Abhinavagupta*, "Introduction,"Massachusetts: Harvard University Press, 1990, p.38.

喜》以及《诗如意藤》、《魅力月光》、《虔诚味花束》等尚未译为英文，而世主的《味海》、摩希摩跋吒的《韵辩》、楼陀罗跋吒的《艳情吉祥痣》和新护的《舞论注》等非常重要的经典仍未见全译本。一些重要的戏剧学著作如罗摩月和德月的《舞镜》、《情光》和《剧相宝库》等也未译为英文。这自然会影响部分学者对梵语诗学著作的准确理解。

二、梵语诗学研究概况

1947年印度独立，从此进入后殖民时期。随着世界范围解殖运动的高涨，随着印度综合国力逐渐上升，她的文化自信心越来越强。印度学者高度重视自己的文化遗产。因此，关于梵语诗学（包括梵语戏剧学）的研究也受到更多学者的重视，成果也越来越丰富。前边已经涉及印地语、孟加拉语和马拉提语等印度现代语言的相关研究，此处只介绍印度学者的相关英文著述。

首先，一些印度学者对梵语戏剧学展开研究，取得一批显著的成果。这弥补了殖民时期缺乏对于梵语戏剧学研究的不足。这既包括对于《舞论》等戏剧名著的研究，也包括对一般的梵语戏剧实践进行理论总结。这些著作包括：《印度戏剧起源及其迄今为止的发展》、[①]《梵语戏剧中的味论》、[②]《婆罗多〈舞论〉引论》、[③]《梵语戏剧批评理论研究》、[④]《悲剧与梵语戏剧》、[⑤]

---

①Chandra Bhan Gupta, *The Indian Theatre: Its Origin and Development up to the Present Day,* Delhi: Motilal Banarsidass, 1954.

②Hari Ram Mishra, *The Theory of Rasa in Sanskrit Drama*, Bhopal: Vindhyachal Prakashan, 1964.

③Adya Rangacharya, *Introduction to Bharata's Natyasastra,* Bombay: Popular Prakashan, 1966.

④T.G.Mainkar, *Studies in Sanskrit Dramatic Criticism,* Delhi: Motilal Banarsidass, 1971.

⑤G.K.Bhat, *Tragedy and Sanskrit Drama,* Bombay: Popular Prakashan, 1974.

《〈舞论〉研究》、[①]《莎士比亚、迦梨陀娑和薄婆菩提的悲喜剧》、[②]《梵语戏剧理论和剧作法》[③]、《〈舞论注〉和〈十色注〉研究》、[④]《〈舞论〉演讲录》[⑤]、《〈舞论〉传统与古代印度社会》、[⑥]《梵语戏剧和剧作法》、[⑦]《婆罗多〈舞论〉研究》、[⑧]《婆罗多〈舞论〉的历史文化研究》、[⑨]《〈舞论〉的鲜活传统》、[⑩]《〈舞论〉手册》、[⑪]《梵语戏剧和戏剧表演面面观》等。[⑫]除了这些著作以外，还有一些从比较诗学角度研究梵语戏剧理论的著作。这将在后文第八节予以介绍。

一些梵语诗学流派得到关注。这涉及味论、韵论、庄严论等大的诗学流派，也涉及风格论、推理论、曲语论等小的分支。这使梵语诗学精髓为人所知，扩大了它在印度乃至世界文论界的影响力。

---

①G.H.Tarlekar, *Studies in the Nāṭyaśāstra*, Delhi: Motilal Banarsidass, 1975.

②P.B.Acharya, *The Tragicomedies of Shakespeare, Kālidāsa and Bhavabhūti,* Delhi: Meharchand Lachhmandas, 1978.

③T.G.Mainkar, *Sanskrit Theory of Drama and Dramaturgy*, Delhi: Ajanta Publications, 1985.

④Manjul Gupta, *A Study of Abhinnavabhāratī on Bharata's Nāṭyaśāstra and Avaloka on Dhanañjaya's Daśarūpaka*, Delhi: Gian Publishing House, 1987.

⑤Radha Vallabh Tripathi, *Lectures on the Nāṭyaśāstra,* Pune: University of Poona, 1991.

⑥Anupa Pande, *The Natyasastra Tradition and Ancient Indian Society,* Jodhpur: Kusumanjali Prakashan, 1993.

⑦Biswanath Bhattachrya, *Sanskrit Drama and Dramaturgy,* Delhi: Sharada Publishing House, 1994.

⑧Kapila Vatsyayan, *Bharata: The Nāṭyaśāstra,* New Delhi: Sahitya Akademi, 1996.

⑨Anupa Pande, *A Historical and Cultural Study of the Nāṭyaśāstra of Bharata*, Jodhpur: Kusumanjali Book World, 1996.

⑩C.Rajendran, ed. *Living Tradition of Natyasastra,* Delhi: New Bharatiya Book Corporation, 2002.

⑪Vasanta Vedam, *A Handbook on Natyasastra,* Chennai: Bhaktavatsalam Nagar, 2003.

⑫S.S.Janaki, *Some Aspects of Sanskrit Drama and Dramaturgy,* Chennai: The Kuppuswami Sastri Research Institute, 2005.

关于味论的研究著作有：《关于味的心理学研究》、[①]《梵语诗学味论、韵论的起源和发展》、[②]《味论新解》、[③]《八到十五世纪耆那教梵语大诗中的味》、[④]《味论未探的若干问题》、[⑤]《平静味和新护的美学原理》、[⑥]英语与印地语论文集《味的概念：兼论新护》等。[⑦]关于韵论的著作有：《梵语诗学中的韵论》、[⑧]《韵的哲学含义》、[⑨]《梵语诗学中韵的作用》[⑩]和《梵语诗学中的韵论》等。[⑪]关于庄严论的著作有：《巴利语和梵语庄严的比较研究》、[⑫]《〈味海〉庄严论》、[⑬]《味论的若干问题》、[⑭]《〈味

---

①Rakesagupta, *Psychological Studies in Rasa,* Banaras Hindu University Press, 1950.

②Tapasvi S. Nandi, *The Origin and Development of the Theory of Rasa and Dhvani in Sanskrit Poetics,* Ahmedabad: Gujarat University, 1973.

③Brahmanand Sharma, *Reassessment of Rasa Theory,* Jaipur: Champa Lal Ranka & Co., 1985.

④Pushpa Gupta, *Rasa in the Jaina Sanskrit Mahākāvyas: From 8th to 15th Century A. D.,* Delhi: Eastern Book Linkers, 1993.

⑤B.M.Chaturvedi, *Some Unexplored Aspects of the Rasa Theory,* Delhi: Vidyanidhi Prakashan, 1996.

⑥J.L.Masson & M.V.Patwardhan, *Śāntarasa and Abhinavagupta's Philosophy of Aesthetics,* 1969.

⑦S.C.Pande, ed. *The Concept of Rasa with Special Reference to Abhinavagupta,* Shimla: Indian Institute of Advanced Study, 2009.

⑧Mukunda Madhava Sharma, *The Dhvani Theory in Sanskrit Poetics,* Varanasi: Chowkhamba Sanskrit Series Office, 1968.

⑨S.J.Anand Amaladass, *Philosophical Implications of Dhvani,* Vienna: University of Vienna, 1984.

⑩P.L.Vaidya, *The Role of Dhvani in Sanskrit Poetics*, Moradabad: Braj Ashram, 1984.

⑪P.K.Panda, *Concept of Dhvani in Sanskrit Poetics,* Delhi: Penman Publishers, 1988.

⑫Heramba Nath Chatterjee, *Comparative Studies in Pali & Sanskrit Alankaras,* Part 1, Calcutta: Sanskrit Pustak Bhandar, 1960.

⑬Chitra P. Shukla, *Treatment of Alaṅkāras in Rasagaṅgādhara,* Vallabh Vidyanagar: Sardar Patel University, 1977.

⑭V.M.Kulkarni, *Some Aspects of the Rasa Theory,* Delhi, 1986.

海〉庄严论》、[①]《婆摩诃〈诗庄严论〉的风格与方法论研究》等。[②]关于风格论有《梵语诗学中风格和诗德观的历史发展》。[③]关于曲语论有《曲语和风格观》。[④]关于诗病论则有《梵语诗学诗病论》。[⑤]关于推理论则有同一位作者的两部著作，即《摩希摩跋吒〈韵辨〉研究》[⑥]和《〈韵辨〉研究》。[⑦]此外，还有两部研究摩希摩跋吒的著作，这便是1975年出版的《摩希摩跋吒研究》[⑧]和1989年出版的《批评家摩希摩跋吒的诗病说析论》。[⑨]

上述很多研究成果体现出西方文论对当代印度传统诗学研究的渗透和影响。这首先体现在一些学者的味论阐释中。有的学者指出，梵语诗学味论可以分为三支：婆罗多等人是客观味论派，新护、波阇、曼摩吒、毗首那特和世主等人是强调心理体验的主观味论派，般努达多和鲁波·高斯瓦明等人是"味论的实践派，倡导甜蜜情（即甜蜜味）的诗歌创作，传播虔诚味，达到改革宗教和社会的目的"。[⑩]现代味论发展可以分为三个阶段：第一阶段为19世纪

---

①Bijoya Goswami, *A Critique of Alaṅkāras in Rasagaṅgādhara,* Calcutta: Sanskrit Pustak Bhandar, 1986.

②W.K.Lele, *Bhāmaha's Kāvyālaṅkāra: A Stylistical and Methodological Study,* Pune: Mansanman Prakashan, 1999.

③P.C.Lahiri, *Concepts of Rīti and Guṇa in Sanskrit Poetics in Their Historical Development,* Delhi: V.K.Publishing House, 1987.

④R.S.Pathak, *Vakrokti and Stylistic Concepts,* New Delhi: Bahri Publications, 1988.

⑤Bechan Jha, *Concept of Poetic Blemishes in Sanskrit Poetics,* Varanasi: Chowkhamba Sanskrit Series Office, 1965.

⑥C.Rajendra, *A Study of Mahimabhaṭṭa's Vyaktiviveka,* Calicut: University of Calicut, 1991.

⑦C.Rajendran, *Vyaktiviveka: A Critical Study*, New Delhi: New Bharatiya Book Corporation, 2003.

⑧Amiya Kumar Chakravorty, *Studies in Mahimabhatta,* Calcutta: Calcutta University, 1975.

⑨Rabisankar Banerjee, *Analysis of Literary Faults: Mahimabhatta as a Critic,* Calcutta: Sanskrit Pustak Bhandar, 1989.

⑩倪培耕：《印度味论诗学》，第40页。

上半叶印地语、马拉提语、孟加拉语等语种的梵语诗学著作翻译；第二阶段为19世纪下半叶至20世纪初期，很多学者以西方现代文论观结合传统思想阐释梵语诗学味论；第三阶段从20世纪初至今，很多学者以现代心理学、美学乃至马克思主义文艺观等西方思想资源重新阐释味论，试图建立新的味论体系。第三阶段的著名味论研究者包括泰戈尔、拉默金德尔·修格尔和纳根德罗等融汇东西方文论资源的学者。第三阶段为现代味论诗学发展的黄金时期，研究著作丰富，研究方法多样，视角不一，论述的范围更广。①

论者指出，现当代印度的味论研究者主要围绕主观味论或客观味论而展开论述。修格尔属于客观味论派。泰戈尔则将主观味论与客观味论融为一体，既承认味的客观物质属性，也认可味的情感体验性。著有印地语著作《味论原理》和英文著作《文学的感情基础》的印地语学者纳根德罗遵循新护的主观味论。他试图建立味论诗学新体系，他的研究涉及味的本质、特征和普遍化原理等各个方面。他强调，味是主观情感的审美表现，味又是主观的审美效应。味的体验最终指向快乐，而非快乐与痛苦的并存状态。②纳根德罗的味论融合了梵语诗学与西方现代文论的精华。例如，他说："普遍化来自情感语言。这种语言因作者的情感体验而孕育普遍化。作者体验的有效或无效根植于人类心灵感知，这种心灵感知是普遍的现象。"③他还认为，味是文学的感情基础。味就是"欢喜"，是"人格的充分体现"和"人类体验的完美表达"。味论具有普适性，可以用来评价所有国家或时代的文学作品。纳根德罗还清醒地意识到："正如为了适合人类关系的新理解，人文主义的概念一再自我修正，为了理解文学的新发展，味论也可以且应该拓宽自己的

①参阅倪培耕：《印度味论诗学》，第40—41页。
②上述介绍参阅倪培耕：《印度味论诗学》，第41—48页。
③Nagendra, *Emotive Basis of Literatures,* p.46.

基础。”[①]其他很多学者也以自己的相关著述提升了味论诗学的研究水平。

一些梵语诗学名家如檀丁、新护、安主等人及其著作成为研究者的探索对象。这包括：《檀丁及其作品研究》、[②]《阿伯耶·底克希多对印度诗学的贡献》、[③]《安主的生平和作品概观》、[④]《关于新护的历史与哲学研究》、[⑤]《柯勒律治与新护：东西方诗学观比较研究》、[⑥]《新护论印度美学》、[⑦]《新护及其著作》、[⑧]《新护》、[⑨]《世主对梵语诗学的贡献》、[⑩]《新护新论》、[⑪]《世主论美学问题》、[⑫]《雪月〈诗教〉研究》、[⑬]《中世纪印度著名梵语诗人世主》等。[⑭]

---

①Nagendra, *Emotive Basis of Literatures,* pp.74-75.

②Dharmendra Kumar Gupta, *A Critical Study of Daṇḍin and His Works,* Delhi: Meharchand Lachhmandas, 1970.

③Anantalal Gangopadhyay, *Contribution of Appaya Dīkṣita to Indian Poetics,* Calcutta: Sanskrit Pustak Bhandar, 1971.

④Rajatbaran Dattaray, *A Critical Survey of the Life and Works of Kṣemendra,* Calcutta: Sanskrit Pustak Bhandar, 1974.

⑤Kanti Chandra Pandey, *Abhinavagupta: An Historical and Philosophical Study,* Varanasi: Chowkhamba Sanskrit Series Office, 1963.

⑥Shrikrishna Mishra, *Coleridge and Abhinavagupta: A Comparative Study of the Philosophy of Poetry in the East and the West,* Darbhanga: Mithila University, 1979.

⑦Y.S.Walimbe, *Abhinavagupta on Indian Aesthetics,* Delhi: Ajanta Publications, 1980.

⑧V.Raghavan, *Abhinavagupta and His Works,* Varanasi: Chaukhamba Orientalia, 1981.

⑨G.T.Deshpande, *Abhinavagupta,* New New Delhi: Sahitya Akademi, 1992.

⑩Ramachandrudu, *The Contribution of Paṇḍitarāja Jagannātha to Sanskrit Poetics*, Delhi: Nirajana Publishers, 1983.

⑪Makarand Paranjape and Sunthar Visuvalingam, eds. *Abhinavagupta: Reconsiderations,* New Delhi: Samvad India Foundation, 2006.

⑫Anantalal Gangopadhyay, *Panditaraja Jagannātha on Aesthetic Problems,* Calcutta: Sanskrit Pustak Bhandar, 1984.

⑬A.M.Upadhyay, *The Kāvyānuśāsana of Achrya Hemachandra: A Critical Study,* Ahmedabad: Darshan Printers, 1987.

⑭N.N.Sarma, *Paṇḍitarāja Jagannātha: The Renowned Sanskrit Poet of Medieval India,* Delhi: Mittal Publications, 1994.

关于虔诚味论的研究著作也不断涌现。例如，丽达·班纳吉于2008年出版的《〈虔诚味甘露海〉研究》便是此类著作。[①] S.N.G.夏斯特里于1969年编订出版的《摩图苏多纳·格文德拉的〈味月光〉及其美学研究》和他于1974年出版的《新味论派中的虔诚美学研究》也是此类著作。[②]

由于印度独立前后大量梵语诗学专题研究著作的出现，全面研究梵语诗学的著作有增无减，这使梵语诗学体系的全面探讨成为可能。按照出版排序，这些著作大致包括：《梵语诗学的美学研究》、[③]《梵语文学批评论文选》、[④]《印度古代文学理论批评》、[⑤]《梵语文学批评原理》、[⑥]《印度诗歌论》、[⑦]《印度诗学研究》、[⑧]《印度美学原理》、[⑨]《印度美学和文学批评研究》、[⑩]《梵语诗学若干问题》、[⑪]《梵语文学理论研究》、[⑫]《印度美学

①Rita Banerjee, *The Bhaktirasamrtasindhu: A Critical Study,* Varanasi: Ashhutosh Prakashan Sansthan, 2008.

②Madhusūdana Kavīndra, *Rasacandrikā and Studies in Aesthetics,* Vol.1, ed. by S.N. Ghoshal Sastri, Santiniketan: Visva Bharati, 1969; S.N. Ghosal Sastri, *Studies in Divine Aesthetics of the Neo-rasa School,* Santiniketan: Visva Bharati, 1974.

③S.K.De, *Sanskrit Poetics as a Study of Aesthetic,* Bombay: Oxford University Press, 1963.

④K.Krishnamoorthy, *Essays in Sanskrit Criticism,* Dharwar: Karnatak University, 1964.

⑤Ramaranjan Mukherji, *Literary Criticism in Ancient India*, Calcutta: Sanskrit Pustak Bhandar, 1966.

⑥R.C.Dwivedi, ed. *Principles of Literary Criticism in Sanskrit,* Delhi: Motilal Baranarsidass, 1969.

⑦Kanipada Giri, *Cocept of Poetry: An Indian Approach,* Calcutta: Sanskrit Pustak Bhandar, 1975.

⑧Brahmanand Sharma, *A Critical Study of Indian Poetics,* Jaipur: Unique Traders, 1978.

⑨Ghoshal Sastri, *Elements of Indian Aesthetica, Vol.1,* Varanasi: Chaukhamba Orientalia, 1978.

⑩K.Krishnamoorthy, *Studies in Indian Aesthetics and Criticism*, Mysore, 1979.

⑪S.K.De, *Some Problems of Sanskrit Poetics,* Calcutta, 1981.

⑫V.M.Kulkarni, *Studies in Sanskrit Sahitya-Sastra,* Patan: B .L .Institute of Indology, 1983.

理论》（1—3卷）、[1]《印度文学理论新解》、[2]《文学的感情基础》、[3]《印度美学理论》、[4]《梵语文学批评》、[5]《梵语文学理论再研究》、[6]《原创性作品思考》等等。[7]在对梵语诗学进行综合研究的基础上，纳根德罗编订了《梵语诗学辞典》。[8]美国梵文学家埃德温·格洛于1971年推出世界第一部梵语诗学庄严（修辞格）的术语汇编。[9]此后，B.M.阿瓦斯迪汇集225种梵语诗学庄严的印地语版《庄严辞典》于1989年出版。[10]这些著作无疑是推动梵语诗学研究健康发展的一个举措。

一些研究者还聚焦于梵语诗学的文化起源和17世纪世主之后的发展状况。这为书写一部完整的梵语诗学史提供了极大的便利。这方面的著作有：《〈梨俱吠陀〉中的古典诗学基础》、[11]《〈梨俱吠陀〉的美学思想》、[12]《后世主时代的梵语诗学》、[13]《后世主时代的晚期梵语诗学家》，[14]等等。

---

①Padma Sudhi, *Aesthetic Theories of India,* Vol.1, Poona, 1983; *Vol.2,*Delhi, 1988; *Vol.3,* Delhi,1993.

②K.Krishnamoorthy, *Indian Literary Theories: A Reappraisal.* Delhi: Meharchand Lachhmandas1985.

③Nagendra, *Emotive Basis of Literature and Other Essays,* Delhi, 1986.

④P.S.Sastri, *Indian Theory of Aesthetic*, Delhi: Bharatiya Vidya Prakashan, 1989.

⑤V.K.Chari, *Sanskrit Criticism,* Honolulu: University of Hawaii Press, 1990.

⑥V.M.Kulkarni, *More Studies in Sanskrit Sahitya-Sastra,* Ahmedabad: Saraswati Pustak Bhandar, 1993.

⑦W.K.Lele, *Reflections on Creative Writing,* Pune: Mansanman Prakashan, 2003.

⑧Nagendra, *A Dictionary of Sanskrit Poetics,* Delhi: B.R.Publishing Corporation, 1987.

⑨Edwin Gerow, *A Glossary of Indian Figures of Speech,* The Hague, Paris: Mouton, 1971.

⑩Brahma Mitra Awasthi, *Alaṅkārakoṣa,* Delhi: Indu Prakashan, 1989.

⑪T.G.Mainkar, *The Ṛgvedic Foundations of Classical Poetics,* Delhi: Ajanta Publications, 1977.

⑫P.S.Sastri, *Ṛgvedic Aesthetics*, Delhi: Bharatiya Vidya Prakashan, 1988.

⑬M.Sivakumara Swamy, *Post-Jagannātha Alaṅkāraśāstra*, Delhi: Rashtriya Sanskrit Sansthan, 1998.

⑭Anand Kumar Srivastava, *Later Sanskrit Rhetoricians*(*Post Paṇḍitarāja Era*), Delhi: Eastern Book Linkers, 2007.

还有一个值得注意的动向是，部分学者从语言学、哲学乃至宗教学角度对梵语诗学进行探索，打开了解析古典文论的新窗口。这是跨学科方法在梵语诗学研究中的运用。这些著作包括：《印度的意义理论》、[①]《印度美学与语言科学》、[②]《佛教对梵语诗学的贡献》、[③]《语言与世界：印度在语言研究上的贡献》、[④]《正理论哲学对梵语诗学的影响》，等等。[⑤]

此外，一些著作具有非常独特的研究视角，例如：《梵语文学中的画诗》、[⑥]《奇异的美学：梵语诗学新探》、[⑦]《泰米尔语和梵语文学批评理论》。[⑧]这些著作研究的或是欢增所谓的“画诗”（citrakāvya），或是梵语诗学传统中不太重视的“奇异味”（adbhuta rasa），有填补研究空白之功。对泰米尔语文学理论和梵语诗学进行对比研究，更是拓开了一片新的研究天地。

有的学者还在美学研究的框架中把握和认识梵语诗学的精华。这以帕德玛·苏蒂的三卷本《印度美学理论》最有代表性。其中，1988年出版的《印度美学理论》第二卷被译为中文出版。[⑨]《印度

①K.Kunjunni Raja, *Indian Theories of Meaning,* Madras: The Adyar Library and Research Centre, 1963.

②Tarapad Chakrabarti, *Indian Aesthetics and Sciences of Language,* Calcutta: Sanskrit Pustak Bhandar, 1971.

③Mool Chand Shastri, *Buddhistic Contribution to Sanskrit Poetics,* Delhi: Parimal Publications, 1986.

④Bimal Krishna Matilal, *The Word and the World: India's Contribution to the Study of Language,* Delhi: Oxford University Press, 1990.

⑤Sweta Prajapati, *Influence of Nyaya Philosophy on Sanskrit Poetics,* Delhi: Paramamitra Prakashan, 1998.

⑥Kalanath Jha, *Figurative Poetry in Sanskrit Literature,* Delhi: Motilal Banarsidass, 1975.

⑦A.V.Subramanian, *The Aesthetic of Wonder: New Findings in Sanskrit Alaṅkāra-śāstra*, Delhi: Motilal Banarsidass, 1988.

⑧K.Meenakshi, *Literary Criticism in Tamil and Sanskrit* (*Tolkāpiyam-porulatikāram and Sanskrit Alaṅkāra Śāstra*), Chennai: International Institute of Tamil Studies, 1999.

⑨帕德玛·苏蒂：《印度美学理论》，欧建平译，北京：中国人民大学出版社，1992年。

美学理论》第一卷先在西方美学思想的参照下阐述印度美学原理，接着对吠陀、往世书和两大史诗中包含的美学思想进行分析。第二卷先对普遍化和“诗人学”等古典美学思想进行追溯，再就跋娑、马鸣、首陀罗迦和迦梨陀娑等四位经典梵语作家的作品进行美学分析。第三卷主要以瑜伽哲学为红线，贯穿了对味论和韵论等的分析。苏蒂的三卷著作透露出比较美学的痕迹。S.K.南迪出版于1975年的《现代印度美学研究》则将印度美学的思考延伸到泰戈尔和奥罗宾多等四位现代文论家、美学家的著述中。[①]阿兰德·阿玛拉达斯出版于2000年的《美学引论》是为了解东西方美学基础知识的学生和讲师所写。作者以七章的篇幅，介绍了梵语诗学味论、韵论和虔诚味论等传统美学思想，并辅以T.W.阿多尔诺等西方当代文论家的思想作为印证。这是别开生面的一本美学教材。[②]

综上所述，与独立以前相比，印度独立以来的梵语诗学研究呈现出一些新的特点。它既重视对各个主要或次要诗学流派的历史梳理或截面研究，也关注重要的或次要的梵语诗学家及其作品，它既有关于梵语诗学体系的全面研究，也有关于某一个基本理论的深入探索，它既开拓了从语言、宗教、哲学和美学等维度对梵语诗学进行跨学科研究的新思路，也开辟了“画诗”、“奇异味”等各个梵语诗学研究新领域。

印度独立以来的梵语诗学研究还表现出这样一些新的特征。第一，一批独立以前就取得卓越成就的研究者，在独立以后仍然笔耕不辍，且取得了很多令人瞩目的成就。这包括：S.K.代的《梵语诗学的美学研究》（1963）和他的《梵语诗学若干问题》（1981）、K.克里希那穆尔提的《梵语文学批评论文选》（1964）、《印度美

①S.K.Nandi, *Studies in Modern Indian Aesthetics,* Shimla: Indian Institute of Advanced Study, 1975.

②Anand Amaladass, *Introduction to Aesthetics,* Chennai: Satya Nilayam Publications, 2000.

学和文学批评研究》（1979）和《印度文学理论新解》（1985）等高质量的学术著作。克里希那穆尔提还翻译出版了《韵光》、《韵光注》（第一章）和《曲语生命论》等重要诗学名著。V.拉克凡在1963年出版独立以前已经完稿的《波阇〈艳情光〉》。他于1979年4月5日逝世。两年以后，其遗著《新护及其著作》出版。这些老资格学者的热情和坚守，促进了梵语诗学译介和研究走向深入。

其次，独立以后的梵语诗学研究呈现出国际合作与国际化趋势。所谓国际合作是指印度学者和西方学者之间的合作研究，这以美国学者马松和印度学者帕塔瓦丹（J.L.Masson & M.V.Patwardhan）两人为典型。他们合作研究并先后出版了《平静味和新护的美学原理》（1969）、①《审美愉悦：〈舞论〉中的味论》。②其中，马松因为翻译《韵光》和《韵光注》第一章而获得哈佛大学博士学位。后来，这二人还与哈佛大学著名梵文学者英高思（Daniel H.H.Ingalls，1916 ~ 1999）一道翻译出版了《韵光》及《韵光注》的全文。③这是世界梵学界的首创，因为印度国内学界迄今尚未出现《韵光》及《韵光注》的全译本。还有一些印度裔西方学者（主要是美国学者）在国外出版梵语诗学研究成果，他们有时还联合印度国内学者一道，在西方推出英文成果。例如，2006年，尼赫鲁大学英语系教授M.帕兰迦佩和印裔美国学者S.维苏瓦林迦联合主编的英文论文集《新护新论》出版。④该书收录了K.克利希那穆尔提、K.卡布尔和英高思、谢尔顿·波洛克等印度和西方学

---

①J.L.Masson & M.V.Patwardhan, *Śāntarasa and Abhinavagupta's Philosophy of Aesthetics,* Poona: Bhandarkar Matilal Oriental Research Institute, 1969.

②J.L.Masson & M.V.Patwardhan, *Aesthetic Rapture: The Rasadhyaya of the Nāṭya-śāstra,* Vol.1 & Vol.2, Poona: Deccan College, 1970.

③Daniel H.H.Ingalls, Jeffrey Moussaieff Masson, and M. V. Patwardhan, Trans. *The Dhvanyāloka of Ānandavardhana with the Locana of Abhinavagupta*, Massachusetts: Harvard University Press, 1990.

④Makarand Paranjape and Sunthar Visuvalingam, eds. *Abhinavagupta: Reconsiderations,* New Delhi: Samvad India Foundation, 2006.

者关于梵语诗学大家新护的研究论文。这对梵语诗学走向深入和外部传播是一利好消息，它必将激发国际梵学界的研究热情。

所谓国际化趋势是指印度学者在国内外译介、研究梵语诗学并在国外出版英文研究成果，如《韵的哲学含义》、[①]《梵语文学批评》；[②]等等。这种梵语诗学译介和研究的国际化，还指印度学者以外的东西方学者（包括中国学者）的相关成果，如加拿大学者的《印度古典文学》（第一卷）、[③]斯里兰卡学者的《梵语诗学大纲》、[④]美国学者埃德温·格洛的《印度庄严汇编》（或译《印度修辞格汇编》）和《印度诗学》、[⑤]意大利学者G.格罗尼的《新护的审美体验论》、[⑥]格罗尼的《优婆吒的婆摩诃〈诗庄严论〉注疏》、[⑦]中国学者黄宝生的《印度古典诗学》（北京大学出版社，1993年）和《梵语诗学论著汇编》（昆仑出版社，2008年）等。意大利学者和中国学者黄宝生的著作都包含了梵语诗学名著的翻译，是译介和研究的融合体。加拿大学者A.K.沃德尔两卷本《印度古典文学》的第一卷以很大篇幅介绍印度古代文论。它于1972在西方出版，1989年在印度新德里出版。该书条分缕析，思维清晰。沃德尔在该书第一卷“前言”里认为：“在人类思想发展过程中，印度

①S.J.Anand Amaladass, *Philosophical Implications of Dhvani,* Vienna: University of Vienna, 1984.

②V.K.Chari, *Sanskrit Criticism,* Honolulu: University of Hawaii Press, 1990.

③A.K.Warder, *Indian Kavya Literature,* Vol.1, *Literary Criticism,* Delhi: Motilal Banarsidass, 1989.

④G. Vijayavardhana, *Outlines of Sanskrit Poetics,* Varanasi: Chowkhamba Sanskrit Series Office, 1970.

⑤Edwin Gerow, *A Glossary of Indian Figures of Speech,* The Hague, Paris: Mouton, 1971; *Indian Poetics,* Wiesbaden: Otto Harrassowitz, 1977.

⑥Raniero Gnoli, *The Aesthetic Experience According to Abhinavagupta,* Varanasi: Chowkhamba Sanskrit Series Office, 1985.

⑦Ganiero Gnoli, *Udbhata's Commentary on the Kāvyālaṅkāra of Bhāmaha,* Roma: Istituto Italiano Per il Medio ed Estremo Oriente, 1962.

扮演了举足轻重的角色。”[①]在他看来，一些西方学者以“文化自负”（cultural arrogance）的心态，将与希腊或英语文学相异的印度文学视为劣等文学。他因此建议：“随着比较文学的日益普及，尝试将印度文学批评的技术分析和术语引入英语圈是有好处的。印度文学应该以自己的方式将之向世界文学研究者、特别是那些印度研究专家传播，印度文学批评原理如那些探讨观众的戏剧体验本质的理论尤其应该如此。”[②]此外，英国东方学家、爱丁堡大学梵语与比较语言学教授A.B.基斯在其1929年出版的著作《梵语文学史》中，以近30页的篇幅介绍了梵语诗学基本概况。[③]他是最早系统介绍梵语诗学的西方学者之一。该书在西方再版多次。总之，梵语诗学研究、译介的国际化趋势将使梵语诗学走向世界的步伐迈得更快。这也是中国古代文论国际化应借鉴之处。

另外，独立以来，很多印度学者以K.克里希那穆尔提为榜样，选取梵语诗学作为博士学位论文的研究对象，并在获得学位后出版英文著作。这反映了印度梵语诗学译介研究后继有人。这方面的例子很多，例如：K.C.潘迪（K.C.Pandey）于1959年出版的独立后印度比较诗学开山之作《比较美学》、K.H.特里维迪于1966年出版的《罗摩月和德月的〈舞镜〉研究》、[④]D.K.古普塔（Dharmendra Kumar Gupta）于1970年出版的《檀丁及其作品研究》、T.查克拉巴蒂（Tarapad Chakrabarti）于1971出版的《印度美学与语言科学》、P.S.莫汉于1972年出版的《维希吠希婆罗·格维旃陀罗的

---

①A.K.Warder, *Indian Kāvya Literature, Vol.1, Literary Criticism,*“Preface”, Delhi: Motilal Banarsidass, 1989.

②A.K.Warder, *Indian Kāvya Literature, Vol.1, Literary Criticism,*“Preface”, 1989.

③A. Berriedale Keith, *A History of Sanskrit Literature,* London: Oxford University Press, 1953(1929), pp.372-400.

④K.H.Trivedi, *Nāṭyadarpaṇa of Rāmacandra & Guṇacandra: A Critical Study,* Ahmedabad: L.D.Institute of Indology, 1966.

〈魅力月光〉研究》、[①]T.S.南迪于1973年出版的《梵语诗学味论、韵论的起源和发展》、[②]G.H.塔勒卡（G.H.Tarlekar）于1975年出版的《〈舞论〉研究》、S.P.巴塔查利雅于1976年出版的《文学中的平静味》、[③]R.L.辛格尔（R.L.Singal）于1977年出版《亚里士多德与婆罗多的戏剧理论比较研究》、C.P.舒克拉（Chitra P.Shukla）于1977年出版的《〈味海〉庄严论》、K.维迦延于1981年出版的《〈味海月〉研究》、[④]维斯瓦纳特·巴塔查利雅于1958年籍以获得博士学位并于1982年出版的《庄严论中的隐喻史》（原著是作者在西德即前联邦德国的东方学家约翰内斯·诺贝尔指导下撰写的博士学位论文）、[⑤]拉姆昌德鲁杜（Ramachandrudu）于1983年出版的《世主对梵语诗学的贡献》、P.L.瓦迪亚（P.L.Vaidya）于1984年出版的《梵语诗学中韵的作用》、M.古普塔（Manjul Gupta）于1987年出版的《〈舞论注〉和〈十色注〉研究》、P.C.拉西里（P.C.Lahiri）于1987年出版的《梵语诗学风格和诗德观的历史发展》、萨提耶那罗延·查克拉波蒂完成于1978年但于1989年出版的《阿伯耶·底克希多〈画诗探〉研究》、[⑥]A.吉利迦于1991年出版的《格维格尔纳布罗〈庄严宝〉研究》、[⑦]莎维特莉·古普塔于

---

①Pandiri Sarasvati Mohan, *The Camatkāracandrikā of Viśveśvara Kavicandra: Critical Edition and Study,* Delhi: Meharchand Lachhmandas, 1972.

②Tapasvi S. Nandi, *The Origin and Development of the Theory of Rasa and Dhvani in Sanskrit Poetics,* Ahmedabad: Gujarat University, 1973.

③Shashthi Prasad Bhattacharya, *Santa Rasa and Its Scope in Literature,* Calcutta: Sanskrit College, 1976.

④K.Vijayan, *Rasārṇavasudhākara: A Study,* Trivandrum: Aatira Publications, 1981.

⑤Biswanath Bhattacharya, *A History of Rupaka in the Alankarasastra,* Varanasi: Chowkhamba Orientalia, 1982.

⑥Satyanarayan Chakraborty, *A Study of the Citramimamsa of Appaya Diksita,* Calcutta: Sanskrit Pustak Bhandar, 1989.

⑦A.Girija, *Alankarakaustubha of Kavikarnapura: A Study,* Calcutta: Punthi Pustak, 1991.

1992年出版的《关于〈项链〉的比较研究》、①R.S.巴布于1994年出版的《〈波罗多波楼陀罗名誉装饰〉研究》、②N.N.夏尔玛（N.N.Sarma）于1994年出版的《世主：中世纪印度著名梵语诗人》、S.普拉贾巴迪（Sweta Prajapati）于1998年出版的《正理论哲学对梵语诗学的影响》、V.A.松德拉姆于1989年完成并于2001年出版的《耶阇斯沃纳·底克希多〈庄严罗怙子〉中的庄严研究》、③B.B.高士完成于1993年但于2005年出版的《韵论派研究》④等等。特别值得一提的是，一些西方学者也曾经以梵语诗学作为博士学位论文的研究对象，并在获得学位后出版著作。这包括前边提到的以翻译《韵光》和《韵光注》而获得哈佛大学博士学位的美国学者马松，还包括曾经于1963年到德里大学教授西班牙语的西班牙学者A.B.萨格尼拉，他在印度获得博士学位，并在新德里出版英文著作《梵语大诗和小诗中的庄严研究》。⑤

近年来，不断出现以各种印度区域性语言出版的著作再被译为英语出版的情形，这显示印度方言区的学者不甘寂寞，自愿将自己的著述推向更为广阔的学术天地，传播自己的文论话语，展现自己所在语言区的文化软实力。这方面的例子包括：原版为泰卢固语的P.S.R.阿帕·拉奥的《〈舞论〉的特殊主题》、⑥原版为坎纳达语的

①Savitri Gupta, *Comparative and Critical Study of Ekāvalī*, Delhi: Eastern Book Linkers, 1992.

②Ramavarapu Sarat Babu, *A Critical Study of the Prataparudriya,* Vasakhapatnam: SPAA Offset Colour Prints, 1994.

③V.Abhirama Sundaram, *Alaṅkārarāghava of Yajñeśwara Dīkṣita: A Study (Alaṅkāraprakaraṇa only),* Chennai: Ramakrishna Mission Vivekananda College, 2001.

④Bidyut Baran Ghosh, *A Critique of Dhvanikarikas,* Kolkata: Sanskrit Pustak Bhandar, 2005.

⑤Antunio Binimelis Sagrera, *A Study of Alaṅkāras in Sanskrit Mahākāvyas and Khaṇḍakāvyas,*Delhi: Bharatiya Vidya Prakashan, 1977.

⑥Appa Rao, *Special Aspects of Natyasastra*(in Telugu), Trans. by H.V. Sharma, New Delhi: National School of Drama, 2001.

T.N.室利康泰雅的《印度诗学》、[1]原版为坎纳达语的R.迦勒希的《庄严论》等。[2]其实，在此之前，这种文论著述的翻译还以自译的方式而存在，如著名印地语文论家纳根德罗便曾将自己的《味论原理》等印地语著作中的代表性文章选译为英语，以《文学的感情基础》为题，于1986年结集出版。[3]该书汇集了纳根德罗关于味论和印度文学史等重要议题的思想观点。勒沃普拉萨德·德维威迪更是将自己的梵文版《诗庄严颂》译为英文，以梵英对照本形式重新推出，以利于更多的学者理解其核心观点。这些例证，也恰好是笔者将本书的论述范围延伸至现当代文论的重要因素之一。

19世纪以来，印度国内外学者在梵语戏剧学、诗学、艺术理论著作的发掘、整理、校勘、编订和出版方面均成果斐然，相关著述不计其数。例如，《舞论》和《剧相宝库》等便是西方学者首先发现的，而楼陀罗跋吒的《艳情吉祥痣》和新护的《舞论注》、《韵光注》等的编校、翻译和研究，也与西方学者的贡献密不可分。印度学者的贡献更是历史悠久且其成果异常丰富，值得关注。例如，2007年，贝拿勒斯印度教大学梵语系荣誉退休教授勒沃普拉萨德·德维威迪和S.K.德维威迪父子俩合作校勘的总计2000多页的《艳情光》二卷本出版。[4]这是梵语诗学经典校勘和出版史上的一件大事。事实上，上述印度国内外学者对于梵语诗学、戏剧学经典的发掘、整理和出版，也是相关研究的有机组成部分。关于这方面的详细研究，应该由一部资料丰富、文献可信、考证详实、规模宏大的专著来进行。此处按下不提。

---

①T.N.Sreekantaiyya, *Indian Poetics,* trans. by N. Balasubrahmanya, New New Delhi: Sahitya Akademi, 2001.

②R.Ganesh, *Alamkaarashaastra,* trans. by M.C. Prakash, Bengaluru: Bharatiya Vidya Bhavan, 2010.

③Nagendra, *Emotive Basis of Literature and Other Essays,* Delhi, 1986.

④Bhoja, *Śṛṅgāraprakāśa*, Vol.1-2, eds. by Rewāprasāda Dwivedī and Sadāśiva Kumāra Dwivedī, New Delhi: Indira Gandhi National Centre for the Arts, 2007.

综上所述，当代梵语诗学研究成绩突出，在几十年时间里，出现了一些著名的研究者。其中的代表性人物包括已故著名学者V.拉克凡、S.K.代、P.V.迦奈、K.克里希那穆尔提、T.S.南迪、R.穆克吉、V.K.查利和B.夏尔玛等人。略举两例：近年仙逝的R.穆克吉不仅在辞世前完成了《韵辩》第一章的英译，还在此前出版了《印度古代文学理论批评》、[①]《印度的诗歌意象论》[②]和《世界美学与印度诗学》[③]等文论著作。2010年辞世的T.S.南迪生前与著名学者勒沃普拉萨德·德维威迪关系甚好，交流频繁。他不仅于2007年出版了篇幅巨大的雪月《诗教》及其注疏的英译本，还在2005年出版了三大卷近2000页的标志性巨著《知音光：印度文学批评思潮》，对味论、韵论、词功能和早期梵语诗学发展等重大问题进行了详细的考察和研究，涉及婆罗多、婆摩诃至世主等几乎所有重要的梵语诗学家。[④]此前，他于2002年出版《表示义》，[⑤]还于1973年出版了基于博士学位论文改写而成的著作《梵语诗学味论、韵论的起源和发展》。1973年，南迪还出版了以古吉拉特语写成的《韵光注》注疏本。他的相关论文不计其数。

其他仍然健在的著名学者如勒沃普拉萨德·德维威迪、拉塔瓦拉巴·特里波提和C.拉京德拉等人还在继续奉献精品力作。略举两例：后边将要谈到的贝拿勒斯印度教大学梵语文学、诗学研究专家勒沃普拉萨德·德维威迪曾经被印度总统授予“荣誉证书”，是20世纪下半叶以来梵语诗学研究的杰出代表。至2007年为止，德维威

---

①Ramaranjan Mukherji, *Literary Criticism in Ancient India*, Calcutta: Sanskrit Pustak Bhandar, 1966.

②Ramaranjan Mukherji, *Imagery in Poetry: An Indian Approach*, Calcutta: Sanskrit Pustak Bhandar, 1972.

③Ramaranjan Mukherji, *Global Aesthetics and Indian Poetics*, Delhi: Rashtriya Sanskrit Sansthan, 1998.

④Tapasvi S.Nandi, *Sahṛdayāloka: Thought-currents in Indian Literary Criticism,* Vol.1, Part 1-3, Ahmedabad: L.D.Institute of Indology, 2005.

⑤Tapasvi S.Nandi, *Abhidhā,* Ahmedabad: L.D.Institute of Indology, 2002.

迪出版了大约110种关于梵语文学、诗学研究的著作。他以梵语、印地语和英语进行著述，其代表作包括梵语版的诗学著作《诗庄严颂》、《舞教》、《庄严即梵》、《文学身体论》、《文学概论》和《庄严原理》等，其印地语著作包括2007年出版的《梵语诗学批评史》等。现任新德里国立梵文研究院院长拉塔瓦拉巴·特里波提于2009年出版梵语代表作《新诗庄严经》。至2007年止，他以梵语、印地语和英语出版了100部左右著作，发表了165篇论文。

中国、美国、意大利、斯里兰卡等国家的学者也为梵语诗学翻译和研究作出了很大的贡献，丰富了世界梵学研究的内容。总之，梵语诗学翻译和研究后继有人，我们有理由期待印度和世界各国的学者在这方面做出更大的贡献。

部分印度学者在梵语诗学研究中体现出一定的地域意识。例如，古吉拉特语学者T.S.南迪翻译了古吉拉特地区的古代耆那教梵语诗学家雪月的代表作《诗教》，而位于古吉拉特阿默达巴德的L.D.印度学研究所及其邻近的出版机构多年来致力于推出学者们鼎力编校的古吉拉特籍梵语诗学家的著作，如耆那教诗学家阿摩罗旃陀罗的《诗如意藤注疏》、[①]耆那教诗学家伐格薄吒的《伐格薄吒庄严论》及其相关注疏、[②]戒月智者的《诗人学》、[③]无名氏著《如意藤辩》等。[④]此外，纳伦德罗波罗跋·苏里写于1225至1226年左右的《庄严大海》早在1942年便由古吉拉特邦的巴罗达东方研究所编校出版。[⑤]有人指出："就古吉拉特对梵语诗学发展的贡献而

①Amaracandrayati, *Kāvyakalpalatāvṛttih with Two Commentaries: Parimala and Makaranda,* Ahmedabad: L.D.Institute of Indology, 1997.

②Jñānapramodagaṇi, *Jñānapramodikā: A Commentary on Vāgbhaṭālaṅkāra,* Ahmedabad: L.D.Institute of Indology, 1987.

③Vinayacandrasūri, *Kāvyaśikṣā,* Ahmedabad: Bharatiya Sanskriti Vidyamandir, 1964.

④Anonymous Author, *kalpalatāviveka,* Ahmedabad: Lalbhai Dalpatbhai Bharatiya Sanskriti Vidyamandira, 1968.

⑤Narendraprabha Sūri, *Alaṅkāramahodadhi,* Baroda: Oriental Insitiute, 1942.

言，雪月的《诗教》、摩利迦耶旃陀罗的《摄诗光》和纳伦德罗波罗跋·苏里的《庄严大海》特别值得重视。”[①]虽然说雪月和阿摩罗旃陀罗等人的著作在梵语诗学史上地位不高，但其富含的信息可以解读古吉拉特地区的古代人文风情密码，因此备受古吉拉特当代学者的青睐。

与此相似，20世纪以来，安德拉邦等南印度地区的部分梵语诗学研究者一直坚持发掘、编订、出版或研究安德拉一带乃至南印度的古代诗学著作。这些著作包括：11世纪的波阇《艳情光》、13世纪维底亚达罗的《项链》、13世纪维底亚那特的《波罗多波楼陀罗名誉装饰》、14世纪维希吠希婆罗·格维旃陀罗的《魅力月光》、14世纪辛格普波罗的《味海月》、16世纪达摩苏里的《文宝》等等。《艳情光》于1955至1974年分四卷在南印度的迈索尔先后出齐，其编校者为乔希耶（G.R.Josyer）。[②]《文宝》三卷由海德拉巴一家出版社分三次出版。[③]编订和出版这些著作最积极的学者包括马德拉斯大学著名梵语诗学专家V.拉克凡和加拿大多伦多大学印裔梵文学者T.文卡塔查里亚（T.Venkatacharya）等人。拉克凡编订出版了维底亚那特的《波罗多波楼陀罗名誉装饰》，还出版了研究波阇《艳情光》的巨著；文卡塔查里亚编订出版了辛格普波罗的《味海月》。由此可见，维底亚那特的《波罗多波楼陀罗名誉装饰》一直流行于南印度并非不可理喻。就翻译或研究上述这些产生于古代南印度的著作而言，南印度地区的学者也保持高度的热情。例如，印度学者英译的波阇《辩才天女的颈饰》于2009年出版了三卷本，

---

①Vinayacandrasūri, *Kāvyaśikṣā,* “Introduction,”Ahmedabad: Bharatiya Sanskriti Vidyamandir, 1964, p.15.

②Bhoja, *Śṛṅgāraprakāśa*, Vol.1-4, ed. by G.R.Josyer, Mysore: Coronation Press, 1955, 1963, 1969, 1974.

③Dharmasūri, *Sāhityaratnākara,* Part 1-3, Hyderrabad: Sanskrit Academy of Osmania University,1972, 1974, 1981.

译者来自泰米尔语地区。①维底亚那特的书催生了后世诸多类似的歌颂恩主的“名誉装饰体”即“赞颂体”著作。例如，祖籍安德拉地区的耶阇斯沃纳·底克希多（Yajñeśwara Dīkṣita）于17世纪写成的《庄严罗怙子》（Alaṅkārarāghava）便是此类著作。一位马德拉斯梵文学者以博士论文的方式研究该书的庄严论部分，并于1989年完成学位论文，2001年出版其成果。②

对于孟加拉和奥利萨一带的学者而言，鲁波·高斯瓦明等虔诚派诗学家的著作也是其编校、出版、翻译和研究的兴趣所在。

对于改写或编译梵语诗学原理的巴利语、僧伽罗语或俗语文论著作，印度当代学者也给予高度重视，并以梵文转写后出版。例如，13世纪的斯里兰卡佛教学者僧伽罗吉多著有巴利语诗学著作《妙觉庄严》，当代印度学者将其经文转写为梵文后题为《智庄严论》并于1973年出版。③公元7世纪，斯里兰卡佛教学者戒云（或称戒云军）对檀丁《诗镜》进行编译，这就是现存于世的僧伽罗语诗学著作《妙语庄严》，当代印度学者将其译为梵文后与《智庄严论》合并出版。④阿默达巴德的L.D.印度学研究所出版了无名氏的俗语诗学著作《庄严镜》。⑤

这里顺便再谈谈泰米尔文论代表作即《朵伽比亚姆》在当代印度的翻译和研究。从印度文论史的发展演变来看，《朵伽比亚姆》的重要价值和特殊地位不容否认。因此，这部著作在1963年

①Bhoja, *Sarasvatī-Kaṇṭhâbharaṇam*, Vol. 1-3, ed. and trans. by Sundari Siddhartha, New Delhi: Indira Gandhi National Centre for the Arts, 2009.

②V.Abhirama Sundaram, *Alaṅkārarāghava of Yajñeśwara Dīkṣita: A Study*, Chennai: Ramakrishna Mission Vivekananda College, 2001.

③Sangharakkhita, *Bauddhālaṅkāraśāstra*, Part 1, ed.by B.M. Avasthi, Delhi: Lalbahadur Sastra Kendriya Sanskrit Vidyapitha, 1973.

④Saṅgharakkhita, *Bauddhālaṅkāraśāstra*, Part 2, Delhi: Lalbahadur Sastra Kendriya Sanskrit Vidyapitha, 1973.

⑤Ajñātakartṛka（Anonymous Author）, *Alaṅkāradappaṇa*, ed. by H.C. Bhayani, Ahmedabad: L.D.Institute of Indology, 1999.

被译为英语出版。[1]侨居美国、任教于芝加哥大学的达罗毗荼语教授A.K.罗摩努迦出版了他的《朵伽比亚姆》英译本，并在这部题为《爱情与战争诗》（*Poems of Love and War*）的译本中以导论形式阐释了这部古代泰米尔语著作。[2]罗摩奴阇还在其他文章中对《朵伽比亚姆》的文论思想进行了多方解说，以利于西方学者正确地理解泰米尔语古代文论思想。他在译介中也不时透露自己的一些文学观或文化观。[3]

《朵伽比亚姆》所代表的泰米尔文论相对于梵语文论体系的独立性问题被一些印度学者加以探讨。其中，尼赫鲁大学的梵语和泰米尔语教授K.米拉克西就是其中一位。她不仅在20世纪末出版了《〈朵伽比亚姆〉和〈八章书〉》，还出版了《泰米尔语和梵语文学批评理论：〈朵伽比亚姆〉和梵语诗学》，对梵语诗学和《朵伽比亚姆》的文论思想进行比较研究。她的结论是，《朵伽比亚姆》是独立的泰米尔语文论的象征："朵伽比亚尔的诗学贡献具有独创性，他没有受到梵语诗学的影响，因为，在他和婆罗多的著述方法上，我们能发现两种文化传统更多的差异。"[4]

三、当代文论家的梵语著作举例

印度独立以后，与梵语诗学经典的翻译（英译和各种印度语言的翻译）、研究密不可分的一个重要内容便是，部分功力深厚的梵

①S.Ilakkuvanar, *Tholkappiyam in English with Critical Studies,* Madurai: Kurai Neri Publishing House, 1963.

②A.K.Ramanujan, trans. *Poems of Love and War,* Delhi: Oxford University Press, 1985.

③A.K.Ramanujan, *The Collected Essays of A.K.Ramanujan,* New Delhi: Oxford University Press, 1999, p.395.

④K.Meenakshi, *Literary Criticism in Tamil and Sanskrit,* Chennai: International Institute of Tamil Studies, 1999, p.125.

语学者以梵语写作并出版自己的相关成果，这是当代印度梵语诗学研究界向世界文论界发出的一种复杂而又微妙的文化信号，这种信号的核心密码便是：强烈的民族文化自觉意识。这一信号也有力地回应了P.V.迦奈和S.K.代等人在20世纪20年代关于17世纪世主的《味海》“终结”梵语诗学发展的断言。

前述《晚期梵语诗学家》一书的作者列举了20世纪以来印度学界十位以梵语进行著述的著名诗学研究者，这十位重量级（有的确属大师级人物如排名第一的勒沃普拉萨德・德维威迪等）学者的名字如下：勒沃普拉萨德・德维威迪、B.夏尔玛、拉姆沃达尔・米什拉、G.C.潘代、西瓦吉・乌帕迪亚耶、R.S.提瓦里、R.P.维达兰卡尔、R.B.德维威迪、A.R.米什拉、拉塔瓦拉巴・特里波提。[①]下边以这十位文论家的代表作为主，参考《晚期梵语诗学家》一书的相关介绍，对当代印度文论界的一些梵语代表作进行简介。

贝拿勒斯印度教大学梵语文学、诗学研究专家勒沃普拉萨德・德维威迪（1935～）曾经被印度总统授予“荣誉证书”，还获得“印度文学院奖”等多项高级别的奖励或荣誉称号。他是当之无愧的梵语诗学研究权威之一。当代著名梵语诗学研究者R.穆克吉评价说，德维威迪是“一位提出文学批评新理论的原创型思想家（original thinker）”。[②]至2007年为止，德维威迪出版了大约110种关于梵语文学、诗学研究的著作。

1977年，勒沃普拉萨德・德维威迪出版了梵语著作《诗庄严颂》。2001年，他又推出该书的梵英对照本。该书可以视为德维威迪重要代表作之一。该书体现出德维威迪的诗学风格或特色：“他

①需要说明的是，笔者未掌握拉姆沃达尔・米什拉、西瓦吉・乌帕迪亚耶和R.P.维达兰卡尔等三人的梵语原著。关于这十人的生平和著述情况，参阅：Anand Kumar Srivastava, *Later Sanskrit Rhetoricians,* pp.97-113.

②Bhoja, *Śṛṅgāraprakāśa*, Vol.1, “An Appreciation,”New Delhi: Indira Gandhi National Centre for the Arts, 2007, p.22.

的诗歌哲学带有理想主义色彩，以合理的方式阐释诗学原理。他的哲学不是强调主观因素，而是以客观对象为主。”①沿着这一轨迹继续思考，德维威迪在书中提出一个重要的观点：“庄严是诗的灵魂，因为诗中只有庄严……味是诗的效果，诗中没有味。”②他指出：“在‘诗庄严’这一概念中，‘庄严’这一术语指代所有的和每一种诗的要素（dharma），而非指代其中的某一种要素。”（37）③循着这一思路，他说：“诗中只有庄严，因此，庄严是诗的灵魂。存在于身体之外的事物（dharma），怎能称为自己身体的灵魂？”（46）④有人认为，灵魂与诗、味的关系，如同大海与鱼、水的关系。德维威迪反对这一观点。他强调说：“‘诗中充满味’，这种说法以情由和情态等等的结合为依据。‘诗中有味’，其实是被称为‘有味表达’（rasokti）的一种庄严罢了。”（240）⑤总之，在六个重要的梵语诗学概念中，德维威迪将韵视为包含味、风格、合适等的诗学体系，而将庄严视为包含曲语的诗学体系，因此，梵语诗学便被分解为韵论和庄严论两个派别，其中，庄严占据文学的灵魂或曰核心位置。⑥

德维威迪另一部重要的诗学代表作是《舞教》（*Nāṭyānuśāsanam*）。该书1983年初版，1996年再版，2008年出了第三版。它采取梵语经文和印地语译文前后并置的著述体例。该书主要论述戏剧，分为五章。第一章113颂，论述戏剧的特征；第二章113颂，对婆罗多进行述评；第三章63颂，论述戏剧的身体即戏剧情节；第四章44颂，介绍戏剧的

①Anand Kumar Srivastava, *Later Sanskrit Rhetoricians,* p.99.

②Rewaprasada Dwivedi, *Kavyalankarakarika,* “Author’s Note,” Varanasi: Kalidasa Samsthana, 2001, V.

③Rewaprasada Dwivedi, *Kavyalankarakarika,* p.11.

④Rewaprasada Dwivedi, *Kavyalankarakarika,* p.13.

⑤Rewaprasada Dwivedi, *Kavyalankarakarika,* p.83.

⑥Anand Kumar Srivastava, *Later Sanskrit Rhetoricians,* p.100.

各种表演艺术；第五章80颂，介绍戏剧情味的表演和品尝。①

德维威迪的诗学论文集《庄严即梵》出版于2005年。这部梵语论文集分诗学部分和戏剧部分，前一部分包括二十二篇论文，论述文学的本质、庄严、味、韵和词功能等，后一部分有五篇文章，专论戏剧。该书从波阇等人的宗教哲学和泛庄严论诗学观出发，得出一个重要的结论：文学与哲学本质无异，庄严即梵。②

V.拉克凡曾于20世纪中期出版了关于波阇史无前例的巨著《艳情光》的研究著作。此后，历经二十年时间（1955~1974），这一巨著的四卷本也由另一位梵文学者编校并先后出齐，但却因为各种复杂因素而带有种种遗憾。德维威迪在对印度和美国的相关文献进行整理的基础上，利用自己渊博的学识，补齐了《艳情光》的遗漏部分，并对其中的梵语、俗语、阿波布朗舍语例诗进行了分类解析。他的儿子即贝拿勒斯印度教大学现任梵语系教授S.K.德维威迪也参加了该书的编校工作。通过父子俩多年的艰苦校订，总计2000多页的《艳情光》二卷本于2007年出版。③这是梵语诗学经典校勘和出版史上的一件大事。S.K.德维威迪在“前言”中透露，下一步将把《艳情光》译为印地语和英语。此前的四卷本以转写的文献为基础编校而成，德维威迪父子则是以梵文、俗语和阿波布朗舍语的原著抄本为基础编校而成，其质量自然更优，也更具权威性。

德维威迪还于2007年出版了印地语著作《梵语诗学批评史》，对梵语诗学和印地语文论发展史做出了全新的探索，这使1923年前后出版的两部英文版《梵语诗学史》在八十多年后，终于找到了合格的“接力手”，为书写完整而全面的印度文学史、印度文论史乃

---

①Rewāprasāda Dwivedī, *Nāṭyānuśāsanam*,Varanasi: Kalidasa Samsthana, 2008.

②Rewāprasāda Dwivedī, *Alaṃ Brahma*(*Fresh & Strking Theses on Sanskrit Poetics*), Varanasi: Kalidasa Samsthana, 2005, pp.1-4.

③Bhoja, *Śṛṅgāraprakāśa*, Vol.1-2, eds. by Rewāprasāda Dwivedī and Sadāśiva Kumāra Dwivedī, New Delhi: Indira Gandhi National Centre for the Arts, 2007.

至印地语文学史打下了坚实的基础。该书分为五章。第一章为《原理、规则和流派》，介绍了梵语诗学的基本原理和几个主要流派。第二章为《居住地域》，按照建志补罗、迦湿弥罗（克什米尔）、陀罗尼和迦尸等诗学家集中居住过的四个古代地域，将梵语诗学分为四个流派。其中，第一个地域有婆罗多和檀丁等人，第二个地域包括婆摩诃、伐摩那、优婆吒、欢增、新护、安主、恭多迦、摩希摩跋吒和曼摩吒等人，第三个地域包括胜财、达尼迦和波阇等人，第四个地域集中了阿伯耶·底克希多、墨图苏登·萨拉斯瓦蒂、世主等人。第三章《千年纪实》将婆罗多以来的梵语诗学发展分为三个一千年即三个时期进行考察。第四章是《梵语诗学大师》，主要介绍印度独立以前的四十九位著名梵语诗学家，包括婆罗多、檀丁、婆摩诃和18世纪的纳拉辛哈·格维等人。第五章题为《现代文论》，先介绍印度独立以来的十六位著名梵语诗学家（作者将自己排在第二位），再介绍16至20世纪的四位虔诚味论者，其中包括鲁波·高斯瓦明。[①]由此结构便可清晰地发现，德维威迪与20世纪初两位梵语诗学史专家相比，占有的资料更为丰富，视野更加开阔，论述更有特色。该书是20世纪以来印度学者关于梵语诗学研究的印地语著作中的翘楚之作。笔者本人非常期待国内的印地语学者能尽早地将此书译为中文出版，以便研究印度文学史或东方文学史、东方文论史的学者们及时地了解这一巨著的基本内容。

B.夏尔玛（Brahmanand Sharma，1923.2.11～2000.8.24）也是以梵语进行著述的诗学家。他有诗学论著五本存世，其中包括《味论》（梵英对照本）、《本事庄严探》、《新味探》和《诗真谛光》等。他说，他的目的是“给梵语诗学增添一些新的内容”。[②]

①Rewāprasāda Dwivedī, *Sanskrit Kāvyaśāstra kā Ālocanātmaka Itihāsa*,Varanasi: Kalidasa Samsthana, 2007.

②Brahmanand Sharma, *Reassessment of Rasa Theory,* “Preface,” Jaipur: Champa Lal Ranka & Co., 1985.

另一位梵语诗学研究者拉塔瓦拉巴·特里波提对夏尔玛的评价是："B.夏尔玛曾经试图按照马克思主义原理阐释味论。他将味的体验（rasānubhūti）等同于认识真理（satyānubhūti），对他而言，味的体验即为现实的体验。"①

对于夏尔玛的《味论》来说，特里波提的论断可谓一语中的。该书的味论带有浓厚的马克思主义色彩。该书分为五章，多处采用《韵光》的论辩体进行诗学阐释。第一章《真理解说》主要论述认识真理与欣赏诗歌等文学作品之间的区别、梵语诗学中的诗歌与经济、社会现实等的关系、语言和意义的关系、翻译与言意关系的变化等问题。该章对前述的勒沃普拉萨德·德维威迪和意大利美学家克罗齐等人的言意观进行了驳斥。夏尔玛还认为，《牧童歌》等梵文作品不可译，因为通过翻译，原作的语言深意和美学效果会丧失。该书第二章为《味的考察》，对味、情、普遍化等重要诗学范畴进行了介绍，并将情味描写分为阶级情味和个人情味两类。该书第三章《论味的特征等》对味的超凡脱俗的宗教精神尺度进行现代解构，认为情感普遍化只是认识真理的一种方式而已，味不等于精神体验。第四章《论艳情味等》继续按照唯物史观解读传统的味论，认为阶级斗争中也存在英勇味、暴戾味，艳情味有助于阶级斗争，平静味和虔诚味等不是诗意体验，而是精神体验。第五章《味病论》论述味病，篇幅较为短小。②

夏尔玛的《诗真谛光》分为五章，分别论述真理、描写对象、

---

①S.C.Pande, ed. *The Concept of Rasa with Special Reference to Abhinavagupta,* Shimla: Indian Institute of Advanced Study, 2009, p.97.

②Brahmanand Sharma, *Rasalocana,* Ajmer: Pracya Vidya Pratishthan, 1985.该书同年还以英文*Reassessment of Rasa Theory*（《味论新解》）为题，在斋普尔另外一家出版社同时出版梵英文对照本：Brahmanand Sharma, *Reassessment of Rasa Theory,* Jaipur: Champa Lal Ranka & Co., 1985。后一书增加了作者的英文前言。此处介绍参考该书所附英译部分。

文学功能、诗歌情感和诗歌特征等。①他的《本事庄严探》以新的较为科学的方式论述各种庄严。②他的《新味探》论及诗歌本质、诗歌美、韵诗、常情、暗示义功能，味的体验和味的数量等。③夏尔玛还著有《味论新解》等诗学著作。④

拉塔瓦拉巴·特里波提（Radhavallabh Tripathi，1945.2.15 ~ ）现任位于新德里的国立梵文研究院院长，2009年出版其诗学代表作《新诗庄严经》（*Abhinavakāvyālaṅkārasūtra*）。至2007年为止，他以梵语、印地语和英语出版了100部左右著作，发表了165篇论文。

特里波提的《新诗庄严经》保留了传统的经疏结合的著述体例。该书对于诗的定义、种类和诗的成因等的论述均有新见。该书共分三个部分，第一部分论述诗的定义、目的、成因、种类、词功能等。第二部分论及庄严，将其分为内部庄严和外部庄严两类。第三部分论述各种文类，包括长篇小说和自传等现代文类。⑤

拉姆沃达尔·米什拉（Rāmāvatāra Miśra，1899.1.13 ~ 1984.6.24）的梵语诗学代表作是《味月光》（Rasacandrikā）和《韵功能考》（*Vyañjanāvṛtti*）。《味月光》共有270颂，主要论述婆罗多八味、平静味、慈爱味等共十种味、艳情味的重要性、男女主角和配角的特征、情由、九种情态、十种常情等。《韵功能考》共253颂，完成于1946年。该书否定了一些推崇表示义的论者，强调韵（暗示义）的重要性，还论述了词语的另外一种涵义即真义力（tātparyāśakti）。此二

①Brahmanand Sharma, *Kāvyasatyāloka,* Ajmer: Arcan Prakashan, 1980.

②Brahmanand Sharma, *Vastavalaṅkāradarśana,* Ajmer: Rajakiya Mahavidyalaya, 1969.

③Brahmanand Sharma, *Abhinavarasamīmāmsā,* Ajmer: Arcan Prakashan, 1975.

④Brahmanand Sharma, *Reassessment of Rasa Theory,* Jaipur: Champa Lal Ranka & Co., 1985.

⑤Radhavallabh Tripathi, *Abhinavakāvyālaṅkārasūtra,* Jaipur: Jagdish Sanskrit Pustakalaya, 2009.

书于1986年出版。[①]

G.C.潘代（Govind Chandra Pande，1923.7.30～）学识渊博，汇通东西，著有二十多本书，涉及宗教、哲学、历史哲学、美学、文学和其他学科领域。1986年，潘代出版了梵语诗学代表作《美的哲学思考》（*Saundaryadarśana-vimarśah*）。该书共132颂，分为三章，分别论述美的哲学本质（87颂）、戏剧本质（30颂）和味的本质（15颂）。该书于2003年出版时附录了札格纳特·帕塔卡的印地语译文和详细疏解。作者指出："音乐、诗歌与绘画等，太阳和月亮的升起等，都能激发人们心中的美感（喜悦），他们所思考的含义（对象）也千差万别。"（I.1）[②]这说明作者认识到人们对同一审美对象会得出不同体验的艺术规律。再如："确实可以在论文中描述各种音乐、艺术和戏剧等的特征（lakṣaṇa），也可思索其不同的含义（lakṣya）。"（I.11）[③]关于味的含义，作者的解释显示出鲜明的时代气息："味包括艳情味等等和水、精液、原质、爱情、汁液。在吠陀文献中，味也与和敬神相关的种种对象有关。"（III.1）[④]

西瓦吉·乌帕迪亚耶（Shivji Upadhyay，1943.3.3～）于1990年出版了《文学概要》（*Sāhityasandarbhah*）一书。该书共155颂，分为六章，分别论述味的本质、诗、情、文学、美、味。全书以散文体形式写成。

R.S.提瓦里（Rama Sankar Tiwari，1915.7.1～）的梵语诗学代表作是《诗真义辩》（*Kāvyatattvaviveka*）。该书分为二十四章，它以经疏体形式写成，疏解文字非常详细。该书先后论及诗人、诗

---

①Rāmāvatāra Miśra, *Rasacandrikā, Vyañjanāvṛtti,* Ranchi: Rukmini Publications, 1986.

②Govind Chandra Pande, *Saundaryadarśana-vimarśah*, Allahabad: Raka Prakashan, 2003, p.134.

③Govind Chandra Pande, *Saundaryadarśana-vimarśah*, p.135.

④Govind Chandra Pande, *Saundaryadarśana-vimarśah*, p.143.

的素材、诗的功用、诗的成因、韵论、曲语论、味论、普遍化原理、波阇的唯一艳情味、诗歌审美、商古迦、跋吒、那耶迦和新护的味论观等。可见，该书以诗的本质论和味论为主，基本忽略诗德、风格和庄严等其他问题。关于曲语论，提瓦里写道："曲语体现了诗人的创造活动。诗如缺乏曲折便没有光彩。曲折是指优秀诗人娴熟智慧地婉转表达，它确能照亮语言（vāṇī）。"（IX.1-2）[①]关于味论，他写道："艳情味等等是诗中的主味，味有十二种。（婆罗多）牟尼认为有四个基础的味，另外四个则为派生的味。在《后罗摩传》中，薄婆菩提将悲悯味作为主味进行描写，艳情味则为变化的要素（pariṇāmabhūta）。"（XV.1-4）[②]第十章《诗的成因》论及想象和崇高等西方诗学概念，引用了维姆萨特等西方现代诗学家的著作，并以《罗摩衍那》等印度经典进行印证，体现出作者开放的比较诗学意识。[③]

R.B.德维威迪（Rahas Bihari Dwivedi，1947.1.2～）的诗学代表作是2002年出版的《文学论》（*Sāhityavimarśa*）。德维威迪在论述中兼顾了现代梵语诗歌的创作，为此提出了很多新的诗学概念或文类。[④]

A.R.米什拉（Abhiraja Rajendra Mishra，1943.1.22～）天资聪颖，自十六岁开始著述，已有一百多种梵语、印地语和英语著作问世。他的代表作是仿效维底亚那特的"名誉装饰体"即赞颂体写成的诗学著作《新赞颂体、梵语新诗学：现代梵语文学新动向》。作者在书中回顾了婆罗多至勒沃普拉萨德·德维威迪等当代学人的

①Rama Sankar Tiwari, *Kāvyatattvaviveka*, Delhi: Bharatiya Vidya Prakashan, 1996, p.9. 此处的vāṇī既指语言，也表示语言女神即辩才天女。

②Rama Sankar Tiwari, *Kāvyatattvaviveka*, p.19. "四个基础味"指艳情味、暴戾味、英勇味和厌恶味。

③Rama Sankar Tiwari, *Kāvyatattvaviveka*, pp.118-125.

④Rahas Bihari Dwivedi, *Sāhityavimarśa or Navyakavyatattvavimarsa,* Varanasi: Sampurnanand Sanskrit University, 2002.

文论轨迹，提出了很多新的诗学概念，也从20世纪的文学作品和他自己的作品中选取例证。该书分为五章。第一章论述诗的定义、目的、成因和种类，作者从读者角度出发给诗分类。他反对将诗分为上中下三品，因为诗是语言女神的创造结晶，而神灵的创造并无高下之分。第二章论述词功能、风格、诗德和庄严等。第三章论述作为诗的灵魂的韵。第四章论述散文体、韵文体和混合体等三种文体。第五章论述音乐和没有诗律的作品等。[①]

R.P.维达兰卡尔（Ram Pratap Vedalankar，1936.7.26 ~ ）曾经获得印度总统颁发的“荣誉证书”，其诗学代表作是2004年首版的《魅力论》（*Camatkāravicāracarcā*）。[②]该书和14世纪的维希吠希婆罗·格维旃陀罗所著《魅力月光》一样，主要论述诗的魅力。

除了上述十位学者外，出版梵语著作的当代文论家还有很多，如前述勒沃普拉萨德·德维威迪所著《梵语诗学批评史》所列出的十七位当代梵语文论家便是其中重要的代表人物。这十七人中包含了前边提到的部分文论家。此外，笔者还见到了其他一些梵语著作。以20世纪中后期为例，有全面探索文学因素的迦叶曼特·米什拉所著《诗魅力探》，[③]也有集中探索韵论的R.S.纳迦尔的《韵论》。[④]进入21世纪以来，印度学者的梵语著作或梵语注疏本有增无减，如S.巴哈特的《智喜论》、[⑤]V.潘迪耶的《文月光》、[⑥]

---

①Abhiraja Rajendra Mishra, *Abhirājayaśobhūṣaṇam, The New Sanskrit Poetics Explaining the Various Fresh Tendencies of the Modern Sanskrit Literature,* Allahabad: Vaijayanta Prakashan, 2006.

②Ram Pratap Vedalankar, *Camatkāravicāracarcā*, Hoshiarpur: Vishveshvaranand Vedic Research Institute, 2004.

③Jayamant Mishra, *Kāvyavicchittimīmāmsā,* New Delhi : Rashtriya Sanskrit Sansthan, 1998.

④Ravi Shankar Nagar, *Vyañjanāvimarśa,* Delhi: Vandana Prakashan, 1977.

⑤Surendra Bhahat, *Kovidanandavimarśa,* Delhi: Nag Publishers, 2005.

⑥Virendranath Pandey, *Sāhityakaumudi,* Varanasi: Aditya Book Centre, 2005.

R.S.米什拉的《韵魂探》、[①]苏曼·库马尔的《诗光论》、[②]V.潘迪耶的《智王曼摩吒理论探索》[③]等等。当代印度文论界的这些梵语著作表明，梵语诗学的文化血脉一直奔流不息，印度古典文论的基本原理定会世代相传。

第五节　梵语诗学的批评运用

印度学者对于古典梵语诗学非常推崇。他们认为，梵语诗学"应该成为世界文化遗产的一部分"。[④]在印西美学与诗学的深层比较中，印度学者建立了一种文化自信，即古典梵语诗学与西方现代诗学一样，皆具现代运用价值，二者可以互补，前者可以解决后者力所不逮的问题。一百年来，以泰戈尔等人为起点和代表，印度学者利用梵语诗学理论如味论、韵论、庄严论、曲语论、合适论等分析评价东西方文学已经蔚然成风。可以将泰戈尔以来的梵语诗学批评运用命名为"梵语批评"或曰"梵语诗学批评"。[⑤]梵语诗学批评是一个备受争议且引起国际学术界关注的现象。《逆写帝国》的几位西方作者早在20世纪末就对这一现象进行追踪："印度学者和批评家曾经纠缠于这样的争论中：传统的东西在多大程度上适合于印度文学的现代批评。"换句话说，传统的味论、韵论、庄严论等在评价印度文学或西方文学时是否比"进口"的西方理论更加合

---

①Rama Shankar Mishra, *Dhvanyātmamīmāṃsā,* Varanasi: Sampurnanand Sanskrit University, 2007.

②Suman Kumar, *Kāvyaprakāśavimarśa,* Delhi: Abhishek Prakashan, 2007.

③Vayunand Pandye, *Śrīmammaṭapaṇḍitarājasiddhāntamīmāṃsā,* Varanasi: Sampurnanand Sanskrit University, 2008.

④C.D.Narasimhaiah, ed. *East West Poetics at Work,* New Delhi: Sahitya Akademi, 1994, p.36.

⑤参阅拙文：《梵语诗学的现代运用》，载《外国文学研究》，2007年第6期。需要说明的是，"梵语诗学批评"一词为中国社会科学院印度文学与文化研究专家刘建先生在2006年底致笔者的一封电邮中所赐，笔者采纳他的这一术语。

适。《逆写帝国》的几位作者判断说：“至少在一定程度上，这种争论是关于解殖的争论。”[①]本节便对梵语诗学在印度现代文化语境中的批评运用进行简介。

一、梵语诗学批评的发展轨迹

如果要从学理上追踪现代梵语诗学批评的源头，印度现代文学发展史上的两个著名人物即奥罗宾多·高士和泰戈尔是不能忽略的。他们的梵语诗学批评实践是一种不自觉的成功的“解殖”尝试。它预示着后殖民时代的印度学者将在这一既定道路上走得更远。

独立以后一段时期，印度学者的梵语诗学批评实践乏善可陈。时间进入20世纪60年代后，情况有了变化。1965年，K.查塔尼亚在印西诗学比较著作中利用味论和印度宗教文化精神阐释西方现代诗人保尔·瓦莱里和T.S.艾略特的诗歌。[②]1971年，维斯瓦纳塔在对英国作家F.W.贝恩（Francis William Bain，1863～1940）的印度题材小说进行评价时，称他的作品为“味宝库”。[③]查塔尼亚和维斯瓦纳塔的味论阐释法，掀开了后殖民时期印度学者进行梵语诗学批评实践的序幕。次年，K.拉扬出版《诗歌中的韵与直白》。他用西方文论对T.S.艾略特等人的英语诗歌进行分析，又以欢增的韵论进行印证。他说：“我常常从梵语诗学里引进一些概念，但无一例外

①Bill Ashcroft, Gareth Griffiths & Helen Tiffin, *The Empire Writes Back: Theory and Practice in Post-colonial Literature,* London and New York: Routledge, 1989, p.117.

②K.Chaitanya, *Sanskrit Poetics: A Critical and Comparative Study.* Delhi：Asian Publishing House，1965, pp.320-327.

③K.Viswanatham, *India in English Fiction,* Waltair: Andhra University Press, 1971, p.134.

都是为了从另外一个角度讨论英语诗歌创作和批评观念。”①

几乎与维斯瓦纳塔的味论阐释同步，部分印度学者也在进行学术反思，其中以迈索尔大学的C.D.纳拉辛哈和尼赫鲁大学K.卡布尔等人为典型。1965年，在迈索尔大学讨论欧洲与印度文学批评传统的一次研讨会上，纳拉辛哈指出："过去几个世纪里，我们印度一直可悲而焦急地追寻别人的历史。如果我们不能超越而只能追寻别人的历史，那么，已经到了追寻我们自己历史的时候了。"②纳拉辛哈所谓"追寻历史"其实是指回归梵语诗学传统。这是对泰戈尔的回应，也预示着印度学界将在某一个方向进行长期的探索和努力。

1974年，苏吉特·穆克吉发表文章说，与印度文学水土不合的西方文论不能用来评价印度文学，但悲哀的是："尽管亚里士多德和朗吉努斯至今还在西方文学评论中有用武之地，我们印度却不能让我们的诗学遗产发挥任何作用。"穆克吉承认："在一个西方占统治地位的世界里，很难完全忽略西方的标准。"但他坚信："如果文学是特定文化的产物，它的价值最终要靠来自那一文化的标准来评价。"③这里，穆克吉分明已经将梵语诗学批评的缘由点了出来。2005年3月，在接受笔者的访谈时，K.卡布尔指出，印度受到西方影响已经多年，印度教育体制已被西方取代，印度传统思想文化不受重视。印度人在心智上已经成为西方的附庸。西方的成为理论，而印度的则变成文献。某种程度上可以说，印度已经在思想观念上依赖于西方，失去了独立性。三十年前，他决定在尼赫鲁大学教授梵语诗学和哲学，提倡运用印度诗学评价西方文学。他认为，

---

①Krishna Rayan, *Suggestion and Statement in Poetry,* "Preface," London: The Athlone Press, 1972.

②Naresh Guha, ed., *Jadavpur Journal of Comparative Literature,* Vol.12,Calcutta, 1974, p.140.

③Naresh Guha, ed.*Jadavpur Journal of Comparative Literature,* Vol.12,Calcutta, 1974, pp.139-140.

应该转换文学批评的视角，让印度的成为理论资源，让西方的成为文献资料。①卡布尔为此身体力行。从1970年代开始，他先后组织力量将一些梵语诗学名著如《诗探》和《味海》等翻译成英语，让英语系的学生首先进入梵语诗学的传统话语空间。他的这一工程至今还在进行中，并已扩大到梵语语言学、哲学经典范畴。在卡布尔之后，一些学者不断加入梵语诗学批评运用的理论鼓吹和实践行列。

纳根德罗在20世纪70年代观察到，以往以西方文论裁剪东方文学的单向阐释正在让位于双向阐释："过去只是单向阐释，现今开始了双向阐释。我们用西方批评术语来阐释印度文学原理，同时也用印度诗学来解释西方文论。因此，一种普遍适用的文学批评理论正在形成。"②他还认为，之所以如此，是因为印度拥有历史悠久且能有效阐释文学基本问题的诗学传统，其次也是因为印度学者拥有熟练掌握印度和西方文学理论的独特优势。

历史地看，印度学界的梵语诗学批评在进入20世纪80年代后更为典型。自1981年至今，印度南部城市迈索尔的"韵光文学理论中心"（Literary Criterion Centre, Dhvanyāloka）一直不间断地举办规模不等的学术研讨会，主题涉及印度现代文学理论建构、印度英语文学、印度与西方文学关系、英联邦文学等。1982年至2000年间，该中心至少有五次研讨会的主题聚焦于印度文论界如何评价东西方文学的标准问题。③

1982年11月、1984年1月和1985年5月，"韵光文学理论中心"在该中心主任、著名印度英语文学批评家C.D.纳拉辛哈的主持下，

①参阅拙文：《新世纪中印学者的跨文化对话：印度学者访谈录》，载《跨文化对话》，第19辑，南京：江苏人民出版社，2006年，第251页。

②Nagendra, ed. *Literary Criticism in India.* "Introduction," p.36.

③参阅：Ragini Ramachandra, ed. *Literary and Cultural Explorations at Dhvanyloka,* pp.11-19, 39-61, 133-150, 304-314. 下边对五次研讨会的相关介绍，参阅该书相关内容。

先后举行了三次学术研讨会，其主题分别是："我们是否已有合适的文学批评氛围"、"建构当代印度文学的共同诗学"和"论民族文学的观念"。这几次研讨会的共同特点是，许多与会学者开始反思或怀疑西方文论在印度文论界独霸天下的合法性。1982年的研讨会上，有的学者对某些人一味借用西方文论阐释奥里雅语作品表示不满。有的学者还认为，喀拉拉文论界"西风"盛行，必须介绍梵语诗学，以扭转局面。C.D.纳拉辛哈对马克思主义批评模式是否会保持诗歌魅力表示怀疑。两位学者还对梵语诗学批评是否具有可行性进行交锋。在1984年的研讨会上，C.D.纳拉辛哈在主旨演讲中指出，现代印度文坛几乎没有一种达成共识的理论，作家们一般不关心理论，文学批评成了他们眼中的"贱民"。纳拉辛哈还认为，建构一种共同的印度诗学是可行的。学者们进而探讨另一个问题：西方诗学已经渗透进印度文论家的思想血液中，如何综合运用东西方理论？解决的方案似乎是，努力建构超越梵语诗学的普遍适用的文论话语。

1985年，K.克里希那穆尔提出版论文集《印度文论新解》。他以庄严论、味论和韵论等分析英语诗人的一首商籁体诗歌。他说："我选择这首商籁体诗歌并从印度文学批评理论来进行研究有两个理由。首先，它情感充沛，内容丰富；其次，诗人的商籁体形式运用得出神入化。这两点和梵语诗学家所谓音和义组成诗歌的概念非常吻合。"①他认为，用味论评价的话，莎士比亚戏剧中各味皆有，他是一流的戏剧作家。②另一位学者克里希那·拉扬则认为，韵论的确可以"非常有利地用来阐释和评价印度语言文学"。③

---

①K.Krishnamoorthy, *Indian Literary Theories: A Reappraisal,* Delhi: Meharchand Lachhmandas, 1985, p.60.

②K.Krishnamoorthy, *Indian Literary Theories: A Reappraisal,* p.70.

③Krishna Rayan, *The Burning Bush: Suggestion in Indian Literature,* New Delhi: B. R. Publishing Corporation, 1988, pp.10-11.

1988年，M.S.库斯瓦哈编辑出版《印度诗学和西方理论》一书。他在序言中抨击印度评论界唯西方理论马首是瞻、甘愿充当西方理论注脚的现状。他引用别人的话发问，为什么“没有产生文学批评的印度学派”？[①]他在书中收录了大量有关梵语诗学与西方诗学比较的论文，还收入了S.C.古普塔的一篇文章即《印度诗学烛照下的哈姆雷特》。

K.拉扬在1987年和1988年连续出版两部书即《文本与亚文本：文学中的韵》和《燃烧的灌木丛：印度文学中的韵》。他说：“在我于1972年出版的书《诗歌中的韵与直白》中，我尝试利用9到11世纪梵语诗学中的味韵论模式和法国象征主义诗学及新批评理论，构建一种崭新的‘韵论’（theory of suggestion）。”[②]他在《文本与亚文本》中，按照东西结合的新“韵论”对弥尔顿、叶芝、贝克特等人的文本逐一阐释。在次年出版的《燃烧的灌木丛》中，他又以同样的方式对包括梵语、英语、孟加拉语、印地语在内的16种印度语言文学的精选代表作进行阐释。拉扬是具有创新意识的学者。他既未远离梵语诗学传统，又没有抛弃西方诗学，而是结合二者，试图创立一种融合东西的新理论。他将这一新理论既运用在西方文学的分析上，也用来衡量印度多语言文学的成就。拉扬在梵语诗学批评的理论建树和实践方面，是个非常特殊的人物。印度学者评价说：“拉扬因为运用梵语诗学核心要旨阐释英语文学和印度文学而声名鹊起。”他的四部论著使他成为一个“非常厉害的当代批评家”。[③]

进入90年代后，印度学者的梵语诗学批评稳步前进，并时有

---

①M.S.Kushwaha, ed. *Indian Poetics and Western Thought,* “Preface”.

②Krishna Rayan, *Text and Sub-text: Suggestion in Literature,* “Preface,” New Delhi: Arnold-Heinemann Publishers, 1987.

③C. S. Singh & R. S. Singh, eds. *Spectrum History of Indian Literature in English,* New Delhi: Atlantic Publishers and Distributors, 1998, p.118.

“惊人之作”面世。1991年1月，由印度文学院与迈索尔“韵光文学理论中心”联合主办了一次历史性的学术研讨会，主题与后来结集成册的书名相同：“East West Poetics at Work”（东西诗学批评实践），非常鲜明地体现了印度学者化古典为实用、从清谈到实践的思路。与会者包括C.D.纳拉辛哈、勒沃普拉萨德·德维威迪、K.拉扬、K.克利希那穆尔提、M.S.库斯瓦哈等二十五位学者，其中包括了梵语、英语和各种印度语言的学者。I.N.乔杜里在开幕式致词中呼吁印度学界尽快重建文学评论标准，以利西方读者以合理方式欣赏印度文学。他承认这是一项巨大的工程。纳拉辛哈发言表示支持。K.克利希那穆尔提认为，过去三十年间，批评家们对梵语诗学的兴趣日增，这主要是因为“英语教师们非常睿智地开始运用梵语文论阐释西方经典”。[①]这次研讨会是梵语诗学批评史上的标志性事件。与会大多数学者提交的论文多以梵语诗学原理阐释印度与西方的文学作品，如R.穆克吉的《韵论的运用：评〈希腊古瓮颂〉》、D.梅农的《味韵诗学能否有助于我们理解济慈的作品》、C.N.室利纳塔的《霍普金斯诗歌中的曲语》、V.R.拉奥的《印度诗学视野中的洛丽塔》等。这些论文的特点是，打破了以往集中于味论和韵论运用的格局，将合适论、曲语论等其他理论运用在文本批评中。这次集团亮相吹响了梵语诗学现代运用的进军号。

V.K.查利在1990年出版的《梵语文学批评》中采取了梵语诗学批评法，对中国诗人李白的《玉阶怨》进行分析。他引用庞德的评价后说：“人们可以把诗中这种描写称为‘味韵’（rasa-dhvani），因为诗中的女性‘并没有说出什么抱怨的话’。”[②] C.S.辛哈在书中探讨了印度教和佛教视野中的T.S.艾略特诗歌理论、德里达与佛

①Ragini Ramachandra, ed. *Literary and Cultural Explorations at Dhvanyloka,* p.150.

②V.K.Chari, *Sanskrit Criticism,* Honolulu: University of Hawaii Press, 1990, p.130

教思想的互动及印度文化视野中的布莱克和惠特曼作品。[①]这一批评阐释的标尺当然是“印度造”。

当然，迄今为止，印度国内对梵语诗学现代运用的相关争论从未停止。著名比较文学专家阿米亚·德武评价纳拉辛哈主编的《东西诗学批评实践》时说，该书价值不大，因为，梵语诗学只是印度诸多诗学体系中的一支，为什么偏偏要用梵语诗学来解读西方文学。在他看来，以梵语诗学理论评价莎士比亚没有坏处。他话锋一转："问题是理解莎士比亚，你得回到历史深处。”[②]他基本上否认了梵语诗学批评的价值。卡布尔也承认，他当初提倡梵语诗学批评时，遇到了相当大的阻力。

2000年6月，迈索尔“韵光文学理论中心”举行题为“当代印度文学批评家面前的重任”的研讨会。C.D.纳拉辛哈引申V.S.奈保尔的话说，印度文论界的确有很重的“模仿”痕迹。K.卡布尔认为，没有必要再讨论梵语诗学批评的合法性与可行性，而应注意过多滥用味论进行批评的现象。苏吉特·穆克吉提醒人们应该同时关注泰米尔语诗学、阿拉伯文论和波斯文论及其现代运用的问题，而K.卡布尔婉转地表示反对，他认为，这三支文论缺乏传统的积淀。G.S.阿穆尔呼吁在梵语诗学基础上，发展一种印度的小说理论。D.A.商卡尔反对C.D.纳拉辛哈等人对梵语诗学的推崇姿态，他认为，梵语诗学不是万能钥匙，也有力所不逮之处。[③]

尽管一直存在分歧，1991年迈索尔研讨会至今的二十多年里，印度学界的梵语诗学批评一如既往地向前发展，取得了丰硕的成效。例如，1994年，印度古吉拉特邦沙达尔·帕特尔大学英语系博

---

①Charu Sheel Singh, *Self-Reflexive Materiality: Three Essays in Comparative Methods,* New Delhi: Associated Publishing House, 1997.

②参阅拙文:《印度学者访谈录》,《跨文化对话》, 第19辑, 第256页。

③以上介绍参阅: Ragini Ramachandra, ed. *Literary and Cultural Explorations at Dhvanyloka,* pp.304-308.

士生V.朱普拉在导师D.S.米什拉指导下完成学位论文《关于莎士比亚主要悲剧的印度式研究》（*Shakespeare's Major Tragedies: A Study in the Context of Indian Approaches*）。作者利用味论对莎士比亚悲剧进行分析。M.S.库斯瓦哈在他于2000年主编的一本书中，收录了印度国内外学者的论文，其中包括《莎士比亚戏剧中的味韵》、《哈姆雷特的独白：以〈舞论〉为标准评价其本质和功能结构》、《从布莱希特的戏剧理论和实践看印度古典戏剧》和《解构与重构〈沙恭达罗〉》等。库斯瓦哈在提倡以东释西同时，也在进行中国学者所谓“双向阐释”式的批评实践。库斯瓦哈指出：“我们需要一种双向的文学话语。”[①]这体现了印度学者在梵语诗学批评道路上的自觉反思。下边再以四本相关著作为例进行简略说明。

1982年，R.K.特莉卡出版了自己在提交给德里大学的博士学位论文基础上修改而成的著作《波那作品中的庄严》。该书分十一章，分别从谐音、叠声和双关等音庄严、隐喻、奇想、夸张等义庄严以及混合庄严、结合庄严等各个角度，探索了波那的《迦丹波利》和《戒日王传》等梵语名著中的修辞格运用。这或许是印度学界最早以博士论文进行梵语诗学批评实践的举措之一。特莉卡在“引言”中说：“波那对庄严（修辞格）的娴熟运用常常有助于味的激发……尽管《迦丹波利》中的主味是艳情味，《戒日王传》的主味是英勇味，读者仍能在其作品中品出其他几种味来。”[②]在该书的分析接近尾声时，特莉卡总结道：“因此，我们发现，波那是运用庄严的卓越大师。他运用了几种庄严，这些庄严的分类，甚至在几乎是他的同时代诗学家婆摩诃和檀丁的著作中也没有提到过。

---

①M.S.Kushwaha, ed.,*Dramatic Theory and Practice Indian and Western,* “Preface,” 2000.

②Raj Kumari Trikha, *Alaṅkāras in the Works of Bāṇabhaṭṭa,* “Introduction,”Delhi: Parimal Publications, 1982, XXII.

波那深谙庄严论。”[①]

1990年，印度学者S.S.帕德科出版了《关于跋娑戏剧庄严的分析》一书。该书和前述特莉卡的研究思路基本一致。因为前人对梵语戏剧家跋娑的研究成果非常丰富，他在研究中决定另辟蹊径。帕德卡在书中先利用已有的五十八种梵语诗学庄严（修辞法）如夸张和明喻等逐一分析跋娑十三剧，再自创讥刺、委婉、警句、感叹和设问等五种新庄严对跋娑戏剧中的修辞手法进行评析。最后，帕德卡还从跋娑戏剧中析出了八种味和两种韵。帕德卡写道："跋娑已经运用了五十八种庄严，显示了他高度的原创性。本书研究可以得出这样的结论：跋娑是一位在文学中运用庄严技巧和艺术的大师。”[②]帕德卡似乎是最早且以最多的庄严集中分析一位古典作家的学者之一，他还创造了五种新的庄严，以解释跋娑戏剧的修辞手法。

1997年，P.帕特奈克出版了令学界耳目一新的著作《美学中的味：味论之于现代西方文学的批评运用》。K.克里希纳穆尔提在该书前言中说："我钦佩帕特奈克博士的韧劲和虔诚。他将味论分析用在了当代经典上。据我所知，这种尝试乃是同类书中的第一本。”[③]帕特奈克在序言中认为，在一个理论正变得越来越技术化的学术世界里，干巴无味而又错综复杂的辩论正困扰着现代文论家。幸运的是："味论使人感到神清气爽，明白易解。”[④]该书主体分为十一章。第一、二章介绍味论一般原理和九种味之间的关系。第三至十章分别利用九种味（艳情味、滑稽味、悲悯味、英勇味、暴戾味、奇异味、恐惧味、厌恶味和平静味）点评西方文学，

---

①Raj Kumari Trikha, *Alaṅkāras in the Works of Bāṇabhaṭṭa,* p.327.

②S.S.Phadke, *Analysis of Figures of Speech in Bhasa's Dramas,* Goa: Panaji, 1990, p.116.

③P.Patnaika, *Rasa in Aesthetics: An Appreciation of Rasa Theory to Modern Western Literature*, "Foreword," New Delhi: D.K.Print World , 1997.

④P.Patnaika, *Rasa in Aesthetics*, "preface".

偶尔也涉及中日印等东方文学。其点评的作家包括英国作家约瑟夫·康拉德、德国作家赫尔曼·黑塞,法国作家加缪，奥地利作家卡夫卡、美国作家海明威等。作者认识到，现代文学已给味论带来挑战，但他自信地说："非常有趣的是，一种1500年前的古老理论还能用来评价现代文学，而西方文学家却不得不为此提出新的理论。"[①]他认为，运用味论评价当代作品，肯定会遇上一些困难。但理论是活生生的，它会在成长变化中适应时代的需要。他说："希望味论这一宝贵的理论能被现代论者继续采用，以使古老传统长存于世。"[②]

2004年，印度古鲁古拉·康格里大学英语系主任S.K.夏尔玛的新作出版，这就是《恭多迦之曲语论原理在英语诗歌鉴赏中的运用》。夏尔玛循着恭多迦操作性强的曲语论体系，对英国诗人雪莱、拜伦、济慈等人的诗歌进行阐释。由于英语与梵语均属分析性语言，在性、数、格、词缀、分词、语态等诸多方面有共通之处，所以该书第二章"词音曲语"、第三章"词干曲语"、第四章"句子曲语"等的分析引人入胜，当然对于梵语批评也就更具示范价值。作者在"结语"中说，该书有两大目的，一是探索梵语诗学的当代价值，二是按照印度传统知识视角，利用曲语论对英语诗歌或用世界上任何一种语言创作的诗歌进行评价。他的结论是："总之，经过恭多迦曲语论原理之检视，英语诗歌被证明的确优美。"[③]

或许是受到梵语诗学现代运用的时代气候的影响，部分泰米尔语学者如A.K.罗摩奴阇等将《朵伽比亚姆》的文论思想用来阐释东

---

①P.Patnaika, *Rasa in Aesthetics*, p.254.

②P.Patnaika, *Rasa in Aesthetics*, p.256.

③S.K.Sharma, *Kuntaka's Vakrokti Siddhanta:Towards an Appreciation of English Poetry,* Meerut: Shalabh Publishing House, 2004, p.271. 顺便说明一下，笔者于2011年留学印度期间，在德里大学附近的一家书店发现了一本以合适论解读文学作品的著作。该书是S.K.夏尔玛教授指导的一位女博士在其撰写的博士论文基础上修改而成。

西方诗歌，这是对泰米尔古代文论重要价值的首肯。①

以上是对印度梵语诗学批评发展历史的简单回顾。下边再简略补充一些相关信息。

目前，西方文论风行泰国文学评论界，梵语诗学批评在此比重大大下降，但是仍有学者认为味论诗学是适合泰国古典文学批评的重要理论工具。1991年，泰国学者古苏玛·拉萨玛尼出版《以梵语文学理论分析泰国文学》，这是一部泰国版"味论诗学批评"专著。②

值得一提的是，1979—1980年，《美国东方学会杂志》第九十九卷第四期及第一百卷第三期刊登了美国学者埃德温·格洛（又译杰罗）的一篇文章，探讨梵语戏剧情节结构与味的关系。他通过味论分析梵语戏剧《沙恭达罗》。他认为，常常为人所忽视或被看作机械公式的印度情节理论是对味论的精心补充。就《沙恭达罗》而言，他的观点是："诗人（迦梨陀娑）将人类经验的其他主要情调织入艳情味和英勇味的主要经纬中的巧妙手法，进一步增强了人们把这部戏剧当作一个揭示现实世界和人的灵魂的范例的感觉。在其余六味当中，有五味似乎极其重要：它们是补充和传达我们对剧中各个环节中的爱的理解的情调。"③他进一步认为，《沙恭达罗》是一部成功地表达了人物性格和宗教道德意识的情节剧。迦梨陀娑巧妙地插入戒指和诅咒的情节，表明了这样一个艺术原理："不管人物会有什么样的磨难，艳情味和英勇味的基本关系是

---

①A.K.Ramanujan, "Form in Classical Tamil Poetry," Vinay Dharwadker, ed. *The Collected Essays of A.K.Ramanujan,* New Delhi: Oxford University Press, 1999, pp.197-218.

②参阅裴晓睿：《印度味论诗学对泰国文学的影响》，王邦维主编：《东方文学研究集刊》(2)，太原：北岳文艺出版社，2005年，第94页。

③（美）埃德温·杰罗：《〈沙恭达罗〉的情节结构与味的发展》，刘建译，季羡林主编：《印度文学研究集刊》（第二辑），上海译文出版社，1986年，第354页。

和谐，而不是对立。”[①]1993年，西方学者W.S.哈尼在其著作《文学理论与梵语诗学：语言、意识与意义》中，借用梵语诗学理论对德里达、罗兰·巴特等人的理论进行印证和阐发，这可视为跨文化语境中的理论互释。哈尼指出：“梵语诗学能阐释德里达怎么通过语言游戏和语法论辩的结合达到交流的目的。”[②]这说明，西方学界在关注梵语诗学的同时，还自觉地将其运用于文论阐发上。

二、梵语诗学批评的动因简析

梵语诗学的现代运用已经走过了一百年历程。它的发展轨迹已如上述。梵语诗学批评萌芽和发展的背后，到底有着怎样的政治、文化背景？它的发展存在哪些问题？前景如何？怎么评价这种至今仍在印度发展并已悄然蔓延到印度国外的学术现象？下面对此问题进行简要说明。

解释梵语诗学批评这一文化现象，当然要联系印度的历史与现实。印度独立后，由于印巴分治的惨剧需要时间弥合人们心上的伤口，国内经济发展成为印度面临的最紧迫任务，再加上其他一些复杂因素，泰戈尔早年的主张与尝试暂时没有找到合适的接力手。随着时间推移，印度有识之士开始反省评论界的某些作为。例如，1965年，K.查塔尼亚指出，诗学体验具有一种普世性，但印度知识界熟悉传统文化的人却患有一种“精神分裂症”。他们运用梵语诗学理论评价梵语诗歌，但在评价英语诗歌或印地语、孟加拉语诗歌时，却取法西方的文论标准。查塔尼亚指出：“这不是一种正当之举。因为诗学体验的本质应该基本一致，不管它是采取哪种语言媒

①（美）埃德温·杰罗：《〈沙恭达罗〉的情节结构与味的发展》，刘建译，前引书，第356页。

②William S. Haney, *Literary Theory and Sanskrit Poetics: Language, Consciousness, and Meaning,* New York: The Edwin Mellen Press, 1993, p.8.

介。”①

G.N.德维警告印度学界：“在我们的时代，印度文学批评显然已经遭遇深刻的身份认同危机……印度当代学者彷佛正被一种有关自己文学历史的健忘症所困扰。”②S. K.达斯认为，印度学者所取的文论标准纯属西式：“西方知识界的每一种声音都有其印度回音。每一种西方‘珍品’都左右着印度的文学批评观。丰富的梵语和泰米尔语文论被当代印度拒之门外……结果是，我们已经忘记怎么阅读阐释自己的经典文学……现在我们正处在十字路口。”③这些学者的思考和反省，储备了梵语诗学批评的精神食粮和足够动力。

究其实，印度学者自觉采用梵语诗学理论评价东西方文学，的确还与前述《逆写帝国》的几位作者所谓的“解殖”行为有关。印度独立以前，甘地等人所实践的是政治解殖，后殖民时期，梵语诗学批评可以视为一种不折不扣的文化解殖。与独立前一样，后殖民时期的印度是一个东西方话语互动频繁的地方。独立以来，部分学者坚持印西诗学比较，在这种深层的思想对话中，他们同当年的尼赫鲁一样，也发现了印度文明的伟大之处。对于他们来说，这种伟大体现在梵语诗学的普世价值上。有的人说：“在我看来，印度古典文学批评理论对于当代读者接受理论的形成贡献良多，如果对它加以补充、拓展的话，这一批评模式在评价第三世界文学时会更有包容力。”④部分印度学者直抒胸臆：“如果在亚里士多德的火炬光

①K.Chaitanya, *Sanskrit Poetics,* “Preface,” New Delhi: Asian Publishing House, 1965.

②G.N.Devy, *Indian Literary Criticism*, “Preface”.

③S.K.Das, “Indian Ode to the West Wind,” 2001, in *Adan-pradan*（交流）, *Souvenir of 7th Biennial International Conference of the Comparative Literature Association of India,* March 21-23,2005, Department of Comparative Literature, South Gujarat University, Surat, India. 2005, p.127.

④Swapan Majumdar, *Comparative Literature: Indian Dimensions,* Calcutta: Papyrus, 1987, p.70.

焰照耀下能够发现印度古典文学价值的话，为何不可按照《舞论》和《韵光》的标准来阐释斯宾塞、肖伯纳、T.S.艾略特、尤金·奥尼尔或华莱士·斯蒂文森？”[①]这分明可见印度学者文化解殖的强烈诉求。

印度学者提倡梵语诗学的现代批评运用，也与他们在东西诗学比较中发现的文化差异有关。这使他们对西方理论的普遍适用性产生了怀疑。西方学者在印西戏剧比较中得出结论，印度没有悲剧。印度学者认为，印度讲究恶有恶报，善有善报，人们的世界观充满乐观，因此，艳情味享有至高无上的地位，厌恶味和恐惧味也就不受重视。“正因如此，悲剧不可能在印度滋生，因为在悲剧中，好人和坏人一起毁灭。”[②]因此，他们认为，以西方悲剧观来评价《沙恭达罗》会闹出笑话。亚里士多德的史诗观是不完美的，以亚氏标准评价印度史诗是可笑的、滑稽的。[③]综上所述，印度学界对印西文化差异有了清楚的认识，这使他们对西方理论的普遍运用价值产生了怀疑。他们中的一些人开始走向另一面，即以印释西。

从东西文化比较进入印西诗学比较，再到思考西方理论的适用范围，印度学者在后殖民时期已经走得很远。从怀疑甚至厌恶以西释印到提倡梵语诗学批评，还有时代发展的外部动力和民族自信心增强的内部因素在发挥作用。

从20世纪初开始，西方文学理论传入印度的速度加快，印度评论界一时间成为西方话语的检测平台。但是，部分学者在见识了以西释印的一些败笔后，便开始了后殖民意味颇为浓厚的“模仿”即以印释西的“逆写帝国”。《逆写帝国》的作者敏锐地指出：“印度传统是如此丰富，因此，很难预料建立在对传统美学利用基础上

①M.S.Kushwaha, *Indian Poetics and Western Thought,* p.2.

②P.Patnaika, *Rasa in Aesthetics: An Appreciation of Rasa Theory to Modern Western Literature*, p.57.

③C.D.Narasimhaiah, ed. *East West Poetics at Work,* p.114.

的印度文学批评的未来发展。然而，我们无法不将其作为一种抵抗欧美新普世主义的政治行动而加以赞赏。”[①]梵语诗学的现代运用，的确与后殖民时期印度强烈的民族文化自信心有关。

说到梵语诗学批评，不能不提到印度内部的复杂语言问题。独立后，印度因为内部语言众多，曾经因此发展过严重的政治事件和社会动荡。现在，印度各邦实行三语并用的政策，即印地语、英语和各邦语言同时使用。在这样一个人口众多、语言复杂、社会问题不断的国家里，怎么保持国家统一，不仅是政治家们的焦虑，也是学者们关心的话题。梵语是许多现代印度语言的母亲，梵语文化是印度的母亲文化，利用梵语诗学理论评价印度和西方文学作品，其“明修栈道，暗度陈仓”的用心明显可见。在梵语诗学批评运用的过程中，印度性得到了强调和升华，这自然有助于增强印度的民族凝聚力。

三、相关问题及评价

从目前看，梵语诗学的现代运用已成一定气候，但其存在的问题也不容忽视。有的是与梵语诗学本身有关的问题，有的来自其他方面。

在前述以味论解读西方文学的书中，帕特奈克清醒地提出一个问题：“九种味真的能包容人类所有情感吗？”[②]看来，作者已经认识到，现代社会包罗万象的文学已给味论带来无法忽视的挑战。他希望味论能被现代文学批评家继续采用，但客观存在的问题却不能否认。怎么弥补梵语诗学批评的局限呢？帕特奈克认为，梵语诗学必须进行现代转化。单就味论而言，九种味的处理太过简单化，不

①Bill Ashcroft, Gareth Griffiths & Helen Tiffin, *The Empire Writes Back*, p.121.
②P.Patnaika, *Rasa in Aesthetics*, p.251.

能完全包容现代作品。用味论阐释西方作品可能导致削足适履的结局。因此，在运用于评论之前，味的概念必须先行修正调适。①

其实，上述这位学者的观点和担忧，纳根德罗在1976年出版的书中已经分析过。按照他对印度文论史的观察，梵语诗学在古代的实践运用也是微乎其微："梵语中没有发展起名副其实的文学评论。准确的说，它是在一个非常有限的范围内发展的。"②纳根德罗认为，虽然恭多迦和欢增等人也注意到了情节组织、角色、风格和主题等文学因素，但令人遗憾的是："对于整部史诗和戏剧的详尽批评在梵语诗学中却找不到……确实没有形成这样的批评传统。但是，梵语批评家肯定有能力对情节、角色等因素进行天才的分析。"③换句话说，欢增、新护、恭多迦等梵语诗学家可能在某些地方对一些作品的局部进行评价，但并没有进行全面而系统的阐发。19世纪里，印度文论界在接受西方文论时，也有一股尊崇和复兴印度传统文论的思潮，但在强势的西方思潮面前，印度的传统理论退居次席。结局只能是："我们的思想被西方的批评立场和价值观所渗透，现代评论家只能通过西方工具阐释文学。"④纳根德罗对印度文学批评史的检视说明，梵语诗学现代运用缺少必要的参照和经验积累，这对其健康发展构成了挑战。

提倡梵语诗学批评的印度学者认为，用味论诗学评价东西方文学是恰当的。事实上，由于新护等人对味论诗学的宗教哲学阐发，味论诗学已经成为地道的印度诗学。以这样一种印度传统诗学解释当代世界不同文化圈的文学作品，的确是极具学术风险的考验。部分学者也认识到梵语诗学现代运用的这些复杂问题。一位印度学者在接受笔者访谈时承认："梵语诗学中的某些原理不能用来阐

①P.Patnaika, *Rasa in Aesthetics*, pp.251-256.
②Nagendra, ed. *Literary Criticism in India,* "Preface".
③Nagendra, ed. *Literary Criticism in India,* "Preface".
④Nagendra, ed. *Literary Criticism in India,* "Preface".

释西方文学……我们的某些诗学概念不能用在希腊悲剧的批评分析中。”每种文论体系都有适合本土文化的部分，当然也有普遍适用的因素。[①]其他学者如K.卡布尔等也有类似观点。迈索尔“韵光文学理论中心”的几次研讨会上，有些学者也表达了类似的观点，对梵语诗学现代批评运用的限度或适用范围进行思考。这说明他们已经意识到梵语诗学现代运用面临的严峻挑战。

此外，当代印度的梵语诗学批评是否应该终止或遮蔽其他印度古代文论支脉的现代运用，这也是涉及教派、宗教或民族身份认同、文化身份考量的一个更加复杂的问题。在1984年的研讨会上，C.D.纳拉辛哈指出，建构一种共同的印度诗学是可行的，时机也已成熟，因为印度古代文论的主流是梵语诗学，主流宗教是印度教。有的学者立刻反问道，所谓“普遍诗学”是否就意味着“印度教诗学”？它是否包括波斯诗学？还有学者认为，不应该把所有古代文论称为梵语诗学，因为印度古代文论含有波斯文论和阿拉伯文论的因素。该学者说：“我们不要把所有东西都装进一个篮子，然后称其为梵语诗学。这么做不会有助于我们建构一种新的诗学。”[②]

梵语诗学批评运用面临的挑战还来自西方文论在印度的“动物凶猛”和“市场泛滥”。毕竟，印度经历了长期的文化殖民，西方思想已经成为现代印度思想血液的有机部分。因此，印度学者在利用梵语诗学理论进行文学批评的道路上，不可能完全摆脱西方文论的影响。印度国内习惯以西方文论为批评标准的学者对梵语批评实践者们发难，也可作如是解。如何做到梵语诗学与西方文论在文学批评中的并行不悖，这是一个需要认真思考的重要问题。

---

①参阅拙文：《中印对话：梵语诗学、比较诗学及其它》，载《思想战线》，2006年第1期。

②此处介绍参阅：Ragini Ramachandra, ed. *Literary and Cultural Explorations at Dhvanyloka*, pp.55-56.

第六节 梵语诗学在中国的译介、研究和批评运用

一、梵语诗学译介

由于各种复杂因素，梵语诗学在中国古代并没有被译介进来。佛教思想垄断了印度文化对中国的吸引力。一个例外是，1277年，西藏的多吉坚赞以藏文翻译了梵语诗学庄严论的代表作《诗镜》，该书对藏族文学及文学理论产生了影响。但是，这一时期的汉译梵语诗学却是空白。近代以来，中印文化交流逐步恢复，但泰戈尔文学作品在中国的译介和接受热潮同样没有唤起学界翻译梵语诗学名著的兴趣。许地山于1930年出版文学史性质的《印度文学》，初步涉及梵语诗学的介绍。1949年新中国成立后，中印从友好热潮到边界冲突再到20世纪80年代关系复苏，中国学界对印度语言、文学、哲学、宗教、逻辑学等方面的研究颇有起色。在这种时代背景下，一些学者开始向中国学界介绍梵语诗学基本原理，并着手翻译梵语诗学名著。

在译介梵语诗学方面，金克木有着开创之功。“在中国，金克木先生是梵语诗学翻译介绍的先驱者。”[①]1960年，他在北京大学开设梵语课时，便写出了后来于1964年出版的《梵语文学史》。[②]这是中国第一部由梵语专家撰写的梵语文学史，它的教材性和研究性并重。在该书最后部分即第三编第十二章《文学理论》中，作者对梵语戏剧和诗学理论进行介绍。1965年，人民文学出版社出版的《古典文艺理论译丛》第十辑选收了金克木翻译的三部梵语诗学名

①黄宝生译:《梵语诗学论著汇编》(上册),“导言”,第2页。

②该书后来被收入《梵竺庐集》和《金克木集》。参见金克木:《金克木集》(第二卷),北京:三联书店,2011年,第119—460页。

著即《舞论》、《诗镜》、《文镜》的重要片段。这可以视为梵语诗学名著的首次汉译。1980年，人民文学出版社又出版了金克木翻译的《古代印度文艺理论文选》。该书是在上述译丛基础上扩充而成的，增加了《韵光》和《诗光》的重要片段的译文。可以说，译者对梵语诗学代表作十九部书名的翻译基本上为后来的译者（主要是黄宝生）所沿用。唯一例外是《辨明论》（*Vyaktiviveka*），黄译为《韵辨》。在译文中，金克木为方便读者理解，注释颇为详尽。该译本译文顺畅易懂，但在某些重要术语的翻译上有让人疑惑之处。如《舞论》里的味论术语“vibhava”和“anubhava”，金译分别为“别情”和“随情”，后来，黄宝生将其分别改译为“情由”和“情态”，于是，味的产生原理便显得更加清楚明白。总体来看，梵语诗学著作的金译达到非常高的学术水准。作为梵语诗学汉译的拓荒者，金克木做出了重要的历史贡献。

值得注意的是，20世纪八十年代，中国高校通行的含有东方文学性质的外国文学教材，基本上没有关于梵语诗学的介绍，如1983年出版的《外国文学简编》（亚非部分）便是如此。[①]这说明，梵语诗学还没有引起外国文学教学领域的重视。当然，少数学者还是敏锐地注意到梵语诗学的重要性，如有的戏剧理论家便关注到《舞论》的价值并进行介绍。[②]随着时间的推移，情况慢慢发生了变化。1991年，季羡林主编出版《印度古代文学史》。该书第三编第十章《梵语文学理论》系黄宝生撰写，以十页的篇幅简要地勾勒了梵语诗学（包括梵语戏剧学）的发展脉络。郁龙余和孟昭毅主编的《东方文学史》（分别于1994和2001年出版两次）也以十多页篇幅介绍了梵语诗学，该部分由郁龙余撰写，他指出：“从学术思想上

①朱维之等主编：《外国文学简编》（亚非部分），北京：中国人民大学出版社，1983年。

②余秋雨：《戏剧理论史稿》，上海文艺出版社，1983年。

讲，印度古典文艺理论分为七个学派，即味论派，庄严派，风格论派，韵论派，曲语论派，相宜论派，惊奇论派。”最后两个学派似指合适论与魅力论。他还认为，味论和庄严论是“两大基本阵营，其他属小学派”。①

20世纪90年代初，在中国比较文学蓬勃发展的时代背景下，学术界某些人士敏锐地意识到：“迄今为止，国内乃至全世界尚无一本全面反映东方文论概貌的文论选，这无疑是文学理论界一大憾事。填补这一学术空白，将具有重大的学术价值和意义。”②于是，一部译介东方文论名著的《东方文论选》于1996年出版。印度梵语诗学在其中占据了首要位置。梵语诗学部分除了收入金克木以前的全部译文外，还收录了黄宝生译出的婆摩诃《诗庄严论》全文四章、胜财的戏剧学著作《十色》全文四章，黄还另译《诗光》第二至七章和新护的《舞论注》两篇。黄宝生的译文流畅易懂。此外，金克木和赵康合译《诗镜》全文三章和文国根根据藏文译的埃哲布《画像度量经》也被收入《东方文论选》。这样，严格意义上的梵语诗学名著全译或选译达到了八部之多。但客观来看，《东方文论选》关于梵语诗学的翻译和收录仍然不理想。因为，一些重要著作如《舞论注》未能尽译，许多梵语诗学、特别是一些极其重要的梵语诗学流派著作如曲语论代表作《曲语生命论》、风格论代表作《诗庄严经》、合适论代表作《合适论》、推理论代表作《韵辨》及梵语诗学终结的标志性著作《味海》等都未能译出。原因很简单，梵语诗学著作艰涩难译，非掌握梵语和精通印度古代文学、哲学者不能译。而中国梵语研究人才极少，以极少数人译丰富深奥的梵语诗学，其难度可想而知。

不过，《东方文论选》出版前的1993年，黄宝生已经出版了中

①郁龙余、孟昭毅主编：《东方文学史》，北京大学出版社，2001年，第143页。
②曹顺庆主编：《东方文论选》，“后记”，成都：四川人民出版社，1996年。

国第一部梵语诗学研究著作《印度古典诗学》。他在该书中对以上提到的未译著作作了一些句子或片段选译。这略微弥补了一些遗憾。但是，这毕竟不能代替专门的译本。

值得一提的是，台湾的慧敏法师在大陆学者翻译梵语诗学名著的同时，也翻译了《舞论》中的重要两章。①

2008年，黄宝生出版《梵语诗学论著汇编》（上下册）。该书汇集了十部梵语诗学名著，其中四部即《舞论》、《舞论注》、《曲语生命论》和《诗探》属于选译，另外六部即《诗庄严论》、《诗镜》、《十色》、《韵光》、《诗光》和《文镜》属于全译。该书的出版是中国梵语诗学译介史上的重要事件。这些全译或选译著作几乎涉及所有重要的梵语诗学原理，为国内学界的相关研究乃至翻译提供了宝贵的资源。译者在导言中说："应该说，我是凭着一股热情，想要为中国读者多提供一些梵语诗学原始资料。长期以来，国内梵语学者稀少。如果梵语学者多一些，其中能有几位专攻梵语文学和诗学，分担翻译，互相切磋，那么，这项工作也就能做得更多和更好。这样的理想只能留待将来了。"②译者的话无疑带有很多谦虚的成分，但也反映了当今国内学界译介梵语诗学的现实。迄今为止，一些重要的梵语诗学著作如《韵光注》、《诗庄严经》、《合适论》、《韵辨》及《味海》等仍然未能译出。在肯定学界的相关翻译成就时，有的学者还指出："印度古典文学理论在世界文论方面独树一帜，但往往受到忽视……今后需要提供给读者的是完整的译本。"③这话虽然写于《梵语诗学论著汇编》出版之前，但至今仍有某种现实的指导意义。因此，梵语诗学译介仍然是

①感谢北京大学东方文学研究中心陈明教授于2008年左右向笔者提供这方面的宝贵信息。

②黄宝生译：《梵语诗学论著汇编》，"导言"，第3页。

③刘安武：《印度文学和中国文学比较研究》，北京：中国国际广播出版社，2005年，第438页。

任重道远。

毋庸置疑，吠陀、往世书、《舞论》为代表的梵语诗学和《朵伽比亚姆》等既是印度古代文明的精粹，也属于世界古典文明的精华。从现状看，国内的世界古典文明研究与国外同行相比，尚有不小差距。例如，国内某些顶尖的世界古典文明研究机构以西方古典学（古希腊、罗马文明为代表）、亚述学、埃及学和赫梯学为四大攻关学科，而古典印度学则无人关注。[①]更有甚者，一提起古典学，很多学者便想到西方古典学。反观西方或日本历史悠久的古典印度学，其中的冷热对比清晰可见。在此背景下，确实需要更多的学人关注、支持包括梵语诗学译介、研究在内的古典印度学或曰印度古典学，以促进中国的世界古典学走向健康、和谐的发展生态。

二、梵语诗学研究

梵语诗学在中国学界的研究一开始是伴随译介进行的。这以金克木为代表。1980年，他出版了《古代印度文艺理论文选》。[②]按照某些学者观点，该书“既是一个译本，也是一部独特的研究著作”。[③]译者写了一篇引言，或简或略地介绍了梵语诗学的主要流派及其代表作，梵语诗学的发展线索等。由于译者深谙梵语语言学和印度宗教哲学，而这些又是梵语诗学赖以生根发芽乃至开花结果的文化土壤，这便使得他对梵语诗学的介绍具有丰富的研究成分。金克木曾撰《略论印度美学思想》一文，对梵语诗学基本范畴进行解说。这篇学术含金量高的文章后来被收入《东方文论选》。

①曾江、郝欣：《我国世界古典文明史研究赓续向前》，载《中国社会科学报》，2014年5月9日。

②该书由人民文学出版社于1980年出版，先后被收入《梵竺庐集》和《金克木集》。参见金克木：《金克木集》（第七卷），第273—381页。

③王向远：《东方各国文学在中国》，南昌：江西教育出版社，2001年，第52页。本节介绍参考该书相关内容。

到了20世纪80至90年代，梵语诗学的介绍和研究成为中国学界一个新的学术生长点。这主要包括对梵语诗学的系统介绍和研究、对梵语诗学的专题研究以及围绕梵语诗学展开的比较诗学研究等三个方面。

1993年，黄宝生出版了中国第一部系统介绍和研究梵语诗学的专著《印度古典诗学》。这是中国梵语诗学研究和外国文学研究的里程碑式著作。著者积数十年印度文学和哲学研究之功力，再积数年苦心研读大量梵语诗学原著和印度学者的相关研究著作，厚积薄发，著成此书。该书分上、下两编，即“梵语戏剧学”和“梵语诗学”两编。上编主要介绍戏剧学专著《舞论》，下编则以庄严论、风格论、味论、韵论、曲语论、合适论、推理论、诗人学等流派为线索，对梵语诗学进行全面介绍分析。此书以文本细读为基础，围绕梵语诗学原著的精髓，对整个梵语诗学大厦进行宏观鸟瞰和微观阐释相结合的介绍和分析。该书偶尔透露出一种比较诗学的痕迹，即以中国诗学为参照进行阐释。该书基本上囊括了主要的梵语诗学原著，成为一部兼具工具书性质的开创性著作。

除了对梵语诗学进行系统研究外，黄宝生还以很多单篇论文继续进行探索。可以说，梵语诗学在中国当代学术语境中逐渐受到重视，是与他的巨大贡献分不开的。

同一时期里，有的学者在对东方美学进行历史归纳时，将梵语诗学基本原理视为印度美学的重要组成部分加以分析。[①]还有学者在进行中外文论史梳理时，将梵语诗学的历史发展列入其中。[②]

在梵语诗学的专题研究方面，倪培耕于1997年出版的《印度味论诗学》（漓江出版社）值得重视。该书在介绍印度学者关于味论诗学的最新研究成果方面有其独特价值。倪培耕还为春风文艺出版

①邱紫华：《东方美学史》（下卷），第908—933页。
②曹顺庆：《中外文论比较史》（上古时期），济南：山东教育出版社，1998年。

社出版的《世界诗学大辞典》承担了印度诗学部分的独立编写，为传播印度文论做出了自己的贡献。

与很少有人对梵语诗学进行专题研究相反，国内学界围绕梵语诗学进行比较研究者却显得相对热闹。这与中国比较文学蓬勃发展的学术背景密切相关。比较诗学研究在中国首先是以中西比较鸣锣开道的，20世纪80、90年代以来，随着梵语诗学名著的译介和传播，学者们注意到中西诗学比较之外的另外两种维度，即中印比较和印西比较，这其中又以前一种比较更能吸引学者们的注意力。

由于中国古代文论是一种丰富的理论资源，也由于中印诗学拥有各自的味论、韵论、修辞论（庄严论）乃至戏剧学理论，因此，很多学者倾心于中印诗学比较。例如，1989年，季羡林撰写了《关于神韵》一文，对中印韵论进行比较。他的结论是："尽管中印在韵的方面有如此惊人相似之处，但是两国的思想方法仍有其差异。像印度那样的分析，我们是没有的。我们是靠一些形象的东西来说明问题。"①黄宝生以《禅和韵》为题对中印韵论异同进行了探索。②杨晓霞对中印韵论也有过比较论述。③李思屈也就中印韵论异同做过探索。④龚刚论述了中印味论的异同。⑤刘九州论述中印味论的文章引起了另一位学者的回应，这说明中印诗学比较正在引起学界的注意。⑥关于中印修辞论（庄严论）的比较研究，以汤力文的文章最为典型。⑦还有的学者不满足于中印诗学比较，将中国、印度与西方诗学三者进行比较，以期能够有所新的发现。例

①季羡林：《比较文学与民间文学》，北京大学出版社，1991年，第346页。

②黄宝生：《禅和韵》，载《南亚研究》，1993年第1期。

③杨晓霞：《中印韵论诗学的比较研究》，载《东方丛刊》，2006年第4期。

④李思屈：《中国诗学话语》，成都：四川人民出版社，1999年，第260—265页。

⑤龚刚：《中印诗味面面观》，载《外国文学评论》，1997年第1期。

⑥侯传文：《中印"韵""味"比较谈》，载《外国文学研究》，1989年第3期；刘九州：《中印"味说"同一论》，载《外国文学研究》，1986年第3期。

⑦汤力文：《中印修辞论中的风格论和意境追求》，载《深圳大学学报》，2000年第2期。

如，有的学者比较中印西三大诗学体系的异同。[①]有的学者比较中印西戏剧理论的异同。[②]

在中印诗学比较方面，郁龙余的两部相关著作最为突出。[③]他的研究特色是系统性强，注重诗学理论的文化背景分析。他先从中印文学和文化比较入手，再过渡到中印诗学比较层面，这使他的研究触及中印哲学文化的深层比较，从而极大地提高了该书的学术品位。郁龙余等著的《中国印度诗学比较》是迄今为止关于中印诗学比较的唯一一部系统研究著作。该书分十二章，论述范围涵盖了中印古典诗学的产生环境、中印诗学家身份、中印诗学阐释方法和传播形式、中印审美思维异同和中印艺术诗学等重要命题，但其论述之出彩部分应在中印古典诗学的核心话语如味论、韵论、庄严论（修辞论）等的比较研究上。

通观上述学者的相关研究可以发现，进行中印诗学比较研究者多半具有从事印度文学研究的背景，这以季羡林、黄宝生、郁龙余、侯传文等人为代表。他们往往围绕中印共同的诗学话语理论展开思考。不过，由于翻译的速度没有跟上，很多重要梵语诗学著作不能及时用作中印诗学比较的基本素材。目前，中印比较诗学研究还基本上局限在印度文学研究者的范围，如何扩大研究队伍，拓宽研究者视野，提供更多的研究素材，这是必须重视的事。

13至14世纪左右，印度文学理论开始产生国际影响。这主要包括梵语诗学对中国藏族与蒙古族文学理论的影响和印度文论通过巴利语媒介对泰国文学理论形成所发挥的作用。梵语诗学对藏族文论和蒙古族文论的影响，主要以7世纪檀丁的《诗镜》为代表。这是

①李淳：《浅论中、西、印三大诗学体系》，季羡林主编：《印度文学研究集刊》（第四辑），上海译文出版社，1999年，第244—256页。

②吴文辉：《东西古典戏剧理论着重点的差异》，郁龙余主编：《中国印度文学比较论文选》，杭州：中国美术学院出版社，2002年，第168—201页。

③郁龙余：《中国印度文学比较》，中国社会科学出版社，2001年；郁龙余等著：《中国印度诗学比较》，北京：昆仑出版社，2006年。

中印诗学比较的新课题。这方面的研究成果已经逐渐涌现出来。前述赵康等人的研究成果便是例证。

在梵语诗学与西方诗学比较研究方面，黄宝生无疑是拓荒者。1991年，他发表了国内第一篇相关论文。①该论文着眼于梵语诗学和西方现代诗学的比较，在中西和中印诗学比较研究视野之外，新辟天地，提出了很多发人深思的新观点。由于梵语和西方语言的亲和力，梵语诗学和西方诗学的比较具有重要的学术价值。

由于印度历史上与东南亚国家的特殊文化关系，一些东南亚国家的语言文化不可避免打上了印度文化的烙印，因此，泰国诗学受到印度梵语诗学极大影响几可比拟于日语受到汉语的巨大影响。正是在这一学术背景下，裴晓睿别开生面的研究格外具有学术价值。她利用自己精通泰国语言和文化的优势，对梵语味论诗学在泰国的传播、接受和变异乃至批评运用作了比较详尽的研究。②这篇论文的学术价值非常高，因为它开拓了梵语诗学研究和印度与东南亚文化关系研究的崭新领域。

三、梵语诗学批评在中国

一百年来，以泰戈尔等人为起点和代表，印度学者利用味论、韵论、庄严论、曲语论、合适论等梵语诗学理论评价东西方文学即“梵语诗学批评”已经蔚然成风。梵语诗学批评有其深刻的历史文化成因，也有时代发展的外部动力和印度民族自信心增强的内部因素。西方话语在当今全球化时代的强势存在是印度当代学界提倡并进行梵语诗学批评的重要因素。梵语诗学不仅在本土得到现代运

---

①黄宝生：《印度古典诗学和西方现代文论》，载《外国文学评论》，1991年第1期。

②裴晓睿：《印度诗学对泰国诗学和文学的影响》，载《南亚研究》，2007年第2期。

用，这一运用趋势甚至还“感染”了国外的一些梵语诗学研究者。有的泰国和美国学者以梵语诗学原理进行文学评论，这是一个值得关注的国际文化现象。

就中国学界而言，梵语诗学批评早已登上历史舞台。黄宝生认为，好的作品经得起时间考验，也经得起读者从各个角度来阅读品味。读者可以凭自己的生命体验和艺术学养来品味，也可以按东西方任何一种诗学观念来欣赏。基于这样的观点，黄宝生在20世纪90年代发表文章，以梵语诗学主要理论话语（庄严论、味论和韵论）为工具，对著名现代诗人和学者冯至的诗集《十四行集》进行阐释。在文章中，作者根据梵语诗学的基本理论进行评价，发现冯至的诗歌中采用了谐音、比喻、奇想等庄严（修辞）手段。冯至诗歌除了具有深远含蓄的韵外，还利用恰当的情由和情态的描绘，达到了新护等强调的感情普遍化的境界，从而唤起悲悯味等美学情感。[①]这篇论文作为中国第一篇梵语诗学批评运用的范文，其尝试是成功的。

近年来，笔者不揣浅陋，在尝试进行印西诗学比较的同时，也以梵语诗学原理对中国、印度与西方文学进行实验性的评论。

窃以为，将梵语诗学的有机成分不断地运用在文本分析和理论互释中，从而能不断地验证哪些原理适合跨文化语境的运用，哪些原理适合本土文学鉴赏，哪些原理适合分析古代文本与理论，哪些又适合现代文本与理论的阐释。有了这些学术实践，不仅是梵语诗学，并且连中国古代文论的现代运用也将找到一条可行之路或一个极佳的学术参照。

---

①参阅黄宝生：《梵学论集》，第142—154页。

第七节 印度文学史研究

由于语言众多和历史、地理及政治等复杂因素，“印度文学”（Indian Literature）的概念成为印度学者长期探讨的对象，由此形成当代印度文学理论批评的重要领域。本节以印度学者的英文著述为基础，对其关于“印度文学”的概念探讨及其关于印度文学发展史的研究进行简介。

一、“印度文学”概念辨析

先看看几位学者对“印度文学”这一概念的辨析。1979年，著名坎纳达语学者V.K.戈卡克（Vinayak Krishna Gokak）出版论著《印度文学的概念》（*The Concept of Indian Literature*）。该书六章标题分别是：“世界背景下的印度文学研究”、“印度文学概念”、“古代和中世纪印度文学考察”、“现代印度文学”、“印度文学研究的区域性观点”、“印度文学研究”。该书以“印度性”（Indianness）为红线，探索和思考从古代、中世纪印度文学到东西文化碰撞背景下的现代印度文学。这是该书的一大特色。戈卡克在书中写道：“印度文学是一种还是多种，是单数抑或复数？这一问题被人一再追问，它十分倾向于含蓄的暗示：印度文学是多种的和复数的文学，因为它是以许多个世纪以来印度次大陆上人们不断丰富和使用的多种语言写成的。”[①]他认为，现代印度语言主要来自两大语系，即梵语和达罗毗荼语，但“印度性”将印地语、孟加拉语、泰米尔语等各种语言文学联系在一起。“印度人就

①Vinayak Krishna Gokak, *The Concept of Indian Literature,* Delhi: Munshiram Manoharlal Publishers, 1979, p75.

是全部继承而非部分继承印度文化传统的人。这种整体的文化意识是印度性的本质特征。”[①]戈卡克承认，印度性和西方影响构成印度现代文学的基础。他说：“事实上，印度现代文学的独立发展主要来自印度古代文学、印度经典、印度区域文化传统及西方的影响。”[②]

纳根德罗在1986年出版《文学的感情基础》一书。该书分为三编，即对梵语诗学味论进行现代阐释的“文学的感情基础”、探讨印度文学概念和历史发展的“印度文学”及对印地语文学进行个案研究的“印地语文学”。在第二章中，纳根德罗认为，虽然存在泰米尔文学、泰卢固文学或马拉提文学等各种区域文学的具体文本，但印度文学的统一性（unity）不容置疑。他说：“正如尽管宗教、思想意识和生活方式复杂多样而印度文化是统一的那样，不难发现，语言和表达方式众多的印度文学在本质上是统一的。某种程度上，印度文学的本质统一绝对不亚于它的复杂多样。”[③]纳根德罗把印度各区域性方言文学的发展分为四个时期，即古代到15世纪、15到17世纪中期、17世纪中期到英国殖民统治建立以及此后的现代文学时期。他认为，印度各种现代语言的文学发展有着共同的政治、社会、历史和文化背景，拥有共同的文学遗产，同样感受到西方的巨大影响，表达的主题也很类似。“尽管以不同语言写成，印度文学只有一种（Indian Literature is one, though written in many language）。”[④]印度的民族统一性建立在文化统一性基础之上。在纳根德罗看来，印度文学与印度文化、印度民族的概念相联系。印度文学这一术语可以从两个层面来解释：它是印度不同语言文学的总称，也是对印度生活多样性的基本统一的文学反映。印度文学

①Vinayak Krishna Gokak, *The Concept of Indian Literature,* p112.
②Vinayak Krishna Gokak, *The Concept of Indian Literature,* p111.
③Nagendra, *Emotive Basis of Literatures,* p. 88.
④Nagendra, *Emotive Basis of Literatures,* p.93.

这一术语中的“印度”也有地理、社会、宗教、政治和文化等各种不同的含义，但每种内涵的基础是印度性。纳根德罗给印度文学这一概念下的定义是：“印度文学是印度集体无意识或印度世界观的艺术表达。”[①]依据对印度文学的理论阐释和历史分析，纳根德罗还对印度文学批评理论进行概念辨析和历史考察。他认为，印度文学批评理论分为各种印度区域性语言的文本批评和理论批评两类。它们均受到梵语诗学和西方文论的双重影响。其中，文学文本的批评实践包括中世纪批评和现代批评，而现代批评又分为三个阶段：1860至1900年、1900年至1930年、1940年迄今。纳根德罗对印度文学和印度文学批评的阐释直接启发了他主编《印度文学理论批评》一书。该书对印度文学发展史的内容做了重要补充。纳根德罗还主编了一本由包括K.M.乔治在内的二十三位方言学者参与撰写的《印度文学》，对十四种印度语言文学的历史发展进行梳理。[②]这其实是对其主编的《印度文学理论批评》一书探索旨趣的拓展。

乌玛商卡尔·乔希在1990年出版《印度文学的观念》（*The Idea of Indian Literature*）一书。他在分析“印度文学”的概念时认为，是一些西方学者最先提出“印度文学”的概念。他说：“德国诗人兼学者施莱格尔（August Wilhelm von Schlegel）于1823年提出‘印度文学’的概念，不过他主要指的是当时刚传到西方的梵语作品。”[③]历史而客观地看，乔希的观察是正确的。正如印度前总理贾瓦哈拉尔·尼赫鲁的书名《印度的发现》所昭示的那样，西方学者对“印度文学”的命名，其实就是一种“印度的发现”。这是近现代西方与印度文化交流的积极效应。乔希还认为，正是由于中世纪印度各地方语言文学的兴起，才促使当代学者思考“印度文学”

---

①Nagendra, *Emotive Basis of Literatures,* p.109.
②Nagendra, ed. *Indian Literature,* Delhi: Prabhat Prakashan, 1988.
③Umashankar Joshi, *The Idea of Indian Literature,* p.7.

这一概念的重要性。中世纪虔诚文学的普遍发展，使得印度学者不可能对任何一种印度现代语言文学孤立地进行研究。“必须在印度文学的整体语境中进行研究。中世纪文学使一门新的学科即比较印度文学（comparative Indian literature）成为必需。”①这就把印度文学研究与自西方传入的比较文学方法天衣无缝地镶嵌在一起。

这些学者对于印度文学的概念辨析对我们理解印度学者的印度文学史研究有着十分重要的意义。因为，印度学者心目中的印度文学发展史有别于西方学者所理解的印度文学史。上述学者的论述实质上也为印度学者编写完整统一的印度文学史提供了理论基础，并定下了书写基调。

二、印度文学史的研究和编著

19世纪50至60年代，著名东方学家马克斯·穆勒（Max Müller，1823 ~ 1900）出版了《古代梵语文学史》。②他在书中主要介绍吠陀时期和史诗时期以来的古典文学、哲学、宗教等方面的知识，并未涉及中世纪以后的印度文学。另外一位东方学家温特尼兹（Maurice Winternitz，1863 ~ 1937）在20世纪初著有三卷本的《印度文学史》。③该书第一卷介绍吠陀、史诗和往世书等古典文学，第二卷主要介绍佛教和耆那教文学，第三卷介绍古典梵语诗歌、戏剧和小说。英国东方学家、爱丁堡大学梵语与比较语言学教授

---

①Umashankar Joshi, *The Idea of Indian Literature,* p.27.

②Max Müller, *A History of Ancient Sanskrit Literature*, Delhi: Oxford & IBH Publishing CO., 1926.

③Maurice Winternitz, *History of Indian Literature,* Vol.1, *Introduction, Veda, Epics, Purāṇas and Tantras,* trans. by V Srinivasa Sarma, Delhi: Motilal Banarsidass, 1981.Maurice Winternitz, *History of Indian Literature,* Vol.2, *Buddhist Literature and Jaina Literature,* trans. by S. Ketkar & H. Kohn, Calcutta: University of Calcutta, 1933. Maurice Winternitz, *History of Indian Literature,* Vol.3, *Classical Sanskrit Literature,* trans. by Subhadra Jha, Delhi: Motilal Banarsidass, 1963.

A.B.基斯于1929年出版《梵语文学史》。该书500多页的篇幅，分绪论篇、语言篇、文学和诗学篇、科学文献篇。[①]绪论概要介绍梵语诗歌、戏剧、哲学等。语言篇介绍梵语、俗语和阿波布朗舍语的历史。文学和诗学篇是该书主体部分，主要介绍古典梵语文学和梵语诗学。科学文献篇主要介绍梵语词源学、语法学、法论、利论、欲经、哲学、宗教、医学、占星术、天文学和数学等。该书相当于印度古代文化百科全书。由于写作年代的关系，上述西方作者均未涉及内容丰富的近现代印度文学。加拿大学者A.K.沃德尔在其《印度古典文学》第二卷中，主要介绍吠陀、史诗等印度古典文学。美国华盛顿大学东方学家H.H.戈文（Herbert H.Gowen）在1931年出版的《印度文学史：从吠陀时期到现在》中，仍然以大量篇幅介绍印度古代文学，以少量篇幅简介印度中世纪文学、书写印度题材的英国作家、泰戈尔等印度现代作家。[②]由此看来，西方学者书写的印度文学史要么局限于狭义的古代文学和广义的印度文化，要么以古代文学为主，对近现代印度文学作走马观花、浅尝辄止之举。究其原因，应该与印度近现代文学复杂的语言背景有关。

具有语言优势的印度学者相信，印度性或印度文化的统一性使书写完整统一的印度文学史成为可能。他们在观察和研究印度文学史的过程中分两步走：首先书写各方言文学史，再过渡到编写全面反映各个语种的印度文学史。除了少数学者外，大多数学者都在印度独立后尝试撰写方言文学史。

就各个方言文学史而言，印度学者的成果非常丰富。他们既书写各个方言的古代文学史，也撰写其现代文学发展史。他们既以各种方言书写本方言文学史，还以英语为媒介书写方言文学史。以各

①A.Berriedale Keith, *A History of Sanskrit Literature,* London: Oxford University Press, 1953(1929).

②Herbert H.Gowen, *A History of Indian Literature: From Vedic Times to the Present Day,* Delhi: Seema Publications, 1975.

种方言为媒介写成的文学史包括：S.N.夏尔玛（S.N.Sarma）的阿萨姆语版《阿萨姆语文学史》（*Asamiyā Sāhityar Itivṛtta,* 1959）、S.森（Sukumar Sen）的孟加拉语版《孟加拉语文学史》（*Bāṅglā Sāhityer Itihās, Vols. I-IV*, 1940-1963）和R.S.穆迦尼（R.S.Mugali）的坎纳达语版《坎纳达语文学史》（*Kannaḍa Sāhityada Itihāsa*, 1963），等等。由于泰米尔文学历史悠久，很多学者对泰米尔文学史的梳理非常着迷。K.S.S.皮拉伊（K.S.S.Pillai，1852～1929）是这方面的一位奠基人。他的泰米尔语版《泰米尔语文学史》（*Tamil Varalāru*）只有两部分，结束于公元1000年左右的泰米尔文学时期，是未完之作。M.阿鲁纳查兰（M.Arunachalam）的泰米尔语著作《泰米尔文学史》（*Tamil Ilakkiya Varalāru*）共十一卷，于1970到1980年间出版，内容涵盖9到16世纪的泰米尔语文学史，论述全面。该书具有很高的学术价值。其他如古吉拉特语、印地语、马拉雅兰语、马拉提语、奥里雅语等皆有该方言版的文学史著作问世。有的学者还撰写各自方言文学的诗歌、小说或戏剧发展史，如P.S.B.阿帕·拉奥（P.S.B.Apparao）的《泰卢固语戏剧发展》（*Telugu Nāṭaka Vikāsamu,* 1967）以西方戏剧学原理论述泰卢固戏剧发展历史，M.N.夏尔玛（M.N.Sarma）的《泰卢固语小说发展史》（*Telugu Navalā Vikāsamu,* 1971）追溯了19世纪到20世纪70年代泰卢固语小说发展的历史。此外，还有一些学者以方言撰写文学批评史著作，如S.V.R.拉奥（S.V.R.Rao）撰写了泰卢固语版《泰卢固语文学批评》（*Telugulo Sāhityavimarśa*, 1974）。这些著述丰富了印度的方言文学史书写。

由于英语在印度各地非常流行，各方言区的一些学者也能熟练使用英语撰写本方言的文学史著作。这方面的著作包括：S.森（Sukumar Sen）撰写的《孟加拉语文学史》（1960），后来此书修订再版时改名为《孟加拉语文学》（*Bengali Literature*, 1971）、M.恰维利（Mansukhlal Jhaveri）的《古吉拉特语文学史》（1978）、K.查泰尼耶（Krishna Chaitanya）的《马拉雅兰语文学史》（1971）、G. C.巴特（G.C.Bhate）的《马拉提语现代文学史》（1939）、M.曼辛哈（Mayadhar Mansinha）的《奥里雅语文学史》（1960）、L.H.阿加瓦尼（L.H.Ajwani）的《信德语文学史》（1970）、默罕默德·萨迪克（Mohammad Sadiq）的《乌尔都语文学简史》（1964）和G.V.悉多跋底（G.V.Sitapati）的《泰卢固语文学史》（1968）等。在泰米尔语文学史方面，P.皮拉伊（P.Pillai）的英文著作《泰米尔语文学史》（1929）是该领域草创时期的成就。该书多依据民间传说写成。J.M.S.皮拉伊（J. M.S.Pillai）的英文著作《泰米尔语文学史》（1968）是公元六世纪以前泰米尔语文学史的梳理，该书附有大量的泰米尔语文本及其英语翻译，是一本学术价值很高的著作。T.P.米拉卡斯苏达兰（T. P.Meenakshisundaram）也有英文版的泰米尔文学史著作问世。此外，有的学者以英语发表方言文学批评史著作，如R.C.普拉萨德（R.C.Prasad）的《印地语文学批评理论》（1976）。

上述学者编写的方言文学史大都涵括古代到现代的方言文学。如S.森的英文版《孟加拉语文学》便是如此。该书保留了印度开国总理尼赫鲁在1959年11月13日为此书初版写的前言。《孟加拉语文学》共二十五章，标题分别为："孟加拉语言文字的演化"、"前方言时代背景"、"早期诗歌形式"、"孟加拉语古诗和神秘主义"、"黑暗世纪和崇拜主题的出现"、"15至16世纪"、"阇多尼耶及其虔信运动"、"文学新动力"、"毗湿奴抒情诗和叙事诗"、"宫廷赞助的传统"、"钱迪孟格尔（Caṇḍīmaṅgal）颂体诗和摩那萨孟格尔（Manasāmaṅgal）颂体诗"、[1]"17世纪"、"缅

①钱迪孟格尔颂体诗和摩那萨孟格尔颂体诗是十六世纪流行于孟加拉的歌颂大神黑天的两类颂神诗。这类诗在15世纪出现，17和18世纪相继出现黑天孟格尔、摩那萨孟格尔、钱迪孟格尔和难近母孟格尔等各体颂神诗。参见Sukumar Sen, *Bengali Literature*, pp.112-121.

甸阿拉康（Arrakan）诗人和后来的穆斯林作家”、“18世纪的发展趋势和效果”、“文学散文的发展”、“西方戏剧和早期孟加拉语戏剧”、“新诗的先驱者”、“墨图苏登及其追随者”、“叙事小说和般吉姆·钱德拉·查特吉”、“戏剧”、“浪漫主义”、“泰戈尔”、“20世纪初期”、“一战到非暴力不合作运动”、“印度独立运动到第二次世界大战”。

西沃丹·辛赫·觉杭著有印地语版《印地语文学的八十年》，该书已经译为中文。它包括序言和正文八章：“印地语文学的背景”、“诗歌的发展”、“戏剧的发展”、“长篇小说的发展”、“短篇小说的发展”、“散文的发展”、“文学批评的发展”、“新的发展前途”。觉杭在这本书的序言中，探讨了印地语文学史的时间范畴问题。他先对印地语的内涵和外延进行界定。他认为，印地语文学史只能包括用克利方言创作的印地语文学作品，而不应该包括印地语系中其他语言的文学。印地语文学到20世纪50年代也才不过八十年的历史。“因为一种语言的文学史是从文学创作的传统而开始的。从这个角度看，全部印地语（克利方言）文学的历史到现在为止还没有超过一个世纪……因此，现在我们在《印地语文学的八十年》的题目下所写下来的，不是‘现代’印地语文学史，而是全部印地语（克利方言）文学史。”[①]他还补充道：“作为文学来说，全部的印地语文学都是‘现代’的。印地语文学是我们民族觉醒的时代产物。在这样短促的时间内，印地语文学获得这样全面的发展，这是令人感到光荣和骄傲的事。”[②]

如果说温特尼兹和戈文等东方学家的《印度文学史》是撰写印度文学发展史的第一步，那么，《泰卢固语文学史》等方言文学史是朝向这方面努力的第二步。第三个步骤应该是撰写包括各个语种

①刘安武编选：《印度现代文学研究》（印地语文学），刘安武译，第17页。
②刘安武编选：《印度现代文学研究》（印地语文学），刘安武译，第18页。

在内的完整的印度文学史。到20世纪70年代为止，仍未出现统一完整的印度文学史著作。纳根德罗因此认为："那些对印度的民族和文化身份非常关注的精英分子，并未在意于她的文学身份。"[①]无论如何，上述学者以英语或各地方语言撰写的印度方言文学史为编写统一的印度文学史创造了必要的条件。

20世纪中期开始，一些印度学者开始以英文撰写印度文学史。这一时期还出现了具有印度现代文学史性质的著作，如S.K.查特吉（Suniti Kumar Chatterji, 1890 ~ 1977）的《印度现代语言文学》（*Languages and Literatures of Modern India*）、克里希那·克里巴拉尼的《印度现代文学大观》（*Panoramic Glimpse of Modern Indian Literature*, 1975）等。S.K.查特吉只是简单地勾勒了一下十四种印度方言文学的轮廓，缺乏分析力度。

1976年，纳根德罗主编并出版《印度文学理论批评》一书。他组织了阿萨姆语、孟加拉语和古吉拉特语等十四种方言文学理论的研究者，主编了这本总结印度文学理论发展史亦即印度文学发展史重要组成部分的著作。文学理论或文学批评是文学发展的一个不可或缺的部分。纳根德罗特为此书写了一篇长达36页的序言即《印度文学理论批评》。他对印度文学理论发展做了粗线条的论述。通观全书，有的语种如印地语和孟加拉语的文论发展写得详细，但有的语种则写得粗糙。迄今为止，印度学界尚未出现第二本类似的英文版文论史著作。

1992年，古吉拉特邦的马拉提语学者G.N.德维出版了英文著作《健忘症之后：印度文学批评的传统与变迁》。他对近代以来印度文学批评界的种种现象进行了历史梳理和理论阐释，从文学史的意义上积极地回应了纳根德罗多年前遗憾的感慨。2002年，德维编选并出版了《印度文学批评：理论与阐释》。他在书中编选了自古至

①Nagendra, *Emotive Basis of Literatures*, p.99.

今二十八位印度文论家的文论片断。这使英语学者能够一览印度文论史的多语种文本。他所编选的对象自婆罗多、朵加比亚尔、伐致呵利、檀丁、欢增、胜财、恭多迦、新护、鲁波·高斯瓦明等古代、中世纪文论家直到泰戈尔、奥罗宾多、苏勒希·乔希、K.克里希那穆尔提、阿贾兹·艾哈默德及斯皮瓦克等人。这些作者涵盖了古今东西，还包括了当代海外印度裔学者，充分体现了德维开放的学术胸怀。

在全面而系统的印度文学史撰写方面，20世纪末至21世纪初，出现了一些新的著作，其中有两部著作值得一提。一部是2003年去世的印度比较文学界元老S.K.达斯（Sisir Kumar Das，1936～2003）独立撰写的两卷本近现代印度文学史。①相形之下，另外一部似乎更符合纳根德罗等人心目中的印度文学史标准。这就是马拉雅兰语学者K.M.乔治（K.M.George，1914～？）主编的两卷本《比较印度文学》（*Comparative Indian Literature*），该著两册共计1400多页，分别在1984年和1985年由喀拉拉文学院出版。这是迄今为止编写完整统一的印度文学史的一种范本。另外，还有学者主编并出版了关于印度中世纪语言文学的大型著作。

综上所述，到乔治主编的两卷本巨著为止，印度学者关于统一的印度文学史的撰写已经取得了重大突破。不过，无论是纳根德罗等人的印度文论史考察，还是乔治的印度文学史编撰，都还存在一些不能忽视的问题。例如，寻找“印度性”在这些著作中显得不是十分理想。另外，语种繁多，且各语种的文学成就参差不齐，这使编著难以为各个语种的普通读者和研究者所一致公认。这些问题的克服，需要引入一种新的研究手段，即经过改造的比较文学研究模式。

---

①S.K.Das, *A History of Indian Literature: 1800-1910, Western Impact: Indian Response,* New Delhi: Sahitya Akademi, 1991; *A History of Indian Literature: 1911-1956, The Struggle for Freedom: Triumph and Tragedy,* New Delhi: Sahitya Akademi, 1995.

三、S.K.达斯的《印度文学史》简介

乌玛商卡尔·乔希在1988年出版的著作中写道："什么是印度文学？什么是比较印度文学？这两个概念的结合显然是非常紧密，即使没有所谓的比较文学这一学科，依照我们印度现今所处的文化语境，也必须创造一个诸如此类的概念。"[①]S.K.达斯的思路与此接近。他于1991、1995年先后出版迄今最有价值的两卷本印度近现代文学史巨著。此二书篇幅达1800多页，资料详实，考据充分，结构安排匠心独具，史论结合非常到位（每卷均分为篇幅大约相等的文学史论述和文学大事记等两个部分），的确属于20世纪印度文学史研究的翘楚之作，同时也是独具一格的比较印度文学史即特殊的比较文学著作。

S.K.达斯所著《印度文学史》第一卷论述范围自1800至1910年，其副标题为"西方的影响和印度的回应"，第二卷论述范围自1910至1956年，其副标题为"为自由而斗争：胜利与悲剧"。第一卷的文学史梳理和论述部分共400多页内容。本卷先以"序言"的形式对印度文学的概念、印度文学史基本框架及其分期等进行简介，然后以1800至1835年、1835至1857年、1857至1885年、1885至1910年等四个时间段为线索，探索近代印度文学史的大致脉络。第二卷的文学史考察大约有450页篇幅，其具体章节的标题分别是："前言"、"作者"、"读者与传播媒介"、"文学互动"、"政治运动与印度作家"、"历史的重构"、"神话与印度现代文学"、"印度戏剧与戏剧文学"、"印度诗歌时代"、"其他文类的同步发展"、"印度小说"、"苦难的叙事：种姓与受剥削者"、"女性"、"宗教和谐与冲突"、"胜利与悲剧"、"结

①Umashankar Joshi, *Indian Literature: Personal Encounters*, p.1.

语”。

该二卷本具有这样几个特点。第一，达斯注重对印度文学概念及其相关问题的思考。他在第一卷“序言”的开头写道：“不对印度现存各种文学传统和印度语言复杂性进行全局把握，很难书写一部印度文学史。”[①]他强调印度文学史的书写必须把握印度语言复杂、印度文化传统多元化的两大特色。他认为，自古以来，印度便存在一种精神和文化方面的统一性。“印度文学是这种印度精神的表述。印度文学是印度人民重要的语言记录，也是许多世纪以来不仅为政治危机所影响、也为社群感情所阐释的一种事实。”[②]达斯反对某些西方学者将阿萨姆语、孟加拉语、印地语和古吉拉特语等各种印度语言的文学机械叠加为印度文学的立场。他认为，首先应该将印度文学视为相互联系的印度语言族群的表述，才能从探索这些联系的角度开始建构印度文学的观念。“印度文学史家的工作须得从这里开始。”[③]达斯认为，文学史并非要取代文学批评，也不能取代文学研究，而是“提供确立文学创作及其他人类活动的联系的一种方法，并为文学理论家和文学评论家提供合适的各种文献资料”。[④]达斯还在该书第二卷“前言”中对奥罗宾多等印度作家、学者的印度文学观进行思考，对“多样性的统一”（unity in diversity）进行解说。他认为，当今时代，书写印度文学史仍然是非常微妙复杂的一项重任。他说：“本书创建印度文学史（a history of Indian literatures）模式的一种初步尝试，这涉及印度各种语言文学之间的相互联系，它们的亲缘与疏离，它们之间在数量和质量上的差异。”[⑤]

---

①S.K.Das, *A History of Indian Literature: 1800-1910,* p.1.
②S.K.Das, *A History of Indian Literature: 1800-1910,* p.4.
③S.K.Das, *A History of Indian Literature: 1800-1910,* p.8.
④S.K.Das, *A History of Indian Literature: 1800-1910,* p.12.
⑤S.K.Das, *A History of Indian Literature: 1911-1956,* “Preface,” XV.

该书两卷本的第二个特点是，达斯始终坚持在语言、宗教、文化、历史、政治等各种复杂因素交织的层面或维度上考察近现代印度文学史的发展轨迹，体现了文化研究向文学研究渗透的时代风气。从语言上看，达斯不仅考察梵语文学、文化经典对印度近现代文学的深刻影响，还考察了印地语、孟加拉语、泰米尔语等各种印度语言文学的发展演变，同时也对印度英语文学的萌芽和发展进行了细致的研究。从宗教文化角度看，达斯考察了印度教文化、伊斯兰教文化、基督教文化等对印度近现代文学的深刻影响，还论及近代印度文学中的“梵语化”和“波斯化”现象。从历史和政治角度看，作者不仅追溯了印度民族大起义、印度民族主义思潮和印巴分治等重大历史事件对印度文学的深刻影响，还关注达利特文学的兴起、印地语文学和乌尔都语文学之间的“竞争”关系、19世纪以来印度文学中的现代性诉求、20世纪初印度文学中的女性题材创作和女性形象塑造、甘地等政治家和民族独立运动领袖对于印度现代文学的影响等重要主题。例如，达斯在对1857年印度民族大起义后很多印度作家对此保持沉默的心态和背景进行了解说。在他看来，几个因素造成了他们对此主题的沉默：首先是受英语教育的中产阶级作家对参与起义的士兵非常反感，其次，许多作家对大起义的认识不足，误以为这是一场反对封建主或反对宗教迫害的斗争。①

该书第三大特点是，达斯对印度文学与英语文学为代表的西方文化的深刻影响给予充分的关注，力图在印度文学与西方文化互动的时代思潮下，追溯和解剖印度文学的近现代发展轨迹。为此，达斯在第一卷中对麦考雷在印度推广英语教育体制的有关言行及其积极意义进行了解说，并对印度英语文学的外来因素进行了分析。其他很多地方的分析也体现了重视东西文化互动考察的痕迹。

该书还有一大特色，这就是对印度近现代各种文类起源和发展

①S.K.Das, *A History of Indian Literature: 1800-1910,* pp.125-126.

的考察。达斯不仅追溯了印度各种现代语言中的诗歌、小说、散文、戏剧、传记、旅行文学、口传文学或民间文学等的发展轨迹，还介绍了印度翻译和文学理论批评的演变路径，并对印度英语文学这一特殊的印度文学形式给予高度重视，体现了作者无比开阔的学术视野和自由包容的思维立场。达斯不仅对一般的文学史进行整体考察和纵向梳理，还对某些重要的近现代印度作家如泰戈尔等人进行重点考察，体现了点面结合的研究旨趣。

此外，两卷本《印度文学史》中一半的篇幅由印度文学大事记构成，这种编写体例在一般的文学史著述中不太多见。这种重视史料收集和现象梳理的方法，为关注印度文学史的读者和作者提供了极大的便利。

综上所述，达斯的两卷本《印度文学史》充分体现了个人独立著述的优势，也反映了比较文学方法向文学史研究渗透的鲜明印迹。似乎可以说，对于了解近现代印度文学发展轨迹和考察当代印度文学史研究而言，达斯的《印度文学史》必将成为20世纪该领域无法绕开的经典著作。

第八节　比较文学理论和比较诗学研究

作为一种研究方法和西来新学科，比较文学在泰戈尔那里首先得到重视。他曾经在《世界文学》一文中，把比较文学称为印度文化意义上的“世界文学”（viśvasāhitya）。“本文所评论的内容，在英语中称为comparative literature（比较文学），印度语叫‘世界文学’。”[①]歌德最早提出世界文学的概念，但歌德的理想后来被西方学者的民族中心主义所代替，此后，它在印度找到了知音。泰戈尔从印度的文化理念出发，改造西方的比较文学观念。这一做法

①刘安武、倪培耕、白开元主编：《泰戈尔全集》（第22卷），倪培耕译，第99页。

深刻地影响了当代印度比较文学研究者的思维立场。印度独立以前，学者们虽有比较文学实践之实，但却鲜见相关理论思考。独立以后，随着民族自信心进一步增强，随着第一个比较文学系于1956年在加尔各答成立，印度学者开始对比较文学进行理论思考。20世纪70年代起，印度比较文学界相继涌现一些相关著作，如纳根德罗与I.N.乔杜里主编的《比较文学》（1977）、阿米亚·德武的《印度比较文学观念》（1984）、S.马宗达的《印度视野中的比较文学》（1987）以及阿米亚·德武与I.N.乔达里合编的论文集《比较文学：理论与实践》（1989）等。本节先对印度学者关于比较文学学科理论的思考举例说明，再就印度独立以来的比较诗学研究进行简介。

一、比较文学学科理论探讨

由于语言的优势，印度学者对于西方比较文学理论能及时地做出回应。首先值得关注的是他们对比较文学概念、功能、目的和研究内容的阐释。

纳根德罗认为，至少在技术层面上说，比较文学是一个相对新颖的术语。“顾名思义，比较文学就是比较意义上的文学研究。”①纳根德罗不愿过多评价西方的比较文学危机说，他认为，比较文学既是一种研究方法，也是一种可以发展的学术概念。作为一种研究方法，比较文学可以比较同一种语言如印地语文学内部相同或不同的文学形式或思潮，也可以在两种或三种不同语言如孟加拉语、乌尔都语、奥里雅语和古吉拉特语文学中进行比较；它也可超越特定的国家界限进行比较，如马克思主义文艺批评在印度各语

①Nagendra & I.N.Chaudhuri, eds. *Comparative Literature,* Delhi: Delhi University, 1977, p.13.

言文学与在俄语和欧洲语言文学之间的比较研究；甚至也可研究文学与其他知识领域的关系。纳根德罗指出："因此，比较文学研究可以局限于一种或两种语言文学内部，它也可以涵括一个国家如印度或跨越民族边界的不同语言文学，甚至它也可以在诸如艺术、心理学、哲学、宗教、历史与其他社会科学的知识领域的语境中观察文学。"①纳根德罗对克罗齐等人关于比较文学的质疑进行辩驳后，提出了自己关于比较文学功能的看法。他说，比较文学为给人类提供某种核心的共同价值观铺平了道路。"比较文学会成为研究全部人类文明的序曲，最后，由于强调基本的人类价值，它还会导向和孕育一种真正的审美意识，其本质超越了空间与时间的局限。"②他还说："一般而言，比较文学有两大目标：在更广阔的视野中研究文学，以正确地欣赏文学；发展一种普遍适用的审美判断标准，以孕育人类价值。"③

德里大学印地语教授N.贾延认为："作为一门学科，比较文学意味着超越纯粹的语言和民族文学界限。"④R.C.潘迪亚认为，"比较文学"这个术语对表述比较性的文学研究很方便，但有误导性。"因此，'比较文学'是个不恰当的名称（misnomer），因为它一无所指。"⑤

当代旁遮普语文学批评家H.辛哈（Harbhajan Singh）认为："在我看来，比较文学是一种异质性的审美游戏（hetero-aesthetic game）。"它必须跨越人类理解的障碍，为沟通人类的心灵作出贡献。⑥另一位印度学者K.A.法鲁基（Khwaja Ahmad Faruqi）与此观

①Nagendra & I.N.Chaudhuri, eds. *Comparative Literature,* p.14.

②Nagendra & I.N.Chaudhuri, eds. *Comparative Literature,*p.24.

③Nagendra & I.N.Chaudhuri, eds. *Comparative Literature,*p.81.

④Amiya Dev & S.K.Das, eds. *Comparative literature: Theory and practice,*Shimla: Indian Institute of Advanced Study, 1989, p.79.

⑤Nagendra & I.N.Chaudhuri, eds. *Comparative Literature,*p.53.

⑥Nagendra & I.N.Chaudhuri, eds. *Comparative Literature,*p.47.

点相似，他认为："在印度，我们目光短浅，过于自负，从未思索过吉卜林的这个问题：'只了解英格兰，又能懂得英格兰多少？'除非我们了解作为有机体的、其发展进程能为人所知的世界文学，我们不可能充分理解自己的民族文学。"[①]这便是在印度语境中开展比较文学研究的前提。当然，也有少数学者坚持认为，从世界文学史和东西方关系发展史来看，作为民族文学和总体文学中介的比较文学存在两个弊端："比较文学的欧洲中心主义和殖民主义。"[②]

关于比较文学的研究方法，默罕默德·哈桑（Mohammad Hasan）认为，首先必须掌握多种语言，了解数种文学，并熟悉这些文学背后潜藏的文化传统和习俗。比较文学也可以研究不同文学的相似主题、母题或结构，并在其他艺术门类和哲学思想烛照下揭示其特点。比较文学还应在整个人类文明的范畴内进行研究。这样，不仅可以采纳文本批评的方法，也可采用社会科学方法研究比较文学。哈桑说："比较文学只是考察文学的一种方法而已。它有自己的局限与不足。它不可能被视为全能全知的理解文学的方法。"[③]另外一位学者纳勒什·古哈（Naresh Guha）在谈到比较文学的研究方法时认为，世界文学是互有历史和思想联系的整体，发现和研究这些联系是比较文学的特殊任务。比较文学也应该追随世界潮流，将美学比较与此前的历史关系研究结合起来。"同时，比较文学应该尽快延伸疆界，囊括东方文学，因为西方的比较文学研究者一般都不会涉及这一领域。这种延伸非常必要，因为我们首先关注的是理解自己的文学，我们对自己的文学要比其他什么东西都更加熟悉。"[④]古哈还引用印度比较文学元老布塔代沃·鲍斯

①Nagendra & I.N.Chaudhuri, eds. *Comparative Literature*,p.61.

②G.N.Devy, *In Another Tongue: Essays on Indian Literature in English,* Madras: Macmillan, 1995, p.25.

③Nagendra & I.N.Chaudhuri, eds. *Comparative Literature*,p.74.

④Nagendra & I.N.Chaudhuri, eds. *Comparative Literature*,p.99.

（Buddhdeva Bose）的观点说，印度的比较文学研究者应该关注自己所属的印度地方语言文学及古典的梵语或泰米尔语文学。同时，他还要关注古代到当代的西方文学。古哈等人这种立足东方本土文学，放眼西方文学的研究立场，是对泰戈尔思想的积极回应。古哈还说："我认为，比较文学不是一个封闭的体系。重要的是，必须提出正确的批判性问题，这些问题涉及文学关系和美学范畴，非单一文学研究所能回答。"①

在印度学者之后，中国学者对比较文学的概念也曾有过不少的定义。例如："把比较文学看作跨民族、跨语言、跨文化、跨学科的文学研究，更符合比较文学的实质，更能反映现阶段人们对于比较文学的认识。"②联系印度学者的上述观点可以发现，两国学者既有相似又有差异。相似在于，双方都重视比较文学的跨越性，都是在对西方理论进行反思的基础上，力图构建自己的理论话语或研究模式，都重视比较文学寻求世界各民族文学共同规律的功能。但是，仔细分析还会发现，印度学者又有不同于中国学者的地方，他们更多的是寻求东西方文学的共同点，未把发现和思考、利用差异作为研究目标之一。陈鹏翔、古添洪、乐黛云和曹顺庆等中国学者曾经先后论述比较文学中国学派、比较文学三阶段发展、比较文学变异学、跨文化或跨文明研究、重建中国文论话语、西方文论中国化等重大问题，这使两国学者的理论探讨显出更多的差异。如中国学者强调："跨文化研究（跨越中西异质文化）是比较文学中国学派的生命源泉，立身之本，优势之所在，是中国学派区别于法美学派的最基本的理论和学术特征。"③之所以如此，其实与印度学者一致强调"比较印度文学"（comparative Indian literature）在比较

---

①Nagendra & I.N.Chaudhuri, eds. *Comparative Literature*,p.107.
②陈惇、孙景尧、谢天振主编：《比较文学》，第9页。
③曹顺庆等著：《比较文学学科理论研究》，成都：巴蜀书社，2001年，第15页。

文学研究中的核心地位有关。[1]阿米亚·德武甚至把它视为比较文学印度学派的标志之一。印度学者冠以“comparative literature（比较文学）”的著述大都探讨如何寻求各地方语言文学中存在的印度性。这与中国学者强调的跨异质文学比较区别很大。

阿米亚·德武在印度学界首次提出了比较文学“印度学派”的口号，以与比较文学法国学派和美国学派的研究模式相区别：“25年前，艾金伯勒为辩驳比较文学法国学派的文学性时说过：‘比较不是理由’（Comparaison n'est par raison）。或许在印度学派（Indian school）即将诞生之际，我们应该提出一个不同的口号：‘比较正是理由’（Comparaison c'est vrai raison）。因为，我们的主张是，在一个多语种国家，特别是在一个既为多语种又属第三世界的国家，文学研究必然是以比较方式而展开。实际上，我们正在从事两种不同领域的比较文学研究：比较印度文学和比较西方文学（comparative Western literature）。”[2]阿米亚·德武还认为：“‘比较印度文学’是真正的比较文学。它对于研究互有关联的众多印度区域文学是正确的途径，因为印度次大陆每一区域都有自己独特的语言和文学。我们没有一种纯净的印度文化，它由许多种印度文化构成。从这个意义上说，‘比较印度文学’是比较文学印度学派的重要特征之一。”[3]德武等学者关于比较印度文学的探讨，为建立特色鲜明的印度学派打下了理论基础。

有些学者曾经认为，完整统一的印度文学并不存在。印度只存在泰米尔语文学、马拉提语文学、孟加拉语文学等地方文学。有

---

①有的学者将comparative Indian literature译为“比较意义上的印度文学”（或“印度文学比较”），这也是正确的译法。参阅石海峻：《20世纪印度文学史》，“前言，”第5页。笔者之所以译为“比较印度文学”，主要是试图更为形象地说明印度文学内部比较区别于东西方文学外部比较的特殊性。

②Amiya Dev, *The Idea of Comparative Literature in India,* Calcutta: Papyrus,1984,p.24.

③拙文：《印度学者访谈录》，乐黛云等主编：《跨文化对话》，第19辑，第254页。

的学者提出一个问题："人们究竟能否谈论这样一个词语：印度文学？"①在此背景下，有的学者认为，印度文学既是单数，也是复数。如S. K. 达斯便以"Indian literatures"和"Indian literature"两个并列术语指称"印度文学"。②"比较印度文学"这一概念，正是在单数与复数的印度文学并存基础上产生的。印度比较文学协会制定的研究目标中，第三条明文规定，通过在印度各语言邦形成比较文学意识而促进全国性的互动交流。这就使比较印度文学合法化，从而为相关理论思考和批评实践提供了契机。

S. K. 达斯在《为何比较印度文学》一文中认为："我们的比较文学必须成为比较印度文学，因为没有任何其他东西能够成为我们文学研究的基础。这不是沙文主义，只是对文学与人民关系的一种确认。"③他还在另一文章中说："比较对我们而言是正确的理由，因为我们既是多语言国家，又是第三世界国家。"④多语言是印度社会和文学的一个事实。印度文学史即为一部多语种文学史。印度属于第三世界的事实提醒印度学界，不能轻易效法或奴性地模仿西方比较文学模式。达斯继续写道："第三世界语境已对我们施加了某种心理限制……为了使印度文学破除这些心理桎梏，我们必须从内部考察自己的文学，从而使我们不带偏见和成见地考察世界其他地区的文学……我们的长途跋涉不是从比较文学走向比较印度文学，而是从比较印度文学走向比较文学。"⑤

S.K.达斯为比较印度文学这一概念正名的诚心可鉴，实际上，多语言和第三世界语境只是印度学者自说自话，其目的和动机不难理解。事实上，它的根本目的在于寻找"印度性"，为多语言、多

---

①Amiya Dev & S.K.Das, eds. *Comparative Literature: Theory and Practice,* p.53.

②Amiya Dev & S.K.Das, eds. *Comparative Literature,*p.101.

③Amiya Dev & S.K.Das, eds. *Comparative Literaturee,*p.100.

④K.A. Koshy, ed., *Towards Comparative Indian Literature,* Aligarh: Aligarh Muslim Universtity, 1987, p.19.

⑤Amiya Dev & S.K.Das, eds. *Comparative Literature,*p.102.

宗教、多人种、社会问题复杂的印度寻找文化纽带，从而达成民族团结、国家统一的目标。换句话说，比较印度文学研究本身带有意识形态色彩，文学研究与政治责任在这里悄然结合。

近代以来的“印度文学”观念来自于西方对印度的话语建构。借用西方学者为“发现印度”而创造的新话语“印度文学”，通过比较印度文学研究寻找“印度性”，以期达成民族文化共识不失良策。印度学者认为，印度文学存在一种“泛印度意识”。尽管印度文学是由不同语言创作的，但其间的“泛印度意识”清晰可辨。这种意识暗示一种内在的印度性：“这种泛印度意识来自于某些原型观念，这些观念是印度文化、历史和思想的产物。”①还有学者认为：“最容易理解的是印度文学体现的差异性，最难明白的是它的一致性，这是一种内在和观念的东西……我们的问题是，十五种或更多的语言怎么能够创造一种文学？我们怎么协调语言的复杂性与文学的单一性？”该学者认为，比较文学应该为多语种国家的文学的民族性定位：“印度性也就体现在这个国家的复数文学中。”②在这种借比较印度文学寻找印度性、民族性的过程中，比较文学的印度特色一目了然。

在某些外国学者看来，比较印度文学的内部研究模式有些奇怪，但它的确又是印度的历史文化产物。对于当今程度不同地存在语言和社会问题的国家而言，这种独特的比较研究不失其借鉴意义。例如，中国文学内部存在一些支流文学如藏族文学、蒙古族文学、维吾尔族文学、彝族文学、土家族文学、苗族文学、壮族文学等，如果将这些支流文学即少数民族文学与汉族主流文学进行比较研究，或者在这些少数民族文学之间进行比较研究，将会给我们

①I.N.Choudhuri, *Comparative Indian Literature: Some Perspectives,* New Delhi: Sterling publishers, 1996, p.32.

②K.M.George,ed. *Comparative Indian literature,* Vol.1, “Preface”.

提供一种新的视角，使我们更好地书写一部完整的多民族中国文学史。总之，印度比较文学理论思考对于中国学界未尝不是“可以攻玉”的“他山之石”。

二、比较诗学研究

后殖民时期，印度学者的民族文化自信心空前增强。独立前开始萌芽的梵语诗学和西方诗学比较研究得以进一步发展。20世纪初到印度独立，是印西诗学比较的萌芽期。50至60年代末是印西诗学比较的起步期，70至80年代是稳步发展期，20世纪末至21世纪初，是印西诗学比较研究的成熟期。下面以相关著作为例，进行简略说明。

1947年独立以来，印度学者沿着拉克凡等学者开创的道路，不断地向前探索。20世纪50至60年代，至少出现了这样几部重要的比较诗学著作：P.乔杜里的《比较美学研究》（1953）、K.C.潘迪的《比较美学》（第一卷：印度美学）（1959）和K.查塔尼亚的《梵语诗学批评及比较研究》（1965）。这里仅以潘迪和查塔尼亚的著作作一简单说明。

K.C.潘迪的《比较美学》（第一卷：印度美学），是他在提交给勒克瑙大学（Lucknow University）的博士论文基础上修订而成的著作。1959年，该书第二版问世。他还著有《比较美学》（第二卷：西方美学），与第一卷相呼应。两书以两卷本形式同时出版。这体现了潘迪自觉的东西诗学比较意识。《比较美学》（第一卷：印度美学）共分为十一章，标题分别是：印度美学史、新护美学的湿婆教基础、新护的美学理论、味的种类、新护的意义理论、摩希摩跋吒对韵论的批评及其回应、梵语戏剧的技艺、戏剧类型、梵语戏剧表演的本质、诗学中的美学趋势、音乐艺术。该书主要围绕味论、韵论、梵语戏剧学等展开论述，兼及其他诗学派别和音乐艺术。通观全书，可以发现一些比较研究痕迹。例如，在论述新护的美学思想时，潘迪用来比较的例子是黑格尔的美学思想。①在论述婆罗多的戏剧情节原素论（种子、油滴、插话、小插话和结局）时，潘迪以莎士比亚的戏剧理论和戏剧作品进行佐证。②

K.查塔尼亚的《梵语诗学批评及比较研究》分为十二章，标题依次为：诗学情境、诗学范围、诗学结构、诗学修辞、风格与韵律、韵的原理、结构的内涵、诗歌的目标、美学与伦理、诗歌与解脱、毗耶娑的美学观、自我边界的扩展。从这十二个主题设置来看，查塔尼亚显然是在现代诗学体系框架内重新审视和全面挖掘梵语诗学的价值。本书充满了自觉的比较诗学意识。查塔尼亚在书中不时以西方诗学为参照阐释梵语诗学原理。具体地说，该书涉及T.S.艾略特诗学观和婆罗多的味论思想比较、苏珊·朗格的美学思想与印度诗学比较、恭多迦诗学观和新批评派“张力”说的比较、象征主义诗学观与欢增韵论的比较、《舞论》的戏剧结构论和希腊戏剧结构论比较、新护和柯勒律治的“普遍化”原理比较、布莱希特戏剧观和梵语戏剧理论比较、波阇的“艳情味论”和弗洛伊德的原欲“升华说”比较，等等。该书还论及中国绘画的“飞白”论和虚实相生法。该书还别开生面地运用梵语诗学味论原理阐释瓦莱里和T.S.艾略特的诗歌。③这应该视为泰戈尔之后梵语诗学东为西用的最早尝试之一。该书是名副其实的比较诗学著作。除了自觉的东西诗学对话外，作者还质疑西方诗学阐发印度文学的有效性。他还对“画诗”论的局限进行思考。该书标志印度比较诗学的春天即将来临。

R.C.德维威迪（R.C.Dwivedi）于1969年编辑出版了一本会议论

①Kanti Chandra Pandey, *Comparative Aesthetics(Vol.1),Indian Aesthetics*, Varanasi: The Chowkhamba Sanskrit Series Office, 1959, p.88, pp.126-130.

②Kanti Chandra Pandey, *Comparative Aesthetics(Vol.1)*, pp.387, 420-428.

③K.Chaitanya, *Sanskrit Poetics: A Critical and Comparative Study*, pp.324-333.

文集，即《梵语文学批评原理》。在这本论文集中，出现了几篇带有比较诗学意识的文章，如梵语戏剧和希腊戏剧理论比较、希腊罗马文论与印度美学比较、象征主义诗学和韵论的比较，等等。①

印度比较诗学的春天悄然来临还表现在，比较戏剧学研究开始萌芽。一些并非专论戏剧比较的著述或多或少地涉及印度和西方、特别是梵语戏剧和希腊戏剧理论实践的比较分析。例如，有的学者在《梵语文学中的戏剧》中对梵语戏剧没有希腊悲剧的冲突观进行阐释，并否认希腊戏剧影响印度戏剧之说的真实性。②H.R.米什拉关注梵语戏剧和莎士比亚为代表的英国戏剧之比较，从情节、角色表演、戏剧功能等诸多方面进行分析。作者否认印度存在悲剧，认为梵语戏剧没有西方的悲剧和喜剧。③上述学者的探讨为下一阶段的比较戏剧学研究奠定了良好的基础。

如果说50至60年代是印度比较诗学研究的发轫期，那么，70至80年代则是其快速发展期。二十年时间里出现的一些比较诗学著作，研究的范围和深度都有可喜的进步，同时，还出现了比较戏剧学著作，填补了比较研究的空白点。

1977年，R.L.辛格尔出版了《亚里士多德与婆罗多的戏剧理论比较研究》一书。这是最早对印度和希腊戏剧理论进行专题研究的比较戏剧学著作之一。在此之前，罕见以亚里士多德和婆罗多作为专题研究对象的著作。该著正文214页，分为九章：起源、婆罗多的味论、亚里士多德的“净化”论和婆罗多味论的比较、悲剧与快乐、情节和戏剧整体性、角色与角色化、措辞、语言和风格、其他相关问题和结论。该书从戏剧功能、戏剧语言、戏剧风格、情节、

---

①R.C.Dwivedi, ed. *Principles of Literary Criticism in Sanskrit,* Delhi: Motilal Baranarsidass, 1969, pp.18-27, 130-141, 167-177.

②Adya Rangacharya, *Drama in Sanskrit Literature,* Bombay: Popular Prakashan, 1st edition, 1947, 2nd edition,1967, pp.141-154.

③Hari Ram Mishra,*The Theory of Rasa in Sanskrit Drama*, Bhopal: Vindhyachal Prakashan, 1964, p.666.

背景、音乐、舞蹈等方面对亚里士多德和婆罗多的戏剧理论进行比较分析。该书值得关注的地方在于对亚氏“净化”说和婆罗多味论的比较和对印西戏剧表现功能的差异分析。作者认为，亚里士多德和婆罗多是东西方戏剧理论的创始人。“净化”说和味论是解析两人戏剧观差异的钥匙。由于梵语戏剧以创造美学情味和追求人生解脱为目的，它缺乏亚里士多德意义上的西方悲剧。[①]可以说，这部著作将东西方比较戏剧学水平向前大大地推进了一步。

与此同时，一些学者从不同的角度出发，继续深化比较戏剧学研究的内容。例如，G.K.巴塔的《悲剧与梵语戏剧》（1974）重点探讨梵语戏剧是否存在悲剧的问题。作者认为，梵语戏剧理论和实践存在片面之处，这导致了梵语戏剧缺乏悲剧意识。例外的是，梵语戏剧家跋娑的《断股》和《迦尔纳出任》是“正规的悲剧（formal tragedies）”。[②]B.巴塔查利亚于1974年出版《梵语戏剧和剧作法》一书，该书1994年再版。书中论述了梵语戏剧和希腊戏剧的异同。[③]P.B.阿查利亚的《莎士比亚、迦梨陀娑和薄婆菩提的悲喜剧》（1978）展开了文本层面的比较分析。作者以“悲喜剧”模式分析三位东西方戏剧家的作品，体现了一种求同为主、存异为辅的研究取向。T.G.麦因卡于1985第三次出版的博士论文《梵语戏剧理论和剧作法》共分四章，其中最后一章论述西方戏剧理论与婆罗多戏剧关节论的相似处。这一章的标题为“《舞论》的戏剧理论和西方戏剧理论的相似处”。[④]以上学者的研究丰富了比较戏剧学的

①R.L.Singal, *Aristotle and Bharata: A Comparative Study of Their Theories of Drama*,pp.90-93.

②G.K.Bhat, *Tragedy and Sanskrit Drama*, “Preface,” Bombay: Popular Prakashan, 1974.

③Biswanath Bhattachrya, *Sanskrit Drama and Dramaturgy*, Delhi: Sharada Publishing House, 1994, pp.390-415.

④T.G.Mainkar, *Sanskrit Theory of Drama and Dramaturgy*, Delhi: Ajanta Publications, 1985, pp.177-187.

内容。

1974年，G.H.拉奥出版了《东西比较美学》一书。该书以艺术模仿、艺术表现、艺术活动、梦幻艺术、艺术印象、艺术价值、艺术与社会、艺术与自然、印度的艺术哲学和印度美学观等为主题，以梵语诗学理论和亚里士多德、康德、黑格尔、李普斯、雪莱、苏珊·朗格、克罗齐、弗洛伊德、鲍桑葵等西方美学家的思想进行比较，全面分析艺术美学的规律。这是一本名副其实的比较美学著作。1977年，A.C.舒克拉出版了《希腊与印度美学中的模仿概念》。[①]1979年，室利克里希那·米什拉出版《柯勒律治与新护：东西方诗歌哲学比较研究》。该书由"引言"和正文四章组成。在引言中，作者先对柯勒律治、I.A.瑞恰兹和新护、伐致诃利等人的语言学、宗教哲学和诗学思想进行简要的说明。第一章主要介绍柯勒律治的诗歌想象论，第二章涉及印度古典诗学的哲学思想的介绍，它涉及吠檀多哲学和克什米尔湿婆教哲学的三位一体说（Trika）即关于湿婆神（śiva）、性力（śakti）和人（nara）的学说以及显形论（abhāsavāda）等。第三章介绍新护的味论。第四章比较新护和柯勒律治的想象论，涉及净化说、悲剧观、味论和诗歌品级论等重要议题。作者在书的结尾处写道："关于新护和柯勒律治的比较，并不是为了答复谁更有原创性，而是答复谁在提供解决所有诗歌问题的满意方法上想得更为正确，考虑得更加全面。此处，我想以所有的谦卑和最真实的感觉说，不仅是柯勒律治、而且连世界上所有其他批评家，都应该在新护这位印度的卓越批评家、诗人、哲学家和圣人面前甘拜下风（yield the palm）。"[②]

①A.C.Sukla, *The Concept of Imitation in Greek and Indian Aesthetics,* Calcutta, 1977.

②Shrikrishna Mishra, *Coleridge and Abhinavagupta: A Comparative Study of the Philosophy of Poetry in the East and the West,* Darbhanga: Mithila University, 1979, p.555.

1981年，S.达雅古德出版了《西方与印度诗学比较研究》一书。该书分为五章：模仿还是幻象、作为普遍表达的艺术、诗歌想象、艺术的用途和效果、隐喻研究。该书对一些共同的文学主题如模仿、想象、隐喻和艺术功用等进行比较分析，得出的结论有说服力。1988年，勒克瑙大学英语系的M.S.库斯瓦哈主编的《印度诗学与西方理论》出版。他在前言中说，这本书主要是在西方文论的参照下检视印度诗学的价值。“它既针对梵语学者，也针对英语学者。前者可以借机审视当前语境中传统文学理论的有效性，后者可以从他们向来忽略的丰富遗产中学到一些东西。”[①]这标志印度学者已经前进到考察梵语诗学批评运用价值的地步。该书由印度各地大学的英语系教授或学者撰稿。该书正文分为三个部分。第一部分是一般性比较，包括梵语诗学和西方古代、西方现代文论如阐释学、新批评等的比较研究。第二部分是专题性研究，以味论、普遍化原理、韵论、庄严论、诗德和风格论、曲语论、合适论等为基点，进行跨文化比较。最后一部分的两篇文章是以梵语诗学为标准，对西方文学进行考察和评价。1985年，K.克里希那穆尔提出版《印度文学理论新解》一书。该书主体两部分，第一部分标题为“印度与西方理论比较”。作者不仅比较了印西诗学基本原理，还以梵语诗学理论阐释英语诗歌。1984年，R.S.提瓦利出版带有导论性质的《印度古典诗学研究》。该书按照味论、韵论、庄严论、风格论、合适论、庄严论和戏剧理论等项逐一介绍，而每一章末尾都有关于西方文论和梵语诗学的比较论述。1988年，R.S.帕塔卡同时出版两部比较诗学著作，即《曲语和风格的概念》和《印度和西方诗学中的曲语诗》，对印度和西方关于诗歌语言艺术性表达的思想进行比较。帕德玛·苏蒂于1983、1988和1993年先后出版三卷本

①M.S.Kushwaha, ed.*Indian Poetics and Western Thought,* “Preface”.

《印度美学原理》。该书多处带有印西美学比较的痕迹。[①]

综上所述，至80年代为止，印度比较诗学已经有了长足发展，比较研究的视野进一步拓展，内容进一步丰富。90年代以来，印度比较诗学研究进入一个新的成熟阶段。

世纪之交，比较戏剧学发展势头不减。1994年，B.古普塔的《希腊印度的戏剧观：〈诗学〉和〈舞论〉研究》一书出版。该书的印西比较具有很高的学术价值。2000年，由库斯瓦哈主编的《印度和西方的戏剧理论与实践》出版。全书除“序言”外，一共收录了十三位印度和德国学者的论文。论文的主题包括婆罗多和亚里士多德戏剧理论比较、梵语戏剧学视野中的莎士比亚戏剧、布莱希特戏剧理论视野中的印度古典戏剧等。这说明，经过几十年的比较戏剧学研究，一些印度学者自觉地向东西方戏剧理论的双向阐释靠拢。这说明，比较戏剧学研究已经发展到一个新阶段，而这又与比较诗学研究的新发展密切相关。

世纪之交的印度比较诗学杰作迭出。例如，1990年，V.K.查利在美国夏威夷大学出版社出版了《梵语文学批评》一书。该书包括“引言”和九个主题，如“味：诗歌与情感”、“情感的本质”、“情感的逻辑”、“意义的模式：隐喻”、“韵”、“风格和意义”等。该书渗透自觉的比较意识，论述的对象涉及梵语诗学家婆罗多、欢增、新护等人与苏珊·朗格、维特根斯坦等西方文论家的思想比较。1991年，A.乔杜里的《东西比较美学》出版。该书分为六章，分别论述文学想象的本质、艺术模仿和艺术起源、味与西方的美、诗歌的目的与功能、语言暗示性和语言风格论以及东西方戏剧理论等等。1998年，印度学界推出了两部比较诗学研究著作。一部是宏观比较，即R.穆克吉的《世界美学与印度诗学》，另外一

①Padma Sudhi, *Aesthetic Theories of India,* Vol.1, Poona, 1983, pp.17-35, pp.46-48; Vol.3, Delhi,1993, pp.26-32.

部是微观研究，即H.P.潘迪的《提利雅得和恭多迦的风格论比较研究》。前一部书分五章：希腊和印度的诗歌用途论、郎加努斯和欢增论崇高、英语文论和梵语诗学、艺术象征和韵、诗歌意象的重要特征。该书认同查塔尼亚的观点，即象征主义诗学观只是欢增韵论的注脚。[1]H.P.潘迪从微观角度进入恭多迦和提利雅得的诗学比较领域，从而在西方诗学参照中揭示了曲语论的独特价值。2001年，C.拉京德拉出版《比较诗学研究》一书。该书主体部分为十二章，论述诗歌本质和形式、诗歌创作原理、诗歌曲折表达等，作者还在后结构主义和后现代文化语境中考察梵语诗学价值。这也是当前印度比较诗学研究者倾心的一个视角。这体现了印度学者为梵语诗学进行文化定位的现实心态。

可以说，V.K.查利的《梵语文学批评》、A.乔杜里的《东西比较美学》、R.穆克吉的《世界美学与印度诗学》、C.拉京德拉的《比较诗学研究》和K.查塔尼亚的《梵语诗学批评及比较研究》等是印度独立以来印西诗学比较的代表作。它们和B.古普塔的《希腊印度的戏剧观：〈诗学〉和〈舞论〉研究》、R.L.辛格尔的《亚里士多德与婆罗多的戏剧理论比较研究》等一起，构成了印度比较诗学和比较戏剧学研究的“塔尖”。

世纪之交，一些印度学者虽然没有打出比较诗学研究的旗号，但是，他们在著作中仍然体现了比较诗学意识。例如，1993年，S.潘迪等主编的《古代印度诗学概观》一书出版。此书刊载了一些学者的比较诗学论文。《印度文化面面观》和《印度阐释学理论》先后于2000年和2002年出版。在前一书中，一些学者探讨了索绪尔语言学对印度语言学理论的继承关系，有的学者探讨德里达解构主义思想和印度佛教“遮诠论”的相似。《印度阐释学理论》除引

①Ramaranjan Mukherji, *Global Aesthetics and Indian Poetics*, New Delhi: Rashtriya Sanskrit Sansthan, 1998, p.181.

言外，包括46篇论文，如《印度对语言学的影响》、《语法学和文学理论》、《古代印度阐释学面面观》、《往世书中的生态学思想》、《吠陀中的生态学原理》、《阐释学与印度诗学》、《阐释学与阐释的韵论》，等等。

印度学者关于梵语诗学和西方诗学的比较研究，与梵语诗学的译介研究不断深化密不可分。目前，印度的比较诗学研究已经发展到将梵语诗学基本原理放在现当代文化语境中进行批评运用的新阶段。同时，很多学者尝试将现当代西方文论拿来与梵语诗学进行比较，以验证梵语诗学的现代运用价值，思考当代西方文论在何种程度上具有普遍意义。印度学者的比较诗学研究分微观和宏观两个方面进行，但总体上看，进行宏观比较的多于微观比较者。另外，限于很多复杂的因素，大多数印度学者只关注梵语诗学和西方诗学的比较研究，基本不涉及中印文论比较或梵语诗学与波斯文论、阿拉伯文论的比较研究。目前要改变这一局面，绝非易事。

关于印度与西方诗学的比较研究，一些西方学者也非常感兴趣，并出版或发表了相关研究成果。美国学者厄尔·迈纳在《比较诗学》一书中探讨了西方诗学与日本、中国等东方诗学的不同特点，同时也对梵语文学、诗学给予很高评价："梵语文学为我们研究世界性或中立性的现象提供了最有利的资料。至少中西方的一些核心问题都源于这一文化，它的诗学包罗万象。"[①]还有一位西方学者认为，庄严论和风格论与俄国形式主义、英美新批评、结构主义等存在可比性，而味论、韵论与现象学、读者接受理论等存在比较的基础。[②]中国学者黄宝生也有关于印度与西方文论比较的开拓

①厄尔·迈纳：《比较诗学》，王宇根等译，北京：中央编译出版社，1998年，第326页。

②William S.Haney, *Literary Theory and Sanskrit Poetics: Language, Consciousness, and Meaning,* pp.42-43.

性文章问世，有力地推动了国内学者对此领域的继续探索。[①]

第九节 翻译理论与翻译研究

印度的翻译活动历史悠久，但因其古代语言的互译传统发达，长期以来，印度并未孕育出什么有价值的翻译理论。我们在印度古代、中世纪梵语诗学著作中很难发现关于翻译的理论思考。这和中国、西方很早就有关于翻译活动的理性思考明显不同。近代以来，印度与西方的语际翻译迅速发展，逐渐启发了印度学者的翻译思考。印度学者指出，R.R.拉奥（R.Raghunath Rao）出版于1910年的《翻译的艺术》（*The Art of Translation*）可能是印度第一部关于翻译研究的著作。[②]一些学者如精通泰米尔语、梵语、坎纳达语、泰卢固语和英语的A.K.罗摩奴阇等在语际翻译实践中开始认真思考跨文化翻译的问题。严格说来，在印度，与西方学术界接轨或曰学术意义上的翻译研究开始很晚。近年来，印度的翻译研究开始成为机制化的学术活动。在这种背景下，印度翻译研究成果不断增多，新的翻译理论开始涌现。印度学者对印度翻译传统以及翻译的概念、功能或作用、目的或任务、翻译策略、评价翻译质量的标准等诸多翻译本体论问题进行探索，展示了印度学者的东方视角。除此之外，印度学者具有强烈后殖民色彩的文化翻译论、印度语言互译研究、符际翻译研究等均有特色，有的还走在了世界前沿。印度学者认为："印度的苏吉特·穆克吉、哈利西·特里维迪（Harish Trivedi）和阿耶帕·潘尼迦（Ayyappa Paniker）提出的理论范式挑

①参阅黄宝生：《印度古典诗学和西方现代文论》，载《外国文学评论》，1991年第1期。

②Rukmini Bhaya Nair, ed. *Translation, Text and Theory: The Paradigm of India*, Delhi: Sage Publications, 2002, p.256.

战了西方的翻译观。"①下面对这方面的大致概况进行简介。②

一、关于翻译传统和功能等的思考

苏吉特·穆克吉对印度的翻译历史及其作用进行过观察和思考。在他看来，印度历史上各方言文学对《罗摩衍那》和《摩诃婆罗多》等文化经典的翻译，实质上是一种"改写式翻译（translation as new writing）"。穆克吉认为："印度的翻译与世界其他地方的翻译总是不合拍。"③所谓的"不合拍"似乎是指印度翻译史上，总是把梵语经典译为阿萨姆语、孟加拉语、古吉拉特语和印地语等方言而非相反。这使梵语成为后殖民视角下的一种"主人语言"（master language）。它预示着后来漫长世纪里关于梵语经典的单向度翻译。波斯语在印度也是这样一种情形。虽然莫卧儿帝国时期，波斯语是统治者的官方语言，但它却未能成为一种统治性的语言。为了满足好奇心，阿克巴等人命人将奥义书和《薄伽梵歌》等梵文经典译为波斯语，以为文化传播之用。1785年，查尔斯·威尔金斯（Charles Wilkins）把《薄伽梵歌》从梵文译为英文。1789年，威廉·琼斯以同样方式把《沙恭达罗》译为英文。1786年，琼斯发表论文称，梵语属于印欧语系。"翻译因此成为十九世纪得以建立的新学科即比较语言学的基础。翻译还开拓了一片学术研究的新领域即所谓的印度学（Indology）。"④一些西方人为着某种文化传播的目的，开始把梵语经典以及孟加拉语和印地语等印度方言文学作品译为英语。19世纪末，印度学者加入这一行列，但更多地

①Udaya Narayana Singh and P.P. Giridhar, eds. *Translation Today,* Vol.3, No.1 & 2, Mysore: Central Institute of Indian Languages, 2006, p.178.

②关于印度翻译理论与研究的介绍，参阅拙文：《翻译研究的东方视角》，载《中国比较文学》，2013年第3期。

③Rukmini Bhaya Nair, ed. *Translation, Text and Theory,* p.26.

④Rukmini Bhaya Nair, ed. *Translation, Text and Theory,* p.27.

是把印度方言文学作品译为英文。穆克吉认为:“我们印度所缺乏的正是这样那样的翻译理论。正如我在开头说过的那样，这可能是因为，这么多个世纪以来，我们忙于翻译而忘记停下来进行理论思考。”①他的话似乎有些道理。考察印度自古以来的翻译史，让人感慨良多。

在论及印度翻译传统时，阿瓦德西·库马尔·辛格（Avadesh Kumar Singh）认为，印度人的思想意识本质上历来是一种“翻译意识”，尽管这是有别于西方意义的翻译意识。印度传统中的bhashya（疏解）、tika（评注）、anvyaya（随注）虽然使用同一种语言进行，但它们也体现了一种“翻译意识”。辛格说:“尽管anuvad（翻译）并非印度传统中不为人知的术语，但实际上，除了疏解、评注和补疏（vartik，指《圣徒言行录》之类的传统中关于某些作品深奥内容的注释）以外，古代印度几乎没有现代意义上的翻译传统。疏解、评注和补疏等只能在非常宽泛的意义上视为翻译，不过，前两种‘翻译’还使用同一种语言进行。”②辛格还提到了tippani（注释）、bhavanuvad（意译）和诠释（vykhyanuvad）等可视为广义翻译的古代术语。辛格此处所言的印度翻译传统其实有些类似于中国古代对文化经典的不断注疏和诠释，也十分契合佛经与印度其他宗教经典乃至梵语诗学著述等的疏解传统。但是，印度古代的这种经疏传统或曰“翻译”多在梵语、印地语、孟加拉语等印度语言之间进行。

长期以来，印度为何缺乏自己的翻译理论？事实上，正如印度学者指出的那样，作为“超越文化障碍的交际行为”，翻译已成为印度文学史的重要组成部分。在印度，雅利安语和达罗毗荼语系中

①Rukmini Bhaya Nair, ed. *Translation, Text and Theory,* p.28.

②Udaya Narayana Singh and P.P. Giridhar, eds. *Translation Today,* Vol.3, No.1 & 2, pp.208-209. 译文见尹锡南、尚劝余、毕玮主编:《印度翻译研究论文选译》，毕玮译，成都: 巴蜀书社，2013年，第407页。

的各种语言对于大史诗《摩诃婆罗多》与《罗摩衍那》的翻译标志其各自文学的开端。“这样产生的作品并非真正意义上的‘翻译’，而是‘创译’，原作在此只是一个引子，它诱发某一印度方言的诗人创作适合自己本土文化和语言的作品。”[①]如此看来，这位学者的分析已经蕴含了答案。

与泰戈尔用梵文词dharma（达摩、正法）表述西方的“文明”、用viśvasāhitya（世界文学）阐发西方的“比较文学”概念一样，印度学者也以自己的文化传统对translation（翻译）这一术语进行阐发。在阿瓦德西·库马尔·辛格看来，从词源来讲，来自梵语的anuvada（随解）表示遵从原文本的“随后的”语言论述。anu即“随后的”，vada（印地语简写为vad）即“论述”。anuvada便是“翻译”。辛格以黑格尔的思辨姿态写道：“与其他术语相比，我更倾向于称翻译为anuvad，因为它的含义就是‘后续话语’（subsequent discourse，即表示目标语文本的target text），而这种‘后续话语’是以‘论述’（vad，即原文本）为基础的。它以现存的话语（原文本）为先决条件。”[②]

考察翻译之于印度社会的功能或作用，很多时候是与考察印度方言文学或区域文学的英译密不可分的。例如，G.J.V.普拉萨德认为，印度方言文学作品译为英语有助于印度民族意识的建构：“英语翻译会将印度各种方言文学及其情感表达纳入民族理念之中。”[③]P.K.卡利亚妮说：“翻译是探索所有文学中负载的人类基本精神的手段之一。在印度语境中，翻译的这种作用变得更加有益。在这具有语言文化多样性的国度里，翻译扮演的是团结

①T. Vinoda and V.Gopal Reddy, eds. *Studies in Translation: Theory and Practice,* New Delhi: Prestige, 2000, p.17.

②Udaya Narayana Singh and P.P. Giridhar, eds. *Translation Today,* Vol.3, No.1 & 2, p.206. 译文见《印度翻译研究论文选译》，毕玮译，第404页。

③Anisur Rahman, ed. *Translation Poetics and Practice,* New Delhi: Creative Books, 2002, p.46.

者的角色，它有助于追询那种植根于每一种区域文学中的印度性（Indianness）。”[①]这说明，翻译在印度被赋予了一种经世致用的特殊功能。

关于翻译作品的评价标准及相关问题，S.R.法鲁克认为：“一种成功的翻译是或大体上是忠实于原作的，它同时还是一种创作行为。这在很大程度上几乎是无法实现的，翻译的成功是一个含义广泛的问题，尽管没人能完全做到这一点，但优秀的运气极佳的译者能在很大程度上做到这一点。一部成功的译作是一种创作，但它并非意味着译者是在写作一首新诗或一部小说。译者用自己的语言重新创作（recreates）了一种文艺作品。”[②]应该说，这一观点比较接近文学作品翻译的实际情况，是一种比较合理的主张。

关于语言和文化的“不可译”现象、直译与意译的关系、翻译对原作的忠实与偏离、特定文类的翻译技巧以及具体的翻译策略等诸多重要问题，印度学者也多有探索。

二、文化翻译论

毋庸置疑，20世纪后期，西方比较文学界的文化转向深刻地影响了当代世界的翻译研究。有的学者指出：“人类的翻译实践活动自始至终都是一种转换语言符号或信息编码的文化活动，而翻译理论则有两千年与二十年之别，文化转向前的两千年基本是内向型本体翻译理论，转向后的二十年基本上是外向型综合翻译理论。”[③]西方学者苏珊·巴斯奈特（Susan Bassnett）等人在20世纪80年代鼓吹翻译研究的文化转向，的确给翻译研究界带来了前所未有的震撼。

①P.K.Kalyani, *Translation Studies,* New Delhi:Creative Books, 2001, p.17.
②R.S.Gupta, ed. *Literary Translation,* New Delhi: Creative Books, 1999, p.63.
③曹明伦：《翻译之道：理论与实践》，石家庄：河北大学出版社，2007年，第3页。

印度被长期殖民的复杂语境和丰富的翻译传统为其带有强烈后殖民色彩的文化翻译论准备了相当理想的生长环境。不难明白，印度学者为何在后殖民文化翻译论上走到了世界的前沿。

印度在国际翻译理论界发出的最响亮声音当属特佳斯薇妮·尼南贾娜（Tejaswini Niranjana）和印裔学者斯皮瓦克等人的文化翻译论，拉什迪和霍米·巴巴似乎充当了文化翻译论的先驱。客观地看，苏吉特·穆克吉、苏坎多·乔杜里（Sukanta Chaudhuri）等为中国学界不太熟悉的印度学者，也有值得关注的相关著述。印度的文化翻译论的核心就是典型的后殖民翻译论，它整合了女性主义、后殖民理论、庶民学派思想等跨学科资源，体现出泛文化色彩。

先看看“庶民学派”（Subaltern Studies School）后期的代表人物尼南贾娜的文化翻译论。她的代表作是《为翻译定位：历史、后结构主义和殖民与语境》。通观全书，尼南贾娜借翻译研究之名行文化研究之实。《为翻译定位》透露出强烈的解构主义色彩。在尼南贾娜看来，关于翻译的论述复杂多样，但它们都缺乏对翻译的黑暗历史和殖民主义权力关系的深入思考。可以说，她是借文化和政治的“定位”进行翻译的后殖民批评。

尼南贾娜对西方的印度叙事史进行深度考察，同时涉及麦考雷、威廉·琼斯、黑格尔、詹姆士·穆勒等西方学者的印度话语分析。她批评印度经典的西方译本，如威尔金斯翻译的《薄伽梵歌》和《摩奴法典》、威廉·琼斯翻译的《沙恭达罗》等。在她看来，这些译作“组成了一种经典，它们阐释殖民臣服，建构一种印度的性格、精神和生活方式。通过对影响不同语言关系的不对称权力关系的压制，形成了翻译中的‘帝国科学’”。[①]尼南贾娜对威尔金斯等人的解构，当然有其“为翻译定位”的战略考量，这无可厚

①Tejaswini Niranjana, *Sitting Translation: History, Post-structuralism, and the Colonial Context,* Berkeley: University of California Press, 1992, p.60.

非。但是，真理超出一定的范围，也就不成其为真理。尼南贾娜站在典型的后殖民土地上进行文化翻译的定位思考，当然也无法避免很多后殖民理论家的通病，即把洗澡水和婴儿一块倒掉的错误。

苏吉特·穆克吉的《翻译的发现与印度文学英译》（1981年初版，1994年再版，2006年重印）初版三十多年来，为不少印度学者竞相引用，成为印度翻译研究领域的一本重要著作。该书思考的问题介于文学翻译与文化研究之间。该书第一部分主要论述印度文学的英译，第二部分论述翻译问题。苏吉特在论及翻译的创造性时说："无论译者进行翻译还是创译，原作在译入另一种语言时得以重塑。这便是我们将翻译视为创作的最起码内涵。"[①]苏吉特还鼓励旨在发现意义的文学翻译。他认为，阅读的最低层面是为理解文本而阅读，中等境界则是为了解读文本而阅读。"为了翻译而阅读可以视为阅读的最高境界……译者的阅读必须成为最高境界。"[②]

苏坎多·乔杜里出版于1999年的《翻译与理解》分为四章，标题分别是："翻译与文化交流"、"持怀疑论的译者"、"翻译与创造"、"翻译与多语现象"。乔杜里的著作与其说是翻译研究，不如说是一种翻译的语言哲学、历史哲学研究。他以西方和印度的翻译经验为依据，以西方的译论、哲学和文论等为武器，透析了翻译问题的纷繁万象。

就文化翻译论的导向和实质而言，也有部分印度学者持怀疑态度。例如，德里大学英语系教授哈利西·特里维迪对跨语际"文化翻译"表示担忧。

①Sujit Mukherjee, *Translation as Discovery,* Hyderabad: Orient Longman, 2006, p.83.

②Sujit Mukherjee, *Translation as Discovery*, p.139.

三、泰戈尔自译现象

众所周知，泰戈尔凭借自己英译的诗集《吉檀迦利》获得了1913年诺贝尔文学奖。从此，他的英语自译作品受到了多方评论甚至批评。中国学者指出：“可以说，泰戈尔之不幸在于，他没有意识到翻译之后还暗藏着一场有关民族身份认同的斗争，在文本选择和翻译策略上抹去本民族的文化差异，带有自我殖民化的倾向。”[①]另一位中国学者则认为，诗人自译是自译现象中最有魅力也最难研究的方面：“其实，泰戈尔所自译的《吉檀迦利》对于孟加拉原文来说，从绝对忠实性来讲，就是一个不折不扣的‘负面’的贡献，但是，我们绝不认为它像赫尔德所讲的那样，是‘零，甚至零都不如’；因为，文学并不是按照我们所设定的最佳路径、以我们所想象的最合理的方式以及最佳的效果去传播的。”[②]

泰戈尔自译现象发生在英国殖民印度时期，它涉及东西文化互动的诸多话题，这自然成为印度学界关注的焦点。例如，苏吉特·穆克吉认为，泰戈尔的自译创造了神秘诗人的印象，而他自己则不以为然。“这是一次严重的失误，泰戈尔在英语国家中的声望再也没有真正地恢复过来。”[③]一位学者对泰戈尔自译“失败”的原因进行了总结：“泰戈尔确实没有留意其原诗中的意象和音乐感。事实上，他抛弃了这些东西，以使自己的诗歌显得更为质朴，

①张景华：《翻译伦理：韦努蒂翻译思想研究》，上海交通大学出版社，2009年，第98页。

②陈义海：《当诗人是一个译者的时候：诗人自译研究初探》，载《中国比较文学》，2013年第3期，第15—16页。

③Sujit Mukherjee, *Translation as Discovery*, p.108.

并使西方读者易于理解。”[①]C.D.纳拉辛哈并不认同泰戈尔的自译作品，他将泰戈尔获奖的动因视为“非文学因素的考量”。[②]

苏坎多·乔杜里从殖民语境影响或限制东西文化对话的角度分析了泰戈尔的自译现象。他认为：“泰戈尔自译作品的接受史表明，从根本上说，译者在霸权文化语境中表述传播属下文化注定无望，并且，以自译这种方式复兴属下文化，本质上是有局限的、是自我作对且弄巧成拙的行为……西方对于泰戈尔作品的接受非常深入，似乎已经将其转化为主体文化的有机部分，但同时，泰戈尔原作的自主独立已经无可挽回地丧失了。”[③]乔杜里还从翻译与创作关系的角度探讨了泰戈尔的自译问题。他说：“所有这一切彻底改变了我们对泰戈尔的认识。他来自边缘文化，在略显笨拙的忙忙碌碌中，通过翻译这一方案买好一张门票，以跻身国际文坛。他的英语诗歌（暂且让我们称其为英语诗歌）包含了大量的重写、改动、重编、糅合、疏解阐发和新增内容，形成一个与翻译同步并进的创作流程。他对重要的孟加拉语诗句进行注解，这些注释因出自他自己的笔下而显得格外珍贵。对双语读者来说，他的英语诗歌使其得以长久地品味领悟孟加拉语原作。这些英语诗使双语读者像泰戈尔一样，以新的视角审视原作。”[④]

与苏吉特和辛格等人比较理性的分析相比，哈利西·特里维迪等人的断言似乎失之苛刻。哈利西说：“假如这不是一种直接源自帝国主义的影响效应，那它至少也是对帝国主义思想高度自觉的一

①Mohit K.Ray, ed. *Studies in Translation,* New Delhi: Atlantic Publishers & Distributors, 2008, p.164.

②C.D.Narasimhaiah, *The Swan and the Eagle: Essays on Indian English Literature,* p.5.

③Sukanta Chaudhuri, *Translation and Understanding,* New Delhi: Oxford University Press, 1999, p.17. 译文见《印度翻译研究论文选译》，姚钦译，第248页。

④Sukanta Chaudhuri, *Translation and Understanding,* p.46. 译文见《印度翻译研究论文选译》，李丽明、焦梦瑜译，第283页。

种同化，泰戈尔人格中显而易见的亲英派色彩和英国化因素加剧了这一同化的进程。”[①]

印度国际大学的比卡西·查克拉沃蒂通过研究发现，泰戈尔常常用来表示翻译的词汇并非来自梵文的anuvad（随解）和rupantar（改写），而是来自乌尔都语的tarjama（释义、详细解说）。更重要的是，泰戈尔的国际主义理念使他将翻译视为传播自己美好愿望的手段。当然，他也时刻没有忘记印度被殖民的历史背景。比卡西写道：“现在我可以开始回答我一直延而未答的那个问题：通过英语翻译，泰戈尔究竟想达到什么目的？我认为，回答这个问题需要认真思考特殊的历史情境，泰戈尔自己当时身处殖民地。我们还得思考他为解决这一问题所采取的思想立场。”[②]比卡西的结论是：“事实上，泰戈尔意欲通过翻译与国际社会分享自己的思想理念和美好愿望，这与狭隘的地方主义意识和关心本地利益截然不同。”[③]这是一种比较符合历史情境和东西文化对话规律的合理解释。

四、印度文学的内部互译

几乎无一例外，印度学者均视翻译和翻译研究为联系印度各邦人民文化心灵、增强民族团结的最佳手段。因此，他们对印度语言文学或方言文学（bhasa literature）之间的内部互译非常关注。

关于印度语言文学间的互译史，印度学者多有探索。例如，E.V.拉玛克里希南对马拉雅兰语、梵语和泰米尔语等的内部互译进

①Avadhesh Kumar. Singh, ed. *Translation: Its Theory and Practice,* New Delhi: Creative Books, 1996, p.47. 译文见《印度翻译研究论文选译》, 陈跃译, 第132页。

②Swapan Majumdar, ed. *Jadavpur Journal of Comparative Literature,* Vol.35, 1997-1998, Calcutta: Jadavpur University, p.73.

③Swapan Majumdar, ed. *Jadavpur Journal of Comparative Literature,* Vol.35, p.75.

行了考察。他考察了15至18世纪喀拉拉文学与翻译史上的三个重大时期，并以一系列翻译实践为例，分析它们在塑造现代马拉雅兰语文学中的作用。他认为："喀拉拉人用翻译界定自己的文化身份，与占主导地位的梵语和泰米尔语文化传统区分开来。翻译有助于本土意识抵抗外来文化那种似乎铺天盖地的对本土文化的巨大影响。"[①]毋庸置疑，这里所谓的"翻译"便是典型的内部互译或曰印度式"语内翻译"，即从同属印度语言大家庭的梵语、泰米尔语到马拉雅兰语的翻译。

阿瓦德西·库马尔·辛格对印度现当代文学内部互译面临的困境进行了探索。在他看来，20世纪后半叶，印度翻译活动掀起了新的高潮，但是，在这些欣欣向荣的景象背后，也潜藏着深刻的危机，各种方言文学之间的互译严重滞后尤为令人担忧。他说："印度棘手的语言问题仍未得到解决，其中所有的危险问题仍旧对我们构成巨大威胁。各种印度语言的翻译乏力导致印度语言之间缺乏互动联系，这种对翻译的忽视会导致人们思想认识方面的谬误，甚至还会形成盛气凌人的偏见。不过，印度译者会受到一些问题的束缚，如缺少双语或多语辞典等……这样来看，在我们这样一个语言复杂的国家，翻译问题层出不穷，不过前景也很广阔。无论如何，这些问题不应阻碍我们将翻译的广阔前景变为现实。"[②]

I.N.乔杜里分析了印度语言文学之间互译不理想的历史缘由：由于印度政府规定印地语、英语和各邦用语等三语并用的政策，人们的语言能力下降很快。结果，1947年以前自发的语言学习，现已局限于两到三种语言的学习。这向多语背景下的内部互译直接发出

①Judy Wakabayashi and Rita Kothari, eds. *Decentering Translation Studies: India and Beyond,* Amsterdam and Philadelphia: John Benjamins Publishing Company, 2009, p.30. 译文见《印度翻译研究论文选译》，邹必影译，第517—518页。

②Avadhesh Kumar. Singh, ed. *Translation: Its Theory and Practice,* pp.13-14. 译文见《印度翻译研究论文选译》，钱菁菁译，第126—127页。

挑战。“因此，印度文学院等机构被迫使用英语或印地语作为过滤语，以翻译纳入计划的二十二种地方语言文学作品。这一政策无意中造成了语言之间的分裂现象。由于我们错误的语言政策，后殖民时期的悲剧已经出现。因此，恰当的方式是，不要草率地制定翻译政策，那会导致地方语言的分裂。翻译的必要性仍不容忽视。”①

由于历史的原因，英语在世界上业已衍变为英国英语、美国英语、澳大利亚英语、南非英语、印度英语等亚种。无论如何，印度宪法认可其官方辅助语地位的英语在印度语言文学翻译中起着一种纽带作用，这是任何一位印度学者都无法回避的现实问题。如果不带偏见地将印度英语视为印度现代语言中的一种，那么，印度学者对于印度语言文学英译问题的深刻思考亦可归入内部翻译或内部互译研究的特殊范畴。自然，这也是一种最为特殊的语际翻译。关于这一问题，几乎所有的印度学者都给予高度关注。

在论述英语作为印度语言文学内部互译的纽带语时，苏吉特·穆克吉说：“非常合理的是，我们应该充分利用历史赋予的优势，尽可能快且尽可能理想地将所有印度语言的现代文学精品译为英语。”②但译为英语并不能一劳永逸地解决一些伴生的负面问题，这就是英语“霸权”地位的无形增生。在喀拉拉邦坎努尔大学的萨基·马修看来，印度语言文学的英译充满了语言与文化霸权的悖论。这是因为，印度只有不到百分之四的人口掌握英语，其他的人无法阅读英语，这使译者们借英语翻译激发全民族思想互动的愿望注定落空。马修建议译者将同一种文本译成尽可能多的印度语言，多语种传播会确认印度语言的复数性。③

---

①Shantha Ramakrishna, ed. *Translation and Multilingualism: Post-colonial Contexts,* New Delhi: Pencraft International, 2007, p.30. 译文见《印度翻译研究论文选译》，陈跃译，第152页。

②Sujit Mukherjee, *Translation as Discovery*, p.11.

③Paul St-Pierre & Prafulla C. Kar, eds. *In Translation Reflections, Refractions, Transformations,* Delhi: Pencraft International, 2005, pp.153-160.

马修在论述时似乎忽略了英语和印地语在印度现代文化发展中的历史作用，有些矫枉过正的嫌疑。毕竟，英语作为印度独立以后的辅助官方语，为印度的现代进步和国际文化传播，做出了应有的历史贡献。当年甘地等印度独立运动领导人倡导印地语的国语地位，也是为建立一个语言统一、团结和谐的新印度设计的路线图。当然，马修借印度文学的内部互译进行理论思考，无疑具有重要的启迪意义。他把一个关乎民族文化兴衰和印度各民族统一团结的翻译问题上升到了“翻译政治”的高度，这是值得首肯的一点。

整体看来，印度的翻译研究基本上采用罗曼·雅各布森、劳伦斯·韦努蒂和苏珊·巴斯奈特等西方学者的理论和方法。这和中国学者的做法基本一致。印度学者也十分关注中国学者普遍重视的问题，如跨文化语境中的翻译策略、语言和文化不可译现象等。这显示了东方学者面对跨文化翻译问题时所取的共同姿态。这也为未来的中印翻译研究界进行对话自动设计了基本前提。

第十节　后殖民理论

印度学者在后殖民理论方面的著述为世界文论界瞩目。学界所谓“后殖民三剑客”（赛义德、斯皮瓦克和霍米·巴巴）中的两位学者均来自印度。这二位学者常在印度与美国之间穿梭往返，搭建美国与印度文化交流的无形桥梁。印度在后殖民理论著述方面的代表人物包括斯皮瓦克、霍米·巴巴、萨尔曼·拉什迪等侨居英美的印度作家和文论家，但艾贾兹·阿赫默德、阿西斯·南迪、帕尔塔·查特吉、拉纳吉特·古哈（Ranajit Guha）等印度本土学者关于后殖民理论的著述也不可忽视。上述学者的一些代表作已经先后被译为中文，这包括斯皮瓦克、帕尔塔·查特吉和迪佩西·查克拉巴蒂等的相关著述。斯皮瓦克和拉纳吉特·古哈、帕尔塔·查特吉等印度海内外学者组成的“庶民学派”的思想值得关注。“庶民研究”（Subaltern Studies，也称“属下研究”或“底层人研究”）的代表人物包括拉纳吉特·古哈、斯皮瓦克、阿米塔夫·高士、迪佩西·查克拉巴蒂（Dipesh Chakrabarty，1942～）、格彦·潘迪（Gyan Pandey，1951～）、格彦·普拉卡斯（Gyan Prakash，1952～）、帕尔塔·查特吉（Partha Chatterjee，1947～）等主要执教欧美大学的海外印度学者，以及尼南贾娜、苏米特·萨卡（Sumit Sarkar，1951～）、萨伊德·阿明（Shahid Amin，1950～）等主要在印度本土执教的学者。以上诸人组成了“庶民学派”（Subaltern Studies School）的研究阵营。其中，最为重要的“庶民研究”理论家当属拉纳吉特·古哈、斯皮瓦克和帕尔特·查特吉等人。该学派发起人是古哈，学派创始人包括查特吉、斯皮瓦克、格彦·潘迪、查克拉巴蒂和大卫·哈迪曼等人。该学派也称“庶民研究小组”（Subaltern Studies group，也称“底层人研究小组”）。赛义德在为《庶民研究选本》写的“前言”中认为，印度的庶民研究小组旨在经过翻检和重审未经研究的殖民时期档案、大众口传叙事和民间记忆，经由新的底层庶民视角以便“改写殖民主义时期的印度史”。[①]斯皮瓦克认为：“庶民研究小组的工作促使理论开始转向。”[②]这些话说明，印度“庶民学派”仍然是在解构主义和马克思主义思想影响下产生的。它仍可视为印度后殖民理论的重要组成部分。

论者指出，庶民学派从20世纪70年代后期开始在印度酝酿，到1982年正式形成，至今差不多三十年历史。庶民学派起源于南亚历史研究，但现在它早已超出了历史学范畴，影响了诸多学科领域的研究。就文学研究而言，庶民研究的影响尤其明显。“庶民学派

①Ranajit Guha & Gayatri Chakravorty Spivak, eds. *Selected Subaltern Studies*, “Foreword,” Delhi: Oxford University Press, 1988.

②Ranajit Guha & Gayatri Chakravorty Spivak, eds. *Selected Subaltern Studies*, p.3.

是第一个对西方学术界产生深刻影响的第三世界的思想流派，在一定程度上改写了世界既有的学术版图。”[①]如前所述，国内迄今已有研究“庶民学派”的专著问世。作为典型的前殖民地与后殖民地，印度向世界推出几位在后殖民理论上著述颇丰、影响极大的文论家，似在情理之中。他们的后殖民思想与其说是文学理论，不如说是所谓的“文化诗学”，一种包含文化研究内核的意识形态化的美学。篇幅所限，也由于国内学界对斯皮瓦克、霍米·巴巴两人理论的介绍已经非常丰富，此处不拟赘述，只对其他三位后殖民批评家、作家的相关思想进行简介。

一、阿贾兹·艾哈默德

印度学者阿贾兹·艾哈默德的《阶级、民族与文学论》（*In Theory: Classes, Nations, Literatures*）初版于1992年，是他于1987至1991年间发表的系列论文的汇编，这也是国内外学术界重视的一本后殖民理论代表作。1994年和2004年，该书两次再版。印度与西方、中国学者对此书内容多有引用或评述。印度学者对艾哈默德的评价是：“阅读艾哈默德是一种崭新的思想体验，能够激发我们思考关乎自身发展的一些重要观念。”[②]

艾哈默德为该书初版所加的引言题为：“我们时代症候中的文学”（Literature among the signs of our times）。此处使用的signs（特征、症候）一词似乎含有贬义，喻指20世纪后期西方“理论爆炸”语境下复杂的文学思考。该书共收入八篇长短不一的文章，大

---

①陈义华：《后殖民知识界的起义：庶民学派研究》，北京：中央编译出版社，2009年，第1页。此处介绍参考该书相关内容。该著是国内系统研究庶民学派的开山之作，视野开阔，论述深入。

②P.K.Rajan, ed. *Indian Literary Criticism in English: Critics, Texts, Issues,* Jaipur : Rawat Publications, 2004, p.168.

多是艾哈默德在美国和印度参加学术研讨会所提交的论文，后来发表在各种英文期刊上。这使他的声音能为“理论爆炸”时代的东西方英语学术界及时地捕捉。

艾哈默德该论文集可以概括为这样几个主题：对所谓“第三世界文学”的概念进行辨析，对文学与阶级、政治、性别、种族、移民、意识形态等复杂因素的关联进行思考，对詹明信、赛义德、马克思、拉什迪等人的东方表述进行辨析，对印度文学的概念建构、印度文学史的书写等问题进行剖析。由此可见，正如艾哈默德这本论文集的标题《阶级、民族与文学论》所显示的那样，意识形态和种族政治等文学的外部因素或社会学、政治学因素基本上占据了优先位置，关于语言、风格与情节等文学内部因素的理论思考被边缘化。艾哈默德在“引言”中坦陈，他主要关注涉及殖民地与帝国等问题的文学理论，并以民族、民族主义和第三世界等概念进行思考。①

“第三世界文学”（Third Word Literature）是艾哈默德首先考察的一个西方概念或思想逻辑范畴。该文集的第一和最后一篇文章均与此主题的论述相关。这种首尾呼应的思维体现出艾哈默德对此概念的强烈探索兴趣。他在第一篇文章即《文学理论与“第三世界文学”的某些语境》的开头指出，在英美大学首先开设的“第三世界文学”与某些特殊的压力有关。由于英美大学的教育体制曲折地反映了一种帝国霸权的关系，它对印度大学的教育体制具有无形而巨大的吸引力。经过一系列复杂的考量，第三世界文学最终被引入印度的大学课堂。艾哈默德据此透露他对另一篇文章《阶级

---

①Aijaz Ahmad, *In Theory: Class, Nation, Literature*, New Delhi: Oxford University Press, 2004, p.7. “In Theory”有“似是而非”、“令人怀疑”等意思，暗含质疑与思索，因此，此处将该书标题译为《阶级、民族与文学论》。也有学者取不同的译法，例如：（印度）阿吉兹·阿罕默德：《在理论内部：阶级、民族与文学》，易晖译，北京：北京大学出版社，2014年。

语言与移民的意识形态》的写作动机：检视殖民主义和帝国主义时代“第三世界”（Third World）文化生产中意识形态动力所决定的各种各样的民族主义思潮。[①]他还指出，民族主义是我们时代最主要的政治力量，“第三世界文学”和“殖民话语分析”（Colonial Discourse Analysis）的理论立场试图颠覆后殖民地丰富而激进的文化生产史，而这一文化生产又源自马克思主义的政治文化。“我们必须在此传统基础上大量地储备更好的知识，而不是从马克思主义关于阶级、殖民地和帝国的评判退回到第三世界民族主义的空洞立场，因其属于政治和理论的倒退。”[②]

艾哈默德还认为，“第三世界文学”这一概念触及西方与非西方、白人与非白人等复杂问题，具有内在的矛盾张力。“第三世界文学”和“殖民话语分析”产生于激进理论时代，那一时代见证了印度尼西亚和南非反殖斗争中兴起于西欧和北美的“行动文化”（activist culture）。上述两个概念均视殖民性为时代体验的先决条件或固定概念。对居住于第一世界宗主国大都市大学的不断增多的“第三世界知识分子”而言，民族身份具有某种自我表述、意义分析的逻辑特权。[③]他们遂以亲身体验表述“被殖民的他者”或曰“后殖民他者”。这就带来一种必然的效果：“重生且极大地拓展了的‘东方’，现已成为一种‘第三世界’。这一次，甚至对于同样处于‘西方’内部的‘东方’而言，它似乎再度成为一种‘谋生的职业’（career）。”[④]这里的思考明显带有赛义德（也译“萨义德”）对近现代西方作家、学者的东方主义心态的批判逻辑。在初稿完成于1976年的《东方学》中，赛义德指出：“东方并非一种自然的存在……作为一种地理的和文化的——更不用说历史的——

①Aijaz Ahmad, *In Theory: Class, Nation, Literature*, p.43.
②Aijaz Ahmad, *In Theory: Class, Nation, Literature*, p.44.
③Aijaz Ahmad, *In Theory: Class, Nation, Literature*, p.93.
④Aijaz Ahmad, *In Theory: Class, Nation, Literature*, p.94.

实体，‘东方’和‘西方’这样的地方和地理区域都是人为建构起来的。因此，像‘西方’一样，‘东方’这一观念有着自身的历史以及思维、意象和词汇传统，正是这一历史与传统使其能够与‘西方’相对峙而存在，并且为‘西方’而存在。因此，这两个地理实体实际上是相互支持并且在一定程度上相互反映对方的。”[①]19世纪一位英国作家曾在小说中说，东方是一种“谋生之道”，而赛义德却认为：“不应认为他说的是东方对西方人而言不过是一种谋生之道。”[②]耐人寻味的是，赛义德却将这一句小说家言放在题献位置，与马克思的话并列。艾哈默德显然受到了赛义德欲擒故纵的思维和写作技法的影响。

艾哈默德对“第三世界文学”的思考，与其对“第三世界”的相关思考有着紧密的联系，这在他对英语霸权、印度英语作家的印度书写和詹明信等人的理论的思考和批判中体现得更为鲜明。在艾哈默德看来，后殖民时代，文学生产的结构发生了某些基本的变化，“第三世界文学”的反经典作品也在此诞生。在印度等后殖民国家，英语等为载体的文学文本畅通无阻。这既是英语文化霸权的体现，也是部分选择自动流放的印度海外英语作家的创作效应。这些英语作家声称代表印度或表述印度，但其民族体验的真实性却难以为艾哈默德认可。他说：“因此可以说，在世界范围的‘第三世界文学’中，阿妮塔·德赛和芭拉蒂·穆克吉成为同一思潮的两面。”[③]艾哈默德还注意到一种现象，来自印度等后殖民地的亚非英语作家的文本被西方大学收藏，但却被西方读者按照阅读拉美文学的模式进行解读，以期获得一种同质性的“第三世界文学”体验。诸如此类的学术活动似乎又产生了一种令人困惑的现象：“这

①爱德华·W.萨义德：《东方学》，王宇根译，北京：三联书店，1999年，第6—7页。
②爱德华·W.萨义德：《东方学》，王宇根译，第7页。
③Aijaz Ahmad, *In Theory: Class, Nation, Literature*,p.75.

种行为无疑具有一种反讽效果（irony）：在西方语言基础上产生一种‘第三世界文学’，而第三世界主义者的意识形态却又鲜明地反对西方国家的文化霸权。”①艾哈默德还对赛义德论及的东方主义行为即两百多年来西方关于亚非文学的积累、整理和翻译等过程中体现的某些畸形思维进行了揭示。他还论及英联邦文学与亚洲新移民的关系，这似乎反映出他与拉什迪在批判逻辑或跨文化思维上的某些同步或同质。

关于自己的政治立场，艾哈默德公开声称："我是一位马克思主义者。"②正因如此，他将自己与美国的马克思主义文论家詹明信（Fredric Jameson）视为同道、引为知己。但是，艾哈默德对这位"知己"感到特别失望，他遂以詹明信自己的语言称其为"我的文明他者"（my civilizational Other）。③为此，艾哈默德在《詹明信的他者辞藻与"民族寓言"》一文中对詹明信关于"第三世界文学都是民族寓言（National allegory）"等论断进行辨析和批驳。艾哈默德首先否定"第三世界文学"的存在基础。他说："并不存在那种所谓的‘第三世界文学’，那是一种可以在理论方面建构为内在一致的客体（object）。"④然而，现实情况是，英美大学和相关学术界对于印度等亚非国家或东方国家的文化所知甚少，美国文论家对于孟加拉语、印地语、泰米尔语和泰卢固语等现代印度语言文学所知甚微。艾哈默德明确指出，西方关于拉什迪《午夜之子》等作品代表南亚次大陆心声的断言是言过其实，西方对印度英语作家的评价有拔高之势。由此可见，詹明信的"第三世界文学"或"民族寓言"论，都是基础不扎实的隔靴搔痒之说，而基于亚非新移民英语作家的东方题材作品便奢谈"第三世界文学的认知理论"，是

①Aijaz Ahmad, *In Theory: Class, Nation, Literature*, p80.
②Aijaz Ahmad, *In Theory: Class, Nation, Literature*, p.96.
③Aijaz Ahmad, *In Theory: Class, Nation, Literature*, p.96.
④Aijaz Ahmad, *In Theory: Class, Nation, Literature*, pp.96-97.

一种“令人担忧的行为”（alarming undertaking）。[1]艾哈默德认为，詹明信的理论构想缺乏事实支撑。

驳斥詹明信等信奉的“第三世界文学”概念和“民族寓言”论，必须先解构詹明信等人所依据的“第三世界”思维。艾哈默德指出，“第三世界”在时间上是个虚拟的概念，在空间上也不成立。艾哈默德斩钉截铁却又妙趣横生的结论带有幽默之味或曰“滑稽味”：“詹明信的文本不是‘第一世界’文本，我的也不是‘第三世界’文本。我们俩都不是对方的文明他者。”[2]在“引言”中，艾哈默德认为，“第三世界”这一概念随着1962年中印边界战争爆发，已经迅速地“坍塌”。用较为委婉的语气也只能说，这是一个“极为误导人的概念”。[3]该文集的最后一篇题为《第三世界理论：终结论战》，这似乎暗示了艾哈默德毫不妥协的立场。他在该文中指出，“第三世界”理论是一种国家意识形态，并不是人民运动的产物。[4]“‘第三世界’只不过是非军事同盟的别名而已。”[5]在艾哈默德看来，“第三世界”或曰“三个世界”的理论经历了尼赫鲁版、苏联版和毛泽东版等三个发展阶段。“总之，只有到了‘文化大革命’，这个世界被最为彻底地重新定义时，‘第三世界’论才获得其真正的权威（prestige）。”[6]毋庸讳言，艾哈默德对“第三世界”的理解有其偏颇之处，但或许唯有如此，才可辩驳詹明信等西方学者同样以偏激和片面、刻板手法所建构或认可的“第三世界文学”论和“民族寓言”论。

在《萨尔曼·拉什迪的〈耻辱〉：后现代移居与女性表述》一文中，艾哈默德表示，《耻辱》（*Shame*）一书并非虚构小说。解

①Aijaz Ahmad, *In Theory: Class, Nation, Literature*,p.98.
②Aijaz Ahmad, *In Theory: Class, Nation, Literature*,p.122.
③Aijaz Ahmad, *In Theory: Class, Nation, Literature*,p.17.
④Aijaz Ahmad, *In Theory: Class, Nation, Literature*,p.292.
⑤Aijaz Ahmad, *In Theory: Class, Nation, Literature*,p.296.
⑥Aijaz Ahmad, *In Theory: Class, Nation, Literature*,p.306.

读这一小说，应该注意其创作语境和读者的接受语境。创作语境是指拉什迪似流放而非流放的创作情境，这不是流放，而是一种“自我流放”（self-exile）。接受语境是指拉什迪所面对的西方英语读者群。在此前提下，作为自我流放者的拉什迪必须有意识地选择创作主题。①艾哈默德并不认可西方学者对拉什迪的推崇备至，他将拉什迪作品称为“第三世界文学中的反经典”。②艾哈默德由此否定了拉什迪的移民“神话”和后现代“世界主义者”的身份标签，也不同意将其作品贴上“第三世界”的意识形态和美学标签。③

《〈东方学〉及后续著作：爱德华·赛义德著作中的矛盾与大都市定位》是艾哈默德文集中的重要力作，集中体现了他的后殖民批评立场，也可在一定程度上视为印度本土学者看待后殖民经典理论的一种集体心态。他在该文中指出，詹明信和赛义德的思想都很重要，自己的思想与其联系紧密。他同时承认，与詹明信拉开距离即存在思想分歧容易理解，但与赛义德在理论上存在分歧却是说来话长。艾哈默德明白赛义德其实也是冒险地孤军奋战，他担心与之论战是否会破坏团结氛围，但严谨的学术批评是学者的事业，他因此决定写出自己的不同观点。④他认为，在赛义德《东方学》中，人们可以读出他书写“反历史”（counter-history）的雄心抱负，而赛义德关于希腊悲剧时代以来便存在帝国主义的欧洲中心论的思想不仅是“反历史”的，也在方法论上违背了他所敬重的福柯的“知识考古学”。艾哈默德指出，赛义德的严重局限在于，他似乎认为东方一直没有表述自己的能力，不会抵抗、拒斥、修正西方对自己的表述，或西方一直不允许东方表述自己。⑤赛义德的局限还在

①Aijaz Ahmad, *In Theory: Class, Nation, Literature*,p.131.
②Aijaz Ahmad, *In Theory: Class, Nation, Literature*,p.142.
③Aijaz Ahmad, *In Theory: Class, Nation, Literature*,p.158.
④Aijaz Ahmad, *In Theory: Class, Nation, Literature*,pp.159-160.
⑤Aijaz Ahmad, *In Theory: Class, Nation, Literature*,p.172.

于，他代替东方发言或辩解，但却大量采用西方的经典文本。[①]换句话说，真正的东方似乎仍旧未经“勘察”。艾哈默德在分析赛义德的局限时，还提到了女性表述的问题和古哈等“庶民学派”思想家。

在《马克思印度观辨析》一文中，艾哈默德就赛义德关于马克思亚洲观所发表的言论进行分析。他认为，赛义德对马克思关于印度和印度史的论断的分析存在问题，即断章取义，脱离具体的历史语境。[②]艾哈默德认为，马克思关于英国在殖民地印度的“双重使命”说是独创性理论，这并非赛义德所谓的浪漫的东方主义心态。真正的东方主义心态得到甘地写于1909年的文章中去寻找。甘地在文章中提出乡村自治，即从现代社会回归古代印度的乡村社会。[③]艾哈默德将马克思的印度论断所反映出的两个失误归纳为：证据有误，源于唯物论的判断失误。[④]至此，艾哈默德对马克思的印度观做了较为辩证和客观的分析。

《“印度文学”概念辨析》一文是在世界文学视野下，以文化研究的方法考察印度文学的概念和相关问题。艾哈默德认为，“印度文学”这一概念虚幻不实。19世纪的温特尼茨等人书写印度文学史时，将梵语文学等同于印度文学，忽略了泰米尔语文学等印度方言文学。许多当代学者注意到这一点，但对19世纪东方学家研究模式的批评力度不够，认识模糊。看重梵文经典的印度教民族主义思潮对印度文学研究具有负面影响。相反，重视孟加拉语、泰米尔语等各种印度语言文学的印度文学研究，才是比较合理的方案。艾哈默德认为，导致印度文学研究畸形的几个原因包括：帝国主义

①Aijaz Ahmad, *In Theory: Class, Nation, Literature*,p.178.
②Aijaz Ahmad, *In Theory: Class, Nation, Literature*,p.223.
③Aijaz Ahmad, *In Theory: Class, Nation, Literature*,p.237.
④Aijaz Ahmad, *In Theory: Class, Nation, Literature*,p.241.

研究模式的残余、殖民教育体制、殖民式历史书写。[①]在思考印度文学研究的正确途径时，艾哈默德求助于印度著名马克思主义史学家D.D.高善必（D.D.Kosambi）的治学方法。高善必认为，了解印度必须先了解印度人，以跨学科视野研究印度史。艾哈默德认为，印度所有文学批评家和理论家应该以高善必为师，而高善必采用马克思主义方法研究印度史卓有成效。东方学家们只重视研究印度古代，而忽视研究活生生的印度现实。高善必并未贬低东方学家的贡献，而是在此基础上推陈出新。艾哈默德认为，印度学者研究“印度文学”时，在研究经验和理论储备方面，都存在捉襟见肘的问题。“与其说搜集更多的文本和关于这些作品的更有条理的叙述，我们更需要弄清自己阅读文本的理论方法和政治目的。我们不仅得书写，还得改写；不仅发现，还得像高善必那样，进行全面的替换。”[②]这里所谓的“书写”、“改写”、“发现”或“替换”，自然是指印度文学研究或印度文学史书写而言。

综上所述，艾哈默德的相关思考涉及后殖民时代的文化解殖、第三世界文学、第三世界理论、印度文学的印度性、詹明信的“民族寓言”说、赛义德的东方主义思想等涉及印度文学研究和后殖民批评等重要领域。论者认为，他的相关论述具有相当的深度和力度，“对于我们学术知识界旨在阐释这些概念的相关讨论而言，贡献巨大”。[③]艾哈默德论述中的纵横捭阖、旁征博引的风格，将印度文学与世界文学融为一体的开阔视野，充分体现了当代后殖民理论家的特色与风采。他的很多独立思考引起东西方学术界的诸多回应，原因自然不难理解。

①Aijaz Ahmad, *In Theory: Class, Nation, Literature*,pp.243-265.
②Aijaz Ahmad, *In Theory: Class, Nation, Literature*,pp.284-285.
③P.K.Rajan, ed. *Indian Literary Criticism in English: Critics, Texts, Issues*, p.160.

二、阿西斯·南迪

G.N.德维说过："用性别隐喻的话来说就是，殖民交锋（colonial encounter）是占统治地位的雄性文化（male culture）和被统治的雌性文化（female culture）之间的邂逅。阿西斯·南迪在他的著作《亲密的敌人》（1984）中对印度文化的心理分析显示，在殖民交锋中，印度试图展现自己文化性格中被动和雌性的一面……结果出现了雌雄同体的文化现象。"[①]德维还举例说明："从很多方面看，印度英语文学带有雌雄同体的特征。一般的说法是，它的创作语言是英语，其思想意识却是印度的。"[②]印裔美国学者迪佩西·查克拉巴蒂则认为："南迪关于现代性的令人钦佩和有力批判使我印象深刻，他的批判本质上有些决定论色彩。"[③]查克拉巴蒂还认为，南迪的某些思想立场近似于"英印文化交流碰撞的两个最好产物"即甘地和泰戈尔的立场。南迪关注历史的虚幻性、传统中的现代性、思想智慧与科学知识的关联等。"南迪对极端现代者的暴力的批判令人信服。"[④]这说明，阿西斯·南迪的理论话语有其独特之处，并对印度文学研究颇多启迪。

在后殖民批评家中，南迪长期不被重视。世纪之交，一些学者发现，他的后殖民理论有着重要的学术意义。有的印度学者甚至认为，南迪在后殖民批评中的地位仅次于赛义德，而他于1983年出版的代表作《亲密的敌人：殖民主义语境下的自我迷失和康复》（下简称《亲密的敌人》）的学术价值不亚于赛义德的《东方学》。

---

①G.N.Devy, *In Another Tongue: Essays on Indian Literature in English,* p.11.

②G.N.Devy, *In Another Tongue,* p.11.

③Dipesh Chakrabarty, *Habitations of Modernity: Essays in the wake of Subaltern Studies,* Delhi: Permanent Black, 2006, p.39.

④Dipesh Chakrabarty, *Habitations of Modernity: Essays in the wake of Subaltern Studies,* pp.40-44.

南迪著作丰富，他先后出版了《心理学的边缘：政治文化文选》（1980）、《亲密的敌人》、《民族主义的非法性：泰戈尔与自我的政治》（1994）、《信仰的篝火》（2004）和《艰难跋涉的时代：新旧独裁的动荡未来》（2008）等重要著作，但集中体现其后殖民理论特色的还数《亲密的敌人》。

阿西斯·南迪也是一位社会学家，他在2008年被英国《前瞻》杂志和美国《外交》杂志评为全球一百名最著名的公共知识分子之一。南迪承认，自己的文章主要是想“阐释印度政治的文化心理学概况”。[①]他提出的几个批评概念对后殖民文化批评产生了较为重要的影响。这些概念包括混杂（杂交）、雌雄同体、二次殖民等等。如果说赛义德主要从二元对立角度分析殖民主义，南迪则走出了这一模式。“尽管‘杂交’理论在霍米·巴巴的著作中具有更为复杂的意义，但从赛义德到霍米·巴巴，阿西斯·南迪起到了至关重要的桥梁作用。”[②]《亲密的敌人》包含了南迪对东西方文学和文化交流的主要观点。

南迪曾经说过，在影响20世纪阐释自我身份的19世纪西方思想流派中，最有影响的“内部批评”当属马克思主义和精神分析论。“这二者对文化起源的看法充满矛盾。”[③]南迪的论述受到了精神分析论的深刻影响。

《亲密的敌人》是由两篇长文加一篇序言组成。南迪在该书开头说，他旨在为印度现代史上抗衡西方殖民主义的清白（innocence）行为及其各种心态而辩护。南迪写道：“说到底，与传统的压迫不同，现代压迫并非自我与敌人、统治者与被统治者或

---

①Ashis Nandy, *At the Edge of Psychology: Essays in Politics and Culture,* “Preface,” Delhi: Oxford University press, 1990.

②空草：《现代性：第二次殖民》，载《外国文学评论》，2005年第3期。此处关于南迪理论的介绍参考该文相关内容。

③Ashis Nandy, *The Savage Freud and Other Essays on Possible and Retrievable Selves,* New Jersey: Princeton University Press, 1995, p.81.

神魔之间的交锋。它是非人的自我与客观的敌人、技术化的官僚及其具体的受害者、虚假的统治者及其施加在‘臣民’上的可怕自我之间的一场战争……这本书的初衷是，探索支持或反对英属印度时期的殖民主义文化的精神心理结构与文化动力。但它同时也暗含着后殖民思想的研究。”[①]他就现代条件下的“交锋”与“战争”分析道：“与其说现代殖民主义通过军事和技术优势赢得辉煌，不如说它是通过创造与传统秩序不协调的世俗等级制的能力达到这一点的。”[②]这种等级制的核心就是文明野蛮、进步倒退或东西方二元对立。

南迪最有代表性的理论应该是他的“二次殖民”（second colonization）概念。他认为，这种区别于旧殖民主义的新式殖民主义有着文化心理殖民的特征。“这种殖民主义不仅在身体上、而且也在心理上进行殖民。它在被殖民社会中释放出的力量将永远改变他们的文化优势。”在这一进程中，“现代西方”的观念从地理概念进入被殖民者的精神意识中。也就是说，通过印度的知识分子，西方文化得以渗透，二次殖民得以成功。结果就是，西方无处不在。它既在外部也在内部，既在地理结构上，也在人的头脑中。“这基本上就是二次殖民及其抵抗的故事……毕竟，文明更关注继承帝国遗产的殖民主义。二次殖民将第一次殖民合法化。现在，二次殖民已经有了独立的基础。即使那些与第一次殖民战斗过的人常常愧疚难当地拥抱起二次殖民来。”[③]在利用精神分析论阐述二次殖民的自我作对特征时，南迪说：“因此，西方并非只是帝国主义观念的一部分。它的古典传统和批判性自我有时会抵抗现代西方。同样，印度教有奈保尔所谈过的那种印度性，而印度教也可以是泰

①Ashis Nandy, *The Intimate Enemy: Loss and Recovery of Self under Colonialism*, “Preface,” Delhi: Oxford University Press, 1983.

②Ashis Nandy, *The Intimate Enemy*, “Preface”.

③Ashis Nandy, *The Intimate Enemy*, “Preface”.

戈尔所确认的那种印度性。”[①]

关于二次殖民的手段，南迪从殖民者和被殖民者心理互动的角度进行说明。这种互动其实就是一种同化行为。“在殖民文化里，与侵略者达成认同使统治者和被统治者形成牢不可破的二位一体关系。殖民统治者视印度人为必须进一步自我开化的神秘野蛮人。它把英国统治看成进步的代理人和一种使命。反之，不管爱恨，许多印度人把变得更像英国人视为自己的救赎之道。”[②]

二次殖民和一次殖民相似，它突出强权政治。正如南迪所言：“在这种文化中，殖民主义不再被视为一种绝对的邪恶。对殖民地臣民而言，它是合法政治权力被打败和自我去势（one's own emasculation）的产物。对统治者而言，殖民剥削乃是一种生活观念偶然而遗憾的副产品，这种生活观念与高级政治经济组织协调一致。”[③]二次殖民是一种新殖民主义意识形态。

南迪所关注的二次殖民和西方的进化论有密切关系。他说：“殖民主义忠实地护卫成长和发展的观念，在原始气息和孩子气之间划了一条新的平行线。因此，社会进步论不仅被引入欧洲个人生活领域，也被引进殖民地的文化差异领域。”[④]他的结论是：“这种孩子气（childhood）的新概念与现今西方占统治地位的进步原则密切相关。”[⑤]南迪还别出心裁地将蕴含着进化论的进步理论以图表形式表达出来。图表的大意是，如果印度的精神面貌是childlike即纯朴天真且愿意学习并取得阳刚气质，那么，就通过西方化、现代化或基督教化进行进化，变为西方同质文化基础上的伙伴。反之，如果印度的精神面貌是childish即幼稚天真且邪恶奸诈，那么就以各

①Ashis Nandy, *The Intimate Enemy*, “Preface”.
②Ashis Nandy, *The Intimate Enemy*, p.7.
③Ashis Nandy, *The Intimate Enemy*, p.10.
④Ashis Nandy, *The Intimate Enemy*, p.15.
⑤Ashis Nandy, *The Intimate Enemy*, p.15.

种手段镇压之，使之进化而成为好伙伴。[①]

按照南迪的观察，殖民时期的一些孟加拉语作家便在文学创作中表达了这种进化论的影响。如墨图苏登（Michael Madhusudan Dutt，1824 ~ 1873）在他的作品中，对《罗摩衍那》中罗摩休妻的故事做了艺术改编。他对诱拐罗摩妻子悉多的魔王罗波那及其儿子麦迦纳达大加赞赏，因为他们父子俩代表了男性的阳刚气质，富有现代气息，是成熟和正常的英雄人物，而罗摩及其兄弟罗斯曼那因过于阴柔、羸弱而被贬低。南迪评价说，罗摩和罗波那的交锋喻示着一场政治斗争，道义在魔王这边。“墨图苏登利用对主人公的描写使那种人格合法化，在他的社会世界观里，认可了刚出现的现代性思想和男性气质与成熟的协调一致。”[②]既然如此，代表现代性思想的西方便是先进的，印度是进化的反面。昔日勇猛正直的罗摩不及魔王罗波那，这暗示二次殖民已在墨图苏登时代埋下了艺术种子。

南迪认为，殖民主义虽然使西方获得了巨大的经济利益，但也为此付出了心理学意义上的惨重代价。他认为，殖民主义是一个没有赢家的游戏。南迪还遵循甘地的思想，认为被压迫者在道德和文化上都高于压迫者。

按照南迪的观察，吉卜林、N.C.乔杜里和奈保尔等人都拥有过徘徊东西方的文化身份分裂意识。“吉卜林的两难困境可以这样解释：他不能同时成为西方人和印度人，也不可能单单成为西方人或印度人。正是这种强加给他的身份选择使他走向自我毁灭，造成了他的悲剧一生：吉卜林信仰西方价值观，他拒绝公开承认自己的印度人身份，他只得在其中进行选择。”[③]在南迪看来，吉卜林

①Ashis Nandy, *The Intimate Enemy*, p.16.
②Ashis Nandy, *The Intimate Enemy*, p.21.
③Ashis Nandy, *The Intimate Enemy*, p.71.

和奥罗宾多的对比更能说明问题。因为，吉卜林是文化意义上的印度孩子，却在政治和道德领域占据强势的西方语境中成长起来。奥罗宾多是文化意义上的西方孩子，后来却成为印度的精神领袖。吉卜林必须否认自己的印度性以成为真正的欧洲人，奥罗宾多获得印度性以确认自己的印度身份。尽管两人都是殖民主义精神机能障碍（psychopathology of colonialism）的牺牲品，但奥罗宾多更多地象征了印度对殖民主义造成的精神分裂意识的普遍反应。他一直保持着种族和人类进化的观念。他的“未来诗歌论”背后就有这种思想因素。南迪认为：“与吉卜林的灵魂疾病相比，奥罗宾多的思想疾病是关于人类困境的卓越认知。”①奥罗宾多对殖民主义的极端反应表明，他是西方进化论和殖民主义思想的牺牲品。其实，前述奈保尔、乔杜里等人的文化宿命也是如此。这是二次殖民的必然结局。

南迪说：“赛义德曾经详细描述过的‘发现’东方是被用来驱逐另外一个东方的，这另外一个东方曾经被视为原型和潜质，成为中世纪欧洲思想的一部分。”②他还把跨文化形象建构的模式运用到印巴对视上：“对很多人来说，巴基斯坦意味深长。但我此处提及的神话般的巴基斯坦却首先是印度性的一种阐释。它是自我分析和自我干预的一种方式……巴基斯坦的印度，即巴基斯坦所刻在心中的印度形象，也主要是巴基斯坦自己的印度。它与现在或过去的印度几乎没有什么相干。”③南迪还以他的理论体系对泰戈尔与民族主义思想的关系进行探讨。④

综上所述，南迪是一个独具特色的后殖民理论家。他以精神分

①Ashis Nandy, *The Intimate Enemy*, p.86.

②Ashis Nandy, *The Intimate Enemy*, pp.71-72.

③Ashis Nandy, *The Illegitimacy of Nationalism*.

④Ashis Nandy, *Time Treks: The Uncertain Future of Old and New Despotisms*, Calcutta: Seagull Books, 2008, p.30.

析论为基础，对东西文化交流进行了别开生面的探索。他的二次殖民论对于分析现代跨文化交流的复杂个案具有典型的意义。他以社会学家、心理学家的身份涉猎文学研究并多所建树，这反映了当前文学研究领域文化转向的趋势。

三、萨尔曼·拉什迪

20世纪末最有代表性也最有争议的印裔英籍后殖民作家是萨尔曼·拉什迪（Salman Rushdie，1947～）。“拉什迪消解了只有不变身份和单数历史的民族观念，继而使人就消解的民族概念产生怀疑或失去信心。”①他的相关思想可以视为“第三世界后现代主义”诗学观。②后现代写作姿态和解构立场成为剖析其后殖民思想的切入点。通观拉什迪的后殖民理论可以发现，他也未能避免霍米·巴巴论述中自我作对的尴尬。有的学者认为，拉什迪和巴巴等人之所以要对印度的民族主义进行消解，这与西方的文化和政治语境相关。“后殖民主义深受解构主义影响，拉什迪对印度民族主义的解构正是如此，它看似谈论殖民和独立时代的问题，实则正好迎合了西方解构东方民族主义和传统文化的口味。”③尽管如此，拉什迪复杂的后殖民思想仍有值得探索的价值。

一般认为，拉什迪的文学创作具有很强的实验性，而这又直接源于他的后殖民思想。他的论述涉及历史书写、文学与政治关系、第三世界民族叙事、文化身份建构与文化混杂、移民散居、英联邦文学等诸多议题。他的作品和思想对于霍米·巴巴、阿西斯·南

①Meenakshi Mukherjee, ed. *Rushdie's Midnight's Children: A Book of Readings,* Delhi: Pencraft International, 1999, p.29.

②Timothy Brennan, *Salman Rushdie and the Third World: Myths of the Nations,* London: Macmillan, 1989, p.166.

③石海军:《从民族主义到后殖民主义》, 载《文艺研究》, 2004年第3期。

迪、阿贾兹·艾哈默德和迪佩西·查克拉巴蒂等人的后殖民理论批评中产生过共鸣或影响。

意大利的克罗齐断言道："一切真历史都是当代史。"[①]英国历史学家柯林伍德认为，历史学家的主要任务就是把自己放到历史进程里去思考，这是因为："一切历史都是思想史。"[②]拉什迪的历史观与此类似。他的兴趣不在专业的历史考据，而在于借用历史学方法和视角进行文学创作。

拉什迪指出："历史始终是复义不定的。历史事实很难确立，人们可以赋予它不同的意义。真实来自我们的偏见、误解和无知，如同来自我们的感悟和理解。"[③]拉什迪告诉读者，个人可有自己对历史、世界的不同理解。历史的含混造成书写历史的文本的阅读张力。拉什迪将自己的小说《午夜之子》称为"历史的混合辣酱"（chutnification of history）。[④]这暗示他将1947年独立以来印度与西方的大写历史和普通民众野史等而视之、合而书之。烹制这一五味俱全的"历史辣酱"或曰"辣酱历史"，便是一种历史诗学建构。"拉什迪小说是对历史文本的反思，特别是对建构民族国家的官方历史的反思。"[⑤]

当代西方作家中，将小说乃至自身与社会政治紧密联系在一起的不乏先例，如法国作家萨特、前苏联作家索尔仁尼琴等。拉什迪也不例外。1984年，他在接受采访时承认："我觉得自己是一个

---

①克罗齐：《历史学的理论和实践》，傅任敢译，北京：商务印书馆，1986年，第2页。

②柯林伍德：《历史的观念》，何兆伍等译，北京：中国社会科学出版社，1986年，第243页。

③Salman Rushdie, *Imaginary Homelands: Essays and Criticism*(1981-1991), London: Grant Books,1991, p.25.

④Timothy Brennan, *Salman Rushdie and the Third World: Myths of the Nations*, p.106.

⑤Meenakshi Mukherjee, ed. *Rushdie's Midnight's Children: A Book of Readings*,p.29.

政治小说家。”[①]他还自称是“不折不扣的政治动物”。[②]与阿贾兹·艾哈默德一样，拉什迪受到了马克思主义思想的影响。他认为马克思主义对印度仍然有用。拉什迪的创作充满了政治激情，《午夜之子》与《耻辱》是明显的例子。印度学者指出：“由于对1971年后巴基斯坦历史发展的真实报道，拉什迪的小说与美国的非虚构小说或新新闻风格建立了联系。”[③]

1982年，在一篇题为《想像的家园》的文章中，拉什迪指出：“作家与政客是天然的对手。双方都想按照自己的印象表述这个世界，他们在同一领域里进行争夺。小说是拒斥官方政客版事实表述的一种方式。”[④]1984年，拉什迪在另一篇文章中说：“如果作家们把描述世界的营生拱手让给政客们，那将是历史上一个巨大而可耻之极的弃权行为。”[⑤]这充分体现了拉什迪对社会政治的高度关注。他还说：“我发现，我的小说不能避开政治问题。当今时代，个人与国家事务的距离如此之小，使得我们再也不能埋头写作，而对大众社会视而不见。”[⑥]

拉什迪关于第三世界的民族叙事直接启发了他的同胞霍米·巴巴的后殖民理论。巴巴解构民族神话的目的是为了建构一种现代的民族，即存在于历史叙述之中的民族。巴巴认为，拉什迪通过对意义、时间、国家、文化疆界和历史传统的系列消解暗示，民族文化的根本变革将会导致生活与写作的崭新形式。在此意义上，巴巴将

---

①Michael Reder,ed. *Conversation with Salman Rushdie,* Jackson: University Press of Mississippi, 2000, p.61.

②G.R.Taneja & R.K. Dhawan, eds. *The Novels of Salman Rushdie,* Delhi: Indian Society for Commonwealth Studies,1992, p.118.

③G.R.Taneja & R.K. Dhawan, eds. *The Novels of Salman Rushdie,* p.72.

④Salman Rushdie, *Imaginary Homelands*, p.14.

⑤Salman Rushdie, *Imaginary Homelands*, p.100.

⑥Salman Rushdie, *Imaginary Homelands*, p.376.

《撒旦诗篇》誉为“混杂的民族叙事的先声”。[①]

拉什迪以其“行为艺术”般的跨文化生活及文学创作，生动地阐释了“混杂”、“身份”、“文化翻译”和“边缘写作”等后殖民关键词。

文化混血的身份使拉什迪展现出许多独特之处。他说：“我认为自己不是一个印度作家，因为我的确没有住在那里。某种程度上，这种散居人的生活体验更有意思。”[②]这是一种穿越东西的“文化骑墙”姿态。

可以说，拉什迪“文化骑墙”只是优雅的作秀而已。作为一个从东方走向西方、从边缘走向中心的作家，作为一个政治意识、历史记忆鲜明的印裔英国作家，拉什迪在西方世界的生活心态耐人寻味。浓厚的怀乡心绪散发在拉什迪的创作之中。关于自动流亡或放逐的状态，拉什迪的感慨是：“移居他国必定失落自己的语言与家园。”他还认为：“但是移居者不单只为自己的行动而改变，他也创造自己的新世界。移民可能会蜕变，但正是在这种混杂化过程中，新颖性涌现出来。”[③]这说明，拉什迪要在移居或自动流亡的语境中发音。

《撒旦诗篇》典型地体现了拉什迪的发音旨趣。“拉什迪的《撒旦诗篇》赋予我们无数的视角，让我们观察在这个世界穿梭往来的那些精神文化孤儿。”这是一本“对自己身份表达质疑的书”。[④]拉什迪说：“创作《撒旦诗篇》时，我想那是我第一次全身心投入。其中既有身为英国人的我，也有身为印度人的我。这一半

---

①Catherine Cundy, *Salman Rushdie,* Manchester & New York: Manchester University Press, 1996, p.106.

②Michael Reder,ed. *Conversation with Salman Rushdie,* p.120.

③Salman Rushdie, *Imaginary Homelands*, p.210.

④Dan Cohn-Sherbok, ed. *The Salman Rushdie Controversy in Interreligious Perspective,* Lewiston: The Edwin Mellen Press,1990, p.131.

爱着伦敦，那一半怀念孟买。”[1]他以复数身份创作小说。这真正体现了跨文化写作姿势。正如《逆写帝国》的作者所言：“混杂性是所有后殖民文本的基本特征。”[2]这也许就是拉什迪“混杂化”产生的“新颖性”效益。

英国为加强与各自治领的联系，成立了英联邦。于是，产生了“英联邦文学”一词。拉什迪对此表示质疑：“‘英联邦文学’这一说法似乎实在是站不住脚……使用这一术语会缩小‘英语文学’这一意义本来宽泛的概念，从而将其变为更加狭窄的、局促的、民族主义的、甚至可能是种族隔离性的东西。”拉什迪将“英联邦文学”这一术语称为不真实的“经典怪物”：“它长着狮子头，有着山羊腰，拖着毒蛇尾。”[3]拉什迪的反感与其强烈的解构意识有关。在他看来，若将世界各地的英语文学贯以“英联邦文学”的称呼，这并非优雅措辞。他说：“所谓‘英联邦文学’，不过是奉‘英语文学’为正统，或是像我的那位朋友一样，将英国的英语文学作为中心，使世界其他地区的英语文学边缘化。”[4]

印度学者对拉什迪利用英语创作“逆写帝国”、消解中心的效果表示怀疑，这是因为：“使用主人的语言不可避免地会以主人的语气说话，会与主人妥协而形成共谋……很明显，通过拉什迪对英语这种印度文学语言非同凡响的意外反应，英语确实又一次征服了全印！”[5]尽管这样，拉什迪的上述英语文论还是有其合理存在的价值。

---

①Dan Cohn-Sherbok, ed. *The Salman Rushdie Controversy in Interreligious Perspective,* p.73.

②Bill Ashcroft , Gareth Griffiths & Helen Tiffin, *The Empire Writes Back*, p.185.

③Salman Rushdie, *Imaginary Homelands*, p.63.

④Salman Rushdie, *Imaginary Homelands*, p.70.

⑤Meenakshi Mukherjee, ed. *Rushdie's Midnight's Children: A Book of Readings,* pp.71-72.

第十一节 印度英语文学研究

由于印度与英国的殖民关系，英语在近现代印度文学发展中起着特殊的重要作用。泰戈尔于1913年获得诺贝尔文学奖，拉贾·拉奥（Raja Rao）、R.K.纳拉扬（R.K.Narayan）、M.R.安纳德（Mulk Raj Anand）等现代印度英语文学三大家的出现，标志着印度英语文学取得了重要成就，赢得了世人瞩目。20世纪80年代起，随着一批印度海内外作家的崛起，印度英语文学重新吸引了世界文学爱好者和文学研究者或新奇或尊敬的目光。如果说诺贝尔文学奖偏好欧洲作家的话，英国最重要的文学奖布克奖（Book Prize）及美国的一些重要文学奖则青睐印度或印度裔英语作家。到2010年为止，已有五位印度（或印度裔）作家获得布克奖。他们是：1971年的奈保尔（V.S.Naipaul）、1981年的拉什迪（Salman Rushdie）、1997年的阿鲁达蒂·罗易（Arundhati Roy）、2006年的基兰·德赛（Kiran Desai）、2008年的阿拉温德·阿迪迦（Aravind Adiga）。此外，印裔美国作家裘帕·拉希里（Jhumpa Lahiri）于2000年获得美国普利策小说奖，印裔美国作家S.穆克吉（Siddhartha Mukherjee）于2011年获得普利策非虚构类著作奖，维贾伊·塞萨德利（Vijaya Seshadri）以2013年出版的诗歌集《三部分》（3 *Sections*）获得2014年普利策诗歌奖。[①]印度本土学者对印度英语文学的研究日益重视，他们不断推出相关新著。比较重要的著作包括K.R.S.艾衍迦尔的《印度英语创作》、[②]C.D.纳拉辛哈的《天鹅与鹰隼：印度英

①佚名：《印度裔诗人荣获2014年普利策诗歌奖》，载《今日印度》，2014年5月，总第134期，第30页。

②K.R.Srinivasa Iyengar, *Indian Writing in English,* New Delhi: Sterling Publishers Private Ltd., 1983.

语文学论集》、[1]米拉克西·穆克吉的《再生的小说》、[2]M.N.奈克主编的《印度英语文学论集》[3]和《印度英语文学面面观》、[4]M.N.奈克的《印度英语文学史》、[5]R.S.帕塔卡主编的《印度英语小说的问题与前景》、[6]K.A.潘尼迦的《独立以来的印度英语文学》、[7]G.N.德维的《外语创作：印度英语文学论集》、[8]R.S.辛哈和C.S.辛哈主编的《印度英语文学谱系史》、[9] N.D.R.钱德拉的《现代印度英语创作批评》第一、第二卷、[10]A.K.迈赫罗特拉（Arvind Krishna Mehrotra）的《图解印度英语文学史》，[11]等等。其中，艾衍迦尔的论著在1963年首版，1973和1983年两度修订出版。该章具有某种文学史性质，长达700多页。米拉克西·穆克吉在1971年出版的博士论文《再生的小说》中指出，20世纪60年代末，人们很难判断印度英语小说未来的发展趋势，但她通过系统考察发现，印度英语小说相当于印度的一种社会学、人类学档案文

---

①C.D.Narasinhaiah, *The Swan and the Eagle: Essays on Indian English Literature,* Shimla: Indian Institute of Advanced Study, 1968.

②Meenakshi Mukherjee, *Twice-Born Fiction,* New Delhi: Arnold-Heinemann, 1971.

③M.K.Naik, et al. eds. *Critical Essays on Indian Writing in English,* Dharwar: Karnatak University, 1972.

④M.N.Naik, ed. *Aspects of Indian Writing in English*, Delhi: Macmillan, 1979.

⑤M.K.Naik, *A History of Indian English Literature,* New Delhi: Sahitya Akademi, 2010（1982）.

⑥R.S.Pathak, ed. *Indian Fiction in English: Problems and Promises,* New Delhi: Northern Book Centre, 1990.

⑦K.Ayyappa Paniker, ed. *Indian English Literature since Independence,* New Delhi: The Indian Association for English Studiers, 1991.

⑧G.N.Devy, *In Another Tongue: Essays on Indian Literature in English,* Madras: Macmillan, 1995.

⑨Ram Sewak Singh & Charu Sheel Singh, eds. *Spectrum History of Indian Literature in English*, New Delhi: Atlantic Publishers and Distributors, 1998.

⑩N.D.R.Chandra, ed. *Modern Indian Writing in English: Critical Perceptions,* Vol.1, New Delhi: Sarup & Sons, 2004. N.D.R. Chandra, ed. *Contemporary Indian Writing in English: Critical Perceptions,* Vol.2, New Delhi: Sarup & Sons, 2005.

⑪Arvind Krishna Mehrotra, ed. *An Illustrated History of Indian Literature in English,* Delhi: Permanent Black, 2006（2003）.

献，应该被视为“印度文学且作为印度文学予以评价”。[①]目前，印度英语文学越来越成为印度和中国学者所关注的对象。本节对几十年来印度学界关于印度英语文学研究的某些成果做一简介。此处尊重印度学者的习惯做法，将奈保尔、拉什迪、阿妮塔·德赛和维克拉姆·赛特等散居海外的印度裔作家与纳拉扬、安纳德、阿米塔夫·高士和阿鲁达蒂·罗易等印度本土作家均视为印度作家进行考察。[②]印度学者的研究涉及印度英语文学诸多复杂问题，限于篇幅，此处只能择其要者简介。

一、概念辨析

首先看看印度英语文学的概念。根据N.D.R.钱德拉等印度学者的考证，表达“印英的”的英文单词是Indo-Anglian，它首先出现在1883年。当时在加尔各答出版了一本书，题目中含有Indo-Anglian Literature（印度英语文学）的字眼。从印度本土学者的眼光来看，这本书是印度英语文学最初的范本。1943年，艾衍迦尔用Indo-Anglian Literature一词作为自己当年出版处女作的书名。后来，艾衍迦尔以这个英文词为标题不断出版新著，Indo-Anglian Literature即“印度英语文学”的称谓不胫而走，逐渐风行印度文学界。目前，Indo-Anglian Literature 即“印度英语文学”这一术语已被印度学界广泛接受。

钱德拉认为：“事实上，Indo-Anglian（印英的）这个术语是杜撰的，以区别于另一种所谓Anglo-Indian（英印的）即关于印度

①Meenakshi Mukherjee, *The Twice Born Fiction,* Delhi: Pencraft International, 2001, p.197.

②与印度学者一样，国内学者也多认同维克拉姆·赛特等海外侨民的印度作家身份。参阅杨晓霞：《印度英语文学概论》，见姜景奎主编：《多维视野中的印度文学文化》，银川：阳光出版社，2010年，第263页。

的创作。后者指的是英国人涉及印度主题、背景和动机的文学作品。”[①]还有学者认为，Anglo-Indian Literature（英印文学）是指在印度生活的英国人写作的印度题材作品。这种英印文学带有强烈的印度本土色彩，业已成为英语文学的一部分。当然，也有部分学者遣词造句时，喜欢采用Indo-English而非Indo-Anglian。因为，Indo-Anglian意指印度与英国之间的关系，而非一个国家的语言。但是，艾衍迦尔坚持认为，使用Indo-Anglian这个术语的好处在于，它既可作形容词“印英的”，也可以用做名词“印英人”，而Indo-English则不能这么用。因此，Indo-Anglian这个词语使用起来非常方便，且生动形象，完全能够表达印度英语文学的涵义。V.K.戈卡克认为，Indo-English应该用来指称翻译作品，即被译为英文的印度方言文学作品。它也可以用这个词语来表达：Indian literature in translation。照此标准，某些印度学者关于《罗摩衍那》的英文译作也可归入这一范畴。钱德拉总结道：“综上所述，可以说，相对于上边所讨论的任一术语，艾衍迦尔使用的Indo-Anglian一词已经获得大家一致公认。因此，我们可以将Indo-Anglian Literature视为印度作家用英语创作的、以印度为主题和背景的文学。”[②]艾衍迦尔认为：“印度英语文学既是印度文学，也是英语文学的变种。它既吸引印度人，也应该使英国人感到有趣。”[③]

迄今为止，印度学术界已经将表达“印度英语文学”这一概念的术语基本上规范为Indian English Literature或Indian Literature in English。这从近年来印度学界相关著述的标题便可看出。

印度国内外学者一般将印度英语文学起点追溯到英属印度时期印度作家的英语创作上，并将萨尔曼·拉什迪、芭拉蒂·穆克吉和

①N.D.R.Chandra, ed. *Modern Indian Writing in English: Critical Perceptions,* Vol.1, New Delhi: Sarup & Sons, 2004, p.2.

②N.D.R.Chandra, ed. *Modern Indian Writing in English,* Vol.1, p.3.

③K.R.Srinivasa Iyengar, *Indian Writing in English,* p.6.

V.S.奈保尔等印度侨民作家或海外印裔作家视为印度作家。对此，有的中国学者从时间和空间上进行质疑："正如没有美国就不会有美国文学一样，没有重新独立和大一统的印度，就不会有印度英语文学。所以，印度英语文学不是由血统造成的，而是由印度这个独立的国家所造成的。其起点不是英国殖民时期，而是民族解放运动走向胜利的20世纪30年代；其主体不是写移民在西方的生活，而是写人民在本土的生活……由此看来，把拉什迪和奈保尔看作印度作家的那种实践，实质是步了先前英印文学和晚近英联邦文学的传统，表现了对印度现当代文学非常重要的一支的无知或轻视。"[①] 该学者的逻辑是，认定印度英语文学的起点，不应该使用血缘定位法，而应该采用国籍定位法。因为，血缘定位法的本质是"被殖民心理，其表现为西向纽约的焦虑……阻碍了对民族成分的培养和接受"。[②]

似乎与此逻辑相对，印度学者指出，尽管历史上外国统治者征服过印度，但政治上失去独立并不意味本土文化成为外来文化的附庸，也不意味印度文化变为四分五裂的碎片。相反，印度文化天生的同质性即"印度性"（Indianness），往往会征服外来者的文化。[③]事实上，如判定一种文学必须依据国家独立与否这一标准，英属印度时期出现的梵语诗学著作或印地语、孟加拉语、泰米尔语、乌尔都语作品，只能视为英国公民以梵语、印地语等创作的英国文论或英国作品。如此一来，印度和西方学者近一个世纪以来撰写的梵语诗学史、印度文论史（印度文论选）、印地语文学史或印地语文论史等皆需重写。就奈保尔、维克拉姆·赛特甚至斯皮瓦克、霍米·巴巴等印度后裔或具有印美双重国籍的作家、学者而

---

①《论印度英语文学的起点》，载《南亚研究》，2010年第4期，第143页。

②《论印度英语文学的起点》，第143页。

③Adya Rangacharya, *The Indian Theatre,* New Delhi: National Book Trust, 1980, p.1.

言，如何认定其著作归属哪一国家，的确是个令人困惑的话题（这也是前述学者论文的重要价值所在）。窃以为，如若坚持血缘定位法，他们毫无疑问属于印度作家和文论家。倘若坚持国籍定位法，除了奈保尔等少数人外，上述作家和文论家大多也应视为印度作家或文论家。印度近年来为吸引海外人才制定了双重国籍法，海外印度人士大多持母国护照（即具有双重国籍），这似乎说明，海外印度作家可被视为印度作家。

当然，前述中国学者对印度英语文学的起点和印度英语作家身份认定的深入思考，颇有学术价值。这些思考既提示我们不必盲从国外学者的研究立场或结论，也启发学界在占有相关文献的同时，对研究对象保持高度敏感。

二、历史分期

印度英语文学的地位与成就，尽管在印度国内外学界颇有争议，但它吸引世人的目光已是不争的事实。关于印度英语文学的历史分期和研究，K.R.S.艾衍迦尔的《印度英语创作》、M.N.奈克的《印度英语文学史》和A.K.迈赫罗特拉主编的《图解印度英语文学史》等值得一提。他们的著作迄今不断再版，成为印度学者研究印度英语文学的重要参考书目。

D.S.米什拉认为："般吉姆·查特吉·钱德拉（1838-1894）是创作英语小说的第一位印度人。他的《拉贾·莫汉的妻子》标志着印度英语小说的开端。这部小说出现在1864年。"[①]其实，早在般吉姆的英语小说出现之前，近代印度启蒙思想家拉姆·莫汉·罗易（Ram Mohan Roy，1772 ~ 1833）的英语散文就已出现。这表明，如果从罗易开始英语写作的19世纪初算起，广义上的印度英语文

①N.D.R.Chandra, ed. *Modern Indian Writing in English,* Vol.1, p.28.

学至少有着两百多年的发展史。K.R.S.艾衍加尔和迦思碧尔·迦延（Jasbir Jain）等人对印度英语文学的历史分期进行过探讨。

艾衍迦尔将印度英语创作（Indian English writing）亦即广义的印度英语文学分为五个时期，按年代顺序依次是：1820到1870年，1870到1900年，1900到1920年，1920到1947年，1947年至今。[①]不过，迦思碧尔·迦延认为，这种分期在20世纪末已经过时。迦延在《多元传统的印度英语小说》一文认为，英语小说为代表的印度英语文学发展可分五个时期。其中，19世纪中期到1930年为第一阶段，涉及文体的起源和发展。第二阶段指1930到1950年间。M.R.安纳德等印度英语文学三大家开始创作并崭露头角。1950到1970年代末是第三个阶段。这一时期，一些比纳拉扬等英语三大家更年轻或与之同龄的印度英语作家开始登上创作舞台，他们是桑塔·罗摩·拉乌（Santha Rama Rau）、卡马拉·玛拉康达雅（Kamala Markandaya）、巴帕尼·巴塔查里亚（Bhabani Bhattacharya）、阿提亚·侯赛因（Attia Hossain）、纳延塔拉·萨迦尔（Nayantara Sahgal）、阿妮塔·德赛（Anita Desai）、阿伦·乔希（Arun Joshi）、库斯万特·辛格（Khushwant Singh）和曼诺哈尔·马尔贡加尔（Manohar Malgonkar）等等。第四个发展阶段是指1980到2000年。它以萨尔曼·拉什迪1981年出版的、轰动西方英语文学界的《午夜之子》为标志和开端。这一阶段的重要作家包括：维克拉姆·赛特（Vikram Seth）、阿米塔夫·高士（Amitav Ghosh）、沙西·塔鲁尔（shashi Tharoor）、罗辛顿·米斯德利（Rohinton Mistry）、芭拉蒂·穆克吉（Bharati Mukherjee）、阿鲁达蒂·罗易（Arundhati Roy）、裘帕·拉希里（Jhumpa Lahiri）、乌帕马尼亚·查特吉（Upamanya Chatterjee）和沙西·德斯潘德（Shashi

---

①Ram Sewak Singh & Charu Sheel Singh, eds. *Spectrum History of Indian Literature in English*, p.59.

Deshpande），等等。其中，穆克吉和赛特等人大多数时候居住在英、美等国进行创作，显示出流散作家的基本特色，这和以前在印度定居的印度英语作家区别明显。21世纪初属于第五个时期，关于创作主题、创作风格的实验越来越多。阿妮塔·德赛的女儿基兰·德赛等人的崛起是第四、第五阶段值得注意的现象。①

关于上述分期的学理依据，迦延解释说："上述分期主要是考虑到这些因素：文学发展，文学定义，主题的开拓，更为清晰的语言自由意识，散居和身份诉求。"②这可视为一家之言。

2003年首版的《图解印度英语文学史》是该领域的最新力作，反映了印度英语文学研究界梳理印度英语文学史的新思维。该书除主编迈赫罗特拉的"引言"外，正文为二十四章，标题分别为：1.拉姆·莫汉·罗易的英语作品、2.亨利·德罗兹奥和米切尔·墨图苏登·达特的印度教学院、3.达特家族文集与托鲁·达特、4.鲁德雅德·吉卜林、5.散文的两面性：贝哈拉姆吉·马拉巴利和戈瓦丹拉姆·特里波蒂、6.印度小说的开端、7.泰戈尔的英语作品、8.室利·奥罗宾多、9.科内莉亚·娑拉布吉与萨洛吉妮·奈都：20世纪初的两位女作家、10.甘地与尼赫鲁对英语的运用、11.维里耶·埃尔文、12.1930至1940年代的小说家、13.R.K.纳拉杨、14.尼拉德·C.乔杜里、15.1950至1960年代的小说家、16.V.S.奈保尔印度题材小说论、17.独立以来的诗歌、18.从糖到香料：印度流散写作、19.寻找A.K.罗摩奴阇、20.萨尔曼·拉什迪、21.午夜之后：1980至1990年代的小说、22.戏剧家、23.五位本色作家：吉姆·科贝特、肯尼思·安德森、萨利姆·阿里、凯拉西·尚卡拉和M.克里希那、24.英语译作。从标题设置看，不难发现编者迈赫罗特拉考

①Ram Sewak Singh & Charu Sheel Singh, eds. *Spectrum History of Indian Literature in English*, pp.59-60.

②Ram Sewak Singh & Charu Sheel Singh, eds. *Spectrum History of Indian Literature in English*, p.60.

察印度英语文学史的微妙而复杂的心态。他的研究旨趣似乎是，在比较文学影响研究的思维范式和世界文学的跨文明场域中，为印度英语文学发展进行较为精确的历史定位。

三、代表性作家

在长期的研究过程中，印度学者对印度英语文学代表作家的认识开始明朗。20世纪80年代，C.D.纳拉辛哈在K.M.乔治主编的《比较印度文学》一书中负责介绍印度英语文学发展史。在英语诗歌部分，他把托鲁·达特（Toru Dutt，1855～1876）、萨洛吉妮·奈都（Sarojini Naidu，1879～1949）、奥罗宾多和泰戈尔视为殖民时期即印度独立以前的代表作家，把D.莫内斯（Dom Moraes）、尼斯姆·厄泽基尔（Nissim Ezekiel，1924～）、P.拉尔（P.Lal，1929～）和卡马拉·达斯（Kamala Das，1934～）视为后殖民时期的代表作家。纳拉辛哈心目中的优秀小说家是纳拉扬、安纳德和拉贾·拉奥等英语小说三大家以及G.V.德赛尼（G.V. Desani，1909～）、M.阿兰塔纳拉扬（M. Ananthanarayan）、巴帕尼·巴达查利雅、曼诺哈尔·马尔贡加尔、阿伦·乔希、卡马拉·玛拉康达雅、阿妮塔·德赛和库斯万·辛哈等人。纳拉辛哈心目中理想的短篇小说家非纳拉扬等三大家莫属。纳拉辛哈认为，奥罗宾多和泰戈尔的英语戏剧成就有限。其他戏剧家的成绩也不突出。纳拉辛哈认为，奥罗宾多的《未来诗歌》、A.K.库马拉斯瓦米的《艺术本质的变迁》和《湿婆之舞》、M.希利亚南的《艺术体验》、K.R.S.艾衍迦尔的《印度英语创作》、M.穆克吉的《再生的小说》和他自己的《天鹅与鹰隼》是英语文论方面的代表作。但是，不知何故，他忽略了泰戈尔的文论。由此可见，印度英语诗歌、小说乃至文学批评理论皆有很大成就，但戏剧次之。

1997年，隐居英国的萨尔曼·拉什迪与人合编并出版了总结五十年来印度英语文学创作实绩的《印度作品选粹：1947—1997》。[①]他在书中精选了三十二位印度英语作家的作品片段，涉及尼赫鲁、纳延达拉·萨格尔、S.H.曼陀（Sadat Hasan Manto，1912～）、G.V.德赛尼、N.C.乔达里、卡马拉·玛拉康达雅、M.R.安纳德、R.K.纳拉扬、维达·梅塔（Ved Mehta，1934～）、阿妮塔·德赛、R.P.杰哈布瓦拉（Ruth Prawer Jhabvala，1927～）、萨蒂亚吉特·雷伊（Satyajit Ray，1921～1992）、萨尔曼·拉什迪、帕德玛·皮莱娜（Padma Perera）、乌帕马尼亚·查特吉、罗辛顿·米斯德利、波普西·希德瓦（Bapsi Sidhwa）、I.A.瑟利（I. Allan Sealy）、沙西·塔鲁尔、萨拉·苏莱丽（Sara Suleri）、F.坎迦（Firdaus Kanga，1959～）、安迦纳·阿帕查纳（Anjana Appachana）、阿米塔·乔杜里（Amit Chaudhuri，1962～）、阿米塔夫·高士、基多·希利哈南（Githa Hiriharan，1954～）、基多·梅塔（Gita Mehta）、维克拉姆·赛特、维克拉姆·钱德拉（Vikram Chandra，1961～）、A.瓦基尔（Ardashir Vakil，1962～）、穆库拉·科萨万（Mukul Kesavan）、阿鲁达蒂·罗易和基兰·德赛等人的作品。和纳拉辛哈的选单相比，拉什迪的这份选单有些特点。他选中了尼赫鲁、纳拉扬和安纳德等卓有成就的老作家，也照顾了阿米塔夫·高士和阿鲁达蒂·罗易等长期居住在印度的中青年作家。但他忽略了拉贾·拉奥、阿伦·乔希、库斯万特·辛格和曼诺哈尔·马尔贡加尔等优秀的本土作家。他还把作品不受印度欢迎的奈保尔剔除在外，却选录了同样不受印度读者欢迎的尼拉德·C·乔杜里的作品。此外，拉什迪的选集涉及尼拉德·C·乔杜里、维达·梅塔、阿妮塔·德赛和基兰·德赛等十六位海外印度英语作家，可见他重视海外印度作家。这似乎是拉

①Salman Rushdie & Elizabeth West, eds. *The Vintage Book of Indian Writing:1947-1997,* London: Vintage, 1997.

什迪身为海外作家的本能反映。拉什迪和纳拉辛哈的选单各有特色，均可视为印度英语创作的标本。

四、创作中的核心问题

有的学者认为，印度学界对印度英语文学的关注点主要集中在五个方面："印度现实生活的英语艺术表述，读者问题，印度英语文学印度性的阐释，选择写作主题时可能遇到的限制，历史分期问题。"①这说明，印度英语文学、特别是英语小说必须面临创作语言、阅读受众、印度性亦即作家的身份诉求、创作主题选择和文学史分期等几个方面的考量。历史分期已经谈过，这里简单谈谈其他几个问题。

先看看创作语言问题。米拉克西·穆克吉指出："印度英语小说家面临的最严峻挑战是英语运用的难题，某种程度上，这种英语将具有独特的印度色彩，但又保持着英语特性。"②在R.S.帕塔卡看来，印度英语文学发展面临两大难题：身份诉求，表达媒介即英语。他认为："困扰印度英语小说家的另一个问题与表达的语言媒介有关。他必须用并非自己母语的一种语言进行写作……有些人也认为，作家必须尽力解决本土意识和获得的语言媒介之间常常发生的冲突。"③早在印度独立前，印度英语作家就已开始思考创作语言的问题。1937年，拉贾·拉奥在伦敦出版英文小说《甘特普尔》。他在小说前言中写道，几乎每个印度乡村都有自己的传奇故事。他想在小说中讲述自己乡村的当代编年史。"这种讲述并不轻松。你不得不用不属于自己的语言传达自己的精神。你不得不传

---

①Ram Sewak Singh & Charu Sheel Singh, eds. *Spectrum History of Indian Literature in English*, p.56.

②Meenakshi Mukherjee, *The Twice Born Fiction*, p.158.

③R.S.Pathak, ed. *Indian Fiction in English*, p.9.

达在陌生语言中似乎没有正确传达出的种种被遮蔽和忽略的思想意识。我使用‘陌生的’（alien）这个词，然其对我们而言并非真的陌生。就像从前的梵语和波斯语一样，英语成了我们的智慧因素，但它却无法成为我们的情感载体。我们天然都是双语者，许多人用自己的语言和英语写作。我们不可能像英国人那么创作，也不应该那么做。我们也不能只以印度人的方式创作。我们已经成熟，把偌大的世界视为自己的一部分。因此，我们只能采取一种方言（dialect）的表达方式，有朝一日，它会被证明同爱尔兰英语或美国英语一样独具特色、绚丽多姿。唯有时间会证明这点。”[①]拉奥此处的开放心态和折中立场也是独立以来很多著名的印度英语作家的文学实践。拉奥还认为："创作语言之后的问题是创作风格。印度的生活节奏必须融入我们的英语表述中去，如同美国或爱尔兰的生活节奏已经融入了他们的创作中。在印度，我们思维敏捷，出口成章，一有行动便雷厉风行。印度的太阳下必定有着什么东西，使得我们跌跌撞撞而又依然前行。我们的道路永无尽头。”[②]与此观点类似，V.K.戈卡克认为，印度英语作家们使用的英语应该代表一种独具特色的进化的规范语言："在这种规范语言中，其身体是正确的英语惯用法，但其灵魂是印度式的色彩、思想和想象。”[③]另一位学者认为，要想让英语为己所用的话，必须主动出击："现在，情况变得很明显，印度性（Indianness）不可能强加于英语上……为了表达思想意识，作家必须把它改造为合适的创作工具。”[④]从纳拉扬到拉什迪，很多印度英语作家都采纳改造英语以适合自己表达需要的策略。这是一条为实践证明了的成功经验。

---

①Raja Rao, *Kanthapura*, "Foreword," Bombay: Oxford University Press, 1947.

②Raja Rao, *Kanthapura*, "Foreword".

③V.K.Gokak, *The Poetic Approach to Language,* London: Oxford University Press, 1952, pp.93-94.

④R.S.Pathak, ed. *Indian Fiction in English,* p.19.

帕塔卡还认为："印度英语小说家面临的最大挑战是他的身份诉求。现代小说中散居者的身份探索是一个普遍的主题。"[①]在某些学者看来，很多印度英语作家是流离失所的文化孤儿，但他们"依赖拨弄文化分裂症（cultural schizophrenic）获得的利益怡然自得地活在边界上"。[②]这说明，身份诉求是一种很复杂的现象。帕塔卡认为："作家们在寻求自己的个人身份时，也在努力寻找民族身份。和在西方寻求身份认同不一样，在印度这样一个国家里，对身份的探寻与其说是个人的行为，不如说是社会性的。在印度，个人意识与民族意识紧密相连，个人的身份探索遂成为宏观的民族身份危机。"[③]那么，有无解决身份失落的办法呢？有的学者指出："印度性不可能从外部灌注到作品中，他必须内化为作家的意识。在无法与西方传统绝缘的条件下，他必须完全真诚地意识到自己的印度性。但不幸的是，绝大多数印度英语作家在感情和思想上都缺乏这种意识。他们属于那种把自己的思想嫁接在西方生活与思维方式上的小集团，因此成为情感无根的牺牲品。"[④]的确，印度英语作家、特别是海外印度作家遇到这种身份危机，与他们中的很多人接受英语教育和西方文化的洗礼有关。由此，他们获得了一种看待印度本土的西方视角，其身份危机也就此萌芽。

创作主题的选择也是印度学者关注的重点之一。作家们的创作主题从印度本土延伸到异域风情。他们既选择表现古老传奇、神话、历史事件、社会罪恶、自由斗争、印巴分治留下的心灵创伤、东西方相遇的悲剧困境、家庭破裂后的感情疏离、农业人口向城市的迁徙、对西方物质文化毁坏人际关系和败坏传统价值信仰的抨击等，也选择在故事中穿插印度哲学和精神信仰。到了20世纪后

---

①R.S.Pathak, ed. *Indian Fiction in English,* p.7.
②R.S.Pathak, ed. *Indian Fiction in English,* p.7.
③R.S.Pathak, ed. *Indian Fiction in English,* p.8.
④R.S.Pathak, ed. *Indian Fiction in English,* p.22.

期，一些作家模仿西方，开始表现疏离、文化无根或感情空虚、精神迷惘等主题。作品中的超现实主义和存在主义等思想偶尔可见。R.S.苏克拉（R.S.Shukla）认为："印度英语小说家主要的难题是，他常常和普通人绝缘，很少像安纳德和纳拉扬那样，从广大的普通人生活中汲取创作素材。"[①]20世纪末，一些年轻的英语作家开始认识到西方的困境，从而以积极姿态表达印度普通男女的灵魂所思和印度发展的积极因素。苏克拉对印度英语作家不时获得英语世界的布克奖、普利策奖等西方奖励不以为然。他说："给予这些作家最好的奖励，一直应该是他们被绝大多数印度读者所接受。只要他们的作品确有价值，自然会获得国际上认可。仅仅将外国和印度的角色和事件搅拌在一起，他们不可能赢得这一切。"[②]苏克拉呼吁道："是时候了，我们应该明白这一点：只有首先在民族的河流中学会游泳，才能继续在汹涌澎湃的人类海洋中巡游。"[③]可见，他强调印度英语作家立足文化本位的书写立场。

有的学者认为："读者仍然是一个关键而重要的问题。外国读者意味着外部导向的写作，这是一种远离自己文化或专门描写异域风情的距离写作。"[④]这可解释为什么很多散居英美的作家如拉什迪、奈保尔屡屡遭到印度学界或读者的严厉抨击。

印度英语文学的地位究竟如何？G.N.德维认为："印度英语文学是一种奇特的文化现象……事实上，印度英语文学是印度文学中最新的和最不发达的一支。"[⑤]艾衍迦尔对印度英语文学的评价是："将印度英语文学仅仅视为英语文学的小小支流并不合理。"[⑥]就

---

①R.S.Pathak, ed. *Indian Fiction in English,* p.20.

②R.S.Pathak, ed. *Indian Fiction in English,* p.23.

③R.S.Pathak, ed. *Indian Fiction in English,* p.24.

④Ram Sewak Singh & Charu Sheel Singh, eds. *Spectrum History of Indian Literature in English*, p.56.

⑤G.N.Devy, *In Another Tongue: Essays on Indian Literature in English,* "Preface".

⑥K.R.Srinivasa Iyengar, *Indian Writing in English,* p.5.

当代印度英语文学的影响力而言，一位学者说："现在，印度英语文学无疑已经成为向范围更为广阔的英语世界传播印度观念的最普通工具。"[①]这话有一定的道理。印度英语作品为印度国内外读者与研究者带来了丰盛的精神食粮或研究素材。当然，那些对印度进行歪曲描写的英语文学传播了畸形或负面的形象，使印度文化软实力外向传播不同程度地打了折扣。

五、新的研究动向

以拉什迪小说在英语世界走红为起点，印度英语文学开始以崭新的姿态集体亮相，西方学界开始重视印度英语创作。这进一步促进了印度学界的相关研究。20世纪末至21世纪初的二十多年来，研究印度英语文学的著作与论文在印度急剧增加。

随着印度英语文学的迅速发展，理论探讨提上了议事日程，G.N.德维的《外语创作：印度英语文学论文集》（1995）便是一例。他对印度英语文学发展、英语文学翻译、英联邦文学等问题进行了深入的探索。涉及印度英语文学思考的还有拉什迪的论文集《想象的家园》。有的学者还为此编选了印度英语文学论集即《创作理论：作家论创作》。[②]

近年来，在印度学界，以印度英语文学为主题的研讨会数不胜数，例如，1996年12月，拉贾斯坦大学举办了题为"Expatriate Writing:Theory and Practice"（流散写作：理论与实践）的学术研讨会，会议论文结集出版，这就是《印度流散写作：理论与实

①H.M.Williams, *Indo-Anglian Literature, 1800-1900,* Madras: Orient Longman Ltd., 1976, p.109.

②Jasbir Jain, ed. *Creating Theory: Writers on Writing,* New Delhi: Pencraft International, 2000.

践》。[①]很多学术讨论会把印度英语文学与印地语、孟加拉语或马拉提语等印度语言文学并置讨论，这近似比较印度文学的研究模式。

和此前某些研究方法或立场不同，近年来，印度英语文学研究迅速与国际接轨，在评价作家或作品时态度更加灵活，评价内容或研究对象开始向海外印度作家倾斜，有时也取比较研究的视角，方法上多采纳西方理论如女性主义等。

在研究心态上，一些著名的批评家表现出强烈的民族主义意识。例如，在印度英语文学研究方面堪称权威的纳拉辛哈便常常如此，他在论述时，往往表达出对印度后殖民作家的反感。他把尼拉德·C.乔杜里于1951年出版的《一个不知名的印度人自传》（*Autobiography of an unknown Indian*）视为印度英语作家的反面教材。他还驳斥了奈保尔认为印度小说是对西方小说模仿的观点。纳拉辛哈认为，印度自古就有小说，印度叙事历史悠久，这影响了拉贾·拉奥等印度英语作家。与西方作家相比，他们站得更高，看得更远。这就是为什么纳拉扬的《向导》要比奈保尔的《神秘按摩师》更吸引人，吉卜林的《基姆》和拉贾·拉奥的《蛇与绳》比E.M.福斯特的《印度之行》更加重要。"因为，《蛇与绳》从《印度之行》结束的地方开始。"[②]

纳拉辛哈的这种研究心态在新世纪的印度学界不难发现，但也有不少学者以更加灵活的心态评价印度流散作家。关注印度流散作家是世纪之交印度英语文学研究的一大亮点。学者们采用女性主义、后殖民主义等理论进行研究。这方面的成果迅速增多，涉及领域非常广泛，完全可以构成一部专著的研究内容。近年来，包括博

①Jasbir Jain, ed. *Writers of Indian Diaspora: Theory and Practice,* New Delhi: Rawat Publications, 1998.

②C.D.Narasimhaiah, *Raja Rao*, "General Introduction," New Delhi: Arnold-Heinemann Publishers, 1974.

士候选人在内的印度学者越来越把目光投向印度英语文学，这一领域的研究成果必将更加丰富。

关于印度英语文学的前途，奈克在其不断再版、广受欢迎的《印度英语文学史》中指出："至于未来印度英语文学的发展向何处去，这一问题最好留给时间来回答。随着现在英语在印度人生活中几无止境的运用，英语读者的人数也随即增多，并且，近年来西方对英联邦文学的兴趣日渐浓厚，这说明，关于印度英语文学即将寿终正寝的说法显然是'绝对的夸大其词'。与天气预报一样，文学预报（literary forecasts）同样是不可靠的。文学史家不应该急于做出米考伯式缺乏深谋远虑的预报或特洛伊女预言家卡珊德拉的不祥预测。不过，他可以和第一位印度英语诗人亨利·德诺兹奥一道，对印度英语文学充满人性的希望。"[①]奈克该书初版于1982年，至2010年为止，已经再版了十四次。这说明，印度英语文学前景看好，对其研究的重要性日益上升。

第十二节　女性主义文学批评

一、时代背景和文化语境

论者观察到，20世纪下半叶，身份复杂的西方文论家转入对女性、"历史"的人、东方人、黑人和第三世界文学、第三世界知识分子等的具体研究，以此为契机，女性主义、新历史主义、后殖民主义等应运而生，成为世纪之交风靡东西方文论界的一些新思潮。经典女性主义理论始于18世纪的自由主义女性主义，而20世纪女性主义文论主要由欧陆的法国女性批评和美国的女性批评等两大阵营组成。女性主义批评是诗学文化向文化诗学转向的重要标志之一。

①M.K.Naik, *A History of Indian English Literature,* 2010, p.304.

这是解构文学批评中男性中心思想的重要一步。女性主义批评的生命力非常旺盛，充满可持续发展的无穷潜力。“女性主义批评已经跨越国门，比男性中心主义者更为迅捷地进入东方，进入南非，进入第三世界，步入黑人文学之中，继续在欧美和开始在亚、非、拉等洲发挥越来越重要的作用，具有国际性和可持续发展性。”①

论者还指出，女性主义批评的核心是性政治，性属问题是政治问题，而种族性别问题是国际政治问题。女性主义批评因此把性别问题视为政治或社会问题，性别关系因此成为政治关系、甚或成为国际政治关系。女性主义批评家将批评的矛头由男权中心主义逐步转向白人中心主义或白人女性中心主义，重视黑人妇女文学批评以及少数族裔女性文学批评。斯皮瓦克等人在解构本土与他者的关系中，将女性主义与后殖民主义有机地结合起来，开拓了以斯皮瓦克为杰出代表的女性主义后殖民主义。这些思想家从性政治考察走向国际政治和国际文化邂逅交锋的批评地带。此外，女性主义文论在关注性政治的同时，还重点探索女性文学创作和女性文学评论这两大领域或主题。“女性主义批评方法论主要体现在女性主义批评家展开的五大模式中，它们是生物学、语言学、马克思主义、精神分析及解构分析模式。”②

1974年，《印度妇女委员会报告：走向平等》出版，指出印度妇女在现实社会所遭受的各种歧视现象和不平等待遇，并涉及印度妇女教育、发展与健康等问题。此后，在印度妇女问题不断产生的同时，印度女性论坛、女性杂志等纷纷涌现，女性创作更加繁荣，以女性形象、女性问题为焦点的文学作品日益增多。2011至2012年，笔者留学德里大学期间，还搜集到该校“性别研究小组”（Gender Studies Group）自行印发的不定期内部读物《性别研究期

---

①此处介绍参阅张首映：《西方二十世纪文论史》，第490—495页。
②此处介绍参阅张首映：《西方二十世纪文论史》，第496—512页。

刊》（*Gender Studies Journal*）。它刊载印度学者关于女性问题研究的相关论文。这体现了印度高校对于女性研究的重视。纵观独立以来的印度文学发展史，女作家大量出现，通过对亲身体验的艺术描绘，印度女性在当代社会中的特殊经验得以展示。包括泰戈尔《家庭与世界》、《纠缠》等20世纪初的印度小说基本是以男性眼光来看待女性。到了20世中后期，当女作家逐渐增多并以自己的性别视角思考世界与人生，刻画女性形象时，情况发生了很大的变化。西方最新文论思潮的涌入，使得印度女性创作和女性文学批评受到很大的冲击。“另一种情形是，受西方女权主义思想的影响，表现女性的现代意识……70年代之后，女作家进一步解放思想，从家庭、自我角度表现女性意识的觉醒。”[①]拉什迪之后的世纪之交亦即近三十多年来，包括海外印度作家在内的印度女性创作更是极大地丰富了印度当代文学的内容。

在这样的时代背景和文化语境中，印度当代女性主义文学批评逐渐发展起来，并有一些代表性的成果问世。这些成果是除了斯皮瓦克相关著述之外，印度本土学者向世界女性文学批评界所奉献的独具特色的东方元素。2001年，米拉克西·穆克吉在为自己于1971年出版的博士论文《再生的小说》再版而撰写的“前言”中指出，她在1960年代末研究印度英语小说时，只是考虑到拉贾·拉奥等小说家如何跨越语言、族群等边界，刻画印度的民族性，并未充分意识到这种艺术创造的过程包含了小说家的种姓意识和对印度形象的男权式建构（male construction of India）。她承认，要是当初便有女性主义理论、文化批评、新历史主义或后殖民理论等，她的书一定会受益。可惜那时这些方法还无法为她所用。“如果现在必须撰写我的博士论文，它肯定会是一部不同的书，它会在理论运用

①参阅石海峻:《20世纪印度文学史》，第234—235页。

方面做得更好，在理论立场上会更显自信。”[①]穆克吉的遗憾已经由其他印度学者予以弥补。二十多年来，印度女性主义文学批评已经卓有成效。它是在吸纳西方女性主义思想的过程中成长起来的，但又具有自己的发展特色。“正是因为所有这些理由，印度女性主义文学批评并非是一种模仿性的评论，而是一种独立的研究领域，尽管这方面的一些著作可以具有接受自由派和激进派思想影响的痕迹。”[②]当然，作为相对而言历史较为短暂的一种文学批评，印度女性主义批评家的相关实践存在很多局限，例如，她们对印度各个方言区的妇女口传文学和被印度教社会边缘化的女性的文学创作均缺乏思考兴趣。这些问题亟待解决。[③]

此处所谓“印度女性主义文学批评”实指关于女性创作、尤其是印度女性创作的文学批评（兼涉古代至今的印度女性作品翻译）、关于文学经典、尤其是印度古典文学的女性主义阐发和分析、建构印度女性主义文论话语的探索。资料和篇幅所限，此处的考察主要涉及世纪之交亦即近二十多年来印度女学者的相关著述，除了少数例外，一般不涉及印度国内外男学者关于上述主题和领域的相关探索，也不包括后文将要简单涉及的印度电影女性形象塑造等表演艺术领域的相关话题。

二、女性创作批评举例

1990年至今，关于女性创作、特别是现当代印度女性创作的文学批评和鉴赏分析，印度学术界的相关研究不计其数，其中出现了一些值得重视的著作。

---

①Meenakshi Mukherjee, *The Twice Born Fiction,* “Preface,” 2001.

②P.K.Rajan, ed. *Indian Literary Criticism in English: Critics, Texts, Issues,* p.307.

③P.K.Rajan, ed. *Indian Literary Criticism in English: Critics, Texts, Issues,* pp.312-313.

关于当代印度女作家其人其作的个案分析是学者们的着力点之一，其中，对阿妮塔·德赛、芭拉蒂·穆克吉和沙西·德斯潘德等著名英语作家和玛哈斯维塔·黛维等孟加拉语作家的研究，成果更是非常丰富。例如，玛哈斯维塔·黛维的孟加拉语小说《想象的地图》等不仅被斯皮瓦克译为英语而享誉世界文坛并受到西方学界关注，从而成为斯皮瓦克等女性主义文论家或后殖民批评家引以佐证的文本资源，黛维的其他小说、戏剧等各体作品也被印度学者、尤其是加尔各答一带的学者不断译为英语。[①]关于黛维作品的研究论文或著作也不时出现。[②]

对于当代印度女作家的总体考察，B.K.达万的《印度女性小说家与精神分析》（*Indian Women Novelists and Psychoanalysis*, 2011）值得注意。该书分为“文学中的精神分析”与“著名印度女性小说家及其作品”等两个部分。第一部分介绍精神分析或曰心理分析法在文学批评中如何运用、印度文学中的女性形象变迁和精神分析法与印度女性小说家的关联等问题。第二部分选择了自阿吉特·库尔（Ajit Cour，1934～）至阿巴·达威萨尔（Abha Dawesar，1974～）、肖帕·黛（Shobha De，1948～）、阿鲁达蒂·罗易等三十位当代印度女作家进行分析。这些小说家大多以英语创作，也有部分人以印度语言进行创作。遗憾的是，这三十人中居然遗漏了前述当代著名孟加拉语女作家玛哈斯维塔·黛维。关于该书的写作宗旨，达万在“前言”中指出：“本书是迄今为止最为宏大、最为全面的著作，旨在探索印度女性创作的本质、问题和潜力。”[③]通观全书，对于某些作家的精神分析较为出彩，而对有的

①例如: Mahasweta Devi, *Chotti Munda and His Arrow,* tr. by Gayatri Chakravorty Spivak, Calcutta: Seagull Books, 2002.

②Nivedita Sen and Nikhil Yadav, eds. *Mahasweta Devi: An Anthology of Recent Criticism,* New Delhi: Pencraft International, 2008.

③B.K.Dhawan, *Indian Women Novelists and Psychoanalysis,* "Preface,"New Delhi: Arise Publishers & Distributors, 2011.

作家则缺乏分析。但是，通过精神分析法将三十位印度海内外女作家聚集一堂，这种集体亮相无疑也是一种女性主义批评姿态或立场的展示。

关于印度女作家作品的总体考察，还有另外一种更为重要的研究路径和模式，这便是融整体分析和精选的文本翻译为一体的复合型著作。它既是研究著作，也是作品汇编亦即各种印度语言作品的译文集（有时也包括英语作品）。在这种理论分析与作品译文汇编的过程中，沉入黑暗深处的过往世代的女性文本或曰女性声音逐渐浮出历史地表，以达成女性主义文学批评的初衷。在这方面，苏西·塔鲁和K.拉丽塔主编的两卷本《公元前七世纪至今的印度女性创作》（*Women Writing in India: 600 B.C. to the Present*）和图顿·穆克吉主编的《进行抵抗：女作家戏剧译本》（*Staging Resistance: Plays by Women in Translation*）无疑是最有代表性的例子。

从苏西·塔鲁和K.拉丽塔主编的《公元前七世纪至今的印度女性创作》第二卷即关于20世纪印度语言文学的译文汇编来看，该书选译了孟加拉语、印地语、乌尔都语、泰卢固语、泰米尔语、马拉雅兰语、坎纳达语、马拉提语、奥里雅语、古吉拉特语等现代印度语言的文学作品，没有选译阿萨姆语、旁遮普语、信德语、克什米尔语等其他四种印度语言的作品。该卷主要选译20世纪印度女作家的诗歌和小说，有的是长篇小说片段选译。两位编者透露，由于翻译的问题，两卷本中没有收录一些本该收录的女作家作品。她们说："从某个角度看，两卷本《印度女性创作》是那些象征女性成就的作品失而复得。从另一个角度看，两卷本代表了女性主义批评理论和实践中艰涩而又具有创造活力的时刻。"①

在该书第二卷的"前言"中，编者明确指出了该两卷本的汇编

①Susie Tharu and K.Lalita, eds. *Women Writing in India: 600 B.C. to the Present,* Vol.2: *The Twentieth Century,* Delhi: Oxford University Press, 1993, p.37.

意图："我们这两卷《印度女性创作》意在向印度和全世界的英语读者提供一批作品，它们将一道阐明女性的创作情况；它们也意在使更多的女性作品重见天日，帮助我们重新评价那些本该知名但却遭到误解或忽略的作品；它们有助于我们理解女作家们所书写的主题和运用的文学风格；它们也有助于我们弄清自我书写或代言书写与叙事中的关键因素，这些书写和叙事是在父权制、帝国与民族冲突竞争的边缘中产生的。"①稍后，编者还在"引言"和关于20世纪印度女性创作史的长篇介绍中指出，她们对印度语言文学中的女性作品及其体现的性别政治的分析，主要是为了"书写一种关于印度的新文化地理学"（a new cultural geography of India）。②她们还说："因此，通过这些文本，我们回溯这些更为重要而复杂的女性主义遗产，这些遗产要比我们所能想象的压抑和自由叙事更加令人忧虑。"③为此，她们在这些往昔岁月的女性作品中探索，在那些历史而艺术、真实而虚幻的女性世界中寻觅谈判、论辩和抗议等声音符号。她们的目的是将这些被压抑、隐没或埋藏的声音信息打捞出历史的隧道。两位编者在分析中引述了斯皮瓦克和肖沃尔特等人的女性主义思想，对男性作家描写的女性形象是否真实等重要议题进行了探索。由此可见，两卷本《印度女性创作》的确是一种特殊形式的女性主义研究，因为翻译和汇编嵌入历史而黑暗的深处的女作家文本这一过程，蕴含了编者即当代女性主义批评家的战略思维和批判意图。

位于海德拉巴的奥斯马尼亚大学英语系教授图顿·穆克吉主编的《表达抵抗：女作家戏剧译本》选译了18位20世纪印度女作家的

---

①Susie Tharu and K.Lalita, eds. *Women Writing in India: 600 B.C. to the Present,* Vol.2, "Preface," XV.

②Susie Tharu and K.Lalita, eds. *Women Writing in India: 600 B.C. to the Present,* Vol.2,p.115.

③Susie Tharu and K.Lalita, eds. *Women Writing in India: 600 B.C. to the Present,* Vol.2, p.40.

戏剧文本。她们的戏剧涉及孟加拉语、古吉拉特语、印地语、坎纳达语、马拉雅兰语、马拉提语、旁遮普语、泰米尔语、泰卢固语和乌尔都语等十种印度现代语言。穆克吉指出，“表达抵抗”（staging resistance）这一信心十足的标题是她编选这些戏剧文本的核心旨趣所在。这些戏剧与其说是表达政治斗争的诉求，不如说是“身份的创造和自我价值的认识。抵抗的主题左右了这本戏剧集的选目。‘抵抗’的激动人心的精神在不同层面上得以展示……就表演妇女们反抗那种困扰她们的具有剥削性质（exploitative nature）的人际关系而言，这些戏剧呈现了一种公开而又具有颠覆性的对话空间”。[①]虽然对印度女作家戏剧的英语翻译表示某种程度的担忧，但穆克吉仍然坚信，英译本能够向英语世界传达这些戏剧的精神实质。

近年来，关于女性主义文学的研究专著不断涌现，例如，贾达夫普尔大学英语系教授苏普里娅·乔杜里与萨基妮·穆克吉主编的文集《文学与性别：耶输陀罗·巴克奇纪念文集》（*Literature and Gendre: Essays for Jasodhara Bagchi*）于2002年出版，该书收录了十四篇以女性主义视角论述印度与西方作家文本的论文。苏普里娅和萨基妮在“引言”中指出，女性主义思想是一种行动和参与的哲学，有助于学者们打破文学形式和文类的桎梏，深入社会和历史内部，接触情感世界和消音的理性，触及编织和规训人类体验的“私密政治”（intimate politics）。承认性别对社会存在的决定作用和文化建构功能，意味着开辟了一条通道，它将有助于人们“拆卸在文学文本和文化结构中运转的隐而不见的意识形态大厦”。[②]

著名女性主义批评家雅思比尔·迦因和苏普里娅·阿加沃尔主

①Tutun Mukherjee, ed. *Staging Resistance: Plays by Women in Translation,* New Delhi: Oxford University Press, 2005, p.16.

②Supriya Chaudhuri and Sajni Mukherji, eds. *Literature and Gender: Essays for Jasodhara Bagchi,* New Delhi: Orient Longman, 2002, p.1.

编的《性别与叙事》（*Gender and Narrative*）于2002年出版。该书收录了基本上由印度女学者撰写的二十四篇论文，它们均是对印度与西方文学的女性主义考察。①

德里大学著名女性主义文学批评家马拉室利·拉尔（Malashri Lal）与人合编的论文集《表达自我：女性与文学》（*Signifying the Self: Women and Literature*）于2004年出版，2007年重印。②2000年，德里大学英语系召开了一次主题为“女性与文学”的全国研讨会。该论文集便是这次研讨会所发表论文的精选版。除“引言”外，该文集收录十六篇主要由印度女学者撰写的论文，并以五个标题依次串联这些论文。这些标题是：记述生活、达利特视角、从地方性到世界性、同性恋、男性注视。从标题来看，该书所收论文横跨了女性创作、达利特文学、同性恋主题等不同领域，视野非常开阔。

2005年，曾经在孟买大学以《女性主义批评》一文获得博士学位的女学者卡尔帕拉（R.J. Kalpana）出版了女性主义研究著作《女性主义与家庭》（*Feminism and Family*）。该书分为以下几个部分：引言、女性主义意识、母性、反思菲勒斯：父权制批判、谁害怕弗吉尼亚·伍尔芙：男人的形象、母性之后、结语。卡尔帕拉在书中提到了梳理女性主义发展史和确立女性主义理论结构的设想。③

露丝·沃妮塔的独著《甘地的老虎与悉多的微笑：性别、性与文化论集》（*Gandhi's Tiger and Sita's Smile: Essays on Gender,*

---

①Jasbir Jain & Supriya Agarwal, *Gender and Narrative,* Jaipur and New Delhi: Rawat Publications, 2002.

②Malashri Lal, Shormishtha Panja, Sumanyu Satpathy, eds. *Signifying the Self: Women and Literature,* New Delhi: Macmillan India Ltd., 2004.

③R.J.Kalpana, *Feminism and Family,* New Delhi: Prestige Books, 2005, p.27.

Sexuality and Cultrue）于2005年出版。[①]该书的正文共十七篇论文，分别以“政治与权力”、“爱情与友情”和“快感、戏弄与变形”等三个主题词进行统摄，显示该书具有强烈的女性主义批评色彩。

德里大学迦尔吉学院英语系教授拉达·查克拉沃蒂于2008年出版著作《女性主义与当代女作家：重审主体性》（*Feminism and Contemporary Women Writers: Rethinking Subjectivity*），对多丽丝·莱辛、阿妮塔·德赛和玛哈斯维塔·黛维等七位印度与西方女作家的创作主题和艺术手法等进行分析。她在“引言：主体性与女作家”中指出，分析女性文本必须将政治解读与审美研究结合起来，当今时代的女性主义理论存在危机，因其太过专注于社会档案和性别政治等维度，而“没有对‘文学性’（literariness）给予足够的关注”。[②]

近年来关于印度女性英语创作的研究是一大热点，例如，因度·斯瓦米主编并于2010年出版的论文集《当代印度女性英语创作中的妇女问题》（*The Woman Question in the Contemporary Indian Women Writing in English*）便是如此。[③]尼尔迦·钱达的《超越女性主义：性别视角下的布奇·艾美琪塔》（*Beyond Feminism: Gender Perspectives on Buchi Emecheta*）也透露出女性主义批评的浓厚色彩。[④]

在对女性创作进行文本剖析、对创作主体即女作家进行文化解读的同时，也有部分印度学者选择从更为宽泛的理论视野切入涵括

①Ruth Vanita, *Gandhi's Tiger and Sita's Smile: Essays on Gender, Sexuality and Cultrue,* New Delhi: Yoda Press, 2005.

②Radha Chakravarty, *Feminism and Contemporary Women Writers: Rethinking Subjectivity,* London and New York: Routledge, 2008, p.11.

③Indu Swami, ed. *The Woman Question in the Contemporary Indian Women Writing in English,* New Delhi: Sarup Book Publishers, 2010.

④Neerja Chand, *Beyond Feminism: Gender Perspectives on Buchi Emecheta,* New Delhi: Books Plus, 2005.

女性创作的更为丰富的话语空间。例如，执教于德里大学因德拉普拉斯塔学院英语系的库姆孔·桑佳丽（Kumkum Sangari）出版了独著《或然性政治：性别、历史、叙事与殖民地英语》（*Politics of the Possible: Essays on Gender, History, Narrative, Colonial English*，1999），并先后出版了自己主编或与人合编的《妇女与文化》（*Women and Culture*）、《重塑女性：殖民历史论集》（*Recasting Women: Essays in Colonial History*，2006）和《从神话到市场：性别论集》（*From Myth s to Markets: Essays on Gneder*）等著作，显示了她从各种知识视野或学科方法出发研究女性问题的雄心抱负。由于吸纳各种新潮的西方理论，跨越诸多学科界限，和斯皮瓦克、霍米·巴巴等人的某些后殖民著述一样，《或然性政治》一书晦涩难解，但也体现了桑佳丽理论思辨的力度和深度。她在“引言”中指出，该书标志着自己从关注一般意义上的英语文学转向复杂的印度英语文学，转而以早期马克思主义和女性主义的思想资源拷问叙事形式、父权制、宗教皈依和种种文化概念之间的激荡冲突。①

与桑佳丽的批判姿态和切入视角相似，钱德拉卡拉·帕蒂亚（Chandrakala Padia）主编并于2002年出版的《女性主义、传统与现代性》（*Feminism, Tradition and Modernity*）也是一种关于女性主义的复合型研究。②

对于女性文学或女性主题的关注，自然不属印度女学者的专利。很多男学者也以自己的探索，加入相关的研究行列中。例如，在对当代印度英语诗歌进行考察后，D.S.米什拉得出了这么一种印象：“印度英语诗歌因为其女性主义声音（feminist voice）而引人注

①Kumkum Sangari, *Politics of the Possible: Essays on Gender, History, Narrative, Colonial English,* New Delhi: Tulika, 1999,XII.

②Chandrakala Padia, ed. *Feminism, Tradition and Modernity,* Shimla: Indian Institute of Advanced Study, 2002.

目。”[①]D.S.米什拉在研究1970年后印地语、古吉拉特语和印度英语小说的几大主题时，除了关注达利特文学和少数人部落意识外，还以“印度女性新觉醒”为题，对上述三种语言中的女性小说进行专章讨论。[②]由于前述原因，此处不拟展开对男学者相关研究的考察。

三、文学经典的女性解构

早在1964年，就有一位学者对梵语戏剧中的女性形象塑造进行了探索。[③]这似乎预示着，对于印度学者、特别是自觉接受女性主义理论影响的当代印度女学者而言，古典文学、特别是古典梵语文学（包括梵语诗学著作）中出自男性笔下的女性形象塑造或女性叙事或早或迟将成为她们的探索重点与解构目标。

在以新的文化视角和理论方法探索古典文学中的女性形象、女性叙事方面，尼赫鲁大学著名历史学家、荣誉退休教授罗米拉·塔帕尔（Romila Thapar）于1999年出版的《沙恭达罗：文本、解读与历史》（*Sakuntala: Texts, Readings, Histories*）值得关注。该书除“前言”外，主题内容分为九个部分，标题依次为：绪论、《摩诃婆罗多》的叙事形式、迦梨陀娑的《沙恭达罗》、通俗文化和高级文化的历史并置、改写：另外一种流行传统及其在另一宫廷中的作用、各种译本中的东方主义、德国浪漫主义与沙恭达罗的形象、殖民主义翻译观、中产阶级民族主义视野中的沙恭达罗、结语。

---

①Dayashanker Mishra, *Contemporary Indian English Poetry: A Revaluation,* Vallabh Vidyanagar: Sardar Patel University, 1990, p.4.

②Dayashanker Mishra, *Dynamics of Social Change: Explorations in Post-1970 Gujarati, Hindi, and Indian English Fiction,* Vallabh Vidyanagar: Sardar Patel University, 2008, pp.47-60.

③Ratnamayidevi Dikshit, *Women in Sanskrit Dramas,* Delhi: Mehar Chand Lachhman Das, 1964.

塔帕尔的首要任务是在历史与文学的交界处思考文化、历史与性别的相关性。在她看来，当文学被视为一种叙事（narrative）时，它就指涉了历史。这种叙事性文学不仅是虚构的，也暗示它承载着历史的内涵。“我选择的叙事以一个年轻女子沙恭达罗为中心。这一故事在不同历史时期所形成的每一种版本对她的刻画各不相同，这不仅使这一故事的历史考察成为可能，也可以引入一种性别视角（gender perspective）……关于沙恭达罗叙事的各种版本带有文化表述的特征，因此，追踪这一叙事的历史本身，成了文学、历史、性别与文化之间甚为复杂的一种交锋（interface）。”[①]如此一来，塔帕尔的关注重心不在迦梨陀娑的梵语戏剧《沙恭达罗》，而在各种版本对于原剧中核心人物的处理，在于改变叙事本质的沙恭达罗这位女性。塔帕尔认为，关于沙恭达罗叙事变化的缘由必须进行考察，各种版本叙事间的关系自有其产生的历史语境。“不同时代和地域关于性别关系的一些思考因此成为探索主题的一部分。”[②]塔帕尔还认为：“沙恭达罗是一位女性，这便引入了性别的涵义。引人注目的是，许多个世纪以来，她作为一位女性的表述（representation）急剧变化。这不仅从她在不同版本故事的表述方式中可以看出，也可在关于其重要意义的现代阐释、评价中可以得知。”[③]

塔帕尔对历史上关于《沙恭达罗》及其核心人物沙恭达罗的不同语言改编本进行了梳理。她对印度学者和西方的东方学家的改写姿态进行了深入剖析，试图挖掘其背后蕴藏的性别密码。例如，塔帕尔注意到，18和19世纪的东方主义心态左右了许多印度中产阶级的文化选择，其中之一便是关于何为印度文化传统的思考。

①Romila Thapar, *Sakuntala: Texts, Readings, Histories,* London: Anthem Press, 1999, pp.1-2.

②Romila Thapar, *Sakuntala: Texts, Readings, Histories,* p.4.

③Romila Thapar, *Sakuntala: Texts, Readings, Histories,* p.5.

“印度女性气质（Indian womanhood）的问题，是这种思考的一个重要方面。沙恭达罗被视为印度女性的典型代表。”[①]针对当代梵文学者、《沙恭达罗》编订者迦勒（M.R.Kale）所谓梵剧《沙恭达罗》使人感受到“雅利安印度的纯洁气息”（the pure air of Aryan India）的说法，塔帕尔指出：“沙恭达罗是雅利安妇女的形象说明。爱人遇见她时，她表现出女性的谦卑。她一直爱着豆扇陀，即便天各一方也视己为其之妻，这一点却被说成是印度教女性气质的另一特征。”[②]

泰戈尔写于1902年的《沙恭达罗》是“一篇不折不扣的比较文学平行研究的论文”。[③]在这篇文章中，泰戈尔对莎剧《暴风雨》和梵语戏剧《沙恭达罗》作了平行比较。他认为，《暴风雨》和迦梨陀娑的《沙恭达罗》之间有着一定的相同之处，但也存在巨大差异。这种差异主要体现在莎士比亚和迦梨陀娑对戏剧中人与自然关系的艺术处理上：“沙恭达罗的美是大自然赋予的，而米兰达的美则受制于外部条件。”[④]他以重复歌德的话结束了这篇论文：“在《沙恭达罗》中，青春的美达到了一个更高的高度，把人间天上结合到了一起。”[⑤]关于泰戈尔的沙恭达罗认知，塔帕尔写道：“使人感兴趣的是，泰戈尔对于沙恭达罗的解读在多大程度上反映了他那时代的社会与道德关切，以及他对东方主义和民族主义二者的回应。”[⑥]

塔帕尔还注意考察印度区域性语言对沙恭达罗形象的改造。1938年，A.H.拉吉普利（Akhtar Husain Rajpuri）首次将梵剧《沙恭达罗》译为乌尔都语。在拉吉普利看来，剧作者迦梨陀娑身为他

①Romila Thapar, *Sakuntala: Texts, Readings, Histories,* p.7.
②Romila Thapar, *Sakuntala: Texts, Readings, Histories,* p.256.
③孟昭毅：《泰戈尔与比较文学》，载《南亚研究》，1994年第1期，第74页。
④刘安武、倪培耕、白开元主编：《泰戈尔全集》（第22卷），陈宗荣译，第17页。
⑤刘安武、倪培耕、白开元主编：《泰戈尔全集》（第22卷），陈宗荣译，第31页。
⑥Romila Thapar, *Sakuntala: Texts, Readings, Histories,* p.252.

那时代认同梵语这一高级文化的代表人物，必须利用改写《沙恭达罗》在史诗中的原型故事的契机，以拯救不负责任地引诱少女的国王形象。“拉吉普利将此视为古老传统拒绝印度女性发声的一个例子。在描写沙恭达罗时，迦梨陀娑只能将其塑造为没有声音的一位女性（a woman without a voice），这就因此成为悲剧。”①

塔帕尔在该书“结语”中写道：“迄今为止，沙恭达罗经历了许多的角色转换。在传说故事（ākhyāna）中，她是一位母亲；在《摩诃婆罗多》中，她是人格独立的女性；在迦梨陀娑的戏剧中，她被改写为高种姓高级文化的罗曼蒂克式理想人物；接着在德国浪漫派那里被表现为天性纯朴的孩子（the child of nature）；最后，在印度民族主义和印度教传统的认知视野中，她被视为堪称典范的印度教妻子。诸如此类的形象嬗变（transmutations）与历史变迁紧密相关，而历史变迁又影响到各种不同的叙事形式和对沙恭达罗的不同解读。与此不同，近期将沙恭达罗表述为贱民妇女（subaltern women）的做法，实质上来源于中产阶级的立场。”②在该书的最后，塔帕尔似乎暂时摆脱了历史学家审慎的风格，转而综合诗人般的激情和哲人般的思辨倾诉着自己暗含解构色彩的女性主义思想：“经过了许多的历史瞬间，沙恭达罗的刻画终被嵌入一位女性的形象，她对新的中产阶级而言是合适的理想人物。泰戈尔对沙恭达罗的读解与此相关……我们从过往历史中选取那些符合我们当前所需的形象。这些有助于我们当代文化的自我建构，有助于表达过去那种所谓的‘传统’。在过去两个世纪里，我们已经忽略了《摩诃婆罗多》中的沙恭达罗，忽略了被解放的女性要求公平对待的诉求。我们赞赏的是迦梨陀娑笔下更加温婉柔顺的沙恭达罗，她是一位耐

①Romila Thapar, *Sakuntala: Texts, Readings, Histories,* p.256.
②Romila Thapar, *Sakuntala: Texts, Readings, Histories,* p.257.

心等待其美德为人认可的女性（woman）。”[①]

综上所述，塔帕尔身为关注印度历史、尤其是印度古代史的女学者，却在女性主义批评风靡印度学界的世纪之交切入男作家迦梨陀娑的古典梵语文本，单是这一姿态便足以耐人寻味。该著不仅有塔帕尔历史考证之严密，兼具文学解读之机敏，且具比较文学影响研究特质，值得关注。该著也值得译为中文。

德里大学因德拉普拉斯塔女子学院历史系高级讲师夏莉妮·沙哈于1995年和2009年先后出版《女性气质的塑造：〈摩诃婆罗多〉中的性别关系》和《七至十三世纪古典梵语文学中的爱情、色情和女性欲望》，后一部书的原型是她于2001年提交给德里大学的博士学位论文。

《女性气质的塑造：〈摩诃婆罗多〉中的性别关系》共分六章，标题分别是：文本、方法与关注点、社会与妇女、女性形态、从青春期到母亲的女性气质、从母亲女神到女奴的女性气质、磨练她的意志。夏莉妮在书中自觉引用波伏娃、马克思等西方理论家的思想资源，对《摩诃婆罗多》所刻画的女性形象进行解读。她指出："我们对《摩诃婆罗多》的女性世界所进行的主题探索，旨在揭示'身为女人'（being a woman）的奥秘所在。这一概念最好放在'身为男人'（being a man）的比较性语境中去理解……相反，对女性而言，女性气质更多地是一种限定（a given）。在大多数社会中，相对而言，我们发现描述妇女差异的方式很少。"[②]基于这一批判性思维，夏莉妮对《摩诃婆罗多》进行了女性主义的时代扫描，得出了一些颇有新意的见解。

与之相比，夏莉妮基于博士论文的著作《七至十三世纪古典梵

①Romila Thapar, *Sakuntala: Texts, Readings, Histories,* p.262.

②Shalini Shah, *The Making of Womanhood: Gender Relations in the Mahabharata,* New Delhi: Manohar Publishers, 1995, p.9.

语文学中的爱情、色情和女性欲望》对于古典梵语文学的女性主义批评更见功力。在该书开头部分，夏莉妮提出了“重新书写一部新的女性历史”的解构主义口号。①在引述、分析或驳斥了印度国内外学者对于部分梵语经典文本的阐释后，夏莉妮遵循罗米拉·塔帕尔的批判逻辑而提出了自己的观点：“归根结底，这一时期的婆罗门教经典与佛教经典表现妇女的方式似乎并无太大差异，它们都持厌恶女人的心态（misogynist view），将女性客体化，认为她须为诱使男人偏离正常行为负责。在一些非经典文本中，女性也只能充当男性观看的对象（the object of the male gaze）。因此，如果真有一种‘放任自由的时代’和新的‘愉悦价值’，它们完全是供男性消费的。”②对于楼陀罗吒、欢增和曼摩吒等人所论及的艳情味、男主角、女主角等梵语诗学术语，夏莉妮表示出强烈的反感。她以解构主义思维继续分析道：“尽管女主角的情爱（erotic yearnings）并不将男主角客体化，但在男主角的欲望（desire）中，女主角身体的每一个部位都变成一种渴望的对象（an object of longing）……女主角显然只是男主角可以胡思乱想的虚幻角色而已。通过对女性身体的定型化（stylization），性别得以确立。”③11世纪的王顶曾经在梵语诗学著作《诗探》中谈及女人也可成为诗人，夏莉妮对此表示质疑，并认为王顶提出的“诗原人”有男权中心主义色彩。她还对梵语诗学家关于女主角中妓女一角的相关论述进行犀利的解构。④关于7世纪至13世纪的古典梵语艳情诗，夏莉妮在“结

①Shalini Shah, *Love, Eroticism and Female Sexuality in Classical Sankrit Literature: Seventh-Thirteenth Centuries,* New Delhi: Manohar Publishers, 2009, p.13.

②Shalini Shah, *Love, Eroticism and Female Sexuality in Classical Sankrit Literature,* p.19.

③Shalini Shah, *Love, Eroticism and Female Sexuality in Classical Sankrit Literature,* p.32. 此处所谓“定型化”其实是对艳情诗或梵语诗学描述女性的刻板化进行抨击。

④Shalini Shah, *Love, Eroticism and Female Sexuality in Classical Sankrit Literature,* pp.129-130.

语”部分的最后写道：“在一个性别失衡盛行的社会中，主动的男性与被动的女性之间由观看的快感所撕裂。起决定作用的男性目光（male gaze）在女性身体上胡思乱想，女性形象因而被固化。在充满阳刚之气的艳情诗的语言画幅（word picture）中，女性们既被观看，也在展示自己，她们的面容被编码（coded）为旺盛的性感魅力，因而可视为隐含着‘被观看性’（to-be-looked-at-ness）。女性为男性目光的色情凝视而展示，这是色迷迷的艳情诗的主旨（leitmotif）。”①

四、“门槛定律”与印度中心观

印度与西方频繁而便捷的文化交流、思想互动，使印度文学评论界引入西方文论的心态非常积极。不过，与前述部分学者反感完全套用西方文论阐释印度文学相似，有的印度女学者如德里大学的马拉室利·拉尔认为，完全套用西方女性主义或曰女权主义思想解释印度文学创作、尤其是当代印度女性文学作品的效果值得怀疑：“在阐释印度生活与文学时，西方的‘女权主义理论’模式似乎不能产生令人满意的结果。”②她的理由是：“英美女性主义批评中关于文学经典的争论，或者是法国女性主义批评界关于基本生物属性（essential biologism）的普遍论辩，与印度文学毫不相干。”③

基于对印度、西方批评语境和文化差异的清醒认识，拉尔在印度女性主义文学批评家中，第一个扛起女性文学批评理论建构的“大旗”，这面旗帜上以英语词汇Law of the Threshold（门槛

①Shalini Shah, *Love, Eroticism and Female Sexuality in Classical Sankrit Literature,* pp.221-222. 此处所谓word picture似可译为“音画诗”，暗示艳情诗为充满性别歧视的下品诗。

②Malashri Lal, *The Law of the Threshold: Women Writers in Indian English,* Shimla: Indian Institute of Advanced Study, 1995, p.24.

③Malashri Lal, *The Law of the Threshold,* p.29.

定律）昭示着印度女学者的理论自觉和敏锐的创新意识。拉尔还明确提出以确立印度式原则或曰印度为中心的方法论（Indocentric methodology）为印度女性英语文学的批评范式，以区别于西方女性主义文学批评中的英美学派和法国学派。这和前述梵语诗学批评的思想旨趣有些类似。

拉尔除了与人合编并出版前述的论文集《表达自我：女性与文学》外，还主编并于1997年出版了论文集《女性主义空间：印度与加拿大文化读本》（*Feminist Spaces: Cultural Readings from India and Canada*）。①她的代表性著作是下边将要重点分析的《门槛定律：印度女性英语作家》（*The Law of the Threshold: Women Writers in Indian English*）。

1995年，在印度女性主义批评开始步入正轨的时刻，拉尔出版了阐发自己理论体系的著作《门槛定律：印度女性英语作家》。该书先后在各处题记中引述埃列娜·肖沃尔特、斯皮瓦克等女性主义思想家的观点和泰戈尔、托鲁·达特、阿妮塔·德赛等人的观点，显示了在东西对话基础上构建理论话语的旨趣。该书共分为十个部分，标题依次为：1.引言、2.原则性方法：门槛定律、3.印度中心观、4.托鲁·达特下落不明的小说：《比安佳或曰西班牙少女》、5.萨洛吉妮·奈都的黄金门槛、6.拉姆·梅塔的《在哈维里》：性别与阶级的叙事话语、7.露丝·贾布瓦拉：关于印度的作者身份焦虑、8.安妮塔·德赛的《鲍姆迦特纳的孟买》：一位男主角的女性化、9.芭拉蒂·穆克吉：极限信条、10.开放式结语。从全书结构来看，引言和前两部分是拉尔构建自己理论体系的核心部分。其后的具体文本分析，基本是对她的理论的一种检测和实践。

关于该书的写作目的亦即理论建构的战略考量，拉尔说："本

---

①Malashri Lal, ed. *Feminist Spaces: Cultural Readings from India and Canada*, New Delhi: Allied Publishers, 1997.

书旨在为印度女性研究，尤其是为涉及英语文学作品阐释的印度女性研究提供一种原则性方法（methodology）。对托鲁·达特到芭拉蒂·穆克吉等作家以自传为面具创作的一些主要作品进行重新阐释后，本书认为，女性的个人生活常常在一种非个性的时间和地点中，以小说叙事的形式进行粉饰。”[①]拉尔还对为何选择印度女性英语创作为研究对象或理论建构的支点做了解释。她说：“选择印度女性英语创作是有意而为。重新考察这一群体会提供引人入胜的理由，以便检视我所谓的‘门槛定律’（Law of the Threshold），它使女性创作更显复杂……尽管这种‘门槛定律’（下一章详述）对男女作家均有效，然性别差异使问题更趋复杂。从托鲁·达特的19世纪末到芭拉蒂·穆克吉更为‘解放的’世界，比起印度男作家来，印度女作家要承受更大的社会压力。”[②]

拉尔在引言中阐明自己的理论建构设想后，接着在第二部分的开头象征性地引述泰戈尔长篇小说《家庭与世界》的人物语言，并对她的方法论核心“门槛定律”进行详细说明。她说：“我所谓的‘门槛定律’可以作为印度女性主义文学批评的一种原创性方法。它意味着一种‘在内部’和‘走出去’的强烈感觉。门槛既是一种真实的门闩（bar），也是一种象征性的阻隔（bar），它标志着关键性的变化。一般而言，男人跨过门槛并无危险且可在内外两个世界中穿梭。人们期望女性只呆在家门限定的一个世界里。对女性而言，越过门闩一步就是一种越轨（transgression）的行为……门槛定律因而允许男人的多元化生存方式，但对女人而言只有一种。然而，传奇、神话、历史和文学提供了跨越门槛的女性事例，她们的生活结局有悲有喜。悉多的‘罗斯曼那线条’（lakshmanrekha）几

①Malashri Lal, *The Law of the Threshold,* p.3.
②Malashri Lal, *The Law of the Threshold,* p.4.

乎成为这一观念的原型。”[①]“罗斯曼那线条”来源于大史诗《罗摩衍那》中的一个著名典故，悉多走出罗摩弟弟罗斯曼那为保护她免遭魔王罗波那的劫掠而精心画好的保护圈，最终遭到厄运。（这一情节后来以不同的面貌出现在中国的神魔小说《西游记》中。）这一神话故事情节与传统印度女性的命运息息相关，因而成为当代女性主义思想家的思想资源。

拉尔还指出，上述“门槛定律”将空间视为起源于家庭内部秩序在物理形态上的安排组合，但又延伸为玄学而抽象的思想观念，由此形成人类行为的图腾和禁忌。从印度女性的内部视角看，门槛以外的世界是专属于男人们经商、贸易、从政和战争的未知领域或神秘地带。按照父权制传统，女性必须接受各种男性权威的保护，使她远离外部世界的危险。印度的宗教传统和社会习俗将女性称为Griha Lakshmi（家中的财富女神）。这是对女性角色的又一种禁锢，因为这种称呼“巧妙地将女性的神性和她在家庭空间的局限性进行并置”。[②]

拉尔指出：“在具体运用‘门槛定律’时，一个文本可以视为存在于三个依次展开的或然性空间中。第一个空间是内部空间。”[③]这个内部空间便是门槛以内真实的场所，也是一种精神的空间，作者和读者对此必须有足够的认识。第二个空间是门槛本身，它是内部空间和外部空间施加影响而导致两者拉锯的地方。“门槛一带的紧张冲突根植于复杂的性别问题。”[④]门槛这一真实而又颇具象征色彩的场所，将女性的孤独无助和男性的话语压迫表现得淋漓尽致。第三个空间是家庭以外的世界。“这一空间适用于

①Malashri Lal, *The Law of the Threshold,* p.12.
②Malashri Lal, *The Law of the Threshold,* p.13.
③Malashri Lal, *The Law of the Threshold,* p.14.
④Malashri Lal, *The Law of the Threshold,* p.17.

那些在其旅途中义无反顾并别无选择的女性。”[①]论述至此，不难发现，拉尔此处关于三个女性空间的理论，其实在某种程度上是对泰戈尔《家庭与世界》所表达的女性主题的艺术改造或思想推衍。关于第三个空间之于女性的风险，拉尔给予了高度的关注。她指出：“因为社会对女性的注视（gaze），她的每个行为都成为决定性的行为，这好比没有公开的羞辱，就不会有撤退行为。这里潜伏着悲剧。门槛之外的失败的或不完美的表现，必然会导致女性声言撤退和人格羞辱。”[②]

在对自己的三个空间理论亦即“门槛定律”进行总结时，拉尔坚持强调印度女性作家的特殊写作姿态。她说：“我想在此总结一下，为可能会成为评价印度式文学文本（Indocentric literary texts）的方法论的‘门槛定律’进行辩护。尽管世界绝大多数女性创作都涉及家庭关系的复杂问题，但印度女性英语作家无一例外地专注于这一领域的创作，而且她们还在自己创作的小说中融入了个人体验。”[③]拉尔还对自己提出“门槛定律”的深刻原因进行了再度诠释：“门槛从来不是一个直截了当下决心的简单地方，这便是我为何称其为‘门槛危机’（doorway crisis）。许多关乎个人体验的含义深邃的词汇融入其间，可以将它们排成一个系列：印度性的追问、西方化、本土文化、土著的信仰、语言的获得与社会思想。对于这些领域的思考，将与女性对自己性别立场及其决定性的生物因素的认识进一步联系起来。这一巨大的网络（vast net）要求某种合适可用的分析方法，这就促使我思考‘门槛定律’，我已经以内部空间、门槛危机和外部附属等三个基本要素，对此理论进行了说明。”[④]

①Malashri Lal, *The Law of the Threshold,* p.19.
②Malashri Lal, *The Law of the Threshold,* p.20.
③Malashri Lal, *The Law of the Threshold,* p.21.
④Malashri Lal, *The Law of the Threshold,* p.22.

对“门槛定律”亦即三个女性叙事话语空间的思想进行解说后，拉尔还以“印度中心观”（An Indocentric Approach）为题，专章就其在印度文学批评中具体运用的相关事项进行说明。她先对泰戈尔《家庭与世界》进行女性主义解读，然后指出，即便到了20世纪末，印度女性大多深恐女性主义或女权主义思潮会颠覆现状，而这又与印度特殊的历史传统和女性的现状密不可分。拉尔注意到，印地语中表示女性主义的近义词是Narithwa，这是印度人认为不具咄咄逼人色彩的温和词汇。印度女性创作中的特殊温和姿态，即使在表达反抗主题时也常可见。这一创作姿态的背后，潜伏着男权中心主义的影子。

拉尔深刻而犀利地剖析了造成印度女性创作尴尬而不自知的奇怪逻辑：“印度清醒的女性主义思想家注意到这一事实：这里的女性解放由男性主导。人们很容易回忆起萨拉特·钱德拉、般基姆·查特吉的文学作品和拉姆·莫汉·罗易的辩论……值得注意的一点是，印度式方法不能采纳以紧张冲突的男女性别二元对立为基础的西方女性主义思想。通过将女性置于一种真实的历史与社会群体语境中，‘门槛定律’检视印度女性的命运及其在文学中的描述。这种社会语境包含着男性与女性传统观念的对立。很大程度上，女性自己所思考或想象的生活方式是，在社会群体对女性‘恰当’位置的看法上达成默契。她只求变化，但不想破坏自己与社会群体的关系，这一变化并不剧烈，公众不会关注，但对她而言却是至关重要。”①

拉尔在该部分结尾处写道：“从自己的文化资源中，印度文学中的女性主义能否找到一种范式（paradigm）？对印度文学作品而言，门槛的隐喻具有许多的涵义，然其还具有三个重要的优

①Malashri Lal, *The Law of the Threshold,* p28.

势。”[①]第一个优势是在世俗生活层面不会扰动宗教信仰等敏感的领域，第二个优势是适用于自称“女权主义者”和宁愿使用“妇女研究”等文静词汇的两类人，第三个优势是它能打破文化、历史等因素造成的局限。拉尔最后再次强调自己建构新理论的初衷：“关于为何希望达成一致公认的印度式方法论原则（Indocentric methodology），理由现已足够充分。我之所以提出‘门槛定律’，是想在国际女性主义理论的广阔领域，沿着一条独立的道路（separate pathway）进行探索。”[②]

既已初步创立自己的女性主义批评理论，拉尔接下来便以此为工具，对近现代六位印度女性英语作家的创作进行透析。她首先考察的是托鲁·达特（Toro Dutt，1856 ~ 1877）。这便是她在题为“托鲁·达特下落不明的小说：《比安佳或曰西班牙少女》”的一章中所要完成的任务。

印度学者德维威迪（A.N.Dwivedi，1943 ~ ）在其著作《托鲁·达特的文学形象》（*Toru Dutt: A Literary Profile*）中，对托鲁·达特的评价很高。他说，托鲁是超越某一特定国家地域的世界公民。“在她那里，鲁德雅德·吉卜林所谓‘东方是东方，西方是西方，二者永不相遇’的著名论断，变得毫无意义，毫不相干。”托鲁的文学生涯极为有趣，她的作品价值永恒，她是“印度英语诗歌的苍穹里最耀眼的星座之一”。[③]关于托鲁的《比安佳或曰西班牙少女》，德维威迪指出，读者很难忽略这部小说中暗含的自传色彩。“很明显，家庭的悲剧严重地挫伤了作者的敏感心灵，一种病态的因素融入了这部小说中。”[④]

---

①Malashri Lal, *The Law of the Threshold,* p.31.

②Malashri Lal, *The Law of the Threshold,* p.32.

③A.N.Dwivedi, *Toru Dutt: A Literary Profile,* New Delhi: B.R. Publishing Corporation, 1998, pp.5-6.

④A.N.Dwivedi, *Toru Dutt: A Literary Profile,* p.50.

拉尔指出："托鲁·达特是印度的第一位女性英语作家，但其人其作却所知甚微……托鲁不久再度被人遗忘的事实，应该成为女性主义批评家关注的对象，因为她具有历史的重要地位，通过更好地把握其未被人阅读的作品，她的文学声誉应予以提高。"①拉尔对托鲁死后才得以发表的短篇小说《比安佳或曰西班牙少女》进行了女性主义视角下的仔细解读后发现，书中涉及托鲁经历了印度文化与西方文化场域转换后的心灵疏离（displacement），也经历了西方追求者与自己父亲在试图拥有她的过程中的煎熬苦痛。托鲁在书中假托主人公拷问了"传统性别心理学的基础"。该作记录了19世纪孟加拉女性解放之路的艰辛漫长。"这部短篇小说无意中触及到性别、种族与阶级的问题……无疑，托鲁没有写完《比安佳》。这部未完之作反映了她人生经历中的喧嚣激荡，她年轻的生命突然凋谢于1877年8月。"②《比安佳或曰西班牙少女》出版之前，托鲁的父亲删除了已故女儿在其中描述的某些敏感内容。拉尔由此得出结论："作为依赖养育自己且思想进步的父亲的人，托鲁跨越了性别、阶级和印度教的边界线……在我看来，尽管这是不太完美的一种自我删除，它仍是耐人寻味的一个策略性文本（subterfuge text），它成了意味深长的自传。"③

印度学者指出："一般公认，托鲁·达特和萨洛吉妮·奈都是两位最杰出的以英语写作的现代印度女性。"④为此，拉尔在书中以《萨洛吉妮·奈都的黄金门槛》为题，对奈都于1905年在伦敦出版的第一部诗集《黄金门槛》（*Golden Threshold*）进行了分析。她发现，奈都的人生体验和文学创作经历了"门槛定律"的许多考验。奈都在跨越家庭与世界之间的门槛后，也运用了诸如非女性化

①Malashri Lal, *The Law of the Threshold,* p.34.
②Malashri Lal, *The Law of the Threshold,* p.37.
③Malashri Lal, *The Law of the Threshold,* p.54.
④A.N.Dwivedi, *Toru Dutt: A Literary Profile,* p.115.

等等策略。拉尔写道：“很难永远保持门槛上的艰难平衡（strenuous poise）。大约在1917年的某个时候，萨洛吉妮走出了家庭与世界那道无形无影却又令人痛苦的分界线，将自己的精力奉献于民族的事业。戈卡勒和甘地决定了她的抉择。文学界失去一位诗人，国家得到了一位爱国者。”①

循着这种“门槛定律”的思维，拉尔还对其他几位印度女作家的英语创作进行了颇有新意的点评。篇幅所限，此处不论。

综上所述，拉尔以自己独创的“门槛定律”表达了印度女性主义批评家的印度中心观。和梵语诗学批评的心理机制相似，这其实是对印度本土文化发展规律的深刻认识，是对印度传统之于印度女性生活体验、之于印度女作家的无形影响的清醒认识，也是对西方思潮横扫印度文学评论界的自然反应。在2004年出版的论文集《表达自我：女性与文学》中，拉尔奉献了一篇论述印度女性短篇小说主题的文章。她坚持了当初的理论建构立场：“女性创作的文学为不断创新和自觉描写女性视角提供了一种方法……在创建体现印度视角的女性主义理论的过程中，必须把握多声部、多文学、多层面历史的复杂性。”②

拉尔的文化自觉和理论自觉，与同一时期某些中国学者虽然质疑但却在某种程度上借鉴西方女性主义理论阐释中国文学中的女性主题或女性书写的立场有些不同。例如，刘慧英指出，必须建构一种新的女性文学批评范式，但其主要理论依据是西方女性主义文学批评。“中国女性文学的发展轨迹很不清晰，也很不强大，它也没有西方那样声势浩大的女权主义政治运动作背景，甚至可以说它有些残缺不全……我这里描述的女性文学批评即是建立在这样的历史

①Malashri Lal, *The Law of the Threshold,* p.78.

②Malashri Lal, Shormishtha Panja, Sumanyu Satpathy, eds. *Signifying the Self: Women and Literature,* pp.164-165.

和现实背景之上的，它无法与西方女权批评作简单的认同，因为我们立足的土壤完全不同，但是我们不妨‘拿来’和借鉴它们能为我们所用的理论、观点和方式方法，以逐步建立和完善我们自己的女性文学批评和研究。”[1]20世纪末，随着中国学术界女性主义批评第二次浪潮兴起，某些学者开始质疑生搬硬套西方女性主义理论的文学研究模式。有人认为，西方理论只是被批判和扬弃的真理的原料，而非真理本身。“中国的女性主义批评从西方女性主义性别差异的价值判断出发，抹煞了中国女性文学诱导因素的丰富性，使我们的批评实践陷入了形而上学的怪圈。”[2]批评归批评，质疑归质疑，目前国内学界鲜有拉尔式的理论独创意识。当然，也有少数学者透露出一种理论自觉意识，如林树明倡导一种超越性别二元对立的“性别诗学”。他认为，性别诗学有助于消解现代学科的人为障碍，为当代文学批评发展提供新的契机。“阴阳互补”、男女两性“和而不同”是性别诗学的价值定位。“性别诗学在其本质上始终是审美的。在美学层次上，性别诗学倾向于专注感性的审美范式、审美意识的深度生成……性别诗学将有助于改善人类文化生态和人文环境……构成东方美学特有的感性传统的新维面，避免女性主义批评的单向性，促进两性文化的健康发展，孕生一个崭新的审美场域。”[3]这种“性别诗学”前景诱人，但却尚未具象为拉尔式的可直接运用于文本批评的理论范式。

不过也应看到，拉尔所谓的“门槛定律”也有其局限之处。拉尔在书中明确贴出“印度中心观”的这一思维标签，本身便具有反其道而行之的抵抗性建构立场。这种建构姿态与对西方思潮的解构

①刘慧英：《走出男权传统的藩篱：文学中男权意识的批判》，北京：三联书店，1996年，第13—14页。

②林树明：《多维视野中的女性主义文学批评》，北京：中国社会科学出版社，2004年，第388—389页。

③参阅林树明：《多维视野中的女性主义文学批评》，第410—419页。

姿态遥相呼应或互为表里，其所具有的“双刃剑”效应不难明白。例如，在分析梵语古典文学中的女性题材或女性形象塑造等方面，“门槛定律”的效力或许不如引进的某些西方女性主义思想资源。这从前边的相关介绍可以看出。因此，正确的考察视角和批判思维应该是，既清醒地认识到东方文学创作的特殊规律和作品产生的文化土壤，自觉探索新的批评路径，同时又以开放的心态自由过滤西方文论精华，以变异、嫁接或移植的方式引为新的批评工具。惟有采取立足本土、融汇东西的文化立场，文学批评才能呈现健康的新气象。印度的女性主义文学批评应该如此，中国的女性主义文学批评亦不例外。如果将眼光延伸至整个印度文学批评界或整个中国文学批评界，上述思维仍然不失其现实指导意义。

有的学者指出，如果将20世纪80年代末的女性主义文学批评视为新时期女性文学批评的第一次浪潮，那么，1995年前后又兴起了女性主义批评的第二次浪潮。迄今为止，中国学术界已经涌现了不少的相关成果，例如：盛英主编的《20世纪中国女性文学史》（1995）、李玲的《中国现代文学的性别意识》（2002），等等。[①]关于女性主义文学批评的相关著作和论文不计其数。在此背景下，如何有效参考印度女性主义文学批评的经验并为我所用，值得学界思考。

第十三节　达利特文学批评

达利特文学或曰达理特文学（Dalit literature）也称贱民文学，是指印度独立后兴起于马拉提语文坛、继而在古吉拉特语、印地语、泰卢固语、马拉雅兰语、泰米尔语等印度语言文学和印度英语文坛中扩展开来的一场持久运动，它在20世纪60至70年代开始兴

①参阅林树明:《多维视野中的女性主义文学批评》，第366—367页。

盛，至21世纪初，其发展势头依然不减。达利特（Dalit）本来是一种贱民种姓或曰表列种姓的称呼，该词是人称“不可接触者的救星”的安倍德卡尔首先使用的，他为了缓冲达利特人对甘地赋予的称呼“哈里真”（神之子）的不满情绪而改用此语。马拉提语诗人南迪奥·达萨尔（Nandeo Dhasal）等是早期达利特文学的代表人物之一。他们不仅创作文学作品，还制作反映达利特种姓疾苦和斗争的影视作品，电视片《遭受双重歧视者》便是一个例子。[①]当然，若追溯一个半世纪以前的历史，贱民亦即后来所谓的表列种姓早就有过诗歌创作的先例：“我们既无亲属也无权利，因为我们生来受人歧视；对别人是毒药的东西，对我们则是解脱的良方。”[②]

论者指出，达利特（达理特）文学实际上是这一种姓的作家所创作的作品，这是其狭义称呼。“实际上，达理特在此已不限于种姓的意义，而是一种认知，指社会底层人物在痛苦悲伤的生活体验中认识到社会、宗教传统对他们的压迫与窒息，因而想以文学的方式来表达他们的痛苦与抗争的心声，这样，达理特一词的含义就显得较为宽泛了。”[③]不过，对达利特文学的范围拓展也会遇到新的问题，如一些非达利特种姓出身的作家对于将其归入达利特作家行列持反对态度，认为这是对他们的侮辱，受教育的达利特作家也不愿意将自己的创作视为达利特文学。这样，达利特文学的界定出现了矛盾。达利特文学运动接受了马克思主义的影响，作家们希望通过文学运动发动社会革命，已达到变革印度教社会的目的。达利特作家想发动社会革命，这与印度社会的非暴力传统相互抵牾。这便注定他们无能为力的现实结局。因此，达利特文学“可以说是既非马克思主义又非佛教哲学，但同时又是两者相结合的奇特产

①参阅邱永辉：《现代印度的种姓制度》，成都：四川人民出版社，1996年，第177、212—213页。

②转引自邱永辉：《现代印度的种姓制度》，第213页。

③石海峻：《20世纪印度文学史》，第245页。

物”。[①]

乌玛商卡尔·乔希在1988年出版的书中论述印度区域性语言文学的内部比较时指出：“研究近期我们一些方言中崭露头角的达利特文学现象，批评家将能够说明，利用这些真正的活力资源，我们的文学将成为真正的印度文学。”[②]或许正是秉承这一关注充满新鲜活力的底层文学或边缘文学的探索旨趣，近年来，在达利特文学持续发展的背景下，达利特文学批评也不断涌现出新的研究成果。各种著作和相关论文不断产生，德里大学英语系等高校相关院系不断举办以达利特文学为主题的各种研讨会，斯皮瓦克等人以后殖民主义和女性主义思想对贱民文学的阐释，这一切都是梳理印度当代文学批评史不可忽视的重要动向。鉴于此，笔者利用非常有限的资料，对当代印度的达利特文学批评进行简介。首先看看部分涉及达利特文学批评的一些著作或论文集。

1995年，S.K.达斯出版了《印度文学史》第二卷，其中既有印度女性文学的介绍，也有对达利特文学的历史梳理。这说明达利特文学得到了当代文学史家的高度重视，正式进入了文学史研究的视野。达斯在书中写道：“就受迫害者（underdogs）作为一支重要文学力量崛起而言，逐渐为人所知的‘达利特运动’是现代印度文学最重要的特征……达利特作家们不仅在文学中引入一种新的体验世界，同时也利用受迫害者的语言潜力，拓展了文学表述的范围。”[③]

1999年，安德拉邦出身达利特种姓的学者K.艾诺赫（Kolakaluri Enoch）出版了泰卢固语著作的英译本（别人代译）《现代文学批评原理》（*The Principle of Modern Literary Criticism*）。在书中，

①参阅石海峻：《20世纪印度文学史》，第245—246页。
②Umashankar Joshi, *Indian Literature: Personal Encounters,* p.12.
③S.K.Das, *A History of Indian Literature: 1911-1956,* p.22.

他除了提到印度女性主义文学批评的最新动向外，也提到了达利特文学批评的新趋势。在他看来，由于达利特运动的新视角，达利特文学已经突破描述“阶级战争”的局限而转向表现“种姓战争”。[①]该书还专列一章《达利特文学批评》，对印度达利特文学、特别是泰卢固语达利特文学的发展进行了梳理。在艾诺赫看来，“达利特文学”一词是1985年以后才开始流行的。[②]艾诺赫在书中坦承，自己常常在诗歌、小说、戏剧中表达达利特群体的呼声和反抗情绪。他是安倍德卡尔思想的信徒，倾向于马克思主义的革命观。“他（指艾诺赫）强烈主张，达利特应该为自己的权利而战斗，他的文学体现了个性十足的这一特色，他证实了达利特群体的存在。令人尊敬的进步主义批评家和革命联盟都欣赏他在性格刻画、情节编织和处理中体现的进步和革命倾向。但是，人们有趣地发现，艾诺赫从来不是任何一个组织的成员。他的‘达利特’个性不允许他加入任一联盟。”[③]艾诺赫认为，泰卢固语中的达利特文学和女性主义文学联系紧密。他还对达利特文学与女性主义文学的差异进行说明。他还简要地介绍了一些非达利特作家创作的达利特文学作品。不过，艾诺赫发现，达利特文学批评较少。他对达利特文学发展进行了一些预测，并对关注达利特文学的批评家们提出了一些建议和要求。[④]

2000年，德里大学举行“女性与文学”的学术研讨会，前述论文集《表达自我：女性与文学》便是这次研讨会部分论文的选粹。耐人寻味的是，该书五个板块即五个主题的第二个便是“达利特视角”（Dalit Perspective）。该板块包括印度学者的四篇论文，标

①Kolakaluri Enoch, *The Principle of Modern Literary Criticism,* Anantapur: Jyoti Granthamala, 1999, p.20.

②Kolakaluri Enoch, *The Principle of Modern Literary Criticism,* p.163.

③Kolakaluri Enoch, *The Principle of Modern Literary Criticism,* p.183.

④Kolakaluri Enoch, *The Principle of Modern Literary Criticism,* pp.159-197.

题依次为：“有远见的地图绘制：玛哈斯维塔·黛维的《想象的地图》”、“古吉拉特达利特妇女的歌曲和故事”、“种姓、宗教与性别：泰卢固语达利特女性诗歌中的各种压迫”和“宗教与性别在泰米尔语达利特叙事中的邂逅”。[①]这说明，印度女性主义批评已将达利特文学批评纳入自己的考察视野，从而拓宽了女性文学批评的边界。该书收录的一篇文章还转述了苏吉特·穆克吉于1991年对斯皮瓦克的评价，称她为“东方女性的门卫（dwarpalika）”。[②]这位东方女性的“护门神”将玛哈斯维塔·黛维着力描述达利特人悲惨生活的孟加拉语作品有计划地译为英语，使其关于孟加拉地区达利特女性不幸命运的艺术思考能尽快地国际化，为西方学术界所认识。这种关于印度文化与叙事空间的挪用，其实也是斯皮瓦克在英美学术界开拓自己的后殖民批评和女性主义批评领地的一种尝试。[③]

最先描述达利特或曰不可接触者的印度英语作家是安纳德等人。安纳德其人其作因此成为当代印度学者论述达利特文学时绕不开的重要对象。2003年，一位印度学者在题为“论M.K.安纳德《不可接触者》与约瑟夫·迈克万《随嫁之子》的达利特”的文章中，对两位写作达利特题材的作家作品进行比较分析。该文认为，安纳德的小说是在甘地主义影响下，以詹姆士·乔伊斯《尤利西斯》的艺术风格创作的。安纳德急切地代低种姓发言。而《随嫁之子》的魅力在于人物对话，它将达利特描述为勇敢而具有革命精神的种姓。达利特妇女也勇于反抗高种姓的迫害。“这部小说是古吉拉特达利特文学的独特作品。它表现了达利特所面临的社会、文化与经

①Malashri Lal, Shormishtha Panja, Sumanyu Satpathy, eds. *Signifying the Self: Women and Literature,* pp.75-118.

②Malashri Lal, Shormishtha Panja, Sumanyu Satpathy, eds. *Signifying the Self,* p.87.

③Malashri Lal, Shormishtha Panja, Sumanyu Satpathy, eds. *Signifying the Self,* p.87.

济问题……可见这部小说更多地受到安倍德卡尔的影响。迈克万描述了印度独立以前和印度共和国时期达利特的境况。虽然两人（指安纳德和迈克万二人）都描述了偏见与不公，困惑与冲突，但他们都不想扩大达利特与非达利特人之间的裂痕。他们为达利特们呼吁人权与尊严。当他们被社会和文化所接纳时，这才有真正意义上的民主。”①有的学者指出："表列种姓问题从经济角度讲是贫困问题的一部分，从社会角度上讲是完全铲除不可接触制度的问题，也是改变印度大众的意识问题……没有人口众多的表列种姓的进步，没有他们对社会发展的参与，无论是印度的经济现代化还是社会现代化，都是不可能想象的。"②这种批判思维有力地说明了达利特文学之所以产生的社会、政治、经济、宗教和心理基础。

2008年，D.S.米什拉在研究1970年后的印地语、古吉拉特语和印度英语小说主题的专著中，以“达利特视角下的传统种姓制变化”为题，专章讨论了几部达利特小说的创作倾向。他的结论是："印度的达利特运动并非反动，而是正面的、积极的。达利特文学旨在将贱民（untouchable）与非贱民（touchable）团结起来。我们深信，达利特思想将增强印度的民主体制，为贫困阶层的人们、为达利特群体带来平等和社会正义。"③

2010年，穆拉·拉姆出版《M.K.安纳德的〈不可接触者〉：达利特生活的一面镜子》。该书扉页引述了贱民运动领袖B.R.安倍德卡尔的话："思想自由才是真正的自由……心灵自由足证人之存在。"该书分为“引言”、“高种姓印度教徒对达利特人的迫害”、“达利特人对达利特的迫害”和“结语”等四章。拉姆在书

①Amar Nath Prasad, *Critical Response to V.S. Naipaul and Mulk Raj Anand,* New Delhi: Sarup & Sons, 2003, p.130.

②邱永辉:《现代印度的种姓制度》，第219页。

③Dayashanker Mishra, *Dynamics of Social Change: Explorations in Post-1970 Gujarati, Hindi, and Indian English Fiction,* p.38.

的最后写道，近年来的达利特运动不止局限于要求消灭种姓制和不可接触制的罪恶行径，还要求重建印度社会秩序，创造一个所有被蹂躏和压迫的贫苦大众都能平等地享有公共资源、参与权力机构和学术活动、获得社会尊严、继承宗教冲突等。在这一语境下，安纳德的作品具有深刻的启迪意义。“对于认识达利特种姓的困境和理解其抵抗方式，阅读安纳德的《不可接触者》均大有裨益。这也是相当肤浅的这一研究著作试图达到的目的。”①

2006年，P.K.夏尔玛出版《达利特政治与达利特文学》。该书初稿是他于2006年提交给尼赫鲁大学英语研究中心的博士论文。原文历经八年的考察调研和撰写修改，充分地体现了达利特文学研究的田野作业和草根政治色彩，还预示了内涵异常复杂的达利特文学必然走向跨学科研究的发展趋势。除了“前言”外，该书包括六个部分，标题依次为：“引言”、“政治意识与文学表达”、“达利特意识与达利特运动”、“从普列姆昌德到曼努·班达里的批评分析”、“从莫汉达斯·奈米西拉伊到近期作品的权利诉求”、“达利特政治与达利特文学的未来发展趋势”。

在“前言”中，夏尔玛指出，他的研究主要集中于印地语中的达利特文学。他认为，印地语达利特文学处于边缘地带的受压迫者的一种反抗文学，绝非休闲文学或精英文学。达利特文学触及政治、思想层面，也触及文学表达的本土性、地方性、民族性与世界性的问题。通过戏剧、小说、自传、回忆录、诗歌和报告文学等各种形式，达利特文学表达了政治呼声和文学、文化身份的诉求。“达利特文学也和‘主流文学’搭上了边界，质疑主流文学的在形式和内容方面的等级思想和霸权意涵，致力于构建被压迫者和

①Moola Ram, *Mulk Raj Anand's Untouchable: A Mirror of Dalit Life,* New Delhi: Bahri Publications, 2010, p.103.

被边缘化者的美学概念和美学理论。”①为此，他将选择十一部达利特题材的印地语作品进行分析，其中包括普列姆昌德于1936年创作的达利特题材作品，也包括1999年的印地语达利特小说。这十一部作品的作者包括达利特作家和非达利特种姓出身的十位印地语作家：普列姆昌德、扎格迪西·钱德拉、阿姆利特·拉尔·纳迦尔、曼努·班达里、莫汉达斯·奈米西拉伊、奥姆·普拉卡什·巴尔米基、马尔康·辛格、贾伊·普拉卡什·卡尔丹、拉尔昌德（拉赫）、苏拉吉·帕尔·乔汉，他们的创作几乎可以代表20世纪所有重要的印地语达利特文学。

在“引言”中，夏尔玛先介绍达利特种姓的一些历史背景和生活现状。达利特种姓大约占印度人口的17%，约为一亿三千万人左右。考虑到这一种姓的复杂情况，这的确是一个非常庞大的数字。夏尔玛认为，达利特种姓自愿采纳的“达利特”一词具有复杂的内涵或所知，反映了他们的自发反抗、自我身份界定和政治诉求等意识。他还指出，安倍德卡尔和甘地的思想对达利特文学具有很大影响。达利特文学首先描述作家自己的族群体验，意在表达高种姓印度教徒对低种姓的压迫和歧视，婉转表达一种反抗的情绪。达利特作家们相信，文学必须以社会关怀的视野进行书写、阐释，达利特文学不仅是一种艺术作品，更是一种对作家身处的社会群体面对的复杂境况和时代的艺术表达。在达利特文学中，人是叙事的中心，追求平等、自由、正义和团结等人文关怀是基本要素。②夏尔玛说：“理解印地语达利特文学的涵义和本质很重要。事实上，由于从本质上抗拒印度种姓制度的霸权并从达利特运动中获得灵感，达利特文学是一种政治文学。达利特文学将人视为中心，以非常流畅而具

①Pradeep K.Sharma, *Dalit Politics and Literature,* “Preface,”Delhi: Shipra Publications, 2006,V-VI.

②Pradeep K.Sharma, *Dalit Politics and Literature,* pp.2-7.

有新意的表述方式，描写达利特群体所遭受的创伤、痛苦、剥削和压迫。理解达利特文学，必须从社会学角度深入分析达利特这一群体的反抗、达利特的自我表述和达利特运动。”[①]夏尔玛还承认：“定义印度语达利特文学是一项艰巨的任务。”[②]这是因为，关于谁有资格书写达利特文学、谁有资格成为达利特作家，存在两种针锋相对的观点。一派认为，只有达利特出身的作家才懂得被压迫和剥削的痛苦，才有资格书写达利特文学，自然也才有资格被称作达利特作家；另一派观点认为，高种姓作家也能描述达利特群体的真实状况，他们也应视为达利特文学的作者。[③]

接下来，在“政治意识与文学表达”一章中，夏尔玛对达利特文学与美国黑人文学的关系、印地语达利特文学和马拉提语达利特文学的差异等问题作了说明。他极为关注达利特文学批评理论或达利特美学观的构建问题。在他看来，各种文学社会学可以为构建达利特美学理论提供思想资源。达利特美学（Dalit aesthetics）不仅只是讨论如何用来表述达利特政治意识的文学形式、文学风格和语言等要素，还需要整体把握印度社会结构，并将印地语达利特文学放入那个结构或语境中进行理解。“考虑到达利特群体的语境，最重要的是应该努力建构一种达利特文学的社会美学（sociological aesthetics），而不是达利特文学的文学美学（literary aesthetics）。”[④]这一看似偏激的观点，既源自夏尔玛的专业背景和学科兴趣，也体现了达利特文学的特殊复杂性。当然，如若完全以“社会美学”指导达利特文学的创作，必然会导致不利于达利特文学健康发展的后果。文学毕竟是由语言风格和审美情味等要素构成的艺术门类，它有自己区别于社会学的独特发展规律。

---

①Pradeep K.Sharma, *Dalit Politics and Literature,* p.7.
②Pradeep K.Sharma, *Dalit Politics and Literature,* p.11.
③Pradeep K.Sharma, *Dalit Politics and Literature,* pp.12, 78-79.
④Pradeep K.Sharma, *Dalit Politics and Literature,* p.42.

源于上述“社会学美学”思维，夏尔玛对印地语达利特文学发展现状的评价是：“印地语达利特文学正在表现达利特群体的真实情状，表现其创伤和为社会变化而进行的斗争。这也就认可了这样一种事实：文学美学已经超越了一种‘老练’的心态而成为一种真实的美学意识，它旨在摧毁文学美学中（由高种姓作家）‘编织的形式霸权’。”①在对印地语达利特文学的代表性文本进行历史分析后，夏尔玛坚持认为，达利特文学是一种政治色彩鲜明的艺术表述，它表达了达利特运动的政治社会化、政治动员和主动的政治参与进程，决定性地削弱了无数个世纪以来迫使达利特群体屈服的社会等级体系即传统的种姓制度。“达利特文学表述因而成为政治性诉求，它在生活的各个层面挑战了高种姓的霸权，因此致力于‘获得更好的参与机会，获得自我尊严与庄严的社会身份’。”②

以上是对达利特文学批评的概略介绍。这方面的深入研究需要大量的资料积累和田野调研。同样的道理，马克思主义批评、进步主义文艺思想等方面的历史梳理也非常重要，非常必要，限于篇幅和资料，笔者只能抱憾地停笔于此。必须指出的是，关于达利特文学的研究，除了石海峻的著作涉及这一领域外，戈富平近期发表的论文《印度语“贱民文学”概述》值得关注。该文探讨了“贱民文学”的名称、印地语文学中的“贱民意识”、主要作家、作品及“贱民文学”的几大表述主题等重要问题。③这说明，国内学界已有睿智之士认识到达利特文学（贱民文学）的特殊重要性。期待不久的将来出现全面而系统的著作，进一步促进和深化该领域的研究。

①Pradeep K.Sharma, *Dalit Politics and Literature,* p.48.
②Pradeep K.Sharma, *Dalit Politics and Literature,* pp.160-161.
③参阅姜景奎主编：《多维视野中的印度文学文化》，第145—152页。

第十四节　印度电影和戏剧研究

印度电影和戏剧、尤其是宝莱坞电影，在世界上声名卓著，它们应该视为印度现当代文学特殊而重要的组成部分。近年来，国内学者对此领域也有相关的探索，例如，有的学者在论文中对享誉世界的印度现代电影先驱和孟加拉语电影奠基人萨蒂亚吉特·雷伊（Satyajit Ray，1921～1992）的女性系列影片进行了探索。该论文指出，雷伊揭示了印度近代启蒙改革以来女性解放的一个悖论性事实：印度女性解放其实是男性改革者缓解民族问题焦虑的象征性姿态。“男性改革者主张在外部和物质世界模仿西方，却在精神和内部领域保持了一个‘未被殖民的空间’——家庭，于是妇女被迫成为守护这一内部精神领域的受压抑者。雷伊这一超前于时代的思考，既彰显了他敏锐的洞察力，也是他作为一个有强烈社会责任感的艺术家的批判意识的体现。”[①]本节依据有限的资料，对近年来印度学者关于印度电影和印度戏剧的相关研究成果（指关于二者的表演艺术而非电影剧本和戏剧文本的研究）举例简介。资料和篇幅所限，除了极少的例外，下边的介绍一般不包括印度学者对印度之外的东西方电影和戏剧的批评研究，也不包括对当代印度电视剧、绘画、音乐和舞蹈等方面的相关评论。

一、电影研究举例

电影首先在法国诞生，但印度出现电影的时间仅比欧洲晚半年而已。迄今为止，印度电影已经走过了一个多世纪的历史。以孟买

①王思思：《囿于家庭的印度女性——萨蒂亚吉特·雷伊女性系列影片解读》，载《南亚研究》，2010年第1期，第136页。

为基地出产的宝莱坞电影为代表，印度电影可谓印度文化软实力的重要载体之一。“印度电影的年产量排名世界第一，平均每年生产800多部电影……印度电影每年都能吸引十多亿的国内外观众。电影与观众的热烈互动场面是印度的一道文化风景……开放的电影政策和具有民主特征的电影审查制度造就了发达的印度电影业。”①宝莱坞（Bollywood）是世界上最大的电影生产基地之一，拥有很多观众。宝莱坞电影是印度赠给外部世界的一张独具魅力的名片。印度电影在南亚、中亚、东南亚国家以及某些欧美、大洋洲国家受到欢迎。中国观众也对《大篷车》、《流浪者》和《土地税》等印度电影非常欣赏。

1963年，印度学者S.克利希那斯瓦米和西方学者合著的《印度电影》一书出版，1980年，该书发行第二版。此书主要是对印度电影的现代起源及其发展进行历史梳理。

在该书1980年版的“序言”中，克利希那斯瓦米首先解释电影制作者和大众传媒、政治史、历史学、社会心理学、音乐、舞蹈和相关艺术领域的学者对印度电影表示浓厚兴趣的几个原因：印度电影的高产、对印度观众的高度吸引力、印度电影制作部门的复杂组合、来自传统梵语戏剧的长时间歌舞场面、广受世界赞誉的前卫风格、偶尔包括黑钱的种种资金结构、偶尔涉足政界的帝王般荣耀的影星、融合西方旋律和器乐的印度式音乐、涉及十多种印度语言的娱乐业。克利希那斯瓦米还指出，印度电影充满了强烈的对比，它所表现的题材涵盖了最高贵到最豪华、最冒险到最虔诚、最欢乐到最绝望的内容。这一切来自于印度社会现实。有人说印度电影是“纯粹的遁世主义”风格，这有悖事实。事实上，在富裕和贫穷、新与旧、希望与绝望紧张对立的印度，电影塑造的人物形象和声音信号恰恰是这些紧张冲突的历史记录。即使在大英帝国殖民印度期

①张讴：《印度文化产业》，北京：外语教学与研究出版社，2007 年，第50页。

间，印度电影也发挥过提升民族主义士气的作用，并成功地骗过了英国人的审查。“纵观其历史，印度电影界触及传统与现代化的竞争。这样的话，某种程度上，它得缓和这些冲突，提供一种替代行动的梦幻场景。然而，它也给它们带来持久的压力，往往预示着、推动着社会的变迁。”①

《印度电影》显然是为西方和印度英语学术界、电影人士等了解印度电影历史和现状而写，因此，该书采取叙述为主、论述为辅的方式进行谋篇布局，并插入大量电影剧照（有的是印度独立以前的珍贵剧照），以图文并茂的方式生动形象地解说印度电影发展历程。根据介绍，印度电影放映开始于1896年的孟买。印度电影业起步早，刚一开始便步入国际化进程，各国争抢印度电影市场份额。1913年，D.G.帕尔克为印度观众奉献了第一部自己拍摄的电影。1920年代，引进电影中的拥抱、接吻等镜头因不合印度社会传统风俗而备受诟病。印度电影初创期也出现了此后一直存在的复杂语言问题。大约在1931年期间，出现了第一部有声的印度电影。泰戈尔对印度民族电影业的发展做出了贡献。1937年，出于复杂的政治考虑，英国当局禁止放映有关甘地题材的电影。1946年，描写柯棣华医疗队援华抗日的电影《柯棣华大夫之旅》上映，获得各方支持和赞赏。该片基于K.A.阿巴斯（Khwaja Ahmad Abbas）的短篇小说《还有一个没回来》（*And One Did Not Come Back*）改编而成。印度独立以后，电影年产量居世界第二。《印度电影》介绍了《流浪者》风靡世界的情景，也介绍了大导演萨蒂亚吉特·雷伊执导、后于1956年上映的《道路之歌》（*Pather Panchali*）等名片的历史，还提到印度电影刻板的审查制度。该书最后以乐观的调子写道：“正在努力重建社会的印度，正在走向各国领袖的地位。电影提供

①Erik Barnouw and S. Krishnaswamy, *Indian Film,* “prologue,” New York, Oxford, New Delhi: Oxford University Press, 1980.

了一种声音，通过这一声音，印度可以向世界发言。”[①]

20世纪90年代以来的二十多年中，印度电影业在经济全球化浪潮的推动下，随着印度崛起的步伐加快，产生了很多新的变化。这一切成为印度海内外学者、尤其是电影评论界人士的关注焦点。例如，近二十年来，印度学者出版了下述以印度电影为研究对象的著作：齐达南达·达斯古普塔（Chidananda Dasgupta）的《彩绘之面：印度流行电影研究》（*The Painted Face: Studies in Indian Popular Cinema*，1991）、苏米特·查克拉沃蒂（Sumita Chakravarty）的《印度流行电影中的民族身份》（*National Identity in Indian Popular Cinema*，1996）、马达瓦·普拉萨德（Madhava Prasad）的《印地语电影中的意识形态》（*Ideology of the Hindi Film*，1998）、拉丽塔·戈帕兰（Lalitha Gopalan）的《障碍电影》（*Cinema of Interruptions*，2002）、乔迪卡·维尔迪（Jyotika Virdi）的《电影想象》（*The Cinematic Imagination*，2003），等等。从这些著作的标题可以发现，印度学者们多从文化研究视角切入本国电影的思考和探索，意识形态、文化身份、形象塑造等是其关注的重点，这与当前世界比较文学研究的文化转向似乎不无关联。在研究当代印度英语电影方面，米拉克西·穆克吉的论文集《神秘莫测的地方：文化和文学记忆》中的一篇文章可作参考。这篇文章的题目是“印度英语电影”。[②]它涉及印度艺术家在1981到2007年间拍摄的52部英语电影的综合分析。

2000年，普勒玛·乔达里出版著作《殖民地印度与帝国电影制作：形象、意识形态与身份认同》。这是以后殖民理论等思想资源论述帝国主义电影的著作。乔达里认为，《鼓》、《贡嘎·丁》和

①Erik Barnouw and S. Krishnaswamy, *Indian Film,* p.290.

②Meenakshi Mukherjee, *Elusive Terrain: Culture and Literary Memory,* Delhi: Oxford University Press, 2008, pp.30-45.

《雨季来临》等于1938至1940年在印度上演的三部殖民电影的表达方式有很多差异，但也有一些共同的特点："三部电影的共同点在于，整个殖民统治的意识形态结构内在于电影的强势话语中。这些电影观点相同，都鼓吹英国殖民统治是优越的、文明的、现代的。它把帝国主义和秩序、理性联系起来，这些东西又是在与混乱无序和缺乏理性的比较中产生的，因此，它赋予在印殖民统治以合法性。"[①]乔达里的著作融合了电影、历史、国际政治、性属研究等诸多学科或领域，既是文化批评著作，也是当代电影文学、殖民文学研究的力作之一。

在这种持续研究的热潮推动下，近几年出现了更多的电影研究著作。例如，2007年，尼赫鲁大学艺术学院电影研究副教授、独立女制片人拉吉妮·马宗达出版了著作《孟买电影：城市档案》，该书于2009年再版。该书几个标题如下："引言：城市寓言"、"银幕上的愤怒"、"反叛的流浪汉"、"欲望女郎"、"内部万象"、"孟买的黑社会"、"结语：贴近生活"。第一章"银幕的愤怒"主要论及1970年代的政治动乱和1990年代城市里出现的疑虑和陌生气息之间的对话，在这里，城市是悲剧和神话的所在，银幕上出现了一些"怒汉"和精神病人。第二章"反叛的流浪汉"主要展示流浪汉（Tapori）的身体语言和富有戏剧性的表述，同时也体现了印度电影的流浪汉与好莱坞电影中流行的阳刚气质和男性叛逆者形象之间的文本互动。第三章"欲望女郎"论述银幕上表现的西化型荡妇（vamp）形象与印度社会道德价值观变迁的关系，将现代主义的公共空间和私密空间一并展示。第四章"内部万象"涉及新的恋物癖与文化身份的协调认同，银幕创造出一种有别于建筑空间的"虚拟城市"，在此，新式国际化家庭替换了城市的物质空

---

①Prem Chowdhry, *Colonial India and the Making of Empire Cinema: Image, Ideology and Identity,* Delhi: Vistar Publications, 2000, p.242.

间并重新阐释了传统与现代的涵义。第四章“孟买的黑社会”讲述新式黑帮电影如何表述城市人的空间焦虑和自闭症，这也是对孟买的一种怪诞体验。

2008年，印度海外学者塞尔沃拉吉·维拉尤塔出版自己主编的研究泰米尔语电影的论文集《泰米尔语电影：其他印度电影业的文化政治》。该论文除主编自己撰写的“引言”外，包括十一篇论文，作者大部分为身处加拿大、美国、新西兰等国高校的印度学者，体现了印度海内外学者对泰米尔语电影的研究热情。学者们论及泰米尔语电影的女性形象、政治主题、电影与作家关系、流行电影与乡村生活、印地语电影和泰米尔语电影的关系等。塞尔沃拉吉在“引言”中说，作为印度最古老和高产的电影业，泰米尔语电影与印度其他语种电影一样，有着相似的一些文化特质，但却被宝莱坞印地语电影、孟加拉语电影等的光芒所遮蔽，他选编该论文集的目的是：“使印度电影领域的一支重要力量获得学术界的认可。”①

2008年，德里大学的两位学者M.巴拉特（女）和N.库马尔主编的《拍摄控制线：电影镜头前的印巴关系》出版。除“引言”外，该书共收录十一篇论文，分别以“边界谈判”、“划分边界”和“和解”为主题进行统摄。该书最后部分是两篇关于电影导演的访谈录。两位编者指出，该书取内部视角，以跨越历史学、社会学、经济学的视野，对印巴分治进行深入的全方位研究。他们还透露，此前未出现关于印巴分治主题的电影研究著作。印度独立以后的一段时间里，由于存在心理创伤，印度电影并无意表达印巴分治这种令人痛苦的题材。巴基斯坦形象在印度电影中呈缺席状态，这种沉默显示了一种公开的敌意和文化对立。后来，一些印度导演将巴基斯坦表述为“敌人”，以显示印度的民族身份。印巴关系的一

①Selvaraj Velayutham, ed. *Tamil Cinema: The Cultural Politics of India's Other Film Industry,* London and New York: Routledge, 2008, p.12.

些积极变化在印度电影中也时有反映。可以说，印度电影中的巴基斯坦主题是印巴关系的“晴雨表”。该书是对印度电影的印巴关系题材的首次集中探索，其目的是思考印度电影如何正确地反思印巴分治？印度电影如何塑造民族身份或表达印巴之间的情感纽带、共同文化遗产？①该书还提到了1964年拍摄的描写1962年中印边界战争的影片《真相》（*Haqeeqat*），称其为一部“标志性电影”（landmark film）。②这是一部印地语电影，导演是切丹·阿南德（Chetan Anand）。

2010年，两位客居美国的印度女学者R.B.梅塔和R.V.潘达丽潘迪主编出版基本由印度海外学者主笔的论文集《宝莱坞与全球化：印度流行电影、民族与散居》。该文集收录九篇论文，分别论述印度宝莱坞电影中的女性形象、文化身份建构和印度教民族主义思潮等问题。③

2010年，喀拉拉大学比较文学中心的女学者M.T.皮拉伊主编出版论文集《马拉雅兰语电影中的女性：吸纳性别等级制》。该文集收录十一篇印度学者的论文，以“性别的历史考察”、“性契约：女性表述？”和“当代跨界：粉饰前景”等三个主题词进行统摄。该文集主要是对马拉雅兰语电影中反映的性别问题进行女性主义解读。皮拉伊指出，女性电影批评是一种高度美学化的政治研究，它关注妇女的主体性问题，并将女性的银幕形象视为一种政治问题和本体论问题。她认为，关注马拉雅兰语电影中的性别问题，并不是试图回答，而是“提出一系列的批判性问题，这些问题涉及马拉雅

①Meenakshi Bharat and Nirmal Kumar, eds. *Filming the line of Control: The Indo-Pak Relationship through the Cinematic Lens,* “Introduction,”London, New York and New Delhi: Routledge, 2008,IX- XVI.

②Meenakshi Bharat and Nirmal Kumar, eds. *Filming the line of Control*, p.6.

③Rini Bhattacharya Mehta and Rajeshwari V. Pandharipande, eds. *Bollywood and Globalization: Indian Popular Cinema, Nation, and Dispora,* London: Anthem Press, 2010.

兰语电影的解读，涉及对其性别表述之政治内涵的理解”。[①]

二、电影研究的主题分析

综上所述，近年来，不包括大量散见于各种期刊杂志或报纸的论文，仅以英文专著为例，印度电影研究便出现了不少的学术成果。大批英语表达流利的海外印度学者加入印度电影研究行列，进一步促进了这一领域研究的国际化步伐，同时也促进了印度文化软实力的西向“推销”。前述英文著作的编者和作者深受西方文化研究思潮的影响，自觉采纳西方的批评工具和思维方式，对于印度电影历史脉络的梳理和发展现状的考察，均带有强烈的意识形态批判色彩，这在一些学者对银幕女性形象和性别关系的批评中体现得尤其明显。接下来对上述著作所关注的几个主题进行浅析，这些主题涉及当代印度电影的基本特征、以宝莱坞电影为代表的印度流行电影与全球化的关系、印度电影的女性叙事、印地语电影和泰米尔语电影的内部关系、印度电影的未来发展前景，等等。

当代印度电影发展中呈现的一些基本特征，是某些学者思考的重点之一。例如，印度电影为何受到印度民众的关注，能在很大程度上抵御好莱坞的“竞争”，这是一个值得深思的现象。有的学者以孟买电影为例指出，它之所以在与好莱坞电影铺天盖地的浪潮席卷下存活且很受印度观众欢迎，其中存在各种原因。“很多电影业界人士将电影称作现代技术包装的民间音乐，因为，它叙说的是现代化不均衡的一个国家的观众能够领略的一种特殊体验。流行电影涉及日常生活与方式独特的人生体验。这种在历史文化方面独具特色的叙事风格，不仅使其内容和形式均获成功，还赋予流行电影一

①Meena T.Pilai, ed. *Women in Malayalam Cinema: Naturalising Gender Hierarchies*, Hyderabad: Orient Blackswan, 2010, p.6.

种特殊的魅力，以抵御好莱坞在印度的扩张。”[①]拉吉妮·马宗达指出，印度电影、特别是宝莱坞电影形成了一种强劲有力的电影文化，一直拥有大量的“铁杆粉丝”。宝莱坞电影在世界各地均有反响，它那独具一格的音乐舞蹈、传奇色彩、幻想场景、壮观表演是海外印度侨民或散居者的最爱，非印度侨民也能欣赏。流行电影大获成功还与融合民间音乐和现代电影技术的“科技民谣”（techno folk）有关。除了大量涉及日常生活题材外，流行电影还吸纳了历史悠久的印度文学、艺术和表演传统，从而以不断发展而又十分自然的“混杂文化形式”，描述当代印度社会里传统与现代之间的复杂交锋。“纵观历史，印度电影体现本土传统，反映了保持其独特形式的强烈愿望。”[②]关于这一点，可以这样进行解释：“与好莱坞电影不同，印度流行电影并不是基于因果形式的线性叙事。相反，电影业中的创意之作是基于音乐、表演和叙事因素的魅力范围完成的……好莱坞电影与印度电影的差异说明，需要更深地了解‘本土’电影文化，其中，表演、音乐、语言习惯使得叙事更为复杂。所谓‘圆形叙事’只是一种复沓叙事罢了，包含了多种语言、多种形式的集体表演，并不能简单地归入哪一个特殊的艺术门类。”[③]

全球化浪潮对印度流行电影的影响清晰可见，这也是印度学者非常关注的问题。R.B.梅塔等人编著的《宝莱坞与全球化》一书便是这一方面的思考结晶。R.B.梅塔指出，宝莱坞即印度的娱乐电影走向全球化是在1995年。她认为，无论是否承认印度电影的社会历史性，它的这一特性已经和印度产生了复杂的联系。“目前的新宝莱坞电影是后全球化时代印度的面孔，要理解它奇特的社会、文

①Rajani Mazumdar, *Bombay Cinema: An Archive of the City,* "Preface," Ranikhet: Permanent Black, 2009.

②Rajani Mazumdar, *Bombay Cinema: An Archive of the City,* “Introduction,” XVII.

③Rajani Mazumdar, *Bombay Cinema: An Archive of the City,* p.213.

化、政治和经济内涵，必须重新思考全球化之前印度几十年的后殖民时代。”①书中一位作者在分析宝莱坞电影中的女性叙事时指出：“在我们的时代，毫无保留地认可宝莱坞为印地语电影业的唯一界定标准，为重新认识1990年来制作的电影中的女性性行为的唯一参照系，这表明两种文化中存在一种互利关系……从这一角度进行观察，‘宝莱坞’的性别表演模式或许会有助人们思考改变印度民族身份的方式，重新界定全球文化语境中所谓的印度女性气质（Indo-feminine）。”②另一位作者在论述全球化与印度流行电影的文化想象、主体性建构的关系时指出：“本文旨在追问三部近期发行的印度宝莱坞电影中的欲望建构、主体性与愉悦和全球化在次大陆传播之间的关系。全球化的霸权扩张，在意识形态方面要求且依赖于阐释一个全球化的世界中的新意识和鲜活文化。流行文化与全球化进程的沆瀣一气也是人所共知的事实。”③有的学者认为，宝莱坞电影过度渲染某些新的形象和不断展示豪华壮观的场面，这似乎是其神经质表现的一个案例。“在一个贫富严重不均的国家里，以系列歌曲、电视和广告这三位一体的方式，制造一种关于商品和性的力量的持久神话，这表明了全球化的另一面。”④全球化浪潮的袭击使表现城市生活变迁的印度流行电影打上了特殊的标签，传达了现代人的异化感和陌生感：“全景的内部呈现，表达了一种归属感的危机意识、对街道（暴力）的恐惧，对美好生活的渴望，所有这一切是同时表达的。在这种建筑物豪华亮堂的空间里，黑暗空

①Rini Bhattacharya Mehta and Rajeshwari V. Pandharipande, eds. *Bollywood and Globalization*, p.3.

②Rini Bhattacharya Mehta and Rajeshwari V. Pandharipande, eds. *Bollywood and Globalization,* p.51.

③Rini Bhattacharya Mehta and Rajeshwari V. Pandharipande, eds. *Bollywood and Globalization*, p.75.

④Rajani Mazumdar, *Bombay Cinema: An Archive of the City,* p.109.

间的缺席意味深长。”①对印度电影的暴力叙事或曰“暴力美学”而言，全球化也似乎难辞其咎：“全球化以后，电影城最吸引眼球的发展便是，孟买黑社会在电影中频频出镜。城市在此不再是抽象的角色，而是一种充满暴力的流动形式，结果就是主体性的破坏。”②

印度电影的女性叙事是学者们普遍关注的一个重点。他们对电影中女性形象折射的父权制思想或男性观看痕迹等非常反感，对女性身体商业化、女性表述的主体缺席亦即客体化、刻板化、神秘化、色情化等倾向进行了重点审视和批判。例如，在塞尔沃拉吉·维拉尤塔主编的论文集《泰米尔语电影：其他印度电影业的文化政治》中，十一篇论文中的开头三篇皆与泰米尔语电影中的女性表述有关，其标题分别是：“好女人、优秀女人：泰米尔语电影中的女性们”、“泰米尔语电影中的女主人公：从被动的主体到讨人喜欢的客体”、“在泰米尔语电影中呈现女神：电影观赏的感官忧虑”。这三篇论文的作者分别是定居印度孟买、新加坡和加拿大三地的女学者。这些标题鲜明地体现了学者们的女性主义批评立场。一位学者在文章的最后意味深长地指出：“只要试图继续阐释文化，泰米尔语电影中的女性们只能被迫以明确的概念、独特的方式表演她们的身体，明确的概念是指纯洁和肮脏（impure）。”③

M.T.皮拉伊主编的《马拉雅兰语电影中的女性：吸纳性别等级制》从书名也可发现其女性主义批评的鲜明旨趣。该文集中的一些文章标题值得注意，例如：“马拉雅兰语电影中的性别方程式”、“马拉雅兰语电影中的婚姻与家庭”、“不同共和国里的妇女们”、“区分真实的强奸和胶片上的强奸（The Real-Reel

---

①Rajani Mazumdar, *Bombay Cinema: An Archive of the City,* p.148.
②Rajani Mazumdar, *Bombay Cinema: An Archive of the City,* p.212.
③Selvaraj Velayutham, ed. *Tamil Cinem*, p.27.

Dichotomy of Rape）”、“软性色情（Soft Porn）和家庭的焦虑”，等等。皮拉伊认为，要清楚印度国内外都赞赏的马拉雅兰语电影为何不能从各种不同的社会场景表述女性的体验，必须深入了解马拉雅兰语电影如何表述马拉雅兰人的文化身份和民族身份。[①]她认为，此处存在一种霸权色彩的性别意识形态。尽管马拉雅兰语电影没有直接将女性表述进行夸张神化，但却常常通过将“历史”进行“归化”，从社会和语言层面“冻结”女性受压迫的历史，使其成为“自然的”现象，让观众误以为这种电影表演的符号学体系便是真实的体系。皮拉伊认为，在马拉雅兰语传统文化中，存在一种“厌女”（misogynist）情结。喀拉拉神话传说中存在男权中心主义痕迹，这便使当代马拉雅兰语电影对女性的表现存在刻板化、消极化、边缘化的色彩。1960年代，喀拉拉共产党在提倡积极塑造银幕女性形象方面发挥了作用，但还存在父权制的痕迹。1980年以来，马拉雅兰语电影在女性叙事方面仍带有过去的消极色彩。资本化、父权制和各种新保守主义思想影响了电影叙事，女人身体成为另类商品，结婚生子成为女明星逃脱从影艰辛的唯一途径。社会上对女星们持有严重偏见。身为女星，似乎意味着道德败坏和招惹公众注意力，这是违反女星本能的。因此，在未来会受到惩罚。由此可见，电影中的女性形象反映出男性对女性的压制。皮拉伊指出，必须认识这种电影制作中的同质化倾向，警惕“想当然的单一性亚民族身份，以及女性形象的神话和神秘色彩”。[②]另一位学者指出，马拉雅兰语电影喜欢描述表现强奸的题材。目光短浅、急功近利的电影镜头对强奸和暴力的过多描述，没有抓住其本质内涵，因而会造成观众无法区分暴力和活力、性行为与诱奸、快感与迫害，

①Meena T.Pilai, ed. *Women in Malayalam Cinema: Naturalising Gender Hierarchies,* p.5.

②Meena T.Pilai, ed. *Women in Malayalam Cinema: Naturalising Gender Hierarchies,* p.13-24.

在现实生活中，也会形成一种长久的“无名的恐惧”。[①]

前述拉吉妮·马宗达在书中以“欲望女郎”（Desiring Woman）为第三章的标题，分析宝莱坞电影中女性形象的复杂内涵。她还以vamp（荡妇、骚货）一词对女性身体商业化和色情化的负面形象进行补充说明。她认为，电影中表现城市女性欲望强烈，说明城市是一个“越轨和道德焦虑的地方”。[②]她还指出：“毫无疑问，消费型欲望女郎的主体是与电影叙事同时存在的大众意识的部分呈现，它还认可上层阶级和中产阶级的等级制……另一种威胁是塑造‘印度女性’形象的那种民族主义画像方式。”[③]

《拍摄控制线》虽然主要关注印度电影中的印巴分治及其对当代印巴关系的深刻影响，但该书中的有些论文也关注印巴分治与女性形象塑造的关系，对女性在教派冲突中遭受的厄运表示同情。[④]

关于印地语电影和泰米尔语电影的关系，是《泰米尔语电影》一书关注的一个重点。塞尔沃拉吉认为，南印度是印度最大的电影产地，但因为宝莱坞电影的存在，人们对其认识模糊，存在误解。换句话说，印度电影业中，宝莱坞的文化霸权和主导地位弱化和遮蔽了印度电影传统的丰富色彩和民族语言特色。除了孟加拉语电影外，以泰米尔语等其他印度语言拍摄的电影都暗淡无光。[⑤]因其拍摄地在马德拉斯的柯丹巴康（Kodambakkam）一带，人们又称泰米尔语电影的产地为“柯莱坞”（Kollywood）。柯莱坞出产的泰米尔语电影与印地语电影等其他印度语言电影多有互动。泰米尔语电影给人的视角冲击力强，它具有独特的语言、文化和种族意识，具有深刻的政治和社会内涵，它和印地语电影的区别在于前者强调泰

①Meena T.Pilai, ed. *Women in Malayalam Cinema: Naturalising Gender Hierarchies,* p.192.

②Rajani Mazumdar, *Bombay Cinema: An Archive of the City,* p.79.

③Rajani Mazumdar, *Bombay Cinema: An Archive of the City,* p.108.

④Meenakshi Bharat and Nirmal Kumar, eds. *Filming the line of Control*, p.81.

⑤Selvaraj Velayutham, ed. *Tamil Cinema,* p.1.

米尔式的印度特性。[①]

就印度电影的发展前景而言，由于海外印度人士的大力支持，宝莱坞电影在世界各地的“粉丝”一直呈上升趋势，印地语电影的世界传播呈现出较为乐观的态势。麦赫利·森指出，印地语电影有着国际化的雄心抱负，开始拍摄能为国际观众所接受的影片。为了吸引人数不断上升的海外印度侨民帮助推广印度电影，借力者即宝莱坞自身也得做好一件大事：“宝莱坞的电影产品必须进行某种自我革新，以在国际影像市场上具有同等的竞争力。”[②]此外，印度海外散居一族必须被视为电影人奇幻世界中的印度公民。

当然，有的学者如拉吉妮·马宗达对宝莱坞为代表的印度电影前景表示出某种悲观的情绪。这或许是某些宝莱坞电影所表现的色情化、商业化和暴力化倾向格外突出的缘故。拉吉妮指出：“随着印度不太自信地走向常常被吹嘘为开创性的、全球化的下几十年，废墟上的电影城或许会开启一扇窗户，使人洞见暗淡的未来。”[③]

论者指出，就泰米尔语电影的发展前景而言，道路相当漫长。泰米尔语电影的国际化意识亟待加强，因为电影人一般不愿为泰米尔语电影配上英语或其他语言的字幕，这自然会影响它的传播和理解。泰米尔语电影在许多国际电影节上并未获得提名。它在国内还受到印地语电影等兄弟语言的市场竞争，在国际上的传播也只限于说泰米尔语的地区。泰米尔语电影即使在印度国内获得认可，也需要艰辛的努力。“这并不是暗示，泰米尔语电影必须改弦更张，以宝莱坞电影的形象面世。相反，泰米尔语电影如果真想成为世界电影的一部分，必须超越泰米尔语世界，走向非泰米尔语观众。”[④]

---

①Selvaraj Velayutham, ed. *Tamil Cinema,* pp.2-8.

②Rini Bhattacharya Mehta and Rajeshwari V. Pandharipande, eds. *Bollywood and Globalization*, pp.147-148.

③Rajani Mazumdar, *Bombay Cinema: An Archive of the City,* p.212.

④Selvaraj Velayutham, ed. *Tamil Cinema,* p.187.

应该说，对于泰米尔语电影、孟加拉语电影等其他印度语言所拍摄的电影而言，这种观点和意识都是非常正确的。

三、戏剧研究举例

前边说过，此处所提的印度戏剧，除了少数例外情况，基本上指舞台演出艺术或基于戏剧文本的表演活动，并不过多涉及古代至今的戏剧文本研究。如果从印度学者的词语选择上看，也可发现其中的一些微妙差异。例如，1977年，M.K.奈克与人合编的论文集《印度英语戏剧论》（*Perspectives on Indian Drama in English*）出版。②该书的目录大多以play（剧本）或drama（戏剧、剧本、戏剧演出）等两个关键词为题。另一位学者汇编印度学者关于吉利西·卡尔纳德（Girish Karnad）、泰戈尔和维贾伊·腾杜尔卡（Vijay Tendulkar）等五位20世纪代表性戏剧作家的论文集时，也以drama为题：《印度英语戏剧的前景和挑战》（*Perspectives and Challenges in Indian-English Drama*）。A.N.德维威迪在该书“前言”中指出，长期以来，印度英语戏剧创作赶不上英语小说和诗歌的成就，但泰戈尔和奥罗宾多等现代作家的剧作为此领域增添了新鲜的内容，指明了新的发展方向。吉利西·卡尔纳德等当代印度作家创作了不少适合舞台演出的英语戏剧作品，但该领域仍然难与小说和诗歌领域的成就比肩。③

2001年，一位西方学者所编选的《当代印度戏剧》（*Drama Contemporary India*）在约翰·霍普金斯大学出版社出版，次年在印度出版。该书收录了吉利西·卡尔纳德的《火与雨》等六位当代

---

②M.K.Naik & S. Mokashi Punekar, eds. *Perspectives on Indian Drama in English,* Madras: Oxford University Press, 1977.

③Neeru Tandon, ed. *Perspectives and Challenges in Indian-English Drama,* “Foreword,”New Delhi: Atlantic Publishers, 2006.

印度著名戏剧家的戏剧英译本。编者在“引言”中指出，theatre这个词在印度涵义很广，指拉姆利拉和特雅姆等祭祀场合的仪式表演、卡塔卡利和库提亚坦等舞剧表演、恰乌和特鲁库图等民间戏剧表演、教育式示范表演、大型商业表演等。上述戏剧表演的场所包括田间地头、市场、庙宇、私人住宅、政府办公室和正规舞台等。“戏剧作为宗教节日的一部分进行表演，既可作为世俗的娱乐，也可满足游客需求。现代戏剧是‘戏剧表演’的一个分支（Modern drama is a subset of ‘theatre’），它还与其他表演形式相联系并受其影响。”[①]

由此可见，以theatre指代现当代印度文化语境中的戏剧表演更为妥帖。这似乎是印度学者们多以theatre一词为题为自己论述戏剧表演的著作或论文集命名的重要原因。例如，内米钱德拉·迦因的《印度戏剧侧记》（*From the Wings: Notes on Indian Theatre*）[②]和阿迪亚·兰迦查里亚的《印度戏剧》（*The Indian Theatre*）[③]便是这类以印度戏剧表演艺术为论述对象的著作。当然，他们有时也用drama一词来指称戏剧表演。

对于作为一门表演艺术而存在的印度戏剧，印度学者历来十分关注。两位印度学者编选并于1981年出版的论文集《印度戏剧批评》（*The Critique of Indian Theatre*）中，收录了多位印度与西方梵文学者在20世纪初关于梵语戏剧表演起源的研究论文。欧洲梵文学家A.B.基思认为：“在这方面，希腊和印度戏剧表演的相似性太过明显，不容忽视。”[④]不过，印度学者否认了梵语戏剧的希腊起

①Erin B.Mee, ed. *Drama Contemporary India,* “Introduction,”New Delhi: Oxford University Press, 2002, p.1.

②Nemichandra Jain, *From the Wings: Notes on Indian Theatre,* New Delhi: National School of Drama, 2007.

③Adya Rangacharya, *The Indian Theatre,* New Delhi: National Book Trust, 1980.

④M.L.Varadpande and Sunil Subhedar, *The Critique of Indian Theatre,* Delhi: Unique Publications, 1981, p.46.

源说。1909年，印度学者M.H.夏斯特里在《孟加拉亚洲学会学报》第五卷发表《印度戏剧的起源》一文，他在文中指出，印度戏剧的产生与祭祀因陀罗的旗杆有关。“因此，印度戏剧与一种非常古老的仪式相关，可以称其为印度戏剧或印度雅利安戏剧，但它后来的希腊人毫不相干。”①

1955至1958年间，1953年成立的印度音乐戏剧学院（Sangeet Natak Akademi）组织了四次学术研讨会，分别探讨电影（1955）、戏剧表演（1956）、音乐（1957）和舞蹈（1958）。这些是印度独立以来首批以国立学院牵头主办的涉及艺术表演的研讨会。2007年，当年关于戏剧表演的探讨内容和学者们的发言提纲被汇编成册出版，这就是《印度戏剧回顾》（*Indian Drama in Retrospect*）一书的由来。由目录可以看出，当年研讨的内容涉及阿萨姆语戏剧、孟加拉语戏剧、泰戈尔戏剧、奥里雅语戏剧、印地语戏剧、印地语民间戏剧、旁遮普语戏剧、乌尔都语戏剧、古吉拉特语戏剧及民间戏剧、马拉提语戏剧、马拉雅拉姆语戏剧、泰米尔语戏剧、泰卢固语戏剧、业余剧团、演员培训、剧场设施建造、歌剧、舞剧、儿童剧、戏剧研讨会的策划等议题。在1956年的戏剧研讨会上，学者们围绕上述各个语种的戏剧发展及其他相关议题，展开了生动活泼的对话交流。他们就梵语戏剧学的一些原理如何进行现代阐释展开了论争。有的学者认为，需要珍视印度丰富的民间戏剧传统，使之永远得以流传。还有学者认为，必须为印度儿童创作优秀的戏剧，但由于儿童剧的创作历史短，难度很大。另有学者提到中国古典戏曲的表演特点和让西方人大开眼界的京剧表演，并将京剧与印度戏剧进行比较。②会上，大家还就国家如何资助戏剧

①M.L.Varadpande and Sunil Subhedar, *The Critique of Indian Theatre,* p.14.

②V.Raghavan, et al., *Indian Drama in Retrospect,* New Delhi: Sangeet Natak Akademi, 2007, pp.33, 316, 358.

创作、戏剧表演、民间剧团、演员培训、民间戏剧的保存、推广和研究、戏剧教育、戏剧表演竞赛和戏剧出版物等重要问题，提出了具体的建议。著名英语作家M.R.安纳德还以《世界戏剧语境中的印度戏剧》为题，对印度戏剧起源、古典戏剧表演技巧的发展、舞台监督的职能、演员和观众如何协调统一、印度戏剧在多大程度上吸纳了西方戏剧的内容和形式、印度戏剧与欧洲戏剧可否协调、如何吸纳西方戏剧长处、是否应该按照西方模式建立系列剧场和创作西式剧本等问题，提出了自己的看法。①他的相关看法，引起了与会学者的对话热情和探讨兴趣。

可以说，印度获得政治独立，极大地促进了学者们对印度传统文化的探索兴趣。首先出现的是一系列介绍印度戏剧发展史或各个语种戏剧发展概况的书。例如，1956年，印度政府出版局出版了《印度戏剧》。1961年，《马拉提语戏剧》一书出版。1971 年，阿迪亚・兰迦查里亚出版《印度戏剧》，该书于1980年再版。该书是对印度戏剧史的一般介绍，包含九章内容，标题分别是："戏剧起源"、"梵语戏剧"、"戏剧与创作"、"插曲"、"民间戏剧"、"寻找新式戏剧"、"职业戏剧"、"城市戏剧"、"印度独立后的戏剧"。作者指出："印度戏剧史并不是不同印度语言戏剧史的总和……如果印度是一个国家，那么我们的戏剧和其他国家一样，必须被视为印度戏剧。一直存在一种印度戏剧，这是事实，而不只是爱国的自负言辞。"②

1978年，K.罗哈出版《孟加拉语戏剧》，该书于1980年重印。该书分为十五章，介绍孟加拉语戏剧的起源、发展、现状，涉及孟加拉语戏剧发展史上的业余剧团、民间戏剧、商业戏剧等，也介绍了泰戈尔等著名作家的戏剧创作和演出概况。作者认为孟加拉语戏

①V.Raghavan, et al., *Indian Drama in Retrospect*, pp.281-298.

②Adya Rangacharya, *The Indian Theatre*, p.160.

剧是两百年前由英国人带来的，它与本地戏剧传统和中产阶级兴起有关。印度民族主义思想高涨是近代印度梵语戏剧复兴的前提，但梵语戏剧对孟加拉语戏剧发展的影响较小。这是因为："对于孟加拉语戏剧产生直接影响的是两种源头：加尔各答的英语戏剧和传统的民间戏剧即巡游剧团（jatra）。"①

大体上可以将20世纪60至70年代视为当代印度戏剧表演艺术的发展高峰期，私人和政府层面的鼓励和支持是主要的动力。近年来，随着全球化大潮的席卷和市场经济体制的威胁，鲜活生动的戏剧表演遇到了极大的发展危机。在此前提下，2007年，在印度著名印地语诗人、文学与戏剧评论家、翻译家、印度戏剧表演的重要倡导者和权威之一内米钱德拉·迦因（Nemichandra Jain，1919～2005）逝世两年后，他从1976至1988年间发表的五十四篇论文汇编即《印度戏剧侧记》由其生前参与创建的新德里国立戏剧学校（National School of Drama）出版。在当今印度戏剧表演艺术遭受"严重威胁"的背景下，迦因的系列论文或许是"给我们所有人的一种警醒"。②由于迦因亲自参与印地语戏剧的表演指导和推广，他的很多看法可以视为当代印度学界关于戏剧表演的代表性观点。

迦因的论文集可以归纳为下述几个方面的主题进行考察。首先是对印地语戏剧的观察。在1976年的文章《德里戏剧是导演的戏剧》中，迦因指出，与加尔各答和孟买相比，德里地区的印地语戏剧表演传统较短，特色不太明显，但也有自己的优势。德里戏剧采纳了音乐、歌舞等传统戏剧元素。梵语戏剧和其他印度语言如吉利西·卡尔纳德的坎纳达语戏剧也在此以印地语形式上演，西方古典戏剧也偶有演出。这一带的印地语戏剧表演主体多为业余剧团而非

①Kironmoy Raha, *Bengali Theatre,* New Delhi: National Book Trust, 1980, pp.1-2.
②Nemichandra Jain, *From the Wings: Notes on Indian Theatre,* "Introduction,"IX.

正式职业剧团。德里一带戏剧表演的缺陷是，没有扎根于社会生活，没有充分地反映广阔复杂的社会现实。阳春白雪似的德里戏剧有西化倾向，走精英路线，迎合政府官员和西化知识分子的胃口，不适合大众观看。德里戏剧是导演的戏剧，而不是演员的戏剧，有杰出的导演而无优秀的演员。与民间口语和普通观众的疏离，使德里一带的印地语戏剧的竞争力逐渐让位于旁遮普语戏剧。[①]1988年，迦因在题为《印地语戏剧出现了什么问题》的文章中，对印地语戏剧缺乏充分的文化身份认同等问题进行了论述。在写于1982年的《印度戏剧与小说》中，迦因对将著名孟加拉语作家玛哈斯维塔·黛维的小说《第1084位母亲》（*1084 Ki Maa*）等编译为印地语戏剧并上演表示赞赏，鼓励多以印地语戏剧的形式改编和翻译以其他印度语言写成的小说，丰富印地语戏剧的发展。

迦因对梵语戏剧如何古为今用的问题也做了思考。在写于1976年的《梵语戏剧的意义》中，迦因注意到，一些印度导演如E.阿尔卡兹、哈比布·坦维尔、维嘉雅·梅塔、香塔·甘地和瓦苏德夫等先后将梵语戏剧如跋娑的《断股》和首陀罗迦的《小泥车》等编译为英语、印地语和马拉提语上演，但这些改编并不令人满意，有的歪曲了梵语戏剧原著的实质。迦因为此提出一些建议：国家投资培养人才，戏剧导演须懂梵语在内的至少两门语言，培养优秀的现代译者，鼓励年轻导演从事梵语戏剧改变，但力争不歪曲梵剧本义，等等。迦因认为，印度古代戏剧必须复兴，只有探索传统，才能将当代戏剧与传统的优势结合起来。[②]在1976年写的《老瓶装新酒》一文中，迦因对基于传统戏剧改编的一些音乐剧表示赞赏。他认为，不能将古代戏剧传统视为一种新奇或时髦，而应在其中寻找可以用来表述当代生活复杂体验的方法和技巧，因为，古代戏剧是

---

①Nemichandra Jain, *From the Wings*, pp.1-9.
②Nemichandra Jain, *From the Wings*, pp.10-16.

古代社会的产物，与当代社会环境存在很大的差异。“我们不能远离自己的传统，但也不应逃进传统之中（We cannot escape from our tradition, but we cannot afford to escape into it either）。”①在1982年写成的《好的戏剧实验》一文中，他对中央邦迦梨陀娑学院改编的迦梨陀娑戏剧《优哩婆湿》表示赞赏，并指出：“只有训练有素、勤于奉献的戏剧人，才能令人信服地处理好古典题材的戏剧。”②

迦因对戏剧导演提出了明确的要求。他认为，戏剧导演要尊重观众，免于流俗。他还对戏剧评论家的相关问题做了分析。他在写于1977年的《受到非难的批评家》和写于1988年的《戏剧批评面临的挑战》两篇文章中，对戏剧批评家的职责、方法、面临的紧迫难题和相应的解决措施等做了较为详细的说明。他还撰文呼吁，减少官方审查制度对正常发展戏剧演艺事业的干扰。

迦因对如何保护音乐剧、街头剧等提出了自己的看法，并对儿童剧创作及其发展对策、民间戏剧传统的保护等相关问题进行了说明。在写于1981年的《不同的节日》中，迦因大声呼吁保护古吉拉特语和印地语中的传统剧种：“如果传统戏剧不能继续存活的话，现代印度戏剧将永远失去自己的真实身份。”③在1983年写成的《展示中的街头剧》一文中，迦因呼吁保护和扶持街头剧，以复兴民间戏剧传统。

迦因对电影与戏剧表演的关系和戏剧如何应对电影的市场冲击等作了分析。在1977年撰写的《银幕与舞台》一文中，迦因指出，电影与戏剧表演之间似乎存在着一种爱恨情仇的暧昧关系。他注意到，一些业余剧团开始在保持戏剧特色的前提下采用电影元素，但也有部分戏剧导演盲目模仿电影中的庸俗表演。迦因建议，电影人

---

①Nemichandra Jain, *From the Wings,* p.26.
②Nemichandra Jain, *From the Wings,* p.173.
③Nemichandra Jain, *From the Wings,* p.115.

和戏剧人二者之间应该抛弃对立情绪，以互相学习的姿态开始各个层面的合作协调，这对两者有益。他告诫戏剧人，不必担忧“年轻同行”（younger kinsman）竞争力强的势头，不应该丧失信心，而应该振作起来，在观众面前展示出戏剧更加生动形象的魅力。①

迦因对整个印度的戏剧表演艺术发展现状表示担忧。在1988年为参加一次国际学术研讨会撰写的短文《戏剧是否还有未来》中，迦因对电视和影像业的发达带给戏剧表演业的强烈冲击进行了分析。他也注意到印度戏剧为世界戏剧界越来越多的人所认识和欣赏。②他还在其他一些文章中戏剧观众减少、原创性高质量剧本少等阻碍印度戏剧发展的瓶颈问题进行了分析。

迦因还对印度戏剧如何与西方戏剧界进行互动也进行了思考。他注意到，莎士比亚戏剧《李尔王》和果戈里的戏剧《钦差大臣》等西方戏剧被编译为印地语在印度上演。在1981年写成的《到国外进行戏剧表演》一文中，迦因鼓励印度戏剧工作者在保留民族风格而不盲目模仿西方的前提下，勇敢地走向西方表演舞台，让西方观众认识真正的当代印度戏剧，欣赏印度戏剧人的成就，扩大印度戏剧在西方的影响力。③当年，在另一篇文章中，迦因一如既往地鼓励印度戏剧人走向西方，展示印度文化的独特魅力。他说：“从很多方面来说，这是对我们国家戏剧艺术的一种原创性贡献。印度戏剧应该到国外去，在西方观众面前进行表演。和我们以其他传统印度语言表演的戏剧一样，它必将赢得更多的注意和赞赏。”④在1988年写成的《熟悉的戏剧和外国的戏剧》一文中，迦因继续倡导印度戏剧“走出去”的战略思维。他认为，这种艺术表演领域的东

①Nemichandra Jain, *From the Wings*, pp.32-36.
②Nemichandra Jain, *From the Wings*, pp.258-263.
③Nemichandra Jain, *From the Wings*, pp.120-124.
④Nemichandra Jain, *From the Wings*, p.134.

西对话会使印度和西方戏剧达到互利共赢的目的。①

综上所述，迦因论述了印度当代戏剧表演事业的各个方面，他的很多论述不仅对印度戏剧发展有着直接的指导作用和启示意义，对于中国当代戏剧发展、传统戏剧保护等也不无启示。

如前所述，在女性主义、后殖民批评等解构思潮流行于印度文学批评界的时代前提下，一些学者自觉采用西方新思潮对印度文学进行考察。与前述拉吉妮·马宗达在书中以“欲望女郎”为关键词分析宝莱坞电影塑造女性形象的意识形态内涵和男权中心色彩相似，有的女学者对当代印度戏剧中的女性形象也持相近的研究姿态。例如，潘卡吉·K·辛格在她于2000年出版的著作《重塑女性：传统、传奇和旁遮普语戏剧》中，对当代旁遮普语戏剧中的女性形象进行了解构式分析，但却得出了一些积极的结论和印象。

潘卡吉在“前言”中指出，旁遮普戏剧提供了一种拷问传统叙事中性别思想的固定模式，一些基于旁遮普语文化传统的戏剧可用作标本，以审视它们如何在爱情、性和婚姻的语境下，将女性建构为屈从于父权制模式（patriarchal paradigms）的形象。“本书将传奇故事和戏剧两者的文本性并置，以研究传奇故事中的女性如何被娓娓动听地边缘化和歪曲表现，而与之相对的则是，印度独立后的旁遮普女性如何被更为公正、真实和有人情味地‘重新表述’。”②

该书主体分为四个部分，大标题分别是：“传统与革新”、“民族主义的表述：神话、传奇和独立后的戏剧”、“改写女性：希尔·兰迦和米尔扎·沙西班的爱情传奇”、“质问传统：普兰·巴加特和拉贾·拉娑卢的重新建构”。书后还附录了一个“编

①Nemichandra Jain, *From the Wings,* pp.248-252.

②Pankaj K.Singh, *Re-presenting Woman: Tradition, Legend and Panjabi Drama,* “Preface,”Shimla: Indian Institute of Advanced Study, 2000, IX.

后记”。该书除采纳女性主义思想和后殖民理论外，还吸纳了诺斯罗普·弗莱关于神话和原型批评的文学人类学理论等西方资源。在潘卡吉看来，半个世纪来的印地语和旁遮普语戏剧存在一些差异："全面观察过去五十年来的印地语和旁遮普语戏剧，认真研究这些重要文本会发现，存在两种改写北印度传统的重要趋势：旁遮普语戏剧中突出的女性主义风尚，印地语戏剧中占主导地位的存在主义思潮。"①在对四个重要的旁遮普语戏剧进行女性主义视角下的阅读和分析后，潘卡吉最后总结说，旁遮普语戏剧的现代叙事使之与历史传奇中女性叙事的父权制文本形成了断裂，而这没有引起文化精英的自觉认识。那四部旁遮普语戏剧改写本土传统，以满足叙事的需要。"旁遮普语戏剧以相对简洁流畅的形式，摆脱了男性为中心的文本模式，形成了以女性为中心的剧本，达成了意识形态转向。怀疑、颠覆、质问和个性独特的自我主张，这些是基于传奇故事而创作的当代旁遮普语戏剧的标志特征。"②

以上是对当代印度电影和戏剧研究的概略介绍。与前述关于印度马克思主义批评、进步主义文艺思想或女性主义批评、达利特文学批评等领域一样，这方面的探索非常重要而且必要。限于资料和篇幅，笔者仍然只能抱憾地停笔于此。同样，笔者期待未来出现全面而系统的相关研究，尽快弥补上述各个领域的空白。

关于印度文学理论与批评发展史的初步考察与探索，至此告一段落。

---

①Pankaj K.Singh, *Re-presenting Woman,* p.11.
②Pankaj K.Singh, *Re-presenting Woman,* p.166.

余　论

印度文论发展对中国的启示

通过前边对印度文论发展史的大致介绍可以发现，以古典梵语诗学为代表的印度文论和中国汉语文论的发展轨迹存在平行或相似之处。中印文论的开端即古代汉语文论与梵语戏剧学都是在没有多少外来思想的影响下形成的，带有典型的原创色彩。佛教传入中国后，一些文论家的著作如刘勰的《文心雕龙》等开始接受佛教文化影响，形成别具特色的理论体系。郭绍虞曾简要概括了中国古代文学批评发展的三阶段："既讲整个的中国文学批评史，总得划分几个时期……大抵由于中国的文学批评而言，详言之，可以分为三个时期：一是文学观念演进期，一是文学观念复古期，一是文学批评完成期。自周、秦以迄南北朝，为文学观念演进期。自隋唐以迄北宋，为文学观念复古期。南宋、金、元以后直至现代，庶几成为文学批评之完成期。"①张少康的分析更为细致，他将王国维之前的中国文学理论批评发展史分为萌芽和产生期（先秦时期）、发展和成熟期（汉魏六朝时期）、深化和扩展期（唐宋金元时期）、繁荣和鼎盛期（明清时期）、中国文学理论批评和西方文艺美学交汇期或曰中西文学、美学思想的结合期（近代时期）。②

如果把眼光投到梵语诗学上，似乎也可发现类似的"三段式"

①郭绍虞：《中国文学批评史》（上卷），南昌：百花文艺出版社，1999年，第4页。
②张少康：《中国文学理论批评史》（上），北京大学出版社，2005年，第1—5页。

发展轨迹。因为，可以把《舞论》中的味论、庄严论等视为对梨俱吠陀时期及此后的印度文艺思想萌芽的一种“观念演进”，而婆摩诃到楼陀罗吒的庄严论、安主的合适论、楼陀罗吒到新护的味论、恭多迦的曲语论等均可视为对《舞论》的“观念复古”，欢增的韵论则是对伐致诃利语法哲学与前人味论等的“观念复古”，而曼摩吒、毗首那特到世主乃至鲁波·高斯瓦明等虔诚味论者似乎可视为梵语诗学的“完成期”。

当然，按照张少康的五阶段分期法对梵语诗学进行观察，它也在某种程度上具有类似的演进痕迹。不过，世主之后的18、19世纪，是梵语诗学缺乏创造力的时期，因袭前人之作很多，自创体系或自有新见者甚少，这与同一时期中国清朝的汉语文论发展状况形成鲜明对比。检视中国汉语文论史可以发现，康熙时期（1654～1722）至乾隆时期（1711～1799）再至光绪时期（1871～1908），出现了王士祯的“神韵说”、沈德潜的“格调说”、袁枚的“性灵说”、翁方纲的“肌理说”及方苞、章学诚、龚自珍、刘熙载等人丰富多彩且各具特色的汉语文学论。有的学者因此说：“康熙和乾隆时期是清代也是封建社会后期最为繁荣昌盛的时代，也是文学理论批评发展的高峰时期。”[①]

不过，若对印地语、孟加拉语等现代印度语言的文学批评发展进行观察可以发现，至少从19世纪中期开始，它开始出现与梵语诗学不同的发展轨迹。纳根德罗认为：“伴随近代印度和印度文化的出现，印度各种语言的近现代文学理论批评始于19世纪中叶。”[②]他把近现代印度文学批评的发展分为三个阶段：第一个阶段指19世纪中期到20世纪初，第二阶段从20世纪初到30年代，20世纪40到50年代为第三阶段。具体说来，在第一阶段，印度各语言文学评

①张少康：《中国文学理论批评史》（下），北京大学出版社，2005年，第319页。
②Nagendra,ed. *Literary Criticism in India,* “Preface,” XX.

论界出现了这样一些动向，如载文评述当代文学新动向，译介西方文论，重估梵语诗学价值等。19世纪后期，几乎所有印度地方语言的杂志都已出现，这极大地推动了第一阶段文学评论的发展。可以说，19世纪到20世纪初，印度各方言文论界的话语创新尚处在“襁褓期”，比之同期中国文论家的“众说纷纭”似乎逊色，但其融汇东西的立场完全相似。20世纪初至30年代左右，随着泰戈尔和奥罗宾多等人的相关著述先后出现，印度文论家自觉结合东西方文论思想的姿态更加明显。反观中国，19世纪90年代开始，由于洋务运动的发展和变法维新的兴起，西方的科学、文化思潮大量涌入，这极大地影响了以黄遵宪为代表的改良派的文学思想。随后，梁启超更是主张以“欧西文思”之输入作为“起点”，明确提出“诗界革命”和“文学革命”、“小说界革命”的口号，而在文学思想的东西交融和中国古代汉语文论的现代过渡方面产生了重大影响的人物，非王国维莫属。“他是把传统文艺美学和西方文艺美学有机结合起来的第一人，是世纪转换时期最重要的文艺理论批评家。”①上述动向显示，19世纪后期至20世纪上半叶，中国与印度文论界均不同程度地存在将东西方文论、美学思想结合起来的痕迹。

1947年印度独立和1949年中华人民共和国成立，掀开了两国文论发展史的崭新一页。按照黄曼君等学者的观点，整个20世纪中国文学理论批评史可以分为以下四个阶段：20世纪20年代前的萌生与勃兴期、30至40年代的发展与成熟期、50至70年代的定位与曲折期、80至90年代的开放与多元期。②客观说来，50至70年代的中国文学批评界，几乎是引进西方文论渠道最单一的时期，这与那一时期的政治气候不无关联。80年代之后的中国文论界，终于在改革开

①参阅张少康：《中国文学理论批评史》（下），第392页。

②黄曼君主编：《中国20世纪文学理论批评史》（上册），北京：中国文联出版社，2002年，第1页。

放的时代号角召唤下，迅速大规模地引进和接纳丰富多彩的西方文论，从而引起文学观念的嬗变与批评方法的变革，促进了学术界探讨文学理论和文学史的系统建构问题，并进而在文学批评界“众声喧哗”的状态下激发了中国当代文论是否“失语”和如何进行中国当代文论“话语重建”的激烈论争。[①]21世纪初，中国学术界、政界提出了“文化输出”、“文化强国”等口号，中国文论的当代发展迎来了新的机遇。从前述当代印度文论发展史的基本轨迹可以看出，印度学界全方位、有系统的东西文论对话一直未停，且其成果往往以英语发表在西方，进一步增强了印度与西方的思想互动，同时也极大地丰富了印度当代文学理论批评的内容。客观地看，近半个多世纪以来，印度文学理论和批评界的东西对话比之中国要有效得多，印度话语的西方传播也更为便捷。

仔细审视还可发现，西方现代文论对中国和印度的文学理论建构均产生过深刻影响，但中印古代的主体文学理论亦即古代汉语文论和梵语诗学之间的互动交流绝无仅有，倘若放在鸠摩罗什和玄奘等人大规模译介佛经的时代和文化语境中进行考察，这的确是一种耐人寻味的现象。直到近代文论发展时期，限于各种复杂的因素，中印文论家仍然没有出现直接交流的痕迹。在很长时期里，两支极为重要的世界古代文论均是沿着独立的路线前进。当然，这只是就古代汉语文论而言，不涉及古代至今的中国少数民族文论。事实上，就中国藏族文学理论、蒙古族文学理论而言，它们早在印度中世纪时期就已开始吸纳梵语诗学庄严论精华，进而建立了适合本民族文学批评的话语体系。因此，除了藏族和蒙古族文论等中国少数民族文论外，中国主流的古代汉语文论与梵语诗学之间一直是平行地向前发展。由于金克木和黄宝生等梵语学者的翻译、介绍和研

①以上介绍参阅黄曼君主编：《中国20世纪文学理论批评史》(下册)，北京：中国文联出版社，2002年，第819—828页。

究，梵语诗学终于在20世纪中后期进入当代中国学者的视野。梵语诗学理论或许也将成为激活中国古代文论话语的一种有效工具。至此，中印主流文学理论即中国古代汉民族文学理论和印度古典梵语诗学翻开了跨文化对话的崭新一页。金克木、黄宝生、郁龙余等学者的相关论文和著作（译著）就是这一对话的生动体现。

印度文论发展史充满变数和曲折，它有许多经验和教训可以作为中国当代文学理论批评发展的参照。下边略举几例说明。

首先，在印度古典梵语诗学发展时期，檀丁、欢增、新护、恭多迦、摩希摩跋吒和世主等理论家充满创新热情，而其标志就是对前人理论的超越和大胆质疑。就梵语诗学各个流派而言，虽然存在何为诗歌灵魂的长期论争，存在味论派内部的论战，存在曲语论对韵论和庄严论的挑战，但围绕韵论而展开的论战意味深长，17世纪的世主对阿伯耶·底克希多的辩驳也非常有名。可以说，在梵语诗学发展史上，很多诗学流派或诗学家之间（包括同代与隔代的）均产生过理论分歧甚或诗学论战，这是印度古代文论发展动力之一。这对中国当代文论发展不无启示。

就中国当代文论界而言，引人注目的当属关于中国文论“失语症”和比较文学“中国学派”等问题的多人争论。由于复杂的历史原因，当代中国文学批评在很大程度上是以西方理论为准绳，中国传统文论基本上弃而不用。杨乃乔认为，“失语症”的悲哀在于，“这就是把对中国古典美学理论和中国古代文论的研究权和阐释权出卖给西方”。[①]童庆炳认为：“一位东方学者在东方大陆本土步西方中心主义的后尘，总是以与西方的学术关系及西方的理论话语来装饰自身的学术品质与心理文明，把自己打扮成一位与西方某种

①杨乃乔：《新时期文艺理论的后殖民主义现象及理论失语症》，载《徐州师范学院学报》，1996年第3期。

学者平起平坐的后殖民主义者，这是东方大陆学术界的悲剧。”[①]还有学者将上述不正常现象形象地称之为“文论失语症与文化病态”，并进而提出“重建中国文论话语”的战略构想。[②]此后，该学者还提出以中西文论“双向阐释”作为比较文学中国学派的主要特征。这与李达三在1977年提出的比较文学中国学派的目标相呼应：“在自己本国的文学中，无论是理论方面或实践方面，找出特具‘民族性’的东西，加以发扬光大，以充实世界文学。”[③]针对上述观点，国内学界展开了热烈讨论。一些学者不赞成明确提出比较文学中国学派的口号，认为只能靠文学研究实绩来确立学派根基。还有学者认为，阐发研究与中国学派均是“文字虚构与理论泡沫”。跨文化研究和阐发法均不能作为中国比较文学的特征。“立足于中国文学的中外比较文学研究，是中国比较文学研究的特征，也可能是‘中国学派’的特征。”[④]

迄今为止，上述相关问题的思考还在继续，例如，在思考中国与印度学者如何化解面对西方文论强势话语的“焦虑”时，有的学者指出：“中国借鉴苏联和西方的文学理论，形成现在的现代文学理论形态。我们必须在这个基础上推进中国文学理论的发展，不可能推倒重来，另起炉灶。中国现代文学理论发展和创新的途径应该是多方面的。譬如，认真总结中国文学经验，上升为理论；积极继承中国古代诗学遗产，转化和融入现代文学理论；既要借鉴西方文学理论成果，也要扩大视野，注意吸收东方文学理论遗产，因为诗学虽有古今中外之分，但原理都是相通的。总之，中国现代文学理

①杨乃乔：《悖立与整合》，“序（童庆炳）”，第14页。

②曹顺庆：《跨文化比较诗学论稿》，桂林：广西师范大学出版社，2004年，第185页。

③黄维樑、曹顺庆主编：《中国比较文学学科理论的垦拓》，北京大学出版社，1998年，第140页。

④王向远：《“阐发研究”及“中国学派”：文字虚构与理论泡沫》，载《中国比较文学》，2002年第1期，第41页。

论发展和创新的空间很大，主要看我们自己的知识学养是否深厚，理论视野是否开阔，以及理论思维的能力能发挥多大。如果我们的现代文学理论能立足于中国文学经验，并做到古今中外融会贯通，这本身就是创新，是对世界文学理论的贡献。”①还有学者认为，在中国文论产生“失语”焦虑的前提下，“强制阐释”成为西方文论在中国文学批评语境中的基本特征和重大缺陷，“话语重建”因此成为当代中国文学理论的“重大关切”。重建当代文论的有效途径是，建构“本体阐释”的新思维，超越“强制阐释”的局限性。所谓“本体阐释”以文本自在性为依据，以文本的阐释、分析和统计为中心，由个别推及一般，进而上升为理论。“这才是中国诗学及中国文学理论正确的生成路径。与西方现成理论的直接引进相比，这种理论构建方式或许很艰难，甚至显得笨拙，但建构起的理论确是最有效、最坚实、最经得住历史考验的理论。更重要的是，这样的理论才是文学的理论。”②这种强调建构“文学的理论”的立场，与强调文学审美的梵语诗学现代运用有异曲同工之妙。由此可见，通过持续而严谨的学术争鸣，有关当代中国文论发展核心问题的讨论得以深化，为以后的研究或深入对话奠定了良好基础。客观地看，这和梵语诗学史上的相关争论及其历史效应不无相似。在此意义上可以说，一切历史都是当代史。

关于当代印度文论界的一些问题，近四十年前的一位印度学者指出：“我们必须勇敢地承认，即使经历了旨在构建一种独立的‘文艺科学’（science of art）的半个多世纪，我们的批评家仍未实现这一理想……只能说部分地源于这样一种事实：我们正规意义

---

①任昕：《中印古代文化和诗学：访中国社会科学院学部委员黄宝生》，引自“中国外国文学网，”上网时间：2008年3月26日。http://foreignliterature.cass.cn/chinese/NewsInfo.asp?NewsId=2235

②转引自毛莉：《当代文论重建路径：由“强制阐释”到“本体阐释”——访中国社会科学院副院长张江教授》，载《中国社会科学报》，2014年6月16日。

上的文学批评只有区区五十年之久。西方所建构的美学原则严重地影响和左右了我们的某些批评家。他们为西方的影响而欢呼，并将之视为打破自己历史束缚的值得欢迎的解放力量。但是，紧紧拥抱西方的文论经典可能会损害他们自己的批评才能，这种危害正如奴性地盲从一切东方的思想理念，或如习惯于拜倒在古人的神龛前。我们并不希望自己的批评才能为历史所束缚，也不赞赏批评家试图不加质疑而强行（enforce）接受那些伪装为现代主义的西方的奇谈怪论。批评家不应该只是二手材料的经销商（The critic should not be a mere dealer in second-hand material）。他关注的重心应该是忠实于自己的语言和文学，忠实于所考察的作品，而非关注这样那样的文论标准。”①这种自觉的理论反思和质疑，与前述中国学者提倡“本体阐释”以超越“强制阐释”局限的新思维非常相似，这也是中印学者重新建构各自文论过程中的异曲同工之妙。

由于梵语诗学是在高度发达的逻辑学和语言学基础上发展起来的，它具有非常严密的理论体系，稍加调整便可进入文本批评的应用范畴。印度学者的梵语诗学批评至今已有相当丰富的成果，积累了诸多经验。在这方面，他们比曾经提倡“汉语批评”的一些中国学者走在了前头。

当代西方文论界早已开始“文化批评”或“文化研究”的转向。“文化研究的所谓跨学科反学科的方法，可能冲垮原有的文学理论学科的知识体系，过分政治化的话语，也可能重新让文学理论面临‘为政治服务’的痛苦记忆，这不能不说是文学理论面临的挑战。”②总之，这种反诗意的文化研究，应该限制在一定的范围内。因此，印度当代学者注重考察作品语言美、情感美和意蕴美的

①Ram Chandra Prasad, *Literary Criticism in Hindi,* p.230.

②童庆炳：《中国古代文论的现代意义》，“总序”，北京师范大学出版社，2001年。

梵语诗学批评，对中国学者以古代文论阐释东西方文学而言是一个范例。因为，和V.拉克凡等人对梵语诗学经典文本的当代整理、阐释一样，梵语诗学原理的现代批评运用也是保护古典文化遗产的一种绝佳方式。

当代印度文论家多以英文发表研究成果，这拓宽了印度学者与西方学界的对话渠道，让西方学界更加准确地认识甚或接纳印度文论话语。中国学界在提倡与世界接轨以改善话语失衡的同时，已经注意到成果发表上的语言问题。目前，中国学界在这方面已有很多积极的迹象，如出版英文刊物以与国际同行交流，或在国外发表英文论文，或参加国际学术会议，或参加国际项目的合作研究等等。不过，与印度学者的“集团出击”相比，差距仍很明显。再如，当代印度学者倡导内部区域文学比较，以建构印度文学的整体性。这对中国语境中的汉族文学与少数民族文学比较研究不无启迪。这需要我们转换惯常的比较文学思维模式。总之，印度文学理论批评对于中国当代文论建构和批评实践具有重要的参考价值。面对西方文论的话语强势，如何保护民族文化，有效利用文化遗产，如何激活中国古代文论，我们有很多地方需要向印度学界学习。

历史悠久的印度文论发展史，不仅赐予当代中国学界很多宝贵经验，也给我们展示了必须阅读的“方面教材”。这方面也可略举两例。

印度文论在其古代发展阶段，出现过生机勃勃的旺盛时期。不过，在梵语诗学发展的中后期，一直存在一种不太健康的趋势，那就是，越来越多的梵语诗学家把自己的理论体系部分或全部建立在前人的基础上，窒息了理论创新的活力。梵语诗学家自我播撒的因循守旧的“思想病毒”，到了后来不断发作，终至梵语诗学“半身不遂”，在一段时期内几乎成为“化石理论”。虽然一些印度当代学者致力于复兴梵语诗学，但梵语诗学在古代的曲折发展对中国文论的确具有警示意义。总之，梵语诗学在18至19世纪出现发展低谷的历史现象，应促使中国当代文学批评家们对此认真加以思考。

很多印度学者尝试比较现代西方文论与梵语诗学基本原理，以验证梵语诗学的现代运用价值。这为世界比较诗学注入了一股新鲜的血液。但是，限于语言解读能力等复杂因素，印度学者只在梵语诗学和西方文论之间进行比较，梵语诗学和中国古代文论的比较研究，或梵语诗学和波斯文论、阿拉伯文论的比较研究非常罕见。目前要在印度学界改变这一局面，绝非易事。再看看中国学界关于中西诗学比较的成果异常丰富而其他领域的比较诗学研究非常单薄这一事实，我们会有同样的感受。《东方文论选》出版十二年后的2008年，黄宝生译《梵语诗学论著汇编》（上下册）出版。2011年，穆宏燕的《波斯古典诗学研究》出版。该书在某些地方有意识地借鉴了梵语诗学术语，例如："此类修辞手法的主要目的是使诗歌音韵和谐，听起来优美动听。若套用印度梵语诗学术语，此类修辞手法属于'音庄严'。"[①]2012年，王向远翻译的四卷本《日本古典文论选译》（古代卷、近代卷）出版。至此，东方三大文论的翻译和研究先后取得突破性进展。王向远指出："这些东方古典文论的文献翻译出版后，假若文学理论、比较诗学与比较文论的一些研究者仍然视而不见，那只能归于无知和偏见了。"[②]

早在1983年，季羡林指出："过去是用西方文学同西方文学比，其局限性是明显的。一加入东方文学，则目光顿时扩大，倘若坚持下去，则比较文学必然大放异彩。"[③]某种程度上可以说，中印文学比较、中印诗学比较研究"大放异彩"的时刻正在到来。季羡林、刘安武、黄宝生、薛克翘、郁龙余、侯传文等学者的相关著

①穆宏燕：《波斯古典诗学研究》，北京：昆仑出版社，2011年，第369页。

②王向远译：《日本古典文论选译》（古代卷·上），"古代卷译序，"北京：中央编译出版社，2012年，第23页。

③季羡林：《季羡林全集》（第14卷），北京：外语教学与研究出版社，2009年，第176页。

述便是明证。总之，印度经验值得我们认真学习，印度文论发展过程中留下的教训也须我们三思。一句话，他山之石可以攻玉，印度之镜可以照己。

2009年9月20日至2010年5月30日初稿，2010年6月1日至7月18日二稿，2014年1月15日至6月30日三稿，2014年7月1日至8月5日改毕，2015年2月3日至4月16日校改审定。

参考文献①

一、中文

（一）著作（含译著）

A.L.巴沙姆主编：《印度文化史》，闵光沛等译，北京：商务印书馆，1999年。

（巴基斯坦）阿布赖司·西迪基：《乌尔都语文学史》，山蕴编译，北京：中国社会科学出版社，1993年。

（印）阿吉兹·阿罕默德：《在理论内部：阶级、民族与文学》，易晖译，北京：北京大学出版社，2014年。

（美）爱德华·W.萨义德：《东方学》，王宇根译，北京：三联书店，1999年。

曹明伦：《翻译之道：理论与实践》，石家庄：河北大学出版社，2007年。

曹顺庆主编：《东方文论选》，成都：四川人民出版社，1996年。

曹顺庆：《中外文论比较史》（上古时期），济南：山东教育出版社，1998年。

①因为一些国外出版物关于印度古代人名的拼写不太一致，第二部分即梵语文献未按先姓后名的方式排序，只按照作者姓名的首字母排序。中文、印地语和英语文献则按国内外较为通行的惯例进行排序。笔者不懂印地语，但参考了部分印地语著作目录中的梵语诗学著作书名，且欲为国内印地语学者提供一些相关领域的参考资料，故列出一些印地语著作。

曹顺庆等著：《比较文学学科理论研究》，成都：巴蜀书社，2001年。

曹顺庆：《跨文化比较诗学论稿》，桂林：广西师范大学出版社，2004年。

曹顺庆主编：《中外文论史》（第一、二、三、四卷），成都：巴蜀书社，2012年。

陈惇、孙景尧、谢天振主编：《比较文学》，北京：高等教育出版社，1997年。

陈义华：《后殖民知识界的起义：庶民学派研究》，北京：中央编译出版社，2009年。

段晴：《波你尼语法入门》，北京大学出版社，2001年。

（美）厄尔·迈纳：《比较诗学》，王宇根等译，北京：中央编译出版社，1998年。

葛路：《中国古代绘画理论发展史》，上海人民美术出版社，1982年。

郭良鋆：《佛陀和原始佛教思想》，北京：中国社会科学出版社，1997年。

郭绍虞：《中国文学批评史》（上卷），南昌：百花文艺出版社，1999年。

郭绍虞主编（王文生副主编）：《中国历代文论选》（一、二、三），上海古籍出版社，2003年。

（德）黑格尔：《美学》（第一卷），朱光潜译，北京：商务印书馆，1996年。

（美）亨利·基辛格：《大外交》，顾淑馨、林添贵译，海口：海南出版社，1998年。

胡经之主编：《西方文艺理论名著教程》（下卷），北京大学出版社，2003年。

黄宝生：《印度古典诗学》，北京大学出版社，2000年。

黄宝生译：《梵语诗学论著汇编》（上、下册），北京：昆仑出版社，2008年。

黄宝生译：《奥义书》，北京：商务印书馆，2010年。

黄宝生编著：《梵语文学读本》，北京：中国社会科学出版社，2010年。

黄宝生译注：《梵汉对勘入楞伽经》，北京：中国社会科学出版社，2011年。

黄宝生译注：《梵汉对勘维摩诘所说经》，北京：中国社会科学出版社，2012年。

黄宝生：《梵学论集》，北京：中国社会科学出版社，2013年。

黄曼君主编：《中国20世纪文学理论批评史》（上册），北京：中国文联出版社，2002年。

黄维樑、曹顺庆主编：《中国比较文学学科理论的垦拓》，北京大学出版社，1998年。

侯传文：《话语转型与诗学对话：泰戈尔诗学比较研究》，北京：中国社会科学出版社，2010年。

季羡林主编：《印度文学研究集刊》（第二辑），上海译文出版社，1986年。

季羡林主编：《印度古代文学史》，北京大学出版社，1991年。

季羡林：《比较文学与民间文学》，北京大学出版社，1991年。

季羡林主编：《印度文学研究集刊》（第四辑），上海译文出版社，1999年。

季羡林：《季羡林全集》（第14卷），北京：外语教学与研究出版社，2009年。

（印）迦梨陀娑：《优哩婆湿》，季羡林译，北京：人民文学出版社，1962年。

姜景奎：《印地语戏剧文学》，北京：中国对外翻译出版公司，2002年。

姜景奎选编：《印度文学研究集刊》（第六辑），上海译文出版社，2003年。

姜景奎主编：《多维视野中的印度文学文化》，银川：阳光出版社，2010年。

姜景奎主编：《中国学者论泰戈尔》（上），银川：阳光出版社，2011年。

金克木：《梵竺庐集甲：梵语文学史》，南昌：江西教育出版社，1999年。

金克木：《梵竺庐集乙：天竺诗文》，南昌：江西教育出版社，1999年。

金克木：《梵竺庐集丙：梵佛探》，南昌：江西教育出版社，1999年。

金克木：《印度文化余论》，北京：学苑出版社，2002年。

金克木：《金克木集》（第二、七卷），北京：三联书店，2011年。

（英）柯林伍德：《历史的观念》，何兆伍等译，北京：中国社会科学出版社，1986年。

（意）克罗齐：《历史学的理论和实践》，傅任敢译，北京：商务印书馆，1986年。

李思屈：《中国诗学话语》，成都：四川人民出版社，1999年。

李醒尘：《西方美学史教程》，北京大学出版社，2005年。

林承节：《印度史》，北京：人民出版社，2006年。

林树明：《多维视野中的女性主义文学批评》，北京：中国社会科学出版社，2004年。

刘安武编选：《印度现代文学研究》（印地语文学），北京：中国社会科学出版社，1980年。

刘安武：《印度印地语文学史》，北京：人民文学出版社，1987年。

刘安武、倪培耕、白开元主编：《泰戈尔全集》（第19、22卷），石家庄：河北教育出版社，2000年。

刘安武：《印度文学和中国文学比较研究》，北京：中国国际广播出版社，2005年。

刘慧英：《走出男权传统的藩篱：文学中男权意识的批判》，北京：三联书店，1996年。

刘建、朱明忠、葛维钧：《印度文明》，北京：中国社会科学出版社，2004年。

刘明翰主编：《世界史·中世纪史》，北京：人民出版社，1996年。

刘曙雄：《穆斯林诗人哲学家伊克巴尔》，北京大学出版社，2006年。

罗钢、刘象愚主编：《后殖民主义文化理论》，北京：中国社会科学出版社，1999年。

罗根泽：《中国文学批评史》（一），上海古籍出版社，1984年。

（英）罗素：《西方哲学史》（上卷），何兆武、李约瑟译，北京：商务印书馆，2006年。

吕澂：《印度佛学源流略讲》，上海人民出版社，2005年。

吕澂：《中国佛学源流略讲》，北京：中华书局，2008年。

（德）马克思、恩格斯：《马克思恩格斯选集》（第2卷），北京：人民出版社，1972年。

穆宏燕：《波斯古典诗学研究》，北京：昆仑出版社，2011年。

倪培耕等译：《泰戈尔论文学》：上海译文出版社，1988年。

倪培耕：《印度味论诗学》，桂林：漓江出版社，1997年。

欧宗启：《印度佛教思想的中国化与中国古代文论的建构》，南宁：广西民族出版社，2008年。

（印）帕德玛·苏蒂：《印度美学理论》，欧建平译，中国人民大学出版社，1992年。

（印）毗耶娑：《摩诃婆罗多》（一），金克木等译，北京：中国社会科学出版社，2005年。

皮朝纲：《禅宗美学思想的嬗变轨迹》，成都：电子科技大学出版社，2003年。

祁志祥：《中国佛教美学史》，北京：北京大学出版社，2010年。

秦学人、侯作卿编：《中国古典编剧理论资料汇编》，北京：中国戏剧出版社，1984年。

邱紫华：《东方美学史》（上、下卷），北京：商务印书馆，2003年。

邱紫华：《印度古典美学》，武汉：华中师范大学出版社，2006年。

邱永辉：《现代印度的种姓制度》，成都：四川人民出版社，1996年。

邱永辉：《印度教概论》，北京：社会科学文献出版社，2012年。

（美）斯蒂芬·科亨：《大象和孔雀：解读印度大战略》，刘满贵等译，北京：新华出版社，2002年。

石海峻：《20世纪印度文学史》，青岛：青岛出版社，1998年。

谭帆、陆炜：《中国古典戏剧理论史》，上海：华东师范大学出版社，2005年。

唐孟生：《印度苏非派及其历史作用》，北京：经济日报出版社，2002年。

唐孟生、薛克翘、姜景奎、（印度）Rakesh Vats：《印度中世纪宗教文学》（下卷），北京：昆仑出版社，2011年。

唐仁虎、刘安武译：《普列姆昌德论文学》，桂林：漓江出版社，1987年。

唐仁虎、刘曙雄、姜景奎编：《印度文学文化论》，北京大学出版社，2000年。

唐仁虎、郁龙余、姜景奎、魏丽明：《泰戈尔文学作品研究》，北京：昆仑出版社，2003年。

唐仁虎、魏丽明等著：《中印文学专题比较研究》，太原：北岳文艺出版社，2007年。

佟锦华：《藏族文学研究》，北京：中国藏学出版社，1992年。

童庆炳：《中国古代文论的现代意义》，北京：北京师范大学出版社，2001年。

万金川：《佛典研究的语言学转向：佛经语言学论集》，台北：正观出版社，2005年。

王向远：《东方各国文学在中国》，南昌：江西教育出版社，2001年。

王向远译：《日本古典文论选译》（古代卷·上），北京：中央编译出版社，2012年。

王朝闻主编：《美学概论》，北京：人民出版社，1985年。

巫白慧主编：《东方著名哲学家评传》（印度卷），济南：山东人民出版社，2000年。

伍蠡甫、蒋孔阳编：《西方文论选》（上、下卷），上海：上海译文出版社，1979年。

（印）辛哈、班纳吉：《印度通史》（第四册），张若达等译，北京：商务印书馆，1973年。

徐梵澄译：《五十奥义书》，北京：中国社会科学出版社，1995年。

薛克翘：《佛教与中国文化》，北京：昆仑出版社，2006年。

薛克翘：《中国印度文化交流史》，北京：昆仑出版社，2008年。

薛克翘、唐孟生、姜景奎、（印度）Rakesh Vats：《印度中世纪宗教文学》（上卷），北京：昆仑出版社，2011年。

薛克翘、唐孟生、唐仁虎、姜景奎等著：《印度近现代文学》（上、下卷），北京：昆仑出版社，2014年。

亚里士多德：《诗学》，陈中梅译，北京：商务印书馆，

2002年。

杨乃乔：《悖立与整合：东方儒道诗学与西方诗学的本体论、语言论比较》，北京：文化艺术出版社，1998年。

姚卫群：《印度宗教哲学概论》，北京：北京大学出版社，2006年。

姚卫群：《佛学概论》，北京：宗教文化出版社，2006年。

义净：《南海寄归内法传》，王邦维校注，北京：中华书局，1995年。

尹锡南：《梵语诗学与西方诗学比较研究》，成都：巴蜀书社，2010年。

尹锡南：《印度比较文学发展史》，成都：巴蜀书社，2011年。

尹锡南译：《印度比较文学论文选译》，成都：巴蜀书社，2012年。

尹锡南、尚劝余、毕玮主编：《印度翻译研究论文选译》，成都：巴蜀书社，2013年。

郁龙余、孟昭毅主编：《东方文学史》，北京：北京大学出版社，2001。

郁龙余：《中国印度文学比较》，北京：中国社会科学出版社，2001。

郁龙余主编：《中国印度文学比较论文选》，杭州：中国美术学院出版社，2002年。

郁龙余等著：《中国印度诗学比较》，北京：昆仑出版社，2006年。

余秋雨：《戏剧理论史稿》，上海：上海文艺出版社，1983年。

俞人豪、陈自明：《东方音乐文化》，北京：人民音乐出版社，2004年。

张耿光译注：《庄子全译》，贵阳：贵州人民出版社，1992年。

张节末：《禅宗美学》，北京：北京大学出版社，2007年。

张景华：《翻译伦理：韦努蒂翻译思想研究》，上海：上海交通大学出版社，2009年。

张讴：《印度文化产业》，北京：外语教学与研究出版社，2007年。

张少康：《中国文学理论批评史》（上、下），北京大学出版社，2005年。

张首映：《西方二十世纪文论史》，北京大学出版社，1999年。

张玉安、裴晓睿：《印度的罗摩故事与东南亚文学》，北京：昆仑出版社，2005年。

朱光潜：《西方美学史》（下卷），北京：人民文学出版社，1993年。

朱立元主编：《当代西方文艺理论》，上海：华东师范大学出版社，1997年。

朱维之等主编：《外国文学简编》（亚非部分），北京：中国人民大学出版社，1983年。

（二）论文

陈明：《汉译佛经中的偈颂与赞颂简要辨析》，载《南亚研究》，2007年第2期。

陈义海：《当诗人是一个译者的时候：诗人自译研究初探》，载《中国比较文学》，2013年第3期。

额尔敦白音：《诗镜论及其蒙古族诗学研究》，载《蒙古学集刊》，2004 年第 1 期。

龚刚：《中印诗味面面观》，载《外国文学评论》，1997年第1期。

宫静：《泰戈尔和谐的美学观》，载《文艺研究》，1998年第3期。

黄宝生：《印度古典诗学和西方现代文论》，载《外国文学评论》，1991年第1期。

黄宝生：《禅和韵》，载《南亚研究》，1993年第1期。

侯传文：《中印“韵”“味”比较谈》，载《外国文学研究》，1989年第3期；

侯传文：《泰戈尔诗学与西方文论》，载《外国文学研究》，2003年第6期。

侯传文：《论泰戈尔的韵律诗学》，载《外国文学评论》，2004年第1期。

侯传文：《生态文明视阈中的泰戈尔》，载《外国文学评论》，2009年第2期。

孟昭毅：《泰戈尔与比较文学》，载《南亚研究》，1994年第1期。

倪培耕：《泰戈尔美学思想管见》，载《外国文学评论》，1987年第3期。

空草：《现代性：第二次殖民》，载《外国文学评论》，2005年第3期。

刘建：《泰戈尔的宗教思想》，载《南亚研究》，2001年第1期。

刘九州：《中印“味说”同一论》，载《外国文学研究》，1986年第3期。

毛莉：《当代文论重建路径：由“强制阐释”到“本体阐释”——访中国社会科学院副院长张江教授》，载《中国社会科学报》，2014年6月16日。

孟昭毅：《泰戈尔与比较文学》，载《南亚研究》，1994年第1期。

娜仁高娃：《〈诗镜论〉对蒙古族诗论的影响》，载《内蒙古师范大学学报》，2003年第3期。

裴晓睿：《印度味论诗学对泰国文学的影响》，载王邦维主编：

《东方文学研究集刊》（2），太原：北岳文艺出版社，2005年。

裴晓睿：《印度诗学对泰国诗学和文学的影响》，载《南亚研究》，2007年第2期。

石海军：《从民族主义到后殖民主义》，载《文艺研究》，2004年第3期。

汤力文：《中印修辞论中的风格论和意境追求》，载《深圳大学学报》，2000年第2期。

王邦维：《佛传神话中的“字书”》，载张玉安主编：《东方研究》，北京：经济日报出版社，2008年。

王思思：《囿于家庭的印度女性——萨蒂亚吉特·雷伊女性系列影片解读》，载《南亚研究》，2010年第1期。

王向远：《“阐发研究”及“中国学派”：文字虚构与理论泡沫》，载《中国比较文学》，2002年第1期。

颜治强：《论印度英语文学的起点》，载《南亚研究》，2010年第4期。

杨乃乔：《新时期文艺理论的后殖民主义现象及理论失语症》，载《徐州师范学院学报》，1996年第3期。

杨晓霞：《中印韵论诗学的比较研究》，载《东方丛刊》，2006年第4期。

佚名：《印度裔诗人荣获2014年普利策诗歌奖》，载《今日印度》，2014年5月，总第134期。

尹锡南：《新世纪中印学者的跨文化对话：印度学者访谈录》，载乐黛云等主编：《跨文化对话》，第19辑，江苏人民出版社，2006年8月。

尹锡南：《中印对话：梵语诗学、比较诗学及其它》，载《思想战线》，2006年第1期。

尹锡南：《独立以来印度比较文学发展概况》，载《南亚研究》，2006年第2期。

尹锡南：《梵语诗学的现代运用》，载《外国文学研究》，2007年第6期。

尹锡南：《〈诗学〉与〈舞论〉的戏剧理论比较》，载《外国文学》，2008年第1期。

尹锡南：《梵语诗学曲语论和西方诗学比较》，载《文艺理论研究》，2009年第1期。

尹锡南：《梵语味论诗学和西方诗学比较》，载《人文杂志》，2009年第3期。

尹锡南：《印度梵语诗学研译及比较诗学发展》，载《深圳大学学报》，2009年第5期。

尹锡南：《奥罗宾多〈未来诗歌〉解读》，载《外国文学评论》，2010年第4期。

尹锡南、朱莉：《梵语诗学在中国的译介、研究和批评运用》，载《南亚研究季刊》，2010年第3期。

尹锡南、谷俊：《印度文学理论发展轨迹》，载《南亚研究季刊》，2012年第2期。

尹锡南：《翻译研究的东方视角：印度翻译研究的基本概况及启示意义》，载《中国比较文学》，2013年第3期。

曾江、郝欣：《我国世界古典文明史研究赓续向前》，载《中国社会科学报》，2014年5月9日。

张嘉妹：《印度中世纪宗教文化的特点及启示》，载《南亚研究》，2013年第2期。

赵康：《〈诗镜〉及其在藏族诗学中的影响》，载《西藏研究》，1983年第3期。

赵康：《〈诗镜〉与西藏诗学研究》，载《民族文学研究》，1989年第1期。

（三）网络资料

额尔敦白音：《〈诗镜论〉及其蒙古族诗学研究》，资料来源：蒙古学信息网：http://www.surag.net/index.do

龙树：《中论》，鸠摩罗什译，《大正新修大藏经》第三十册 No. 1564，中华电子佛典协会（CBETA）：http://www.cbeta.org/result/normal/T30/1564_001.htm

任昕：《中印古代文化和诗学：访中国社会科学院学部委员黄宝生》，引自“中国外国文学网，”上网时间：2008年3月26日。http://foreignliterature.cass.cn/chinese/NewsInfo.asp?NewsId=2235

意娜：《藏族美学名著〈诗镜〉解读》，《当代文坛》，2006年第1期。参见“中国民族宗教网”（上网日期：2013年3月2日）：http://www.mzb.com.cn/html/Home/report/377094-1.htm

郑伟宏：“神泰《因明正理门论述记》评介”，中国佛教协会网站： http://www.chinabuddhism.com.cn/yj/2012-10-15/1608.html

二、梵语（含部分附录英译文的著作）

A.B.Gajendragadkar, Trans. *The Kāvyaprakāśa of Mammaṭa*, Bombay: Popular Prakashan, 1939.

Abhinavagupta, *Dhvanyāloka-Locana*, Chapter 1, Trans. by K.Krishnamoorthy, Delhi: Meharchand Lachhmandas Publications, 1988.

Abhinava Kālidāsa（Narasiṃhakavi）, *Naṅjarājayaśobhūṣaṇ*, ed. by Embar Krishnamacharya, Baroda: Oriental Institute, 1930.

Abhiraja Rajendra Mishra, *Abhirājayaśobhūṣaṇam, The New Sanskrit Poetics Explaining the Various Fresh Tendencies of the Modern Sanskrit Literature*, Allahabad: Vaijayanta Prakashan, 2006.

Acyutarāya, *Sāhityasāra*, Bombay:Tukaram Javaji, 1906.

Agnipurāṇa, Bombay: Anand Ashran Press, (1879)1957.

Ajitasena, *Alaṅkāracintāmaṇi,* New Delhi: Bharatiya Jnanapitha Publication, 1973.

Akbara Sāhi, *Śṛṅgāradarpaṇa*, Bikaner: Anup Sanskrit Library, 1944.

Allarāja, *Rasaratnapradīpikā*, ed. by R.N.Dandekar, Bombay: Bharatiya Vidya Bhavan, 1945.

Amaracandrayati, *Kāvyakalpalatāvṛttih with Two Commentaries: Parimala and Makaranda*, ed. by R.S. Betai, Ahmedabad: L.D.Institute of Indology, 1997.

Amṛtānandayogin, *Ālaṅkārasaṅgraha*, Madras: The Adyar Library, 1949.

Anandavardhana, *Dhvanyāloka, With the Locana & Balapriya Commentaries by Abhinavagupta and Ramasaraka*, Varanasi: Chaukhambha Sanskrit Sansthan, 2009.

Anonymous Author, *Sāhityamīmāmsā*, ed. by Sambasiva Sastri, Trivandrum: Anantasayana Sanskrit Granthavali, 1934.

Anonymous Author, *Śabdaratnapradīpa*, Jaipur: Rajasthan Oriental Research Institute, 1956.

Anonymous Author, *Vīṇāprapāṭhaka*, ed. by J.S.Pade, Baroda: Oriental Institute, 1959.

Anonymous Author, *Kavidarpaṇa*, Jodhpur: Rajasthan Oriental Research Institute, 1962.

Anonymous Author, *kalpalatāviveka*, by P.R. Vora, Ahmedabad: Lalbhai Dalpatbhai Bharatiya Sanskriti Vidyamandira, 1968.

Anonymous Author, *Alaṅkārasāramañjarī*, Varanasi: Chaukhamba Surbharati Prakashan, 1999.

Anonymous Author (Ajñātakartṛka), *Alaṅkāradappaṇa*, ed. by H.C. Bhayani, Ahmedabad: L.D.Institute of Indology, 1999.

Appaya Dīkṣita, *Kuvalayānanda*(without Vritti), Trans. by T.K. Ramachandra Aiyar, Kalpathi: R.S. Vadhyar & Sons, 1972.

Appaya Dīkṣita, *Kuvalayānanda*, Varanasi: The Chowkhamba Vidya Bhawan, 1956.

Appaya Dīkṣita, *Kuvalayānanda*, Varanasi: The Chowkhamba Vidya Bhawan, 2005.

Appayyadīkṣita, *Vrittivārttikam*, ed. by Vayunandana Pandeya, Varanasi: Sampurnanand Sanskrit Vishvavidyalaya, 1978.

Aśādhara, *Kovidānanda*, Delhi: Indu Prakashan, 1978.

Aśādhara, *Triveṇikā*, Delhi: Indu Prakashan, 1978.

Aśokamalla, *Nṛtyādhyāya*, ed. by Priyabala Shah, Baroda: Oriental Institute, 1963.

Baladeva Vidyābhūṣaṇa, *Sāhityakaumudī*, Alahabad: Ganganathapha Kendriya Sanskrit Vidyapith, 1981.

Bhāmaha, *Kāvyālaṅkāra*, ed.& Trans.by P. N. Sastry, Delhi: Motilal Banarsidass Publishers, 1970.

Bhānudatta, *Rasamañjarī*, Aligarh:Viveka Publications, 1981.

Bhānudatta, *Rasataraṅgiṇī*, Trans. by Devdutt Kaoshik, Munshiram Manoharlal Publishers, 1974.

Bharatamuni, *Nāṭyaśāstra,* Trans. by a board of scholars, Delhi: Sri Satguru Publications, no date.

Bharatamuni, *Nāṭyaśāstra*, ed. & Trans.by N. P. Unni, Delhi: Nag Publishers, 1998.

Bharatamuni, *Nāṭyaśāstra*, Trans. by Adya Rangacharya, Delhi: Munshiram Manoharlal Publishers, 2007.

Bharatamuni, *Nāṭyaśāstra*, Vol.1, eds. by M.Ramakrishna Kavi and

K.S.Ramaswami Sastri, Baroda: Oriental Institute, 1980.

Bharatamuni, *Nāṭyaśāstra*, Vol.1, eds. by R.S.Ragar and K.L. Joshi, Delhi: Parimal Publications, 2003.

Bharatamuni, *Nāṭyaśāstra*, Vol.3, eds. by R.S. Ragar and K.L. Joshi, Delhi: Parimal Publications, 2009.

Bharatamuni, *Nāṭyaśāstra*, Vol.1-3, ed. by Pushpendra Kumar, New Delhi: New Bharatiya Book Corporation, 2006.

Bharatamuni, *Nāṭyaśāstra*, Vol.1, ed. by Manomohan Ghosh, Varanasi: Chowkhamba Sanskrita Series Office, Reprint, 2009.

Bhartṛhari, *Vākyapadīya*, Delhi: Motilal Banarsidass, 1971.

Bhaṭṭa Devaśaṅkara Purohita, *Alaṅkāramañjūṣā*, Trans.by Sadashiva Lakshmidhara Katre, Ujjain: Oriental Manuscripts Library, 1940.

Bhaṭṭi, *Bhaṭṭi-Kāvyam*, ed. & Trans. by M.A.Karandikar and Shailaja Karandikar, Delhi: Motilal Banarsidass, 1982.

Bhūdeva Śukla, *Rasavilasa*, ed. by Prem Lata Sharma, Poona: Poona Oriental Book House, 1952.

Bhavabhūti, *Uttararāmācarita*, Delhi: Chaukhamba Sanskrit Pratishthan, 2002.

Bhoja, *Śṛṅgāraprakāśa*,Vol.1, Mysore: Coronation Press, 1955.

Bhoja, *Śṛṅgāraprakāśa*, Vol.2, Mysore: Coronation Press, 1963.

Bhoja, *Śṛṅgāraprakāśa*,Vol.3, Mysore: Coronation Press, 1969.

Bhoja, *Śṛṅgāraprakāśa*,Vol.4, Mysore: Coronation Press, 1974.

Bhoja, *Śṛṅgāraprakāśa*, Vol.1-2, eds. by Rewāprasāda Dwivedī and Sadāśiva Kumāra Dwivedī, New Delhi: Indira Gandhi National Centre for the Arts, 2007.

Bhoja, *Sarasvatī-Kaṇṭhābharaṇa*, Gauhati: Publication Board, Assam, 1969.

Bhoja, *Sarasvatī-Kaṇṭhābharaṇa*, Varanasi: Baranas Hindu University, 1979.

Bhoja, *Sarasvatī-Kaṇṭhābharaṇam*, Vol. 1-3, ed. and Trans. by Sundari Siddhartha, New Delhi: Indira Gandhi National Centre for the Arts, 2009.

Brahmanand Sharma, *Vastavalaṅkāradarśana*, Ajmer: Rajakiya Mahavidyalaya, 1969.

Brahmanand Sharma, *Abhinavarasamīmāmsā*, Ajmer: Arcan Prakashan, 1975.

Brahmanand Sharma, *Kāvyasatyāloka*, Ajmer: Arcan Prakashan, 1980.

Brahmanand Sharma, *Rasalocana*, Ajmer: Pracya Vidya Pratishthan, 1985.

Brahmanand Sharma, *Reassessment of Rasa Theory*, Jaipur: Champa Lal Ranka & Co., 1985.

Bukkapaṭṭaṇa Veṅkaṭācārya, *Alaṅkākaustubha*, Tirupati: Rashtriya Sanskrit Vidyapeetha, 2006.

C.S. Radhakrishnan, *Śaṭhavairivaibhavaprabhākara: A Critical Edition and Study*, Delhi: Amar Prakashan, 1988.

Caturbhuja Miśra, *Rasakalpadrupa*, Delhi: Eastern Book Linkers, 1991.

Chaṇḍī Dāsa, *Kāvyaprakāśadīpikā*, ed. by shivaprasad Bhattacarya, Varanasi: Sansar Press, 1965.

Chandra Kanta Tarkalankara, *Alaṅkārasūtra*, Calcutta: Sanskrit Press, 1899.

Chinmayi Chatterjee, Trans. *Rasagangadhara of Panditaraja Jagannatha, Vol.1*, Calcutta: The Asiatic Society, 1992.

Chirañjīva Bhaṭṭāchārya, *Kāvyavilāsa*, ed. by Batuka Natha Sharma,

Benares: Sarasvati Bhavana, 1925.

Citradhara, *Śṛṅgārasāriṇī*, Darbhanga: Department of Sanskrit, C.M. College, 1965.

Citradhara, *Vīrataraṅgiṇī*, Darbhanga: Department of Sanskrit, C.M. College, 1965.

Dāmodara Miśra（Śāstrī）, *Vāṇībhūṣaṇa*, Bombay: Nirnaya Sagar Press, 1903.

Daṇḍin, *Kāvyādarśa,* ed. & Trans. by S.K.Belvalkar, Poona, 1924.

Daṇḍin, *Kāvyādarśa*, ed. by K. Ray & S. Jain, Delhi: Oriental Book Centre, 2004.

Deshpande,Maitreyee, ed. *The Agni Mahāpurāṇam*, Vol.2, Trans. by M.N.Dutt, Delhi: New Bharatiya Book Corporation, 2009.

Deveśvara, *kavikalpalatā*, ed. by Pandit Sarat Candra Sastri, Calcutta: The Asiastic Society of Bengal, 1923.

Devi Chand, ed. & Trans. *The Sāmaveda*, New Delhi: Munshiram Manoharlal Publishers, 1981.

Devi Chand, ed. & Trans. *The Yajurveda*, New Delhi: Munshiram Manoharlal Publishers, 1980.

Dhanañjaya, *Daśarūpa*, ed. & Trans. by George C.O.Hass, Delhi: Motilal Banarsidass, 1962.

Dhanañjaya, *Daśarūpaka,* with *Avaloka* by Dhanika, Chapter 1, Trans. by Jagadguru, Varanasi: Chowkhamba Sanskrit Series Office, 1969.

Dhananjaya Bhanja, Rasagaṅgādhara: *Text with English Translation and Critical Study*, Delhi: Bharatiya Kala Prakashan, 2004.

Dharmasūri, *Sāhityaratnākara*, Part 1-3, ed. by K. Rajanna Sastry, Hyderrabad: Sanskrit Academy of Osmania University, 1972, 1974, 1981.

Durgāprasāda & Kāśīnāth Pāṇḍurang Parab, ed. *Kāvyamālā*, Part 4,

Bombay: Nirṇaya Sāgar Press, 1937.

Durgaprasad and K.P. Parab, eds. *Kāvyamālā*, Vol.6, Bombay: Nirnaya Sagar Press, 2nd Edition, 1930.

Durga Prasad and Vasudev Laxman Shastri Panashikar, eds. *Kāvyamālā* 14, Bombay: Nirnaya Sagar Press, 1906 (内含Sāmarāja Dīkṣita, *Śṛṅgārāmṛtalaharī*).

Durgāsahāya, *Vṛttavivecanam*, Hoshiarpur: Vishveshvaranand Institute, 1969.

Dwivedi, Kapil Deva and Shyam Lal Singh, ed. and trans. *The Prosody of Piṅgala with appreciation of Veidc Mathematics*, Varanasi: Vishwavidyalaya Prakashan, 2008.

G.V.Devasthali, ed. *Alaṅkāratilaka of Bhānudatta*, Reprinted from the Journal of the Bombay Branch Royal Asiastic Society, N.S., Vols. 24-25, 1948-1949.

Gaṅgānanda Kavīndra, *Kāvyaḍākinī*, ed. by Jagannath Sastri Hoshing, Benares: Sarasvati Bhavana, 1924.

Gaṅgārāma Jaḍī, *Rasamīmāmsā*, ed. by Rudradev Tripathi, Delhi: Lalbahadur Shastri Kendriye Sanskrit Vidyapithan, 1973-1974.

Ganganatha Jha,Trans. *Kavyalankara-Sutras of* Vamana, Allahabad, 1917； Delhi, 1990.

Ganiero Gnoli, *Udbhata's Commentary on the Kāvyālaṅkāra of Bhāmaha*, Roma: Istituto Italiano Peril Medio ed Estremo Oriente, 1962.

Gokulanathopadhyaya, *Rasamahārṇava*, Darbhanga: Kameshvara Sinhadarabhanga Sanskrit Visvavidyalaya, 1981.

Govinda, *Kāvyapradīpa*, Bombay: Nirnaya Sagar Press, 1933.

Govind Chandra Pande, *Saundaryadarśana-vimarśah*, Allahabad: Raka Prakashan, 2003.

Hariprasad Mathura, *Kāvyāloka,* ed. by Rama Gupta, Jaipur:

Publication Scheme, 1989.

Hemachandra, *Kāvyānuśāsana*, Bombay: Bombay: Nirṇaya Sāgar Press, 1934.

Hemachandra, *Kāvyānuśāsana with Alaṅkāracūḍāmaṇi and Viveka*, compiled and Trans. by Tapasvi S.Nandi, Patan: Hemchandracharya North Gujarat University, 2007.

Jagannātha, *Citramīmānsākhaṇḍana*, Varanasi: Krishnadasa Akademi, 1973.

Jagannatha Misra, *Rasakalpadruma*, Bhubaneswar: Orissa Sahitya Akademi, 1965.

Jaggu Venkatacarya, *Kuvalayānandacandrikācakora, Alaṅkāratattva*, Mysore: University of Mysore, 1943.

Jayadeva, *Candrāloka,* Varanasi: Motilal Banarsidass, 1966.

Jayadeva, *Candrāloka*, Varanasi: Chaukhamba Surbharati Prakashan, 2006.

Jayamant Mishra, *Kāvyavicchittimīmāmsā*, New Delhi : Rashtriya Sanskrit Sansthan, 1998.

Jñānachandra Tyāgī, *Rasagaṅgādharahṛdaya*, Varanasi: The Chowkhamba Vidyabhawan, 1964.

Jñānapramodagaṇi, *Jñānapramodikā: A Commentary on Vāgbhaṭālaṅkāra*, ed. by R.S.Betai, Ahmedabad: L.D.Institute of Indology, 1987.

K.Krishnamoorthy, ed. *Dhvanyāloka-locana, With an Anonymous Sanskrit Commentary*, Charpter First, Delhi: Meharchand Lachhmandas, 1988.

K.V.Abhyankar and Jayadev Mohanlal Shukla, eds. *Patañjali*'s *Vyākaraṇa-Mahābhāṣya, Āhnikas 1-3 with English Translation and Notes*, Poona: Bhandarkar Oriental Research Institute, 1975.

K.Vasudeva Sastri, S.K.M.Row & G.Nagaraja Rao, Trans., *Nāṭya-śāstra Saṅgraha* (Vol.1), Tanjore: Saraswati Mahal Library, 1953.

Kāmarāja Dīkṣita, *Kāvyenduprakāśa*, Varanasi: Chowkhamba Sanskrit Series Office, 1966.

Kānticandra Bhaṭṭācārya, *Kāvyadīpikā*, Calcutta: Kavyaprakasha Press, 1870.

Kānticandra Bhaṭṭācārya, *Kāvyadīpikā*, Delhi: Motilal Banarasidas, 1974.

Kānticandra Bhaṭṭācārya, *Kāvyadīpikā*, Varanasi: Chaukhamba Surabharati Prakashan, 2009.

Kapil Deva Dwivedi and Shyam Lal Singh, Trans. *The Prosody of Piṅgala with appreciation of Veidc Mathematics*, Varanasi: Vishwavidyalaya Prakashan, 2008.

Kavicakravarti Jagadekamalla, *Saṅgkarītacūḍāmaṇi*, ed. by D.K. Velankar, Baroda: Oriental Institute, 1958.

Kavi Devadatta, *Śṛṅgāra Vilāsinī*, ed. by Shiva Shankar Tripathi, Allahabad: Bharatiya Manisha Sutra, 1983.

Kavi Karṇapura, *Alaṅkārakaustubha*, ed., by R. S. Nagar, Delhi: Parimal Publications, 1981.

Kavi Vidyārāma, *Rasadīrghikā*, Jodhpur: Rajasthan Oriental Research Institute, 1956.

Keśava Miśra, *Alaṅkāraśekhara*, Bombay: Nirṇaya Sāgar Press, 1926.

Keśava Miśra, *Alaṅkāraśekhara with Sanskri Text, English Translation and Annotation*, Trans. by Bijoya Goswami, Calcutta: Sanskrit Pustak Bhandar, 1998.

Krishna Brahmatantra Parakala Swamin, *Alaṅkāramaṇihāra,* part 1, ed. by L. Srinivasacharya, Mysore: Government Branch Press, 1917; part

2, ed. by Shama Sastry, 1921; part 3, ed. by Shama Sastry, 1923; part 4, ed. by D.Srinivasachar, 1929.

Kṛṣṇa Bhaṭṭa, *Vṛttidīpikā*, ed. by Vyakarana Sahityacharya, Benares: Government Sanskrit College, 1930.

Kṛṣṇa Kavi, *Mandāramarandacampū*, ed. by Kedar Nath and Vasudeva Laksmana Sastri Panasikara, 2nd edition, Bombay: Nirnaya Sagar Press, 1924.

Kṛṣṇa Sudhi, *Kāvyakalānidhi*, Waltair: Andhra University, 1992.

Kṣemendra, *Aucityavicāracarcā*, Varanasi: The Chowkhamba Vidyabhawan, 1964.

Kṣemendra, *Suvṛttatilaka*, ed.by Rabindra Kumar Panda, Delhi: Paramamitra Prakashan, 1998.

Kuntaka, *Vakroktijīvita*, ed. & Trans. by K.Krishnamoorthy, Dharwad: Karnatak University, 1977.

M.R.Kale, ed. *Kumārasambhava of Kālidāsa*, Delhi: Motilal Banarsidass Publishers, 2004.

Madhusūdana Kavīndra, *Rasacandrikā and Studies in Aesthetics*, Vol.1, ed. by S.N. Ghoshal Sastri, Santiniketan: Visva Bharati, 1969.

Madhusūdana Sarasvatī, *Śrībhagavadbhaktirasāyana*, Varanasi: Chaukhamba Vidyābhavan, 1998.

Mahārāṇā Kumbha, *Nṛtyaratnakośa*, ed. by R.C.Parikh, Jaipur: Rajasthan Oriental Research Institute, 1957.

Mahimabhaṭṭa, *Vyaktiviveka*, Benares: The Chaokhamba Sanskrit Series Office, 1936.

Mammaṭa, *Kāvyaprakāśa*, ed. & Trans. by Ganganatha Jha, Varanasi: Bharatiya Vidya Prakashan, 1967.

Mammaṭa, *Kāvyaprakāśa*, ed. & Trans. by A.B.Gajendragadkar, Bombay: Popular Prakashan, 1970.

Mammaṭ, *Kāvyaprakāśa*, ed. & Trans. by R.C.Dwivedi, Delhi: Motilal Banarsidass, 1977.

Mammaṭa, *Śabdavyāpāravicāra*, Varanasi: Chowkhamba Vidyabhawan, 1974.

Manmatha Nath Dutt Shastri, *Agnipurāṇa: A Prose English Translation,* Vol.2, Varanasi: Chowkhamba Sanskrit Series Office, 1967.

Nandikeśvara, *Abhinayadarpana*, ed and Trans. by Manomohan Ghosh, Calcutta: Firma K.L. Mukhopadhyay, 1957.

Nāgārjuna, *Madhyamakaśāstra*, ed. by P.L.Vaidya, Darbhanga: Post-graduate Studies and Research in Sanskrit Learning, 1987.

Nārada, *Saṅgītamakaranda,* ed. by M.R.Telang, Baroda: Maharaja Gaekwad, 1920.

Narayana Sastri Khiste, *Alaṅkārasāramañjarī,* Benares: Vidya Vilas Press, 1933.

Narendraprabha Sūri, *Alaṅkāramahodadhi*, ed. by Lalchandra Bhagawandas Gandhi, Baroda: Oriental Insitiute, 1942.

Natanakalanidhi Gopinath, *Abhinaya Prakāśikā*, Madras: Natana Niketan Publications, 1957.

Pandit Kedārabhaṭṭa, *Vṛittaratnākara*, ed. by C.A.S.Maha Sthavira, Bombay: Tukaram Javaji, 1913.

Pandiri Sarasvati Mohan, *The Camatkāracandrikā of Viśveśvara Kavicandra: Critical Edition and Study*, Delhi: Meharchand Lachhmandas, 1972.

Pāṇini, *Aṣṭādhyāyī,* Vol. 2, Delhi: Motilal Banarsidass, 1977.

Parameśvara, *Vīṇālakṣaṇa*, ed. by J.S.Pade, Baroda: Oriental Institute, 1959.

Pārśvadeva,*Saṅgītasamayasāra*, ed. by Acharya Vrihaspati, Delhi: Kundakundabharati, 1977.

Parul Dave Mukherji, ed. and Trans. *The Citrasūtra of Viṣṇudharmottarapurāṇa*, New Delhi: Indira Gandhi National Centre for the Arts, 2001.

Pingala, *Chandasutra*, New Delhi: Gurukula Vridavan Snatak Sodha Sansthan, 2003.

Prabhākara Bhaṭṭa, *Rasapradīpa*, by Narayana Sastri Khiste, Benares: Sarasvati Bhavana, 1925.

Puṇḍarīka Viṭṭhala, *Nartananirṇaya*, Vol.1-3, ed. & Trans. by R. Sathyanarayana, New Delhi: Indiara Gandhi National Centre for the Arts, 1994-1998.

Puñjarāja, *Śiśuprabodhakāvyālaṅkāra*, ed. by B.L. Shanbhogue, Baroda: Oriental Institute, 1965.

Puroṣottama Miśra, *Saṅgītanārāyaṇa*, Vol.1-2, ed. and Trans. by Mandakranta Bose, New Delhi: Indiara Gandhi National Centre for the Arts, 2009.

Pushpendra Kumar, ed. *The Agni Mahāpurāṇam*, Vol. 2, Delhi: Eastern Book Linkers, 2006.

Priyabala Shah, ed. *Viṣṇudharmottarapurāṇa, Third Khanda(Vol.1: Text, Critical Notes etc.)*, Vadodara: Oriental Institute, 1994.

R. Pischel ed. *Rudraṭa's Śṛṅgāratilaka and Ruyyaka's Sahṛdayalīlā with Hindi Introduction and Translation by Kapildeo Pandeya,* Varanasi: Prachya Prakashan, 1968.

Radhavallabh Tripathi, *Abhinavakāvyālaṅkārasūtra*, Jaipur: Jagdish Sanskrit Pustakalaya, 2009.

Raghunath Manohar, *Kavikaustubha*, Jodhpur: Rajasthan Oriental Research Institute, 1968.

Rahas Bihari Dwivedi, *Sāhityavimarśa or Navyakavyatattvavimarsa*, Varanasi: Sampurnanand Sanskrit University, 2002.

Rājacūḍāmaṇi Dīkṣita, *Kāvyadarpaṇa*, Delhi: New Bharatiya Book Corporation, 2001.

Rājaśekhara, *Kāvyamīmāṃsā*, Baroda: Oriental Institute, 1934.

Rājaśekhara, *Kāvyamīmāṃsā*, Trans. by Sadhana Pasashar, Delhi: D.K.Printworld, 2000.

Rāmacandra & Guṇacandra, *Nāṭyadarpaṇa*, ed.by T.G.Upreti, Delhi: Parimal Publications, 1986.

Ram Pratap Vedalankar, *Camatkāravicāracarcā*, Hoshiarpur: Vishveshvaranand Vedic Research Institute, 2004.

Ramananda Pati Tripathi, *Rasikajīvanam*, ed. by Karuna Pati Tripathi, Varanasi: Sampurnanand Sanskrit Vishvavidyalaya, 1978.

Rāmānanda Thakkura, *Rasataraṅginī*, ed. by Kavishekhara Badarinatha Jha, Darbhanga: Shree Sudarshan Press, 1961.

Ramaranjan Mukherji, Trans. *Vyaktiviveka of Rājānaka Mahimabhaṭṭa*, Chapter 1, Kolkata: Sanskrit Pustak Bhandar, 2005.

Rama Sankar Tiwari, *Kāvyatattvaviveka*, Delhi: Bharatiya Vidya Prakashan, 1996.

Rama Shankar Mishra, *Dhvanyātmamīmāmsā*, Varanasi: Sampurnanand Sanskrit University, 2007.

Rāmāvatāra Miśra, *Rasacandrikā, Vyañjanāvṛtti*, Ranchi: Rukmini Publications, 1986.

Ravi Shankar Nagar, *Vyañjanāvimarśa*, Delhi: Vandana Prakashan, 1977.

Rewāprasāda Dwivedī, *Kāvyālaṅkārakārikā*, Varanasi: Kalidasa Samsthana, 2001.

Rewāprasāda Dwivedī, *Alaṃ Brahma(Fresh & Strking Theses on Sanskrit Poetics)*, Varanasi: Kalidasa Samsthana, 2005.

Rewāprasāda Dwivedī, *Nāṭyānuśāsanam*,Varanasi: Kalidasa

Samsthana, 2008.

Rudrabhaṭṭa, *Rasakalikā*, ed. and Trans. by Kalpakam Sankara Narayanan, Madras: The Adyar Library and Research Centre, 1988.

Rudrabhaṭṭa, *Śṛṅgāratilaka*, in *Kāvyamālā*, Vol.III, Mumbai: Nirṇaya Sāgar Prakashan, 2nd edition, 1899.

Rudraṭa, *Kāvyālaṅkāra,* Varanasi: Chaukhamba Vidyabhawan, 1966.

Rudraṭa, *Kāvyālaṅkāra,* Delhi: Parimal Publications, 1990.

Rūpa Gosvāmin, *Bhaktirasāmṛtasindhu*, Vol.1, Trans. by Tridandi Swami Bhakti Hridaya Bon Maharaj, Vrindaban: Institute of Oriental Philosophy, 1965.

Rūpa Gosvāmin, *Bhaktirasāmṛtasindhu*, ed. & Trans. by David L. Haberman, New Delhi: Indira Gandhi National Centre for the Arts, 2003.

Rupagosvamin, *Ujjvalanīlamaṇi,* ed. by M.P.Durgaprasad, Bombay: Nirṇaya Sāgar Press, （1854）1932.

Rūpa Gosvāmin, *Nāṭakacandrikā*, Varanasi: Chowkhamba Sanskrit Series Office, 1964.

Ruyyaka, *Alaṅkāra-sarvasva,* Delhi: Meharchand Lachhmandas, 1965.

S. Radhakrishnan, ed. *The Principal Upaniṣads*, New Delhi: Harper Collins Publishers India, 1999.

Sāgaranandin, *Nāṭakalakṣaṇaratnakośa,* ed. by S.B. Shukla, Varanasi: Chowkhamba Sanskrit Series Office, 1972.

Sangharakkhita, *Bauddhālaṅkāraśāstra*, Delhi: Lalbahadur Sastra Kendriya Sanskrit Vidyapitha, 1973.

Śāradātanaya, *Bhāvaprakāśa*, Varanasi: Chaukhamba Surbharati Prakashan, 2008.

Śārṅgadeva, *Saṅgītaratnākara*, Vol.1-2, New Delhi: Munshiram

Manoharlal Publishers Pvt. Ltd., 2007.

Śārṅgadeva, *Saṅgītaratnākara*, Varanasi: Chaukhamba Surbharati Prakashan, 2011.

Sarveśvarācārya, *Sāhityasāra*, Trivandrum: The University Manuscripts Library, 1947.

Satyanarayan Chakraborty, *A Study of the Citramimamsa of Appaya Diksita*, Calcutta: Sanskrit Pustak Bhandar, 1989.

Shivaram Tripathi, *Rasaratnahāra*, Varanasi: Chaukhamba Amarbharati Prakashan, 1986.

Shridhar Tripathi, ed. *Lalitavistara*, Darbhanga: The MIthila Institute of Post-graduate Studies and Research, 1987.

Siddhicandragaṇi, *Kāvyaprakāśakhaṇḍana*, ed. by Rasikalal Chotalal Parikh, Bombay: Bharatiya Vidya Bhavan, 1953.

Śiṅgabhūpāla, *Rasārṇavasudhākara*, ed. by T. Venkatacharya, Madras: Tha Adyar Library and Research Centre, 1979.

Sītārāma Śāstrī, *Sāhityoddeśa*, Marwar: P.Shankarlal & Shivanarayan Tiwari, 1980.

Śrīkaṇṭha, *Rasakaumudī*, ed. by A.N.Jani, Baroda: Oriental Institute, 1963.

Srivatsalāñchana Bhaṭṭācārya, *Kāvyāmṛtam*, Tirupati: Sri Venkateswara University, 1971.

Śobhākaramitra, *Alaṅkāraratnākara*, Poona: Oriental Book Agency, 1942.

Śubhaṅkara, *Saṅgītadāmodara*, ed. by Gaurinath Shastri, and Govindagopal Mukhopadhyaya, Calcutta: Sanskrit College Series, No.11, 1960.

Sukhalāla Miśra, *Śṛṅgāramālā*, ed. by Shiva Shankar Tripathi, Allahabad: Bharatiya Manisha Sutram, 2001.

Suman Kumar, *Kāvyaprakāśavimarśa*, Delhi: Abhishek Prakashan, 2007.

Surendra Bhahat, *Kovidanandavimarśa*, Delhi: Nag Publishers, 2005.

Suresh Mohan Bhattacharyya, ed. & Trans. *The Alaṅkāra Section of the Agni-puraṇa*, Calcutta: Firma KLM Private Ltd., 1976.

Udbhata, *Kāvyālaṅkārasārasaṅgraha*, Poona: Bhandarkar Oriental Research Institute, 1925.

Udbhata, *Kāvyālaṅkārasārasaṅgraha*, ed. by K.S.Ramaswami Sastri Siromani, Baroda: Oriental Institute, 1931.

Udbhata, *Kāvyālaṅkārasārasaṅgraha*, Delhi: Vidyanidhi Prakashan, 2001.

Vācanācārya Sudhākalaśa, *Saṅgītopaniṣat-sāroddhāra,* ed. by Umakant Premanand Shah, Baroda: Oriental Institute, 1961.

Vācanācārya Sudhākalaśa, *Saṅgītopaniṣat-sāroddhāra*, ed. & tr. by Allen Miner, New Delhi: Indiara Gandhi National Centre for the Arts, 1998.

Vāgbhaṭa, *Kāvyānuśāsana*, ed.by Pandit Sivadatta and Kasinath Pandurang Parab, Bombay: Tukaram Javaji, 1915.

Vàmana, *Kāvyālaṅkāra-sūtra*, Varanasi: Chowkhamba Sanskrit Series Office, 1971.

Vàmana, *Kāvyālaṅkārasūtra-vṛtti*, Trans. by K.K.Raja, Chennai: The Kuppuswami Sastri Research Institute, 2005.

Vātsyāyana, *Kāmasūtra*, Mumbai: Nirṇaya Sāgara Yastrālaya, 1891.

Vayunand Pandye, *Śrīmammaṭapaṇḍitarājasiddhāntamīmāmsā*, Varanasi: Sampurnanand Sanskrit University, 2008.

Veṇīdatta, *Rasakaustubha*, ed. by Brahmamitra Avasthi, Delhi: Indu Prakashan, 1978.

Veṇīdatta, *Alaṅkāramañjarī*, ed. by Kavishekhar Badarinatha Jha, Darbhanga: Mithila Institute, 1961.

Vidyàdhara, *Ekāvalī*, Delhi: Bharatiya Book Corporation, 1981.

Vidyānātha, *Pratāparudrayaśobhūśaṇa*, Madras: The Sanskrit Education Society, 1979.

Vinayacandrasūri, *Kāvyaśikṣā*, ed. by Hariprasad G.Shastri, Ahmedabad: Bharatiya Sanskriti Vidyamandir, 1964.

Virendranath Pandey, *Sāhityakaumudi*, Varanasi: Aditya Book Centre, 2005.

Viśvanàtha, *Sāhityadarpaṇa*, New Delhi: Panini, 1982.

Viśvanatha, *Kāvyaprakāśadarpaṇa*, ed. by Goparaju Rama, Allahabad: Manju Prakashan, 1979.

Viśvanāthadeva, *Sāhityasudhāsindhu*, ed. by Ram Pratap, Delhi: Bharatiya Vidya Prakashan, 1978.

Viśveśvara, *Rasacandrikā*, ed. by Vishnu Prasad Bhandari, Benares: The Chowkhamba Sanskrit Series Office, 1926.

Viśveśvara, *Alaṅkāramuktāvalī*, Benares: Vidya Vilas Press, 1927.

Viśveśvara, *Alaṅkākaustubha*, Delhi: Chaukhamba Sanskrit Pratishthan, 1987.

Viśveśvara, *Alaṅkārapradīpa*, ed. by Vishnu Prasad Bhandari, Varanasi: Chaukhambha Sanskrit Sansthan, 1987.

Viśveśvara, *Rasacandrikā*, ed. by Vishnu Prasad Bhandari, Varanasi: Chaukhambha Prakashan, 2008.

Viśveśvara Kavicandra, *Camatkāracandrikā*, ed.by P. Sriramamurti, Waltair: Andhra University, 1969.

Vyāsa, *Mahābhārata*, Vol.1, Poona: The Bhandarkar Oriental Research Institute, 1971.

三、印地语

Awasthi, Brahma Mitra, *Alaṅkārakoṣa*, Delhi: Indu Prakashan, 1989.

Dwivedi, Ramavadh, *Sahitya Siddhanta*, Patna: Bihar Rastrabhash Parisad, 1983.

Dwivedī, Rewāprasāda, *Sanskrit Kāvyaśāstra kā Ālocanātmaka Itihāsa*,Varanasi: Kalidasa Samsthana, 2007.

Kumar, Rajendra, *Rasa Sutra Ki Vyakhyai*,Dlehi:Anil Kumar, 2000.

Nagendra, *Abhinavabhāratī Sañjīvanabhāṣya* , Delhi: Delhi University, 1960.

Nagendra, *Bharatiya Kavyashastra Ki Parampara*, New Delhi: Neshanal Publishing House, 1964.

Nagendra, *Bharatiya Kavyashastra Ki Bhoomika*, New Delhi: Neshanal Publishing House, 1976.

Sharma, Krishna Kumar, *Bhartiya Kavya-Shastra: Shaily Vajyanik Sandristi*, Allahabad: Abhinav Bharati, 1978.

Srivastava, Anand Kumar, *Adhunik Sanskrit Kavyashastra*, New Delhi: Eastern Book Linkers, 1990.

四、英语

Acharya, P. B., *The Tragicomedies of Shakespeare*, Kàlidàsa and Bhavabhūti, Delhi: Meharchand Lachhmandas, 1978.

Achuthan, Mavelikara, *Jagannatha Pandita on Alankaras*, Trivandrum: Swantham Books, 1998.

Agarwala, R.S., *Aesthetic Consciousness of Tagore*, Calcutta, 1996.

Ahmad, Aijaz, *In Theory: Class, Nation, Literature*, New Delhi:

Oxford University Press, 2004.

Amaladass, S.J.Anand, *Philosophical Implications of Dhvani*, Vienna: University of Vienna, 1984.

Amaladass, Anand, *Introduction to Aesthetics*, Chennai: Satya Nilayam Publications, 2000.

Anand, Mulk Raj, The Volcano: Some Comments on the Development of Rabindranath Tagore's Aesthetic Theories and Art *Practice*, Baroda: Maharaja Sayaji Rao University, 1967.

Ashcroft, Bill, Gareth Griffiths & Helen Tiffin, *The Empire Writes Back: Theory and Practice in Post-colonial Literature*, London and New York: Routledge, 1989.

Aurobindo, Sri, *The Human Cycle*, Pondicherry: Sri Aurobindo Ashram, 1992.

Aurobindo, Sri, *The future Poetry*, Pondicherry: Sri Aurobindo Ashram, 2000.

Aurobindo, Sri, *The Renaissance in India and Other Essays on Indian Culture*, Pondicherry: Sri Aurobindo Ashram, 2002.

Babu, Ramavarapu Sarat, *A Critical Study of the Prataparudriya*, Vasakhapatnam: SPAA Offset Colour Prints, 1994.

Banerjee, Rabisankar, *Analysis of Literary Faults: Mahimabhatta as a Critic,* Calcutta: Sanskrit Pustak Bhandar, 1989.

Banerjee, Rita, *The Bhaktirasamrtasindhu: A Critical Study*, Varanasi: Ashhutosh Prakashan Sansthan, 2008.

Banerji, Sures Chandra, *Sanskrit Culture of Bengal*, Delhi: Sharada Publishing House, 2004.

Barnouw, Erik and S. Krishnaswamy, *Indian Film*, New York, Oxford, New Delhi: Oxford University Press, 1980.

Bharat, Meenakshi and Nirmal Kumar, eds. *Filming the line*

of Control: The Indo-Pak Relationship through the Cinematic Lens, London, New York and New Delhi: Routledge, 2008.

Bhat, G.K., *Tragedy and Sanskrit Drama*, Bombay: Popular Prakashan, 1974.

Bhate, Saroja and Johannes Bronkhorst, eds. *Bhartrhari: Philosopher and Grammarian(Proceedings of the First International Conference on Bhartrhari)*, Delhi: Motilal Banarsidass Publishers, 1997.

Bhattacharya, Biswanath, *A History of Rupaka in the Alankarasastra*, Varanasi: Chowkhamba Orientalia, 1982.

Bhattachrya, Biswanath, *Sanskrit Drama and Dramaturgy*, Delhi: Sharada Publishing House, 1994.

Bhattacharya, Shashthi Prasad, *Santa Rasa and Its Scope in Literature*, Calcutta: Sanskrit College, 1976.

Bhattacharya,Vivek Ranjan, *Tagore's Vision of a Global Family*, New Delhi: Enkay Publishers, 1987.

Brennan, Timothy, *Salman Rushdie and the Third World: Myths of the Nations*, London: Macmillan, 1989.

Chaitanya, K., *Sanskrit Poetics: A Critical and Comparative Study*, Delhi: Asian Publishing House, 1965.

Chakrabarti, Tarapad, *Indian Aesthetics and Sciences of Language*, Calcutta: Sanskrit Pustak Bhandar, 1971.

Chakrabarty, Dipesh, *Habitations of Modernity: Essays in the wake of Subaltern Studies*, Delhi: Permanent Black, 2006.

Chakravarty, Radha, *Feminism and Contemporary Women Writers: Rethinking Subjectivity*, London and New York: Routledge, 2008.

Chakravorty, Amiya Kumar, *Studies in Mahimabhatta*, Calcutta: Calcutta University, 1975.

Chand, Neerja , *Beyond Feminism: Gender Perspectives on Buchi*

Emecheta, New Delhi: Books Plus, 2005.

Chandra, Lokesh, *Sanskrit as the Transcreative Dimension of the Languages and Thought Systems of Europe and Asia*, New Delhi: Rashtriya Sanskrit Sansthan, 2012.

Chandra, N.D.R., ed. *Modern Indian Writing in English: Critical Perceptions*, Vol.1, New Delhi: Sarup & Sons, 2004.

Chandra, N.D.R., ed. *Contemporary Indian Writing in English: Critical Perceptions*, Vol.2, New Delhi: Sarup & Sons, 2005.

Chandrakala, Padia, ed. *Feminism, Tradition and Modernity*, Shimla: Indian Institute of Advanced Study, 2002.

Chari, V.K., *Sanskrit Criticism*, Honolulu: University of Hawaii Press, 1990.

Chatterjee, Heramba Nath, *Comparative Studies in Pali & Sanskrit Alankaras*, Part 1, Calcutta: Sanskrit Pustak Bhandar, 1960.

Chaturvedi, B.M., *Some Unexplored Aspects of the Rasa Theory*, Delhi: Vidyanidhi Prakashan, 1996.

Chaturvedi, Mithilesh, ed. *Bhartrhari: Language, Thought and Reality (Preceedings of the International Seminar, Delhi, December 12-14, 2003)*, Delhi: Motilal Banarsidass Publishers, 2009.

Chaudhary, Angraj, *Comparative Aesthetics: East and West*, New Delhi: Eastern Book Linkers, 1991.

Chaudhary, Prabas Jiban, *Tagore on Literature and Aesthetics*, Calcutta: Ranbidra Bharati, 1965.

Choudhuri, I.N., *Comparative Indian Literature: Some Perspectives*, Delhi: Sterling publishers private limited, 1996.

Chaudhuri, Sukanta, *Translation and Understanding*, New Delhi: Oxford University Press, 1999.

Chaudhuri, Supriya and Sajni Mukherji, eds. *Literature and*

Gender: Essays for Jasodhara Bagchi, New Delhi: Orient Longman, 2002.

Chowdhry, Prem, *Colonial India and the Making of Empire Cinema: Image, Ideology and Identity*, Delhi: Vistar Publications, 2000.

Cohn-Sherbok, Dan, ed. *The Salman Rushdie Controversy in Interreligious Perspective*, Lewiston: The Edwin Mellen Press, 1990.

Coomaraswamy, A.K., *The Dance of Shiva: Fourteen Indian Essays*, Bombay: Asia Publishing House, 1948.

Coomaraswamy, A.K., *The Transformation of Nature in Art*, New York: Dover Publication, 1956.

Coomaraswamy, A.K., *Introduction to Indian Art*, Delhi: Munshiram Manoharlal, 1969.

Cundy, Catherine, *Salman Rushdie,* Manchester & New York: Manchester University Press, 1996.

Dattaray, Rajatbaran, *A Critical Survey of the Life and Works of Kṣemendra*, Calcutta: Sanskrit Pustak Bhandar, 1974.

Das, S.K., *A History of Indian Literature: 1800-1910, Western Impact: Indian Response*, New Delhi: Sahitya Akademi, 1991.

Das, S.K., *A History of Indian Literature: 1911-1956, The Struggle for Freedom: Triumph and Tragedy*, New Delhi: Sahitya Akademi, 1995.

Das, Sisir Kumar, ed.,*The English Writings of Rabindranath Tagore*, Vol.2, New Delhi: Sahitya Akademi, 1996.

Das, S.K., "Indian Ode to the West Wind," *in Adan-pradan*(交流), *Souvenir of 7th Biennial International Conference of the Comparative Literature Association of India*, March 21-23,2005.

De, S.K., *History of Sanskrit Poetics,* Vol. I & Vol. II, Calcutta: Firma K.L. Mukhopadhyay, 1960.

De, S.K., *Sanskrit Poetics as a Study of Aesthetic*, Bombay: Oxford

University Press, 1963.

De, S.K., *Some Problems of Sanskrit Poetics*, Calcutta, 1981.

De, Sushil Kumar, *Early History of the Vaisnava Faith and Movement in Bengal from Sanskrit and Bengali Sources*, Calcutta: Firma K.L. Mukhopadhyay, 1961.

Deshpande,G.T., *Abhinavagupta*, New New Delhi: Sahitya Akademi, 1992.

Dev, Amiya, *The Idea of Comparative Literature in India*, Calcutta: Papyrus,1984.

Dev, Amiya & S.K.Das, eds. *Comparative Literature: Theory and Practice*,Shimla: Indian Institute of Advanced Study, 1989.

Devi, Mahasweta, *Chotti Munda and His Arrow*, tr. by Gayatri Chakravorty Spivak, Calcutta: Seagull Books, 2002.

Devy, G.N., *After Amnesia: Tradition and Change in Indian Literary Criticism*, Bombay: Orient Longman, 1992.

Devy, G.N., *In Another Tongue: Essays on Indian Literature in English*, Madras: Macmillan, 1995.

Devy, G. N., ed. *Indian Literary Criticism: Theory and Interpretation*, Hyderabad: Orient Longman, 2002.

Dhawan, B.K., *Indian Women Novelists and Psychoanalysis*, New Delhi: Arise Publishers & Distributors, 2011.

Dhayagude, Suresh, *Western and Indian Poetics: A Comparative Study*, Pune: Bhandarkar Oriental Research Institute, 1981.

Dikshit, Ratnamayidevi, *Women in Sanskrit Dramas,* Delhi: Mehar Chand Lachhman Das, 1964.

Dwivedi, A.N., *Toru Dutt: A Literary Profile*, New Delhi: B.R. Publishing Corporation, 1998.

Dwivedi, R.C., ed. *Principles of Literary Criticism in Sanskrit*,

Delhi: Motilal Baranarsidass, 1969.

Enoch, Kolakaluri, *The Principle of Modern Literary Criticism*, Anantapur: Jyoti Granthamala, 1999.

Ganesh, R., *Alamkaarashaastra*, Trans. by M.C. Prakash, Bengaluru: Bharatiya Vidya Bhavan, 2010.

Gangopadhyay, Anantalal, *Contribution of Appaya Dīkṣita to Indian Poetics*, Calcutta: Sanskrit Pustak Bhandar, 1971.

Gangopadhyay, Anantalal, *Panditaraja Jagannātha on Aesthetic Problems,* Calcutta: Sanskrit Pustak Bhandar, 1984.

George, K.M., ed.*Comparative Indian literature*,Vol.1-2, Trichur: Kerala Sahitya Akademi, 1984.

Gerow, Edwin, *A Glossary of Indian Figures of Speech*, The Hague, Paris: Mouton, 1971.

Gerow, Edwin, *Indian Poetics*, Wiesbaden: Otto Harrassowitz, 1977.

Ghosal, Gautam, *The Rainbow Bridge: A Comparative Study of Tagore and Sri Aurobindo*, New Delhi: D.K.Printworl Ltd., 2007.

Ghosh, Bidyut Baran, *A Critique of Dhvanikarikas*, Kolkata: Sanskrit Pustak Bhandar, 2005.

Ghosh, Manjulika and Bhaswati Bhattacharya Chakrabarti, eds. *Sabdapramana in Indian Philosophy*, New Delhi: Northern Book Centre, 2006.

Giri, Kanipada, *Cocept of Poetry*: *An Indian Approach,* Calcutta: Sanskrit Pustak Bhandar, 1975.

Girija, A., *Alankarakaustubha of Kavikarnapura: A Study,* Calcutta: Punthi Pustak, 1991.

Gokak, V.K., *The Poetic Approach to Language,* London: Oxford University Press, 1952.

Gokak, Vinayak Krishna, *The Concept of Indian Literature,* Delhi:

Munshiram Manoharlal Publishers, 1979.

Goswami, Bijoya, *A Critique of Alaṅkāras in Rasagaṅgādhara*, Calcutta: Sanskrit Pustak Bhandar, 1986.

Gowen, Herbert H., *A History of Indian Literature: From Vedic Times to the Present Day*, Delhi: Seema Publications, 1975.

Gupta, Pushpa, *Rasa in the Jaina Sanskrit Mahākāvyas: From 8th to 15th Century A.D.*, New Delhi: Eastern Book Linkers, 1993.

Guha, Ranajit & Gayatri Chakravorty Spivak, eds. *Selected Subaltern Studies*, Delhi: Oxford University Press, 1988.

Gupta, Chandra Bhan, *The Indian Theatre: Its Origin and Development up to the Present Day*, Delhi: Motilal Banarsidass, 1954.

Gupta, Dharmendra Kumar, *A Critical Study of Daṇḍin and His Works*, Delhi: Meharchand Lachhmandas, 1970.

Gupta, Manjul, *A Study of Abhinnavabhāratī on Bharata's Nāṭyaśāstra and Avaloka on Dhanañjaya's Daśarūpaka*, New Delhi: Gian Publishing House, 1987.

Gupta, R.S., ed. *Literary Translation*, New Delhi: Creative Books, 1999.

Gupta, Savitri, *Comparative and Critical Study of Ekāvalī,* New Delhi: Eastern Book Linkers, 1992.

Griffith, Ralph T.H., Trans. *The Hymns of the Ṛgveda*, Delhi: Motilal Banarsidass, 1986.

Haney, William S., *Literary Theory and Sanskrit Poetics: Language, Consciousness, and Meaning*, New York: The Edwin Mellen Press, 1993.

Hardy, Friedhelm, *Viraha Bhakti: The Early History of Krsna Devotion in South India*, New Delhi: Oxford University Press, 1983.

Hiriyanna, M., *Art Experience*, New Delhi: Indira Gandhi National Centre for the Arts, 1997.

Hota, Ajodhya Nath, *Sphota, Pratibha and Dhvani*, New Delhi: Eastern Book Linkers, 2006.

Howlader,Chinmoy, *Influence of Kalidasa on Rabindranath Tagore*, New Delhi: Bharatiya Kala Prakashan, 2003.

Ilakkuvanar, S., *Tholkappiyam in English with Critical Studies*, Madurai: Kurai Neri Publishing House, 1963.

Ingalls, Daniel H.H., Jeffrey Moussaieff Masson, and M.V. Patwardhan, Trans. *The Dhvanyāloka of Ānandavardhana with the Locana of Abhinavagupta*, Massachusetts: Harvard University Press, 1990.

Iyengar, K.R.Srinivasa, *Rabindranath Tagore: A Critical Introduction*, New Delhi: Sterling Publishers, 1965.

Iyengar, K.S.Srinivasa, ed. *Sri Aurobindo: A Centenary Tribute*, Pondicherry: Sri Aurobindo Ashram Press, 1974.

Iyengar, K.R.Srinivasa, *Indian Writing in English*, New Delhi: Sterling Publishers Private Ltd., 1983.

Jain, Jasbir, ed. *Creating Theory: Writers on Writing*, New Delhi: Pencraft International, 2000.

Jain, Jasbir, ed. *Writers of Indian Diaspora: Theory and Practice*, New Delhi: Rawat Publications, 1998.

Jain, Jasbir & Supriya Agarwal, *Gender and Narrative*, Jaipur and New Delhi: Rawat Publications, 2002.

Jain, Nemichandra, *From the Wings: Notes on Indian Theatre*, New Delhi: National School of Drama, 2007.

Janaki, S.S., *Some Aspects of Sanskrit Drama and Dramaturgy*, Chennai: The Kuppuswami Sastri Research Institute, 2005.

Jha, Bechan, *Concept of Poetic Blemishes in Sanskrit Poetics*, Varanasi: Chowkhamba Sanskrit Series Office, 1965.

Jha, Kalanath, *Figurative Poetry in Sanskrit Literature*, Delhi: Motilal Banarsidass, 1975.

Jha, Shankarji, *Panditaraja Jagannatha's Rasagangadhara, Part 1*, Chandigarh: Mithila Prakashana, 1998.

Joshi, Umashankar, *Indian Literature: Personal Encounters,* Calcutta: Papyrus, 1988.

Joshi, Umashankar, *The Idea of Indian Literature*, New New Delhi: Sahitya Akademi, 1990.

Kalpana, R.J., *Feminism and Family*, New Delhi: Prestige Books, 2005.

Kalyani, P.K., *Translation Studies,* New Delhi:Creative Books, 2001.

Kane, P. V., *History of Sanskrit Poetics*, Delhi: Motilal Banarsidass, 1971.

Keith, A. Berriedale, *A History of Sanskrit Literature*, London: Oxford University Press, (1929), 1953.

Kohli, Mohindar Pal, T*he Influence of the West on Panjabi Literature*, Bhopal: Lyall Book Depot, 1969.

Koshy, K.A., ed., *Towards Comparative Indian Literature*, Aligarh: Aligarh Muslim Universtity, 1987.

Krishnamoorthy, K., *Essays in Sanskrit Criticism*, Dharwar: Karnatak University, 1964.

Krishnamoorthy, K., *The Dhvanyaloka and Its Critics*, Delhi: Bharatiya Vidya Prakashan, 1968.

Krishnamoorthy, K., *Studies in Indian Aesthetics and Criticism*, Mysore: Mysore Printing and Publishing House, 1979.

Krishnamoorthy, K., *Indian Literary Theories: A Reappraisal*, Delhi：Meharchand Lachhmandas, 1985.

Kulkarni,V.M., *Studies in Sanskrit Sāhitya-śāstra*, Patan: B.L.Institute of Indology, 1983.

Kulkarni, V.M., *Some Aspects of the Rasa Theory*, Delhi, 1986.

Kulkarni, V.M., *More Studies in Sanskrit Sahitya-Sastra*, Ahmedabad: Saraswati Pustak Bhandar, 1993.

Kushwaha, M.S., ed. *Indian Poetics and Western Thought*, Lucknow: Argo Publishing House, 1988.

Kushwaha, M.S., ed. *New Perspectives on Indian Poetics*, Lucknow: Argo Publishing House, 1991.

Kushwaha, M.S., ed. *Dramatic Theory and Practice Indian and Western*, Delhi: Creative Books, 2000.

Lal, Malashri, *The Law of the Threshold: Women Writers in Indian English*, Shimla: Indian Institute of Advanced Study, 1995.

Lal, Malashri and Shormishtha Panja, Sumanyu Satpathy, eds. *Signifying the Self: Women and Literature*, New Delhi: Macmillan India Ltd., 2004.

Lele, W.K., *Reflections on Creative Writing*, Pune: Mansanman Prakashan, 2003.

Lele, W.K., *A Critical Study of Vāmana's Kāvyālaṅkārasūtrāṇi*, Varanasi: Chowkhamba Sanskrit Series Office, 2005.

Mainkar, T.G., *The Rigvedic Foundations of Classical Poetics*, New Delhi: Ajanta Publications, 1977.

Mainkar, T.G., *Sanskrit Theory of Drama and Dramaturgy*, Delhi: Ajanta Publications, 1985.

Majumdar, Swapan, *Comparative Literature: Indian Dimensions*, Calcutta: Papyrus, 1987.

Masson, J. L. & M. V. Patwardhan, *Śāntarasa and Abhinavagupta's Philosophy of Aesthetics*, Poona: Bhandarkar Oriental Research Institute,

1969.

Masson, J.L. & M.V.Patwardhan, *Aesthetic Rapture: The Rasadhyaya of the Nāṭyaśāstra,* Vol.1 & Vol.2, Poona: Deccan College, 1970.

Matilal, Bimal Krishna, *The Word and the World: India's Contribution to the Study of Language*, Delhi: Oxford University Press, 1990.

Mazumdar, Rajani, *Bombay Cinema: An Archive of the City*, Ranikhet: Permanent Black, 2009.

Mee, Erin B., ed. *Drama Contemporary India*, New Delhi: Oxford University Press, 2002.

Meenakshi, K., *Literary Criticism in Tamil and Sanskrit(Tolkapiyam-porulatikaram and Sanskrit Alankara Sastra)*, Chennai: International Institute of Tamil Studies, 1999.

Mehrotra,Arvind Krishna, ed. *An Illustrated History of Indian Literature in English*, Delhi: Permanent Black, 2006（2003）.

Mehta, Rini Bhattacharya and Rajeshwari V. Pandharipande, eds. *Bollywood and Globalization: Indian Popular Cinema, Nation, and Dispora*, London: Anthem Press, 2010.

Mishra, Dayashanker, *Contemporary Indian English Poetry: A Revaluation,* Vallabh Vidyanagar: Sardar Patel University, 1990.

Mishra, Dayashanker, *Dynamics of Social Change: Explorations in Post-1970 Gujarati, Hindi, and Indian English Fiction, Vallabh* Vidyanagar: Sardar Patel University, 2008.

Mishra, Hari Ram, *The Theory of Rasa in Sanskrit Drama*, Bhopal: Vindhyachal Prakashan, 1964.

Mishra, Rajnish Kumar, *Buddhist Theory of Meaning and Literary Analysis*, New Delhi: D.K.Printworld Ltd., 2008.

Mishra, Shrikrishna, *Coleridge and Abhinavagupta: A Comparative*

Study of the Philosophy of Poetry in the East and the West, Darbhanga: Mithila University, 1979.

Mukherjee, Meenakshi, ed. *Rushdie's Midnight's Children: A Book of Readings*, Delhi: Pencraft International,1999.

Mukherjee, Meenakshi, *The Twice Born Fiction: Themes and Techniques of the Indian Novel in English*, Delhi: Pencraft International, 2001.

Mukherji, B.C., *Vedanta and Tagore*, Delhi: M.D. Publications, 1994.

Mukherji, Ramaranjan, *Literary Criticism in Ancient India*, Calcutta: Sanskrit Pustak Bhandar, 1966.

Mukherji, Ramaranjan, *Imagery in Poetry: An Indian Approach*, Calcutta: Sanskrit Pustak Bhandar, 1972.

Mukherji, Ramaranjan, *Global Aesthetics and Indian Poetics*, Delhi: Rashtriya Sanskrit Sansthan, 1998.

Mukherjee, Sujit, ed. *The Idea of an Indian Literature: A Book of Readings*, Mysore: Central Institute of Indian Languages, 1981.

Mukherjee, Sujit, *Translation as Discovery and Other Essays on Indian Literature in English Translation*, Hyderabad: Orient Longman, 2006.

Mukherjee, Tutun, ed. *Staging Resistance: Plays by Women in Translation*, New Delhi: Oxford University Press, 2005.

Müller, Max, *A History of Ancient Sanskrit Literature*, New Delhi: Oxford & IBH Publishing CO., 1926.

Nagendra, ed. *Literary Criticism in India*, Nauchandi and Meerut: Sarita Prakashan, 1976.

Nagendra & I.N. Chaudhuri, eds. *Comparative Literature*, Delhi: Delhi University, 1977.

Nagendra, *Emotive Basis of Literatures*, New Delhi: B. R. Publishing Corporation, 1986.

Nagendra, *A Dictionary of Sanskrit Poetics*, New Delhi: B. R. Publishing Corporation, 1987.

Naik, M.K., et al. eds. *Critical Essays on Indian Writing in English*, Dharwar: Karnatak University, 1972.

Naik, M.K. & S. Mokashi Punekar, eds. *Perspectives on Indian Drama in English*, Madras: Oxford University Press, 1977.

Naik, M.K., *A History of Indian English Literature*, New Delhi: Sahitya Akademi, 2010.

Nair, Rama, *Indian Theories of Language: A Literary Approach*, Hyderabad: Cauvery Publications, 1990.

Nair, Rukmini Bhaya, ed. Translation, *Text and Theory: The Paradigm of India*, Delhi: Sage Publications, 2002.

Nandy, Ashis, *The Intimate Enemy: Loss and Recovery of Self under Colonialism*, Delhi: Oxford University Press, 1983.

Nandy, Ashis, *At the Edge of Psychology: Essays in Politics and Culture,* Delhi: Oxford University press, 1990.

Nandy, Ashis, *The Savage Freud and Other Essays on Possible and Retrievable Selves*, New Jersey: Princeton University Press, 1995.

Nandy, Ashis, *Time Treks: The Uncertain Future of Old and New Despotisms*, Calcutta: Seagull Books, 2008.

Nandi, S.K., *Art and Aesthetics of Rabindranath Tagore*, Calcutta: The Asiatic Society, 1999.

Nandi, Tapasvi S., *The Origin and Development of the Theory of Rasa and Dhvani in Sanskrit Poetics*, Ahmedabad: Gujarat University, 1973.

Nandi, Tapasvi S., *Abhidhā*, Ahmedabad: L.D.Institute of Indology,

2002.

Nandi, Tapasvi, *Sahṛdayāloka: Thought-currents in Indian Literary Criticism*, Vol.1, Part 1—3, Ahmedabad: L.D.Institute of Indology, 2005.

Narasinhaiah, C.D., *The Swan and the Eagle: Essays on Indian English Literature*, Shimla: Indian Institute of Advanced Study, 1968.

Narasimhaiah, C.D., *Raja Rao, New* Delhi: Arnold-Heinemann Publishers, 1974.

Narasimhaiah, C.D., ed. *East West Poetics at Work,* New Delhi: Sahitya Akademi, 1994.

Narasimhaia, C.D., *English Studies in India: Widening Horiz*ons, Delhi: Pencraft International, 2002.

Naravane, Vishwanath S., *An Introduction to Rabindranath Tagore,* New Delhi: The Macmillan Company, 1977,.

Niranjana, Tejaswini, *Siting Translation: History, Post-structuralism, and the Colonial Conte*xt, Berkeley: University of California Press, 1992.

Panda, P.K., *Concept of Dhvani in Sanskrit Poetics*, Delhi: Penman Publishers, 1988.

Pande, Anupa, *The Natyasastra Tradition and Ancient Indian Society*, Jodhpur: Kusumanjali Prakashan, 1993.

Pande, Anupa, *A Historical and Cultural Study of the Nāṭyaśāstra of Bharata*, Jodhpur: Kusumanjali Book World, 1996.

Pande, S.C., ed. *The Concept of Rasa with Special Reference to Abhinavagupta*, Shimla: Indian Institute of Advanced Study, 2009.

Pandey, Kanti Chandra, *Comparative Aesthetics*(Vol.1),*Indian Aesthetics*, Varanasi: The Chowkhamba Sanskrit Series Office, 1959.

Pandey, Kanti Chandra, *Abhinavagupta: An Historical and Philosophical Study*, Varanasi: Chowkhamba Sanskrit Series Office, 1963.

Pandey, Sudhakar & V.N.Jha, eds. *Glimpses of Ancient Indian Poetics*, Delhi: Indian Books Centre, 1993.

Paniker, K.Ayyappa, ed. *Indian English Literature since Independence*, New Delhi: The Indian Association for English Studiers, 1991.

Paranjape, Makarand and Sunthar Visuvalingam, eds. *Abhinavagupta: Reconsiderations*, New Delhi: Samvad India Foundation, 2006.

Patel, Amrita Paresh & Jaydipsinh K.Dodiya, eds. *Perspectives on Sri Aurobindo's Poetry,Play and Criticism*, Delhi: Sarup & Sons, 2002.

Pathak, R.S., *Vakrokti and Stylistic Concepts*, New Delhi: Bahri Publications, 1988.

Pathak, R.S., ed. *Indian Fiction in English: Problems and Promises*, New Delhi: Northern Book Centre, 1990.

Patnaika, P., *Rasa in Aesthetics: An Appreciation of Rasa Theory to Modern Western Literature*, New Delhi: D.K.Print World , 1997.

Phadke, S.S., *Analysis of Figures of Speech in Bhasa's Dramas,* Goa: Panaji, 1990.

Pillai,J. M. *Somasundaram, A History of Tamil Literature*, Madras: Azhahu Printers, 1968.

Pilai, Meena T., ed. *Women in Malayalam Cinema: Naturalising Gender Hierarchies*, Hyderabad: Orient Blackswan, 2010.

Prajapati, Sweta, *Influence of Nyaya Philosophy on Sanskrit Poetics*, Delhi: Paramamitra Prakashan, 1998.

Prakash, K. Leela, *Rudrata's Kavyalankara: An Estimate*, Delhi: Indu Prakashan, 1999.

Prasad, Amar Nath, *Critical Response to V.S. Naipaul and Mulk Raj Anand*, New Delhi: Sarup & Sons, 2003.

Prasad, Ram Chandra, *Literary Criticism in Hindi*, Nauchandi and Meerut: Sarita Prakashan, 1976.

Radhakrishnan, C.S., *Śaṭhavairivaibhavaprabhākara: A Critical Edition and Study*, Delhi: Amar Prakashan, 1988.

Radhakrishnan, S., *The Philosophy of Rabindranath Tagore*, Baroda: Good Companions Publishers, 1961.

Raghavan, V., *The Number of Rasas*, Madras: The Adyar Library and Research Centre, 1940.

Raghavan, V., *Studies on Some Concepts of the Alaṅkāra Śāstra,* Madras: The Adyar Library, 1942.

Raghavan, V., *Bhoja's Śṛṅgāraprakaśā*, Madras: Punarvasu, 1963.

Raghavan, V. and Nagendra, eds. *An Introduction to Indian Poetics*, Bombay: Macmillan and Company Ltd., 1970.

Raghavan, V., *Abhinavagupta and His Works*, Varanasi: Chaukhamba Orientalia, 1981.

Raghavan, V., *Sanskrit Drama: Its Aesthetics and Production*, Madras: Paprinpack, 1994.

Raghavan, V. et al., *Indian Drama in Retrospect*, New Delhi: Sangeet Natak Akademi, 2007.

Raha, Kironmoy, *Bengali Theatre*, New Delhi: National Book Trust, 1980.

Rahman, Anisur, ed. *Translation Poetics and Practice*, New Delhi: Creative Books, 2002.

Raja, K. Kunjunni, *Indian Theories of Meaning*, Madras: The Adyar Library and Research Centre, 1963.

Rajan, P.K., ed. *Indian Literary Criticism in English: Critics, Texts, Issues*, Jaipur and New Delhi: Rawat Publications, 2004.

Rajendra, C., *A Study of Mahimabhatta's Vyaktiviveka*, Calicut:

University of Calicut, 1991.

Rajendran, C., ed. *Living Tradition of Natyasastra*, Delhi: New Bharatiya Book Corporation, 2002.

Rajendran, C., *Vyaktiviveka: A Critical Study*, New Delhi: New Bharatiya Book Corporation, 2003.

Rakesagupta, *Psychological Studies in Rasa*, Banaras Hindu University Press, 1950.

Ram, Moola, *Mulk Raj Anand's Untouchable: A Mirror of Dalit Life*, New Delhi: Bahri Publications, 2010.

Ramachandra, Ragini, ed. *Literary and Cultural Explorations at Dhvanyloka*, Mysore: Dhvanyaloka Publication, 2007.

Ramachandrudu, *The Contribution of Paṇḍitarāja Jagannātha to Sanskrit Poetics*, Delhi: Nirajana Publishers, 1983.

Ramachandrudu, *The Contribution of Paṇḍitarāja Jagannātha to Sanskrit Poetics*, Delhi: New Bharatiya Book Corporation, 2008.

Ramakrishna, Shantha, ed. *Translation and Multilingualism: Post-colonial Contexts*, New Delhi: Pencraft International, 2007.

Ramanujan, A.K., trans. *Poems of Love and War*, Delhi: Oxford University Press, 1985.

Ramanujan, A.K., *The Collected Essays of A.K.Ramanujan*, New Delhi: Oxford University Press, 1999.

Rangacharya, Adya, *Introduction to Bharata's Natyasastra*, Bombay: Popular Prakashan, 1966.

Rangacharya, Adya, *The Indian Theatre*, New Delhi: National Book Trust, 1980.

Rangacharya,Adya, *Drama in Sanskrit Literature*, Bombay: Popular Prakashan, 1st edition, 1947 , 2nd edition,1967.

Rao, Appa, *Special Aspects of Natyasastra*(in Telugu), Trans. by

H.V. Sharma, New Delhi: National School of Drama, 2001.

Rao, G., Parthasaradhy, *Alaṅkāraratnākara of Śobhākaramitra:A Study*, New Delhi: Mittal Publications, 1992.

Rao, Raja, *Kanthapura*, Bombay: Oxford University Press, 1947.

Rath, Gayatri, *Linguistic Philosophy in Vakyapadiya*, Delhi: Bharatiya Vidya Prakashan, 2000.

Ray, Mohit K., ed. *Studies in Translation*, New Delhi: Atlantic Publishers & Distributors, 2008.

Rayan, Krishna, *Suggestion and Statement in Poetry*, London: The Athlone Press, 1972.

Rayan, Krishna, *Text and Sub-text: Suggestion in Literature*, New Delhi: Arnold-Heinemann Publishers, 1987.

Rayan, Krishna, *The Burning Bush: Suggestion in Indian Literature*, New Delhi: B. R. Publishing Corporation, 1988.

Rayan, Krishna, *Sahitya, a Theory for Indian Critical Practice,* New Delhi: Sterling Publishers, 1991.

Reder, Michael, ed. *Conversation with Salman Rushdie*, Jackson: University Press of Mississippi, 2000.

Roy, Kamalika, *Tagore's Concept of Art: Essentialism and Freedom*, Delhi: Abhijeet Publications, 2005.

Rubin, David, *After The Raj: British Novels of India Since* 1947, London: University Press of New England, 1986.

Rushdie, Salman, *Imaginary Homelands: Essays and Criticism(1981-1991)*, London: Grant Books,1991.

Rushdie, Salman & Elizabeth West, eds. *The Vintage Book of Indian Writing:1947-1997*, London: Vintage, 1997.

Sagrera, Antunio Binimelis, *A Study of Alaṅkāras in Sanskrit Mahākāvyas and Khaṇḍakāvyas*,Delhi: Bharatiya Vidya Prakashan,

1977.

Sangari, Kumkum, *Politics of the Possible: Essays on Gender, History, Narrative, Colonial English,* New Delhi: Tulika, 1999.

Sankaran, A., *Some Aspects of Literary Criticism in Sanskrit of the Theories of Rasa and Dhvani*, Delhi: Oriental Books Reprint Corporation, 1973.

Sarma, Madhava Krishna, *Panini, Katyayana and Patanjali,* Delhi: Shri Lal Bahadur Shastri Rashtriya Sanskrit Vidyapeeth, 1968.

Sarma, N. N., *Paṇḍitarāja Jagannātha: The Renowned Sanskrit Poet of Medieval India*, Delhi: Mittal Publications, 1994.

Sastri, P.S., *Ananda K.Coomaraswmy*, New Delhi: Arnold Heinemann Publishers, 1974.

Sastri, P. S., *Rigvedic Aesthetics*, New Delhi: Bharatiya Vidya Prakashan, 1988.

Sastri, P. S., *Indian Theory of Aesthetic*, New Delhi: Bharatiya Vidya Prakashan, 1989.

Sastri, S.N. Ghosal, *Studies in Divine Aesthetics of the Neo-rasa School*, Santiniketan: Visva Bharati, 1974.

Sastri, Ghoshal, *Elements of Indian Aesthetica,* Vol.1, Varanasi: Chaukhamba Orientalia, 1978.

Sen, Nivedita and Nikhil Yadav, eds. *Mahasweta Devi: An Anthology of Recent Criticism*, New Delhi: Pencraft International, 2008.

Sen, Sukumar, *Bengali Literature,* New Delhi: Sahitya Akademi, 1971.

Shah, Priyabala, *Viṣṇudharmottarapurāṇa,Third Khanda(*Vol.2: *Introduction, Appendixes, Indexes etc.),* Vadodara: Oriental Institute, 1998.

Shah, Shalini, *The Making of Womanhood: Gender Relations in the*

Mahabharata, New Delhi: Manohar Publishers, 1995.

Shah, Shalini, *Love, Eroticism and Female Sexuality in Classical Sankrit Literature: Seventh-Thirteenth Centuries*, New Delhi: Manohar Publishers, 2009.

Sharma, Brahmanand, *A Critical Study of Indian Poetics*, Jaipur: Unique Traders, 1978.

Sharma, K.K., *Rabindranath Tagore's Aesthetics*, New Delhi: Abhinav Publications, 1988.

Sharma, Mukunda Madhava, *The Dhvani Theory in Sanskrit Poetics*, Varanasi: Chowkhamba Sanskrit Series Office, 1968.

Sharma, N. N. *Paṇḍitarāja Jagannātha: The Renowned Sanskrit Poet of Medieval India*, Delhi: Mittal Publications, 1994.

Sharma, S.K., *Kuntaka's Vakrokti Siddhanta:Towards an Appreciation of English Poetry*, Meerut: Shalabh Publishing House, 2004.

Sharma, Pradeep K., *Dalit Politics and Literature*, Delhi: Shipra Publications, 2006.

Shastri, Manmatha Nath Dutt, Trans., *Agnipurāṇam*, Vol.2, Varanasi: The Chowkhamba Sanskrit Series Office, 1967.

Shastri, Mool Chand, *Buddhistic Contribution to Sanskrit Poetics*, Delhi: Parimal Publications, 1986.

Shukla, Chitra P., *Treatment of Alaṅkāras in Rasagaṅgādhara*, Vallabh Vidyanagar: Sardar Patel University, 1977.

Singal, R. L., *Aristotle and Bharata: A Comparative Study of Their Theories of Drama*, Punjab: Vishveshvaranand Vedic Research Institute, 1977.

Singh, Ajai, *Rabindranath Tagore: His Imagery and Ideas*, Ghaziabad: Vimal Prakashan, 1984.

Singh, Avadhesh Kumar, ed. *Translation: Its Theory and Practice*, New Delhi: Creative Books, 1996.

Singh, C.S. & R.S.Singh, eds. *Spectrum History of Indian Literature in English*, New Delhi: Atlantic Publishers and Distributors, 1998.

Singh, Charu Sheel, *Self-Reflexive Materiality: Three Essays in Comparative Methods*, New Delhi: Associated Publishing House, 1997.

Singh, Pankaj K., *Re-presenting Woman: Tradition, Legend and Panjabi Drama,* Shimla: Indian Institute of Advanced Study, 2000.

Singh, Ram Sewak & Charu Sheel Singh, eds. *Spectrum History of Indian Literature in English*, New Delhi: Atlantic Publishers and Distributors, 1998.

Spear, Percival, *The Oxford History of India*, Delhi: Oxford University Press, 1981.

Sreekantaiyya, T.N., *Indian Poetics, trans. by N. Balasubrahmanya*, New Delhi: Sahitya Akademi, 2001.

Srivastava, Anand Kumar, *Later Sanskrit Rhetoricians*, New Delhi: Eastern Book Linkers, 2007.

St-Pierre, Paul & Prafulla C. Kar, eds. *In Translation Reflections, Refractions, Transformations*, Delhi: Pencraft International, 2005.

Subramanian, A.V., *The Aesthetic of Wonder: New Findings in Sanskrit Alaṅkāraśāstra*, Delhi: Motilal Banarsidass, 1988.

Sudhi, Padma, *Aesthetic Theories of India,* Vol.1, Poona, 1983; Vol.2,Delhi, 1988; Vol.3, Delhi,1993.

Sukla, A.C., *The Concept of Imitation in Greek and Indian Aesthetics*, Calcutta, 1977.

Sundaram, V. Abhirama, *Alaṅkārarāghava of Yajñeśwara Dīkṣita: A Study (Alaṅkāraprakaraṇa only)*, Chennai: Ramakrishna Mission Vivekananda College, 2001.

Suryakanta, *Kṣemendra Studies, Together with an English translation of his Kavikaṇṭhābharaṇa, Aucityavicāracarcā and Suvṛttatilaka*, Poona: Oriental Book Agency, 1954.

Swami, Indu, ed. *The Woman Question in the Contemporary Indian Women Writing in English*, New Delhi: Sarup Book Publishers, 2010.

Swamy, M. Sivakumara, *Post-Jagannātha Alaṅkāraśāstra*, New Delhi: Rashtriya Sanskrit Sansthan, 1998.

Swaroop, Sharda, *The Role of Dhvani in Sanskrit Poetics*, Moradabad: Braj Ashram, 1984.

Tandon, Neeru, ed. *Perspectives and Challenges in Indian-English Drama*, New Delhi: Atlantic Publishers, 2006.

Taneja, G.R. & R.K.Dhawan, eds. *The Novels of Salman Rushdie*, Delhi: Indian Society for Commonwealth Studies,1992.

Tarlekar, G. H., *Studies in the Nāṭyaśāstra*, Delhi: Motilal Banarsidass, 1975.

Thapar, Romila, *Sakuntala: Texts, Readings, Histories,* London: Anthem Press, 1999.

Tharu, Susie and K.Lalita, eds. *Women Writing in India: 600 B.C. to the Present,* Vol.2: *The Twentieth Century*, Delhi: Oxford University Press, 1993.

Tirugnanasambandhan, P., *The Concepts of Alamkara Sastra in Tamil*, Madras: The Samskrit Academy, 1977.

Trikha, Raj Kumari, *Alaṅkāras in the Works of Bāṇabhaṭṭa*, Delhi: Parimal Publications, 1982.

Tripathi, Radha Vallabh, *Lectures on the Nāṭyaśāstra*, Pune: University of Poona, 1991.

Trivedi, K.H., *Nāṭyadarpaṇa of Rāmacandra & Guṇacandra: A Critical Study*, Ahmedabad: L.D.Institute of Indology, 1966.

Upadhyay, A. M., *The Kāvyānuśāsana of Āchārya Hemachandra: A Critical Study*, Ahmedabad: Darshan Printers, 1987.

Vaidya, P.L., *The Role of Dhvani in Sanskrit Poetics*, Moradabad: Braj Ashram, 1984.

Vanita, Ruth, *Gandhi's Tiger and Sita's Smile: Essays on Gender, Sexuality and Cultrue*, New Delhi: Yoda Press, 2005.

Varadpande, M.L. and Sunil Subhedar, *The Critique of Indian Theatre*, Delhi: Unique Publications, 1981.

Vatsyayan, Kapila, *Bharata: The Nāṭyaśāstra*, New Delhi: Sahitya Akademi, 1996.

Vedam, Vasanta, *A Handbook on Natyasastra*, Chennai: Bhaktavatsalam Nagar, 2003.

Velayutham, Selvaraj, ed. *Tamil Cinema: The Cultural Politics of India's Other Film Industry*, London and New York: Routledge, 2008.

Vijayavardhana, G., *Outlines of Sanskrit Poetics*, Varanasi: Chowkhamba Sanskrit Series Office, 1970.

Vijayan, K., *Rasārṇavasudhākara: A Study*, Trivandrum: Aatira Publications, 1981.

Vinoda, T. and V. Gopal Reddy, eds. *Studies in Translation: Theory and Practice*, New Delhi: Prestige, 2000.

Viśvanātha, *Sāhityadarpaṇa or The Mirror of Composition*, Trans. by Pramada Dasa Mitra, Calcutta,1875; Banaras: Motilal Banarsi Dass, 1956

Viswanatham, K., *India in English Fiction*, Waltair: Andhra University Press, 1971.

Wakabayashi, Judy and Rita Kothari, eds. *Decentering Translation Studies: India and Beyond*, Amsterdam and Philadelphia: John Benjamins Publishing Company, 2009.

Walimbe, Y. S., *Abhinavagupta on Indian Aesthetics*, Delhi: Ajanta Publications, 1980

Warder, A. K., *Indian Kāvya Literature, Vol.1, Literary Criticism,* Delhi: Motilal Banarsidass, 1989.

Williams, H.M., *Indo-Anglian Literature, 1800-1900*, Madras: Orient Longman Ltd., 1976.

Winternitz, Maurice, *History of Indian Literature,* Vol.1, *Introduction, Veda, Epics, Purāṇas and Tantras*, trans. by V Srinivasa Sarma, Delhi: Motilal Banarsidass, 1981.

Winternitz, Maurice, *History of Indian Literature,* Vol.2, *Buddhist Literature and Jaina Literature*, trans. by S. Ketkar & H. Kohn, Calcutta: University of Calcutta, 1933.

Winternitz, Maurice, *History of Indian Literature,* Vol.3, *Classical Sanskrit Literature*, trans. by Subhadra Jha, Delhi: Motilal Banarsidass, 1963.

(下边三种文献为英文期刊)

Guha, Naresh, ed. *Jadavpur Journal of Comparative Literature*, Vol.12, 1974, Calcutta: Jadavpur University.

Majumdar, Swapan, ed. *Jadavpur Journal of Comparative Literature*, Vol.35, 1997-1998, Calcutta: Jadavpur University.

Singh, Udaya Narayana and P.P. Giridhar, eds. *Translation Today*, Vol.3, No.1 & 2, Mysore: Central Institute of Indian Languages, 2006.

五、工具书

北京大学东方语言文化系印地语言文化教研室等合编：《印地语汉语大辞典》，北京：北京大学出版社，2000年。

杜继文、黄明信主编：《佛教小辞典》，上海辞书出版社，

2001年。

黄心川主编：《南亚大辞典》，成都：四川人民出版社，1998年。

《新英汉词典》编写组编：《新英汉词典》（增补本），上海译文出版社，2004年。

Apte, Vaman Shivram, *The Student's English-Sanskrit Dictionary*, Delhi: Motilal Banarsidass Publishers, 2002.

Apte, Vaman Shivram, *The Practical Sanskrit-English Dictionary*, Delhi: Motilal Banarsidass Publishers Private, 2004.

Bahri, Hardev, *Learners' Hindi-English Dictionary*, Delhi: Rajpal & Sons, 2004.

Dowson, John, *A Classical Dictionary of Hindu Mythology and Religion*, *Geography, History, and Literature*, London: Routledge, 1953.

Mani, Vettam, *Puranic Encyclopaedia: A Comprehensive Dictionary with Special Reference to the Epic and Puranic Literature*, Delhi: Motilal Banarsidass Publishers Private Limited, 1979.

Williams, M. Monier, *A Sanskrit-English Dictionary*, Delhi: Motilal Banarsidass Publishers Private Limited, 2002.

附录一　印度文论史大事年表

公元前1500—前1000年左右，《梨俱吠陀》成型。

公元前5至4世纪左右，梵语语法学著作《波你尼经》（又称《八章书》）产生。

公元前5世纪左右，泰米尔语语法学和文论著作《朵伽比亚姆》产生。

公元前2世纪，波颠阇利写成疏解《波你尼经》的《大疏》，开创注疏文体。

公元前后，婆罗多的《舞论》产生，至公元4、5世纪基本定型。

7世纪，婆摩诃写成现存最早的梵语诗学著作《诗庄严经》。

7世纪，檀丁写成融庄严论和风格论于一体的《诗镜》。

7世纪，伐致呵利写成对梵语诗学影响大的语法学著作《句词论》。

7世纪，斯里兰卡佛教学者戒云（或称戒云军）写成基于檀丁《诗镜》的僧伽罗语诗学著作《妙语庄严》（*Suabhāsalaṅkara*）。

700—750年，商羯罗在世，改革印度教。

8世纪，伐摩那写成风格论代表作《诗庄严经》。

8世纪，优婆吒写成《摄庄严论》。

9世纪中叶，楼陀罗吒写成《诗庄严经》，标志庄严论向味论过渡。

9世纪，欢增写成韵论派的代表作《韵光》。

9至10世纪，王顶写成“诗人学”代表作《诗探》。

10世纪，楼陀罗跋吒写成《艳情吉祥痣》。

10世纪，胜财依据《舞论》写成戏剧学著作《十色》。

10至11世纪，新护的《舞论注》和《韵光注》成型。

10至11世纪，恭多迦写成曲语论代表作《曲语生命论》。

11世纪，安主写成合适论代表作《合适论》。

11世纪，摩希摩跋吒写成批驳韵论的《韵辨》。

11世纪，波阇写成《辩才天女的颈饰》和《艳情光》。

11至12世纪，曼摩吒著《诗光》，开启综合性诗学研究模式。

12世纪，鲁耶迦著《庄严论精华》。

1088—1172年，雪月著《诗教》。

12世纪，罗摩月和德月合著戏剧学著作《舞镜》。

12世纪，伐格薄吒写成《伐格薄吒庄严论》。

12至13世纪，沙罗达多那耶写成戏剧学著作《情光》。

12至13世纪，娑婆迦罗蜜多罗写成《庄严宝藏》。

1277年，中国藏族学者雄顿·多吉坚赞把《诗镜》译为藏文。

13世纪，阿利辛赫和阿摩罗旃陀罗合著《诗如意藤》。

13世纪，楼陀罗跋吒著《味花蕾》。

13世纪，斯里兰卡佛教学者僧伽罗吉多著有巴利语诗学著作《妙觉庄严》（*Subodhālaṅkara*），当代印度学者将其转写为梵文后，题为《智庄严论》并于1973年出版。

13至14世纪，维底亚达罗写成《项链》，开创梵语诗学著述的“赞颂体”。

13至14世纪，胜天写成《月光》。

13至14世纪，维底亚那特写成《波罗多波楼陀罗名誉装饰》。

13至14世纪，代吠希娑罗写成《诗人如意藤》。

14世纪，伐格薄吒写成《诗教》。

14世纪，辛格普波罗写成《味海月》。

14世纪，毗首那特写成综合性诗学著作《文镜》。

14世纪，维希吠希婆罗·格维旃陀罗《魅力月光》，提出魅力说。

14至15世纪，印度的巴利语诗律学著作和修辞论从锡兰传入泰国，开始对泰国诗学的形成发挥影响。

15世纪，般努达多写成《味花簇》、《味河》和《庄严吉祥痣》。

15至16世纪，鲁波·高斯瓦明写成虔诚味论代表作《虔诚味甘露河》和《鲜艳青玉》，并著《剧月》。

15至16世纪，印地语诗人兼学者苏尔达斯著《文波》(也译《文学之波》)。

1555—1617年，印地语文论家格谢沃达斯在世。他著有《知音喜》和《诗人喜》。

16世纪，盖瑟沃·密湿罗写成《庄严顶》。

16世纪，阿伯耶·底克希多著《莲喜》、《画诗探》和《功能疏》，《莲喜》论述了最大数量的义庄严。

16世纪，格维·格尔纳布罗著《庄严宝》。

17世纪，世主著《味海》和《驳画诗探》，他的著作标志梵语诗学一枝独秀的创造性时代结束，印度开始进入梵语诗学和各种方言文论共同发展的时期。

18世纪，维希吠希婆罗著《庄严宝》。

18世纪，纳拉辛哈格维著《南阇王名誉装饰》。

1852年，“孟加拉语文论之父”南迦拉尔（Rangalāl Bandyopādhyāya）撰写论文《孟加拉诗歌作品》，回答“青年孟加拉派”的挑战。

1865年，印度学者将《文镜》译为英文在加尔各答出版，后于1956年再版。

1890年，德国学者波特林克（O.BOhtlingk）在莱比锡出版《诗镜》德译本。

1894年，在发现抄本的基础上，印度学者编订出版《舞论》三十七章，是为《古诗丛刊》第四十二辑。印度古代文论发掘和保护取得历史性的重大突破。

1896年，印度学者G.恰（Ganganatha Jha）出版《诗光》英译本。

1907年，泰戈尔出版论文集《文学》，阐释“比较文学”概念。

1910年，R.R.拉奥（R.Raghunath Rao）出版印度最早的翻译研究著作《翻译的艺术》。

1917年12月到1920年7月间，奥罗宾多后来结集的《未来诗歌》以三十二期连载的方式在《雅利安》杂志上陆续发表。

1918年，A.K.库马拉斯瓦米在美国出版艺术美学代表作《湿婆之舞》。

1923年和1925年，S.K.代先后出版《梵语诗学史》第一、二卷。

1923年，P.V.迦奈出版《梵语诗学史》。

1926年，A.C.古普塔出版《诗探》（*Kāvya Jijñāsā*），向孟加拉读者介绍梵语诗学味论，同时就克罗齐和新护的文学理论展开比较。

1927年，婆摩诃《诗庄严论》被译为英文出版，后于1970年再版。

1927年，R.B.萨克色纳写成《乌尔都语文学史》。这是首部乌尔都语文学史。

1929年，拉默金德尔·修格尔出版《印地语文学史》和《诗歌中的神秘主义》。

1930年，许地山在当年出版的《印度文学》中首次简略提及《舞论》等梵语诗学著作。

1934年，A.K.库马拉斯瓦米在美国出版《艺术本质的变化》。

1939年，伯勒萨德（Jaya Shankara Prasad）著印地语文论《诗歌与艺术散文集》。

1940年，V.拉克凡出版梵语诗学研究著作《味的数目》。

1945年，S.K.夏斯特里的遗作《梵语文学批评理论的主流与支流》出版。

1950年，M. 高斯（Manomohan Ghosh）英译的《舞论》第一卷出版。

1956年，加尔各答的贾达夫普尔大学（Jadavpur University）设立比较文学系。

1959年，K.C.潘迪出版《比较美学》。

1962年，K.R.S.艾衍迦尔出版首次梳理印度英语文学发展史的《印度英语创作》。

1963年，印度学者S.克利希那斯瓦米和西方学者合著的《印度电影》一书出版。此书梳理印度电影发展史。

1963年，印度学者关于泰米尔语著作《朵伽比亚姆》的英译本出版。

1964年，纳根德罗出版印地语著作《味论原理》和《梵语诗学流变》，后一书对婆罗多至世主的18位梵语诗学家和格谢沃达斯等25位印地语文论家进行简析。

1965年，《古典文艺理论译丛》第十辑收录金克木译《舞论》、《诗镜》、《文镜》的重要片段。这是梵语诗学名著的首次汉译。

1969年，美国学者J. L.马松和印度学者M. V.帕塔瓦达出版《平静味和新护的美学原理》。

1971年，米拉克西·穆克吉出版博士论文《再生的小说：印度英语小说的主题与技法》，这是对印度英语小说最早的主题探索。

1972年，加拿大学者A.K.渥德尔出版《印度古典文学》第1卷，该书梳理印度古代文论史。

1976年，纳根德罗主编的《印度文学理论批评》出版。

1976年，R.C.普拉萨德出版《印地语文学理论批评》。

1977年，勒沃普拉萨德·德维威迪出版梵语著作《诗庄严颂》，提出了“庄严是诗的灵魂”的观点。2001年，他又推出该书梵英对照本。

1977年，R.L.辛格尔出版《亚里士多德与婆罗多的戏剧理论比较研究》。

1977年，美国学者埃德温·格洛出版《印度诗学》。

1980年，金克木译《古代印度文艺理论文选》由人民文学出版社出版。

1982年，《庶民研究：关于南亚历史与社会的书写》出版。这标志印度后殖民理论界的“庶民学派”正式诞生。

1982年，R.K.特莉卡出版了博士论文《波那作品中的庄严》。这是印度最早带有梵语诗学批评色彩的博士论文之一。

1982年11月、1984年1月和1985年5月，“韵光文学理论中心”在著名印度英语文学批评家C.D.纳拉辛哈的主持下，先后举行了三次学术研讨会。与会学者质疑西方文论盛行于印度文论界的合法性，并探讨如何建构超越梵语诗学的普遍适用的文论话语。

1983年，阿西斯·南迪出版《亲密的敌人：殖民主义语境下的自我迷失和康复》。

1984年，阿米亚·德武出版《印度比较文学观念》。

1984年和1985年，马拉雅兰姆语学者K.M.乔治主编出版两卷本《比较印度文学》。

1985年，B.夏尔玛带有马克思主义色彩的梵语著作《味论》出版。

1985年，侨居美国的A.K.罗摩努迦出版《朵伽比亚姆》英译本。

1986年，庶民学派干将帕尔塔·查特吉出版民族主义研究三部曲的第一部《民族主义思想与殖民地世界：一种衍生性话语》。

1987年，斯皮瓦克出版《在其他世界：文化政治论文选》，后出版《学科的死亡》（2003）等。

1987、1988年，K.拉扬出版《文本与亚文本：文学中的韵》和

《燃烧的灌木丛：印度文学中的韵》。

1987年，唐仁虎、刘安武合译《普列姆昌德论文学》出版（漓江出版社）。

1988年，M.S.库斯瓦哈出版《印度诗学和西方理论》。

1988年，古哈和斯皮瓦克的《庶民研究选本》出版，西方开始关注庶民学派。

1991、1995年，S.K.达斯先后出版带有比较文学特色的两卷本《印度文学史》。

1991年，拉什迪出版文论集《想像的家园》。

1991年1月，由印度文学院与迈索尔“韵光文学理论中心”联合主办学术研讨会，会议论文结集为《东西诗学批评实践》。这次研讨会是梵语诗学批评史上的标志性事件。与会学者提交的论文多以梵语诗学阐释印度与西方的文学作品。

1992年，特迦斯薇妮·妮南贾娜出版《为翻译定位：历史、后结构主义和殖民语境》，引起国际学术界重视。

1992年，阿贾兹·艾哈默德的《阶级、民族与文学论》出版。

1993年，苏西·塔鲁和K.拉丽塔出版两卷本《公元前七世纪至今的印度女性创作》，对印度女性文学进行历史梳理。

1993年，黄宝生出版中国首部梵语诗学研究专著《印度古典诗学》。

1994年，霍米·巴巴出版论文集《文化的定位》。

1995年，德里大学女学者马拉室利·拉尔出版《门槛定律：印度女性英语作家》，提出构建印度中心观的女性主义批评原则即“门槛定律”。

1997年，P.帕特奈克出版《美学中的味：味论之于现代西方文学的批评运用》，以九种味系统评价西方文学。

1997年，倪培耕出版《印度味论诗学》（漓江出版社）。

1998年，M.S.斯瓦米出版《后世主时代的庄严论》，首次对18

至19世纪出现的梵语诗学著作进行梳理。

1998年，马达瓦·普拉萨德出版《印地语电影中的意识形态》。

1999年，尼赫鲁大学的K.米拉克西出版比较研究著作《泰米尔语和梵语文学批评理论：〈朵伽比亚姆〉和梵语诗学》。

1999年，尼赫鲁大学著名历史学家罗米拉·塔帕尔（Romila Thapar）出版《沙恭达罗：文本、解读与历史》。

1999年，安德拉邦的达利特学者K.艾诺赫（Kolakaluri Enoch）出版泰卢固语著作的英译本（别人代译）《现代文学批评原理》，以马克思主义观点观察印度女性文学批评和达利特文学批评等。

2002年，G.N.德维出版印度文论选《印度文学批评：理论与阐释》。

2003年，A.K.迈赫罗特拉出版独具特色的《图解印度英语文学史》。

2005年，裴晓睿发表论文《印度味论诗学对泰国文学的影响》（载王邦维主编:《东方文学研究集刊》第二辑，北岳文艺出版社）。

2006年，尼赫鲁大学的P.K.夏尔玛出版研究印地语达利特文学（贱民文学）的专著《达利特政治与达利特文学》。

2006年，郁龙余等著《中国印度诗学比较》出版（昆仑出版社）。

2006年，邱紫华出版《印度古典美学》（华中师范大学出版社）。

2007年，尼赫鲁大学的拉吉妮·马宗达出版《孟买电影：城市档案》。

2007年，勒沃普拉萨德·德维威迪（Rewāprasāda Dwivedī）出版印地语著作《梵语诗学批评史》，介绍52位古代梵语诗学家和17位20世纪梵语诗学家及其代表作。

2007年，A.K.室利沃思陀沃出版《晚期梵语诗学家》，介绍17世纪末至19世纪末的200多位梵语诗学家和10位当代梵语诗学家。

2007年，勒沃普拉萨德·德维威迪和S.K.德维威迪父子俩编订出版总计2000多页的两卷本《艳情光》。

2008年，德里大学的M.巴拉特（女）和N.库马尔主编的《拍摄控制线：电影镜头前的印巴关系》出版。

2008年，黄宝生出版《梵语诗学论著汇编》（上下册）。该书汇集十部梵语诗学名著的全译或选译。

2009年，德里大学的夏莉妮·沙哈出版《七至十三世纪古典梵语文学中的爱情、色情和女性欲望》，明确提出“重新书写一部新的女性历史”的口号。

2010年，R.B.梅塔和R.V.潘达丽潘迪出版论文集《宝莱坞与全球化：印度流行电影、民族与散居》。

2010年，侯传文出版《话语转型与诗学对话：泰戈尔诗学比较研究》。

附录二　印度文论选译

一、《舞论》（婆罗多）

第十四章　《地域表演与地方风格》[①]

人们了解了我在前边提到的三种剧场后，应该对戏剧舞台上关于地域方位的表演加以思考。（1）[②]

前边说过，导演应该将鼓放置于后台（nepathyāgṛha，或译“化妆室”）的两个门之间。（2）

应以在前舞台（raṅgapīṭha）绕圈行走的方式暗示不同的地域（kakṣāvibhāga，或译“地域区分”）。如走出这一区域，便成为另一地域。（3）

从不同地域的表演中，人们可以辨认出房子、城市、花园、园林、河流、净修林、旷野、大地、海洋、三界、生物、非生物、不同国家、七大洲、各种山岳、天界、世界、地域、恶魔和蛇

---

①此章内容译自: Bharatamuni, *Nāṭyaśāstra*, Vol.2, ed. by Pushpendra Kumar, New Delhi: New Bharatiya Book Corporation, 2006, pp.463-481. 翻译此章时，译者借鉴和参考了黄宝生先生所著《印度古典诗学》中关于《舞论》的介绍和论述。此外，“附录”收录的十一种印度文论著作译文，皆属选译或节译，其中，前十种为梵语论著（均参考相关英译文），最后一种为英文著作。此处及后边的几种梵语诗学著作的译文，多处参考黄宝生先生的《印度古典诗学》、《梵语诗学论著汇编》和《梵学论集》等的相关论述或译文，特此说明，并向黄先生深表谢意！

②指《舞论》第二章叙述剧场建造时提到的大、中、小三种剧场。

（nāga）的居所、屋宅、森林等。从关于城市、森林、地方、山岳等的表演中，可以想象出不同的地域。（4—7）

通过不同地域的表演，人们可以判断某个地方在该区域以外、以内、中间、很远或很近的位置。（8）

按照不同地域的表演可知，先登上舞台者在该区域以内，后进入舞台者在该区域以外。（9）

进入舞台的演员想要见到先上舞台者，须得面朝右方，通报自己的到来。（10）

在戏剧表演过程中，鼓与后台二门所面对的方向，总被视为东方。（11）

演员如因故由该区域走出，须由原先进入的那个门径走出。（12）

演员走出该区域后，如再次进入某屋舍所在区域，他得利用后来进入该区域者所行走的路线作为退出的门径。（13）

演员如与后来进入舞台的另一演员一起走出某个区域，然后他俩一道走回该区，或单独返回，就得说明这是另外的区域。这个不同的地域就用在舞台绕圈行走的方式表明。（14—15）

地位相等者与主角一起行走，地位较低者绕着主角行走，女仆则行走在主角之前。（16）

如反复地绕圈行走于某个区域，该区则被视为非常遥远。不远不近的地方或近处，同样也用绕圈的方式进行暗示。（17）

由于戏剧情节的种种需要，天神和半神们通过天空，乘坐车辆，运用神奇幻力或其他方式，行走于城市、森林、海洋和山岳之间。天神和半神们身披华盖，像人一样在地上行走，以显示其凡人面容。（18—20）

天神和半神们可随心所欲地游走于世界所有地方，而凡人们只能按照规则在婆罗多国（即古代印度）行走。（21）

如果角色因故欲去远方，则以结束这一幕进行说明，并在幕间的引入插曲（praveśaka）中再次提示他的远行。（22）

结局（kārya）圆满就用穿越某个地域来表示。结局不圆满就须结束这一幕的表演。（23）

应在一幕中表演刹那（kṣaṇa）、须臾（muhūrta）、一夜（yāma）或一日内发生的事件，以形成种子（bīja）。（24）

一月或一年发生的事，须得在一幕戏结束之前完成表演。超过一年的事件，不应放在单独一幕戏中进行表演。（25）

以上便是戏中人物在婆罗多国必须遵循的不同地域表演规则。现在了解天神与半神们类似于凡人的步伐。（26）

药叉、密迹天（guhyaka）、财神的信众、罗刹、鬼怪（piśāca）和精灵（bhūta）们住在喜马拉雅山后边的绝妙雪山（Kailāsa，或译“昆仑山”）上。据说它们都是喜马拉雅山的居民。人们认为乾达婆(gandharva)住在黄金峰（Hemakūṭa）。舍萨（śeṣa）、伐苏吉和德叉迦（Takṣaka）等所有的蛇王（龙王）住在尼奢陀山上。三十三群天神住在伟大的须弥山（Meru）上。魔法无边者（siddha，或译“圣者”）和梵仙住在青色的琉璃山上。白色的山上住着魔鬼和恶魔。祖先们全都住在角形山（Śṛṅgavat）上。这些便是天神和半神们居住的绝妙的山。这些山应该以瞻部洲所在的地域进行表演。天神们的行为和业果应该根据其各自的羯磨和神通来表演，但其身形和特征应如凡人进行表演。（27—33）

表演者不能表现这些天神们眨眼的动作，因为在戏中味和情的表现依赖于眼光（dṛṣṭi），情先是以眼光进行表述，复以形体动作进行表达。诸位优秀的婆罗门啊！以上是我叙述的不同地域表演法。（34—35）

我将讲述地区风格（pravṛtti）的特征。精通戏剧表演者说地区风格有四类：阿槃底（Āvantī）、南方（Dākṣiṇa）、般遮罗（Pāñcāla）

和奥达罗摩揭陀（Oḍra-Magadha）。（36）[1]

邻近莫亨德拉、摩罗耶、娑诃耶、麦迦罗和伽罗般阇拉等山岳的国家（varṣa，或译“地区”、“地方”）叫做达克西那帕塔（即德干地区）。（37）

乔萨罗、陀萨罗、羯陵迦、摩萨罗和德罗蜜多、安德拉、摩诃维讷、梵那斡司迦等国（地区）位于南海与文底耶山之间，关于它们的表演总被视为南方风格。（38-39）

阿槃底、吠底萨、绍沃斯特罗、马拉瓦、兴都（Sindhu）、绍沃崴洛、阿衲尔铎、阿尔布德耶、达娑尔衲、三城（Tripura）、摩厘底迦沃特等国（地区）向来被视为以阿槃底风格进行表演。（40-41）

阿槃底风格被视为以崇高和艳美风格为表演基础。演员应在阿槃底风格的表演中采纳和运用崇高和艳美风格。（42）

阿司多（央迦）、梵迦、乌塔羯陵伽、瓦磋、奥德罗摩羯陀、贲德罗、泥婆罗（Nepāla，即尼泊尔）、安塔吉利、博诃吉利、博罗梵迦、莫亨德拉、摩罗达、摩罗拉达迦、梵顶、博尔迦瓦、摩尔迦瓦、博罗吉略底萨、布邻陀、吠德诃、多姆洛哩普多和博郎迦等东部国家（地区）采用奥德罗摩羯陀风格进行表演。（43—45）

在《往世书》中提到的其他一些属于东部的地区，奥德罗摩羯陀风格的表演同样适用。（46）[2]

般遮罗、修罗塞纳、迦湿弥罗（Kāśmīra，即克什米尔）、诃尸底纳普罗、伐赫迦、索尔伐迦、摩多罗、库尸纳洛等国（地区）要么邻近喜马拉雅雪山，要么接近恒河北岸，它们是以般遮罗风格表演的地

①新护在《舞论注》中为此句进行疏解时指出，之所以称地方风格，因为它表现了不同地域（地方）的服饰、语言和行为方式。不同地域的表演与雄辩、崇高、艳美、刚烈风格相联系。因为存在四种地方风格，戏剧表演才得以成型。南方风格喜欢采用各种舞蹈、歌曲（声乐）和器乐，艳美风格突出，有机智、甜美和优雅的形体表演——参见：Bharatamuni, *Nāṭyaśāstra*, Vol.2, 2006, p.470.

②编者注：“这种地方风格的表演以雄辩和艳美风格为基础。”（依据现存文献推测）——参见：Bharatamuni, *Nāṭyaśāstra*, Vol.2, 2006, p.473.

域。（47—48）

相传般遮罗地方风格主要运用崇高和刚烈风格进行表演，它们很少采用歌曲，具有武戏的动作和步姿。（49）

在舞台上绕行时，地方风格将以两种方式进行表演：自右进入，自左入场。（50）

在表演阿槃底风格和南方风格时，绕行者从右边进入舞台；在表演般遮罗风格和奥达罗摩揭陀风格时，绕行者从左边进入。（51）

在表演阿槃底风格和南方风格时，表演者利用朝北的门径进入舞台；在表演般遮罗风格和奥达罗摩揭陀风格时，表演者利用南边的门径进入舞台。（52）

考虑到某些特殊的集会、地点和时间所表达的特定主题，戏剧表演者可以将这些表演规则合而为一。（53）

行家们应结合前边所阐明的各种地方风格，表演各种戏剧风格。（54）

以舞台实践为基础，戏剧的表演方式分为两类：文戏（sukumāra）和武戏（āviddha）。（55）

表演中具有阳刚勇猛的舞蹈形体动作（aṅgahāra），以劈、刺、挑战为特色，大量运用幻术和咒术，采用道具和妆饰，多用男角，少用女角，以崇高和刚烈风格为主，这被称为武戏。（56—57）

表演者认为，争斗剧、神魔剧、纷争剧和掠女剧都是武戏。（58）

武戏应由（凡人所扮的）天神、恶魔和罗刹来表演，他们崇高、傲慢、英勇、威武、强健。（59）

传说剧、创造剧、独白剧、街道剧和感伤据是文戏，这些戏剧的柔美表演只以凡人为主。（60）

我将讲述前边已经提到的两种戏剧表演方式：世间法

（laukikī）和戏剧法（nāṭyadharmī）。（61）[①]

表演朴素，不加变化，依据本性自然地表演，情节中包含着人们各行各业的活动，没有优美的形体动作，以各色男女为主，这被称为戏剧表演的世间法。（62—63）

超越寻常的语言叙述，引入异乎寻常的神力，语言运用非同凡响，形体表演优美可爱，具有舞蹈的特色，音调有装饰性，以天国的场景和天国的男角为主，这被称为表演的戏剧法。（64—65）

在表演中，如果将一个世间既有的物体进行拟人化表演，赋予其人的欲望情感，这是所谓的戏剧法。（66）

隔得很近，但对方却听不见另一方所说的话；或未说话，但对方却能听见，这是戏剧法。（67）

将山岳、车辆、天车、盾牌、铠甲、武器和旗帜等进行拟人化表演，这是戏剧法。（68）

在表演中，演员扮演了一个角色后，再扮演另一个角色，因其精通于扮演这两个角色，或因其为扮演这两个角色的唯一一位演员，这是戏剧法。（69）

在现实中不能享受欢爱的女子，在舞台表演中如愿以偿；或在现实生活中能够享受欢爱的女子，在表演中却无缘销魂，这是戏剧法。（70）

以优美的形体动作和抬高的步伐表演舞蹈和行进，这是戏剧法。（71）

如以形体动作表演凡人行为具有苦乐本质的天性，这是戏剧法。（72）

在舞台上遵循各种规则而表演不同的地域，这也是戏剧法。（73）

在舞台演出中应该经常运用戏剧法。没有形体表演，又怎能激

①《舞论》第二十三章第199颂叙述化妆时再次提到世间法和戏剧法。参见：Bharatamuni, *Nāṭyaśāstra*, Vol.2, 2006, p.791.

发观众的激情（rāga）？（74）

所有人天生有情（bhāva），一切表演皆为情故，因此，多姿多彩的形体表演皆被称为戏剧法。（75）

以上所述便是不同地域的表演法则、两种戏剧表演法和四种地方风格。戏剧表演的行家们应该懂得这些，并在表演中加以利用。（76）

我已经叙述了肢体和形体动作的表演规则。接下来我将叙述包含元音和辅音在内的语言表演。（77）

以上为婆罗多《舞论》中名为《语言表演和诗律规则》的第十四章。①

第二十四章《综合表演》②

所谓综合表演（sāmānyābhinaya）来自语言、形体和真情（sattva）。必须高度重视真情表演，因为戏剧表演以此为基础。（1）

真情丰富的表演可谓优秀，真情不多不少的表演可谓一般，真情缺乏的表演可谓低劣。（2）

真情并不明显，但它在适当场合通过与味相应的汗毛竖起、流泪等各种表现，成为情的依托。（3）

---

①《舞论》第十四章的梵文标题原本如此，但内容与标题并不相符，因此，现代译者将其译为《地域表演与地方风格》（Zones and Local Usages）。译者采纳这一译法，并以此为本章的标题。

②此章译自：Bharatamuni, *Nāṭyaśāstra*, Vol.2, 2006, pp.796-872. 由于本书存在印刷错误、与其他各种版本校勘不一致等复杂问题，翻译此章时，译者还参考和借鉴了《舞论》的另外两种梵文版(本章内容在第二种梵文版中为第二十二章)和英译，它们包括：Bharatamuni, *Nāṭyaśāstra*, Vol.1, ed. by Manomohan Ghosh, Varanasi: Chowkhamba Sanskrit Series Office, Reprint, 2009, pp.170-200; Bharatamuni, *Nāṭyaśāstra*, Vol.3, ed. by R. S. Nagar and K.L.Joshi, Delhi: Parimal Publications, 2009. pp.140-224; Bharata, *Nāṭyaśāstra*, trans. by a board of scholars, Delhi: Sri Satguru Publications, no date, pp.326-354. 凡遇到原文不通或印刷有误等问题，综合比较和参照梵文及其相关英译译出。翻译此章时，译者还参考和借鉴了《印度古典诗学》一书对《舞论》的相关介绍和论述。

戏剧行家们应该知道，美（alaṅkāra）是情味的基础，它充分体现在青年女性身上，产生于女子（女主角）的脸庞和形体的动作变化。（4）

首先是肢体产生的三种美，此外是天性产生的十种美，还有自发产生的七种美。它们被称为情味的依托。（5）

真情是身体的本质，而感情来自真情，激情来自感情，欲情来自激情。（6）

感情、激情与欲情相互联系，它们是真情的不同种类，是身体的本质特征。（7）

通过语言、肢体和面部表情，通过真情与表演，诗人（剧作家）心灵深处的情感得以呈现，这叫做感情（bhāva）。（8）

带有强烈感情的真情在女性身上得到表现。感情应视为不同阶段的真情的展示。（9）

激情（hāva）产生于眼睛、眉毛的复杂变化和脖颈的动作，展示艳情味。（10）

以艳情味为基础，以优美欢快的表演为特色，智者将其称为欲情（helā）。（11）

应该明白，女子的天性产生十种美：游戏、娇态、淡妆、慌乱、兴奋、怀恋、佯怒、冷淡、妩媚和羞怯。诸位婆罗门啊！请听我讲述它们的特征。（12-13）

通过语言、肢体和装饰，甜蜜亲昵、爱意浓浓地模仿恋人的神态动作，行家们称之为游戏（līlā）。（14）

立姿、坐姿和步姿以及手、眉毛和眼睛产生的相关神态特征，就是娇态（vilāsa）。（15）

随意用花环、衣服、首饰和香脂略加打扮，便产生极为绚丽的效果，这是淡妆（vicchitti）。（16）

出于陶醉、激情和欣喜，言语、肢体动作、妆饰或真情等出现了种种反常现象，这是慌乱（vibhrama）。（17）

极度亢奋，导致微笑、哭泣、大笑、惧怕、愤恨、痴呆、痛苦和倦怠等神态混乱不堪地同时出现，这是兴奋（ki1akiñcita）。（18）

由于模仿恋人的各种神态动作，展示了艳情味，一旦提到恋人，就想念他，这是怀恋（moṭṭāyita）（19）

恋人一接触其头发、胸脯和嘴唇等，她就极度亢奋、神魂颠倒。即使心中快乐，她也假装不悦，这是佯怒（kuṭṭamita）。（20）

获得恋人的感情，但出于自尊和高傲的缘故，女子对恋人虚与委蛇，这是所谓的冷淡（bibboka）。（21）

女子运用手、足、肢体以及眉毛、眼睛和嘴唇所表演的甜美动作，这是妩媚（1a1ita）。（22）

即使听到了恋人的语言，女子出于羞涩、机巧或天性而不予回应，这是羞怯（Vihṛta）。（23）

女子自发产生的美有：光艳、魅力、热烈、柔顺、坚定、自信、高尚。（24）

享受鱼水之欢后，美丽的青春与美妙的身形使得肢体格外优美，这叫光艳（śobhā）。（25）

光彩照人，爱意浓浓，这叫魅力（kānti)。魅力极其强烈，这叫热烈（dīpti）。（26）

在一切情况下，特别是在表现热烈与妩媚时，动作张弛有度，这叫柔顺（mādhurya）。（27）

在任何情况下，本性使然，心里不急躁，也不傲慢，这是坚定（dhairya）。（28）

言行表现落落大方，这叫自信（prāga1bhya）。在任何情况下都表现得彬彬有礼，智者称之为高尚（audārya）。（29）

上述这些女性的美如以优雅的方式来表演，便会显示柔和甜美的特征。除了娇态和妩媚外，女性的美在其他情况下体现出热烈的一面。（30）

男主角的几种真情是：光辉、活力、温顺、坚定、深沉、轻快、崇高和威严。（31）

机敏能干，英姿勃发，精进努力，反感庸俗低贱，追求卓越品质，这是光辉（śobhā）。（32）

眼光（dṛṣṭi）坚定直视，步姿优雅犹如雄牛，说话面带微笑，这是活力（vilāsa）。（33）

训练有素，即使遭遇重大变故，知根（karaṇa）感官依然坚毅稳固，这是温顺（mādhurya）。（34）

事关正法、利益与爱欲，无论结果是好是坏，决心坚定不移，这是坚定（sthairya）。（35）

威严神通（prabhāva）之故，喜怒恐惧之时，也面不改色，这是深沉（gāmbhīrya）。（36）

艳情味的身形与动作源自温柔的本性，而非来自深谋远虑，这是轻快（1a1ita）。（37）

大方施舍，救助赏赐，与自己人和别人说话时言语亲切，这是崇高（audārya）。（38）

即使冒着失去生命的危险，也绝不忍受别人对自己的诽谤或羞辱，这是威严（tejas）。（39）

诸位优秀的婆罗门啊！我在前边已经讲述了真情的表演。接下来我将依次讲述身体（形体）的表演。（40）

形体表演分为六类：吟诵表演、阐发表演、情感表演、肢体表演、歌舞表演和客观表演。（41）

以梵语或俗语吟诵蕴含各种情味的韵文或散文，这是吟诵表演（vākya）。（42）①

句子或句子的含义先以真情和肢体进行暗示，再以语言进行说

①编者注："这似乎与语言表演相同。"——参见：Bharatamuni, *Nāṭyaśāstra*, Vol.2, 2006, p.816.

明，智者称之为阐发表演（sūcā）。（43）[①]

演员利用肢体和语言，以阐发表演的方式熟练地展示内心情感，这是情感表演（aṅkura）。（44）[②]

演员分门别类，逐一利用头、脸、胫、股、手、足等进行表演，智者称之为肢体表演（śākhā）。（45）[③]

在戏剧开场（praveśana）时，主角为了延长时间以等候剧组到齐而进行表演，这是歌舞表演（nāṭyāyita）。（46）[④]

包含情味并表现喜悦、愤怒、悲伤等情绪的声乐（dhruva），也是歌舞表演。（47）

采取阐发表演的方式，阐释别人的话，并表达相关含义，这是客观表演（nivṛtyaṅkura）。（48）[⑤]

表达具有情味的诗歌（戏剧）主题（kāvyavastu）的语言表演方式分为十二种：搭讪、闲聊、悲叹、重复、对话、改口、传话、复述、教诲、托辞、指示和转达。（49—51）

用来招呼人的语句是搭讪（ālāpa）。没有什么重要意义的语言是闲聊（pralāpa）。（52）

表达悲伤的语言是悲叹（vilāpa）。就某事一说再说是重复（anulāpa）。（53）

话语与答语构成对话（samlāpa）。改变前边所说的话是改口（apalāpa）。（54）

---

①编者注："这种表演主要伴以音乐和舞蹈。"——参见：Bharatamuni, *Nāṭyaśāstra*, Vol.2, 2006, p.816.

②编者注："这种表演大体伴以舞蹈。"——参见：Bharatamuni, *Nāṭyaśāstra*, Vol.2, 2006, p.816.

③编者注："这种表演伴以吟诵。"——参见：Bharatamuni, *Nāṭyaśāstra*, Vol.2, 2006, p.817.

④编者注："这是在戏剧开演前结合音乐和舞蹈所进行的形体表演。"——参见：Bharatamuni, *Nāṭyaśāstra*, Vol.2, 2006, p.817.

⑤编者注："舞者利用这种表演阐释别人的话。"——参见：Bharatamuni, *Nāṭyaśāstra*, Vol.2, 2006, p.818.

“告诉他这句话！”这是传话（sandeśa）。“你说的正是我说过的话。”这是复述（atideśa）。（55）

“我所说的正是这点！”这是教诲（nirdeśa）。叙述不真实，这是托辞（vyapadeśa）。（56）

“做这件事！”“抓住这个！”这是指示（upadeśa）。为别人陈述，这是转达（apadeśa）。（57）

以上便是语言表演所运用的各种方式（mārga）。我将接着讲述语言表演的七种特征。（58）

这七种特征涉及现实（pratyakṣa）和非现实（parokṣa）的行为动作，涉及现在、过去和将来三种时态，涉及自己和他人。（59）

“这人在说话，我未说话。”这句话表达了真实的行为，涉及他人与现在时态。（60）

“我正在做、正在走、正在说。”这句话涉及自己、现在时态与现实行为。（61）

“我将要做、将要去、将要说。”这句话涉及自己、非现实行为与将来时态。（62）

“敌人已被我杀死、征服和毁灭。”这句话涉及自己和别人，也涉及过去时态。（63）

“敌人已被你杀死和征服。”戏剧表演中的这句话涉及非现实的行为、他人和过去时态。（64）

“这人在说、在做、在走。”这句话涉及他人、现在时态与现实行为。（65）

“他在走或在做。”这句话涉及他人、现在时态与现实行为。（66）

“他们将要做、将要走、将要说。”这句话涉及他人、现在时态与现实行为。（67）

“那件事今天由我和你来完成。”这句话涉及自己和他人，也涉及将来时态。（68）

在戏剧表演中利用手的掩护所说的话都与自己的心灵有关，涉及非现实的行为。（69）

根据人称和时间等特点，语言表演的七种特征可以细分为很多种。（70）

戏剧表演的行家们都明白这些语言表演方式，各种表演因此得以顺利进行。（71）

综合性表演指头、脸、足、股、胫、腹和腰等各个部位同时表演。（72）

戏剧行家们以优美的手势和柔和的肢体进行表演，这些表演蕴含情味。（73）

形体动作平缓柔和，舒张自如，一气呵成，与音乐的节奏（laya）、节拍（tāla）、微分音（kalāpātapramāṇa）相一致，语言吟诵清晰有力，既不尖锐也不急促，这是规范的（ābhyantara）戏剧表演。（74-75）

相反的情况是：步姿凌乱毫无章法，形体动作散漫随意，没有与声乐、器乐保持协调，这是不规范的（bāhya）戏剧表演。（76）

戏剧表演遵循规则，因此称之为规范的表演，如其不合经论（śāstra）的规则，则被称为不规范的表演。（77）

正因遵循规则，戏剧表演才会被观众欣赏。规则在戏剧中非常有用。（78）

那些没有接受老师教诲或不熟悉经论的人，只能采用不规范的方法表演戏剧。（79）

聪明的演员应情感饱满地表演诸根（indriya）和声音、触觉、形状、味道和香气等感官对象（indriyārtha）。（80）

目光斜视，头偏向一侧，食指靠近耳边，智者以此表演声音。（81）

眼睛微闭，睫毛微启，触肩抚颊，智者以此表演触觉。（82）

举起旗帜（patāka）手势，手指微动，目光凝视，智者以此表

演形状。（83）

双眼微闭，鼻孔微张，深吸一气，智者以此表演令人愉快的味道和香气。（84）

上述表演产生于皮、眼、鼻、舌、耳等五根的运作。（85）

沉思入定，就能认识感官对象。心神不宁，就无法理解来自五根（pañcahetuka）的外境（viṣaya，即感官对象或认识的客体）。（86）

就戏剧表演中关注感官对象的心态而言，它有三种：喜爱、反感和平淡。（87）

所有令人喜爱的对象都以爽心悦目的肢体动作、汗毛竖起和嘴唇张开来表演。（88）

表演令人喜悦的声音、形状、触觉、香气或味道时，演员须沉思入定、心境合一、面露喜色。（89）

表演令人反感的对象时，演员将头扭开，眼不直视，眼鼻扭曲。（90）

表演不喜不厌的对象时，演员不表现极其喜悦的神态，也不表现强烈的反感，而是保持平淡的心态。（91）

"这是他做的。""这是他的。""他做的这事。"对于这些非现实动作的陈述，就是平淡的表演。（92）

自己所感知的对象就是自己的，由别人所描述的对象是他人的。（93）

大体而言，所有的情（bhāva）都产生于爱欲（kāma）。欲与其他一些欲望（icchā）相结合，具有多种形式，如正法欲、利益欲和解脱欲等。①男女结合就是爱欲。对世上所有人而言，爱欲会以愉悦或痛苦结束。更常见的情形是，即使在痛苦中，爱也给人带来欢乐。（94—96）

---

①编者注："某种程度上，这里的话似乎早就预示了弗洛伊德的理论。"——参见：Bharatamuni, *Nāṭyaśāstra*, Vol.2, 2006, p.828.

男女结合就是爱（rati）的结合，这便是所谓的艳情味。它给双方带来快乐。（97）

在这个世界上，人们总是渴望快乐，而女子是快乐之源。女子具有各种本性气质（śīla）。（98）

女子具有天神、阿修罗（恶魔）、乾达婆、罗刹、蛇（龙）、鸟、鬼、药叉（夜叉）、虎、人、猴、象、鹿、鱼、骆驼、鳄鱼、驴、猪、马、水牛、狗和母牛等的气质。（99—100）

女子肢体柔嫩细腻，眼光坚定柔和，身体健康，光彩照人，落落大方，乐善好施，真诚坦率，很少出汗，激情可控，饮食不多，喜爱香气，热爱声乐与器乐，她被视为具有女神（devāṅganā）气质。（101—102）

热衷于非法和欺诈行为，确实暴怒，非常残忍，喜爱酒肉，总是易怒，非常傲慢，轻薄浮躁，特别贪婪，粗野蛮横，喜好争吵，喜怒无常，她具有阿修罗（asura）气质。（103—104）

女子喜欢在许多花园中游玩，精心装饰手指和牙齿，说话时面带微笑，身材苗条，步态平缓，耽于情爱，一直喜爱声乐、器乐与舞蹈，注重沐浴净身，肤色柔嫩，秀发茂密，眼睛迷人，她具有乾达婆（gandharva）气质。（105—106）

女子身体壮硕，眼睛绯红，头发坚硬，喜好白天睡眠，大声说话，性喜以指甲和牙齿伤人，极易愤怒、妒忌和争吵，喜在夜间游走，她具有罗刹（rākṣa）气质。（107—108）

女子鼻子尖长，牙齿锋利，身材苗条，眼睛泛红，肤色宛如青莲，乐于酣睡，性极暴怒，步姿歪斜，行走不稳，喜于群乐，爱好香脂、花环之类东西，她具有蛇（nāga）的气质。（109—110）

女子嘴唇宽大，热情活泼，喜爱河流、美酒与牛奶，子女成群，爱吃果实，性喜呼吸，常喜花园和树木，喜怒无常，快语健谈，她具有鸟（śākuna）的气质。（111—112）

女子的手指比常人或多或少，行事虚伪，性喜惊吓儿童，阴险卑劣，污言秽语，交欢的方式令人害怕，全身长毛，声音尖厉，喜好酒肉饮料，她具有鬼（piśāca）的气质。（113—114）

女子的身体在睡梦中出汗，喜欢长卧床榻，聪明伶俐，体形优美，喜品美酒、香味与吃肉，久久凝视恋人而欣喜，出于感激而接近他，睡眠不多，她具有药叉（yakṣa）的气质。（115—116）

女子天性纯洁而又污秽，皮肤粗糙，嗓音尖锐，狡诈不实，说话虚伪而傲慢，眼睛泛黄，她具有老虎（vyāla）气质。（117）

女子天性坦率诚实，总是聪明伶俐，具有忍辱负重的品质，身材匀称，怀有感恩之心，爱戴老师、长者和神灵，总是遵循正法、爱欲与利益之道，性格随和，热爱朋友，品性优良，她具有人（manuṣa）的气质。（118—119）

女子身材矮小壮实，粗野莽撞，头发泛黄，喜爱果实，口若悬河，性情多变，精力充沛，喜欢在树木、花园和森林中游荡，即使接受点滴恩惠也常感念在心，交欢中大胆主动，她具有猴子（vānara）的气质。（120—121）

女子拥有宽阔的下巴和前额，肥胖健硕，块头巨大，眼睛泛黄，身体长毛，喜爱香脂、花环和美酒，性格暴怒，精力充沛，喜欢在水中、花环和森林中游走，喜吃甜食，耽于情爱，她具有大象（hasti）的气质。（122—123）

女子腹部很小，鼻子扁平，腿部瘦削，喜在林中游走，大眼泛红，喜怒无常，行动迅捷，白昼胆小，羞怯如斯，喜爱声乐与器乐，耽于激情欢爱，性格易怒，行事不坚，她具有鹿（mṛga）的气质。（124—125）

女子乳房高耸，又长又大，性情易变，不眨眼睛，仆人很多，儿女成群，喜欢戏水，她具有鱼（matsya）的气质。（126）

女子嘴唇肥厚，出汗很多，走路略显蹒跚，腹部细小，喜欢野花、果实和咸、酸、辣味，腰臀丰满，嗓音尖厉，脖颈高挑结实，她具有骆驼（uṣṭa）气质。（127—128）

女子头颅硕大，脖颈结实，嘴唇洞开，嗓音尖锐，性情残忍，性似鱼儿，她具有鳄鱼（makara）气质。（129）

女子唇舌肥厚，皮肤粗糙，话音尖锐，欢爱中动作凶猛，粗野蛮横，喜以指甲抓挠恋人，嫉恨小妾，狡猾镇定，步态平缓，性喜愤怒，多子多女，她具有驴（khara）的气质。（130—131）

女子后背宽阔，腹大嘴宽，体壮多毛，前额窄小，喜食球根果实，牙齿黝黑，脸型奇丑，腰臀肥厚，头发茂密，习性卑贱，多子多女，她具有猪（saukara）的气质。（132—133）

女子坚定忠实，长着匀称好看的腰肋、大腿、臀部、后背和脖颈，美丽迷人（subhaga），生性乐善好施，头发茂密挺直，身材苗条，性情多变，语音尖厉，行动迅捷，易于发怒，耽于欢爱，她具有马（haya）的气质。（134—135）

女子背骨丰满，牙齿硕大，腰腹便便，黄发直竖，性情暴怒，遭人嫉恨，耽于欢爱，嘴唇略宽，宽额丰臀，喜游林中，嬉戏水中，她具有水牛（māhiṣa）气质。（136—137）

女子苗条，手臂细嫩，乳房娇小，红眼迷离，手足细长，细发披肩，生性胆怯，惧怕触水，多子多女，喜游林间，心神不宁，行动迅捷，她具有山羊（aja）的气质。（138—139）

女子四肢有力，眼睛灵活，常打呵欠，脸型狭长，手足细长，庄严美丽，声音高亢，睡眠不多，性格易怒，语多健谈，行为粗鄙，知遇感恩，她具有狗（śva）的气质。140—141）

女子拥有硕大高耸的臀部，腿股瘦削，手足细长，行事稳重，亲近友人，关心后代，敬重祖先与神灵，常喜净身，爱戴师尊，忠实可信，忍辱负重，她具有母牛（gavām）气质。（142—143）

应该熟悉女性所具有的与各种动物相似的本性气质，然后依此本性接近她们。若照此方式向女子献殷勤，哪怕诚心不足，也会令其喜悦。即使大献殷情，但却忽视女子的本性，也不会招她喜欢。（144—145）

照此方式，女子接受了殷勤，心中便产生爱意（rati），关于男女情爱，此处制定了一些仪轨（upacāra）。（146）

苦行是为了践行正法，践行正法是为了获得快乐，快乐之源在于美女（pramadā），人们为此渴望爱的结合。（147）

在戏剧法中，与男女结合相关的情爱仪轨（kāmobacāra）有两种：隐秘仪轨和公开仪轨。（148）

隐秘仪轨可见于传说剧中国王的表演，公开仪轨在创造剧中只由妓女进行表演。（149）

因此，我将详细地依次叙述国王享受欢爱的仪轨程序，它们来自《爱的秘笈》（Kāmatantra，或译“欲论”）。（150）

具有各种动物本性的女子可分三类：淑女（ābhyantarā）、妓女（veśyāṅganā）和未婚少女（bāhya）。出身高种姓人家的女子是居家的淑女，妓女是不居家的女子，而纯洁的女子如为高种姓出身的少女，则为未婚女（bāhyābhyantara）。（151—152）

国王可以在后宫（antahpura）中与高种姓女子或少女享受欢爱，但国王与妓女结合以享欢爱不可想象。（153）

国王只与淑女享受欢爱，而妓女只与普通人行鱼水之乐。国王可与天女（divyaveśyāṅganā）享受欢爱。（154）

与淑女欢爱的方式也适用于少女，与妓女欢爱的方式同于淑女。（155）

男人和女人来自各种种子的爱可分三类：上佳、一般、低劣。①（156）

爱产生于听见恋人的声音，看见其美妙身形，也产生于肢体的欢快嬉戏和甜蜜絮语。（157）

看到年轻的恋人身形优美，品行端庄，卓尔不凡，精通技艺，

---

①此处的“种子”在另一版本即R.S.Nagar主编的《舞论》第二十二章中写作“情”（bhāva）。

女子心中爱意浓烈。（158）

精通情爱者应知道男女渴望鱼水之欢的各种迹象。（159）

眼光迷人，睫毛颤动，泪光盈盈，双眼微闭，眼睑低垂，这是爱意。（160）

眼角睁开，表情优美，面含微笑，这是所谓妩媚（lalita）的眼光，它在女子斜视（抛媚眼）之时运用。（161）

脸庞逐渐变得绯红，到处布满汗珠，汗毛竖起，爱催生了脸上的激情。（162）

眼光斜视（抛媚眼），手触装饰，为耳朵挠痒，以脚趾尖划地，现乳露脐，清洁指甲，盘拢头发，妓女的浓浓爱意如此表演。（163—164）

与妓女富含爱意表演的仪轨神态相似，淑女也有表演爱意的方式：双眼含笑，目光凝视，收起微笑；与人说话，面庞朝下；笑答别人，语速平缓；掩饰出汗，遮掩身形，下唇颤抖，惊慌乱动。（165—167）

没有经历欢爱的女子，将表现出种种爱的情态，它们分为十个不同的阶段。（168）

首先是渴望，第二是忧虑，第三是回忆，第四是赞美，第五是烦恼，第六是悲叹，第七是疯癫，第八是生病，第九是痴呆，第十是死亡。这些便是男女爱情的各个阶段，下边讲述它们的特征。（169—171）

被思念和想念所驱使，女子决心想方设法寻求与恋人见面，这是渴望（abhi1āsa）。（172）

处于爱情第一阶段的女子，在恋人将出现的地方不断地走来走去，心里满是他的影子，表现出爱慕的形象。（173）

“我用什么方法或怎么才能与他会面？”女子向使女如此这般地询问，忧虑（cintā）便如此表现。（174）

在爱的第二阶段，女子应表演眼睛半闭，抚摸腕环（臂钏）和

腰带，触摸裤结和肚脐。（175）

不停地叹息，在心中深深地思念恋人，对其他事弃之不顾，这叫做回忆（anusmṛti）。（176）

在爱的第三阶段，女子应如此表现：坐卧不安，心神不宁，份内之事也无暇顾及。（177）

通过肢体的优美动作、言语、姿态、微笑和目光表达这样的想法："他无与伦比！"这是赞美（guṇakīrtana）。（178）

在爱的第四阶段，女子应表演赞美恋人的美德，汗毛竖起，抹去眼泪，擦去汗珠，向使女悄悄地诉说与恋人的分离之苦。（179）

坐卧不安，难以满意，无以为喜，一直渴盼着与恋人相聚，这是烦恼（udvega）的阶段。（180）

在烦恼这个阶段，应以极其夸张的方式表演女子的忧虑、叹息、出汗和心急如焚。（181）

女子悲哀地说："他站这儿，坐这里，他在这里靠近我。"悲叹（vi1āpa）应如此表现。（182）

因极度渴望而苦恼，激情受挫而不停哀叹，来回走动，悲叹如此表演。（183）

在所有情况下，女子一心念叨心上人，而讨厌其他男性，这叫疯癫（unmāda）。（184）

目光呆滞，长久叹息，陷入沉思，边走边哭，这是戏剧表演中的疯癫。（185）

目睹与恋人相聚有关的物件，甚至虚幻地获得与之愉快相聚的刹那后，女子也无力支撑，终于病倒，这是生病（vyādhi）。（186）

爱的第八个阶段应如此表演：神志不清，心神不定，头痛剧烈，站立不稳。（187）

不回答别人的问话，不看也不听，沉默寡言，唉声叹气，丧失记忆，这是痴呆（jaḍatā）。（188）

表演痴呆时，应突然发出哼哼声，肢体松弛，张嘴呼吸。（189）

想尽所有办法，女子与恋人的相聚仍无法如愿以偿，情火（kāmāgnī）中烧而逝，这是死亡（maraṇa）。（190）

根据《爱的秘笈》，女子无法与恋人相聚终至死亡的场景，应该避免直接表演。（191）

饱受分离之苦的男子，也会情意绵绵地以各种方式表现自己心中的爱。（192）

演员应该利用男女之间的共同特征，表演他们处于不同发展阶段的爱情。（193）

所有不同阶段的爱，大体说来通过分离艳情味（vipralambha）和以下种种味的基础进行表演：忧愁焦虑，沉重叹息，苦恼沮丧，身心倦怠，模仿恋人动作神态，凝视恋人的来路，长久地注视天空，言辞悲哀，抚摸、拨弄或握住某些物件。（194—196）

情火中烧时，应在表演中展示衣服、妆饰、香脂、房屋和花园，它们具有清凉镇定之效。（197）

情火中烧的女子，在很多方面倍感煎熬，应派遣自己的使女，到恋人那里去诉说自己的情况。（198）

使女带去的信息应该涉及强烈的爱。她谦卑有礼地说："这是我家女主人的真实情况。"（199）

由于获取的信息非常有益，男主角应考虑享受欢爱的办法。精通情爱的人熟悉这种仪轨：欢爱只应在秘密状态中进行。（200）①

我将准确地讲述国王寻求与良家淑女共享欢爱的仪轨，这些仪轨来自《爱的秘笈》。（201）

在追求欢爱的过程中，不同气质的男女表现出欢乐或痛苦的情状，国王如此，普通人也效仿他。（202）

---

①一位印度学者认为，本章第193至200颂为后来窜入的文字。参见：Bharatamuni, *Nāṭyaśāstra*, Trans.by Adya Rangacharya, New Delhi: Munshiram Manoharlal Publishers, 2007, p.195.

国王不难获得与自己欢爱的女子，因为圣旨就是美德。和谐自由的欢爱带来极乐。（203）

出于对王后的敬畏和对其他心爱女子的畏惧，国王与王宫中的仆女们悄悄地寻欢作乐。（204）

国王享受欢爱有多种方式，但暗中偷欢最为愉快。（205）

热烈追求却换来女方拒绝，男方难以遂愿却倍添爱的愉悦。（206）

国王在后宫中偷欢允许在白天进行，但与王后在正宫里的欢爱却只能在夜晚进行。（207）

国王在正宫享受的欢爱出自六个缘由：正常顺序的安排、渴望后代、宾妃新来、生育后代、身处痛苦、身处欢乐。（208）

即使妻妾们在经期（ṛtukāla）中，或其中有人不受他待见，国王也须按时奔赴正宫（vāsaka）。（209）

女主角被分为八类：妆扮以候型、苦于分离型、恋人温顺型、争吵分开型、恋人移情型、恋人爽约型、恋人远游型、寻找恋人型。210-211）

在房中欢爱的时机已经成熟，渴望激情相悦，兴高采烈地梳妆打扮，她是妆扮以候型（vāsakasajjikā）。（212）

恋人因各种事务所羁绊而脱不开身，见不到他前来赴约而感到苦恼，她是苦于分离型（virahotkaṇṭhitā）。（213）

她具有令人陶醉的品质，恋人为其浓烈的欢爱而迷住，待在她的身边，她是恋人温顺型（svādhīnabhartṛkā）。（214）

由于与自己争吵或出于妒忌，恋人没有前来赴约，她感到愤怒，她是争吵分开型（kalahāntaritā）。（215）

恋人迷上了别的女子，不能如期前来赴约，见不到他，心中受伤，她是恋人移情型（khaṇḍitā）。（216）

恋人即使已经派出使者与她约定相聚，但却因某种原因未能前来，她是恋人爽约型（vipralabdhā）。（217）

恋人肩负重任出门在外，她披头散发，她是恋人远游型（proṣitabhartakā）。（218）

心中充满浓烈的爱，她不顾羞怯，出门寻找恋人，她是寻找恋人型（abhisārikā）。（219）

传说剧中的女主角具有上述情况。接下来我将讲述演员们表演它们的方法。（220）

恋人移情型、恋人爽约型、争吵分开型和恋人远游型的女主角须得表演如下情形：忧虑，叹息，苦恼，欲火中烧，与使女交谈，考虑自己的情况，虚弱，沮丧，流泪，面有怒色，不施粉黛，痛苦悲啼。（221—223）

恋人温顺型的女主角可以如此表演：服饰多姿多彩、艳丽非凡，脸上满是甜蜜的欢笑，特别令人喜悦。（224）

无论是表演妓女、淑女或使女，演员都应按照下边讲述的特殊方式表演其出门寻找恋人的情形。（225）

当妓女出门寻找恋人时，她佩戴着各种装饰，面露爱意，行动温柔，使女随其漫步而行。（226）

出身高贵的淑女出门寻找恋人时，以纱巾遮面，畏手畏脚，缓缓而行，惊慌中还会将脸扭向一旁不敢直视。（227）

使女出门寻找恋人时，脚步高低不平，眼中闪烁热烈的光，情不自禁地胡言乱语。（228）

如果女主角发现恋人躺在床上，明显地睡着了，就用下述方法唤醒他。（229）

出身高贵的淑女用随身佩戴的装饰唤醒恋人，妓女则用香脂唤醒，使女用自己的衣服扇醒他。（230）

这便是淑女、妓女和使女所谓的示爱方式。传说剧表现爱情活动中的所有情形。（231）

对那些还未与恋人激情相聚的年轻女子或心有怒气的女子来说，房中的邂逅须得寻觅某些方便托辞。（232）

柔情蜜意的女子总是喜欢各式各样极为赏心悦目的装饰、衣服、香脂和花环。（233）

被强烈爱情所驱使的男主角无法赢得女子芳心。一旦与心上人相聚，他喜悦倍增。（234）

在激情欢爱之时，男女主角应含情脉脉地注视对方，心中充满爱意，语言极其甜蜜，动作极其温柔。（235）

特别是，在与男主角相聚时，女主角也要采用一些房中仪轨（upacāra），以获得无限欢悦。（236）

戴上芬芳的花环，穿上洒着香水的衣服后，女主角化好妆，等待恋人的到来。（237）[①]

准备与男主角激情相会时，女主角不必穿戴太多的装饰，但能发出悦耳声音的腰带和脚镯一般都值得称道。（238）

在台上的表演中，女主角不能上床，不能沐浴，不能涂脂抹粉，不能用眼膏化妆，不能用颜色涂抹身体，也不能梳理头发。（239）

上等女性（淑女）和中等女性（少女）在表演中不得穿着暴露（apāvṛtā），不能只穿一件衣服，也不能以颜料涂抹下唇。（240）

天性（prakṛti）使然，只有下等女性（妓女）才可采纳上述禁止表演的穿着方式，但她们同样也不能表演有关下等女性的粗俗（asabhya）行为。（241）

在传说剧的表演中，处于不同情感状态的男女主角佩戴装饰时，手握鲜花。（242）

梳妆打扮后，女主角要等候片刻才能迎来恋人。她眼盯恋人的来路，耳边响起钟漏的滴更声（nālika）。（243）

听着更漏声，女主角激动地迎候恋人，她跑向门口，心都似乎

---

①《舞论》的另一种版本写道："戴上芬芳的花环，穿上洒有香水的衣服后，她愉快地拿起镜子，反复地端详自己。"（XXII.238）参见：Bharatamuni, *Nāṭyaśāstra*, Vol.3, 2009. p.208.

停止了跳动。（244）

她左手抓住门框（toraṇa），右手托起门扉（kavāṭa），眼睛凝视着恋人前来的方向。（245）

出于某种原因，她感到焦急、忧虑和惊慌，没有见到恋人前来，刹那间她无比悲哀。（246）

接着她发出一声沉重的叹息，流下眼泪，心里一沉，跌落到座位上。（247）

针对恋人的失约，她得仔细分析其中的原因，斟酌这件事的吉凶得失。（248）

她会如此猜测："我的爱人是被重任所阻，被朋友所拦，被忧国忧民的大臣所羁，还是被他心爱的某个女人所绊？"（249）

她应该以身体的颤抖或摇晃等方式，表现上述或好或糟的缘由。（250）

女主角以身体左边的部位表达吉兆，以右边的部位表达凶兆。（251）

如果左眼、坐额、左睫毛、左唇、左腿、左臂或左乳跳动，则预示着恋人将来赴约相聚。（252）

如果右边的相应部位跳动不已，则意味着不利的情况出现，感受到这样的凶兆（durnimitta），女主角在刹那间感到快要昏厥。（253）

恋人既已爽约，女主角以手掩面，不管装饰，自顾哭泣。（254）

当见到暗示恋人将来赴约的吉兆（nimitta）时，女主角应以嗅闻香味的方式表现男主角的到来。一见到他，她兴奋不已，站起来上前迎接。如他那方确有过错，她将采取下述手段进行惩罚。（255—256）

女主角呵斥男主角的言行包括傲慢、蔑视、昏厥和佯装等方式。即使出于内心愧疚，他可免遭斥责，但因为对他饱含爱意，或对他心有猜疑，或对他的殷勤恭维十分满意，喜出望外，或涉及法、利、欲的悄悄话，或大笑，或好奇，或激动，或烦恼，或制造笑料或噱头，或驳斥他对过错的否认，女主角与他谈话。有爱（sneha）就有恐惧，有妒忌就有爱（madana）。（257—261）

妒忌（īrṣyā）的产生有四种原因：沮丧（vaimanasya）、佯怒（vyalīka）、反感（vipriya）和恼怒（manyu）。我将逐一讲述它们的特征，请仔细倾听。（262）

瞥见恋人昏昏欲睡、懒散倦怠的步姿，还有他身上留下的与人偷情的痕迹（cihna）和崭新爱痕（rasavarṇa），女主角的沮丧由此而生。（263）

女主角须得如此表演沮丧：极为愤怒，脸色显得极为难看，嘴唇剧烈颤抖，她如此说道："好啊！""妙啊！""漂亮！"（264）

瞥见身边遭受自己多方呵斥的恋人，女主角心中愤愤不平而又窃喜不已，这便是佯怒。（265）

女主角应该如此表演佯怒：脚步一动不动，左手按住胸脯，右手剧烈地摇摆。（266）

女主角的反感来自这样的情形：恋人对她说："你在世，我才活得了！""我是你的奴仆，你是我的最爱！"但是他却言行不一。（267）

女主角应该这样表演反感：拒绝答复恋人派遣使女送来的书信，愤怒之下又哭又笑，不停摇头。（268）

恋人从她的对手那儿来，还自吹自擂交了桃花运（saubhāgyavikatthana），身上还带有与其情人交欢留下的痕迹，女主角的恼怒由此而来。（269）

女主角应该这样表演恼怒：懒洋洋地来回抚弄自己的腕环，抛开自己的腰带，担惊受怕，眼中含泪。（270）

见到羞愧不已、忐忑不安地站在那儿的恋人，女主角应倾诉心中的忿忿不平，令其难受。（271）

但是，她不应说出太过残忍绝情的话，也不应说出过于愤怒的话。她应含泪倾诉自己的厄运。（272）

这种特殊的情形须得如此表演：中指抚摸下唇边缘，一只手按住胸脯，眼睛仰视，一动不动；或将一只手按在腰部，手指分开，形成一个造型（karaṇa）；或头部旋转，俯视良久；或表演双鹦鹉嘴（avahittha）的双手动作；或以优美的曲指动作暗示威胁。（273—275）

“你神采奕奕！”“你看起来好风光啊！”“走开！”“你为何姗姗来迟！”“不许碰我！”“到你心爱的人那儿去吧！”“你走吧！”说完这些话后，女主角应转过身来，接着说起一些高兴的话来。（276—277）

即使发现了恋人的过错，但被他用力抓住了衣服、手或头发时，女主角也须冷静对待。（278）

如果被恋人抓住手、衣服或头发，并向她身边靠近，女主角须得慢慢地想法脱身。（279）

如果被恋人抓住手、衣服或头发，女主角应若无其事地享受他的抚摸接触。（280）

女主角应脚尖着地，身体弯曲，再取马步（aśvakrāntā）姿势，慢慢地将头发从恋人手中解脱出来。（281）

如果头发仍无法从恋人手中解脱，女主角应在恋人的控制下，表演略微出汗，四肢无力，嘴里嚷道：“嗯，嗯，让我的头发分开吧！”（282）

听到“走开”这句愤怒的话后，恋人先是离开，然后借故回来，与女主角搭讪。（283）

女主角对此应以手表示拒绝，嘴里发出“嗯嗯”声。拒绝搭讪时，她假装欲诅咒恋人。（284）

如果衣服被恋人抓住，女主角掩住双眼，躲在他身后，或遮住自己的裤带。（285）

女主角应呵斥恋人，直到他跪在自己的脚下。当恋人跪倒时，她应该注视使女。（286）

然后，女主角拥抱恋人，为激情欢爱所驱使，她愉快地跟随他走向床前。（287）

这一切应伴以甜蜜的歌舞进行表演。当一出戏表现另一位男角对空说话的场景时，当这一场景与爱（rati）和艳情味相关时，女主角应遵循上述规则进行表演。（288—289）

当戏中涉及男主角（国王）后宫偷欢和艳情味时，上述表演规则同样适用。（290）

熟悉戏剧法的人知道，不能在舞台上表演睡觉的动作。如出于某种原因须得如此表演的话，这一幕戏就此结束。（291）

如某人没有目的地单独睡觉或与人同眠，此时在舞台上不能表演接吻、拥抱、用牙齿咬、用指甲抓、松裤带、按胸脯和下唇等动作。（292—293）

进食，在水中嬉戏或不道德的行为，均不宜在舞台上表演。（294）

因为父亲、儿子、岳母和婆母坐在一起观看传说剧（戏剧），所有这些动作应尽量避免表演。（295）

行家应创作这样的传说剧（戏剧）：语言非常优美动听，没有刺耳难听的词语，这种戏教诲人们获益。（296）

现在请听我讲述激情相会时，女主角称呼恋人的那些词语。（297）

女主角在欢乐中对恋人的称呼是："亲爱的"（priyā）、"爱人"（kānta）、"亲亲"（vinīta）、"主人"（nātha）、"大人"（swāmi）、"命根子"（jīvita）、"极乐"（nandana）。（298）[①]

女主角在愤怒中对恋人的称呼是："坏人"（duhśīla）、"恶

①此处的nandana（极乐）还是印度教大神毗湿奴与湿婆的诨名之一。

人”（duracāra）、“骗子”（śaṭha）、“冷血”（vāma）、“丑鬼”（virūpa）、“无赖”（nirlajja）、“蛮子”（niṣṭhura）。（299）

恋人不做令人反感之事，不说不合时宜的话，向来行事端庄，他就叫“亲爱的”。（300）

在嘴唇或身体其他任何地方没有与别的女子欢爱的痕迹，他被称为“爱人”。（301）

即使在盛怒之下，他也不会对恋人说出什么过激的话，他也不说粗话，他叫“亲亲”。（302）

在欢爱中，他对恋人甜言蜜语，以礼相赠，宠爱护佑，令其欢喜，他叫“主人”。（303）

他对恋人帮助很大，有能力保护她，不轻视也不妒忌她，任何时候都头脑清醒，他叫“大人”。（304）

他将恋人带到床上，按照她的意愿和兴趣，巧妙娴熟地令其欢喜，他叫“命根子”。（305）

他出身高贵，稳重端庄，睿智聪明，亲切友好，语言得体，值得她在女友中称赞，他叫“极乐”。（306）

这些称呼都是用来渲染情爱的魅力的。我接着讲述那些表示缺乏爱意的称呼。请听！（307）

粗野残忍，没有耐心，自负高傲，厚颜无耻，自吹自擂，语言过激，他叫“坏人”。（308）

他随意殴打或囚禁女子，或恶语伤人，他叫“恶人”。（309）

出于某种缘故，对女子甜言蜜语但却口惠而实不至，他叫“骗子”。（310）

某事不可为，他却一意孤行，偏为此事，他叫“冷血”。（311）

身上留有其他女子的新鲜抓痕，他还吹嘘自己交了桃花运，他叫“丑鬼”。（312）

即使有负于她，但却加倍纠缠她。他身上带有出轨和负心的痕迹，他是“无赖”。（313）

尽管有负于她，但却企图强行与之交欢，并不考虑安抚她的心，他叫“蛮子”。（314）

以上是用语言表现恋人是否可亲的各种方式。在不同情况下，必须慎重地运用它们。（315）

音乐须得伴以甜美柔和的舞蹈表演，它有艳情味，表现令人不快的情爱。（316）

如有男主角与另一男角隔空谈话，话中含有艳情味，这种方式同样适用于女主角的表演。（317）

传说剧中的一出戏表演与男主角相关的艳情味，上述规则同样适用。（318）

智者认为，以上是与王宫有关的表演规则。接下来，我将讲述与天女有关的表演规则。（319）

天女们的衣服总是艳丽夺目，她们总是满心喜悦，快乐嬉戏，消度时光。（320）

天国的男子没有妒忌，没有愤怒，没有怨恨，没有喜乐（prasādana），因此，天国里没有与男女相关的艳情味。（321）

当天女与凡人结合时，她们便具有凡人的所有性情（bhāva）。（322）

当天女受到诅咒而下凡人间时，她们与凡间男子的结合及彼此交往，应与凡间男女的表现一致。（323）

天女隐身不见，但以鲜花和装饰品发出的声音吸引凡间男子。不一会儿，她现身片刻，旋即隐去身形。（324）

凡间男子被天女所展示的衣服、装饰和花环所吸引，心醉神迷，遂修书求爱。（325）

沉醉中产生的爱极乐无限，本性(svabhāva)产生的爱却不会如此情意绵绵。（326）

诸位婆罗门啊！天国的男子获得凡人身形后，也具有凡人的所有性情，行为动作并无差异。（327）

王宫中国王求爱的仪轨（upacāra）也适用于与未婚少女相关的表演。与妓女相关的仪轨将在有关寻欢客（vaiśika）的一章中讲述。（328）

以上便是婆罗多《舞论》中名为《综合表演》的第二十四章。

二、《句词论》（伐致呵利）①

词（śabda，语音或语言）在本质上乃是无始无终的不灭的梵。它转化为各种事物（artha，意义），世界因此得以创造。（1）②

吠陀圣典按照力量强弱对词（语音）进行描述区分。尽管看来存在这种差异，词力却并无强弱之分。（2）

坚不可摧的词力来自时间的神力，转化为出生等等所有六种现象的来源。（3）③

词力独一无二，是一切事物（意义）的种子，以多种形式而存在：享受者，被享受者和享受。（4）

吠陀既是亲证梵、也是遵循梵的工具。仙人们认为，尽管通往梵的道路本质上唯一，但却似乎路径不一。（5）

吠陀支展现为许多不同的道路，皆以祭祀为宗旨。在吠陀支中，词语保持固有的力量。（6）④

各种形式的经典具有明显的或潜在的目的。它们均以吠陀为基础，由通晓吠陀者呈现和构建。（7）

---

①此处译出该书第一章，底本为：Bhartṛhari, *Vākyapadīya,* ed. by K.Raghavan Pillai, Delhi: Motilal Banarsidass, 1971. 此处的部分译文参考黄宝生《梵学论集》中的相关译文。

②śabda既可以指词、词语，也可以指语音或语言，而与之相对的artha指世界万物，还可指意义、财富、利益等等。此句明显使用了双关手法来说明抽象的语言哲学问题。后来的王顶在《诗探》第三章中讲述“诗原人”的诞生时，也采取了类似的手法。这是对语言哲学的借鉴。

③大约指动词的六种时态变化。

④关于吠陀支和副吠陀的解释，参见刘建、朱明忠、葛维钧：《印度文明》，第234页。

关于句子言说的形式，一元论者和二元论者从自己的观点出发，形成了许多不同的说法。（8）

由独一无二的词所展示的真实而神圣的知识，在吠陀中乃为神圣的唵音（Om）。这种知识与所有派别的思想并不矛盾。（9）

唵声所代表的吠陀是世界的创造者，各种吠陀支（vedāṅga）和副吠陀（upaveda）是各种学问的来源，这些学问是知识和修行的缘由。（10）

智者说，语法是梵的紧邻，是苦行中的最高苦行，是吠陀的第一分支。（11）

语法是直达至高神圣之光的道路，是语言的最高精华，它存在于不同的形式之中。（12）

事物（意义）运动的本质与词相连。离开语法，词的本质就无法理解。（13）

语法指点解脱的门径和治疗语病及净化一切知识的方法。（14）

正如词类是一切事物（意义）的起源，语法这门学问是世上一切学问的基础。（15）

语法是通往解脱的第一步梯级，也是渴望解脱者坦荡的王家大道。（16）

那些摆脱了语法毛病的人能够学习吠陀，并认识到，梵是吠陀的来源，是以唵声体现的吠陀的唯一灵魂。（17）

作为至高精华的词梵无影无形，它转化为纯洁光芒，照亮黑暗世界。（18）

崇拜词梵者已经超越了语言所体现的活动与形式，也超越了光明与黑暗。（19）

词梵是唵声所代表的“唯一字母经典”（吠陀）的标志，它流光溢彩，仿佛是那早于所有时代的唵声的体现。（20）

在阿达婆吠陀、娑摩吠陀、梨俱吠陀和夜柔吠陀中，有着各种不同的字母。（21）

虽然词梵唯一，但根据不同解释，它还可再分。依据语法，可以亲证至高的梵。（22）

大仙们把词语、意义和它们之间的关系当作永恒不变的东西进行论述。这些仙人也是各种经、注和疏的作者。（23）[1]

语法这门学问遵循经典的规定。词语的意义要么来自于词源，要么来自固定的习惯表达。词语要么是暗示性的，要么是解说性的。词语和意义本质上要么属于因（kāraṇa）与果（kārya）的关系，要么属于彼此不可分割的一体。这些作为正法和知识的补充，在经典中以特殊的方式或自身的名义加以论述，涵盖了有效与无效的范畴。（24—26）

即使我们发现两种形式的词义表达并无差异，对于智者而言，只有那些来自语法经典的教导才是履行正法的手段，反之则是无效的工具。（27）

不管是永恒的还是人为的，像生灵一样，语言也没有起点。这叫语言的恒常性原则。（28）

没有人可以否认这条原则的意义。因此，这条永恒的经典原则的有效性得以确立。（29）

偏离经典原则进行推理，不能确立正法。即使是仙人的智慧也以经典原则为前提。（30）

没有人利用人所共知的事实或依靠推理就能否认正法那坚实而传统的道路。（31）

依靠推理，很难探究事物的本质，因为事物的性质随着状态、地点和时间的变化而变化。（32）

某个已知事物的力量与特定对象的活动有关，当它与另外某个特殊事物产生联系时，这一力量会遭到削弱。（33）

---

①此处的经、注和疏似指波你尼的《八章书》（*Aṣṭādhyāyi*）以及解说它的《释补》（*Vārttika*）和《大疏》（*Mahābhāṣya*）。

精于推理者费尽心机推理而出的结论，也需要更为合适的人以其他方式证明其合理性。（34）

识别宝珠和白银等等事物的能力只有那些合适的人在实践中形成，不能与他人分享。这种知识不是推理。（35）

亡灵、鬼神和罗刹拥有这种超越现量和推理的能力。它是前世所作的业的结果。（36）

仙人们拥有这种关于过去和未来的能力，它光芒闪耀，在心中不受阻碍，与现量直觉并无差异。（37）

仙人们用眼睛观察超越感觉的、不可认知的事物，他们的话不能用推理进行驳斥。（38）

当某人对现量知识视若己出而置信不疑时，旁人又怎么能改变他在现量上所持的立场？（39）

“这是功德”，“这是罪孽”，经典上的真理断言对于包括旃陀罗在内的所有种姓的人都一样适用。（40）

吠陀知识如最高灵魂绵延不绝、生生不息，获得这种知识者不会为推理论者的有因说所左右。（41）

正如一位在崎岖不平的道路上奔跑、且只用手的触觉等等进行感知的人一样，那些特别器重推理的人很容易摔倒。（42）

基于神圣天成的经论和相关的传承经典，智者开始对词进行探讨。（43）

语法家认为，词中存在两种成分：一是词产生的原因（即常声），二是与意义相连的语音（发音）。（44）

一些诵读《往世书》的智者认为，词的两种成份有着本质的不同。还有一些人根据不同的理解论述这种浑然一体却又意义多样的词。（45）

正如引火木中的光是另一种光产生的原因，思想中的词也是听到的每个词的原因。（46）

思想中思考的词在先，再进入某种对象（意义），然后通过词

的发音（dhvani,韵）表达意义。（47）

这种词既非前世、也非后世的业所产生，它由连续发音而致。没有前后次序的词被分割开来进行展示。（48）

水的流动在某处形成波浪，波浪随之加入水流。常声（sphoṭa）和词的连续发音的关系便是如此。（49）

在认识中可以发现认识行为本身和认识的对象。同样，在词中也可发现词本身及其对象（词义）。（50）

这个鸡蛋一样存在的所谓“词”（常声）转化为各种形式，以语音逐个部分地展现自己。（51）

一种形象是另外形象的化身，它先作为整体的对象被感知，然后被描绘在画布上。可以发现，理解词的三个步骤也是如此。（52）

说话人的思想先集中在词上。同样，听众也先关注词，以理解词义。（53）

作为辅助意义的表达者一旦表达了意义，便实现了目的，它就不再被人感知。（54）

正如光有被人感知和使人感知对象的两种能力，所有的词也具有这么两种不同的能力。（55）

如果词没有成为听者的感知对象，它的意义就不被人理解。不被人感知，词就不能单靠自身存在显示意义。（56）

因此，当词的形式不清楚时，会有人问说话者：“你说的是什么？”当一个事物（对象，意义）必须被感官诸根所阐明时，感官的本质并不同样为人把握。（57）

分开来理解的词的两种成份（常声和语音）并不像不同结果的原因那样互相冲突对立。（58）

正如vṛddhi（增益）等词不仅表达它们自己，还与它们所代表的那些事物相联系。（59）

因此，agni不仅与“火”这个词相联系，还与agni所代表的事物相联系。（60）

用来发音的词与语法活动绝对无关，但这丝毫不妨碍它表达意义的能力。（61）

发音的词是次要的，因为它与语法行为无关，只为表达意义而服务。因此，我们认为，语法活动与那些表达意义的词相联系。（62）

无论在本体和喻体之间存在什么共同点，但在本体上仍然存在一些特殊之处。（63）

以对象为形式谈到的特征是该对象的殊胜之因，它自身的殊胜来自于其中的特征。（64）

当一个词发音时，它的形式表达了某种意义，因此，从该词可以辨识出另外一个词。（65）

在与某个事物产生联系之前，一个词是一种名称。该词可以在名词第六格和第一格的意义上使用，因为它本身具有意义。（66）

词的第一格按规定表示名称，因其形式具有意义。在此意义上，表示所属关系的第六格得以形成。（67）

有些人认为，svam rūpam所在的这条经文显示的概念名称（samjñā）是明确具体的，这一概念的一般含义落实在语法中。（68）

另外一些人认为，上述经文意味着，概念在任何情况下都是具体明确的，而理解这一概念取决于它的一般含义。（69）

在信奉常声说和名词格尾变化说（kārya）的学者中，有人坚持同一词语的不同变化说。但也有人认为，同一词语的不同变化乃是不同词语的变化。（70）

即使同一个词语的不同变化属于不同词语的变化，也并不排除出现同一个字母。同样，在不同句子里，也可发现相同的词。（71）

因此，词语不可能不以字母的形式而存在，句子也不可能不以字母和词的形式而组成。（72）

正如字母不能再分，词语中不分字母。无论如何，任何人也不能把词从句子中分离出去。（73）

人们遵循惯例，尽管他们的观点不同。一派认为最重要的问题，另一派的看法完全相反。（74）

人们依据发音时间长短以及影响感知理解的不同原因，谈论没有时间区别的常声的不同名称。（75）

既然短元音、长元音和复合元音等等本来没有时间长短的区别，但却和表达它们的发音有着本质的区别，那么，原韵（prākṛtadhvani）就被视为无时间限制的常声。（76）

然而，只有原韵所展示的词作为不同的声音而为人感知后，变韵（vaikṛtadhvani）才能产生。常声本质上不会被变韵所切分。（77）

在坚持常声通过词音展示的人中存在三种观点：强调声音作用于感官，强调声音作用于词，或强调声音作用于感官和词。（78）

强调声音作用于感官好比注视眼膏或在眼睛上涂抹眼膏等等，强调声音作用于词好比闻嗅香味。（79）

按照第三种观点，眼睛影响感知行为。很明显，光作用于感官和感官对象。韵（dhvani）也是如此。（80）

某些人认为，常声和韵的领会无须分开。另外一些人认为，韵不可领会。还有人认为，韵是自我呈现的。（81）

尽管可以通过逐个部分解读的方法，将书的一章或一首完整的输洛迦（śloka）作为整体进行理解，但却不能以某一章理解全书。（82）

同样，词的本质只有当它被代表有助于感知的发音的韵所揭示之后，才会为人理解，而那些发音则无人领会。（83）

随着最后一个音素的出现，思想便领会了词的含义。在思想中，声音播下了种子，发音的流程催熟了种子。（84）

听众不能理解那转瞬即逝的个个音素，而视其存在于词的发音间隔中。实际上，这些音素是理解整个词的工具。（85）

与认识存在差异相似，对词的认识也必然会存在差异。词的形式似乎是逐步产生的，认识也依赖于认知者。（86）

后边的数与前边的数不同，但前边的数字应被视为旨在帮助理

解后边的数。同样，每一个音素也应视为有助于理解整个词的发音。（87）

实际上，每个字母、词和句子都具有彼此独立的表示功能。尽管完全不同，它们却集中地发挥作用。（88）

正如从远处或在黑暗中观察物体，首先会产生错觉，然后才能真正地认识它。（89）

同样，在理解由字母和词等等因素而彰显含义的句子时，人的思想首先把握那些因素。（90）

正如牛奶变成酸奶、种子变成树木必然有个过程，同样，听众对连续发音形成的词句的理解也是逐步完成的。（91）

如果说句和词等等由真实的部分构成，那么，不同形式的词就来源于音素发音的不同顺序。如果说句和词等等不是由真实的部分构成，那么，假想的部分就只能是认识词和句子整体的一种工具而已。（92）

有的人认为，常声是由许多不同的词音所展示的共性，这些不同的词音形成展示常声的韵。（93）

正如光展现物体，由词音形成的韵因此展示没有变化的常声。（94）

常声被展示并不意味着它绝对属于不永恒的事物。永恒的共性（jàti）也被视为由其固有的具体词音所揭示。（95）

世界上的生灵都与地点、时间等等因素相联系。即使假设地点和时间产生了变化，展示常声的词音（韵）和常声的关系并无变化。（96）

正如感官和感官对象之间具有展示者和展示对象之间永恒的一种神力（siddha），常声和词音之间也存在这种永恒的魔力。（97）

很明显，虽然是同样的感官闻到的不同味道等等，但世上每种味道的成因却必然不同。（98）

被展示的事物对象与不同的展示者相一致。很明显，这种道理

好比油、水等等产生的不同效果。（99）

高山等等具体的事物不可能存在于体积极不相称的金刚石和镜面等等形象之中。（100）

因此，本身并无时间限制的字母、词和句子，在体现它们的词音和语音长短上产生了差异。（101）

（另一派观点认为）各种感官的融合与分离产生了常声，而韵就是展现常声的词音。（102）

不管词音是短是长，常声不随时间而产生变化。源自常声的词音则有长短之分。（103）

好比打量灯火的微光，韵也只能远远地聆听，但钟声等等却清晰可辨。（104）

（语法学家的观点）不同于短音的绵长音产生于发音器官的延长用力，而那些修饰发音的特殊声音产生于发音的停顿。（105）

（又一派观点认为）甚至在发音器官停止振动以前，像连续不断的火光一样，韵从常声中产生了。（106）

（接下来讲述语音的构成）一些人认为，风、极微（aṇu）或思想形成了语音（词语）的特性。在这个问题上，存在很多复杂的观点。（107）

说话者想说话的意愿使得风随之有力地触及语音的核心，语音就此形成。（108）

风具有疾劲聚集的特性，能造成摧枯拉朽之势，再坚固的东西也会被它击溃。（109）

极微具有一切神力，或聚或散，将自身转化为阴影、光亮、黑暗或语音。（110）

一旦说话者开始发声，那些叫做语音的极微像云一样聚集在一起，其力量得以展示。（111）

居于微妙的语言本质中的内在智者将自身转化为可听闻的语音，以展现自己的本性。（112）

思想存在于头脑中，在内在的火光中成熟，它开始展现呼吸时，语音就此形成。（113）

呼吸成为常声表现内在本质的基础。呼吸充满了思想的特性，通过内在之火而展示。（114）

呼吸打破内在的联系，通过各不相同的词音展现字母并融入其间。（115）

（又一派观点认为）语音尽管一直存在，但因太过微妙而不能为人感知，它只能像风被扇动那样，通过一些适当的方式被人感知。（116）

（另一派观点认为）呼吸和思想中存在的词力在语言产生的地方转化，形成展示常声的不同词音。（117）

以语音为基础的词力决定宇宙世界。拥有智慧灵魂的宇宙世界在词的眼睛中面貌多样。（118）

只有通过语音，具六音（ṣadja）等等乐音之间的区别才能得到明确的解释。因此，所有不同种类的事物（意义）只有通过词语才能为人理解。（119）

精通吠陀者知道，词语创造了世界。正是通过吠陀，世界才首先被语言转化而成。（120）

在世上，语言完全决定了行动是否合适。即便小孩，由于前世积累的业（saṃskāra），也知道如何行事。（121）

发音器官的第一次运行，发音时气流上行并有力地触及发音部位，这一切只能是小孩的语言薰习。（122）

在这个世界上，没有语言，就没有认知理解。似乎由于和语言相联系，一切智慧大放异彩。（123）

如果否认语言是认识的坚实基础，智慧之光就不会闪耀。有了语言，才有思考。（124）

语言将手工与技艺方面的所有智慧联系在一起。一切产生的事物都通过语言进行分类。（125）

语言存在于一切生命的内部和外部。只有经过了语言的薰习（atikrānta），所有生命才有思想。（126）

语言鼓励所有人从事活动。一旦没有了语言，人就变得愚不可及，宛如枯树石壁。（127）

只有语言为主体（人）所清醒地认识，主体才能以语言从事活动。如果主体没有语言意识，语言只能处在机械停滞的位置上。[①]（128）

无论事物与自我或与至高的梵相一致，由于语言的作用，它们均能成形。语言的确创造万物。（129）

即使完全缺乏表述的根据，好比火形成火轮，通过语言也可说明事物的面貌。（130）

语言是说话者的最高自我，人们叫它伟大的如意神牛。（131）

精通语言的人可以亲证至高的梵。认识语言活动的本质，就可以享有梵甘露。（132）

没有人了解那些非人为的天启。即使这些经典都已消失，流传下来的三部吠陀也足以成为那些经典的种子。（133）

即使各派经典均已消失，再无新的作者，人类也不会违背天启和传承经典所规定的正法。（134）

如果人的知识是天生具有的，那么，经典就失去了意义。如果正法是知识之根，那么，所有吠陀文献（āmnāya）都是知识的源头。（135）

推理和吠陀、经论并不矛盾。推理是那些不能洞察吠陀经典意义的人的眼睛。吠陀句子的含义不可能仅靠知其皮毛便可知晓。（136）

因此，正理论者已经归纳了多种解释句子含义的方法，例如：分析句子的表示义，分析句子的言外之意，以及依靠其他句子推论句子的含义，等等。（137）

---

①该句直译是："如果区别产生，语言就被用来从事活动。如果没有区别，语言就处于不动的业的位置。"

人的推理来自语言的力量。正理论的确以经典的语言为基础，没有什么不与经典相联系。（138）

正如可见不同的颜色等等具有各自相应的力量，也可发现，吠陀颂诗的语言可让毒药丧失效力。（139）

这些语言具有能力，它们熟悉纯洁正法之理。因此，希望成为睿智高尚者应该正确地使用语言。（140）

人们从吠陀中了解所有具有神圣效果的事物，但这些经典中也随处可见互相矛盾的叙述。（141）

语法经典以正确的认识为研究对象。语法与智者们一系列的经典学说直接相关。（142）

语法是语言卓越的最高基础。语言真实（常声）通过语言的粗糙（vaikharī）、中介（madhyamā）和微妙（paśyantī）等三种形式进行展示，这是三个不同的阶段。（143）

人们发现，语法是以拆分词语进行分析观察和视词语为独立整体进行思考的两种方式编撰而成。洞悉事物特性的智者洞察词力。（144）

吠陀天启（śruti）据说没有起源，没有作者，也没有结尾。智者所撰的传承经典（smṛti）不会消失。（145）

（关于天启和传承的另外一种观点认为）吠陀天启中的语言如梦似幻，属于从唯一至尊的梵中幻化而出的仙人的杰作。通过恰当的依据了解万物本质后，作者们创作了传承经典。（146）

不管身体、语言或思想存在什么不纯洁之处，都可以通过医学、语法和灵魂经论（adhyātmaśāstra）使其各自得以净化。①（147）

本来应该使用gauḥ（牛，阴性和阳性）、但却使用了一个不合文法的词语（śabdasaṃskārahīna）来表示一个特定的对象，这应被

①此处言及的“灵魂经论”可能与内明（adhyātmajña, adhyātmavidyā）有关。《梵和词典》认为，adhyātmaśāstra是指某部著作。

视为非文言的低俗词语（apabhramśa，阿波布朗舍语）。（148）

aśva（马）和goṇī（母牛，阴性）等词语用来表示其他对象时，就成为运用得当的词。在任何地方，词语运用正确与否都是依据词语表达的意义而确定。（149）

通过比较，正确运用的语言的意义得以领会，而那些似乎与正确运用的词语一道表达相同意思的词语不合适。（150）

这是因为，智者和语法都不把错误运用的词语视为正确运用的词语的同义词。它们不能直接表达正确的意义。（151）

一个小孩被人教着不太清楚地说出ambā（妈妈）。通过这种不太清晰的发音，人们明白了该词的本来面目。（152）

同样，形式合适的语言表达的意义为形式不合适的语言（apabhramśa）所传达，而此处应该使用正确合适的语言。（153）

那些差劲的人一代又一代讲着那种已经流行开来的低俗语言（指阿波布朗舍语），在这种情况下，正确的语言不再是传达意义的那种语言。（154）

神圣的语言（daivā vāc，指梵语）已经被那些差劲的人以低俗语言变成了混合语（vyaktikāraśa）。那些坚持语言非永恒论者（如正理论者）在此持相反立场。（155）

即使按照这种观点，正确运用与不正确运用的词语之间没有区别，如果一个词用来表示该用别的词才能表示的意义，那么，这个词也并不能传达别的词的意义。（156）

三、《诗庄严经》（伐摩那）[①]

第一章 第一节

1．向最高的光辉灵魂致敬后，可爱的诗人着手为其所著《诗庄严经》增加注疏。

（疏）诗应通过庄严来理解把握。

诗的确应该通过庄严来理解。所谓诗就是被诗德和庄严所修饰的音和义。此处论述的诗可被视为仅由音和义构成的句子。

2．美在庄严。

（疏）庄严就是美。从字面意义引申，庄严一词又可指比喻等修辞手法。

3．美来自于诗病、诗德和庄严的取舍。

（疏）美确实就是庄严。它来自无诗病和有诗德。这是诗人应有的成就。

4．诗的美来自对庄严论的学习。

（疏）美来自诗病、诗德和庄严的取舍。这是庄严论的灵魂所在。只有通晓庄严论，才能避免诗病，而吸纳诗德和庄严。

那么，有庄严的诗会带来什么好处呢？诗人利用诗可达到什么目的？

优秀的诗带有或隐或现的目的，令人愉悦，使人知名。

好诗明显的好处是使人快乐，它还暗中助长诗人的名声。颂曰：

---

①此处译出该书第一章，译自：Vāmana, *Kāvyālaṅkāra-sūtra*, Varanasi: Chowkhamba Sanskrit Series Office, 1971. 该书采用经疏体，即每句原文（经）加上字数不等的解释性文字（疏）。

智者们声称，好诗会
铺就通往名声的小路，
拙劣诗人的愚笨之作
是其通往耻辱的大路。

智者声称，名声带来
天国之果坚不可摧，
耻辱将诗人置身于
暗无天日的地狱里。

因为，为获得好名声
并除却不佳的恶名，
大诗人应潜心学习
《诗庄严经》的要旨。

第一章　第二节

1．诗人分成两类：食欲不振型和草食型。

（疏）世上确实存在两类诗人，即食欲不振型和草食型。所谓食欲不振型与草食型意思很清楚。它究竟何意？它是指有无鉴别能力。

2．前一类即食欲不振型诗人可接受教诲，因为他具有敏锐的鉴别能力。

（疏）前一类食欲不振型诗人可以接受教导。有鉴别力是指具有区分判断的禀赋。

3．相反，另一类即草食型诗人却不能接受教诲。

（疏）相反的意思是：另一类即草食型诗人不能接受教诲。他们没有区分判断的天赋，因为他们这种天生的禀性不能根除。

确实，并非所有人都值得传授庄严论。因此，可以说：

4．庄严论的意义微不足道。

（疏）确实，对无鉴别力者而言，庄严论没有多少意义可言。

5．这就好比：能净化水的盖达盖种子却不能净化污泥。

（疏）盖达盖种子不能像净化水那样净化污泥。

6．风格是诗的灵魂。

（疏）所谓风格是指诗的灵魂。风格之于诗，恰如灵魂之于身体。

7．风格是指特殊方式的词语组合。

（疏）特殊的词语编排方式就是风格。

8．什么是特殊的词语组合？

（疏）特殊的词语组合是诗德之灵魂。后面将要论述诗德的特殊性。

9．风格有三种：维达巴风格、高德风格和般遮罗风格。

（疏）风格分为三类，即维达巴风格、高德风格和般遮罗风格。

具体物品由产地而得名，那么，诗德是否也以不同地域而命名呢？并非如此。

10．因此，维达巴风格等因在这些不同的地方见到的诗德而得名。

（疏）不是因为这些地方对诗有何影响，而是因为诗人们在某些地方体现了某一风格的原貌。

11．维达巴风格具有所有各种诗德。

（疏）维达巴风格充满壮丽、清晰等全部诗德。颂曰：

完全没有诗病，
充满所有诗德，
琵琶声般悦耳，
乃维达巴风格。

诗人们这样称颂维达巴风格：

即使有诗人和描写对象，
即使有语言和文论教条，
但如果没有维达巴风格，
诗句也不会甜美地流转。
例如：
让水牛们在池塘翻滚，
反复地用角抵触塘泥。
让羚羊群聚在树荫下，
反复不停咀嚼着草吧。
让野猪在池塘里放肆，
连根拔起那些水草吧。
让我的弓和松弛的弦，
安安静静地休息着吧。

12．高德风格具有壮丽和美好两种诗德。

（疏）高德风格具有壮丽和美好诗德，它具有长复合词且发音刺耳，缺乏甜蜜和柔和两种诗德。颂曰：

通晓风格的人称它为
高德，因为这种风格
有长复合词且发音刺耳，
还有壮丽和美好诗德。
例如：
湿婆长臂拨动弓弦，
裂弦发出铮铮回响。
尊敬兄长事迹动人，
鼓声阵阵宣告世间。
梵天之卵突然开裂，

发出震耳欲聋声响。
响声阵阵回应鼓声，
至今也难平息安静。

13. 般遮罗风格具有甜蜜与柔和两种诗德。

（疏）般遮罗风格因具有甜蜜与柔和诗德而得名。它缺乏壮丽和美好诗德，词语发音适中入耳，平坦舒缓。颂曰：

智者称它为般遮罗
风格，它发音舒缓，
近似《往世书》遗风，
具有甜蜜柔和诗德。
例如：
旅客们啊！今日村里
不能为你们提供住宿。
从前曾有位年轻旅人，
夜宿寺庙精舍的地面。
电闪雷鸣中他被惊醒，
这位恶汉忆起了情人。
就像今人仍做的那样，
他妄为不惧掉头殒命。

诗以这三种风格为基础，就像画以线条为基础。

14. 就三种风格而言，第一种应该采用，因为维达巴风格具有全部的诗德。

（疏）这三种风格中，应该采用第一种即维达巴风格，它有各种诗德。

15. 不该采用其他风格，因为它们只有少量的诗德。

（疏）不应采纳另外两类即高德和般遮罗风格，因其诗德甚少。

16. 一些人认为，也应该采用另外两类风格，因为它们旨在接近维达巴风格。

（疏）一些人认为，另外两种风格旨在接近维达巴风格，因而可以采纳。

17. 这并不正确，因为采纳本不真实的风格不能形成真正恰当的风格。

（疏）因为采用不真实的风格，就不能形成真正完美的风格。

18. 例如：织工练习用黄麻织布，他就不能熟练地纺织丝绸。

（疏）因为织工练习用黄麻织布，他就不能熟练地纺织蚕丝。

19. 这一风格称为纯粹地道的维达巴风格，是因为它不采用长复合词。

（疏）如果没有采用长复合词，维达巴风格就被称为纯正的维达巴风格。

20. 在维达巴风格中，可以完美地品味描写对象的诗德。

（疏）在维达巴风格中，可完美地欣赏描写对象的诗德。

21. 只要采纳维达巴风格，即使描写对象不引人注目的诗德也可以体会。

（疏）确实，只要运用维达巴风格，即使描写对象不引人注意的诗德也可体味，更别说那些充分得以展现的诗德了。因此，人们说："只要某种风格的词语组合得当，即使实际上一无所有，也能展现事物。它愉悦善士的耳朵，在他的心田洒下甘露雨。""在维达巴风格的诗句中，词语的美好熠熠生辉，虚幻的也成为真实。它产生如此独特的魅力，知音在心头品尝果实。"

22. 这里，"描写对象的诗德"也称为维达巴，它立足于维达巴风格。

（疏）这种完美的描写对象的诗德也称为维达巴。它属于维达巴风格的范畴，以假说例喻的方式进行说明。

第一章　第三节

已经阐释了风格之后，将再说明诗的成功因素。

1．诗的成功因素包括世界、知识和其他各种因素。

2．世界是指世间众生之运转。

（疏）世界指静止的与活动的灵魂。灵魂的活动就是世界的运转。

3．庄严论以语法、词典、诗律学、艺术、爱经和刑杖论为前提性知识。

（疏）庄严论以语法等为前提，因为在诗的创作中这些都是必需的前提。

4．语言的纯洁来自语言学经典。

（疏）语言学经典指语法，由它才能确保正确运用语言，因为，诗人们确实必须正确地使用语言。

5．由词典确定词义。

（疏）在创作诗的时候会遇到一个可用的词，但其含义尚未清楚，诗人无法确定是否使用该词。这就形成诗篇的障碍。因此，诗人应该借助词典确定该词含义。然而，为了搜索从未使用过的词去利用词典是不对的，从未用过的词不应在诗中使用。如果问："如果使用已经有人的词语，是否会出现上述词义的障碍呢？"回答是："在已有人使用过的词义的理解上，诗人可能会难以把握一词多义的现象。比如Nīvī这个词是指扎在腰间的一块布。诗人的困惑是，怎么确信Nīvī这个词是指女人还是男人的腰布呢？'Nīvī这个词就是妇女腰间缚着的布。'《名集》（*Nāmamālā*）中的这个说法可以解除诗人的困惑。但如Nīvī专指妇女的腰布，怎么解释下边话中的Nīvī这个词呢：'某人因饕餮美食而大腹便便，把前边说道

的Nīvībandha（腰带）松开来？’这里使用Nīvī一词要么是错的，要么是打比方。”í

6．诗律学可以消除诗律方面的困惑。

（疏）诗律来自诗的创作过程，但在元音数量和位置等涉及诗律正确使用的方面却会产生疑惑。因此，应该学习诗律学以消除诗律方面的困惑。

7．学习艺术经论可以认识艺术真谛。

（疏）艺术指歌唱、舞蹈、绘画等，毗沙奇拉（Viśākhila）等人撰写过相关的经论。学习这些经论可以获得艺术真谛。不懂艺术真谛，就不能正确熟练地创作艺术作品。

8．从《爱经》可以了解爱的方式。

（疏）应该了解讲述爱的方式的《爱经》，因为，爱的方式是很多诗的创作主题。

9．从刑杖论可知正当与不正当的行为准则。

（疏）刑杖论指论述正当与不正当行为的学说的经论。正当行为指六种方式即和平、论辩、行军、停止、分裂和联盟的运用。与此相反的则为不正当行为。除非诗人明白这些，否则他便不能准确描述主角与反派的活动行为。

10．因此，从刑杖论还可领悟情节的复杂性。

（疏）情节或故事等等组成了诗的身体。只有诗人对刑杖论熟悉时，他才能创造复杂的情节，这里，情节的描述与刑杖论涉及的行动方式几乎同样有效。

11．诗的成因包括应该认识的内容、创作练习、请教长者、字斟句酌、想象和专注。

12．应该认识的内容指熟悉了解作品。

（疏）应该认识指熟悉他人的作品，因为只有这样才能理解作品。

13．创作练习指专心致志于作品创作之中。

专心致志于诗的创作练习，诗人就能获得优秀的创作能力。

14. 请教长者指请教老师关于作诗的方法。

（疏）请教长者即聆听老师传授作诗秘诀。学生们因此获得作诗的知识。

15. 字斟句酌指增加或删除诗句中的词。

（疏）关于词语的增加或删除就是字斟句酌。颂曰：

只要心中有迟疑，
添词删字要继续。
最终敲定一个词，
诗作才算写完毕。
该弃之词已然弃，
再无一词可换移。
字斟句酌已成熟，
人称其为完美诗。

16. 想像是诗的种子。

（疏）诗的种子是人前世带来的卓越的潜印象（samskāra），因此，缺少了它，诗就不可能完成。即使完成了，这种诗也自然会受人嘲笑。

17. 专注指心思的高度专一。

（疏）只有心思专一，排除外界干扰，才能洞察描写对象的本质。

18. 心思专注与地点和时间有关。

（疏）无不旁骛来自于对地点和时间的把握。

19. 作诗的地点是清净的。

（疏）清净指独处。

20. 作诗的时间在四更夜即夜晚第四个时段。

（疏）四更夜里独处一室，诗人内心平静专注，不受外界干扰。

已经讲述了诗的成因等等，下面讲述诗的特殊形式。

21．诗包括散文体（散文）和韵文体（狭义的诗）。[①]

（疏）先解说散文，因为它的特征难以辨别，也难以创作，因此人们说："散文是诗人的试金石。"

22．散文体诗（散文）分为芳香诗律型、花粉型和花蕾为主型等三类。

23．芳香诗律型散文包含着部分韵文体诗。

（疏）由于包含部分韵文体诗，这种散文称之为芳香诗律型散文。例如："这些恶魔中有的住在地狱最深处。"在这个句子中，可以发现一种完整的名为"春天吉祥痣（Vasantatilaka）[②]"的诗律。

24．花粉型散文没有绵延的复合词，所用词语甜美可爱、柔和舒缓。

（疏）花粉型散文没有一以贯之的长复合词，使用很多甜美柔和的词语。例如："反复练习才能使动作熟练，坚持修行才有善果。仅仅一滴水的溅落，岩石不会留下任何凹痕。"

25．花蕾为主型散文的情形与花粉型散文恰好相反。

（疏）花蕾为主型散文与花粉型散文相反，具有绵延悠长的复合词。例如："狮子的爪子像金刚杵一般坚硬锋利，它猛烈地划破了春情发动的大象。狮子的脸被颈项的白毛所辉映，但却被大象流出的颞颥所弄脏。"

26．韵文体诗（狭义的诗）可分很多种。

（疏）根据诗律不同，诗分很多种。这包括四个音步相似的常规诗、第一、第三音步和第二、第四音步分别相似的半常规诗以及

①这里，广义的诗（Kāvya）包括了散文体诗（gadya）和韵文体诗（padya），前者可译为散文，后者即狭义的诗。

②这里的春天吉祥痣是指一种特殊的类似于头韵法的音庄严（修辞法）。

所有音步不相似的非常规诗。

27. 诗又可分为单节诗（短诗，即抒情诗）和分章的诗（大诗，即叙事诗）。

（疏）因此，短诗和大诗是散文体诗和韵文体诗的特征，但不能说二者都是诗成功的表现。

28. 二者是按顺序渐次完成的，这如同先后编织花环和花冠一样。

（疏）二者是指短诗和大诗。大诗是以短诗为基础写成的，这好比先编好花环，才能编织花冠。

29. 短诗就像极微的火星那样难以发出耀眼的光芒。

（疏）如同微弱的火星，短诗难以闪现夺目光彩。颂曰：

单一色调的短诗
没有夺目的美丽，
一粒微弱的火星
难发耀眼的光芒。

30. 在一切作品中，十色最美。

（疏）在一切作品中，传说剧（Nāṭaka）等十色最美。

31. 因此，正如色彩斑斓的衣服因为各种色彩的融合而格外迷人。

（疏）因此，正如色彩纷呈的衣服因为各种色彩的混杂而迷人，十色也因各类诗的交融而展现独特的魅力。

32. 因此，其他诗来自于十色。

（疏）因此，其他诗来自于十色。因为，一切诗都产生于十色。因为对故事、传记和短诗的特征难以尽如人意地描述，作者在此略而不论。读者可以借助他人著作进行了解。

四、《曲语生命论》（恭多迦）①

第二章

一个、两个或更多的字母反复地、有间隔地在诗中使用，这就是字母（音素）曲折。（1）

不同的二十五个辅音可与鼻音相连并重复使用，त（ta）和ळ（la）等辅音可以重复使用，其他辅音可与र（ra）等等一起重复使用，辅音的恰当使用产生美。（2）

有时，即使没有间隔的辅音重复，由于诗人巧妙的组织和元音的变化，也会带来高度的曲折美。（3）

并不刻意而为的辅音重复，以柔和的音节装饰，丢弃先前的重复音而选择新的重复音，使人耳目一新。（4）

音素美的创造着眼于诗德和风格，正是在此意义上，古人称之为风格美。（5）

叠声是一种特殊的音素曲折，它有同音异义的词，清晰易解，悦耳动听，安排合适，它在诗的开头等地方产生优美。它的美并无二致，此处按下不提。（6—7）

当习惯用词虚拟地表示本无之物，或被用来对已有之物进行夸张描写，以表达诗人极度的蔑视或高度的赞扬，这是所谓的惯用词曲语。（8—9）

诗中使用与表示的词义特别相近的同义词，使词义特别优美，它能修饰自身词义，也能使别的词义显得优美。（10）

同义词以自己的特色使自身变得柔美，从而表达一种不可思议

①此处试译第二章经文，未译出注疏。此处依据的底本是：Kuntaka, *Vakroktijīvita*, ed. by K.Krishnamoorthy, Dharwad: Karnatak University, 1977.

的丰富的隐含义。同时，它还包含美化的庄严，引人入胜，这种同义词的艺术使用就是至美的同义词曲语。（11—12）

尽管彼此相距很远，但因某种微妙的共同特征而进行隐喻地描述，以表明二者之间非常相似。这便为隐喻等各种别人提到过的饱含情味的庄严奠定了基础。这是一种人称以隐含义为主的曲语（转义词曲语）。（13—14）

由于修饰词的重要作用，动词或名词的魅力得以流光溢彩，这便是修饰词曲语。（15）

为了精彩表达，表述对象以某个代词等等来进行掩饰，这就是委婉词曲语。（16）

词干添加的词缀由于自身的魅力，使得描写对象恰如其分地展现魅力，这是另一类曲语（复合词曲语）。（17）

在词的开头等位置置入词缀，形成一个极佳的复合词，产生一种曲折的美。（18）

使用不变词为首形成的副词复合词等等产生诗美，这应视为不变词曲语。（19）

故意将一个未完成的动作当作已完成的动作来描述，这是动词曲语。（20）

两个词性不同的词表达同一对象，产生一种诗美，这是词性曲语。（21）

在别的词性可以使用的情况下，为产生诗美而使用阴性词，因为即使是女人名字也让人神清气爽。（22）

尽管别的词性可用，但为了恰如其分地表达并产生诗美，而使用特定的词性，这是另一种词性曲语。（23）

由于动词具有迷人而特殊的引申义，一个动作主体远远盖过了另一个动作主体的美。（24）

动作对象被隐喻性地恰当描述而产生诗美，这些被称作五种动词曲语。（25）

时态恰到好处的运用而产生绝妙诗美，这是时态曲语。（26）

为了产生某种曲折的表达之美，在八个词格中，选用一个最好的词格，以集中体现某词的引申含义，这种对格的变化使用可以视为词格曲语。（27-28）

诗人为体现诗美而在词的单、双、复数之间进行变化，智者称其为词数曲语。（29）

对有的人称弃而不用，而使用别的人称，这应被视为人称曲语。（30）

为了体现诗美，诗人在动词的主动语态和中间语态二者间选择一个更合适的来使用，这是动词语态曲语。（31）

放弃常用后缀而代之以别的后缀以强化某种诗美，这是一种前后缀曲语。（32）

前缀和不变词在诗中用来说明各种味应是诗的唯一生命，这是另一类前后缀曲语。（33）

有时，很多种语法曲语联合运用，彼此的美得以增强，这就产生了千姿百态的迷人魅力。（34）

句子蔓藤和词汇叶片是曲折诗美流光溢彩的根源，曲折之美使得诗中真情饱满，丰富艳丽。愿蜜蜂似的敏锐伶俐的智者从语词繁花中满怀喜悦地品尝那新鲜醇厚的蜜汁吧！（35）

五、《合适论》（安主）[①]

1. 向永不退却者[②]致敬！这位最合适的演员用眼膏涂黑双眼以蒙蔽敌人。

---

①此处译出该书经和疏，未译其所举诗例。此处依据的底本是：Kṣemendra, *Aucityavicāracarcā*, Varanasi: The Chowkhamba Vidyabhawan, 1964.

②梵文原文为Acyuta，这是大神毗湿奴的一个称号。

2．安主[1]撰写了《诗人的耳饰》，探讨诗中各种庄严，涉及诗病和令神欢喜的诗德。

3．现在安主探讨诗的合适问题。合适是形成审美体验的魅力之因，是味的生命。

4．如用心观察也难以发现合适这一诗的生命，那么，诗中再多的庄严和不胜枚举的诗德有何意义？

5．庄严不过只是庄严，诗德也只是诗德而已。合适是有味之诗坚实稳固的生命根基。

（疏）诗由词音和词义组成。迷人的音和义相互促进，彼此获益。比喻和奇想等许多诗庄严犹如手饰、耳饰、臂饰、项链等装饰品，它们只不过是形成外在美的原因罢了。智者们曾经罗列分析了众多诗德。但不论是哪种诗德，它都只是如同学问、真理和习性等一样的优良品质罢了，因为这些带有人为的痕迹。后边[2]将要分析解释合适的概念。合适是诗[3]坚实不朽的生命。倘若缺乏合适性，尽管还有诗德和庄严，诗也失去生命。诗的生命通过艳情等味的完美装饰得以永恒，正如人的生命通过炼金术达到不朽。

6．庄严运用得恰到好处才是真正的庄严。诗德总是在不偏离合适之际才是真正的诗德。

（疏）庄严如在合适的地方运用，就能起到美化修饰的作用，否则，它就不配称作庄严。同样，诗德如在合适的场合使用，就是极佳的诗德，否则它就只是诗病而已。因此，有人说："腰带系在脖子，项链系在腰部，脚镯戴在手臂，手镯戴在脚踝，对顺民逞威，对敌人仁慈，谁见了不觉得可笑？同样，庄严和诗德缺乏合适

①即《合适论》的作者。

②此处的梵文词agre（在前边，第七格即依格），但是，据上下文语境来看，此处应为表示"在后边"的梵文词。

③梵语诗学中诗（Kāvya）的概念不仅包括诗歌，还包括戏剧、小说等文类，故译者将《合适论》中使用的这一概念统一译为"诗"。

性，也就失去光彩。”[①]那么，什么是合适呢？

7. 大师们把的确适合表达对象称为合适。这种恰如其分的状况就是所谓合适。

（疏）与一种特定表达对象相称就被称作合适。人们把这种情形叫做合适。现在，为了使人们能清楚了解哪些主要地方存在全诗生命灵魂所在的合适性，安主说了下面的话。

8—10. 他们认为，合适是诗的身体的命脉，它理应体现在构成诗的因素中。这些因素包括：词、句、文义、诗德、庄严、味、动词、词格、词性、词数、形容词、前缀、不变词、时态、地点、家族、誓愿、真理、气质、动机、本性、句义、创作才能、年纪、思想、称号和祝福，等等。

（疏）合适是贯穿诗全身的命脉。合适在以词为基础的诗的生命攸关处熠熠生辉。

11. 妙语因有合适的词而动人心魄，犹如花容月貌的女子额头点上麝香吉祥痣，或黑肤美女额头点上白檀香吉祥痣。

（疏）就像在额头点上一颗吉祥痣，其他部位也光彩照人，全身因而妩媚动人。诗中含有一个合适的词，其它词语熠熠生辉，全诗格外迷人。

12. 创作中体现了合适性的句子总能赢得善士的称赞，犹如富人因慷慨而显得高贵，人的学问因好的品性而熠熠生辉。

（疏）睿智的品诗者最欣赏按照合适原则创造的句子。

13. 文义因有特别合适的含意而显得生动，犹如一位自恰于卓越品性的善士因富裕而光彩照人。

（疏）合适的殊义孕育在才能的卓越奇想中，整个文义弥漫着

---

①此处安主引用的话来自《舞论》。此处采用黄宝生先生译文，见黄宝生：《印度古典诗学》，第387页。

甘露雨的光辉大诗[①]，因此获得魅力。

14．充满魅力的美好诗德在诗中合适地运用，欢喜在读者心中流淌，犹如月亮在人们欢爱时升起，洒下欢喜。

（疏）以壮丽、清晰、甜蜜、柔和等为特征的美好诗德，在描写对象的合适运用中产生迷人魅力，正如月亮在知音心中洒下欢喜。

15．妙语因有意义合适的庄严而大放异彩，如同鹿眼女郎的丰满胸脯戴着项链而光彩照人。

（疏）诗因有意义合适的庄严如明喻、隐喻、奇想等的运用而显出光彩，如同高耸胸脯戴着漂亮的珍珠项链的女子一样风韵迷人。

16．合适而迷人的味充满了所有人的心灵，犹如春天里无忧花惹人相思。

（疏）合适而富有光彩的艳情等味弥漫所有人的心间，如同春天绽放的无忧花使人风情万种。

17．正如巧厨调配甜辣等味获得一种令人惊叹的味，艳情等味的融合，也会产生一种奇妙怡人的诗味。

（疏）手艺高超的厨师用芫荽、芥菜、辣椒和姜等调料，在饮料中调和苦甜酸咸等各种口味而产生一种美妙的味，同理，艳情味等互不矛盾冲突的各种味[②]相互交融时，也会产生一种绝妙的味。

18．需要留意的是，这些味应该以合适性为基础相互交融。谁会愿意品尝那种混杂但却没有合适调配的味呢？

（疏）在把各种味彼此混合时，应该留意合适性这种所有诗的命脉所在。混合的味哪怕沾上一粒不合适的灰尘，也没有任何人喜

①古典梵语诗歌一般可以分作大诗和小诗两类。大诗主要是指叙事诗，小诗主要是抒情诗。

②按照《舞论》的说法，观众对戏剧的审美体验产生八种味即艳情味、英勇味、悲悯味、滑稽味、奇异味、厌恶味、暴戾味和恐怖味等。后来的梵语诗学家将味的概念拓展到诗歌领域，并不断扩展味的种类。

欢品尝。道理就是如此。

19．如果动词使用恰当，诗德、诗的韵律和诗的优点就会光彩夺目，正如善士如持善业，其美德、优良品行和高尚心灵会显得卓越不凡。

（疏）拥有甜蜜等诗德和春天吉祥痣等绝妙诗律，且精微美妙，只要动词使用得当，诗就大放光彩。如善人（sujana）一类的词清楚明白，因为比喻显而易见。

20．句子的全部成分因使用合适的词格[①]而流光溢彩，正如富人以出身豪门为点缀，但却以行为高尚而闻名于世。

（疏）合适使用词格的句子富有光彩，正如出身高贵是富人的装饰，高尚行为才使他声名显赫。

21．词性[②]的合适运用体现了诗的美，如同身体佩戴象征王权的吉祥标志而雍容华贵。

（疏）词性在描写对象上的合适运用，使得诗优美华丽，正如一个人因身体佩戴王家标志而显得仪表堂堂。

22．诗因词数[③]的合适运用而迷人，正如内心坚毅仁慈的智者因恰到好处的言谈而神态优雅。

（疏）诗因单数、双数和复数的合适运用而优美可爱，恰如一位心灵高尚的智者因其不卑不亢的举止和优雅合适的谈吐而光彩照人。

23．意义因诗中形容词[④]恰如其分的修饰而清晰易辨，正如正直宽厚的善士拥有品德出众的挚友而令人神清气爽。

（疏）被阐发的诗义因修饰词的合适运用而熠熠生辉，正如品

①梵文的名词有八格即体格、业格、具格、为格、从格、属格、依格和呼格。

②梵文词分为阴性、阳性和中性三种。

③梵文名词分单数、双数和复数。

④按照印度古代语法家波你尼的语法规定，梵文的形容词包括形容词、副词、名词、动词、同位语和谓语。

德高尚的善士因其德操卓尔不群的挚友而引人瞩目。

24．前缀与词语恰到好处的结合容易增添诗可喜的品质，正如人走正道财富日渐增长。

（疏）诗因pra（向前）等前缀的合适运用而增光添彩，正如人走正道而财富日渐兴隆。

25．诗的意义因不变词[①]恰如其分的使用而得以确认，正如已经拥有的财富因为不变心的朋友而得到保障。

（疏）把ca（和）等可爱的不变词放在合适的地方，诗的含义得以确定，正如拥有好朋友，财富得以充分地巩固。

26．由于词义中有合适的时态[②]运用，诗便显得魅力十足，正如善士身穿令人羡慕的衣裳而倍显英俊。

（疏）由于以合适的时态表达意义，诗显得迷人可爱。正如善士懂得在哪种场合该穿哪种适合时令季节的衣裳，从而使自己显得爽心悦目。

27．诗的意义因合适而引人入胜的地点描写而熠熠生辉，仿佛善士一举一动让人倍感亲切熟悉。

（疏）对地点恰到好处的描写使诗义引人入胜，恰如善士因举止优雅适度更显风度迷人。

28．关于家族的合适描写，能给诗增添一种独特的魅力，使知音欢喜。这好比关于个人世袭的合适描写，一般说来，只有那些知音觉得亲切。

（疏）关于家族的合适描写产生一种格外的美，诗为知音欣赏。这好比关于个人世袭的合适描写使人敬重，知音觉得亲切。

29．因为合适的誓愿出类拔萃，值得称道的诗义愉悦人心。

（疏）因为合适的誓愿出类拔萃，人们无比愉快地欣赏诗义。

---

①梵文中的不变词包括副词、连词和叹词等。

②梵文的动词时态包括现在时、一般时、完成时、将来时、假定时、不定过去时等。

30．人们确实相信，诗人合适地表述真理会使诗卓尔不群，在读者心头产生共鸣。

（疏）通过合适地表述真理，诗人的妙语引人入胜，诗义为人知晓。

31．诗人的语言饱含合适的气质，产生审美的魅力，这好比智者的高雅举止亲切宜人。

（疏）诗人语言中饱含合适宜人的气质，产生诗的魅力，这好比智者的高尚行为和亲切使人欢喜。

32．妙语①自然流畅地展现合适的动机，它能愉悦人心，正如善士的怡然安康和淳朴坦荡令人欣喜。

（疏）诗能毫不费力地传达合适的动机，愉悦人心，正如善士以品德高洁折服人心。

33．妙语中关于本性的合适描写仿佛漂亮的装饰，使人欢喜，这好比女子可爱的装饰之美自然成趣、无出其右。

（疏）本性的合适描写仿佛是诗人妙语的装饰闪闪发光，这好比女子自然纯朴、无可匹敌的美貌。

34．当合适的句义所指对象被确认以后，谁又不认可诗的含义呢？这好比根据合同一笔交易马上完成，谁会反对呢？

（疏）当句义所指对象被确认以后，谁又不认可诗的含义呢？这好比根据合同立马完成的一笔交易，谁会反对呢？

35．经过诗人创作才能合适地装饰过的诗光彩夺目，正如名声无暇的有德之士凭财富佐助而光耀门庭。

（疏）经过诗人才能合适地装饰过的诗引人入胜，正如有德之士名声无暇的家族因财富佐助而显赫于世。

36．世人推崇合适表达年龄的诗，正如智者深思熟虑后的行为举止深得人心。

---

①妙语（sukti）即诗（Kāvya）。

（疏）世人推崇合适表达年龄的诗，正如智者用心思索后的行为举止受人赞誉。

37．诗因思想的合适表述而引人入胜，正如明白知识真理的智者的学问使人敬畏。

（疏）诗因思想的合适表述而引人入胜，智者的学问因其通晓知识真理而为人推崇。

38．人物的称号符合诗中描写的事迹，诗德诗病便一目了然，这好比符合某人行为的称号反映了他的优点缺点。

（疏）人物称号符合诗中描写的事迹，便可明白诗德诗病何在，这好比从符合某人身份的称号便可了解他的长处短处。

39．合适表达祝福会使诗的意图得以完美地体现，智者因此快慰人心，这好比恰当的祝福带给国王更多的荣耀，他大方地施舍财富，智者因此心满意足。

（疏）合适地祝福将完美体现诗的意图，使智者心旷神怡，这好比恰到好处的祝福使国王更加荣耀，他大方地施舍财富，智者因此满心欢喜。

六、《诗人的颈饰》（安主）[①]

第一章

湿婆摧毁阿修罗三城的神力战无不胜！这种神力以太阳、月亮和火的形式而存在，来自于甘露圣水，放射语言的魅力光彩（ऐं），它充满情味，展现爱欲真谛（क्लीं），在亲证最高自我中获

①此处译出该著的前两章，此处依据的底本是：Paṇḍit Durgāprasāda and Kāśīnāth Pāṇḍurang Parab, eds.,*Kāvyamālā,* Part IV, Bombay: Nirṇaya Sāgar Press, 1937, pp.149-159.

得解脱（सौं）。（1）①

为使学诗者得到教诲，为使智者达到卓越境界，安主将语言的精华展示给世人。（2）

不会作诗者获得诗才，教导掌握语言的诗人，获得教诲后在诗中增添魅力，区分诗的优劣，最后全面掌握诗艺，这些就是本书五章讲述的内容。接下来将一一论及它们的能指（lakṣaṇa，特征）和所指（lakṣya，涵义）。（3—4）

智者应该认真思考这部《诗人的颈饰》。它具有美妙的格尾变化（vibhakti），与诗德相关联，以美好的词语创作而成，语音优美动听。（5）②

接下来教导不会作诗者如何获得诗才。首先是神助，其次是个人努力。

唵（ॐ，Om）！我们称颂吉祥的万字符（卐，svastyaṅka）！它神通广大，昭示原初，遂人心愿。它赋予诗人强大的力量，自身包含着象征语言女神的ऋ、ॠ、ऌ、ॡ等字母音节。（6）③

它至高无上，独一无二，如神药仙草增添诗人的创造活力，它又特别神秘，并因其来自新月的滴滴流淌的吉祥甘露而引人注目。（7）

它从月中获得汩汩流淌的甘露，清除诗人的愚钝无知，含有字母ट（ṭa）和ठ（ṭha），如月光般皎洁明亮，包含着高尚的真如本性（तथता，tathatā）。（8）

它的身形诞生于神圣的颂诗，赋予诗人无比美好的果实。它令

①印度传统认为，太阳、月亮和火指代富有创造神力的三位一体，它们分别由三个音节即ऐं、क्लीं和सौं来代表。

②该句含有双关，也可译为："智者应该仔细斟酌这条黄金做成的诗人的颈饰，它引人注目，以珠线串联而成，悬垂部分的妆饰被巧妙地编织。"

③万字符即卐在古代印度是表示吉祥的符号。它除了具有佛教的象征意义外，也可以代表印度教信奉的女神，有时还表示对湿婆神的儿子象头神的崇拜。

人喜爱，轻柔无限。它撒播幸福快乐，恒久不移。（9）

向娑罗私婆蒂致敬！她口诵吉祥的献祭字母（kriyāmātṛkā），具有因陀罗般无上的安固（kṣemamaindra，此处包含双关，暗指作者自己的名字），这又来自于新颖的祭颂习语。（10）

诗人应该在心中深思默念娑罗私婆蒂。她遍体洁白，坐落在圆月中央。她以字母为装饰（akṣarābharaṇa，此处包含双关，也可译为“她的饰物坚不可摧”）。她洒落语言作品的甘露雨。（11）

诗人应该沉思默念坐在两个三角之中的娑罗私婆蒂。她满心欢喜，如同闪电划过天空。她是一条绝妙的甘露之河。（12）

诗人应该沉思默念那既无变化也无踪影的至高无上的神奇力量（śakti，指语言女神娑罗私婆蒂的神力）。这种力量通过三类种子（bījatrayī，即三吠陀）进行表述。三吠陀的语言（trayīvāk）满足人的爱欲和解脱。（13）

诗人不知疲倦地关注一个重要领域，就会激起作诗的愿望，从而获得解脱。专注于另一种领域（kāmatattva，爱欲真谛），就能得到爱欲的解脱。专注于第三种领域（口诵神圣的吠陀颂诗），也会得到解脱。（14）

现在讲述作诗方面的人为努力。学习作诗的人分为三类：略加努力就能作诗者，艰苦努力方能作诗者和根本不会作诗者。

这里论述人为努力的第一种情形：

为了获得作诗的灵感，应该学习知识，不应拜倒在懂得文学者的脚下。不应拜逻辑学家（tārkika）或语法学家（śabdika）为师，因为他们会妨碍好诗的孕育和形成。（15）

当人们努力学习包含名词动词变化的语法规则和掌握诗律运用的方法后，他就应该高兴而不知疲倦地专心聆听那些甜蜜可爱的诗歌。（16）

他应该倾听那些充满情味的歌曲、吠陀以外的颂诗和以各种方言写成的诗，他应该习惯于思考那些优美的、充满语言魅力的作品

的新鲜含义。（17）

当他沉浸于各种情味之中，惊喜于各种诗德之时，很快就会形成敏锐的判断力，作诗的才能仿佛萌发的嫩芽自由成长。（18）

接下来讲述人为努力的第二种情形：

他应关注历史传说，通读迦梨陀娑的作品，以免诗歌的馥郁芳香一再受到逻辑那刺鼻气息的侵扰。（19）

他应虔诚地甘做大诗人的奴仆（paricāraka），专心领会其诗作魅力，以创造自己的新作。他应积极不断地在其中嵌入每一个词语、每一个音步或每个音步的一部分。（20）

为了习诗，他应该用诗律将词语组合在一起，哪怕这些词语组合而成的句子毫无意义可言。他也可以在保持原意不变的前提下，用含有其他诗律的词语进行替换练习。（21）

毫无意义的诗句的例子是：

ānandasandohapadāravindakundendukandoditabinduvṛndam

indindirāndolitamandamandaniśyandanandanmakarandavandyam[①]

换用原作中的词语而意义不变的例子是：

Vāgarthāviva sampṛktau vāgarthapratipattaye

Jagatas pitarau vande pārvatīparameśvarau

（为掌握音和义，我敬拜波哩婆提和大自在天，他俩是世界的父母，紧密结合如同音和义。）（I.1）[②]

Vāgarthāviva samyuktau vāgarthapratipattaye

---

①该句颂诗的单词可以一一拆开：ānanda sandoha pada āravinda kunda indu kanda udita bindu vṛndam indindirā andolita manda manda niśyanda nandan makaranda vandyam。这些没有连贯意义的词语按照先后顺序大致可以译为："无限喜悦，莲花脚，素馨花，月亮，出现，数不清的滴滴汁液，大蜜蜂，摇摇晃晃，逐渐地，慢慢地，流淌，欢喜，蜂蜜，敬拜。"

②采用黄宝生译文，见《梵语文学读本》，北京：中国社会科学出版社，2010年，第244页。

Jagato janakau vande śarvāṇīśaśiśekharau[①]

这里讲述人为努力的第三种情形：

有的人本性如顽石愚劣迟钝，或被繁琐严格的语法弄昏了头，或被逻辑烟熏火烤得不知所措，或从未倾听过大诗人的美妙诗篇，他们即使受过专门的教诲，也不会流利自如地表达。一头驴子即使受过教导也不会唱歌，盲人怎么也看不见耀眼的太阳。（22—23）

因此，那些前世修行甚好的幸运儿，通过口诵神奇的真言颂诗，自然就获得语言女神（śṛiśāradā）赋予的作诗才能。那些聪明的人通过努力获得语言女神的恩宠，而那些愚钝者只有通过修习亲证（sādhana）的方式才能一睹语言女神的尊容。（24）

以上是安主（又名吉祥的毗耶娑达娑，śrīvyāsadāsa）创作的《诗人的颈饰》的第一部分《诗才的获得》。

第二章

一位诗人可能在另一位诗人的影响下创作。他的作品可能受其词语、受其音步或整个作品的影响。他也可能通过努力自己获得诗才，甚或通过展示自己的才华横溢成为诗人世界的魁首。（1）

在别人影响下进行创作，这里以跋吒跋拉吒的诗为例：

> 毒药啊！究竟是谁给你指点了这么好的
> 居所，一个好于一个？你先是住在东海
> 的心中，然后住在湿婆（vṛṣalakṣman）

①该处引用的是迦梨陀娑《罗怙世系》第一章第一句借赞美湿婆及其配偶而表达音义一体概念的颂诗。安主在第二句中分别以意义相似或相同的词语代替了迦梨陀娑的原诗。具体说来，他以Samyukt代替了sampṛkta（结合），以janakau代替了pitarau（父母），以śarvāṇī代替了pārvatī（湿婆配偶帕拉瓦蒂），以śaśiśekhara代替了表示湿婆的一个名称parameśva（大自在天）。

的颈项里，现在则住在恶人的语言中。

或者如乌达婆罗罗阇代吠的诗：

谁的思想不受恶人的影响？恶人的
双眼已被敌意怨恨的强烈黑暗所蒙蔽，
毒药出现在谁的语言中，它甚至离开
了有新月顶冠的湿婆的柔软脖颈？

借用他人词语进行创作，以穆珂吒迦纳的诗为例：

仿佛疾驰而过的烟云很快就遮天蔽日，仿佛
萤火虫以火花的形象在夜空闪烁，各个方向
似乎都被闪电鲜艳的火光映为红褐色，我想，
旅人们陷入相思，爱如森林大火般熊熊烧灼。

穆珂吒迦纳的诗可以和他的哥哥迦克拉波罗下边的诗进行比较：

如同迷人的水波在湖的胸膛翻涌，然后
再漫过河岸之臂，如同忽闪着眼的鱼儿
游来游去，清晰可见，我想，大象的
颞颥鼓胀高耸，它正处于发情的日子。

借用他人音步进行创作以阿摩卢迦的诗为例：

哎！你如果必须走，一定会走的，何苦走得这么焦急？
你再呆上两三天吧！让我再将你的面容端详凝视。生命

如同水珠从水瓶中滴落的有限时间，谁又
知道，红尘滚滚中你我究竟能否再次相遇？[①]

上边的诗可以和我的诗进行比较：

哎，空寂，亲爱的人啊！我积累了多少功德
才拥有了你！离开我，你到某个地方呆上几天，
这决不允许！和你在一起，我急于斩断生与死
的界限，谁又知道，你我之间能否再次相遇？

完全受他人作品影响以尊敬的跋吒的诗为例：

恶人本性污浊，他说出枷锁般令人
不快的话，刺痛周围人的耳朵，而
善士的语言连贯动听，仿佛踏步时
脚蹋发出十分美妙而迷人的声音。

上边的这首诗可以和波那（bāṇa）下边的诗进行比较：

恶人发出难听的声音，仿佛脚镣
深深刺疼人心，留下恶名，而
善士个个词语优美动听，仿佛
珠宝做成的脚蹋俘获了人心。

作为诗人世界的魁首，这里以尊敬的毗耶娑的诗为例：

①此句中的dvitrāṇyeva dināni tiṣṭhatu!（你再呆上两三天日子吧！）系《妙语珠串》（subhāṣitāvalī）中的诗句。

这部史诗旨在为所有大诗人的故事提供素材，
如同高贵的主人为期盼成功的仆人提供资粮。①

现在讲述已经获得诗才者需要接受的教诲：

他应该向娑罗私婆蒂恪守苦行，虔诚献祭，重要的是,他要敬拜驱除障碍的象头神（vighneśa）。他须具有敏锐的判断力，勤加练习，对新鲜事物保持兴趣，自信而不知疲倦。（2）

他应该以诗律进行创作，勤于诵读他人的作品，学习作诗方面的辅助知识，完成未完之作。（3）

他应与优秀诗人保持密切往来，应品味大诗的要义，保持高贵的品性，与善人贤士成为知心朋友，内心怡然自乐，服饰美观得体。（4）

他应观看戏剧表演，欣赏艳情味，应慷慨大方地资助诗人们集会，并沉迷于音乐之中。（5）

他应熟悉人世间的行为仪轨，对传记表现出很浓的兴趣。他应遵循历史传说，研究优美画作。（6）

他应考察艺人工匠们的精湛技艺，观摩各种勇敢的搏击，聆听悲哀的哭泣，见识火葬墓地与森林旷野。（7）

他应侍奉那些苦行者，观察鸟儿巢穴与世人居所，食用香甜可口之物或油腻之物，心如止水，不悲不戚。（8）

他应在黎明时分醒来，头脑清醒，记忆上佳，毕恭毕敬，

①此处的毗耶娑即《摩诃婆罗多》的作者，史诗即指此部作品。安主此处引用的例诗见于《摩诃婆罗多》的《初篇》，梵文参见：Vyāsa, *Mahābhārata*, Vol.1, Poona: The Bhandarkar Oriental Research Institute, 1971, p.19. 金克木先生的中译文为：“所有的优秀诗人都依靠这一故事而生存，正好像求上升的仆人们依靠贵族主人。”参见毗耶娑：《摩诃婆罗多》（一），金克木等译，北京：中国社会科学出版社，2005年，第27页。

舒适打坐，在大白天里打一会盹，注意防寒防暑。（9）

他应观察绘画与贝叶书画等等，懂得怎么在集会中谈笑风生，观察有情万物的体性本相，打量大海高山的形容外貌。（10）

他应观察太阳、月亮和星星的运行轨迹，明了六季变化的规律，参加人们的聚会，学会使用方言土语。（11）

他应有智慧衡量取舍，常常做到内心清净，独立思考，并熟悉祭祀集会和学堂概况。（12）

他不应奢望自己出人头地，而应理智看待别人出类拔萃，听到别人对自己的赞扬应感到惭愧，应该随喜赞颂别人。（13）

他应常常解释自己的诗作，抛弃对别人的敌意或嫉妒心理，要在心地坦荡、澄澈明净方面超过别人，并以一切有学问者为师。（14）

他应知晓诵读作品的时机场合，并照顾到听众的胃口，他应注意到听众动作姿势语言的含义，选择合适的作品为之诵读。（15）

他应突出自己诵读的特色，不长时间局限于一种情味。他应该向各方赠送自己的精品，收集别人的佳作妙品。（16）

他应睿智贤明，不时闪现机智的火花。他应独居一处，灭寂爱欲，抛弃诱人的欲念，心安理得，品性高贵。（17）

在叙述中，他不应低声下气地说话，也不应说些俗话俚语。他应坚持作诗，偶尔休息。（18）

他应努力创作新的诗篇，一视同仁地称颂所有天神。他应能忍受别人的批评挑剔，稳重大方，心胸豁达。（19）

他不应傲慢自负，也不应妄自菲薄。他可完成别人遗留未完的作品，表达别人的创作意图，叙述和别人相似的内容。（20）

他应使用意义清晰的词语，词义与作品的语境相一致，他应该突出表现与作品内容不矛盾的味，巧妙取舍是否使用复合词或将之拆分使用。（21）

他应巧妙地使用词语顺利地完成诗作。这百多条建议就是给那些已经获得诗才者的教诲。（22）

因此，凭借如此丰富的创作指南，诗人清除了弊端和缺陷。早上醒来，诗人神采奕奕，想象力大放光芒。仿佛朝阳在吉祥妙语的祈祷中慢慢升起，万道金光驱除黑暗带来光明，展现万物众生的一派新气象，诗人也在诗中到处使用光彩熠熠的绝妙佳词，表达芸芸众生的情味品性。（23）①

以上是安主（又名吉祥的毗耶娑达娑）创作的《诗人的颈饰》的第二部分《给已经获得诗才者的教诲》。

七、《火神往世书》（第337章）②

火神说——

现在我将讲述诗与戏剧中的庄严。一般认为，发音的音素（dhvnivarṇa）、单词（pada）和句子（vākya）是语言作品（vāṅmaya）中的三种成分。（1）

这三种成分也存在于经论和历史传说中。经论和历史传说以词语（śabda）为重。（2）

诗以词语的意涵（abhidhā，表示义）为重。这是诗与经论和历史传说二者的区别。人的生命难得，而知识更难获取。诗性难

①此句中使用了双关手法，形象而准确地传达了作者的意图。

②本章译自：*Agnipurāṇa,* Bombay: Anand Ashran Press, (1879)1957, pp.537-539. 另参考：Maitreyee Deshpande, ed. *The Agni Mahāpurāṇam,* Trans. by M.N.Dutt, Delhi: New Bharatiya Book Corporation, 2009, pp.869-872. 同时参考：Suresh Mohan Bhattacharyya, ed. & trans. *The Alaṅkāra Section of the Agni-puraṇa,* Calcutta: Firma KLM Private Ltd., 1976, pp.137-142, 182-188. 需要指出的是，此处译文依据的原文即1879年孟买版《火神往世书》第337章，在前述S.M. 巴塔查利雅（Suresh Mohan Bhattacharyya）的博士论文中为第336章，且其内容为33颂，比孟买版《火神往世书》对应的内容少了6颂。

得，而作诗的天才（śakti）更难具备。学问（vyutpatti）难得，而真知灼见（viveka）尤为难具。凡夫俗子即使努力也不能通晓一切经论。各种音素中包括第一、二、四类字母，第三类是送气音（mahāprāṇa）。词语的分类大致简略。句子是表示不同意义的词语的组合。（3—6）

诗中闪耀庄严，有诗德、无诗病。诗来源于吠陀天启或俗世生活。诗天生助人成功，使人喜悦。（7）

梵语是天神们的语言，人们使用三种俗语。诗有散文体、韵文体和混合体三种。[①]（8）

词的连接不分音步，这是散文体。散文体诗分为花粉型（cūrṇaka）、花蕾型（utkalikā）和诗律连声型（vṛttasandhi）三类。[②]（9）

每一个词语的音非常不柔和，不采用长复合词，这是花粉型散文体。采用长复合词的花粉型散文体应叫花蕾型散文体。（10）

诗中的词语大略或少量采用诗律，这是诗律连声型散文体。（11）

散文体诗可以分为传记、故事、小故事（khaṇḍakathā）、大故事（parikathā）和短故事（kathānikā）等五类。（12）

在散文体诗中，主角称颂家族世系，描写劫女、战斗、分离和失败，采用迪普特（dīpta）式的风格、词语组合和地方风格。由主角或他人讲述的那些优美篇章应该视为传记。诗人用简短的输洛迦称颂自己的家世。（13—15）

---

①檀丁在《诗镜》第一章第33颂中写道："梵语是天神的语言，由大仙们阐释。俗语有多种：从梵语派生的，与梵语相似的，地方的。"此句采用黄宝生译文，见《梵语诗学论著汇编》（上册），第156页。

②伐摩那在《诗庄严经》第一篇第三章第22至25颂中说："散文体诗（散文）分为芳香诗律型、花粉型和花蕾为主型等三类。芳香诗律型散文包含着部分韵文体诗。花粉型散文没有绵延的复合词、所用词语甜美可爱、柔和舒缓。花蕾为主型散文的情形与花粉型散文恰好相反。"

重新讲述往事，这是故事。不分章节，或结局在叙述的最后出现，这是另一种故事。故事若采用四个音步（catuṣpadī，四句颂），这是小故事。在小故事和大故事中，主角一般是大臣、商人或婆罗门。小故事和大故事含有悲悯味和四种分离艳情味。（16—18）

小故事和大故事没有结局，故事还将延续下去。大故事就是故事和传记二者的混合。[①]（19）

短故事以恐怖味开始，故事中间以悲悯味取胜，最后是奇异味。它旨在成功，不在升华。（20）

迦叶波（kāśyapa）啊！[②]一节诗有四个音步，它包括波哩多（vṛtta）和阇底（jāti）两种诗律。波哩多诗律依据诗中音节数量和位置而定。阇底诗律依据音节发音瞬间（发音长短）而定。频伽罗将诗律分为音步完全相同、一般相同和完全不同的三类。[③]（21—22）

这种知识是欲横渡深邃诗海者的航船。韵文体诗分为大诗（mahākāvya）、结集诗（kalāpa）、完整诗（paryābandha）、精选诗（viśeṣaka）、组诗（kulaka）、单节诗（muktaka，短诗）和库藏诗（koṣa）。大诗是分章的作品，用梵语写成。[④]（23—24）

大诗同样不排除对主角的缺席描述。它依据历史传说、奇异故事或其他真实事件进行创作。它简略描述谋略、遣使、进军、战斗和胜利。它采用同样优美的萨卡沃利（śakvari）、阿底迦格提（atijagati）、阿底赛卡瓦利（atiśakvari）、特里湿图跋（triṣṭubhā）

---

①檀丁在《诗镜》第一章第28颂中写道："因此，故事和传记只是同一体裁的两种名称。其他的叙事作品也都属于这一类。"此句采用黄宝生译文，见《梵语诗学论著汇编》（上册），第155页。

②迦叶波又称迦叶、大迦叶、摩诃迦叶、迦摄或大迦摄，意译为"饮光"或"大龟氏"。此两名出自两个意义不同的梵文，各有故事附会。其中之一是，迦叶波出身婆罗门种姓，后出家为释迦牟尼的十大弟子之一。他曾经以无价宝衣奉佛，佛回赠以粪扫衣。传说迦叶波是佛教第一次结集的主持人。参见黄心川主编：《南亚大辞典》，第174页。

③檀丁在《诗镜》第一章第11颂中写道："一节诗有四个音步。诗律分成波哩多和阇底两类。"此句采用黄宝生译文，见《梵语诗学论著汇编》（上册），第154页。

④黄宝生的相关解释是："组诗指五至十四节的组诗，库藏诗指多位诗人的合集，结集诗指单个诗人的结集。"见《梵语诗学论著汇编》（上册），第154页。

和普尸毗吒格拉（puṣpitāgra）等诗律描叙主角的面貌和出身。单节诗也应该比较详尽地描述故事的不同片段。（25—27）

最好混用阿底赛卡瓦利诗律和迦尸吒（kāṣṭa）诗律。结集诗先在故事的每一章中称颂主角，最后再强烈谴责反角。大诗特别努力而生动地描写城市、海洋、山岭、季节、月亮、太阳、寺庙和树林，描写在园林或水中欢乐嬉戏、畅饮蜜酒或男欢女爱，描写女信使的言行举止和意想不到的秘密欢爱，也描写风神和威力强大的湿婆大神，运用所有合适的诗律描写情感、风格和味以及修饰性的相关诗德。这样描写大诗的人就是大诗人（mahākavi）。[①]（28—32）

尽管风格等修饰性成份非常重要，但只有味才是诗的生命。味贯穿诗的每一部分。通过主角的描述，人生四大目的得以向世人阐明。结集诗通篇采用一种名为乔司吉（kauśikī）的柔美风格，诗的前面部分不表现艳情味、获得殊胜等等，诗应以另一类梵语创作。（33—35）

组诗中包含很多输洛迦，每句由三颂（三个输洛迦）组成（sandānitaka）。单节诗每句只有一个输洛迦，每一颂都富有魅力。[②]（36）

诗人之狮（kavisinha）与梵天无异，他们利用优美的语言巧妙地创作库藏诗。（37）

诗人才能流光溢彩，采用不同的诗律创作各章诗篇。所谓混合体诗指各种诗，它分两类：可听的诗和表演的诗（戏剧）。混合体

---

①檀丁在《诗镜》第一章第16至17颂中写道："它（大诗）描写城市、海洋、山岭、季节、月亮或太阳的升起，在园林或水中的游戏、饮酒或欢爱。它描写相思、结婚、儿子出世、谋略、遣使、进军、胜利和主角的成功。"采用黄宝生译文，见《梵语诗学论著汇编》（上册），第154页。

②印度学者M.N.D.夏斯特里关于《火神往世书》第337章的译文显示，结集诗每节三颂，精选诗每节四颂，组诗每节由多颂组成，单节诗每节一颂。这说明，该译者依据的是《火神往世书》的另一种梵文本。参见：Manmatha Nath Dutt Shastri, Trans., *Agnipurāṇam*, Vol.2, Varanasi: The Chowkhamba Sanskrit Series Office, 1967, p.1240.

诗使用所有语言。（38—39）

——以上是伟大的《火神往世书》中名为《论诗等等的特征》的第337章。

八、《画经》（《毗湿奴法上往世书》第43章）①

摩罗根德耶说——

艳情味、滑稽味、悲悯味、英勇味、暴戾味、恐惧味、厌恶味、奇异味和平静味，这些被称为九种画味（nava citrarasa）。（43.1）

在艳情味中，应该用柔和而优美的线条描摹人物精致的服装和妆饰，显示其美丽可爱，风情万种。（43.2）

描摹驼背、侏儒这类多属畸形的人物，或描绘手不自然的蜷曲，这就产生滑稽味。（43.3）

在表现悲悯味时，应该描摹乞讨、（恋人间）分离、与世诀别、天灾人祸、痛苦烦恼等引起人们同情怜惜的场景。（43.4）

在表现暴戾味时，应该描摹人物的暴躁、冲动、愤怒、憎恨和财富、资粮的损毁，描摹闪闪发光的武器和盔甲。（43.5）

在表现英勇味时，应该描摹发誓、自豪、勇敢等庄严的表情，描摹主人公皱眉和高傲的神态。（43.6）

在画中表现恐怖味时，应该描摹邪恶而又令人害怕的形象，描摹杀戮和死亡等场面。（43.7）

画中描摹令人恐怖的火葬场和令人反感的暴力行为，使人焦躁不安，厌恶味由此而生。（43.8）

奇异味来自于画中描摹的人物汗毛竖起、眼睛睁大、神态好奇

---

①译自：Parul Dave Mukherji, ed. *The Citrasūtra of Viṣṇudharmottarapurāṇa*, pp.149-159.

和出汗等。（43.9）

平静味主要描摹苦行者结跏趺坐、沉思入定等表现寂静安宁的场景。（43.10）

屋中的画，只适宜于描摹艳情味、滑稽味和平静味。其他各类味，不论在谁的屋子里都不能描摹。（43.11）

在神庙和王宫里，所有画味都可以表现，但在王宫里，并非所有画味都应该描摹。（43.12）

在王宫的议事大厅里，画上可以表现所有的味。战斗、火葬场、悲剧、死亡、人的苦恼、下流、缺鼻子的大象和无角公牛，这些被视为不吉利，不允许在任何房间的画中进行描摹，它们只能在王宫的议事大厅或神庙的画中进行表现。国王啊！只有那些受世人称道的吉祥之物如九宝（nidhi）、持名（vidyādhra，或译“妖精”）、仙人和猴子等，可以随时画在人们的房间里。（43.13-16）

国王啊！在自己的房间里，也不能描摹自己的画像。线条纤弱，线条粗厚，细节模糊，下巴过长，嘴唇过大，眼睛过宽，线条歪曲，色彩失配，这些被称为八种画病（citradoṣa）。构图均匀，比例均衡，运用垂线，柔美可爱，细致微妙，生动逼真，略之有法，增之有度，这些被称为八种画德（citraguṇa）。构图失衡，索然无味，目光呆滞，这样的一幅画是了无灵性的肮脏之作，不受称道。（43.17-20）

国王啊！一幅有吉祥相的画高度逼真（sādṛśya），画中人物笑容可掬，栩栩如生（sajīva），若有呼吸（saśvāsamiva），画中重锤线（bhūlamba）的巧妙运用，使得人物看上去若有言语，欲拥睹者。若画在房中，不得描摹不吉祥的人物：肢体不全者、肮脏者、痴呆者、害怕饱受疾病折磨者、头发多半凌乱者。聪明的画师永远应该描摹那些受人称道的对象，而不该描摹那些不受欢迎的对象。（43.21-23）

人中之王（国王）啊！通晓经论者方可巧妙地绘出佳画。此画可带来吉祥幸福，可迅速消除灾祸不幸。（43.24）

佳画可以驱除人的烦恼忧虑，遏制人所遭受的灾祸不幸。佳画可以广布纯洁，带来无上喜悦。（43.25）

佳画可以清除噩梦幻象，取悦房中神灵。哪个地方有画，哪个地方就不会显得空无一物。（43.26）

精通绘画者可以描画喉咙、手足、没有饰物的耳朵、受箭伤的人和老人。（43.27）

精通绘画者能够区分画中表现的深度与高度，能够辨别睡而意识清醒者和死而了无气息者。（43.28）

精通绘画者可以疾风般（vāyugatyā）绘出波浪、火焰、烟雾、旗帜和衣服等。（43.29）

在所有情况下，画风自然（ānulomyam）确实值得称道。应该尽量避免出现画中人物迎面相对的情形。（43.30）

国王啊！以上说过的绘画规则也适用于雕塑。这套规则也见于金、银、铜等金属的雕塑中。（43.31）

遵循这套已经阐释的绘画规则，石头、木头和金属上的雕像（pratimā）得以成型。（43.32）

同样，雕塑（pustakarma）的法则也遵此而定。它分硬刻（ghana）和空塑（suṣira）两类。（43.33）

硬物雕刻法常常用于金属、石头、木头和泥土等的造像，而空塑法运用于皮革、木头和某些金属的造像上。（43.34）

用皮革造像时，要稳稳地铺上一层泥土。用画布（citravastra）造像时，运用前边经文中提到的规则。（43.35）

国王啊！我告诉你的一切只是一个大概，因为即使是好多个世纪也无法详尽说明。（43.36）

大地之主（国王）啊！那些没有提到的东西可以从舞蹈中领悟。国王啊！舞蹈中没有说透的也可联系绘画进行理解。

（43.37）

一切艺术中，绘画最优（kalānām pravaram citram）。它指导人们实践正法、利益、爱欲和解脱。房中有了绘画，就显得特别吉祥。（43.38）

人中魁首（国王）啊！正如须弥山（sumeru）乃山之魁首，金翅鸟（garuḍa）乃鸟之魁首，画艺（citrakalpa）乃所有艺术之魁首。（43.39）

九、《虔诚味甘露海》（鲁波·高斯瓦明）[①]

事实上，由于常情爱（rati）等等与克里希那的极乐（paramānanda）本质上一致，味就此确立自我展示和不可分割的性质。（II.5.112）

前边说过，常情爱分为主要的爱和次要的爱两类，因此，虔诚味也分为主要虔诚味和次要虔诚味两类。（II.5.113）

尽管爱本质上有五种，考虑其自成一体不可分割，这里的五种主要虔诚味也就只能视为一种；与其他其中次要虔诚味合在一起，虔诚味达到了八种。（II.5.114）[②]

五种主要虔诚味是平静味（śānta）、侍奉味（prīta）、友爱味（preyas）、慈爱味（vatsala）和甜蜜味（madhura）。这些味被视为从低到高依次排列。（II.5.115）

七种次要虔诚味是：滑稽味、奇异味、英勇味、悲悯味、暴戾味、恐怖味和厌恶味。（II.5.116）

---

①译自：Rūpa Gosvāmin, *Bhaktirasāmṛtasindhu,* ed. & trans. by David L. Haberman, New Delhi: Indira Gandhi National Centre for the Arts, 2003, pp.380-386.

②高斯瓦明在前边写道："主要虔诚味的常情包括独立和依赖型两类。常情又分为五种：平静（śuddha）、侍奉（prīti）、友爱（sakhya）、慈爱（vātsalya）和喜爱（priyatā）。"（II.5.6）Rūpa Gosvāmin, *Bhaktirasāmṛtasindhu,* p.6.

因此，按照这样两种分类，虔诚味可以说达到了十二种，但事实上，人们在往世书中只能见到五种虔诚味。（II.5.117）

这十二种虔诚味的颜色分别是：白色（śveta）、杂色（citra）、粉红（aruṇa）、深红（śoṇa）、青色（śyāma）、浅黄（pāṇḍura）、鲜黄（piṅgla）、橙色（gaura）、灰色（dhūmna）、红色（rakta）、黑色（kāla）和蓝色（nīla）。（II.5.118）

这十二种虔诚味的神灵分别是：迦比罗（Kapila）、摩陀伐（Mādhava）、乌本德拉（Upendra）、人狮（Nṛsiṃha）、克里希那（黑天）（Nandanandana）、大力罗摩（Balarāma）、龟（Kūrma）、迦尔吉（Kalkī）、罗摩（Rāghava, Rāma）、持斧罗摩（Bhārgava, Paraśurāma）、野猪（Kiri, Varāha）、鱼（Mīna）。（II.5.119）①

对所有这些虔诚味的体验据说可以分为五种：圆满（pūrtti）、开放（vikāśa）、宏大（vistāra）、烦恼（vikṣepa）、激动（kṣobha）。（II.5.120）

智者说，平静味里有圆满，敬爱味、友爱味、慈爱味、甜蜜味和滑稽味中令人心胸开阔，奇异味和英勇味令人心怀宽广，悲悯味和暴戾味中有烦恼，恐怖味和厌恶味里有激动。（II.5.121）

尽管所有的味在本质上令人快乐，但这些味不时地出现某些非常特殊的体验。（II.5.122）

尽管无知者（ajña）和无教养者（grāmya）不假思索地将悲悯味等视为痛苦，而智者明白其中包含着热烈的欢喜。（II.5.123）

按照惯例，有了爱的游戏（ratilīlā），有了美言妙语，超凡脱俗的智者（alaukikakavi，指克里希那）成为情，悲悯味等等明确无

---

①有的抄本此处以佛陀代替鱼，或以佛陀代替摩陀伐。另，毗湿奴的化身依据印度经典的不同疏解，有十个至三十九个等不同说法。按照自然进化即由低到高的顺序（由鱼到人），其主要的十个化身依次为：鱼、龟、野猪、人狮、侏儒、持斧罗摩、罗摩、大力罗摩、克里希那、迦尔吉（毗湿奴）。——参见邱永辉：《印度教概论》，第323页。

误地产生快乐。（II.5.124）

假如这不是真的，那么，《罗摩衍那》之类的作品就会成为痛苦之因，因为悲悯味在其中随处可见。（II.5.125）

假若这不是真的，那么，《罗摩衍那》之类的作品就会成为痛苦之因，因为悲悯味在其中随处可以感知。（II.5.126）

如果这是真的（指《罗摩衍那》使人感到痛苦），那么，心海中涌起对罗摩莲花脚（pādābja）的虔诚爱（prema）波涛的哈奴曼，怎么能乐此不疲地一直聆听着《罗摩衍那》？（II.5.127）

此外，如对朋友（虔信者）的爱与对克里希那的爱持平或略逊，这便是不定情（sañcarī）；如果对朋友的爱迅速升温，超过了对克里希那的爱，这便叫做欢喜情（艳情）（bhāvollāsa）。（II.5.128）

那些无意义的修习苦行者，那些具备枯燥知识者，那些逻辑学者、弥曼差论者，都是体验虔诚味的门外汉。（II.5.129）

因此，如同保护珍贵财富（mahānidhi）免遭盗贼劫掠一样，虔诚味的知音也须始终维护克里希那虔诚味，使其免受老化的弥漫差论者侵蚀。（II.5.130）

心无虔诚者，无论如何也不能领悟（durūha）与克里希那有关的味（bhagavadrasa）；只有那些将克里希那莲花脚视为一切的虔信者才能品味它。（II.5.131）

超越了想象（bhāvanā）的过程，成为一种强烈的惊喜（camatkāra），真性（sattva）显豁的心灵对其进行充分地品尝，这便是味。（II.5.132）

情（bhāva）则是一种想象（bhāvanā）的状态，智者专心致志，运用慧根，凭着深厚的潜印象（saṃskāra）体验这一状态。（II.5.133）

愿赋形于牧人美妙身躯的永恒灵魂（Sanātanātmā）孕育罗摩的情感，愿他于南方的虔诚味甘露海中获得欣喜！（（II.5.134）

十、《诗庄严颂》（勒沃普拉萨德·德维威迪）①

思考如何庄严（修饰）对象（artha）就是诗（kavitā），庄严具有超乎寻常的力量，可以激起强烈欢喜，使一切显得吉祥。（1）

强烈欢喜的激发可以分为三类，包括明喻等等（庄严）、味和本事（vastu）。（2）

这三种欢喜的激发可以视为有味。依据程度不同，其性质也有变化。（3）

一些对象（事物）具有灵魂，就会体现诗的特性。庄严是诗的灵魂。与明喻等等、诗德、暗含义、本事（如实表述）一样，许多事物可视为庄严之因。本事等也是情由等等，它们的结合产生味。（4—5）

……

在梵语诗学（kāvyadarśana）传统中，诗与诗学二者均以“文学”（sāhitya）一词来称呼。（27）

依次出现了味论、庄严论、风格论、韵论、曲语论、合适论等六个诗学流派。（28）

其中，味论、风格论、合适论被视为可以归入韵论，而曲语论可并入庄严论中。（29）

这样，诗中只有庄严和韵二者，恰如（世界初创时），只有那罗延和至高原人。（30）

庄严、风格、韵和曲语都来自于同一阵乳汁雨，它们以这样那样的词语来称谓。（31）

---

①译自：Rewāprasāda Dwivedī, *Kāvyālaṅkārakārikā*, Varanasi: Kalidasa Samsthana, 2001, pp.1-2, 9-15.

经典（śruti）说，味是它们的果实，存在于知音心中。合适破除味的障碍。（32）

就我对诗的要素的分析而言，庄严包含了韵，正如祭火（vahni）享用苏摩酒（soma）。（33）

就我对诗的思考而言，只有庄严最为重要，它恰如天神宫苑的春季。（作者的解释是：无春季便无天宫园林之华丽，无庄严便无诗。庄严足矣。）（34）

伐摩那的诗学体系中，诗的灵魂只是美（saundarya）而非风格（rīti）。风格本质上是形成美的一种方式，而非达到灵魂的一种境界。（35）

“明喻等等庄严是诗的灵魂，这种思想站不住脚。”这一说法犹如空中之花，毫无根据（pramāṇa）。（36）

在“诗庄严”这一概念中，“庄严”这一术语指代所有的和每一种诗的要素（dharma），而非指代其中的某一种要素。（37）

因此，恭多迦的“曲语”（vakrokti）一词也指代诗中所有要素，因其声称，“诗有庄严才有诗性（kavitā）”。（38）

因有“诗庄严”或“曲语”的概念，“庄严”可视为诗的灵魂。没有其他方式可以如此。（39）

因此，诗学流派的数量减少至五个。悲乎（hanta）！悲乎！这似可责备。（作者的解释是：五大消失暗示死亡。）（40）

恭多迦大师利用“曲语”的概念，容纳了韵论者（欢增）在《韵光》中认可的各种韵。（41）

韵中有美味，味的品尝体验宏阔而丰富。韵包容了诗的其他要素，但风之子哈奴曼（即庄严）不在其中。（42）

除却合适论与味论，只余四个诗学流派。味论和合适论并无本质差异。（43）

在四个流派中，只有这两派确实具备流派的特征：庄严和韵。千秋万代的作品都有庄严和韵。（44）

如果只是将诗作为客观对象（prameya）进行分析，庄严和韵这两者中，只有庄严具有诗的特性（dharma）。（45）

诗中只有庄严，因此，庄严是诗的灵魂。存在于身体之外的事物（dharma），怎能称为自己身体的灵魂？（46）

除非所有众生了无生息，否则，凡间人世没有谁可被视为逝者。（作者对此解释道：味是读者的体验，而读者并非诗本身，因此，味不能视为诗的灵魂。如果我们将味视为诗的灵魂，我们整个逻辑体系会造成混乱。逻辑不允许任何外在的东西作为身体的灵魂，而这外在之物与身体并无联系。）（47）

"庄严，仅此足矣！"（alaṅ bhāvo hyalaṅkāra）庄严既是美，也是美的创造者。这好比具有灵魂的神弥漫在生命和梵二者之中。（48）

（太阳和月亮）展示世界的魅力（camatkṛti）时，只有尊敬的火神（anala）恰当好处地光芒四射。（49）

同样的道理，庄严也包含了诗的魅力（saundarya）和魅力的来源。欲弄清庄严在这两者之中的涵义，可以检视该词及其语源（vyutpatti）。（50）

十一、《印地语文学理论批评》（选译）①

以上所述便是印地语文论家相关批评成就的历史，我们的全面考察只限于所有重要的年代。对于今天的我们及后来时代的人而言，作为一个整体，印地语文学理论批评的表现及其重要意义仍有待评述。我们已经追溯过其主要的发展轨迹。正如我们所见，首先是古代梵语诗学家关于某些基本原理的建构，然后是主要以"致力

①译自：Ram Chandra Prasad, *Literary Criticism in Hindi,* Nauchandi and Meerut: Sarita Prakashan, 1976, pp.223-230.

于探讨诗学中的诗人和庄严”而闻名的法式时期（Rīti period），最后是以帕勒登杜·哈利西钱德拉（Bhāratendu Hariścandra）为开端的现代时期，西方新的思想观念此时开始影响印地语文学，印度开始为英语知识和传统所浸润。

不过，开启印地语文学现代新纪元的功劳要归功于帕勒登杜·哈利西钱德拉。身为融合东西的典型爱好者，他在戏剧中将西方戏剧的结构技巧融会贯通于梵语戏剧家所论述的古代规范中。写作首篇关于戏剧的印地语论文的荣誉也得归功于他。

默哈维尔·伯勒萨德·德维威迪（Mahāvīra Prasāda Dwivedī）是“文学理想主义之父，它在普列姆昌德、麦提利·萨拉纳·古普塔和哈利奥德的作品中开花成熟。他不仅只是向印地语中引入古代梵语诗学家的庄严论原理；他的观点是现代的……他兴趣多样：梵语文学、古代研究、历史、传记、旅游和现代心理学。”

随着米谢尔兄弟（Miśra Brothers）、伯德默·辛赫·夏尔玛（Padma Singh Śarmā）、拉尔·薄伽梵那底纳（Lālā Bhagawanadīna）和智者克里希那·比哈利·米谢尔（Kṛṣṇa Bihārī Miśra）等人的出现，印地语文学理论批评进入一个全新而更加活跃的阶段。第一步便是米谢尔兄弟兴趣浓厚地一道努力，为编撰一部全面的印地语文学史搜集素材。他们不仅最先关注文学史理念的学术研究的重要意义，也重视比较方法和历史发展的重要意义。

尽管谢尔默·松德尔·达斯（Śyāma Sundara Dāsa）是新的融合派创始者，这种融汇东西传统的方法，只有在学术大师拉默金德尔·修格尔（Ācārya Rāmacandra śukla）的著作中方达正常的巅峰状态。他无疑是印度最伟大的天才批评家之一。他的《印地语文学史》成了印地语文学的规范，这是基于真实和客观的严格意义上的集中评析，这是一种完全不同于米谢尔兄弟《趣话》（*Vinoda*）表达的文学史理念。他完全听任理性（reason）的导引，他的批评意识显然往往并不受任何其他因素的左右。他具有容纳的本性，自早年岁月起便乐于接受古人的教诲，接受梵语诗学家提出的味论；他还接受西方心理学家的主张。因此，他能以新的视角烛照古代文论（ancient sāhityaśāstra），在融会贯通东西方诗学的基础上阐发味论。他的研究著作自觉地致力于剔除古代庄严论（梵语诗学）中的传统因素，并使其成为“生活之美的同义词”。这并不意味着，不管他的思想气质多么富于才华，他会具备所有天才的品质。认真审视，可以发现，他的天才所存在的局限，与贯穿其思想结构的内在反差紧密相关。从其目标大胆而又雄心勃勃的研究著作中看出，他是他那时代勇敢无畏、博学多才且已适应产生的千变万化的人。另一方面，就其学养和性格而言，他却与自己国家的最古老传统联系在一起。归根结底，他的直觉意识和古人相似。他将诗歌与业瑜伽（Karmayoga）和智瑜伽（Jñanayoga）相提并论。对修格尔来说，诗歌不仅仅是欢乐和愉悦的来源，还是情瑜伽（Bhāvayoga），是一种能够带来精神解脱的独特戒规。他感受到叙事诗和英雄诗歌的魔力，并称后者比抒情诗更为卓越。拉姆·阿瓦达·德维威迪说：“他（修格尔）有了不起的批评天才，其唯一局限或许是，他不能欣赏伯勒萨德、本德、尼拉腊和玛赫黛维·沃尔玛等诗人在1920年代后创作的诗歌的真正卓越之处。他始终偏爱长篇叙事诗而非抒情短诗，似乎是其性质相同的另一种偏见。但是，这些都可以个人好恶进行解释，这不太可能贬低他身为批评家的伟大之处。”[1]

在修格尔大师之后出现了南德杜拉利·瓦杰帕伊（Nandadulāre Vājpeyī）、赫加利·伯勒萨德·德维威迪（Hazārī Prasāda Dvivedī）和纳根德罗等三位学者。由于他们融汇东西的精神相同，才华横溢，目标高远，其著作存在某些相似之处，但未陷入论战之中。尽管遵循修格尔的传统，在那些既有建构新标准的原创力、又有勇气与其导师拉开距离的人中，南德杜拉利·瓦杰帕伊占有特殊

①《印地语文学概论》，瓦拉纳西，1966年，第174页。下同。（原文脚注——译者注）

的位置。既不为默哈维尔·伯勒萨德·德维威迪和拉默金德尔·修格尔所欣赏的观点所震慑，也不为梵语诗学阐释的观点所左右，他乐于认同“阴影派”浪漫主义诗人。他是为其恢复名誉的第一位印地语批评家。他是一个综合论者，他的观点自由开明，其以生动风格所表述的论点有力，使其融汇东西的方法具有重要的说服力。例如，在分析阴影派诗歌的优点时，他最典型地体现了这一倾向。他坚持认为，那些不能超越平庸繁琐的唯物论立场的人，不能很好地领悟（appreciate）这种诗歌。

赫加利·伯勒萨德·德维威迪拥有很多荣誉的头衔。他是当今历史批评家中最卓越的一员代表。他偏爱历史，而其同时代的某些人并不总是欣赏这一点。如果他的偏爱有个限度的话，人们将普遍认同他的卓越之处。他的崇拜者公开地将其置于比其他在世的印地语文论大师们更为优越的地位。某种程度上，这一取舍来自于这样一种事实：他的思想灵感及其整个生活理想确乎浸透了一种浓厚的宗教和道德意识。与其大多数同时代思想家相比，他的优势基于一种事实：他的文学修养，他对过去时代诗人和哲学家的精深理解，这些使得他的思想灵活自由、收放自如，使其完全不受任何教条的束缚。他因此成为这样一个典型：一个通晓古典历史的人将如何协调现代人的性格和思想，使其显得自由开明、灵活柔韧，同时又使其具备强大的力量以接纳新的思潮。在重视善的信念之外，他并无其他任何坚定有力的信仰；在遵循最佳的理性原则之外，他并无任何教条主义原则！他奉献的著作包括《格比尔》（*Kabīra*）、《湿婆派》（*Nātha Sampradāya*）和《印地语文学的开端》（*Hindī Sāyitya kā Ādikāla*），其中充分体现了他深厚的学识和浓厚的人文情怀。他使人印象深刻的品质亦即他的写作风格要旨在于，他合理利用古典思想以论述一个主题。与其宽容精神和自由观念相比，这一点更为重要，使其被人们视为当代印地语散文作家中成果最丰富的一员。

德维威迪另一个重要的力量来源是其广袤的知识视野和生活体验。他的创作才能找到了很多表现的渠道，他于1947年写就的《波那自传》（*Bāṇabhaṭṭa kī Ātmakathā*）更是如此。他心灵丰富，以轻松而又正常的姿态撰写了该作。他的研究著作表达了基于辛勤探索的一种宝贵的睿智理念，透露出作者对印地语潜力和活力的坚定信念。他相信，印度文学拥有一种宝贵的活力与意识，可以引领世界走向高度的辉煌。他的著作也体现了自由与宽容的品质，还表达了他的信念：不应该以过时的标准评价现代文学。他认为，创作活动应该被视为一种神圣而理想的行为，以便读者能受其启迪而获得神圣品性。对他而言，文学不只是"语言的表述"，而是超凡力量的表达，能够产生社会和政治变革，提高我们的道德水准。

与赫加利·伯勒萨德·德维威迪截然不同，然而，纳根德罗在文学理论批评史上同样占据着核心的地位。一方面，纳根德罗的批评才华与批评家中的融合派保持一致，在这批人眼里，最要紧的任务是引入西方理论和概念，以丰富印地语文学理论批评；另一方面，更为关键的是，他属于味论卓越拥护者的那一谱系。他在青年时代便很快地感受到弗洛伊德和西方美学家的影响。他的成就大量归功于他对英语文论传统的理解，但也更多地归功于他对古代文论大师们著作的喜好取舍。整体观之，他的文论著作丰富多彩，非常有效地吸纳了放之四海而皆准的文学观（universal values of literature）。

纳根德罗是一位感觉敏锐的批评家，他知道如何接受新的价值观，如何使古老的观念为人们重新理解。他是一位散文作家，和诗人一样，他展示了关于语言价值的精确判断力。他认可社会环境加诸于诗人的影响，但不单单将其视为社会力量的产物。他不同意泰纳（Taine）的下述理念："文学家是其生活时代的产物，是其生于斯的社会的产物，是飞速变化的环境的产物，特定的时代氛围和地域环境塑造了他。"在某些方面，他近似于圣·勃夫

（Sainte-Beauve），将文学浪漫地理解为人格的表述，但不同之处在于他的复杂思想，在于他非凡的学术条理，在于他将心理学与审美愉悦（味）进行融合。借用利思道尔伯爵（Listowel）在另一个场合所说的话，纳根德罗相信这一点："除了极为有力地感染艺术家的外部影响因素外，他大脑中的心理因素甚至发挥了更大的效力。这些心理因素分为不同的两类：或者是个人独具，或者是全体皆备。"[①]纳根德罗坚持认为，文学的功能在于使人产生愉悦感，而一件艺术作品有无可取之处，可由检测艺术家是否完全将自己人格（personality）融于其作品而进行衡量。由于卓有成效地利用了文学心理学资源，纳根德罗复兴了味论。他将艺术视为自由、强烈而全面的个人表达，先以快乐原则理解之，再以人格表现原理认识它。他希望我们如此这般地追问：诗人究竟能在多大程度上成功地表现自己的人格？作品怎么有效地表现人格？整体来看，纳根德罗的著作表达了与马利丹（Maritain）大致相似的观点，后者相信艺术是以快乐为旨归的美的创造；其著作的观点也近似于尤金尼·维庸（Eugene Veron），后者主张艺术的功能在于表现全部的人类情感；其著作的观点也近似于朗吉努斯（Longinus），后者声称艺术杰作是一颗伟大心灵的共鸣。纳根德罗的原创性在于：在积极鼓吹味论时试图调和这些观点，强调味是文学的灵魂，他还将极佳的精神维度引入美学观的探讨中。

在追随修格尔大师脚步的人中，德维罗阇（Devarāja）的名字值得一提，尽管他也突然偏离早先的道路而独自前行，其保守的批评意识高度发达。身为职业哲学家，德维罗阇从天性说却是一位作家。他欣赏古代学者的观念而非阴影派诗人的观点，通过研究具有永恒价值的文学作品，他推衍出那些古代的观念。

---

①《印地语文学概论》，瓦拉纳西，1966年。（原文只有引文序号，但无脚注，此处补出。后边引文出处不明，不再补注——译者注）

印度独立前后为印地语文学理论批评做出贡献的其他文论家中，还可以指出一到两位较为重要的人物，他们昭示着当时文学批评实践的趋势。拉默·维拉斯·谢尔马（Rāma Vilāsa Śarmā）的名字与批评家中的社会学派密切相关。谢尔马不仅接受了政治原则，还经常运用粗暴的政治语言，很显然，这是令人不安的姿态。他的批评实践过于偏离正轨，这常常令其论点失去合法依据。尽管如此，他仍然是印地语文论中马克思主义学派的最有力捍卫者。

新颖的心理学研究影响了文学理论批评，这不仅可见于诸如拉默金德尔·修格尔大师、古拉伯·拉耶（Gulāba Rāi）和纳根德罗等人以情感科学（science of emotions）的视角阐发味论的尝试，也见于阿格叶耶（Ajñeya）和伊拉钱德拉·乔希（Ilācandra Jośī）的著作。然而，这些文论家中没有谁只局限于这种批评方法。事实上，正宗的弗洛伊德文学批评，仍属印地语文学批评中欠发达的一支。

在论及20世纪文学理论批评主要思潮时，雷纳·韦勒克（Rene Wellek）区分了“上半个世纪（即20世纪上半叶——译者按）至少六种新的大趋势：（1）马克思主义批评；（2）精神分析批评；（3）语言学和文体学批评；（4）新的有机形式主义批评；（5）受益于文化人类学硕果和卡尔·荣格（Carl Jung）理论思考的神话批评；（6）受存在主义和类似世界观启迪而产生的一种新式哲学批评”。在这些文学批评思潮中，语言学和文体学批评、神话批评和受存在主义启迪而产生的哲学批评，似乎没有在印地语文学理论批评中扎下根来。“法式派”（Rīti school）批评家热衷于探索“语言”，分析情感语言而非思想、科学语言的作用。然而，他们并非语义学批评家，其庄严论分析法并不预示着肯尼思·贝克（Kenneth Burke）和科林斯·布鲁克斯（Cleanth Brooks）之类的新批评文论家（New Critics）的出现。他们对诗歌语言的兴趣局限于文学与语法修辞格。尽管当代印地语文学并不缺乏前途无量且声名卓著的作家，然其尚未产生I.A.瑞恰兹、克罗齐、艾略特和燕卜逊之类机智敏锐、富有洞察力的原创型批评家。批评家们一再尝试雷纳·韦勒克提到的包括精神分析批评在内的所有文论思潮。他们常常才气外溢（reveal talent），饱含智慧，但论者们自己显然不时地刻意模仿西方学者的观点和理论，并不让独创性的原则占据上风。他们中太多的人要么是倾向于模仿西方，要么是一股脑接受古代学者们所持但却于今毫不相干的观点。在这种情况下，印地语文学批评展示的方法种类如此之少，文学批评如“洪水泛滥”（spate）却收效甚微，这便不会令人意外了。与欧美读者一样，我们这儿也被“倒退至古代时期的批评史上的残羹剩菜”所包围了。

如果说“新批评”（New Criticisim）将会在塑造印地语文学批评传统的一系列影响因素中占据一席之地，这并非不可能。印度独立以来，“新批评”派是印地语文学“运动”中最活跃的一支。“新批评”傲慢地废止古代印度文论家的基本原理，禁用新时代印度学者的文论原理，尽管没有明说，它却对最近以来西方文学运动的崭新成果深信不疑。“新批评”派的某些得力干将成功地给许多文学准则灌注了新的生命，阿格叶耶、穆克提波塔（Muktibodha）、纳姆沃尔·辛赫（Nāmawara Singh）、吉利迦库马尔·摩图尔（Girijākumāra Māthura）、达姆维尔·婆罗蒂（Dharmavīra Bhāratī）和拉古梵娑（Raghuvanśa）等人的某些著作可能被“吸纳进鲜活的文学宝库中”。

对这些卓越的印地语批评家及其目的、成效进行一番考量后，我们自然要积极认可他们中某些人为丰富其文论传统而做出的努力，这一努力并非是徒劳无益的。文学理论批评存在于此类工作中。我们同时也得“区分尝试与成就”，并“谨慎行事以免将仅仅只是努力的一种行为抬高为成功”。我们没有理由应该被“文艺中的任何一种历史性感伤情绪所诱导”。我们必须勇敢地承认，即使经历了旨在构建一种独立的“文艺科学”（science of art）的半个多世纪，我们的批评家仍未实现这一理想。不能说他们无能为力刻下新的印迹，也不能说印度独立后他们的批评才智已经枯竭。并非如同我们某些人所习惯揣测的那样，1947年后的印地语文学已江郎才尽。只能说部分地源于这样一种事实：我们正规意义上的文学批评只有区区五十年之久。西方所建构的美学原则严重地影响和左右了我们的某些批评家。他们为西方的影响而欢呼，并将之视为打破自己历史束缚的值得欢迎的解放力量。但是，紧紧拥抱西方的文论经典可能会损害他们自己的批评才能，这种危害正如奴性地盲从一切东方的思想理念，或如习惯于拜倒在古人的神龛前。我们并不希望自己的批评才能为历史所束缚，也不赞赏批评家试图不加质疑而强行（enforce）接受那些伪装为现代主义的西方的奇谈怪论。批评家不应该只是二手材料的经销商（The critic should not be a mere dealer in second-hand material）。他关注的重心应该是忠实于自己的语言和文学，忠实于所考察的作品，而非关注这样那样的文论标准。我们知道，我们的批评家们尚未建立自己的文学批评价值体系，然而，他们的著作在我们心中留下印象的并非是其局限，而是其论述的宽度和高度，是其在多大程度上不仅了解自己的历史，也了解西方——不只是了解一种方法或一种理论，而是了解很多种方法和很多种理论，社会学模式、精神分析模式或（东西方文论）融会贯通式（synthetic）只不过是那些方法和理论中的一部分而已。

后 记

本书是笔者主持的国家社会科学基金项目《印度文论史》（编号：08BWW016）的最终成果。迄今为止，时间已经过了六年多。在项目研究正式告一段落之时，回忆往事，百感交集。

从1999年接触《东方文论选》所载陌生而有趣的梵语诗学译文开始，到2014 年8月5日完成《印度文论史》全稿的润色，时间过去了十五年之久。对于我们每个人短暂的一生而言，十五年何等重要！正是十五年来断断续续而又勉为其难的不懈坚守，才使自己在印度文论的探索方面有了一些微不足道的收获。而今，《印度文论史》历经艰难终于脱稿，但似乎觉得一切还在散发着英勇味、奇异味、艳情味、甜蜜味、虔诚味的热血沸腾的昨天，夸张、隐语、奇想或诗喻等“庄严”刹那间不再“曲语”而倍感“合适”，博大精深而又古色古香的“韵光”、“诗光”、“情光”、“魅力月光”和“味海月”不停地辉映小白马般腾跃的心潮，海峡对岸那棵开花的树或能疏解天竺世界永无穷尽的本事韵、庄严韵和味韵。这便是印度文论坚不可摧却又飘渺不定、引人入胜却又令人憔悴的“常声”与“音梵”，宇宙般神秘、黑洞般迷人……

首先要感谢国家哲学社会科学基金对笔者申请的2008年度项目的立项资助（2010年12月结项）。如无此项资助，即便是满腔热情抑或“初生牛犊不怕虎”，我也从来不敢奢望走进印度文论史这块被绝大多数学者视为风险连连的“禁区”的。正是有了这一项目的资助，使得笔者有了充足的资金在国内外、尤其是在印度各大学或科研机构大量复印和购买印度文论资料。因此，真诚感谢当初参与本项目《印度文论史》通讯评审、会评的专家们，同时也感谢参与本项目成果鉴定的五位匿名评审专家！

呈现在读者面前的拙著《印度文论史》凝聚着各位评审专家的心血。何有此说？这是因为，在认真审读的基础上，五位匿名评审专家均对长达约70万字（包括脚注在内）的《印度文论史》初稿给予高度认可，同时还提出了很多建设性意见。学者A认为，该书稿“有较高的学术深度和学术品位”；学者B认为，这是一个具有相当学术难度的项目，作者迎难而上，精神和勇气可嘉，成果的“学术意义是填补空白性的”；学者C认为，《印度文论史》是一个“难度较大的选题”，是一项“庞大而又具有较大挑战性的工作”，具有“开拓性”；学者D和学者E也持较为相近的肯定立场。这些肯定或褒扬使笔者既感欣慰，又感惭愧。身为作者，笔者对初稿的缺憾了然于心，因此对五位匿名评审专家的鼓励保持了客观和平静的心态。毕竟，作为国内探索较少、难度很大、内容异常丰富、工作量之大超乎想象的领域，初稿能得到评委们的宽容、鼓励和支持是可以理解的。

上述五位匿名评审专家客观地指出了《印度文论史》初稿存在的种种不足，这是笔者此次对其进行重大修改的主要指南。例如，学者A认为，原稿中“余论”部分的相关论述值得斟酌；学者B认为，初稿总体感觉是述多论少，对印度文论发展规律的抽绎有待加强，该学者还建议补充“印度佛典文论”和参考山蕴先生编译的《乌尔都语文学史》；学者C认为，初稿对印度近现代、当代文论的介绍还存在值得商榷之处，对于乌尔都语、印地语、孟加拉语等印度语言第一手资料的把握不理想，只以中文或英文资料予以弥补；学者D认为，初稿重点不够突出，对于印度古代文论的代表即梵语诗学论述的篇幅不足四分之一，且将理论大师和二流、三流的理论家等量齐观，对于印度民族性的文论话语和范畴缺乏深度论述，体例不够统一；学者E认为，印度文论史发展到近代是“多声部”的，而初稿只是借用“一部英语著作转述”（实为两部），未采用印地语等印度语言的一手资料，因此建议将书名改为《梵语诗学史》。五位专家还就初稿中某些译名不统一等细节问题进行了指点。

笔者非常感激五位匿名专家的客观批评和善意指暇、宝贵建议。这里，笔者愿借撰写“后记”的机会，对各位专家的建议、批评做点必要答复，以表敬意！

笔者积极采纳专家们的建议，将部分与中国文论存在微妙联系的印度佛典纳入考察视野（这点经过了反复的考虑），补充了山蕴先生编译的《乌尔都语文学史》。鉴于初稿写作中倍感印度文论资料、尤其是梵语诗学资料亟待补充的必要，笔者在初稿结项后，立即申请再度赴印留学并如愿以偿。笔者遂利用二次留学期间搜集的大量新资料，补写了关于《艳情吉祥痣》、《剧相宝库》、《味海月》、《情光》、《虔诚味甘露海》、《味河》和《毗湿奴法上往世书》（诗学与画论部分）等梵语诗学和艺术论著的介绍，并补写了17世纪至20世纪初三十多部后世主时代梵语诗学著作的简介（上述很多著作是国内此前没有介绍或介绍过于简略的），因此，古代文论部分的文字比例增加到了正文内容的百分之六十，从而突出了梵语诗学在印度文论发展史上的重要地位。在修改过程中，笔者牢记专家们的建议，注意述论结合，但因涉及九十多位古代文论家和几十位近代至当代印度文论家，且有的梵语诗学著作解读存在相当难度，故述论结合的效果并不理想。因此，笔者对于某些文论著作、特别是梵语著作如伐摩那《诗庄严经》、楼陀罗吒《诗庄严论》、般努达多《味河》和《毗湿奴法上往世书》的诗学、画论部分等的研究，主要采取客观介绍其大致内容为主、评述其质量或梳理其与梵语诗学史上其他著作的关系为辅的方式。如此一来，除了婆罗多、楼陀罗吒、鲁波·高斯瓦明等少数人外，欢增、新护和恭多迦等主要的梵语文论家，便在文字比例上与某些创见不够的二流理论家的介绍大体持平。这一方面是考虑到《印度古典诗学》和《梵语诗学论著汇编》对于欢增、恭多迦等人的研究、翻译已很理想，另一方面是考虑到某些著作如《剧相宝库》等在国内的前期介绍非常缺乏。从目前效果看，大部分重要的梵语诗学家和现当代文论家的相关介绍，在文字比例上较为丰富，这基本上体现了笔者对上述专家建议的领悟。例如，本书第四章对于四十部左右次要的梵语诗学、艺术学论著的介绍偏向简略或非常简略，这便是考量其学术价值或理论创新多寡的结果。

本书仍然定名为《印度文论史》，是基于几年来深思熟虑的结果。诚如上述专家所言，一部理想而标准的印度文论史、特别是现当代印度文论史，需要国内各个语种如乌尔都语、孟加拉语、印地语、泰米尔语、马拉提语等领域的专家、学者协同攻关方可写成。但是，考虑到许多复杂因素的限制，笔者最后还是决定沿用当初的写作思路，利用两次去印搜集的新旧资料和刘安武、唐仁虎、山蕴等先生从印地语、乌尔都语编译或翻译的相关资料，对印度各个方言的文论发展进行借鉴性转述。值得欣慰的是，第二次去印搜集的一本英文版《印地语文学理论批评》在修改印地语文论部分时发挥了很大作用。G.N.德维编选的英文版印度文论集也对修改发挥了积极的作用。虽然关于各个方言文论的演变规律的抽绎尚存诸多缺憾（这其实有待于国内学者未来出版印地语、马拉提语、孟加拉语或乌尔都语等印度语言的文论发展史时进行弥补），但总体来看，内容似乎稍显丰富，某些重要的方言文论家得到了强调和突出。之所以不改书名为《梵语诗学史》（这或许应该成为笔者未来的写作计划之一），还有一层原因，这便是在印度“田野调查”的结果。可以本书所引的一些著作为证。例证一：著名的坎纳达语文论家T.N.室利坎塔雅于1953年出版坎纳达语版《印度诗学》（*Bhāratīya*

Kāvyamīmāmse）。该书已有英译本问世。[①]例证二：泰卢固语文论家K.艾诺赫于1999年出版了泰卢固语著作的英译本（别人代译）《现代文学批评原理》。[②]例证三：马拉提语学者、乌尔都语学者、波斯语学者的文论著述的英译，有的已经收入前述G.N.德维的印度文论选集中。更为明显的例证是，印地语文论家纳根德罗、勒沃普拉萨德·德维威迪和古吉拉特语文论家如乌玛商卡尔·乔希、T.S.南迪等人从事双语或三语著述，笔者从其英文著作中也能发现其重要观点。事实上，当代印度学者中采用双语、三语著述者比比皆是，他们为了扩大自己的理论影响力或话语权重，往往主动翻译自己的方言文论，推向全印文论界甚或西方学术圈。前述方言学者的重要著作被人译为英语出版，更是有力的证明。在此前提下，本书中所引S.K.达斯、纳根德罗、阿米亚·德武等人的文论思想，既可视为印度英语文论，也可视为孟加拉语、印地语文论的变异体。当然，这样的辩说似有不足服人的成分。的确，印地语、孟加拉语、泰米尔语等印度语言文论，尚有一些或许多著述没有译为英文，因此，提倡通过一手的语言文献研究印度近现代以来的文论发展规律，是完全正确的观点。但是，考虑到许多目前尚无法克服的困难，也考虑到印度方言文论存在许多可以通过英文、中译文进行转述、研究的前提，笔者遂保持《印度文论史》之名。因此，笔者也期望未来不久能出现多语种专家倾力合作撰写的中文版印度文论通史、印地语文论史、孟加拉语文论史、乌尔都语文论史、泰米尔语文论史、马拉提语文论史等分语种文论史甚或印度现当代文论史。有了梦想才有奋斗的动力。相信这些梦想未来可以成真。

从本书结构来看，笔者对于印度现当代文论的梳理似乎的确存

---

①T.N.Sreekantaiyya, *Indian Poetics*, Trans. by N. Balasubrahmanya, New Delhi: Sahitya Akademi, 2001.

②Kolakaluri Enoch, *The Principle of Modern Literary Criticism*, Anantapur: Jyoti Granthamala, 1999.

在太多的必需“补课”的空间。现当代部分的历史梳理除了语言障碍外，还存在无前人著述可以借鉴的一大难题。由于时间距离更近，可以利用的资料也就海量增加，如何搜集、筛选和处理这些复杂的文本，笔者没有这方面的中文著述可以参考，只有摸索着进行初步尝试，在专题与个人介绍之间穿梭蜿蜒。有的部分如电影研究、女性主义文学批评、达利特文学研究等只能依据现有的有限资料进行简介。同理，马克思主义文艺批评等暂不论及。这是以后的研究中需要不断完善的地方。

由于处理的文本或论者非常庞杂、丰富，笔者在“论”和“史”或曰理论阐发与史实叙述两方面的有机结合、协调上倍感艰难。笔者虽然也注意重点考察婆罗多、楼陀罗吒、鲁波·高斯瓦明、般努达多、泰戈尔、奥罗宾多、M.希利亚南和S.K.达斯等重要的文论家，因为其中一些人迄今为止介绍很少，但从最终效果看，拙著似乎偏重于印度文论的史实叙述或文论发展的线索梳理，关于各个阶段文论发展规律的抽绎或民族性文论范畴的归纳，便似乎显得较为薄弱了一些。这其中既有笔者个人的学术能力、知识储备和跨学科能力涵养不够理想等缘故，也有一些远景规划的基本考量。因为，要对庄严、味、韵、诗人学等梵语诗学基本原理或核心文论话语进行较为理想的研究，要对印度文论史各个发展阶段的演变规律进行抽绎，还得依赖于一些更为深入而持久的专题研究，如梵语诗学味论、庄严论的专题论述、婆罗多《舞论》的专题探讨、欢增、新护、恭多迦、安主、阿伯耶·底克希多、世主等人的专题研究，等等。采用早期梵语诗学研究、中世纪梵语诗学研究、现代印度文论专题研究等断代史方式进行考察也不失为一条可行之路。正是基于上述设想，笔者在完成阶段性的重点修改后，决定就此告一段落，并出版拙著，提供较为丰富的信息，以飨相关领域感兴趣的读者。换句话说，笔者关于印度文论史的新探索将以其他方式继续进行而非就此止步。坦率地讲，这绝非偷懒，而是一种明智和现实的考量。

以上便是笔者勉力完成本书修改过程中的一些不成熟的心得体会。总之，再次感谢五位匿名评审专家的鼓励和批评、指暇！没有这些批评、建议，本书初稿的修改和完善是无法想象的。

在申请本项目《印度文论史》的漫长过程中，本人得到中国社会科学院薛克翘研究员、北京大学外国语学院王邦维教授和陈明教授、（河南）洛阳外国语学院亚非语系邓兵教授、四川大学文学与新闻学院曹顺庆教授、刘颖副教授和梁昭副教授等人的大力支持，特此致谢。在学习、研究印度文论或相关领域的过程中，笔者得到了国内很多学者的各种帮助。笔录部分学者大名在此，以示谢意：中国社会科学院外国文学研究所黄宝生先生、石海军先生、郑国栋先生、常蕾博士、党素萍博士、于怀瑾博士、张远博士、黄怡婷女士，中国社会科学院亚太所薛克翘先生、葛维钧先生、刘建先生，中国国际广播电台白开元先生、董友忱先生、毕玮女士，北京大学资深教授刘安武先生，北京师范大学王向远教授，深圳大学郁龙余教授，北京大学东方文学研究中心王邦维教授、唐仁虎教授、唐孟生教授、魏丽明教授、陈明教授、黄晏好女士，北京大学外国语学院王靖博士，中国传媒大学的张潇予博士，等等。他（她）们或在梵语、孟加拉语和印地语等资料的解读方面予以悉心指点，或提供印度文学和文论方面的相关资料或信息，这些都不同程度地体现在本书中。葛维钧先生、薛克翘先生、刘建先生、王邦维先生、唐孟生先生、郁龙余先生、石海军先生、魏丽明女士、陈明先生、黄宝生先生、唐仁虎先生、侯传文先生、欧宗启先生、王春景女士、陈义华先生等先后将自己的大作赠予笔者，这对本书的写作帮助很大。江苏湖州师范学院颜治强教授颇具新意的论文《论印度英语文学的起点》使笔者受益匪浅。此外，天津师范大学孟昭毅教授、南开大学王立新教授、清华大学王宁教授、厦门大学周宁教授、（重庆涪陵）长江师范学院张羽华博士、青岛大学王汝良副教授、广州市社会科学院刘朝华博士、江西师范大学李美敏博士、湘潭大学周骅博士、深圳大学蔡枫博士和黄蓉老师等或先后为笔者复印和邮寄相关资料，或提供其他各种形式的帮助，在此一并致谢！

此外，还要感谢《外国文学评论》、《外国文学研究》、《外国文学》、《南亚研究》、《东方丛刊》、《东方文学研究通讯》、《文艺理论研究》、《深圳大学学报》、《人文杂志》、《东方论坛》、《中国比较文学》、《跨文化对话》、《思想战线》和《南亚研究季刊》等各家杂志先后登载本项目研究的一些前期成果，这强化了笔者研究印度文论的自信和克服千难万险的勇气。感谢参与某些论文撰写的合作研究者。

笔者之所以较顺利地完成项目研究和本书的修改润色，有一些关键的中文著作或译著必须提到。首先便是黄宝生先生的两部世纪性巨著（译著）即《印度古典诗学》和《梵语诗学论著汇编》（上下册）。笔者对印度古代文论的历史梳理，很大程度上只是对《印度古典诗学》的一种补遗而已。没有该书及《梵语诗学论著汇编》作为重要参考文献，笔者无法想象如何能勉为其难地完成前期研究计划和较为顺利地完成（耗时半年多的）大规模修改。笔者书稿中不仅多处引用、借鉴黄先生的译文和观点，就连试译并引述楼陀罗吒《诗庄严论》、《句词论》等著作的重要观点，也多处参考先生相关译文。可以说，没有黄先生的开拓性贡献，本书或类似的著述必定要推迟几年或几十年之久。假如说拙著真有一点点参考价值的话，首先得归功于黄先生的著作和译著。这绝非客套。

其次是曹顺庆先生主持编写的四卷本《中外文论史》。承蒙先生不弃，笔者曾经参与该书的前期统稿，并为其中的印度文论部分补写比较研究性质的文字多处。笔者也应邀为该书撰写了几万字的相关内容，其中有的经过修改后，成了拙著《梵语诗学与西方诗学比较研究》和本书的部分内容。①《中外文论史》的印度文论部分主要由曹先生和侯传文教授等撰写，因此，笔者的统稿和校对、润色其实也是一种学习的过程。这种学习的结果体现在本书中，便是对该著观点的多处参考和引述。笔者在写作和修改中还参考了其他很多学者的著作和译著，这些均在参考文献部分列出，此不赘述。对于这些学者和译者（详见参考文献），笔者的感激是永远的，也是真诚的。

就印度文论的学习、研究与资料搜集而言，笔者还须提到一些非常重要的关键人物。这些印度师尊与友人既是《印度文论史》最终成型的力量来源，也是新世纪中印文化交流的见证人。

首先必须提到的人物便是印度古吉拉特邦萨达尔·帕特尔大学英语系荣誉退休教授D.S.米什拉先生。2004年10月底，我第一次赴印留学。我选择该大学英语系主任米什拉先生为导师。见我学习梵语的心愿特别强烈，研究英语文学与文论却又深谙梵语诗学经典的米什拉先生开始认真教授我梵文经典片段，梵语系的N.巴特尔先生教我语法。在米什拉先生等人的耐心指点和教诲下，我花了八个月左右的时间，打下了一点点语言基础，而这是研究印度文论最关键的一步。（本人后来在国内随黄宝生、王邦维、段晴和高鸿等先生继续学习，在古代语言解读上有了些许新的进步。）先生还利用每次授课的机会，声情并茂地给我讲述印度教神话传说和梵语文学家的故事。有一次，身为印度教徒的先生认真地说，梵是无处不在

①笔者补写（续写）或独立撰写的部分，详见曹顺庆主编：《中外文论史》（第二卷），成都：巴蜀书社，2012年，第958—965（自“印度当代学者”至“独特风味”）、975—977（自“在戏剧类型”至“铺展的特点”）、989—991（自“虽然表面看”至“问题上的缺席”）、999—1002（自“在关于角色”至“有些相似”）、1004—1040页（第三编第三章第七节）；《中外文论史》（第三卷），第2039—2040（自“认真检视”至“比较文学思想的萌芽”）、2046—2047（自“庄严论作为”至“也不过分”）、2049—2061（第五编第二章第五节）、2086—2096（第五编第二章第八节）、2521—2540（第六编第二章第二节）、2557—2573页（第六编第二章第五节）——再次感谢曹先生惠允笔者参与该书的补写、撰稿及统稿！

的，既在印度大地，也在中国，更在宇宙世界弥漫。这一切，加快了我甘愿被印度文化无穷魅力（今日明白这便是印度文化软实力的精华和核心）所“俘获”的进程。在如何搜寻梵语诗学资料的问题上，先生给我提出了很多宝贵而可行的建议。他一再叮嘱我注意搜集梵语诗学的英译本，这个建议，让我一开始就避免了诸多潜在的风险。2011年9月中旬，我再度拜访恩师米什拉先生。我在当年留学的那所大学宾馆住了四天，恩师每天都来我的房间赐教，给我提供很多信息，涉及梵语诗学、印度英语文学等诸方面问题。他跟我说起访问达利特作家时被人打耳光的经历，这使我对印度学者为何一直关注达利特文学（贱民文学）有了一些新的理解。先生还将他出版的两部著作赠送给我。（我第一次回国前夕，米什拉先生赠给我奥罗宾多的著作。）而今，这些著作已经成为本书的重要参考文献。2012年2月21日，即将回国的我在新德里用手机向远在古吉拉特的恩师告别。听见先生那亲切而熟悉的声音，我只觉得，一辈子都难以报答印度师尊的如海之恩了。因此，我将本书郑重地献给尊敬的米什拉先生！这也是笔者对米什拉先生为代表的所有印度师友的庄严敬礼！

这里顺便引出笔者写于2008年11月21日的一首拙诗中的几句，以表此时对印度师尊的无尽思念和感恩之情：“米什拉吉，我最亲的天竺师/天下父亲再多/怎能父亲过您/世间知音再多/怎能知音过您/我不是净修林唯一的弟子/您将最最的柔情赠与小子/我们同行在大雪之中/我们陶醉在东方之旅/穿越汉语的巍峨高山/和印地语的迷雾重重/我们在英语的浮桥上对话/我们沉醉在梵语的星空里/任西风在身边咆哮而逝/米什拉吉，米什拉吉/您领我搅拌如痴如醉的知识海/那是怎样神奇的梵甘露/又是怎样心花怒放的日子！”

笔者第一次去印留学期间，曾经搜集了大量的印度文论资料，那些经历此前已有记述，此次只简略谈谈第二次留印期间的资料搜集情况。说到再度留学印度，笔者首先要感谢德里大学东亚研究系的中印关系史专家玛妲玉教授（Madhavi Thampi）以及该系的玛杜·巴拉教授（Madhu Bhalla）、阿妮塔·夏尔玛教授（Anita Sharma）等学者。没有她们、特别是玛妲玉教授的倾力相助，笔者是无法获得再度留印机会的。其次，笔者要感谢很多印度学者或朋友在笔者第二次在印搜集资料期间所提供的各种帮助。例如，普纳大学梵语系前任主任、退休教授亦即笔者于2005年8月第一次访问该系时认识的S.巴帕特女士，在笔者于2011年11月底再度赴普纳大学搜集资料时（笔者在郑国栋先生帮助下再次联系上该女士），帮助我联系班达卡尔东方研究所（BORI）图书馆馆长萨迪西先生，使我搜集到了不少的梵语诗学“奇珍异宝”，其中之一便是般努达多不为世人常见的《庄严吉祥痣》。尽管只有一半内容，但却是笔者在印度所见的该著唯一资料，由此可见其弥足珍贵。笔者注意到，班达卡尔东方研究所的一处墙上悬挂着众多印度梵文经典编校者、研究者的画像，其中之一便是黄宝生先生主持翻译的《摩诃婆罗多》精校本的首任主编苏克坦卡尔先生。睹此画像，无限敬意油然而生！笔者还深深地感激国际大学中国学院院长阿维杰特·班纳吉博士、那济世教授及印度杰等该院学习中文的印度学生。由于国际大学图书馆规定严格，外来者无法借阅和复印该馆所藏资料，阿维杰特先生的学生们便巧妙地协助我借出了很多珍贵的梵语诗学资料，如克里希那沃图塔的《曼陀罗花蜜占布》等。这种特殊方式的中印合作是值得珍藏的美好记忆。笔者也深深感激贝拿勒斯印度教大学中文系的杜特先生（Kamal Dutt）。杜特先生曾留学山东大学，在笔者应该校人文学院院长、汉学家嘉玛希教授（Kamal Sheel）之邀参加该校举办的国际学术会议期间，他陪伴笔者来到该校藏书丰富的图书馆，向相关工作人员说明我的来意，使笔者顺利地复印到不少珍贵的资料，如难得一见的1968版《艳情吉祥痣》和1925版优婆吒《摄庄严论》等。如无这些资料，本书的相关介绍将存有巨大遗憾。笔者也感激现任新德里国立梵文研究院院长拉塔瓦拉巴·特里波提先生。他不仅惠允笔者复印该馆珍藏的文论资料，还将其2009版最新力作《新诗庄严经》赠于笔者。笔者深深地感谢德里大学（人文）中央图书馆的几位工作人员如普拉卡什、潘卡吉、苏曼（女）、韦迪娅（女）等。由于笔者留学所在单位是德里大学，该图书馆便是我资料搜集的重点对象。上述几位年轻的馆员在各个方面为我提供帮助，每次走进该馆，便会看见他（她）们友善的笑容，这些笑容也是中印友好的历史见证之一。这些笑容使我想起著名汉学家哈拉普拉萨德·雷先生（Haraprasad Ray）的心声："印中友好万岁。"2011年12月7日上午，加尔各答，雷先生在赠送我的一本关于中国古代南亚史料译文集上写下了这几个力透纸背的汉字。

笔者也非常感谢一些将其著作慷慨相赠的印度学者，他们是：印度华裔学者、现居芝加哥大学的谭中先生、芝加哥大学印裔美国学者、著名的"庶民学派"思想家迪佩西·查克拉沃蒂教授、贝拿勒斯印度教大学梵文系荣誉退休教授勒沃普拉萨德·德维威迪先生、勒克瑙大学英语系教授M.S.库斯瓦哈先生、印度文学院前任秘书长I.N.乔杜里先生、现居加尔各答的"亚洲学会"高级研究员、尼赫鲁大学退休教授哈拉普拉萨德·雷先生、德里大学东亚研究系玛妲玉教授、尼赫鲁大学狄伯杰教授，等等。

在搜集印度文论资料方面直接或间接地提供各种帮助的印度朋友，笔者要感谢的远远不止上述一些人。例如，古吉拉特马哈拉吉·萨亚吉瑙大学图书馆的普拉卡什先生、尼赫鲁大学的中国问题研究专家狄伯杰教授、印度中国研究所（ICS）的室利马蒂·查克拉沃蒂教授、古吉拉特阿默达巴德L.D.印度学研究所所长J.沙哈先生、西姆拉印度高级研究院负责人塔库尔(A.M. Thakur)先生、以及我无法忆起大名的古吉拉特大学图书馆馆长、阿默达巴德B.J.梵文研究所负责人等也是值得深深感谢的印度朋友。还有很多、很多笔者已经忘记名字的印度朋友，他们提供的各种帮助，笔者视其为中印友谊的象征，并将其化为印度文学研究道路上不倦探索的动力！

第二次留学印度搜集资料期间，笔者还接受了几位中国留学生的无私帮助。首先是现已回国并在伊稻上海商业有限公司（简称ITO）工作的钱铮。这位来自河北的非常朴实、勤奋的小伙子当时正在德里大学攻读商学学士学位，他了解我去印搜集资料的意图后，在各个方面给予笔者极大的支持。笔者最后从新德里英迪拉·甘地国际机场托运近千斤文献资料回国时，也是他全程陪同笔者完成的。没有这位小伙子的大力帮助，很难想象笔者能顺利完成很多艰巨的任务。此外，留学德里大学的张良、张洋（现正在尼赫鲁大学跟随中国问题专家谢刚教授攻读副博士学位）、留学班加罗尔的徐国夫等同学也给笔者提供了各种形式的帮助。此外，短期去印搜集资料的中山大学亚太研究院黄迎虹博士也给笔者搜集、托运资料等提供了诸多宝贵的建议。华南师范大学外国语言文化学院教授、现在拉脱维亚任孔子学院院长的尚劝余先生在此前后也给笔者提供了很多帮助。另外，中国社会科学院世界宗教所的邱永辉研究员、中国驻印度大使馆教育参赞黄志刚先生、方雯女士等也提供了各种帮助。对于这些老师、同胞、同行的帮助和支持，我也永远铭记在心！

时至今日，我仍然不能忘记第二次留印期间的几件往事。2011年11月底，我带病从新德里坐火车去普纳，毅然踏上了为期一个月的学术之旅。在三等空调车厢里，病体不堪冷空气的吹拂，突然就听见了自己微弱的呻吟，这是人生中罕见的一次！到了普纳大学，好不容易在梵文系主任U.恰女士的帮助下住进了自己六年前住过的该校宾馆，才发觉身上衣裳已被汗水浸透。到著名的德干学院（Deccan College）图书馆搜寻资料时，几本珍贵的梵语书却被冷若冰霜的女馆长禁止复印。在以印度文豪泰戈尔的名字命名的勒克瑙大学图书馆，我也遇到了类似的无奈。那种惊喜发现之后的巨大无奈是常人绝难体会的！普纳之后，我继续向加尔各答、圣地尼克坦、瓦拉纳西、巴特那、菩提伽耶和勒克瑙等地进发。那一年的印度冬季，仿佛到处都是雾的世界。不止一次，我和印度旅客被困在冰冷的车站达几小时甚至十几个小时之久。晚点，还是晚点！那种一站接一站的漫长等待的滋味，我在国内也很少遇到过。更加无奈的是，我于2011年5月从成都寄过去的冬衣，直到我回国前夕即2012年2月才到达德里大学，当时的御寒衣服也不够，这真让等在火车站的我吃够了苦头！

还记得2011年9月底去古吉拉特大学时的情景。为了节约住宿费，以复印和购买课题研究急需的大量资料，我住进了该大学的学生宿舍。晚上，窗外树上一种不知名的虫子一个接一个地爬到床上叮咬我，使我无法入眠！接连两夜受折磨后，我找到楼下两位印度博士生求助。他俩将自己的一个宿舍匀出来给我住，这间房子由于密封过，非常安全。我遂得以安稳入睡。中国国庆节这天，这两位年轻的印度朋友还将背上、肩上满载复印资料和书籍的我送到了阿默达巴德火车站。目送我的火车开往新德里后，他俩才慢慢离去！印度学生的友情令人终生难忘！

总而言之，第二次印度之行更多的却是不断的发现、不断的惊喜。比如，在西姆拉高级研究院发现《毗湿奴法上往世书》诗学部分编校本、在古吉拉特大学图书馆灰尘弥漫的资料堆中搜索几个小时后发现1899版《艳情吉祥痣》的残本、在班达卡尔东方研究所发现半本《庄严吉祥痣》、在巴罗达东方研究所发现几本19世纪末至20世纪初出版的梵语诗学著作、在贝拿勒斯印度教大学图书馆发现1968版《艳情吉祥痣》和1925版《摄庄严论》，在国际大学图书馆发现意大利学者格罗尼研究《婆摩诃疏解》的著作，等等。或许，人生正是这样，在不断的失望、无奈或绝望之后，隐藏着一个又一个发现的喜悦、成功的欣慰……

笔者在此记录近年来为自己搜集资料提供各种帮助的一些国内外图书馆（图书室）的名称，以表谢意。它们是：北京大学图书馆、北京大学东方文学研究中心图书室、北京大学外国语学院原东语系图书室、北京国家图书馆、中国社会科学院图书馆、四川大学图书馆、四川大学南亚研究所图书室、印度德里大学（人文）中央图书馆、德里大学东亚研究系图书室、德里大学英语系图书室、尼赫鲁大学图书馆、新德里国立梵文研究院图书馆、新德里印度文学院图书馆、新德里印度国际中心图书馆、贝拿勒斯印度教大学图书馆、国际大学图书馆、国际大学中国学院图书室、普纳班达卡尔东方研究所图书馆、普纳德干学院语言与辞典编辑系图书室、古吉拉特大学图书馆、古吉拉特巴罗达东方研究所图书馆、古吉拉特萨达尔·帕特尔大学图书馆、古吉拉特阿默达巴德L.D.印度学研究所、阿默达巴德B.J.梵文研究所、巴特那大学图书馆、西姆拉高级研究院图书馆，等等。

此外，拙著为了向精深博大的印度文论致敬，作者特意在封底选用了三十余幅已经出版的梵语诗学或印度现当代文论著作的书影。在此，作者向与这些书影有关的印度国内外作者、编者或出版社表示最真诚的谢意！

2012年2月26日回国后，笔者本想尽快整理和阅读带回的印度文论资料，但是，一系列的研究任务和翻译工作使我偏离了印度文论史研究的“航道”。笔者倍感疲劳，本想静下心来，调养一番，但未曾想到也倍感幸运的是，笔者所在单位即四川大学的“985三期创新研究基地”可以资助出版笔者关于印度文论史研究的最终成果。原想在未来十年中分阶段完成印度文论史的梳理和探索，但想到这一成果似乎可为国内相关领域的学者提供来自印度的某些鲜活的学术信息（这自然也是国家社科基金设立的初衷），笔者遂改变主意，决意迎难而上，将结项成果进行一番重大修改并予以出版。

这样，从2013年1月15日开始，笔者便开始了半年多的修改工作。过了约定交稿的时间期限后，笔者只得数次与巴蜀书社的责编张照华先生协商延迟交稿。在修改过程中，虽然不时为身边琐事和单位工作等打断，但笔者仍将定力发挥到极致。记得很多次在凌晨一到两点之间休息时，心中还在回想头日写作中的疏漏或设想次日醒来的写作要点。还记得好几次为了理解《艳情吉祥痣》、《味河》或《韵辩》等著作中的一句或一段话，居然要花去一个上午或好几个小时的耐心思考。很多次，因为突然发现相隔很多世纪的两部著作如楼陀罗吒或楼陀罗跋吒与曼摩吒或毗首那特的著作、娑婆迦罗蜜多罗与阿伯耶·底克希多或世主的著作之间存在某种思想联系而兴奋，因为发现一些艺术论著中出现了画味、画病、乐德等概念而激动，因为通过中印学者的研究而发现斯里兰卡、泰国学者等居然以超乎寻常的方式接受了梵语诗学原理而激动，有时又因一些重要现象而倍感困惑，例如：相关信息有限且印度古代史料严重缺乏，本书对梵语诗学家的时间排序是否稳妥？《火神往世书》与波阇的关系究竟怎样？《朵伽比亚尔》为代表的古典泰米尔语文论为何没能如梵语诗学般传诸后世？毗首那特受惠于楼陀罗吒、楼陀罗跋吒还是胜财？《庄严宝藏》的种种庄严为何如奇特且对后世影响为何罕见揭示？阿伯耶·底克希多与世主的思想分歧与个人恩怨怎么评述？世主之后的梵语诗学能否视为“终结”？S.K.代和P.V.迦奈的《梵语诗学史》为何产生于1920年代？印度古代的乌尔都语文论、波斯语文论等为何难寻当代学者系统的英文译著或研究著作？本书对印度古典文论的历史梳理集中在梵语诗学，这在多大程度上遮蔽了其丰富多彩的特色？奥罗宾多等人以印度观念阐释西方对后人影响怎样？本书的某些印度人名、地名或书名、文论概念（如comparative Indian literature）如何翻译才算较为准确？等等。此外，还有一些大的困惑：某种程度上，本书意在追求S.K.达斯两卷本《印度文学史》的写作风格和框架体例，力求在世界文学（文论）视野中，以比较文学的方法或精神实质梳理悠久而复杂的印度文论纵向、横向发展史，但这一过程是趣味和挑战同在，这一写法的效果如何？我有些忐忑不安。尽管才疏学浅，笔者仍不自量力地尝试在印度与中国、西方学者的探索基础上“接着说”，以区别于前人的印度文论史书写，如同时将印度古典文论对斯里兰卡、泰国、中国西藏地区等的影响纳入视野，将梵语诗学现代运用和梵语诗学在当代中国的传播接受等纳入考察范畴，对当代印度文论新思潮进行揭示等便是如此。这些探索的意义多大？相信细心的读者在书中也会体味到这一切的。

仔细想来，几年来的学习和研究，使我对印度文论、尤其是古典梵语诗学有了一些新的认识。这近乎一种“醍醐灌顶”的感觉。原来，印度古典文论是如此的面目！如果拿中国或西方的文论标准衡量的话，梵语诗学某个阶段的发展的确显得非常刻板、固执甚或笨拙。换个角度看，她又是非常地严谨、科学、系统。这恰恰就是梵语诗学！她对语言、情味、暗含义、宗教虔诚等维度的“矢志不移”，恰好说明了梵语诗学的印度特色。如不走进印度传统文化的腹地，如缺乏历史学视角的切入，很容易以敬而畏之、绕道而走的心态对待她，或以漠视、忽视、轻视的目光冷落她，对于印度文论的评价肯定要打很大的折扣。只有日复一日、年复一年地倾听来自喜马拉雅山脉那边的庄严风、韵味雨、曲语波、合适涛、虔诚海，才会陶醉于印度文论所散发的沁人心脾的历史芳香……

两百多个夜以继日的修改，其实也是很大程度上的重新撰写和补写，因为正如前述，某些文论家在初稿中并未提及。说是修改，其实翻新了一半以上的内容（细算一下，各类脚注多达2670个左右）。修改中，笔者常常感到异常吃力（特别是古典文论部分的解读和写作非常缓慢），常常想终止这项工程，或省略一些篇目留待他日再续，但终究还是咬牙坚持到最后。很多次想起王邦维先生关于梵语诗学是一块硬骨头的说法，又想起黄宝生先生提到的古典文论翻译之难，这些智慧之见或经验之谈被我一一验证。在不断的自我勉励下，笔者终于将《印度古典诗学》和S.K.代、PV.迦奈和勒沃普拉萨德·德维威迪等学者的印度文论史或梵语诗学史著作中提到的几乎所有重要的梵语文论著作程度不同、深浅不一地梳理了一遍。虽然有极少数著作如代吠希婆罗的《诗人如意藤》和般努达多的《庄严吉祥痣》等未能搜得全本、某些梵语诗学虔诚味论著作或当代文论家的梵语著作暂存空白而留憾之外，绝大多数古典文论著作（甚至连几本印度之外的诗学著作）都被“收入囊中”。这是笔者略感欣慰之处。

尽管如此，笔者非常清醒，因为自身学力不足和时间紧张，对于印度文论、特别是古典文论的梳理肯定存在诸多的缺憾甚或谬误。这需要笔者以后在继续学习和思考的基础上有所完善或改进。说实话，随着学习、研究的深入，笔者越来越清晰地认识到，印度文论、特别是印度古典文论，绝非单纯的文学理论，而是涉及各种艰深而复杂的知识领域的一门学问。常常是，有所心得之际，旋即发现自己才刚刚起步，印度文论的幽深古奥或绚丽多彩还隐藏在“灯火阑珊处”……

笔者还要深深感谢四川大学“985工程三期”平台的相关领导和办公人员的诸多支持。特别感谢985办陈谦明主任和胡骞先生、刘念女士的大力支持！感谢四川大学南亚研究所负责人李涛教授、杨文武教授的大力支持！感谢年轻的同事曾祥裕副教授、陈小萍博士、刘思伟博士等的诸多支持！感谢南亚所图书室雷鸣女士等同事的诸多支持与理解！

笔者真诚感谢责任编辑张照华先生，他一丝不苟、严谨求实的作风使我折服！他为本书的出版贡献了很多建设性意见。

此外，笔者也感谢帮助借阅、下载、收集文献的几位研究生同学：李晓娟（四川大学南亚研究所2012级国际关系专业硕士生）、李贻娴、王琼林（均为四川大学历史文化学院2013级世界地区与国别史专业硕士生）、杨闰（四川大学南亚研究所2013国际关系专业硕士生）。

笔者还要深深感谢生我养我的故乡酉阳！沈从文在《边城》中

提到了她怀抱中的酉水河与古镇龙潭。母亲已弃我而去，但酉阳这位大写的母亲却还时时刻刻慈祥地远眺着我。作为偏远的边城和曾经的国家级贫困县，酉阳却有得天独厚的如画风景，国家5A级风景区桃花源成为她一张吸引世界的名片：“世界上有两个桃花源，一个在您心中，一个在重庆酉阳！”更令人惊奇的是，酉阳县还活跃着一帮子扎根当地的文化人，与珍爱传统经典的贝拿勒斯印度教大学的勒沃普拉萨德·德维威迪教授等人相似，他们如醉如痴地发掘和保护土家族文化经典。笔者三十一年前的同窗、酉阳县党史办主任黎洪便是其中一员。他在当地领导支持和同事的协助下，先后编校整理并出版了《酉阳直隶州总志》、《酉阳州志》等地方志经典，经他牵头主编的酉阳等地历史文化名人诗文集《二酉英华》（1875年版）已于2014年底影印出版。家乡还成立了桃花源诗社，才女杨琼英和杨琼芳等“领衔主演”，黎洪、熊科林、曾常和石豪等才子的诗情画意“竞相争艳”。黎君和杨女士等人闲暇时相聚诗社，常以古体诗词唱和，赞美酉阳人文风情，抒写个人喜怒哀乐。在黎君等人面前，笔者常感惭愧，因为自己已与部分学者一样，不知不觉间被传统经典无情地抛弃了！在修改拙著时，笔者每每邂逅印度学者尊崇经典的佳例，便会想起酉水河边以古体诗词唱和的土家人。保护传统文化似乎可从娃娃抓起，似乎也可从民间做起，当然也可借助印度文化之镜照照自己。

笔者最后要深深感谢夫人吴桂珍女士！过去一年多来，她身患多种疾病，但却带病照料我的日常生活，负担全部家务，以便我能集中精力将自己多年来的心血结晶化为完整的思维和文字。在此，我将真挚的谢意和美好的祝福郑重地献给她！

2013年10月10日亦即母亲仙逝后的第十五个年头，慈父也撒手人寰。按照土家人习俗，我与三个兄弟一道为父亲守灵、戴孝、磕头。几天后，身为长子的我首先跨过父亲躺着的棺木，单足跪在棺前，深挖两锄故乡的土，大声唤着父亲永远不会醒来的灵魂，然后看着棺木渐入土中，想到从此与慈父阴阳相隔，刹那间便涌出了眼泪！多年来，我一心求学并在陌生的都市中艰难迎接一个个关乎生存的挑战，无法回家尽孝。“子欲孝而亲不在。”双亲辞世，心中也就永远有了不孝的罪孽感……

想一想，真如佛家所言，人身难得！人身是因缘和合，刹那间便回归尘土！如此说来，去日良多，今日苦短，来日可期。笔者在不断“搅拌”印度文学理论的吉祥“乳海”里，既已获得点滴感悟与无穷欢喜，何不与“庄严”乘势而进、伴“合适”顺流而下，把玩印度文论之“韵”、品尝梵语诗学之“味”于余生？

感谢酉阳，生我养我！

学问路上，无怨无悔！

2014年8月5日改定于四川大学

补 记

2014年8月5日，本书修改定稿后，便发给了巴蜀书社责任编辑张照华先生。经过历时半年的审阅校订，本书已付印在即。我通读了一遍出版社的校对稿，发现有些地方仍需打磨、斟酌。因此，在征得责任编辑张照华先生同意的基础上，笔者对一些地方的文字进行了必要的增删。此外，因为《舞论》在印度文论发展史上具有非常重要的地位，笔者遂利用寒假的时间，勉力补译了该书第十四和二十四章即两章的内容，并将其收入本书的“附录二”。通过试译，笔者更加真切地感受到，不对《舞论》全书进行深入细致的阅读和思考，的确是无法深入探索印度文论（含艺术论或美学思想）的发展轨迹的。黄宝生先生等在此方面已经做出了极佳的表率。笔者虽然才疏学浅，也期待自己在这一方面继续努力，并有点滴新的感悟。

书稿呈交出版社后的半年来，现在尼赫鲁大学国际关系学院攻读副博士学位的张洋同学不辞辛劳，通过各种方式，为我购回不少珍贵的梵语诗学、艺术学著作如《三河》、《音乐宝藏》和《舞蹈考》等，我也及时地进行了补写，以最大限度地丰富本书的信息量。在帮助购书的过程中，就读于德里大学佛学研究系的寂肇法师出力甚多，法师梵文甚佳，慧眼识珠，为我购得不少的“珍宝”。在此过程中，吴顺煌同学（毕业于德里大学哲学系）也给予了大力支持！短期赴印搜集资料的深圳大学印度研究中心教师黄蓉女士也为笔者携带并寄来了相关资料。对于上述各位年轻学者以及其他很多无法在此一一具名的学者的大力帮助，在此一并致谢！

半年来，我虽然忙于其他一些领域的研究，但心却一直惦记着本书的进展。在当代中国不断崛起的政治和文化语境中，我也在不停地思考很多、很多的问题。想得较多的是这样一个问题：随着现实问题研究越来越受重视，我们这些跻身于（或忝列于）国际问题研究机构且主要研究文学、文化的学者，将会迎来学术事业的重大转机抑或不小的危机？

偶然间读到一篇报道，自然就感受了一位著名学者的智慧思考。南京大学的莫砺锋教授在接受《中国社会科学报》记者采访时说："中国古代文学很难与国家社会重大需求相联系，所以，我们的研究还是以自由探索和个人兴趣来主导。当然我们也面临着类似问题。因为，在当代人文学科里集体课题蔚然成风，文史研究也不例外……我认为，人文学科的研究最好还是由一位学者独立完成。因为这种研究格外需要学术个性，需要灵心慧性的独特感悟和独到判断，而不是众人拾柴，然后拼合组装成资料长编。我热切盼望学界能出现像梁启超、钱穆那样的学者，能够举重若轻地从浩繁文献和复杂现象中去粗存精，去伪存真。"①

这些思考何尝不是一种深刻的危机感？面对危机，我们又该如何应对？

我很茫然。但愿茫然过后能找到方向。因为，印度文学与文化的浓郁魅力是任何一位真正的学者都不愿也无法逃避的……

2015年3月18日下午补记于成都锦江河畔一心桥横街28号

①莫砺锋：《学术研究与普及工作相依相成》，载《中国社会科学报》，2015年2月11日。http://www.npopss-cn.gov.cn/n/2015/0211/c219470-26546665.html.